谨以此书献给
人世间与我有缘的人

尘世缘（上）

谢立新 著

陕西新华出版
太白文艺出版社·西安

图书在版编目（CIP）数据

尘世缘：上中下 / 谢立新著 . — 西安：太白文艺出版社，2024.3
ISBN 978-7-5513-2593-6

Ⅰ . ①尘… Ⅱ . ①谢… Ⅲ . ①长篇小说—中国—当代 Ⅳ . ①I247.5

中国国家版本馆CIP数据核字(2024)第059081号

尘世缘（上中下）
CHENSHI YUAN（SHANG ZHONG XIA）

作　　者	谢立新
责任编辑	史　婷　熊　菁　耿　瑞
封面设计	王　洋　刘柏宸
版式设计	建明文化
出版发行	太白文艺出版社
经　　销	新华书店
印　　刷	西安市建明工贸有限责任公司
开　　本	787mm×1092mm　1/16
字　　数	776千字
印　　张	51.5
版　　次	2024年3月第1版
印　　次	2024年3月第1次印刷
书　　号	ISBN 978-7-5513-2593-6
定　　价	168.00元

版权所有　翻印必究
如有印装质量问题，可寄出版社印制部调换
联系电话：029-81206800
出版社地址：西安市曲江新区登高路1388号（邮编：710061）
营销中心电话：029-87277748　029-87217872

一生一世一说——父母生我，我无生就一世，一世只一说，说说生我的人，也说说他们生的我，这便是《尘世缘》。

第一章

严文武从沙州地委宣传部副部长位置上结束了地委机关的任职。他从金边顶边中心县委委员、常委、宣传部部长的职位升任地委宣传部副部长，干了不到两年，听说又要升职了，可这也是小道上的议论，尚未证实。地委大院里认识他的人看他时的神情不尽相同，有的羡慕，有的妒忌，也有几位领导露出欣赏的神态。严文武这年二十六岁，仕途上可谓一路绿灯，是公认的青年才俊。他对机关大院里人们的猜测询问不置可否，事实上他的提拔至今尚未进入组织谈话或主要领导约谈程序。他在这方面一贯的态度是：听从组织安排，不打探，不活动，不讲条件。当然，有一点他心里明白，如果是平级调动，他还是副县级；如果是升职，不会在地委机关，很有可能调到下面某个县。他本人倒是希望再回到金边县，他对那里的人印象很好，能回去再与大伙儿共事也是一桩美事。

他和许晴在金边县相识、相爱、生子，那个地方有着他们太多美好的记忆。

地委杨锐书记这天上午让秘书通知严文武到他办公室来，严文武接到电话后便急匆匆赶来见杨书记。身着黑呢中山装的杨书记看上去神情严肃，严文武就有些紧张起来。杨书记看到他说了句："严文武同志，你来了，坐吧。"

秘书倒了一杯水放在沙发前的茶几上,掩上门退了出去。杨锐习惯性地用手捋了捋大背头,开门见山地说:"明天地委开常委会研究你的任职问题,所以今天按照惯例我这个第一书记约你谈话,一是关于你的具体职务,二是听听你个人的意见,有什么困难也可以直接讲,不要有顾虑。"

严文武双手平放在膝盖上,眼睛平视着坐在对面单人沙发上的第一书记,略显紧张但又不失气度地回应道:"我坚决听从组织上的安排调遣,没有其他想法。"

杨书记听后,紧绷着的脸放松些许,露出一丝笑容说:"那很好啊!不讲条件是我们党任用干部的基本要求,但有困难还是可以讲的嘛!个人家庭的、工作上的困难,都是可以跟组织上讲的!组织上也考虑到了你爱人许晴,她随你调动到同一个地方机关工作。"

严文武听此放下心来,起身向杨书记鞠了一躬,谦恭地说:"感谢组织上关心!"

杨书记接着郑重其事地说:"我们初步商量了一下,提议你到圣林县和涪山县担任中心县委常委第一副书记和涪山县县长,你有什么意见?如果没有意见,明天常委会上我们将正式提出讨论。"

就在谈话后的第二天上午,严文武的第三个儿子呱呱坠地了,他的小家庭今年可以说是双喜临门!前几日许晴做了一个梦:有一群兔子在草地上吃草,其中一只很可爱的小白兔蹦蹦跳跳地进了家门。第二日她想了又想,就专门托人到城隍庙求了一卦,是个上签,求解只有两句:"群兔上来出贵官,白兔入家主吉祥。"许晴当时就信了,说她要生的这个宝宝是个吉祥儿。现在果然应验了,许晴决定过几日要亲自去城隍庙上香跪拜致谢哩!夫妻俩为此子取名严兵,有出兵圣林涪山,大展宏图的寓意。

沙州地委所在地沙州县城是一座历史文化名城,素有"南塔北台中古城,六楼骑街天下名"之美誉。另外,此城还有使沙州城人受益匪浅的宝物,即远近闻名的"桃花水"。都说沙州城姑娘皮肤又白又嫩,就是从小喝桃花水的缘故。据说桃花水源自沙州城的普惠泉,此泉水温常年保持在十到十二摄氏度,日流量达一千五百吨，具有清凉、甘甜等特点。时至今日，每天仍有一千多吨桃花水被输入沙州城区自来水管道。

许晴随夫调入沙州地区行署所在地沙州县，被安排在沙州县委宣传部，仍然干她的老本行。她为人正直谦和，与同事们相处融洽，工作起来决策果断、办事利落，是宣传部的骨干，一直很受领导器重。近日因临近预产期，许晴请假在县委家属大院住所里休养。她已生了两个儿子，想着这胎极有可能是个女儿，越接近预产期，想要女儿的心思就越强烈。她感觉丈夫也想有个女儿，每每和他探讨这胎是儿是女时，他常常会不经意说出"女儿一定会和妈妈一样漂亮""说不准鼻子呀嘴巴呀长得像爸爸"一类的话语来，可见他也很希望即将出生的孩子是个女儿哟！每次想到这些，许晴心里总是美美的，她愈发感受到家庭生活是如此幸福美好。

这日严文武从机关回到家时已是傍晚时分。看到丈夫掀开门帘进来，许晴深情地看着他，微笑着问："文武你回来啦。吃饭了吗？梅梅还给你留着饭呢，你爱吃的素馅儿蒸饺，让她给你端过来！"

严文武一脸喜色，笑着说："在机关灶上吃了。"

接着，他双眼放光地向炕上半躺着的许晴故作神秘地说："晴晴，我告诉你一个好消息，你先猜猜是甚？"

许晴眯着一双杏眼想了想，说："甚？肯定是好事嘛。是甚好事嘛，我得仔细想一想，想好了明天告诉你。"许晴也卖起关子来。

严文武马上识破了她，于是慢条斯理地说："不急不急，你慢慢想，一夜长着呢。想好了，明天前晌给我说，明天前晌没想好，明天黑里再给我说，反正又不是我不知道的事情，是你不知道的事情，我急什么，对不对？"

许晴看他经得起逗，自己先急了起来："算你憋得住，不怕憋得尿湿了裤子！"

说着张开双臂对严文武柔声撒娇说："快上炕来吧，人家想你一天了哩！"

严文武就脱掉外衣，上炕偎在她身旁，伸手摸了摸她高高隆起的肚子，关切地说："眼看着就要生了，有没有甚不舒服？"

许晴抱住他的一只胳膊，细声细气地说："今天阵痛了两次。县医院妇产科王主任今儿后晌刚刚来过，她说不是今天就是明天，明天的可能性比较大，她明天一早赶过来。你明天能在家里吗？请一天假行不行？你在跟前我心里就踏实。"

严文武亲了亲她的脸蛋，说："我今天已经请好假了，我们部长给我批了三天假，让我看着孩子出生。"

许晴眼睛湿润了，感动地说："你们姚部长真是个好人，真有人情味！谢谢你，文武。你考虑得真周到，我也要代表肚子里的娃娃谢谢你。"

严文武马上回应说："晴晴，你说这话就见外了，我爱你还爱不过来呢。你给我生了两个那么好的儿子，现在又要给我生一个孩子，我真是太有福气了，我要一辈子补偿你哩！"

"现在可以说说你的好消息了吧？"许晴笑眯眯地听了丈夫这一番真情表白，故意掩饰着内心的激动说道。严文武就有些自嘲地说："是有很大很好的事情落在我身上！小时候我大常对人说，他这个儿子命里头带着狗屎运哩，说不准甚时一泡狗屎踩上运气就到了！我大还找人给我算过命，那人说我能当一个很大很大的官，弄好了能当一个州官，至少能当一个县官。如今这泡狗屎不小心让我踩上了！今天上午杨锐书记找我谈了话，让我到下面一个中心县委当第一副书记兼一个县的县长，提拔我做正县级，听听我个人意见，明天就正式提交地委常委会讨论了。"

许晴听后兴奋得满脸通红，有些语无伦次地说："你也太日能了吧，你才二十六岁就正县级了！日怪呀，这泡狗屎怎就偏偏往你脚上蹭……"

严文武身高一米七八左右，看上去不胖也不瘦，健壮有力，皮肤略白，单眼皮下的双眸深邃而坚毅，看人及与人交谈时，目光很专注，立即让人觉得很有威严，不敢对他说假话。他总是穿一身洗得有些发白的半新不旧的蓝色中山装，整个人看上去干净利落、精神饱满。他父亲严耀祖小时候也曾念过几年私塾，新中国成立前曾在山西和内蒙古之间跑些小买卖；做买卖赚了不少钱后就在内蒙古买下几十匹好马，过起了放马、贩马悠然自得的日子；之后娶了一个同是牧马人家的蒙古族姑娘为妻，生了一子，就是严文武。严文武十四岁刚读完小学,严耀祖就卖掉大半马匹,带着妻儿来到陕西金边县,供严文武接着读中学。中学毕业后,不满十七岁的严文武撒谎说要去延安学做买卖,背着父亲和几个要好的进步青年学生一道奔赴延安,参加了革命队伍。在部队他加入了中国共产党,从班长一路升至排长、连长、副营长,二十岁时被选任文化教员,后调至三边地区金边县委任宣传部副部长、办公室副主任,二十四岁提升为办公室主任、县委宣传部部长、县委委员、中心县委常委。由于工作出色,后又上调沙州地委宣传部,提升为副部长。他的仕途一路绿灯,是众人看好的年轻有为的领导干部。

许晴从在金边县委工作时起,就备受县委大院女人们的羡慕,除了她本人相貌出众外,更是因为她的丈夫严文武在机关大院里享有名气,是大院里众多未婚女子择偶的理想型男人。假使你在机关大院里随便问一个未婚女子想找一个什么样的对象,她一般都会毫不犹豫地说,找一个像严文武那样的。大胆泼辣一点的女子兴许会直截了当、半开玩笑半认真地告诉你:"我就喜欢像严文武那样的,有相貌、有才气、有能力的壮实男人!"

许晴属于天生丽质的那种女人,她的俊美和举手投足间显露出的优雅贵气,丝毫不亚于任何一位名门贵族琴棋书画皆通的佳丽!银州自古出美女,许晴就出生在银州这座历史文化名城内的一个富裕之家,从小就被父母百般宠爱呵护着,过着饭来张口衣来伸手的大小姐生活。她和她大哥的长女许兰芝同年同月同日生,那天傍晚她家那座三排宅院的大宅子第二排宅院的两孔窑洞里,先后听到婆媳两个女人的叫喊声和婴儿的啼哭声;相差不到一个时辰,在那两孔窑洞的门外头,焦急守候着的父子俩也就先后为接生婆的一句"大人娃娃平安"松了口气,咧开大嘴相视一笑,以示庆贺。

许晴的父亲许恒瑞是银州城内颇有名气的铜匠。许恒瑞擅长于上制作各式常用铜器,在街道上有一个大铺面,正门上悬一块木质大招牌——许记铜器。他家生意算得上兴隆,铜器做得精致耐用,价格合理,吸引着很多南来北往慕名而来的客人。靠着父亲许恒瑞精湛的祖传手艺,加上他为人诚信、处世忠厚,铜器店铺越发兴旺,许家更加富裕,在城南又修建了二十六孔窑洞和一个大作坊院子,前、中、后三个院子由左右厢房连在一起,大门外两旁坐落着一对一人多高的大石狮子，看上去威武气派，银州城尽人皆知：这座大宅住着许氏家族！

许晴十六岁在银州县那所享有盛名的银州中学毕业后，就闹腾着要去延安参加革命。她爸许恒瑞对此表示坚决反对："一个女娃娃家不要想起个甚就是个甚，不管后果是个甚！想参加工作在咱们银州不行吗？要闹革命就在咱银州闹嘛，跑到延安那么老远的地方做甚嘛，我和你妈怎能放心哩？趁早死了这条心，家里头根本就不可能答应！"

许晴就披头散发红着双眼撒娇："人家就是要去嘛，非去不可！"

许恒瑞说："这回不能依你，你是由性子由惯了，都是你妈给你惯下的毛病！"

许晴就一屁股坐在冰凉的石板地上，蹬着双腿号哭起来："人家学校老师都说了，有些家长是思想顽固落后，就得和你们斗争哩。"说着双肩抽动得更厉害了。

许恒瑞见此真有些生气："你念书就只学会要跟老子斗争了，老子今天就和你斗，看看谁斗得过谁，我还就不信斗不过你这个犟女子！"

许晴哭得剧烈地咳嗽起来，呼吸也越来越急促，断断续续说："从现在起我就绝食，饿死算了！"

许恒瑞急了眼："没见过这么不懂事的犟女子，拿不吃饭逼你老子，没良心的犟女子！好好好，你不吃饭，老子也陪你不吃饭，把老子也饿死算尿了！"

夜里许晴睡在炕上辗转反侧难以入眠。她冷静下来后开始反思自己对父亲的不敬，觉得自己的言行有些丧失理智，对父亲是一种伤害。想着父亲平日里对自己百依百顺疼爱有加的种种情景，她很内疚，很自责。她想父亲此时也许和她一样睡不着，也许正在为她的行为而伤心。她开始心疼她最亲爱的父亲，她想跑过去跪在父亲面前，向他赔罪，请求他原谅女儿的不懂事。她想象着父亲原谅了她并露出可亲可敬的笑容。想到这里，她一下子就释然了，慢慢地有了困意……

次日早晨，头戴丝绸瓜皮帽的许恒瑞端着一个盛了两碗牛油炒面茶的黑漆木盘来到女儿住的窑洞门口，喊着"晴晴、晴晴"推门进来。许晴见状就大声应着"爸爸、爸爸"，从炕上坐起身，用开玩笑的语气说："爸爸，你怎么把饭端到我窑里来了，是要和我打平伙吗？"

眼前这情景让许恒瑞有些反应不过来，他没想到昨天闹腾的女儿今天像是换了一个人，于是一脸茫然地说："对对对，爸爸和你打平伙。"

他刚刚去伙房端盘子时，还在想怎么才能劝动女儿不要绝食闹脾气，把油茶吃了。父女二人心照不宣，只字不提昨天的争执。其实许恒瑞心里怎能不明白，他的两个儿子四个女儿中，他最疼爱的排行老五的晴晴性格最执拗，她认定的事情就算费九牛二虎之力都拉不回来，任谁劝都没用！她这种脾性在家里有人让着护着，到了外面人家谁让她？不吃亏才怪哩！但看到女儿昨天那架势，做老子的没有了办法，只能随她的性子吧，不管怎么说延安是革命根据地，基本安全还是有保障的，她执意要去就让她去吧。许恒瑞心里想着就叹了一口气，说道："晴晴，你这些天想吃什么就给你妈或者你大嫂说一声，让她们给你做。"

许晴听出了父亲的话外之意，装作不懂地逗他说："大家吃什么我就吃什么，为什么要专门给我开小灶？难道我是坐月子的婆姨？"

许恒瑞虎着脸说："姑娘家家的说这号话，要不要眉眼？不怕人家笑话！"

许晴明白父亲已默许了她去延安的事，心里好生欢喜，却又心疼起父亲来。她想找个机会和父亲谈谈心，表达一下她对父亲的敬爱之情。

许晴随着银州中学十几个思想进步的同学一道，历经千辛万苦步行到了延安。当时根据地各地都急缺干部，急缺识字的进步人士。他们一行人到延安休整没几天，经过个人申请及组织审查批准，就被安排到了青年干部集训班进行为期三个月的军事化学习培训。上午是理论学习，其中必学课文之一就是毛主席的《论持久战》，还有《为人民服务》《愚公移山》《纪念白求恩》等课文；下午进行军事化训练，要求非常严格，教员都是作战经验丰富的军人，对女学员也是毫不留情。这三个月他们可谓是真正领教了部队生活的艰苦，体验到共产党队伍中倡导的不怕苦不怕累的大无畏精神。这是他们的最大收获，将成为他们此后革命道路上坚定信心、争取胜利的法宝。虽然他们每天都累得筋疲力尽,但他们的精神每天都是那样高涨而饱满。三个月紧张而充实的集训生活在不知不觉中结束了。上级通知：本期集训班休息三天,等待分配。

集训班结业总结大会上,许晴注意到一位随同集训处首长而来的高个子军官,他身着八路军军服,身上挎着一把盒子枪,看上去英武俊朗,许晴不由得心中一动。她听到主持结业大会的集训班负责人介绍道："这位是严文武连长。"

只见台上最边上坐着的严连长站起来向大家敬礼,许晴的心跳不自觉地加速起来,双颊不由得发热泛红。她和严文武的第一次碰面就发生在这样一个特殊场合,严文武这个名字,随同严文武那英俊的脸庞和高大的身影,一起牢牢地留在了她的心间。

结业会后,许晴坐在学员宿舍外的石条凳上发呆,脑子里满是严文武的神情和敬礼时的身姿……他那么年轻、英俊、高大,让人不禁心动。他好像曾经在她面前出现过,可她思来想去,始终无法从记忆中确定这一点。三天后的分配工作会议上,集训处领导念到许晴的名字时宣布："经研究决定,许晴同志被分配到金边县委工作,请会后领取干部介绍信,两日内做好准备,前往金边县委组织部报到。"

地委常委会上午八点如期召开,主要议题是调整圣林和涪山两县中心县委和县政府领导班子及其他几项人事任免。出席人员包括七名常委、一名列席常委会会议的地委委员、记录员王敏,以及地委组织部青年干部科科长。列席常委会会议的地委委员就是现任圣林涪山中心县委书记廖志高。此人是位资格很老的干部,在沙州地区十二个县级以上领导干部中他的资格最老,比地委杨锐书记参加革命还要早；早在土改初期他就是圣林县委书记,而比他小一岁的杨锐当时是涪山县委副书记、副县长。只是廖志高本人文化程度不高,没有念过书,仅有的那点儿文化也是在参加革命后一个字一个字跟别人学会的。他最大的优点是肯干,对党忠诚,对身边干部关心爱护；弱点是思想保守,缺乏开拓精神,十几年来,工作上没有明显的成绩。总体上讲,廖志高是位受人敬重的老革命。这位年近六旬的老领导的女婿李德功在涪山县担任第一副县长,几年来一直想通过岳父的关系把自己推到正县长那把交椅上,而且廖志高也觉得女婿德功在副县长位置上的苦劳功劳都够得上扶正条件了,有心扶女婿一把。可让他提出给女婿转正,总觉着不好开口。廖志高这时坐在大会议室桌前,凹陷的一张瘦脸此时在头顶灯光的照射下显得愈发苍老,两只超大的招风耳像斜插在花瓶上的两把扇子,头上戴着一顶讲究的黑呢帽,乍看上去有点儿滑稽,让人联想到杂技场上的猴子!很明显,这个瘦老头今天意在分得一杯羹。

会议室大长桌前的每位参会者面前都放了一只白瓷茶杯,往上飘着冲了开水后的一团团雾气,大家的面部肌肉都识趣地紧绷着,以示严肃认真。每个人心里都明白今天的议题不同寻常,得处处谨慎小心!主持会议的组织部部长操着一口绥州腔,开口说道:"现在会议开始!先请咱们杨书记讲话,大家伙儿鼓掌欢迎!"

杨锐说:"福春部长让我说几句,我就说几句吧!这个圣林涪山是个中心县委,啊,圣林是咱地区面积最大、人口最多的大县,啊,加上涪山县,在咱地区的重要性,啊,在座的各位都清楚,啊,所以这个这个,选派一名年轻又得力的干部到圣林和涪山中心县委担任第一副书记,啊,关系重大,啊,关系重大,啊。经过组织程序初步选定的人选就是严文武同志。另外,原中心县委第一副书记、涪山县县长路国斌同志病退已一年有余,啊,提议由严文武同志兼任。大家对此有什么意见或建议,就请畅所欲言吧,啊。"

每次干部会议杨锐总是习惯在一句或半句话后用"啊"以示语气停顿。

于是常委们逐一表态,一致赞同提名人选严文武出任圣林涪山中心县委第一副书记、涪山县县长。杨锐书记见各位常委都表了态,就建议立即进行举手表决,大家就都举手表示同意。列席会议的廖志高一直在等杨锐或组织部部长姚福春主动请他讲意见,当看到杨锐并未主动征求他的意见时,他知道大局已定,心想少说为妙。杨锐书记在常委会结束时总结道:"希望圣林涪山中心县委廖志高书记以老带新,全力支持严文武同志的工作,开创圣林、涪山两县工作的新局面!"

这天下午一点,地委组织部打电话到沙州县委宣传部,请他们务必到严文武住处口头转达一下地委组织部通知:请严文武下午到组织部找姚福春部长,有要事面谈。而此时许晴刚生产完,虽然不是夫妻俩期待的女儿,但此子出生时重八斤半,白胖白胖、眉清目秀的,可爱极了!

许晴和严文武都喜欢得不行。严文武把儿子抱在怀里,目不转睛地盯着他看,一直舍不得放手。正当一屋人高兴之时,忽听见外面有人扯着嗓子喊:"严文武在这儿住吗?"

严文武把婴儿小心递给接生婆,出去屋外一小会儿,又回屋对炕上躺着的妻子说:"组织上有急事找我,我去一下,办完事就马上回来陪你。"说着就靠上去轻柔地握着她的手,又说:"等着我,一会儿就回来。"

屋内的婆姨们见状就禁不住笑开来。接生婆咧开两片厚厚大嘴唇,笑着说:"看看人家小两口相好的哟,一会会儿都舍不得分开哟!"

夜里,严文武看着累了一天正在睡梦中的妻子,又怜爱地望了望躺在妻子身边的小宝宝,兴奋得不行,没有一丁点儿睡意,就轻轻地握着妻子的手,看着她睡。今天真正是"双喜临门":其一是喜得贵子;其二是喜得升迁。想想四年前他和许晴在金边县相识相爱,后来娶她为妻,婚后三年她给他生养了两个儿子,老大取名严工,老二取名严农,如今又添了老三,取名为严兵,小名就叫小毛。他才二十六岁,就已经是三个孩子的父亲了,而且官至正县级,这在整个沙州地区县级干部中可是无人能及的。可以说他是家庭、事业双丰收,人生得意不过如此啊!严文武兴奋地回味着现实生活中所获得的一切美好的东西,脑子里便浮现出这样的句子:"如鸿雁高翔,如凤鸾振起。"

他随即下炕,坐在书桌旁提笔写道:

理想带我走上升迁的征途,
勤奋陪我走过途中的坎坷,
才华让我步步高升,

能力助我一日千里。

——严文武自勉

严文武扭头看了看熟睡的妻儿，接着又写道：

亲爱的晴晴：
　　你是我的心，你是我的肝，你是我冬天贴身的羊毛衫；
　　你是我的情，你是我的爱，你是我喝酒时的下酒菜；
　　你是我的天，你是我的地，你是我仕途上的根据地；
　　没有你，我生不如死；为了你，我奋不顾身。

后来许晴无意间看到他日记里这些话语时，做出的评价是：念着牙有点儿酸，但是能品出你的真情实意！

刚满四岁的小琪是严文武的长子，大名叫严工，四年前在金边县委大院里出生，现在和同样在金边出生的弟弟小玮一起在沙州县委机关办的幼儿园托管。每天由家里的保姆梅梅一大早送去，晚饭后再接回家。严工这孩子，特别爱欺负别人。在幼儿园里拿起后桌小朋友的铅笔盒扔着玩，然后又扔在地上用脚踩；上课时会不停地抓前面小姑娘的小辫，还往辫子上抹鼻涕；画画时把别的小朋友的画撕成碎片；吃饭时大喊大叫要阿姨给他拿他爱吃的东西，把不喜欢吃的东西丢在地上用脚踩，阿姨批评教育时就淘气地号叫着："爷就不吃！爷就不吃！"还手脚并用抓踢阿姨。

严工在幼儿园的种种顽皮和恶作剧行为，让幼儿园的老师和阿姨们叫苦连天，无法忍受。许晴无奈，多次到幼儿园赔礼道歉，见她态度温和诚恳、好言好语赔礼，阿姨们一让再让，勉强把严工留了下来。这孩子生性极端自私，容不得别的孩子比他强比他好，只要不对他的性了，他就开始搞破坏、搞报复，甚至出手打人。为此，严文武也去了幼儿园几次，每次去时，几个阿姨将他围在中间，你一言我一语，抢着列举严工的劣行。

有一天，严文武和许晴说起两个孩子在幼儿园托管的事。许晴说："小玮比较乖顺，就是小琪不让人省心，皮得很！"

严文武就有些气急地说："你说小琪这熊娃娃像谁了，怎么就这么捣蛋？！"

让几个婆姨围住告状，弄得我这当老子的一点儿面子也没有！"

许晴知道他想说什么，就说道："我又没见过你三四岁时是什么样子，我怎么知道他像谁？难道你觉得我小时候是他这个样子吗？"

严文武就说："说不定像他舅舅哩，人不都说外甥像舅舅嘛！"

夫妻俩你一言我一语，最终得出一致结论，小琪之所以如此不成器，主要有两个方面的因素：一是遗传；二是他们对这个长子过分娇养放纵。遗传基因不作深入探究，娇生惯养他们两人都有责任。于是两人第一次在教育子女的问题上达成了共识，决定以后要互相配合，加强对子女的教育。

许晴从延安青年干部集训班结业后，就被分配到金边县委工作。她到了金边县后立即向组织递交了干部分配介绍函。之后不久，县委组织部通知她：组织上研究决定把她安排到县委宣传部工作。这年她刚刚十七岁。她从银州老家离开前和父亲许恒瑞就已经冰释前嫌了，她向父亲提出想要一个他亲手做的铜质旱烟锅。

许恒瑞放下正在用钢质锉刀打磨的一件铜器，有些不解地问她："你要烟锅做甚？像你妈一样，抽烟吗？"

许晴忍不住笑道："嗯，咋了，不行吗？"

许恒瑞没当回事，又拿起锉刀继续打磨固定在台虎钳上的铜器。许晴看他左手把着锉刀头，右手握着锉刀把，上下推拉着，那铜屑粉纷落地，铜器表层打磨之处变得光亮美观起来，不由得称赞说："看起来你这老汉还有点儿真功夫！啊呀，爸爸，干脆收我做徒弟吧，我也想光宗耀祖呀！"

许恒瑞"呸"了一声："没正经！你还是革命去吧，我还落个革命家属的名分呢，就像人家乔家，儿子参加革命，大门上就挂上了一块革命家属牌牌。"

许晴说："你稀罕我就给你挣一块回来，挂在咱家大门上，人家要问起，你就说我家三女儿晴晴是革命干部，你说你多光荣、多美气！"

这话说得许恒瑞乐起来，笑着说："我娃也算有出息，我给人家说起我女儿在延安当革命干部的事也露脸着哩！"说着就又问她要旱烟锅做甚用。

许晴说一是做个纪念,想爸爸了就拿出来看看;二是作为一个信物,将来送给娶她的那个男人。

许恒瑞听了,感动地说:"你能常记得爸爸就好,爸爸没有白疼你,一年半载能抽空回来看看我和你妈妈就好。常写信报个平安,甚时受不下苦就回来,不要硬撑着不说。脾性要收一收,尽量不要得罪人,不要什么事都由性子,容易吃亏哩!爸爸给你好好做一个好看的全铜旱烟锅,一两天就给你做好……"

许晴的母亲艾氏是位五十岁出头的小脚妇女,十五岁就嫁给了十八岁的许恒瑞,多年来不光为许家生养了两儿四女共六个子女,还不辞劳苦,每天从早到晚地忙个不停,把一家人里里外外、吃喝拉撒都打理得井井有条,左邻右舍常夸她是个一心一意过光景、能干的好女人。她娘家也是银州城里的大户人家,在城北街上开着两间大铺面,经营油盐酱醋、高低档布料及针头线脑之类的小商品。

这天用过他们家一贯吃的早茶,许晴见妈妈在厨窑收拾碗筷,忙跑上前去,说:"妈,我想和你拉拉话哩。"

艾氏回头看到女儿,笑了笑说:"好呀晴晴,等忙完了我到你窑里去,你回去等我。"

艾氏听女儿说起去延安的事不由得泪流满面,不停抽泣着说:"你爸爸点头答应下的事我还有什么办法?可是妈实在舍不下你呀,晴晴,你到那么远的地方去,我怎能放心呀?这个家大事都是你爸爸说了算,我急得几夜都睡不着。你说你个女子娃娃家,遇上点麻烦可怎么办呀?你这个犟女子,怎就这么不让妈妈省心……"许晴一边陪着妈妈掉眼泪一边拉起妈妈的手,竟然一句话也说不出来。

这日,许晴起床后简单梳洗一番就去县委食堂打饭。食堂大灶上做的酸辣土豆丝最合她的胃口,是她每天早饭必须吃的下饭菜。还有一道青菜炒豆腐也很可口,一份只需八分钱。主食比较单一,是荞麦面和苞谷面掺和蒸出来的窝窝头。许晴刚参加工作,每月工资仅有二十九块八毛钱,伙食每月支出八九块钱，剩下的钱除了日常生活用品开销，全部存在银行。她打算存上半年，给爸妈各买一件羊羔毛外套，尽一尽做女儿的孝心。灶上很少有肉菜，一个月有一两次卖肉菜，大家就抢着买。许晴很少舍得买肉菜吃，她觉得土豆、酸白菜、豆腐做的大烩菜已经特别香了，里边常常还放着不少羊油渣渣，特别下饭！

回宿舍的路上，许晴迎面碰见和她同一办公室的好友马玉玲。马玉玲也在延安青年干部集训班学习过，比她高一级。马玉玲比许晴大三岁，丈夫秦大伟在县委组织部担任干事，从部队转业到金边县委工作已有四年。二人育有一女，小名婷婷。许晴平日有心里话总爱和马玉玲讲，马玉玲也把她当作知心朋友。马玉玲性格开朗、为人豪爽、消息灵通，县委大院里没有她不知道的事情。

马玉玲看了看许晴手上端着的饭菜，大声问道："怎么还是酸辣土豆丝和窝头？这没有多少营养，量还少，你这是我一半的饭量，这样长期下去怎能行？"

许晴说："玉玲你别在路上咋咋呼呼好吗？我饭量一直小你是知道的呀！"

马玉玲接着故作神秘地小声说："你先回宿舍吧，我打好饭直接来找你，有重要消息告诉你。"

许晴从马玉玲那里得知他们宣传部要新来一名转业军人，听说是从延安来的，有可能担任宣传部副部长。

这一年许晴到金边县工作已近两年了。

第二章

　　许晴从好友马玉玲那里听说了宣传部要新来一名干部的小道消息。马玉玲还对她说："听说这个人还当过延安杨家岭警卫团的副营长,还在抗大分校当过文化教员,现在从延安军分区转业,主动要求到咱们地区工作,县委组织部按照姚副书记的意见把他分到咱宣传部了。我想他也是一个老资格了呀,经历丰富。"

　　许晴听她提到延安警卫团,一激灵,脑子里立即闪现出一个高大英俊的八路军军人形象,急着就问:"这个人姓什么呀?"

　　马玉玲说:"好像姓袁还是严什么的。"然后用手撩了撩头发,又说:"管他姓什么呢,他姓什么与咱有甚关系哩!来了不就晓得了嘛!"

　　许晴的心跳不由得加快了,心想,这人莫不是她在集训班结业会上见到过的严文武吧?天哪!没想到还能和他见上面!

　　马玉玲见许晴一副心事重重的模样,故意逗她说:"想甚哩?"

　　许晴说:"没想甚。"马玉玲说:"没想甚咋就脸红红的?"许晴说:"也不晓得这个人娶了婆姨没有。不过,既然是个老资格,年龄肯定不小哩,说不定早就有婆姨,有娃娃了。"马玉玲说:"那天下班回家就听我家大伟自言自语说,院子里头的女子们这下子又要忙乱起来哟!有热闹看了哟!我当时就问他咋就有热闹看了?甚意思?我家大伟说那后生是个光棍蛋哪!嘿嘿,长得那才叫个俊,男人们看着都觉得好看,不多见的俊后生!"

　　说完这番话,马玉玲偷偷观察许晴的反应,只见她双颊绯红,连耳根都变红了，就又撩拨她："这么好的男人，就看哪个女子有福气给他当老婆哩！"

许晴若有所思地暗暗叹了口气，说："这种事看人的缘分哩！"

这日夜里，许晴辗转反侧，夜不成眠。

延安军分区政治部李干事热情接待了严文武，很麻利地办好了他的转业手续。严文武从军分区机关大院出来，长长地吁了一口气，径直向长途汽车站走去。他买好次日前往沙州县的长途客车票，从警卫团驻地收拾停当行装，辞别了昔日的战友们，当晚就住在长途汽车站不远处的旅馆里。旅馆外面有一家卖羊肉汤饸饹的小铺子，严文武就放下随身行李，去吃羊肉汤。这家铺子专卖荞面饸饹，而且还是现吃现轧，把轧入锅的饸饹用漏勺和筷子捞出放到碗里，再用一把长把子铁勺从羊肉汤锅里舀满一勺带点漂着的红油辣椒的羊肉汤，浇入盛着饸饹的碗里，再放点葱和香菜，端上客桌，请客人享用。严文武看着羊肉汤饸饹就食欲大开，一口气吃了五碗，方才心满意足地搁下筷子，对店主说："你家的饸饹味道美气着呢，可是美中不足的就是……"

店主问："甚美中不足呀？"

严文武笑了笑，说："碗小了！"

第二天一早，严文武乘坐着长途客车一路颠簸。因这段路有多处修路，路况非常糟糕，客车走走停停开了十个小时左右才到了沙州县汽车站。严文武算了一下时间，估计赶到地委组织部也已经下班了。于是直接找了一家旅馆住了下来。早就听人说过拼三鲜是沙州城有名的小吃，原先没机会品尝，这次一定要吃上两碗！严文武看天已渐黑，就走出旅馆，沿着街道寻一家饭馆。华灯初上，街道上仍熙熙攘攘，两旁尽是做生意的铺子，严文武很快就发现一家看着不错的小饭馆，进去问了跑堂的，跑堂的说他们店就有正宗地道的拼三鲜，严文武点头叫声"好"，要了一碗拼三鲜、六个包子。不一会儿跑堂的端来一碗拼三鲜和一笼包子，说了声"请您慢用"，转身就退下了。

严文武看一眼碗里，五颜六色，非常诱人，再用小勺舀了汤尝了一口，顿时感到其味非常鲜美，不由得赞叹。碗里有三四片红烧肥猪肉，四五片炖得很软烂的上等羊肉，五六根撕成筷子粗细两三厘米长的优质鸡肉丝，还有两种粉，一种是薄薄的手工粉，一种是细粉条，软硬筋道恰到好处。又有荤素两种丸子和鸡蛋片、炸豆腐丝、海带，再就是绿色的菠菜、葱和香菜。严文武从来没有吃过这么好吃的烩粉汤，赞不绝口，竟然连吃三碗才过了瘾！

次日，严文武吃过早饭去了地委。他找到组织部，向干事王敏递上延安军分区政治部的干部调动函。王敏说："你这属于跨地区工作调动，存在工作再次分配的问题，我必须请示一下我们唐部长，请你耐心等一下。"过了约一个小时，王敏回来对严文武说："我们唐部长请你到他办公室去一下。"

唐部长也是一位部队转业干部，曾当过师政治部副主任，转业到沙州地委后，先在地委办公室任副主任、主任，之后调任组织部部长。见到严文武，唐部长站起身上前主动与他握手，语气温和地说："欢迎你，严文武同志！欢迎你转业到咱家乡工作！"

严文武一下子就感受到了家乡组织上的温暖，有点儿激动地说："谢谢组织上的关心！谢谢唐部长！"

唐部长接着说："从你带来的延安军分区政治部介绍信上看，你在部队上已经是副营职干部了，前途无量啊，你还这么年轻，到地方上会有很多进步的机会，把握好，年轻人！咱沙州需要人才需要干部哪！如果你愿意，你可以留在地委机关任职；当然，也可以把你介绍到金边县任职。现在我想听听你的想法。"

严文武没有犹豫，语气坚定地说："我早就打定主意了，我想回金边县工作，请组织上批准！"

三天后，带着一路风尘，严文武来到金边县委大院，径直去左院找组织部。

金边县委和县政府机关坐落在城南一片宽阔平整的土地上的大院里，新中国成立前这所大院曾是国民党县府所在地。走进青砖筑起的大门，看到左右两个院子，每个院子有五排窑洞，每排窑洞有十孔窑，整个大院显得宽敞气派。此时的金边县委和县政府分别在两个院内办公：左边是县委大院，简称左院；右边是县政府大院，简称右院。县委县政府所属各个部门分别设在各自窑洞办公室内，各司其职。严文武看到门框上方挂着组织部干部科的牌子，就推门走进去。窑洞里面靠窗户的办公桌旁正坐着一位男同志,见他敲门进来,抬头问:"请问你找谁?有什么事?"

严文武做了一下自我介绍,递上干部调动函。那位男同志说:"你好,我叫秦大伟!我们部长姚福春同志昨天就给我安排了你具体工作部门的事,姚部长说接到地委组织部唐部长的长途电话,要我按照他本人和唐部长的意见,即日拟定一份正式的《中共金边县委组织部关于严文武同志任职的决定》文件,下发到县委宣传部和各个县委县政府相关部门,你的职务是副部长,不知你有什么意见?"

严文武有些意外,按常规从部队转业到地方工作,行政级别应该低半级,也就是说到县委宣传部只能先任正股级干事。此刻他强作镇定,按捺住激动的心情,说:"谢谢组织上器重!"

秦大伟说:"行啊,小伙子!你刚刚二十岁吧?还没结婚吧?长得又这么精神,大院里又要热闹咧!年轻有为,前途无量啊,小伙子!"

严文武在县委招待所住了一宿,第二天去后勤科领取了办公用品及桌椅板凳、脸盆、脸盆立架、水桶等一应生活常用品,在后排一孔分给他的窑洞里打扫布置起来。他是个爱整洁的勤快人,不出两个小时窑里堆放的东西就收拾整齐,瞧着井然有序,他松了一口气,算是有了一个属于自己的小窝。现在他可以放松身心,做自己想做的事情。他觉得自己的运气真不错,近一段时间可以说事事如意,这个任职文件一两天内肯定就能发到各个科室,人们很快也就知道他严文武是何许人也了。

兴许是许晴对严文武的一片真真切切的爱恋之情感动了月老,这天夜里,躺在炕上的严文武做了一个奇怪的梦:梦中的他光着膀子在河里洗澡,看到有条鱼浮出水面,摆动着身体在他身边游动,他伸出双手去抓,那鱼儿非但不惧,反而抬头望了望他,似乎在笑,随即摆了摆尾巴又游走了。又见岸边花丛中,两只蝴蝶扇动着翅膀翩翩起舞,严文武心想,一定是小两口,看上去感情不错。它们忽然展翅飞向他,分别落在他的左右肩膀上,其中一只还伸出长长的口器,吸嘬他肩上的水珠……

这天,组织部部长和干部科干事秦大伟带着严文武到宣传部报到。宣传部部长王贤、副部长李玉良、干事许晴和马玉玲都在部长办公室门前站着等候。寒暄一番后，秦大伟偷着向妻子马玉玲眨巴眨巴眼就随部长告辞回去了。这当儿，许晴一直注视着她日思夜想的男人。宣传部部长王贤向严文武介绍许晴时，许晴双眼热辣辣地盯着他说："我们不是初次见面吧？"

严文武第一眼看到许晴就不由得神魂颠倒了，一时间显得手足无措，语无伦次地应道："可能是吧，好像在哪儿见过吧。唔……唔，这就认识了嘛，请多帮助，请多帮助！"

马玉玲看在眼里，对严文武说："严副部长，到我和许晴的办公室坐坐吧！"又向许晴眨眨眼："许晴同志早就为你沏好了茶！"

许晴感激地偷偷瞟了玉玲一眼，对严文武做出一个请的手势："严副部长请！"

严文武和许晴的爱情迅速拉开帷幕，快速升温，如同干柴碰着烈火，没过多久，两人就闪电般地结婚了。小夫妻俩当时是被同事们非常看好、非常羡慕的一对。十八岁的许晴称得上是典型的陕北美女，一米六三的个头，身段苗条，亭亭玉立，白璧无瑕，看上去娉婷袅娜，加上她出身富裕之家，还上过中学，更显出与众不同的高雅气质。

婚礼后送走众客，面对着脸蛋红扑扑的娇妻，严文武深情而温柔地说："我严文武何德何能，这辈子咋就娶上你这么俊文化又高的婆姨呀！啊呀，不知道咋就修下这么大的福呀！我一定一辈子对你好，一辈子保护你，让你跟上我好好享福！"

听到这一番发自内心的表白，许晴含情脉脉，眨巴着美丽的杏眼，对她的新郎柔声细语道："文武，你这么说可真让我感动哩！我真是好运气，老天爷把我嫁给你这么好的男人！我嫁给你我妈说她可放心了，说她见到你第一眼就觉得可顺眼了；说一眼就看出你是一个靠得住的有情有义的男人；还说你人长得俊气，说话稳当，又有气势，将来说不定能当上一个大官哩！"

严文武默默地听着，看她说话时的乖巧样，一股怜爱之情油然而生。

许晴喝了口水，润润嗓子接着又说："我妈还说我从小任性，容易急躁，脾气上来就不管不顾,以后可是得多注意哩!说我遇事要静下心多想想,对你要温顺些,不要说话做事直杠杠的,男人是吃软不吃硬哩!"

严文武听着就禁不住笑了起来,说:"咱妈真是够操心的,嫁女子想得这么周全,不会连怎么生养娃娃也要给你交代清楚吧?"

许晴急着说:"我妈没有给我交代这些事情,她的意思我都明白,就是要我把你伺候好。"

许晴一脸娇气,一副单纯而认真的样子,让严文武不由得又生出一股怜爱之情,他展开双臂紧紧搂住许晴,对着她耳朵说:"你这么善解人意,总是想着我的感受,让我觉得很温暖,心里很感动,我也会好好努力工作,让领导看得起我,不辜负咱妈对我的期望!"

许晴也愈发用劲抱紧他,说:"你官大官小我倒不怎么在乎,关键是为人做事堂堂正正,实实在在为公家办事!"

许晴又贴近他的耳朵说:"我想问你一句话,是我心里想着的一句话,不知道说出来你会不会计较。"

严文武会心一笑,说:"有甚话咱婆姨汉两个人不能说的?快说你想问我什么。"

许晴便小心翼翼问道:"咱们机关大院里有那么多俊女子,有的条件比我还好,为甚你偏偏就看上我了?"

严文武听她问到这个问题,毫不犹豫地说:"因为你最漂亮最吸引人呀!我第一次见到你时就喜欢上你了,你走起路来那么好看,弄得我常常走神哩。"

许晴心跳加快,就又问:"你走神了在想甚?"

严文武坦言:"就想甚时候能娶你做我的婆姨,和你睡在一个窑里一盘炕上,睡到一搭搭里,你抱着我,我抱着你,一直白头到老!"

许晴害羞地撒娇嗔怪道:"咦,原来你这么表里不一呀!"

严文武抓住她的一只手说:"我这会儿就咂摸着抓住这只手是什么感觉。"

许晴红了脸问:"那你说说有甚感觉。"

严文武说:"心里头暖暖的,感觉特别快活!你没觉得吗?"

许晴忍俊不禁,说:"我觉得你说的和我的感觉是一样的,咱俩的心相通着哩!"

严文武的父亲严耀祖和母亲塔娜从内蒙古草原来到金边县,供养独子严文武读了中学。夫妇俩除了贩运羊毛外,也做一些皮革生意。严文武自从对父亲撒谎说去延安学做生意之后,就再未见到过父母,只写过一封信,托人带到金边县交到父亲手上,把他参加革命队伍的事大致做了个交代。他的父母托捎信的人给他带了封回信,报了平安,也提到回草原的想法。严文武感到很自责,他是独生子,却很少关心二老,觉得自己不孝,离开五年来没有探望过父母一次。他从延安再次回到金边时,方知父母刚刚回草原不久,悔恨没能见上父母一面。和许晴谈对象时,他就写了一封信寄给父母,告诉父母他和许晴找时间一定到草原看望二老和外祖父外祖母。

金边县接到地委紧急电话,要求加快加大支援朝鲜志愿军物资筹集的力度,县委县政府立即召开紧急会议,研究落实各项筹集任务。会议上,县委组织部负责人宣布了一些人事调整的人员名单以及任职的决定,严文武听清楚了自己的新职务:严文武同志兼任县委办公室副主任,负责协助办公室主任做好援朝物资的筹集工作。眼前的筹集工作不容乐观,城内各界的筹集情况还算顺利,说明宣传工作已见效果,但农村是筹集重点,特别是粮食这一块,工作基本没有开展起来,筹集的物资还不到计划的百分之十。金边、顶边两县是沙州地区的产粮大县,粮食总产量占了全区的百分之四十多,但是近年来由于政府征粮过于频繁,力度过强,老百姓卖粮和上缴、筹集公粮的积极性减弱。据此,县委书记李达前些天特地召来严文武、崔国斌和牛大奎三位年轻的得力干将,鼓动说:"关键时期,特殊时期,组织上要求你们几位年轻的共产党员以身作则,为党分忧,为组织上解愁!你们要在现在工作成绩的基础上,打开农村粮食筹集工作的局面,完成计划!"

中心县委书记李达,瘦高个儿,大背头,头发已有些稀疏,三十七八岁的样子，是位抗战初期参加八路军的老资格领导，也是沙州地委委员。

严文武前些天收到父亲严耀祖的一封信，让他很振奋。他没想到父亲这位经商之人竟然有如此高涨的爱国热情！信上说：

文武我儿：

我在这里为你卖掉了五十匹马，买粮食路途太远运输困难，就直接给你汇钱吧，金边那边粮价比我们这儿还便宜，你收到钱后买成粮以你和我的名义捐给志愿军，我在这儿捐不如你捐好，你还有前程奔哩！另外还有一批干奶酪和奶油、羊肉干，还没有筹集齐，之后托做生意的马队朋友捎给你，记住留一部分给你老婆坐月子时吃！

想念你们的你大严耀祖和你妈塔娜
1951年7月16日

那天严文武拿信给许晴看了后，许晴感动得满脸泪水，语气坚定地说："咱大咱妈真好！等我生了娃娃，咱们一定回一趟准格尔旗！"

严文武简单收拾好行装，带上组织部的介绍信，计划先去王家圪崂乡。昨晚已向许晴说好了不用送他，可许晴还是来了，肩上背着一个草绿色粗布挎包，鼓鼓囊囊装满了东西，她路上走得急，满脸通红、气喘吁吁地说："怕赶不上送你，累死人了！"

"不是说好了，怎么还是来了？"严文武心疼地说，"怎么又拿来一个挎包？我下乡到处跑，东西带多了麻烦！"

许晴说："到了乡下饥一顿饱一顿，我担心你有时赶不上饭时，就给你烙了些杂面干饼子应急吃。"

严文武看了看挎包，问："哪来的面？"

"从马玉玲家拿的。"许晴说着就把挎包递给他，又嘱咐说，"你骑自行车只能到王家圪崂乡政府，往上王村去有一段山路只能步行哩！"

严文武说："我晓得，你放心！"他上前抱了抱妻子，跨上自行车渐渐远去。

　　王家圪崂乡是产粮大乡，政府每年在这个乡筹粮最多，大都是县粮食局和商业局牵头。今年也筹了一部分粮，但缺口很大，乡政府和村上都说没有什么好办法，农民不愿卖粮，黑市上的粮价比政府的高，粮食都外流了。王家圪崂乡政府院子里没有几个人上班，说是都到村子里去了，忙着筹粮呢！严文武看了看院子堆放的柴火和煤炭，侧房墙上挂满苞谷和高粱穗，靠墙是几辆沾满了泥的平板车，侧房最边上朝西的一间房像是乡政府灶房，宽大的窗台上放了些蔬菜。看看天近傍晚，严文武决定留宿在此，计划一下明日的工作。上王村距乡政府三十多里土路，高低不平，其中土崾陡坡有好几处，自行车无法骑行。平日去城里运输物资，大车小车驴拉车都多绕道几十里，往西到另外一个乡借道而行，方可抵达县城。他有一个好朋友叫王廷杰，是回乡青年，人长得浓眉大眼，头脑灵活，很健谈。他决定明天不急着找村干部，先找王廷杰，摸摸村里的真实情况再做打算。夜里，他睡在炕上又想起许晴，想起那双柔情的大眼睛，亲热时撒娇的模样……

　　严文武进了村子，东挨西问按照指点好不容易在村西头找到王廷杰家。这座院子很显眼，特别大，一定是上王村，不，是王家圪崂乡最气派的农家院子！大院整体风格也与众不同，大门足有两米五宽，两米二三高，更奇特的是院子围墙不光高出邻居两米，而且厚度足有一米，墙头上面晒了谷子、苞谷、高粱、荞麦、辣椒等。看得出这院墙是后来翻修过的——里外两面的青砖是后来砌上的。如此厚实的院墙，严文武也是头一次看到。院内有正房和侧房，全用青砖和白水泥建造起来的青白两色农舍特色住宅，朝南的正房有八间，朝东朝西侧房各九间。西侧房有伙房两间，一间做饭，一间放了一张特人原木色饭桌，其余七间空着；东侧房除了五间住人外，剩下四间敞开式喂养牲口用。院门开着，院内无人。严文武就独自一人转悠着，看了个仔细，心想：这老兄真了不起，这才几年光景，就闹腾下这么大的家业，至少够得上富农了吧！严文武不由得佩服。

　　严文武还清楚地记得他和王廷杰相识的过程。那年严文武父母从内蒙古准格尔草原来到金边县，是为了让他在金边县那所口碑不错的中学读书。当时，学生们大都在学校住并在学校灶上吃，特别是家在农村的学生，学校就是临时的家。家里有钱的学生每月交伙食费三块钱，没钱的拿粮食抵钱。王廷杰比严文武高一级，王廷杰在二年级一班，严文武在一年级三班，一日两顿饭，他俩都在学校灶上打饭吃。有天前晌饭时，严文武去得迟，吃完饭洗碗时无意间看见放洗碗大水桶地方的旮旯处的泔水桶旁圪蹴着一个人，左顾右盼，鬼鬼祟祟，像是在吃东西。严文武有些好奇，凑上前去想看个究竟。发觉有人过来，那人惊慌地抬头看了一眼，站起来准备离开。严文武就开口说："你别慌，我只是来洗碗的，没有恶意。你在吃晌午饭吗？"

那人放松了些，说："有的女同学把吃不了的烩酸菜倒在泔水桶里，干净的，不脏，喂猪了还不如我挑着吃点儿，不浪费！"说着咧开嘴露出沾了菜叶的牙笑了。

严文武问："你常来吃剩菜汤吗？你是不是不够吃？你是几年级的，在哪个班？"

对方对他一连串问话没有作答，站起身朝教室走去。严文武突然就产生了一种莫名的惆怅——可能是怜悯，这件事也许触动了他……

这天是星期天，严文武闲着不想看书，吃过前晌饭溜达到了街上，走到百货门市部，刚好想买点东西，就进了门。买好东西出了门，他朝学校的方向走去，在菜市口的一个地摊上看见一堆散放着的绿油油的小白菜和一个蹲着的半大小伙子，一边给一位老妇称着盘里的白菜，一边大声吆喝着："新鲜小白菜哟！绿油油的新鲜小白菜哟！便宜卖了！便宜卖了！"

严文武不经意看了一眼，竟然是那天洗碗时见到过的捞酸菜吃的同学！严文武心想：他怎么在这儿卖菜呢？他家人是附近的菜农吧？

后来严文武才知道，他叫王廷杰，是二年级一班的住校生，家在农村，距县城很远，家里连续两年收成不好，继父也不愿供他继续上学，给学校灶上交不了粮就没有饭吃。他后来在郊区认识了一个老奶奶，星期天帮她卖些新鲜蔬菜，说好按二八分钱，他拿二。有时星期天卖菜赚不了钱，他就一周没有饭吃，饿急了就跑到菜农地里偷生菜吃。前晌饭吃不上就偷着吃一些泔水桶里女学生们倒的菜，运气好还能吃上桶里漂着的馍馍。

王廷杰叹了口气,露出一种完全不符合他十五岁年龄的表情,对严文武说:"生活所迫,没有办法!我才念到二年级,我后大说明年不给我交学费了,不过我不怕,我一定要念到毕业,我准备假期就去打零工,挣学费和饭钱。我想只要想办法,人勤快,问题就能解决。咱们学校教语文的王老师教导我说坐而言不如起而做,我把这句话牢牢记在心里了。我是不怕吃苦的人,我要凭自己的劳动养活自己,供自己念书。"

听了王廷杰一番肺腑之言,严文武的内心深处受到了极大的震动,他们从此交心,成了好朋友。

第三章

再说严文武在王廷杰家大院里左等右等不见王廷杰，心里烦躁起来。他耐着性子等到傍晚，听到不远处传来说话的声音。声音渐近，听上去是男女的对话。男人说："今天弄得差不多了，明天我再跑一趟，把这事敲实了。"女人说："最好把钱带上，定金给了就放心咧！"

严文武看清走近的男人正是王廷杰，就大声喊："廷杰，廷杰，我是文武，严文武！"

王廷杰看见从他家院门出来迎他的严文武，激动起来："文武，是文武兄弟！"

两人热情拥抱在一起，互相拍打着背，久久不愿分开。王廷杰兴奋地说："多长时间没见你咧，把人想死不顶命哩！咋就才想起跑到我们这儿了？"

严文武说："想廷杰哥了嘛！下乡就抽空来看看你和嫂子。"

说着就指指身边微笑着的年轻俊俏的女子问："这位就是嫂子吧？你也不给我介绍下。"

王廷杰笑着赶紧就说："她是我的婆姨王改玲，娘家是咱下王村的。"

王改玲张开嘴露出一口整齐的白牙，笑着说："常常听他说起他有个拜把子兄弟严文武，比亲兄弟还亲，常念叨你哩，把我耳朵都听出茧子来了！"

严文武也笑着说："那你以后就是我的亲嫂子！"随即就点头问候道："嫂子好！"

王廷杰转身对严文武说："咱兄弟俩到我房里拉话，让你嫂子给咱准备酒菜，今天咱兄弟不醉不睡。"

王廷杰豪气地说完就又问："文武你这回来带了什么公干？"

严文武说："不瞒你说，专门来筹粮，这件事可把我愁死了！"

王廷杰心里一怔，问道："怎又筹粮哩，这前一段时间县政府不刚来人筹过了吗？"

严文武听他语气中不满情绪挺大，就耐心而动情地说："廷杰哥，我了解咱这儿农民兄弟的具体困难和苦衷，可是在朝鲜的咱志愿军马上就断粮了，冰天雪地没吃没喝、忍冻受饿，他们为了谁？他们每时每刻都有可能把命撂在异国他乡的战场上呀！这筹粮的事是咱金边县眼前最大的事，刻不容缓！县政府现在筹到的粮食仅仅是沙州地区给咱们金边、顶边两县下达指标的五分之一，才两百万斤，还缺八百万斤，我这回来带的是死任务：上王村和下王村筹粮一百万斤炒面。这两个村都是咱全县的产粮大村，近两年收成都不错，两个村八百来户人家必须在半个月内每户准备好一千斤三合一炒面——糜子、豆子、苞谷各占三分之一，炒熟磨成面。政府以收购的形式，每斤按市场黄米价的两倍付现钱。"

说起王廷杰这后生，别看现在财大气粗，家底丰厚，人前人后风光得不行，可这也就是近五六年的变化。他初中毕业那年，母亲随他继父去了山西老家，再也没有回来过。他独自一人过，拒绝了二叔王有财的好心收留，靠着脑子灵光人勤快，开始做些小买卖，有了一些本钱后，又做大一些的生意，从金边往山西贩羊毛和羊皮，逐渐领悟到经商的窍门，之后就放开胆子做大了。也是运气好，加上他人勤快、不怕吃苦，三年工夫就翻修了三间父亲王有富留下的破旧土房，又扩大院落，在院内新盖了二十六间砖瓦房，新修了院墙大门，后又别出心裁将院墙用青砖加厚砌上里外两面。一年后，他又娶了下王村精明能干的姑娘王改玲为妻，生活美满幸福。此时他听了严文武筹粮一事的来龙去脉，有心助好友一臂之力，但同时也打起了自己的小算盘。只见他表情认真地对严文武说："文武，我给你说实话，你这个重要的任务，说容易也容易，说困难也困难哩！"

严文武顿时来了精神，端起铜酒壶，往王廷杰酒杯里添满酒，急着问：

"什么意思？"

王廷杰故作神秘地说："现在粮都在农户手里，想要他们往出拿，特别是炒面，关键是价格问题。农民最讲求实惠，不能光说爱国大道理，他们还是看你出多少钱。一斤黄米市场价多少钱？二毛左右吧。一斤黄米炒熟磨成面能落多少？落个差不多九两吧。那么一斤炒面两倍米价就是三毛六分钱吧。也就是说农民卖给你一斤炒面净赚一毛六，这一毛六就是他们的柴火费和人工费，市场上一斤米上下浮动也就一到二分，你想想这个钱赚得是不是太容易啦！咱政府收购炒面，合理付费应该是一斤二毛六分，这个价按说已经很不错了！你好好再想想，再仔细算算这笔账！"

严文武没想到王廷杰在如此短的时间内就把这个账算得这么清楚，利弊得失一目了然，不由得对他刮目相看，心想：这家伙是个人精哪！难怪几年不见就发家致富，成为上王村和下王村的头号人物。

严文武说："我回头再琢磨一下你说的价格，说实话，叫我自己还真算不了这笔账哩。廷杰哥，你看是不是明天就召集一下村干部开个会，大家议一议，把任务落实到户。"

王廷杰说："明儿前晌我和你一起去找我二叔王有财，和他先大概说一下情况，然后再叫大家开会。"

两人你敬我一杯我敬你一杯，一直喝着唠着，直到半夜才各自回房睡了。

次日一清早，严文武醒来，坐起身觉得头晕晕的，口干舌燥，就挣扎到炕下拿暖壶倒水喝。门外天气晴朗，东边微微泛红，太阳尚未升起。他溜达到廷杰两口子住的那间房，往里一瞧，见炕上只有廷杰一人，就推门进去想叫醒他。廷杰平日没事爱睡懒觉，被严文武连摇带喊闹腾醒来，一脸睡意不高兴地说："公鸡一样叫尿甚了？这会儿还早着哩！"

严文武就哄他："不早了廷杰哥，咱今儿的事多着哩！嫂子已经在灶房给咱做饭哩，你快起来洗把脸，咱赶紧吃了就去二叔家吧。"

廷杰坐起身穿好衣服，下炕就和文武去吃饭，王改玲见他们俩来吃饭，热情地对文武说："夜黑里光顾着喝酒了，也没吃啥东西，肚子都空着吧？我炒了一盘鸡蛋，一盘洋芋丝丝，熬了一锅米汤，还有蒸馍，你们俩吃饱了，再出去办事。"

严文武说了声"谢谢嫂子",拿起一个蒸馍,不客气地夹了一大筷子炒鸡蛋放进嘴里,狼吞虎咽自顾自吃了起来。

王廷杰二叔家在村东头,院子挺宽敞,五六间用砖砌了门面的土房,围墙也用砖砌了里外两层,显得干净整齐。上王村村长王有财五十岁出头,第一眼就给人一种精明稳当的感觉,头上扣一顶白色的无檐圆布帽,脖子上挂着用讲究的皮条系在一起的烟锅烟袋,穿一身青色布衣裤。听见廷杰的叫喊声,王有财急急忙忙出来迎接,一边将他们往院子里请,一边朝屋里喊:"来客人了娃他妈,快快熬热茶!手脚麻利些!"

待他们进屋坐好,王有财眯着一双小而有神的眼睛,开口问道:"廷杰侄儿,有事找我啊?"

王廷杰就指向严文武说:"是咱县委办公室副主任严文武同志找二叔您。他昨天下午就来咱村了,吃了饭天都黑了,就没来打扰您。"

王有财站起身主动上前和严文武握了握手。严文武看着王有财说:"二叔您好!还是给志愿军筹粮的事,您一定知道这事的。"

王有财点头说:"知道的,知道的,这是咱们县各级组织的头等大事嘛!不敢马虎,不敢马虎!"

严文武心想:看来王有财政治觉悟不低啊!他有这种态度,往下的事就好办多了。

王有财露出迟疑的目光,问道:"那咱政府有哪些具体要求和规定?"

严文武说:"正要说这事呢,二叔。是这,统一要求是三合一熟炒面,政府付现金,一斤二毛六分钱,但话说在前头,质量必须保证,这个由咱村干部负责。"

王有财一听二毛六的收购价而且是付现金,就立即眉开眼笑地说:"没问题,质量我们负责,请严副主任放宽心,还有一个装袋的问题……"

严文武马上打断他说:"包装袋统一由县政府发给村上,都是五十斤装的标准粮袋。"

王有财说:"那这就齐全了,我们接下来马上召集所有生产互助组组长和种粮散户开会,把任务落实了,这些具体的工作就交给我们村干部,严副主任你就等消息吧。"

严文武和王廷杰落实了上王村筹粮的前期工作,就立即动身赶往下王村。那下王村村长王二奎是王廷杰的大舅哥,他俩把筹粮事由讲清楚后,王二奎就马上召集各生产互助组组长开会落实。至此,这两个大村收购炒面的任务全部顺利落实到位。严文武伸出双臂,紧紧拥抱着他的廷杰哥,动情地说:"廷杰哥,谢谢你!没有你这几天没白没黑地陪伴和出谋划策,这个任务不可能完成得这么顺利!"

严文武和王廷杰回到上王村已是前晌饭时。在王廷杰家吃了饭,严文武暂时告别了王廷杰两口子,准备回城向有关领导做汇报。

送别了严文武,王廷杰就开始细致地谋划如何掌控炒面收购的事情。他认为这是一个大大的商机,自己绝不能放过,严文武这个关系必须利用好,另外还要加大力度收购黄米、豆子、苞谷,进一步扩大粮食市场。从目前来看,他已经控制了近百分之八十的黄米等粮食市场,现在应该调整与山西、内蒙古等地的粮食倒卖计划,将主要粮源放在金边当地加工炒面,出售给政府,这其中的利润非常可观。想到这里,王廷杰倍感兴奋和得意,他准备再大显一番身手。

上王村距王家圪垯乡政府三十多里地,严文武步行了近四个小时,在乡政府与有关负责人交流一番上下王村筹粮工作情况后,他婉言谢绝了他们留宿一晚的好意,取了自行车,麻利地跨了上去,朝县城方向飞快地骑起来。此时的严文武归心似箭,心里想着的全是妻子许晴。

而此时的许晴正挺着有些显怀的肚子,从县医院往回走。妇产科李医生是县委办公室主任段兴春的妻子,嘱咐她注意休息,好好保胎,目前一切正常,让她不用担心。严文武下乡筹粮这些天,许晴每天都掐指算着他的工作时间,她推算着,都快一周了,文武应该基本上落实收购任务了吧?听说王家圪垯乡上王村和下王村农户储粮量很大,村干部也很得力。县委办公室段主任前几天碰到她时还开玩笑说:"严文武可能过几天就回来了,购粮估计困难不大,那儿的群众和村干部觉悟都挺高的，你们小夫妻就快团聚咧！"

天已渐黑，许晴慢腾腾地走近她家窑洞，发现灯好像亮着，再走近轻轻推开门，就见严文武背对着她，好像在炕灶上做饭。许晴顿时一阵惊喜，心跳都加快了，她控制住激动，想再看看严文武干活的样子。严文武显然没有觉察到她已回家。他想让她一回家就吃上他精心准备的小灶饭，回来路过菜市场时他专门买了红皮萝卜和土豆，还有醋、盐、油和辣子面，他想着她近期肯定想吃酸辣的东西，就决定做凉拌酸辣萝卜丝和醋熘土豆丝，再蒸一大碗黄米干饭——黄米是王廷杰送给他的当年新米。严文武忙活着，转身想取锅盖时，猛然看见一双眼定定瞅着他——是站在他面前的许晴。他愣了一下，两人几乎同时张开手臂紧紧地热烈地相拥在一起。不知过了多久，时间仿佛停滞了，思维好像消失了，他俩像是放置在展室的两尊没有思想的石膏塑像。他们亲吻着对方，贪婪而失去理智。又过了一会儿，严文武似乎听到炕灶上锅里水要煮干的声音，悄声贴着许晴耳边说："你是不是缺钙呀？我舌头上有钙吗？嘬得我都发麻了！"

许晴调皮地说："是我缺钙了吗？是咱的锅缺水了吧！"

许晴一屁股坐在炕沿上，看他左手持刀切萝卜丝，就问："啥时学会切菜了？还是用左手？"

严文武说："这次下乡跟廷杰的婆姨学的，嫂子做的饭菜可好吃啦！我这是现学现卖，萝卜丝要尽量切细些才好吃。"

说着又开始切土豆丝，那切出来的土豆丝，看上去挺细的。许晴就表扬他："你还真是手巧，刚学的就能切这么好！"

严文武说："就看土豆丝炒熟了，萝卜丝丝凉拌了，好不好吃。"

许晴说："肯定好吃！你做的饭菜我都爱吃！"

吃完团聚饭，两人面对面躺在炕上拉话。许晴说："我今儿下午去医院做了检查，李医生说一切都正常，要我好好保胎，注意休息。再过六个月，咱们的娃娃就出生了，你就做爸爸啦，我就做妈妈啦，高兴吧？"

严文武说："又高兴又激动，真想不到咱娃娃会是什么样，像你还是像我？过十来天我又得下乡去，不能在身边照顾你，我真不放心哩！你自己一定要多注意，照顾好自己，有事就让马玉玲帮忙。"

许晴就安抚他，要他放心，要他安心搞好收购炒面的工作。夫妻俩你一言我一语地说个没完。小别的夫妻，有太多想说给对方听的心里话。

王廷杰利用他二叔的关系，雇了上王村上百户农民，支起了一百口大锅，日夜不停，白天黑夜两班倒，紧锣密鼓地赶时间制作炒面。他计划着要把金边县炒面制作这桩大生意完全掌握在自己手中，从收买黄米等原料、炒熟磨面到装袋卖出，三个步骤一条龙作业。他认为目前正是大赚一把的机会，可谓机不可失，时不再来，他岂能轻易错过！而拿了他好处的王有财和收了预付工钱的农户们一个个也是干劲十足，热情高涨，心甘情愿地挥汗如雨，没白没黑地为他卖命。王有财在集中制作炒面的十几个农户大院子间不停地跑来跑去，检查着灶头火候大小、磨面粗细、装袋过秤，事无巨细，忙得不亦乐乎，有时想抽一锅旱烟都不得空。他是负责保证炒面质量的，不敢马虎哩！各家婆姨女子，除了给男人们做前晌后晌两顿饭外，其余时间也都在帮着罗面、装袋。半月时间还不到，一百五十万斤炒面，就按五十斤一袋的标准，码得整整齐齐，堆放在院子里了。王廷杰这天过来专门检查了装袋的炒面，认为完全符合标准，十分满意地对二叔说："二叔呀，这一段时间可是让你操心受苦咧！质量我看了，没有一点儿问题，好着哩！如果能再加快速度，每斤再加五厘钱！"

王有财说："现在每天的成品是十万斤，多出十万斤的部分每斤收购价再加五厘，是这个意思吧，廷杰？"

王廷杰说："就是这个意思，你看着办吧。"

说着又塞给王有财两条飞马牌香烟，让他忙了顾不上抽旱烟就抽纸烟。王有财喜眉笑脸地说："啊呀！廷杰呀！这可是金贵的好东西，贵着哩！"

严文武在家歇了一晚，第二天一早就去县委办公室找段兴春主任汇报工作。段兴春今年二十九岁，穿一身灰色中山装，脚上穿着老式黑布鞋，上衣四个兜的左上兜任何时候都别着两支钢笔。他的头发已明显稀疏，特别是前额和头顶，几乎是荒芜了，于是他刻意把左侧头发留长，用来遮挡弥补或者说支援中央及前额的不足。即使这样，有的时候，特别是他的动作幅度大的时候，那撮长发还是会垂落下来，垂在左脸侧，显得十分滑稽。所以，为避免尴尬，在一些重大的公开场合，段主任就戴一顶老式干部帽，自我保护起来。段主任的眼睛也很特别，又大又圆，十分有神，美中不足的是眼球略显突出，有点儿像金鱼的眼睛。县委办公室主任是公众人物，公开场合露面多，机关大院里没有人不认识他。当然，也可以理解，人们往往对熟悉、喜欢的人或公众人物都比较挑剔，总希望其完美无缺！

段兴春很专注地听了严文武收购炒面的详细过程，激动得站起身，双手捏着严文武的肩膀，前后晃动着说："文武同志，干得漂亮哪！这回你给咱办公室争光了呀！我陪你一起去找李书记，你向李书记当面汇报一下情况，他一定很高兴。"

两人随即就去李达书记办公室，透过李达书记办公室外面的玻璃窗户，看到里面有人正在和李书记谈话，就没敲门，站立等候着。大约一支烟的工夫，那人出来了，他俩就敲门进去。李达书记手指上夹着一支冒着烟雾的香烟，面带微笑，语气温和地说："你们两位要说什么事情呀？请讲吧！"

段兴春先开口说明了来意，就扭头对严文武说："文武同志，你向李书记汇报一下吧。"

严文武简明扼要讲了情况，汇报的要点很明确：一、农民手中有粮；二、炒面收购已落实一百万斤；三、收购炒面的前景还非常大；四、每斤炒面的收购价已从三毛六分谈到二毛六分。李达书记听了严文武的汇报，大为振奋，站起身说："我刚才还和顶边县的人探讨能不能搞一两个收购炒面试点，迅速改变农民不愿卖粮给政府的被动局面，你们的工作先行了一步，很好啊！严文武同志，你辛苦了！我有一个想法，就是以县委县政府的名义成立一个专门的炒面收购工作组，组长我看中严文武同志了。回头我们县委县政府开个碰头会先统一一下思想，之后立即正式发文，下发到各职能部门，要求各部门大力配合这项工作。炒面收购现在是十万火急呀！这件大事是我们金边粮食大县目前的头等政治任务！"

说着，李达书记伸出右臂向前一挥，目光坚定，仿佛在烽火硝烟的战场上指挥着一场战斗。

严文武临危受命，立即着手组建炒面收购小组。他先草拟了一份小组成员名单，与段兴春交换意见后，打印了一份正式报告，盖上县委办公室公章，就送交主管组织人事刚提升为县委副书记的姚福春同志审定。姚福春在县委常委会上听李达书记讲过成立一个专门收购炒面的工作组的意见，李达书记昨天下午还专门打电话嘱咐他，要全力以赴支持收购炒面的工作。此时他看过组建收购炒面小组及其成员的报告，就立即在上面批复了"同意"两个字。

其实早在严文武下乡的一周之前，县委另外两位年轻干部也同时组织人员，开始在城内大张旗鼓收购炒面，可是效果不佳。那些小商小贩大多不买账，不愿意把加工好的炒面以每斤三毛六分钱的价格卖给政府，他们每斤要价四毛钱。这次新成立的炒面收购小组中的两位年轻干部就是前段时间和严文武同时受到李达书记召见的团县委干事崔国斌和县委办公室干事牛大奎，他二人近日正在为收购炒面的事气恼，觉得辜负了领导的期望。这次接到县委办公室的正式通知，两人非常高兴，都表示愿意跟着严文武大干一场。崔国斌和牛大奎两位年轻干部各有所长又各有所短：崔国斌善言，但文化程度仅有小学三年级水平；牛大奎善写，初中毕业。崔国斌宣传鼓动工作做得好，能言善辩，说起话来滔滔不绝；牛大奎起草文件是把好手，也可以将领导讲话和发言稿写得动听、感人，但是说话不甚利落，特别是在正式场合，一着急一紧张，就会结巴。

严文武、崔国斌和牛大奎一行三人各骑一辆自行车，直奔王家圪塄乡而去。三人一路说笑着，不觉就到了乡政府大院。与乡政府人寒暄一番，吃了前晌饭又休息了一会儿，下午就开会讨论进一步加大加快收购炒面的事宜。胖乎乎的乡长王争社说："上王村村长王有财说一百万斤炒面已准备好，政府付了钱就可以拉走。"

严文武说："我也收到了消息，我们已经准备好现金了。这个王有财真是太过精明了！要我们拉走，怎么拉？乡上的政府机关有运输力量吗？他们村上得组织车马队，然后绕道送到县政府嘛！这个收购价里面就包含运输费了嘛！"

王乡长马上就说："我一会儿打个电话问问他咋回事。"

严文武说："你不要问，他说不定抵赖呢，和咱又索要运输费用哩！我明天去和他当面说清楚。"

王乡长又说："听王有财说，好像他们还多炒了不少炒面，不知是真是假，不至于说假话吧？不清楚他们什么意思。"

严文武心中一喜，说："那好呀！明天就清楚了！"

王乡长就说："如果要急用现金，我们乡政府先想办法筹一下。"

严文武说："不用，要拉走也得把运输问题落实了，到时把钱从县政府带来也不误事。"

当晚三人就在乡政府歇息，睡在一盘大炕上。严文武试探着问崔国斌："国斌，有对象了没？你年龄也不小了吧，有二十了吧？"

崔国斌打了个哈欠说他十九了，生日大，小二十了。严文武故作惊讶地说："啊呀，都快二十了，能娶婆姨咧！对象在哪里工作呢？"

崔国斌照实回他的话，说："就在咱县委工作，严副主任你认得她哩，就是档案室的张兰。"

严文武听了立马来了精神："这个女子我知道，是咱大院里的'一枝花'嘛，谁不知道！"

牛大奎突然插话道："连'一枝花'的外号你都知道呀？"

严文武笑了笑说："这有什么奇怪的，咱大院里未婚女子和后生们的情况我都晓得哩。"

牛大奎就问："那你猜猜我的对象是谁？"

严文武又笑起来，逗他说："你这个关中碎脑子哪尿来的对象？还没成年呢吧！"

牛大奎结巴起来："我、我……只比国斌小、小一岁呀！"

严文武和崔国斌都被他逗乐了，崔国斌说："别看大奎比我小一岁，谈恋爱比我还有经验，经常给我出主意哩。"

大奎说："我是嘴上说说，你可是实干家！"

严文武说:"大奎,这话什么意思?"

牛大奎不好意思地说:"他和张兰手也拉过了,嘴也亲过了,我连肖红茹的手碰都没敢碰呢!"

严文武大笑起来:"不打自招了吧?我猜就是'小苹果'嘛!你们俩不简单呀,大院里最俊的两个女子被你们两个后生追到手了!"

崔国斌和牛大奎都得意地笑了。

崔国斌和牛大奎在严文武的带领下直接赶到上王村集中加工炒面的一处农户大院,只见院墙上用排笔写着白石粉大标语:"支援志愿军!后方多流一身汗,前方少流一滴血。"三人很快找到了王廷杰,只见他正在冒着烟的一口炒锅前和几个村民嚷嚷着什么,手还一指一指地对着那几个农民,好像很激动的样子。严文武走上前去喊"廷杰哥",王廷杰见是严文武,就迎了过来:"文武,你来了,我也算得你该来了!"

严文武向他介绍了崔国斌和牛大奎后,就急切地问起炒面的情况。王廷杰向他汇报说:"除了原来订购的一百万斤外,我们日夜不停两班倒,又多加工了一百五十万斤。"

严文武惊喜地握住王廷杰的双手,声音颤抖地说:"廷杰哥,感谢你!我代表县委县政府感谢你!也替咱志愿军指战员们感谢你!"

严文武又转身对在场的村民们大声说道:"感谢老乡们!这些炒面是咱志愿军的救命粮啊!"

王廷杰被严文武的情绪所感染,带头振臂喊开口号:"志愿军万岁!志愿军万岁!志愿军必胜!美帝必败!打倒美帝国主义!中国必胜!朝鲜必胜!共产党万岁!毛主席万岁!"

锅灶边上男男女女挥动着各式炒面工具,跟着王廷杰呼喊口号。王廷杰激动地对严文武说:"文武,我有一个大计划要和你商量一下,咱们几个人找个地方好好唠唠。就去我家吧,一块儿吃前晌饭。"

严文武笑着说:"行啊,我就爱吃嫂子做的饭。"

严文武让人去找王有财,想着顺便落实一下炒面运输问题。王廷杰说:

"运输的事你就交给我吧,用不了几天就能全部送进城。把我二叔叫来也好,因为接下来的事没有他帮忙不行,咱先到我家吧。"

王廷杰一边招呼他婆姨王改玲做饭招待客人,一边把众人让进他家,待大家坐定之后,他双眼放着光对严文武说:"这个计划很大很大,你要有个思想准备,不要吓住咧!"

严文武说:"我以为你要说的就是炒面运输问题,这事你这个大能人不都已经安排好了吗?我也不用操心了呀!你还有多大能量呀?说说你的大大的计划吧!"

正说着就见到王有财一瘸一拐地走了进来,气喘吁吁地说:"啊呀,老天呀!熬死人不顶命哩!廷杰呀,原料又快尿用完了哦!你快想办法弄些来,咱这加工速度比驴拉车还快!"

王廷杰所说的计划确实把在座的几个人都惊着了。他满怀激情地说:"为了咱志愿军战士在冰天雪地里不挨饿,为了表示咱农民的爱国精神,国家有难,匹夫有责,我本人想和政府签订一个出售一千五百万斤炒面的协议,每斤价格二角六分钱不变,分期分批三个月内保质保量向政府足量交齐,责任人就是我本人。大家看看还有什么好的建议。如果认为行不通,认为是我王廷杰脑子发热,说胡话哩,那也请你们直言。"

严文武倒吸了一口气,心想:我的妈呀!一千五百万斤哪!沙州地区给金边和顶边两个县下达的指标也不过一千万斤,光原料就是个庞大的数字,再加上一整套加工成炒面的程序,王廷杰一个普通的青年农民,有这么大的能耐吗?大家面面相觑,一时都不作声。严文武觉得廷杰哥有点儿心血来潮,毕竟这风险太大了。过了一会儿,王有财慢条斯理地开口说:"廷杰这后生我了解,没把握的事他不会做。既然有了计划,手头上就要有足够的资金。如果说前期炒面的数量是关键,那么前期买黄米、豆子、苞谷的钱就是关键中的关键。信用社可以贷款,但是要有抵押和担保,你要贷款的话我可以给你担保,我认为这是大好事,我支持!"

严文武接过王有财的话头说:"前期的贷款我也可以请县上的农村信用社和县粮食局帮忙,只要能缴上前期的三百万到五百万斤炒面,就有了滚动资金，接下来就好办了。"

廷杰说："其实，这笔账我早就算过了，我可以从朋友手里借高利贷，我现在的缺口也就二百来万斤原料所需的钱。"

严文武、崔国斌与牛大奎三人完成了任务，一道返回县委复命。当严文武讲到除了原来订购的一百万斤炒面落实外，又额外多收购了一百五十万斤炒面时，县委李达书记兴奋地问他："那现在炒面还在王家圪塄乡吗？"

严文武说："已经全部运进城了，就存放在县粮食局仓库里。"

李达书记站起身，走到严文武跟前握住他的手，有些失态地上下用力摇动着说："太好了，真是太好了，严文武同志！现在每一斤炒面都是非常宝贵的，有了炒面，前线的志愿军战士就有力气打胜仗呀！志愿军是功臣，你们同样也是功臣，县委县政府要表彰你们，要号召全县干部向你们学习，多筹粮，多征收炒面，要把咱们金边和顶边两个县的炒面源源不断地、陆续送往全国物资总站！"

严文武一边点头表示赞同，一边想着如何向领导报告一个更好的消息。

待兴奋的情绪平复些后，李达书记又关心地问："严文武同志，你们现在有什么困难，给我和姚县长讲讲？"

严文武立即回答说："没有什么大的困难，有一些小困难，但我们也有能力克服。"

他看了看两位领导，抑制住激动的心情，说："感谢李书记、姚县长的表扬、鼓励和关心！我现在还有一件事向李书记和姚县长汇报。"

见两位领导点头同意，严文武就接着说："王家圪塄乡上王村有个叫王廷杰的回乡知识青年，人很能干，这次多出来的一百五十万斤炒面就是他组织村民炒出来的。他现在想和政府签订一个协议，即三个月内分期分批向政府卖出一千五百万斤炒面，保质保量，每斤价格不变，还是二角六分钱。"

听到严文武说到一千五百万斤这个数字，两位领导惊讶得站了起来。李达书记激动地问："严文武，他真的能办到？"

姚福春也说："毕竟数量太大了呀！"

李达书记又问："你说每斤二角六分，他自己能赚多少钱？"

严文武说:"基本上不赚钱,保本差不多。"

姚县长就问:"那他图个啥?"

李达书记用肯定的语气说:"爱国精神,革命青年的使命感!一定是这样的,没有别的解释!"

李达书记和姚福春县长又问了一些有关王廷杰的情况,政治面貌呀,家庭成分呀,村子里的威信呀,一贯表现呀,等等。最后的意见是,让严文武请王廷杰到县委来一趟,他们要亲自会一会这位能人。

王廷杰踌躇满志地开始实施自己的计划,他有信心,完全有把握在三个月之内炒制出一千五百万斤炒面,他要在上王村一百口炒锅的基础上再增加五十口炒锅,把上王村这个炒面基地打造得更加坚固。他准备付给村民每斤炒面加工费二分钱,实行包干制,原料由他自己提供,多劳多得,如果农户愿卖成品,也可以按二毛六一斤买下,当然也可以直接按市场价把原料卖给他。这样,整个上王村就成了产销基地,他王廷杰就是这个基地的"霸主"!

第四章

表彰大会在县委大礼堂如期召开。

大礼堂主席台上方挂着横幅标语，红色的布上用别针别着黄色纸剪出的十一个楷体大字：金边顶边县筹粮表彰大会。主席台上放着三排座椅，第一排就座的是县委县政府主要领导；第二排是受到表彰的人员，他们的胸前都佩戴着绸布大红花；第三排是县委委员和主要部门领导。两县中心县委书记李达按惯例坐在第一排中央，看上去是特意收拾了一番，大背头梳得非常整齐，灯光下黑亮黑亮的，一身中山装显然是刚熨烫过的，外观平整，褶裥线条笔直。李达书记平日就讲究着装，何况在今天这个他要讲话的重要场合。主持大会的姚福春县长操着一口绥州口音宣布："金边顶边县筹粮表彰大会现在开始！首先宣布一下大会议程……下面就请中心县委书记李达同志讲话。大家鼓掌欢迎！"

在一片热烈的掌声中，李达快步走到讲台前，先望了一下台下县委县政府各级机关人员和各乡各村的与会代表，从上衣口袋中掏出讲话稿平放在讲台面上，开口讲道："新中国成立两年以来，在党中央、毛主席的英明领导下，我国工农业生产蒸蒸日上，取得了不少成就，特别是抗美援朝，保家卫国的运动，极大地激发了各条战线干部群众的爱国热情，涌现出了一批为志愿军筹粮的模范干部和农民、工人、知识分子、工商业界人士等爱国进步民众，喊出了时代最强音——后方多流一身汗，前方少流一滴血！我谨代表中心县委，代表两县人民群众，代表我们祖国最可爱的志愿军战士，衷心感谢你们的辛勤付出！"台下响起雷鸣般的掌声。

姚福春县长走到讲台前，说道："李达书记给我们做了重要讲话，大家伙儿要认真领会李书记的讲精神，再接再厉，把筹粮工作做得更好。下面就请县委办公室副主任、宣传部副部长、县筹粮领导小组组长严文武同志发言，大家欢迎！"

严文武迈着军人的标准步伐走到台前，看得台下的许晴心潮起伏，激动不已。严文武没有发言稿，他要说的话都在心里装着呢。连日来收购炒面，四处奔波，他显得有些疲惫，人也瘦了不少。他语气坚定地说："各位代表，我们在收购炒面这项光荣的工作中，齐心协力，做出了一些成绩，但是朝鲜前线战场上每天都有我们的同胞、亲人，在流血，在倒下，在献出年轻而宝贵的生命。对于收购炒面的工作，我们没有任何理由懈怠，只有更加勤奋地工作，多收购炒面，保证志愿军战士吃得饱，有劲儿去打仗。现在购粮缺口仍然很大，我在此提议，与会各位代表会后就与政府签订一份个人收购炒面保证书，把任务落实到个人。这样，我们这个表彰会就有了实际作用，就没有白开！"

严文武的发言赢得了台下经久不息的掌声，有许多代表，包括许晴，都站立起来为他鼓掌。主席台上的李达书记此时也站起身带头鼓起掌来，于是主席台上全体人员起立鼓掌。姚福春县长一边鼓掌，一边走近讲台，又宣布道："下面请上王村'炒面大王'——王廷杰同志发言，大家欢迎！"

大家就看见上王村来的几位代表拍掌拍得最欢实，王廷杰的媳妇王改玲把手掌都拍疼了。

紧挨着严文武在台上第二排坐着的王廷杰，站起身对着严文武笑了笑，向讲台走去。他这人精干，说话也简明而有力。只听王廷杰说："我就说三句话。第一句就是我们语文老师教导我的一句话，我牢记在心里，他说，'坐而言之，不如起而干之'；第二句话就是，我在此衷心地感谢严文武同志，是他引导我走上支援志愿军的光荣道路；第三句话就是，金边县人都叫我'炒面大王'，为了不辱其名，我宣布以我个人的名义，向政府捐献炒面二十万斤。"

王廷杰的发言同样轰动全场，大家起立鼓掌，掌声经久不息，会议达到了第二次高潮。这时姚福春县长满面笑容地走到讲台前，宣布道："有请第三位发言人——王家圪垮乡上王村村长王有财同志发言。"

王有财今天也是特意打扮了的，中山装上衣是侄儿王廷杰临时帮他借的，上衣口袋还别着专门借村会计的两支钢笔，只是衣服号码看着小了许多，紧绷绷地套在他胖胖的身体上，腹部那块尤其凸出；裤子是灰蓝色大裆裤，脚上却是一双讲究的翻毛皮鞋。听到念他的名字，王有财就哆嗦起来，他还是头一回当着黑压压一群人的面讲话，早就准备好的发言稿怎么也掏不出来，兴许是他老婆帮他换衣服时落在旧上衣里了。他一时紧张，只顾掏发言稿，会场台上台下代表们等不及了，人群开始骚动起来。姚福春县长见状，皱着眉头急忙走近他问清了缘由，就小声建议他临场发挥，像平时讲话一样，让他不要紧张。姚福春县长又神态镇定地对着话筒说："请大家安静，现在请王有财同志发言。"

王有财定了定神，满头大汗，面红耳赤，开始发言："敬爱的同志们，亲爱的代表们，我叫王有富，今年五十一岁。"他一说话，台下就发出一阵笑声。

王有财在哄笑声中慌乱地扭头看台上的侄儿王廷杰，王廷杰正红着脸朝他摆手，示意他说错了。他也意识到了，立即纠正道："我叫王有财，王有富是我哥。今天的表彰大会开得好，要表扬李书记，要感谢李书记和县上领导，同时……同时也感谢、谢我侄儿王炒面。"台下爆发出大笑，现场一片混乱。

麦克风声音被众人的笑声压住，姚福春县长再次跑来救场，李达书记脸色很难看，姚福春县长对着话筒大声喊："请大家安静！请大家继续听王有富，不不不，听王有财同志发言。他的发言稿丢了，有些紧张，请各位代表体谅一下，啊，体谅一下。"

经过这一折腾，王有财反倒冷静了下来。他清了清嗓子，喝了一口水，继续发言："让大伙儿见笑了，这不是我的真实水平，不是我平时的风格。我要表达的意思是，我们这个会开得及时，李达书记和县上领导有水平呀，有魄力呀！通过会议，调动咱干部群众的爱国热情！人常说，国家有难，匹夫有责呀！"

王有财一反刚才的窘态，说话连贯，用词准确。只见他端起盛水缸子，又喝了一口水，继续说："我们在后方能做到的，就是千方百计多炒炒面，我侄儿王廷杰是公认的'炒面大王'，他就是个实干的人，做的比说的好！他和咱们志愿军战士一样，是中华好儿郎！我要向他学习，向各位代表学习、致敬！"

会场上响起雷鸣般的掌声，大会第三次高潮到来。王有财也终于用他真实的水平为自己的尴尬表现圆了场。

表彰大会后不久，严文武接到姚福春县长的电话，让他到李达书记办公室去一趟。严文武放下手头的工作，立即去见李达书记。姚福春县长在李书记办公室等严文武来，见到匆匆赶来的严文武，李达书记开门见山，直截了当地说："文武同志，我和姚县长商量了一下，准备把你的职务调整一下，把两个'副'字都去掉，让你担任县委办公室主任、县委宣传部部长，即日出文生效。另外，县委已拟文上报沙州地委组织部，建议将你提任为中心县委委员、常委，等待地委研究批复。"

许晴挺着大肚子在家保胎，眼看快到预产期了。这天，晴空万里，风和日丽。许晴在窑里待着觉得有些闷，就在院子散散步。初春时节，万物复苏，树木花草大多已吐出嫩芽，靠墙角朝南的几块土地里竟然冒出几朵牵牛花，还有许多含苞待放的花蕾。她想采几朵牵牛花，就俯身伸出胳膊去摘，她用了点儿力想够着那朵花，却突然觉得肚子一阵疼。她放弃采摘那朵花，想站起来，但肚子越来越疼，她想是不是要生了，心里一阵发慌，腿一软坐到地上。马玉玲此时正在往她家走，想来看看她，也是许晴运气好，被马玉玲看到了。马玉玲一边喊着许晴的名字，一边急跑过去扶她起来，搀扶她回到窑里后，就跑着去找严文武，严文武听到后火急火燎赶回家。马玉玲赶紧让丈夫秦人伟叫了辆吉普车，一起去找接生婆。许晴张开嘴大口喘着气，大声呻吟着，紧紧地抓住严文武一只手不放。几个小时后，婴儿呱呱坠地，接生婆和助手几乎同声欢呼："是个小子！是个小子！"

许晴大汗淋漓，满头乱发挂着汗珠，喜悦地捏紧严文武的手说："文武，我给你生了儿子了，你当爸爸了！"

严文武征得许晴同意给此子取名为严工，许晴给儿子取了乳名小琪。夫妻俩初为人父母，自是欢喜得不行，抱着小琪，你看看，我看看，百般疼爱，怎么也看不够。

严文武有了新的职位，开始计划迅速打破姬园子乡和其他十几个乡筹粮不力的局面。他把新提拔的金边县委办公室副主任牛大奎和新提拔的团县委副书记崔国斌叫到他的办公室，一起研究姬园子乡存在的问题和解决问题的对策。严文武开门见山地说："你们两位虽然升职了，但还是县筹粮领导小组的成员，咱们三人继续合作，把姬园子乡的筹集炒面工作推进一下。国斌你是咱当地人，你先说说主要问题出在哪里。"

崔国斌笑了笑，说："其实，问题明摆着了嘛，首先乡政府工作就没有形成合力嘛！那个乡长姬志浩本来就能力差，责任心又不强，光说不干！"

牛大奎插话说："我同意国斌的看法，咱得想办法让姬志浩行动起来，给他施加压力，让他帮咱跑腿，到各个村和生产互助组去宣传，咱们的主要工作就是监督和保证炒面质量。"

严文武领导的筹粮小组在姬园子乡工作进展顺利，很快就改变了过去筹粮不力的局面，收购的炒面在数量和质量上均达到了要求；与此同时，筹粮小组按照姬园子乡的经验，在全县筹粮工作不力的另外十几个乡全面展开工作，金边县出现了一派热火朝天的制作炒面的场面。

这年，姚福春县长上调到地委任地委办公室主任，后来听说他到地委组织部当了部长。姚县长调离金边县前，和严文武有过一次谈话，这次谈话使严文武久久难以忘怀。姚福春对这位年轻有为的县委委员、县委宣传部部长、县委办公室主任、县筹粮领导小组组长——四职兼一身的老下级、老同事说道："文武啊，我不久就要离开咱金边县啦，舍不得你们哪！你进入县委常委的事情，我到地委后再想办法做做工作，问题应该不大，我想很快就会批复下来的，你不要松懈，要把筹粮工作抓好抓实，希望不久的将来我们能在地委相会，再一起共事。"两人的手紧紧握在一起。

严文武后来回想起这事时对许晴说，在金边县工作时对他有知遇之恩的领导中，最难忘的就是姚福春县长和李达书记，二人对自己的包容和栽培是他终生难忘的，二人那种为人处世的胸怀、修养和为党工作的责任感、使命感，是他一辈子要学的东西。

这天许晴拉着儿子小琪的手在院子玩耍。小琪长得虎头虎脑，又白又胖。已近两岁的小家伙一会儿挣脱妈妈的手跑去摘花，一会儿又在花坛边上蹦蹦跳跳。他看见飞落在花丛中的蝴蝶，就伸出小手去抓；抓不到时，就大声喊妈妈帮他抓；妈妈也抓不到时，他就耍赖坐在地上双腿乱蹬着哭闹，许晴怎么哄都没用。许晴正发愁呢，就见马玉玲带着女儿婷婷向她走来。婷婷喊着"许阿姨"，高兴地跑到她身边拉住她的手，又去牵小琪的手。小琪却不友好，躲着不让碰。许晴对马玉玲说，小琪这孩子太任性，一点儿都不听话，刚才还坐在地上闹呢，都把她烦死了。马玉玲就安慰她说，孩子还太小，慢慢就懂事了。许晴说她就喜欢婷婷，又可爱又乖巧。马玉玲说："你下一胎也生个女儿。"许晴说："这事可说不好，全看命哩，命里有就有，命里没有求谁也没用！"马玉玲对许晴说："我倒希望能生一个儿子，一儿一女活神仙哟！"两个好朋友你一言我一语说笑着一直到太阳落山，才恋恋不舍地分了手，各自回家做饭去了。

这年年底许晴又生了二儿子，严文武为其取名严农，乳名依然按照许晴的意愿，叫小玮。许晴生此子前做了一个梦，梦里一只猴子向她讨东西，她拿了一个杂面馍递给那猴子，猴子边吃边冲着她咧嘴笑。严文武听了就说："我也不懂这预示着什么，咱也不必多想，你我平日里与人为善，工作上尽心尽力，咱把心放得宽宽的，好人有好报。"

唐代罗隐的诗句"时来天地皆同力，运去英雄不自由"，感叹人之命运多舛，世事难料，说的正是当下的弄潮儿王廷杰。

"炒面大王"的名号使王廷杰在生意场上顺风顺水，财源滚滚。常言道，天有不测风云，人有旦夕祸福。王廷杰的祸来自他的堂弟——王有财的二儿子王二蛋。人常说，宁可得罪君子，不可得罪小人。王廷杰拒绝了堂弟向他借钱的请求，王二蛋因此怀恨在心，伺机报复。

王二蛋在外做些皮毛生意，本来就是小本生意，加上经营不善就赔了本，欠下钱，多次向王廷杰借钱还债，有几次拿了借到的钱却又去赌钱碰运气，输了钱又朝堂哥开口，王廷杰动了气，断然拒绝再借钱给他，还把他数落了一顿，而这一切王有财毫不知情。王二蛋有天叫了生意场上几个狐朋狗友，一起在一个小酒馆喝酒吹牛，醉意中大发牢骚，发泄对王廷杰的不满，有一个朋友就提议联名举报王廷杰非法获利，给他一点教训。几人一哄而起，写了一封匿名信，抄写多份，分别邮寄到县委县政府办公室、县委书记县长办公室、县纪委监委、县检察院等机关。

这一年，政府尚未开始实行粮食和副食品统购统销计划经济政策，一切都还处于自由交易、市场自行调节的状态。李达书记看到举报信后十分重视，责令县检察院调查这件事。与此同时，严文武也看到了这封信，十分着急，寻思着怎么尽快找到王廷杰，私下了解一下情况，然后商量一下对策。这时，办公桌上的电话铃响起，严文武拿起话筒，精神一振，听出来是李达书记的声音。李达书记讲的正是举报信的事，他嘱咐严文武随时保持与县检察院的联系，有进展了马上向他汇报，又强调说："我们绝不冤枉任何一个好人，但也不放过任何一个坏人。"严文武感觉到事情的严重性和紧迫性，他决定立即去找王廷杰，要赶在县检察院之前，否则就会非常被动，这个风险他也必须承担，谁让王廷杰是他最亲密的兄长呢！严文武找了一辆自行车，尽量躲开众人，出了县委大院，脚下使尽全力，直奔上王村。他把自行车存放在乡政府街道上一家修车换胎铺子里，又急忙步行向上王村而去。他边走边思索着怎么和王廷杰说清楚利害，怎么应对这突如其来的危机。严文武想：廷杰哥一定还不知道这件事，一定想不到有人要暗算他。

王廷杰这日无事，睡了一个懒觉，起得晚，见太阳已照到西窑上，就走到院中间石桌旁坐下抽烟。王改玲从灶房窑出来，见丈夫头上冒烟圈圈，急了眼说："刚睡起来就一根接上一根抽，能不能歇一歇再抽？"

王廷杰翻了她一眼,说:"操屎心!我问你,咱家甜甜啥时候从她舅舅家回来?"

王改玲说:"说好了明天她舅送回来,明天学校就放假啦。"

王小甜是他们两口子的独生女,刚刚七岁,和她舅舅王二奎的儿子一同在县城上小学一年级,她舅妈的娘家就在城关小学旁边的一所居民院子里,孩子住在那里,上学、放学、回家吃饭都方便。她舅妈后来索性住在娘家,专门伺候儿子和外甥女的饮食起居。

浑身大汗的严文武见王廷杰坐在院子里,心中一喜,赶紧上前一把拉起他就往院外走,王廷杰莫名其妙地直叫放手,严文武说:"别叫喊,事情紧急,咱现在马上离开这里,去一个安全的地方,我有重要的事告诉你。"

严文武又去灶房给王改玲说:"嫂子,事发突然,一时说不清,我和廷杰哥出去一下,不要对任何人讲我来过。你也不要慌,我们回头联系你。"说完就和王廷杰匆忙离开了。

王廷杰边跑边对严文武说:"文武,咱就先到下王村我大舅哥王二奎他家去吧,他这人很可靠的。"

严文武表示同意,就简单地把发生的事情向他讲了一遍。王廷杰惊讶地看着严文武,变得激动和气愤,气喘吁吁地对严文武说:"一定是我堂弟王二蛋,一定是他!我最近没有借钱给这个坏小子,他记恨报复我呢!文武,你推测政府会怎样处理这事?"

严文武说:"这不就采取行动了嘛!县检察院的人这会儿说不定已经到你家了哩!"

两人加快脚步,边走边说。严文武问他:"廷杰哥,你给我说实话,给我交个底,你私人从制作炒面这事上赚了多少钱?"王廷杰躲开文武直视的目光,双唇哆嗦着说:"实话告诉你,我和政府签订的一千五百万斤炒面的协议,我个人净赚了六十多万元。"

严文武如同听到一颗炸弹在耳边爆响,惊得他浑身发抖,半天才缓过神来,他的面色苍白而严峻,一字一顿地说:"王廷杰哪,假如你是拿着公款办了这件事,你就是犯了重大贪污罪呀!谁也救不了你!退一步说,就算你用自己的本钱为公家办事，你也算得上是假公济私，而且关键是获利巨大，也是会追究你的法律责任的。"

听了严文武的分析，王廷杰这回是真的害怕了，他没想到问题会这么严重。他问严文武："那我现在该怎么办？往哪里逃呀？"

严文武瞪了他一眼，说："现在还想着一跑了事，那就是畏罪潜逃，会罪加一等。我的意见是，既然不能逃避，不如主动交代，争取宽大处理。廷杰哥，你现在手头上还有多少钱？"王廷杰说："大概还有六十万左右，基本没有用过。"

"那就好办了，至少死罪免了！"严文武吓唬他道，接着又对他说，"咱们明天就到县检察院主动自首去，就直接说明你在我的劝阻帮助教育下主动前来认错，上交所有违规违法所得，请求政府宽大处理。"

王廷杰问："这么说，还会给我判刑吗？"

严文武说："判刑是免不了的，就看怎么判了，轻了三五年，重了得七八年吧！"

王廷杰长叹一声："老天哪，这回是真栽了！"

刑拘两个月后，王廷杰被判假公济私、非法获利、贪污罪，但念其主动自首、上交非法所得钱款，从轻判决有期徒刑三年。之后，王廷杰前往内蒙古准格尔旗的一座劳改农场服刑。公安人员押送他动身时，除了严文武，王廷杰拒绝与任何给他送行的人见面，包括他的妻子王改玲和女儿王小甜。在此之前，严文武给在准格尔旗的父亲严耀祖写了一封信，要父母找机会到劳改农场看望王廷杰，在生活上多关心接济他。而在这之前，王廷杰为了凑交非法所得款额，托二叔王有财帮忙，卖掉了宅院。王改玲母女俩孤苦伶仃、一无所有，无奈之下投奔哥哥王二奎，后来在其嫂子帮助下，在城里开始摆摊卖菜，勉强度日。

自从送别王廷杰后，严文武整天浑浑噩噩，精神恍惚，脑子里反复出现他廷杰哥手戴镣铐、一脸绝望的凄凉情景，出现嫂子王改玲搂着女儿甜甜泪眼婆娑、孤立无助的悲恸模样。他最亲近的兄长，这么一个充满朝气、开朗阳光、精明能干的人，竟然锒铛入狱，落了一个阶下囚的下场！他的心很痛、很痛……真是世事难料，人生无常啊！

严文武感叹人生无奈，心灰意冷，身边的一切竟显得这般乏味无趣。他真想辞去公职去寻父亲母亲，在草原上落个清静，他真想离好友近一些，离亲人阿布、额吉近一些！

但严文武静下心来后，就又想起那天李达书记电话中对他的嘱咐："我们绝不冤枉任何一个好人，但也绝不放过任何一个坏人。"严文武开始真正理解李达书记的一番用心，李达书记在暗示自己呀，让自己去救朋友王廷杰，暗示他帮助王廷杰争取主动，否则，王廷杰的结局会比现在更糟糕。想到这里，他对李达书记从心底里生出一股崇敬的感激之情。

半个月后的一天上午，严文武接到电话，来到李达书记办公室坐定后，李达说："文武同志，地委批文下来了，你现在是金边顶边中心县委常委了，享受副县级待遇。"

李达看了看严文武，接着又说："希望你不要辜负领导期望，继续发扬你一贯的苦干实干、谦虚谨慎的作风，为我们金边县做出更大的贡献！你很年轻，未来还会有更大的进步和发展，要加强学习，提高理论水平和个人修养，提高对事物变化的认知水平和辨别能力，我代表中心县委，也代表我个人，向你表示祝贺！回头的常委会上我们就正式宣布对你的任命，也请你做好会上表态的准备。"

李达书记上前与严文武握手："再次祝贺你！"

严文武也向李达书记表示了谢意，发誓绝不辜负组织上的信任……

严文武平静地走出李达书记的办公室，他也不清楚自己为什么没有产生出那种激动的情绪，他没有感到兴奋，相反，他此时心里想的是尽快去下王村探望一下廷杰哥的妻子和女儿，他急切地想了解她们母女现在过得怎么样。想想次日就是星期天，他加快步伐，想先去办公室安排一下工作，然后回家和许晴商量一下去下王村的事……

询问了几户村民，严文武找到王二奎，王二奎正在和村会计说着什么，见严文武进来，热情地上前打招呼："啊呀！严主任是你呀，什么风把你吹来的？"说着又倒水，又让座，忙活起来。

严文武一口气喝光碗里的水，向他打趣说："不是风刮来的，是一步一步走着来的，又渴又饿又累！我来看看改玲嫂子和甜甜，她们不在你家住？去哪里啦？"

王二奎说："娘儿俩都去城里了，我婆姨也跟着去了，都在城里她娘家住着哩。你要去寻，我告诉你地址。"

辞别王二奎，严文武匆匆往城里走去，路上碰到一辆马拉车同路，就递烟拉近乎坐了上去。那赶车老汉爱拉话，就边赶路边和严文武拉开闲话："看样子你像个干部。"

严文武应答道："咋就像个干部？"

老汉说："不光像个干部，还是个高文化的干部！"

严文武问："咋就看出高文化？"

老汉又答道："一般有文化的干部别一支钢笔，高文化的就别两支钢笔！"

严文武被逗笑了，说："那咱村会计也别两支钢笔呢！"

老汉说："他那是摆样子，胡咋呼哩，其实屄也不顶，也就会拨拉珠珠算个账！"

老汉问他："你在我们村认得人？"

严文武答道："认得王二奎。"

严文武在城关小学附近顺利找到了王二奎岳父家，他岳母说王改玲每天一早先到菜地里取菜，然后再拉到菜市去卖，到下午才回来，天天如此。严文武看了看手表已近下午五点，就到大门外巷子口去等王改玲。过了大约半小时，就见巷口拐角处出现一个拉着辆平板人力车的妇女，严文武大声喊着"嫂子"迎了上去，站在王改玲面前。王改玲怔了一下，认出是严文武，惊喜地说："是你呀，文武兄弟，你怎么来了？"

严文武关切地看着改玲嫂子，说："嫂子，我来看看你和甜甜！"

他一边说着，一边打量着她，只见往日光鲜亮丽的王改玲变化大得让人难以置信：零乱的头发任意散贴在汗水浸过的额头和双颊上，消瘦的脸颊，面色苍白，双眼布满红血丝……啊，天哪！这还是他记忆中的嫂子王改玲吗？严文武内心十分悲伤，帮她把平板车搁在大门口靠墙处，关切地问候她："嫂子，你受苦了！"

王改玲平静地说："没有什么，慢慢都已经习惯了。总不能等着吃闲饭呀！我还年轻，干些活，多少挣几个钱，给甜甜挣个学费，不能老向亲戚们伸手！"

严文武关心地问："那你和甜甜一直住在你嫂子娘家吗？伙食费怎么算？"

王改玲说："我每天都留一些菜拉回来，够一大家子人一天吃的，就算交饭钱了吧。"

王改玲指了指平板车上筐子里放着的土豆、茄子、白菜、西红柿、豆角等几样菜，又对他说："怎样，够我们娘儿俩的饭钱吗？"

严文武马上就说："够了，足够了，他们家还赚了呢！"

他俩正说到甜甜，就见巷口走来一群叽叽喳喳嬉闹着放学回家的小学生。严文武一眼便认出向他们走近的扎小辫的小姑娘甜甜，大声冲着她喊："甜甜！"甜甜也立即认出严文武，亲热地叫着"叔叔"扑向他怀里。严文武一阵心疼，泪水难以控制地在眼眶里打转，就问她："每天都自己回来吗？"

甜甜抬起头看了看面带笑容的妈妈，又指了指妈妈身边站着的小男孩，回答说："我们俩每天都一起上学，一起回家，学校离我们家可近了。"

严文武从挎包里掏出两个漂亮的铅笔盒，递给甜甜和小男孩，说："这是许晴阿姨送给你们的礼物，里面装着铅笔和橡皮擦，希望你们好好学习，天天向上！"

王改玲让严文武留下吃晚饭，严文武说还有公事，要赶黑回去呢。他拉住甜甜的手，对她说："听妈妈的话，好好念书。"

他又从挎包里掏出一个用花布包着的小包袱，对王改玲说："这是许晴让我给你的布料。我还会来看你们的。"说完又拍了拍甜甜的肩膀，转身便离去了。

王改玲回到她屋里,打开包袱,里面装着一沓钱,还有一封信。她赶紧拆开一看,信上写着:

嫂子:
这是我们两人的一点心意,是我们平日攒下的一些钱,给你和甜甜补贴生活用。以后我们还会省出些钱给你们娘儿俩。希望你能坚强地面对生活的变故,面对生活中的困难,把甜甜照顾好,同时也保重你自己的身体。

爱你们的文武、许晴

王改玲万分激动,泪水止不住流了出来,她搂着女儿,凝视着窗外……

沙州地委组织部部长姚福春向地委书记杨锐汇报了近期干部调整情况。姚福春补充说:"现在宣传部副部长职位还空缺着,是不是尽快补上?"

杨锐问:"有合适人选吗?"

姚福春说:"有个人选,在金边顶边中心县委任常委,叫严文武。"

杨锐说:"好像你们组织部不久刚提交研究任命的嘛,我有点儿印象,如果合适就下个文调上来吧!"

严文武刚回到家,就见许晴还没顾得上去幼儿园接小琪、小玮,急急忙忙地从菜市场赶回来,进门就说要告诉他一个好消息,说李达书记找不着他,就打电话给她,让她带话:地委有新的任命下来,赶快去书记办公室。

严文武说:"那也只能星期一去见李书记啦,不是刚刚接到任命,还没有正式宣布吗?不会是让我直接当咱中心县委书记吧?!"

许晴也打趣说:"没有野心的干部不是好干部,有野心的干部才能有进步!"

严文武笑着说:"又在玩文字游戏!一般人听不懂这种文字组合!"

许晴没再理会他,转身开始动手做饭,又提醒他去接两个儿子。

县委县政府办的幼儿园没有星期天，因为干部们星期天也经常在外出差，所以阿姨们只能轮休。严文武一手抱着一岁多的小玮，另一只手拉着三岁多的小琪，父子三人乐呵呵地往家走。

金边顶边中心县委召开干部扩大会议，会议内容主要是总结近期工作和宣布干部任免。接替了姚福春职务的金边顶边中心县委副书记、金边县县长杨清主持会议，县委县政府机关全体干部参加会议。杨清宣布会议开始，他先总结了近期工作的成绩与不足，之后请李达书记讲话。李达书记的讲话一如他一贯的风格，简明扼要，重点突出。会议最后一项内容是宣布干部任免。杨清宣布："严文武同志的职务变化比较特殊一些，请大家注意听清楚。经沙州地委研究决定，严文武同志担任金边顶边中心县委常委。又经沙州地委研究决定，免去严文武同志金边顶边中心县委常委的职务，上调至沙州地委，另有任用。"

杨清接着说："严文武同志一任又一免，够快的吧，同志们？"

会场就响起了一阵笑声。接着杨清又说："还有另外一免，大家请听我宣布：金边顶边中心县委研究决定，免去严文武同志县委委员、宣传部部长、县委办公室主任职务。"

杨清最后说："李达书记让我代表中心县委县政府祝贺严文武同志上调地委，我们今天到会的全体干部祝你工作顺利、进步！欢迎你经常回来看看大家！"

会场上许晴热泪盈眶，心情久久不能平静。

严文武和许晴商量决定，趁此工作调动的机会，利用短暂的半个月的假期，带着长子严工去一趟大草原。

第五章

　　王廷杰所在的劳改农场养了几十头猪羊，他负责喂猪、放羊、清扫猪羊圈。他每天首先用一口大铁锅把猪食熬好，然后来回几趟担着猪食分别倒在几个猪圈的石槽里，而且猪饲料必须在头天后晌或晚上准备好，否则第二天根本来不及做。给猪喂完早食，他得把羊放出来，赶到附近的草地上，任它们自由地奔走、吃草；傍晚时分，再将它们赶回圈里。放羊这段时间，他必须清理羊粪，先把羊粪堆在一起，然后用小推车装上，再推到农场的耕地上。干完羊圈的活，他还得抓紧时间清理猪粪，顺便拉些沙土用来垫猪圈。那些猪有时不配合他的工作，站在原地轰也轰不动，这就费劲了。猪舍清理完，再给猪喂一顿食，然后把草地上的羊赶回圈，就可以准备第二天的猪饲料了。早上那顿猪饲料主要是职工大灶上的各种烂菜叶子、土豆皮等，把这些东西收拾在一起，用清水冲洗一下，然后切碎备用，第二天早上放进大铁锅，再加一部分苞谷粒和麦谷糠，煮好便成了。后晌喂的猪食是大灶上两顿饭的泔水，喂起来比较省心。

　　这个农场属于半农半牧地区，土地基本属于沙质土地，适合种土豆、花生、苞谷、高粱和各种蔬菜水果，已基本上实现了自给自足。他们这个劳改农场在册共有一百八十多号人，其中劳改犯一百五十人，管教人员和佩枪干警三十多人；另外还有十来个人不在正式编册中，是临时雇来打杂的。

　　出了农场大门，往北走不足半里路，在一片矮树林坡下流淌着一条宽三十米左右的河，河水清澈见底，布满了大大小小的卵石，劳改农场人畜用水都取自这条河。王廷杰几乎每天都要赶着羊群来此饮水，羊儿们也早就熟悉了这片草地和这条河。有时，王廷杰就躺在树丛中的草地上，看着天上朵朵白云，听着哗啦啦的流水声，心里感到非常放松，脑子里面一片空白。他刚来时心里的怨恨，随着时间的流逝，早已消散，他开始喜欢这个地方。自从到了这里，他就和外界断绝了一切联系。刚到这里时，严文武的父亲严耀祖探望过他两次，给他带了一些吃的东西，离开时还给他留了一点儿钱。夜里他睡在猪羊圈旁的那间草房里时，会想念妻子王改玲和女儿甜甜，但他最想念的却是当年救了他一命的严文武。他对妻女的生存并不怎么担心，他知道大舅哥王二奎会照顾好她们，他的好兄弟严文武也会照顾她们，对此他是完全放心的。这里的管教对他很好，对他的个人生活和劳动改造放得很松，他在劳改农场里可以说是自由的，和正常人并无区别。

劳改农场的场长是个和蔼可亲的老头，很平易近人，犯人们也都随管教和干警叫他老解。老解无事时，喜欢捏着一个旱烟锅在场区四处溜达，有时蹲在伙房里抽着旱烟和做饭的大师傅们闲聊，一待就是一下午。老解已记住了王廷杰这名犯人，见面就叫他小王，还递给他旱烟抽。老解是陕北绥州人，他老伴和他同乡，前几年就来劳改农场陪老解一起生活了，说是不回老家了，就在这儿过一辈子。老两口性格乐观，为人平和，大家都喜欢他们。老解的老伴可能姓汤，大家好像都没问过，只听老解称呼她素彩。有时叫不应，老解就大声喊："素彩素彩，汤素彩！"不知内情的人，还以为是食堂里报菜名呢！这位汤素彩到了农场后就一直在食堂帮灶。

王廷杰每天都到灶上取泔水，和年轻的大师傅马榆生、马小云熟络起来，兄妹俩对他也很热情，有时还顺手塞给他一点儿吃的东西。马氏兄妹是山西榆次人，父母双亡，在老家无依无靠，四处流浪，以打零工为生，后来偶遇老解回绥州探亲，收留了两个可怜娃娃，将兄妹俩带回劳改农场，在食堂学做饭。兄妹俩为人忠厚，手脚勤快，加上食堂饭菜简单，很快就上手当了掌勺厨师。

严文武在准备前往内蒙古之前，接到父亲的一封来信，信上说他们现在在鄂尔多斯草原上生活得很好，身体也都没什么毛病，街上有两个自家的铺子，专门经营皮毛生意，雇了人打理生意，每隔几个月他去一趟那里，查账收钱。希望文武和从未谋面的儿媳、孙子能到鄂尔多斯草原看望他们，他们期待儿子一家人的到来！信上还有父亲的附言："文武吾儿，咱们家有两个挨着的铺面，在南街口上，铺面的招牌写着'严氏皮毛店'五个大字。"

严文武看信后像个孩子似的流着泪对许晴说："我对不起我大呀！我是他唯一的儿子，我不孝啊！咱们明天就动身吧。"

许晴说："你也不要太自责，这也是没有办法的事，自古忠孝不能两全，何况你现在也算副县长级别了，也算光宗耀祖了，你大一定会高兴哩！"

严文武听后开心起来，擦去泪水说："我大还有比我当官更高兴的事哩！"

许晴问："还有甚事？"

严文武说："严家有后了呀！你给严家生了儿子呀！"

许晴说："啊呀！你不提我都想不到，那我是严家大功臣了吧？"

严文武说："是大大的功臣！"

严文武、许晴和小琪次日便开始了草原之行。走了三天，他们一路风尘来到鄂尔多斯，在城南口街上果然发现"严氏皮毛店"铺子，看上去十分气派。严文武上前询问，那铺子内房走出来一位四十多岁、穿着讲究的人，伙计指了指严文武，恭敬地对那人说："这位就是找老掌柜的人。"

严文武向那人点了点头，自我介绍说："我是严耀祖的儿子严文武。"

那人一听，满脸堆笑地说："啊呀，失敬，失敬！严掌柜早就给我交代过的，你们一路辛苦了，今天歇息一晚，明天一早吃了饭后我就派人送你们到草原老掌柜那儿去！我姓王，你们叫我老王就行！"

严文武点着头就对他说："还麻烦老王帮我们先找个客店。"

老王笑着说："咱们店铺就有现成的客房，吃住都方便哩！"

说着就客气地把严文武一家三口领进内院，指着一间上房说："就请文武你委屈一晚了，我马上安排饭菜。"

严文武观察到这个内院还真不小，有九间房，四间看样子是客房，五间好像是仓库，心想：父亲还挺能干的，倒腾出不小的家业哪！不一会儿，伙计端了一个黑漆大木盘进来，里面摆了四碟色泽诱人的热菜、一碗羊肉汤和五六个冒着热气的蒸花卷。伙计一一摆放在桌子上，说："这些都是我们这里的名菜，请慢用！"说完就退了出去。许晴拿起筷子，先尝了几样菜，直叫好吃。饭后，伙计又送来茶水，之后又是洗脸、洗脚水伺候，甚是周全。洗漱完，许晴心满意足地躺在炕上感叹道："啊呀，今天又过了一回大小姐生活哟！有人伺候真好！哎，文武，我看你大像个财主哪！这排场，厉害！"扭头一看，文武和儿子小琪已进入梦乡。

次日早饭后，老王领着严文武一家走到店铺门前，指着一辆带篷马车说："你们就坐这辆马车吧，估计三四个小时就到了。"

严文武与老王握手致谢道别，并说："我大能雇用你这么精明能干的人打理这儿的生意，真是慧眼识珠哩！"

老王拍了拍严文武的肩膀，说："文武侄子，没有给你说清楚我和你父亲的关系，我与他是多年的拜把子兄弟，你应该叫我一声叔呀。"

严文武万万没想到这层关系，惊讶之中赶忙向老王鞠了一躬，客气地说："王叔，侄儿失礼了，请多包涵！"

马车慢慢出了城区，眼前出现一望无际的大草原，马群、羊群逐渐多了起来，白色的蒙古包点缀在绿色的草地上，不远处毡房外蹲着挤奶的蒙古族妇女和朝着路人张望的黑白毛色奶牛，一派生机勃勃的北国风光……

"啊！这里太美啦！"许晴为眼前的美景大声惊叹，儿子小琪也拉住妈妈的手欢叫着。严文武此时才明白父亲为什么恋上了草原，恋上了额吉，恋上了这里的一草一木。马车开始沿着一条河前行，河水缓缓流淌着，那河水清澈见底，水中大小不一的卵石清晰可见。

不到四个小时，一路言语不多的赶车老汉开口说："就快到了！"

严文武见马车两边的蒙古包密集起来，远处一群群的牛羊和马儿悠然地吃着嫩绿的草，草原上的人们不时发出一阵阵欢声笑语。严文武双眼盯着一个个闪过的毡房，内心十分激动。

他们终于在一个超大的蒙古包前停了下来。赶车人大声喊："严掌柜，严掌柜,有客人到了!"喊声刚落,就见父亲严耀祖和母亲塔娜从蒙古包内迎了出来。老夫妻俩万万没想到,突然出现在眼前的三个人就是他们日思夜想、望眼欲穿的儿子、儿媳和孙子!严文武大声呼叫着"大呀!妈呀!"满面泪水地跪在父母面前,许晴和儿子也跟着跪下哭喊着"大大妈妈""爷爷奶奶",一家三代人哭成一团。这时,住在不远处毡房里的塔娜的父亲巴特尔和母亲萨仁高娃也闻声赶了过来,加入了哭泣的人群。四代人哭了许久。严耀祖平复了一下,扶起长跪不起的儿子,父子二人相拥在一起,又禁不住哭起来。塔娜扶起从未谋面的儿媳,替她抹去泪珠,又把孙子紧紧搂在怀中。严耀祖放开儿子,两步跨到妻子身边,把孙子抱了起来,又招呼大家进包里坐着慢慢拉话。四代人就在超大的蒙古包会客厅地毯上盘腿席地而坐,一边喝着鲜美的奶茶,吃着干果奶品,一边叙着旧。严耀祖和塔娜坐在小琪左右,搂着他不放手。

严文武向父亲说明了他们的安排,他和许晴打算趁此机会去劳改农场看望一下服刑的王廷杰,因为以后或许就没机会了。严耀祖赞赏儿子的义气,同意把孙子留下,让他俩去一趟。

第二天,严耀祖为他俩准备了带给王廷杰吃喝用的东西,嘱咐他俩快去快回。

他们在劳改农场见到了久别的王廷杰。王廷杰喜出望外,恍如梦中,他声音颤抖着说:"文武兄弟,我把夜黑里和你重逢的梦续上哩,但不是在这里,而是在一片树林里,咱俩一起捡柴火,你捡了一堆干树枝枝,我帮你往一搭捆柴火,咱俩好像都很高兴,没想到今天就见到你们了,好像还在梦里头一样!你说怪不怪,啊,文武兄弟,怪不怪?!"

王廷杰说着就情不自禁上前抱住严文武,用力地拍打着,哭喊着。兄弟俩相拥而泣,许晴也在旁边不停地抹眼泪。晚上王廷杰坚持让严文武两口子留宿在他的小草屋里,他从食堂大灶上弄了些黑面酱和干辣椒,又从地里刨了一筐土豆,就在自己屋内的小土炕灶上煮了一大锅辣酱土豆,许晴和严文武都直呼好吃。

他俩一夜未眠,严文武向王廷杰详细讲述着分别后发生的变化,说到了王改玲和甜甜,说到了他即将调到地委任职,说到了他这次来草原的感受。他看了看身侧已入睡的许晴，发自内心地说："廷杰哥，你知道我这一天在想些什么吗？"

王廷杰摇了摇头，望着严文武。严文武郑重其事地说："我有一种强烈的想留在草原不走了的感觉，我想辞去公职，以后就和我父母生活在草原上，一辈子自由自在、简简单单、轻松愉快，多好啊！而且我想劝你也留在草原，等你刑满了，把嫂子和甜甜也接来，从此我们兄弟俩永不分开！"

严文武两只眼睛放着光，憧憬着未来美好的生活……

分别的时刻又到了，兄弟俩万般不舍，依依惜别。有道是：执手相看泪眼，竟无语凝噎。又道：今朝此为别，何处还相遇。又道：聚散终有时，悲欢皆如梦。

严文武和许晴又坐上来时的车，回到额吉和阿布身边。经过与王廷杰一夜的促膝长谈，严文武更想留在草原了。他发现自己近来有一种与草原似曾相遇，与草原上的牛羊马群似曾相识的感觉。他与许晴交流这种感觉时，许晴的反应令他十分感动，许晴对他说："人一生在哪里不是活？随心就是最好的生活！你把心放得宽宽的，你到哪里我就随你到哪里！"

倘若严文武和许晴当时痛下决心辞去公职，从此留在草原，那么还会有六年后的悲剧吗？这人世间发生的一切变故，难道只能用宿命来解释吗？

严耀祖对儿子辞去公职的想法表示坚决反对，他未曾站在儿子的角度去理解人生，甚至认为儿子脑子进了水，骂儿子是糊脑怂！他认为自己经商成功只能算作一种形式上的光宗耀祖，他强烈地希望儿子在政界获得成功，成为另一种形式上的光宗耀祖。只有这样，他在商界，儿子在政界，一富一贵，都获得成功，才算完美。看到父亲如此暴怒、反对，严文武默然无语，不敢争辩，他知道父亲的性格，他只能让步，只能将愿望留在心里。他放弃了，他只能选择违背自己的内心。

又一次痛苦的离别到来了。严耀祖当着全家老小的面，伸出双手用力拍了拍儿子的肩膀，嘱咐他说："文武，不要灰心，回去继续好好干，做个老百姓爱戴的好官！"

他转身又对握着额吉双手的许晴说："孩子，你是我们的好儿媳，你让我们严家续上了香火，我和你们的额吉都感激不尽哩！还希望你照顾好文武，也常劝劝他，他有时候很冒失哩！"

一家人互相嘱咐了一遍又一遍，孙子严工也被众人亲了无数次，小脸蛋都被亲得通红。

严文武和许晴按期来地委报了到，严文武被任命为地委宣传部副部长，许晴被分配到沙州县委宣传部任干事。一年后，他们的第三个儿子严兵出生，小名小毛。同年，严文武接受新的任职，到圣林涪山任中心县委常委第一副书记，兼任涪山县县长。严文武接受了正式任命后就先行一步去赴任，许晴因小儿子刚满月不久，带着三个孩子暂时留在沙州。严文武到圣林的第二天就去拜见了中心县委书记廖志高。

廖志高对地委的意图自然心知肚明，严文武迟早要接替他的位置，他只是对严文武兼任涪山县县长一事非常不满，他希望他的女婿李德功能从涪山县第一副县长的职务上提升为县长，但是地委已经决定了严文武为新任县长，他也就无能为力了。对于圣林涪山的人事变动，地委书记杨锐十分重视，前几日还专门又打电话给廖志高，希望他好好带一下严文武，多放手让年轻干部锻炼，多支持鼓励他的副手。

廖志高在自己的办公室会见了严文武，他努力让自己显得高兴而热情，笑得眼睛只剩下两条缝，主动伸出双手抓住严文武，还有意抖了抖，开口说道："欢迎你，严文武同志！接到地委的任命公函，大家就等你来呀！"说着就让座，又递上一支烟和火柴，自己先点着一支烟，坐在对面米色布套沙发上抽起来。

严文武对这位资深的老书记早有耳闻，心存敬畏，见他如此热情、客气，顿时放松下来，就说："老书记德高望重，能有机会在您的领导下锻炼，实在是我的荣幸！我本人资历浅、水平低，请您以后多多指教，多多批评！"

廖志高听他如此说，觉得这小伙子说话还算得体，不由得就产生了一些好感。接着这一老一小两位领导又例行公事地寒暄一番之后，严文武便起身告辞。

严文武在圣林涪山中心县委机关全体干部大会上与大家见面,并做了就职演讲:"首先感谢老书记廖志高同志对我的介绍!希望廖书记引领我和大家一道,把两县的工作做得更好!我叫严文武,严肃的严,文武双全的文武,严肃两个字不用解释,文和武我都差得远,不敢自夸,只是父母的一种愿望。大家知道,抗美援朝,我们国家和朝鲜人民共和国团结一致,打败了美帝国主义及其团伙,取得了伟大的胜利,从此国家有了安全保障。现在正是大力发展工农业生产,发展国民经济的大好时机。我想咱们圣林涪山两个县的经济基础比较好,干部群众思想觉悟比较高,工作开展起来困难就少,阻力就小。但是,三年的抗美援朝战争使我国经济受到很大损失,亏空很大。我们两县当前最主要的工作就是狠抓经济建设,依靠我们当地的自然优势和干部群众的齐心协力,以粮食生产为主,以农副产品、多种经营发展为辅,制定出具体可行的发展规划,争取在明年首先实现经济上的第一步翻身!"说完全场响起掌声。

严文武停顿片刻,等掌声停下后,接着加大声音,结束讲话:"在此基础上,找准不足并加以改进,实现第二步的全县经济翻身,逐年进步,让我们的老百姓过上安居乐业的好日子!不当之处,请大家指正!"

全场掌声经久不息,严文武短短两分钟的任职演讲获得成功,给大家留下了务实能干、年轻有为的第一印象。

严文武意外得知,他在金边县委的老同事崔国斌和牛大奎也调到了圣林县工作,心里十分高兴。崔国斌担任团县委副书记,牛大奎担任县委办公室副主任。这日,严文武一到办公室就打电话给崔国斌和牛大奎,请他们到自己办公室来。严文武见到他们二人就热情地寒暄起来,他俩也是特别兴奋,话说得没完没了。严文武用略带开玩笑的语气说:"这也就是所谓的缘分吧,咱们三人谁也没有料想到吧?"

崔国斌激动地说:"严副书记,这真是太好了!昨天我和大奎刚从乡下了解旱情回来,就听张兰说了你上任的精彩讲话,正准备和大奎来拜望你哩。"扭头看了看牛大奎,又说:"咱们又能在严副书记的领导下共事了!"

牛大奎也是激动得脸都红了,竟有些结巴了,操着关中腔说道:"我们家肖红茹也给我讲了,说你讲话干部们可欢迎哩,掌声、掌声、掌声热烈得很呢!"

严文武被牛大奎逗笑了,用手指了指牛大奎,开玩笑地说:"还是老毛病。不要急嘛!"又问他们俩:"旱情怎么样,严重不?"

牛大奎说:"我们调查了两个乡的旱情,都是直接到村里了解的,旱情非常严重,目前有三分之一的苗都旱死了。水渠里引不到水,长时间不下雨,水库都快干了,好多水井都是浅水井,打不上来水了。现在老乡们正在自己想办法补苗呢!农民家里的存粮也没多少了,今年如果没收成,明年就要闹饥荒咧!"

严文武一边用心听着,一边在笔记本上记着,神情变得严肃起来,眉头越皱越紧。他认为情况紧急,就带着崔国斌和牛大奎一起去找廖书记。

廖志高书记同意严文武的意见,并提出由严文武组织政府相关部门,立即开展抗旱保苗的工作。严文武雷厉风行,马上召集县农业局、县水利局、县粮食局及县信用社等部门领导,开会研究有关抗旱的具体措施。他认真听取了各部门提出的意见、建议和困难,最后拍板布置任务……第二天,严文武带领一个工作组,一行五人,前往化石崖乡;牛大奎带领另一个工作组,一行五人,前往保林乡——目前这两个乡的旱情最为严重。其他八个组分别由县政府各局领导带队,奔赴各乡抗旱第一线。全县抗旱工作就此紧锣密鼓地拉开了序幕。

当晚,严文武参加了化石崖乡政府召开的会议。乡长李保林向大家介绍了严副书记,接着就让各村村长汇报旱情和抗旱中存在的问题。炕沿上坐着的圪垯村村长王二娃,在石炕沿上磕了磕手里握着的旱烟锅,心急如焚地说:"噢,我们村的苗子都差不多干尿死了,噢,补苗没水,顶尿个甚事!原来打的几口井也干了,噢,实不相瞒,现在我们所有的生产互助组都不知道该咋办呀!"

王二娃说毕就把旱烟锅塞进烟袋,装满一锅旱烟点着,又抽起来。平凹村村长贾文艺从板凳上站起来,先朝严文武欠身点点头,又冲着李保林笑了笑,故意用"圣林普通话腔调"说道:"敬爱的严书记、尊敬的李乡长、亲爱的各位村长,免贵姓贾,名为'延安文艺座谈会'的'文艺',今年虚岁四十有三。"

贾文艺的咬文嚼字引来一阵哄笑声。贾文艺不以为意,继续一本正经地说道:"我的现任职务是圣林县化石崖乡平凹村村长。"

大家又笑开来，贾村长也朝大家友好地笑了笑，接着说："据我调查研究，我们村的旱情是咱们乡旱情最轻的，因为那年打井，政府派来的打井队在我们村吃住了一个月，我们村每天都好酒好肉好饭敬着招呼着工人师傅们，井就按我们要求打得深，比一般井要深一倍多哩！所以，井里头现在水都旺着呢！保苗没问题，今年秋收有望获得好收成！"

贾文艺话音刚落，大家就给予他热烈的掌声，这掌声既表示羡慕，又是为他们村高兴。贾文艺的风趣和精明引起了严文武的重视。

严文武决定次日先去圪塄村进行实地考察。

严文武带了水利局技术员罗玉成，和圪塄村村长王二娃一起前往他们村。他们组的另外三人去了平凹村，了解平凹村的打井经验和保苗实际情况。严文武亲自查看了圪塄村的苗子，大多数苗子都发黄倒地枯萎了，眼看那一小部分存活的苗子叶尖也开始发黄，奄奄一息了，让人心揪着疼。严文武与罗玉成商量起打井的事来，得出的结论是：一、多数井还能出水，要在原有基础上再往深钻，增大出水量；二、连夜派人到水利局调出一支钻井队，以最快速度前来支援圪塄村；三、立即展开以生产互助组为单位的补苗工作，所有有劳动能力的空闲村民都到平凹村借水播种新苗，并保住可以救活的老苗。打井、补苗两不误，双管齐下。

安排好化石崖乡梁河子村、吴家洼村的具体抗旱工作，严文武又匆匆去了保林乡，与县委办公室副主任牛大奎、乡长王树仁、副乡长吴宝玉等人开了碰头会。牛大奎提议，把黄河水引入距保林乡五里路远的吴家洼大水库，黄河距吴家洼最近的地方也有五里路，只是中间有座山峁挡道，只要在山峁中间挖开一个洞，就可以抄近路把水引入大水库，这样就可以解决附近好几个乡的农田灌溉问题。

牛大奎又说："严副书记，我初步估算了一下，从化石崖和保林两个乡抽调一千名壮劳力，配备上技术员，日夜不停地施工，半个月就能拿下这个工程。"

严文武听了很兴奋，他问牛大奎："大奎，如果把这项艰巨的任务交给你，你愿意接受吗？"

牛大奎马上回答道:"只等严副书记一声令下!"

严文武十分满意地又问:"你有什么要求?"

牛大奎说:"你只要下令把崔国斌调来就行了。"

严文武说:"这个好办,马上找他来。"

这天天气异常闷热,圪塂村的打井工作仍在紧张地进行着。再次返回圪塂村的严文武正帮着村民,在一口枯井上面装支架,准备将井里干了的淤泥清理了吊上来,以便打井队进行下一步工作。三个村民正汗流浃背、喘着气准备将两根两米多长的粗原木固定在地面时,一个村民老汉手一滑,扶着的另一根原木就倒落下来。严文武眼疾手快,一把推开村民,自己却被砸中,当即昏迷过去。大家看着浑身是血的严副书记,顿时慌作一团,大声呼喊着:"严副书记!"一个村民用手捂住严文武正在流血的额头,哭喊着:"快救人!"等了半个小时,来了一辆拖拉机,众人急忙把严文武抬上挂车,直奔乡卫生所。乡卫生所的医生给严文武做了紧急包扎处理,并建议立即送往县医院做详细检查。

躺在县医院病床上的严文武正在吃晌午饭,给他做特护的是一位漂亮的小护士,此时正眨巴着一双水灵灵的大眼睛,对严文武柔声说:"严书记,我先喂你喝这碗骨头汤,半个小时后再给你吃肉菜米饭,一天三顿饭,你要好好吃,才恢复得快哩。"

靠在床头的严文武像个听话的孩子,按小护士喂汤的节奏,嘴巴一张一合,一口一口地喝着。他额头上被缝了八针,眼睛以上用白纱布严严实实包着;右胳膊轻度骨折,打了石膏用夹板固定,又用纱布系着吊在胸前。他入院已有一周,每天都有干部们来探视,他自觉伤得不算很重,看到大家都很忙,又没法不允许人家来看望他这个第一副书记,于是开始想法子尽快出院。

做通了医院院长的工作,严文武出院第二天就再次出现在圪塂村,他头上戴了一顶大号帽子,右胳膊上套了一只旧衣服上剪下的半截袖子,把两处伤尽量伪装起来,他不想让人看到包扎的痕迹,不想让大家觉得他伤还没好。他打算先在化石崖待上几天,然后再到保林乡去,上次在医院见到崔国斌和牛大奎时，他得知那个山峁子上的打洞工作进展顺利，估计半个月内即可打通。

许晴从办公室下班直接回到家，保姆梅梅去机关幼儿园接三个孩子还没回来，她看了看水缸和锅灶，水缸是满的，后锅蒸箅上放着一盆烩菜和几个两面馍，娃娃们放学前都在幼儿园吃过后响饭了，回家后一般都不饿，不会叫喊着要吃的东西。许晴盖上锅盖，打算等梅梅回来一起吃。她和严文武分离已一年多了，对丈夫的思念之情从未停息过，常常情绪失控，不能自已。

当时在金边县，许晴每每心情烦躁、伤感痛苦时，或心情愉快、欢乐幸福时，总与好友马玉玲分担或分享。可此时，她心中的痛楚能向何人叙说，谁又能分担她的痛苦？许晴独自流了一会儿泪，听到门外有响动，便急忙擦干泪水，起身去开门。梅梅怀里抱着小毛，身后紧随着小琪和小玮，她先让兄弟俩走进门，自己才进门，把小毛搁在炕上。梅梅将这三个孩子视为己出，非常疼爱他们。她为人善良，对孩子特别有耐心，也早已将许晴看作亲人，体贴入微，把家里的一切打理得井井有条。梅梅从不乱花钱，每隔两月她把许晴给她的工钱往娘家婆家邮寄一部分，留下少许钱给三个孩子买一些玩具和零食，许晴劝阻不动，也就由她去了。梅梅平日里话语不多，无事时就一人静静地做些针线活，她不喜欢和邻居家保姆们絮叨张家长李家短，这一优点让许晴很是欣赏。每当许晴心情不好时，梅梅就默默地干着家务，或坐在她身边，埋头做着针线活，陪着她。梅梅十六岁时就嫁了人，不到两年，丈夫夜里赶马车摔下悬崖死了，她不愿待在沉闷的家里，就自己跑出来找活干，后来遇上许晴这样的好主家。梅梅平常从不向人说自己的事情，许晴问起时她才三言两语讲给许晴听。当许晴问她再嫁人的事时，她摇摇头，说她没想过这事，许晴之后也就不再提起这事了。

两人吃了后晌饭，梅梅去洗锅碗，许晴坐在炕上一边看着三个孩子抛着玩一堆羊骨，一边发着呆。梅梅洗涮完毕，也和许晴坐在一起，看孩子们玩耍。她发现许晴像是哭过，不敢问什么，她唯一能做的就是陪许晴坐着。

许晴开始计划，准备动身前往圣林。

第六章

进入11月下旬，天气变得愈发寒冷。县委宣传部为许晴母子四人和保姆梅梅特意准备了一辆县委仅有的中吉普车，从沙州到圣林有大半路程是崎岖的山路，没有中吉普车这种越野性能强的车，根本无法通行。中吉普车上的草绿色帆布篷夏天遮阳尚可，冬天挡风就差多了。吉普车后共两排座椅，前排坐了梅梅和严工、严农三个人，左侧靠车门放了一卷铺盖，既可挡风，又能让孩子靠着舒服、安全一些；后排座椅上则堆放着行李和日用杂物。许晴怀抱三儿子小毛，坐在副驾驶座上。二百多里的路程，前五十多里，路况还不错，虽然路面上的碎石使车子跑起来有些颠簸，但还可以忍受。可五十里过后，路况越来越糟，车子驶入了弯弯曲曲的山路，从车窗往外望去，两旁尽是触目惊心的悬崖峭壁，时不时还有乱石当道。在这一段凹凸不平的山路上，车子绕来绕去，行走了大约一百里路。梅梅终于忍耐不住了，将头伸出窗外，吐了起来。几个孩子倒还好，随着车子上下左右晃动，埋头睡着了。许晴只是觉得有些头晕，可能是想到即将与严文武见面，精神头显得很足。往前行驶不久后，车子终于穿越大山，开始顺着缓坡下行，路况变得好了起来。一路小心驾驶的司机老王，这会儿开口说道："再有五十里就到圣林县城了，路就好走了！"

许晴听了精神更足了，问东问西，和司机老王拉开话来："听说这圣林县地界远古时候是一片森林，后来水淹了森林，再后来水退了，埋在地下的石头和树木就变成了炭，就有了现在的露天煤矿。我还听说圣林县的居民生火不用到炭市上买炭，走到院子外面，在地面上随便刨两下子，拿回去就能生火做饭、取暖。"

司机老王脸上露出笑意，说："差不多就是这样的，反正圣林人生火不掏钱是真的，我的一个亲戚家就在圣林城里头，烧炭只出搬运费，不出炭费。日怪不？"

司机老王又说："听说严副书记上任后第一件事就是亲自到农村带着农民打井抗旱，去年圣林县差不多全县各乡夏粮、秋粮大丰收，农民家里有粮，政府粮库有粮，今年过年红火着咧！现在老百姓提起严书记，都竖起大拇指夸哩！"

许晴听了司机老王的话心里热乎乎的，她心想：我的文武哥哥哟，你咋就这么日能哩！你工作有成绩，你光荣，我脸上也有光呀！不过我对你还是有怨气哪，你一年多都不回家看看我，安慰一下我，把你那点儿㑊劲气攒得全用在公家的事上咧！许晴这么想着丈夫，心里就不由得冒出一股子气来，她认为光顾公家事的男人不算是好男人！当然，在外做事没名堂的男人也算不上好男人。真正的好男人，应该是内外兼优……

司机老王一声"进城咧！"，打断了许晴的思绪。

严文武接到许晴的电话就忙碌开来。加上保姆梅梅，他一家现在是六口人，必须先解决住的问题。于是严文武就和管生活的机关事务科科长老徐探讨了一番住房的事。老徐对严副书记家安在哪里早已心中有数，见严副书记亲自上门询问，就直接告诉他："严副书记，早就给你安排好啦！你们就住在咱县委机关大院西南角上的一个独院里，那里住八九口人不成问题！院子里除了六间房以外，还有一口手压上水的水井、一间灶房、一个男女分开用的厕所。院子里有两棵有年头的大树，一棵是核桃树，一棵是枣树。噢，对了，还有一棵葡萄树，应该是三棵树了。这些树每年都结不少果子呢！另外，院子西南角处留有一个向外的小门，从那里出去不远就是城西菜市场，方便买菜哩。平时不出去时关好门，上面有锁，安全！这个院子原来住着路副书记，后来他因病回江苏老家了，就一直空着。"

严文武没想还有如此理想的居所，十分高兴，就没有推辞，他也想给许晴一个惊喜。

这日，严文武估摸着许晴他们到达的时间，早早在机关灶上订好了饭菜。天色已近傍晚，橘红色的晚霞中只剩下太阳的半张脸了。严文武正在胡思乱想，担心着妻儿们的安全，就听见县委机关大院的大门外传来汽车引擎的轰鸣声，紧接又听见两声喇叭声，他想一定是许晴他们到了，急忙跑出大门去迎。啊！他看见他的许晴伸出一只胳膊向他招手，他看见了许晴脸上挂着泪珠，他与爱妻近在咫尺，他抓住了她颤抖着的手……

晚饭后，坐在院里石条凳上的许晴，在昏暗的路灯下欣赏着属于他们的小院落，含情脉脉地问严文武："你说咱们住这么好的独院，别人不会有意见吗？"

严文武爱怜地握紧她的小手，温情地说："小狗狗（他给她起的爱称），不会的，你放心享受吧！这里不像沙州县住房那么紧张，县级干部都能住上独门独院，只不过没有咱家的好。今年秋粮又获得大丰收，农民家的粮仓和政府的粮库都是满满的，咱们今年好好过一个团圆年，咱们一家人再也不分开了！"

许晴动情地说："大猫（她给他起的爱称），我现在觉得我是世界上最幸福的小狗狗，寸步不离地跟着你，你到哪儿我就到哪儿！"接着又心疼地摸了摸他额头上的伤疤，埋怨说："你受伤住院我竟然一点儿都不知道，你受了那么大的罪，我都不能在你身边照顾你，我感到十分内疚，想起来心里就难过呢！"

这一对久别的小夫妻，说了大半夜恩爱的话语……

这年十月，他们的四儿子严学出生，乳名侯毛。

县委第一书记廖志高和他的大女婿——涪山县副县长李德功，正坐在他家里喝茶。李德功一边给岳丈茶杯内添着茶水，一边说道："照这么搞下去，圣林县和涪山县哪儿还有你的地位？他严文武想做甚就做甚，要你这个第一书记有、有甚用？"他习惯性地想说"有尿甚用"，突然意识到面前是老丈人，就硬是把"尿"字咽下去了。

廖志高看了女婿一眼，叹了口气说："话也不能这么说，他是第一副书记，主动要求到生产第一线去，咋？我能说'你不要去'？再说老——我在圣林当了十几年县委书记，抗战时期就干上了，他个娃娃能和我比？"

廖志高"老子"两字未说出口，毕竟对面是女婿嘛！廖志高看着垂头丧气的李德功，又说："你要是早点主动在涪山县下乡打井抗旱，这个功劳不就是你的吗？"

李德功冷笑一声："哼，是我的又能怎么样？人家严文武两个位置都已经占了，你还能提拔我？"

廖志高摆出一副老谋深算的样子说："一点儿都不知道深谋远虑！你呀，还是缺乏政治头脑！我可以辞去圣林县县长的兼职，你想想还有谁能接任这个职务？"

李德功恍然大悟地说："啊呀，对着了呀！"又开玩笑地说："你最好一齐把第一书记也辞了交给我，这样才能充分显示你的高风亮节，不拘一格培养接班人！"

廖志高"呸"了一声，半认真地骂道："厚颜无耻的俫小子！"

沙州地委书记杨锐正在和新上任不久的地委副书记兼组织部部长姚福春讨论干部调整问题。姚福春提到一个人，认为此人比较适合地委组织部部长这个职务。杨锐说："老姚，我也想到一个人选，咱俩不妨学着玩一下诸葛亮和周瑜两人的猜字游戏，只写一个姓氏在手心，看看你我所见略同否？"

姚福春道一声："有趣！"

两人各自写了起来。接着，杨锐提出要姚福春先展开手；姚福春说要同时展开手，这样才公平。杨锐坚持不松口，姚福春嘴里说着官大一级压死人，就快速展开手让杨锐看了一眼，又握住不松开，逗得杨锐哈哈大笑，说道："你这个笨家伙，又可爱又愚蠢！"

姚福春要他展开手，杨锐故弄玄虚，手握拳头放在胸前，连连说："算了，算了，算屎了，老子和你意见一致！"

姚福春不信，大胆上前抓住他的手掰开一看，果然是个"严"字！姚福春就开玩笑说："杨书记你真狡猾！玩真真假假假真真这种游戏，堪称行家里手！"

两人在严文武任职问题上达成共识。

一年前许晴又生下五儿子，大名严商。许晴给这排行老五的儿子取乳名毛旦。许晴生了五儿子毛旦以后身体一直不好，加上每天下班后还要照顾五个哇哇乱叫打打闹闹的孩子，常常感到力不从心，幸亏有梅梅在身边帮她料理家务，不然她真觉得自己要倒下了。严文武下班回家的时间越来越晚，有时干脆晚上就不回家，在办公室沙发上睡了。孩子们的闹腾让他感到心烦，他的工作压力大，每天从早到晚，不是在办公室处理各类事务，就是跑农村调研，星期天想释放一下压力，放松休息、调节一下，又躲不开儿子们的吵闹。他和许晴开始疏远了。他们两人都没有意识到潜在的感情危机。

这几天，严文武从乡下回到机关，咳嗽得愈发厉害，有时竟喘不过气来，他强打起精神去了县医院。经过化验检查诊断，他患上了肺结核病，医生建议他立即住院治疗。住院期间许晴不时来探望他，陪他说话，给他宽心，他觉得许晴太辛苦，就执意不让她多跑医院，还对她说了许多关心的话。

严文武病情好转，继续留在医院休养，一个月后办理了临时出院手续，在家休息了几日，就去上班。这天，办公室副主任牛大奎拿着一份通知到严文武办公室，是关于召开省地县三级干部会议的事，会议在省城西京举行，会期三天。严文武同意廖书记的建议，决定自己去参加会议。

晚上回到家，看孩子们都睡了，严文武走进他和许晴的卧室，轻手轻脚上炕取下许晴手中的书。睡梦中的许晴惊醒过来，一看是他，笑着问："大猫你回窝啦？想不想再来点儿猫食？"

严文武也开玩笑说："小狗狗你醒啦？今晚你吃了什么狗食呀？狗窝里面舒服吗？我可以钻进你的窝吗？"

许晴就开心地笑了，问他："看来今天大猫心情不错哟，有甚好事传达给小狗狗同志吗？"

严文武就告诉她去省上参加三干会的事，第二天一早就出发。许晴把他抱紧，轻轻地吻了他的唇……

西京三级干部会议报到的当天下午，会务组通知严文武到副省长徐一凡在省人民大厦的临时会议办公室去一下。严文武第一次见这么大的领导，心里不免有些慌乱。徐副省长俨然一副大领导的派头，胖胖圆圆的脸，留着大背头，前额和中央的头发已经稀疏，鼻梁上架着一副黑色方框眼镜，此时正和几名干部谈些什么。严文武被领进办公室，工作人员对徐副省长说："徐副省长，沙州地区的严文武同志到了。"

徐副省长看了看严文武，向他点点头，站起身和他握握手，问他："你就是沙州地区圣林涪山中心县委常委第一副书记、涪山县县长严文武同志吧？"未等他回答，又说："杨锐同志向我推荐了你，决定由你代表县一级干部，在大会上做关于打井抗旱保丰收典型县的发言，你今晚回去好好整理一下发言稿，内容要具体、真实、有说服力，县领导的个人事迹要感人、催人奋进。就按这几个方面去准备吧，希望你的发言能达到我们预期的效果。"

严文武回去开始奋力写稿，他感到最难把握的就是最后一部分内容，思来想去，他决定采取第三人称手法来写县领导干部的事迹，让听众自己去领会。他在发言的总结部分写道："我们县的一位领导，他在打井抗旱工作中，由于连续半个月得不到充分休息，疲劳过度，体力不支，在与村民一起安装打井支架时受了伤。当时他头部鲜血直流，染红了井台，吓坏了村民，他的右臂也因推开一位眼看着即将被原木砸中的村民，轻度骨折。他被送到医院救治，头部被缝了八针，右胳膊被打上石膏、装上了夹板。两周后，我们的这位县领导，千方百计地说服了医生，出了院，匆匆收拾了行装，用一个大帽子把自己头部的伤遮盖起来，吊着右臂，又出现在打井第一线！他的这种工作精神感动了干部和村民，激发了群众的劳动热情，提高了党和政府干部在老百姓心中的威望，维护了党的形象、党员的形象！我始终坚定地认为，作为一名党员干部，在我们党和政府的工作遇到困难时，应该毫不犹豫地站出来，冲上去，为党和政府分忧，为群众解难，应该摒弃个人杂念，不怕困难，不怕献出自己的生命。只有这样，我们的党和国家才能在任何艰难险阻面前，立于不败之地……

会议当天，严文武的发言赢得了与会干部们长时间热烈的掌声，大家猜到他就是发言稿中的那位县领导，觉得他是一位应该受到大家敬重并学习的好干部！会后，人们争相上前与他握手，一时间，他名声大噪，成了人们心中的英雄。徐副省长会后对沙州地委书记杨锐说："严文武这个年轻干部是个好苗子，应该重点培养嘛！"

严文武在三干会上大显风采，出尽了风头，杨锐也觉得脸上有光。

严文武精神抖擞、满面春风地回到圣林县。他把杨锐书记的专车司机老赵安排到县招待所后，看看手表已是下午五点半了，就径直朝家走去。他要第一时间与许晴分享内心的喜悦。走进小院他就大声呼喊许晴的名字，出来相迎的却是叫着爸爸的五个儿子和梅梅，严文武边掏出给他们买的零食和玩具递给梅梅让她分发，边着急问梅梅许晴在哪儿。梅梅说："这两天一到下午五点许晴姐就出去等你哟，你没碰到她吗？"

严文武听梅梅这样说，便转身走出院子，在院门外迎面碰上了许晴，许晴说在大院门外见到一个熟人，对方说看见一个人像是严副书记，进了大院，她就又折回来。严文武就拉住许晴的手一起往家走，许晴抽出手，小声说别让人家看见。两人回到小院僻静处，严文武禁不住抱着她就亲了起来，许晴一边挣脱着一边叫着馋猫，两人嬉笑着回到屋里。这晚，两人早早地就上炕睡了……

午夜时分，一切都好似睡熟了，圆圆的月儿挂在天上，星星眨着瞌睡的眼睛。严文武和许晴今晚睡得早，急着"运动"了一番就搂着睡了去。突然，严文武"啊呀"一声，吓了许晴一跳，她用手背揉了揉睡眼，忙问怎么了。严文武煞有介事地说："咦，光顾着忙咱俩的正事了，咋把我心头头上舌尖尖上搁着的一件事忘了汇报给小狗狗咧！"

许晴装作埋怨道："不要滑麻油嘴咧，快说是甚事！"

严文武喜形于色地说："这次省三干会议上只有一位县级干部发言，这位干部的精彩发言获得省上领导和全体参会干部的高度肯定和赞赏，一下成了众人心目中的英雄，你说厉害不厉害？"

许晴心不在焉地应付他说："这人真了不起！"

严文武又兴奋地说："你猜猜他是谁，是你认识的、熟悉的人，你想想？"

许晴抑制住兴奋的心情,做出认真思考的样子,反问他道:"我要是猜对了你有什么奖赏给我?"

严文武说:"由你提!"

许晴说:"其实你已经告诉我答案了。"

严文武表示怀疑:"说说看!"

许晴就板着脸,故意逗他说:"明摆着嘛,远在天边……下句小狗狗忘了?"

严文武忙接上下句:"近在眼前呀!"

许晴就满怀期待地说:"快说!奖赏我什么?"

严文武故意面露色相,笑眯眯地说:"再给你一发'炮弹'咋样?"

许晴顿时喜形于色地说:"正中下怀!"

严文武发出一声低沉的叫声,忽的一下,猛扑了上去……

事毕,许晴满足地一边抚摸着她的大猫,一边娇滴滴地说:"大猫呀,你可真了不起,全省县级干部中你是唯一的一个哟,你说省上领导都表扬你了,是哪一位领导呀?"

严文武声音懒懒地说:"是徐副省长。"

许晴又说:"连徐副省长都认识你了,你以后说不定还会提升呢!"

严文武懒洋洋地说:"那也是有可能的。"

许晴接着又说:"我发现一个伟大的规律。"

严文武有气无力地应付她:"啥规律?"

许晴语气坚定地说:"凡是能干的男人,往往什么方面都能干!"

严文武似睡非睡地说:"你说的就是大猫同志!今晚都冲锋两回了,还让猫活不活了!"

说着,他就睡着了。

廖志高对严文武在三干会上关于打井抗旱保丰收典型县的发言获得高度评价一事,表面上给予热情而真诚的赞扬,甚至专门组织了一次干部会议,让他汇报省上参会的整个过程;廖书记本人也在会上做了总结性讲话,号召广大干部要像严副书记那样，一心为民做实事、不怕苦不怕累、勇挑重担、乐于奉献，为圣林县增光添彩！

这日周末，李德功随老婆廖莉莉从涪山回到丈人家吃晚饭。饭后，翁婿二人坐在客厅喝茶闲聊。李德功递给丈人一支烟，为他点上火，坐定了就慢条斯理地说："地委为甚不同意你辞去圣林县县长职务呀？地委这是什么意思嘛！"

李德功愤愤不平地发着牢骚。廖志高情绪低落，沉默不语。李德功又接着埋怨起丈人："廖书记你也真是没事干了，还专门搭了个台子，让人家严文武唱戏！"

廖志高气他说话没分寸，批评他说："你也就这点儿肚量，见不得人家好，能有甚发展？"

廖志高对这个女婿总是恨铁不成钢。这时，在灶房帮着洗碗筷、一直侧耳偷听他俩拉话的廖莉莉走出来，不留情面地指责自己的丈夫："你自己没本事，还老是怨人家，看谁都不顺眼，谁都没你能行！"

李德功本来就气不顺，见半路杀出个母老虎，还气势汹汹的样子，就冒起火来："你懂尿个甚？我和我岳父廖书记谈工作，你插什么嘴？你算尿老几？真是没教养！"

李德功一边训斥着老婆廖莉莉，一边挥手让她离开。廖志高脸色难看，忍不住开了口："德功，对老婆也不能这种态度吧？对待妇女同志我们要客气些嘛！"

严文武从省上开会回来后，肺病又加重了，每天早晚一阵一阵地咳嗽，大夫给开的药吃了也不见效，于是又住进了医院。特护他的还是上次他受伤住院时那个漂亮的小护士。小护士叫尚改兰，父亲在沙州地区医院工作，是位知名的老中医，尚改兰在家中排行老三，今年十九岁，还没有中意的对象。

严文武一眼就认出了尚改兰，向她打招呼："小尚你好啊！"

尚改兰知道她的特护病人是谁，此时，见严文武主动向她打招呼，便立即笑眯眯地回应："严副书记您好！您还记得我姓尚呀？你们当领导的记性都好!"

严文武又说:"我不光记得你姓尚,还记得你的名字。"

尚改兰俏皮地一笑,说:"我不信。"

严文武就喊出她的姓名:"尚改兰同志,我叫严文武,请你以后称我老严就可以了。"

尚改兰愣了愣神,心想:这个男人是个有心人呢!我一个小护士的名字,过去这么久了,竟然记得这么清楚。她心里顿时暖暖的,一时忘了自己在做什么。严文武见她发呆,就又问:"你同意称我老严吗,小尚同志?"

尚改兰这才缓过神来,回答说:"啊,同意呀!啊呀,不不不,我可不敢哪!"

严文武见她语无伦次的样子,半开玩笑半认真地说:"就这么定了,我称你小尚,你称我老严,不再讨论了!"

严文武记得住院部平房大院后是一个挺漂亮的公园,有两个雨亭子,之间由一座带栏杆的木桥连接,池中养着红鲤鱼和荷花,四周空地小径两边种了各种花卉,引得鸟儿和蝴蝶飞来飞去。病房里的患者们常到园内散步、赏景、闲聊。公园再往北,穿过一道石头和青砖筑的拱形门,就是三排职工宿舍所在的院子。

这天饭后,天色尚早,严文武走出病房,寻路朝公园而去。晚秋时节,早晚空气中已有较重凉意,严文武觉得身上冷,想着转上一圈就回病房。尚改兰在医院食堂吃毕晚饭回到病房,见病房里无人,就去呼吸科另外几个病房查找,寻了一圈不见老严,就想起他下午问起公园的事,拿了件厚点儿的外衣,就去公园找他。进到公园,尚改兰远远看见雨亭长椅上坐着一人,像是老严,就从木桥经过往雨亭走去。严文武见尚改兰来找他,先是笑了笑,接着道歉说:"小尚,没给你请假就出来了,对不起了!我应该至少留个字条哪,让你担心啦!"

尚改兰为他披上衣服,默默坐在他身边,过了一会儿才说:"天气凉了,你这种病怕着凉,咱坐一会儿就回去吧!"

尚改兰属于那种外冷内热型女孩,平时不苟言笑,给人一种冷面美人的印象。她的护理技能熟练，工作认真能吃苦，在护理科口碑很好，故而医院这次指派她给县委第一副书记做特护。医院里有好几位年轻的医生向她表示爱慕之意，都被她婉言谢绝了。众人不解，她究竟要找什么样的人，她到底有没有一个标准？从外表来看，尚改兰可以说是完美的：白皙的肤色，一米六八左右的身高，五十公斤出头纤细匀称的身材，鸭蛋形的脸庞，会说话的大花眼，更为突出的是她端庄高雅的气质，透着一股神秘。医院里有一位随父亲从苏联回国的三十岁未婚科主任，祖籍圣林，十分喜欢她，给她写过两封情书，但最终还是被她婉言拒绝了。她对周围人的种种非议漠然置之，只说过一句话："我一个小小护士不值得众人费这么多口舌说长道短，我只是在等待我看对眼的某个普通男人！"

严文武这年不满三十一岁，正是年富力强的时候。经省委组织部报请省委研究同意，地委初步研究决定发文，调任严文武为沙州地委组织部部长、地委委员、常委，由他接替姚福春的职务，他的行政级别上升至副地师级，但正式任职文件尚未下达。在此人生的关键时期，严文武出事了，他被揭发乱搞男女关系，而那个女人正是尚改兰！他和尚改兰在医院的单身职工宿舍被几个人当场抓了现行，两人正在喝酒闲聊，尚改兰当时衣着比较暴露，两人面对面坐在一张餐桌前。事后，尚改兰承认自己勾引严文武，但她只是一厢情愿，严文武并未动心，更谈不上乱搞男女关系或通奸。严文武也矢口否认通奸之事，表明两人只是一般朋友关系。圣林涪山中心县委纪检委调查组将此事件调查情况向廖志高书记等主要领导做了详细汇报，廖志高对此感到十分震惊，感叹道："一个好苗子呀，前途就此受影响咧，可惜呀！"

沙州地委书记杨锐接到廖志高打给他的电话，震惊之余，还是不愿接受这个事实，他嘱咐廖志高暂时不要公开表明组织上的任何处理意见，地委会派一个调查组，与圣林纪检委调查组一起组成联合调查组，对这件事重新进行调查，希望廖志高认真予以配合。

李德功的老婆廖莉莉，在事发当天下午就专门跑到许晴家报信，许晴发疯一般当即跑去医院尚改兰的宿舍，当面指责质问："是你勾引严文武，还是你们俩早就勾搭在一起了？你们从什么时候开始的？"

许晴尽量克制着怒火，她要尚改兰对她交代清楚。尚改兰此时已从惊恐中冷静下来，她向许晴讲出自己的心里话："我爱上严文武了，我长这么大第一次真正爱上了一个男人。我知道这对你造成很大伤害，但爱情从来就是自私的，我希望他也能爱上我，希望他能娶我为妻，你能理解一个女人的这种感受吗？"

许晴听到此话，一记响亮的耳光打在尚改兰脸上，大声骂道："理解你妈个×！厚颜无耻的烂婊子，我恨不得一刀杀了你！"

尚改兰毫不反抗，语气坚定地说："你打死我我也是这话，我要用我的生命来证明我对他的爱，但是，我已经没有机会当面向他表明我对他的爱，我不知道他会不会爱我。我将用我的生命向你证明，我和他是清白的……"

第七章

尚改兰自杀的消息不胫而走。

她与许晴见面的当晚,去办公室药柜取了一瓶安眠药,又回到宿舍哭了半宿,写下两封遗书,一封写给严文武,一封写给她的父母。黎明前她服了药,静静地躺在床上,等待生命的结束……

隔壁宿舍赵文婷打早饭的时候,习惯性地喊尚改兰,叫她一起去打饭。赵文婷等了一下不见应声,就试着推门,门是虚掩着的,并未从内关上,进去就见尚改兰躺在床上,叫了多声不回应,推也推不醒,赵文婷慌了神,急忙呼喊着救人……

仅仅过去一周时间,严文武完全变了样,看上去像个五十多岁的人,面色苍白,眼窝深陷,双眼呆滞无神,头发散乱,消瘦了许多,走路也有些摇摇晃晃,整个人都垮了。他像个刚出狱的囚犯,漫无目的地游走着。许晴正式向他提出离婚,而且态度显得很坚决。廖志高书记向他表明了组织上的态度:许晴只是单方面提出离婚,只要严文武不同意,组织上绝不会批准。前两天,严文武向许晴耐心地解释过这件事,承认自己和尚改兰有来往,但是他从未向尚改兰表示过任何爱意,而尚改兰也没有向他表示过对他有意,所以,这一切就是个误会,而且这场误会的背后肯定有阴谋!但许晴根本不愿意听严文武的解释,更不愿意信他说的误会背后有啥隐情或不可告人的秘密,她固执地认定严文武的所作所为就是对她的背叛,是对他们俩爱情和婚姻的背叛,是绝不可以原谅的！因此，唯一的出路就是离婚！她在出事前就曾碰见过尚改兰，她从女人的直觉出发，认定严文武无可抵挡地爱上了那个美人，而她绝不容忍也无法容忍任何女人分享她深爱着的男人，一丝一毫都不行！她以她那生就的个性不顾一切地发泄着怨恨，她将以前所有的恩爱都弃之一边，将所有的爱情誓言都抛之脑后，她已丧失理智，她疯了！她的疯狂让严文武无可奈何，他想再次找她谈谈，想让她冷静下来，平心静气地想一想。可是，许晴决绝地要他尽快在离婚协议上签字，尽快解除婚姻关系。

严文武这几天度日如年。一个强壮的男人，一个正县级领导干部，被一场突如其来的风波差不多击垮了！他开始不思茶饭，整夜整夜地失眠，脑子里甚至闪过轻生的念头。他开始怨恨尚改兰，怨恨她给他设套。她骗他去帮她安装宿舍门插锁，这事背后真正的目的是什么？是谁让医院保卫科、人事科的人来抓他们？是谁如此歹毒要害他？而另外一件让他感到震惊，但又因此解除了他对尚改兰误会的事情，就是他刚刚在廖书记办公室看到的尚改兰写给他的那封遗书。他并没有爱上她，但她的真情、她以死来保护他的这种举动，深深地打动了他。当从廖书记那儿得知尚改兰已经被抢救过来时，他不由得泪流满面，不能自已。

严文武开始对许晴失望了，他决定不再去找她，至于他们的关系，他不愿再过多思虑，他想着一切顺其自然，随缘吧……

许晴多日不见严文武来找她，就有些心慌，她已经能够冷静下来考虑这件事了，她也开始相信尚改兰和严文武之间只不过是尚改兰剃头挑子一头热。但是当她得知尚改兰自杀的消息时，她真的害怕了，她完全没料到尚改兰对她说的话是发自内心的。她开始理解这个女人的真爱，同时又感到内疚不已，认为尚改兰的自杀与她有关，她开始有些同情起尚改兰了，甚至感到应该去看望一下被抢救过来的尚改兰。她和严文武的关系如何处理，怎样收场，她并没有认真地去考虑，她还是任性地想逼他在离婚协议上签字，以此来宣泄自己内心的痛苦。她非常自信地认为无论她怎么对待他，他都不会同意离婚，她就是要拿这件事来折磨他，让他长个记性，从此再也不敢对其他女人有非分之想。

星期天，许晴感到心烦意乱，坐立不安，就从家里小院出去，朝严文武办公室走去。办公大院里静悄悄的，严文武近来一直住在办公室里，吃饭也在机关食堂。许晴见门虚掩着，就推门进了屋。严文武听到响动就从沙发上坐起来问："是哪位？"

许晴装作怒气冲冲的样子，手里拿着早已写好的离婚协议，往桌子上一放，用不容商量的语气命令道："签字吧，严副书记！"

严文武盯着她看，缓了缓神，神情凝重地问她："不愿意再听我解释什么了吗？尚改兰自杀的事你听说了吧？她写下的遗书难道不能说明我与她的清白吗？"

许晴的情绪开始激动起来，大声地吼叫着："她用生命捍卫你们的爱情和你的名声，你很感动吧？她的自杀让你痛苦了吧？"

严文武也来了气，大声质问："她自杀前你找过她，为什么她当晚就自杀了，你难道没有责任？"

许晴歇斯底里地喊道："我没有责任，她活得不耐烦了，要为你们的狗屁爱情殉情，是我的责任吗？简直就是一对无耻的狗男女！"

严文武气得说不出话来，只是大口地喘着气。

许晴这时已经触碰到了严文武的底线，而她却并未就此收手，反而拍拍办公桌上的离婚协议，逼他说："少啰唆，签字吧！"

严文武见状，仰天长长地叹了一口气，愤怒地拿起笔写下了"同意离婚 严文武"七个大字。

三天以后，两人办理了离婚手续，夫妻缘分已尽，从此各奔东西。

缘尽时，无须挽留，挽留住的只是无尽的惆怅；缘散时，无须伤感，伤感过后只是无边的寂寞。

秋末时节，天气已变得寒冷，路的两旁尽是黄色的落叶，被一阵阵的风吹得四下移动。严文武正走向医院，他思量再三，决定去看望一下尚改兰，至少亲眼看一下她的状态。在呼吸科护士办公室，他见到了正在上班的尚改兰的同事兼好友赵文婷，便向她问起了尚改兰的情况。赵文婷告诉他，尚改兰辞职回沙州县父母家去了，身体已基本恢复健康。严文武有些失落，总觉得对不起这个痴情的姑娘。但对于命中注定的事，他已经能够坦然面对了。

赵文婷一直很同情尚改兰的遭遇，看到严文武一脸愁容走出护士办公室，就追到院子里拦住严文武说："我要告诉你一个重要的秘密。我们护士办公室有个护士叫李德芳，是涪山县副县长李德功的亲妹子。事发当天下午四点多，李德功的老婆廖莉莉来找过李德芳，无意中听到了尚改兰交代给我的话，就是饭后让你到她宿舍帮忙装门锁的事。廖莉莉于是就算准了时间，给我们医院人事科和保卫科打电话举报说有奸情，之后的事你都知道了。李德芳是个好女子，心地很善良，她听到她嫂子廖莉莉得意忘形地给她哥讲这件事，她当时非常反感，前天晚上刚好我们俩值夜班，她就悄悄地给我讲了。这件事连尚改兰也不知道呢！"

严文武听了赵文婷的叙述，脸气得煞白，说："没想到他们会这么恶毒！"

之后，严文武对赵文婷表示了谢意并保证不会将真相说出去。严文武明白廖莉莉的用意就是要搞倒他，让她丈夫李德功取而代之。碍着老书记的面子，他决定暂时忍了这口气。

他和许晴在办理离婚手续时，已商量好了五个孩子的抚养问题：老大严工、老三严兵和老五严商随母亲许晴生活；老二严农和老四严学随父亲严文武生活。严文武每月付给许晴所抚养的三个孩子每人十五元的生活费，直到孩子年满十八岁。

这年冬天，临近春节，严文武拒绝了县委专车送他父子三人的好意，搭乘一辆大卡车离开了圣林县，前往沙州赴任。这年他三十二岁。

中共沙州地委研究决定：一、经省委批复，撤销地委对严义武同志担任沙州地委组织部部长、地委委员、常委的决定；二、撤销严义武同志圣林涪山中心县委常委第一副书记、涪山县县长职务；三、调任严文武同志为沙州地区文工团副团长（副县级），即日上任。

严文武在地区文工团安顿下来。文工团分给他两间住房，一间自己住，另一间给两个儿子居住，同时给托人雇来的一位四十多岁的保姆做饭用。二儿子严农八岁，已到了上小学的年龄，就送去沙州师范学校附属小学读一年级；四儿子严学四岁，送到附近一所幼儿园暂时托管。安排好这些事，严文武就去正式拜访他的新上司——沙州地区文工团党委书记兼团长范文格。这位范团长是当地家喻户晓的音乐家，瘦高个儿，留着一头长发，眼睛大而有神，最特别的是他的那件既不像大衣又不像中山装的盖过屁股的只有两个超大口袋的上衣，使他看着很滑稽，有点儿像杂技团里的小丑，又使人联想到旧时学堂里的教书先生。

范团长征求严文武的意见："严副团长，我的意见是，我负责业务上的事，你负责办公室的日常行政事务和全团吃喝拉撒的总务上一摊子事。当然，你会忙一些，等新到管总务的副团长一上任，你就交给他，你看怎么样？"

严文武客气地说："我没有意见，谢谢你的信任！"

半年后，严文武已经和全团演职人员以及临时雇用的食堂大师傅、小伙计们打成了一片，大家都非常喜欢这位平易近人的严副团长。严文武晚上无事，时不时到礼堂去看戏，有时看秦腔戏，有时看山西梆子戏，有时又看陕北地方特色小戏……类型很多，有的戏他很喜欢，看几遍了还想看。有一个女演员叫李云丽，二十岁的样子，是团里的台柱子，秦腔、山西梆子、陕北小戏样样能行，很受范团长器重，观众也特别喜欢她。

李云丽是沙州县城老户人家后人。清朝时，她祖上曾官至文华殿正二品大学士，后因犯错丢了官帽，被贬为庶人流落边陲小城沙州，但家底仍然丰厚，买地建院盖房，之后城中便有了一条叫作学士巷的巷子。李家到了李云丽爷爷辈上，家道败落，街上他家的铺面全部改了姓，两个住宅大院也都抵了外债；到了父亲李继祖这辈，只能在学士巷租房住，她一家人全靠父亲在街上豆腐坊帮工勉强度日。十年前，她父亲去世，丢下母子四人，孤儿寡母，十分可怜。现在，两个弟弟在念小学，全靠李云丽一人挣钱养家。她的母亲王氏，今年四十三岁，娘家也是沙州城里人。王氏腿受过伤，行走不太方便，有时也出去给人家做做保姆啥的，多少挣点儿钱贴补家用。

李云丽人长得漂亮，又是团里的台柱子，追求她的男人自然不少。地委副书记姚福春的独生子姚绥生就非常钟情于她，还几次找借口到文工团来见她，但她对姚绥生印象不好，觉得他流里流气的。而团里那些追求她的单身男演员,也就是空长了副漂亮面孔,肤浅得很,她一个都没看上眼。她对新来的这位副团长有所耳闻,听说离了婚,还带着两个孩子,是犯了错误降职调到文工团来的,就觉得这个男人挺倒运的,本能地对他产生了几分同情。李云丽开始对严文武产生好感,是在他来团里工作第二年的一次会议后。

严文武来到地区文工团的第二年,这年的冬天冷得出奇,称得上滴水成冰。严文武与沙州地区南面几个县的文工团协调好的联合演出,受到当地广大群众的热烈欢迎,不仅锻炼提高了演员们的演艺技能,而且还扩大了地区文工团的影响。与此同时,这次演出还提高了票房收益,增加了全团演职人员的生活福利。范团长对严副团长一年多的工作非常满意,高兴地称赞他道:"文武同志哪,你可不愧是当过大县领导的人,思路就是不一样!大家对你评价高啊!每次到各县与县文工团联合演出,每个人拿的都是双倍工资的补贴,而且这个住宿、伙食等,都安排得妥妥当当的。住得好,吃得好,大家齐声夸你好,这就叫两好加一好!"

年终表彰大会上,严文武就办公室、总务两个方面的工作,向全团演员职工做了汇报讲话,他说:"我只讲行政服务方面的事情。有好的方面,是大家共同努力的结果,我在此感谢大家对我工作的支持。有不好的方面,是我的工作没有做到位,我要检讨,向大家道歉!"此时台下响起掌声,严文武接着说:"今年我们跑了好多次联合演出,有了实实在在的收入,我现在宣布今年过年团里给大家发的慰问品。每人——我在此说明一下,每人指的是不分男女,不分丑俊,每个人!——猪肉五斤、羊肉五斤、鸡蛋五斤、大米十斤、白面十斤。"话音未落,台下便爆发出热烈的掌声。

严文武示意大家安静,又接着宣布:"还有每人一千斤烧火炭和二斤食用麻油,宣布完毕。请各位会后到总务科领取。顺便祝大家新春愉快,向大家拜年啦!"

台下的李云丽和大家一样,参加工作以来,哪一年过年享受过如此丰盛的年货慰问品?这个严副团长讲话如此实在却又不乏风趣,更重要的是,他做的比说的还要好,或许这就是他的个人魅力。李云丽不由得对这个男人产生了好感。

自从到了沙州县，严文武多次想去看望一下尚改兰，但最终都未实现。他的思想非常矛盾，他担心他的出现会打乱她平静的生活，会勾起她已经淡忘了的记忆，造成新的痛苦。可埋藏在心中的愧疚感，已成为他的一块心病。他最终还是迈出了这一步，尽管没有会面，但他心里还是踏实了一些。他在沙州城的街道上，很容易就打听到了姓尚的老中医家的诊所。这个坐西朝东的诊所很大、很气派，古色古香的深棕色双开门，门框上方挂着一块很大的黑漆木牌匾，上面写有"尚氏中医诊堂"六个方正的隶书大字。进了门在右边两米处摆了一张长方桌、一把椅子及两条供患者坐的条凳；左边的南面整个一面墙，大约十米长、两米五高，紧贴墙面放置着分成几十个小抽屉的中药药材柜，还配有一个精致的小木梯，墙柜前面摆放着一个七八米长、六十厘米左右宽的抓药大柜台。

严文武从不远处清楚地看到了动作利落灵巧的尚改兰，她手里拿着一杆微型铜秤，正往来于药材柜和抓药柜台之间，那药材柜上的抽屉，被她拉出推进，啪啪直响。严文武看到了她，心满意足地离开了。

啊，美丽多情又善良的姑娘，再见吧，假若来世有缘……

许晴和严文武在办理离婚手续时见了一面。之后，严文武在离开圣林的半小时前，去小院接严农和严学，但他没有进院子，而是让大卡车司机帮他把孩子接出来。事已至此，严文武认为没有必要再见面。他们俩离婚一事，很快就成为圣林县城的特大新闻，几乎所有舆论一边倒地同情许晴，而严文武成了忘恩负义、万人唾骂的"陈世美"！对此，他不做也无法做任何解释，他只能默默地承受着，只想着尽快离开圣林。

许晴万万没有想到事情竟会是这样的结果！严文武竟如此绝情，在离婚协议上签了字！他怎么就不理解她的心呢？他怎么变得如此无情无义呢？他怎么会如此狠毒地对待她呢？她不能理解，她到死也不能理解！

严文武也许是最后一次以书面形式和许晴交流，他让准备送他去沙州的大卡车司机拿着他写的字条，亲手交给许晴，然后把两个孩子接出来。字条上只有短短两行字："许晴同志：请把孩子交给来人，我们今天去沙州，请多保重！严文武。"

严文武在许晴辱骂他，逼着他签字的那一刻起，就彻底与她决裂了，他的心彻底死了。

时光飞逝，岁月如梭，不觉又见院子里的树枝上挂满了新芽，春天悄无声息地来到人们面前，万物复苏，大地呈现出一派勃勃生机的景象。严文武迎来了他在沙州地区文工团的第二个春天。时间或许就是疗伤的一剂良药。严文武经过一年多文工团这个特殊大院充满生机的生活的滋养，精神重新焕发。他看上去依然英俊挺拔、精神抖擞，双眼不仅恢复了原有的那种刚毅和神采，还显得更加成熟而稳重，散发出那种刚刚步入中年的男人特有的魅力。三十四岁的严文武，在文工团这个奶油小生、美男子集中的地方，看上去不比他们任何一个逊色。

李云丽开始以各种理由主动接近严文武，而严文武却谨慎地与她保持着一定的距离。他何尝不懂她的意思，他只是不愿意，或者说是害怕再次卷入男女之情，何况他对李云丽并没有任何非分之想，因此，他尽量不失礼节地应付她，避开她。这一年多来，他除了偷偷去看过一次尚改兰，没有刻意留心过任何一个女人。对于李云丽，他仅仅是感官上觉得她漂亮、端庄，对她的印象也只是业务骨干、团里的台柱子，他只想和对待其他演员一样，与她正常相处。李云丽近日到他办公室来的次数有点多，他有些头疼，不知道怎样提醒她才合适。她总送他一些小礼品，如笔记本、钢笔、小孩玩具之类的东西，有时还送几样她亲手做的菜让他品尝。他决定找个机会想办法给她的感情降降温。

李云丽也是感情极其专一的女子，一旦动了真情，就会不顾一切地往前冲，决不退缩！她认为严文武已离了婚，是自由之身，她追求他，完全可以正大光明，这是她的权利。她非常自信地认为，以她的条件，严文武一定会接受她，而严文武之所以显得不主动，是因为她对他表达得不够明确，或许让他误以为是一种讨好领导的举动。她对严文武的爱慕之情与日俱增，她想更加主动地靠近他。

春节过后，文工团里又忙起来。李云丽参加了几个陕北小品歌舞的排练，她和几个要好的姐妹还排练了一个小合唱。她担任领唱。她们议论着，认为这个节目一定会受到观众的欢迎。范团长在最近一次业务工作会上，特别强调开展自行组合，创作排练出更多、更优秀的小节目来，为今年下乡到各县与当地联合演出做好准备。严文武也在积极地忙着准备今年下乡到几个县的具体工作。租用的两辆大轿车和拉道具的卡车已落实，就连清洗大轿车上白色座椅套的事，他也反复叮咛过了。长途行驶过程中临时充饥的干粮，他也提前预订了很受大家欢迎的白面葱油千层饼，确保饼子松软可口，一周内不会出现干硬的口感；还有饮用水的问题也得到了解决；水果少带点儿，到了县上可以在市场上水果贩子那里买一些新鲜水果给大家吃。严文武搞后勤服务工作，能做到事无巨细，很是用心。一切安排妥当，就等范团长下令了。

李云丽远远看见严文武坐在院子里吸烟，就慢慢向他走来，见他一副沉思的样子，不想惊动他，就悄声地坐在他身后不远处的木条椅上，默默地看着他宽大的背影。他的话不多，每次见他，他总是在有条不紊地做事情，非常专注，仿佛周边的一切都与他无关。他似乎从来没有和团里的人闲聊过，好像不喜欢与人交流。每当李云丽主动和他谈及家庭和个人感情之类的事，他总是岔开话题，搪塞过去。

过了好一会儿，李云丽终于憋不住，大声咳了一下，仍不见他反应，就鼓起勇气喊道："严副团长！"

严文武顺着声音转身一看，见是李云丽，便笑了笑，说："你好，李云丽同志！"

李云丽站起身走到他面前说："严副团长好像有心事？"

严文武不失礼节地笑了笑，毫不隐瞒地告诉她说："我在思念我的阿布和额吉，我有很长时间没有见到我的亲人了。"

严文武紧锁着双眉，望着远处的蓝天。

李云丽柔声细气地问："阿布和额吉是什么意思？"

严文武看着李云丽的眼睛，解释道："这是蒙古语，阿布是爸爸，额吉是妈妈。"

李云丽很高兴严文武能给她讲这些，就又关切地问道："你的阿布和额吉在哪里？离这里很远吗？"

由于李云丽马上就记住了阿布、额吉，严文武很高兴，微笑着说："三四天的路程吧。"

李云丽又说："那你可以请假去探望他们呀！"

严文武突然想试探一下面前这位多情的姑娘，于是便说道："我这些天正在考虑我人生的一个重大决定，我认为时机正好，就看老天爷能不能成全我。"

李云丽忽闪着美丽的大眼睛，问："什么重大决定，我可以知道吗？"

严文武装出神秘的语气说："但是对外要暂时保密！"

李云丽坚定地说："绝不泄密！"

严文武就一字一板地说："我要到草原去，不再回来了！"

李云丽吃了一惊，顿了一下，随即大胆而坚定地说："那带上我吧，我给你做老婆，去孝敬公公婆婆，你的阿布、额吉！"

严文武被震惊了，他被她的勇敢表白感动了，一时说不出话来，眼眶内闪动着泪花，呆在那里。他原本想吓吓她，让她知难而退，没想到这女子直接冲了上来，反倒让他不知所措了。他心底里默默地迸出一句滚烫滚烫的话——这是个好女人！

其实，在严文武家做保姆的女人正是李云丽的妈妈王玉琴，王玉琴不愿告诉女儿她在文工团严副团长家当保姆，怕给她丢脸，所以在文工团进进出出格外小心，唯恐被女儿发现。李云丽自从上次向严文武敞开心扉表达了内心的爱意后，就在严文武面前表现得坦然开来，就连称谓也变成了"文武"，当然仅限于两人一起时的私密场合。严文武与李云丽接触越多，就越感受到这姑娘的善解人意。两人在一起时，做任何事她都是先站在他的角度考虑问题，总是让他觉得舒服，让他高兴，绝不会让他为难，让他不愉快。严文武现在每天都希望见到她，享受着她带给他的快乐，他的生活又充满了阳光，他感到人生还是很美好的。

这天下午下班后，李云丽在严文武办公桌上留下字条，写着："下班后别吃饭，我回家一趟，一会儿来找你。云丽。"严文武看到留言后先回了一趟家，看两个儿子放学回家已吃了饭，保姆王阿姨也收拾毕家务活回家去了，就嘱咐小玮和侯毛做完作业先睡，自己就又返回办公室。他刚刚在办公室坐定，点了一支烟吸起来，就听见门口有响动声，拉开门一看，只见李云丽双手各拎着一个包，笑嘻嘻地对他说："等急了吧？"

严文武一边接过她手上的包一边说："我也是刚进门。累了吧？先坐下歇歇，喝点儿茶水。"

严文武将包放在桌上，拿出包内两个洋瓷小盆，揭开盖子，一股香喷喷的羊肉味飘了出来，原来是一盆拌好的饺子馅。"哇！"严文武像个小孩似的惊呼一声。他又揭开另一个盆盖，里面是一块揉好的白面团。

吃完饺子，李云丽留宿在严文武的办公室，两人挤在一张单人小床上。严文武对搂在怀里的李云丽说："云丽，我比你大十二三岁哩，你不感到委屈吗？"

李云丽用手拉着他的右耳垂说："从来没有。"

严文武又问她："团里有很多人议论咱俩，你没觉得有什么压力吗？"

李云丽柔声柔气地说："不予理睬。"

严文武接着又问："那你家人会同意你嫁给一个三十多岁的离异带着娃娃的男人吗？"

李云丽心不在焉地说："婚姻自由。"

严文武紧紧抱住她，内心滚烫……

马玉玲和丈夫秦大伟被借调到沙州县委宣传部工作，秦大伟还当上了主持工作的副部长，是地委副书记姚福春暗中帮的忙。马玉玲给许晴写了一封信，让她想办法也调到沙州。秦大伟的父亲在内蒙古倒腾羊毛生意发了财，为儿子仕途发展花了不少钱。秦大伟自从到沙州后，和姚副书记的儿子姚绥生打交道多了起来，两人常常一起探讨生意上的一些事。那姚绥生在社会上结交了一些不三不四、臭味相投的狐朋狗友，常常聚会喝酒、谈天论地，仗着他父亲是地方上的大官，背地里干了不少见不得人的勾当。

许晴收到马玉玲的信，自然是满心欢喜。马玉玲是她最知心的朋友，当时随严文武调离金边县时，她俩都舍不得分开，哭了好多次呢！许晴接到信后就开始认真考虑调往沙州的事。她在圣林的日子并不好过。虽然人们投来的都是同情的目光，见面说话也尽是小心观察她情绪上的变化，总是顺着她，照顾她的感受，但这些又能怎样，她内心的苦恼又有谁能理解和分担？梅梅倒是每天下班后陪着她，但除了一心帮她料理家务，照顾三个孩子以外，唯一能为她排解寂寞的方式就是默默地坐在她身边，做着针线活。最让她不省心，给她带来不少麻烦的就是大儿子严工。这孩子打小就自私任性、为所欲为、横行霸道、惹是生非，许晴真后悔当时没坚持把这浑小子交给严文武抚养管教！已经十二岁的严工本应是个开始懂事的半大小伙子了，却不知道随了谁，长了一副恶相，看上去一脸横肉，活脱脱就是一个恶少！真正是应了老百姓常说的那句话——人见人厌，狗见狗嫌！县委大院里的人和学校里的老师学生，见到严工就远远躲开，唯恐避之不及！

  这天，严工放学后留下来参加大扫除。他手里拿着一把扫帚在院子地面上左右乱挥，弄得几个女同学皆一身灰尘，纷纷躲避，他却乐得仰面大笑。有个壮实的男生看不惯，上前阻止他，不料他拿起墙角一块砖头，直接砸在那个男生的胳膊上，两人抱着滚在地上打作一团。那男生劲大，翻起身骑在严工身上挥拳连击数下，严工被打得嗷嗷乱叫，嘴角流出了血，男生见状，放他起来。严工起身不敢再打，一溜烟跑了。

  严工吃了亏回到家里，见妈妈许晴和两个弟弟还没回到家，梅梅阿姨正忙着炒菜，饭桌上已搁着炒好的两盘菜，用碗盖着保温。严工揭开盘子上的碗，直接用手抓起菜吃了起来。梅梅见状就劝说："小琪，不要急着吃，你妈妈和小毛、毛旦马上就回来，再等一会儿一起吃！"

  严工不听，反而双手抓着乱吃开来，梅梅上前拉了他一把，埋怨说："你这孩子咋就这么不懂事！"

  这时许晴领了两个儿子正好进门，亲眼看着严工猛然一把推倒梅梅，又掀翻饭桌，挤开许晴和两个弟弟，跑出门去了。梅梅被推倒时在锅台沿上磕破了头，顿时血流不止。许晴和小毛、毛旦连忙上前扶起梅梅，用毛巾帮她捂住伤口，赶去医务室。

马玉玲给许晴写了信后,就在沙州县委组织部张罗起来,有姚副书记这棵大树做靠山,自然是一路顺畅。她在县委家属院连住房都替许晴安排好了,她家住的那个小院就有两间空着的房子,房子外面窗台下还有一个灶台,夏天在外面做饭很方便。她请了两个人,一起把两间屋子打扫干净,又用白粉刷了墙,之后用自家的油票买了几斤油和醋酱盐等各种调料,又买了两袋白面、两袋小米和黑豆、绿豆等。

秦大伟看到妻子马玉玲这些天为许晴弄这做那的,忙得不亦乐乎,连家里饭都胡凑合,不上心做,就开玩笑说她:"许晴也真是好福气,摊上了你这么个好朋友。没见你对谁这么上心过,连油盐酱醋都准备得齐齐的,进门就能开灶做饭!这回把她弄到你跟前,又可以热闹了!"

马玉玲听秦大伟这么说,突然"啊呀"一声叫了出来,吓了秦大伟一大跳!就问她咋了。

马玉玲认真地说:"你倒是提醒我了,明天一早我就到炭市上买炭去,咱院子大,买上五车子炭,再买上几捆子燃炭柴,咱两家合伙慢慢用嘛。"

秦大伟又关心地补充说:"记得顺便再买上两大麻袋洋芋疙瘩,你们两个人都爱吃干辣子酱油焖洋芋,买回来甚时间想吃了就焖上一锅,尽饱了吃!"

马玉玲被他逗得直笑,说:"看你那个憨俫样,就像八辈子没吃过东西一样!"

两口子说笑打闹着,热切地期待着他们共同的好友许晴的到来……

第八章

许晴带着严工、严兵、严商三个儿子和保姆梅梅,一行五人重返沙州县。这年她刚满三十一岁。

春天的一切都让人觉得美好,几乎所有的植物都萌发出巨大的生命力,给大地铺上一层色彩,伴随着人们迎接新一年的生活。

马玉玲一大清早起床就开始忙碌。昨天上班就接到许晴打来的长途电话,说是今天早上六点,他们坐一辆顺路送货的大卡车从圣林动身,估计下午三四点到达沙州。马玉玲今天请了假,专门在家等候许晴母子。她把屋里屋外都看了一遍,又在已经清扫过的院子地上洒了水,扫扫这儿扫扫那儿,这才满意地放下扫帚回到屋里。她做的这一切迎接许晴的事情,目的就是暖暖许晴的心,让许晴感受到世间自有真情在!看看时间已经是下午两点,马玉玲开始坐不住了。

马玉玲在县委大门口眼巴巴地朝着街道不停地张望,终于看到一辆大卡车由北向南驶来。不一会儿,就见许晴从副驾驶车窗伸出右胳膊和半个头,向她挥动着手。马玉玲也是不停地喊着许晴的名字,挥着手向前迎去。车在县委大门口停了下来,许晴快速打开车门,冲到马玉玲身前。姐妹俩抱住一起,泣不成声。马玉玲强忍住泪,拉着许晴的手,一起引导大卡车开到大院内距小院最近处停了下来。见驾驶室里坐着老大严工和老五严商,车厢里面坐着一身灰土的保姆梅梅和老三严兵。马玉玲又急忙跑出去叫了两个人来,和梅梅及司机一起搬东西。

一切安顿完毕,许晴看着眼前的一切,高兴得合不拢嘴,一个劲儿地摇着马玉玲的胳膊问:"玉玲姐,这都是我的吗?都是你给我准备好的吗?我能享受这么好的住房吗?"

马玉玲瞧她高兴得像个小孩,心里特别满足,逗她说:"你噼里啪啦一串串问题,总得留个缝缝让我有个空空说话呀!"

许晴就笑了,说:"你说你说,玉玲姐!"

过了两天,马玉玲试探着问起许晴和严文武复婚的想法。马玉玲说:"许晴,你给我交个实底,你除了怨恨严文武外,对他还有没有念想?"

许晴听了她这话,眼圈就泛红了,低沉着声音说:"我从来就没有放下过他。其实错也不能全怪在他头上,我也有过错,我太自信了,把他逼到那个份上,他才赌气签字同意离婚的,他当时也看出我是赌气才逼他的。我冷静下来想,我们俩离婚就是一场误会。"

许晴说着就流开泪了,双肩不由得抽动起来,哽咽着继续道:"我痛苦,他也痛苦,他受到的伤害比我要大,我是逼迫着他离婚,他是被逼无奈离婚,你说是谁背叛了感情?再说激化我们矛盾的那件事,现在我也认识到当时是我误会他了。那个尚改兰以死来证明他们俩的清白,严文武也耐心向我解释过,我还恶语辱骂他们,严文武那次是气疯了,被伤得透透的了。他在圣林被降职后,准备前往沙州的那天早上来接小玮和侯毛两个孩子时,都不愿和我见面,只写了两行字的字条,请人拿给我看。"

许晴想起这段往事更是伤感不已。马玉玲揩着眼泪,去拧了一条热毛巾递到许晴手上,又坐回炕沿上,用手撩了撩许晴额前垂着的头发,握住许晴的一只手,静静地听她述说埋藏在心里的苦衷……

马玉玲对许晴说:"真难以想象你这两年是怎么熬过来的!你家保姆梅梅看样子很能干很靠得住呀!"

许晴欣慰地说:"这些年全凭她帮我支撑着过哩,不然真熬不过来哟!"

马玉玲又问:"三个孩子还听话吧?"

许晴苦笑了一下,说:"我家老大捣蛋得很,以后你就会领教的,你得有个思想准备。"

马玉玲说:"我注意到了一个细节,就看出了一点儿问题。"

许晴问:"啥问题?"

马玉玲笑了笑,说:"你说一个十三岁的半大后生坐在驾驶室里,让九岁的弟弟坐车厢里头,正常吗?"

许晴叹口气说:"这就是命哪!"接着话头一转,对马玉玲开玩笑说:"玉玲姐,我身边有三个儿子,你一个儿子都没有,我想忍痛割爱,把老大严工过继给你,随你家秦大伟姓,从此你一儿一女,凑成个'好'字,咋样?"

马玉玲装作很欣喜的样子说:"那太好了啊!不过咱们得先考察他一段时间,看看严工这小子的具体表现……"

严文武从马玉玲那里得知许晴已调到沙州县委并有意和他复婚,当即向马玉玲表明他的态度,并请马玉玲给许晴转达:他是坚决不会和许晴复婚的。

马玉玲把严文武对复婚的态度如实告诉了许晴。

许晴眼神中闪过一丝失望,但瞬间即逝。这是她意料之中的结果,她并不感到惊讶和难过。同时她也暗下决心:她不能让年幼的孩子们感到低人一等,不能让他们因没有父亲陪伴而产生自卑感;她要将他们拉扯大,培养成才,尽到做母亲的责任!

姚绥生开始监视李云丽与严文武的一举一动,他认定自己追求李云丽道路上最大的绊脚石就是严文武。这天晚上,他邀约了几个文工团的好友,一块儿喝酒议事。几人一起商定,瞅准时机,抓严文武和李云丽一个现行!姚绥生也同意朋友们的意见,从此放弃对李云丽的追求。

与此同时,严文武和李云丽的婚事基本确定了下来,只是还没有对外公开。两人还商量好了,结婚后就一起去草原看望阿布和额吉。

这天晚上,李云丽从自己的宿舍出来,向严文武的办公室走去。暗中监视李云丽和严文武的两个文工团职工,一起商量怎么给保卫科和人事科举报的事……

大约夜里十二点,有人打电话到保卫科和人事科,说有人在严副团长的办公室里乱搞!接到举报的保卫科和人事科的八九个人,未请示任何团领导,就拿着手电筒和绳子，气势汹汹地来到严文武的办公室，直接撞开门冲了进去，几个手电筒也一齐照向床上……

这爆炸性事件立即在全团传开了，范团长让严文武暂时出去避一避风头，自己与团里其他几位领导商量对策。

姚绥生得到消息后，高兴得手舞足蹈，跑回家兴奋地对正在看报纸的姚福春说："爸，你认识严文武这个人吗？"

他爸一愣："怎么？他是我的老部下哪！"

他又对他爸说："他在文工团出事了！"

姚福春一惊，问："出啥事啦？"

姚绥生像宣布判决一样，说："乱搞男女关系，被抓了现行，无法抵赖！"

姚福春惊诧之余，长长地叹了一口气，恨铁不成钢地说："他怎么这么不省心呢？咋屎弄得嘛！"

李云丽在关键时刻，在大事面前，显示出了敢作敢为、女中豪杰的本色来。她没有为这件事慌张，反而表现得异常冷静和从容。她照常出现在众人面前，好像什么事也没发生一样。她所担心的只是严文武的感受和对他的仕途的影响。她去了严文武的办公室，没找着人，不知他去了哪里。她有些担心他会做出什么想不开的事，她决定试着找找他。

严文武在城南头的一家小旅店住了下来。这里比较安静，他要好好地想一想。他的运气太糟了！难道这就是他的命运吗？他的命运咋就这么差哟！

世事弄人，严文武又一次陷入困境。这一回，他的命运如何，他也不知道。他在脑子里盘算着：只能顺其自然——倒霉到头了，逼得无颜活在人世了，大不了一死，随他去吧！

严文武住的小旅店对面是一家小饭馆，有一道爆炝醋熘酸辣莲花菜，特别好吃，每盘只要九分钱，严文武这些天晌午饭必买这道菜。这天上午，他又走进这家饭馆，买了菜票和馍票，接着就去炒菜窗口取了一盘菜和一盘馍，看看最近处桌上只有一人，就端盘凑到桌前，放下盘子吃了起来。他正吃着，无意间瞄了对面人一眼，对面那个用一顶大帽子遮了半张脸的人也抬头看他，两人顿时吃了一惊，"啊呀"一声同时喊出来。

李云丽这几日在城内大街小巷差不多转了一个遍，这一天就一路左顾右盼，懒洋洋地走到南门口，觉得肚子有点儿饿，往前看到西南角街口有家饭馆，就直接奔着去了。什么叫作巧遇？时间和地点两个条件缺一不可，这就是巧遇；什么叫有缘？命中注定要发生的事，躲也躲不开，这就是有缘。

李云丽和严文武回到旅店，两人激动得不行，进门就迫不及待亲热了起来。待热烈之火冷了一些，静下来后，两人开始分析眼前这事的后果及得失。李云丽不失理智地说："我想团里对我的处理大不了就是做个检讨，行政记过什么的，不至于开除我。对你的处理，我担心会严重一些。你觉得他们会咋处理你？"

严文武勉强笑了笑，故作轻松地说："我想，把我留在团里的可能性不大，我是团领导，影响不好，这是上级部门首先要考虑的。最让我担忧的就是把我打发到哪个县上去！"

两人都沉默了，他们的命运又交到了别人手上……

地委组织部征得主要领导意见后研究决定：撤销严文武地区文工团副团长职务。调任严文武同志为绥州县城关镇镇长（正科级），即日上任。

地委的这个决定是严文武最不愿意看到的。他不在乎降职，他感到痛心的是，这个处理等于活生生地把他与李云丽的关系割断了！他已深深地爱上了这个善解人意的女人，他已经离不开她了，他该怎么办？

严文武悄悄约了李云丽，地点仍在南门口路东那个小旅店。两人见了面，自然先是亲热一番。等静了下来，严文武愁眉苦脸、唉声叹气地说："最害怕的事还是发生了，等于让我死一回，还不如一枪崩了我！"

李云丽泪眼婆娑地看着他，楚楚可怜的眼神让他心疼不已，他用手帕揩去她的泪水，握住她的手说："我去了绥州，你怎么办呢？"

李云丽的泪水又涌出了眼眶，她摇摇头没有言语，只是深情地盯着他的眼睛。严文武突然放开她的手，站立起来，用坚定有力的语气说："咱们一起结束生命吧！我们用生命来反抗命运对我们的不公！与其活得如此痛苦，不如一死了之！到了另一个世界，我们永远在一起，永不分离！"

李云丽眼里噙满泪水站起来，扑在他怀里，紧紧抱住他说："谢谢你文武！谢谢你愿意陪着我去死！我们辞去工作离开这里吧，到草原去，去寻找你的额吉和阿布，请草原上的亲人收留我们吧！"

严文武顿时也激动起来，说："对呀，文丽！我们还没有走到绝路呀！"

两人一时为找到一条活路而兴奋起来……

严文武转念一想，捧起李云丽的脸说："可是有两个难题无法解决哪！你的妈妈和两个弟弟怎么生活呢？三人全靠你挣钱养活呢！还有我的父亲，他最为骄傲的就是他的儿子当了官，真正实现了他光宗耀祖的最大心愿，我丢了官就等于要了他的命哪！"

李云丽又陷入沉思中，她此时深切感受到了尘世中孤立无助的绝望……

严文武简单收拾好行李，将锅碗瓢盆、瓶瓶罐罐全部留给李云丽的母亲——仅年长他十岁的保姆王玉琴，又留给王玉琴自己仅有的存款三百元钱和写给李云丽的一封信。他不想等李云丽下县演出回来再告别，他想了又想，也许这样不辞而别，能减轻一些分别带给他们的痛苦。

第二天，天还黑着，严文武背上一个超大的行李包，左手拉着严学，右手提了一个大提包，吆喝着背了一个小包的严农，未向任何人辞别，朝着南门口长途汽车站的方向走去。这年他三十四岁。

绥州县，可以说是最具陕北地方特色的一个县。最初，延州地区属地以北的沙州地区十二个县的行政公署所在地就是绥州，可谓人杰地灵、人才辈出之地。说到绥州，其四大历史名人不得不提：这传说中的第一名就是女娲娘娘，女娲造人的故事就发生在绥州大理河和无定河交界处；第二名是后羿，传说后羿弯弓射太阳，一直追到绥州疏属山上射得太阳；第三名是张果老，传说张果老在绥州定仙墕一带幻化成凡人，到农户人家里吃了一顿饭；第四名便是吕布，他是三国时期的名将，又是英俊的美男子，他的夫人是闻名遐迩的银州美女貂蝉，后来人们说起陕北男人长得英俊和女人长得漂亮，必然提到吕布与貂蝉。陕北人常常以绥州男人长得英俊为荣，以银州女人长得漂亮而自豪！这绥州的小吃名气也大得很，你往街上一走就能看到许多味道独特的美食小店、小吃摊：羊肉面片子、油旋夹猪头肉、羊杂碎、羊肉馅煎饼、老卤汤烧鸡、大烩菜、麻辣肝荞麦碗饦、黑粉等。

严文武带着严农和严学到了绥州县委组织部。县委组织部领导接见了他，办事人员为他办好了相关手续，他谢绝了组织部同志送他到城关镇镇政府机关院子的好意，重新背好大背包，领着儿子朝东门塌而去。镇政府机关在绥州东山上，从县城街道上往东要爬几百级台阶才能到达。

严文武背着大背包，走走停停，拉扯着两个儿子，等站在挂着"绥州县城关镇政府"牌子的大门前时，他喘着粗气满头大汗。

这个大院门朝南开，进了大门就见两排石窑洞：一排紧靠着东山壁而筑，有十二孔石窑；另一排在北头临山崖而筑，有八孔石窑。西北角建有一个厕所，水房和灶房在北排两孔窑内，大家吃饭的地方在水房内，里面有两张饭桌和一些长条凳。整个大院都被朝西的一堵两米高的石墙和朝南的一堵石墙围得严严实实。

严文武在办公室主任王琪为他安排好的石窑住了下来，先拿出三个从沙州带来的冷馍和儿子分着吃了。父子三人暂时只能在机关大灶上吃饭。晚饭是羊肉臊子荞面饸饹，是办公室让伙房特意安排的一顿好饭，是迎接严镇长的一种表示。镇机关灶上采取的是报饭记账形式，报多少灶上做多少，吃多少账上记多少，月底算账。严文武要了两大碗羊肉饸饹，把其中一碗分拨成两份让严农和严学吃，自己端起另一碗也吃起来。看严农三两下碗已见底，严文武又把自己碗里面的拨给儿子一些。严文武饭后要记账本签名时，那个帮灶的年轻女子操着山西口音说："这两碗饭是王主任请你吃的，他已经签名咧！"

严文武便决定去见一见王主任。

王琪见严镇长进来，递上一支烟，替他点上，拉了椅子过来请他坐。严文武擦了擦头上的汗，表示感谢地说："王主任，谢谢你请我吃羊肉饸饹，回头我请你！"

王琪忙说："一点心意，条件有限嘛！陈绥荣书记家里有事回去啦，过两天回来，他电话里让我转告你，一是表示歉意，二是等他回来摆桌酒菜欢迎你上任！"

严文武笑了笑，说："那就谢谢你们的心意啦！"

严文武安排严农和严学到东门堨小学念书，分别读四年级和一年级。这所小学距镇政府不远，兄弟俩每天相跟着去上学，又相跟着回来。严文武每天忙着处理杂七杂八的公务，有时也到城关几个村上去调查、了解和处理一些村子里的具体问题。严文武就这样有规律地生活着，一切又趋于平静……

严文武不辞而别去了绥州不久，李云丽就随姑姑和姑夫去了澳门，投奔她的大爷爷李显宗。李显宗早年投亲去了澳门，在澳门从小生意做起，经过三十多年打拼，挣下了丰厚的家业，他希望女儿李耀梅和女婿崔志强到澳门帮忙打理生意。她姑姑见李云丽生活状态不好，自己膝下又无儿女，就坚持要将侄女李云丽带着一起走。李云丽虽割舍不下严文武和母亲与弟弟们，几番思想斗争，最终还是答应了姑姑。她临走时心情十分复杂，凄凄凉凉给严文武写了一封信……

严文武刚到绥州不足三个月，就收到李云丽充满思念之情的那封分别信。他跑到后山无人处，泪流满面地读着。她那发自肺腑之言，字字如针穿心，句句如刀割肉，让他痛不欲生，不能自已！他声嘶力竭，发疯般地仰天狂呼着："云丽——云丽——云丽……"山的四周久久回荡着他悲怆的哭喊声……

在镇政府灶上帮灶的女子叫何云香，年仅二十二岁，尚未嫁人。经灶上大师傅介绍，到灶上帮忙，挑水、烧火、扫院子、洗菜，啥杂活都干。她人特别勤快，眼里有活，话又不多，大家都很喜欢她，习惯称她小何。小何没有专门的客窑住宿，晚上就宿在水房窑里，两条板凳上面放个床板，就是她夜里歇息的地方，白天收起床板立在墙角，晚上再支床，天天如此。墙角处放着的那个布袋子，是她的全部家当。听她的山西老乡大师傅老张说，她打工是为了挣钱给在山西老家的父亲治病，她母亲和小妹子都和她父亲在一起，生活苦得很。

不觉一年过去了。严文武对小何已很熟悉，没事时也和她拉拉家常，小何对严文武的两个孩子也很照顾，很同情两个没娘的孩子，时常帮他们洗洗涮涮，缝缝补补。严学有天就问小何说："小何姐姐，我爸让我们叫你小何姨姨哩，你说我们叫你姨姨还是姐姐？"

小何不知为什么脸就红了，低头忙着择菜叶，说："叫小何姨姨吧，我比你们大得多嘛！"

严学乖巧地叫了她一声"小何姨姨"，小何就顺手从口袋里摸出一张两角钱纸币，笑眯眯地塞进严学手里，说："侯毛真乖！姨姨可喜欢侯毛哩！"

可严农就不听爸爸的话，坚决不改口，见了小何依然"小何姐姐""小何姐姐"地叫。严农认为小何姐姐比他大不了多少，凭啥叫她姨姨？严文武无奈地用指头敲着儿子的脑门说："你这娃，脑袋咋就这么硬！是石头做的吗？"

于是，兄弟俩同时见到小何时，就喊出了不同的称谓。

这年年底，严文武和何云香结为夫妻，严文武三十五岁，何云香二十三岁。兄弟二人对继母何云香从感情上还是基本接受的，称呼上却依然不同：严农做出妥协，称她为姨姨，但向严文武表明态度，坚决不喊妈；严学的态度与其性格相符合——好汉不吃眼前亏，叫声妈又有啥不能？所以直接改口叫妈，何云香自然喜欢得不行……

又一年后，何云香为严文武生下一子，取名严维生，严文武自此有了第六个儿子。

第九章

1971年。

许晴的大儿子严工此时已被招工去了陕西南部的一家国有钢铁厂。三儿子严兵即将从沙州地区中学毕业,他面临着两种选择:一是继续读高中,一是去农村插队。正当他做出继续读高中的决定时,严工突然谎称有病,从陕南钢铁厂回到了家。这突如其来的变化让严兵也随之改变了读高中的想法,决定去插队,这年他刚满十六岁。母亲许晴历来宠惯了身边的三个儿子,凡事总是顺着孩子的意愿。大儿子严工吃不得当工人的苦,她默默地接受了;三儿子想读高中,她表示支持,现在改变主意要去农村插队,她也表示同意。她知道三儿子和大儿子不和,当然也明白主要问题在大儿子,三儿子严兵执意要去插队,就是要躲避老大严工。

作为母亲,儿子再怎么有毛病,别人再说有多坏,她都能容忍。可严兵绝不继续容忍严工的种种恶行,他平时忍着,只是不想让母亲为难,不想让母亲为此烦恼,而不是畏惧严工。严兵在学校临时设立的"知识青年上山下乡插队报名处"填表报了名,和好友王榆生商量,选择到沙州县最北端紧靠内蒙古地带的王梁子公社插队落户。这个公社的柳湾大队地段基本上属于半农半牧生活生产形式。

临行前,严兵特意去母校沙州中学看望了他最崇拜敬仰的老师李敬贤。李敬贤老师在严兵刚上初一时教过他们一年英语,给他留下了极深的印象。李敬贤与所有的老师都不同,凡听过他讲课的学生,无不对他独特的衣着打扮、高雅的气质以及风趣幽默的教学风格留下深刻印象。后来不久，他被停止讲课，指派到校内一个小猪场喂猪。那个小猪场在一道比较陡的土坡靠北的下面一个吃㧟筒子里，朝东最里面是一个男女厕所，往西挨着厕所就有八九个猪圈，猪圈往下朝西二十几米处就是学校的开水房和学生大食堂。这道陡坡是学生上学和放学其中之一的必经之路。于是，在初二时，严兵每天上学放学时都能看到李老师高大的身影。在特别寒冷的冬日，严兵注意到李老师常常不停地搓着冻红了的双手，拿着大铁勺，往猪食槽里添食。他从头到脚，没有一件衣服是不带破洞的：头上一顶带洞洞的、布满厚厚一层黑乎乎油泥的棉帽，走动时两只猪八戒大耳一样的护耳上下晃动着；棉衣棉裤早已四处破洞，露出的吊挂着的棉絮已经变成了一团团黑球，随着他的走动而飞舞，像是小丑的道具；脚下的棉鞋是被他特意加工过了的，用谁家扔掉的破棉门帘剪成方块绑捆在脚和小腿处，脚底还加固了两块割好的胶皮轮胎……他整个人乍看上去就像是沙州城街上的乞丐！

他干活闲下时，就背靠着猪舍墙蹲着晒太阳，有时捧着一本英文版《毛主席语录》默读，他说这叫一举两得，既武装了思想又学习了英语，还没人敢说不是！他的生活确实过得艰难，四个儿子正是长身体的时候，妻子江英茹没有工作。他因是右派分子被迫劳动改造，每月只有三十多元的生活费。每次干完活回家吃饭稍微晚了，锅里的饭就会被饥饿的儿子们一抢而光，一口不剩！

他在《论持久战》这篇文章里读到了"在战争中学习战争"相关论述，让他豁然开朗，茅塞顿开，心里直呼：英明啊，英明！他活学活用伟人的教导，决定在饥饿中寻找解决饥饿的办法。他在喂猪的过程中，发现学生食堂的泔水桶里，主食和菜及汤水总是被学生倒在了一起，主食玉米面馍馍一类的，一经浸泡就没形了，与汤融为一体了。带着这个问题，他进行了认真分析研究，得出的结论是：学生图方便随手一倒，然后进水房洗碗；解决的办法是：在泔水桶旁增加一个泔水桶，分为干湿两种。为了调动同学们分类的积极性，他还精心编了一句话，准备用漆写在泔水桶上。他编出的话是："同学你好，为了早日吃上美味猪肉，请将剩馍和干饭倒入给猪增膘的干食桶。""干"字他准备用醒目的红漆写。他为自己的聪明创意兴奋不已，仿佛看到泔水桶里金灿灿的苞谷馍在向他眨动眼睛,他不能浪费时光,决定立即付诸行动。

两天后的前晌饭后,他满怀期待去取泔水桶,当他的目光落在"干"字桶内时,他大喜过望,看到了桶底竟有好几块半个苞谷馍!他心跳加速,双颊发红,就像第一次和女子谈对象见面时那样,他此时的思维意识变得模糊不清,他感到一种快感遍布了全身。

初战告捷,让他对未来反饥饿斗争充满了信心!

李敬贤的玉米面馍开始有了结余,他没有把这件事告诉他老婆,他想还是暂时保密为好。结余的馍与日俱增,他想到了一个长期储存的好办法:每天晚上把馍放在水房烧水的大锅炉水箱上面,第二天一大早再去收回烘干的馍,保存在猪圈外墙的一个砖洞里,再伪装一下,确保万无一失……他老婆江英茹开始怀疑他在搞什么鬼,每天早出晚归的,饭吃得少了不说,没啥吃了也不对她和儿子骂骂咧咧了。江英茹提高了警惕性,小心没大差嘛!

江英茹这天早上五点刚过就醒了,穿上衣服在炕头上整理起棉花来。她妈给了她一些棉花,她看着不够用,就把她妈前年送给她穿的一件棉坎肩拆开取棉花,凑在一起准备给老李做件新棉袄。她是个乐观坚强的女人,嫁给李敬贤九年来,一心一意和他过日子,在外面也受了不少气,但她毫不在意众人的白眼。八年内她给老李生下了四个儿子,日子过得苦,每月都是入不敷出,她就想着干点儿活补贴家用,可一时又找不着。她看着身边仍在睡梦中的老李,深深地叹了一口气。

老李今天心情好。早晨一睁眼看见老婆在弄棉花,一问得知是为他忙活,就高兴起来。他有两年多没穿过"新"棉袄了,他确实想再体验一下沙州冬日里穿一件不透风棉袄的感觉!这地方冬天比东北都冷!他想着今天还要办一件大事,便加快步伐朝猪舍走去。昨天下午就编好并抄好的顺口溜,他认为编得很好,是他老李的风格,趁着学生还没上早操,他准备赶紧把它贴在水房门口墙上……

早操后前来水房打洗漱水的同学注意到了墙上贴着大红纸,上面用黄色广告漆写了一首顺口溜,一群学生便围着看了起来,有同学就大声念开了:

  猪倌老李的心里话:

国内形势一派大好，
猪圈猪们活蹦乱跳；
吃饱睡足心情就好，
每时每刻都在长膘；
同学支持猪倌努力，
半个窝头作用不小；
猪们猪倌衷心感谢，
年底奉上猪肉粉条。

前晌饭时来吃饭和吃完饭的同学围了一群看，后晌饭时同学们又围着看，没有住校的同学听到传闻也都来看，课前课后学生们都背诵着玩，猪倌老李一时成了全校老师和学生茶余饭后最爱议论的新闻人物。

有个学生家长，叫汪良，是沙州地区某报社的一名记者兼编辑。有天听到儿子玩着念一首顺口溜，看他摇头晃脑可笑的样子，汪良走到跟前，操着南方腔普通话问他："建荣，你在念什么顺口溜哪，乐成这个样子？"

汪建荣见父亲问话，停下来，操着沙州口音说："我们班里同学说，学校水房门口墙上贴了一张喂猪的右派分子写的顺口溜，可脱笑人了！我就专门过去看了，顺便抄下来。爸爸，你看写得脱笑不？"

汪建荣微笑着把手里那张纸递给父亲。汪良拿来看了，心里不由得一怔，忙问儿子："这个喂猪的叫什么名字，原来是教什么的？"

儿子回答说："我只晓得他是教英语的，没有给我们教过课，为什么喂猪了，我也不清楚！"

汪良就写了一个字条，嘱咐儿子亲手交到喂猪人手上。他要约一下这个人，采访一下这个有点儿特殊的人，他对写出如此水平顺口溜的喂猪人，突然就产生了兴趣……

汪良采访了李敬贤三次，做了大量文字记录之后，总结出了一句话——李敬贤在沙州就是一只落在鸡架上的凤凰！

汪良对李敬贤的遭遇深表同情，同时又表示了愤愤不平。他规劝李敬贤：

"现在还是少说话为妙,让别有用心之徒抓住把柄,又罪加一等!"

李敬贤想起自己十几年前的悲凉情形,仍然心有余悸。李敬贤盯着对面瘦小的汪良,愈发觉得他正直可爱,便试着问他:"老汪你当年咋就躲过了这一劫呢?"

汪良笑了笑,说:"我当时刚从西北大学毕业当助教,职低言微,加上我生性胆小怕事,就这么平安地混过了!"

汪良说这话时显得很不好意思,仿佛对不起李敬贤,犯了错似的。

虽说时间可以冲淡痛苦的过往,但李敬贤被伤得太重,每当想起当年的旧事,内心深处的伤口仍然隐隐作痛,心情总是难以平复。

他二十二岁那年被母校北大从西语系众多学子中选中,推荐加入了中国人民志愿军行列,成为一名服务在前线的翻译官。他1953年参与了中朝联合谈判团文字翻译和文件整理工作,在板门店谈判中做出过贡献,后来还获得志愿军总部和外交部的表彰。1953年至1958年他一直在团中央和外交部工作,陪同领导出访过多个国家,积累了宝贵的外交工作经验。二十八岁那年,与他相爱三年同在外交部工作的女朋友移情别恋和他绝情分手。二十九岁时,他因出言不慎被"发配"到陕北沙州中学。

他的日子算是平静稳定的,而让他最感到庆幸的是,在这段时间里,上天赐予他一个美丽善良的女人,让他拥有了一个属于他的家。与江英茹结婚那年,他三十一岁,他的妻子江英茹刚刚初中毕业,年仅二十岁。

他安稳地教了五年英语,江英茹马不停蹄地给他生了四个儿子。他从到沙中那年起就面对面地教江英茹英语,一直教到她初三毕业。他与她的感情是在教与学过程中产生并升温的。她因病休学了一年多,在班上属于大姐类型的同学,就义不容辞地当了学习干事,接触任课教师的机会也就多了起来。江英茹从李敬贤第一次给他们班上课起,就对这个男人产生了一种异样的感觉,总觉得好像在哪里见过,但总想不起时间和地点。她看着这个男人说英语时的表情和动作就觉得很亲切,心里暖暖的……随着接触次数的增加,李敬贤对江英茹也熟悉起来,每次她到他办公室送作业本来,他都会留她多待几分钟,问她学生们的意见和建议。有一次他还品尝到了她从家里带给他的拼三鲜,她还催着让他趁热吃。后来，他就开始不由自主地留意起她……

江英茹有一天对他说："李老师，我妈说，请你到我们家吃顿饭。"

李敬贤一听，顿时乐得喜眉笑眼的，觉得机会来了，转念一想，就问她："我还从来没问过你，你爸妈今年多大年纪了？"

江英茹感到奇怪，就问他："他们多大年纪与你有什么关系呢？"

李敬贤就笑着向她解释说："我是在想，该怎么称呼二老合适！"

江英茹就更纳闷了，问他："那你不叫叔叔姨姨还能叫什么？直接叫爸妈行吗？"

李敬贤被她的话逗笑了，说："你误解我的意思了。按我们老家的习惯，年龄如果大我很多，我就该称呼大伯大娘；不是大很多称呼叔叔姨姨就可以啦。"

江英茹就告诉他说："我爸今年四十一岁，我妈今年三十九岁。"

李敬贤"啊"的一声喊了出来，惊讶地说："你妈只比我大八岁呀！让我将来怎么开口叫妈呀！"

有道是丈母娘看女婿，越看越欢喜。李敬贤这天特意穿了一身在外交部时出国穿的西装，打了领带，和江英茹一起走在沙州城大街上，好不威风！街上行人都停下脚步看这个"洋"男人……

李敬贤一进门就面带笑容地冲着未来丈母娘和丈人喊了声："姨！叔！"

站在门口的年轻的二老就满脸堆笑地应着，把他让进屋里。准丈母娘就站在饭桌旁，两只手抓住围裙一角下意识地搓揉着，上上下下仔细打量起这个男人——她未来的女婿，心里非常满意。江英茹她爸怕陷入尴尬，就提醒老婆去厨房炒菜，自己招呼着让座、沏茶，和准女婿闲聊起来。江英茹在厨房帮她妈干杂活，低声问道："妈，你觉得李老师怎么样呀？"

她妈喜形于色地说道："你这个贼女子好眼力呀！李老师一看就是好气派，像个大官！你嫁给李老师，我没意见！人的眼光要长远，不要光看人家落难时怎样怎样不好，要看男人的人品，看将来的发展！"

江英茹她妈也是沙州中学老毕业生了，说话有水平，可不是一般的家庭妇女。母女二人都是沙中学生，于是从一开始就都称呼李敬贤为李老师，这个习惯一直保持了很多年……

李敬贤如愿以偿,娶了江英茹为妻,而江英茹也因自己嫁了个"洋翻译"满足得不行!

从老李不再教学,开始喂猪起,江英茹也就不再称呼他李老师了,改口直呼他老李,她觉得继续称呼他李老师是对他的一种刺激,会勾起他的伤心事和自卑心,而老李对此称谓变化也默然认可。江英茹发现自从有了第四个儿子后,老李的情感有时很脆弱,后来她理解了,明白了一个男人在外面无论多么刚强,回到家见到了亲人,就会表现出最真实的状态,情绪就会暴露出来,就像她的几个儿子那样。于是她就把老李当成她的大儿子,处处宠着他、让着他。她后来常和她的一些相好的姐妹开玩笑说:"我有五个儿子了,我家老李就是我的大儿子哟!"

现如今,老李的玉米面馍馍与日俱增,他打算将此秘密向江英茹公开,和四个儿子共享成果。江英茹被一大麻袋干馍馍惊呆了!待到老李讲了馍馍的故事,她才松了一口气,如释重负地说:"这我就放心了,只要不是偷来的我就不怕!以后就给咱儿子们补贴着吃,你看看他们瘦得像豆芽菜一样,常常吃不饱嘛!唉,我正愁得盘算着到我妈那儿弄点粗粮补贴吃呢!这件事你可不敢给你相好的那几个老师说!"

老李说:"你放心,只要你不给你那些多嘴婆姨说就行!"

严兵做好了插队的一切准备,临行前他想做的最后一件事就是去看望他最敬重的李敬贤老师。他用他妈给他插队下乡的零花钱,特意给老师买了两瓶西凤酒、一条大前门牌香烟,还有二斤猪肉。他现在没有能力帮助老师,他了解老师家过的是什么样的日子。他想着哪天他有能力了,一定好好地孝敬老师!他也听说了老师编的顺口溜,读懂了老师苦中作乐的生活态度和与饥饿做斗争的智慧,他甚至感知到了老师内心的痛苦和无奈。

1976年10月的一天,李敬贤接到校革委会通知,到革委会大会议室开会,说有重要决定宣布。这年李敬贤已经四十六岁了。会议上,革委会主任王永强宣布了沙州地区革委会关于沙州中学李敬贤等同志恢复工作及相关政治待遇的决定，会议上还传达了至县团级单位的中央文件精神："四人帮"集团被粉碎了，中国社会开始进入一个崭新的时代！

妻子江英茹为李敬贤抹去辛酸而又喜悦的泪水，鼓励他用心教好英语课。李敬贤又重新走进教室，站在了讲台上。

今天，他特意穿了一件江英茹给他浆洗过的半新的蓝色中式半短大褂。他站在学生们面前，脸上挂着不自然的笑容，看上去有些尴尬，显得很不自信，像个初上讲台的青年教师。

下了课，他仍在想着刚才课堂上自己的种种表现，觉得很不是滋味。他一路想着心事往家走，结果下意识地又来到猪圈旁。他被自己逗乐了，这条路他走了十年，闭着眼都不会走错！猪倌已换成了学生大灶上帮灶的一个工人，他正在忙着往猪食槽里添猪食。

其实，在李敬贤的内心深处，他最盼望解除的却是压在他心头十八年的"资产阶级右派分子"的帽子，他充满期待地等着这一天的到来……

许晴的四姐许荣，和丈夫贺彪一起从湖南长沙回到沙州省亲。安顿好住宿后，许荣就去县革委会找小妹许晴。姐妹俩分别多年，见了面自是悲喜交加，互诉衷肠。

许晴和姐姐谈及自己婚姻的不幸时情绪激动，泪流不止。四姐陪着她流泪，憎恨起严文武来，对许晴说："小妹，咱不能就这么放过他严文武，他不让咱好过，他也别想好过！不要以为咱许家就没人收拾了他啦！哼，等着瞧吧！"

许晴见四姐动了气，就拉住她的手，劝她说："四姐，你不要生气，事已至此，我也想开了，既然分开了，就各过各的吧，缘分已尽，强求来的又有什么意思呢？"

许荣怒气难消，咬牙切齿地说："我一定要去见一见这个浑球，看看他到底是个什么样的东西！小妹，这事你就不要管了，我明天就去绥州，等把这件事摆平了，再回咱老家看望爸妈。"

许晴了解四姐的脾气，不由得担心起严文武来……

严文武被逼着写了离婚书，何云香也被要求离开绥州回山西老家去。何云香哭得死去活来，舍不下严文武和几个娃娃。可万般无奈之下，还是回了山西老家……

许荣出了气就回沙州了。

严文武又一次遭受重大创伤，大病一场，卧床一个多月。他完全丧失了对生活的希望，他觉得继续活着就是让老天来折磨他、惩罚他，他命中注定的磨难还没有到头吗？他是真的挺不下去了，他的意志已经被摧毁殆尽了……

革委会主任陈绥荣给严文武雇了附近一个居民老太太郝氏，六十一岁，身体瞧着很康健，让她专门来照料他和几个孩子。严维生只有两岁，成天哇哇地哭，孩子想娘，离不开娘，心地善良的郝奶奶就不时地抱着哄他。郝奶奶丈夫是绥州县木业厂工人，退休在家养老，大儿子在绥州县肉联厂冷库当管理员，二儿子在当地城里一家照相馆做摄影师。郝奶奶出来干点儿事，为的是多挣几个钱给二儿子娶媳妇。郝奶奶打算等严文武病好了就提出她的想法——把维生带到她家里看护，这样她还能给老伴和在照相馆上班的小儿子做两顿饭，老伴最近凑合着和小儿子弄饭吃，发了不少牢骚哩！

严文武大病痊愈后，在城郊菜农地里和菜农一起安插黄瓜和西红柿木支架，在农户家吃着高粱米豆钱钱粥。他喜欢和朴实憨厚的农民们在一起，这让他身心放松愉快，他每月有一半时间都在农村……

时光不知不觉过去了六年。严农这年已十六岁，准备到本县满堂川公社插队去。他在绥州二中念了两年初中，不想继续念高中，他爸严文武表示同意并建议他到城郊农村插队，这样好照顾一些，可他坚持要去远一些的公社，他爸也只好作罢。严农去了农村插队，家里少了一个吃饭的人，严文武感到轻松不少，经济上也宽裕起来。严学十二岁，正在东门塌小学念四年级，调皮捣蛋，不好好学习，时不时就有人找上门来告状，前几天还来了三个婆姨，气势汹汹地嚷嚷着闯进镇革委会大门，嘴里不干不净地骂个不停："瞎愣东西，让这瞎愣小子家的老子出来说话！"

办公室王琪闻声忙出来探个究竟，大声朝几个站在当院的婆姨发问："咋咧咋咧，胡喊叫甚哩？这儿是镇机关大院，有甚事好好说嘛！多少讲点儿文明嘛！咋嘴张开就说脏话骂人咧！像个什么样子！"

王主任很生气，噼里啪啦开口就把几个婆姨教训了一通。王主任心里明白，对付这种爱耍泼的中老年妇女，首先就要从气势上压住她们。没料想王主任训完话，几个婆姨不光没收敛，反而更被激怒了，一个膀宽腰粗紫红脸膛的婆姨向他靠近一步，挥动着小腿一样粗的胳膊，对着他瞪眼骂道："你才是烂嘴张开骂人咧！你算个什么驴日的狗养的东西？！"

王主任修养好，不想继续和她们骂仗，他还有百试不爽的一招，于是对着站在院里另外几名怒目而视的镇机关人员大声喊道："噢，政府机关受国家法律保护嘛，马上电话通知民兵班带上枪和绳子，跑步到机关院子来，要快！情况紧急！"

那几人心领神会地跑进窑里，拿起空话筒，哇哇地说了起来。几个婆姨见状吓得脸色变了，互相对望着，一时没了主意。那个大块头婆姨愣了愣神，声音颤抖着上前哀求王主任说："我们骂人不对，不懂规矩嘛，不要喊民兵了嘛，行不行，领导？"

其他几个婆姨也都只管点头哈腰，嘴里应着："对对对，不懂规矩嘛，不懂嘛！"

王主任见此情况，就对窑里人喊："请通知民兵武装班，暂时待命，情况有变，情况有变！"

他转身又对几个婆姨训斥说："还管不住你们几个臭婆姨哩！"

王主任得意地坐在石条凳上，跷着二郎腿对几个婆姨说："现在你们可以冷静地说说啥情况了吧？状告何人？"

那个壮实的黑脸婆姨站到王主任面前哈着腰说："我们三个人同住在附近一个居民院子里，今天后晌相约着去东门塌小学门口卖菜摊摊上买菜，回到院子里发现一个背书包的小学生正往我们晾晒的黄豆酱缸里尿尿，我们跑上前抓他没抓住，让他跑了。有两个小学生认得他，说他是你们镇革委会副主任严什么武的儿咧，我们气得不行，咋能这样仗势欺人嘛！"

王主任听明白了，这老严的儿子又给老严惹下事了。他想尽快平息了这件事，于是发问道："你们都亲眼看见他尿啦？"

她们应声道:"亲眼看见了掏出鸡鸡了!"

他又问道:"尿出水水了?"

她们一致说:"没见水水!"

王主任就说:"这不就清楚了嘛!"

又说:"这叫尿尿未遂,就是想尿没尿成,没有造成不良后果,对不对?"

她们点头表示认可。王主任又接着说:"可以教育他以后必须注意,不能随便尿尿,特别是在讲文明的婆姨们面前,对不对?"

她们又点头表示认可。王主任于是做出决定,说道:"鉴于严同学往豆酱缸里尿尿未遂,决定由我代为进行口头教育一次,以观后效。"

他向她们征求处理意见,问她们说:"你们同意吗?"

她们一致说:"同意同意!"

王主任宣布:"那就请都回去吧!"

接着,王主任不失时机,又冲着转身往回走的几个婆姨的背影,大声补充表扬说:"都是能懂道理的好女人嘛!"

严文武被通知参加东门塌小学的家长会。通知书是儿子严学带给他的,内容里有"务必参加"四个字,所以这会儿他坐在四年级二班教室内前排一个座位上,和其他家长一起等着班主任左丽英老师。左丽英老师既是严学的班主任,又是他们班的语文任课教师。

左老师戴着一副近视眼镜,皮肤略黑,看上去三十岁左右,瘦高个头,一身素雅的蓝布列宁装,操着一口绥州味道的普通话,开口说道:"各位家长,大家好!我是班主任左丽英。今天请各位来有两件事:一是期末考试,请务必保证学生回家后的复习时间;二是保证学生准时到校上课。如有问题的家长,请提出来。"她等了一会儿,见没人说话,便道:"好,没有问题!谢谢各位参加家长会!散会!"

严文武心里不由得暗暗称奇:这位左老师三言两语就结束了家长会,没有一个多余的字,没有一句多余的话,干脆利落,实在是罕见!

左老师给严文武留下了很好的印象。

镇革委会陈主任有天对严文武说："老严哪，你长期一个人带着娃娃过也不是个弄法，我倒是有个合适的人，不知道你想不想考虑一下？"

严文武听陈主任这么说，不愿扫他面子，就说："好呀，难得你还为我操这份心，不知道你说的是什么人？"

陈主任说："是我小姨子的一个同学，就在咱东门塌小学教学哩，今年二十八岁，因为不生养前几年和老汉离婚的，一直单身着没找人。"

严文武笑着提醒他："你还没有告诉我她叫什么名字。"

陈主任略带歉意地笑着说："噢，你看我糊涂了！她叫左丽英，左右、美丽、英雄，哈哈，听明白了吧？"

严文武也哈哈笑了开来，说："我在儿子的家长会上见过她，她人很不错的！"

陈主任双手一拍，高兴地说："这就有门了嘛……"

陈主任安排两人见面，两人如约而至。严文武双手搭在无定河大桥人行道边的石栏上，望着滚滚流淌的无定河水，对旁边的左丽英感慨："人生就像这河水一样，一去不复返哪！我的人生磨难让我不堪回首，现在身边还带着一个十二岁和一个六岁的儿子，你会觉得是个累赘吧。"

左丽英叹了一口气，说："人生命运谁都说不准，有顺的时候，也有不顺的时候，哪能由着人呢？我听我同学的姐姐讲过你的经历，都能写成一部小说咧！我很同情你的不幸遭遇。孩子不是我们之间的障碍，我的工作就是教孩子，我很喜欢孩子，我有信心当好后妈！"

严文武眼眶里闪着泪花，感动地说："我现在别无所求，只求给孩子一个家，让我也能安稳地过上最平常的生活……"

于是，严文武娶了第三任妻子，这年他四十一岁，左丽英二十八岁。

三年后的年底，左丽英奇迹般地怀孕了。

大概九个月之后，左丽英产下一子，取名严维存。

严维存出生不到三个月，严学初中毕业，到青石砭公社——左丽英的老家下乡插队。

同年，在满堂川公社插队的严农被招到铜川煤矿当了挖煤工人。

左丽英一心一意抚养着九岁的严维生和不足一岁的严维存。她和严文武的生活平静而温馨……

然而没几年，严文武又遇到了麻烦事。左丽英有两个妹妹：大妹妹叫左丽芳，十九岁；小妹妹叫左丽侠，十六岁。两个妹妹都是初中毕业的回乡青年，属于农村户口。

有一天，左丽英对严文武说："人家有点儿权势的人都把亲戚子女往城里安排哩，咱们家的两个妹妹啥时候有运气能进城了就好了！老严你给咱也操点儿心嘛！"

严文武心想这也是自己分内之事，就点头应允说："就是的，找个机会能办就办吧！"

左丽英就咧嘴笑了，说："那你就是咱家的大功臣！"

之后不久，县上下达了一批招工指标，城关镇有三个指标，可以在所属国有单位中安排工作。严文武认为这个机会不可错过，也没过多考虑后果就领取了两份表格，亲自寄给左丽芳和左丽侠，让她们填写好后，请大队和公社写上推荐意见并盖上公章，尽快寄回。一切都很顺利，两个小姨子欢天喜地开始上班，过起城里生活来。左丽英对丈夫自是赞不绝口，心里充满了感激。然而一个月之后，一封联名检举信放在了绥州县革委会副主任、主管干部的郝玉德办公桌上。郝玉德看信后随即叫来县监委主任李志华，令他立即调查并拿出初步处理意见。

县委组织部、检察院和县革委会办公室一行人到城关镇宣布县革委会处理决定。经调查核实，严文武同志利用职权私自为其妻妹左丽芳、左丽侠两人安排工作，以违规手段占用招工指标，影响恶劣。经县革委会研究决定：一、撤销其城关镇革委会副主任（正科级）职务；二、党内警告处分一次；三、任命严文武同志为绥州县青石砭公社革委会副主任（副科级），请即日到任。

严文武第四次被降职。这年他四十五岁。

两年后，在青石砭公社插队的四儿子严学被招工到陕南的一个铁路分局铁路维护段当了维修工。五儿子严商这年初中毕业，继续在沙中读高中。

第十章

十五岁的严兵已长成了一个好看的小伙子——一米七五的个头，鹅蛋脸，眉宇清秀而英气，双眼皮，细长眼，目光炯炯有神，睫毛像蝴蝶在眼前扑闪，头发呈棕黑色，肤色则是麦色的，不似他父母那种白皙的肤色。他是那种一看就是城市里长大的男孩子，显得洋气而纯真。他看人时很专注，让人感觉很真诚，很容易产生信任感。

排行老三的严兵天资聪明，善解人意，言语却是极少，只知道闷头帮梅梅阿姨做家务。梅梅阿姨后来得了一种风湿病，腿疼得厉害，只能勉强做些轻活，许晴就一直请中医为她治疗。去插队前，家里不少活都是严兵放学后做，从小学起一直到初中毕业。后来梅梅的腿疾有所好转，就由她做大部分家务活了。

在严兵读沙州师范学校附属小学时，同学们看到这个长得俊俊的小男生，每天都是一路小跑，气喘吁吁地来上学；一放学，又见他急急忙忙跑着回家去了。大家都不理解严兵同学为啥这样。

严兵小小年纪就身负重任，不像同龄的同学们那般轻松。他每大早上上学前得帮着腿疼得动不了的梅梅阿姨把尿盆端到院子外巷道上的公厕里倒掉，然后把晌午要吃的菜洗好切好，放学回来就可以直接做饭了。他妈妈在机关灶上吃前晌饭，所以这顿饭他只做四个人的：大哥严工、五弟严商、梅梅阿姨和他自己。每天清早起来做完这些事有时候天已经大亮了，他就只能跑步去上学。即便如此，他还是没少被老师要求罚站。

对十岁的严兵来说，上午放学赶忙回家做的这顿饭其实很简单：先把火生着，然后锅里的水添到距蒸箅三四厘米，铺好笼布盖上锅盖，等待水开。前锅灶上用一个中等大小的铜锅熬些小米稀饭，待稀饭熬好了就开始做烩菜——冬季和春季用的是土豆、腌酸白菜、豆腐三样；夏季和秋季时令菜品种多，买啥菜做啥菜。后锅水开了，发面盆里发好的玉米面团应该兑的碱水这会儿也就兑好了；接着用一把铜勺在面盆里挖满一勺，用手抹平后再往蒸箅上一扣，扣上五六下，刚好一锅，盖好锅盖蒸半个小时左右，开锅即可吃。那时，烩菜也就可以出锅上桌了。严兵用一个大盘端上玉米面大馍，一人一个，一个玉米面馍足有四两面。

严兵做这顿饭时看上去那可真是手脚麻利，不亚于任何一个家庭妇女！后响这顿饭他和梅梅阿姨商量着做，有时做什么饭，妈妈许晴会事先嘱咐，大部分后响饭吃米饭和烩菜，或素臊子烩面条，或杂和面抿节，或擦节。下午放学后，严兵依然一路小跑回家，他没时间也没兴趣玩耍，他必须在妈妈下班回家前把饭做好。妈妈回到家就能吃上他做的饭，这让他心里很满足。

严兵十一岁上三年级那年，在兰州生活的三姨来沙州看望他们。许晴和三姐拉话时三姐就提及有个女儿多好多好的，许晴说小毛不比女儿差，家务活啥都会做，是她一手教出来的。两姐妹说话间就见严兵放学进了门，许晴随即就吩咐他说："小毛，你三姨昨天刚来，今天下午就想吃个臊子面条，家里还有些熟猪肉片子，做臊子时放上点儿。"

严兵口上应着就埋头忙着和起面来。

半个多小时，臊子面已上桌，葱、香菜、醋、酱、油泼辣子、芝麻、盐等各种调料一应俱全摆在桌上，只等着他三姨品尝他的手艺。

严兵语气冷淡地说："三姨，面条做好了，趁热吃！"

说完这话严兵就走出去到了外面院子里。他不喜欢这个三姨，把面条做得好吃只是为了让妈妈高兴。这个三姨昨天后晚上和妈妈坐炕上聊闲话，嘴里就不干不净地骂他爸爸严文武，他听着心里就反感起这个女人。

许晴没答应梅梅回老家养风湿腿疾的要求，说："你回去那儿能把这病治好咧？恐怕会越来越严重哩！就在这里让老中医给你慢慢治，这里有这么多有名气的中医，我就不信治不了你的病！"

严兵打小就喜欢梅梅阿姨，把她当亲人一样对待，所以也是坚决不让她离开。

最让严兵难受的就是他大哥严工。长得肥头大耳的严工这年已在沙中念初一，刚开始还每天回家吃两顿饭，后来懒得跑路，索性吃住就都在学校里了。严工不在家吃住，大家都觉得轻松了不少，家庭生活气氛一下子变得快乐起来。严商上幼儿园大班，很聪明，学习上根本不用人操心，又从来不惹事。许晴也感到这段日子过得比原来好了。

两年后，严工初中毕业，迫于无奈，到沙州县以南的三岔湾公社插队劳动。严兵正在念小学五年级，严商念小学一年级。严兵心情舒畅地帮着母亲做家务，照顾着梅梅阿姨和毛旦，依然每天跑着上学念书、回家做饭、逛菜市场。他在九岁时从圣林来到沙州这座古城，可以说，城里的街头巷尾他走了无数遍，街上每一个铺子、每一个大小市场他都熟悉。

沙州城的水好，加上独特的祖传制作方法，这里的豆腐口感是天下一流。热豆腐买上一块直接吃，本身就是一道好菜或称一种小吃。严兵有个同班同学叫李东娃，他家在新楼巷口西北角街面上开了一个豆腐坊，名气很大，每天来拿豆子换豆腐的人络绎不绝，不到后晌豆腐就换不上了。那时候每人每月只供应一斤豆子，一斤豆子换三斤豆腐，沙州人平常生活中少不了豆腐。李东娃上午放学后的三个小时就在自家豆腐坊里帮忙。他自小左腿有残疾，走路有点儿跛，但不是很严重，走路跑步都可以。他之所以左臂窝夹了一根拐杖，完全是一种自我保护，为的是受别人欺负时能还击！大多数残疾人都是这样的心理，但他们内心总是希望与人和平相处。

严兵上初一正式拜师学武时碰到了和他同一师父的李东娃。师父苏大宗为李东娃独创了一套拐杖的使法，非常实用，一般手脚利落的学武之人均不是他的对手，根本不能近他的身；想偷袭他的人，往往逃不出他的拐杖，必挨一下打。苏师父有次想试试李东娃拐杖的速度，让严兵陪练，严兵连续三次都被李东娃的拐杖击中。

苏大宗是沙州最有名的拳师，是沙州武术界公认的拳王。苏师父在传承祖上拳法的基础上，与太极拳法相结合，自创了一套独门拳法，厉害无比！严兵为了能拜他为师四处请人说情，费了极大的工夫。严兵第一次见苏师父使拳就被惊得目瞪口呆。一块三厘米厚的实木板被他一掌击得破碎，看得众人顿时大惊失色。苏师父舞拳时，看似慢慢悠悠，但发力前，步速如飞，瞬间已接近目标，让对方无法躲避！

苏师父说："要想练好速度，可与李东娃配合来练，若能躲开李东娃的拐杖，你的速度就算练成了！"

苏师父与李东娃就是教学相长的典范。苏师父袭击李东娃，又能成功躲开其拐杖一击，也是费了一番功夫的。苏师父曾说李东娃是"防御型棍法"的典范，人才难得！

严兵确实被李东娃的拐杖打得服服帖帖的，再也不敢靠近他。

沙州古城街上最南端那座楼叫"文昌阁"，建于清代乾隆十九年（1754年）。文昌阁又称"四方台"，因其楼基平面为正方形而得名。文昌阁往南五百米左右靠西有一条巷子叫"市场巷"，进去就是一个农副产品交易市场，严兵常常光顾那里，买的最多的东西就是土豆、萝卜、葱和蒜。文昌阁向北二十米远的靠西街面上有一个小食堂，售卖最具沙州城特色的传统小吃。食堂北侧设有一个门面小摊，坐西朝东，专卖这家食堂卤制的猪头肉、猪蹄、猪肚、猪肠、猪肝等，还有美味无比的粉皮拌黑豆芽。每天都有两个大铁盆摆放在摊子的地面上，一盆内盛放着各种诱人的卤肉，另一盆内盛着满满的粉皮拌黑豆芽。光脑袋的胖师傅坐在两盆后面的一个小木凳上，面前摆一块约四十厘米高的圆形的菜墩子，一把半圆形切肉刀。胖师傅两只油亮油亮的胖大的手，不时拿出一块卤肉在菜墩子上切剁着，或伸手抓一把粉皮拌豆芽搁在一浅碗内，用长柄小木勺从身旁醋罐里舀一勺醋往上一浇，递给吃客。沙州城老人们都知道，这家食堂的店主姓李，人称"李师"，这李师就是食堂外面摊子上的胖师傅，他家卤肉在城里最有名气，生意最好！

李师食堂门外向北靠墙角砌了一道三十厘米宽的石台，从食堂大门到肉摊子间有两米多长，专为吃客休闲赏景而设。那石台面常年被人们的屁股蹭磨,早已变得黑亮发光。每天都可以看到五六个年纪不等的老汉坐在石台上闲聊,他们看上去个个衣着整齐干净,精神饱满,容光焕发。严兵从市场买土豆经过此处必驻足观望欣赏一番,有时索性坐在小长条凳上吃两毛钱的粉皮拌黑豆芽。他觉得粉皮拌黑豆芽被这个光脑袋老汉调制得太好吃了,若是让他放开吃,他一次能吃两块钱的!

卤肉他是吃不起的,只能看着别人吃,过过眼瘾。他最喜欢观赏那几个坐在石台上的老汉打趣着吃卤肉喝烧酒的场面,这种有声有色有情趣的生活场景令他终生难忘!

这天严兵吃了两毛钱的粉皮拌黑豆芽后,就把装着土豆的筐子放在一边看起老汉们打趣来。

戴了一顶深蓝色干部帽的老汉眯着小眼睛说:"李爷看样子今儿想来点儿呀?"

头上扣了一顶黑色瓜皮帽的李爷,鼓着带血丝的金鱼眼般的眼珠子,慢腾腾地回应:"何以见得?"

头戴白帽的张爷开口说:"李爷,咋了?兜兜里头没钱,囊中羞涩?"

赵爷摸了一把自己的光脑袋,笑着说:"敢说李爷是个没钱之人?"

穿着一件洗得褪了色的衣服、满头白发的窦爷说:"李爷不是缺钱,是吃腻咧,不想吃!"

李爷很气派地从石台上站起来,二话没说,直接走到光脑袋师傅摊前,面对着他坐下,说:"李师,来上四两猪头肉、二两烧酒!"

李师在盆里翻了几下,挑出一块约六两的猪头肉,搁在案板上切下二两左右的一小块,将剩下的往油乎乎的提秤上一放,说:"高高四两二钱,算你四两。"接着把那块称好的猪头肉放在案板上,横着竖着剁了几下,大手将肉块一按,持刀一收拢,放一小黑碗里,浇上醋递给李爷。又转身从身后酒坛中拿二两专用直杆打酒筒子,打了一筒子酒倒在另一个黑碗里,递给李爷,说:"李爷你吃好!"

李爷就津津有味地大口吃肉大口喝酒,潇洒地享受起来。

其余看吃的老汉也参与着精神享受。"李爷,味道咋着了?"王爷问。

李爷说:"香!"

"李爷,今儿肉咸淡如何?"赵爷问。

李爷说:"正好!"

"李爷,今儿的烧酒咋着了?"窦爷问起酒的浓度。

李爷一口把碗里的酒喝了个底朝天,道出两个字:"聚劲!"

严兵看得直咽口水,不敢再看下去,拎起土豆筐子就往回走。严兵一路走着,心里想着刚才五个老汉调侃吃肉喝酒的情景,觉得十分有趣,心里就想长大了要挣很多很多的钱,到时候就要那个光脑袋老汉给他切五两猪头肉,再要上四两酒,他也要大口地吃肉喝酒!噢,对了,还要再吃两块钱的粉皮拌黑豆芽!吃美气了,再坐到老汉们坐的石台上,观赏街上来来往往的男人女人们……

沙州古城的文化十分独特,其形成历史源远流长。历代不少官员被发配到这个边陲古城内,贬为庶民的官员越聚越多,其成分也越来越复杂多样,又加上蒙古族与汉族间的通婚繁衍,逐渐形成了古城多元化的文化结构。

此古城至今已历六百余年沧桑,虽屡遭战火,迭经风雨侵蚀,却依然完好,不愧其"塞上明珠"的美誉。此城在古时便是边疆贸易的重镇和汉族与西北少数民族文化交汇和交流的地方。

沙州城女人讲究穿衣打扮,这与其文化形成密不可分。历代大小官员、巨商小富,犯了法,就拖家带口来到这里,一批人又一批人影响着沙州当地人的审美标准,形成了沙州一代接一代女人讲究衣着打扮的传统。不讲究穿衣打扮的女人在沙州城里会被人瞧不起,被人指责没品位,而且家里没出嫁的女子不注重穿衣打扮也就不太容易引人注意,所以不论是长得俊还是长相一般的女子都十分重视穿衣打扮,长得差的更是费尽心思要从衣着方面弥补。

沙州男人喜好互称爷,也是一种传统习惯。爷可以不论年龄大小在同辈或同龄人之间互相称呼:十四五岁的中学生互称爷闹着玩;二三十岁的年轻人互称爷以示一种豪爽之气;五六十岁的中老年人互称爷表示尊重;称七八十岁老人为爷表示一种敬意。总之,爷在沙州城无处不在!当然,爷也仅限于男人之间,女人极少称男人为爷,男人也绝不称呼女人为爷。

沙州城里的人除了爱吃豆腐外,还爱吃一种叫作片粉的吃食。片粉家家都会涮,在过去街上却是没有卖的。涮片粉其实很简单,严兵涮片粉就是一把好手,涮出来的片粉又薄又劲道,口感十分好。首先得有一个铁皮制作的涮盆,叫作片粉盆,圆形,两到三厘米深,直径十八至二十厘米;原料是土豆淀粉或红薯淀粉,以土豆淀粉为首选;在盆中倒入淀粉,再放入水和适量明矾,搅拌成稠稀合适的糊糊,然后将片粉盆放入开水中,倒入适量的淀粉糊糊,待糊糊出现干白色,将盆沉入水中煮三五分钟取出,最后放入凉水盆中剥下即可。沙州城里家家都备有片粉盆,一般情况下,半个小时左右够一家人吃一顿的片粉就可以做好,每一张片粉按照喜好切成宽度不同的条状,放入凉水盆内,随时捞出来做食料用,也可做大烩菜或片粉汤。

许晴、梅梅还有严商都爱吃片粉。每次都是严兵自告奋勇,兴致勃勃地把片粉先涮好,然后将白菜帮帮切成小方块放入开水锅中焯一下,捞出来放入凉水盆中;再将豆腐切成半厘米厚、十厘米长的片,将土豆去皮洗干净切成半厘米厚的条,然后大火入油锅内炸至深黄色即可捞出备用。做大烩菜也是严兵的强项,不用人帮忙,他常常让家人们等着吃就行。他每次做大烩菜都有意多备一些料,做好之后盛一大盆,主动端去送给隔壁马玉玲阿姨吃。马玉玲常夸严兵做的大烩菜好吃,许晴对严兵的举动也是很欣慰,觉得儿子懂当妈的心事。

严兵和严商都喜欢小动物。严兵从废弃的工地里捡了一些砖块和木料,自制了一个木门,用大院子里拐角处堆放的沙子和水泥,在自家小院一个小角落垒了一个上下两层的兔窝。弄好了窝,兄弟俩就兴奋地到市场上挑选着买了一公一母一对可爱的小白兔,精心喂养起来。卖兔子的人说:"兔子最喜欢吃苜蓿,西城墙外农人地里就种着苜蓿。但农人们常在西城门检查进来的人,抓住偷苜蓿的小孩往死里打哩!如果悄悄地翻城墙偷点儿苜蓿还是能行的,就是比较危险。"

这天是星期天,严兵吃了前晌饭,一个人溜出家门,直接往西城墙奔去。站在城墙上往下望着一片绿油油的农田,认不清哪块地里种的是苜蓿。那个卖兔子的人给他看过苜蓿，他记得这种草的样子，他决定翻下城墙先侦察一下再说。严兵手扒着城墙缝洞，脚踩着墙体凹进去两三厘米深的砖缝，麻利地到了墙下。他四下望了一下，就穿过公路到了农田。他沉住气仔细往地里一看，瞬间欣喜不已，地下绿色的一大片草正是苜蓿的样子。他的心跳有些快，四下又观望了一番，见不远处田里有几个扛着铁锄的农人，就想着现在不是偷苜蓿的时机。于是他反身回到城墙下，轻松地爬上去回家了。

后晌饭后，严兵原路来到城墙上，观望了一下，田地里农人这个时段都已回家了。他翻下城墙，快速跑进距路边远一些的苜蓿地中，三下五除二用小刀割了一堆嫩枝叶，塞满随身带着的一个口袋，用绳绑在背上，返回城墙下，又谨慎观望一下四周，爬上城墙，喘着气又向田地四下看了看后，高兴地回家了……

半年后，这对小白兔产下第一窝兔崽，虽然只有两只，但和它们的爸爸妈妈长得一模一样，大家都稀罕得不行，围着观赏，马玉玲阿姨乐得直夸严兵养兔也是一把好手！

不久，沙州县委大院内的所有小院和零零散散的家属住房全都要改建修缮，另有用途。许晴四处寻找租用的民房，后来在距县委机关几百米的一座民宅大四合院东南方位一个内院里，找到两间屋子的一个套房，很快就搬进去住了下来。从此，严兵就很少再见到马玉玲阿姨，他喜欢的马玉玲阿姨永远地留在了他少年时期的记忆里。

新搬入的大院叫郝家院，位于沙州城二街上。院门斜对面是地区水利局大门，正对面是朝西的一条深巷子，里面是地区治沙所大院，他学武的师兄王榆生的父亲就是治沙所所长，祖籍山西。郝家院是个大套院，由四个小院构成：进了大门左手是一个宽敞的院子，向东有一圆形青砖拱形门，门内有三个小院，左手向北为北院，中间背靠东向西为中院，右手向南为南院。院内所有住房均为砖木结构的明清时期建筑风格。公厕在大院外向北的二街上，吃水要到水利局北侧的一个自来水点去担水。

严兵搬入新居不久，就在自家门外又盖了一个三层的兔窝。许晴和梅梅都支持他和弟弟继续养兔，哥俩都很开心。两间屋子一大一小，里屋比较大，有一盘砖面土炕，炕上朝南开着一个带格子的老式木窗户，中间的格子安着玻璃，光线很好。炕上拉了一道布帘，许晴和梅梅睡布帘右边，严兵和严商睡左边。

自从搬到郝家院住以后，严兵和同班好友李榆旺的来往更加多了起来。李榆旺家是星楼下巷一座老宅院，这老宅院是他们李氏家族祖传的，院内东西南北四排房子：他的父亲住在北房，他哥住东房，李榆旺住西房，倒座房南房空着没住人。他祖上世代做皮毛、茶业和烟草生意，家底丰厚，到了他父亲李云才这一代，战事不断，家道中落，之后公私合营，生意每况愈下，最后只落得这处老宅。

李云才看上去六十开外，头发胡须均已花白，但实际年龄仅仅五十三岁。他善良忠厚，待人谦和，严兵去榆旺家玩时，李爹爹就留严兵吃饭，严兵没少在他家吃饭。严兵认识榆旺时，他母亲已过世，严兵在他家一张老式桌子上方的墙壁上见过他母亲的遗像，四十厘米见方的老式相框内，一位看似清朝时期衣着打扮、气质高贵的少妇，面容俊俏端庄，略带微笑地注视着前方。

榆旺的哥哥榆兴在医学院读书，家中只有榆旺和李云才二人相依为命。李爹爹做饭手艺堪称一流！准备做一顿素臊子面条时，他先对严兵说："小毛，不要回家吃了，爹爹给你做素面吃。"说话间就忙活去了。

奇怪的是，还没见李爹爹在里屋灶上做什么，就听他喊："小毛，榆旺，吃饭啦！"

他动作之快，令人咋舌，做出的素臊子面条却美味无比！

严兵好几次都向李爹爹讨教怎么才能将臊子面做得那么好吃，李爹爹却总是笑而不语，后来才在一次饭后说："你学会了还能留在爹爹家里吃饭吗？"

榆旺在一旁挤眉弄眼笑着接上话说："我爹爹就是要留给你一个念想，希望你能常留下吃他做的饭哩！"

榆旺在班上当班长，同学们都服他，都听他的，严兵对他更是言听计从。榆旺和严兵下午放学总是一起回家，不是到榆旺家，就是到严兵家，到谁家都会留着吃饭。许晴和梅梅也都十分喜欢榆旺这孩子。榆旺从小没娘，看着许晴和梅梅两位阿姨也觉得特别亲切。梅梅这年腿疾已开始好转，可以做些轻微活了，但严兵总是手脚麻利地做好饭让大家吃。

榆旺有次在上学路上被四五个社会上的二混子拦住，打开了架。当时榆旺已被几人按倒在地，鼻子也被打出了血。严兵刚好路过，见状就急了眼，猛扑上去，一阵挥拳乱打，几个人放开榆旺向他围攻过来，严兵毫不畏惧，拳打脚踢，几人被他打得哇哇直叫，有个小子抓起半块砖朝严兵后脑勺砸去，榆旺在地上直喊："严兵小心！"话音刚落，砖头已砸中严兵后脑勺，严兵"啊呀"了一声，鲜血已从他脑袋上涌出，几人见状，一溜烟儿跑了。榆旺从地上爬起来，拖着受伤的一条腿，扶着严兵急忙去了医院。医生给严兵做了紧急处理，缝了八针，又打上点滴，开了一些内服药，让他打完点滴回家静养半月再到医院拆线。

榆旺后来说："你也没白学武术，几个大汉被你打得哇哇乱叫！"

严兵恨恨地说："当时看你被打倒在地流血了，我杀他们的心都有了！"

榆旺感动地说："咱们才是真兄弟哪！"

一年之后，他们初中毕业，都去插队了。

榆旺去了沙州县西边一个公社，严兵去了北边一个公社。自此，两兄弟数年再未见过……

严兵的另一位恩师叫贝乐子，是绥州人。他是沙中的音乐老师，在音乐方面造诣颇深。他采用得最多的教学方法是"启发式教学"，获得了很大的成功。严兵得到贝乐子老师的指导，对管乐产生了极大的兴趣，很快展现出了他在音乐上的天赋，进步很快。十几年后，师生二人再见面时就结成了忘年交，有着很深厚的情谊。贝乐子常开玩笑说："我一天不见严兵就觉得缺了什么似的！"

严兵与贝乐子老师无话不谈，遇事总是一起商量，各抒己见，毫不隐瞒，彼此非常信任、尊重。后来两人同在一所师范学校教学，同一时间从单间窑洞搬进了独门独院宽大的家属院。每户家属小院光院子空地就有八九十平方米，贝乐子和严兵二人开始认真琢磨这片空地的用途。贝乐子的想法是把这块地开垦成菜地种各种蔬菜，既锻炼了身体又获得了新鲜蔬菜，一举两得。严兵与老师的想法不谋而合，他还提出了两个具体的问题，两人商讨出了解决的办法：一是换土壤，二是引水浇地。这两项工作都是大工程，但解决好了，这地里完全可以种出与城关菜农地里一样好的蔬菜。严兵说他可以请他的一个开大卡车的师弟来帮几天忙，从郊区拉一些优质土壤来，再弄一些粪土掺入。贝乐子说他在城关生产队认识一个会计，是原来的学生，请他帮忙弄些粪土应该没问题。

半个月后，两人给菜地换了好土好肥，成功地挖了一条暗道，可以把家里厨房的自来水直接引入院内浇地。

三个月后，院内土地上绿油油的一片，黄瓜、茄子、西红柿、辣椒、豆角、小葱、香菜等，应有尽有，刚结出的西红柿和茄子已挂满枝头。

贝乐子老师和严兵"两位知识分子小院种菜"的故事，在校内外一时被传为佳话，大家纷纷效仿，一场校园家属院大生产运动轰轰烈烈开展了起来……

严工下乡插队不到两年就被招工去了陕南一个钢铁厂。他在那儿当了一名补焊工，是一个比较累的工种。干了不到三个月，严工支撑不住申请调换工种未能如愿，咬牙坚持到快一年时，谎称有病离岗回到沙州家中休养。

严工回到家就打破了家里平静祥和的气氛，他每日睡到八九点才起来，洗脸、刷牙时乱摔一通东西，吃饭也是挑三拣四骂个不停，有时干脆把碗筷扔在大家正在吃的饭锅里，喝令梅梅阿姨给他重做好吃的。梅梅阿姨虽说腿疾已有好转，但还是不能长时间站立，严工根本不管这些，连一担水都不挑。严兵自严工回来就在学校食宿了，一是躲避严工，二是小炕上也睡不下五个人。虽然住校，但严兵每隔一天仍然回家一次，给水缸挑满水，再放下两桶水，这些水够一天用的。他心疼梅梅阿姨，梅梅阿姨又心疼许晴和上小学的严商，不忍离去，只能忍气吞声对付着严工。

严兵到了初二这一年刚刚十五岁，遇到了一个参军的机会，兰州军区文工团到各个有名气的中学特招小演员。其中一个招生小组就来到久负盛名、文艺人才济济的沙州中学。经贝乐子老师推荐，严兵也接受了专业考试。

考试到了第二天，轮到严兵出场。

严兵往台前一站，立即引起对面五位考官的重视，还没开口向严兵问话，几人就交头接耳议论了些什么……严兵的外形条件得到了考官们的一致肯定。接下来的视唱练耳、形体表演、口头表述等一一试过后，严兵面红耳赤地结束了面试。

　　严兵感觉这个考试难度比较大，自己被录用的可能性不大，因此也就不抱什么希望。过了两天，贝乐子老师找到他说已被初步确定录取了，让他有个思想准备，最好先征求一下家长意见。

　　严兵万万没有想到妈妈许晴会如此反对他当文艺兵，甚至威胁严兵，如果去当文艺兵就与他断绝母子关系。严兵对母亲的态度非常气愤，大失所望之下竟然生出了离家出走的念头。他听师父苏大宗讲过：河南省登封市有座奇山，叫作嵩山，嵩山的西峰少室山密林中有座古寺，至今已有一千五百多年的历史，这座古寺就是以武僧而名扬四海的少林寺，传说中的十三棍僧救唐王的十三棍僧，就出自嵩山少林寺。

　　严兵不愿违背母亲的意愿，又不愿意放弃当兵的机会，心情极为沮丧，又想到严工的种种恶行，随之联想到父母离异带给他心灵深处的伤害，万念俱灰之下甚至想着干脆去少林寺做个和尚，从此远离尘世间这些烦恼……

第十一章

解吉格站在沙梁梁上,双手围成喇叭状,声嘶力竭地喊:"解栓——解栓——解栓!"

听不到解栓的应答声,他生气地骂了句:"不吃算尿了!"

解吉格是柳湾大队党支部书记,是个四十五岁留着光头,中等身材稍显胖的中年人。

解吉格从沙梁梁走下来,碰上往上走的今年四十二岁的柳湾大队副大队长王悦刚。

看上去显得五大三粗的王悦刚问:"咋了,没找到栓娃子?"

解吉格没好气地说:"唉,俅小子耍得没影了!"

解吉格又说:"狗蛋肯定和解栓在一起。哎,不要往上爬了,白跑路哩!"

王悦刚挥了一下强壮的右臂,说:"咱回吧!"

解吉格说:"哎,悦刚,到我家吃吧?"

王悦刚眯起眼笑着问:"又有甚好吃的了?"

解吉格向他挤挤眼,笑着说:"我老婆前天去她妹夫家,人家给了一条羊腿,今早起刚炖上,咱俩再喝点烧酒!"

王悦刚喜形于色,说:"嘿,又让我赶上咧!"

王悦刚的儿子王旦和解吉格的儿子解栓同岁,都是他俩三十出头了才有的唯一的儿子,都备受宠爱呵护,被视为命根子、宝贝疙瘩!解吉格和王悦刚在大队里的工作上一直配合得比较好,兴趣爱好也接近,私下交往多,是交心好朋友。

解吉格进门就叫喊起他婆姨的小名:"琴琴,接客哟!悦刚驾到啦!"

艾琴笑脸迎了出来,说:"还接客哩,把你家琴琴卖到窑子里了不成?"

"看你那样子,哪家窑子要你?"解吉格也逗她,说着就把王悦刚让到炕上。

艾琴就朝王悦刚扑哧一笑,说:"这么俊的婆姨你都敢说没人要!"

王悦刚凑上打趣说:"啊呀,我敢说琴琴嫂子比前些天更水灵了,哪像个三十九岁的女人!"

艾琴就急得追问他:"那你说实话,我像多大年岁的女人?"

"啊呀,叫我看的话,你看上去最多也就三十八岁!"王悦刚边说边在炕头上偷着笑。

解吉格和艾琴都被他的幽默逗笑了。解吉格止住笑说:"还是悦刚有水平,看人年龄看得准!"

三人说笑着,艾琴就从锅里舀了一大盆炖羊骨肉端上了炕桌,解吉格给悦刚和艾琴都斟满一铜杯酒,说:"咱一起先把这杯干了!"

解吉格提醒艾琴说:"不要忘了给栓娃子和狗蛋一人留上一碗肉!"

艾琴忙说:"早就留出满满的两碗了,还能把他们两个给忘了?今早起我就把一条羊腿全炖上咧,差不多有小二十斤哩,你们两个只管放开肚皮好好吃,管够吃!我再擀些白面片子,一会儿煮着吃。"

艾琴是个性格开朗爽快的女人,对解吉格的朋友更是诚心相待,当作自己家人一样。她看上去皮肤有些黑,一双大眼睛特别有神,给人感觉很有灵气,很精明。

艾琴对丈夫怀有一种崇拜的情感,认为他是男人中的上品,有勇有谋讲义气,对她和儿子栓娃子都很上心,对此她心里很满足。

王悦刚酒足饭饱,起身下炕想回家。

解吉格就准备送送他。艾琴将一大碗肉放在一块布上包起来,忽然想起王悦刚的老婆郭彩云,就又盛了一碗羊肉面片,打包好后,让他带回家给他老婆吃。王悦刚没有客气,拎着两个包就回家去了。

大队长强且接到公社电话通知，说有三名知青分到他们柳湾大队，请他们大队提前做好安置准备。

"解书记，你看这三名知青安排到几队好？"强且征求解吉格的意见。

解吉格思考了一下，建议说："我看安排在李三娃的一队好，离大队部也近些。"

强且表示同意，说："那就这么确定了，我立马通知李三娃，让他尽快先安排好住的地方。"

严兵和好友王榆生在县知青办认识了另一名和他俩分在同一公社大队的沙州县一中的男同学，名叫徐三凹，人长得很强壮，显得很老实，家是沙州古城老户人家。

徐三凹很高兴，说："我打听到还有两个沙中的同学也在王梁子公社柳湾大队，就是没见过面，以后咱们常在一搭哩，好好相处呀！"严兵和王榆生也很客气地与他交流起来。

王榆生生性豪放多情，爱好音乐，讲究穿戴，注重外表打扮，对女孩比较留意。他在家中排行老二，上有一个哥哥，在外地一个工厂当工人，下有一个弟弟和两个妹妹。他父亲是地区治沙所的所长，是正职县团级干部，祖籍山西；母亲是家庭妇女，没文化。

徐三凹是沙州城老户居民家出身，父亲给人帮忙经营一家豆腐坊，母亲是家庭妇女，他是家中长子，有一个弟弟和两个妹妹，生活只能算是勉强过得去。

沙州县组织举行了盛大的欢送知识青年下乡插队的仪式，十几辆大卡车载着几百名知青，拉着红布白字横幅"热烈欢送知青下乡插队"，在一辆廾道车的锣鼓声中，沿着古城大街游行亮相，转了一圈就又回到原点——县体育场。严兵、王榆生、徐三凹三人没凑热闹往车上爬出风头，而是守着行李等车来装行李，然后随行李车到王梁子公社所在地。

一辆大卡车载了二十多名知青，朝着广阔天地行进。

两个多小时后，大卡车停在王梁子公社门口，公社革委会主任吕维国和革委会其他干部，正敲锣打鼓地迎接知青们。

知青们一一下了车，扛着行李，朝院子里走来。

吕维国代表公社革委会致欢迎辞。

知青们有的站着听，有的坐在行李上听。女知青三五成群地窃窃私语；男知青有的小声说着话，有的面无表情吸着烟。突然女知青处发出笑声，大家一齐看过去，吕主任的讲话也刚好结束了。

看上去三十多岁、精明强干的女中豪杰、主持欢迎会的革委会副主任王燕妮这时宣布："四点钟公社革委会请知青同志吃饭，饭后请各位知青同志随各大队来人前往各大队。"

革委会大方地招待知青们吃了猪肉烩粉条、豆腐白菜和白面杠子馍。各大队来人也都一人一份吃了起来。

柳湾大队来人举着一面小红旗，上面写着"柳湾"两个字。

徐三凹拉了一下严兵说："哎，看到了吗？柳湾在那里！"他指了指那面小红旗。

随即三人扛起行李朝举着小红旗的人走去。"哎，你们是分配到柳湾的知青吗？"李三娃笑着问。

"哎，你是柳湾的什么人？"王榆生学他招呼人时的口气，也笑着问。

李三娃又笑着说："我来自我介绍一下。"说着又笑了笑，面对三个有知识的青年，他脑子突然有点乱，镇定片刻说道："我姓李，李三娃的李，三娃就是三个娃娃的意思，但其实我是我大唯一的娃娃。"

说完，李三娃自己都被自己的介绍逗笑了，大家也被逗笑了。他们一一做了自我介绍，大家算是认识了。同来接人的李二柱帮着把行李装上大马车，李三娃赶着马车一路往柳湾走去。

公社到柳湾三十多里地。一个小时左右，马车已停在一队队部门前。

这是一个有着半面围墙的土院子，坐北朝南有两间土房，左边一间是队部办公房，右边一间专门收拾好给知青住。知青住的这间房内有一盘土炕，炕也够大，睡三四个成人没问题。紧靠炕的左侧是一个前后锅头式的小灶台，可以生火暖炕做饭用。

"你们三个先拾掇一下行李，歇一歇，一会儿我来叫你们到我家吃饭。"李三娃说完就和李二柱一起走了。

半个小时后，李三娃打着手电筒返回队部，领上三人去了距队部不足三百米远的他家。

"秀秀，知青们来了！"李三娃距家十几步远就朝屋里喊。

武秀秀应声掀起旧布门帘，候在门口。

三人被秀秀让着上炕围坐在一张磨得没了黑漆皮的炕桌旁，李三娃摸了一把自己的脑袋，有点儿不好意思地说："没啥好吃的，吃上些扛夜饥！"

秀秀端上一大盆子蒸土豆，那些圆疙瘩个个都裂开了皮朝他们笑，仿佛在欢迎他们似的。秀秀又端上一盘泡好的萝卜条，又给每人盛了一碗高粱米稀饭。

王榆生进门时就被秀秀的美貌吸引住了，有些失态地盯着她看。李三娃热情招呼他们多吃，又向三人介绍说："这是我的婆姨，叫武秀秀，今年二十岁，比我小两岁，你们叫她嫂子，或者姐姐，或者秀秀都行，就是不能叫姨姨！"李三娃开起玩笑来，想让大家放松一下。

秀秀笑着开口建议说："你们就叫我秀秀嫂子吧，我和三娃比你们大，又是当地人，你们城里长大的学生娃娃到这个穷地方来，不容易呀！以后有什么难处了，只管来找三娃和我！"

严兵就先开口叫了声"秀秀嫂子"，他觉得她说话时的神态很像梅梅阿姨，连声音听着都像。

王榆生和徐三凹也"秀秀嫂子""秀秀嫂子"地叫出了声。秀秀略带羞涩地笑着答应，忙着给饭桌上添吃的东西……

李三娃两年前娶了二队队长武云布的妹妹武秀秀为妻，让二队和一队的后生们着实眼红得不行！武秀秀是全柳湾大队公认的最俊最巧最乖静的女子，多少后生梦寐以求，想博得她的欢心，想娶她当老婆，可她就偏偏看上了从小没了双亲的孤儿李三娃。她大哥武云布和嫂子王嫚丽都同意她嫁给李三娃，大队书记解吉格也极力从中撮合，两人终成好事。

李三娃还有一个绰号，叫"二摔子"，是因摔跤比赛而得到的一个响当当的名号。那"大摔子"就是大名鼎鼎的三队队长格力。格力是蒙古族人，二十七岁，力大无比。在近五年的全公社摔跤比赛中，李三娃获得两次冠军，格力获得三次冠军，有一次算是格力险胜李三娃，可见两人实力相当！

公社举办的摔跤比赛，武秀秀每年必去观战，她总是在观众群中暗暗地为李三娃加油鼓劲。每次比赛的最后一场争夺冠军赛最为精彩，进入决赛的选手近五年来都是格力和李三娃。

三个知青在一队队部旁的土坯房子里过起了日子。吃的粮是大队补贴的公粮，主要是玉米和高粱米，还有一些黑豆，另外每月由一队想办法给他们每人十斤土豆，每人每月全部口粮为二十五斤。国家规定知青下乡插队的第一年里从国库粮中供给每人每月十五斤粮，一直供应到第二年夏收后。王梁子公社电话通知有知青的生产大队：从知青到达大队的具体日期算起的第二个月开始，每隔两月到公社粮库领取供应粮一次。第一个月的口粮全额由大队补贴，之后每月由大队补贴每人每月十斤粮，一直到次年夏收后。

一个月二十五斤粮，而且除了十斤土豆外，没有任何其他蔬菜！

三个初来乍到的知青，正处于长身体阶段，哪能懂得细水长流地过日子？半个月刚过，五十多斤高粱米口袋已见底，玉米、豆子、土豆也被一扫而光！

"今儿还有吃的东西没有？"王榆生懒洋洋地躺在铺盖卷上问。

徐三凹没好气地说："昨天下午就把能吃的都吃干净了，你又不是没看见！"

严兵怕两人为此争执起来，伤了和气，就建议去找李三娃，预支点粮，再凑合半月，就可以领国库供应粮了。

于是三人来到李队长家。

秀秀告诉他们李队长去解书记家了，又问他们有甚事，她能帮上忙不。

王榆生见到秀秀嫂子就忘了饿，语气温和地对她说："我们想预支点口粮。"

"没粮吃了？没粮咋能行！还没吃晌午饭？"

"嗯，还没有呢！"徐三凹抢着回她的话。

秀秀嫂子忙说："不知道你们要来，锅里有几个馍馍，你们先吃着，我再给你们做点儿吃的，一会会儿就好！"

秀秀说着把他们让上炕，又从锅里拿出四个高粱玉米两面馍，盛在盘里端上桌，转身又取了泡萝卜菜碟子搁桌上说："先垫垫肚子，我给你们做饭去。"

三人正在狼吞虎咽地吃着馍馍，李三娃掀开门帘走了进来，看见炕上的三个人，先愣了一下，接着开玩笑说："哎呀，你们三个怎就坐我的炕上吃开了？你们吃了我吃甚？"说着也上了炕和他们三个围着炕桌坐了下来。

秀秀从里屋出来，双手在蓝花布围裙上擦了擦，急着对李三娃说："哎呀！他们三个吃得甚都没有了，夜天就断粮了，你晓得不晓得？"

李三娃一听就急得直埋怨说："嘻，早些言传嘛！夜天就给我说一下嘛，先给你们预支上一个月的，再有半个月国库供应粮也就接上了嘛！"

严兵面带愧色地说："唉，我们没把住，半个月就把一个月的口粮全吃完了，以后我们省着些吃。"

徐三凹苦着脸，有些为难地叹了口气说："光有粮没有菜，做得少了吃不饱！"

王榆牛也没好气地埋怨说："唉，没有菜，粮可不就吃得多嘛！有啥办法！"

李三娃听了他们的话，低头想了想，说："噢，我给你们再想想办法，得有个长远的办法，要不然，就算接上国库供应粮，还是不够吃！"

秀秀这时端上来一盆子冒着热气的杂面馍馍，让他们先吃着，转身进里屋给每人盛了一大碗土豆炖白菜，还特意放了些粉条在里面，接着就站在炕边看他们吃，嘴里还不时说："紧着吃，操心好好吃饱！吃了再盛，锅里头还有哩！"

四个人闷着头，嘴巴吃得"吧唧、吧唧"直响，只听见"刺溜、刺溜"的吸粉条声，"咕噜、咕噜"的喝汤声和喘气声，好像一群猪娃子在吃食……

徐三凹连着吃了两大碗烩菜和三个大馍馍，抹了一把嘴，心满意足地说："啊呀，这回可吃好了，可算是吃了一顿饱饭！秀秀嫂子做的烩菜太好吃了！"

王榆生端起碗一口喝完碗里的菜汤，笑了笑，感慨："唉，自从离开家还没吃过这么好的东西！"

严兵放下碗筷，收拾了一下饭桌上的东西，下炕端着碗筷往里屋送去，又帮着秀秀嫂子涮洗起来。秀秀吃了碗里的最后一口菜，"哎哟"了一声说不用他洗。严兵说自己在家时就是做惯了的，秀秀就用异样的眼神看着他说没看出来他这么个俊后生还会做家务，严兵对她笑了笑没吱声，自顾自又取了水桶帮着去河边担水去了。

"咦！严兵这后生可是眼里有活哩！"李三娃在里屋对秀秀说道。

"这后生长得也俊，哈哈，咱一队的婆姨女子们又有话拉了呀！"李三娃又说道。

这条由北向南流淌的小河，是柳湾大队村民吃水浇田都离不开的生命之河。河底是沙子和小卵石，河水清澈见底，东西岸是两排茂密的柳树，地上长满了杂草和一丛丛不知名的矮树。对面岸边上有牛和马在饮水，还有一个羊倌挥动着鞭子赶着一群羊。河面看上去约有五十米宽，能隐约听到羊鞭的鞭打声。李三娃给他们说过，河对岸是柳湾三队，六十来户人，格力是队长，他们那个队全部都是蒙古族人家。

约莫一个小时，严兵来回跑了四趟把水缸注满，又放了两桶水，便停下来一边喝水歇息一边和李三娃拉话："三娃哥，为啥河对面的三队比咱们的牛羊多？"

"唉，这你就不明白了！"李三娃笑着说，"人家蒙古族人世代会养殖牲口，所以牲口比咱一队二队多得多！"

严兵刚来一队几天就听村民说起过李三娃得摔跤亚军的精彩故事，上次吃饭就注意到了他家院子里的几个特殊的器件：两把约五十斤重的石锁；一截一米八左右高、一人粗的木桩，约莫有二百斤重；院子里三棵柳树中有一棵树杈上拉了一根粗绳，一头系着一块猪食槽样子的大石条，足有三百斤重。当时他就想到了李三娃在练把式。

"三娃哥，你经常练这些东西吗？"严兵指了指院子里的器件问他。

"嗯，早晚有空时就练一练，忙了也就忘了。"李三娃并不想隐瞒。

其实从他壮硕的体形及走路姿势就看得出来功夫不一般！严兵想试试李三娃的实力，便试探着问他："三娃哥，你教我一两招摔跤吧！可以吗？"

李三娃也看出了严兵的意思，想着在他面前展示一下也无妨，就脱了外套招呼严兵说："好啊，你到院子里来，我跟你比画几下。"

严兵站在他面前，做了个马步蹲式。三娃上前双手抓住严兵肩膀往后用力一拉。"嚯，有把子力气哪！"竟然拉不动，这让三娃吃了一惊！

李三娃动了真格，瞬间伸出右臂探入了严兵裆处，一发力，随着"起"的一声将他举在头顶，又喊一声"去"，用力将他抛向院子里一堆干草上。严兵借他之力，顺势在空中一扭身子，一个翻转，稳稳站在两米开外。转眼工夫的这两下子着实让三娃赞叹不已："嚯！好身手，好身手哪！没想到！"

"三娃哥也是力大无比呀！"严兵感叹道。

这两人的一招一式让站在门口的秀秀看了个真切，此时不由自主地喊出了声："啊呀，严兵真厉害！还站住了哇！"

严兵对秀秀嫂子笑了笑，说道："嘿，三娃哥才是真厉害哩，能把我抛那么高！"

李三娃走到严兵跟前拍了拍他的肩膀，赞叹道："摔跤人被对方举过头顶，表明已经输了，抛出去必然倒地。但是你被我抛出去后又站住了，是我见到的第一个人，了不起哪！"

李三娃突然又问严兵道："看样子王榆生也是个练家子？"

严兵骄傲地向三娃哥介绍说："嘻，他是我师兄，力量可比我的大！"

王榆生比严兵大一岁，在沙州中学上学时也拜苏大宗为师练武，与严兵成了同门师兄弟。两人关系一直很好，遇事总是一起担当，平日生活中也是互相照顾有加，不分你我。王榆生近日屁股上长了一个疥疮，剧痒难忍，坐立不安，于是队里派了一辆马车准备将他送到公社卫生院诊治。严兵要跟着去照料他，王榆生死活不让，说他能吃能喝能走动，去了还多花钱吃住，没必要，严兵见此也就不再坚持。

王榆生离开没几日，徐三凹接到家里一封来信，说他母亲生病住院，要他回去一趟。三凹和严兵一起找大队长强旦请假，强旦立即就准了假，还安排明日去公社的马车捎他一程。

三凹夜里对严兵说："严兵，我明儿也回城了，就剩你一个人了，你好好地在这儿等我和榆生回来！"

严兵也对三凹说了一些宽慰的话，劝他不要太着急难过，回去就踏实守在母亲身边伺候，不要急着回来，十月底了队里也没什么农活了，说着从上衣口袋里掏出两块钱塞进三娃上衣口袋中，说："我知道你身上没钱了，我还有五块钱，你收下这两块钱路上用，我再给你一块钱，你明天去公社卫生院先代表咱俩看望一下榆生，在供销社门市部买上两包饼干给他吃。"说完就又掏出剩下的三块钱，抽出一张递到三凹手上。

三凹推辞了一番就收下了，因为他兜里确实只有八毛钱了，正发愁不够买公社到城里的长途车票哩！

徐三凹在公社供销门市部花了九毛钱买了二斤不要粮票的议价饼干，拎着去了公社卫生院。卫生院的外科赵医生说王榆生的疥疮比较严重，他们建议到城里大医院去治疗，前天王榆生就坐公交车去城里了。

徐三凹回到城里家中，家里没其他人，母亲正在灶台旁案板上切菜。徐三凹就赶忙喊叫着问："妈，你不是住院了吗？"

三凹妈一看见儿子三凹就放下手头活，上前抱住他，情绪激动地说："三凹呀，妈想你呀，妈没有病呀，就是想你想得妈心口口疼呀……"

三凹妈说着就一把鼻涕一把泪地抱着儿子哭了起来。三凹见母亲伤心，自己眼圈也红了起来，就安慰母亲说："妈，你想我我这不就回来看你了嘛！不过你不要写信说你住院了，怕得我吃不下睡不着的，以后可不敢这样了！"三凹埋怨着他妈。

"要是妈不说住院了，不说严重了，不说个大些的理由，人家能放你走吗？"三凹妈辩解道。

"妈，这两个月我不在你跟前，身体康健着不？"三凹关切地问起母亲真实的健康状况。

三凹妈带着怨气说:"唉,往年这时节腌酸菜有你里里外外相帮着,今年指望不上个谁!咱们家今年腌了三大缸酸菜,把我熬得腰腿疼得就不行咧,现在还没缓过来,哎哟哟,站上一会儿腰腿就酸得不行了!"

三凹妈娇声娇气地诉说着苦楚,像个刚进婆家门受了气的小媳妇儿。

"那我大这会儿在哪儿呢?"三凹问。

"唉,再不要提你大了,一早起做了会儿豆腐就撂给伙计们了,一到后晌,早早就出去了,和几个老汉就坐在文昌楼北头靠西面那家食堂外的台台上,光看不吃。人家吃猪头肉喝烧酒,他们几个穷老汉在一旁坐着光说光看就不吃,尿也不顶!兜兜里头没钱,吃屁哩!"

三凹知道母亲说的那家食堂,他们家住在文昌楼南靠东的街上一个院里,那家食堂在文昌楼北靠西的街面上,他小时候只要有几毛零花钱就去那个地方买粉皮拌黑豆芽吃。他想起严兵有次和他拉话还提到小时候吃的这家食堂的粉皮拌黑豆芽,还说常提个小筐筐到离他家不远的一个巷内市场上买土豆,可惜他俩那时候不认识。虽然他俩才认识一个多月,但他感觉严兵真是个好心人,而且特别讲义气,他庆幸自己这次插队遇上了好伙伴。想到这里他都有些惦念严兵了,严兵一个人在柳湾那间土坯房里,该有多么孤单哪!

徐三凹在中楼南下的东面街56号居民院里找到了王榆生家。这是一个左右小院的套院,从大门右拐进入小门是一个住了四户人家的小院。王榆生家住南房,有三间住人的房间和一间灶房。徐三凹几经打听才找准了地方,敲门后门被向内拉开,探头出来的是一个十五六岁的漂亮小姑娘。

"你找谁?"小姑娘问,忽闪着一双大眼睛。

"请问这儿是王榆生家吗?"徐三凹问。

"噢,你找我二哥呀!他在隔壁房里。"小姑娘指指她的左边。她随即走出门,敲了敲隔壁房间的门,喊道:"二哥,有人找你!"

半会儿,屋内传出王榆生懒懒的声音:"谁呀?让他进来吧!"

小姑娘推开门让徐三凹进去。

"啊哟,是三凹哪!"王榆生从炕上坐起来,迅速下地套上两只鞋,热情地拉住三凹的手让他坐,又忙着沏茶,转身拿起茶几上的烟,抽出一支递给三凹，自己也夹上一支，又为三凹和自己点上，这才问起话来。

"什么风？"榆生笑着问。

"北风！"三凹心领神会笑着答。

"咋来的？"榆生又笑着问。

"喝着北风吹来的！"三凹又笑着答。

"哈哈哈哈，吃了什么？"榆生问道。

"噼噼啪啪，面片南瓜！"三凹答道。

"今天后晌吃点什么？"两人齐声喊道。

"滚水里头放点盐，凑合着活吧！"两人继续齐声喊道。

这是他们三个知青逗乐编的顺口溜，是模仿电影《林海雪原》中"智取威虎山"一段中杨子荣和土匪的对白。

喊完两人又同时开心地笑了起来。榆生表扬三凹说："行啊三凹，老练多了嘛！"

三凹谦虚地说："大哥过奖啦！全凭大哥苦心指导！"

"嘻！你小子现在说话还一套一套的！"榆生嘲弄他。

榆生拿起茶杯往里面添了些热水，又递给他，说："严兵一人在队里？你回来干什么？"

徐三凹把两包饼干往前送了一送，说："这是严兵让我给你买的两包饼干，我去公社卫生院看你，人家说你进城了。我妈给我写信说她生病住院了，我就请假回来了。我看我妈就是想我了，没有什么问题！我过些天就回队里了，严兵一人太孤单了！你好好在家养病吧，现在是农闲时节，你不用急着回去。"

榆生执意留三凹吃饭，三凹推辞说家里还有要紧事，起身就要告辞。榆生让他稍等一下，就去隔壁房间取了一个信封，上面写了"严兵亲拆"四字，让三凹亲手交给严兵。三凹不知他神神秘秘搞什么把戏，就满口答应收了下来。看见三凹往门外走，榆生突然又想起了什么，转身到母亲房间跟她要了五块钱和六斤粮票，急忙追上三凹说："我陪你出去买点儿东西给姨姨。"

三凹说不用了，榆生坚持要买，于是榆生就在对面副食门市部买了六斤点心，包成三大包，一包送给三凹妈，一包让三凹带给李三娃和秀秀嫂子，一包给严兵和三凹。

第十二章

这日前晌饭后，解吉格书记来到一队的知青住房找严兵。武云布家原来盖的几间土房都是从他老姥爷手上传下来的，破旧得风雨都挡不住了。趁今年刚分了红，加上这几年积攒的钱和粮，武云布找解书记和妹夫李三娃一起估算了下，盖五六间砖面土坯房，再加三面土坯子墙的院子围墙，也就差不离了。这个地方农村盖房，打土坯是重头活，基本用的建筑材料就是土坯砖，用量相当大，用的人手也就多。解吉格在和武云布、李三娃合计雇工时，提到了严兵，但又担心严兵身体不行，干不了这重体力活。李三娃马上就说严兵没问题，他有一把子好力气，而且干活不惜力。

解吉格就自告奋勇地提出他去给严兵说。李三娃和武云布心里都清楚，遇上请雇工挣钱这种事，解书记历来大包大揽。给人找挣钱活，谁不感激？

"噢——严兵，噢——严兵！"解书记进了院子就扯开嗓门儿喊上了。

不见应答，解书记转身离去，刚走出去没多远，就见严兵正从柳湾河方向往回走。

"解书记是不是找我了？"严兵微笑着问。

"嗯，我找你商量个事。"解书记看着严兵说。

"解书记，对不起，我先向你说一件我刚刚发现的大事，你愿意听我说吗？"严兵突然急了起来。

解书记愣了一下，有些疑惑地问："发生什么大事情了？严重不严重？"

严兵笑着对瞪大眼睛一头雾水的解书记说："是好事呀！你先不要这么紧

张嘛！"

"哎呀呀，天大大呀！我不紧张，我不紧张！你说你这个后生，你一惊一乍的，你说我能不紧张嘛！"解书记说着从裤袋里扯出一块黑不溜秋的手帕擦起汗来。

严兵笑着观赏起有些孩子气举动的这位大队书记来，等他冷静下来就开始讲起自己的重大发现："是这样的解书记，咱柳湾大队有个得天独厚的自然资源——柳湾河，对吧？水是可以养鱼的，是不是？而且这河水无任何污染，这里养的鱼会不会很健康呢？那为什么这么多年不养鱼呢？它能给咱柳湾大队创造多少经济利益呀？你知道冷库里的鱼在沙州城里市场上一斤卖多少钱吗？如果是新鲜的鱼一斤又会是多少钱呢？咱们是不是应该开会专门讨论一下这些问题呢？"

严兵最后用半开玩笑半认真的语气说："解书记，我一共提出了多少个问题？如果你重视我说的话，并且认真听了我的问题，一定能答出准确数字！"

解书记不假思索，晃动着圆圆的光脑袋脱口答道："一共九个问题，连同最后一个你问我一共提出了多少个问题在内！"

解书记摇头晃脑的得意样子让严兵觉得十分可爱。

严兵激动地上前抱住解书记，使劲摸了一把他圆圆光光的脑袋，惊叹道："啊呀！天大大呀！这颗秃脑袋真灵光，有点儿像电影《列宁在1918》中的布尔什维克领袖列宁！"

"你这个没大没小的俫小子！"解书记笑着骂了一句。

严兵兴高采烈地依照解吉格的推荐来到二队武云布家打土坯。他和五个壮劳力一起到一片长满荒草、沙土质地比较好的滩地里挖土制作土坯。武云布事先就给他们几个雇工说清楚了：一天管两顿饭，不限量，吃饱为原则；实行计件包干的办法，一块土坯砖挣一分钱，谁打得多谁就挣得多，每天打的土坯砖由李三娃负责计数验收。

这块滩地的水草比较茂盛，土的黏性比较强，制作出来的土坯质量好，抗风雨性能自然也强。每个雇工首先得挖土备料，然后用水将土调成适度的稠泥浆，将泥放进模具成型后再反倒在平地上晒干，泥太湿太干都不行，对度的把握很关键。除严兵外，其他几个人都有打土坯的经验。

严兵从小就对泥瓦匠的活计感兴趣，小时候经常蹲在匠人旁观赏人家干活，自己也曾动手砌过灶台、兔窝，有一定的动手能力，但是打土坯却是新媳妇上轿——头一回。

李三娃对严兵不放心，先给他讲了挖土兑水和泥的要点，然后看着他做，等备好料了，又指导他如何将泥料放入木模具，如何倒出完整的土坯，以及如何晒干。看着严兵已基本掌握土坯制作流程，李三娃这才笑嘻嘻地离开了。

三娃对待大舅哥的事完全和自家的一样尽心尽力，秀秀对此十分高兴。三娃还让秀秀亲手把自家三四年来积攒下的三百块钱送给哥嫂，表示一下做妹子的心意。三娃对她说："啊呀，毕竟是个大事情么，你做妹子的能不有所表示？咱哥家这次开销大，粮不够咱再给些高粱米和玉米，受苦人都能吃得很哪！"

其实三娃和公社粮库的一个摔跤好友已说好了一百斤议价白面，钱在半个月前就预付了。这事他没有告诉秀秀和武云布，他想在房子盖好收工时蒸上一百斤白面的馍馍，让雇工们吃个高兴，给大舅哥和嫂子一个惊喜。

李三娃对武云布说："云布哥，常言道'兵马未动，粮草先行'，咱用十来天时间先把土坯砖备好。我算了一下，用上六七个雇工专门打土坯，每个熟练工一天打二百块土坯砖，六个工十天能打一万两千块，五间房和院墙差不多就够了；另外，工钱和饭钱一共算下来也就三百来块钱，料钱的大头算下来就这么些钱。"

武云布高兴地对妹夫说："啊呀，三娃，还是你细心，人又精明，这回盖房主要靠你这个好参谋哩！"

严兵在李三娃的指导下，第一天手忙脚乱打出了五十几块土坯砖；第二天打出九十几块；第三天一下子就打出了一百五十块；第四天起，每天能打出二百六十多块，数量是几个打土坯砖人中最多的。

武云布最小的妹妹武玉玉负责每天给严兵他们送两次饭，饭基本上是两面馍和咸萝卜干，还有高粱米汤，她担一只桶和一个筐，哼着小曲来来去去。

武玉玉长得和武秀秀一样漂亮，十五六岁的年纪，像一朵含苞待放的花朵,看上去比她姐姐更有活力,更加妩媚动人。村里的几个打土坯工每天都盼着她带着让人看不够的笑脸来,又看着她挑着担子扭着细腰和小圆屁股离去。

严兵也非常喜欢玉玉。

李三娃有一天来监工,看到此种情景便不乐意了。待玉玉把吃的喝的给几个人分好,挑担走远了后,就开口训斥起来:"瞪个眼珠子像玻璃蛋蛋一样,光往要命的地方盯住看,几辈子没见过女人还是怎的啦?!吃饭就好好吃饭,打坯就好好打坯,不晓得心里头胡盘算个甚哩!"

其实,严兵和玉玉早就暗暗达成了某种默契,只是没被其他人看出来。玉玉每天晌午来送饭分给他们时,会趁其他人不注意悄悄塞给严兵一个煮鸡蛋,两人心领神会,偷偷一笑。严兵把鸡蛋放进他的挎包里,晚上回到自己屋里慢慢品味。

玉玉恋慕严兵已经好久了,只是没有机会向他表白。这些天,每到夜里躺在炕上,眼前就出现严兵俊气的笑脸,让她久久不能入眠。她觉得城里来的这个小伙子长得那么英俊健壮,那么英姿勃发,眼睛看人时是那么专注和纯净,她觉得这个洋气的小伙子是世上最俊美的男人,绝对是唯一的……

这些天的重体力劳动让严兵着实体验到了挣钱的不易,但也感受到了劳动的充实与快乐。他觉得这个地方就像是理想中的世外桃源,是那样纯净,那样安逸,那样令人向往而流连忘返。他愿意一辈子在这里生活,与这里的一木一草一水相伴,与这里纯朴可爱的人们共处,直到缘尽人去。

夜深人静,虽然劳累了一整天,严兵却仍然翻来覆去,难以入睡。

儿时记忆中的父亲已经变得模糊不清,而现实生活中的父亲已渐行渐远。他的小学时期和中学时期都是在没有父亲相伴的孤寂中度过的,他的内心深处充满了自卑感。他怨恨父亲母亲,怨恨自己生在一个不完整的家庭。从父母离婚时起他就变成了一个少言寡语的少年,他甚至可以几天不说一句话。有时晚饭后他独自一人坐在街道旁石阶上没有灯光的暗处,默默地看着人来人往,偷偷地伤心落泪……

他也会思念远处的母亲,更多的是对她的一种牵挂。他已经开始懂得母亲的无辜和无奈,而对父亲的怨恨情绪多半是在母亲无数次发泄痛苦情绪时形成的。他几乎没有直接感受到父亲的可恨，他所怨恨的是自己的父母为什么不能像别的孩子的父母那样和睦相处。他们到底怎么了？他不懂。每当在同学家看到人家父母恩爱、家庭气氛和谐温暖的情景时，他会非常羡慕，同时会产生出一种强烈的自卑感。

有时，他的长兄严工会面目狰狞地出现在他眼前，张牙舞爪疯狂地发癫，摔碎饭碗，掀翻饭桌，将捏好的一大盘饺子摔撒在地用脚踩，歇斯底里地破口大骂，甚至用极其恶毒的语言辱骂他们的母亲，家人侍候他稍不如意便会招来一场暴力打砸。

这就是严兵脑海里扎了根的长兄形象。

严兵没念高中而选择了下乡插队，唯一的原因就是要远离恶魔般的严工！就在动身到王梁子公社的前两天，严工再次"发威"，将一锅刚做好的菜臊子汤面，直接端起摔在母亲脚下。严兵在旁气愤到极点，怒目而视，紧握双拳，准备冲上前去，用力将严工的肥头揍扁！可当他看到母亲泪流满面无奈的样子，又一次把满腔愤恨和燃烧着的怒火强压了下来……

这天黄昏时分，严兵收工回到他的土屋，简单清洗一番，从挎包里拿出玉玉给他的鸡蛋，剥去皮吃了起来。他想着买一个什么礼物送给玉玉，礼尚往来嘛，不能白吃人家的鸡蛋！他算了一下，这回打土坯能挣二十五块钱左右，他想感谢一下解吉格书记和李三娃队长，买上两条烟，得用四块钱，再用一块钱买两块花手帕送给玉玉。他想了想，就这么决定了。

第二天下午，严兵正挥汗如雨地干得起劲，蓝背心早已被汗水浸透，能拧出水来，脸上布满泥浆和汗水混合物，只见远处胖胖的解书记戴个草帽晃晃悠悠地向打坯场走来。

"噢——严兵！噢——严兵！"走近了，他还在喊。

"噢——解书记！噢——解书记！"严兵对着已走到他身边的解书记大声喊，逗着他耍。

"俫小子，把我的耳朵喊聋咧！"解书记喜气洋洋地对严兵说，"严兵，今晚咱大伙儿开会专门研究养鱼的事情，你先准备一下子，在会上好好讲一下你的想法，咋样？"

严兵一边和泥一边说:"没问题嘛。"

解书记心疼地看着严兵湿透了的背心和起皮的双手,说:"唉,严兵,这些天让你受苦了,你小子做甚都是把好手!将来如果咱养鱼,你可得给咱动点脑子,把这件事情弄好了,你是头功,到时候我请你吃炖羊肉烙饼!"

严兵又和解书记开起了玩笑:"噢——受苦人么,为了挣钱还怕甚受苦咧!噢——炖羊肉烙饼嘛是吃定了!管够了吃!"

"嘻!管够了吃!不就吃个炖羊肉嘛!"解书记豪气十足地说。

徐三凹回到了柳湾。严兵再干上三天,打土坯的活就结束了。晚上两人一起谈论起分别后的一些事情。

严兵看三凹情绪不错,就关心地问他:"姨姨的病好些了吧?"

三凹显得有点迟疑地说:"唉,我妈她也没有什么太大的病,已经出院回到家里了,可能就是太劳累了。"

严兵想了想,不便多问,于是又问起榆生:"那榆生现在病怎么样了?好转些了吗?"

三凹缓过了神,露出些许笑容,说:"榆生好多了,我去公社卫生院时他已经进城去看病了。我去了他家,他在家养病呢,过段时间应该就回来了。他让我代问你好,还给你带了一封信。嘻,只顾着和你说话,还没来得及交给你哩!"

三凹说着便掏出一封信递给严兵。

严兵看了信,拿起两张五块钱纸币,抽出一张递给三凹,有些激动地说:"榆生真是个重情义的人,他自己还病着呢,又给我们两人钱!咱就收了吧,不用多说感激的话,自家兄弟嘛!"

徐三凹没想到榆生还给他五块钱,他这会儿明白了,榆生之所以没有当面给他钱是怕他不肯收。想到这里他从心里敬佩起榆生来。他突然又想起榆生带给他俩的二斤点心,赶忙从挎包里取出来,对严兵说:"我差点儿忘了,这是榆生专门给咱俩买的点心,咱分了吃吧!"

严兵欢呼起来,兴高采烈地说:"啊呀!我最爱吃甜食了!"

三凹看他像小孩一般高兴，就说："你都吃了吧，我不太爱吃甜的东西。"

严兵见他一脸诚恳，点点头说："那你尝一尝，毕竟是榆生的一片心意呀！剩下的我就不客气全干掉啦！"严兵心想着要留一些美味的点心送给玉玉。

三凹注意到严兵磨脱了皮的肩膀和被风吹得发红的脸膛，就问他："严兵，你这些天在哪里劳动了？咋就磋磨成这个样子？"

严兵一边吃着点心，一边把武云布雇他打土坯盖房的事向三凹叙说了一遍，又用解书记的说话风格开玩笑地问三凹道："噢——三凹，你猜我十天能挣几块钱？"

三凹笑着说："我猜不出来。但是我听出来你在学解书记说话，噢噢的，像牛叫！"

严兵笑出声来，马上又一脸认真，装作语重心长的样子对三凹说："三凹同志哪，要记住劳动是光荣的，辛苦劳累是值得的，为什么呢？因为咱要挣钱呢，噢——三凹，我实话告诉你，再坚持三天我就能挣二十五块钱啦！咱们弟兄就不用滚水里头放点儿盐凑合着活了！"

他们三兄弟半个月前没粮吃时，晚上饿得不行，就在滚水里放点盐，一人两碗地喝，充饥哄肚皮度"饥荒"……

"现在我南霸天又回来了，我已经不是穷鬼了，哈哈哈哈哈！"两人又兴奋地胡言乱语一通闹着玩，一时就高兴过头了……

王榆生准备回生产队了。他打算先到严兵家和徐三凹家去看看。

今天是星期天，许晴正在帮着梅梅炒菜。梅梅的腿疾已经基本上痊愈了，现在家里的家务活全部由她来做，许晴轻松了不少，就把心思放在工作上，每天单位家里两头跑，倒也感到充实。严商在念小学四年级。这孩子从幼儿园起就不用人操心，特别乖，而且情商也高，懂得心疼妈妈和梅梅阿姨，家里担水搬炭这些重活他都抢着做，有点儿他三哥的样子了。

严工依然赖在家里混日子，最近提出要调回沙州县工作，不打算再去钢厂了。许晴正在找关系，先在沙州县给他联系好一个接收单位，而且还必须是一个混着领工资的工作，她明白自己的儿子能干什么不能干什么，二十岁的严工得照着六十岁人的标准来！

榆生上沙中时多次来过严兵家，这次便直接走进郝家大院，接着右拐进了小院，敲了敲门。梅梅拉开门一看是榆生，惊喜地回头朝屋里喊："许晴姐，你看谁来了！"

这会儿家里只有梅梅和许晴。

许晴从里屋跑出来，见是榆生就大声叫他名字，拉着他的胳膊就往屋里拽，又让梅梅赶快沏茶，随后便坐下和他说起话来："榆生，你回来了，严兵呢？"

"姨姨，严兵在队里呢，没回来。我回来看病，病已经好了，准备明后天回生产队。严兵啥都好着呢，你不用担心他，我们都互相照应着，你放心！"

许晴听了眼圈就红了，对榆生说："唉，姨姨放心着呢。就是严兵从小就没有离开过我，这一下乡插队连封信都不写，心开始变硬了。也没办法，他和他大哥不和，你是了解的，我没办法调和，严工再坏也是我的儿，能咋办？噢，榆生，我刚炒好的菜，你吃了再走，你都多长时间没吃姨姨做的饭了！"

榆生不好推辞，留下来吃了饭，之后就起身向许晴道别："姨姨，我走了，你多注意身体！"

许晴把准备好的十元钱递给榆生说："榆生，把这十块钱带给严兵，有什么困难了就给我写信。"

从严兵家出来，王榆生又直接去了徐三凹家。"姨姨，我是王榆生，和三凹一搭的！"王榆生敲门喊。

三凹妈开门探头一看，问："找三凹的？"

"姨姨，我和徐三凹在一搭插队，我是王榆生，咱们没见过面，不认识。"

"噢，三凹回队里头了，前五六天就走了，你找他有什么事？"三凹妈问榆生。

榆生就耐心向三凹妈说明来意："姨姨，我知道三凹已经回队里了，我过一两天也准备回去，就是来问问有什么东西要带给三凹吗？"

三凹妈眼睛转动着想了想，说："穷家薄业的，有什么好拿的东西？又没有钱,什么也没有带的,你们那儿公家都给供应粮了,有吃有喝的,我也不太操心饿着他,就是常想他了,唉——一说起三凹来,我的这个心口子就疼开了,唉——我的儿三凹哟!"

看到三凹妈竟是一个如此矫揉造作、忸怩作态、一身世故的女人,王榆生十分惊诧,敷衍了几句便离开了。

1971年的冬季,靠近北草原的柳湾气温已是零下十几摄氏度。

王梁子公社革委会积极响应党中央的号召:农业学大寨,掀起冬耕生产新高潮!

农村有句老话:"耕田过冬,虫死土松。"冬耕养地,冬至前把田地耕好了,大大有利于来年的春播。

革委会主任吕维国开会时讲道:"啊,这个国际国内形势一派大好嘛。啊,这个中央号召继续学大寨嘛。啊,咱们怎么个学法呢?我的主张是农闲时节人不闲嘛。啊,这个要动员广大社员立即行动起来,开展冬耕生产活动,冬至前,把地翻好,把地里头的虫子冻死!伟大领袖毛主席教导我们说,'梅花欢喜漫天雪,冻死苍蝇未足奇'。啊,这个意思就是,只要地翻好翻深,就能冻死虫子们,这就没什么可奇怪的了嘛,啊,这个我就不往深讲了啊。关键是立即行动起来,召集各大队书记队长开会,马上布置具体工作,这是第一;第二是组织宣传队,以说唱的形式,宣传鼓动学大寨翻好地,消灭一切害人虫!革委会副主任王燕妮同志负责宣传工作,立即组建公社革委会宣传队,抓紧开始排练节目,尽快深入各大队进行宣传,把声势造大,真正做到'轰轰烈烈'。啊,一定要深入!啊,我相信王副主任最能理解体会我说的'深入'。"吕主任双手向前一推,强调说。

王燕妮副主任表态说:"我完全理解吕主任的用意,工作不能做做样子,不能肤浅,一定要深入有力,让人感觉到一种大干实干的精神!"

参会的同志们对两位领导的讲话心领神会,一齐鼓起掌来……

王梁子公社革委会成立了一支由九女八男组成的宣传队。这日下午天气晴朗,太阳照得地上暖融融的。大家正兴致勃勃地在公社革委会院子里排练节目，王燕妮副主任亮相现场，并亲自指导。王副主任唱歌的专业素养不错，都能点评到点子上。

一男一女两个人正在练唱电影《柳堡的故事》中的插曲《九九艳阳天》。女声部由信用股办事员王小红担任，男声部由办公室主任刘占民担任。王燕妮对王小红的演唱比较满意，对刘占民的表现有些失望："刘占民你唱的时候要有感情嘛，干巴巴的，还有几处老是跑调！还有你那个表情，和王小红对视时龇牙咧嘴的，给观众一种在调戏妇女的感觉嘛！"

"你不是要我表情丰富，要面带微笑吗？"刘占民不服，反驳王燕妮。

王燕妮一听来了气："微笑是你那个模样？谁微笑把大鼠牙明晃晃地露出来给人看？"

大家笑得前仰后合的，刘占民自己也捧腹大笑起来，好像王主任说的不是他而是别人。王燕妮也被刘占民逗笑了，指着刘占民说："你就适合扮演个狗腿子什么的！"

刘占民又反驳王主任说："我扮演黄世仁还差不多，狗腿子'行政级别'也太低了吧！"

大家就又哄笑起来……

刘占民从此就得了个"大鼠牙"的绰号。

王榆生此时正好进了公社大院。有人提议，让王榆生和王小红配合唱一下这首歌。王燕妮看了王榆生一眼，笑着问："王榆生你会唱《九九艳阳天》这首歌吗？"

"我以前在学校宣传队时唱过这首歌。"王榆生笑着回答，又看了一眼站在一旁的王小红。

"那你和王小红试唱一下吧！"王燕妮有些期待这个高大英武的知青的表现。

王榆生和王小红完美地演唱了这首歌，两人的表演可以用"绝美"两个字来评价。歌声刚落，四周响起一片热烈掌声，连灶上的厨师赵兴民也跑出来观看。兴奋之余，王燕妮对王榆生说："王榆生你就留在宣传队参加排练吧，不用回柳湾队上了，这事我做主了，就这么定了！"

严兵约了武玉玉在柳湾河边见面。两人在武云布家盖房收工招待雇工那顿饭时见的面,悄悄约定了时间和地点。武玉玉心花怒放,激动了好几天。这天黄昏时分武玉玉如约而至,远远便看见岸边一棵垂柳下站着的严兵。

严兵迎上前热情地叫了声"武玉玉",从挎包里掏出一包用麻纸包着的点心递到她手上,又从口袋中掏出两块花手帕,搁在武玉玉手上的点心包上,用满怀诚意的语气说:"谢谢你对我的关心!我吃了你那么多鸡蛋,礼尚往来,这是我送给你的礼物。"

武玉玉深情地看着严兵的眼睛,胸部起伏加快,她将手中的东西放在地上,情不自禁地拉住严兵的一只手,目不转睛地注视着他,柔声说:"严兵,我可喜欢你了,咱俩做朋友吧!"

武玉玉的突然举动和大胆表白把严兵吓了一跳!他意识到武玉玉爱上自己了,但是严兵根本没有对她产生过男女之情,他仅仅是喜欢这个纯真美丽的姑娘,就像哥哥喜欢妹妹或姐姐一样。他有些不知所措了,他不想伤害她,可他该怎么说呢?

"好啊!我没有妹妹,就认下你这个俊妹妹吧!"严兵觉得这样说算是个办法。

"那你答应做我的朋友啦?"武玉玉毫不掩饰内心的喜悦,红着脸兴奋地说。

"妹妹比朋友更亲,是不是?"严兵笑着说。

"那也行,反正咱俩好上了,从今往后我不会喜欢别的后生了!"武玉玉没太计较称谓。

严兵虽然正是情窦初开的年龄阶段,但他和他师兄截然相反,他不愿意和同龄女子接触,对于男女之事总有一种排斥的情绪。这种情绪从他念初中的时候就开始伴随着他了,这或许与他父母离异有关……

王榆生和王小红迅速进入感情缠绵阶段。两人在感情方面都属于主动型的人,对方稍有示意便一拍即合,黏在一块儿不肯分开。

王榆生留在公社宣传队之后,住在单身汉"大鼠牙"刘占民的宿舍,两人虽差了六岁,但却很谈得来,没过几天便无话不说,成了好朋友。

这天夜晚,万籁俱寂,夜空中明亮的星星像顽皮的孩子眨动眼睛一般闪烁着。王榆生看了一眼旁边熟睡的刘占民,起身下炕,蹑手蹑脚开门走了出去,观察片刻,便径直朝王小红的宿舍走去。宿舍门虚掩着,王榆生进入后就轻轻把门反锁上了。王小红在被窝里,正心急地等着他来。王榆生第一次夜间到她宿舍来,心里不免有些紧张,却又很兴奋。王榆生上炕和衣钻进她的被窝,抱住她时发现她竟然已脱得一丝不挂,光溜溜地依偎在他怀里,两人用被子蒙住了脑袋,尽力控制着不把声音传出来……

约莫四更时分,王小红提醒他该回去了。王榆生贼头贼脑,一溜烟回到宿舍,发现刘占民仍在熟睡中,就钻进被窝准备好好放松一下。但兴奋使他难以入睡,他便开始回味起和王小红偷尝禁果的滋味……

十六岁的王榆生第一次与女人发生了关系,除了兴奋,更多的是惶惶不安的负罪感。他认为自己伤害了王小红,尽管王小红是自愿的,王小红是因为爱上了他,才讨好他的。他不知明天该怎么面对王小红。

又是一个艳阳天。王小红见到王榆生便妩媚一笑,照例兴致勃勃地准备排练节目。今天是宣传队最后彩排的日子,王燕妮副主任到场把关。轮到王小红和王榆生的男女声合唱《九九艳阳天》,两人唱得声情并茂,王燕妮当即拍手叫好,给予高度评价:"啊呀,这就对了么,完全就是这种感觉!表现出了一对恋人真情实意的情境!"

王榆生兴致盎然地享受着男女之欢的人生妙趣,严兵却在拒绝了武玉玉爱情表白的孤寂之中忙着大队上办养鱼场的事情。他答应过解书记要帮助大队把养鱼场办起来,前些天他已给在沙州县鱼种场当技术员的宣正风写了一封信,求教于他,希望老宣能回信提出一些指导性意见。

老宣毕业于上海水产学院,是专门学水产养殖的。老宣的老婆和严兵学武术认识的朋友郝里西的老婆从同一所卫校毕业,严兵通过郝里西认识了老宣并与其成为忘年交。

严兵在急切地等待着老宣的回信。

入秋前，武云布家盖新房这件大事终于完成了。

武云布喜笑颜开。六间青砖面的土坯房被三面土坯墙围着，这在当地农村非常耀眼，显得很是气派！

这天，武云布在新房院子里支起大锅灶，准备犒劳一下所有帮了忙的乡亲和工人。妹夫李三娃这次为他盖房出力出钱，前前后后马不停蹄地操心忙碌着，昨夜又送来一百斤白面，说："云布哥，咱明天就用白面蒸杠子馍，再做一大锅烩菜，让来的客人吃饱吃好，一人一个两面馍、一个白面馍，一人一斤面的量，肯定能吃饱咧！"

"三娃兄弟，我没看错人，关键的大事情上还是你这个妹夫最指望得上哩！"武云布的声音有些颤抖。

第十三章

严兵做事向来脚踏实地，有头有尾，能客观对待人与人、人与物的关系，这是他为人处世的一贯风格，或许也是他的本性。

严兵按照老宣给他的回复信中的意见，与解吉格书记和强旦大队长商量后，组织了一百多名强壮劳力，开始在柳湾河边岸上一片选好的空地上挖起池塘来。他们计划在地冻前尽快挖好五到六个五十米见方、两米深的池塘基本形状，之后再用土坯砖和水泥加工修筑；进出水道、池与池水道连通及池塘水面必须高于柳湾河水水面等技术上的要求，这些都在计划中写得清清楚楚。目前最大问题仍然是资金缺口太大，离预算所需资金还差百分之八十，解书记和强旦大队长正在想办法从公社信用股贷款，从而解决资金问题。

"看来难度比较大，可能贷不了那么多！"强旦发愁地说，嘴里喷出一股烟气，旱烟味弥漫在大队部房子里，呛得人直咳嗽。

解书记蹲在一把破椅子上，点了一支烟抽起来，说："哎呀，再找找关系么，给吕主任送上一百斤大米，请他再通融一下嘛！"

其他几个大队委员也表示同意。

强旦眼前一亮，建议说："啊呀，对着了！不过要送就直接送到他城里头的家里，不能送到他公社的办公室！"

解书记点点头，说："这个我晓得了，就是不晓得他家住在哪里。"

强旦站起来在炕沿上磕了磕旱烟锅，说："这个不难办，让王榆生帮忙打听清楚不就行了嘛！"

解书记忙说:"嗯,我看可以,我一会儿就打电话给公社办公室,让叫王榆生接一下电话。"

严兵和徐三凹这些天都被派到大队挖池塘。徐三凹和其他村民一样干体力活;严兵负责监督进度和统计出工人数及次数,闲时就和大伙儿一起动手干活。

李三娃和武云布各带领六十多名本队社员从早到晚挖个不停,人都累得像散了架一样。

李三娃和武云布这天刚上工就商量:"云布哥,咱俩一起向大队再申请增加点儿补贴粮,劳动强度这么大,一斤半粮咋能撑住一天?一天给每个人二斤粮的标准还差不多,你说咋样?"

武云布表示完全同意,说:"行了,今黑里收了工咱们就找一下解书记,只要他同意就没问题咧。"

王梁子公社革委会学大寨文艺宣传队这天来到柳湾大队慰问演出。解吉格书记与强旦大队长亲自出面,热烈欢迎宣传队的到来,安排他们吃了饭,又给他们安排好了住宿。他们决定在晚上进行演出,地点就在大队部大院里。灯光音响也都提前试过后,解书记就在大队部高音喇叭麦克风上亲自发出通知:"亲爱的社员同志们,请注意听——噢,请注意听。我是解吉格同志!噢——今黑里七点钟,敬爱的王梁子公社学大寨宣传队光荣,哦不对,是光临咱柳湾大队,让我们以热烈的掌声表示欢迎。哦,又说错了,现在不用鼓掌,这会儿你们鼓也白鼓么!噢——请亲爱的喜欢文艺的婆姨女子们、老婆老汉们、娃娃们,都来看演出,啊,都来看演出!啊,这个通知到此结束!啊,结束了!"

解吉格老婆艾琴对着墙上挂着的扩音匣匣一脸不高兴地喊:"哼,骚情的,还亲爱的婆姨女子们呢!今黑里有本事不要回来睡,就和你那些亲爱的婆姨女子一搭睡么!"

王榆生按照解书记的要求,向王小红打听清楚了吕主任的家庭住址,接着就打电话给解书记汇报了。

王榆生这几晚都往王小红宿舍里跑,王小红就避开人悄悄地对王榆生说:"榆生,这几天我身体有些不舒服,晚上你不要再来了,让我歇上一段时间。"

王榆生有些不理解她的意思,勉强答应了,但心里还是犯嘀咕。过了几天,两人就随宣传队去各生产大队进行巡回演出。没有机会与王小红过分亲密地在一起,王榆生觉得下乡演出没啥意思,情绪不高,有他节目出场时就强打精神应付一下,闲时便懒洋洋地四下溜达,一副无精打采的样子。

今晚到了他的大本营柳湾大队,王榆生不敢马虎,抖擞起精神,准备好好表现一番。徐三凹和严兵也都到了大队部院子里。来观看演出的村民早已把院子挤得满满的:半大小子们翻上院墙坐着打闹;婆姨女子们嘻嘻哈哈交头接耳不停地议论着什么;一些老汉干脆坐在前排地上,旱烟锅子抽得头顶满是烟雾;有两个爱骚情的老汉还和身后站着的几个半老徐娘打情骂俏着……

晚会主持人宣布演出马上开始,首先请柳湾大队党支部书记解吉格同志讲话,大家热烈鼓掌欢迎幽默风趣的解书记演讲。

狗蛋扯了一把同坐在墙头上的解栓,叫喊道:"哎哎,栓娃子!快看你大讲话哩!"

解栓推开狗蛋扯他衣袖的手,显得不屑地说:"啊呀,又不是没见过!"

解吉格对着麦克风清了清嗓子,又四下看了看,才庄重地说:"首先这个啊,请允许我啊,代表啊——啊——"台下社员们就起哄着随他的讲话齐声"啊"起来。

"代表柳湾大队,代表全大队社员同志啊,向公社宣传队同志们啊,表示热烈欢迎啊!"台上他还未"啊",台下已"啊"出声。

解吉格强作镇定,一本正经地说:"这会儿应该鼓掌了嘛,光'啊啊'的做甚咧!"

大家就笑得不行了,觉得解书记讲话本身就是一个精彩的节目。

解吉格自己也在热烈的掌声中笑了开来,说:"我不'啊'了,请大伙儿看演出吧!"

王榆生一出场就赢得了全场热烈的掌声,三凹和严兵更是大声喊着榆生的名字捧场子活跃气氛。王榆生和王小红二人合唱的《九九艳阳天》让现场人们的情绪顿时高涨起来，观众不让他俩下台，他俩于是又唱了一首保留节目——黄梅戏《天仙配》中的《夫妻双双把家还》，观众方才罢休。公社宣传队在柳湾大队的演出获得了圆满的成功……

严兵接到老宣从城里打来的电话，说他准备近日来一趟柳湾大队。严兵当即就和身边的大队长强旦商量了接待县鱼种场技术员宣正风的事。过了几天，老宣又来电话，说他已请了五天假，明后天下午就可以到达柳湾大队，严兵就和他确定在后天见面。

老宣如约而至，严兵和解书记、强大队长一伙人热情接待了他。饭后老宣在众人陪同下来到正在挖的池塘工地，细心观察后，老宣高兴地对他们几人说："完全符合要求！看来严兵费了不少心思哩，和我在信中讲的要求一点儿都没差！到了明年开春解冻后先注水入塘，四五月份就可以放入鱼苗了，到时我会再来帮你们调好水质并且负责供给你们鱼苗，按最优惠的价格批发给你们！还有鱼饲料配方的详细资料和饲养注意事项等，我都会提前给你们准备好。后年秋冬，你们就可以看到非常可观的经济效益啦！这条致富路你们可是走对了哪……"

严兵一行人将老宣送上从公社接他来的那辆马车，李三娃帮忙把一百斤优质红稻米放在马车上。解书记说："老宣，这是两袋子我们自产的红稻米，不成敬意，啊，不成敬意！非常感谢你的指导，我们全大队人都感谢你呀！以后还少不了你的费心指导哩……"

老宣与大家一一握手道别。

民办教师强方是大队长强旦的儿子，初中毕业后就回到柳湾大队，成为新建的柳湾民办小学第一任教师。强方今年十八岁，尚未结婚，据说还没有对象呢。小伙子乍看上去，有股子蒙古族人的英武气势，举止言谈却又十分文雅。这也难怪，他的母亲是蒙古族人，所以他身上具有汉蒙两个民族的特征。解栓和王旦是强方的第一届学生。

同是十岁的解栓和王旦在柳湾是出了名的捣蛋鬼。解栓一点儿都不惧怕他大解吉格，他已经完全摸透了他大的脾性，知道怎么对付他大；反倒是王旦，他最怕的人就是他大王悦刚，只要有人喊一声"你大王悦刚来了"，王旦瞬时手脚发抖，想跑都迈不开步了。王悦刚教育儿子的宗旨就是：不打不成器，拳脚之下出孝子。即便如此，王旦好了伤疤就忘了疼，照样调皮捣乱，惹了事就躲在解栓家。解栓给王旦出主意："狗蛋，你怕你大，你大怕我大，你要怕你大打你就往我家跑！"

解书记批评教育王悦刚："唉，你这个㑊脾气，不能像头犟驴一样嘛！看看你那'驴蹄子'把狗蛋的屁股蛋踢成甚样子了嘛！教育为主嘛，啊！这方面你还是要虚心向我学习嘛，啊！"

王悦刚心里不服，但也从不顶嘴。

王旦和解栓与知青们混熟了，经常在家偷偷拿了土豆到知青们这里烤着吃。徐三凹担心被发现了王旦会挨打，便对他说："狗蛋，你不要再拿土豆了，小心被你大发现了！"

王旦分析说："我妈也怕我大，可我妈不会给我大告状。不像栓娃子家，他大怕他妈，他妈一恼他大就变成㑊包了。我大再用'驴蹄子'踢我，我立马就往栓娃子家跑，他就没办法了。我现在练得听见我大吼叫腿都不发软啦，我跑起来比他还快呢！"

这几天严兵发现自己右脚底大拇指处起了个泡，他没怎么在意，照旧往挖池塘工地上跑，眼看着砌水泥、土坯的最后一道工序即将收工，他想再加把劲。过了几天，他感到走路越来越疼，右脚整个肿了起来，像个发面馍馍一样，就去大队卫生室看了一下。那赤脚医生说已经很严重了，化脓了，要到公社卫生院或城里医院去处理。严兵感觉有必要，就向解书记请了假，搭了辆顺路的马车去了公社卫生院。

公社卫生院的意见是有化脓的现象，但还不成熟，不能放脓，先吃一点儿消炎药和止痛药，过几周再来处理。严兵对医生的判断表示怀疑，什么药都没开，他决定回城治疗。那天的长途公共汽车偏偏出现了问题，严兵等不上汽车便搭了一辆去距城二十里地的一个大队送货的拖拉机。行驶了大约四个小时，天渐黑时，拖拉机到了目的地，严兵只能忍着剧烈的疼痛下了车，想着能寻找到另一辆去城里的什么车都行。眼巴巴等了半小时,路过两辆大卡车见他招手都不停车,严兵心里骂着司机,就开始沿着大路往前挪动。一个小时后,他到了一片沙漠地段的公路,四周全是荒地,天已完全黑了。此处距城还有十五六里地,严兵希望碰到一辆路过的车,而此时他的右脚钻心地疼,加上快一天没吃没喝了,不由得开始紧张起来。早就听说这一带有狼出没,严兵摸摸身上,连盒火柴都没带,他有了一种不祥的预感,他真的害怕了。他想了想,还是咬紧牙关继续往前挪吧,离城近一点儿,离危险就远一点儿。他满头大汗,浑身已湿透了,实在是坚持不住了……

远处传来微弱的"嘎吱、嘎吱"的响声,严兵全身的汗毛顿时竖了起来,他仔细分辨着声音,觉得不像是野兽的声音。声音渐渐清晰起来:"嘎吱、嘎吱……"天哪,像是自行车的声音!是的,一定是自行车!严兵顿时振作起精神来,准备呼救。骑车人脖子上挂着一支手电筒,时而打开,时而关掉,遇到路面沙子碎石较多时,就打开手电筒不时腾出左手照射车轮下的路面。严兵喊出了声:"哎——请帮帮忙——帮帮忙!"

骑车人显然被他突然发出的呼救声吓了一跳,捏了一下手刹,用手电筒向前一照,大声喊:"什么人?谁在那里?"

"是我,我是知青,我受伤了!"严兵急忙应声道。

"哦,我来看看!"骑车人放松下来,推着自行车走到严兵身边,照了一下严兵的脸,顿时惊得喊出了声,"啊呀,严兵,怎么会是你?"

严兵同时也认出了骑车人,眼泪瞬时流了出来,带着哭腔说:"印子哥!嗯,我是严兵!"

印子哥急忙问严兵:"啊呀,小毛,黑天半夜的你咋会在这儿呢?"

严兵就将经过给印子哥述说了一遍。

印子哥用手电筒照了一下严兵红肿的右脚,大吃一惊,心疼地说:"啊呀,怎么弄成这个样啊!就这你还敢一个人走哪?真不要命啦?"

印子哥随即把严兵扶坐在自行车后座上,推着自行车走过那段沙石路面,带着严兵一路朝城里骑去……

印子哥姓马,全名叫马远印,今年刚刚十九岁,在距城二十多里地的王梁子公社徐家洼大队插队，已经三年了。他们两家是世交，孩童时期是在机关大院里一起度过的，所以互相之间特别熟悉。马远印的父亲刚刚调入设立在绥州县的省立二康医院担任党委书记，母亲和妹妹住在沙州县。马远印今晚也是有急事才摸黑进城，碰巧就救了严兵。几十年后，严兵在省城一所大学里当了教授，而马远印在省社科院当了研究员，一次老乡聚会才让兄弟俩再次相遇，这让两人感慨万千……

　　严兵在城里治好脚疾，告别了妈妈和梅梅阿姨，又回到柳湾。

　　养鱼场工程已全部结束，贷款还有剩余，大队研究决定用这部分钱一鼓作气，把长期未能解决的引水浇田的问题解决了，再修一道两百多米长的水渠。这道水渠修成后，可以解决几百亩沙地的浇灌问题，还可以扩大水稻种植面积。解吉格书记和大队其他几位领导开了碰头会后，召集各小队有关人员到大队部开会。

　　解书记做事从来都是精神饱满。按他的话说："当领导的首先对自己要充满信心，你自己对自己都没信心，群众能对你有信心？俗话说：兵俅俅一个，将俅俅一窝！说的就是这个道理！"

　　解书记仍然唱主角，说道："都来了咱就开会啊，这个啊，强大队长委托我来讲这件事啊。咱们长话短说吧！修水渠的事，三个队各出三十名壮劳力，分成三个工程突击队，按照三班倒作业，每一班干三个小时，一天共干九个小时，啊；一队是镢头队，二队是铁锨队，三队是运输队，啊；各小队队长分别是李三娃、武云布和格力，啊；大队补贴每人每天二斤高粱米和小米，另发五毛钱，啊；各小队回去开会，自愿报名，由队长把关，啊。"

　　"有啥不清楚的吗？没有问题就散会，抓紧确定人员，准备挖渠工具！"强旦补充说。

　　此时已进入农历十一月，天寒地冻，人们大都窝在家里不想出门。王榆生结束了宣传队浪漫的生活，也回到了生产队。徐三凹正在锅里搅动高粱米小米黑豆稀饭，对严兵说："一队饭后开会呢，你去参加不？"

　　严兵看了一眼正在看小说的王榆生，说："咱都过去听听吧，说不定有啥重要的事。"

王榆生就说:"都去都去,在家也没事嘛!"

于是三人吃了饭就去了隔壁队部。

炕上地下挤满了人,有些人就站在门外院子里等李三娃讲话。李三娃直截了当说了修渠和补贴的事,当即就有三十多个人报了名,知青只有严兵报了名。

徐三凹有些不解地问严兵:"这么冷的天,你还看上那二斤粮和五毛钱了吗?"

严兵笑了笑,说:"闲着也是闲着嘛,就当是锻炼身体啦。"

王榆生说:"严兵人勤快,在家也待不住!"

严兵又逗笑说:"你们二位少爷在家待着,我出去打短工受苦给你们挣点儿粮吃!"

徐三凹开玩笑说:"把自己说得跟杨白劳一样可怜!"

三人就神情悲怆地齐声唱起了电影《白毛女》插曲:"漫天风雪一片白,躲债七天回家来;地主逼债似虎狼,仇恨怒火燃烧我胸怀……"

严兵又投身于严寒冬日的劳动中。他愿意去劳动,在劳动中他是充实的、快乐的,身体的劳累能减弱他心中的孤寂。每一次回家带给他的苦闷和忧愁都需要很长一段时间来消化。母亲的苦楚并没有被时光磨去,她内心的痛苦时不时地需要发泄出来,她对父亲的留恋和怨恨是终生的。长兄严工变本加厉的恶行愈发加剧了母亲的痛苦和对生活的失望!

严兵每次从家里回到生产队都要少言寡语一段时间,王榆生总是劝慰他:"唉,你发愁有什么用?能减轻姨姨的痛苦吗?父母的问题,咱们能有什么办法?想开点吧!"

王榆生说这话时真不像个十七岁的少年,倒像个饱经风霜的老人!而严兵的心理仿佛也提前进入了老年期!两位"老年人"就这样交流着……

王榆生开始注意到武玉玉和严兵的关系。

武玉玉最近常来知青点找严兵,严兵对她也很热情,两人倒没有过分亲昵的举动,一切都显得那么自然,就像是兄妹俩。

王榆生问严兵:"我看武玉玉那么黏你,你对她有点儿意思了吧?"

严兵实话实说道："哎，打坯子那段时间她挺照顾我的，我就把她认作干妹子了，没有别的意思。"

王榆生信了严兵的话。

这天武玉玉又来找严兵，严兵和徐三凹出去了，只有王榆生在家。王榆生让武玉玉等一等严兵，得了空便和她说起话来："哎，玉玉，我能问你个问题吗？"

玉玉就笑了，说："嗯，可以呀，你想问我什么？"

王榆生就微笑着，看了看玉玉俊俏的脸，说："哦，我只是随便问问，没有别的意思。我看你最近有事没事老是来找严兵，是不是看上他啦？"

武玉玉听他这么说，脸红了起来，说："不是，我是他干妹子，不久前认的。"

"噢，是这样啊，就没有别的想法？"王榆生进一步试探她。

"唉，他只认我做干妹子！"玉玉低下头有些难过。

王榆生就安慰她说："严兵可能是怕把你耽搁了吧？你这么好的女子，咱柳湾追你的人肯定多嘛！"

听他这么说武玉玉并没有高兴起来，反倒有些情绪失控，哭出了声，哽咽着说："呜——呜，我就没指望将来能跟上他回城。呜——呜，他回城了我就在这儿守着，呜——呜，守一辈子……"

这里的冬天太寒冷了，简直就是滴水成冰！

镢头砸在冻实了的土地上如同打铁一样，一队突击队队长李三娃开始想办法。咦，用打炮眼的方法试试看！他为自己的这个突发奇想高兴起来，大声喊王二柱和严兵过来，嘱咐两人回小队部取些铁錾子和凿子还有大锤来。李三娃一边招呼大家休息等工具来，一边放出狠话："哼，牛脑不烂多费点柴炭！我就不信挖不动！"

没过多久，严兵和王二柱喘着粗气拉了一个架子车回来了。李三娃让他俩把工具分发给大伙，大声交代说："噢，先用凿子和铁锤把冻实的土层砸开，往下再用镢头就容易啦，啊！注意安全，不要砸手上了！"

这一招果然好使，大家又热火朝天地干了起来。

严兵用力挥动着镢头，干得十分起劲。李三娃看在眼里，心里就在想这个城里娃娃真的与众不同，比农村后生都实诚，干活不惜力哪！

严兵每天一早随一队出工，干上三个小时重体力活后就回到知青点的土房里。他的话越来越少，要是别人不主动和他搭话，他可以一天不说一句话。他这些天已被冻得变了样：脸上的皮肉又黑又肿，鼻子肿了，耳朵肿了，双手也肿了，像个刚出坑道的挖煤工。他不在乎自己变成什么样子，他心甘情愿在人能忍受的极限劳动中磨炼自己，他心里想：只要不被弄死咋都行！

李三娃传达大队新的决定："噢——噢，注意了啊，大队决定每天加班两小时，补贴一斤粮和五毛钱，自愿报名不强求。"

一队五个人报了名，严兵也报了。

"冻得人尿都尿不出来了，谁还加班哩！"几个后生发着牢骚。

李三娃笑着拍了拍严兵肩膀，问他："哎，严兵，你咋样，能行吗？"

"嗯，能行。"严兵也笑了笑。

"能尿出来吗？"李三娃开他的玩笑。

"报告李队长，保证尿得出来！"严兵语气肯定地喊着回答。

"好！那咱就组成了一个新的六人战斗小组！"

王梁子公社革委会主任吕维国一行人来到柳湾大队。吕主任先是在解书记和强大队长的陪同下视察了养鱼场的建设情况，给予了高度肯定，之后来到挖渠工地现场。他发现一个后生干得特别猛，禁不住开口问解书记："啊呀！这可是个好劳力，一把子好力气哪！他叫啥？"

解书记得意地说："噢，他是个知青，叫严兵，可是个好后生咧！"

吕主任有些不相信似的走到严兵面前问："啊，你是严兵吗？"

严兵放下镢头，抬起头笑了笑说："吕主任你好！我是严兵。"

吕主任一脸诧异地看着眼前脸冻得红紫肿胀的知青，关心地问他："你怎么冻成了这个样子？还能坚持吗？"

严兵黝黑红肿的脸上露出两排洁白的牙齿，笑着说："能坚持！天冷么，大家都一样！"

"你们这儿有几个知青？"吕主任问解书记。

"哦，一共有三个。"解书记答道。

吕主任若有所思地摇了摇头，转身离去时又回头嘱咐严兵说："注意身体啊，小伙子！"

这天王榆生和徐三凹在知青点土房里同武玉玉一起包饺子，是武玉玉带来二斤羊肉和几个胡萝卜，说三队队长格力送给她哥一条羊腿，她哥说送给严兵几个知青二斤肉吃，知青们太可怜了！

三斤白面是玉玉她姐姐武秀秀让她拿的，她家也收到了一大块羊肉。格力的三队每逢杀羊，都要给大队上上下下送一些羊肉，大家都觉得格力人心诚，对人实在。玉玉这些天看到严兵日渐消瘦的身体，心疼得直掉眼泪，就劝他不要另外加班了，不然会累垮的。严兵嘴上答应着，照样还是每天加班，总说坚持就是胜利，说三娃哥也一直在坚持，还有解书记也常常在工地上和大家一起干。玉玉就感到严兵品格的可贵之处——他眼里总是看到好的人和好的事，总在向上看齐！

严兵回到知青点，看到三个人正在和面准备包饺子，高兴得咧开嘴只是笑，忙洗了手就准备帮忙包饺子，这可是他们来到知青点第一次吃饺子啊！玉玉问他："会包饺子吗？"榆生就抢着说严兵在家时就是大师傅，啥都会做！却没想到严兵拿起玉玉擀好的一张饺子皮，放手里填入馅儿想合上捏紧时，手指却怎么也合拢不到一起了，他的手指肿胀得完全变形了！严兵张开冻裂了的嘴唇尴尬地笑了笑，放弃了，直说手冻得不听使唤了，想和玉玉换着擀饺子皮，而此时的玉玉早已泣不成声，眼泪成串地落在案板上。严兵开玩笑逗玉玉说："哎哟，咱们今儿吃水饺还是泪饺呀？"

玉玉不理会严兵的玩笑，哭得愈发厉害了……

严兵此时心里突然萌生了一个想法——他要娶这个美丽善良的姑娘为妻，他要永远留在这片美丽的净土上……

啊，造化弄人哪！

他的父亲严文武当年在他祖父祖母生活的鄂尔多斯大草原上曾经也是立志

与妻子许晴一道远离仕途纷扰，永远和阿布、额吉生活在草原……

天哪！他们父子俩的心境在不同的时空却竟然如此相似！

时光飞逝，不觉已是第二年的夏收时节。

严兵挣的工分最多，分的粮最多，光红稻米就分了三十八斤。他打算给家里十五斤，给恩师李敬贤二十斤，自己留三斤。分红拿到了七十六元钱，他打算积攒起来以备急用。

今年的全公社摔跤比赛他也报了名，准确地说，是李三娃替他报了名，不过他不反对，这一年来他跟李三娃学得很用心，跟格力也过过几回招，他也想在正式比赛中一展身手。

王榆生虽然也报了名，但信心不足，他和严兵及李三娃练习摔跤几乎没有胜过，按照李三娃的说法就是：王榆生光有一把子蛮力，摔跤的悟性不够高！

李三娃对正在他家树下练拉力的严兵说："今年你拿第三名的希望还是很大的！至于我和格力，就看临场谁发挥得好了！"

严兵笑了笑，没有和他争辩，只是提醒他认真提防格力的几手狠招。严兵自己还是有信心战胜他们两人的，只不过在练习时暂时佯装失败，不露实力罢了。

严兵请了三天假，准备回家一趟。

他把十五斤去皮红稻米放在家里，简单和妈妈及梅梅阿姨说了一会儿话，就扛着二十斤红稻米和三十斤高粱米去看望李敬贤老师。李敬贤老师和师母江英茹见到严兵惊喜不已，热情地拉住他的手，问长问短说个不停。严兵看他们状态还不错，感到十分欣慰，说了一会儿话就惜别了两人。严兵回家向母亲和梅梅阿姨道了别，始终没有和大哥严工说一句话，就离开家去了县鱼种场老宣家，他知道老宣的妻子常年在农村工作不在家，顺便借宿了一宿。

严兵第二天下午又回到了生产队。王梁子公社摔跤比赛如期在柳湾大队举办。比赛进入第二天，剩下两对选手进入最后的两场三局的比赛，上午进行半决赛，下午进行决赛。李三娃对格力，严兵对王榆生，胜者进入冠亚军争夺赛。

这两场比赛来观看的人非常多，打麦场四周挤满了人，武秀秀和武玉玉姐妹俩挤在人群前面，秀秀关注着三娃，玉玉关注着严兵。

王榆生和严兵先出场，三局两胜。

两人身着摔跤行头，学着李三娃和格力出场的样子，高抬腿左右摆动蹦蹦跳跳，双臂向外画弧形摆动，动作张扬滑稽，一出场就赢得了一片掌声和喝彩声。

前两个回合，王榆生和严兵各胜一个回合。第三个回合，场上双方和四周观众都紧张起来。严兵先卖一个破绽，王榆生没有识破他这一招，腾出一只胳膊想抓裆举起严兵，反被严兵侧身让过，严兵顺势抓住王榆生后腰，猛地发力，大喝一声"起"，将王榆生高高举过头顶，快速转动数圈，又将他轻轻搁在地上。四周响起热烈的喝彩声，武玉玉兴奋得又喊又跳。

轮到格力和李三娃出场，两人更是老到地双腿蹦跳着挥摆着双臂，威武地进入场中央。

李三娃和格力边准备边向对方放狠话。

"三娃子，今天不让你了！"格力说。

"格力哥，你甚时让过我？"李三娃说。

"那就出招吧！"格力说。

"接招吧你！"李三娃放出狠话。

两人抱在一起，格力先卖一破绽，李三娃上当，先输一个回合。

第二回合，未等格力站稳，李三娃迅速上前一个右绊扫腿，"扑通"一声，格力重重摔倒在地，身边扬起一片尘土。格力爬起身来，口里说着"大意，大意"，李三娃则笑着说"彼此，彼此"。刚才李三娃的扫腿力道之大、速度之快，直惊得观众"咿呀"声一片！

关键的第三回合，双方跳跃着观察对方，都不轻易出招。

李三娃先卖一个破绽，被格力识破。李三娃又做出向前扑的架势，紧接着又装作脚下没站稳向后仰了一下，格力乘机向他扑来，李三娃迅速弯下腰猛扑过去抱住格力双腿，用头一顶，"扑通"一声，格力仰面重重地倒在地上，身边扬起一片灰尘。李三娃在欢呼喝彩声中从格力身上爬起来，又伸手拉起格力，紧紧地和他拥抱在一起。

观众中站着的武秀秀又蹦又跳嘴里不知喊着什么，还情不自禁抱住武玉玉的头在她脸上亲了两口。武玉玉发嗲地叫出了声："呀！干甚呀！回家亲你家三娃去！"

最精彩的一场比赛即将在下午举行……

观众散开时纷纷议论。

"呀！没想到今年的决赛会是李三娃和知青！"有观众感叹道，"谁赢还说不来呢！"

"那个知青也挺厉害哩！"

又有观众说："听说三娃是那个知青严兵的师父哩，看来要输给徒弟了！"

"不一定哩！"

下午李三娃和严兵的比赛简直变成了一场表演赛，三个回合，回回精彩！

第一个回合开始。

只见李三娃蹦跳着到了场地中央，一个马步蹲式站定，向严兵弯曲手掌，摆动着五指做出"来"的挑衅手势。严兵瞪着双目，一个箭步冲进场内，伸出长臂抓住三娃欲将他举起。不料三娃早有准备，双手紧紧抓住严兵腰部扎带，用头顶住严兵胸膛朝上猛劲发力。严兵疼痛难忍被迫松开双手欲推三娃脑袋，却随着三娃大喝一声"起"，被高高举在空中。三娃紧接着又大喊一声"去"，拼全力将严兵抛向远处。不料严兵凭借武术功底顺势一个转体，竟然稳稳站住，喘着气朝三娃眨眨眼，笑着说道："好力道！"

三娃回敬一句："好身手！"

两人哈哈大笑。这一回合战成平手。场边观众一片喝彩声，齐声呼喊："严兵加油！严兵加油！"

武玉玉在观众群中，喊声最尖，声音最亮！

第二个回合开始。

三娃蹦跳着舞动手臂，严兵也进入场地与他目光对视着摆臂跳动。三娃下蹲做一个扫堂腿架势，严兵向后退了半步，三娃瞬间改做猛冲动作，扑向严兵，抱住严兵双腿，抬头一顶将严兵抵倒在地。场边顿时响起一片喝彩声，武秀秀乐得直拍手，武玉玉急得直跺脚。

关键的最后一个回合开始。三娃获胜即为冠军，严兵获胜即战成平手，需要再战一个回合决出胜负。

看架势严兵是要和三娃死拼了！他怒目而视，一个扫堂腿就扫到三娃小腿上，三娃疼得直咧嘴，就势向严兵倒去，趁机用右臂夹住严兵脑袋，使一招夹颈法将严兵摔倒。观众齐声欢呼："三娃冠军——三娃冠军——三娃冠军！"

三娃获得了王梁子公社今年的摔跤冠军。

下场时三娃拥抱着严兵对他耳语道："我知道你用扫堂腿是故意给我机会的！"

晚上三娃家吃炖羊肉和烙饼，格力、解书记、武玉玉还有三个知青都被请来了，大家共同祝贺三娃荣获冠军……

这年8月底，王梁子公社接到沙州县政府知青办公室招工名额分配的文件，分给王梁子公社三个招工名额，由公社确定具体人员后上报县政府知青办公室。

吕维国主任召集公社革委会一班人开会研究决定：三个名额分配下达到柳湾大队、徐家洼大队、孟河子大队，由大队推荐一人上报公社革委会。

9月初，三个大队上报公社革委会的知青是：柳湾大队严兵，徐家洼大队马远印，孟河子大队许丽英。

严兵精心准备了一顿好饭来答谢柳湾大队对他的关照和培养。被请来的人有解吉格、强旦、王悦刚、李三娃、格力、武云布及其婆姨，还有武玉玉。王榆生和徐三凹忙前忙后跑腿张罗着。

严兵托李三娃买了一只五十斤左右的肥绵羊、二十斤白面、十斤大曲瓶装酒、一条大前门香烟，从他分红拿到的七十多块钱中拿出四十多块钱置办了这些东西，诚心实意感谢乡亲们。

大队部办公室火炕前后两个灶口上炖了满满两大锅羊肉羊骨，屋内屋外香气四溢。秀秀在自己家帮着蒸白面馍馍。大伙儿开始享用美味的炖羊肉和白面馍馍之前，都响应解书记的提议，热烈鼓掌欢迎严兵讲几句告别的话。严兵满怀深情地说："我被招工了，即将离开柳湾，我很舍不得你们。我虽然在柳湾只生活了短短的一年多时间，但这里纯朴善良的乡亲们给了我无限的温暖和关爱，给了我许多宝贵的教诲。这里的一草一木，每一张可亲的笑脸，早已铭刻在我的心中，让我终生难忘！这里艰苦的生活锻炼了我的体魄，更增强了我的意志！今后我无论走到哪里，无论做什么，柳湾之情永记在心！柳湾人乐观的生活态度和奋发向上的精神，将永远伴随着我，激励着我。我是如此留恋柳湾，如此舍不得柳湾的乡亲们……"

　　严兵发自肺腑的一段话，感动了在场的每一个人，让大家永远记住了这个朴实可爱的年轻人！

　　夜晚，严兵与一年来朝夕相伴的王榆生和徐三凹互诉衷肠。严兵举着一大杯大曲酒真诚地说："祝愿两位早日回城，咱们兄弟三人后会有期！"

　　三人碰杯，齐声说道："后会有期！"

　　次日早晨，严兵在村口与送行的乡亲们依依惜别，坐着马车渐渐远去。

　　武玉玉站在柳湾河边柳树下通往公社的马路旁，目送着马车上的严兵渐行渐远。她千般不舍，万般无奈，心里充满了无限的惆怅：啊，我的严兵哥，这辈子甚时候才能再见到你呀……

第十四章

严兵带着复杂的心情回到了沙州城。

他没有因为被招工进城而显得兴奋,也没有表现出什么不愉快的情绪,依然是平平淡淡面对世事,可他的心还是在柳湾生产队里。

他回到家里见了母亲和梅梅阿姨,她们都为他招工回城而高兴。梅梅拉着严兵的手,看着她从小照料到大的严兵,满怀深情地说:"现在可好了,你回了城我和你妈就能常常看到你了。啊呀,看你现在的样子,哪里是个十六七岁的人,倒像个二十多岁的大后生了嘛!长得又高又俊,真是让人喜欢哩!"

许晴也用怜爱的目光端详着严兵,说:"咱家小毛从小就让人放心,现在又在农村锻炼了一年多,更像个大人了嘛!就是不知道会给小毛安排一个什么工作。"

严兵笑着对母亲和梅梅阿姨说:"公社革委会给我说,回城一周后到县知青办公室领取工作分配介绍信,到时就清楚了。这几天家里有什么要干的活我全包了。另外,这一周晚上我就住在县鱼种场老宣家,咱家也住不下这么多人。"

许晴和梅梅同时看了一眼里屋炕上睡着的严工。许晴无奈地对严兵说:"唉,没办法,也只能住人家家里了。"

县鱼种场老宣见到严兵就开玩笑说:"啊哟,又回'娘家'来啦?你是没吃没住时就想起我这儿了!"

接着又兴奋地对严兵说:"猜猜我最近有什么好事?"

严兵看他一脸喜气，就做出猜的样子说："嗯，娶新媳妇了吧？"

老宣知道严兵故意逗他，就咧开两片厚嘴唇笑了，说："实话告诉你吧，我要结束悲哀的分居生活啦！你嫂子也是多年的媳妇就要熬成婆啦！"

严兵又逗他："啊呀！那得恭喜你哪！你要娶儿媳妇啦！"

老宣装作发怒的样子说："呸，我儿子才九岁，娶童养媳还差不多！"

严兵就正儿八经向他道喜："恭喜老宣大哥结束分居生活！"

老宣顿时喜眉笑眼，还唱了句越剧："天上掉下个林妹妹……"

一周后严兵拿到正式工作单位介绍函和报到通知单——他被分配到沙州县汽车运输公司当修理工。严兵拿着报到通知单和工作介绍函当天下午就去了县汽车运输公司。公司主任杨文华接待了他，对他交代说："啊，你就是严兵呀！好啊，首先我代表公司欢迎你！前两天就收到县知青安置办的公函了，你先跟着修理车间的张志华学底盘维修保养吧，从今天起他就是你的师父，你跟上他好好学。"

接下来杨主任就把严兵领到公司办公室主任董孔林处，让董主任为他办理相关手续。

杨文华主任看着四十岁左右，国字脸，说话时眯着一双眼睛，脸上总是带着微笑。他个头不高，一米六五的样子，口音比较杂，听不出是哪个县的人。

办公室主任董孔林戴着一副镜片很厚的近视眼镜，眼珠鼓鼓的，像金鱼眼。他头发已基本脱光了，头顶秃秃的，像一位老干部；说话文绉绉的，又像大学教授。董主任操着地道的沙州城老居民的口音问严兵："严兵，你家就是城里的？"

"嗯，就住在城里。"严兵回他话。

"噢，家有几口人？"董主任又问。

"嗯，五口人。"严兵又回他话。

"噢，你爸你妈是做什么的？"董主任还问。

"没做什么。"严兵被问得有点烦。

"哎，哈哈，什么叫没做什么？"董主任不解。

"啊呀，哈哈，就是什么也不做！"严兵逗笑说。

"啊呀！那你们靠什么生活呀？"

"嘻，这还不好办？靠要饭么！"严兵真烦了。

董主任突然意识到自己问得多了，就用抱歉的语气笑着对严兵说："噢，哎呀，开玩笑么，开玩笑！"

"哎，就是嘛，开玩笑嘛！"严兵不想得罪他。

董主任给严兵交代住宿的事："这个……你是回家住还是住公司？"

"住公司。"严兵语气很坚决。

"那就和王怀兴住一搭吧，他一个人住。"

"好。"严兵说。

董主任又说伙食的事："这个，按照国家规定，汽车修理工属于重体力劳动工种，每月供应四十二斤粮。咱们公司给每个上灶的职工发饭票，不要钱，直接用饭票买主食，副食票需要自己掏钱买，额外的主食票也需要拿钱和粮票在伙食科买，一会儿我带你到伙食科领一下饭票。"

严兵来时就从家里拿了行李，还是当知青时用过的那一套旧被褥，当晚就在公司宿舍住了下来。

严兵的师父张志华是个热情温和的中年人，身体强壮，像个篮球运动员。他有一双深情的眼睛，也是沙州城老户居民。张志华住在丈母娘家的老宅里，属于上门女婿，对老丈人和丈母娘孝顺有加。他媳妇长得漂亮，他引以为荣，对媳妇也是百依百顺。他逢人就"我们奶奶"（沙州城老话，意为丈母娘）长"我们奶奶"短的，夸他丈母娘会疼他，于是几个老修理工就常调侃他："哎，张爷，咱们奶奶今黑里给你吃什么呀？"

张志华就说："嘻，干拌面嘛！我们奶奶做的面条子好吃！"

"噢，那吃起要用劲噿才香吧？"有人笑着逗他。

张志华也故意逗他："嘻，不费劲！哧溜一口，哧溜一口，香！"

张志华爱和人开玩笑，不过极少和自己徒弟开过分粗俗的玩笑。

这天下午刚下班，在灶上吃过猪肉片子粉条烩菜和大米饭，张志华对严兵说："严兵，今儿没事的话帮我送一趟东西。"

严兵说："没问题，送啥东西？往你家里送吗？"

"两箱挂面、一袋子大米，都是托司机在西京刚买回来的。你用你的自行车驮那袋子大米，我拿挂面，一起送到我家去。"张志华给严兵交代。

严兵说声"好"，就去师父的休息室把东西往自行车上绑。师徒俩收拾好东西，就骑上自行车出了大门往北进城去了。当时县汽车运输公司还在南门外那个已经搬迁了的县种子公司的大院里，后来才迁移到城北的第二旅社大院里。严兵紧随师父，不到半个小时就到了师父家的院门口，两人推着自行车往里走，还没进门师父就扯着嗓子喊了起来："玉莲哎——玉莲，玉莲哎——玉莲……"

严兵眼前出现一个貌美的妇人，声音娇滴滴的，让人联想到电影《武松打虎》中的潘金莲。

师母玉莲娇声说道："带了这么多东西呀！呀，这个小伙子就是你的徒弟吧？呀，长得可真俊哪！"师母玉莲说着就领严兵进了院子。

严兵卸下东西搬进屋，之后便告辞要离开，师父留他喝茶，严兵说口不渴，就推车出了院门，骑上车子径直到县体育场内的灯光球场看篮球比赛去了。

在运输公司当修理工一个多月后，严兵渐渐适应了城市的生活，也越来越喜欢运输公司的生活环境。在这里，他不用担心没吃的没喝的，下午下班后他可以尽情去享用属于他的时间。这里两顿饭他可以基本吃饱。上午那顿饭是酸菜、土豆、豆腐和一点点羊油渣渣的大烩菜，主食是三两一个的玉米面馍馍。熬酸菜是他最喜欢吃的食物，一大碗只需要五分钱，他每顿至少要吃上两大碗。一段时间下来，他的胃被撑大了很多，变得越来越能吃！三个玉米面馍馍和两大碗熬酸菜下肚后，不到下午三点钟，他就饥肠辘辘！他开始想怎么样才能吃得更饱一些，可是他没有办法弄到粮票呀！他苦思冥想，终于想出了一个自认为可行的办法。他决定试一下。

汽车司机们常年在外跑车，吃饭饥一顿饱一顿是常事，许多司机就落下了胃病，吃粗粮会引发胃酸。于是他就问司机来少斗师傅："来师傅，你吃粗粮胃酸吗？"

来师傅笑了笑，看着严兵说："哎呀，基本上不能吃，一吃就吐酸水！"

严兵试探着问他："咦，那你的粗粮饭票咋弄呢？"

来师傅叹了口气说："唉，我老婆在农村，有时她来了就光吃粗粮。有时几个月下来，我就在咱灶上把粗粮饭票换成玉米面，送到家里去。家里人多，吃的东西也不够，就算补贴家里了。我在外面买些白面大米交给伙食科换些细粮饭票，这样就可以了。"

严兵听来师傅这么一说，就直截了当问他："来师傅，那我用细粮饭票换你的粗粮饭票行不行？反正你也不吃嘛！"

来师傅一听，没想到还有这等好事，就说："哎呀，当然行了，咋个换法？你给我一斤我给你二斤，咋得个？"

这正是严兵期望的数字，于是严兵高兴地说："呀，太好了，那我先给你十斤细粮饭票吧！"

于是严兵获得了二十斤粗粮饭票。他回到宿舍又盘算了一下：每月多出了十斤粮，现在就有五十二斤了，上午这顿饭需要四个大疙瘩玉米面馍，下午最好来上三个，吃过下午饭就不再干活了，可以少吃一点！但是算下来还少十斤粮哪！他又仔细算了一遍：上午四个玉米面馍是一斤二两，下午三个玉米面馍是九两，加起来就是二斤一两粮。这样的话，一个月就得有六十三斤粮哪！他又陷入了困境。人哪，天性贪婪，总是得寸进尺，想想在农村时，他现在每月的供应粮可是那时的两倍多！可转念一想，咦，能想出办法吃得更饱有啥不对，又没伤害谁的利益嘛！

严兵决定把剩下的十斤细粮饭票全部换成粗粮饭票，从此与白面大米彻底决裂！

这天下午饭后，严兵帮刚出车回来的司机革里民洗车。革师傅从灶房端了一碗饭出来，蹲在一旁边吃边看严兵给他擦洗车。革师傅就称赞起了严兵，说："啊呀，这么多修理工小伙子，就数严兵勤快！每次出车晚回来些都是严兵下了班还帮我洗车，我应该奖励你点儿什么呀，严兵？"

严兵一边擦着前挡风玻璃上的水珠一边观察着革师傅，见他心情不错就趁机说道："革师傅你这么说就太客气了，我下了班闲着也是闲着，年轻人多活动活动有好处,要说奖励我,我倒是有个两全其美的办法。"

革师傅就说:"那你说来听听,什么办法?"

严兵拧了一把湿透的毛巾,边擦后视镜边说:"革师傅,你吃粗粮肯定胃反酸吧?司机师傅们大部分都这样,那粗粮票不就浪费了嘛。我的意思是拿我的细粮票换你的粗粮票,就算你奖励我了,你看行不行?"

革师傅一听十分高兴,就说:"嘿,这太行了!你说咋个换法?"

严兵想着还是按照和来师傅换的标准比较好,不会产生矛盾,就建议说:"我拿一斤细粮换你二斤粗粮,行不行?"

革师傅十分满意,就说:"嘿,太行了!"

严兵当即回宿舍取了十斤细粮饭票换取了革师傅二十斤粗粮饭票,革师傅又多给了严兵二斤粗粮饭票。这样一来,严兵就实现了一天七个玉米面馍的美好愿望。他从心里感激来少斗师傅和革里民师傅的慷慨,想着以后要多帮他们做些洗车和底盘打黄油之类属于司机自行保养的活计。

革师傅三十多岁,是个转业军人,原来在青海军区一个师给师长开小车。他为人豪爽,长得也气派,特别是写得一手好毛笔字。来师傅原来是沙州县拖拉机站司机,黑黑的皮肤,大大的眼睛,人特别精干,开车技术又好,在公司很有号召力。来师傅家在农村,三十多岁了还没有孩子,媳妇常来城里和他住一段时间,可就是不见动静。

严兵上午四个三两的玉米面馍和一大盆子烩酸菜,两个和洗脸盆差不多大的洋瓷盆子里盛满了馍和菜,倒像是一家四口人吃的一顿饭。严兵把两个盆子往餐桌上一搁,着实吓怕了大厨师刘宏才和其他师傅。刘宏才惊呼:"啊呀!严什么的大(姓严的小子——沙州城人戏称),这是喂猪嘛?!"

严兵只管埋头津津有味地吃着,不一会儿两个盆子就空空如也了。

每天上午灶上做的烩酸菜,总要剩下一部分,到了下午饭时没人吃就直接倒在泔水桶里了。自从严兵来后,下午的烩酸菜——就是上午的剩菜,他全包了,他只象征性地出五分钱,然后再要三个玉米面馍,天天如此。大家不理解,就多次问严兵:"严兵你咋顿顿吃熬酸菜和玉米面馍?"

严兵语气平淡地调侃说:"唉,受苦人么,吃饱了为原则!"

又有人好奇地问严兵："哎，严兵我问你，你天天两顿饭都吃烩酸菜和玉米面馍，胃不发酸？"

严兵就开玩笑逗他们玩，说："从来没有这种情况！我的胃是那种贱骨石人的胃，吃不惯大米饭、白面馍、猪肉片子，吃了反倒胃酸了。再说那一点点高级饭根本就不够我吃，我一个学徒工一个月十九块钱工资，高级饭往饱了吃，两顿饭就把工资吃光了！你看哪个领导干部能像咱受苦人这么个吃法？都是一顿饭吃一点点嘛！"

大家就都笑了起来，都为严兵乐观幽默的生活态度所感动，更有人喜欢上了"受苦人"的自嘲，在公司里大家说笑时就常听到"受苦人"的说法。

这天来了一个沙中的老同学找严兵，叫作闫京，而严兵此时正在地沟给一辆车的传动轴上打油。听说有人找，严兵向外伸出头一看，兴奋地喊出了声："嘿，这不是闫京嘛！老同学你啥时来的？"

闫京也兴奋地说："我下午刚到，打听到你在县运输公司工作了，就又打问着寻到这里的。"

严兵在地沟里一边加快干活的速度一边对他说："闫京你再等几分钟，我马上就干完了！"

不一会儿，严兵从地沟里出来，对正在院子里四处打量的闫京说："哎，闫京，咱们有两年多没见了吧？"

"嗯，可不是嘛，从你插队以后咱就没再见面嘛！你现在算是找了个好工作，我得恭喜你哩！"

严兵也高兴地说："这都是运气嘛，碰上了这么个好机会。"

严兵说着就带闫京去了宿舍，洗了一把脸，换下工作服，看了看时间，就推出自行车带着闫京往城里骑去。

严兵在街上一家享有盛名的饭馆门前停了下来，两人走进去挑了个桌子坐了下来，严兵看了看老同学，笑着说："咱俩今天好好吃一顿，算是给你接风洗尘——少来点酒怎么样？"

闫京见严兵依然和以前一样真诚热情，心里高兴，就也来了兴致，一脸豪气地说:"好,就先要上半斤酒吧。"

严兵去柜台上买了酒菜,不多工夫,伙计就端上了酒菜,两人边吃边聊了开来。

闫京原来是沙州中学文艺宣传队的手风琴手,严兵是吹管乐的,两人就是在宣传队里熟悉起来后成为好朋友的。

闫京和严兵碰杯,说:"我高中毕业后就回乡当了农民,可受不下头顶烈日面朝土地的苦,就托人在公社机关上找了个打杂的活混日子。今年正好赶上公社组织排练文艺节目到县上会演,我就凭贝乐子老师教的那点本事在公社文艺宣传队里当上了导演,这次就是来县上参加会演的。"

"闫师,那你以后有什么打算?"严兵叫起闫京在沙中宣传队时的称呼,当时乐器组的人都互称"师"。严兵被闫京取了小名为姓,叫他毛师,其他人也跟着闫京称严兵毛师。

"唉,毛师你也知道,当了农民还能有啥能耐,运气好了,招工当个工人,再不就是等着考大学,可现在都是下指标靠推荐上大学,咱的门路又不硬,能轮上咱?噢,对了,王榆生王师还在农村吗?他不是和你在一搭吗?"

严兵神色变得凝重起来,他想起他们冬日里挨冻受饿的情形,叹了口气说:"榆生受不下农村那份苦,挣的工分少,分的粮都不够吃。唉,不知他今年怎样了呢?"

严兵转念又问闫京:"那闫师你会演结束后就在公社继续打杂吗?"

闫京就又叹了口气,满脸愁容地说:"唉,听天由命吧,能继续打杂就不错了!"

严兵低头不语。两人又碰杯喝了两杯酒,严兵劝慰闫京说:"闫师,你能在公社机关里待着就会有机会,你要想办法多和你们主任接触,手脚勤快点,留个好印象,说不定很快就有机会了!"

两人说着吃完了饭,严兵又邀请闫京去县体育场内的灯光球场看篮球比赛。

那灯光球场是用青砖筑成的一座圆形露天球场,四面围墙有三米多高,留有两个出入口,场内中央只有一个篮球场地,四周有十级四十厘米宽的台阶,供观众坐着观赏篮球比赛，可容纳一千多名观众，是沙州城篮球运动爱好者的必去之地。每年各县都专门组织篮球队到地区进行比赛，灯光球场就成了沙州城晚上观众云集、人最多、最热闹的地方。

严兵和闫京坐在台阶上观看了沙州地区汽车运输公司和沙州地区汽车大修厂两支球队的下半场比赛。运输公司球队领先两分险胜大修厂球队，比赛在观众的欢呼声中结束。严兵骑自行车把闫京送回他们上崖洼公社宣传队住宿的沙州县第二旅社，分别时塞给闫京十块钱，又嘱咐他走时前一天上午到公司找自己，再聚一下。

回到公司已是晚上九点多了。严兵回到宿舍里，看同宿舍的王怀兴不在，就独自坐在炕上一心一意算起自己的小账来。报到时已是9月下旬，财务科给他发了半个月的工资九块五角钱，10月初领了工资十九块钱，一共收入二十八块五角钱。吃饭菜票共花了六块钱左右——就按六块钱算，请闫京吃饭花了三块钱，又送给闫京十块钱，一共花了十九块，还剩九块五角钱。严兵心想着自己还有一个秘密的小存折，那是他当知青时累死累活挣工分一年分红剩下的三十六块钱，他想把这笔钱存起来，不到万不得已的情况下不去动用它。

和严兵同宿舍的小伙子王怀兴比严兵大三岁，原来在县革委会当通讯员，他叔父王生民是县革委会办公室副主任，两年前他凭他叔父的关系进了县运输公司当了汽车修理工，现在基本上可以独当一面了。他的师父是公司修理工中的二把手，公司里人称"二王师"。二王师主要负责底盘维修保养，技术过硬，大家都服他，张志华师傅遇到修理上的难题就请二王师来解决。有二王师，就有大王师。大王师是权威，引擎维修保养由他负责，但底盘的活他照样精通，所以在运输公司，大王师是举足轻重的人物，大家敬他也怕他。

大王师和二王师两个人，一高一矮，一胖一瘦。大王师矮而胖，二王师高而瘦，形成了鲜明对比，所以公司里大家也戏称"胖王师""瘦王师"或"低王师""高王师"。他们俩低的过低，才一米六；高的够高，高达一米八一。两人走在一起就显得特别有趣，低王师得仰头和高王师说话，而高王师则不得不低头了！高王师有时和低王师发生技术上的争执，低下头看着低王师，就像家长在训斥孩子，而低王师仰起头争辩时，就像犯了错的小孩！其实他们是从县机械厂被县运输公司挖来的师兄弟，都是沙州城老户，二王师年长一岁，师兄弟俩关系非同一般地好，私下里两个家庭之间来往也非常密切。

星期天上午，严兵睡了一个懒觉。昨晚和王怀兴说话太晚，两人早上都困得起不了床。严兵昨晚还埋怨王怀兴嘴长，不满道："哎，王师，你咋和灶房刘爷一样，把我的小名到处说，大家现在都叫我小毛！你说我这么大一个人，小毛、小毛的，像是在叫一个娃娃！"

王怀兴就有些不理解，说："小毛就是小娃娃啦？我觉得挺好听的，人家叫你小毛难道还小看你了？现在叫也叫出去啦你说咋弄？是不是我还得再拿个大喇叭喊一遍小毛不是小娃娃，小毛是个大后生？"

严兵就被王怀兴逗乐了，他其实挺喜欢王怀兴这个人的，直爽、爱说爱笑、为人诚实，就是话太多，一天到晚嘴不停，从沟里到洼里啥都爱谈论。刚好两个人在一起性格互补——一个是喋喋不休，一个是少言寡语。

王怀兴仍然在酣睡，严兵不忍打扰他，就一个人悄悄出了门，去灶上给刘师傅帮忙。刘师傅每天都起得很早，这会儿安顿好上午的饭菜，就在灶房外的一块空地上和老婆王秀兰拾掇堆着的白菜，准备今年再腌三大缸酸白菜。每年10月下旬沙州县城里各家各户都开始为过冬腌酸白菜，街道巷子口青砖地面上到处都是洗菜水，像刚刚下过大雨似的。

严兵拿了一把小凳子坐下一边帮忙挑择菜，一边又和王秀兰聊开了："哎，王姨，每年腌这么多菜就你和刘师傅两人弄啊？哎呀，光你们两人忙不过来吧？"

王秀兰扑哧一声笑了，反问起严兵："哟，小毛呀，你这个大后生还知道腌菜的事情哪？这都是婆姨女子们做的事情嘛！"

严兵一边拿着菜刀切去菜根，一边说："噢，王姨，你说刘师傅也是婆姨吗？"

王秀兰听严兵这么说就笑得不行了。就听她连笑带说道："啊呀，啊哈哈——啊哈哈——哈哈，你脱笑死我啦！你说你刘师傅是婆姨，哈哈哈哈——哎呀呀！"

刘师傅在一旁忍不住开口训老婆："看看你笑得那个憨俅样，女人要有女人的样子嘛！"

王秀兰听着刺耳，奋起反抗："哎，你把话说清楚，女人应该是什么样子？还有，你说谁俅样？俅样你不要娶我么！"

王秀兰说着说着气就越来越大。

刘师傅见状不妙，开始缓和气氛，说："哎，你看你就没理解我的意思。不好好学文化真可怕！我的意思是，女人家笑得要高雅而文明，不能张开大嘴狂笑，大嘴狂笑不雅致！"

王秀兰不服气，说："哼，还高雅而文明？你给我笑一个高雅而文明，让小毛也学学！"

严兵赶忙趁机缓和气氛，跟着王姨的话说："哎，对着了么！你给咱来一个高雅而文明的女人笑！"

刘师傅赶紧顺着台阶下，就装模作样、嗲声嗲气地表演起来："哎哟，这不是刘家奶奶王秀兰么，嘿嘿真漂亮，嘿嘿嘿真好看，眉眉是眉眉，眼眼是眼眼，哎哟，嘿嘿嘿嘿真呀么真好看！"

这番表演把王秀兰和严兵逗得抱着肚子止不住地笑。缓过气了，王秀兰就戏要着骂他："你那才叫个俅样！男不男，女不女，像个流氓！"

严兵也是第一次看到刘师傅还有这么幽默的一面，觉得这样的夫妻很恩爱朴实，家庭生活很有意思。他渴望自己能有这样最底层的普通劳动者的家庭——最平凡的父母，充满温暖和爱的家庭……

两个月后严兵攒足了买礼物的钱，托革里民师傅在西京买了三十斤议价挂面和三十斤大米，准备到沙州中学看望久别的恩师李敬贤和贝乐子。上次去看望李敬贤老师还是在今年夏收后，他给恩师李敬贤送去了二十斤红榴米和二十斤高粱米，那是他劳动所获，他感到很光荣，心里很充实。招工进城后还没有去看望过老师，现在带着大米和挂面去，他心里踏实了许多，这些东西同样是他劳动所获，是有意义的。他将东西分成两份，给李老师大米和挂面各二十斤，余下的送给贝乐子老师。

1972年的冬天。

这天是星期天，天气晴好。上午十点多，李敬贤已经喂了猪，掏了大粪，扫了厕所，这会儿闲下来靠在猪圈墙上晒太阳。

他从衣袋里掏出一本红塑料封皮的英文版《毛主席语录》，一边小声读着一边思考着：是啊，应该往前看哪！可光明在哪里呢？啊，要是每天的天气像今天一样就好了，太阳光照得我暖和了一些——要是每天都有太阳照着那该多么美好啊！李敬贤心里热切地思索着、期盼着……

骑着自行车的严兵进了沙州中学大门，在紧靠学生食堂的大礼堂墙角放好了自行车，取了后座的东西，右肩扛了装挂面的纸箱，左臂抱着大米袋子，顺坡往上走去。走了三十多米，从坡上就看见靠在猪圈墙上看书的李老师，他就喊出了声。李敬贤抬头见是严兵喊自己，兴奋地向他挥手。严兵就走近猪圈，把大米口袋递给李老师，说："李老师，咱到你家去吧，你可以离开这里一会儿吗？"

李敬贤帮着扛起大米口袋，说："哎呀，严兵哪，你又给我送吃的来了！"

严兵笑着对李老师说："嗯，我托人在西京给你买了一些挂面和大米，补贴着吃，师母又能高兴了！"

李敬贤就说："那咱们走吧，这会儿我活都干完了，也该回家吃饭了，晚回去一会儿，那几个狼一样的儿子，一揭开锅盖，三下五除二，一锅蒸玉米面馍馍抢得吃个精光，一个都不给他们的老子留！你师母手稍微慢了些连她的带我的就都没有了，简直就是一群饿狼崽子！"李敬贤仍然一口东北腔，笑着描述自己儿子们的饥饿状态。

两人说着就到了家门口。李敬贤对着屋里喊："喂，英茹，快开门，严兵来了！"

师母江英茹应声开了门，一边微笑着向严兵打招呼，一边掀起门帘让两人进了屋。江英茹见有粮食，喜笑颜开地对严兵说："老李的学生中就你接济我们最多！上个月马远印也来过一回，拿了二十斤黄米，说是在金边县托人买的黑市粮。对了，他现在到地区运输公司当修理工了。"

严兵听着就高兴地笑了，心想印子哥人就是好，他们两人也是有缘，印子哥救过他的命，不知什么时候能报恩呢？他帮着把粮食搬到炕角木箱上，对师母交代说："师母，这个纸箱里是二十斤挂面，口袋里是二十斤大米，都是我托司机在西京买的，你们补贴着吃。你们家娃娃多粮不够吃，我弄下粮再给你们送！"

严兵说着便问起四个孩子去哪里了，江英茹说他们刚刚吃了晌午饭回他们住的房子去了，说着就对李老师说："哎哟老李，今儿我是紧抢慢抢两只手抢了两个馍馍，我吃了一个，锅里给你留着一个，你吃了吧，不够吃再弄点什么。"

严兵接上师母的话说："我去给李老师煮碗挂面吧，我还从来没有给老师端上一碗饭呢！要不一会儿给几个娃娃一人再煮上一碗？"

江英茹听严兵这么说急得直摆手，说："哎哟，快不要给他们煮了，娃娃们不识饥饱，给多少能吃多少，就像老李喂的猪一样，从来没饱过！你给老李煮上一碗就行了，我懂得你的一片心意哩……"

第十五章

严兵从李敬贤老师家里出来，推着自行车顺着操场上南面三十多米长的坡下来，走到一个墙角处站定，回想起刚刚李老师狼吞虎咽吃挂面的情形，不由自主联想到讨饭乞丐的样子，一颗善良的心受到了强烈的刺激。他再也忍不住内心的刺痛，眼泪夺眶而出，肩膀剧烈地抖动着。

大街上依然熙熙攘攘，人们满怀希望地为柴米油盐忙碌着。严兵一脸迷茫地推着自行车挤在人群中，他不知道自己要到哪里去……

他告诉李老师和师母招工进了县运输公司的事，应承多为他们家搞些粮食，可同时他又为从哪里弄到粮食而发愁。他暂时无计可施，想到再攒两个月的工资又可以买上几十斤议价粮送给李老师，心里感到了一些安慰。他现在每天只需要一毛五分钱的伙食费，一月四块五毛钱，可以省下十四块五毛钱，这些省下的钱能买二十九斤议价粮。他打算过上两个月，再多带些粮去李老师家，亲手煮两碗挂面让李老师吃饱。对了，最好再打两个荷包蛋，让李老师吃得美美的！

大师傅刘宏才看到严兵每天吃两顿酸白菜有些于心不忍，下午那顿饭就给严兵炒了一份土豆丝换换口味，土豆是他自己掏钱在市场上买的，还专门给伙食科张木水说过，以免误会。严兵直呼炒土豆丝好吃，要多付刘师傅钱。刘师傅却说是用灶上奖励给严兵的帮灶钱买的，去年十月底腌菜时严兵帮了整整三天忙，总务上同意给他三块钱。严兵想起了帮刘师傅腌菜的事，就说："那是下班之后空余时间帮的忙，给钱不好吧？"刘师傅却说："从外面请个帮工照样要付钱的!"于是严兵免费吃炒土豆丝达半月之久。

县运输公司年轻人多,吸引了不少沙州城里的年轻姑娘。当时交通比较困难,运输公司人"腿长",可以在西京等地买到细粮和各种紧缺物品,于是社会上就流传着一句话:"方向盘一转,给个县长也不换。"于是人们发现每周都有那么一些打扮得俊格丹丹、香格喷喷,找各种借口到运输公司来拜访司机们的未婚姑娘。司机们基本上都成家有老婆了,姑娘们就把目光转向年轻的修理工们。和严兵同宿舍的小王师这时候最开心,他激动得手舞足蹈,穿行在姑娘们中间施展着说话才能,却往往把大胆而能说会道的姑娘们逗得尴尬无语、抱头逃窜,直叫不好对付!

来少斗最爱和年轻的修理工们开这种找对象的玩笑。这天他见小王师兴致正高,和一个俊女子吹牛,就喊:"哎,小王师,你对象来找你来啦?"

小王师听到喊声猛地愣了一下,那俊女子翻他一个白眼,转身便走了。小王师怒斥来少斗坏了他好事,满腔怨气地说:"哎,来师傅你能不能不捣乱?你都有老婆了还想着别的女人,我们还是光棍后生呢!真是旱的旱死,涝的涝死!"

来师傅见小王师真生气了,便笑着上前安慰他说:"嘻,男子汉大丈夫嘛,还能让个女子困住啦?咱男人的抗旱能力不能俗了么!你不是有一个对象在桐条沟公社当会计吗?咋了,看不上人家了?"

小王师就哑口无言了。他的对象肖丽芳来过运输公司,大家都见过的。肖丽芳是回乡知青,刚刚十九岁,比他小一岁。他嫌她长得胖,不够苗条漂亮,就开始逐渐疏远她了,而肖丽芳却一往情深地爱着王怀兴,盼望早日做她怀兴哥的妻子。王怀兴前些天去县革委会看望他叔父,他叔父还训斥他开始忘本了,当他还在农村时,是他主动追求人家肖丽芳的,肖丽芳答应了和他谈对象,而且一直一心一意对待他。王怀兴想到此,就动了心思,决定打电话到桐条沟公社约肖丽芳进城,他要和她认真谈一谈结婚的事。

这天天气晴朗,4月的陕北已有了一些暖意。严兵在帮革里民师傅保养那辆解放牌大卡车。

今天上午没有出车任务,昨晚跑长途回到公司已是十一点多了,革里民就在公司宿舍睡了一晚。他抬腕看了一下手表，这会儿已经九点了，就起身去洗脸刷牙，磨蹭一番出了房门。看见严兵正在宿舍前空场地上给他的车做保养，革师傅就高兴地对严兵说："哎，小毛给我的车做上保养啦？啊呀，还是小毛勤快，最好把化油器清洗一下，把机油也顺便换一下！"

严兵一身油渍尘土，笑着告诉革里民说："噢，都清洗换过了。我准备把车再洗一下，一会儿你把车开到地沟上，我再给底盘上打个油。"

两人正说着话，就见革里民的小姨子康小艳从大门口进来了。革里民向小姨子招手，示意她过来，严兵扭头一看心就不由得动了一下，哇，好一个气质高雅的女子！那女子走近了便亲热地叫起"姐夫"来，革师傅就应着，又微笑着向她介绍说："哎，小艳哪，这是我们的修理工小毛。"

康小艳就低头掩嘴扑哧笑出了声。

严兵显得尴尬起来，急忙纠正革师傅说："我的大名叫严兵。"

康小艳主动伸出手，双眼盯着严兵说："我叫康小艳。"

两人握了握手。严兵感觉到她的手很小很柔软，温热温热的，很舒服。

康小艳一米六八的高挑个子，姣好的面容，白皙的皮肤，一双会说话的大眼睛，看上去与一般美貌女子不同，多了一分高雅的气质。康小艳也是沙州中学的毕业生，十五岁初中毕业那年被县广播站看中，按特招进了广播站，至今已是有四年播音经验的老广播员了，城里人每天早晚都能从大广播筒里听到她纯正甜美的普通话。康小艳不是那种势利的女子，她有独到的择偶条件，所以至今还没有寻着心仪的对象。前些天她还拒绝了军分区陈政委的大公子，传说是两人只见了一面就不再来往了。陈大公子二十六岁，祖籍山东，一米八五的大高个，一副大少爷派头，傲气十足，谈了无数对象，只玩不结婚，父母生气但又无奈。陈大公子评价康小艳太冷面、性格强、不好管制。康小艳则是态度坚决——不再见！

康小艳上午受姐姐委托，抽空来找姐夫，告诉他下班后要穿上一身正装，去参加她家一个亲戚的婚礼，革里民很爽快地应承了。

康小艳虽然只是匆匆见过严兵一面，却被这个小伙所吸引，他的模样、他的眼光、他和她握手的瞬间接触而留下的短暂印象，竟然挥之不去，不时在她的眼前浮动——他的目光是那么纯净而真诚,他显露出的气质又是那么清雅!啊,她仿佛在世上的哪个地方见过这个少年,她在记忆中苦苦地寻找他的踪影,可一切却是那样模糊。她后来确信那一定是前世的事情,人一定是有上辈子的……

中午十一时许,革里民骑了辆自行车赶到了南门口那家有些名气的饭馆。他放好了自行车,推开门走进去一看,十几张桌子旁已是高朋满座,仔细搜寻,发现丈人、丈母娘、老婆、小姨子早就围坐在靠近婚礼台的一张桌子旁了。看到老婆康小瑛招手示意,他便从过道挤过去,在老婆和小姨子中间的位子上坐了下来。

婚礼即将开始,主持人大声喊叫着请来宾们尽快入座,康小艳此时便小声向刚刚坐在身边的姐夫打探起严兵的情况。革里民告诉小艳说,严兵是一个比较怪的小伙子,他不善言谈,平日光干活不说话,饭量很大,只吃粗粮和烩酸菜,不舍得乱花一分钱,却用攒下的钱托人在西京买议价粮,不知是给家里买还是送给什么人了。他没给公司任何人说起过他家里的情况,每天的生活很规律,人特别勤快,爱帮人干活。革里民叹了口气说,看不明白这小伙子,不像个十七八岁的年轻人。

看小姨子低头不语陷入沉思,革里民有些好奇地打趣道:"是不是有点儿看上严兵了,严兵可只有十七岁哪!"康小艳抬头看着姐夫,语气坚定地说了句:"爱情没有年龄界限,姐夫你说对不对?"

革里民惊诧地瞪大了眼睛。

严兵对康小艳的印象不错,但就像珠宝收藏家发现了一枚美玉,欣赏之余可以把它买下,也可以仅仅是过过眼而已,严兵对她也仅仅是眼前一亮,为之心动了一下,过了便置之脑后不再想她。严兵心里觉得近日造访运输公司小伙子的姑娘们很好笑,像是一群嗡嗡作响的蜜蜂,飞来飞去,既有些吵人又显得热闹好玩。对她们,严兵的态度是宽容礼貌相待。

康小艳决定先给严兵写一封信,看看他是什么反应。她在信中表达了对严兵的好感并希望和他交个朋友。

严兵很快就给她回了信,明确表示了对她的印象和态度,并表示愿意与她做朋友，但又提出一个愿望，希望她能做自己的干姐姐，并且告诉她在下乡时他就认了一个叫作武玉玉的干妹妹，还说这种关系将是纯洁而永恒的！

康小艳并没有责怪严兵拒绝了她，反而更加喜爱他了，她理解他的心思，愿意做他的干姐姐，并且希望将来有一天能见到武玉玉，当面认武玉玉当干妹妹。她写好信就寄了出去。

严兵的反应以及姐夫所讲的情况，让康小艳产生了强烈的好奇，她猜想着严兵身上一定有着不为人所知的故事和秘密，他一定是经历过一些难以想象的磨砺和刺激。他对女孩子彬彬有礼却不动感情，他情愿以亲情相处而不想越雷池半步，他为何如此不近女色？康小艳越想越头疼，她放松心情又想了想，觉得能认下这么精干的一个弟弟不也是一件大好事嘛！

严兵给康小艳写信时提到了武玉玉，这倒是提醒了他。自从和武玉玉分别后就没想着给她写封信问候一下，不过他给李三娃写过一封信并且让三娃代问秀秀嫂子和玉玉好，他的通信地址已留给他们了嘛！他对武玉玉始终充满了内疚，老觉得是他辜负了她的一片真情。他决定写一封信给武玉玉，让李三娃转交给她，同时他也想给王榆生和徐三凹写封信，再寄点钱。

这几个月下来，严兵手头上又有了钱，他开始计划这些钱的分配——这个计划其实早就在他脑子里形成了：李敬贤老师家的买粮钱是雷打不动的，这回得买六十斤粮，大米和挂面各三十斤；给王榆生、徐三凹寄上十块钱，他们在农村生活更不容易，严兵想让他们知道自己并没有忘记他们，让他们能高兴一下。2月、3月、4月，三个月的工资共五十七块钱，还剩十七块钱，噢，对了，他差点儿忘了自己上次从李老师家回来时心里默许下的愿望——亲手煮两碗挂面，每一碗挂面里要打两个荷包蛋，亲手端给李老师吃，让他美美地吃饱！想到这里，严兵脑海里浮现出李老师一脸幸福满足的笑容，他心里顿时也感到暖融融的，决定再买上五块钱的鸡蛋。并且，他这次无论如何要实现吃两块钱的粉皮拌黑豆芽的愿望，绝不再拖！而且一定得是那个光脑袋胖师傅用油光油光的大胖手抓着放碗里再浇上醋的！他憧憬着粉皮拌黑豆芽的味道，不由得咽下一口口水。

这之后严兵又过起了简单而平淡的四块五毛钱一个月的生活，心里满足而惬意。革里民师傅出车去西京了，严兵交给他三十元钱买议价粮，再过两天就回来了。灶上已开始吃时令蔬菜，小白菜或菠菜，还是五分钱一份；吃的玉米面都是新鲜玉米磨的，有点微微的香甜味，特别好吃。伙食科的张木水每天上午去菜市上买回来一大筐新鲜菠菜或小白菜，晌午饭后休息时间，严兵看到坐在阳圪崂崂的刘师傅两口子，就走过去帮着他们掐菜根择黄叶，准备下午吃的菜。有一次择菜时刘师傅的老婆王秀兰端详着手脚麻利的严兵说："哎呀，小毛呀，我要是有你这么个女婿得多美气呀！不知道谁家女子有福气嫁给小毛呀？"

刘师傅在一旁听老婆王秀兰和严兵开玩笑，就虎着脸训斥老婆："嘻！快不要胡说咧！咱家珍珍才十三岁，小毛能等上？"

严兵被他们两口子的对话逗得笑了起来，就半开玩笑地说："有什么等不上的？我到了二十二岁，珍珍就十八岁了，也不过再等五年嘛！有你们这么好的丈人、丈母娘，生活肯定过得快活，我没有意见，只要你们看得上我就行！"

刘师傅两口子听严兵如此说，直喜得咧开嘴一个劲儿地笑，王秀兰笑得连涎水都流到下巴上了。刘师傅就拉了一把他老婆，说："啊呀，小毛哟，就怕我们攀不上你了，我们就是个下苦人家，也没有什么权势呀！"

王秀兰捏住鼻子用力擤出两行粉条状鼻涕，在脚底一抹，也随着刘师傅说："哎呀，就是呀小毛，我们就是城里一般人家，咱穷人家的女女怕配不上你呀！"

严兵忙笑着安慰两口子，用不容置疑的语气说："都是受苦人，咱都一样，咋就攀不上、配不上了？绝对般配着哩！"

已是4月下旬。这日天气照样晴好，春风微微吹着，有一丝凉意，街上往来的人群中有的已穿上单衣裤，老年人仍然谨慎地穿着棉袄棉裤。

严兵满面春风，带着六十斤粮食和三十个鸡蛋，骑着他那辆凤凰牌自行车，不时按动着车上的铃铛，穿梭在街道上的人群中。除了这些东西，他上衣口袋里还装着四盒被李老师评为最好抽的中华牌香烟。这中华牌香烟是革里民师傅送给他的，一共五盒，作为他给革师傅洗车、保养车的奖赏，他戏称自己"贪污"了一盒独自享受。革里民师傅对严兵真不错，严兵从心底里感激他，每次托他到西京买议价粮，他都爽快地应承下来。可严兵知道，革师傅要到专门的小粮店去买议价粮，还得小心被人查着没收掉，又得扛着走街串巷，最后才能放在他的车上，这确实是一件苦差事！所以一般情况下，司机们不愿答应修理工提出的买议价粮的事。有一次革师傅忍不住就开口问他，是给自己家买议价粮还是买了送什么人。严兵不会撒谎，便告诉了他真相。却没有想到革师傅对严兵的举动十分感动赞赏，当即表示一定要交下严兵这个善良讲义气的年轻朋友。

李敬贤老师恢复教学工作之前，按文件规定只发基本生活费。他家六口人，每人六块钱，一共三十六块钱，除去买供应粮和食用油所必须的二十四块钱外，买副食只剩下十二块钱，这意味着每天全家六口人仅有四毛钱可以用来支付柴炭油盐酱醋茶的费用，生活艰难程度可想而知！

严兵托来少斗师傅在盛产土豆的金边县买了二百斤土豆，只花了十块钱。他准备一分为二，家里一百斤，李老师家一百斤。二百斤土豆装了两大麻袋，威风凛凛地立在他宿舍脚地上，他计划下个星期天就送出去。

严兵熟练地把自行车停放在大礼堂墙角，轻松地扛起六十斤的大口袋，从车把上取下装鸡蛋的小纸箱拎在手上，往坡上走去。他有的是力气，二百斤的东西他也可以扛着爬上坡去！他又看见了靠着猪圈墙晒太阳的李老师，手里依然捧着英文版《毛主席语录》。严兵喊了一声"严兵来了"，李老师一愣，咧开大嘴巴就笑了。两人相跟着往家里走，李老师掂了掂手中的纸箱问严兵："啥玩意儿，还挺重？"

"好东西，能吃的东西。"严兵没告诉他具体是什么。

进了家门，师母笑得眼睛成了两条缝，一边解口袋绳，往出拿东西，一边道："啊呀严兵，你这口袋里咋装的呀，东西都拿不出来了！"

严兵笑了笑说："师母，我来取吧，不好弄呢！"

说着就先费力地取出一个长条子大纸箱，用绳子绑得严严实实的，又取出一个布袋子，对师母说："不这样装不好拿！纸箱里面是三十斤挂面，布口袋里面是三十斤大米。"

李老师又问道："那这个小纸箱里面是啥玩意儿呢？"

严兵和李老师开玩笑说："嘻，李老师，那可不是玩意儿，是吃的东西，它们是鸡蛋，不是玩的东西！"

三人就笑了起来。

严兵把捆绑的绳子都解开，然后就开始给李老师煮挂面、打荷包蛋。师母江英茹夸奖严兵做饭也是一把好手，像模像样的。

严兵说："做得好不好还得看味道怎么样，这就要李老师说了才算数！"

李老师正吃到第二碗，脑门上都是汗珠子，他从口袋里扯出一块皱巴巴的手帕，揩了一下额头，咽下嘴里嚼着的挂面，急忙说出两个字："好吃！"

严兵和师母都笑了。

看着李老师满足地揩着嘴吃完了两大碗挂面和四个荷包蛋，严兵向李老师和师母宣布说："还有一样东西，请二位猜一下是什么。"

李敬贤咧嘴笑着看了看江英茹，摇了摇大脑袋，说："嘻，这玩意儿猜不出来！"

严兵从左右两个口袋里掏出四盒红皮中华香烟，笑着问两人："你们看这是什么？"

李敬贤和江英茹异口同声地说："中华烟！"

严兵打开一盒，抽出一支递给李老师，又划根火柴替他点着。李老师吸了一大口，吐出烟雾，感慨："唉，这么好的烟我有十几年没抽过了！谢谢你严兵，你比我儿子都好！"

严兵真诚而高兴地说："一日为师终身为父啊！我一直把您当父亲看哩，您和我父亲没什么两样！"

严兵道别时又告诉李老师和师母说："我在金边县给你们买了一百斤土豆，在我宿舍搁着呢，下个星期天我给你们送过来。"

严兵到运输公司以来，一直忙于上班，空闲时又找着干些公司里的杂活，就很少练武术、练摔跤，自己都觉得有些荒废了。这个星期天上午，他骑车来到沙州城西城墙内县体育场旁的莲花池公园闲逛，看到了几个中年人正在比画着摔跤的招式，就凑上去看热闹。一伙人说着就见其中两个人拉开架势摔了起来，矮些的一方趁高些的那人露出破绽的一刹那，一个倒背式就将其重重摔在地上，严兵不禁喊了一声"好"。那一身肉疙瘩的矮个子中年人瞧了严兵一眼，语气傲慢地说："小子，你也喜欢摔两下子？"

严兵没太在意他说话没礼貌，回了一句："嗯，看你力道还可以么！"

旁边一伙的一个壮实高大的年轻人发怒说："哎，你算老几，口气这么大？我们陈师在沙州城还没有对手哩！"

严兵嘿嘿一笑，说道："噢，那也不过是'山中无老虎，猴子称霸王'而已！"

陈师此时上前对着严兵行个抱拳礼，低沉着声音说道："请这位小兄弟摔一跤，咋样？"

严兵脱去外衣，露出肌肉发达健壮的双臂，向陈师说道："要来就摔三回，三回两胜！"

陈师喝了一声："痛快！放招过来！"

严兵拉开架势，蹦跳了几下，挥舞着双臂，跳到他对面。

陈师抬腿踢了几下，发出"啪啪"的踢腿声，紧接着双臂左右又挥动了几下，猛地向严兵扑过来。严兵早有准备，迎着陈师上去，双手扳住了他双肩用力抓紧后向前一推，发现陈师果然定力不凡，和李三娃差不多，心里便想不可小瞧他。陈师抵住严兵，卖个破绽放严兵过来，腾出右手迅速抓住严兵裆部喊声"起"，将严兵举过头顶，随即发力，喊声"走"，将严兵扔了出去。严兵早有准备，顺势单臂托地，翻身站了起来。陈师喊声"好身手"，双手抱拳说："这回不分胜负！"

第二回合开始。

严兵和陈师抱在一起，都在寻找时机。严兵想用右腿使绊勾倒陈师，却被陈师识破，用力弯腰将头抵在严兵小腹处。严兵抓住时机，猛地松开双手，抓住他暴露的后腰，发力将他倒举起来。陈师被仰面朝上举起，又被举着原地转了几圈，才被轻轻地放了下来。陈师显得有些尴尬，说道："这回我输了！"

严兵给他一个台阶下,说:"这回不用试探我的力量了吧?别再让我啦!"

第三回合开始。

两人刚刚站定,严兵突然就一个扫堂腿过去,陈师反应极快,跳起身躲了过去,严兵趁势用头向陈师腰部抵去,被陈师侧身躲过并就势夹住了他的脑袋,陈师一招夹颈式将严兵放倒在地。

严兵爬起身对陈师说:"这回是我输了,陈师的招式太快了!"

两人算是摔了个平手。

之后严兵便自然加入了这伙"地头蛇"的圈子,开始与他们称兄道弟成了朋友。从此严兵星期天无事便常来和他们切磋技艺,摔跤功力不断增强。

这天下午吃过饭,严兵拿出两件劳动布工装泡在放了洗衣粉的水盆里,端出门坐在院子里搓洗起来。王怀兴去找肖丽芳了,两人正在商量结婚的事。公司院子里这会儿十分清静,只有严兵一人独自忙活着。他盘算近日要做的事情基本上没什么了。二百斤土豆送回家一百斤,妈妈和梅梅阿姨都很高兴;严工虽然在街道办事处上班,也有一间办公室晚上可以住宿,但每天两顿饭都回家吃,从未向家里交过一分钱或一两粮票,等于这个二十一岁的大后生还靠家里养活着。上个星期天,严兵又把另外一百斤土豆送到了李老师家,说好再买些黄米给他们。严兵给了来少斗师傅十二块钱,托他在金边县买三十斤议价黄米。

严兵和李敬贤的师生情就是在最难熬的困难时期建立起来的。生活尽管艰辛,但他们的精神世界是丰富的,他们乐观而自强,对未来充满了希望。严兵的愿望和李老师一样,希望李老师尽快返回教学工作岗位,用他丰厚的英语知识培养和提高学生认知世界各国文化的能力。李老师有次对严兵说,他暂时可能还不能教学,但他有信心、有耐心等到光明来临的那一天!

李敬贤是严兵生命中最仰慕的人。李老师的品格和学识、性格与态度,都让年轻的严兵崇拜,李老师早已成为他做人的标杆。他深深地同情李老师的遭遇,尽管他还不太懂政治上的许多事情,但他坚定地认为李老师是无辜的、蒙冤的,是受了委屈的……严兵总想尽自己微不足道的力量在生活上多帮助李老师,让李老师多感受到一份世间的温暖。严兵千方百计地省下钱来托人四处买粮,就是想从物质上多暖暖李老师的心。每当看到李老师满足的笑容,严兵都觉得这是对他最好的奖赏！在那些寒冷的岁月里，有什么东西能比师生真情更为珍贵，更暖人心呢？

李敬贤也早已把年轻的严兵当作了忘年交，并认为这是他的荣幸。他因能在长期的精神和肉体的磨难中结识一位如此优秀的学生，并与其成为莫逆之交而深感慰藉！他认为这是上帝给他的一个奖赏，让他在苦难中振作，让他感到人间自有真情在！

"李老师，黄米带来了，师母在家吗？"严兵扛着一个布口袋站在半坡上对着猪舍喊。李敬贤忙着清理猪舍，听见严兵喊，大声对他说："她在家呢，你直接送到家里吧！"

严兵送罢东西来到猪舍，看看李老师当天要干的活挺多，一时干不完，就建议一起先到街上吃顿饭，回来他帮着干，到下午便可以干完了。李老师表示可以这么安排，两人就相跟着去了街上。严兵说北边军分区巷口的那家食堂不错，两人走了不到五分钟就看见那家食堂，便走了进去。坐定后，严兵要了两大碗沙州城名菜拼三鲜，又要了十六个肉包子和一盘炒猪肝，征求李老师意见后又去柜台上要了半斤西凤酒，之后便点上一支烟抽着。

店里的伙计端上吃的，严兵边招呼李老师边问他："李老师你很少出来吃吧？这家的几样吃的做得都很好的。"

李老师一口咬了大半个包子，油在嘴角直流，咧开嘴巴含糊着说："嗯，这包子香，好吃！"又记起来严兵的问话，忙说："唉，到了这座城还从来没在食堂吃过呢！"

严兵给他斟上酒，又招呼他吃炒猪肝。

回到公司已是黄昏时分，王怀兴正在炕上拾掇箱子里的东西，放铺盖处堆满了乱七八糟的衣物。严兵开玩笑问他："小王师，看阵势准备娶婆姨呀？"

王怀兴停下手里活问严兵："哎，小毛，你说摆十桌小气不小气？"

严兵明白他说的是婚宴上的事，就说："哦，这方面我可没经验，不敢胡说！"

"哎呀，咋叫胡说呢嘛！我的意思是一辈子就结一回婚，弄就弄成个样子，不能让人笑话咱小家子气！"

严兵坦诚地提出自己的看法，说："那也不必太铺张，这多少桌还不是考虑请多少人嘛！你家在农村，肖丽芳家也在农村，请的客人主要是你和她在城里的为数不多的亲戚朋友，再就是咱公司的人，大概算一下，多少桌就清楚了嘛，总之不要浪费嘛！你回农村家里不还得办一场吗？"

王怀兴点点头，认为严兵说的有些道理。

武玉玉给严兵写了一封回信，严兵收到后心里有些慌，不知道信里会有什么不好的消息。

他紧张地拆开信看了后，脸上顿时舒展开了——原来是特意邀请他这个干哥哥参加她和强方的婚礼。强方是大队长强旦的儿子，严兵对他印象挺好的，觉得他和武玉玉也比较般配，严兵也算放下了一桩一直装着的心事。他认真想了想，最后决定买两块喜庆一些的缎面料被面邮寄给武玉玉，并送上祝福的话，他人就不去了。

次日午休时间，严兵接到康小艳从县广播站打来的电话，说是请他看一场内部电影《山本五十六》，严兵看时间赶不上下午上班时间，就托王怀兴请了两小时假，骑上车子先去广播站找康小艳。见离放映时间还早，严兵就提出到百货公司去一趟，请康小艳帮他选两块被面送给武玉玉。挑选好被面，严兵骑车带着康小艳直奔电影院。

看完电影，严兵把康小艳送到广播站大门口，正准备骑车回公司，康小艳让他等一下，说有话对他说。严兵扶着车子等她开口。康小艳问他："严兵你有爱的人了吗？"

严兵一愣，不知道她说这话什么意思，就反问她为什么突然问他这个问题。

康小艳叹了口气，说："爱你的人你不爱她，你爱的人她不爱你！人生在世讲的是一个缘——有缘是迟早的事，无缘守在跟前也成不了事！"

严兵无言以对……

第十六章

第一眼看到的依旧是光明，这表明你还存在于世上，还可以感知这个世界——确切地说是感知生命的世界。人的生命不就是用来体验生活的吗？

从梦中醒来的严兵依然躺在床上，眼前出现在光亮中的白色窑顶和四周白色的墙壁，这些画面全是太阳赐予的，不然一切都是黑暗中的虚无……他静静地躺在那里，感觉着生命的存在，脑子里一片空白，梦里的和现实的都不存在，他就像一个刚刚出世的婴儿……他的舍友王怀兴已经搬走了，王怀兴娶了肖丽芳去体验男人和女人厮守在一起的生活了。这种世间最简单的男女组合，所产生的酸甜苦辣只有他们自己去体验醒悟而获得的感受，与千万对男人和女人厮守在一起一样，只不过是程度不同而已！

宿舍里少了王怀兴便静下来了，静得让严兵一时觉着有些孤寂。这里虽然还是王怀兴的宿舍，但他只在白天过来，夜晚就和妻子宿另一空间了……门外突然有了推拉车子的声音，像是张木水从市场采购回来的响动。严兵立刻恢复了精神，准备起床。

院子里接着就传来张木水叫驴一般直杠杠生愣愣的喊叫声："哎，刘师傅，快出来搬东西！"

只见刘师傅和他老婆急忙从灶房和宿舍走出来往灶房搬东西，张木水放下三轮车就自顾自回办公室了。星期天院子里没几个人，空旷的院子随意喊上一声四周都有回音。严兵从炕上起来，拿了个小提桶，到灶房大铁锅里打了一桶热水，准备洗脸刷牙用。

刘师傅见严兵来打水，就对他说："小毛，今儿早起的饭就咱们四个人吃，我让我老婆给咱们做菠菜洋芋豆腐臊子汤面，你说咋样？"

严兵瞪着眼睛，故作惊奇地说："啊呀！天大大呀，还有这种情况哩？王姨亲自上手做饭还了得，你就不怕把自己的亲老婆劳累着了？"

刘师傅也和他开起玩笑，说："哎哟，受苦人家的婆姨嘛，粗胳膊粗腿还能累着啦？耐搓打着哩！"

他老婆王秀兰正在灶房里切着菜，听到她老汉这么说她便不乐意了，就气冲冲地插嘴说："哎呀呀，看你把我说成个什么东西咧！好像我就是头老母猪！什么叫耐搓打？耐搓打也扛不住你这头叫驴搓打！"

刘师傅看到旁边笑着的严兵，尴尬地对她喊："啊呀，王秀兰！你能不能说话文明些，谁是叫驴？"

严兵最喜欢旁观刘师傅两口子耍笑斗嘴，吵闹声中充满了对彼此的关心和情趣，可这种模式的夫妻生活恐怕也只会出现在最普通的平民老百姓中间。

他今天不想出去，正犹豫着要不要拆洗一下被子，他记得他那床被子从插队到现在从未拆洗过。于是他果断地上炕拉开被子抽了两条线头——万事开头难，只要开了头，一件事就会做下去。他又拿把椅子坐在门外边抽起一支烟，今天上午先把被里子被面子洗了晾出去，下午晾干了就可以缝了，针、线、顶针和剪子他一直随身备着，这些东西他从不向人借。

他刚把被子洗好晾出去，就听见大门外一声喇叭响，随即开进来一辆解放牌大卡车。从驾驶室下来的是汤过斌师傅，刚跑金边县长途回来，给县毛纺织厂运的一车羊毛已经卸了货。他说方向盘跑偏，一路凑合着开回来的，明天还要继续到金边县运羊毛，得把轮胎收拾一下。严兵对汤师傅说他先检查一下轮胎，保证在明天用车前修好，让汤师傅放心回去休息。汤师傅看严兵一个人在公司，就问一个人行不行，要不要他留下帮忙。严兵说没有问题，现在这种活都是他独自一人干，汤师傅听后就回家去了。

汤过斌师傅原先是新疆军区汽车团的一个班长，复员后就到县运输公司开车。汤师傅人胖，大家都叫他"汤胖子"，他也并不介意，人家叫他就答应，自然成了习惯，但年轻人这么叫他，会显得没规矩。

检查过轮胎后，严兵确定是右前轮胎跑气。他将轮胎卸下来，把内胎扎的眼补好，又装了上去，不到两个小时活就干完了。张师傅最近还当着好几个修理工的面表扬他说："几个年轻的底盘工里就数我徒弟小毛最利索，干活又快又好，完全可以出师哩！一个月十九块工资给得太少了，应该给小毛涨工资了！"

严兵也跟着他师父的话往下说："坚决同意我师父的意见，涨上一块钱凑成整数么！"

大王师和二王师两个人正在为底盘上的一个故障争执。大王师的得意门徒郝进飞也走近了看，旁边还围了张志华、严兵、小王师和司机刘志德几个人。

这辆解放牌大卡车一直是刘志德师傅开着的，主要问题是底盘上的传动轴产生异响——起步时，传动轴有明显的撞击声；行驶中，特别是在速度变化时也会产生明显的撞击声。车速越快，整车振动越大，不光驾驶室内振动，握方向盘的手都有发麻的感觉。

围着的师傅徒弟们貌似认真地听着两位权威怎么判断处理故障，实则是在等着观赏小眼睛矮个子的胖王师和大眼睛高个子的瘦王师两个人的斗嘴表演。

大王师眯着小眼睛仔细听了一下，说："怠速时连个屁响动也没有么！你没有架起后轮试一下吗？"大王师问二王师，对二王师有些不满意。

二王师回答说："还没有，让你过来先听听嘛！没必要就不用支架子了嘛！"

大王师有些急了，瞪着二王师说："不支起来听，怠速能听出哪里响了吗？屁用也没有！我看你今儿蒙头蒙脑糊着了，基本常识都忘了吧！把心思都用在和老婆睡觉上了吗？"

周围的师傅徒弟们就发出一阵哄笑声。

二王师脸上有些挂不住了，强忍着没发作，一对大眼睛对大王师眨巴了几下，问道："那你说现在咋办？"

大王师发起了火，说："先把后轮架起来嘛！你用人脑子想了吗？"

二王师瞪着大眼珠子直视了大王师几秒钟，忍气吞声指挥张志华、王怀兴和严兵几人将后轮架了起来，又让刘志德上车挂高速挡，看传动轴振摆情况，看了看又喊着收油门，发现转速下降时摆动更大，便确定故障是因为中间轴承支架孔偏斜造成的。

大王师在旁边一直关注着二王师处理故障的步骤，这会儿见找到了原因，就大声说了一句表扬师弟的话："哎，这下脑子就灵醒了嘛！"

二王师回了师兄两个字："去尿！"

司机刘二奎是关中户县人，今年三十岁，原来在省城西京汽车大队当司机，经人介绍娶了沙州城里的一个俊女子为妻。这女子叫王娇娇，才二十一岁，在沙州县文化馆当干事。刘二奎没能力把王娇娇调入省城，而王娇娇是独生女，也不想到省城去，刘二奎便顺着老婆的意，调到沙州县运输公司当了司机。刘二奎是典型的关中人说的那种二杆子，天不怕地不怕——唯一怕的人就是王娇娇，这在县运输公司也是出了名的。

刘二奎开着一辆嘎斯车跑小长途货运，这天回到公司已是晚上八点左右。他见了严兵便说："哎，小毛，我的马达有毛病，发动车时会发出咔咔的摩擦声，打滑打不着火，恐怕得换新马达了，可是换一个新马达从订购到运回最快也得一周时间，唉！"

严兵拉了一个专用照明灯，检查了一下嘎斯车的马达，找不到毛病出在哪里，就干脆把整个马达拆了下来。他拎着马达回到修理车间，将马达放在大木案上仔细检查了一遍后终于找着了原因：马达转子上的小齿轮缺了半个齿，一般情况下这台马达算是报废了。

死马当作活马医，严兵索性把齿轮拆下来，试着用电焊把焊条熔解堆积在缺齿处。他看了看齿轮上的电焊处，用榔头使劲敲击了几下。嘿，还挺结实！他不放心，又重重地砸了几下，焊接处仍然牢牢粘在一起，竟然成为一体了！严兵有了信心，想着下一步就是将焊接的齿打磨成与其他齿尺寸完全相同的齿。这个工程有点大，严兵开始考虑怎么个弄法。他先用电动砂轮把多余部分打磨掉，然后再用钢锉，手工慢慢地锉，不断用刻度尺量着，直至达到标准。

他反反复复折腾了大半夜，终于弄好后，头昏眼花地将马达装在机器上，试打了一下。咦，发动机打着了，运转起来了！他熄了火又打着，熄了火又打着，反复试了八九次，妥了，让他日鬼成了！严兵心里兴奋地想着：明天，不，今天一早给他们一个大大的惊喜！

工人们的生活简单而快活，每天用劳动挣温饱，心情舒畅而充实。工人和农民一样，在劳动中快乐着，在快乐中劳动着！周而复始，一年又一年，一代人接一代人。严兵对这样的劳动已有了切身的体验。

凌晨两点才睡下的严兵被刘二奎的说话声吵醒了，看看时间才七点半，离上班时间还差半个小时，严兵想了想就起床了。他洗了一把脸，开门泼洒洗脸水时，见到刘二奎正在给刚进门的公司党支部书记王志兴说着想要换马达的事。那大高个儿红脸膛的王志兴平日就是个不管事的人，何况是业务上的事。刘二奎大着嗓门儿说了半天，王书记只回了他一句："嗯，等一会儿杨文华主任就来了！"

严兵没急着告诉刘二奎马达已修好的事，他想等上班的人都来了，修理工们都在场的时候，他再请刘二奎上车踩马达，让所有人看看他小毛一天七个玉米面馍馍不是白吃的！

八点差十分，修理工们都来上班了，杨文华也骑着自行车进了大门。刘二奎从他休息室里跑出来拦住杨文华，说了想要换马达的事，杨文华就对着车间喊大王师、二王师到他身边来。

大王师问："哎，刘师傅你的马达咋回事吗？"

刘师傅用关中话说："咋回事？打屎不着火么！空转哩，还叭喳叭喳响！"

严兵在一旁插嘴建议，说："那刘师傅你上车发动一下，让我们听一下嘛！"

刘师傅说："好，这简单！"说着上了驾驶室踩下了马达，"轰"的一声，车发动着了。

刘师傅吃了一惊，说："咦，咋又能打着了，也没有叭喳声了，这是咋回事？不可能么！"

大王师就问刘二奎："刘师傅，你昨天车开回来让谁给你检查了？"

刘二奎看了严兵一眼，说："小毛帮我检查了，马达的确是坏了，我昨天跑长途都是用摇把摇着的，马达不起作用了么！"

大王师打开引擎盖，查看了一下有打磨痕迹的马达齿轮，心里马上就有数了，问严兵："小毛，你咋把马达修好的？"

严兵便将过程说了一遍，旁边的二王师、郝进飞、王怀兴和张志华等人都惊奇地看着严兵。大王师兴奋地说："小毛就是第二个郝进飞，人灵醒着呢！买一台新马达将近两千块钱，还得等上一个星期，但是刘师傅今天就可以正常出车跑他的长途了！小毛立了一大功，先口头表扬一下！"

自此严兵在修理工中的地位有了提升。

县运司调进来两个新人，都是二十七八岁，原单位是县拖拉机站，他俩都是修理工。长着大鼠牙还镶了两颗银牙的叫刘德富，高高瘦瘦的，留着大分头；慈眉善眼，红脸膛，留着小平头，中等个的叫王自强。两人来公司后分在二王师手下维修底盘。据说二人都是在拖拉机站干不下去了，通过公司王志兴书记的关系，来县运司混碗饭吃。大王师对此很不满意，对杨主任发牢骚道："尿事么！高不成低不就，师傅不师傅，徒弟不徒弟，让我们咋安排活嘛！"

二王师就说："原单位上就不服管，懒得谁也说不动哩！"

大王师又说："管尿他什么人弄进来的，你只管给他们派活让他们干，他们还能不干？"

杨主任劝两人不要发火，不管怎样王书记的面子还是要给的。

王志兴是个老资格的科级干部，来县运司之前在青云公社当书记。他有个女儿叫王曼玉，在县政府办公室当打字员，嫁给了县委余国伟副书记的儿子，王志兴就凭着亲家余副书记调到县运司当上了书记。那王书记半日没什么事干，每天按时按点来公司上班，转两圈就坐在自己办公室里，一杯茶一张报纸混时光，公司里所有人都感觉有他没他都一样，都只在面子上应付他。

5月，县运司又新添了两辆解放牌大卡车，紧接着又新调进两名司机：一名是从县外贸公司调来的，名叫党志强，四十多岁；另一名是从县制革厂调来的，名叫李向荣，也是四十多岁。两人初来乍到就开上了新车，这让其他司机们眼红得实在是不行！来少斗和革里民表示愤愤不平，来少斗发牢骚说："哎，凭什么刚刚来就开新车？咱在公司好几年了，一直就开着那辆烂车嘛，也不说让咱享受一回新车！"

革里民接上他的话把子，说："啊哟，来师傅，你连咋回事也没弄清楚就胡叫喊甚呢么！我早就从王怀兴那里打听清楚了，党志强的大舅哥是县财政局局长，李向荣兄弟媳妇的叔父是地区财政局的副局长，买新车的款是不是财政局批下来的？这你就明白了吧！"

来少斗恍然大悟，拍了一下脑袋，说："哎呀，我说嘛！这么说就顺理成章了么！"

革里民若有所思地说："哼，有权有势，就是没有道理——历来如此！"

没过半个月，县机械厂一辆半新不旧的解放牌大卡车也通过县财政局按淘汰车送给了县运司，县机械厂又买了一辆新车。紧跟着就又调进了一名退伍军人，原先是解放军某野战部队侦察连的司机，三十岁，名叫王奇。

"党志强、李向荣、王奇三位同志从今天起，就和我们大家是一个战壕里的战友，大家表示欢迎！"杨文华主任在公司全体员工会上宣布道。这三位司机随后站起身向大家致礼，大家回以掌声表示欢迎。王志兴书记讲话说："我们要团结一致往前看，抓革命促生产，把我们公司的各项工作做得更好！县委县政府对我们公司这一年的成绩给予了充分的肯定，财政局拨款给我们公司新购买了两辆新车，又调配了一辆半新的车让我们使用，充分表明了县领导对我们公司发展的关心。希望三位新调入的同志尽快融入这个大集体，与全体员工一道努力，多拉快跑，争取创造出更大的成绩！"

坐在后排的来少斗大声说："哎，弟兄们哪，多拉可以，不能快跑呀，咱那烂车跑快了有生命危险哪！"

大家哄堂大笑，王书记也尴尬地笑了。

严兵近来星期天无事便去莲花池公园找陈师等几位"摔友"切磋摔跤技艺。但是这里增强力量的练习器具几乎没有，严兵建议先弄两个五十斤的石锁练臂力，陈师说他家里就有，下次来时带上。严兵近来扫堂腿功夫见长，一根胳膊粗的木棍固定在地上,他一个扫堂腿闪电般踢过去,木棍瞬间"咔嚓"一声,被拦腰踢成两段!运输公司里大伙儿都知道小毛摔跤厉害,根本没有对手。刚开始郝进飞和几个粗壮小伙子还试着和他过手,严兵只用一条胳膊,轻易就将最猛的郝进飞制服在地,郝进飞被摔得直叫不是对手,其他人就再也没有胆量和他交手。

新来的王奇听说严兵摔跤无人能敌,被激起了斗志。王奇在全军摔跤比赛中曾获六十公斤级第三名,在军中也是小有名气。这日王奇没有出车,闲着无事,就走近地沟,对正在给底盘打黄油的严兵说:"哎,严兵小师傅,咱俩摔一跤耍一耍,敢不敢?"

严兵见是新来的司机王奇,便客气地说:"不敢,甘拜下风!"

王奇带着挑衅的语气说:"胆子不挺大么,没摔就认怂啦?"

严兵不想搭理他,觉得王奇这人没教养,太咄咄逼人,就又说了句软不硬的话:"不摔不一定就是认怂了吧?"

王奇想进一步激怒严兵,大着嗓门儿说:"哼,我看你小子也不过是徒有虚名,瞎咋呼!"

严兵从地沟里爬上来,脱去上衣摔在地上,走到空场处挥动着手臂说:"拿出你的本事来!"

车间里外的修理工和窑里休息的司机,甚至灶房里忙活着的刘师傅和他的婆姨都跑出来了,大家围成个圈圈看热闹。

王奇也扔掉外衣,露出胳膊上的肌肉疙瘩,喊着:"来呀!来呀!"

严兵凑上前去,和王奇对视着,突然来了个下蹲,对着王奇的小腿来了一个闪电般的大力扫堂腿,只听得"啪"的一声,王奇重重地摔了个仰面朝天,半天爬不起来。严兵伸手想拉他起来,王奇却示意无法站立了,于是招呼王怀兴和郝进飞两人把他扶起来送回休息室。看着王奇疼痛难忍的样子,几人开了一辆车把他送到医院诊治。医院确诊为小腿踝骨骨折,医生做了紧急处理后,嘱咐他静养三个月。

严兵对王奇骨折的事非常懊悔,他向郝进飞和王怀兴解释说:"我当时就是被他的话激怒了,带着怨气和他交手,用力太大把他踢伤了,都是同事呀,真是不应该！"

几人把严兵安慰了几句，便散去了。

这天天气不好，一直在下小雨，路上行人都打着雨伞，小心翼翼地避开来往的车辆溅起的雨水。司机李国文一路冒着雨从延安赶回来，把车直接开到公司，车上的货还没来得及卸。李国文三十岁左右，大高个子，络腮胡子，看上去很威猛正气，有点儿像黑白老电影《智取威虎山》中的杨子荣。他原来在兰州军区服役当汽车兵，后退役到陕西省汽车大队开大车，之后又调入沙州县运司当司机。李国文为人开朗，性子直，爱开玩笑，爱打抱不平。他老婆在老家小纪汗公社伺候公公婆婆，身边还带着一个六岁的儿子。他老婆有时也带着儿子来城里探望他，公司人和他开玩笑逗他时，他便会说："老婆来了就浇地嘛！浇饱了就安稳了嘛！"

李国文把车停在院里的地沟上。天已渐黑，院子里的修理工只有严兵在，灶上刘师傅在锅里还备着热饭菜，李国文大声喊着严兵的小名，冒着雨径直到灶房吃饭去了。严兵听到喊声从宿舍出来，跑到餐厅找李国文。李国文边吃边向严兵讲了车况："哎，小毛，这一路上把我整日塌啦！刹车踩不住，下坡直往下滑，我用低速挡硬憋着，一路上逢下坡就挂低速挡，就这么凑合着开回来的！"

严兵就说："哎哟！这可不好开么，有陡坡还是很危险的，容易把变速箱里齿轮憋坏哩！天黑了，我看你装货超高了车开不进室内地沟，只能是明天早上检查维修了。李师你吃了饭早点休息吧！"

第二天一大早，严兵出门一看雨停了，就钻进地沟里检查刹车系统，发现原来是刹车片磨损得太厉害，只剩下薄薄的一层了，难怪刹不住车呢！等到上班时间人都来了，严兵把情况告诉了张志华师傅，张师傅就让严兵到材料库领刹车片换上，嘱咐他换好后一定要让李国文师傅开上车试一下，确保万无一失。

第十七章

1973年5月1日，严兵被公司选定为跟车学习汽车驾驶的学徒之一。因为是汽车修理工出身，三个月后他就可以参加实习驾驶员执照考试，然后再过两个月，经过严格的各项考试，便可以转为正式驾驶员。

当驾驶员是严兵的梦想，他就要如愿以偿了！

严兵学开车有三个司机给他当过师父。

第一个是李国文，第二个是李向荣，第三个是党志强。

跟李国文学开车的感觉就两个字：爽快！

只要不是最危险的路段，李师就笑着对严兵说："小毛，你来开吧！让我抽支烟，你开足马力只管跑，不用怕这怕那的，我师父当年就是让我放开马子跑！"

严兵有时出现操作不当，李师总是不当回事，光提醒下次遇到类似情况应该怎样怎样应对处理，从不指责批评。严兵跟着他开车总是很放松，心情舒畅。

这天要跑长途到山西柳林县拉焦炭，然后第二天再跑长途送到西京的一家工厂。山西有些路段不好，路面比较狭窄，两辆大车会车时只能小心翼翼地勉强通过，而且有许多路段一面靠山一面是悬崖，沟深往往有一二百米。去时李师一边开车一边讲解怎么安全操作通过这种路段，回来时就让严兵练胆量开，他在一旁紧张地观察着路面和严兵的操作，而且轻易不说话。

往回开的时候严兵显得很紧张，头上脸上全是汗珠子：因为去时是空车，回来时却是装了满满一车的焦炭，车颠簸在一边是大山一边是悬崖的险路段，稍有不慎，方向把不稳，就会掉下深沟，车毁人亡！李师胆大心细，相信严兵的机敏和判断能力，仍然坚持让严兵继续往前开。他边观察着道路情况边和严兵开玩笑："哎，这段路我开起来也够呛，小毛了不起，就这么开，不要怕，该慢的时候一定要慢，坚持用低速挡，不要急踩刹车，特别石子路面方向容易打滑跑偏，这时千万不能急刹车！"

严兵一边应着声，一边认真操作着方向盘、变速杆、脚刹器、离合器和油门，不敢有丝毫马虎！

两个小时后，最难开的路段终于过去了，严兵已经是大汗淋漓。李师也松了一口气，点了一支烟递给严兵，爽朗地笑着说："嘿嘿，好尿个烂僦路，小毛等于洗了一回澡！"

严兵长吁一口气，又吸了一口烟吐着烟圈，心存感激地对李师说："啊呀李师，也就是你敢放手让我开了，其他师傅肯定不敢冒这种险！太让人紧张了！"

李师哈哈大笑开来，对严兵说："嗯，必须放手让你开，这样你很快就出师了，咱俩以后合伙开一辆车，多美气！"

严兵真诚地说："我也希望能有这种运气！"

第二天一早，严兵检查了全车车况，开车出去加满了汽油，等着李师醒来吃早饭。他在灶上已让刘师傅准备好了白面馍、炒土豆丝和稀饭，等李师吃毕了就起程。他们要把焦炭送到西京一家工厂，回来时需给小纪汗公社拉几台机器，那正好是李师的老家，顺便就探亲了——李师昨天就说想儿子李柱子了。严兵昨天回到沙州，晚上就去了一趟城里，专门给李柱子买了一把玩具枪和一包水果糖。

李师总算是睡醒起来了，严兵等得都急了，看到李师出了宿舍，严兵过去拉着他到灶房餐厅吃饭。李师吃着白面馍和炒土豆丝，这些都是他平日爱吃的东西，他看到严兵吃的是一盆烩酸菜和四个大片子玉米面馍，就开玩笑说："啊呀，咱们的'受苦人'小毛又吃上大疙瘩玉米面馍馍了！"

严兵也笑着开玩笑说："受苦人就爱吃粗粮，习惯了！"

李师又说："嗯，对着了，省下钱准备娶婆姨了嘛！"

严兵脱口说了句："哎，没那种想法！"

李师关心地问他说："哎，小毛，你今年应该有十八岁了吧？能娶婆姨了嘛！"

严兵笑了笑，用肯定的语气说："我打算一辈子也不娶婆姨！"

李师见他认真的样子就没再说什么。

他们动身开往西京，计划今天到延安，休息一晚上，明天到西京，然后回来也用两天时间。

一路上基本都是严兵在开车，李师则放心地打着盹儿。

四天后师徒二人回到了沙州，当天把车开进公司院子时天已渐黑。李师嘱咐严兵第二天一早加好油，然后动身去小纪汗——他一直惦记着儿子李柱子哩！

次日早上，严兵将一切准备工作都已做好，坐在门口台阶上抽烟。李师今天挺利落，起了个早，急急忙忙吃了饭就出发了。李师亲自驾驶，轻车熟路，不到两个小时就到了小纪汗公社革委会门口。李师向院内打了个招呼，出来一个人带着他们去卸货。之后李师就开车直奔他家阿拉补村。

小纪汗公社地处毛乌素沙漠的边缘地带，这片地域有沙丘、大片的草滩和水地，树木成林，水草茂盛，远远望去呈现出一大片绿色，风景如画般美丽！

李师一脸幸福，显得有些激动地说："这就是我的老家阿拉补村！"

严兵坐在副驾驶座上朝外看，也跟着师父兴奋起来，惊异地直喊："嘿，李师，你老家这么好呀！有这么多牛羊哪！一大群一大群的羊，啊呀！是集体的还是个人的？看那边！像是一个湖，边上全是树，嘿，湖中间好像还有鸭子游着，呀！这个地方美气得很……"

李师看严兵像小孩子一样不时发出惊叹声，得意地咧开大嘴一个劲儿笑，对严兵说："小毛，老哥的家乡不错吧？马上咱就下车，车就停放在这儿，让你老嫂子给咱弄些好吃的！"

李师紧接着就按了几下喇叭，不一会儿就见对面不远处跑来一个小男孩，光着屁股，样子特别有趣！就听李师喊："柱子——柱子——柱子哎……"

柱子跑近了，兴奋地挥动着小手，大声喊着："大——大，大——大！"

李师笑得像一朵花，向前紧走了两步，展开双臂一把抱住柱子站立起来，在柱子脸蛋上就是一阵子亲。柱子笑得直喊着："疼——大，疼！大的胡子扎得疼！"

李师哈哈大笑，举起儿子说："嘿，人长大些了，变成大娃娃啦！"

李师抱着柱子招呼严兵往前走，一会儿就看见树林子里的一个大院子，门口站着的正是李师的婆姨李翠翠。李师上前腾出左臂抱住婆姨，在她脸蛋上叭叭地狠劲亲了两下，嘴里直说："嘿嘿，想死你亲老汉咧！"

李翠翠见严兵在旁边，有些难为情地笑了笑，赶紧让着他们进了大门往房子里走。李师的父母听见响动，听说儿子国文回家来了，老两口在炕上窗前坐着探头从玻璃窗子往院子里望。李师放下儿子进屋就喊大喊妈，二老也国文国文地叫个不停……

这个大院子足足有两个篮球场地大，院内有两棵不知名的树，院墙外则整个被柳树围了一圈，显得十分幽静。院内只有一排坐北朝南的砖房，一共九间房，西南角上有一个厕所，院中央有一个自压式上水井，这样的人家在当地算是富裕户了。他们家养的猪和鸡都在大院外的猪舍鸡舍里，显得住人的院子更加安静。

李翠翠忙着做饭，李师在父母房里陪着他们拉话，严兵便和柱子一起玩了起来。严兵送给柱子的玩具枪让柱子爱不释手，柱子口里还吃着这个"严叔叔"送给他的水果糖，一下子就喜欢上了严兵，拉着严兵跑来跑去地玩。

当晚他们就宿在大院子里。李师要搂着儿子一起睡，儿子却想和严叔叔睡，父子俩有了争执。

老子说："嘿，柱子，跟大一起睡吧！"

儿子说："大，我想跟严叔叔睡！"

老子说："嘿，臭小子！不想跟老子睡咧！"

儿子说："你跟我妈睡嘛，我睡下还累事了！"

老子说："嘿，碎疙瘩小子说的甚话么，谁说累事了？！"

儿子说："是我爷爷给我交代的，不让我打扰你们么！"

李师和婆姨就都笑了，李师就对儿子说："嘿，臭小子！那就快滚尿蛋吧！"

……

跟李国文师父学习了三个月后，严兵顺利地拿到了实习驾驶员执照，他可以名正言顺地开车了，但还不能独立驾车出行。

严兵的第二个师父是李向荣。

跟着李向荣师父开车的感觉也就两个字：麻烦！

李向荣几次向杨主任提出申请，说他近期胃不好，希望能暂时给他配个助手，两三个月、半年都行。杨主任就让他在实习驾驶员中选一名，一共有四个人可选，分别是李志平、刘小平、严兵、王建国。

李向荣没说二话，直接点名要严兵。

李向荣却又担心李国文不放手。杨主任说他想办法给李国文做工作。

李向荣是沙州城里的老户居民，老婆严秀文也是城里大户人家出身，言谈举止处处表现出沙州城女人的风范。李向荣以怕老婆而出名，对严秀文历来都是言听计从。李向荣夫妻俩只生养了一个女儿，起名李娅丽，李娅丽沙州中学初中毕业后到芹河公社插队已有一年，夫妻俩正在找机会把女儿招工进城，给她安排个工作。

李向荣是个慢性子人，做事常常表现得犹豫不决；可李向荣又是个细心的人，遇事总爱思前想后，总是想把事情做得妥妥当当。他老婆有时烦他太磨蹭，埋汰他说："哎哟，做个什么都磨磨蹭蹭的，放个屁还要脱一回裤子！"

李向荣往往不顶嘴，他明白顶嘴会落个什么下场，所以他认为最好保持沉默。他女儿鼓励他说："哎哟，爸爸呀，我发现你越来越能憋得住咧，我妈那么地臊呱你，你连一句也不回！我真佩服你！沉默是金！"

李向荣对女儿的表扬和肯定不置可否，自言自语说："说着容易做着难，憋死人又不顶命！我在心里头和你理论，你还能管住我？'沉默是金'道理上是那么回事，真的能忍住容易吗？！"

这天李向荣和严兵把西京买回来的米和面往他家里送，严兵推着他那辆凤凰牌自行车，后座上放着两个鼓鼓的口袋；李向荣一手提着一个提包。那两大包东西都是给丈人家买的，去西京前一天晚上严秀文写好一个清单，反复给他叮咛过的。他丈人严明复是个极其讲究生活品位的人，六十五岁的人，却保养得像个五十刚出头的中年人，比女婿李向荣都显得精神。

这是严兵第一次去李向荣师父家。

严秀文正在忙着收拾屋子，手脚麻利地把桌椅板凳、瓶瓶罐罐、角角落落挨个擦了一个遍，屋里的所有摆设整齐而干净——窗明几净是她家的传统，她的母亲就是个很爱干净的人，她认为干家务事是女人分内的事，必须要做好！言传身教、潜移默化，严秀文得到了她母亲的真传。女儿李娅丽这几日也从芹河公社回到了家，正在屋外清扫院子。李娅丽今年十六岁，在芹河插队已有一年多了。她长得像她妈，是典型的沙州城里的美丽少女——洋气而优雅，加上身材不高不矮、不胖不瘦，皮肤白皙而细嫩，更显得楚楚动人。

李向荣带着严兵走到了院子门口，看见院子里的女儿，顿时喜笑颜开，喊着："丽丽——丽丽，我回来了！"李娅丽看到她爸也高兴得直叫："爸呀！爸呀！"又朝屋里喊："妈呀——妈呀，我爸回来咧！"兴奋之余方才发现了她爸身后的严兵，一时愣在那里说不出话来。李向荣见状，忙向女儿介绍说："噢，丽丽，这是我的助手小严师傅。"

严兵早已注意到这个美丽的少女，礼貌地向李娅丽点了点头，说："我叫严兵，是李师父的徒弟。"

李娅丽不知为什么就羞红了脸，一时竟不知说什么好，对严兵点了点头就跑回屋去了。李向荣招呼严兵进屋，严兵却只顾着从自行车上取下口袋往屋里搬，之后就向李向荣告辞。李向荣和老婆热情挽留严兵在家吃饭，坚持不让他离开，严兵不好拂了夫妻俩的面子，就留了下来。

李向荣忙着叫女儿丽丽出来帮着沏茶招待客人，自己走进厨房看望一下小别的老婆。严秀文一眼就看中了严兵，见李向荣进来就忙问他："哎，向荣我问你，这个后生有对象了没有？"

李向荣笑着对她说："怎么样，小伙子精干吧？我还从来没听说他谈对象哩！光知道这个小伙子不谈对象，不近女色！"

严秀文又试探着问:"他今年有多大了?你没有当面问过他谈对象的事吗?你没注意到咱丽丽一见他脸蛋子就红扑扑的吗?"

李向荣认真地对老婆说:"小伙子今年十八岁了。不用我问,我们公司的人都知道,严兵这后生不谈对象。看上他的女子有不少哩,他从来没和哪个女子谈过!"

严秀文疑惑地问:"哎呀!是不是身体有什么毛病了呀?"

李向荣急着说:"你看看他壮实得像头牛一样,有什么毛病咧?摔跤在咱沙州城里还没有对手哩!上回公司新来的一个退伍军人,听说原来在上万人的军队里比赛摔跤得过第三名,不识高低,出口伤人,硬要和严兵比个高低,严兵一抬腿就把他的腿把子踢断了,厉害吧?"

严秀文就担心开来,说:"这后生脾气不好?"

李向荣说:"嘻,脾气好得不能再好了,比我的脾气还要好!就是言语少,不爱说话。"

严秀文笑着逗他,说:"噢,和你一样,都不爱说话,少言寡语!"

李向荣听着心里就舒坦,忙回应:"对对对,还是你了解我!"

屋外头严兵正和李娅丽谈得热火……

两人有共同语言,说的都是插队时知青们和村民们的趣事。李娅丽说到高兴处还给严兵唱起了他们自己编的歌曲,严兵也兴奋地给她朗诵了他当知青时编的顺口溜。两人说说笑笑,俨然就是一个战壕里的战友!李娅丽开始戏称严兵为"前辈",严兵回敬她为"小鬼",两人自此算是成了好朋友。

饭间,李娅丽主动招呼严兵,说:"前辈多吃点儿,俺娘做菜可好吃了!"

严兵表示感谢,说:"你这个小鬼挺会招待人么!"

李向荣和严秀文一头雾水,感到莫名其妙。

李向荣忍不住问两人:"'前辈'是什么意思?"

严兵抢着说:"嗯,就是'严叔叔'的意思。"

严秀文也好奇地问:"'小鬼'又是啥意思?"

李娅丽嘿嘿笑着抢先回答说:"啊,这个么——就是晚辈的意思。"

夫妻俩对视着,一时无语……

两个月后,严兵经过各项考试,成了一名正式的驾驶员,他手里拿着驾驶证,心里感到特别自豪,兴奋地想:从此可以独立开车喽!

严兵虽然拿到了驾驶证,但公司没有那么多车让他单独驾驶,于是他被指定和老司机党志强同开一辆车,严兵自然也就把党志强当作自己的师父。

跟党志强一起开车的感觉也是两个字:难缠!

党师的难缠表现在方方面面,唯一让严兵难以忍受却又不得不忍受的就是代替党师喝酒——喝酒划拳是党师的最大嗜好!只有四两酒量的党师喝超量了输下的酒就找人代喝,严兵自然而然就成了代喝的人。每到一个地方,党师都有铁杆酒友,晚上必定要喝一场,最后的结果就是严兵搀扶着党师,党师搀扶着严兵,两人喝得酩酊大醉昏睡在床上……

党师娶过两个老婆。第一个老婆叫王熙兰,是沙州城里家境贫寒人家的女子,给他生了一个儿子,取名党建国。后来因为党师酒后殴打老婆孩子,父母亲戚众人屡劝不改,便离了婚。党师的第二个老婆叫赵改燕,年岁上比他小了近二十岁,初中毕业后在地区外贸公司工作,十八岁时嫁给了他。赵改燕不愿意和党志强一起在众人面前露脸,原因很简单——他们经常被人误会:"啊呀,党师,又带女儿出来走走?天气这么好,出来转时给女儿买点东西嘛,挣那么多钱留下做什么呀?"

但凡碰上不知情的熟人、朋友,人家总会毫无恶意地说上几句类似的话,赵改燕这时就感到不舒服,催着党志强快快回家。党志强对此表现出了心理的强大——年龄大怎么啦?年龄大会心疼人嘛!而且也没让我家燕燕在夫妻生活上有一点点委屈嘛!

跟党师同开一辆车的最大好处就是开车机会多。党师比较懒散,两人一起出车,一路上基本上是严兵开车党师睡觉。有时回到公司,党师喝了酒,第二天就不想出车,严兵便兴高采烈地独自开车出去拉货送货。后来跑西京长途,党师竟然也不想去,严兵自然是求之不得。于是人们在沙州城街道上常看到一个十八九岁的小伙子开着一辆解放牌大卡车,好不威风!可是让严兵头疼的是,党师交代给他在西京办的事情实在是太繁杂——七大姑八大姨让党师在西京办的事情一整天都办不完,而且有些如给他老婆买内衣一类的事情让严兵很是为难，百货门市柜台上卖货的姑娘们遮面偷笑的情形让他面红耳赤，尴尬万分！每次办完这种事情，严兵就找个清静处独自坐下消解胸中的闷气，他甚至产生出了对党师的仇恨，心想着一拳揍扁他那颗肉脑袋才解恨！

最近一段时间是严兵感到最快乐的时光，他享受着独自驾驶的自由自在，放马奔驰般的快活让他忘乎所以，一切烦恼烟消云散。他甚至幻想着把车开到王梁子公社柳湾大队，给解书记和强大队长，还有好朋友李三娃、王榆生和徐三凹他们拉上一车炭，再给他们每家送上一袋子白面，噢对了，一定要给干妹子武玉玉家多送些东西，然后坐在柳湾河边看看流淌着的河水，看看养鱼场里鱼塘中活蹦乱跳的鱼……嘻，想看的东西太多了。

回到沙州，严兵回了一趟家，放下一袋米一袋面，和妈妈、梅梅阿姨说了一会儿话就回公司了。他没有见着严工，这让他心里轻松了许多，他才不想打听严工的情况，他和他长兄的积怨实在是太深了！他突然想起有几个月没见李敬贤老师了，便计划着下次到西京买好米面去看望一次老师。

严兵把一大堆东西送到党师家。

党师年轻的老婆赵改燕走出内屋来看给她买的内衣，还有给她父母买的白皮点心、面包、茶叶等物。赵改燕对严兵代购的内衣非常满意，不停地在身上比画着，就差当面穿给严兵看了。严兵见状就急忙向党师告别，匆匆逃离了他家。

有一天，党志强突然对严兵说他想病休一段时间，他的胃有毛病了，医生建议住院观察一个月后再决定下一步治疗方案，所以他已经向公司打了报告，可能公司也会给严兵新的工作安排。严兵好言安慰了党志强一番并告诉他需要帮忙时自己随叫随到。

杨文华主任正式通知严兵：这辆车暂时由严兵独自一人驾驶。严兵心里十分兴奋。和他一起学开车的四个年轻人中，他是最早独立开车的，在公司他也是最年轻的司机。

严兵在西京给李敬贤老师买好了一百斤粮食，回到沙州城又在副食品二门市部给李老师买了两瓶西凤酒和一条中华烟。而此时他所敬重的李敬贤老师依然在喂猪、掏大粪，李老师在这种饥寒交迫的处境中已经苦苦熬过了七年！这一年他四十四岁,"右派分子"的帽子他已经戴了十五个年头了!

严兵把自行车放在大礼堂角落处,扛上一百斤粮食,依旧在上坡的地方看到了李老师忙碌的背影。严兵大声喊着:"李老师,我是严兵——我是严兵!"

李敬贤先愣了一下,随即转过身,仍然是咧着大嘴笑的表情,兴奋地喊:"噢——嘟嘟嘟嘟嘟,猪倌老李来啦!"

李老师接过严兵左手拎着的提包,两人朝家里走去。严兵高兴地对李老师说:"李老师,我现在挣的钱多了,你想吃什么我给你买!"

李敬贤就咧开嘴笑,不假思索地说:"就想吃猪肉炖粉条和大米饭!"

严兵看他像小孩一样的表情,忍不住笑出了声:"哈哈,这个容易,我过几天来,亲手做给你吃,让你吃个够!"

李敬贤用他特有的东北腔强调说:"一定要挑那种最肥的猪肉!"

20世纪70年代初期,工农兵上大学的教育政策已经正式实施了两年。

县运司接到县教育局一份文件,通知公司推荐一名年轻工人为高等院校工农兵学员候选人。公司研究后决定将严兵推荐上报县教育局,但在正式行文上报之前先通知了严兵,给他两天时间考虑决定。严兵听到这个消息先是兴奋了一下,之后冷静下来就不知所措了。他当时对大学真正的含义是模糊不清的,他决定先去请教一下老大学生宣正风和周坚,并征求一下两人的意见。然后,他一定要听听李敬贤老师的意见,老师说去读他就去读。而母亲那里他不用去问,他的意见就是母亲的意见。母亲历来尊重儿子的意愿,总是尽全力支持鼓励儿子。当然,在他的记忆中也有过一次,唯一的一次遭到母亲强烈的反对——他后来理解了她内心深处对文工团女人的反感进而对"文艺"两个字的反感,她并不是反对他去当兵……

县鱼种场技术员宣正风正在家里伏案写着什么,见严兵敲门进来,热情地招呼他。严兵开车以后常给老宣和周坚两人跑腿,他们两人的父母家都在西京,因此严兵就成了他们的义务交通运输员,南来北往地帮他们送东西,老宣和周坚心存感激,每次见面总是热情招待。周坚在县设计室工作,他读大学时的专业就是建筑设计。周坚这个人特别精明能干，说话幽默风趣，充满了智慧。

老宣和严兵一同去找周坚，和周坚一起分析了一下上大学的这件事情。周坚扶了扶鼻梁上的近视眼镜，情绪有些激动地说："啊呀，这还用犹豫吗？必须舍弃一切，坚决去读书！严兵你也是这块料哪，这种机会这辈子也就一次！不可失，不可失！否则你就是犯罪，不可饶恕！"

严兵瞧他激动的模样，就想着逗一逗这位可爱的老大哥，说道："哎哟，这样的话，你们不就损失了一个交通员了吗？以后谁给你俩来来回回跑腿呢？"

周坚语气坚决地说："嗐，那都算个屁事！"

老宣也跟着说："就是就是，那都算个屁事，屁事么！"

严兵向两位大学生前辈表态说："那我就依照两位'叔叔'的意见决定去上学啦！"

周坚知道严兵在逗他们，也开玩笑说："听'老哥叔叔'们的话没错！这叫理性选择！"

老宣跟着说："对对对，理性选择！"

当天晚上，严兵去了沙州中学。

李敬贤老师的态度与周坚、老宣完全一致。李老师语重心长地嘱咐严兵道："这种机会一定要抓住，这或许就是你人生的一个转折点。你还年轻，不要为眼前的物质生活而满足，往远看将是另一片天地……"

妈妈也坚决支持儿子上大学，她认为她的五个儿子中应该有大学生呀！

县运司工人们对严兵上大学大都持反对态度，认为读那么多书没有什么用，念过大学的人又不是没见过，还不是灰眉灰脸地来县运司求人买点儿这东西捎点儿那东西？严兵你念完大学又能咋样？说不定还不如现在呢！严兵理解他们的一片真情，心里也清楚他们舍不得让自己走，可严兵决心已定，绝不动摇！管不了以后的事，这世上的事谁能料想到哩！有这么一个突然而至的机会，他与大学不是一种缘分又是什么？

这一年严兵刚刚十九岁。

第十八章

1974年9月6日，严兵迈进了大学校门。

西京外国语学院大门上方挂着长长的红布横幅，上面是黄色的纸剪出的十二个大字——热烈欢迎七七届工农兵学员！

进了校门便看到直对着校门的一座五层大楼，楼前大约五十米见方的水泥场地上靠近楼摆放着三四张课桌，课桌后坐着工作人员，是各系专门准备好迎接新学员的。大楼前人来人往，场地上也站满了各地来报到的学员和陪送他们到校的亲属朋友。严兵和随他同来的王玉林站在广场上等着报到。王玉林是严兵的小学语文老师，也是来西京学习的，就在隔壁的陕西师范大学历史系进修，为期一年。他不放心严兵，所以就陪着严兵来了。县运司的长途拉货车把两人送到校门口，两人就拎着行装先进了西京外国语学院，准备办好了严兵这边的手续入宿后，再一同去陕西师范大学办理王老师的入学手续。

王玉林老师是个性格开朗、充满幽默感的人。他一直在沙州师范学校附属小学教语文，今年刚刚三十九岁，瘦高个子，戴一副度数很高的白色框近视眼镜。他准备调到沙州县第一中学担任历史教师，他一直喜欢历史和地理，进修后拿到证书便可以顺利调入。他们一路坐的是县运司李国文的车，这样也互相有个照应。车到了绥州县时，严兵提出到青石砭公社看望一下十几年没见面的父亲严文武，李师傅爽快地答应了，他们在绥州城买了些礼品后就前往青石砭公社。

严兵这次上大学到西京报到，真可谓兴师动众，公司里革里民、来少斗师傅带头呼唤闹腾起九辆解放牌大卡车，名义上到西京拉货，实则是给严兵送行。九辆车行驶在一起，一路浩浩荡荡，好不威风！王玉林老师直夸严兵"好人缘"。车到绥州，其他八辆车进城吃绥州名小吃去了，大家约好晚上在延安一家旅馆会合。

严兵的父亲严文武从副地师级连降四级，一路直降到副科级，经历了人生巨大的变故和生理心理上的残酷折磨，能生存下来就是难以想象的一件事情……严兵能来看望他，是严文武做梦也没想到的事！

担任青石砭公社革委会副主任一职的严文武此时一身农村干部打扮，看上去精神头仍然很足，见到三儿子严兵虽然显得有些激动，但还是表现出了刚毅的一面。他热情地在公社灶上招待三人吃了饭，临别时拿出二十块钱递到严兵手上，说："小毛，你不要嫌弃，这是爸爸的一点心意！你好好念书，将来图个好发展！"

严兵心里一阵阵苦涩与酸楚，泪水在眼眶里打转，他把一个信封塞进父亲的口袋，答应着说："爸爸，我记住你的话了，你自己多保重，我会给你写信的……"

严兵觉得自己很不孝顺，多少年都没有真正地关心过父亲。他怨恨过父母，他认为自己生活中的不愉快、烦恼、自卑等，主要是因为家庭的不正常，父母缺乏责任心——他常常为此感叹人世间的不公。但是当他面对父亲时，看到父亲躲闪的眼睛时，他的心里又充满了对父亲的同情……

办完了两个学校的报到手续，严兵约了王玉林下午与县运司师傅们一块儿吃羊肉泡馍，晚上再一起观赏一场杂技表演。

夜晚，革里民开车将严兵和王玉林送到学校门口，临别时把一个信封递到严兵手上便开车离去了。

严兵回到宿舍门口，借着走廊里的灯光打开信封一看，是厚厚一沓十元面额的钱，足足有三十张！他感动得手都颤抖了，他觉得师傅们对他太好了！他不知道自己怎样才能回报他们的情义……严兵把这笔钱存到了银行，他想着不到万不得已不会动用它！

按规定，工农兵学员工作五年以上，在校期间工资照发，但严兵只有两年不到的工龄，所以他在一夜之间变成了不挣一分钱的穷光蛋。好在工农兵学员享受国家义务教育政策，一切生活学习用品全部免费，每月领取一次饭票，日用品及零用钱由各班评出等级，够上等级的同学可领取学院每月发放的三元钱。严兵从此又过上了连学徒工都不如的饿肚子生活。他每天都半饥半饱地熬日子，面对着一个月二十五斤粮的饭票，他感到不知所措。他不由自主地怀念起当学徒工时每天上午一大盆烩酸菜和四个三两重的大疙瘩玉米面馍，下午又一盆子烩酸菜和三个大疙瘩玉米面馍的生活，心里不由得感叹着：那种吃饱的感觉才叫活人么，现如今活得连个要饭的都不如！他开始后悔上学前没听师傅们劝。唉，自寻的，能怨谁？

他们这一级学生共有九十名，分为五个班。严兵被分到二班，二班有九男八女。班长是临时指定的，叫伍修平，二十三岁，是一名海军部队退伍军人，自称与诸葛亮同乡。众人虽刚刚相识，但他留给大家的印象不错。

伍修平在楼下集结二班全体同学，发出口令："稍息——立正，向右看——齐！向前——看！报数！"

"1！"

"2！"

"3！"

……

"向右——转！齐步——走！"

全体新学员到大礼堂开迎新大会。

风度翩翩、中等个头、五十多岁、身着一套灰色中山装的西京外国语学院党委书记兼院长崔哲讲话："首先请允许我代表院党委，代表学院及全体教师职工，对七七届工农兵新学员们表示最热烈的欢迎和最诚挚的问候！"台下掌声四起。

"你们从基层来，有着丰富的工作、生产、战备经验和生活体验，为我们学校注入了新鲜血液，给我们带来了好思想、好作风、好品德。希望大家在'上、管、改'中发挥你们应有的作用，使我们学校成为一所又红又专的大学！"台下掌声热烈而持久。

崔哲喝了一口水，接着大声讲道："同学们，祖国的建设与发展一日千里，需要大批有文化、懂生产、有实践经验的青年，我们殷切地希望大家在宝贵的三年学习期间，勤奋学习外语知识，熟练掌握专业技能，争取在三年之后成为又红又专的外语人才，投身到祖国火热的建设中，做出青年一代人应有的贡献！"

崔哲书记的讲话简短而面面俱到，充满着激情且善于激发调动听众的热情，且讲话时没有讲稿，临场发挥功夫显然不错。看得出，这是一位老到的政治工作者！

工宣队王师傅是英语系七七届学生党支部书记。

王师傅四十岁左右，中等个头，皮肤偏黑，眼大而有神，是来自耀州矿务局的一名普通工人干部。但他留给严兵和一些同学的印象是：作风正派而鬼祟，说话坦诚而阴险。

这位王师傅还真把工人阶级管理大学当成了自己的使命，俨然一副主人翁的架势。学生的思想、学习、生活所有的事情王师傅都亲自过问，事无巨细，声称："俺就是你们的亲人，你们的亲人不在你们身边，俺就代表他们关心照顾你们！"

就连女同学不方便出早操王师傅也心中有数："那个王××同学，今早不用出操了嘛，俺都给你准假了嘛，咋还又来咧？"

王同学就尴尬地红着脸往宿舍走。

"李××同学，你脚崴了就让同宿舍同学帮你打个饭嘛！快坐下让俺看看你的脚，疼不疼啊？哪一块疼啊？俺就说暂时不要活动嘛！咋不听话呢！"

王师傅不光关心学生的生活、学习和思想动态，也关心女教师的教学情况和教学指导思想的状况。这天上午第二节课刚毕，王小凤老师手里拿着课本和教案从二楼教室出来往宿舍走，碰到了王师傅，被他挡住问话："啊，是王老师呀！哎，俺正想向你了解一下学生们的学习情况。这个——这个学生上课怎么样啊？能跟得上吗？"

王小凤老师二十六七岁，家在上海，是典型的南方淑女，她是"文革"中最后一批上海外国语学院毕业生，去年刚刚被分配到西京外国语学院任教，英语系七七届二班是她教的第一届学生。她教的是语音课，每天上午两节课；斯里兰卡外籍女教师穆巴也教语音课，每周给一至五班每个班的学生上两节课。

王老师见王师傅问她，便礼貌地回他话："噢，都能跟得上，我们用的都是初级教材，语音课都是从头学起的，不难的。"

王师傅听她如此讲，便又问她："啊，王老师呀，学生的思想动态也要关心的呀！你说俺说得对不对，王老师？……"

王老师见他说话啰唆，敷衍他几句便逃离了。

严兵认为王小凤老师的语音教得确实好，不光发音和录音机放出来的标准发音一模一样，而且她的教学方法也很灵活，学生课堂上的练习机会多，老师当面纠正，学生当场改进，学习效果让教的人和学的人都感到满意，大家对王老师评价很高。王老师还有一个与众不同的教学方法，就是借鉴音乐教学中的视唱练耳的方法，着重培养学生听音的准确性。具体做法是除了课堂上面对面听音辨音练习外，还增加了语音听写作业，每周都有一两次作业，当堂收回去批改并写出改进意见。王老师的这种教法使严兵受益匪浅，在他日后的教学活动中多有借鉴……

外籍教师穆巴是一位活泼可爱的老太太，其实际年龄或许没有表面上那么大。这位身材宽大、慈眉善目的妇人，在课堂上总是面带微笑，非常耐心地帮助她的中国学生学习掌握英语语音技能和会话能力。与她同来的丈夫穆托先生也在英语系任教，只是没给七七届学生上过课。

这天上午第一二节课是穆巴老师的语音与会话课，二班学生们吃过早饭陆续走进了二班专用小教室——外语学院各语种的教室都采用二十人以下座位的小教室，学生人数也不超过二十名，这是外语专业教学注重课堂实践的一个特点。

二班班长伍修平前一天刚刚向王小凤老师请教了上课喊的口令——Stand up（起立），昨晚在教室上自习时就演练过了，今早又在教室和全班同学配合着演练了几次，但他看上去还是有点儿紧张，喊出口令后眼睛不由得左右转动，给人一种心虚的感觉，副班长邵丽芸已提醒纠正他好几次了。

　　穆巴女士面带着优雅的笑容，右臂夹着美观的彩色硬皮封面的教案本，步伐轻盈地走进了教室，在讲桌后站定时，伍班长就立即大声喊出口令——Stand up！穆巴女士似乎被他雄浑的声音吓了一跳，愣了愣神，但很快镇定下来，微笑着面对全班站立的同学说了句英语——Good morning（早上好）。伍班长由于过度紧张，未等穆巴女士说出下一句英语，突然又喊出"Stand up"，同学们就憋着笑继续站立着。穆巴立即明白了伍班长太紧张，于是伸出双臂做出下压的手势说："Please sit down.（请坐下。）"

　　穆巴女士友好地安慰伍班长，说："You are a good humorous monitor！（你是位很风趣的好班长！）"

　　学员常大新来自雁塔区一个派出所，他英语口语基础好，就用关中话翻译说："穆巴老师说你这人不错，挺幽默的！"

　　大家都友善地笑了……

　　英语系领导起初考虑过给穆巴女士配一名女教师当课堂翻译，最佳人选就是王小凤，可穆巴女士坚持说不需要，她向系领导表明她正在努力学习汉语，这样的情形正好促进她学好汉语，她还有个美好的愿望——回国以后给斯里兰卡的学生们教汉语。于是，大家后来便看到穆巴女士在课堂上采取教学相长、双语教学的模式，课堂气氛十分活跃。穆巴女士幽默而得意地说："哈哈，我有九十位汉语老师，可他们只有我一位'老外'老师！"

　　严兵开始打起了动用存折里的钱的主意。

　　学生灶上早饭二两多的粗粮馍下肚后愈发刺激了他的食欲，整个上午他饥饿难耐，脑子发蒙，眼前不时出现那圆溜溜胖乎乎的两面馍——那是世界上最好吃的东西！

　　一个学期才刚刚过了一个多月就这么难熬，再往后怎么办呢？严兵胡思乱想着饥饿的问题，被伍修平一声"Stand up"吓了一跳，慌忙站了起来。上午一二节课是穆巴女士的语音会话课，严兵看着台上的穆巴老师，心想：穆巴永远是微笑着面对所有的人——难道她没有极端饥饿的时候吗？极端饥饿时她还能保持微笑吗？绝不可能！穆巴早上一定是吃足了两面馍馍，她是外教，放开肚皮吃也是应该的，毕竟不能让别人笑话我们国家限制外教的口粮……

穆巴用汉语说："今天上午的第一节课，我们用英语中的连接词and（和）造句，至少要把两个句子连接起来。谁先来？"说完又用英语把刚刚的话讲了一遍。

大家踊跃举手。

穆巴扫视一圈，发现严兵没举手，好像有些心不在焉，就点了他的名："严兵同学，请你先来！"

严兵站起身来，尴尬地微笑着，不知所措。

穆巴友好地微笑着，说道："请你用and造句，用的次数越多越好，你行吗？"

严兵听明白了，略加思索便开口讲道："I am YanBing and you are Miss Muba and I am a man and you are a woman and you are a teacher and I am a student and I am a good student and Miss Muba is a good teacher and we are good poeple.我是严兵，你是穆巴女士；我是男人而你是女人，你是老师而我是学生；我是个好学生而穆巴女士是位好老师。我们俩都是好人！"

严兵造完英语句子又翻译成了汉语，一气呵成！

全班同学和穆巴老师一齐鼓掌……

即将放寒假，严兵星期天上午去陕西师范大学七四级历史系进修班宿舍找王玉林老师。严兵问起王老师放假回家的事，王老师说他们的放假时间和严兵的差一天，两人约好一起回沙州。严兵说他去长虹旅社看看有没有县运司最近下来的车。告别了王老师往回走的路上，在王老师住宿处不远的宣传栏上，严兵无意间看到了一张黄纸上写着招小工的告示：寒假雇用小工，一共三十天时间，包吃住，一天挣一块钱，现在就开始报名。严兵一看落款日期是昨天，便立刻去报了名，他决定不回沙州了！

严兵打算为王老师问好回沙州的车再告诉王老师自己要做小工的事。

明天正式起假，严兵今天去了一趟长虹旅社。也是王老师运气好，李国文和革里民两人今天各开一辆车来西京送焦炭，往回拉的货也已经装好，明天一早回沙州。严兵回去就给王老师说了明早送他到长虹旅社乘车，顺便告诉他自己留下做小工的事。

小工的活很简单：一栋旧楼已被推倒，拆下的旧砖还可以再利用，小工需要整理堆在一起的砖块，除去砖上的白泥水泥，弄干净后在另外一个地点码放整齐即可。这活看着简单做起来累，十分耗力。三顿饭基本上可以吃饱，一周还可以吃上一顿肉菜。严兵很卖力地干了起来，加上手脚麻利，很得工头赏识。他就像一台好机器——只要给足油通上电，就会不停地运转。

这天工头告诉严兵，晚饭后加班三个小时，从六点干到九点，每晚一块二毛钱，问他干不干。严兵没有犹豫就报了名，在夜灯下卖着苦力，心里想着的还是他那句老话：唉，受苦人么，还怕劳累咧！工地上的工头对小工们很不错，每晚加班结束时发给每人一个四两重的大馍馍。

严兵又年轻体力又好，每天十一个小时高强度的劳动他硬是撑了下来，但是人也完全变了模样。他们干的活计时也计量，规定时间内超量另发奖金。严兵非常喜欢这种计酬制度，他不喜欢磨洋工吃大锅饭。

这天下午干完最后一天的活，工头招呼小工们去领工钱，之后慰劳大家，请大家吃一顿肉烩菜和白面馍。严兵干满了三十天，加上晚上加班费和超量奖金，一共挣了七十一块五毛钱，他签了名字拿了钱回到学校。后天新的一学期就开始了，严兵想明天把自己"装扮"一下——他的脸被冻肿了，发红发青，看上去大了很多，眼睛里布满了血丝，已经完全不是放寒假前皮肤白白净净的样子！尽管一直戴着手套干活，但双手还是被磨损得不成样子——手背红肿粗糙，掌心和手指上全是裂开的口子，看着有些瘆人！

次日上午，严兵去小寨商店买了一双薄手套和一顶大号帽子，又去眼镜店买了一副平光黑框塑料架眼镜，把自己严严实实包了起来。弄好这些事，他心情愉快地去商店右侧的小吃摊上吃了两大碗肉臊子岐山面，还另加了一个肉夹馍——这是一个月来他最幸福的一天……

严兵的怪异装扮引起了王师傅的高度警惕。

新学期第一天早操后，王师傅站在队伍前训话："有一个情况俺必须提醒个别同学注意，你把自己伪装得像个特务一样，搞什么名堂？不要搞小动作么！俺给你留面子就不点你的名咧！不像话嘛！"

严兵忍无可忍，于是冲着王师傅大声质问道："哎，你阴阳怪气地说谁是特务，我搞什么小动作啦？你明明就在说我嘛，还用点名吗？你记好了，俺也是工人队伍中的一员，请你说话注意分寸！"

全体同学都竖起耳朵认真听清了严兵说的每一个字，大部分同学的感觉就两个字——解气！

王师傅被严兵大胆的反击气蒙了，一时竟说不出话来……

第二个学期初的一项重要工作就是各班重新编排座位。经研究决定采取男女同桌的形式，取消原有座位排列组合，按照抽号来决定同桌，男生抽出一至九号中各自的号数，女生也照样确定自己的编号，不做人为的刻意安排，公平合理。严兵摸的是六号，贺文英也摸的是六号，两人成了同桌。

有道是"有缘千里来相会，无缘见面不相识"。这年二十二岁的贺文英刚刚被选为年级党支部委员，她是汉中人，温柔端庄中又显汉中女子的靓丽与灵气。她入学前曾在家乡的公社担任过三年革委会副主任，给人一种诚实稳重的印象。严兵从上个学期入学后，在与同学们接触的过程中对贺文英这位大姐型同学颇有好感，与她成了同桌心里自然是十分欢喜。他们二班还有一位来自甘肃省的同学，叫鲁斌行，也是年级党支部委员。鲁斌行人长得精神，做事果断利落，为人热情大方，很受女同学追捧。

工农兵学员是特殊历史时期的大学生。未经高考而进入高等学府大门的工农兵学员，好似理亏一般，在校期间在老师们面前，以及毕业之后在单位同事和领导们面前，处处小心谨慎，唯恐做错什么事情。好在自知之明尚在，自尊心始终存留，他们后天的努力程度和努力结果让世人刮目相看、肃然起敬！

西京外国语学院英语系七七届的学员们以最饱满的热忱，夜以继日、争分夺秒、如饥似渴地吸吮着知识的营养——夜深人静的校园路灯下，凌晨四五点的教室里，天刚蒙蒙亮的操场上，到处都是学员们苦读的身影……

一个星期天上午，二班马浩荣和四班的秦富春约好去小寨商店买些生活用品，并打算去那家有名的岐山面小摊上吃吃家乡面过个瘾。马浩荣走下宿舍楼在楼前广场上碰上从医务所回来的严兵，就邀请严兵去小寨逛，秦富春也热情邀他同去，三人便出了校门，一路走着说着话往小寨去。马浩荣看到严兵手上的白纱布，就问他手怎么受伤了。严兵说是冻伤的又裂了一些口子，已在校医务室处理过几次了，都长出新肉了……

一个小时后三人到了小寨商店，买了东西后便去小摊上吃岐山面，严兵坚持要请他们两人吃，就先把票买了，买了六碗肉臊子面和三个肉夹馍。三人吃得高兴了又往回走，一路上说笑着不觉就回到了学校。秦富春提议去教室取了书到操场散步读书，三人便取了书本来到操场。操场西北角空地上有两个老者在打太极拳，年龄更大些的似乎在纠正年龄略小一些的动作。严兵很熟悉太极拳，苏大宗师父教了他三年，只是入学后这段时间他疏于练习了。

严兵走近两位老者，站在一旁静静地看他们比画。过了一会儿两人停下休息，严兵已认出其中那位年轻的是崔哲书记。那年长的老者见严兵在旁边观看，便热情友好地问他："怎么，同学你也喜欢太极拳吗？我可以教你！"

严兵立即礼貌地上前抱拳致礼道："谢谢老先生！我之前也学过一段时间。"

老先生听了立即眼睛一亮来了精神，说："那请你打一遍可以吗？"

严兵脱去外衣活动了几下手脚，便说了声："请老先生指教！"

不远处的马浩荣和秦富春看到严兵伸臂蹬腿的样子也围了上来，崔哲书记也站着笑眯眯地等着严兵演练。

严兵动作老到，步法稳健，气息半稳深长，抬腿下蹲的功力和双臂推出的发力深厚……只见老先生频频点头。严兵打了一小节停了下来，做了个收势后对老先生说："还是生疏了，让老先生见笑了！"

老先生并不急着称赞他，却问他："同学，咱俩练练推手如何？"

推手的目的之一便是练全身力道，严兵明白了老先生的用意，想试试自己的力道，便说："请老先生赐教！"

一老一少推起手来，你推我挡，我推你挡，数个回合下来两人均已探清对方的实力。

老先生感觉得到严兵只用到了七分的力，而他却已被迫使出了八九分力，顿觉这个小伙子不简单。

严兵也基本上摸清了老先生的力道，心里还是挺佩服老人家的。他猜想老先生已有六十开外了，便大胆问他："老先生真是功力不一般，今年有六十出头了吧？能有这么好的力道让我们年轻人很佩服啊！"

崔哲书记上前说："那你可看走眼了！他今年已经七十二岁了，比我大了二十岁哪！哈哈，看不出来吧！"

严兵听了一怔，不由得对老先生多了几分敬意，心中感慨自己若是到了他这年纪不知能否保持得这么好。

老先生主动介绍自己说："我叫艾子奇，是陕北银州人，早年在陕西沙州中学读书，后于1923年考入北京大学体育部，1927年毕业回到陕西，在几所大学教过体育课，现在已退休了。以后你常来操场，咱们一块儿锻炼，一起提高技艺。你的太极拳基础相当好，是很少见的！咱们交个朋友，忘年交嘛，哈哈，我喜欢你这个同学，叫什么名字？让我记住你！"

严兵惊喜地对艾子奇老先生说："哎呀，艾老师！我也是沙州中学毕业的学生，我叫严兵，是英语系七七届二班的学生，能当艾老师的忘年交那是我一生的荣幸哩！我母亲也是银州人，咱们还是银州老乡哪！我外爷的年纪和您差不多，我叫您艾爷爷也行，只要您愿意！"

艾子奇老先生情绪一下子激动起来，拉住严兵的手摇动着，嘴唇哆嗦着说："严兵好娃娃呀！咱们是奇遇呀！我怎能想到认识了你这个小老乡哪！咱爷孙俩有缘哪……"

1975年春至1977年秋，西京外国语学院操场上，经常出现一老一少两人打太极拳的身影……

第十九章

英语系系主任宋易文正在组织第二英语教研室教师讨论教学方面的问题，教研室主任和副主任向他汇报了一年级的教学进度情况。郁文芳主任语速极快地说："这个这个，我觉得我们还是低估了同学们的接受能力，教材内容过于简单而且量也不够，学生明显'吃不饱'么！七七届工农兵学员已经是第二学期了，精读和泛读教材应该尽快补充新内容，郎老师已经选了一些材料，是不是请他讲一下？"

系主任宋易文是现任英语系教师中资格最老且水平最高的人。他1958年从北京大学西语系毕业后就被分配到西京外国语学院任教，至今已有十六个年头了，今年他正好进入不惑之年。他出生在一个富裕家庭里，从小到大没有感受过生活的困苦。他的夫人孙娅芳和他是北大西语系同班同学，也是富裕家庭出身的小姐，两人自然是门当户对的一对夫妻。孙娅芳现在在第一英语教研室任教。

郁文芳今年二十九岁，和王小凤同年毕业于上海外国语学院英语系，她也是上海人，长得与王小凤一样端庄漂亮，只是比王小凤多了几分泼辣干练，她戴了一副眼镜，更显得文雅秀气。

第二英语教研室副主任名叫郎子元，这年三十岁，是陕西渭南富平县人，1968年从西京外国语学院英语系毕业后留校任教。郎子元戴一副白框高度近视眼镜，瘦高个，留长发，皮肤白皙，脸上始终挂着自然而让人感到亲近的笑容。

郎副主任听到郁主任点他的名，慢条斯理地说："七五届、七六届工农兵学员同样出现过'吃不饱'的问题，当时七五届学员一年级时就那样稀里糊涂着过去了；七六届学员的情况有所改变，去年他们第三英语教研室非常重视，选用了一些补充材料，全都是名著简易版本上的文学作品，效果不错，我和小凤老师私下探讨过，咱也可以用他们的材料……"

王小凤就点点头，看了看郁文芳，等着她对此表态。郁文芳认为七六届学员已经使用过的材料应该是合适的，于是表态说："嗯，我同意郎老师他们几个人的意见。如果宋主任批准了，咱们就尽快打印发给任课教师和学员。"

说完就看着系主任宋易文，等他发表意见。宋易文清了下嗓子，说："我完全同意你们教研室的意见！"

学生灶上的早餐依然是清汤寡水的包心菜和两面馍，箩筐里还有一大堆蒸熟的红薯，旁边放着一个台秤，用菜票论斤卖给学生。中午一餐通常是稀汤面和白面馍，汤面里象征性地放了几片面并漂着菜叶及零星油花。晚餐则丰富一些，几乎顿顿有白米饭和炒菜烩菜，让来自南方的学生心里暖和了许多。严兵历来吃饭不挑食，他所追求的只是量大能填饱肚子。主食他是没法增量的，一天八两主食票必须控制着用，唯一能充饥的只有红薯，一毛钱可以买半斤红薯，他把半斤红薯用纸包好放在军绿色挎包里，饿慌了就吃上一口。

他当小工挣的七十多块钱已花了三分之一多，这笔钱是他受苦挣来的，他已下定决心只用来买吃的东西。有一天他突然注意到学校大门口马路对面有个卖粮的小店，就在邮电所的右侧。他走上前去询问挂面有没有议价卖的，那小店里的年轻女人翻了一个白眼，用一口地道的关中腔没好气地说："没有粮票就不要买！"

严兵想和她商量着买几把，便语气温和地说："阿姨我多出一点儿钱买几把行吗？"

那女的听严兵称呼她阿姨立刻翻了脸，对着严兵气势汹汹地喊："哎！谁是你阿姨，谁是你阿姨，我有那么老么！！"

严兵见这女子凶悍，又见已有人围拢上来看热闹，没再说话赶紧逃离了。

星期六晚上下自习后。严兵躺在宿舍床上回想那天的经历，突然就被自己的愚笨举动逗笑了。他为啥不到小寨那些大点儿的粮店去看看，之前在县运司时托革里民师傅给李敬贤老师买的不都是议价粮嘛！他决定明早吃了早饭就出发，先去小寨找找看……

在小寨路西那个大百货商店北侧的深巷子里有好几个粮店，里面大米、白面、绿豆、小米、玉米面、挂面，应有尽有，但询问后都没有卖议价挂面的，严兵露出失望的眼神，不甘心地继续往里走。在接近巷子尽头右边的一个极不起眼的小粮店铺面柜台上摆放着十几把细丝挂面，严兵便急切地问那卖粮老头："叔叔，你这挂面卖不卖？"

老头用奇异的眼神看了看严兵，反问道："不卖放在这儿干啥呢？"

严兵小心翼翼地问："那议价卖不卖？"

老头左右看了看，问："你要多少斤？"

严兵心中一喜，说："先要五斤，吃得好了再来买，一斤议价卖多少钱？"

老头说："五毛钱一斤，我这是咸挂面，又是细丝挂面，筋道得很，口感美得太！"

严兵讨价说："四毛五一斤吧，你让上五分钱，咋样？"

老头挺爽快，就答应说："看你实心买咧，我给你包起来，吃好咧再来！"

挂面买回来没有条件煮着吃，严兵就试着用滚烫的开水泡软了吃，呀，效果相当不错！如果泡两遍开水口感更好量也更大，但是感觉淡了一些。他去陕师大小卖部买了一些辣子酱，往碗里放了一些。哎呀老天哪，世上竟然还有这么好吃的东西！

严兵心里想着克制自己，却突然又想到学校小北门外的那片菜地，就想着去摘些菜叶子用开水烫烫放在挂面里是一种什么情形——农民伯伯咱也当过嘛，自家人吃点儿不算过分……

解决了饥饿问题的严兵精神饱满地坐在教室里听老师讲课。

这是第二个学期中期，郁文芳老师给他们二班上精读课。每周十节的精读课，每节课郁老师都讲得非常认真。近期学校又增加了一些补充读物印发给学生，郁老师要求学生在课堂上理解内容并在课后熟练朗诵或背诵全文。郁老师不光精读课讲得好，英语口语水平在全系教师中也是一流的！她一口标准的英式发音，流利地道的用词，征服了众多的学生——严兵是最崇拜"郁式口语"的学生之一！

严兵把阅读材料中 *The Emperor's New Clothes*（《皇帝的新装》）一文自己改写后，晚上在操场上背得滚瓜烂熟，准备第二天早上在课堂上表演——作为交给郁老师的课外作业汇报。

他将自己改写的故事中五个人的不同声音进行了充分的想象设计，声音尽量接近人物特点，直至达到惟妙惟肖⋯⋯

严兵在课堂上五分钟的表演获得了极好的效果，全班同学给予他热烈而经久不息的掌声，郁老师兴奋得直喊"Wonderful！Wonderful！"（精彩！精彩！）并号召全班同学向他学习。严兵受到鼓舞，之后的课外阅读材料大都能熟练背诵，他的英语阅读能力和口语表达能力有了明显的提高。

星期六下午两点左右，严兵正在教室里预习下周要学的一篇课文，王玉林老师来找他闲玩。二班同学都认识王老师，知道他是严兵上小学时的老师，而王老师每次到二班教室来，总会大方得体、幽默诙谐地开玩笑，直爽地和大家闲聊，常常让大家很放松，心情愉悦，因此大家都欢迎他的到来。有道是"未见其人已闻其声"，王老师人未进来声音却已传了进来："啊呀！肯定都在用功着嘛！你们外院学生就是比我们师大学生用功！唉，我的天呀！星期六下午还不放松一下？劳逸结合一下嘛！"

严兵听到王老师的声音就立即站起来跑到门后躲了起来，并示意大家不要出声。王老师进门就笑着说："哎哟，果然不出我的所料，都在用功着嘛！哎，我们严兵咋不在教室？日怪了，他跑到哪去了？你们哪位同学见着严兵啦？"

严兵此时已从教室门后溜出去了，正往楼下广场上走。伍修平站起来迎着王老师说:"哎呀,王老师,真是不凑巧!他前脚刚刚出去你后脚就进来了,你没碰着他?"

伍修平看着女同学们憋着笑的样子,示意忍住,别笑出声,自己却已憋得满脸通红。

王老师嘴里咕哝着急忙跑出去追严兵了,全班男女同学顿时都笑喷了。

王老师在楼下见到一脸笑意的严兵,严兵未开口他就先得意地笑了,说道:"嗐,就你们这种鬼把戏,我从小学就开始耍上了!我一进门看你们班同学的表情就明白了,知道你在门后面了,咋的个,我配合得不错吧?"

严兵笑着叹服道:"姜还是老的辣!佩服佩服!"

穿着蓝色民警服的常大新同学站在玻璃窗前往楼下广场上看,开玩笑说:"咱把人家王老师又耍弄了一下,怪不好意思的!"

王玉林的进修期到这学期结束也就满了,因此想多找机会陪陪严兵。严兵也舍不得王老师,毕竟在这举目无亲的大都市里,家乡的亲人是任何人都无法取代的。严兵感激王老师这一年来对他的关照,从王老师身上看到许多闪光点——他的乐观精神,他的真诚待人,他的幽默诙谐与聪明才智……他的这种活法、这种境界,体现了知足无忧的人生哲学!

入学后不久,严兵曾给父亲严文武写过一封信,那是他长这么大第一次给自己的父亲写信,他真切表达了对父亲的关心思念,衷心希望父亲身体健康,生活过得好……他接到了父亲的回信,言语间流露出对儿子们的愧疚之意。近日他突然又接到父亲的一封信,心里就慌了起来,唯恐发生什么不幸,打开看后方才放下了悬着的心。信上说的是一个好消息:严文武的一位老同事被调往延安任地区革委会主任,得知他被贬职在绥州一个公社,就主动与沙州地区革委会联系并调查清楚了原因并与沙州地区革委会达成共识,认为当时种种历史原因,对严文武处理不当。沙州地区革委会同意延安地区革委会意见,将严文武调往延安重新安排工作。严文武在信中告诉儿子他已调往延安地区,暂时担任延安市革委会机关党委书记一职。苦尽甘来,让儿子放心……

严兵看到这消息热泪盈眶,他为父亲苦尽甘来而高兴,更是感叹人世无常、命运多舛!他的心情久久难以平复……

多年后，严兵读到一位智慧老人的一篇文章，令他感慨万千！其中一段讲的就是无欲则刚、逍遥自在的道理："……唯有身处卑微的人，最有机缘看到世态人情的真相。一个人不想攀高就不怕下跌，也不用倾轧排挤，可以保其天真，成其自然，潜心一志完成自己能做的事……"

又有一段老者坦言她所悟出的知足无忧的人生真谛："……上苍不会让所有的幸福集中到某一个人身上，得到了爱情未必拥有金钱；拥有金钱未必得到快乐；得到快乐未必拥有健康；拥有健康未必一切都会如愿以偿。知足常乐的心态才是淬炼心智、净化心灵的最佳途径。一切快乐的享受都属于精神，这种快乐把忍受变为享受，是精神对于物质的胜利。这便是人生哲学。"

邵奇老师给七七届学员上翻译课。之后一年里，于福元老师接替了邵奇的课。

邵奇老师人如其名，是一个奇特的人，让人看不太懂。不光是学生看不懂他，他的同事们也看不懂他。平日里碰到邵老师，你看他笑着面对你，你礼貌地笑着回应他，但其实他并不是冲着你笑，他是在他思维的环境中笑，他笑什么只有他自己知道。你如果向他打招呼："邵老师好！"他会毫无反应，继续笑着，根本不理会你。他经常这样出现在人们视野中，这说明他的思维很活跃，他的大脑排除环境干扰一直在工作。

邵奇老师圆圆的脸上长着一双大大圆圆的花眼睛，头发稀少而整齐，上衣用来装笔的口袋里却只装着一把小梳子，时不时见他拿出来把头发梳一梳，整理一下。猛看上去，人们会把他当作新疆维吾尔族人或俄罗斯人。

邵老师和女老师或女同学说话时同样是这样似笑非笑的神情，不了解他的人会误以为他不怀好意、内心龌龊。他平时很少与人交流，他似乎完全活在自己的世界里，周围的一切都与他无关。

他的关于翻译的书籍资料之丰富无人可比，光是他从名著翻译中摘录的精彩词句就有厚厚的五大本。他上翻译课非常独特，听他讲翻译课是一种奇妙的享受！

严兵从邵奇老师第一次给二班上翻译课起就喜欢上了他的课，每次课后都感觉收获不少，精彩的内容让人回味无穷。他的博学和淡定，他的理论与实践的巧妙配合，他信手拈来的精美贴切的例词例句，他英译汉时表现出的汉语文学修养，无不让严兵体会到学术导师的分量和魔力——严兵有充分的理由将邵奇老师作为心目中最崇拜的老师之一！严兵不由得发出感叹："啊呀！人生中能有幸遇到如此奇人得有多大福分！"

工宣队王师傅早就看邵奇不顺眼，对他似笑非笑的表情和目中无人的态度不满已久，只是没有找着合适的时机"收拾"他。最不能让王师傅容忍的是竟有许多女同学崇拜他，主动接近他，而他竟然也不自量力地"卖弄"他的学问，而且公然嬉皮笑脸地"调戏"女同学！王师傅为此心里很不爽，一直憋着一股怨气。

邵奇这天上午给二班上了两节课后走出教室准备回宿舍，几个女同学随他一齐走，围在他左右向他请教翻译方面的一些疑惑。他们一路走到教学楼外广场上，就碰见了王师傅。王师傅瞧着邵奇似笑非笑的面孔就气不打一处来，劈面就喊道："邵老师，你不要纠缠着女同学好不好？下课了就让同学们回宿舍嘛！"

邵奇愣在那里一时说不出话来，脸上依旧挂着笑。此时严兵碰巧也路过，几位女同学不知所措地站在旁边看着王师傅，而王师傅正在气头上，对女同学训斥道："下课了就不要跟在老师屁股后头叽叽喳喳没个完，女孩子家要懂得自爱嘛！"

几个女同学听了训斥不知该留该走，王师傅又对尴尬地站着的邵奇说："当老师的也应该自重嘛！"

邵奇忍不住回了一句："你这人简直是莫名其妙！"

王师傅气急败坏地喊叫："你说俺是莫名其妙，胡扯咧么！"

邵奇又冒出一句："不可理喻！"

严兵听明白了事由，冲着王师傅质问："王师傅你凭什么对邵老师人身攻击？你凭啥说我们班女同学不自爱？"

王师傅见半路杀出个程咬金来，毫不畏惧地反唇相讥道："俺有责任帮助教育你们任何一个人，俺们工宣队到大学里来就是管理改造像邵奇这样的老师和严兵你这样不服管的学生！当老师的就应当为人师表嘛！嬉皮笑脸的有失体统！"

严兵愤怒地对着王师傅喊："你这是对邵老师人格的污蔑！我要和同学们到学校工宣队领导那里对你提出强烈的抗议！"

这时，围观的同学越聚越多，同学们大都态度鲜明地站在邵老师和严兵一边，对王师傅怒目相视，有同学发出强有力的呼声："王师傅——道歉！王师傅——道歉！"

王师傅这时已慌了神，他已被学生们团团围住难以脱身。早有人将正在发生的事件报告给了崔哲书记和党委副书记、工宣队负责人刘长文，两人急忙召集了所有行政人员赶往现场。

崔哲书记不愧为经验丰富的政工干部，一到现场立即站在随同的办公室主任带着的一把椅子上，双臂像指挥唱歌打拍子似的挥动着，对着同学们大声喊话："请大家安静一下！"同学们看到站在高处的党委书记崔哲不停地向四周挥动手臂，很快便安静了下来。

崔书记几分钟内就弄清楚了事情的起因，随即大声向学生们宣布："同学们，我感谢你们对我工作的配合！我现在代表院党委和院行政办宣布一个决定：我们将对邵奇老师身上刚刚发生的事情，以及与之相关的人员，进行认真的、客观的调查核实。我们对王师傅做出暂停职务接受调查的决定。我们院党委和院行政办将尽快调查并处理好这件事情，给同学们一个满意的交代！感谢同学们对此事的关心，对党委的支持……"

两天后英语系召开全系教职工学生大会，会议主要内容是：工宣队王永福同志向邵奇老师及三位同学公开检讨和道歉。

这件事加深了邵奇对严兵的了解。他看到严兵对词句的特殊用法兴趣比较大，便向其推荐了一部专门研究英语词句的著作，书名为《英语惯用法词典》，著者是复旦大学教授葛传椝先生。邵奇说这部书院图书馆里只有两本，且只能在图书馆内借阅。严兵记住了书名就找了一个星期六的下午去了图书馆。那天刚巧还留有一本未借出，严兵心里一喜赶忙借了下来。他凭记忆查了两个不易分辨的单词，一口气读完解析后，茅塞顿开，醍醐灌顶，心里直呼奇书，又想：难怪邵老师轻易不向人介绍此书，原来是稀缺的宝书呀！

此后，只要有空严兵就一头钻进图书馆，用一个精致笔记本，开始逐页抄写这部宝典。一个学期下来，他已抄满了两个笔记本，宝典却只抄了二分之一不到。他想着系里领导告诉过他们，下学期要到西京外国语学院在延安开办的教学基地"窑洞大学"去锻炼，心里开始为抄写词典着急起来。这个"工程"太大了，他一时没了主意！再过两三周就要放暑假了，图书馆也就关闭了，他该怎么办呢？晚上睡在床上，他心里还在想着这件事，辗转反侧，难以入睡……

他突然想起图书馆里的那位姓王的女管理员老师，记得王老师有一次还提起过她的母亲也是银州人，严兵决定明天先去和王老师聊聊，试一试能不能借出来。心里的事有了初步的想法了，他脑子便开始有些迷糊，不多时便睡了过去……

他眼前出现了一大片水域，湖面上只有小小的一叶孤舟慢悠悠地漂着，舟上却是空着的；一会儿见孤舟掉转头竟向他漂来，心里叫声奇怪，眼睛盯着那舟渐漂渐近；他身着汉代古装，头戴小冠，足蹬一双步靴，手持一把折扇，瞧着小舟到了脚下便抬腿跨了上去；小舟又掉头向湖心漂去，看到四周碧绿的湖水，身在其中，严兵心里欢喜，不由得诗兴大发，随即感叹吟道："水波不兴，风平浪静。碧波荡漾，水趣盎然。"又想起苏轼的《饮湖上初晴后雨》，又吟道："水光潋滟晴方好，山色空蒙雨亦奇。欲把西湖比西子，淡妆浓抹总相宜。"

小舟继续漂动，云雾之中依稀出现一座小山，山坡之上树木密集、杂草丛生，五颜六色的野花开得正茂盛。小舟漂至山脚下停了下来，他卜舟顺着一条林间小径向上攀去，抬腿踩过一百多级台阶后，就见半山腰处的一片林子里有一座道观。走近观看：此道观小而精致，正殿是三清殿，殿内供奉着玉清元始天尊、上清灵宝天尊和太清道德天尊。他走到殿前弥漫着缕缕青烟的大香炉跟前，在石台面上取了九炷敬香借着香炉火燃着，走进殿内，刚迈步跨过门槛，就觉着一股冷森森的风袭上身来，抬头一看三位天尊正面对着他，面目慈祥、神秘莫测。他虔诚地在天尊面前打躬作揖敬上香后，后退几步在天尊面前跪拜，心里默默祈祷：道法无边神通广大救苦救难大慈大悲的无量天尊在上，弟子严兵虔诚敬拜祷告，现有三件事情祈求保佑——第一保佑我父母健康长寿；第二保佑我和老师同学们不受王师傅之流欺负；第三保佑我抄完《英语惯用法词典》并且学业有成！

他心里正专心表达着愿望，天尊塑像后突然传来人声："祈祷者可是严兵？"

严兵听见人声传来，在大殿内回响，以为是天尊现身，顿时惊得面色苍白。话音落定，神像背后一老者飘然而至。只见老者白须齐胸，鹤发童颜，手持一把长柄白拂尘，对严兵说道："严兵莫慌，我是此观道长纯阳子。"

严兵惊魂未定，神色慌张地注视着面前这个老者，心想：他怎么会知道我的姓名，看模样和体育老师艾子奇爷爷年纪差不多，也有七十多岁了吧？慈眉善目不像恶人，等等看他接下来说什么……

纯阳子道长挥动了一下手中白拂尘，声音洪亮地说道："你与本道有缘，就用一叶小舟将你请至道观来，欲把这前因后果一一向你交代明白，你便知道应该做些何事，心便安了。你与道界有缘，我欲收你为徒，你需潜心修炼，但你道行圆满之前尚有一段世俗情缘须去了结——到时有一得道仙姑自会在人世间候你，你与她几千年前有一段不了之情，此番顺了天意成了佳话，也是我道家慈善之举。那仙姑会落生在陕西涧水县林杰村白氏人家，名曰白莲，你现今便可牢牢记住她的姓名。你二人，你非她不娶，她非你不嫁，天定之缘不可违也！我说这些你明白了没有？"

严兵明白了纯阳子之言，心里还在犹豫不决，就大胆问道："请问道长，我完成了婚姻后是否还能回到你的身边继续修炼？"

纯阳子说："那是自然。你与她有八十年的姻缘，之后便各回山中去也！"

严兵又问纯阳子："我拜你为师倒也心甘情愿，我看你这人也像是个有点本事的人。只是我平日里生活要求比较高，你这里青山绿水倒是好景致，可道观里的膳食清汤寡水让我怎么下咽？还有一个问题，有道是：不孝有三无后为大！如果世人都像你们佛家道家，那世上的人不就越来越少了吗？所以你们这里清心寡欲，不食人间烟火，这一点也有待改进！"

纯阳子听罢严兵的一番话哈哈大笑，说道："你这小儿倒也爽快！贫道反倒成了不孝之人了！可你所讲的膳食与无女子寂寞之事却正是咱道家要修炼的内容，岂能容你变更？"

严兵正欲与纯阳子争辩，就听见宿舍里马浩荣同学喊："哎，严兵起床咧——严兵起床上早操咧！咋睡得这么死！"

严兵从梦中惊醒，缓过神来想想，原来只是南柯一梦……

第二十章

  图书管理员王老师最终答应了严兵的请求，这令他惊喜不已，心想一定是三清观殿内的天尊们暗中助他，于是在心里又默默祈祷称颂了一番。

  王老师向严兵交代放暑假之前这几周白天他可以正常借阅那部词典，晚上自己可以把他悄悄锁在阅览室内抄写，次日开馆时再放他出来，如果可能的话暑假也可以让他进入馆内抄写，总之书是绝对不可以带出图书馆的！严兵满心欢喜，便一口答应了王老师的要求，想着一个暑假绝对能将全书抄完。抄写《英语惯用法词典》这件事严兵对外是完全保密的，就连邵奇老师他也只字未提。

  严兵夜以继日地抄写着，星期天早上在食堂买好一天的馍馍和红薯，第二天早上又急匆匆赶去教室上课，每天白天课堂上只能硬撑着睁开眼睛听讲，脑子里其实一片空白……

  暑假来临，西京城内酷热难耐。

  严兵一头钻进图书馆阅览室内，继续进行着抄写词典的大工程。全书七百二十个页码，他已抄写了五百页，胜利在望，他决心在暑假结束前一定要完工。学生灶上为留在校内的学生照旧开着灶，严兵早上买好一天的饭，可以专心抄写一整天，饿极了就泡些挂面吃。他还写信给县运司的革里民师傅，托革师傅帮他代买五十斤绿豆、十斤红枣和五十斤小米，打算送给图书馆的王老师以表谢意。

  8月下旬，天气更加闷热，全书抄写已进入冲刺阶段，还剩二十多页就大功告成，严兵这时却中暑了。他面色潮红，大量地出汗，皮肤也开始灼热，伴有四肢湿冷等症状。他昏昏沉沉在宿舍睡了两天，服药休息后略有好转，但站立时仍然觉得头晕目眩。宿舍里只有他一个人，他挣扎着出去打些开水，想泡些挂面吃，补充一下体力。他明白不吃东西情况会更糟，而这时候更需要的是人的意志力。

他昏头昏脑地走在通往食堂开水房那一段烤得灼热的水泥地面上，在开水房碰巧遇上了同样来打开水的邵奇老师，他们互相问候交谈一番便各自离去了。严兵从交谈中得知邵奇老师正在写一部有关翻译技巧的书，已经写了三分之一的内容，每天也是凑合着自己煮点儿饭吃，其他时间汗流浃背地赶着写书稿。严兵回到宿舍，看到堆放在床角的一袋子小米和一袋子绿豆，还有半袋子红枣，就想着分装起来送给图书馆王老师和邵奇老师。

革里民人实在，给严兵把五十斤小米、五十斤绿豆和十斤红枣直接送到学校，而且坚决不收钱，反倒又给严兵二十块钱，严兵不收他便生了气，说严兵太见外不把他当朋友看，严兵就只好收下，心里充满着对革师傅的感激。他将打包好的一份东西送到王老师家，两人客气了一番，他又回去取了另一份往邵老师宿舍送去。

邵老师正在伏案写作，见严兵敲门进来就客气地让座，又把东西接过来放好，睁着圆圆的眼睛笑了，问他："给我带的啥好东西？"

严兵也笑了，对邵老师说："哎，没什么好东西，就是家乡的特产小米、绿豆还有红枣，天热熬些绿豆米汤下火。"

邵老师面露喜色说："哎呀，我最喜欢吃陕北的红枣了，还有绿豆小米，你这是雪中送炭哪！拿这么多哟，吃不完的！"

严兵就说："噢，多拿些你和师母慢慢吃，吃着顺口了我再给你们拿。"

邵老师神情有了变化，情绪沮丧地说："唉，也就是我一个光棍汉做着吃了！"

严兵不知内情就贸然问道："师母怎么不在身边呀？"

邵老师表现出一脸无奈之情，看着严兵认真地说："你是我最得意的学生，你还年轻，涉世未深，但是等到懂得了可又晚了，所以老人们常说'不听老人言，一生受可怜'，就是这个道理！我到现在回想起我父母当时规劝我的话，后悔也晚了！所以趁此机会不妨早些告诉你我的教训，让你不至于重蹈覆辙，落得像我一般下场！凡是过来人的好言相劝，一定要用心去理解，那都是经验教训之谈，是宝贵的东西哪！"

邵奇老师主动给严兵讲起了他的爱情故事……

"她叫吕阿曼，我俩是同乡，都是商洛地区丹凤县人。我家在县城里，我父母是丹凤县的小干部；她家在丹凤县竹林关乡八龙庙村，父母是农民。1958年我在丹凤县中学读初一，吕阿曼也考入了县城中学并且和我同班。她学习很用功又聪明精干，读到高三那年我们都参加了高考并且都考上了大学，我被西京外国语学院录取，她被陕西师范大学历史系录取。因为是老同学又是同乡，虽然中学阶段她给我留下的印象并不好——她属于那种争强好胜的人，遇事得理不让人，但我们还是不咸不淡地来往着，放寒假暑假也互相照应着同来同去。

"她去过我家好些回，那时已在读大一了，她每次回家时就给我家带一些农村的特产。开始时，我妈妈很喜欢她，说她灵动勤快会说话，而我父亲却不以为然——他们两人总是那样意见不一，你说东我偏要说西。我父亲认为吕阿曼这个女孩子不诚实，见风使舵、八面玲珑，而且控制欲很强，还举出一些例子加以证明。我母亲和吕阿曼逐渐熟悉了后也开始和我父亲有了共识，发现她不光对我说东说西、指挥来指挥去，而且时不时对我父母也指手画脚，说这不应该那不妥当的了。于是他们慢慢开始变得不待见她了……"

邵奇老师说着看了看认真听他讲述的严兵，又接着往下讲道："到了大二这年，吕阿曼主动向我表明了进一步发展的意思，我也明确表示了我愿意和她成为情侣，于是我们很快便不分你我，常常相聚在一起——你是懂得我的意思的，当时都很年轻嘛！可大三后半学期那年寒假回家，我向我父亲母亲当面提出了让吕阿曼做他们的儿媳妇时，二老强烈反对，他们坚定地认为吕阿曼和我不合适，我会受她欺负，我性格软弱不是她的对手，我找了她会受气一辈子，会后悔一辈子……总之是坚决反对加好言相劝。"

邵老师说着笑了起来，对严兵说："唉，也真奇怪哟！当老师的会对学生讲自己的恋爱史，讲自己家庭的琐碎事，是不是很奇怪？我从未给别人讲过我的个人感情方面的事，破例了！也是你问起我，我也是压在心里无处诉说，也算是给你打打预防针嘛！"

邵奇说着又问严兵道："呀，还要继续讲吗？"

严兵焦急地恳求邵老师，说："才讲了一半么，后来怎么样了呀？"

邵老师于是接上了他的故事："……我当时已感觉离不开吕阿曼了，哪里听得进他们的劝，一心一意想着娶她为妻，根本没有考虑以后的家长里短。就这样我们俩继续保持着亲密的关系，一直到大四毕业，我父母在极不乐意的情况下勉强为我们操办了婚事……

"毕业之后，我被分配留校任教；她也留校在历史系任教。起初还好，也算恩爱。可不到一年，她的毛病、缺点、本性逐一暴露无遗，成天指责我的不是，百般挑剔我的不足，横加干涉我的自由，动怒时大喊大叫、歇斯底里，甚至对我大打出手，脾气暴得很！我从来就不了解她竟是这样的性格，过去的她完全是伪装的！我真佩服她的伪装才能和耐心！她应该去当专业演员！现在好了，各过各的互不干扰！她不提离婚，我更不会提，给她留足面子……"

严兵终于抄写完了葛传椝先生的大作《英语惯用法词典》，他如释重负，长吁一口气，顿时觉得神清气爽。他从内心感激邵奇老师，若不是邵老师的指点，他哪里会知道有这样一部奇典呢？而他个人现在拥有了这部奇典，这是一件多么令人骄傲的事情哪！他决定继续保密，绝不与任何人分享他的成果。他庆幸自己在大学求学时期能遇上这样几位好老师：学识渊博的邵奇老师，英语口语水平一流的郁文芳老师，精读课和语法课讲得精彩的郎子元老师，还有语音课的王小凤老师及将汉语讲得和她母语一般好的穆巴老师。他们是他求学途中的领路人，也将是他一生中最难忘的人生导师！

工宣队王师傅在全系大会上做了深刻检讨后，过了一段时间又恢复了原职，重新出现在同学们面前。他显得比原来低调了些，说话也谨慎了许多。据说崔哲书记与刘长文副书记在处理王永福的问题上产生了很大分歧：崔书记认为王永福当众污蔑邵奇老师和几名女同学属于道德品质问题，应当记过处分一次，以观后效；刘副书记则认为王永福只是工作方法不当的问题，已做了公开检讨，党内口头教育警告一下就可以了，坚决不同意再给一个记过处分。最后崔书记从团结的角度考虑，顾全大局做出了让步。

邵奇老师调整到七六届上翻译课，给七五届上翻译课的于福元老师接了邵奇的课。于福元一直担任英语系第三英语教研室主任，他也是本校留校任教的六九届毕业生，与英语第二教研室副主任郎子元是同级同学，这年三十岁。于福元是江苏镇江人，一米七三的个头，人偏瘦，长得白白净净，很是儒雅俊朗，眼神中透出一种南方人的精明和强干。

于福元讲翻译课有其独到之处。

他在学生练习翻译前必先讲解翻译的原则或者说翻译的标准。尽管翻译理论研究领域有众多的翻译实践方面的指导性理论，但他认为万变不离其宗，严复先生最早提出的"信、达、雅"三字原则至今仍不失为最权威且应广为遵循的指导原则。学生首先应当正确理解这三字的意思——何为"信"？何为"达"？何为"雅"？它们之间又是一种什么关系？

于福元认为"信"有两层含义：其一是正确理解原文——要求译者具备相当的源语言文字功力；其二是准确传达译者对原文的理解——要求译者首先具有忠实于原文的态度并具备相当的汉语文字组织能力。简单地讲，就是理解与传达，而这却是一个先决条件。"达"的意思是在"信"的基础上使翻译的文字更加通顺，更加接近母语的自然表达方式，是对"信"的进一步要求。"雅"要求翻译做到对原文的一种"神似"描绘，比如原文中俏皮的文字表述，要把其趣味性表现出来，这种"译"的境界往往要求译者理解传达情绪的变化与波动。于福元并不赞同简单地将"雅"理解成只是神似与文字雅致，比如粗俗的低级趣味的文字需要加工。于福元强调说，粗俗的就是粗俗的，怎么让它变成雅致的？他认为译者需要将过分粗俗不堪入目的文字加以修饰变通，这才是"雅"的作用所在！

于福元对翻译课的实践极其重视。

他始终认为培养学生的翻译能力就是六个字——从量变到质变。他认为在课堂上，翻译理论、翻译技巧不宜讲得过多，而应该联系翻译实际材料，联系学生的翻译习作，有针对性地讲理论讲技巧，做到活学活用。这样讲翻译课，学生理解得就透，动手能力就强。

他布置翻译作业也有明确的要求——由易到难，由少到多。课外作业可能就是几句话，也可能是一小段，下节课根据学生作业中的问题进行答疑解惑。之后作业逐步加量，可能是一个页码的量，也可能是三页五页，他只收一部分学生的作业，下次课堂上分析讲解作业中的典型问题。学生课内课外始终处于动脑动手的状态……

通过注重实践，学生的动手能力提升较快，母语文字水平也有了明显提高，由量变到质变。接着他组织学生开始翻译大部头的英文版文学作品，比如英文版的《戴高乐传》，分配给每个学生若干页，在规定时间内完成翻译任务，然后以小组为单位按章节进行汇总、初审、复审、终审及主译定稿。学生经历了这样一个过程的锻炼，他们就基本具备了将来独当一面开展工作的良好的专业基础。

于福元是一位出色的大学教师，年纪轻轻已经是翻译领域的精英，已成为中国翻译界一位少壮派重量级人物。他的妻子鲁丽是本院法语系留校的青年教师，这年二十九岁，是公认的校花，长得有点像电影《野火春风斗古城》中的银环。

鲁丽的父亲鲁达是本省军区副司令员，相当于副省长级别，但学院里几乎没人知道她的家庭出身，就连于福元刚和鲁丽谈恋爱时也不知道她父亲是个不小的官。

鲁丽的母亲何素文是本省教委的副书记，是江苏南京人，四十多岁。她温柔大方，天生丽质，虽已年近半百，却处处显得优雅端庄，把江南女子的特质表现到了极致。

何素文喜欢在家里称丈夫为"鲁司令员"，鲁达总是纠正她"鲁副司令员"，何素文不以为意，语气温柔地说："哎哟，鲁司令员哪，在家里叫叫何妨嘛！再说这样对你也是一种激励，你继续努力当你的'副官'，等司令员退下来你不就'减副'了么！"

"鲁副官"很不爱听她乱叫，就耐着性子解释说："司令员比我还小三岁哪！你说谁先退下来？不存在'减副'的可能嘛！倒是你——官迷何副书记扶正指日可待哟！另外我再一次提醒你，我不希望再听到你喊我'鲁副官'，像国民党军队似的，而且还带有一种不满的情绪，传出去影响太坏了！"

鲁丽一进门就听到两人在争执，便喊道："'副爸副妈'，'副女儿'回来了，你们可不可以歇一下，接见一下老百姓？"

两口子一听到他俩百般宠爱的宝贝的声音，顿时安静下来，即刻变出一副相互恩爱的样子来迎女儿。

鲁丽眨巴眨巴美丽的大眼睛，问道："'二副'不吵啦？不好玩吧？每次回家进门就听你们为'副'而吵，从小学到中学，从中学到大学，我现在都大三了呀，爹娘呀！"

"二副"听着宝贝女儿责怪，犯错似的站在女儿面前不吱声……

鲁丽心里最喜欢爸爸——标准的中国军人形象，英武豪迈！从小爸爸就是她的偶像！

鲁丽事先心里就想好了，今天要把她和于福元谈恋爱的事告诉爸爸妈妈，看看他俩的反应，然后再决定要不要提见面的事情。

鲁丽拉着爸爸妈妈的手，让两人坐在套着卡其色布套的双人木沙发上，面对着他们神情认真地说："爸爸妈妈，我要告诉你们一件事，我有男朋友了，和我同一个学校，是学英语的，江苏镇江人，二十四岁。噢对了，他叫于福元。汇报完毕，请指示！"

鲁丽把他们俩可能会提出的五个问题一次性地全都给了答案，省得一个一个地问答。

她爸妈惊诧片刻，随即露出喜色。鲁达主动提出要见一见本人心里才踏实，何素文忙随声附和着鲁副司令员。鲁丽见此心里欢喜得不行，就想着早些把这好消息告诉于福元。

于福元得知鲁丽父母主动提出要见他的消息后显得既激动又有些惶惶不安。他一个普通穷学生要去面对军区副司令员这么大的官，还有省教委的副书记这么一位大首长，内心十分紧张，一连几天都放松不下来……

这个星期天，约好的日子来临了。于福元特意借了郎子元的一件八成新的中山服，认真打扮一番后就在宿舍里静等鲁丽来。

鲁丽满面春风地来接于福元，打量着他说："哟，瞧你一副新女婿上门的正经样，放松自然一点嘛！弄得像个戏文中赶考的秀才一样！"

于福元打趣说："不是赶考的秀才，是准备受审的奴才！"

鲁丽便安慰他说："哎呀，别那么没底气好吗？我爸妈不是那种势利的人，很平易近人的。"

于福元不断地为自己打气，心里默默念叨着：但愿如此，但愿如此……

鲁丽父母热情大方地接待了于福元。

何素文对于福元一见如故，一口一个"小老乡"，不停地向于福元问东问西。鲁达在一旁插不上话，一个劲儿朝老婆使眼色，暗示别问那么多。

何素文不理会鲁达，继续着老乡间的交流："小老乡，你们镇江可是个好地方，我从来就只买镇江产的醋，比山西的醋还香哟，真正的醇香！你和我家丽丽谈恋爱，可要多来家里呀，星期天就一块儿回来么，改善一下伙食么。你还可以和你鲁伯伯下下棋，他棋下得可厉害了，他们司令员、政委都不是他的对手。"她转头看向鲁达，又道："你说是不是，鲁司令？"

鲁达大度地笑了笑，好容易有了说话的机会，就对于福元说："是啊小于，如果你有兴趣就陪我玩玩，不在乎输赢的，胜败乃兵家常事嘛！不过我得纠正一下何副书记，我是副司令员，否则人家会认为我有野心！"

于福元进门时还紧张不安的心情这时早已一扫而光，他真真切切地感受到了二位首长的平易近人。

吃过晚饭，鲁达与于福元摆开特制的大号木棋盘和大棋子，这一对准翁婿拉开了对弈架势。其实于福元对象棋颇有研究，他家有好几本棋谱，从小学时他就开始背记了，初二那年他还获得过镇江市象棋大赛第三名的好成绩，在当地也是小有名气的。平日在大学校园见到三五成群的人聚在一起下象棋，他也会站着旁观三五分钟，但他只观不语，不露声色。对他来说，那些人大都是初级水平，他还没遇到高水平的棋手。

鲁达出着还行，也算是有点儿功夫，但也就是中级水平，于福元有意让着他，却又不能让他看出来，第一盘鲁达获胜。鲁副司令员评价了于福元的棋艺，鼓励说："哎，小于哪，我看你还是有些基础的，多和人下下嘛，慢慢就会提高嘛，啊！"

于福元一个劲儿点头称是，心里却想着赢上一盘杀杀他的傲气。于是开局没几着鲁副司令员就连丢一炮一车，心疼得直叫："大意！大意！"

紧接于福元又使出马后炮要将，鲁达不得不用车抵住马，结果被迫又丢一车，此时大势已去，只剩下勉强抵挡的兵力了。又杀了几回，鲁达面红耳赤，主动认输，对于福元笑道："啊呀小于，这盘你抓住了我大意失误的时机，发挥得不错，你还是蛮有培养前途的嘛！要是在部队里我就会提拔你当营长咧！"

这时鲁丽帮保姆和妈妈收拾完厨房的事也出来看热闹，于福元心里正想着怎么输给准岳丈才让他有面子，于是连连丢子，一旁观战的鲁丽受不了开始喊叫："哎呀天哪！我不看了，你们俩谁输我都不愿意呀！"

于福元惨败，鲁副司令员三局两胜。

于福元表现出沮丧的样子，说："唉，认输，认输！就这还是伯父让了我一盘！"

鲁达情绪高涨，鼓励他道："还能和我对着来，已经不错了嘛！以后我们常下，慢慢培养你……"

西京外国语学院教师中间近日传播着一则新闻：英语系教师于福元参加外交部组织的联合国翻译官选拔考试并高中榜首，即日到外交部报到准备赴任。按规定这个级别的翻译官是有资格带夫人的，于是大家又看到鲁丽也在忙碌准备着，随丈夫一同赴任。大家都为于福元和鲁丽高兴，纷纷前来道贺送行。

英语系七七届学生会和团总支组织全体学生并邀请全体教师与于福元夫妇合影留念，严兵作为学生代表向于福元夫妇献上了纪念品和鲜花。七七届学生感谢于老师对他们的培养，纷纷向于老师表达感谢之意和惜别之情。

1975年6月初，七七届学生们正在忙着开门办学的"学农"前的准备。

七七届英语系学生学农的地点位于八百里秦川腹地，距西京城一百公里左右。这个地域渭水穿南，峻山亘北，山水俱阳，故称此地为渭阳。他们就在渭阳区谷口的一个叫作凤庄子公社凤庄子大队的地方，进行为期一个月的学农活动。这个地方盛产小麦，夏收时节站在高处一看，一望无际的金黄色麦地里麦浪滚滚，麦田里的农人们正在挥汗如雨地抢收着麦子，呈现出一派热火朝天的喜人景象。每年这个时节是农人们最忙最辛苦也是最高兴的时候，大学生们这时来学农就好比是雪中送炭、雨中送伞，来得正是时候！

凤庄子大队队长、党支部书记武京宝和一队队长武二贵、二队队长武栓子热情接待了师生们。五个班的学生和老师们被妥善安置在两个队的农户家里，首先解决了食宿问题。

二班的八名男同学被指派到二队的砖窑上帮工。砖窑上小工的活虽说简单，但是劳动强度却是相当大，打土坯、和泥、烧砖、搬砖等活计都需要有好力气才行。两天下来，除严兵外，其他七人都累得像散了架，话都不愿多说一句，累得晚饭也吃不下去，回到住宿的农户家，横七竖八躺倒就睡，叫都叫不醒。

唯独严兵是猛吃猛喝，白面馍和苞谷糁子汤放开肚子吃，不限量！这种劳动和管饱的待遇是严兵最喜欢的——每天只收一斤粮票和一角五分钱，严兵一天至少能吃十二个馍，二斤四两左右，对他来说这倒是个千载难逢吃饱饭的机会，他非常乐意在这个地方待的时间长一些，待半年都行！

这次七七届学农，系总支副书记王有智担任副领队。王永福忙前忙后地张罗着大小事宜，尽心尽力，深得王有智的赏识。这位王师傅自从上次犯错检讨后改了指手画脚张扬的作风，变成只做不说或少说多做的风格了，他又翻身农奴把歌唱了，可谁知他心里怀着什么鬼胎！

随同七七届学员学农来的教师郁文芳和王小凤两人除参加劳动外，每周还给学员们上两次口语课，内容就是与农业相关的英语的词句和短文故事，鼓励学员们在劳动中用英语对话，自己编讲小故事。学员们劳动虽然很辛苦劳累，但学习热情依然不减，这让两位老师十分欣慰……

男生们很省心，吃了睡，睡醒了就下地干活，没有任何怨言。只是出现另外一个怪现象——两周后，四十多名男生在一夜之间全都变成了光头和尚，完全达到了部队里的"步调一致"！这天大队长武京宝组织社员和学生老师联欢，全部即兴表演节目，武队长就放开嗓门儿吆喝起来："学生们——来一个！来一个——学生们！"社员们男女老少都随着武队长喊得十分起劲。

来自兰州军区战友文工团的张大勇是七七届文艺干事，这时立即指挥大家唱开了《工农兵学员之歌》，唱毕了社员们都狠劲鼓掌。张大勇开始带头吆喝："社员们——来一个！来一个——社员们！"

武大队长调皮起来，直接喊："我妈桂兰芳——来一个！桂兰芳我妈——来一个！"

七十多岁的老太太桂兰芳就一边迈着小脚，嘴里埋汰着"这碎俙娃——这碎俙娃"一边走上台，非常大方地开始了她的表演。老太太边跳边唱，一只小脚轻轻地抬起又放下，不停地用脚点打着拍子，那歌词也是她自编的。只听她表情丰富地唱道：

> 新盖的房，新刷的墙，
> 墙上挂着毛主席的像；
> 贫下中农都热爱您哪！
> 心中升起红太阳哪！
> ……

老太太的演唱轰动了全场，掌声、欢呼声经久不息……武队长得意地趁机又喊："我妈桂兰芳再来一个要不要？"

老太太向大伙儿作了个揖走下台，笑着对儿子武京宝说："哎，我的娃呀，你就是个大瓜俙么！"

一个月的学农生活在不知不觉中结束了。虽然只有短暂的一个月时间，学员们却收获颇丰——晒黑了皮肤但磨炼了意志；手上起了老茧但增进了对农民的感情、对土地的敬畏、对农民劳动果实的珍视！农村是一个艰苦而又充满欢乐的地方，劳动创造了人类一切的美好……

第二十一章

时值1976年早春。

英语系七七届工农兵学员五个班和俄语系七七届工农兵学员三个班，共一百四十多人，还有两个系的教辅政工人员近二十人，正在教学大楼前的广场上整装待发，即将奔赴延安地区的富县牛武公社进行为期八个月的"开门办学"实践活动，那里设有西京外国语学院教学基地"窑洞大学"。五辆大轿车和两辆大卡车在校门外靠北的大马路边上排成一列，所有行装早已装在大轿车的车顶上和卡车车厢里，只等学员和老师们上车出发了。

俄语系学员全部是来自各个不同部队的现役军人，一律身着草绿色军装。其中有三分之二的女学员，看上去英姿飒爽！英语系的女生们都露出羡慕的眼光，不停地张望着这群女军人。

头发花白、风度翩翩的党委书记兼院长崔哲亲自来给大家送行并做了简短讲话，两个系的学员和教职工报以热烈掌声。崔书记以他一贯富有激情的风格讲道："我想讲的是，我们英语系和俄语系工农兵学员们即将奔赴革命圣地延安，进行为期八个月的'开门办学'实践活动，这是我们走又红又专正确道路的又一次具体实践活动！'窑洞大学'是我们学院'开门办学'的教学与劳动锻炼的基地，希望大家以饱满的政治热情和不畏艰苦勇往直前的革命精神，投入劳动学习中，增进对农村、对农民的感情，磨炼自己的意志，不怕困难，不畏艰苦，在艰难困苦的环境中不断地进步成长，将自己锻炼成为合格的无产阶级革命事业接班人！"

崔哲书记顿了顿，伸出右臂，以政治工作者特有的姿态向前挥动着，铿锵有力地结束了他的讲话："我代表党委和学院，预祝年轻的朋友们获得思想上和学习上的双丰收，胜利归来！"

各班整队走出大门，有序坐在各辆车内，五辆大轿车徐徐启动，相跟着一路向北驶去。

车厢内各班学员情绪高涨，纷纷唱起了歌。二班副班长邵丽芸指挥全车人唱起了《工农兵学员之歌》。

严兵大声唱着歌，注意到前排斜对面坐着的伍修平班长面色通红卖力地唱着歌，目不转睛地盯着指挥大家唱歌的副班长邵丽芸的一举一动，看上去很兴奋的样子。严兵心里想着逗一逗伍修平，待到一首歌唱毕，不失时机站起身大声提议说："哎，各位同学，我提议请军人出身的伍修平同学给大家唱一首《说打就打》，好不好？"

全车人都大声叫好。严兵又说："伍班长唱歌应该请邵副班长给他打拍子，这样效果更好，大家同意不同意？"

全车人都喊同意，以热烈掌声欢迎。

邵丽芸大方地招手让伍修平到前排来，她侧身面对着全车人给他打拍子，伍修平就唱起了军歌《说打就打》。伍修平满心欢喜地在邵丽芸挥动的双手前唱着歌，眼睛躲闪着不敢直视邵丽芸微笑着的美丽脸庞，却又忍不住偷偷瞟了邵丽芸一眼又一眼。大家把他的憨态看了个真切，捧腹大笑不止……

伍修平兴高采烈地和邵丽芸配合了一回，心满意足地回到座位上。严兵立即站起来说道："哎，同学们哪！两位解放军'战友'的精彩表演结束了，是不是应该请咱们的贺文英同学唱一段哪？军民联欢嘛，对不对呀？"

全车报以掌声，欢迎来自汉中的贺文英。贺文英主动走到前排，面对着大家用汉中普通话略带羞涩地说："俺就给大家唱一首电影《李双双》的插曲吧，唱得不好别笑啊！"说完就亮出细细柔柔的声音唱了开来：

> 李双双，李双双，
>
> 她是咱妇女的好榜样，
>
> 大公无私好风格，
>
> 联系群众思想好，
>
> ……

贺文英声情并茂，歌声优美动听，尽显汉中女子风韵，博得全车人一片喝彩。来自延安的知青梁佳君提议工人老大哥严兵来一首，大家就马上欢呼："严兵——来一个，严兵——来一个！"

严兵站到前排不失幽默地自行向大家报幕："下面请听男声独唱《咱们工人有力量》，演唱者工人老大哥严兵！"

严兵声音洪亮、满怀激情、气势磅礴地唱了起来：

> 咱们工人有力量！
>
> 嘿！咱们工人有力量！
>
> 每天每日工作忙，
>
> 嘿！每天每日工作忙，
>
> 盖成了高楼大厦，
>
> 修起了铁路煤矿，
>
> 改造得世界变呀么变了样！
>
> ……

严兵雄浑而豪迈有力的歌声催人奋进，直听得那些女生心潮起伏，大声喊着"来劲儿"。严兵的演唱让大家的情绪达到了高潮，他满足地笑着……

延安地区的富县，古时称为鄜州，位于延安市南部，属于黄土高原丘陵沟壑地带，地域辽阔，资源丰富，素有"塞上小江南""陕北小关中"之美称。

富县牛武公社地处丘陵沟壑区域，地势起伏，有牛武川、四家岔川、小塬、沟壑区、川塬相间的森林区，气候属于暖温带大陆性季风气候。境内有一条叫牛武的小河。

县志里记载了牛武的来历：牛武故城"（汉）董翳步将筑城练兵，畜牛以备用，故名"。说的是西汉高祖元年（公元前206年）翟王董翳遣部将在此筑城练兵畜牛备战，名牛武城。明、清均为牛武镇。1956年设牛武乡，1961年设公社。

"窑洞大学"在牛武公社牛武大队这个山沟里坐北朝南的一座黄土山的山脚下，依山而筑，呈梯形，由下而上共有三排用石料封了窑口的土窑洞，每排有十几孔窑洞。土山入口处建了一个很不错的小礼堂和教职工食堂，周边有牛圈和猪舍，还种了不少时令蔬菜，如白菜、土豆、茄子、豆角、西红柿、辣椒、萝卜等。顺着公路再往东进入深沟内，左边向北是山，右边向南是滩地，距滩地不远处是东边大坝上流下来的一股水，在筑好的水渠里流淌着。大坝足有三十米高，储满了碧绿色的水，坝顶立着一个木牌，上面写着"库内水深十五米　严禁入内"。

大坝筑在进入东沟土道上的右边，往下看去，水面有二百多米宽，纵深五百多米，煞是壮观！水坝的尽头便是杂草茂密、灌木丛生的大片未开垦的湿地。英语系七七届和俄语系七七届一百四十余名学员和二十多名教职工即将在这片土地上开垦出数亩水稻田，艰苦的劳动正在等待着他们……

二班学员二十个人分别被安置在第一排和第二排的四孔窑洞里；女生住在山脚下的第一排窑洞里，男生在坡上的第二排窑洞里。二班男生住两孔挨着的窑，一盘大土炕可以睡下八九个人，炕上空下的地方用来放置学员们的随身用品。严兵和伍修平、常大新、任刚、马浩荣五人同住一孔窑内；张伟、孙礼、李阿强、鲁斌行、朱启孟五人住在隔壁窑。

二班男学员中退伍军人就有三个人：伍修平、马浩荣和朱启孟。现役军人有张伟和常大新两个人。

张伟是西京警备区的一名连职军官，二十三岁，一双大眼睛炯炯有神，两道剑眉更显得他威武坚毅，俨然一个英俊威严的军中骄子！

常大新是西京小寨派出所民警，性格开朗，爱说爱笑，有点像电影《今天我休息》中的派出所民警马天民。

李阿强是上海人,却来自甘肃的一个煤矿,可见经历不凡,是吃过很多苦的年轻人。他人很朴实,非常珍惜来之不易的上大学的机会,因此学习格外努力,是一位品学兼优的学员,大家都很喜欢他。

还有两位来自甘肃的学员,一个叫作鲁斌行,一个叫作孙礼。鲁斌行入学前是甘肃兰州市公安局干警,人长得高大魁梧,一脸正气,目光犀利,好像一眼就能把人看透的样子。他稳重热情,大家都把他当老大哥看待。

孙礼是深山老林中庄户人家出身,长得非常秀气,双眼总是含情脉脉的,脸上也总是挂着笑容,他是个朴实聪明、外柔内刚的人,为人友善,乐于助人。

任刚是陕西临潼农村人家出身,是个乐天派,给人的印象是从不忧愁焦虑,每天总是乐呵呵的,爱说爱笑,活得逍遥自在。他学习极其用功,坐在大匣子录音机旁一听就是几个小时,平时在校园内小径上人们经常见他高声朗读课文,一副目无旁人的书生样子……

朱启孟是个很有意思的人——给人的印象是正常人的喜怒哀乐和他都不沾边!这是因为他的眼睛极小,加上他习惯眯着眼睛看人,脸上永远挂着似笑非笑的表情,让人无法看出他的真实情绪。他好像从不生气,也好像从来没有真正高兴过,有好奇的同学在他睡着时观察他的表情,竟然和醒着时毫无两样,乍一看着实让人吓一跳!朱启孟是英语系七七届的学生会主席,平时乐于为同学服务,和同学接触的机会多,在同学中人缘极好。

严兵自从上了大学以后,远离了家庭生活,特别是远离了长兄严工,也少了母亲忧伤情绪的影响,在学校中逐渐有了一些变化,时常也参与同学间的欢娱活动,人变得开朗了许多。虽然如此,平日里他的言语仍是极少的,更不会主动和女同学说话,看上去总是面孔冷冷的,让同学们觉得不好接近……

窑洞大学大灶上的三合一馒头是不限量管饱吃的,苞谷面、高粱面、莜麦面都是自家地里收获的粮食,磨成面后专门补贴给教职工和学员们吃的,这让严兵欣喜不已,也保证了他挥汗如雨干劲十足开垦荒地的出色表现。老师和同学们都惊叹严兵的劳动干劲——他一人一天开垦杂草丛生的荒地的数量是一般男生的五倍多！他干活不惜力这个习惯在当知青时就养成了，旁观者看他干活，感觉他在和土地拼命，让人觉得战战兢兢的，唯恐他不留心一镢头抡到自己身上。他的卖力劳动受到了口头表扬，他却不以为意，每天依旧默不出声抡着镢头干活。他在享受着劳动的快乐，别人并不真正了解他！他随身所带着的最珍贵的东西就是他手抄的《英语惯用法词典》，一有空他就专心阅读某个词条，认真思考领会其含义，越读越是令他爱不释手，对著者葛传槼先生越加崇敬。他的心里埋藏着一个秘密，也是他最大的愿望——毕业后做一个像于福元老师和邵奇老师那样有学问的人，做自己喜欢做的事。

英语系七七届和俄语系七七届学员们自发举行了一场开荒刨地擂台赛，特地请来了临时雇用的牛倌牛二憨。牛二憨是牛武人，本名王二憨，因他敢和牛较劲，当地人便给他取了个绰号"牛二憨"。牛二憨笑嘻嘻地来到劳动现场，"擂台"周围站满了学生和老师。打擂台的规定是：先由挑战报名的人在十五分钟内刨一块杂草丛生的荒地，采用双重评定成绩的方法，即既计量面积又计算挥动镢头刨地的次数。牛二憨在裁判"开始"的发令声后兴奋挥动起了镢头，顺着用白灰撒出的两米宽三十米长的两条白线，横着一行一行奋力飞快地刨了起来，镢头上带着的泥土四下飞溅着，两旁的人不停地躲闪尖叫着……

严兵在同学们极力鼓动下准备和这个牛二憨一较高低。他的手之前受了伤，手上老茧处因用力过度而裂开了不少像刀割的小口，不停地往出渗血，校医嘱咐他干些轻活养护一段时间，给他用碘伏清洁消毒后又敷上了青霉素软膏并包扎好。有的同学见他右手上包扎的白纱布就劝他不要去打擂台了，严兵说："不碍事的，到时候看情况再决定吧！"

牛二憨白背心上开口处夹着一条被汗水浸湿了的白毛巾，三十米长的荒地上尽是刨出来的黑色湿土块，已接近尾声了，时间已过了十一分钟，计数人已经喊到六百五十下，这种极限的劳动强度足以证明牛二憨的实力无人可比！

牛二憨在用尽力气拼赶时间，他的挑战最终成绩是：刨地七百一十次、用时十一分四十五秒。这是一个极其了不起的成绩，全体在场观战的学员老师热烈鼓掌欢呼，用敬佩的目光望着这位憨厚的农村后生。

英语系和俄语系学生会为这次擂台赛准备的奖品是：第一名一条飞马牌

香烟、两瓶猪肉罐头、两斤点心；第二名两瓶罐头、两斤点心；第三名两斤点心；其余名次只奖励毛巾和香皂。

俄语系崔达奉逞能，上来就在第二块撒着白线的荒地上挥镬挖了起来，没过二百下就面色苍白败下阵来；另一个号称大力士的山东大汉叫喊着"让俺来试试"，也抡到二百多下胳膊就抬不起来了。俄语系学员此时无人愿意再应战，就喊叫着鼓动英语系的人应战。

严兵心里琢磨着如何应战，他对于取胜还是有把握的，关键在于赢得恰到好处——既要取胜还不能让牛二憨失了面子。严兵在同学们的欢迎声中稳稳地举起镬头，一下一下有节奏地挥舞起来——"1、2、3、4、5、6……703、704、705、706"。女生们在拼命喊着："加油严兵！严兵加油！""713、714、715、716！"用时十一分三十八秒，险胜牛二憨！

牛二憨主动上前拥抱严兵，看着他右手白纱布上渗出的血，豪气地说："我是二憨，你就是二愣子！"

两人哈哈大笑，从此成了好朋友。

英语系学生会主席朱启孟和俄语系学生会主席崔达奉为严兵和牛二憨颁发了奖品，大家热烈地鼓掌欢呼。英语系党总支副书记王有智在两位学生会主席的热情邀请下站出来讲了一些鼓励和祝贺的话。此次劳动擂台赛圆满结束。

进入6月，山沟里的夏意正浓。

春季的花儿已随风落去，夏季的花儿开得正艳。白、黄、红、蓝、紫、橙等各色山野花儿争相斗艳，给山乡披上了美丽的盛装。女生们正坐在田间地头上探讨着那些植物的名字：半枝莲——看上去是那种一串串的紫色小喇叭花，车前草、灯芯草、地黄、凤仙花、狗尾草、忍冬、红蓼、山丹丹花、马兰花、麦蒿花、牵牛花、蒲公英、蛇莓、野菊花等，她们一个个争先恐后说着各种自己所识植物的特点，人人都眉飞色舞、喜笑颜开，恰似那一簇簇美丽的花儿！

系总支副书记正在召集有关人员开会，研究通过一项新的决定。会议主持人王有智神情严肃地说道："实行定量包干的方法有两个好处，一是提高开垦荒地的效率，二是切实起到锻炼人的作用。我认为这个方法是可行的，请大家发表意见，最后举手表决通过。"

参加会议的共有五个人：总支副书记王有智、孙觉，工宣队王永福，系副主任严自达、董自清。副书记孙觉和王师傅首先表态赞成；两位系副主任提出不同意见，认为强制性的劳动和体罚没有什么区别，而体罚的对象一般是犯了错误的人或者是劳改犯人，对学员们，特别是女教师和女学员们，仅从体力上考虑就显然是不切实际、不合适的，两人明确表示不同意。

王有智宣布进行举手表决。表决结果三比二通过，两位系副主任一时无话可讲，被迫接受决定。

英俄两个系总支召集全体教职工和学员开大会宣布决定：男同学和男教师每天按定量完成开垦荒地的任务，女学员和女教师按男学员定量的三分之二完成任务；实行个人包干制，每天干完定量就可以休息。大家窃窃私语，却没有人敢站出来说话。严兵心里想着如何才能帮助四位女老师完成每天的任务……

这天一上工，严兵在地里找到了在荒地上插着的写有姓名的小木牌，上面写着"女教师孙娅芳、郁文芳、王小凤、秦文婷今日任务"两行小字。她们四位老师估计还在上工的路上，严兵没有多想，挥起镢头干了起来。一个小时后，四人气喘吁吁地找到了她们的任务地，发现严兵已替她们完成了四分之一的任务。严兵微笑着对她们说："老师们，我先替你们干着，你们现在能干多少干多少，不要着急，等我帮你们完成得差不多了，剩下一小块你们就轻松了！"

四位老师用感激的目光看着这个朴实善良的学生，一时不知说什么好。三个小时后，严兵看着剩下的一小块包干地，对她们说："好了，你们现在可以'磨洋工'了，我也得过去完成我的任务了！"

四位老师听了他的话就笑着表示了她们的谢意，一起议论开严兵所说的"磨洋工"……

严兵仅用了三个小时就完成了自己的任务，来到男老师郎子元和邵奇的地盘上看是否需要帮忙。郎老师完成任务似乎没有困难，可邵老师脚下的荒地却连四分之一都没完成！见到严兵走来，邵奇兴奋地喊了声："救兵来了！"

严兵接上他的话，也开起玩笑，说道："师父莫慌，徒儿严兵在此！"

严兵先给两位老师递上他的战利品飞马牌香烟，又替他们点上火，说道："两位老师休息一下，我先替邵老师拿下这块荒地！"

邵奇就高兴地说："呀！还有慰问品啊！好牌子香烟！"

严兵说："是擂台赛的奖品，那盒留给你们抽吧！"

说完话严兵就挥动镢头猛干起来，不到下午五点，邵老师的任务已基本完成，五点半验工员就要来验工登记了。郎老师此时也接近完工，三人都松了一口气。严兵告辞了两位老师又朝二班女生地盘走去。

二班就剩柳月和蔡文芳两人还没完成任务，梁佳君在帮助苏梅完成最后一小块地，贺文英在帮郁小静进行扫尾的一点儿活，大家都已筋疲力尽，这种包干活没法偷懒，最能锻炼人。

严兵一看柳月和蔡文芳两人剩下的活差不多还有三分之二，就开玩笑说："你们两位女同学恐怕要干到今晚半夜了，准备挑灯夜战吧！副班长，准备怎么办哪？"

副班长邵丽芸看了看苦着脸的柳月和蔡文芳，语气坚定地说："大家同甘共苦嘛！留下两个人帮忙，其他人都收工先回吧！"

严兵就赶忙说："哎，算上我一个壮劳力吧！"

贺文英说："好呀！咱们三人留下，其他人回去吧，你们回去把我们三人的晚饭打好就可以啦！"

三个小时后已是晚上八点，月光下严兵、邵丽芸和贺文英从荒地滩上往学校走，他们谁都不愿多说一句话，他们的体力已消耗殆尽了……

这天清晨，天刚蒙蒙亮，严兵起来给身边睡着的马浩荣留了一个字条，托他带些杂面馍，到地里时说一声，便急匆匆赶往地里去了。头天验收员验收任务登记时就换上新任务牌了，所以严兵很容易就先找到了女老师们的包干任务地，于是就立即动手干了起来。严兵一鼓作气挥动镢头翻了四分之三的荒地，留下四分之一让她们"磨洋工"去。看看手表刚刚八点，他就直接找到邵奇老师的包干地干了起来。不一会儿，就见邵奇和郎子元走了过来，邵奇主动打趣说："嘿，今天是援兵吧？"

严兵马上反应过来，就说："还不到救的时候呀！不过还是徒儿主动一些比较好，免得师父被动！我只帮你四分之三，剩下的你'磨洋工'玩去，郎老师的任务我也帮着干一些，这样两位老师就轻松了。"

三个小时后已是上午十一点，严兵回到二班先找到了马浩荣，拿到了八个馍馍，便急不可待，狼吞虎咽吃了起来。下午两点半，严兵又来到女学员包干地间，先帮柳月和蔡文芳干了两个小时，坐下休息时柳月送给他一包点心表示感谢，蔡文芳又送给他五斤细粮饭票，严兵推辞不掉，就收了下来，心里却有些不安。

收工回去的路上，严兵看到四位女老师相跟着往回走，他走上前去把镢头抢过来扛在肩上，一路陪着她们说话。郁文芳瞧了瞧严兵几乎从不离身的已洗得发白的帆布挎包，问他里面鼓鼓囊囊装了什么宝贝，也不嫌背着重，严兵说是他爱看的书，休息或有空时就翻着看看。郁老师显得有点迟疑，又问他："我们几个人还议论过你呢，说你不光善良朴实、能吃苦、爱学习，还有我们看不明白的一些地方，让我们感到有些好奇。我们可以和你聊聊吗，严兵？"

严兵看了看她们同时投来的疑惑眼神，坦然地笑了笑，说道："唉，我就是一个普通学生么，没有什么秘密的，你们几位老师要问我什么只管问就是了，徒儿不会介意的！"

郁文芳老师称赞他是个爽快的人，就问道："哎，严兵，看你这么能吃苦，你是从农村来的吧？你父母是农民吗？"

严兵顿了一下，神情自若地说："没错，我家在咱们省的沙州地区沙州县王梁子公社柳湾大队，是个半农半牧地区，靠近内蒙古鄂尔多斯。我的父母是农民；我的祖父祖母是牧民，一直生活在草原上。我初中毕业后就回去劳动了。后来招工进了一个汽车运输公司当了修理工，之后又当了大卡车司机，再后来就上了大学跟着老师们学英语——有缘成了老师们的学生！我说清楚了吧？"

王小凤老师接上严兵的话，表示怀疑地说："嗯，听是听明白了，可是在我印象中严兵同学一直就是个典型的城市娃，无论是长相、气质，还是言谈举止，都与众不同，还有些神秘感！"

秦文婷老师附和道："嗯，严兵显得特别成熟，与他的年龄不相符，倒像个饱经世事、上了年岁的人……"

孙娅芳老师插上话评价说："严兵给人感觉又纯朴又成熟，还有点儿神秘感——不是一般的学生哪！"

严兵对老师们的评价不置可否，诚恳地说："各位老师的表扬让我无话可说，就冲着老师们的话我会一如既往帮着你们完成任务，这劳动的时间还长着呢，才开了个头哪！"

几个人一路说笑着回到校内。严兵扛着镢头坚持要把她们送到宿舍门口，郁文芳老师就回窑洞拿了早就准备好的十斤细粮饭票，递到严兵手上说："哎，严兵，你得把这点儿心意收了，不然我们心里太过意不去了！"

严兵接过手，从挎包里掏出柳月送给他的那包点心，又从口袋里掏出蔡文芳塞给他的五斤细粮饭票连同郁老师刚给他的细粮饭票，一同放在窗户台面上，说了一句："我可享用不了这些细粮，还是老师们留着吃吧！"

说完这话严兵迅速跑步离开了……

严兵完全可以理解四位女老师的难处。这种定量包干开荒的做法，对女教师来说，根本谈不上所谓的锻炼，而是一种摧残，是残酷的变相体罚！她们会不堪重负而倒下！而严兵所能做的就是帮她们渡过难关。

工宣队王师傅早就对严兵的举动看不顺眼了，只是没找着发泄怨气的机会。他也承认严兵在劳动中的出色表现，但他难以忍受严兵到处出风头，特别是跑来跑去帮女学员刨荒地，好像就他日能，离了他女娃们就受了大苦咧，就活不成咧！还有他和女教师们嘻嘻哈哈地混在一起，也让人看着憋气，一副讨好老师的瓜㞞相。王师傅心里来气时就暗自咒骂严兵一通，心想着：总有一天老子要收拾你！

这天下午收工后回家路上，王师傅没忍住开口讽刺说："哎哟哟，大小姐们，地刨不动不至于连镢头也扛不动吧？资本家大小姐派头是不是应该改一改呀？"

几位女老师敢怒不敢言，一时无语。

严兵却不惧他，回击道："王永福你不要好了伤疤忘了疼，小心再让你在大会上做检讨！"

王师傅听他直呼自己姓名，恼怒地说："严兵，你少嚣张！俺总有一天要拾掇你！"

严兵义正词严地大声说道："伟大领袖毛主席教导我们，工人阶级内部没有根本的利害冲突。王永福我劝告你好自为之！"

7月的夏日，山沟里一早一晚却凉爽得有些冷，晚上睡觉还需要盖上被子。严兵睡在土炕上想着心事——去年8月他还汗流浃背地躲在学校图书馆里抄写《英语惯用法词典》时，有一天上午收到了母亲写给他的一封信，嘱咐他注意身体，西京夏日天热注意饮食，小心中暑。信中又透露出一件让他心情很复杂很矛盾的事，母亲讲道："我已经四十四岁了，你们都已长大成人，这十五年来我之所以没有再婚，就是考虑到你们的感受。现在你们长大了，我也要考虑我后半生的生活，我也得有个依靠，希望你们能理解妈妈……"

严兵跑到无人的操场上痛哭了一场。他心疼母亲，理解母亲多年来的辛酸，更是感受到母亲将他们兄弟三人抚养成人的不易！他给母亲写了回信，衷心祝愿她幸福……

这天收工吃了晚饭，他突然接到了从西京学校转到窑洞大学的一封信，是母亲写给他的。信中写道："……妈妈要告诉你一件事，希望你也会和我一样高兴！我上半生十年中生了你们五个儿子，从你开始我就希望是个女儿，一直到严商，我都不再抱有任何希望了，觉得自己命中注定无女。现在我有了女儿，你们也有了妹妹，我们视她如宝贝，相信你们也会疼她、爱她……你们的叔叔（这样叫他你能接受吧？）对我和女儿很关心，把我们照顾得很好，放心！"

严兵很高兴能有一个小妹妹，想着下次回到家就可以见到继父和小妹妹了。母亲在信中还提到了梅梅阿姨，说她在沙州城里找了一个退休老干部，也算是有了一个好的归宿，现在生活得很好，暂时还在家里帮忙照顾她们，白天来晚上回自己家住。母亲说："梅梅早就成了咱们家的人了，她为人憨厚，人品好，也是应了'好人有好报'那句话！"

第二十二章

牛二憨是窑洞大学所在地牛武公社左家沟大队的村民。他祖上是宁夏盐池王姓人家，战乱时期流落到富县山沟里，在左家沟帮人扛长工安了家。到了二憨父亲这一辈，生了两个儿子一个女儿，大儿子叫王大憨，二儿子叫王二憨，三女儿叫王艳艳。十年前他父亲王继业和大哥王大憨赶夜路给生产队拉化肥，拉大车的马被崖上的落石吓得失控摔下深沟，父子二人当场死亡。从此十二岁的王二憨和妹妹王艳艳与母亲相依为命，艰难度日。

十年后的王二憨因为有一把子惊人的力气，敢和牛较劲，所以被村里人和邻村的人称作"牛二憨"。窑洞大学有十几头耕牛和一群羊，需要雇用一名牛倌，左家沟的支书就推荐了牛二憨。牛二憨一是看到给的工钱多还白吃白住，二是他的心上人在窑洞大学里干活，于是就满心欢喜地应承了下来。从此牛二憨就当起了窑洞大学的牛倌兼羊倌，挣的工钱都按月交给了他妈。他吃住都在学校里头，过着吃喝不用花钱、逍遥自在的日子。

牛二憨的对象叫马二菊，是1969年到富县牛武公社左家沟插队的北京知青，和牛二憨同岁，都是属马的。马二菊的父母在北京市一家不起眼的小被服厂当工人，是老北京居民。家里总共姐弟三人，马二菊排行老二，姐姐马大菊比她早一年去了东北黑龙江生产建设兵团，弟弟还在读初一。马二菊和五个要好的同学在延安富县知青办来人的鼓动下，在学校报了名来到了革命圣地延安，之后就被安置在了富县牛武公社左家沟大队，这一待就是五年。1974年马二菊招工进了西京外国语学院窑洞大学，被安排在学校大灶上干杂活。

马二菊因为长得不好看而错失了人生中不少的机会——一米五的个头，一百三十五斤的体重，棕黑色的皮肤，一对总是眯着的小眼睛，整个人看上去就像是两个气球粘在了一起，胳膊像飘带，腿像拉线。可她说话声音却很好听，细声细语的北京腔，歌唱得也很好听，有相当不错的音乐天赋。1974年招工时，富县知青安置办还专门把她推荐给富县文工团，可人家因为她的长相婉言拒绝了。从此之后，马二菊心如止水，一心一意在窑洞大学干着杂活。

马二菊还在知青点上时牛二憨就看上她了。牛二憨并不觉得马二菊长得难看，只不过个子稍微矮了一些，其他方面都挺好的，和她在一起牛二憨感到很放松很快活。知青点上另外两个女知青不像马二菊那样平易近人，她们对牛二憨爱搭不理的，根本没把他放在眼里。马二菊喜欢牛二憨的地方可就多了，最重要的就是牛二憨从不嫌弃她，一心一意地对待她。牛二憨人诚实，有力气，庄稼活样样干得好，村里村外看上牛二憨的俊女子也不少，可牛二憨根本不动心，他觉得谁都不如马二菊胖嘟嘟的脸蛋子让他心疼！

牛二憨的妹妹王艳艳去年嫁给了邻村的一个后生，牛二憨妈妈就催着他早些把马二菊娶进门。牛二憨和马二菊私下也商量好了日子，准备夏收后就办事。

这天吃了早饭，马二菊到牲口棚院子里来找牛二憨，进了院子就用北京腔的陕北话喊了起来："二憨——二憨！二憨——二憨！藏在哪咧？又和我藏猫猫咧？快快死出来吧！"

牛二憨听见马二菊喊叫就赶忙躲在喂牛的大石条槽子后面蹲了下来，半个屁股却露在了外面，马二菊装作没看见，走到牛槽跟前，照着他的屁股就踢了一脚，嘴里骂着说："嘿！这是谁家后生的尻蛋子，让你个偷吃牛食的小子尝尝我马蹄子的厉害！"

牛二憨赶紧爬了起来，假装急了眼对她吼道："啊呀！马蹄子还真用劲踢呀！把我的屁股都踢成两半半了！"

马二菊扑哧笑出了声，说道："哪里就踢成两半半咧？您脱了裤子让我检查一下嘛！"

牛二憨捂了裤裆笑着说："咦！那不把火力暴露给敌人啦？"

马二菊装作不在乎的样子说:"哼,谁稀罕您那玩意儿,又不是没见过!"

牛二憨急着要去放牛,就问马二菊找他有什么事。马二菊说她见到了严兵,严兵要到县城里去,问她要不要置办结婚用的被面布料什么的,她来就是问这事的。牛二憨就说他去找严兵,严兵眼光好,让严兵帮着挑上两块被面和被里子,还有两块炕上用的褥单子,他顺便把钱交给严兵。马二菊说这件事交给严兵她也放心。说妥了这事,两人便分别忙去了。

夏收时学校给学生和教职工们拨了一笔钱改善生活,学生会主席朱启孟和严兵几个人搭乘去城里拉货的一辆拖拉机,准备给同学们和系里的老师们买些猪肉罐头和水果罐头。正要动身时,看到牛二憨急匆匆赶来,严兵就让司机稍等一下,他向牛二憨问清楚了要代买的东西后便爬上车进城去了。严兵和朱启孟按每人一瓶猪肉罐头、一瓶苹果罐头购买装箱后,严兵自己掏钱又给牛二憨买了两瓶猪肉罐头,准备在牛二憨结婚时送给牛二憨。然后严兵让朱启孟等着拖拉机来装货,自己跑着去了一趟百货公司,买好了牛二憨要的东西,自己掏钱又买了一块铺炕用的带花图案的油布和两块花枕巾,准备送给牛二憨两口子。

7月下旬,牛二憨和马二菊喜结良缘。婚礼办得简单而热闹,牛二憨妈喜得合不拢嘴,不停地给客人敬酒敬烟。严兵也帮着招呼客人入席吃喝,跑前跑后,忙得不亦乐乎——他早已将牛二憨视为亲兄弟了。严兵和牛二憨同属一类人,他很珍惜和牛二憨之间的友情,就像插队时和柳湾大队李三娃,在县运司工作时和革里民、来少斗的友情一样,几人是他终生都要牢牢记在心里的人。

婚后,牛二憨和马二菊就住在了牛棚院子旁的一孔窑洞里,前响那顿饭在学校灶上吃,后响那顿饭回家和牛二憨妈一起吃。严兵吃过后响饭,晚上无事时就爱去牛二憨窑里串门,两口子也特别待见他。马二菊起初听到严兵说话时一口蹩脚的北京腔就乐得只是笑,不由得纠正他的发音咬字。严兵很用心地跟着这个免费老师学习北京话。一段时间后,严兵被纠正的次数越来越少,后来干脆就不用纠正了!马二菊夸严兵是个学语言的料,牛二憨也表扬严兵讲得跟他的婆姨一样好了,严兵就鼓励牛二憨也学北京话,牛二憨说他口拙学不来,严兵就说:"若要会,跟上婆姨睡!你有现成的老师不学可惜了!"牛二憨就学着北京人的儿化音说话:"咱家二儿菊儿北京儿话儿讲得儿好!"逗得马二菊捧腹大笑,直喊肚子疼。

有天晚上牛二憨和严兵坐在炕上拉家常,牛二憨问严兵:"严兵我问你句心里话,你现在有没有心上人?"

严兵好奇地看了看牛二憨,反问他说:"甚是心上人?我大我妈都是我心上的人!"

牛二憨急着说:"哎呀,我说的不是那个意思呀!"

马二菊忙抢过话头替牛二憨说:"啊呀,瞧二憨嘴笨的!就是说您心里头现在有没有喜欢的姑娘?"

严兵看他们两口子着急的样子,就想和他们开个玩笑,说道:"嗯,有倒是有一个,可不知道人家喜欢不喜欢咱么。"

马二菊急得就问是谁,在哪里,长得有没有她好看。

严兵不紧不慢地说:"唉,说起它你们肯定是见过的,长得嘛——我觉得也过得去,大花眼、高鼻子、大耳朵、黑头发、大嘴巴,就是说起话来架子摆得大,哼哼哼,哼哼哼……一点儿都不爽快!走起路来一摇一摆,还动不动往后面甩一下鞭子!"

牛二憨听不明白,就问道:"这个女子是咱窑大的吗?我和二菊见过吗?"

严兵故作神秘地说:"二菊倒是每天都能见到它,不过我想它对二菊最多也就是抬头看上两眼,哼上两声罢了!"

马二菊这时好像听明白了,瞪起小眼睛,胖胖的小拳头对着严兵晃动了几下,喊道:"严兵你个坏小子,敢捉弄我和二憨!"

马二菊附耳对牛二憨说了句话,牛二憨也喊了起来,婆姨汉俩不由分说上去按倒严兵,马二菊骑在严兵腿上问牛二憨:"二憨,现在你说咋收拾他?"

牛二憨说:"这家伙不爱女人还胡扯上母猪,说不定就是个太监,不如咱检查一下,我把他胳膊按牢实了,你把他的裤子脱下来。"

马二菊犹豫着不敢动手,严兵直喊手下留情。牛二憨听到严兵告饶就和马二菊说姑且饶了他这一回,但对两人必须说实话!严兵答应绝对讲实话不骗两人。

严兵从炕上坐起身来笑着说:"玩笑开大了,差点暴露隐私咧,二憨倒无所谓,二菊看见还了得!"

马二菊笑着用北京腔说:"嘿,瞧您说的!那玩意儿不都一样么!"

牛二憨又急着问严兵,说:"哎,严兵我问你,你们学校那么多俊俊的女同学里头就没有你看上的?"

严兵肯定地说:"嗯,没想过这号事!"

马二菊就问他:"那您说说哪个女同学长得最好看,叫什么名字,这您总知道吧?"

严兵摇摇头,说:"嗯,不知道,没注意看过!"

牛二憨抓了抓头皮,有些不理解这个和他同龄的后生了,心里想:不对劲呀,不会是真有什么毛病吧?于是小心翼翼地试探着问他:"啊,那个什么,咋说咧……有那个方面的毛病咱也不要过于灰心,早些让医生看看说不定就好了,你说是不是?"

马二菊也同情地点点头,说:"嗯,二憨说得没错,西医不成咱就找中医看,我还可以写信给我妈,在北京弄些中医药方或者土方子什么的。"

严兵被他们夫妻俩东一榔头西一棒槌说得无话可说,就假作生气地说道:"唉,老天爷呀!你们不要胡猜乱说行不行?你们咋就说起我有啥毛病了!我给你们说清楚了,我啥毛病也没有!谢谢你们的关心!"

牛二憨听严兵如此说就附耳悄悄问了他几句话,严兵一个劲儿点头称是,牛二憨放了心,就笑嘻嘻地对马二菊说:"放心!放心!和我一样样的,该有的都有哩,甚事也不影响咧!"

牛二憨说了这话后还是有些不甘心地问严兵:"严兵你说说,你咋就对女子不感兴趣呢?还是没遇上你喜欢的女子?"

严兵笑着叹口气说:"唉,也可以说我对这种事不感兴趣。长大后就一直是这样,我觉得没有意思,这有什么不正常的吗?一人一种爱好嘛!"

马二菊忍不住就说:"那您没发现哪个女同学喜欢上了您吗?没有对您有所表示吗?您长得这么好看,人品又好,能没有女同学动心?"

严兵就说:"那是人家的自由,我没感觉到,也不在乎!"

牛二憨两口子就识趣了，不再问他这方面的事情了。说着闲话时，牛二憨好奇地问起严兵的家庭情况，说："哎，我说严兵呀，咱们好得跟亲兄弟一样，我问问你家里的事情不算过分吧？我从来没听你说过你家里头的事情。"

严兵一听到问起家庭情况马上变得一脸的"旧社会"，垂头丧气地说："唉——唉，一言难尽哩！也就是你俩问起，其他人我绝对不搭理的！你们是我的亲人，给你们说一说就当是倒一倒心里的苦水吧……"

人常说"家丑不可外扬"，但是面对着亲人，说出心里憋屈的事情则是一种难得的释放！

严兵神情凝重地诉说起埋藏在心里很久的郁闷："……我倒是非常羡慕出生在极其普通而健全的家庭的孩子，哪怕是吃糠咽菜的生活都比我强！我从上小学起就有了这样的感觉，是不是很可悲？我每次到我同学家里去，看到人家一家人和和睦睦、其乐融融的幸福情景，心里就不是滋味，很沮丧、自卑，小小年纪就有了活在世上没意思的念头，可怕吧？可我就是那样想的。从那时起我就变得不爱说话，更不和女生说话，我老是有一种被人嘲笑、被人看笑话的感觉。我喜欢天黑时坐在无人注意到的暗处想心事，像个女孩似的顾影自怜……我从小就生活在单亲家庭里，我的少年时期就是带着自卑心理度过的。雪上加霜的是，我有一个让我厌恶透顶的长兄，他的品行可以用八个字来形容——厚颜无耻、极端自私！"

严兵说着就看了看神色凝重、认真听他讲述的牛二憨两口子，接着又讲道："我给你们讲两件事作为例子，你们就可以真切感受到他有多么可憎！记得有一次是在大年初一上午，我们一家人都起得早，我妈把调好佐料的羊肉馅放在炕头上，我家保姆梅梅阿姨把和好的白面放在炕边上的木案板上，两人一起揉面擀饺子皮，我也坐在我妈身旁准备一起包饺子，就连小弟严商也早早醒来帮着剥蒜。只有我大哥严工还在炕上蒙头酣睡！

"那时我还在念小学五年级，刚刚十三岁，小弟九岁，严工十七岁。包好的饺子整整齐齐放了两大盖垫子，前锅后锅都添足了水，就等水烧开煮饺子了。我妈开始叫严工，用哄小娃娃一样的语气让他起来准备吃饺子，严工极不乐意地起来下地，拿了脸盆和水瓢就从后锅里舀水。我妈说少舀一点儿水，够洗手就行了,吃过饭再洗脸。不料严工直接把水瓢扔在锅里转身就走。我妈说你这个娃娃脾气也太大了。没想到严工越发恼怒起来,举起一盘生饺子摔在地上,在妈妈和梅梅阿姨大惊失色的喊叫中,又举起剩下的那盘饺子用力摔到地上,一边用脚踩,一边还喊叫着:'你们都吃屁去吧!'说着就摔门而去。妈妈坐在炕沿上伤心落泪,梅梅阿姨陪着哭。那一刻,我的心里充满了愤怒和仇恨。"

严兵说到这里时,马二菊早已听得满腔怒火,眼眶里泪水直打转,喊骂着:"这个狗东西——这个狗东西!应该用乱棒打死!"

牛二憨从炕上站起来,挥动着胳膊,咬牙切齿地说:"我要是在场,先把狗日的脖子拧断!"

严兵看着牛二憨两口子义愤填膺的样子,就问他们要不要再讲一个,牛二憨两口子都想知道严工坏到什么程度,就让严兵再诉诉苦,把压在心里的怨气多放些出来。严兵定了定神又说起来:"那是我到农村插队的第一年。严工被招工去了陕南一个钢厂,吃不了苦,跑回家赖着不走。我那年十五岁,为了躲避他,我没上高中,初二毕业就下乡插队了。一年劳动下来分了红,我妈鼓励我买块手表,她给我添了些钱,我就买了一块上海牌子的半钢手表。有一次我回到城里给家里送些队里分的红稻米,那天家里只有严工在,我放下东西舀水洗脸,取下手表放在旁边小凳子上,等我到院子里倒掉脸盆里的水后返回屋里时,手表不见了!我当即质问严工,严工抵赖,我就上前搜他身。他看我低头要搜他的裤兜,趁我不备,顺手拿起我家那把舀水用的铜马勺,照着我脑袋连续砸了五六下。我当时就被砸蒙了,血流得止不住,双手抱着头跑到院子里,碰见邻居谢阿姨,她惊呼着我的名字,急忙叫上她儿子把我送到县医院。我头上缝了十一针。我恳求谢阿姨不要告诉我妈,我带着伤当天就乘坐公交客车回到了乡下。他是我的亲哥,为了抢一块表,下得了狠心,把我往死里砸!"

严兵说完就笑了笑,感叹着说:"这种事没听说过吧?唉,没办法呀!可就是让我遇上了。这或许就是世人说的缘,可我和严工的缘是恶缘、凶缘!既然是缘,那就躲不掉的……"

牛二憨两口子好一会儿都说不出话来,他们不敢相信这种事是真实存在的,而且就发生在他们身边坐着的这个人身上。他们难以想象一母同胞的严工当时怎么就下得了狠手,他们能感受到受了伤却不想让母亲伤心难过而独自躲回乡下疗伤的严兵当时的心痛!他们深深地同情严兵的遭遇,更为严兵有这样一个哥哥而愤愤不平。

牛二憨听完心里憋屈得难以忍受,两眼冒着怒火吼道:"呸!这个狗东西!该死的东西!你怎么就不收拾这狗东西一顿呀?不能一让再让呀!"

马二菊泪流满面,表示理解严兵为什么不反击,抽泣着说:"唉,没办法!严兵得顾及母亲的处境,再坏也是母亲生的儿呀!严兵只能委屈自己!"

严兵朝马二菊感激地笑了笑,说:"还是二菊理解我。我打了严工我妈会是什么感受,同样,严工打伤了我,我妈一样心疼。我只能躲起来,心里的怨恨也只能慢慢化解。不过我还真狠狠揍过严工一回,那次真解气,把严工打怂了!

"那是在我插队第二年夏收之后,我把队里分的和我们自留地里自己种的土豆和苞谷棒子装了一麻袋,还有徐三凹和王榆生的两麻袋,一起拿着坐了大队的马车用了一天半时间赶黑回到家,晚上去邻居谢阿姨家和她儿子住了一宿。我送了谢阿姨一些土豆和苞谷棒子,谢阿姨说比市场上的好。第二天上午我妈做白面素臊子汤面给我们吃,那是我最爱吃的饭。我妈把煮熟的面条往后锅臊子汤里捞,严工上来夺过我妈手上的捞面笊篱,把锅里剩下的面条往他手上的碗里捞,我妈只说了句:'你把面条都捞你碗里,后锅里稀汤寡水大家咋吃呀?'严工一听就怒气冲天,把手上的碗扔到后锅里,提起后锅狠命摔在地上。锅被摔成了几块,汤、面和菜溅了一地。当时我正在整理东西,听到吵闹,跑到外屋看到一片狼藉,我妈和梅梅阿姨吓得面色苍白、浑身发抖。我再也无法忍耐,我也疯了,被严工这个恶棍气疯了!

"我直接冲上前去,先狠狠扇了严工两个耳光,抓住他的领口用力将他拽到院子里,左手拽紧他的领口,右手握拳,照着他胸口大力出拳击打了七八下,看他摇晃着已站立不住,我一把将他推倒在门口的炭堆上,他趴在炭堆上死命地号叫。我妈和梅梅阿姨从没见我这么凶狠吓人,惊得说不出话来。邻居谢阿姨出门来看,嘴里直喊"活该,打得好,狠狠打!"前院的男女老少听到动静都挤进来围观。严工趴着不敢动，嘴里仍然还在哭骂着，我鼓足了劲挥拳照着严工的屁股又是一阵猛击。严工从小到大哪里挨过这么重的打，杀猪般号叫着，直至喊不出声。我抬起脚又踢了他六七下，之后就转身挤出看热闹的人群，离开家里去找王榆生，在王榆生家住了一晚，第二天我们就坐上约好的大队里的马车回大队了。"

牛二憨两口子瞪着眼睛听完严兵痛打严工的故事，牛二憨重重吐了一口气，说："啊呀！这回把严工这小子打惨了！就你这身力气还不把他打残废了？后来他怎么样了？"

马二菊也急着想知道之后的事，她担心严兵给妈妈惹下了麻烦事，就跟着牛二憨说："是呀，严工残废了吗？"

严兵若有所思地说："嗯——唉，残废倒是没残废，住院住了一个多月，前胸和屁股上多处淤血，胸部肋骨有几根骨折了。我想我打他时潜意识还是收力了的，如果我真使出八分以上力，他早就没命了！可我的冲动给我妈和梅梅阿姨造成了很大的麻烦，她们得伺候严工呀！我妈写信告诉我说：'从那以后严工收敛了很多。虽然我当时着急上火都快病倒了，但从长远看，对家庭、对严工以后在社会上生存还是有好处的。后来我们在严工面前就不能提"严兵"两个字，只要一提起，严工脸色马上就变了，两只眼睛左右乱转，慌得坐立不安。你还真是一次就把他给治住了！'接到我妈的信，我心里也踏实了许多。"

严兵说着就笑开了，显得轻松了不少，对牛二憨两口子说："唉，都是几年前的事了，就当故事听吧！人的本性是难改的，严工只是一时被我打怕了，但他的本性不可能改变。只要他不欺负家里人，到了外面，到了社会上，自然有人治他！我听我妈说她在城里给严工联系了一个街道办事处的工作，他就每天上下班忙着做事，有时就吃住在单位上。啥时候给他找上个媳妇自己过上了日子，家里就省心了，就太平了。"

夏收刚结束，系里开始组织安排学员们在水稻田里插秧。

贺文英正在指导二班女同学插秧。她是行家里手，女生们都听她的。只见她站在水田前面向大家讲解要领。

第一点：左手拿秧苗，右手从左手拿着的秧苗中分一小份出来，切记别把秧苗弄断了，大概分出三四根就够了。

第二点：食指和中指夹住秧苗根部，掌心朝向秧苗，食指和中指顺着秧苗的根朝下插入泥中。

第三点：秧苗和秧苗之间的距离大约是两拳，保持秧苗竖立，并且根部以上大约三分之一必须在泥中。

第四点：插秧时必须是往后走，切记不要把秧苗踩歪了。

贺文英边插秧边纠正不得要领的同学，不一会儿，大家就基本掌握了技巧，劳动进度大大地加快了。

二班的男同学只有伍修平、朱启孟和李阿强三个人插秧还算不错，其余人都不得要领，弄得一团糟！严兵负责给二班男女同学两处来回跑着送秧苗。他把女同学这边的秧苗送足了，就留下来帮着插起秧来。只见他动作熟练，双手飞快地左右上下舞动着，脚步轻快地往后移动，像是在表演表现劳动情景的舞蹈。他插得又快又好，女同学们都看呆了。

贺文英大声叫好："哎——哎，大家看看人家严兵干的活哪，比我都干得漂亮！一看就是行家哪！"

严兵有点羞涩地笑了笑，说道："嘻，以前当知青时干过插秧的活，现在手生了！"

副班长邵丽芸这时鼓动女同学一起欢迎严兵给大家唱支歌，女同学们兴奋地喊叫着："严兵——唱支歌！严兵——唱一首！"

严兵没有推辞，擦了一把头上的汗，说："好啊，我就唱一首电影《红日》的插曲《谁不说俺家乡好》。"

严兵用他那浑厚的男中音，充满激情地唱了起来：

一座座青山紧相连，

一朵朵白云绕山间，

一片片梯田一层层绿，

一阵阵歌声随风传。

　　哎！谁不说俺家乡好，

　　得儿哟咿儿哟，

　　一阵阵歌声随风传。

　　……

　　歌声在山谷中的田野上荡漾着，伴随着劳作中美丽的姑娘们。严兵英俊的笑脸和他纯真而充满激情的歌声，给女生们留下了永久的美好记忆。

　　忙中偷闲，系里决定和附近的牛武发电厂搞一次文艺联欢晚会，活跃一下单调的插秧生活。系学生会文艺委员张大勇接受任务后就满腔热情地组织了一些有文艺特长的男女同学排练开了节目。

　　正式开始排练前，张大勇与牛武发电厂厂办打电话取得了联系，互相通报了排练情况。牛武发电厂准备了五个节目，他们厂里有不少北京知青，可谓人才济济，厂里的当地知青也挺有文采和文艺特长，就连那灶上的当地知青——外号叫"张大拿"的大师傅也有"诗人"的美称。张大拿人长得高大威武、英俊潇洒，虽说是洛川塬上人，却操一口北京腔。厂里人只知道张大拿这个人，他的真名张明新早已被人忘却了，厂里的北京女知青中有的就对这个能讲北京话的陕北后生产生了爱慕之意。听说他们厂准备的五个节目中有一个是配乐诗朗诵，诗的作者就是张大拿。

　　联欢晚会获得了发电厂工人和窑洞大学师生的一致好评，其中最受欢迎的《半夜鸡叫》中的地主周扒皮惟妙惟肖、滑稽搞笑的表情动作，惹得全场观众捧腹大笑；张大拿的配乐诗朗诵《平凡的灶台》声情并茂，在观众中产生了强烈的共鸣；男声独唱《我爱这蓝色的海洋》和《松花江上》两首歌，将观众的情绪带向了高潮，歌声感染力之强，绝不逊色于专业歌手；《聋哑人放声歌唱毛主席》中小聋女对解放军叔叔表露的真实而生动的感情，深深感动着观众；藏族老爷爷对子弟兵感情的真挚表现和专业水平的藏族舞蹈赢得了现场观众长时间热烈的掌声……整场晚会自始至终掌声不断。所有的节目和角色都给大家留下了难忘的印象……

第二十三章

严兵这天去找牛二憨。

牛二憨两口子刚从二憨妈家吃罢后晌饭回来,牛二憨正在给牛槽里加草料,马二菊忙着往回收拾晾晒在院子里的黄豆。见到严兵进了院子,牛二憨就急忙说:"哎,听说你们后天一早就出发到延安城里去了,正想找你哩。"

严兵看了看马二菊在往布口袋里装黄豆,就走过去蹲下帮她撑开口袋,扭头问牛二憨:"哎,找我有甚事了,二憨?"

马二菊接上话说:"哎呀,也没啥要紧事,二憨家住的窑洞边边地上种了一点儿黄豆刚收回来,我婆婆就分了一半给我们,让我和二憨炒着吃。二憨说炒上些让您拿着路上吃,或者学工饿了时抓上两把吃。我一会儿就炒上一半儿,大概四五斤,给您拿上,剩下的我和二憨吃。"

严兵心里感动着,觉得一股暖流传遍了全身,嘴里却开玩笑说:"啊呀,你们也真实诚,不就出个门嘛!把我当成你们的儿子相待哪!"

牛二憨抓住话把子就想占便宜,转身笑嘻嘻地说:"嘻,一个级别,和亲儿子一个级别么!你甚至比我的亲儿子还亲,你说是不是,二菊?"

马二菊大笑着就一屁股坐在地上,捂着肚子直叫喊:"哎哟哟,我可当不了严兵的妈,当个姐还差不多,您说对不对,严兵?"

严兵装出一脸的正经样,用领导干部的语气说:"啊,这是个大问题嘛,啊！可以开个大会讨论么，啊！我个人的这个……这个意见嘛，二菊同志当个干妈还是可以的嘛，啊！"

马二菊捂住肚子强忍着笑说："去您的吧！那我也不干，当妈不把我当老了么！"

牛二憨赶忙说："反正我随你，你是干妈我就是干大，你是姐姐我就是姐夫！"

马二菊拿起口袋往窑里走，装作生气，脸上却憋着笑回嘴说："哼！不想和您牛二憨胡咧咧啦！本姐儿回窑炒豆豆去呀！"

三辆大轿车停在窑洞大学大礼堂前的公路上，英语系七七届全体师生陆续上了车，三辆车前后相跟着向延安开去。

延安市机械厂的厂长、副厂长、工会主席、厂办主任和干事几个人早已等候在厂子大门口，看上去非常重视西京外国语学院来厂学工这项任务。延安机械厂主要生产各种机械设备，如车、钳、刨、磨、铣等。

三辆大轿车停在厂门外，厂领导和系领导进行了一番表示欢迎的礼节后，学生和老师被领进厂里早已准备好的宿舍区，按班分男女住在了各自的房间内。不一会儿，伙食科科长操着一口地道的北京腔，来到宿舍区通知大家吃晚饭的时间和地点。

厂大礼堂里特意准备了十二桌表示欢迎的酒菜，每个桌子上都放着一个大酒壶和十个酒杯。待全体人员就座后，厂长张胜利首先代表厂里致欢迎词。

致辞结束后，服务员们开始轮番往上端菜——炖羊肉、红烧肉、酥鸡、清蒸丸子、小酥肉、豆角炒肉、青椒炒肉、炒豆腐、炒鸡蛋、羊杂碎、八宝饭、大米饭、白面馒头……学生们哪见过这等高规格盛宴阵势，一道道美味令他们垂涎欲滴，个个面露喜色，随即便放开肚皮大吃开来……

严兵听说原来在沙州中学和自己同一个文艺宣传队拉手风琴的老朋友闫京现在在延安大学中文系读书，早就想着去找他。这天是星期天，严兵向人借了一辆自行车，直奔地处杨家岭的延安大学。

严兵推着自行车进了延安大学校门，看到依山而建的一排排窑洞，甚是壮观肃穆，令人心生敬意！严兵很容易就打听到了中文系七七届的学生宿舍，走到男生住的那排窑洞前时，迎面走来一个俊眉俊眼胖乎乎的女生，严兵便向她打听闫京这个人。女生一听说是找闫京，便仔细打量了一下严兵，笑眯眯地说道："哎，我猜你是严小毛吧？"

严兵吃了一惊，随即问她："嘿！你咋知道我的小名？我们认识吗？"

女生大方地笑着说："嗯，咱们现在不是就正式认识了吗？你我都是沙州人，闫京也是，他经常提到你，只是咱俩没见过面，我叫曹小瑛，和闫京是同班同学。"

严兵礼貌地伸出手，说道："你好曹小瑛，我是严兵！"

曹小瑛握了一下严兵的手，也不失礼貌地说："你好严兵，我带你到闫京宿舍找他吧！"

严兵随她走到一孔窑门外，就听她大声喊道："哎——闫京！有人找你哩！"

窑里的人好像都在睡觉，曹小瑛对着严兵笑了笑，又朝着窗户吼了一声："哎——闫京！死在里头咧？"

又过了一会儿，窑里有了响动。一个头发散乱、睡眼惺忪的小伙子开门走出来，懒洋洋地叫嚷着发牢骚："啊呀！曹小瑛你哇哇地喊叫甚咧？星期天还乱跑甚咧？"

曹小瑛一点儿都没生气，反而笑着和他打趣道："你睁大你的大花猪眼眼看看谁来找你咧！"

闫京这才完全清醒过来，一看是严兵，大叫一声，兴奋地扑上去一把抱住严兵就喊起来："啊呀！严兵你咋来咧？没想到呀！你甚会儿到延安的？到这儿来做甚了？"

严兵看到闫京如此热情兴奋，也受到他情绪的感染，激动地说："我们来延安开门办学，在延安机械厂学工一个月，刚刚来一星期，今天专门来看看你。我刚走到这排窑前就碰见咱老乡曹小瑛，不然还得问半天哩！"

严兵说着又感激地看了看曹小瑛。

闫京看了曹小瑛一眼，俏皮地说："哎呀，你一下就碰对人咧！小瑛同学不光和我同班，还是咱亲亲的亲老乡哩！咱今天好好聚一下，让小瑛想办法去买上点儿牛肉，咱炖牛肉、喝烧酒，再叫上我另外一个同班好朋友陈老总，一搭里热闹热闹……"

他们三个老乡聊着吃着喝着，一直到半夜方才睡了。闫京说的那位陈老总临时有事，严兵未能见上一面，不过也是缘分未到——十年后两人才在西京相识……

学工第二周星期天，天气晴好。

严兵吃过晌午饭，骑了借来的自行车，前往延安革命纪念馆去看望担任馆长的父亲严文武。严文武早已无意仕途，主动辞去了延安地委的职务，选择了纪念馆馆长这样一个闲职，在纪念馆背后半山腰上的几孔窑洞里过起了逍遥自在的生活。他用了半年时间，在靠近他居住的窑洞三十米开外紧靠山壁的地方，开辟了大约三百六十平方米的菜地，仅那块菜地上新换的土就拉了五卡车。那半山腰间有一处石缝里渗出一股泉水，他顺着泉水流淌的山体挖了一条水槽，直通到他菜地旁的蓄水池里。他还在居住的窑洞前院子里用砖石水泥砌了一个长四米宽两米的花坛，种了五颜六色的花，春夏秋三个季节开花不断，蜂蝶飞来舞去，煞是美观！那年严文武刚刚四十八岁，正是年富力强，而他却已过起了半退休的生活——他实际上就是想远离世俗纷争，过一种惬意的隐居生活。

严兵骑着自行车很快就到了纪念馆大门前，向门卫问清了严馆长家的位置，又直奔西山脚下。他在半山腰上找到了父亲居住的那座院子，花坛里的各色花正开得鲜艳，成群的蜜蜂和蝴蝶争相飞落在花朵上采吸着花蜜，院子里除了蜂群发出的嗡嗡声外，倒也十分清静。他站在院内打量了一下四周，喊了一声："院子里有人吗？"

不一会儿，听到一声门响，窑内出来一个妇人，黑黑瘦瘦的，留着剪发头，戴了一副老式眼镜，语气温和地问道："啊，你找谁呀？"

严兵猜想她就是父亲现在的老伴，便客气地说："我是严文武的三儿子严兵，我来看看他。"

那妇人马上露出笑脸，说："啊呀，你是小毛呀，快快进窑里坐，你爸爸在地里务弄他种的菜哩，就在离这儿不远处，一会儿就回来了。我是维存的妈妈，我姓左，名叫左丽英。"

严兵知道这些，看她如此客气，想了想就对她说："嗯，我知道你就是左老师，只是以前没见过面。前两年我上学路过绥州时专门到青石砭公社看了我爸一回，就在公社机关院子里待了两小时，在那儿吃了一顿饭，没来得及到家里去。左老师你身体什么的都好吧？维生、维存不在家吗？"

左老师见严兵提起前两年的事，显得有点儿不安又有些感激，勉强笑了笑，说："唉，那回你来时我的老父亲正在县里住院，我忙着看护他咧。当时我妹妹打电话给你爸爸让送三百块钱急用哩，可我们凑不上那么多钱，你爸爸说你走时硬塞给他二百块钱，可是派上用场咧，他感动得眼里流泪哩，说小毛是个好儿，知道心疼人……"

两人站在院里正说着话，见不远处严文武戴着个破草帽，抱着一大把刚摘的菜回来了。严兵快步迎上去，嘴里喊着"爸"，接过他手里的菜就往花坛石台面上放。严文武惊喜地叫着"小毛"，又不停地说着"没想到，没想到！"父子二人就坐在院子里的小木凳上拉起话来。左老师沏了一壶茶，拿了茶杯放在他俩脚下，转身洗菜去了。严文武望着左丽英的背影对严兵说："这是你继母左丽英。"

严兵笑了一下，大方地说："我们刚才认识了，我就叫她左老师吧！"

严文武怔了怔，急忙说："好，好呀！叫啥都行，叫啥都行！"

严兵又说起来延安学工的事，接着又问起父亲的情况。严文武只是简单地告诉他说："唉，这些年心里头感到疲劳了，就找了个闲职，做一做简单的事务，挺放松的！我给自己弄了一块地，种了不少菜，每天劳动几个小时，现在身体感觉很好，还可以和年轻的警卫排战士们一块儿打篮球哩！种的菜吃不完，我每隔两天就去给战士们送一担，都是新鲜菜，他们很喜欢吃！咱去看看我的菜地吧？"

两人随即走到菜地里。严兵一眼望去，一大片鲜嫩的蔬菜，甚是壮观，白菜、豆角、黄瓜、西红柿、茄子、辣椒、土豆、白萝卜、葱、香菜，全部长势喜人，让人看着喜不自胜！严兵看着眼前的景象，不由得称赞父亲说："啊呀爸，你可真是种菜好把式哪！把菜务弄得这么好！"

严文武有些得意地说："嗯，这点儿种菜的本事还是从绥州城关菜农那儿学来的，我当年在城关镇当镇长，没事就爱往菜农地里跑。"

严文武说着就随手摘了一些黄瓜、西红柿、茄子、辣椒、豆角，对严兵说："咱回去炒个素菜吃，让你尝尝鲜！"

严兵问起两个弟弟严维生和严维存的情况，严文武告诉严兵说，他俩在小姨左丽侠家里玩得不想回来，就留在她家里了。他们的小姨特别疼爱他们，几乎每个星期天都要叫他们去她家吃饭，一待就是一整天，和他们小姨六岁的儿子奔奔玩得舍不得分开，有时晚上就住在她家，第二天直接从她家去上学。

"你姨姨，噢，你左老师就在离她妹家不远处的城关三小当语文老师，从城关三小到咱纪念馆刚好有一路公共汽车，半个小时的路程，很方便的！"严文武说着从上衣口袋里掏出二百块钱，显得有些激动地说，"小毛，爸爸心里一直觉得对不住你，你上大学爸爸啥忙都没帮上，那年你反倒给爸爸留下那么多钱！现在爸爸工资每月照常发，按副地师级待遇，手上有钱哩，这钱你拿着花，以后有困难了就给爸爸写信……"

严兵不忍拒绝，就收下了钱。

父子俩回到窑里，严文武去厨房炒菜去了，严兵在窑里走动着观赏窑内的摆设。他把父亲给他的二百元连同他写的一个字条夹在一起，压在书桌上的一本书下面，字条上简单写了几句话："爸爸，看到你和左老师的生活现状我很高兴，祝你们健康快乐！二百元你们留着用吧，你们人多用处多。我没有困难，放心！小毛。"

英语系学员和机械厂男子篮球队准备进行一场篮球友谊比赛。机械厂男篮去年获得了全市男篮比赛亚军，只输给市汽车运输公司男篮四分，可见实力不一般。英语系组织了八名队员，其中最高的杨大明一米八，而对方个子最低的队员也有一米八五。严兵也被选入球队，先坐在板凳上观战。

比赛开始不到十分钟，实力悬殊太大，对方上场的都是替补队员，比赛松松垮垮，没有一点儿观赏性！杨大明球技不错，可惜没人能和他配合到一起，都各自为战，投篮机会大都放了空炮。暂停后严兵上场，杨大明和严兵耳语了几句话。两人配合默契，在篮下来回传球，只要对方露出空当便抓住机会投篮，五分钟内连得十分，对方开始认真起来。严兵弹跳出众，从篮下原地跳起可以轻松抓住篮环，对方上篮被他连续三次盖帽，赢得场外热烈喝彩声，比分逐渐接近。杨大明和严兵此时信心大增，杨大明连续两个三分投篮命中，严兵篮底三次命中，比分反超。场外观众情绪越发高涨，齐声高喊："英语系——加油！英语系——加油！"严兵逞能，又两次突破上篮命中，对方请求暂停，换上两名主力队员，这才稳住了阵脚。严兵个子低但速度快，爆发力强，加上惊人的弹跳力，在场上的表现赢得了观众一致好评。对方教练员武国强对严兵说："啊呀，严兵同学，你要能在我们厂里工作，我就选你当队员！"

与此同时，西京外国语学院英语系与延安机械厂的联欢晚会也在紧锣密鼓地准备着。经过商量决定：机械厂出六个节目，英语系出五个节目。英语系有先前和牛武发电厂办联欢晚会的基础，节目准备起来容易，作为导演的张大勇只提出了一项改动意见——将严兵的男声独唱《松花江上》改编成两男两女二重唱，严兵和邵丽芸唱一部，机械厂伙食科科长赵小刚和他媳妇柯玲唱一部，这样合演一个节目，效果会更好，更容易和观众产生共鸣！

机械厂领导对联欢晚会高度重视。厂长张胜利、副厂长何志强、工会干部李兰英、厂办主任王国林和干事柯玲，全部临时停下手头工作，专门组织了一个节目排练小组。张胜利不光是亲自挂帅的组长，还和媳妇马改云准备了一首对唱歌曲《五哥放羊》；赵小刚和柯玲夫妇准备了一首《夫妻双双把家还》；副厂长何志强和媳妇李兰英准备了秧歌剧《兄妹开荒》；办公室主任王国林是沙州城里人，媳妇是延安地区文工团独唱演员吕香兰，两人准备了民歌表演《挂红灯》。

机械厂的大礼堂舞台效果称得上是一流。灯光、音响、舞台背景等，全都是高档而专业的配备，一点儿也不比专业剧团差！正式演出的前一天晚上，全体与晚会有关的人员在大礼堂内进行了严格的封闭式节目彩排。两个小时的彩排演出紧凑而精彩，机械厂和英语系负责人都表示非常满意，演职人员也都显得很兴奋。机械厂的乐队伴奏水平让张大勇十分感慨，他对身边的严兵和赵小刚说："这儿的乐队水平绝对不次于地区专业文工团乐队的水平，都快赶上我们兰州军区文工团乐队了！"

联欢晚会当天晚上六点刚过，大礼堂里灯火辉煌，座无空席，就连走道里都站满了观众，大喇叭里的音乐声在四周回荡着，观众们正在急切地等待着晚会开始。

担任报幕员的是机械厂的厂部播音员"厂花"刘美梅，人称"水上漂"。只见她身着一件大红色的旗袍，上面缀满了闪闪发光的星星，她扭动着丰腴的臀部，昂首挺胸，七点整准时走到台前，面带微笑，露出一口整齐的白牙，双眼闪动着灵气，开口宣布道："西京外国语学院、延安机械厂联欢晚会，现在开始！"台下观众报以热烈掌声。

严兵和赵晓英表演英语话剧小品《半夜鸡叫》，地主的扮演者严兵将木偶戏中的动作表现在地主的一举一动中，更显得无比滑稽幽默，观众们捧腹大笑，到处寻找着那打鸣声以假乱真的"公鸡"，全场气氛再次达到了高潮。严兵和赵晓英在经久不息的掌声中走到前台谢幕时，又特意学了几声公鸡打鸣，引得观众欢呼阵阵……

严兵、邵丽芸、赵小刚和柯玲的二重唱《松花江上》，又一次将现场气氛带到了高潮，许多观众跟着台上的演员同声唱了起来。

整晚演出高潮迭起，赢得了观众们的一致好评，许多演员和角色给观众们留下了难忘的印象。

第二十四章

1976年8月30日，西京外国语学院英语系七七届工农兵学员告别了纯朴好客的延安机械厂的工人师傅们，乘车返回窑洞大学。

严兵本想去向父亲道个别，想再和他说说话，可随之又想到左老师或许不愿意被打扰，于是就打消了念头。他见到左老师就会联想到母亲经历的磨难，心里不由得涌上一股说不清的酸楚。他上大学以后，经常会想念母亲，会不由得担心她的生活，会想着她的心情怎么样……自从得知她的感情有了新的归宿，他心里宽慰了很多，放心了很多，他由衷地希望母亲过得好，过得幸福。而他自己却是越来越感觉到男女之情的乏味，他不愿和女生们谈及任何男女之情的话题，尽管有女生主动表现出对他的好感，而他只是与她们保持着普通同学间的正常来往关系，委婉地将她们拒绝。但男同学中不少人都在蠢蠢欲动，绞尽脑汁地追求心仪的女生。他们在毕业之前的目标很明确：一是抓住机会"抱得美人归"；二是疏通各种关系，毕业分配时谋个好去处。在这些方面人们所表现出的各种心机，严兵是一窍不通！

回到窑洞大学的第二天，严兵刚刚吃过后晌饭就去看望牛二憨两口子。在这个山沟里，让他感到最轻松愉快的地方就是牛二憨家，最想见的就是牛棚院子里的那两个人。他快步朝那座破院子走去，挎包里装着他要送给牛二憨两口子的小礼品，心里想着两人见到他时的惊喜情形。离院子还有十几米远，他就迫不及待地朝着院子大声喊叫起来:"二憨——二菊!二憨——二菊!"

院子里没有任何声响,严兵心里有些失望。他急急地走进院子,发现院子里果然无人。他又进了院子西头的窑洞一看,里头也没人。他嘴里嘟哝着,抱怨着牛二憨两口子,一脸无奈地坐在门槛上抽起烟来。过了好一会儿,他等得心急起来,就从挎包里拿出他的宝贝手抄本看了起来。天色渐渐变暗了,严兵刚刚将笔记本合上放入挎包,就听见远处传来了牛二憨两口子大着嗓门儿的说笑声,他急忙起身快步躲进牛棚里。

牛二憨两口子进了院子,马二菊敏感地吸吸鼻子,左右看了看,表情神秘地调侃着说:"嘿,二憨!您有没有闻到一股生人味?"

马二菊说着碰了碰牛二憨,眨眨眼示意牛二憨注意牛棚里。牛二憨会意地笑了笑,大声说:"啊呀,二菊你胡说甚咧!咋是生人味么!我闻着是熟人味呀!"

严兵蹲在牛槽后面忍着笑没吱声。

马二菊看着有头牛表现出不安的样子,戏谑着说:"啊呀二憨,您看看咱那头大黄牛一脸不高兴的样子,是不是别的牛犊子偷吃它的奶啦?"

牛二憨硬憋住笑,说:"嗯,绝对有可能!不是它亲生的不情愿么!不过也情有可原,饿急了的牛犊子有奶便是娘!"

严兵不打算躲着了,就"哞"地长叫了一声。

马二菊不耐烦了,就直接对着牛棚喊:"哎,严兵您快出来吧,小心您牛妈妈踩伤您!"

牛二憨也喊开来:"快出来见见你马妈妈吧!"

严兵笑着站起,从牛棚里走出来,嘴里说:"哼,牛马两头牲口爱占便宜,本性难移!"

两口子把严兵让进窑里上炕坐下,又将带回来的一大筐子土豆和两小袋面放在炕角。牛二憨笑着对严兵解释说:"今儿后晌吃了饭就在我妈家院里石磨上给我妈磨了一些白面和玉米面,我们又拿了两小袋子回来,一会儿咱再弄着吃一顿,炒上个洋芋丝丝,再烙上几张白面饼子。"

马二菊忙抢着说:"嘿嘿,我就爱吃严兵炒的洋芋丝丝!"

严兵忙问:"家里还有醋吗?"

马二菊说:"醋和干辣子角都有呢,油和酱油也有哩。"

严兵说:"哎,先给你们看看我买的东西:一个闹钟、两瓶烧酒、一包奶糖、一包红砂糖。都是送给你们的,咋样?"

马二菊瞪着两眼看着严兵一样一样地从挎包里头拿出东西摆放在炕上,惊叫着说:"呀——呀!买了这么多好东西呀!我说您挎包里鼓得疙里疙瘩的是啥东西哩。"

马二菊说着就来了精神,打开那包奶糖取出一颗剥了纸塞进嘴里,又剥了两颗分别塞进严兵和牛二憨嘴里,口齿不清地说:"哈哈,这叫有甜共享!"

牛二憨说:"嘻!你倒是会乱编词,有福同享也不会说!"

马二菊说:"没文化了吧?这叫活学活用!嘻,严兵给咱买了闹钟,早上就不怕睡过头了,比公鸡还听话还准时,让它几点叫就几点叫,咱只管放心睡。"

牛二憨听二菊这么一说脸上笑成了一朵花,也忙说:"嘻,还是严兵替咱想得周全,这下可以睡个安稳觉了!啊呀,这回严兵跑了一趟延安给咱花了不少钱哪!"

严兵一边拾掇着准备切土豆丝,一边对他俩说:"嘻,没花几个钱!我平时也没个花处,买了两瓶酒,就想着回来和你们痛痛快快喝一回。红砂糖是专门给二菊买的,你们女人每月那个的时候冲开水喝上顶事哩。"

马二菊笑着逗他,说:"嘻,严兵您懂得不少嘛,连女人的事都知道得一清二楚!"

严兵若有所思地说:"嗯,这种事我在插队的时候就知道了。有的女子娇气,每月遇到这事不想出工劳动就请假,还不能不准假。我们大学里的女同学也是经常有人神神秘秘地请假,上体育课也请假!"

严兵说着就开始炒土豆丝,不一会儿,一大盘热气腾腾的醋熘土豆丝被端上炕桌,马二菊给三人的酒杯里斟满了烧酒,三人就盘腿围着炕桌碰着杯吃喝起来。

几杯酒下肚,看着严兵满足的样子,牛二憨突然关心起严兵毕业后的事来,就问道:"哎,严兵我问你,再过四个月你们就回西京了,到了明年7月就该毕业了,你毕业后准备到哪里去工作呀?"

严兵听牛二憨这么一问,低头看着桌上的酒杯,想了想说:"唉,这事也由不得我,要说我的想法,当然是留在学校教书,像我们邵奇老师和郎子元老师一样,当个有水平的大学英语老师,生活也安定,一心一意教学生,再搞点儿研究。可是凭我的个性,在系领导那里我不会去主动提出我的志愿。我们学校里工宣队领导,还有我们系里的王永福师傅,对我的印象也不怎么好!"

马二菊就问:"那不留在学校咋办呀?"

严兵就毫不犹豫坚决地说:"如果有可能我就要求把我分配在延安富县教中学,离你们也近一些;再要是有可能的话,我就直接到牛武公社来,教小学的语文课或者体育课或者音乐课,我都能教的,这样咱们就离得更近了嘛!"

牛二憨听严兵说到想在富县落脚,顿时高兴得从炕上站了起来,双手握拳挥动着,又在炕上跳了几下,兴奋地说:"如果真能到富县来,咱就能经常见上面了么!严兵你说有可能吗?"

严兵的情绪也高涨起来,举起酒杯说:"我提议,为了这个美好的愿望能够实现,咱们连干他三杯,咋样?"

三人豪爽地连喝了三杯。严兵带着几分酒兴深情地看着牛二憨两口子又说:"我认为人活在世上一回,没有绝对好的职业和绝对好的地方,哪里快活哪里就是好地方!干什么都行!我可以申请到窑洞大学来工作,当干部、当工人都可以。学校里没几个人愿意到这个山沟里来,我的申请批准的可能性就比较大。你们说对不对?"

马二菊兴奋地说:"嗯,对对的,严兵,完全有可能!可您要在这里工作有点儿憋屈了吧?要不然也在这儿给您寻上个媳妇儿,怎么样?"

严兵也开玩笑说:"行啊,要寻就在左家沟里寻个女子,就请你给我当媒婆!"

牛二憨表示怀疑,有些担心地说:"嘁,这沟里大部分人家的女子都没有工作,那怎能行嘛!而且出嫁前都在家里跟着父母务农受苦着哩!"

严兵就明确表态说:"农村女子么,不受苦做什么呀?这很正常嘛,劳动光荣么!我就喜欢爱劳动不怕受苦的女子,找就找受苦人家的女子,娶回家也皮实，好相处！性格嘛，最好像二菊这样的！"

牛二憨得意地说："嘻，这就为难人咧！二菊可是我百里挑一选中的婆姨！你的这个条件有点高！"

马二菊冷不丁地上前抱住牛二憨的脸就亲了一口，喜形于色，说："嘿嘿，怎样？我人不错吧，二憨？"

牛二憨忙说："嘻，我说的都是心里话。咱受苦人过年又能吃上个甚好东西咧？我有我家二菊，天天都像过年一样哩！"

马二菊娇嗔地说："哎哟，坏二憨，把我还当成个吃的东西了！"

严兵在一旁就故意用嫉妒的语气说："唉，可悲呀！咱没二憨的这个好命呀！"

寒冷的冬天滴水成冰。

学员和老师都躲在窑里上小课，一孔窑里挤了十几个人，炕上、脚地上都是人，把窑里挤得满满的。上午老师讲两节课，下午学员在自己窑里上自习、做作业，天天如此。只有星期天自由活动一天。学员们学到了不少东西，都感到很充实。每周发到学员们手上的油印讲义内容全都选自英美文学名著，足足有二十多页，老师不讲生词，不翻译成汉语，只讲文学欣赏要点，而且只用英语讲解，锻炼学员们的理解能力。两个月下来，学员们普遍反映收获很大，词汇量突增，听力水平也提高了不少。这四个月就在这种稳定而有序的学习环境中度过了。

窑洞大学为期八个月的开门办学即将结束。

在富县牛武公社左家沟的最后这两周时间里，严兵对毕业后何去何从做了很多设想。他不敢奢望解决入党问题，他逐渐放弃了加入党组织的想法，并开始对此持一种悲观的心态。

他萌生过留校任教的想法，可现在他认为这个想法实现起来太困难了。他所抱有的唯一希望是能把他分配到另外一所大学任教。他也相信自己会有所作为。他客观地分析了一下自己的现状，如果没有外力的支持而仅凭自己努力学习仍然是难以实现的。可他的外力在哪里呢？他此时所看到的前途是一片灰暗的……

1976年年底。

严兵回到了沙州城，见到了久别的妈妈和梅梅阿姨，而且还见到了可爱的小妹妹。他高兴地抱起妹妹，她已经开始牙牙学语，会叫人了。这是他第一次见到继父，他叫继父叔叔。叔叔是一个实在人，一切言行都朴实自然，看起来和母亲相处得很融洽。母亲的情绪显然比过去好多了，有说有笑，在家里前前后后忙乎着。梅梅阿姨常到家里来帮母亲做这做那，她早就是这个家里的成员了，叔叔对她也很客气。

严兵回家后的第二天就去沙州中学看望了李敬贤老师。

李敬贤老师目前在给初中二年级的学生上英语课。他已经完全适应了离开近十年的讲台，显得从容自若，谈笑风生。课堂气氛活跃，学生的积极性和主动性被充分调动了起来，师生之间的互动始终贯穿在整个教与学过程中。他教得认真，学生学得用心，教学效果赢得了校领导、家长和学生们的一致好评！

师母江英茹正在家里忙着做晌午饭。

见到严兵，江英茹很高兴，她边往蒸锅里放生面团，边对严兵说："李老师给学生上课去了，这会儿应该下课了，一会儿就回来。你放假回来过年哪？明年该毕业了吧？"

严兵看她心情不错，就笑着说："嗯，我回来看看我妈，过了年就回学校，明年7月我就毕业了。"

李敬贤推门走了进来，一眼看见屋里的严兵，惊喜地喊出声："哟，是严兵哪！啥时回来的？放假啦？"

严兵赶忙让座，高兴地说："嗯，刚放假就回来了，昨天回到沙州，今天来拜望老师。李老师上午是两节课吗？"

李敬贤坐在椅子上兴奋地说："现在学生学习积极性高，课上得真好！他们也认识到了，英语课和语文课、数学课一样重要，考大学时英语成绩同样纳入总成绩中！我现在的处境好多了，没人再歧视我了，孩子们也不再跟着受气了！我现在心里唯一放不下的事就是给我摘帽的问题，我感觉也快了，迟早的事！想想当年还是年轻，不懂政治，糊里糊涂让人家给戴了顶帽子，我北大的同学大多数都没事，没有我这样坎坷。人生能有几个二十年？所以到现在我也明白了'性格决定命运'这句话的真正含义，说得一点儿都没错！由着性子做事，不懂得克制，就必定会付出惨痛的代价！我就是个例子！人常说'本性难移'，本性可以不改，但年轻时哪能做到'好汉不吃眼前亏'或者'识时务者为俊杰'？"

严兵听着李敬贤的感叹，听着他用二十年时间换来的醒悟，心中充满了惆怅。他为李老师的蒙冤受屈感到不平，更为李老师十多年来的受苦受难而感到悲哀。他敬佩李老师的正直和心胸宽阔，敬佩李老师的坚强不屈及对生活的乐观态度。由此他也对自己的未来感到更加茫然。

严兵在沙州地区汽车运输公司客运站找到了徐三凹，两人见面后热情地叙起旧来。徐三凹告诉严兵，王榆生去了南方的铁道医学院，他自己现在跟车学开大客车，明年就出师了。徐三凹热情地邀请严兵住在他的单身宿舍，他想和严兵好好叙叙旧。严兵想了想家里的情况就愉快地答应了。

徐三凹宿舍的另一名学徒正好出师搬了出去，严兵晚上就睡在那张空床上，面对面和徐三凹拉开了家常。徐三凹有些神秘地告诉严兵说："哎，严兵，告诉你一件我的大事，咱们一块儿插队的知青都想不到的一件事情！"

严兵的好奇心被他挑起，就忙问他："快说快说，别卖关子！"

徐三凹睁大了那双小而有神的眼睛认真地对严兵说："我明年出师了就结婚呀！"

严兵看他像是宣布一项重要会议决定一样严肃认真的表情，就忍不住笑着逗他，惊叹地说："啊呀，老天爷呀！你年龄不大都要娶婆姨啦？啊呀，谁家女子有这么大的福气能嫁给你呀？"

徐三凹兴奋地说："我对象她妈也说她女子有福气哩！关键是这个女子不是一般人！"

严兵憋住笑问："哟，那是几般人？不会是仙女下凡吧？"

徐三凹依旧认真而严肃地说："唉，那倒不是！但她确实长得俊着咧！关键是她也是同一年和咱们插队的,还在同一个公社。"

严兵又逗他说:"是了,对对的,关键是你们两个人很相爱,而且最关键的是她妈说她有福气!"

徐三凹憨厚地笑了,语气肯定地说:"嗯,她妈的眼力确实不错,看人看得准!"

严兵看他一脸郑重的表情,忍不住开怀大笑起来,徐三凹也就跟着笑起来。严兵在徐三凹的宿舍愉快地住了两周,之后便告辞回省城了。他嘱咐徐三凹确定了结婚日期务必写封信告诉他,他要为徐三凹送上一份礼来表达他衷心的祝福!他告诉徐三凹如果有可能他一定亲自参加他的婚礼……

严兵的两个愿望最终都成了泡影。他未能加入党组织,这早已在他意料之中;他也未能如愿留在高校任教。送别了一拨又一拨离校的同学,他抱着最后一线希望等待,等来的却是冰冷的通知:留校名额已用完,其他高校也没有名额了。他默然地回到冷清的宿舍,收拾了一番行装,第二天就独自一人满怀惆怅地回老家了。

他完全不知道毕业分配这段时间背后所发生的事情,那些所谓的约定俗成的规矩他一点儿都不懂。他们同班同学中有留校的,有去其他高校的,还有去省体育局、旅游局、远洋公司的,而他却在浑然不觉的等待中被人抛弃了!按他自己的话来形容,他就像一只破足球,被人一脚踢得晕头转向,滚出了校门。

严兵又回到了他的原点——沙州城,一个原本就属于他安身立业的地方,最终收留他的仍然是生于斯长于斯的这座古城。

沙州地区教育局像拨拉算盘珠子一样,将严兵拨拉到了沙州师范学校任教。令他感到意外的是,在这所享有盛名的中等师范学校里,他有幸遇到了一位慧眼识珠的贵人——沙州师范学校校长、党总支书记贡文光。

贡文光是关中人,四十二岁,国字脸,目光深邃,一米七五的个头,略胖但很结实。据说他二十多岁就来到沙州地区工作,当过乡长、公社社长、书记,在圣林县委组织部当过部长,后任地区教育局副局长,算得上是一位经验丰富的行政干部。他是一个性格开朗,做事果断而稳健的人。他属于那种务实型干部，兴趣也比较广泛，任沙州师范学校校长后，不久就在原来招收语、数、政、理化、历史、地理专业学生的基础上，开设了音乐和体育两个特色专业，听说正在引进美术和外语人才，准备时机成熟就开始招收这两个新专业的学生。他已向地区教育局呈文申请开设美术和外语专业并获得批准。他在一年多前就向教育局提出过对外语专业大学生的需求，严兵的到来让他感到很高兴，他觉得时机成熟了，一定要认真把这个专业办起来，尽可能地帮助解决全地区各县中学外语教师严重紧缺的问题。各县今年更是纷纷向地区教育局打报告，请求尽快解决外语师资这个燃眉之急。

贡文光自知责任重大，他要先和严兵这个年轻人认真谈一次话，看看对方对开办外语专业的态度和想法，如果严兵是个可用之才，他将委以重任，全力支持严兵放开手脚把这个专业办起来。那天贡文光和严兵的谈话从下午一直持续到半夜十二点多，连晚饭都是在贡文光家对付了一顿。他们谈得很投机，严兵热情而坦诚的态度让贡文光对他产生了极大的好感，贡文光认定了他是完全可以承担起重任的人，而严兵也表示他一定全力以赴，承诺两天内先向贡校长交上一份开设英语专业师资培训的可行性报告。贡校长十分欣慰地表示他期待着严兵的报告。

严兵如期给贡校长交了一份简明扼要的开设英语专业的报告。不足两千字的报告，行文规范，实用而操作性强，没有一句废话。贡校长看后赞不绝口，声称光凭文字水平他就可以当办公室主任了。贡校长随即吩咐办公室将报告打印成文，提交校务会研究。

严兵提交的报告内容分为三个部分：

一、尽快组建外语教研室。将校内原有的一名英语专业毕业女教师调整到外语教研室；将地区体育局体校的一名英语专业毕业的女教师和沙州地区报社的英语专业毕业的干部一并设法调入本校外语教研室。

二、立即着手拟定两年制英语专业教学大纲——包括培养目标、教材、教学方法、教学进度、教学实践及方法、初高中教材研究及学生课堂模拟教学细则等。

三、立即着手准备招收第一届外语专业学生。招生对象为本校各专业在校学生；学生自愿报名，通过笔试和口试，按照成绩排序录取；首届学生拟招收一个大班共三十名学生。从次年起，本专业纳入学校统一招生计划，拟招收两个班。

在严兵的报告正式提交校务会讨论通过之前，贡文光与主管教学的副校长朱浩轩进行了充分的意见交流，之后又与严兵一道，对报告中一些可能会引起争议的问题做了分析研究。

朱浩轩考虑问题更加缜密，提出：如果放开让学生自愿报名，势必会对其他专业教学产生一些冲击，比如理科的学生中有不少人在入学录取时就不想学理科，会不会趁此机会转学英语专业？关键是报名人数太多的话，理化教研室和数学教研室会对学校的这个决定产生抵触情绪，不利于今后的教学管理。所以不如让各个教研室自己推荐报名的学生，让他们有个自主控制权。贡校长对朱副校长的意见表示赞同，认为这个从全局出发的考虑很有必要。而严兵则保持沉默，他的目的就是能招到学生。

参加校务会的成员一共七个人：校长贡文光、副校长朱浩轩、副校长曾清富、校教务处主任梁维达、办公室主任宣莉娥、办公室副主任杜安国、教务处办主任任文清。

这次会议专门研究严兵起草的《关于开设英语专业师资培训班的计划报告》，会议还有一项内容，就是由贡校长提名，任命严兵同志为外语专业教研室筹备小组副组长，组长由贡文光亲自担任，副组长为朱浩轩和梁维达。经过大家集思广益，充分听取民主意见，做出如下决定：

一、由严兵同志担任外语专业教研室筹备小组副组长并负责提名组成人员，负责拟定两年制英语专业教学大纲，负责在本校内招收的三十名英语专业学生的命题、考试和录取工作。

二、拟商调地区体育局体校教师李艳红到本校外语教研室任教；拟商调地区报社乔芝兰到本校外语教研室任教；拟调整本校教师高宏侠到外语教研室任教。

三、由校办公室和教务办公室负责，选定专业教室并配齐相关设备，尽快采购教学设备。

谨以此书献给
人世间与我有缘的人

尘世缘（中）

谢立新 著

陕西新华出版
太白文艺出版社·西安

第二十五章

两个月后，英语专业班正式上课，严兵担任英语语音课教师。

这天上午七点是英语专业班第一次上课，三十名学生整齐地坐在英语专业专用教室内。第一排座位上坐着两位四十多岁的"学生"，一位是贡文光校长，另一位是校医吕亚志。最后一排坐着三位外语教研室的女教师——李艳红、乔芝兰、高宏侠，她们三人都是西京外国语学院英语专业六八届毕业生。

严兵走进教室，站在讲台上，面向学生。此时班长喊起立口令，年轻的严老师微笑着向同学们点头致礼并说了第一句英语："Please sit down.（请坐下。）"同时抬起双臂，双手下压，示意大家坐下，然后自然大方地开始讲课。严兵在正式讲课前先做了简单的开场白："大家早上好！非常欢迎贡校长和吕医生来听课，同样欢迎我的三位同事来听课。贡校长事先就对我说，他要和同学们一起学英语，在这个班里当一名学生，这让我非常感动！这是对我们的教学工作最大的支持和鞭策！吕医生百忙之中抽出时间来学习英语，精神可嘉，令人敬佩！请允许我代表外语专业教研室全体教师和七七级全体同学向您二位'同学'表示热烈的欢迎和诚挚的感谢！"严兵向贡校长、吕医生鞠躬致意，全班同学起立并热烈鼓掌。贡校长和吕医生满面笑容地站起身来，转身面向同学们挥手致礼。

严兵接着又讲道："言归正传。我们既然学习的是英语，就要同时学习西方国家的一些文化习惯和礼仪，比如班长喊口令Stand up（起立），老师向大家问好'Good morning, everyone'（大家早上好），同学们也应该回应说'Good morning, teacher'（老师早上好）。这是上课前表示礼仪的几句话。下课老师离开教室前也有两句话要说：老师说第一句'Goodbye, everyone'（同学们再见），大家说第二句'Goodbye, teacher'（老师再见）。"

"今天要讲的第二个内容是如何学好英语语音。我们计划在三个月内学完语音课程，教与学的任务非常艰巨！大家要做好吃苦的充分思想准备！学习一门新的语言，必须从语音学起，必须花大功夫掌握发音技能，更何况我们毕业后要当老师，要教给学生正确的发音技能。所以说，我们的学习关乎着我们的下一代，责任重大……"

接下来是为期一个月艰苦的音标学习。学生都在刻苦操练。

学生人手一个小镜子，对着镜子不断地矫正着自己的发音。许多同学早上五点就起床拿着小镜子练习发音，一天练八九个小时，嘴唇开始起皮起泡，嗓子发哑，话都讲不出来。不少学生进步很快，信心增强，愈发下功夫了。也有个别同学产生了畏难情绪，对他们的老师严兵诉苦说："啊呀，严老师，嗓子疼得一满不行了，牙根子也都肿得憨胖，喉咙上像是堵了一个疙瘩，吃饭喝水都成了问题。"

严兵就安慰他们说："嗯，事物总是相对的嘛！这就是你们进步大所付出的代价，功夫不负有心人哪！下功夫是好事，但要方法得当、劳逸结合，否则也会适得其反、得不偿失，对不对？可我要提醒你们尽量学讲普通话，不要一急了就满口地方口音！"

有一个女同学上课时戴了一个大口罩，严兵没在课堂上问及此事，下课后留住她了解情况。和她一起的同宿舍的圣林县老乡帮她说明原因："哎哟，严老师哟，你是不晓得，王改英嘴头子肿得像个洋蔓菁一样，不敢见人了，所以就戴了个口罩。她说丑得怕人笑话哩！"

严兵在课堂上专门讲了练习发音中出现的问题，他强调说："在这一阶段音标学习的过程中，许多同学进步非常明显，花了很大的功夫，克服了地方口音的影响，已基本掌握正确的英语语音发音技能，这是一个好的开始，应该继续坚持这样练。与此同时，我们必须更加重视科学的学习方法，不一定非得大声读出每一个音素来，只要发音部位正确，轻声读出来就可以了，要保护好我们的嗓子！下一阶段我们将进行音节和句子读音练习及语调的学习。在此之前我们要进行一次音标测试，作为音标学习的一个小结。"

严兵和这群同龄的学生相处得很好，他在学生面前从来不摆老师的架子，他们之间既是师生关系，又是朋友关系。严兵希望在他的帮助下，同学们能在课内课外愉快地学习，争取在两年内成为能够胜任中学英语教学的合格教师。他在课余时间经常和学生在一起闲聊打趣，交流思想，探讨教与学的方法，进一步增强了学生的学习自信心，加深了师生间的信任和感情。而此时的严兵早已一扫毕业时留在他心里的阴霾，他的生活里又充满了阳光。

严兵给学生们用的语音讲义材料全是他课余时间选编的。他不光编写教材，还担任起打印的工作。他出差到母校收集教学参考材料时，打听到一台私人用的小型英文打字机，几经周折终于买下了，这一届英语专业班所用的许多教材都是他用这台打字机一个字母一个字母敲出来的。学生们经常在晚上起夜时看到他宿舍里的灯光，听到他打字的嗒嗒声。他总是忙忙碌碌，就好像部队里的战士在执行任务一样。严兵每月的工资三十多元钱，他省吃俭用，除了伙食费外，余下的钱全都买了各种版本的英语词典和教材，省外文书店经常有他的订单，沙州县新华书店经常有他的取书通知单，而他最喜欢做的事情之一就是跑书店取书。

严兵客观地认识到自己的英语知识和汉语知识底子薄，知识积累不够。他暗下决心，要通过自己的努力，把欠缺的基础知识补上去。从1977年毕业起到1985年，他用了八年时间自学了许多知识。他夜以继日地埋头苦读，常常为一个不解的难点苦思冥想，有时一琢磨就是半夜，这时他会感叹自己手头的工具书不足，感悟到"书到用时方恨少"这句话的另一种含义——读书学习时翻阅工具书越少越是能说明你的阅读理解能力在增强！而从另一个角度来看，工具书是读书人不可或缺的宝贵东西，但对于刚刚参加工作的严兵而言，他确实是拿不出那么多钱买那么贵的大部头工具书。有时为了买几部工具书，他得省吃俭用，积攒一两个月的工资。

这个年轻人的举动贡校长全都看在了眼里。他嘱咐严兵说："哎呀，你也不能经常半夜半夜地用功哪！时间长了身体扛不住哪！"

严兵脸上露出感激的神情，对贡校长说："嗯，还行吧，我已经习惯了。谢谢您的关心！我会注意的！"

贡校长又对严兵说："噢，对了严兵，忘记告诉你了，咱们学校外语资料比较少，我已经让图书馆购进一些英语图书资料，特别是英语方面的工具书，你帮忙给图书馆列出一个有使用价值的工具书书单，让他们照着书单去购买。"

严兵一听惊喜万分，直接握住贡校长的手一边摇动着一边说："啊呀，这太好了——这太好了！这简直是雪中送炭哪！哎呀！太让人高兴啦！"

贡校长被他突如其来的兴奋举动吓了一跳，看到严兵又跳又叫那单纯喜悦的孩子样，他不由得感叹道："哎哟严兵哪！你就是个书痴嘛！买书就能把你高兴成这样子？看来你真是缺书用呀！"

严兵情绪激动地说："是呀，贡校长！我最近手头上的工具书实在是不够用，有的大部头工具书一本的价钱就是我一个月的工资哪！图书馆孤本工具书不外借，您可不可以特批借我使用？"

贡校长笑着对严兵说："嘿，你的这个要求我可不能答应，我不能违反人家图书馆的规定。但是我可以让图书馆按照你的需要买上两本同样的书，其中一本专门借你使用，怎么样？"

严兵听贡校长这么一说，顿时高兴得跳了起来，像一个在父辈面前撒娇的顽皮孩子，兴奋得完全忘乎所以了。

贡校长的内心第一次被一个读书人的举动强烈地震撼了。作为一校之长，他不曾见过这么爱书的人，这么为书而舞、为书而狂的人！他的内心深处受到了强烈冲击，他被深深地感动了。

1978年9月，严兵的宿舍有了新的调整。

他原来住的是一间小房子，是和英语专业班学生宿舍连在一起的一排十间砖瓦房中靠西的那间，西隔壁是两间房打通的教师休息室。再往西是坐西朝东的十几间教室，教室对面是坐北朝南的十几排学生宿舍，每排有十个房间，距教室三十米左右的最北端是一个很大的公共厕所。厕所向西有一条通往校门的砖铺的台阶路，大约有一百二十级台阶，台阶很陡，年轻人爬到台阶顶部，通常也得中途歇歇脚喘气。另外一条从下往上的通道在进入校门后向右的最南端，是一条顺坡而上蛇形的缓坡，上面铺满了竖插的青砖，下雨下雪都防滑，是安全的。第一个缓坡上去便是一个大操场，比足球场还要大一些，上坡后右手处就是一个公共厕所。从操场向东看有一座土山，依山而建着三层的梯形砖窑，每层有十孔窑，远远看上去十分壮观。

体育专业班和体育教研室所有师生都住在底层砖窑里，外语专业班和数理化、语政以及音美专业班学生住在顶层的大院里。外语专业班教室往南有一入口，进去是一个小院，有三间坐西朝东的教室，对面是一排坐东朝西的砖面土窑洞，音美专业班的师生们就住在那里。

学校的行政机构都被安排在操场东南端的土窑院里，院内有六孔窑洞和一个砖木结构的可以容纳一百五十多人的大会议室。六孔窑中有两孔窑打通了用作小会议室；还有一个两孔窑洞是打通了的里外套窑住宅，贡校长就住在套窑里；剩下的一孔是贡校长办公室，另一孔是校办公室。

严兵对新调整给他的宿舍兼办公室非常满意。新宿舍在操场上的顶层，是一孔砖面土窑，比原来的宿舍大了将近一半。他读书学习疲倦时，走出窑洞站在砖墙栏前往下一看，便可看到操场上的一切活动——学生们的篮球训练课、排球训练课，男篮比赛、女篮比赛，全校排球、篮球冠军争夺赛，每天下午活动时间教师们的篮球半场赛和全场赛，等等，煞是热闹！学校里特有的那种生活气息让人精神振奋、心情愉悦。贡校长给他提供的特殊照顾，满足了他对工具书的需求，他觉得自己如鱼得水，自学的效率大大地提升了。他对所有的自学课本都做到了"细嚼慢咽"，充分消化。他的自学笔记与日俱增，一个月就能写下厚厚满满的一大本。贡校长有时起夜抬头望去，半夜里如果有一孔窑洞里还亮着灯，那必定是严兵还在用功！

严兵白天上午给学生们上课，下午给学生们打印讲义、批改作业，唯有晚上的时间是完全属于自己的。而他的睡眠质量又出奇好，一挨枕头就可以入睡，三五个小时便可以消除疲惫感。他和同事们交流生活习性时自嘲说："嘻！我就没有失眠这一说，头一挨枕头就着！受苦人嘛，头脑简单没愁事！"

他认为在人一生的时光中，习惯劳作、闲不下的人就是世人所讲的受苦人。他喜欢戏称自己为受苦人——插队当知青时、当工人时、当学生时，一直到现在当教师，他始终认为自己就是个受苦人，是一个称得上虔诚的苦行僧。

严兵现在住的这孔窑洞原先住着一个叫作王智达的数学老师，严兵认识他不久后，他就一鸣惊人考取了中国科学院数学研究所大名鼎鼎的陈景润的研究生。

王智达是沙州师范学校有名的"三大才子"之一。他是甘肃山区农家出身，毕业于兰州大学数学系，这年三十四岁。王智达一米七五的个头，人看上去偏瘦却很有精神，尤其是那双眼睛特别有灵气，就像是"一个美丽的姑娘长着一双水灵灵的会说话的大眼睛"（他调侃自己的话）。他人机敏、正直、幽默开朗、爱鸣不平，他的讲课风格深受学生欢迎。一年前他还因为"说错话"被停止讲课三个月。

有一天上午教师们在教工食堂排队打饭。因为队排得很长，大家无聊，王智达便开起了玩笑："不知大家最近看咱《沙州日报》没有？报上说两个县，一个县'过'去了，一个县'上'去了！说是咱地区某个县的县领导管理农村有方，成绩突出，粮食亩产过了千斤——啊呀！的确是'过'去了！但是试问这县上的农民'过'哪里啦？

"答：'人都过黄河了。'

"问：'过黄河干啥去啦？'

"答：'唉，没粮吃了！过黄河到对岸山西讨饭去咧！'"

大家就哄堂大笑起来……王智达越发得意起来，又说道："还有一个县的报道，说是在县领导班子的共同努力下，全县粮食亩产由过去的二百斤提升到八百斤——啊呀！确实是'上'去了！试问上哪里去了？

"答：'有许多农民都爬到树上去了！'

"问：'哎呀，试问农民大哥们爬到树上干啥去了？'

"答：'唉，没粮吃饿得没办法，爬树上摘些树叶叶哄肚皮皮么！'"

大家又哄堂大笑起来……

据说这两个县的县委书记刚刚提拔到地委和行署任职不久。有人就将王智达"污蔑"领导的话汇报给了贡校长。贡校长为了保护王智达，不让他受到严重的处分，就在校内主动先做了处理决定：停止上课三个月，做出书面检查，暂时帮助管理厕所的临时工老张打扫厕所卫生。

王智达为图嘴上一时痛快付出了代价。

这天下午排队打饭，有人和王智达开玩笑，打趣他说："王老师最近还有什么新发现，给咱讲讲！"

王智达神秘地笑了笑，那双会说话的大眼睛眨巴着左右环顾了一下，低声说道："唉，开个玩笑还把人给开怕了！不过这个发现不是讽刺攻击任何领导干部的，只是一种现象，说一说也不怕人告密！"

大家就又笑了起来，连窗口内打饭的大师傅老刘都忍不住笑出声来。只听王智达说道："有可靠根据说，过黄河要饭的只是少数舍不得吃秋粮的农民兄弟姐妹，出去到山西串串门，能讨到多少吃的算多少，在外混得吃上一天，家里的粮就能省下一天的。人穷怕了，可以理解嘛！不过亩产千斤确有此事，是县委书记给自己指定的一亩玉米种植试验田，地边边上专门插着木牌牌。从土壤改良、种子精选到浇水施肥一整套农活都由大队书记亲自替那个县委书记干了。当然啦，功夫下到了，结果可想而知！那亩玉米产量果然是超过了千斤！这不算虚夸吧？但是记者到大队书记那里采访后登上报纸时就把事情夸大了，写成'县委书记亲自到地头搞试验田抓粮食增产，喜看今年粮食亩产过千斤……'唉，害得我老王为这事还犯了一回错误！"

大家听着又哄堂大笑起来。

王智达跟大家一起笑着，又说道："我这三个月被停课委任为厕所'副所长'，发现最搞笑的是管理厕所的老张，每次学生们到他那儿劳动时都要求他们站队集合训话，还喊出了一套独创的口令：腿并——齐！（立正！）腿叉——开！（稍息！）"

王智达一边形象地学着老张自己却笑得不行了，直喊肚子抽得疼，肠子拧住了！

一年后，沙州师范学校第一才子王智达与他爱人王月珍告别了同事们，一同前往北京奔前途去了——此一别与沙州城和这座城里的人或许就无缘再见了。

校内另外两位才子都和严兵住在同一排窑洞里，两人分别住在严兵的隔壁窑洞和北端的那孔窑洞里。严兵隔壁住的是数学老师丁敬仁，北端住的是物理老师蒋欣才。严兵很快就与这两位年长他十多岁的老师熟悉了起来并成了好朋友。一日严兵与丁敬仁站在窑外的墙栏前吸烟闲聊，两人过足了烟瘾返回窑洞时，丁老师客气地邀请严兵到他"寒舍"坐坐，严兵也就不客气地进了丁老师家。

丁老师微笑着开玩笑对严兵说："听说你月工资一到手就直接往新华书店送钱，爱书如命呀！咱学校财务科的人都知道严老师这个习惯。"

严兵一听他如此讲，便解释说："噢，那是因为不及时交上钱订了书，错过了就买不上了。爱书倒是和大家一样的，爱书如命有些夸张了，屋里着火我肯定先逃命！"

严兵说着就站起身欣赏起丁老师的藏书来。书柜内上面几层大部分是数学相关的书籍，也有不少文学书。偶然一眼瞥过，他心里怦然一动，书柜内竟然夹杂着一本《英语惯用法词典》！他将书抽了出来，露出欣喜的神色。丁老师随即对他说："噢，这本书是我在复旦大学中文系读书时买下的，是我们外文系葛传槼老师写的书，大家都抢着买，我也就买了一本。"

严兵爱不释手地翻着书，完全没听到丁老师在说些什么。丁老师见状便对严兵说："啊呀，看你这么喜欢这本书，我就送给你好了，有句话叫'物尽其用，人尽其才'嘛！"

严兵立即向丁老师恭恭敬敬鞠了一躬，连声致谢。

丁老师受不得如此大礼，用他独特的带有南方口音的普通话慌忙说道：

"哎哟！这是干什么——这是干什么？使不得，使不得哟！"

严兵竟然无意间在一个数学老师家发现了他做梦都想要得到的词典，他如获至宝，欣喜不已。有道是："踏破铁鞋无觅处，得来全不费工夫。"

丁敬仁是江苏镇江人。他在复旦大学读了七年书，先读了三年中文专业，因病肄业退学，休养一年后又考入复旦大学数学系，读了四年书，因出身资本家家庭被分配到沙州师范学校任教。丁老师身高一米七，人长得秀气儒雅，皮肤白皙，双目有神，走起路来步伐轻盈飘逸，尽显江南才俊风范。他为人谦和，处世谨慎谦恭，课又讲得极好，深受同事和同学们的推崇。他有两个无人可及的本领：一是在黑板上可以用双手同时写板书，左右手写出的内容却不相同，而且字迹秀丽整齐，犹如一件精美的艺术品；二是心算能力超强，他曾与一位珠算水平一流的老师比赛加法，用算盘的老师还未将所有数字相加完毕，他已心算完成，两人最后得出的数字一模一样，惊呆了在场所有的人！

另一名大才子蒋欣才，三十九岁，四川大学物理系研究生毕业，地主家庭出身，毕业后被分配到沙州地区工作，已经有十四个年头了。听说他的老婆和女儿在老家成都，她们从未来过沙州探望蒋欣才，他似乎早已习惯了独来独往的生活。他很少主动和学校里的任何人交谈，骨子里透着一股傲气，尽管他脸上始终是一副似笑非笑的和蔼表情——有人评论说蒋先生的笑面早已修炼定型了，睡着时也同样是笑着的！

严兵后来逐渐悟出了蒋欣才和丁敬仁之所以如此，与他们的出身和长期遭受打压有直接的关系。

严兵被分配到沙州师范学校以后，专门去沙州中学看望过李敬贤老师几次。他看到李老师的精神面貌有了实质性的变化——人比过去健谈了许多。李老师特别嘱咐，让严兵千万要提高自身的业务水平，千万不能掉以轻心混日子……

严兵认为李敬贤老师的忠告是客观而宝贵的。他的自学由此变得更加刻苦认真。他已将大学英语专业三年级精读课本《英语》（五、六册）细细地自学了一遍。自学笔记写了五大本，足足有十万字，称得上是一套完整的三年级专业英语教案。

1978年8月，李敬贤的"右派分子"帽子终于被摘掉了！他在全体教职工会议上听完上级文件的正式宣布后，强忍着泪水，回到家中。他热泪长流，激动万分，近二十年来第一次失声痛哭。妻子江英茹在一旁陪着他哭，几个儿子不知所措，眼圈红红的默默无语。

李敬贤开始给各地各处有关人士写信，他下定决心离开沙州。这年他四十八岁。

最终，李敬贤被调到了省教育学院，不久就担任了外语系系主任一职。

李敬贤一家六口人租用了一辆解放牌大卡车。驾驶室里挤着他和妻子还有小儿子；车厢装了半车厢做饭烧剩的炭和两口装满杂物的大水缸，还有几个脱落了漆皮的破旧大木箱和一只他早年在外交部时用过的小皮箱，三个儿子都坐在木箱上面。

李敬贤的一些老友一周前就听老田院长说李敬贤要调来了，大家互相传着话，都等着这一天迎接一下老李。

李敬贤一直保持着和老田院长的电话联系。这天早上六点从中途休息站延安出发前又给院长办公室打了电话，说按照司机的说法，如果顺利的话，下午四点左右到达省教育学院大门口。于是老田院长吩咐办公室人员在一块木质小黑板上写下"李敬贤同志今日下午四时左右抵达"，并将小黑板放在正对着学院大门的综合大楼门口。

下午四点多，聚集在校门口的三十多名教师围着老田院长，一边议论着李敬贤，一边焦急地等待着大卡车。

过了大约十分钟，只听见校门外一声汽车喇叭鸣响，一辆解放牌大卡车出现在大门口，随即便开进大门，在大楼前院子空地上停了下来。大家都围了上去，就见李敬贤打开副驾驶车门出现在故人们面前。他脸上带着有些僵硬的笑容，两颊的肌肉微微颤抖着，眼眶里的泪水在打转，嘴唇抖得厉害，一时竟说不出话来。老田院长上前握住他的双手，深情地看着他，安慰他说："老李，不要太激动，冷静一下，给大家打个招呼，大家都是专门来迎接你的！"

李敬贤努力控制住自己的情绪，双手抱拳对着大家鞠躬作揖，可是舌头僵硬得怎么也说不出话来，于是他指指自己的嘴巴，索性又给大家深深地鞠了一躬。在场旧友同事无不为此动容，纷纷围上前去安慰他、问候他……

院里派来职工帮忙卸车，江英茹带着四个儿子站在车旁招呼着几个职工往下搬东西——在沙州工作生活了二十年的李敬贤所收获的一切尽数展现在众人面前。漂泊沙州二十载，一个老婆儿两双；半车煤炭两口缸，外加两个破木箱——这是中文系沙作宏先生在现场为当年的北大才子李敬贤有感而发吟诵的四句七言诗。

严兵清晨起来到沙州中学给李敬贤老师送行，此时他的内心是复杂的，他为李老师如愿以偿、苦尽甘来而高兴，又对老师的离开而依依不舍。他心里不由得生出一股伤感，一种莫名的惆怅。李老师临别时对他的嘱咐他不知该如何理解——沙州许多县中学高中的英语都开不了课，直接影响孩子们参加高考。而仅靠几名高校外语专业毕业生，恐怕半个世纪都无法弥补师资上的缺口！因此，面对现实，只有依靠自己才是唯一的出路，而沙州师范学校义不容辞，应该承担起培养中学英语教师的重任。

严兵心想，李老师的话是没错，可真要培养出合格的能够讲授中学英语课程的教师，谈何容易！只有两年的学制，学生从零学起，仅凭我严兵一己之力，恐怕累死在讲台上也做不到！我没有那么高的觉悟，我凭什么要这么卖命？！我图个什么呀！我又不是领导，我又不是党员，我有什么责任去做必须付出全部精力也未必能做成的事？严兵想到这里便愤愤不平起来，他真的需要认真把这个事情想明白。他第一次对李敬贤老师的话从心理上产生了抵触情绪——站着说话腰不疼，你来试试看！

第二十六章

1978年7月，沙州师范学校英语专业正式纳入招生计划，准备在全地区十二个县范围内招收六十名高中毕业生。经地区教育局批准，英语专业学生录取分数中的文化课和专业口试课成绩所占比例分别为百分之八十和百分之二十。专业口试命题考试及阅卷权交由沙州师范学校掌握。

胖乎乎的贡校长容光焕发。他对即将到下面各县组织专业口试的严兵说："这次到县上组织英语专业口试，要到三个考点去，任务重着呢！"

严兵一脸轻松地笑了笑，对贡校长说："这您就放心吧！一切都准备得妥妥当当咧，一个点上考两天，一个礼拜后就回来咧。"

贡校长嘱咐说："你别嫌我说话啰唆，下到县上去最重要的一条原则就是拒绝一切公私宴请，尽量避开私下交往，速战速决，考试结束后不要滞留，保管好口试题和试卷，立即返回。凡是七姑姑八姨姨来找你说情拉关系的，一律不见！我就怕你耳根子软，遇上难缠的人惹出麻烦来……"

严兵听他说的这些细节就笑了起来，和他打趣说："啊呀！好我的贡校长哩！你这话都安顿了八百遍了么，你要是放不下心就跟我一起走，我是组长，我就任命你当副组长兼保卫干事，专门负责试题安全保卫，咋样？"

贡校长被严兵的一番话逗得哈哈大笑起来，指着严兵的鼻子说："嘿嘿，学校里也就你小子敢和我开这种玩笑！"

严兵一行三人在绥州考点上的绥州县招待所住了下来，他带了两名精干可靠的七七级英语专业班的男同学做考务人员。考试地点设在绥州师范学校的两间会议室，大会议室作为考生候考区，小会议室是正式考区。绥州师范学校与沙州师范学校是沙州地区同一级别的两所培养中小学师资的学校，为了配合好考试服务工作，绥州师范学校特意指派了校内唯一一名英语教师负责考试地点协调服务工作。

校办公室主任李四海向严兵引见了他们学校唯一的英语教师。李四海十分客气而谦恭地对严兵说："严老师，这位是我们学校的英语教师，她叫柏兰，陕师大外语系毕业，专门抽调出来负责协调配合你们的考试，有什么需求只管给她说就可以了。"

严兵第一眼看到柏兰就怔住了，脑子里面紧张而兴奋地搜索着这个名字的信息，一时愣在那里，一副若有所思的模样。柏兰主动而热情的招呼声打断了严兵有些失态的思索："严老师你好！考试期间有什么需要请尽管吩咐！"

严兵从思索中惊醒过来，语无伦次地说道："嗯嗯，挺好的！让人看着——挺好的，真是想不到在这里！啊，这个挺好。谢谢啦！"

李四海脸上露出诡秘的笑容。

严兵随从的学生也用异样的眼神看着他失态的样子。柏兰也怔了一下，随即又坦然自若地向严兵汇报起考试地点的准备情况并征求他的意见。

这一整天的口试工作让严兵感到有些疲劳，回到招待所进了那间他单独住的房间，躺在床上一边休息一边回想一天的工作，不知不觉睡着了。不知睡了多久，天已渐黑，就听见有人敲门，还有人在喊"严老师"。他翻身起床去开门，一看是他的学生金泉和刘科，便与他俩一起去逛夜市。绥州的小吃很有名，他许诺过金泉和刘科，请他俩品尝绥州风味小吃，还特意嘱咐下午不要吃饭，留着肚子到小吃摊了上饱餐一顿。

天色已完全黑了下来。布满了小吃铺、小吃摊的这条街上早已是灯火通明，人头攒动，小吃铺、小吃摊上吆喝叫卖招呼吃客的声音此起彼伏，一派热闹繁忙景象。看过了几家摊子，三人在一家卖黑粉和猪头肉夹油旋饼的小摊上吃了饭。

晚上躺在床上，严兵翻来覆去，竟然一点儿睡意都没有。他索性坐到桌前翻看起丁敬仁送给他的《英语惯用法词典》来。看了一会儿书，他觉得有些莫名的烦躁，起身倒了一杯水又坐下，呆呆地看着桌上的书发愣。他突然想起来曾经做过的那个很奇怪的梦，并且想起了梦中那个奇特的道观和那个叫作纯阳子的老道长，还有让他牢牢记在心里的白莲这个名字。难道真有如此巧合的事情？可今天见到的那女子分明是叫柏兰而不是白莲呀！或许是那老道长年纪太大口齿不清，将柏兰说成白莲了吧？不管怎么说，他见到柏兰就有一种似曾相识的感觉……

严兵一行三人顺利完成了绥州考点的口试工作，准备赶往另一个考点。他专门找到李四海老师和柏兰老师，当面致谢。他对柏兰说："这两天辛苦柏老师了，非常感谢！咱们后会有期！"

柏兰笑着问："我们还会见面吗？"

严兵笑了笑，看着她那双美丽的大眼睛，意味深长地留下一句话："一切随缘吧。"

严兵很怀念七年前插队时的生活。

严兵会想起李三娃和他婆姨武秀秀，还有武秀秀的妹妹武玉玉。他当时如果放弃回城选择留下，他一定会娶武玉玉当婆姨，从此和李三娃一样过上真正的农民生活，断了一切念头，一心一意和武玉玉过日子。他要让玉玉给他生一堆娃娃，他就卖力地干庄稼活多挣工分，和玉玉一起把娃娃们喂养大……啊呀，这种生活其实也是很美气的，简单而快活！

他闲下时常常会想起武玉玉站在柳湾河边上送别他时泪汪汪的那双眼睛，他至今每次想起那个情景心就会痛！啊，美丽善良可爱的姑娘，你现在过得好吗？你还记得严兵这个人吗？这或许是前世就已经定下的事情，他与武玉玉今世注定无缘！可他的姻缘究竟在哪里呢？那个与他有缘的女子又会是个什么样的人呢？柏兰的偶然出现让他的内心竟第一次萌发了男女之情，尽管这种感觉暂时是模糊的，但它却真实地存在着，并且已经在拨动着他的心弦。

李敬贤老师的调离和他临别时对严兵讲的那些"忧国忧民"的大道理，反而削减了严兵做好专业师资培训工作的信心，他决定选一个专业研究的方向，准备上一年时间，把功夫下足了，试着报考一次研究生。最终他选择报考中国社会科学院语言研究所林茂灿研究员的研究生，研究方向为声学语音学。严兵在图书馆能找到唯一的林茂灿先生的研究成果就是早期他与吴宗济先生合编的《实验语音学概要》一书，还有一本是由吴宗济和周殿福合编的《普通话发音图谱》，1963年商务印书馆出版，也是招生简章上所列的参考书。他开始夜以继日地攻读这两本书。

严兵的生活与工作节奏在不断地加速。除了正常的上课，其余时间他全部投入到英语专业四年级课本的自学和考研的两本书的研读之中。

严兵后来回忆起他与柏兰相识相爱的过程时说，他与柏兰的结合可以称为"有缘人终成眷属"。当然，他俩虽然相处时间很短，相互还不够了解，但他们两情相悦——柏兰留给严兵的印象是美好的，不仅仅是她长得美丽，更让严兵动心的则是她所表现出的纯朴自然及她与他的志趣相投。他认为与他梦中的那个道观的老道的预言纯属一种巧合，但他愿意相信他俩的姻缘是前世注定的。他很珍惜他们之间的感情，他觉得自己在男女之情方面几近放弃时遇到了柏兰，这是上仙月老赐予他的恩泽，是他的福分，为此他对月老充满了景仰和感激之情⋯⋯

1979年对严兵来说是一个特殊的年份。

对严兵打击比较大的事情就发生在这年——他连报考研究生的资格也被剥夺了，唯一的原因就是一条硬性规定，即在职人员报考研究生须经本单位同意。沙州师范学校有针对性地专门召开校务会研究并做出决定：英语专业正处于建设发展的关键时期，校务会议的集体表决意见是，暂不同意严兵同志报考研究生。

这就意味着严兵在此方面一年的努力全部打了水漂儿。这样的结局对于一个一心一意追求进步的年轻人来说，无疑是一个沉重的打击。严兵对此没吵没闹，而是称病睡在窑内，三天不吃不喝，用这种极端方式给自己"疗伤"。

贡校长派人试探严兵的真实想法——此时严兵拒绝进食已有两天，两天未见他出门的隔壁王老师报告给学校领导时，他已经是半昏迷状态，有时意识还清醒，医生决定强行为他输入葡萄糖水。严兵对来探望他的校办公室副主任杜安国说："我就是不想吃喝，我不是绝食，我可以在你们和我对话的记录材料上签名按手印，一切后果我自负，与学校无关……"

贡校长听了杜副主任汇报后眼圈红了，低沉着声音说："严兵这后生真是条汉子！就是过分执着了！"

一周后，严兵像一个大病初愈的病人，面色苍白地出现在众人面前。贡校长遇到他时显得有些内疚，即刻表示关心地说："唉，你这个人哪！还是要想开一些嘛！"

严兵神情自若地笑了笑，不失礼貌客气地说："嘻，我没有什么想不开的，吃五谷生百病嘛！我会把缺下的课补上的，请校领导们放心！"

贡校长从严兵的话中听出了他在拉开他们之间的距离，这让贡校长心里觉得很不是滋味。

严兵住的窑洞右隔壁的邻居叫王秀琳，三十岁左右，毕业于陕师大中文系，是学校的语文教师。王秀琳是个聪慧端庄的知性女子，性格略显内向，为人客气随和，做事认真耐心，平日里大多时间都待在宿舍读书、备课、批改作业，后来混得熟了就常常和严兵、丁敬仁站在窑洞外过道上闲聊一阵，话题多半是学术上的见解一类的，有时也议论一些学术界的名人——数学界的、中文界的，严兵也跟着他俩说一说英语界的几位大家。再后来，住在那排窑洞北头的蒋欣才老师也加入了他们的闲聊行列，久而久之，有人就戏称他们是"四人帮"。

一天下午，严兵在窑里埋头看书，坐得时间久了脖子发酸，眼睛也干涩，于是站起身来走出窑门，一边吸着烟一边向下观赏着操场上活动的教师和学生。体育教师曹希平、樊利石、高宽平三人正在和体育班三个专学篮球的女生打半场篮球对抗，双方看起来实力相当。三个女同学投篮很准，体力也充沛；三个老师虽然年纪都是二十多岁，却已气喘吁吁，显然有些体力不支了。

严兵站在高处观战，看得正来劲儿，隔壁王秀琳也出来放松休息，站在严兵身旁，一起观看起来。

王秀琳和严兵随意间探讨起自己动手做点儿饭吃的事情，严兵高兴地说："这个事好啊，既可以改善伙食又可以调节生活，那就动手做吧！"

王秀琳为难地说："唉，秋冬在窑里生火还可以，夏天生火窑里太热了，咱外面要是有个火灶就好了！"

严兵一听来了精神，马上就说："这个也不难，咱自己垒一个灶不就行了吗？"

王秀琳说："哎呀，那恐怕比较麻烦，一是得准备材料，二是得专门请个泥瓦匠师傅。"

严兵说："这件事交给我来办，今天是星期五，星期天下午保证你就能用咱的灶做饭咧！"

王秀琳瞪大双眼看着严兵，有些不相信严兵的承诺。

严兵当晚就回了一趟家里，母亲和叔叔还有小妹都在家里，严兵便向妈妈问清了放杂物的旧木箱，在里面找到了他小时候垒兔窝用过的瓦刀和抹泥刀。第二天下午，严兵向管理厕所卫生的老张借了一辆架子车和一把铁锹，并问清楚了校内哪里可以找到旧砖块、黄泥和麦草，便与两个学生把所用材料准备齐了，堆放在他窑门外的走道旁，然后坐下开始计划明天怎么把灶台垒起来……

星期天是一个大晴天。天蒙蒙亮时，严兵就起来忙活开了。他先把麦草用剪刀剪成五厘米长短的拌泥料备用，然后就用和好的泥和砖块开始砌底台、前后灶口灶肚（膛）、烟囱、台面，用了差不多四个小时，火灶基本上已成型。碰巧这天上午王秀琳和丁敬仁都没在宿舍，严兵就想着等他俩下午回来给他们一个惊喜。蒋欣才老师听到动静过来看时灶台已近完工，惊叹赞扬了一番就主动提出替严兵把上午饭打上来。蒋欣才和严兵坐在"工地"上一起吃了饭，严兵开始最后一道勾缝工序。蒋欣才也学着帮忙勾缝，嘴里还兴奋地念叨着："这个灶台可以解决咱这一排的做饭问题啦！我也得尽点儿力哪！"

严兵听蒋欣才说到"尽点儿力"，就对他开玩笑说："蒋老师，下一个'节目'是打扫卫生，你愿意参加吗？"

蒋先生扶了扶鼻梁上的深度近视镜，动作滑稽地做出一个立正敬礼的动作，大声对着严兵喊道："报告严老师，我愿意参加！"

严兵乐得一个劲儿笑，便又开玩笑说："嘿，还真像个解放军叔叔！那么'蒋叔叔'，咱们开始劳动吧。"

蒋欣才又敬了一个礼，用四川话回答道："要得！要——得！"

蒋欣才卖力地拉着架子车，和严兵一起倒了两趟垃圾。干完扫尾的活，严兵将一口从家里拿的闲置的旧铁锅放在后灶口上，在前灶口上放了一只壶，都添上水，准备生火了，他对蒋欣才说："蒋老师，咱们试着生一下火，看看好用不好用？"

蒋先生很期待地说："要得要得，试试烟可不可以从烟囱上冒出来。"

严兵生着了火，火烧得很旺，后灶锅里的水和前灶壶里的水都开始冒气，不到二十分钟水都沸腾冒泡了。蒋欣才连蹦带跳，忙回他窑里拿了两个热水瓶过来灌开水，高兴得像个孩子。

看了看才刚刚过了中午十二点，两人决定去街上逛一逛，买些东西回来自己做着吃。严兵在离学校不远处街上一家杂货铺先买了大小两个案板、擀面杖、锅碗瓢盆刀勺和醋酱调味料辣子面等能想到的用品，给店家说好回头过来取，就和蒋欣才去了菜市场。菜市场上热闹非凡，到处都是新鲜蔬菜，蒋欣才挑了一些黄瓜、土豆、红中带绿的辣椒、白菜、豆芽和西红柿，严兵一个劲儿提醒他说："哎呀，蒋老师哟，一次不能买这么多，吃不了就不新鲜啦！"

蒋欣才说："嘿嘿，吃得了，吃得了！咱们四个人今晚使劲儿吃，回去就做，等丁老师、王老师回来吃。"

严兵又买了二斤猪肉，说是炒肉片吃，但蒋欣才坚持说回锅肉最好吃，是四川名菜，他会做的，由他来露一手。严兵说再买上一斤宽粉条，他再做一个猪肉翘板粉。还确定了晚上的主食必须是米饭。可市场"黑市"米只有黄米和小米，没办法就只好买了三斤黄米。严兵和蒋欣才刚走出市场口，严兵突然"啊呀"叫了一声，吓得蒋欣才一哆嗦，忙问："怎么啦？"

严兵就说："啊呀，把一件重要的事给忘了！丁老师最爱吃韭菜炒鸡蛋，你在这儿等我十分钟，我折回去买一下。"

十分钟左右，严兵笑嘻嘻地回来了，拎着一个装满了鸡蛋的柳条小筐子和一把子绿油油的韭菜。他对蒋欣才说："嘿嘿，一共买了三十个鸡蛋，我给那个卖鸡蛋的婆姨说一共给上她四块钱连筐子带走，她起初还不愿意，我假装要走不买了，她立马就卖给我啦！哈哈，我会搞价吧？"

蒋欣才笑着说："嘻，要是我，就坚持要四块五毛钱，你能不给吗？"

严兵听了就故意吹捧他说："姜还是老的辣——老蒋辣！"

两人满载而归，一路说笑着，憧憬着晚上美好的聚餐。

蒋欣才刚爬坡露头就看见了操场上的王秀琳，对严兵说："嘿，严老师你看，王老师回来了，旁边好像还站了一个小女孩！"

严兵惊奇地问蒋先生："啊呀，你能看这么远哪？我都看不清哪！"

蒋欣才得意地笑了笑，说："嘿嘿，我的眼镜有望远功能！"

严兵不相信他的话，就又追问他说："嘿，吹牛吧！真的假的呀？"

蒋欣才目光狡黠地笑了笑，嘴里冒出两个字："煮的！"

……

王秀琳回来了，还带来了刚上小学的侄女王瑞，进了那排窑就惊喜地发现了灶台，加了点儿炭就准备给侄女做饭吃。她看到蒋欣才和严兵像打扫战场一样身上挂着手里拿着满满当当的东西，就激动得大声喊了起来："哎哟，你俩这是采购去了么？买了这么多的东西哟！哎呀！这个灶台太好用咧，火头大得很，真是严老师垒的吗？不可思议呀！"

严兵笑着说："嘿嘿，是我和蒋老师一块儿做的。你说好用就是对我们最大的褒奖！"

蒋欣才笑了笑，指了指端着碗吃饭的小姑娘问："哎，王老师，她是你的什么人？"

王秀琳有些兴奋地介绍说："她是我弟弟的女儿，我的侄女儿，她叫王瑞，今年刚刚九岁，准备在这里读小学。"

正说着话就见丁老师带着老婆刘玉芳和儿子丁思源也回来了。刘玉芳在一个公社卫生院做妇产科大夫，儿子跟着她在乡下，一直由她照顾着。这次调回城来，儿子八岁正好该上小学了，丁老师夫妻团聚，也是大喜事一桩。

严兵和蒋欣才正忙着整理东西，就听见外面有人在喊"爸爸"，口音听得出是四川人。蒋欣才猛地一个激灵，大呼一声"小欧"，便飞快地跑过去迎接，嘴里不停地叫着小欧。

惊喜中的蒋欣才问："你怎么来了？"

小欧指了指旁边的那个四十多岁的男人，说："是这个伯伯带我来的。"

蒋欣才又关切地问："你妈妈呢？"

小欧直直地盯着爸爸说："妈妈在家里，姥姥生病了。"

蒋欣才关心疼爱地问："路上走了有三天吧？累不累啊？"

小欧兴奋地说："不累，睡了很多觉。就是想爸爸！"

蒋欣才眼含着泪，说："爸爸也想小欧！"

小欧就露出期待的目光，说："妈妈说让我就跟着爸爸念书，不用回去了。"

蒋欣才语气肯定地说："要得，不回去了。"

小欧又盯着蒋欣才的厚片片眼镜，说："爸爸我好想你，见到了你心里还想你！"

蒋欣才紧紧抱住女儿，泪水在眼眶里打转，说："爸爸也特别想小欧，特别特别想！"

这真是一场奇妙而感人的相遇——三家人的三个准备上小学的孩子在同一个晚上相遇了！蒋欣才、丁老师、王老师因为与亲人相聚而获得了满满的幸福感。严兵在心里为他们祝福，同时也在用心感受着他们的幸福。

蒋欣才二十三岁从四川大学物理系本科毕业后，接着又在四川大学物理系读了三年硕士研究生。在一次同学好友们聚会吃火锅时认识了同学的妹妹吴宝珍。那年蒋欣才在读研究生一年级，二十四岁；吴宝珍在四川大学中文系读大二，刚满二十一岁。两人第一次见面时都给对方留下了十分美好的印象。蒋欣才一表人才，儒雅幽默，风度翩翩，虽说是学理科的，但其文学功底却又极好，出口成章；他平日里又有四大爱好——书法、绘画、围棋、二胡，无一不精。如此一个天府之国的精英才子怎能不让吴宝珍动心呢？而在才高气傲的蒋欣才眼中，吴宝珍就好比是天上掉下来的林妹妹，让他一见倾心——不光是人长得小巧玲珑，还有她那双灵气逼人、会说话的大眼睛，活活就将这个才子的魂儿勾了去。吴宝珍家在农村，家境贫寒，但蒋欣才对此毫不在意，倒是奇怪如此贫困之家竟能生养培育出来这般美貌动人、聪明伶俐的女子！

　　蒋欣才研究生毕业后就和吴宝珍结了婚。他们婚后感情一直很好。两人都留在了学校工作，住在一间十五平方米的教师宿舍里，白天各自忙着工作，晚上回到他们自己的小屋里，恩恩爱爱。他们的生活中充满了吃喝玩乐的小情趣，这样的日子过了一年。有一天发生的一件事让两人的生活突然就改变了。这一天物理系下达了两个支援西北的指标，一个是到宁夏固原地区工作，另一个是到陕西沙州地区工作。由于蒋欣才的家庭成分不好，系里首先就"抓了他当壮丁"。

　　蒋欣才和吴宝珍抱头痛哭了一场，从此变成了"牛郎织女"，天各一方。蒋欣才被派到了陕西沙州地区涧水县中学，两年后经人引荐调入沙州师范学校担任物理教师。刚到沙州的三四年间，蒋欣才每年寒暑假都回成都探亲，和妻子吴宝珍亲亲热热过一段日子，之后因为一些说不清的缘故就很少回去了。他三十一岁那年有了女儿小欧，由妻子和丈母娘带着，他中途回过几次家，也是想念女儿心切，而他与吴宝珍的关系已经渐行渐远了……

　　两地分居后的吴宝珍慢慢地表现出了让蒋欣才感到非常不愉快的一面，她的小脾气越来越多，变得非常自以为是、骄横任性、不讲道理，成天喊着这儿不舒服那儿不对劲，一副病恹恹的样子。蒋欣才对她逐渐失去兴趣，一个假期回去都懒得碰她一下，两人就这样逐渐变成了名存实亡的夫妻。而女儿小欧和爸爸却是格外地亲，一刻也不愿意离开爸爸，晚上睡觉也必须爸爸在身边才肯入睡，吴宝珍对此毫不介意，甚至还提出让蒋欣才带着女儿去沙州。

　　这一排窑洞里住的四位教师都在认真地忙活着。严兵这一阶段的重点是自修《英语》第六册，当然他的主业是教学，他的学生正学得起劲，他也得认真备课，用心讲课。考研报名的不快已经成为"过去式"，他已经不愿再去想它了。

　　丁敬仁老师家有两件大事待办——他的夫人刘大夫已联系好新的工作单

位,是沙州地区妇幼保健站;儿子丁思源准备在沙州师范学校附属小学上学。

蒋欣才老师的女儿小欧今年八岁,跟丁思源同岁,也打算在附属小学上学。蒋小欧跟着爸爸生活,又要开始上小学,兴奋得好几个晚上睡得都很晚,像个小鸟似的叽叽喳喳不停地向爸爸问这问那的没个完。

王秀琳老师因为侄女王瑞的到来感受到了为人母的幸福,她也打算把九岁的王瑞安排在附属小学,从一年级读起,她要把王瑞培养成才。

生活中一旦有了明确的奋斗目标,人就会源源不断地产生出能量来,这或许就是为什么"人总是为下一代人而活着"吧!

第二十七章

这天上午的课刚结束,严兵就匆匆忙忙往校传达室走去。他要去取柏兰写给他的信,他和柏兰每周互相写两封信是雷打不动的。他要告诉她一个一定会让她惊喜的消息:他们学校已经和绥州师范学校协商好了,把她调到沙州中学担任英语教师!这件事贡校长出了很大的力,也只有他在教育界的威望、他的能力和地位才能做通地区教育局的工作。但是贡校长也做出了一些妥协,他曾答应把柏兰调来沙州师范学校的,可教育局管人事的副局长说类似夫妻俩要求调往同一单位的申请还不少,不能开这个先例,劝贡校长不要自找麻烦了,沙中和沙师一墙之隔没有多大区别。贡校长后来见着严兵还表示了歉意,而严兵心里却已很感激贡校长的成人之美了!

他与未婚妻柏兰鸿雁传书的日子已经过了一年,他时刻都在想念着她。他给她的信中火一般热烈的语言打动了她,她常常被感动得边看信边流泪,她享受着他的一片深情,却又为不能相见而暗暗伤心。她看得出严兵是一个十分重情义的男人,他的感情很细腻又很敏感,他的心思有时候让她看不透,他或许需要一个有耐心去慢慢理解他内心世界的女人。她觉得他好像一直在等待这样一个女人出现在他的生活中,这个女人会是她柏兰吗?她从爱上严兵的那个时候起,就认真地想过:她要珍惜这段缘分,她一定会用心地去爱他,绝不会让他失望。

最近严兵的一封信让她欣喜不已,她看后马上就给他写了回信,表达了自己激动的心情和迫切与他相见的愿望。她希望办理好调动手续后严兵能来接她。但她转念一想：他那么忙，能来吗？

严兵在贡校长的热心帮助下，直接在教育局拿到了调令，兴高采烈、迫不及待地坐上公交车去了绥州。他事先没告诉柏兰，他要给她一个大大的惊喜！

严兵的突然到来让柏兰产生了一种强烈的幸福感，她一时愣在那里竟说不出话来，激动得泪水在眼眶里直打转，好一阵子才缓过神来，嘴里却只是说着："啊呀，你咋来咧——你咋来咧……"

严兵拉住她的手，看着她的眼睛，一把将她搂在怀里，贴着她的耳朵深情地说："想你了就不由得来了，这回来了就不分开了，永远在一起……永远永远……"

严兵从衣袋里掏出一个信封，慎重地放在柏兰手里，语气坚定，模仿电影《永不消逝的电波》中的地下党员李侠的语气一样，深情地说："柏兰同志，组织上同意把你调往沙州中学了，咱们俩可以结婚了！"

柏兰入戏极快，马上就进入了地下党员何兰芬的角色，这时她的眼角还挂着一滴泪珠，就憋住笑接上严兵的台词说："好的严兵同志，这样我们就不用再假扮夫妻了，啊呀！这真是个好消息呀！"

严兵又问她："柏兰同志，你不认为咱们应该庆祝一下吗？我建议到街上去大吃一顿，不知你同意否？"

柏兰看他一脸严肃认真的神情，终于憋不住，放声笑了起来，赶忙说："太同意了！咱现在就出发吧！"

他俩在夜市入口处往里走了没几步，就看到一个卖大烩菜和烧饼的小摊，那口锅里的烩菜看上去十分诱人，锅里的汤上面漂着一层红红的油泼辣子，让人看着就食欲大开。柏兰拉着严兵坐了下来，每人吃了一碗热腾腾的烩菜和一个烧饼。

两人吃完大烩菜站起身又往前走，严兵说他吃过一家专卖羊杂碎的小摊，味道可好了，摊主是个黑黑瘦瘦的老汉，于是柏兰就陪着严兵去找那个摊子。柏兰专瞅着摊主，看哪个是黑瘦老汉。严兵首先发现了那个老汉，急忙拉着柏兰朝那个小摊走去。老汉竟然认出了严兵，一边热情地招呼他俩坐下，一边开玩笑说："嘿嘿，又从大城市回来咧？这回还引着婆姨咧，你是回头客，给你舀好些！"

柏兰不想吃羊杂碎，就照顾老汉的生意要了一个烧饼，她在旁边看着严兵吃。

严兵津津有味地先吃了一碗，觉得不足兴，笑着对老汉说："嘿，太聚劲咧！再来一碗，给咱舀好些！"

老汉笑眯眯地看了柏兰一眼，对严兵说："没麻达！"

两碗热腾腾的羊杂碎下肚，严兵额头上已挂满了汗珠。老汉得意地对严兵和柏兰说："哎呀！不是吹咧，这一道街上就数咱家羊杂碎味道最正宗，来的大部分是老吃客！你要不要再来上一碗？吃就吃美！"

严兵看了看柏兰，柏兰就说："再吃一碗吧，来吃一次也不容易！"

老汉笑着调侃说："啊呀，一看就是好媳妇，你这人好福气，遇上懂得疼人的媳妇哩！"

老汉给严兵又盛了满满一碗，喜笑颜开地对柏兰说："哎呀，光看你家汉的这吃饭的阵势就是干活的好把式！力气肯定聚劲，种地肯定也是一把硬式子！"

老汉的健谈和幽默让柏兰和严兵很开心。乐观而开朗的人在生活中总是释放出让人感到愉悦的气息。他们也许是乡土的，也许是粗犷的，也许是温文尔雅的，也许是在苦难中挣扎的，也许是受尽凌辱大难不死的……但他们却有着一个共同的特点，那就是永远不向困难低头，永远保持乐观而开朗的人生态度，在世人面前永远显示着生命和生活的珍贵美好！

严兵和柏兰在返回学校途中碰巧遇到了一个沙州县汽车运输公司的司机，是当年与严兵一同在张志华师傅手下当修理工学徒的师弟李志平。李志平来绥州拉货，开着一辆崭新的解放牌大卡车，准备装好货后在绥州办点儿事，第二天一早回沙州。三人说了一会儿话便分手了，说妥了第二天乘坐李志平的车回沙州。

……

沙州县汽车运输公司的师傅们听李志平说小毛定在国庆节那天办婚事，顿时七嘴八舌热烈地讨论起来，最后大家一致推选革里民和来少斗两人负责，提前一天专门由大家以婆家人的身份为小毛和他媳妇办一场婚礼，小毛和他媳妇由他俩负责接到婚礼现场。公司书记王志兴和公司经理杨文华得知后就商量决定全公司人员和家属进行大聚餐，专门为小毛办婚事。革里民和来少斗将公司领导的决定告诉了大家后，所有人都称赞公司领导顺人心，办的是大家心里期望的大好事。这样一来，个人不用掏钱还能带上家属风光一回。师傅们都非常期待，想看看小毛的媳妇是个什么样样。

师傅们聚集在修理车间门口场地上不肯散去，人越聚越多。张志华得意地说："嘿，咱的徒弟小毛就是有出息，不光是上了大学，现在还是中专学校的教师，是大知识分子了嘛！可是给咱运输公司增光了么！谁还敢说咱工人没文化？"大家都点头称是。

李国文抢着说："哎呀！小毛跟着我学开车时跑山西柳林拉焦炭，山边边的路窄窄的，只能单车过，底下就是几十丈的深沟。去的时候我开着，回来的时候是装了焦炭的重车，我就试试小毛的胆量让他开。嘿，你们别说，这小子还真能稳住神，硬是开出了那段路。我问他尿裤子了没有，他说没有，说他硬憋住尿开出来的！"大家都哈哈大笑。

党志强接上话头说："啊呀，你们是不知道，小毛跟我学开车那段时间，我把酒可是喝美气咧！那小子讲义气，我划拳输下的酒喝不了，他就站在一旁都替我喝了，从不拒酒。他又没酒量，给多少一声不吭喝多少。我没醉他倒是先醉了，还胡说：'没麻达！师父替你把这杯喝了！'嘿！臭小子！他还成了我的师父咧！"大家就又一阵子笑。

李向荣不甘落后，马上接住党志强的话说："哎，你们才不知道，小毛这后生咧，他差点就成了我的女婿咧！我和我婆姨请他到我们家串串门帮我送东西，我的女子一眼就看上这后生了，我们在厨房做点好吃的准备招待他。出门一看，人家俩在院子里谈得正起劲儿哩，后来才知道小毛把我女子认了干妹子咧，你们说小毛精不精？"大家就笑李师傅是一厢情愿。

革里民眯着眼回忆说："小毛这个人特别讲情义。那时他当学徒工一个月挣十九块钱，粮不够吃，就拿一斤细粮饭票换二斤粗粮饭票跟我和来少斗换，每顿吃三四个三两的玉米面馍馍和两盆子烩酸菜，很少吃灶上的肉菜、白馍和白米饭，一天两顿饭不变，天天如此。他常爱说的一句话就是：'唉，咱受苦人么,能吃饱就不错咧!'可他经常托我用他省下的钱在西京黑市上买议价粮,都送给他上中学时的外语老师咧!说是他的老师娃娃多,老婆没工作,经常是有了娃娃们吃的就没了大人吃的了。他老师是右派,在学校喂猪、淘粪坑,常常饿肚子,饿急了就挑泔水桶里学生们吃剩扔了的玉米面馍馍吃,他看不过眼就经常接济老师。"大家交头接耳,都感动得直说小毛心善、人实诚。

来少斗又说:"小毛这后生人品好,人对他的一点点好常在心上记着咧。我们那时候跑长途回来快到后晌五六点钟咧,院子里头常见他一个人,一看见我回来就忙着帮我洗车,给底盘上打黄油,一声不吭地干活,根本不计较上班下班时间。就像革里民刚才说的,小毛一个人常自言自语说话哩,就爱说:'受苦人嘛,勤快些比坐下歇着强,人越坐越懒!'可是有意思哩!"

王奇插话说:"哎呀,我刚到咱公司时间不长就断了一条腿!"

王奇的后半句话还没说完,大家就哄笑了起来,那件事显然留给人们的印象太深了。王奇接着说:"我赖好在部队上摔跤比赛还得过前三名哩!我没想到小毛那佌小子一腿上来就把我放倒了,下手快得很,太狠咧!我现在走路都有点儿瘸着哩!"大家都笑了,都说平时看不出来小毛腿劲儿那么大呀!

修理工大王师急忙插话说:"这件事我和我师弟二王师最清楚咧,当时小毛正在地沟里忙着呢,你在上面挑衅,话说得太难听了,小毛忍不住了就爬出地沟,我们也没想到小毛的腿劲儿会那么大,一腿就把你小子放翻咧!很少见小毛发那么大火哩!"

大家又哄笑起来。二王师接上师兄的话说:"小毛人聪明,学啥都快,还胆大心细。记得那次刘二奎开的嘎斯车马达齿轮掉了半个齿,硬是让小毛拿电焊堆上补齐的,又在砂轮上磨了大半夜,吵得灶房刘师傅两口子一夜没睡成!"

厨师刘宏才和他婆姨王秀兰这会儿正好也在旁边凑热闹,听到说起这件事,刘师傅笑着插话说:"这个事情我记得清楚着了,夜深了么,有点响动就容易把人惊醒,小毛闹的那个响动太大咧么!电砂轮吱吱地吵得人耳根子发麻,我婆姨叫我起来给小毛说把砂轮声音关小一些,我说:'憨婆姨哟,砂轮机又不是收音机,声音还有个大小了!'"大家哄笑起来。

王秀兰在旁边也被逗笑了,插话说:"哎哟,你们是不晓得老刘有多脱笑人！给我说：'秀兰呀，你要是实在睡不着就看娃娃书吧！'"

严兵的两个单位史无前例地为严兵和柏兰举办了两场热闹非凡的婚礼。贡校长亲自担任了证婚人，发表了热情洋溢的祝福讲话；柏兰的母亲专程从老家赶来参加女儿的婚礼，代表全家人送上了满满的祝福；严兵的母亲许晴、继父和亲家母坐在一起，热情地交流着；严兵的奶奶专程赶来，带着两个脸盆口大的"福馍馍"来参加孙子严兵和孙媳妇柏兰的婚礼；就连从不出门的严兵的大舅也由和许晴同岁的大女儿陪着，从银州老家赶来参加外甥的婚礼；小弟严商对三哥和三嫂表达了衷心的祝福；梅梅阿姨专门备了礼品，满面喜色地坐在许晴身边……

严工没有来参加弟弟的婚礼，这早已在严兵的意料之中，他也并不期望他的这位长兄能来为他祝福。严工还是单身，母亲许晴也担心已经二十八岁的长子严工会闹出什么事来，所以就没有告诉严工他弟弟严兵结婚的事。

在前一天中午，严兵所有的亲戚们就在革里民和来少斗的周到安排下，坐专车到沙州的一个大饭馆，出席了由县汽车运输公司为严兵小两口举办的称得上当时最排场的婚礼，场面之盛大热烈，让严兵的亲戚们感到非常震撼。严兵的大舅事后逢人就感叹地说："我见过很多很多办喜事的场面，就小毛原单位弄得那么大的阵势，我还是头一回见！小毛这娃娃人缘好，威信高！沙州城里的好菜好饭我那回是吃全咧，吃美咧……"

婚后的严兵一如既往地用功自修大学英语专业高年级课程，柏兰给予了他百分之百的支持，她很欣赏严兵这种奋发向上的精神，认为年轻人就应该在事业上有自己的追求。

这日下午，邻居王秀琳看到柏兰在外头火灶上做饭，就主动打招呼说："哎呀柏兰，又在给严兵做好吃的了，这下子严兵不用有一顿没一顿凑合着吃咧！"

柏兰和王秀琳相处得很好，经常在做饭时聊天，火灶空不下来，这家做了那家做，有时候前灶口上一家用，后灶口上又另一家用，热闹得很！柏兰笑了笑，就说："我这就做好了，灶口空出来了你也该做饭哩！王瑞也快放学回来咧。后灶口上刘大夫正在用，用完了后蒋老师要给小欧做饭哪！"

这天上午严兵上罢两节课就去音乐专业教研室主任闫升伟办公室坐了坐。闫老师三十出头，是个瘦高个子的沙州城里人，留着搞音乐的人特有的那种长发大背头，人长得白白净净，双眼特别有神，乍一看会让人联想到交响乐团指挥家的形象。他说话时语速比较慢，显得优雅而斯文，他的夫人王曼娅特别崇拜他，人前人后称他为闫老师，而闫升伟也很享受爱妻的宠爱，过着衣来伸手饭来张口的大少爷生活。

闫升伟也是刚上完课回到办公室休息，喝着王曼娅刚刚沏好的茶，又点上了一支香烟，跷着二郎腿晃荡着。见到严兵来访，闫升伟热情地招呼开来，递上一支烟开口问道："严老师有没有考虑过我的提议？有没有合适的人选？"

严兵看了看闫升伟，认真地说："倒是有一个人很合适到你们教研室来当个副主任，就是不知道他的想法。我先简单说说他的情况，你如果认为合适，我就过去先探探他的口风。你一定认识沙州中学的贝乐子老师，他在沙州城里可是大名鼎鼎的人物。"

闫升伟立即兴奋地说道："不光是认识，还很熟悉呢！沙州中学比咱们学校影响还大，他独占着那个山头，肯屈尊到咱这儿来？他要是能来，咱们音乐专业师资力量可就大大加强咧，而且他的社会关系多，地委和行署机关他都能说上话，搞点儿专款建设经费就有门儿哩！"严兵就答应先去沙州中学拜访贝乐子老师。

见过了闫升伟，严兵回到家里，柏兰做好了前晌饭正等着他回来一块儿吃。两人边吃边说起了贝乐子老师调入沙州师范学校的事。严兵说起贝乐子老师的为人和他的趣事来就滔滔不绝。他说最让他敬佩的是贝乐子老师的人品。他说在沙州中学老师中，他最敬重两位老师，一位是英语老师李敬贤，还有一位就是音乐老师贝乐子。贝乐子老师当时是被"结合"进了校革委会，还当上了副主任，他利用这个职务在关键时刻保护了许多挨批斗的老师。李敬贤老师就是其中之一。

柏兰看着和她面对面躺着的严兵，就笑着问他："那你那时候有没有当上红卫兵？"

严兵自嘲着说："我刚开始读初一时才十三岁，还是个屁大点儿娃娃，没当上红卫兵呢！不过一年后我就从一米六二长到了一米七一，还被贝乐子老师挑选进了学校的文艺宣传队。也就是从那年起我和闫京成了好朋友，他当时拉手风琴，我吹小贝斯号，我们俩都是贝乐子老师最信任的人。闫京家在农村，家里穷，我有一毛钱都要和他一起花，一直到我初中毕业插队那年他还在念高中。再后来我到了县运输公司当了修理工，他当了回乡知青，他来找我，我们才又见面。不到两年，我被推荐上了西京外国语学院，他上了延安大学，读中文系的汉语言文学专业。1975年他被延大临时抽调去了省上，参加几所大学里的图书馆图书清理工作，于是我们又见面相处了近一周时间。在那期间我从他手上看到了一本他'偷'出来的书，书名是《我之人生观》，作者是陕西泾阳人，叫吴宓，曾在清华大学读书，后来留学哈佛，与陈寅恪、汤用彤并称为'哈佛三杰'。

"我从闫京手中借阅《我之人生观》一书，读着就喜欢上了这本书，闫京见我喜爱就慷慨地将书送给了我，书中有一段话至今我都记得清楚：'职业者，在社会中为他人或机关而做事，借得薪俸或佣资，以为谋生糊口之计，仰事俯蓄之需，其事不必为吾之所愿为，亦非即用吾之所长。然为之者，则缘境遇之推移，机会之偶然。志业者，为自己而做事，毫无报酬，其事必为吾之所极乐为，能尽用吾之所长，他人为之未必及我。而所以为此者，则由一己坚决之志愿，百折不挠之热诚毅力，纵牺牲极巨，阻难至多，仍必为之无懈。……职业与志业合，乃人生最幸之事。'"

柏兰听得入迷，大概领悟到其中道理，就问严兵："我们现在的职业能称得上是我们的志业吗？还是仅为谋生糊口之计？"

严兵看了看她迷茫的神色，若有所思地说道："嗯，客观地说，应该是二者兼而有之吧！"

柏兰搂着他，又听他自言自语地说道："不知贝乐子老师会不会为他的志业而放弃在沙中的地位。"

在贝乐子的印象之中，严兵是个品学兼优而有灵气的学生。严兵大学毕业又回到沙州倒是让他感到有些意外。他所了解的严兵，无论是智力还是外形气质，都应该留在大学里发展，这才是"人尽其才，人尽其用"。严兵毕业回来后专门到沙中拜望过他几次，他想问问严兵究竟因为什么而没有留在高校，但话到嘴边还是没有说出口，他了解严兵是个极要面子的人。以贝乐子个人的经历和感悟，他认为只有专业院校才能施展个人才华和个人所学，才可以进行深层面的研究，学术环境是至关重要的！他每次和严兵探讨交流学术方面的一些共性问题时，两人在认识层面上常有着惊人的一致，他在内心深处早已将严兵看作自己的知心朋友——既是师生关系，更是志同道合的莫逆之交！

贝乐子对于沙州师范学校开设四个特殊专业方向的师资培养教学工作一直持否定的态度——两年制教育，师资力量薄弱，学生毕业后就要担任中小学教师，根本不具备培养条件嘛！可以断定培养出来的学生就是"一瓶子不满，半瓶子晃荡"那种"产品"。

严兵则认为，这也不失为权宜之计，有总比没有强，饥不择食么！就沙州地区所面临的困境来说，开设外语班是解决全区十二个县外语师资紧缺问题的唯一途径，而这副重担具体又落在严兵的肩上。与音乐、体育、美术这三个特殊专业相比，英语专业压力最大，困难最多。除了英语专业的毕业生出了校门就要直接担任中学英语教师外，其他三个专业都没有这个明确的要求，而且四个特殊专业中也只有英语是高考中规定的必考科目，成绩是要计入总成绩中的。从生源的专业基础看，英语专业的学生入学后基本上是从零学起，可学制仅有两年，这其中的困难和压力只有严兵自己能体会到——他一个刚刚毕业的二十四岁青年大学生面对着的是一个巨大的挑战。地区教育局和沙州师范学校的领导，只是在公开的场合讲上一番冠冕堂皇、光鲜亮丽的言辞，而剩下的事就都由严兵担当了！

严兵发自内心地对贝乐子老师说："贡校长是个例外，他是个务实的领导，他一直跟班学习英语，和其他学生一样上课、做笔记、做作业、课堂上踊跃发言、进教室喊'报告'。他是在亲身体验怎么才能学好英语，教与学过程中有哪些具体的问题和困难，可谓用心良苦！遇到这么一位好领导，我感到自己很幸运！也正是如此，才激励我克服一切困难尽心尽力把英语专业班办好！我不能辜负贡校长！"

贝乐子被感动了，他也是那种典型的性情中人，便直接向严兵说："哎呀，严兵你不用说咧，我明白你的意思咧，我愿意调到你们学校去！从此以后咱俩就成同事咧，我把家也搬过去，咱们离得就更近咧！"

严兵听了贝乐子老师的表态，顿时喜形于色，眉开眼笑地对他说："啊呀，就等贝老师你这句话哩！我要把这个好消息尽快告诉贡校长和闫升伟老师，他们一定在等着这个好消息呢！"

贝乐子看着严兵满脸喜色、兴奋的样子，瞬时一股暖流涌上心头，再一次感受到了严兵的真挚和纯朴。

6月的沙州城已被绿色染遍，地面上绿草茂密，夹杂着一丛丛开放的小花，街道上两旁的树木绿叶成荫，当空的阳光透过树枝树叶，星星点点照在街面上，就好像姑娘们穿的花布衫似的，令人眼花缭乱。昨天是星期六，严兵带了几个下午没课的男生去沙中帮贝乐子老师打包东西，准备星期天吃过前晌饭就开始搬家。贡校长亲自在音乐专业小院里为贝乐子准备好了两孔小窑洞，一孔住人，另一孔作为贝乐子的办公室。住宿和办公条件不比沙中差，贝乐子感到很满意。贝乐子的爱人高老师也在做着搬家准备。贝乐子的两个儿子正在院子里追逐打闹着玩，兄弟俩都是沙州师范学校附属小学的学生，老大小玮上三年级，老二小琪上一年级，他们的妈妈高彩云是附属小学的语文老师，还兼任着教导主任的职务。

贝老师一家人住进了"音美院"，距严兵的宿舍不过两分钟的路程，他们的相处更加密切，两家人的关系也更加亲密起来。贝乐子担任音美教研室副主任不久便从地区财政局争取到一笔购置西洋管乐器材的专款，很快就在沙州师范学校成立了由师生共同组成的大型管乐队，乐队在地区机关歌咏比赛中担任伴奏，场面宏大，令全场人员激昂振奋，受到了地区领导们的高度赞扬。在灯光球场观看比赛的地委任书记感叹地说："现在，人民群众的物质生活水平在日益提高，精神生活也要跟得上。沙州师范学校这个管乐队就办得好，有气势！贝乐子老师是我儿子的音乐老师，责任心强，业务水平高，给批点儿钱就能弄出点儿响动来，老百姓喜欢，丰富了群众文化生活。地区财政局要多支持贝乐子同志的工作！"

行署李专员附和道:"就是,有钱还要会用么!贝老师在咱沙州地区是个有影响力的人物,桃李满天下哩!"

第二天,贝乐子就接到了地区财政局的电话,李局长亲自在电话中叮咛贝乐子,让他再起草一份专款专用报告,款项数字大一些也没关系。贝乐子受到了极大的鼓舞。沙州师范学校的几位校领导私下说贝乐子就是他们请来的"财神爷"!

不久,音美教研室主任闫升伟调到绥州师范学校任教,贝乐子就顺理成章接任了主任的职务,音美教研室的各项工作开始有了更大的变化。

严兵所教的首届英语班学生即将毕业。

最后的三个月时间,严兵按计划将学生分成了六个教学实践小组,每组五名学生,每天上午由一位同学讲课,讲课的主要内容就是高中英语,下午则进行小组讨论评议,明确提出优缺点及改进意见。这项工作学生们非常重视,参与热情也很高,达到了预期的效果。严兵每天晚上自习时间听取各小组长汇报,每周由他做一次全班学生参加的教学实践总结报告。

这项教学实践工作的目的主要有两个:

第一,使学生在正式进入中学站在讲台上之前,将高中课本在母校模拟课堂上讲一遍,目的就是进一步熟悉课本内容并且学会怎么讲课,寻找讲课中会遇到的问题,要求每个学生在校期间必须把高中每一课的教案写好、改好。

第二,学生通过讲解高中英语课本,发现在专业方面尚存在的明显不足或错误,及时改进或纠正;在此期间更有效地、正确地使用英汉词典、语法书等工具书,学会独立解决问题的一些具体方法,选择必备的手头工具书并通过新华书店集体购买。

严兵即将送走第一批学生,他的心情愉快并充满了期待,他相信两年的辛勤付出所结出的果实是成熟的,他相信学生们一定不会辜负他的期望。

第二十八章

1979年9月26日。

严兵送别了朝夕相处了两年的英语专业班首届毕业生。他说不清自己是一种什么样的心情——为啥会有些惆怅和失落感，又有些孤独和落寞的悲凉感？没有人会理解他、宽慰他、温暖他，连他自己也不理解自己究竟是怎么了。此时的他没有任何成就感，反倒有一种若有所失的感觉，但又说不清缺失了什么。这一切复杂的焦躁不安、空落悲寂的情绪或许只能通过自疗才能平复，他已习惯了用时间来消解痛苦，而不抱希望于任何外力。

严兵的身体素质一直比较好，这使得他在学校体育教研室几个青年教师中常常显得很自信。体育教研室有三个青年教师在课余时间和他一起玩得多一些，三个人都是本省体育学院毕业，只是所学专业不同。

曹希乎是专学篮球的，一米八的个头，球技娴熟，头脑灵活，在体院系男篮队里打过组织后卫，现在担任沙州师范学校学生男篮教练，带领男篮队在沙州地区篮球比赛中拿过第三名。沙州地区篮球比赛的第一名是地区汽车运输公司男篮队，第二名是地区汽车大修厂男篮队，都是实力很强的半专业性球队。两支球队的领队都是单位上的行政一把手，可见他们对篮球队的重视程度。

樊利石，山西人，身高一米八五，看上去黑瘦黑瘦的，很精神，长着一双圆圆的小眼睛，在体院专学排球。他的弹跳力超强，在篮板下原地起跳双手全手掌可以高出篮环，所以在沙州师范学校教工男篮队里，他一直是打右前锋位置的。在地区篮球比赛中，他的盖帽是出了名的，地区汽车大修厂男篮队中两米高的大个子前锋在他面前做篮下投篮动作常常被他盖帽，成为篮球赛场上的一大看点。

高宽平，银州人，身高一米七五，是学体操和武术的，身体强壮，爆发力超强，担任体育教研室副主任。他为人憨厚，讲义气，敢作敢为，在青年教师中很有威信。

这三名青年教师都是二十三四岁年纪，风华正茂，朝气蓬勃，他们矫健的身影，是学校运动场上一道亮丽的风景线。

学校里还有一位酷爱运动的青年教师，他叫常占平，是教数学的，一米七三的身高，二十三岁，和高宽平是老乡。他在陕师大读书时就是数学系男篮队队长，在场上打组织后卫，在校内比赛场上素有"拼命三郎"之称！

沙州师范学校在沙州地区体育界的名气，特别是在沙州城灯光球场上成为人们交口称赞的学校，主要是校内的四支球队在赛场上赢来的，城里的人们已习惯简称沙州师范学校为"沙师"，称沙州师范学校篮球队为"沙师男篮""沙师女篮""沙师教工男篮"，称沙州师范学校男子排球队为"沙师男排"。

人们记住某一个队员主要是记球衣的号数。比如沙师教工男篮和地区外贸公司男篮打比赛，球迷们都按号评论球员的场上表现，坐在前排的老张爷说："上场的都是老队员，就看沙师的9号（曹希乎）和1号（樊利石）发挥得怎样了！"

坐在老张爷旁边的老刘爷说："哎哟，不一定就靠他们两个人，6号（任惠全）投篮最准，还没上场咧！"

老张爷同意老刘爷的说法，就说："6号先不上也对着咧，保存实力嘛！教练老崔爷（体育教研室老主任）心中有数哩！"

地区外贸公司男篮在沙州城也是一支强队，总体实力排在第三位或第四位，略弱于沙师男篮，但又强于沙师教工男篮。前半场结束，沙师教工男篮输了十二分，比分30：42。

老张爷对老刘爷说："下半场6号肯定上呀，看看还换几号上哩！"

教练老崔爷换上6号和7号（"拼命三郎"常占平），换下2号和10号（李勇和李有平）。曹希平和常占平两人配合得很好，樊利石在篮下给常占平喂球也特别精彩。大家期待下半场沙师的出色表现。

7号不负众望，上场三分钟就在9号配合下接连两次突破上篮命中，比分34∶42；紧接着7号后场接9号发球后一路快速进入前场，眼疾手快将球传给边角的6号，6号迅速起跳投篮，三分球命中，比分来到37∶42；沙师队连得七分，打了一个小高潮。外贸队显得急躁起来，连着两次远投落空，一次突破上篮又被1号给了一个漂亮的盖帽，下半场外贸队到了此时一分还没得！

比赛继续进行。6号中场接到9号传球，向前运了几步高高跳起，二分命中，比分39∶42。老张爷兴奋得有些坐不住了，说："咋得个，刘爷，6号'神投'吧？"

老刘爷还没来得及答话，只见7号断了对方底线发球，跳起投篮又得两分，比分成了41∶42，外贸队乱了阵脚，下半场还有五分钟结束比赛。外贸队叫了暂停，教练"憨儿高"（韩二羔，身高两米零五，绰号"憨儿高"，意为傻大个儿）发火了："这球是咋打的嘛！越打越尿式咧么！慌尿甚了么，沙师教工队历来都是咱的手下败将么！今儿也真是日怪了，冒出一个7号来，6号、9号、5号全都来劲儿咧！最后五分钟一定要死扛住，不能轻易再让他们得分咧！"

还剩最后一分多钟时间，比分47∶49，沙师队落后两分，常占平脚崴了不得不下场，崔教练果断决定让体力充沛的替补队员3号严兵上场。严兵坐了一场的冷板凳，抱怨崔教练没把他放在眼里，心里正窝着火哩。此时严兵心想趁此关键时刻给大家露一手，不要把他小瞧了！

决定本场胜负的关键一分多钟时间到了，严兵接到5号（高宽平）发给他的底线球，不顾9号大声要球的呼喊，以百米赛跑的速度带球冲到篮下，突破两名队员阻挠高高跃起，双手稳稳端着球放进篮筐内，赢得场外观众一片欢叫声，比分49∶49，双方打成平局。还剩三十多秒钟，严兵得意地望了一眼心情紧张的崔教练，迅速回防之中又利落地断了一个球，转身传给了9号，9号上篮竟未投进，严兵紧跟在后抢得篮板球，虚晃一下躲过跳起封他的对方队员，没理会9号"快给我"的喊声,自己原地高高跳起单手将球放进篮环内,此时哨声响起,比赛结束,比分51:49,沙师教工队获胜。崔教练赛后对9号和3号两位队员说:"严兵的处理是对的,要是再传给曹希平时间就不够了,再打加时赛胜负就难说哩!"

在此后的比赛中,严兵从板凳队员摇身一变成了主力队员。崔教练对严兵的评价是:速度快、弹跳好、头脑灵活,打关键球时派得上用场!

体育教研室的几位青年教师对严兵的体能还是挺服气的。操场东南角场地上安装了一个四米多宽五米多高的大铁架,四个角都用粗铁链斜拉固定着,是专门练习爬杆、吊环、荡秋千等运动用的。铁架上有一根从顶端吊着的木杆,约有五米高,双手抓紧木杆靠臂力往上爬,双腿不可以夹住木杆借力,功夫就在于臂力。体育教研室几个青年体育教师中只有高宽平能爬到顶端,而严兵很自如地就爬了上去,动作比高宽平还显得轻松。

还有一个比赛是"立定跳台阶",就是向上跨步走的那种一级一级的台阶,看谁跳的台阶多。高宽平能跳五级,樊利石也能跳五级;曹希平和另外几个人只能跳四级,没胆量跳五级。严兵第一次跳上了五级,觉得轻松就想着跳六级,高宽平说有危险容易受伤,严兵下了决心,一跃上了第六级台阶,大家都敬佩他的胆量和弹跳力,于是严兵就得了个沙师"跳台台第一"的美称。

任惠泉在沙师教工男篮中号称"神投手",是沙州城里爱看打篮球的人都认识的"6号"。他一直担任着沙州师范学校组建的学生女篮队的教练,队员大都是从各县业余体校中精心挑选又经过特招进入沙师女篮队的,可以说个个身体素质和球技在沙州地区女篮中都是最好的,加上教练任惠泉又极其重视三分球"特殊训练",每天每个队员至少必须投一百次三分球,投中六十个算及格,差一个球都要重新投一百次,直到及格为止。所以在沙州县灯光球场上,每逢有沙师女篮出场比赛,能容纳一千多人的看台上便座无虚席,老球迷们更是提前一两个小时就去占好位置,一场都不愿落下。沙师女篮队队员们的三分球"表演"出尽了风头,她们场上场下和剧团里的名演员一样风光!

地委任书记的一大爱好就是观看打篮球,每逢沙师女篮队有比赛,体委李主任就提前打电话告知任书记并陪同他观看。任书记看比赛时喜欢评论场上队员的表现，而且句句都是内行话，其水平不亚于一个专业篮球教练。

任书记观看过沙师教工男篮队和地区运输公司男篮队的一场比赛，对沙师教工男篮的"小个子3号"赞赏有加。他对身旁的体委李主任评论3号场上表现时说："这个3号一看就有武术方面的基础，不光动作漂亮又实用，而且头脑清醒，传球到位及时，速度快弹跳好，就是个子低了些……李主任你说我说得对不对？"

李主任连连称是，又向任书记补充介绍说："这个严兵是教外语的，和我儿子是中学同学，小名叫小毛，是个好后生，教书教得也好。"

任书记恍然大悟地说道："啊呀！我说咋就看着面熟，长得像他父亲严文武，小毛是老三。严文武是我的老领导哩，当年我是圣林县团委书记，他是两县中心县委第一副书记、涪山县县长。老书记严文武就爱打篮球，有空了常和我们一起打半场，投篮还准得很！这个小毛甚时候到沙师的？我一点儿都不知道……"

1979年国庆节前夕。

贝乐子正在紧锣密鼓地排练着管乐队的节目。这一年是新中国成立三十周年要举办大庆。各行各业、各个单位的文艺骨干热情高涨、各显其能，各单位里唱的唱跳的跳，好不热闹！

贝乐子计划沙师出四个节目参加沙州城各县团级单位在灯光球场举行的大型会演：一、大型管乐合奏曲由贝乐子亲自负责排练；二、秧歌队由张生老师负责排练；三、合唱团由余燕和邱丽老师负责；四、男声独唱由刘朝伟和郭志玮老师负责。所有节目的准备工作均已落实到具体人，贝老师算是松了一口气。

管乐队一百三十个人，总共排下来有二十六行，这是一部分。另一部分就是由一百八十人组成的秧歌队和合唱团，合唱团的学生也是秧歌队的成员。他们上午由张生老师负责排练秧歌，下午由邱丽和余燕老师负责排练合唱。学生们很辛苦，但热情高涨，上午跳下午唱，练得非常起劲儿。

严兵有一次请教对陕北民歌颇有研究的贝乐子老师道："贝老师，为什么咱陕北穷山沟里的人爱唱欢乐的歌曲，关中富裕的平原上的人反倒爱唱悲凉的歌曲？"

贝乐子老师沉思了片刻，对严兵说："噢，我是这样看待这个问题的：这主要是和生存的自然环境有关。恶劣的自然环境让人们懂得了光靠哭天喊地、号哇哭叫，解决不了问题，于是培养起了人们乐观向上的、积极的人生态度，也可以说造就了人的生活哲学观。由此，人们变得坚忍而刚强，敢于向困难挑战，不怕艰难困苦，不怕流血流汗，形成了陕北人独特的乐观向上奋发图强的性格，这些优秀的品质一代一代传承下来，就有了你我这样优秀的陕北人！"

贝乐子说完自己先哈哈大笑起来，严兵也心领神会地笑了起来。

贝乐子是个有理想有追求的人，凡事总想着做到完美，荣誉感特别强，总希望人们对他做的每一件事说一个"好"字，他便能在心理上获得极大的成就感和满足感。他对工作十分投入，每项工作都做到井井有条，而且尽其所能亲力亲为。他对学生的要求非常严格，决不允许不认真和偷懒，更不能容忍说谎和欺骗的行为。他从音乐学院毕业分配到沙中十多年和调到沙师后一贯如此！学生们提到中学时或沙师时的老师，第一个想到的就是贝乐子老师！学生们走向社会、走向工作岗位后最大的体会就是：音乐方面的素质带给他们一生受用不尽的好处！这就是一个好老师的人格魅力！贝乐子老师的学生遍及全省，遍及全国各地，他是一位名副其实桃李满天下的人民教师！

贝乐子的妻子高彩云出身于沙州高姓望族，祖上人才辈出、家财万贯，在城内是有钱有势的大户人家。高彩云自幼好学，人又生得冰肌玉骨、聪明灵动，父母十分疼爱，视她为掌上明珠，小小年纪便送进学校读书，希望这个女儿和男孩子一样有出息。高彩云不负父母所望，一直读到中师毕业，后来在沙师附属小学当了一名语文教师。她是内外兼修的女子，端庄秀丽又充满了智慧，她无疑成为贝乐子事业上最有力的支持者。贝乐子当然也最信任妻子，凡有大事决定之前，必先征求妻子的意见。每逢这种情况，对妻子的称谓首先发生变化，由平时的"彩云"变为"高老师"，而他自己的神情也随之变得庄重起来："高老师，最近我有个工作上的想法想和你交流一下意见……"

而高老师每逢此时,总是笑眯眯地看着贝乐子,就像她平日里看着面前站立着的小学生一样,脸上尽显慈祥和怜爱。

贝乐子受不了她"慈母般的笑容",便在一次聊天时大胆提出建议:"我说高老师,你能不能改一改这种职业性的表情?咱是在家里头咧,又不是在学校里!你那表情像我妈看我一样。"

高彩云并不计较他的说法,反而依旧温和地笑着说:"嗯,这表明我和你妈一样爱你呀!你不希望你的妻子爱你吗?难道你愿意看到一个板着脸教训你的女人吗?"

贝乐子急着辩解说:"唉,高老师你误会我了!我的意思是你不要用长辈的那种表情看我,而应该按照夫妻之间平辈的表情和语气,这样我就比较轻松,比较畅快!"

高彩云突然间似乎明白了什么,她需要一个人静下来想一想,于是便对贝乐子温和地说:"嗯嗯,乐子,你说的意思我明白,我会认真考虑你的意见的。"

高彩云从她母亲那里传承了人生最为重要、最为宝贵的"秘籍",事关女人一生命运和幸福的六字箴言——理解、贤智、柔化。她的母亲曾经语重心长地对她们姐妹几个说:"当然,要践行这六个字的内容,前提是你确定这个男人是你所爱的人!你要做到这六字的要求,首先要修炼自身,学会克己而不放纵,明了生性的缺憾,取长补短,做一个幸福的女人!这是我做母亲的寄予女儿们最大的愿望!"

高彩云牢牢地记住了母亲的教诲并身体力行。她细心观察身边的女人们,体味她们的言行,修补自身的不足……与贝乐子相识后,经过一年多的交往,她认定了对方就是可以生活在一起一辈子的那个人。贝乐子拜见过未来岳丈岳母后,得到了二老的欣然认可,二老对女儿的眼力大加赞赏。不久,贝乐子便正式成为高家的乘龙快婿,和高彩云过上了幸福的生活。之后,他们有了两个儿子,贝乐子视两个儿子为珍宝,与高彩云一道精心培养爱护着。二十多年后兄弟俩均在音乐艺术领域有了骄人的发展:老大贝玮从艺术院校毕业后读了硕士,之后又在京城读了博士,逐渐在艺术界占有了一席之地;老二贝琪从京城著名大学艺术专业本科毕业后，按照自己的兴趣开始创业，赚取了第一桶金后，又转回艺术领域办起了杂志社及乐器专卖店，以店养社，事业发展迅速，杂志社及乐器专卖店规模不断扩大，在京城艺术界成为尽人皆知的名人了！

贡校长下午吃过饭碰着了刚在教工灶上吃了饭的女篮教练任惠泉，就问他晚上球赛的准备情况："哎，惠泉啊，今天备赛情况怎么样？队员们有信心拿下地运司女篮队吗？"

任教练眨了眨眼，和贡校长开玩笑说："你是领队，你说拿下就拿下嘛！"

贡校长听任惠泉这么一说，就认为任惠泉心里没底，输球的可能性是存在的，他有些急了，因为他已打电话邀请地委任书记晚上看球，沙师女篮队必须给他争点儿面子！于是他对任惠泉下令说："这场球必须拿下，而且要打出沙师女篮队的三分球投篮准的特点来！地委任书记今晚也来观看，你的女篮队好好表现一下。"

任教练一听任书记要亲自来灯光球场观看这场比赛，马上认真起来，对贡校长说："没问题，先打保险球积分数，领先多了她们投三分球就放松了，命中率就高。你放心吧，我马上再去认真给女子们布置一下怎么个打法……"

晚上的灯光球场看台座无虚席。刚刚七点，球场上方的几十盏照明灯已全部打开，场地上如同太阳高照的白昼一般亮。双方队员开始入场进行热身投球上篮练习，七点十五分比赛正式开始。地委任书记在体委李主任和沙师贡校长及地运司经理王志强等人陪同下进入球场，几人在主席台上依次坐定。

沙州地区女篮队在全省篮球界素以"省女篮二队"著称，在全地区四支最具实力的女篮队中当之无愧名列第一。排名第二的是地区汽车大修厂女篮队，排名第三的是沙师女篮队。但是沙师女篮队和地区汽车大修厂女篮队在多次交锋中各有胜负，实力上也不差上下；沙师女篮队和沙州地区女篮队在数次交锋中也是有赢有输。排在第四名的就是今晚出场的地区汽车运输公司女篮队。

沙州地区女篮队基本上属于半专业性篮球队，队员们平时在各自的单位上班，比赛阶段集中在地区体委进行训练，吃住都在体委大院内。

比赛正式开始，场上主裁判康林生，边裁判武二林、李绥义。主裁判抛球后双方挑球队员跳起争球，身穿蓝色球衣的沙师队2号拿到球传给5号，5号带球攻入篮下回传给跟进的2号，2号上篮命中，沙师队首开纪录获两分。身穿红色球衣的地运司队5号底线发球给打组织的3号，3号运球进入对方篮下将球传给右边的9号，9号跳起投篮命中，场上比分2∶2；蓝队9号拿到底线球，快速运球进入红队篮下，7号在左边底线举手示意要球，9号心领神会迅速高传给7号，7号高高跳起投篮，三分球命中。场外观众不断鼓掌，任教练下意识地扭头望了一眼台上的贡校长，主席台上的贡校长不露声色。

上半场比赛结束，比分是48∶40，蓝队暂时领先。任教练中场休息期间给他的队员们面授机宜，队员们心领神会，不断地点着头。主席台上的任书记抽着烟，对身旁的贡文光说："你们沙师女篮整体实力在地运司女篮之上，不过今天的上半场三分远投的特点没有表现出来，打得有些保守，就看下半场发挥得怎样啦。"

贡校长强颜欢笑着点头称是，心里却犯着嘀咕：这任惠泉搞得什么名堂嘛！

下半场开始打了五分钟，沙师女篮连续两次突破上篮，三个远投命中，得了13分，得分后回防积极又迅速，地运司女篮只得了4分，比分成了61∶44。地运司教练刘占奎叫了暂停，给围着他的队员们训话："唉，咋尿日鬼的嘛！越打越失控了嘛！放开让人家投三分球咧，干扰都不上前干扰一下？心里头都不晓得想些甚了！"

队员们忽闪着美丽的大眼睛盯着一脸红麻子的教练不作声，任凭他发火。刘教练喊叫训斥着越发来了气，又挖苦姑娘们："盯着我脸上的麻点点顶个甚事，上场把三分球远投盯紧些！沙师任何一个人投三分都要上前干扰，知道了没有？"

女队员们早已习惯并摸透了刘教练的脾性，她们听了训斥后没有丝毫的不满或生气，马上又活蹦乱跳起来。姑娘们背后都叫他"咋咋唬"，而刘教练则给姑娘们总结出五字"真言"，为"尿转得没心"。

下半场打了十五分钟，场上比分82∶71。还剩最后五分钟时间，地运司队3号和1号球员突然发威，两人配合默契，连续得了两个突破上篮进球和三个远投三分进球,比分变成了85∶84,还剩一分钟不到比赛结束。任书记这时开始兴奋地评论起来,对贡文光说:"我说老贡哪,这场球你们沙师打得不怎样嘛!反倒是地运司三分球出了风头,尤其那个打组织后卫的3号表现得很出色!球打到这时就好看啦,输赢难料哩!"

贡文光的脸色很难看,僵硬的脸皮上勉强挤出了一丝笑容,喃喃自语道:"难料啊——怎就打成这样啦……"

任惠泉叫了最后一次暂停,他对9号王丽娜和5号郭艳芳暗授机宜。两名队员听完神色凝重,一副死拼的样子。接着,任教练又对中锋3号说了一句什么。

双方进入了斗智斗勇的最后一分钟。

沙师队9号将球运到篮下,回传给跟进的5号,5号见3号在三分球线外,立即将球高传给了3号,3号果断出手,三分球在篮筐内晃了两下从篮网内落地,场外观众一片喝彩,连主席台上的任书记和贡文光也禁不住喊出声来。紧接着沙师队5号郭艳芳眼疾手快又断了对方底线的发球,迅速传给了9号,9号一个漂亮的三步上篮,稳稳地将球放进篮筐。场边板凳队员和场外观众全部站立起来欢呼,此时胜局已定,还剩最后五秒钟,地运司队底线发球后还未运球到前场,哨声便响了。主裁判大声宣布沙师女篮队获胜。任书记站起身与贡文光握手祝贺,贡文光满脸放光,嘴上致谢着任书记,眼睛却不由得直朝着场上欢跃着的女篮队员们和咧开大嘴笑着的任惠泉看。他很满意最后这一分钟的精彩比赛,沙师女篮队给他争足了面子!任惠泉这小子也算得上是临危不乱,有点儿智慧!

体委计划在国庆节前进行女篮各队之间交叉比赛,冠亚军比赛将于10月2日晚上进行。沙师女篮队下一场比赛的对手是地区汽车大修厂女篮队,贡校长对这场球的态度是:稳保第三名,争取第二名。

与此同时,沙州城内另一种形式的文体活动即将展现在群众面前。贝乐子的四个节目已经过认真彩排并得到了校领导的充分肯定和高度赞扬。管乐队和秧歌队化装以后表现出来宏大的场面和气势,秧歌队"摇身一变"成了合唱团,管乐队变成了合唱团的乐队伴奏,再加上郭志玮老师专业水平的男声独唱和刘朝伟老师的钢琴伴奏,这一切让人眼花缭乱的表演,让校领导们看得目瞪口呆,他们完全没有料到自己的学校竟然能拿出这么高水平的节目来！所有参加评议和观看彩排的教职工都对贝乐子刮目相看，敬佩之情全都写在了脸上！

　　严兵衷心地为贝乐子辛勤工作而获得的回报感到高兴，他期待着贝乐子的四个节目在沙州城广大群众面前大放异彩，获得更大的荣誉。

第二十九章

世上的事就是这般奇怪——几十年过去了，已经淡忘了的人突然又出现在你的生活里，过往的友情又续上了，而且比之前更加真诚、热烈。这或许只能用"机缘"两个字来解释。严兵的内心积压着不少尚未报答恩人的愧疚，对亲人的、朋友的、同事的、老师的……欠下的这些人情债，他都不敢想起来，那种惭愧的感觉让他心神不宁。有些债他可能还有机会去偿还，而有些债却是今世都无法偿还了！这种遗憾时不时在无情地折磨着他……

在沙师执教了十多年的丁敬仁就要离开沙州调回家乡工作了。蒋欣才、王秀琳、严兵和柏兰、任文清和爱人吴玉芳，加上教政治的好友曹丽芳和教历史的高泉仁，聚在一起为他们夫妇俩送行。他们十个人在沙州城里的一个照相馆里合了影留作纪念，又到一家有名气的饭馆里去享用一顿沙州城的名菜。站在餐桌旁等着客人点菜的伙计手拿着笔微笑着，严兵提议大家各自先点一道自己最喜欢的菜，于是就由丁敬仁夫妇先点。丁敬仁面部表情复杂，显得有些恋恋不舍，客气地说："沙州豆腐举世无双，以后再要吃恐怕就难了！我就点一盆炒豆腐吧！"

刘玉芳表示理解地笑着看了看丈夫，温柔地说："哎呀，炒豆腐我也最喜欢吃啦！我就点一盆拼三鲜吧！"

蒋欣才眯着眼似乎在犹豫，突然就像下了一个很大的决心一样，语气坚定地说道："那我就不客气啦，要爆炒羊肉，一定要多放干辣椒哟！"

王秀琳正和好友曹丽芳低声嘀咕着什么，王秀琳抬头说："嗯——这个么，就要一盘凉拌麻辣荞麦碗饦。"

曹丽芳笑着看了看王秀琳，果断地说："咱来个猪肉翘板粉，相当于我们成都的回锅肉哟！要得不要得？"

曹丽芳说着就对着蒋欣才笑开了。

蒋欣才马上心领神会应答道："要得要得！正中我的下怀哟！"

大家都哈哈大笑起来。

任文清待大家笑声停息下来，便用涧水县普通话说："我点一个素臊子杂面抿节，来一大盆！"

吴玉芳有些不好意思地笑了笑，声音轻柔地说："我就要一个豆腐粉条汤吧！"

高泉仁优雅地摸了一把大背头，直接要了二斤羊肉萝卜馅水饺。

严兵豪爽地说："我看咱得加点扛硬的东西，来上一大盆细粉烩炖羊肉、十三个猪头肉夹烧饼，再加上一斤羊肉水饺，水饺分成三份带回去给三个娃娃吃！算是我和柏兰同志共同点的菜，估计够咱们十个人吃啦！"

大家都叫好，说还是严老师想得周到！十个人围着一大桌好菜，举杯互相敬着酒，边吃边聊着往日的情谊和分别的不舍，气氛融洽和谐。这次相聚给每个人都留下了美好的记忆……

一年后，蒋欣才带着女儿蒋小欧也回到了成都老家。父女俩走时没有惊动任何人，这也是蒋欣才的一贯作风——来去无声！

时间来到了1979年国庆节。

贝乐子的四个节目在整个沙州城产生了轰动性的影响！老百姓的视觉和听觉受到了强烈的刺激，街头巷尾，男女老少三五成群纷纷情绪激昂地议论着、评价着沙师振奋人心的大型管乐队和阵势宏大、五彩缤纷、载歌载舞的秧歌队，一时间这座古城里酷爱文艺的千家万户深深地沉浸在节日欢乐的气氛中……

贝乐子的两支队伍在古城大街上南北两个方向演奏着、歌舞着，走了一个来回后，一路声势浩大地闹腾着奔向体育场内灯光闪亮的灯光球场。地县两级主要领导早已神采奕奕地按职位高低分别坐在了主席台最前面两排的座位上，地委任书记和行署李专员坐在前排正中间，两人正在兴致勃勃地交谈着，享受着国庆节期间喜庆欢乐的时光。

此时，场外传来管乐队吹奏的《歌唱祖国》。

贝乐子身着西装，打着红色领结，脚蹬一双锃亮的皮靴（急忙之中找不到那双皮质的，就只好用另一双人造革的代替了），手持一根顶端有不锈钢红五星的指挥棒。只见他神采飞扬地第一个迈步进入场内，随着他指挥棒的节奏，西洋鼓队和管乐队演奏着《歌唱祖国》步伐整齐地迈入会场，大型秧歌队载歌载舞紧随管乐队之后，气势如虹，震撼人心，好不威风！任书记手指着贝乐子兴奋地对李专员说："快看，贝乐子的沙师管乐队和秧歌队进来了！"

李专员在这样热烈的气氛中也激动起来，大声说道："好阵势，富有感染力！"

任书记又激动地评价说："啊呀，秧歌队的女女们扭得也好，欢实得很哪！"

李专员一口关中腔附和道："就是的！女子们充满青春活力！"

任书记感慨："咱地区文艺方面就数贝乐子最厉害了，年年节庆上的大型文艺节目都是他组织得最好，群众评价都相当高，是个很敬业的人才哩！"

李专员习惯性地眨眨眼，也表示认同地说道："确实是人才难得，人才难得！"

坐在第二排的贡文光听着他们大声地议论着，面露喜色。

贝乐子再次展示了他的才华。

严兵第二日碰到贝乐子，称赞他说："啊呀，贝老师，这回可是闹好了！影响大得很！地委任书记和李专员当场就叫好哩！"

贝乐子惊讶地瞪大眼睛问："是不是？你听谁说的？"

严兵就告诉他说："我一早打水，路上碰见了贡校长。他昨天就坐在主席台第二排中间位置上，正好在任书记和李专员的背后。他说这次咱们学校可是影响大了，任书记和李专员当场就叫好还表扬贝老师咧，可是争了荣誉咧！"

贝乐子听了顿时激动得脸都涨红了，说话都连不到一起了："其实——唉，我还有些考虑——唉，还不到位，主要还是，唉，条件所限——其实还可以更好！"

……

1980年的春天。

严兵住在紧靠着东城墙根外的家属院后，和柏兰过起了独门独户的小院生活。他和贝乐子商量院子里近六十平方米的土地里种些什么蔬菜好。贝乐子的意见是：种上些西红柿、茄子、黄瓜、辣椒、豆角。严兵和柏兰认为很合适，柏兰自告奋勇承担了两家的育苗工作，并承诺十天左右出苗。柏兰不负众望，果然用了不到十天时间，西红柿种子破土出了苗，辣椒、茄子、豆角、黄瓜也接着出了芽。小苗们在柏兰精心培育下，半月后都生长得一片翠绿，大家一边夸柏兰能干，一边开始准备移苗了。

这个星期天无事，严兵吃过前晌饭便去南头那排家属院第三家院子找贝乐子。他想到街上买些卤肉，问问贝老师想不想一起去。刚到院门口，就见贝乐子蹲在菜地里聚精会神地盯着菜苗看，连严兵进了院子都没察觉到。严兵见状心里一阵乐，小心翼翼靠上前蹲在他身后，细声细语逗他说："嗯，这苗子又长了不少，暂时还不能上肥，容易把根烧坏哩！再长上一周根壮一些，再考虑上点儿薄肥。"

贝乐子眼都没眨一下，一直盯着菜苗，说："嗯，我也是这样想的，欲速则不达！"

严兵觉得贝乐子脑子迷糊着了，还没从观察菜苗的思维中"醒"过来，就试着逗他道："贝老师你在地里头圪蹴下屙屎咧，顺便给菜地上肥咧？"

贝乐子突然一个哆嗦，摸了一把屁股，叫了一声就"醒"了过来，急忙就说："啊呀，严兵你甚会儿来的？我好像有点迷瞪了！啊呀，夜黑里没睡好！"

严兵心里乐着想：果然是看菜苗看得走神了，他对菜苗如此用心，就是想把菜种好吧？他就是想让别人说他种的菜最好，谁家也比不了！贝老师这个人真是太有意思了。

严兵约上贝乐子一块儿去了街上。

贝乐子说："我觉得文昌阁楼底下那家卤肉做得还是地道，咱就直接到那儿买吧？"

严兵和贝乐子想的地方一样，就说："嗯，一道街上就数李师傅家做的味道好，而且东西也齐全，特别是粉皮拌黑豆芽，柏兰特别爱吃，咱俩先坐那儿一人吃上一碗。"

贝乐子高兴地说："好！咱俩一人再来上一个猪蹄子，你喝上二两酒，我不爱喝酒就不喝了，然后买上一块猪肝、一块猪头肉、两块钱的粉皮拌黑豆芽，再买上三个猪蹄……"

他们在李师傅的卤肉摊子前坐定后，李师傅盯着贝乐子认真看了一会儿，开口问道："你是沙师的管乐队和秧歌队的指挥贝老师吧？我应该没认错人吧？你们两个人常来我这儿买肉，原来你就是大名鼎鼎的贝乐子老师！"

贝乐子有些惊诧地看着李师傅圆圆胖胖的光脑袋，说："嘿嘿，你咋知道我姓贝？"

李师傅哈哈一笑，说："沙州城里人谁不晓得沙师的贝老师？大名人呀！去年国庆节你们沙师管乐队和秧歌队在大街上闹腾得那叫一个红火，人挤得把我的摊摊都差一点儿挤翻咧！我站在凳凳上才看见你们的队伍，阵势太聚劲咧，你手里头举着一个明晃晃的棍棍，那个鼓声和洋号声把人心里震得慌慌的，可是又把人弄得兴奋的，声音震天动地，特别响亮，人们都直喊'沙师号队秧歌队来了！贝老师来了！'啊呀，你说你名气大不大？"

李师傅说着就招呼旁边石台台上常坐着的那五六个老汉，说："哎，你们几个死老汉也都来认一下这个人，他就是大名人——沙师的指挥贝老师！瞪大眼珠子看清楚了！"

坐着闲聊的几个老汉，听李师傅一说，都朝贝乐子看，其中一个老汉就说："这个贝老师比去年'老面'多了，看着也是个老汉了嘛！多吃些李爷做的卤肉，精神好！身体好！显年轻！"

其他几个老汉也都插话胡言乱语评论开来。

李师傅就呵斥他们。

严兵对贝乐子笑了笑，安慰他说："哎，几个老街皮，爱敲杂话，没恶意，不要计较！"

贝乐子反倒是一脸不在乎的样子，眯着眼幽默地说："唉，我这人生下时就显得老面，我妈说我看着像个老汉，可能就和你们几个老汉的干枣眉脸一样，'格出'得厉害！"

李师傅听了又爽朗地大笑起来，称赞说："啊呀，还是贝老师会说话！哈哈，看看你们几颗老干枣，穷毛鬼胎的寒酸样——口袋袋里头一抓，一分钱也不拿！还想吃猪头肉喝烧酒，吃屁喝凉水吧！你们就和咱街上的那些俊女女一样——穿得好走得快，肚子里头装些酸白菜，还把你们日能的，说上风凉话了？"

几个老汉早已习惯了李师傅的奚落，都哈哈大笑起来，好像李师傅在说别人一样。

严兵在沙师家属院住了五年，这五年是他和柏兰感到最轻松愉快的日子。他们和贝乐子一家人相处得极为融洽，几乎天天都要在一起几个小时，做这做那地聚在一块儿忙活着。几人有时坐着闲聊，不知不觉就到了夜晚睡觉的时间。每到后响饭时，住在中间那排院子的严兵就听见南端、北端、中间三排窑洞院子里住的四家人大声呼叫娃娃们回家吃饭的"四重叫"。北端那排住着的语文老师郝加林站在巷口声音洪亮地用佳县口音喊儿子："噢——介娃，噢——介娃！"和郝加林同住一排的数学老师张世平的老婆也站在郝加林身边，用关中口音声音尖锐地喊儿子："哎——张浩，哎——张浩！"中间那排住着的语文老师何志刚则站在中间巷口用沙州城口音尖尖细细地喊儿子："何——军，何——军！"贝乐子站在南端那排院子的巷口，用绥州口音有节奏地呼叫着儿子的名字："哎——哎——小琪，哎——哎——小琪……"

于是每天这时准点在南北中巷口看到四个人扯开嗓子"表演"四重叫：

噢——介娃！

哎——张浩！

何——军！

哎——哎——小琪！

严兵觉得好玩，有时就也出去恶作剧般站在巷口帮着他们四人喊……

7月的沙州城已经热了起来，特别是中午时分的阳光比较强烈。又是一个星期天，吃过前晌饭严兵和柏兰约了贝乐子和高彩云，四人一同到街上去闲逛。出了沙师那道下坡的巷子往左走不到三百米，街道靠东就有一家比较大的百货门市部。四人进了门市部在几个柜台前随意浏览着，看看有没有中意的货品。严兵发现一条挂着的花裙子，就让服务员取过来放在柜台面上。柏兰和高彩云拿在手里翻着里外看，是的确良面料的。高彩云建议柏兰买下，柏兰看着也喜欢，她还从来没有一条属于自己的裙子，只是在西京上大学时穿过同宿舍好友的裙子，严兵见状就果断地付钱买了下来。

四人一路又往南走，到了离南门口不远的街上，看见新开张的那座两层百货大楼，四人就进去四处逛了起来。贝乐子对妻子说："哎，高老师，这家百货门市的货都比较时兴，你看上甚东西咱就给你买。"

高彩云高兴地看了一眼贝乐子，说："好么，咱先逛着看看吧。"

贝乐子在一个专卖各种女鞋的柜台前停了下来，眯着眼准备给高彩云挑一双皮鞋，其他三人也都跟着看起鞋来。严兵先看中了一双棕色的女鞋，是皮质的，样式小巧好看，问了一下尺码刚好有36码的，只是价格贵些，就让柏兰穿上脚试试，一看合适，柏兰也喜欢，就付钱买了下来；贝乐子看上了另一种款式，是黑色的，看着挺洋气，高彩云也很喜欢，也付钱给她买了下来。在另一个卖女装的柜台上，高彩云又相中了一件乳白色碎花棉布短袖衫，一试也挺合身，贝乐子马上付钱买了下来；柏兰看中了上海生产的另一款的确良面料的白色短袖衫，上身一试正合适，严兵就忙着把钱给付了。那个中年女售货员羡慕地笑着夸奖说："哎哟，现在抢着给婆姨买衣裳的男人还真不多见哩！"

贝乐子受到鼓舞，坚持要到女裤专柜去给他的高老师买一条上档次的裤子,四人就寻到了女裤专柜。贝乐子一眼就瞄准了一条浅灰色的的确良女裤,还是上海牌子的,高老师也非常喜欢,直夸贝乐子眼力好,贝乐子待她试穿后便喜滋滋地付了钱。严兵见状,不甘落后,也挑选了一条浅色裤子让柏兰试穿,柏兰觉得给她花的钱太多了,有些犹豫,严兵却执意给她买了。

从二楼下来路过一楼的男鞋专柜,两个婆姨心里过意不去,就坚持给贝乐子和严兵各挑选了一双塑料凉鞋,于是四人心满意足、皆大欢喜地走出了百货大楼。他们四人还专门到文昌阁楼下李师傅的小食堂里吃了几个人都爱吃的粉皮拌黑豆芽、拼三鲜和羊肉包子,贝乐子还没等几人吃完饭就悄悄地把饭钱付了,这也是贝乐子和朋友一起吃饭时一贯的猴急猴急"抢付饭钱"的风格!

7月中旬,西红柿已挂满了枝头,有的已经开始泛红,其他几种蔬菜大都也结果了,茄子、黄瓜、豆角、辣椒都可以采摘下来吃了。在整个家属大院里,贝乐子和严兵两家的菜种得最好,吃得最早。高彩云和柏兰每天都采摘着自己地里的新鲜蔬菜吃,心里的那个高兴劲儿全都显在了脸上。

8月上旬,严兵和柏兰在地里采摘了两大筐西红柿、茄子、黄瓜、豆角、辣椒,拎着送给妈妈叔叔他们尝鲜。妈妈直夸两人菜种得好,比市场上农人们卖的菜还好!有的西红柿个头很大,差不多一个就有一斤重,妈妈就分出一些送给她公司里的人吃(妈妈当时担任着沙州县五金公司经理),得意地说是她儿子自家院子地里种出来的。公司里那个大个子李芳芳(原来是地区女篮主力中锋)惊奇得直喊叫:"啊呀妈哟!还从来没见过这么大的西红柿!你儿子是农校毕业的吧?"妈妈就开玩笑说:"哈哈,这几个西红柿和你一样,都是大个头!"

李芳芳听了"扑哧"一声笑了出来,对严兵妈妈说:"啊呀经理,我要拿回家给我妈看看,她快六十了,怕是还没见过这么大的西红柿哩!"

严兵妈妈就又笑着说:"哈哈,那就让你妈也开开眼界,就说是你们经理家儿子在自家院子里种的!"

严兵的小妹妹小静抢着抱上一个西红柿在院子里玩,那西红柿在她小手中显得更加大,左邻右舍的婆姨们就稀罕地围着她看,眼睛盯着这个巨型西红柿七嘴八舌地问小静。胖婆姨问："哎哟，小静哎，这么大一个西红柿！哪来的？"瘦婆姨问："哎呀呀，天大大呀！没见过这么大的西红柿！小静，你妈在哪儿买的？"黑溜溜的高个子婆姨问："唉，长这么大还从来没见过西红柿能长这么大！小静，这个西红柿是谁送给你们家的？"

　　小静看着几个婆姨都问完了，小嘴一噘，不耐烦地说："是我三哥拿回来的！问完了没？麻烦死人了！"

　　几个婆姨都哈哈大笑起来。胖婆姨对小静说："你这三四岁的小娃娃还晓得'麻烦'了！"

　　小静一边往家里走一边扭头说："哼，就不想和你们说话！"

第三十章

1980年夏季。

一个星期天上午，严兵拿出一条两米多长的塑料软管，打开家里厨房的水龙头，把软管接在院子里铁管道水龙头上，给院子里菜地浇足了水。柏兰顺便就拿了一个大铝盆，接软管出的水，开始洗起床单衣物来。隔壁院子住的体育教师曹希乎的老婆郭淑敏和柏兰同在沙中教书，她是教化学的，两人上班、买菜、回家常在一起，相处得很好。郭淑敏性格好，为人忠厚，是个慢性子人；她做事不急不躁，成熟稳重，是个好打交道的女人。

柏兰听到隔壁院子里有响动，从院墙上部的十字形孔望见郭淑敏正提出两桶水放在窑门外遮雨遮阳水泥板顶下的砖地上，好像也准备洗衣服呢，于是就向她打招呼，说："哎，郭淑敏你也洗衣裳呀？"

郭淑敏听见柏兰喊叫她，急忙放好水桶探头对着十字形孔说："嗯，听见你们那边浇地有响动了，我就想着也洗几件衣裳。曹希乎爱睡懒觉，这会儿还睡着不起，我先洗衣裳，一会儿再做饭。"

柏兰就笑着说："我们严兵不睡懒觉，一大早起来就拉管子浇了地，这会儿又趴到桌子上看书去了，我趁着水管打开了就洗两条炕单子和几件衣裳。"

郭淑敏也笑着说："你们家严兵人勤快又爱看书学习，不像我们家希乎，一天也看不了两行行字，就解下打个篮球，成天训练他的那群球队队员，一个个晒得黑不溜秋的，像煤矿上的'炭猫子'一样！不是和这个队争赢输，就是和那个队争赢输，有什么意思了！"

曹希乎引以为荣的球队"战绩"，看来妻子郭淑敏并不认同，更谈不上"崇拜"他这个当教练的丈夫。用曹希乎的话说："她不懂'球'么！隔行如隔山么！有啥办法？"

两个女人便隔着墙各自洗着衣服，嘴里却也没闲着，你一言我一语拉着家常，严兵戏称她俩是："隔墙论家常，手忙嘴也忙！"

柏兰表扬郭淑敏今年种地前出的好主意，隔墙喊叫道："哎，淑敏，你说的深挖坑坑埋大粪的方法真是厉害哟！你看连贝老师家在内，今年咱三家的菜都长得特别好，西红柿长得就跟茄子一样大。我婆婆拿上我们送的西红柿给她们公司的人显能哩，说是她的儿子自己院子里种出来的，她们公司的人都稀罕得不行！我婆婆还高兴得胳膊上挎着一个小筐筐，里面放着几个西红柿，逢人就说她儿子自己种的。可有意思了！"

郭淑敏深有感触地说："唉，当父母的都这样的，儿女们稍微有点儿出息，他们比儿女们还高兴么！真正是可怜天下父母心哩！"

郭淑敏说着就想起了另外一件事，忙对柏兰说："啊呀，不说差一点儿就又忘记了，我打算今后晌做荞面凉粉，多做些咱们两家都吃，做好了我给你送过来。"

柏兰高兴地说："啊呀，那就辛苦你咧！我最爱吃你做的凉粉了，汤汤水水酸酸的，可好吃了！我就没学会做，我们家严兵老是说我手笨，让我好好向你学哩……"

郭淑敏就说："其实做起来也容易，有荞麦糁子和一个细箩子就可以做了，荞麦糁子和箩子在市场上都能买到，要不你后晌没事到我家来咱们一起做，做一回你就会做了。"

柏兰有些兴奋地说："那我早些过来，我还想学那种泡凉粉吃的酸汤汤哩。"

贝乐子这天刚刚吃过前晌饭就急匆匆地来找严兵，兴致勃勃地告诉严兵："啊呀严兵，我给你说，供销社最近新进的一批货中有一种电镀架子的饭桌和椅子，一个桌子四把椅子，椅子坐垫和靠背都是红色的皮革材质，特别高级，一共才进了五套！我的意见是咱一家买上一套。我带你去先看一下，看好了早做决定。现在就起身，咋得个？"

严兵立即就来了精神，给柏兰打了个招呼，两个人像两个兴奋的孩子一样，一路说笑着从东山下街去了。贝乐子认识供销社的人，那人也是他在沙中时的一个学生。等他们去了，那人就打开了库房门，搬出一套桌椅，让他们看。严兵看了后觉得比想象中的还要好，典雅、喜气，又是上海牌子，就对贝乐子说："啊呀，贝老师你的眼光真是没说的！咱要不先交上点儿定金，一两天后咱拉上个架子车来拉货。"两人说着就交了两套桌椅一百块钱的定金。从库房往出走时，贝乐子突然眼前一亮，发现墙角一个货架上放着几盏红色灯笼形玻璃罩、白色倒喇叭形玻璃底座的台灯，就停下和严兵一起观赏起来。他俩一看旁边的包装箱上写着"上海"的产地，贝乐子一声"啊呀"，倒是把严兵吓了一跳，就听贝乐子说："啊呀——啊呀！这就叫有缘哪！我的意见是咱一家买上一盏，大红色的，放在家里喜气满堂的，绝对有生活气息！"

两人没有犹豫，当即一人抱了一盏往家里走。

几日后，严兵凑足了钱，和贝乐子一块儿将两套桌椅拉回东山上的家中。贝乐子兴奋得迫不及待地拆开包装，将桌子摆放在前窑客厅中，四把明光光的电镀椅子围放在桌子四周，又把大红色的台灯放在桌子上通了电，打开灯开关，整体效果马上显现了出来。

贝乐子又大叫了起来："啊呀——啊呀！"吓得俩婆姨俩儿子，连同严兵在内，都浑身猛地紧了一下，随即大家就都笑了起来。

高彩云开玩笑埋汰贝乐子说："你是疯子吗，一惊一乍乱喊叫？把人吓得直起鸡皮疙瘩！"

贝乐子笑着评论说："这一整套是绝配，效果的确好！我给它起个名叫'满堂红'，你们看怎样？"

严兵逗他说："嘿嘿，我给它起名叫'满堂生辉'。"

高彩云故意用绥州口音，也评论说："我给它取名叫'光彩夺目'。"

柏兰不甘落后，她学着高彩云的口音说："我给它起名叫'喜气满堂'。"

贝乐子的大儿子小玮学着他爸爸的腔调说:"啊呀!我叫它'红光满面'。"

小儿子小琪学着他哥哥的腔调说:"啊呀!我叫它'满面红光'。"

大家一听小琪说完忍不住哄堂大笑起来……

过了一周,沙师门房捎话给贝乐子说,供销社打来电话,让他去一趟供销社库房。贝乐子跑了一趟,兴冲冲地回来直接到了严兵家,一见到严兵就故作神秘地说:"啊呀,这回咱们要在整个沙州城'爆冷门'哩!我敢说沙州城里历史上都没人见过这种东西!就连我也是今天第一次见到这种东西,咋个用法谁也不知道,使用说明书只有日语和英语两种文字,一共进了两台,我的意见是咱两家把两台都买了,咋得个?"

严兵被他说得一头雾水——丈二和尚摸不着头脑,一脸茫然地望着贝乐子说:"啊呀,贝老师,你说的这个东西到底是什么呀?"

贝乐子神色诡秘地低声说:"啊呀,我只听供销社的人说叫什么'洗衣机',是从日本进口的,就是用来代替人洗衣服的,具体怎么个用法就不知道了。一台五百多块钱,是咱差不多一年的工资!"

严兵一听价格就没了底气。他和柏兰的积蓄刚买了桌椅台灯,账面上仅剩下了不到两百块钱。他面露难色,对贝乐子说:"啊呀,现在买还真有些困难,太贵了!"

贝乐子又鼓动他说:"啊呀!常说解放妇女的劳动力,这东西就最直接、最能体现'解放'两个字咧!我觉得咱男人家就要有这种气魄,把柏兰和高彩云先从洗衣服中解放出来,咋得个?我存折上还有八百来块钱,你不够我先给你垫上么!"

严兵受到贝乐子"气魄"的刺激,牙一咬,用戏谑的语气坚定地说:"嗯,贝老师你说得对,考验咱男人的时候到了,事关'解放妇女'的大问题,作为一个老共青团员,我这点儿政治觉悟还是有的。不过你得借给我三百块钱,明年这会儿还给你!"

两人第二天下午就把两台洗衣机拉回了家。严兵用了近两个小时把英文使用说明书译成了汉语，在贝乐子家开始试用。他们发现这个东西使用起来非常简单，洗出来的衣服比人手洗的还要干净，真个是又快又好，而且还带有甩干功能，衣服从甩干桶里拿出来已经八成干了，直接就可以拿着去晾晒。两家人围着这个宝贝兴奋得不愿离开。高彩云又翻出一堆脏衣服，非要自己操作着把衣服洗完。柏兰帮着高彩云按照说明书分拣着衣服，两人脸上绽放着"翻身得解放"的异彩。

这天，严兵回家听妈妈说他们五金公司进了一批黑白电视机，在沙州城能收到中央电视台的信号，还能收看中央电视台的春节联欢晚会，一台的售价是三百多元钱，指标都下达到各单位了，看他能不能争取到指标。几日后，沙师果然通知了教职工，让大家到大会议室来抓阄碰运气，全校只有三台的指标，有些人来抓阄，抓到了也准备送人情，大都买不起。严兵手伸进箱内，心里数了二个数就随意拿出一个纸团，打开一看，上面写着一个"中"字，心里就惊喜了一下，觉得自己运气还不错。贝乐子紧随他后，抓出纸团展开一看，写着一个"无"字，严兵就说把指标让给他贝乐子。贝乐子却说他听说还有彩色的电视机，等以后再买，建议严兵先买下看看，就先离开了。

严兵手里没钱，紧锁着眉头走出大会议室，这时校办公室副主任杜安国也准备回家属院去，两人便招呼着一块儿往家走。杜安国问严兵道："哈哈严兵，手气咋样？"

严兵叹了一口气，说："唉，抓倒是抓了一个，没钱买不起嘛！"

杜安国笑着说："噢，是挺贵的，三百多块钱了呀！你要想买我先把钱借给你，条件是我到你们家看电视，不要嫌我麻烦。"

严兵就说："唉，老杜，你有钱我把指标送给你吧！"

杜安国忙说："我实心实意借给你三百块钱，啥时有钱啥时还给我就行，绝对不要利息，咋得个？"

严兵有些感动，觉得老杜这个人可真是个实在的人，就对老杜直截了当地说："啊呀，我正愁得没处借钱哩！那我就不客气了！"

杜安国老大哥一样，友好地拍了拍严兵的肩膀，说："自己兄弟么，能帮点儿忙我也高兴！"

……

严兵和柏兰到妈妈的五金公司机关院子旁的临街那个门市部提了一台十四英寸的北京牌黑白电视机，就乐悠悠屁颠颠地抱在怀里，和柏兰直奔东山上的家属院里去了。

当天晚饭后，严兵打开了电视，只见屏幕上布满了麻点，像小雪花一样，声音也不太清楚，夹杂着一些吱啦啦的撕布声。还是贝乐子懂行，他用粗铁丝编了一个简单的网，绑在一根木杆上，又和严兵爬上了窑顶，将网子固定在烟囱上。贝乐子让严兵下去调整电视机屏幕上的清晰度和声音，他在上面调整网子的方向。一阵折腾后，麻点消失了，声音也正常了，屏幕上出现了一个英俊的小伙子，电视机终于能看节目了。高彩云、曹希平和郭淑敏、小玮和小琪、杜安国两口子等人都来到严兵家，大家兴奋地挤在一起，眼睛全部一动不动地盯着那个小屏幕看，个个脸上流露出惊奇的表情。

柏兰次日见到了隔壁体育教师曹希平，问他："哎，曹老师，你什么时候给你们郭淑敏和曹媛媛也买一台电视机呀？"

曹希平很要面子地说："嘻，我主要是没看上黑白电视机，我要买就买比你们家这个大的彩色电视机！"

柏兰心里不满意他的说法，便口气强硬地说："哼，等你买彩色电视机时，哈哈，我们早就换成大彩色电视机了！"

曹希平微笑着开玩笑说："嘿嘿，不过你们家老严倒是挺能闹腾的，刚买了进口洗衣机，紧接又买电视机，手里头还是有钱了么！"

严兵确实感到了欠债的压力，欠贝乐子的和杜安国的钱，加起来是一笔不小的数额！他开始考虑怎么能尽快赚来外快——总不能还出去当小工吧？他有的是力气，但丢不起面子！沙州县第一中学办了高考补习班，那个负责管理的老田老师托人曾问过他，一周上三次高中英语课，一次上两节课，一节课给九角钱报酬。沙中也办了两个高考补习班，管理人冯老师前些天还专门到沙师来问他愿意不愿意上两个班的英语课，每周一共十二节，一节课的报酬一元钱。还有一处挣钱最多的地方——沙州县科委拨了专项资金，支持"全民学英语"

热潮，准备面向全县城各单位或个人，举办大型的英语学习班，采用的课本是《科技英语教程》，每天晚上七点至八点半上三节课，地点是二街县体育场对面靠街边的县图书阅览室。

县科技委员会干部陈仁礼前些天专程带着两名干事，拿着礼品到严兵家拜访，希望严兵在繁忙的教学工作之余能支持一下他们科委的工作，担任沙州县科委举办的大型"全民学英语"学习班的主讲教师。严兵当即答应认真考虑后给他们回复。陈仁礼还表明了报酬的事：每晚三节课，按四节计酬，每节课一元五角钱。

陈仁礼是南方人，大学毕业，三十岁出头。他人长得清秀儒雅，举止言谈显示出文化人特有的气质，在沙州城是位引人注目的人物。人们看到这位踱着方步面带微笑行走在沙州城街上的雅士，或许就会联想到香港老电影《三笑》中的江南才子唐伯虎。

让人们难以想到的是，这样一位儒雅俊秀、满腹经纶的南方人士，却神差鬼使地娶了一个家在农村、一口乡音、有些俗气的沙州女子做了老婆。这让许多人感到不解，更让一些久慕陈仁礼的沙州城里长大的漂亮姑娘感到迷惑和遗憾。

要说他的妻子赵小楠，倒也长得小巧玲珑，白白净净，眉眉眼眼看着也顺眼好瞧。然而要命的是她的素养不高，举止言谈间不经意地透露出一股俗气，常常让陈仁礼感到难堪，用沙州城人的话来说，就是："连门面也顾不住！"比如家里来了客人她会抢话说，而且举止不雅——当着客人的面脱掉脚上的袜子，跷着二郎腿摇摆抖动；一块儿请朋友吃饭，她会情不自禁地吧唧嘴，还会用自己刚从嘴里抽出的筷子不停地夹菜给朋友。陈仁礼就委婉地提醒她改掉这些毛病。不料赵小楠却勃然大怒，根本不接受，说道："哼，你举的三个例子都是放狗屁了，脎臭！"

陈仁礼讥讽她道："嘿嘿，可笑之极！你还专门闻过狗屁味？"

赵小楠气恼地说："哼，你这种人才专门闻狗屁了！"

陈仁礼笑着说："嘿嘿，要不你怎知道狗屁脎臭？"

赵小楠反唇相讥道："哼，难道你闻过的狗屁还会喷香？"

陈仁礼仍然笑着说:"哈哈,我不知道狗屁的味道,只有尝过的人才知道!"

赵小楠觉得好笑,就说:"哎哟天哪!还有专门尝狗屁的人了?"

陈仁礼哈哈大笑起来,说:"有呀!知道狗屁是臭的人肯定专门尝过的嘛!"

赵小楠觉得上了陈仁礼的当,把她绕进去了,恼羞成怒地骂道:"呸!你真不是个东西!"

陈仁礼笑到了最后,说:"哈哈,你说得很对——绝对不是个东西!"

这场家庭内部为了狗屁而引发的争辩,以男人不是东西而结束。

说起他和赵小楠的结合,陈仁礼感叹地说:"唉,可以说我是被她'俘虏'的!也可以说我是被她纯朴、善良、温顺的假象迷惑了。当然这都是婚前的事了……她本质上是个好女人,只是对我来说有很多的不合拍。我觉得不幸福,但我又不忍心和她分手,始终下不了决心,所以只能如此往下过了。或许到了中年以后,到了老年以后,状态会慢慢变好。"

体育场对面的大图书阅览室里挤满了人,男女老少,各行各业,足足有二百人,都是兴致勃勃地来参加这个时髦的英语学习班。县科委的陈仁礼给严兵准备了一个麦克风和一块小黑板。开课的第一天,作为班主任的陈仁礼,对着麦克风先讲了学习英语的意义和注意事项,接着就隆重地介绍了主讲教师严兵,大家立即报以热烈的掌声。严兵随即用略带沙州城地方口音的普通话,慎重而满怀激情地开始了他的演讲:"……我们的国家进入了一个新的历史发展时期,向'四个现代化'进军的号角已经吹响……"下面有调皮的学员喊叫说:"哎,严老师,没听见号声响啊!"大家哄笑起来,严兵没有慌乱,机智而又不失幽默地说:"那是你没有用心听!"接着又继续他的演讲:"学习英语就是要我们有能力在'吹响的号角声'中学习国外的先进科学技术,加快我们的建设步伐!因此,我们大家一定要珍惜县科委给我们创造的机会。我们大家一起努力学,好不好?"

学员们反应强烈,所有人都热情高涨地大声呼喊:"好!"

地委任书记这天晚上刚在灯光球场内看完一场大修厂和地运司精彩的女篮比赛，走出体育场大门，就听见马路对面阅览室里传来震耳的英语朗读声，于是带着好奇心不由得靠前去隔着门向内张望。只见严兵手拿着一本书正在精神抖擞地领着黑压压的几百人大声朗读英语课文，男女老少学员都像是打了鸡血、吃了兴奋药一样情绪高涨地大声诵读着，场面壮观，十分感人！任书记心想：这沙州城群众竟然有如此强烈的学习英语的热情，念英语就像疯了一样拼命地喊，这个严兵用了什么办法调动起了这种少见的热情？这小子还真有几分能耐！

任书记又一次见识了严兵的能力，上一次还是在灯光球场里看他打篮球。两个场景严兵都给任书记留下了很好的印象。

这天严兵上罢了早上的第一、二节课，匆匆忙忙回家吃了前晌饭，拿上高中英语课本，对柏兰说："我到沙中给补习班上课去了，上午的后两节，下午的一、二节，以及下午第三、四节是县一中补习班的课，我回来吃了后晌饭还要到阅览室上三节英语学习班的课。啊呀，今天一共要上十一节课，简直就是把人当牲口一样使唤么！唉，欠债还钱么！"

严兵嘴里自顾自地发着牢骚走出大门，一路小跑赶着到沙中上课去了。为了五百块钱的债务，他这个年轻的穷教书先生也只能靠智力出去四处"打短工"。图书阅览室这个学习班的学员学习热情高，对严兵十分崇拜且有礼貌，其中有两个女学员还是他初中时的同学。还有一个搞建筑的年轻包工头，一次不落地来学英语，坐在第一排，学得最上劲儿，对严兵更是客气得不行，课间休息时对严兵说："严老师，要是家里小院有什么泥瓦活就给我言传一声，盖个小房什么的，工和料我都不收你的钱！要是能给您做点儿事，我心里头感到可是舒坦光荣哩。"

严兵每晚从这里上完课心情都特别好。除了学员们的学习情绪感染着他外，更让他感到自豪的是，他的知识和劳动受到了大家的认可和尊重，他当英语教师的社会价值得到了体现。而且现在他可以不靠打短工干力气活也能赚来外快，一天挣来的钱光科委这个班就有六块钱，顶得上一个地委书记挣的工资了！想到这里，严兵心里就美滋滋的。三个月下来就可以把欠杜安国和贝乐子两位老师的钱还清了。然后再挣下钱就买一台彩色电视机，让柏兰享受上别的女人享受不上的高级生活，也让他自己真正做到贝乐子老师说的"男人家的气魄"！严兵一边在夜色中独自往家里走，一边在脑子里憧憬着未来美好的生活……此时的他早已把自己三年前"滚"出母校大门时立下的誓言——"总有一天我还会'滚'回西京来"，忘得一干二净了！

自从他一门心思外出"打零工"赚钱起，他的专业自修计划便搁在一边了，晚上也不见他伏案读书写字的身影了。他每晚从山下回到家里便蒙头大睡，脑子想的嘴上说的全都是上课挣钱的事。柏兰对他的这些变化也说不上是好是坏，但心里头总觉得不踏实，老是有一种惋惜的感觉。

一天晚上，严兵常常想念的好朋友、老同学李星义意外地出现在图书阅览室，他一直在悄悄地等待着严兵把课上完，他要给严兵一个大大的惊喜！李星义默默地观察着严兵讲课时的一举一动，感叹着世事的变化：眼前这个戴副眼镜、文质彬彬、满口洋文的人难道就是小毛吗？当年的那个娃娃咋就变成了一个这么聚劲的大知识分子了？这个变化太让人不可思议了。我要是在街上碰见他，肯定不敢认他，但他肯定一眼就能认出我！李星义回想起九年前他和小毛在一起的一幕幕情景和初中毕业后他常常想起小毛时的心情……

1971年李星义选择去了离沙州城比较近的刘官寨公社插队，目的就是能经常回家看望他那孤苦伶仃的父亲。

他的哥哥李星慧1968年从医学院毕业后回到沙州城，做了一名内科医生。李星义在农村一待近五年，凭借着吃苦耐劳的努力表现，1975年招工时得到了大队和公社的极力推荐，被招工到了铁道部铁路一局五处，并在那里学会了修理汽车，一直到1980年才回到多病的老父亲身边。回到沙州城后，他先后在地区农校、保险公司工作，1993年通过严格的技术考核，他拿到了汽车修理工最高的技术职称"高级汽车修理技师"，之后就在保险公司负责定损理赔的工作，一直干到退休。

李星义终于等到了严兵下课。待学员快散尽时，他走上前去面对着严兵问道：

"嘿，你认得我是谁吗？"

严兵愣了一下，一把抱住他说："啊呀，你是李星义呀！你啥时来的呀？你来也不提前说一下！我这些天还想起你来着。啊呀，感到有些意外哩！没想到……"

李星义受到了感动。两人争抢着说话，相跟着到街上一家小馆子里坐下喝酒，一直到很晚才依依不舍分开。

严兵在省外语师专试讲后，又被指派帮着一位请假的老师上了一周高级英语的课，之后便顺利地拿到了商调函。临回沙州时，他去了一趟李敬贤校长家。此时的李敬贤，早已不是十年前的他了，举手投足间俨然一个大知识分子、大领导的派头，很难将他和十年前拎着猪食桶、担着大粪桶、衣衫褴褛、一脸菜色的那个李敬贤联系在一起。李敬贤正坐在客厅看报喝茶，戴着老花镜，头发梳得油光发亮，一副悠然自得的神态。听到敲门声，老伴汪英茹打开门把严兵让到客厅。李敬贤见是严兵来访，略微抬了抬屁股客气地让座后，就问起他的来意。严兵告诉他："噢，李老师，我明天就回沙州办理调动手续去了，不知我需要注意些什么？"

李敬贤放下手中的报纸，神情瞬间变得认真起来，对严兵嘱咐说："你还真有必要来找我一趟！这个地区的教育局局长庄松志是个一贯极左的人，他这一关肯定是要为难你的。他不放你走有他充分的理由，在原则政策面前你无话可说，都是他的道理，所以不能硬着和他顶杠，否则只能是弄僵了！"

严兵听了有些慌乱紧张，就问李老师道："啊呀！那他硬是不松口可咋办哩？"

李敬贤微笑着对严兵面授机宜，严兵心领神会，心里就有了主意。

严兵回到了沙州师范学校。柏兰正在眼巴巴地数着日子盼望严兵回到她身边，见到严兵突然站在她面前，委屈的泪水就止不住流了下来。严兵搂着她好言安慰一番，看着她泪眼婆娑的模样，不由得心生怜爱，将她抱得更紧，对着她的耳朵温柔地说："不要太伤心了，我这不是回来了嘛！告诉你一个好消息，我拿到省外专的商调函了，咱们不用'走西口'了，咱去西京！"

柏兰有些不相信严兵的话，以为严兵在编谎话安慰她，就语气坚定地说："省上的大学不是说人事都冻结了吗？哪有那么容易就拿到商调函了呀！你不用这么为难自己安慰我，你出去到处奔波求人也不容易，'走西口'就'走西口'！只要跟你在一起，走哪里我都愿意！"

严兵吻了吻她的额头，拉住她的一只手说："哎呀憨狗狗，你还是不敢相信呀！我拿出商调函给你看一下你就相信了！"

严兵看着柏兰似信非信期待的目光，伸手从怀里内衣口袋取出一个印着"陕西省外国语师范专科学校"红字的信封，放在柏兰手上，笑眯眯地说："憨狗狗，你自己打开看吧！"

柏兰的心怦怦地跳着，双手有些颤抖地打开了信封，抽出那张盖着红印的商调函。她这下相信了，完全放心了，几滴泪水落在了那张纸上。她抬起头望着一脸疲惫的严兵，眼含泪水问他："李校长下决心收留咱们啦？真不容易呀！他是咱们的恩人，以后咱们要报答他哪！"

严兵也是一脸的感激之情，充满自信地说："我调去以后一定要把课上好，要给李老师争光！"

柏兰点了点头，充满信任地说："嗯，你绝对有这个实力，这才是你的强项！"

次日上午，严兵骑了一辆自行车，前往沙州城东山上的地区行署机关所在地，去找地区教育局局长庄松志。庄松志正坐着和一个人谈话，见门外探着头的严兵，就示意让他等一下。

过了一会儿，那人出门走了，庄局长招呼严兵进屋坐下，客气地问起严兵找他有什么事。严兵直截了当说明了来意，庄局长脸色立刻变得严肃起来，用毫无商量余地的态度对严兵说："其他事情都可以谈，都可以考虑，但调出沙州地区，免开尊口！咱是落后地区，政策你是清楚的，人才方面的规定是'只进不出'嘛！"

庄松志说着就极不耐烦地站起身对严兵说："噢，我还有个会议要参加，恕不奉陪！"说完就扭头径自出门离开了。

严兵一时愣在那里，脑子里一片空白。

柏兰看到严兵一脸沮丧走进门，心里咯噔一下，就明白了事情办得并不顺利。

严兵心里窝了一肚子火，他向柏兰说了事情的经过，满脸怨气地说："庄松志在沙中时还是我的老师嘛，一点儿都不念师生之情！最起码的尊重总该有吧？这样的做法怎能当好教育局局长嘛！"

柏兰说："庄松志一贯就是说话做事杠杠的那种性情中人，地委和行署的领导其实也了解他的性格。大家都知道，让他当局长就是用其业务上的名气！他在沙中当校长时，也常因为工作方法简单得罪了不少人。咱人在屋檐下不得不低头，我看咱还是到他家里去一趟，不能和他硬来！"

严兵认为柏兰说得有道理，就表示直接到他家里去试着求他，说通他。

两人一致认为软磨硬泡在目前这种情况下不失为一个可行的好办法。

万不得已再去求刘专员帮忙！

第三十一章

　　严兵虽已考虑到了庄局长的铁面无情,但还是抱有一线希望。万一庄局长动了恻隐之心,格外开恩了呢?严兵见柏兰一动不动坐在炕头,一副若有所思的样子,就又说道:"咱不去给刘专员添麻烦了!政策在那儿摆着了,明显是让人家为难的事嘛,让专员带头违反自己定下的政策,咱也难开口哪!"

　　柏兰似乎一直在认真思考着什么,这时见严兵讲了自己的想法,突然开口说道:"不是这样的。咱必须先找一下刘专员,到他家里去找,就说来辞行的,看看他的态度。"

　　严兵有些不解地看着柏兰。

　　柏兰笑了笑,又接着说:"噢,我没把话说清楚呢!我的意思是,咱到庄局长家去,万一他把口封死了,再要改口就难了。不如咱走一步'险棋',先去刘专员家拜访辞行。就说感谢刘叔叔多年来对咱们的关心和帮助,给他添了不少麻烦。咱们也是出于无奈最后才决定到宁夏大学去的,就是因为宁夏的政策比较开放,想去宁夏工作的人可以不用带人事关系的档案,到了那里可以重新建档,所以咱们就准备直接'走西口'了!然后就看刘专员的反应了。我想刘专员的态度可能会有两种:一是表示惋惜,但不在乎人才流失到外省的事;二是帮咱们说话,把人才留在本省。你觉得哪种可能性比较大?"

　　严兵琢磨了一下柏兰的话,惊讶地看着她,好像不认识眼前这个女人似的,用半敬佩半调侃的语气对柏兰说:"啊呀,柏兰同志,没发现你是一个有大智慧的女人哪！真人不露相哪！我觉得这是个好办法，大不了咱就'走西口'，哪里的黄土不埋人？"

柏兰附和着说："就是的，到哪里不是活么！我觉得宁夏的银川一点儿也不比咱陕西的西京差！"

刘专员家住在东山上的行署家属院里，是一个独门独户的小院子，有三间住人的房子，另有一间好像是厨房。院子中央有一个半人高的水泥台水池，接着自来水龙头。院子里养着多种花草，大都盛开着。五颜六色的花朵让整个小院充满了生气。

严兵和柏兰手里拎着一个装了礼品的大提包和自家院里种的一大筐新鲜蔬菜，找到了刘专员家，首先见到了来开大门的刘专员的妻子。刘专员的妻子是个家庭妇女，五十岁出头的样子，和丈夫一样，都是圣林县人。她年轻时就和严兵一家人都熟悉，在圣林县委大院里居住了多年。

进了屋子，刘专员热情地招呼着两人，口里直呼严兵的小名，向他老伴介绍说："这是老书记严文武的三儿子小毛和他媳妇。"

他老伴听完，激动得拉住严兵的手，大声喊叫起来："啊呀呀，你是小毛呀！根本认不出来了呀！长成这么壮实的后生了呀！还娶了这么俊的媳妇，真是有出息呀！那年你妈带着你们三个娃娃离开圣林，咱就再也没见过……啊呀呀，十来年的光景晃一晃就不见了呀！"

严兵就亲切地直喊"姨姨"，柏兰也跟叫。

果然不出柏兰所料，待严兵说明了来意后，刘专员明确地表示："宁夏咱就不考虑去了。既然在省上已联系好了接收的学校，咱就考虑去省上。年轻人要求进步，要求发展，都是可以理解的嘛！但是按照人事程序，你们最好先征得地区教育局的同意，如果教育局硬拦着我再出面，理由很充分：与其外流，不如内用。你们放心，一切有我做主哩！"

严兵眼眶里浸满感激的泪水，婉言谢绝了姨姨留着他们吃饭的盛情邀请，两人便离开了。他们在刘专员家吃了定心丸，就商量着再去拜访庄局长。

庄局长和夫人汪耀碧还算是比较热情地接待了他们两口子，但是等他们讲到调离的事情时，庄局长的态度十分强硬，用不容商量的语气说道："这事绝对不可能，你们就不用多费口舌了！放你们走，我就是在沙州地区教育工作上犯了罪！你们可以去宁夏，这是中央对落后地区的政策，我管不住你们！"

汪耀碧在一旁讽刺指责严兵说："哼，你有什么了不起？自以为有点儿本事就骄傲得不行咧？教了一些毕业的学生就有了功劳咧？就不放你走你还能怎样？不想干就把你闲养起来么，有什么大不了的事！"

严兵听了汪耀碧的一番话，就忍不住回了她几句，直视着她说："我从来没有自以为了不起，也没有居功自傲，这是你的强加之辞，我提醒你说话客气点儿！"

汪耀碧被严兵义正词严的两句话说得愣在那里，一时脸涨得通红。庄局长见状，发脾气下了逐客令："我请你们马上从我家里出去，真是太过分了！"

汪耀碧此时缓过神来，接着庄局长的话说："赶紧走，快快离开我们家！就你这种目无长辈、目无领导的人，就凭你的品行，一辈子都不应该放你走！"

严兵气得脸色煞白，嘴唇抖动着，手指向汪耀碧说："要不是看在你是我老师老婆的分上，我真要对你不客气了！"

严兵说完这句话就拉着柏兰转身出了庄局长家的门。

严兵和柏兰兴奋地忙活着，把一些用不着的家具和零碎的东西都送了人。严兵此时心里想起了他八年前从母校工宣队和英语系党总支办公室出来时的绝望和无助，想起了他孤立无援、独自一人打包铺盖卷时的愤慨，想起了他背着铺盖卷"滚"出校门时立下的誓言，不由得感慨万千。

贝乐子和高彩云夫妇俩热情地招待前来辞行的严兵和柏兰，四个人你一言我一语说着往事，似乎有说不完道不尽的话。贝乐子恋恋不舍地说："啊呀，你们一走我和高老师就孤单了！这一到西京……唉，可就不容易了，我这心里头空落落的，啊呀！感觉生活一下子没意思了！"

高老师也叹了口气，说："唉，咱两家都熟惯了，一下子分开……唉，确实让人不好受！贝老师这几天一直长吁短叹的，心里头舍不得你们走么！"

严兵和柏兰就不停地用好话宽慰他们两口子。严兵充满感情地说："我这辈子最幸运的事情就是结识了贝老师和高老师,你们既是我们的长辈又是最知心的朋友,我们和你们的心情一样,离开沙州,最舍不得、放不下的人就是你们两个,不管走到哪里,咱们的心相通着了。那句诗说得好,'海内存知己,天涯若比邻'。"

贝乐子情绪激动,朗诵起这首唐代诗人王勃所作的《送杜少府之任蜀州》:

城阙辅三秦,风烟望五津。

与君离别意,同是宦游人。

严兵激动不已,与贝乐子一同摇头晃脑地朗诵起了后四句:

海内存知己,天涯若比邻。

无为在歧路,儿女共沾巾。

严兵深情地说:"正如这首诗所表明的,咱们两家人永远都是友情深厚,江山难阻。"

过了两日,严兵和柏兰给沙州农校打电话,又与榆旺取得了联系,把他们即将调往西京的消息给榆旺说了,电话那端榆旺着急地说:"啊呀小毛,怎么突然就要调走呀?走得还这么急!明天你们两口子来我家吃饭,咱们见面再细说,你看咋得个?"

严兵和柏兰第二天便如约来到榆旺家。榆旺的婆姨李庭芳热情地招呼着他们。刚刚坐定,榆旺就迫不及待地问严兵:"啊呀小毛,不走行不行?西京能比咱沙州好多少?过得好好的,怎开始想起调走了?我刚拾乱得调回来,你又拾乱得往出调了,'好出门不如歹在家'嘛!本乡本土咱们兄弟们在一搭,相互间还有个照应嘛!调动手续身上拿着不?给我,我一把就放在灶壳廊里头给你烧了,让你走不成!"

榆旺家婆姨在一旁说:"唉,榆旺夜黑里唠叨了半夜,怎都不睡!唉,舍不得小毛走么!从猴娃娃起耍大的么,怎能舍得分开了?看见他长吁短叹的样子，唉，我心里头也乱得不行了。"

刘专员为严兵的调离承担了责任。

1985年严兵带着柏兰满怀着喜悦的心情，如愿以偿地来到了省外国语师范专科学校。这所学校在西京市北关振华路西的深巷子里，学校占地面积不大，和一所中学的规模差不多。学校里的教职员工加起来也不到二百人，所开设的语种主要是英语，面向全省招生，学制三年。学校里设有两大系部，一是英语系，二是培训部。培训部主要负责全省中学英语教师的进修提高工作，学制两年，学生完成培训期间的学习和考试，即可获得大学专科文凭。因此到这里进修，是大多数未获得大专文凭的中学英语教师获取文凭的主要途径之一。

三个英语教师进修班的学员，大部分是中学英语教师，年龄在三十岁到四十岁之间。这些有着比较丰富教学经验的学员，获取文凭自然是他们的主要目的，但他们同样很重视专业水平的提高，实心实意想学些真东西，而非只混个文凭回去。他们刚入校就开始学习难度较大、要求较高的英语本科高年级英语课程，采用的课本是《高级英语》。

培训部有三个人教高级英语，每人上一个班的课，每周每个班有十二节高级英语课。严兵刚刚报到就被直接安排到了培训部，第二天下午培训部任主任就把他叫了去。任主任用手拍了拍她办公桌上的两本教材，对严兵说："李校长讲了，你调来前已经试讲过高级英语，还代过一段时间的课，完全可以胜任高级英语的教学。咱培训部一位带高级英语课的教师有事不能继续上课了，校领导决定由你来接替她，下周一开始上课，你觉得怎么样？"

严兵想了想还有一天半的准备时间，就爽快地说："好啊，那我抓紧时间准备一下。但我不知道从哪一课上起，还请任主任帮我问一下吧。"

柏兰和严兵在几位原沙师英语班毕业的学生帮忙下，草草把大卡车上的东西堆放到一间简陋的二层楼上的房子里，腾出一小块儿地方搁办公桌备课用，又把能睡觉的床板收拾了一下，算是基本安顿了下来。沙师英语班毕业的学生在这里进修的有七八个人，其中一个学生在院子里碰到严兵他们，连忙跑去告诉其他学生。众学生一听说严老师正式调来，全都兴奋地来帮忙。

柏兰暂时还没有办理调动手续。按照教育厅和学校的惯例，夫妻俩不宜在同一学校工作，严兵和柏兰商量后就决定先让严兵调入西京，待稳定下来再设法解决柏兰的调动问题。严兵不忍心也不放心将柏兰独自留在沙州，于是便让柏兰请了长假，干脆连同家一道搬来了。严兵想着应该到李校长家登门拜谢一下，柏兰劝住他说先备课给学生上课要紧，下周再去也不迟。

严兵下楼上厕所路上碰巧就见到冯云玉。冯云玉是延安吴起县人，三十岁左右年纪，时任省外语师专教务处副处长，上次严兵来试讲时就和他相识了。冯云玉一见到严兵就热情地大呼小叫起来："啊呀老乡哟，严老师哟，听说你刚到呀？有什么需要帮忙的，不要客气只管吩咐呀！哈哈哈，咱可是亲亲的陕北亲老乡哩！"

严兵上前紧紧握住他的手，看着满脸笑容的老乡就也亲热地说："冯老兄你好！我一切都好，需要请你帮忙时一定不客气的。我刚到就被安排上星期一的课，咱这学校的上课老师不会是正'闹饥荒'吧？看到我一来就把我当成米下锅了！"

冯云玉眨眨眼，笑眯眯地说："哎呀，你还真说对了，高级英语课的情况还就是'等米下锅'呢。有一个进修班的学生快有两周没老师上课咧，意见大得很哪！听说李校长给培训部下了命令：等严兵一到，马上安排他给进修班上课！让院办的人去给培训部任主任当面传令，结果院办的人把'严兵'说成了'援兵'。任主任就纳闷了，问他'援兵'在哪里。院办的人说不知道，还说李校长就是这么说的。任主任又亲自打电话给李校长才弄明白，原来你老兄就是'援兵'哪！哈哈哈，你说搞笑不搞笑？"

冯云玉说着，神情一变，语气带点儿神秘，表示关心地告诫严兵说："哎，我提醒一下老兄你，这三个进修班的课都不好上，尤其是这个二班，学生要求高，对老师上课都很挑剔哩。你要有个思想准备，把课要备得扎实些！如果一周下来没有学生到教务处来反映，就说明你在课堂上站住脚了。"

对于大学英语专业各年级的课本，严兵自认为是熟读并掌握在手了的。从一、二年级许国璋先生主编的《英语》一至四册，三年级俞大絪先生主编的

《英语》五、六册，到四年级徐燕谋先生主编的《英语》七、八册，还有张汉熙先生主编的《高级英语》一、二册，他在沙州用了整整八年时间，认真研读，光学习笔记就写了近四十万字，而且都是从教学的目的出发来做这些笔记的。可以说，这些笔记就是完整成熟的教案，严兵将之视为珍宝。八本厚厚的学习笔记，严兵戏称为"八宝饭"，打开即可"食用"。

严兵心里自然明白李校长的用意，他一定要给李校长争足面子，把高级英语这门课上好！他想抽出空去观摩一下另外两位老师的高级英语课。听说教务处长耿世光老师一直亲自上着一个班的课。耿世光是20世纪50年代的大学生，今年五十多岁了；另外一位老师叫王国荣，是20世纪60年代初毕业的大学生。上一回严兵来试讲时他们俩都在场，严兵那次就想听听他俩的课，可惜没找着合适的机会。

严兵问清楚了教师进修二班高级英语课的具体进度，就开始认真考虑上课的问题。严兵认为，应该首先明确高级英语是英语专业高年级的一门文学欣赏课，课本中的文章大都选自名家名作。因此在学习时，应该强调通篇阅读理解、欣赏文字应用及文学方面的知识，培养学生学会阅读理解并欣赏英语原文的能力，提高学生英语文化方面的素养。因此，高级英语教学过程中没有必要过多地讲解词法、句法，不应该沿用逐段逐句讲解课文的老一套方法，把基础英语的讲解方法用在高级英语学习阶段是不合适的，是在浪费学生宝贵的学习时间。

星期一上午七点五十五分。

严兵精神饱满地等候在二班教室门口。他今天穿着柏兰特意挑选出来的一套衣服，看上去整洁大方、风度翩翩。和八年前在沙州师范学校时一样，他在这里要再次站在和他同龄的学生面前。上课铃响了，严兵在铃声消失的一瞬间，信步走进教室，站在讲台前开口说道："Good morning, everybody. It's my pleasure to enjoy the time to master the course of Advanced English together with you. As a contemporary, I feel a bit uneasy, but at the same time I am full of confidence to myself, because I believe my capability to meet your needs. I look forward to a smooth cooperation with my contemporaries. （大家早上好。很高兴和大家一起来研读高级英语。作为同龄人，我感到有些不安，但同时我又对自己充满了自信，因为我确信，我有能力满足你们的需求！我期待着与各位同龄人的愉快合作。）"

严兵真诚而热切的开场白一下就打动了学生们的心，他们对这位谦恭而自信的新老师产生了好感。

他走进教室站在讲台上向大家问好后，低头一看，坐在第一排中间的一名学生那张生动的笑脸正对着他，那灿烂而纯真的笑容让他终生难忘！他们的目光碰到一起的瞬间，那位学生就对着他小声叫了一声"严老师"。他立即便认出了那是他原来的学生张忠厚，是沙师英语班第一届学生，是来自沙州横山县的一位最用功的学生。他的心被张忠厚的笑容和一声"严老师"感动着，享受着师生间的那种情感，他努力控制着自己的情绪继续讲课……

但是奇遇并未结束，同样的奇遇竟然同时发生在这一节课上——坐在后排的一位略显黑瘦的学生也时不时地冲着他露出友好的微笑，他讲课的思路受到了一些影响，他觉得这张面孔似乎在哪儿见过。

严兵终于稳住神上完了第一节课。课间休息五分钟，严兵站在教室外的走道上吸烟，那位黑瘦的学生走上前来，微笑着问他："严老师，你还认得我吗？"

严兵此时面对面近距离注视着他，努力回忆，突然间一个打篮球的情景浮现在脑海，他一下子就想了起来，脱口而出道："嘿，你是咱七七届五班的王耀明，咱是同一届哪！你家在耀县，对不对？"

王耀明和严兵亲切地开着玩笑："你终于想起我了，我还以为你不认老同学了呢！你现在混得不错嘛，当了大学老师还成了我的老师……"话没说完上课铃就响了。

与王耀明的偶遇，让严兵想起了他在沙州师范学校时与老同学——他的发小李高林的奇遇。可李高林不像王耀明这般主动，严兵当时也没有主动和李高林续上小时候的友情。严兵每当想起这件事，心里头就充满了内疚，老觉得对不起李高林，就不由得自责对旧情的淡化。

一周之后，冯云玉没有看到进修班的学生到他的教务处办公室来反映严兵老师的上课问题；两周过去了，学生还是毫无动静。冯云玉不由得对严兵心生几分敬佩之意，心想这老兄还真有些能耐，竟然把比较挑剔的班给稳住了。

培训部任主任临时决定，组织几个人去听严兵的课。她在上课前半小时派人去请教务处冯云玉副处长参加，又派人通知了严兵。对于这样突然的听课，严兵没有感到意外和不满，他原定早上的两节课讲修辞（figure of speech）中的常见方式：比喻（analogy）——明喻和隐喻（simile or metaphor）。他不想因为听课而改成讲课文，他昨天下课时已给学生说了今天要讲的内容。

严兵在讲解时将黑板划分成四个部分：第一部分上面写着明喻的例句，第二部分上面写着暗喻的例句，第三部分是明喻和暗喻的概念、定义等的总结语句，第四部分是留给学生的作业。整个黑板上的板书看上去秀丽、干净且设计合理，就像是一件艺术作品，给人以一种美的享受。

严兵在这所学校工作生活了几个月后，感受到它最大的一个特点就是：整个校园里学习气氛浓厚。上课时间，除了教室里讲课和朗读的声音外，校园四处寂静得像一座修道院，给人一种肃穆凛然之感。吃饭时间，学生们穿梭在饭堂与宿舍和教学楼的走道上，手里端着饭碗互相用英语对话。他们不愿错过任何讲练英语的机会，就连排队打饭时他们也和饭堂的打饭大师傅们用英语对上几句话，说的都是有关饭菜的话题。令人惊奇的是，那些大师傅个个都能用英语讲出饭菜的名称，有两个北京知青大师傅还讲得特别顺溜，竟然还是美国英语腔。

下午自由活动时间和晚饭后自习时间，校园全都是捧着书低声朗读或默读英语的学生，从远处听就好像是一大群蜜蜂发出的嗡嗡声。

财大气粗的日本人在西京投资建起了一座称之为"唐华宾馆"的五星级宾馆，需要懂英语和日语的服务人员。两个负责招收服务人员并组织进行外语培训的中年日本人，通过西京某大学教日语的丁先生找到了李敬贤校长的门上。李校长接受了他们的邀请，同意亲自给两个英语口语培训班上课。每周十二节课，李校长觉得忙不过来，于是分给了严兵六节课。日本人给的上课酬金很慷慨，每节课十元钱。这对于月工资只有六十多元的严兵来说，一个月挣二百四五十元是个天文数字！于是就兴高采烈地挣起外快来。

英语口语培训班两个班共有四十多名学员，男学员占了三分之一，其余都是西京各个中学毕业的女学生，大部分只有十七八岁年龄。严兵上一、三、五的课，李校长上二、四、六的课。采用的教材是《英语九百句》，书中每一句英语都有汉语译文，因此课堂教学突出的就是一个"练"字。教师如何组织学员有效地练习讲英语，就成了关键。

李校长平日行政事务缠身，骑着自行车从北关到大雁塔培训班，光路上一个来回就得用两个多小时，他感到实在有些力不从心，于是上了不到一个月的课便把十二节课都交给了严兵。严兵欣然接受，他对李校长开玩笑说："我就说么，这种'跑长途'的活哪是你当领导的人干的，你就放心交给我吧！咱年轻，精力旺盛，又是'受苦人'出身，不过是多出点儿力嘛！"

李校长就开心地笑着说："哎呀，还是你能吃苦哪！和在沙州时一样，吃苦耐劳讲义气的风格没变！"

严兵风趣地说："确实没变！要不你怎会'收留'我呢？！"

严兵每天上午给进修班上完两节高级英语，匆匆吃过午饭，便骑着自行车赶往大雁塔去上课，上完课冒着酷暑骑车回到家已是下午五点多钟了，有时回到家累得一句话都不想说，饭也吃不下，倒头便睡。柏兰看着心疼却也没有办法，就试探着和他商量，说："要不咱辞去一个班的课吧？天气太闷热，还得这样来回跑三个月呢！就怕你熬得不行病倒了咋办呀？"

严兵态度坚决地说："那可不行，答应了李校长的事哪能不算数？再说咱现在正缺钱用。还有口语培训班每月四百八十块钱咱得交到李校长手上一半吧？毕竟课是通过李校长的关系才争取到的，要不哪有挣这外快的机会！不能因为李校长客气说不要了咱就不给了。"

柏兰急着说："我就是看你回来饭也吃不下心里急了嘛！"

严兵就笑着安慰她，说："唉，没事的，睡上一觉第二天一早就缓过来了。我的体质好，一星期二十四节课算不了什么，压不垮我！就是这路太远，天太热，像我当年开大车跑长途一样，容易疲劳。最让人心里头感到累的是，这学校里人事上不知怎回事，说是争取将你调过来，又说在联系其他学校，没个准头！卖力气挣得几个血汗钱，花起来倒是快得很！"

柏兰一脸愁容地说："唉，中学我是再也不想教了，光那些调皮捣蛋的娃娃我就对付不了！我看这个学校有不少人也挺排挤你的，也不知道究竟是因为什么。"

严兵就开导她说："唉，缘定了的磨难谁也避不开。好在咱这点儿折磨还不是生死病痛，真要是遇上了更倒霉的事，咱还不得面对？咱如今已进了西京，以后会是怎么个运气，真还说不准哩……其实我也没打算在这所学校长期干下去，现在李校长已经快退休了，等他退下来咱再考虑调到别的学校去。"

柏兰听严兵这么一说，心里觉得舒坦了许多，就对严兵说："其实也没有什么大不了的事，就是心里头觉得不踏实。我想过几天到我的母校去逛逛，去看望一下老师和留校任教的同学，说不定有什么门路对咱有用哩。"

严兵若有所思地说："是啊，来西京这么长时间了，成天疲于奔波上课挣钱，都没抽出时间到母校拜访一下老师和留校的老同学。咱工农兵大学生留校的人刚开始几年日子不好过，但到现在快十年了，听说大部分人已经成了学校的骨干。我的同班同学李阿强在外事处工作，听说已经是外事处副处长了，他是上海人，人特实诚热情；还有刘少伟，据说考上研究生了，读的是政治经济学专业，毕业后前途无量哪！另外两位从延安来的北京知青，听说留校任教后，上课很受学生欢迎，后来又凭实力通过了托福考试到美国留学去了；还有一位我们都引以为傲的同学杨文杰，现在已经是校党委办公室主任了，有希望当上校党委副书记呀！杨文杰是汉中人，不光人品好，还是个胸怀大志的人。最不行的就数我了，混得狼狈不堪，都不愿意去见人。"

柏兰见他情绪有些低沉，就安慰他说："唉，你只是运气差了一点儿，论才华不在他们之下！"

严兵一听便高兴了，说："嗯，这话比较客观，我爱听。我在沙州师范学校教了八年书，培养了四百多名中学英语教师，算是给当地教育上做出贡献了吧？另外，八年时间我没闲着吧？光俞大絪和徐燕谋两位先生主编的大学英语专业教材五至八册，我自修时做的笔记就有几十万字，一般人做不到吧？现在我只是暂时被困在这个小学校里。有句话怎么说来着？噢，想起来了，叫作

'龙游浅水遭虾戏，虎落平阳被犬欺'。"

柏兰又接上两句，说道："谁无虎落平阳日，谁无龙游浅水时？"

严兵赞她有水平，说："接得好！"

严兵摇头摆脑，自信满满地又接上了两句："待我风云再起时，我命由我不由天。"

这年省上各院校开始给教师评定职称。李校长准备申报教授职称。他写了一本有关英语语流研究的专著，还有一本译著，译著名为《飞逃了的鸽子》，另外还有一些论文。他的申报材料报到省上专家评审小组后不久就正式研究通过了。严兵这次也顺利地被评为讲师，这是他当教师以来的第一个职称。培训部开大会宣布参评并被批准的教师职称名单时，各位教师都像获奖人员一样上台领取证书。任主任作为颁发证书的领导，双手捧着证书交到每一位讲师以上的教师手中，还面带笑容地说一句："恭喜你！"轮到严兵上台领证时，严兵突然大声道："立正！——敬礼！"接着又大声说："感谢长官不罚之恩！Thank you, Madam.（谢谢你，女士。）"

台下老师们哄堂大笑起来，大家都没想到严兵还挺幽默！

任主任也被逗笑了，指着严兵说："你这行的是香港警务礼，可'不罚之恩'又从何谈起呀？"

严兵又一个"港警"式立正，喊着回答道："报告Madam，在下一直属于'无照驾驶'。"

大家又笑起来。

任主任不乏幽默地问："此话怎讲，严先生？"

严兵改用关中话，话语中含有明显的讽刺和不满，大声地说："唉，好我的任主任，咱这没有职称的人一直上的还是高级英语课，不就相当于无照开车哩吗？"

大家被他夸张的"二道子"关中话和形象的比喻逗得前仰后合，笑个不停。会场气氛十分融洽，友好的干群关系让大家感受到了少有的轻松愉快。参加会议的冯云玉在台下小声说："这老兄今天突然发疯了，就好像是'范进中举'了一样，评个讲师就受到这么大的刺激！"

　　李西、陈宗和、赵敏、王毅敏等一帮年轻的骨干教师、助教交头接耳，议论纷纷。有人说："平时严兵一副愁眉不展的老实样子，今天一反常态，话中有话，这好像才应该是他的风格、他的本来面目么。"

　　严兵在这里的这些日子，一直谨记着李校长的"忠告"——夹着尾巴装孙子！平日里他总是沉默不语，今天算是第一次当众"发疯"。大家不理解他，其实他在借机发泄内心的不满——讲师算个什么，论本事我应该和同样上高级英语课的王国荣一样，这次就应该评上副教授！学术上也搞这样的论资排辈，难以服人嘛！

第三十二章

1987年夏季。

李敬贤已从校长职位上退了下来。

柏兰在母校外语系通过试讲，待办手续。

严兵决意不再留在省外语师专"装孙子"，准备调往柏兰母校附近的一所学校。

有道是：山重水复疑无路，柳暗花明又一村。

柏兰一边等待着办理调入手续，一边在校内临时上着课。

她当学生时人缘就极好，给老师和同学留下一个品学兼优好学生的印象，因此调入母校成为水到渠成的事。

严兵准备去联系好的北方大学试讲时，先去了一趟李敬贤教授家，他想听听老师的意见。

李敬贤对严兵提出八字忠告：言行低调，试讲低调。

严兵一看李老师那副老夫子的神情，像极了电影《决裂》中葛存壮扮演的教务主任孙子清在讲解"马尾巴的功能"时的神情，就忍不住笑出声来。李老师愣了愣神，又强调说："你别笑，还真不能张扬，同行都是很排外的，不能像讲高级英语那样，那样讲他们准定不要你，要把握得恰到好处——自己琢磨去吧！"

严兵心领神会地说："'恰到好处'不就是让人家觉得还能胜任教学，对不对李老师？"

李老师高兴地笑了，亲切而幽默地说："嗯，是个聪明的孩子！"

严兵盯着戴着老花镜的李老师看，突然向他发问道："哎李老师，你看过电影《决裂》吗？"

李敬贤愣愣神，对严兵笑了笑，说："嗯，看过呀，怎么啦？我记得1978年刚调来时和老沙（中文系系主任沙作宏教授）在行政楼前大院子里看的公映电影，老沙说我特像葛存壮扮演的讲'马尾巴的功能'的教务主任孙子清，我说老沙比我还像，江英茹就说还是我像。那个电影说的就是你们工农兵学员上大学的故事，挺好看的一部电影。"

和许多从领导岗位上退下来的人一样，李敬贤很快就从失落中走了出来，恢复了往日的谈笑风生、幽默健谈。他欣然接受了西京翻译学院丁祖诒院长的邀请，出任该院顾问兼英语系名誉主任并亲自给学生讲课。丁院长专门给他安排了一套住房和一辆专车，又为他的办公室配备了一名专职工作者兼生活秘书。李敬贤威风凛凛地坐着小轿车出现在教育学院大院里。这天下午六点多一点儿，秘书拉开后座的车门，李敬贤刚从小轿车上下来，一眼看见老沙笑眯眯地朝他走来，正把嘴里叼着的一支雪茄夹在手指间，冲着他直叫："嘿，老李哪！又得刮目相看老兄了，鸟枪换炮不认得人了吧？"

老李拍拍老沙的肩膀，故意逗他说："嘿嘿，没见过吧，老弟？新配备的专车，老丁把他的专车直接让给我了！数这辆车最高档，怎么样？老丁够意思吧？"

老沙心里替他高兴，嘴上却偏偏不想奉承他，觉得他这下有事忙活了，算是彻底从"丢了官帽"的低迷期走出来了。于是故意不屑一顾地说道："嘿嘿，俺老沙当年在团中央当秘书时啥好车没见过？这不就是辆'老毛子'的伏尔加么！老兄你可别让老丁的糖衣炮弹搞晕了，现在是不是已经在他面前腿也软了嘴也软了？"

老李就回敬老沙道："唉，老弟你真可怜，啥时候才能亲口尝一尝葡萄的味道哟？"

老沙便急得解释说："哎，老兄你别误解了我的好意，我不是吃不着葡萄说酸，我是想提醒你要劳逸结合，别搞得太疲劳了，毕竟是六十多岁的人了！顾问嘛，就是出谋划策，用的是智力，亲自上课我看没有必要，那是年轻人卖苦力挣钱的事，对不对？"

老李理解老沙的良苦用心，他何尝不想轻松一下，可他抵不住那高酬金的诱惑，他不像老沙一样无儿无女，他有四个儿子，用钱的地方太多了，他无奈地对老沙说："唉，一家有一家难念的经哪……"

严兵在调往北方大学前几个月的一天下午，他的老朋友闫京突然就出现在他面前。他们俩自从1976年在延安大学聚过一次，就再未见面，算算已有十年了。严兵激动地和闫京拥抱在一起，语无伦次地一个劲儿念叨着："咋回事，咋回事？你咋来了？咋回事？"

闫京和严兵同样激动，一对大花眼盯着严兵，开玩笑地说："啊呀，就是想给你个惊喜么！可是又怕太突然让你受刺激了！啊呀小毛，你看上去还那么聚劲，不过更加文气了，还戴了一副眼镜，公鸡脖子上挂了一颗铃——"

两人就同时齐声高喊上学时玩的歇后语："冒充大牲口哩！"

严兵向闫京介绍刚刚从菜市场回来的柏兰，柏兰笑着说："闫京这个名字不晓得听了多少遍了，严兵最好的朋友，胜过亲兄弟，对不对？"

闫京表情夸张地惊叫道："啊呀，见过咱陕北的俊婆姨，就没见过这么俊的婆姨！小毛你好福气呀！"

严兵就喜滋滋得意地说："嘿嘿，命中注定她就是我的婆姨，没办法！"

柏兰接上话说："听说你的媳妇长得可漂亮哩。"

闫京骄傲地说："哈哈，那是必须的，不看看是谁的婆姨嘛！"

柏兰面露难色，看着严兵小声问道："咱做什么饭呀？"

严兵豪爽地说："那还用说，必须有酒有肉么！我和闫京出去买肉，一会儿就回来。你把咱家那两瓶山西竹叶青酒拾翻出来。"

严兵接过柏兰塞到他手里的二十块钱，就和闫京相跟着出去了。

不到一个小时两人就兴冲冲回到只有一间房子的家里头。严兵拿出提兜里的三斤肥猪肉，又拿出两只卤猪蹄、一块皮冻、一块猪肝和几块豆腐干，让柏兰先弄下酒菜，然后做猪肉炖粉条、烙葱花饼。他盼咐停当，就和闫京坐在圆餐桌前拉起话来。不一会儿，柏兰端上四盘凉菜，严兵打开一瓶四十五度的竹叶青酒，给闫京斟上，两人又继续热情地边吃喝边拉起话来。三杯酒下肚，闫京咂巴咂巴嘴，发出响亮的声音，豪气满满地用双指打了一个响，喊道："好酒！再倒满！"

随即惊呼道："啊呀！溢出了！小毛你倒酒也太实诚了！"

随即又低头直接咂着桌子上溢出的酒，责怪道："啊呀，酒是粮食的精华，可不能浪费了！"

严兵看他吃喝得开心，自己心里也很爽快。看着他比原来胖了很多，就开玩笑说："一直说你长一双老母猪大花眼，这回看你胖得像头二百斤的大肥猪，哈哈，还真是名副其实了呀！"

闫京故意眨巴眨巴大花眼，纠正说："不止二百斤啦，现在有二百三十斤啦！"

严兵便逗他说："咋弄得么，咋就胖成这副俅样子咧？"

闫京大口啃着一只猪蹄口齿含糊地喊道："哎，小毛家婆姨，拿几瓣蒜来！"

接着又说："唉，应酬太多，好吃好喝，时间一长光愣俅长膘，最后就胖成这俅样了！"

这顿饭吃了足足有五个小时。闫京抬腕看了看表，就有了告辞的意思，心满意足地笑着说："啊呀，酒足饭饱话拉得好，真是吃聚劲了！咱就说好了，按我留给你的地址来找我，我带你去认识一个好朋友，和你小毛一样，也是我在这个世上最好的朋友，是延安插队的北京娃，叫陈畅，见面你就知道了，人实在是太好了！"

闫京提出让他留宿一晚，闫京坚持要回去，说第二天一早还要赶着去参加省文联的一个重要会议。严兵便将他送到公共汽车站，看着他上了车，两人就依依不舍地告别了。

一个星期一，严兵上了两节课后就陪着柏兰逛了一趟市场。两人买了一些新鲜的时令蔬菜，严兵找了一家杂货铺买了十几个蛇皮袋和几大卷塑料绳，准备搬家时装杂物和捆绑书用。之后严兵说想去找闫京，柏兰就问他要不要带礼物，如果去拜访闫京说的那位朋友，去人家里空着手不好。严兵说身上带点钱就行了，到时看情况买点儿水果吧。

严兵拉开他俩平常放钱的抽屉一看，里面只有十几元钱了，他拿了五元钱放在口袋里，带了那个洗得发白的上面写着"红军不怕远征难"的挎包，下楼骑了自行车直奔钟楼底下一条巷道内的省文化厅招待所。

严兵在一个门口墙上挂着"省文化厅招待所"木牌的小院前停了下来。这是一个只有一栋四层简易楼的小院，门房设在楼内一层入口处，一个老头从窗口探着头问了一句，严兵就朝二楼上去找省文联曲艺家协会的办公室。严兵找到了那间办公室，门外墙上横着固定的白色木条上面清楚地写着"省文联曲协办公室"八个黑色楷体字。

严兵在门前站定，轻轻敲了敲门，就听见里面传出一个男中音："请进！"

严兵把门推开一条缝，憋着嗓子问道："请问这是闫京同志的办公室吗？"

里面回答道："是啊！"

严兵问道："请问闫京同志在吗？"

里面回答道："嗯，我就是，请进来说话！"

严兵问道："我可以进来吗？"

里面回答道："不用客气，请进来吧！"

严兵问道："请问闫京同志认识小严吗？"

里面的人从椅子上起身走了过来。

严兵赶紧躲在隔壁门前。闫京拉开门探头张望了一下，嘴里嘟囔着又把门闭上了。

严兵又开始敲门，里面传来闫京不耐烦的声音："哎呀！你这人咋回事？要进来就进来嘛！"

严兵换成女子的声音，娇滴滴颤抖抖地说："哎哟，人家想请闫老师吃顿饭呀！"

闫京一时感到有些纳闷，心想今天真是日了怪了，就问道："请问你是哪一位？"

他一边发问一边迅速地分辨着刚才的声音，心里想这是他认识的哪个女人。他见对方停在门外不再出声，就迫不及待地走向门口想弄个明白，嘴里温和地说着："门开着呢，请进来吧！"

严兵见状，想想玩不下去了，就索性一脚踹开门，大声冲着闫京靠上来的笑脸破口就骂："进来就进来么，怕尿你甚了！"

闫京猝不及防，迎上去的一张笑脸顿时定格住了！

严兵咬牙将恶作剧做到底，扑上前去，抱住闫京一个劲儿在他背上捶打着，嘴里不停地骂着："你这死胖子，你这不要脸的死胖子！把你老同学小毛当成你'花妈妈'哩！臭不要脸，不要脸！"

闫京立即从惊恐中清醒过来，一把推开严兵，一时恼羞成怒，气得脸色煞白，大声呵斥起严兵来："严兵你太过分了！开什么玩笑了！不看看这是什么地方？是你随便戏耍耍的地方？把我当成什么人了，啊！嫖客？野汉？啊？欺人太甚，欺人太甚……"

严兵像是一个犯了错的小孩子，坐在他办公室里那张破旧的沙发上一声不吭，任凭闫京责骂奚落。待闫京骂到痛快处，严兵装作忏悔自责的样子，双手抱着头，颤抖着双肩（其实是忍不住在偷着笑）做痛心疾首状，同时却从手指缝间偷偷观赏着像一只生气的青蛙挺着滚圆的肚子哇哇乱叫的闫京。严兵心想闫京这胖胖的模样倒也挺可爱，他脸上的肉太多，把一张嘴挤得小小的，那模样像极了电影《小兵张嘎》里的那个白吃西瓜的胖翻译……

闫京看着严兵被自己骂得委屈痛苦的样子，心便软了下来，气就消了一大半，半责备半安慰地说："唉，不是不能戏耍，要分个场合了嘛，要看耍戏什么了嘛，对不对？"

严兵看他态度缓和了，就站起来又开起玩笑来，说道："嘻，就是组织上考验你的一场戏嘛！难道组织上考验你还成错误了？把你还牛得不行！亏你还是搞文艺的，演场戏都让你搞砸了！真是个笨俅疙蛋！"

闫京嘿嘿笑了——两人从小就这样，从来没有真正恼过对方，从来"得罪不倒"对方！

严兵认真起来，问闫京道："哎，今天怎样？"

闫京不解地反问:"什么怎样?"

严兵提醒他说:"你的最好的朋友呀!"

闫京拍了一下脑袋,说:"啊呀,把这事给忘了!今天就去他单位上找他去!"

严兵说:"先吃饭吧,你这附近有啥好吃的?"

闫京说:"我估计陈畅这会儿也没吃饭,这儿有一家卤肉店,猪头肉相当聚劲,陈畅也好这一口,咱买上三斤猪头肉,再买上十来个烧饼和几瓶啤酒,提溜上到他办公室一搭里吃,咋得个?"

严兵欣然赞成,说:"不再讨论了,马上行动!"

陈畅和闫京差不多同时从延安调到西京,陈畅调到了省人民出版社文艺编辑部当了专业编辑。

陈畅是那种让人一接触就会产生一种肃然起敬感觉的人——沉稳大方、幽默智慧、英俊潇洒!他人略显黑,微胖,一米七五左右的个头,整体看上去非常协调精干,是这个年代女孩子们喜欢的那类男子。

闫京和严兵进门时,陈畅刚赶时间修改完一份稿子,正打算出去,到街上小铺子随便吃点儿东西。他见闫京推门进来便大呼一声:"啊呀老帅,你终于露面了!我还以为你被一群肥母猪拐跑了!"

闫京随口接了一句,说:"呸呸,我拐老母猪还差不多!"

老帅看到陈畅疑惑的眼神,便笑着说:"老总,向你隆重介绍一位我的老朋友,他叫严兵,我原先给你讲过他的。"

老总立即热情地上前和严兵握手,幽默地说:"您就是小毛吧?老帅早就给我讲过好朋友小毛的故事。以后怎么称呼您合适?"

闫京抢着说:"咱俩都有了别号,公平起见,不如以毛开头,就给严兵取个别号叫'毛大帅'怎么样?"

老总说:"不妥不妥!另起一个吧!"

严兵说:"觉得亲近的话,就随老帅叫我小毛吧,不用另起别号了!"

老总用欣赏的目光注视着严兵,说道:"这样也挺好!"

闫京提议说:"咱现在是不是可以考虑喂一喂'肚老师'了?"

严兵就开玩笑说："不再讨论了。"

三人异口同声地说："马上行动！"

严兵惊诧地看着老总，闫京哈哈大笑起来，对严兵说："老总也和我练熟了，老总这人还常爱充老大！公鸡脖子上挂颗铃——"

三人异口同声地说："冒充大牲口了！"

严兵惊得直喊叫："绝了——绝了！"

老总急着说："赶紧把'猪食'拿出来吧，快饿出猪命来了！"

闫京一边往茶几上摆放东西一边学着老总的京腔念叨说："您根本意想不着我们俩买了什么好吃的东西！能把您香死！"

老总迫不及待地打开了纸包，一股卤香味直冲鼻子而来，眼前出现了一大堆明光油亮切成碎块的猪头肉。老总大叫一声："啊呀！香煞爷爷了！"随即靠倒在沙发靠背上翻白眼，做"香死"状。

闫京和严兵哈哈大笑起来，闫京趁机急忙说："嘿嘿，这种情况下不用'抢救'了，就成全他当香死鬼去吧！"

老总立马坐直身体，伸手抓了一块肥肉塞进嘴里，学着老帅哼哼着享受着香味，又学老帅吧唧吧唧嘴说："哼，想吃独食，没门儿！啊呀，老天呀，香死爷爷了，快香出人命了！"

老帅招呼老总说："聚劲吧？好好吃，买了三斤多了，紧饱了吃！还有烧饼了，多夹些肉吃，也香着哩！再喝上些啤酒，嘿嘿，搅在一搭相当于猪头肉泡馍。"

老总开玩笑说："又是刚领了工资吧，一下子买了这么多！后半月咋弄了？"

老帅爽朗地说："嗐，人活七十八十，为口吃食，今日有酒今日醉，明日光喝凉开水。今天先快活了再说！"

老总认真地对他说："这样可不行，做啥都得有个规划么，对不对？不能只管一时痛快！"

老帅一看老总认真起来，就翻了个白眼说："开玩笑的话嘛，我每月都有规划。你放心，不会乱花钱！"

严兵心里想，看起来老帅还是很看重老总的态度，这倒是一个好迹象。

严兵通过了北方大学外语教研室老主任亲自主持的试讲，很快就办好了从省外语师专调入北方大学的手续。北方大学后勤处按照严兵的工龄和职称条件，分给了他一套一室一厅带卫生间的单元楼住房，这让柏兰兴奋得直喊叫："嘿嘿，这下不用上公厕了，也不怕做饭时让蚊子叮啦！啊呀，太好了，太好了！"

严兵立即全身心投入了新单位的工作。外语教研室老主任分派给他这个"新人手"的教学任务分为内外两部分：校内三个班六节课，是接替一位刚刚休产假的老师的课；校外高考补习班英语课，三个班共十二节课，是外语教研室搞"创收"的课，收入的课时酬金全部上缴给教研室。老主任给严兵分派任务时问他有什么意见，严兵笑着说："没有意见，保证完成好任务！"

严兵心情愉快地投入了教学工作。上课一月之后，他的教学受到校内外六个班学生的欢迎，学生学习英语的兴趣与日俱增，学习的主动性和积极性被他充分调动了起来。他每天晚自习时间都要花一个多小时到学生班上走一圈，了解学生们遇到的学习问题，及时答疑解惑。

北方大学参加全国英语四级统考，几年来最好的成绩是百分之五的国家英语四级通过率，在部属五所学校中名列倒数第一，而倒数第二名的通过率是百分之十。严兵对中途接的三个班进行摸底考试后，有针对性地采取了"分级"教学——每一节课内分两个时间段讲课，一个时段保证三分之一的"高程度"学生"吃得饱"，另一个时段确保三分之一的"中程度"学生"吃得下能消化"；而余下的三分之一，他觉得自己是无能为力的，学生能吃多少算多少吧！

他给三个班一百五十多名学生上了不到两个学期的课，这个年级十个班的五百余名学生就全部报名参加了全国大学英语四级统一考试。一个多月后新学期刚开始，英语四级统考通过率情况就正式下文到了各学校。外语教研室老主任喜形于色地在教研室三十多位同事面前宣布："咱这次四级统考，打了一个漂亮的翻身仗！我要请大家聚餐庆祝一下！咱们由去年的百分之五通过率，今年上升到……大家猜一下是多少？"

有老师开玩笑喊："肯定是百分之六么，这还用猜？"

大家都笑了起来。老主任大声宣布说："今年上升到百分之……百分之十七！"

全教研室人员都激动地鼓起掌来。坐在一个角落的严兵也跟着大家鼓掌，但他显得很平静，他心里有数。

待大家安静一些了，老主任看着大家，又说道："但是——但是我手里还有一份教务处的统计分析报告，十个班通过四级统考的学生名单和所在的班。咱新来不到一年的严兵老师，他中途接的课，三个班通过四级的学生有五十九名，通过率达到了百分之四十——百分之四十哪！所以，我必须公正地说：严兵老师做出了突出的贡献！另外，严兵老师还在外面'创收班'上三个班的英语课，给咱教研室搞创收哩，他个人一分钱都没拿，这次聚餐用的就是创收得来的钱。我首先要感谢严兵老师哩！来来来，严兵老师你到前面来，给大家说几句话嘛，让大家听听你上课的经验嘛！"

严兵急忙站起来，谦恭地说："谢谢主任的夸奖！谢谢各位老师！上课是我的本分，上好课是我的愿望，国家英语四级过关是同学和老师共同追求的目标，有付出就有收获嘛！外面上课创收也只是尽点微薄之力，谈不上什么贡献，分内的事。没什么要说的了，谢谢大家！"

严兵甚为得体的几句话说得大家心服口服，大家对这位平日里不咋说话的严老师不禁肃然起敬！

李敬贤自从被翻译学院老丁"收买"（用老沙的话说）之后，就一心一意做起了顾问的事情，早出晚归地忙碌着。这天他在英语系联合大教室给三个班的学生上了两节英美概况课，学生们听得是津津有味，个个脸上流露着崇拜的表情。李教授津津乐道地讲起他出访十多个国家的翻译官经历和异国风土人情，下面听讲的一大片学生中不时地爆发出热烈的掌声。

课后，李敬贤精神亢奋地回到办公室，意犹未尽，对递上热茶的秘书说："啊呀，课讲得真尽兴，学生们爱听，掌声不断！"

秘书就说:"大家都知道您是咱学院唯一的正教授,当过外交部的翻译官,当过大学校长,学生们对您可崇拜了!每次您上课,学生都兴奋得很,早早就候在教室里等您来。"

李敬贤听着秘书说话,脸上露出十分受用的表情,笑着对秘书说:"哈哈,没办法哪,精力有限!要不然我就会多给学生们上些课。"

秘书突然想起来什么,对李敬贤说:"噢,李教授,我把工资单给您拿来了,请您签个名,我去财务处替您领回来。"

李敬贤一看工资单上的数额,吃了一惊,心想:老丁这家伙出手也太大方了呀!一个月的工资等于我当教授十个月的收入哪!

秘书小王是个三十多岁的年轻人,原先他给丁院长当过秘书,还当过一段时间的任课教师,是丁院长器重的人。小伙子成熟稳重,做事机灵、干练、周到,李敬贤对他很满意。

李敬贤领了工资,看看下午没什么别的事,就对秘书说:"小王,我想早点儿回去了,叫一下司机吧!"

李敬贤兜里装着厚厚一沓人民币,想着回去欣赏一下江英茹见到这笔巨款时的惊喜和对他敬佩的表情……他一路看着风景,心想如今这生活自由潇洒还实惠轻松,比在位子上还强!老沙就不如他了,学中文的,退休后能干什么,能挣来这么多钱吗?成天光耍嘴皮子,那两片嘴就像两把刀子一样,要是管不住自己的嘴,迟早会说出事来……

第三十三章

宝剑锋从磨砺出,梅花香自苦寒来。

严兵在北方大学切身体会到了工作带给他的快乐。他对教学的付出,得到了外语教研室和校教务处的充分肯定。校教务处专门组织了一次隆重的表彰会,全校学生、校内各系部有关领导和校领导都参加了在校大礼堂举行的表彰会,时任校长助理兼教务处处长的王牧教授主持了表彰会。大礼堂内响起了《运动员进行曲》背景音乐,外语教研室马主任上台领取了集体奖的奖状和奖金,严兵精神抖擞地上台领取了获奖证书和奖金。之后,校党委书记兼校长牟臻教授发表了热情洋溢的讲话。

表彰会后的座谈会上,马主任看着大会议室里在座的教务处处长王牧、各系部负责教学的副主任、各个班级的学生代表、教务处相关人员及外语教研室全体教职工,情绪又激动起来,大着嗓门说:"说实话,我也没想到学校会如此重视外语教研室取得的这一点儿成绩,给了我们这么大的荣誉,让我感到光荣激动,同时又感到惭愧。从1979年复校正式恢复招生以来,我当了八年外语教研室主任,这是第一次受到学校的表彰奖励。我们过去的工作不能说不尽力,只能说出力没出对地方,出的是'瞎瞎力'!"

马主任又接着感慨地说道:"应当前社会发展的需求,部上明确提出要培养符合时代需求的'懂法律''懂经贸''懂外语'的'三懂人才'。这个懂外语的责任就义不容辞地落到了咱外语教研室的肩上。咱学校今年全国四级英语统考通过率上升了十二个百分点,这是'大跃进'速度呀!"

马主任看了看王牧处长,见王牧处长微笑着点头,他接着又说道:"闲话少说,言归正传。现在请严兵老师给咱讲一讲他的经验,好不好?大家欢迎严兵老师发言!"

严兵在热烈的掌声中站起来,向大家欠欠身说道:"其实也谈不上什么经验,谈几点教学体会与大家共勉吧!懂外语的基本标准部里已经明确表示就是获得国家英语四级统考证书,拿到证书的学生越多说明我们的教学工作就做得越好。所以,我们的一切努力都奔着一个目标——提高国家英语四级统考通过率。我过去没教过公共英语,大学英语四级这门课我只教了不到一年,没有什么经验,只有一些体会。体会之一是学生学得不扎实,功夫下得不够,词汇量掌握得太少,不足以应对统考;体会之二是学生学习方法不当,光靠死记硬背单词,背得多忘得也多,不够重视朗读课文,课后练习做得不认真,流于形式;体会之三是百分之八十以上学生参加统考的自信心不足,认为怎么学也没希望,缺少学习动力,其原因还是课本学得不扎实,基础没打好;体会之四是模拟考试练习做得太少、太晚,应该从四级学习一开始就多做模拟考试题,学生应该在每次模拟考试后主动找出自己的问题所在,在学习中做到有的放矢。总而言之,我的体会就是教学过程中细心了解学生的实际情况,在教学中做到有的放矢。以上几点是我不成熟的个人体会,谢谢!"

严兵又欠欠身子便坐下了。

会场上掌声热烈,严兵几次站起身鞠躬致谢。

王牧处长认真听了严兵所讲的每一句话,心想这小伙这么年轻就如此老练,说话滴水不漏,是个人才哪!他首先表现出的老道之处就是讲问题视角独特而且说话技巧高明,不严词指责教的一方,而是婉言指出学的一方存在的问题,这样说就委婉地将如何教的问题引了出来;其次就是把握一条原则,只说自己怎么想怎么做,不说别人应该怎么做,只低调表明自己的想法和做法,避免表现成"王婆卖瓜",让人反感。由此,王牧便对严兵有了进一步的了解。

王牧是蒙古族人,这年刚刚五十岁。他的蒙古族名字叫巴托,意思是英雄。从外表看,他人长得英气勃发,古铜色脸膛,目光坚毅,使人感觉到一种无畏勇敢的气质。他和他的额和呢尔（妻子）都是20世纪50年代北京大学的毕业生，他说他的才貌双全的额和呢尔是腾格里赐给他的无价珍宝，是他心目中最美丽的珍珠！

他妻子的汉语名字叫李娜，蒙古语名字叫塔娜（意为珍珠）。王牧爱李娜爱得真，李娜恋王牧恋得深，他们发誓一生一世在一起，永不分离！他们毕业后在一个落后地区工作，历经艰辛，经好友介绍调到西北地区这北方大学工作。王牧是个感情丰富的知识分子，喜爱文学，善于观察现实生活中的人与事，想象力极其丰富，创作了不少反映时代特征的文学作品，大都发表在当时的一些文学刊物上。他说他虽然上大学时无奈选择了法学研究这个方向，但其实他最喜欢的是文学创作。他说他在文学创作时像一个电影导演、一名画家，又像马戏团里的驯兽师，任凭他指挥各色人物生动地表现给读者看——大炼钢铁、挥汗如雨的工人们劳作的动感场景，生动形象的农民庆丰收的画面，滑稽搞笑的驯猴师和捧腹大笑的观众……都可以在他的笔下活灵活现地展现出来！啊，这才是他的追求，他理想的事业！

与他同在北方大学领导岗位上的牟臻校长和他的风格不同。牟臻年长他十多岁，是新中国培养的第一批红色法律专家，思想觉悟高，政策性强，具备掌控全局的政治水平与能力，而且他为人正直、敢于担当、知人善用。王牧很尊重也很喜欢牟校长，而牟校长也很赏识他的这位副手，早就有意向部里推荐由王牧来接任他的校长一职。

外语教研室的马主任是学俄语的，学校早就许诺在他退休前，给他争取一个到苏联做访问学者的出国名额。这个机会终于来了，省外事办公室通知校外事办让出国人员尽快去办理出国的相关手续。不久，外语教研室就为马主任举行了祝贺和欢送宴会，马主任便高高兴兴地奔赴向往已久的国家去了。几位校领导碰头议定，按照马主任的推荐意见和民意测验结果，由严兵临时代理主任一职。

这天上午刚刚下课，严兵走出教室就看见了外语教研室打字员刘丽萍在等他出来。她告诉严兵有一个叫闫京的人打来电话，让他回个电话，说有急事。

严兵拨通了闫京办公室的电话，问闫京："老帅有何吩咐，这么急？"

电话那头闫京的声音听上去很兴奋："哈哈，小毛你听清楚了，今天后晌哪里都不要去，弄点儿好吃的，最好是羊杂碎和白格森森的白面烙的烙饼，我和老总五点左右到你家来。哈哈，你小子又遇上点儿'狗屎运'了，到时候你就知道了！哈哈，老总和我一致同意：不提前向你透露具体内容——"

电话两头两人又不约而同地齐声喊："这是党的纪律！"严兵的一声喊倒是把办公室里的几位老师吓了一跳，惊诧地望着严兵。

严兵和闫京——包括一起插队当知青的王榆生和徐三凹在内——有许多这样的歇后语"黑话"，大部分都来自他们看了无数遍的经典电影，这种语言游戏他们乐此不疲地玩耍了一生！

严兵为了准备这顿聚劲的羊杂碎专门跑了一趟回民街，买了羊肚、羊肝、羊肠、撕碎的羊脑肉和羊蹄肉，后晌两点就准备好了羊杂碎的其他配料：细粉条子、羊油炸的洋芋细条条、葱、香菜和油泼辣子等。

柏兰负责做主食，她打算用猪油烙烙饼。柏兰在面盆里抖空了白面口袋让严兵看够不够，严兵看了一眼说："唉，也就不到三斤面嘛，老帅、老总都是吃家，一人还不得个一斤半面？不行再到咱好朋友魏琳、王明范家借上二斤白面吧！"王明范是绥州人，魏琳是宝鸡人，夫妻俩都是教师，是严兵调入北方大学后新结识的同龄人老乡和朋友，人都特别实诚。

柏兰便到魏琳家借了些白面回来，忙着做起烙饼来。她做的猪油烙饼堪称一绝，做的是那种多层层的油饼，吃起来酥软可口。她说自己这手艺是得了她父亲的真传！

这顿饭吃得老总、老帅大汗淋漓，直喊聚劲。老总连吃了满满的两碗，幽默地学着老帅的话评价道："啊呀呀，能把他爷爷香日塌哩！"

老帅从裤兜里扯出一条发灰的白手巾，抹了一把脸上和脖子上的汗水，吧唧吧唧嘴说："啊呀，确实是过瘾！我还得来一碗！"

老帅朝厨房里的柏兰喊："哎，小毛家的，再给我舀上满满一碗！"

老总也来了劲，学着老帅喊："哎，小毛家的，再给我舀上半碗！"

老总和老帅吃足了羊杂碎和烙饼，老帅故意又吧唧几下嘴，对老总说：

"小毛做的这顿羊杂碎花了功夫了,做得认真,手艺还真是地道!"

老总有点儿感慨地说:"嗯,是个实在人,没看出来还会做羊杂碎,比咱常去的延安车站旁那家羊杂碎做得还要好!啥时找个机会把在作协的老同学路遥约一下,他也好这一口。"

老帅就说:"那太聚劲了,要约也只能你出面,一般人怕是请不动!小毛肯定是求之不得,路遥毕竟是大名人了嘛!"

老帅接着提醒老总说:"别忘了咱俩给严兵两口子带来的好消息!"

老总拍了一下脑门,惊叫着说:"啊呀,咋差点儿把正事给忘了!快快有请严兵!"

严兵笑嘻嘻地对着老帅问:"有甚'狗屎运'?搞得神秘兮兮的!"

老总从包里拿出一本英文小说,递给严兵说:"噢,这是外文书店我一个朋友送给我的一本刚进口的小说,在英美国家是畅销书,他建议我列入今年的外国文学翻译作品选题里。我打算把它作为选题之一报到社里审定,如果抓得紧,年底就可以出版。你如果有兴趣,先写出一个故事梗概来,我马上报社里,你就可以动手翻译全书了。"

严兵喜出望外,激动地对老总说:"啊呀,我从来都没敢想过自己也能出书,老总你一说我就像在做梦一样!我尽快把书看一遍,然后把梗概写出来。"

严兵连夜就读起了这本小说,第二天刚上完课回家又接着读,又读了一个晚上,就粗略地把全书读了一遍。第三天他便开始动手写故事梗概。一直到第四天的黎明,三千字的故事梗概已写好,他上罢上午的课便给老总打电话。老总在电话那头说:"嘿,这么快?神速啊!我估计你光读一遍也得一周呢,比读中文小说还快哪!二十好几万字哪!"

严兵当天下午就将故事梗概交到了老总手上。老总马上翻看了起来。字迹清秀,文字流畅,通俗易懂,书名更是译得灵活,符合吸引读者的出版要求。英文的书名为 *Men's Responsibility In Marriage*,直译过来的意思是:男人在婚姻中的责任。严兵觉得这样译出来不像小说的书名,倒像是一本科普书。根据全书的内容,严兵认为可以意译为《婚后硬汉》。老总特别欣赏这个书名,称赞严兵道："看来你的汉语文字功底和文学修养都不错，这本书译出来读者肯定喜欢！我真是找对人了！以我的经验，这本书的梗概报到社里绝对可以通过总编的审定，你可以开始翻译全书了，书稿交得早出版就早。"老总还向严兵透露说："文学创作稿酬是每千字五元至十元，外国文学翻译稿酬是每千字一元至三元，我到时给你争取最高的吧！"

回到家里，严兵故作神秘地对柏兰说："哎，柏兰我告诉你，咱们很快就有钱了！"

柏兰正忙着洗衣服，翻了他一眼，不冷不热地说："嗯，路上捡到钱交给姓警的'警叔叔'呀！"

严兵猴急着想把酬金的事告诉她，说道："是老总给我说了翻译稿酬的事，事先要给作者或译者讲一下，这是人家出版社的规定。"

柏兰认真听了严兵说的话，问道："不是还得等审批吗？"

严兵就把老总的意见给她讲了一遍。

柏兰兴奋起来，对严兵说："啊呀，这本书能挣这么多稿费呀？比你一年的工资还多呢！那你又得忙了，估计得多长时间译完呢？近三十万字呢！"

严兵就开起了玩笑，自嘲着说："唉，咱受苦人嘛，有的是力气，不就是用笔在纸上替洋鬼子作家讲故事嘛！"

柏兰用佩服的眼神望着严兵，称赞说："你这话形容得生动，一句话就高度概括了啥是文学翻译！不过至少也得三四个月才能译完整本书吧？"

严兵又夜以继日地伏案工作起来。

为了不影响柏兰休息，他索性将客厅的单人床当作工作台，工作时卷起铺盖卷，睡觉时又放开铺盖卷。他又拿了一个小木凳子坐在床前，这样就为自己创造了一个自由的环境。关上门，他想抽烟就抽烟，想睡觉就睡觉，想半夜起来就半夜起来，完全处于一种随心所欲的自由状态。

严兵以每天翻译八页原作的速度工作着。这部小说四百八十六页，平均每页六百多个单词，他差不多一天能译出近五千个汉字，可谓神速！半个月下来，他已翻译了原作一百二十多页，稿纸用了二百五十多页。柏兰替他算了算，汉字共有七万多个。她惊讶地看着严兵，说道："天哪！你真是个'壮劳力'哪！你自己不就是你翻译的这本书里头的'硬汉'嘛！"

贝乐子正在忙着布置院子里西南角上新盖好的一间小房，小房只有大约十二平方米大小，他打算把这间小房布置成一个别致的书房，将他多年来购买的音乐方面和其他类书籍全部收藏在这里。他请了一名手艺不错的木匠，木匠带着一个徒弟，用了将近一个月的时间，在紧靠西墙的整面墙上做了一整排"顶天立地"的书柜，为了不占地，将柜门全做成了横着推拉的玻璃门。紧挨书柜的南墙根下，还做了一个长一米八、宽一米的超大写字台。北墙根下他则留下地方准备放钢琴。接着他把东墙做成了落地式玻璃窗户，砖体墙只有四十厘米高，上面便是八毫米厚度的两个超大的木框玻璃窗户。为了隔音防冻，他特意将这面落地式玻璃窗户做成了中空式的双层玻璃，玻璃全部采用了八毫米厚度的。地面瓷砖他选用了暗红色的，和白色的书柜搭配起来冷暖色对比效果相当好，显得整个书房氛围热烈而宁静。他去家具店定做了一套沙发，选用了深棕色的高档牛皮，他给店家又送上了自己设计的牛皮面小凳子样图，要求照图做四个小凳子，请厂家连同沙发一齐下料。

贝乐子对他的书房下足了功夫，待一切就绪后，剩下的就是他所说的"精雕细刻"的工作了。贝乐子对灯光和音响的效果十分讲究。全套高级音响设备在做书柜时就安装在里面了，全都是暗式的，表面上看不到音响的痕迹，打开其中一扇玻璃推拉门，在一本"书样"上面的其中一个按钮上按一下，整个书房里就响起了优美的乐曲声，让人瞬间感到一种震撼，仿佛置身于音乐演奏大厅。他选用的灯具也充满了艺术感：吊灯造型简单精巧，照明效果让人觉得特别舒服；黑色钢琴台面上放着一盏大红色玻璃罩的台灯，黑色衬托着红色，十分显眼。那盏台灯是和严兵一起买的，他常常触景生情想起严兵和柏兰。

这间书房"大功告成"后，一家四口人坐在里面欣赏着美妙的音乐，谁都不愿离去。高老师满足地看着这间房里充满艺术气息的装置，对贝乐子充满了崇拜之感，由衷地感叹道："啊呀！这些奇思妙想的设计你是咋想出来的呀？恐怕在整个沙州城里也是独一无二的哪！"

贝乐子得意地眯着眼睛环视了房内，笑着对妻子说："嘿嘿，我敢说在全省音乐界，没有人能把书房设计成咱这水平的，光咱这音响效果和特殊的外观设计还有控制系统，没人比得上，一般人他弄不了，想也想不出来。"

贝乐子实现了自己"书房音乐厅"的愿望之后，开始认真思考两个儿子的考学问题，这也是妻子特别关心重视的问题。考学事关孩子的前途和一生的事业发展，他觉得自己必须尽一切努力把这个问题处理好。从贝小玮和贝小琪的个人兴趣角度考虑，贝乐子认为让两个孩子走音乐这条路比较人性化——作为家长，首先要考虑孩子的兴趣爱好及他们自身的条件。其次对他俩来说，完全靠文化课成绩，要考取理想的大学，难度比较大。此外，大学毕业之后的发展不确定因素很多。如果确定考音乐学院，一是专业考试占有优势，把握性大；二是艺术类文化课考试成绩要求比较低，容易达到要求。利弊权衡之后，夫妻俩决定让两个儿子都报考音乐学院。

贝乐子准备再给家里购置一台钢琴，专门让两个儿子练习钢琴用，于是他专程来到西京一家钢琴专卖店。去西京他首先想到的一件事便是到北方大学看望严兵和柏兰两口子。他下了长途客车后便找到了火车站附近的3路公共汽车站，不顾十几个小时的长途颠簸疲惫，一路直向南郊奔去。他要给严兵、柏兰一个惊喜，他有太多的话要和两人说。他看着公交车窗外华灯初上的街景，心里充满了期盼……

严兵和柏兰刚刚吃了晚饭。严兵坐在客厅"工作台"前的小凳子上吸烟沉思，就听在厨房洗家什的柏兰突然就喊了一声："啊呀！"

严兵肉皮一紧吓了一跳，忙问："怎了，一惊一乍的？"

柏兰说："今儿怪了，洗家什把搌布跌地上两回了！好像家里头要来客人呀！"

严兵就说："绝对有可能，我也感觉到心跳得一阵一阵的！"

柏兰心里头紧张起来，说："不会出什么事吧？"

严兵笑着站起身，走到厨房，说："会有什么事？神经紧张，连锁反应！"

两口子正你一言我一语拉着话，就听见轻轻的敲门声："咚咚——咚！咚咚——咚！"

这个节奏是严兵和柏兰都耳熟的，两人同时做出了反应，对视了一下，惊喜地同声呼叫道："贝老师！"

严兵一个箭步冲到门前，推门一看，贝老师面带微笑站在眼前。严兵"啊呀"一声，惊叫着"贝老师"，又朝厨房里的柏兰喊："是贝老师——就是贝老师！"

严兵急忙把贝乐子让进屋里，柏兰也从厨房出来走进客厅，抢着和贝老师说起话来。贝老师激动得满脸通红，语无伦次地接着两口子的问话。

严兵满怀深情地注视着贝老师，看他面带倦容，不由得心疼起来。他想贝老师一定一整天都没吃饭呢，又不愿给人添麻烦。他了解贝乐子人好强爱面子，就对柏兰说："做面条，'四丁丁'（土豆丁、西红柿丁、茄子丁、豆腐丁）臊子——贝乐子最爱吃的臊子面。"

柏兰心领神会，微笑着对贝老师说："贝老师你和严兵先喝茶拉话着，饭一会儿就好！"

贝乐子急忙说："哎，不要麻烦了，其实我也不太饿！"

严兵说："简单着了，不麻烦！咱拉咱的话，吃了饭你就在这张单人床上早点睡，有事咱明天再说。"

贝乐子没有推辞，心里踏实地坐着和严兵说起他买钢琴和盖书房的事。

不多久，柏兰先将一盘调料端上餐桌，里面有醋、酱油、油泼辣子、芝麻盐、葱和香菜，还有一小碟泡菜，接着招呼严兵说："严兵，你陪着贝老师吃饭吧！"

柏兰为了让贝老师吃着轻松，给严兵也盛了一碗，让他陪着吃。

严兵看着贝老师连吃两碗，心想这一天还真把贝老师饿着了，就劝着他再吃一碗。

贝乐子擦了擦头上的汗，笑了笑说："啊呀！这面条做得还是和原来一样好吃，要不我就再吃上一碗？啊呀，咱两家这桌子椅子就像双胞胎，坐这儿吃饭就像坐在家里一样。"

严兵开玩笑说他和贝乐子一人"领养"了一套桌椅，两人回忆起买桌椅和一模一样的红罩子台灯的事情……

贝乐子吃了饭，严兵便铺好床安排他去睡了。严兵掩上门到卧室小声对柏兰说："三碗面估计是吃饱了。今天看来是疲劳了，让他好好睡上一觉，明早上做点儿可口的吃的，你上午没课，先陪着他说说话，等我上完两节课回来再陪他拉话。"

　　严兵坐在卧室写字台前又继续他的翻译。他今天的八页翻译任务还没有完成，他必须做完"定额"才能睡觉。这段时间学校里这会议那会议接连不断，他只能用晚上的时间来弥补，有时一干就是半个晚上。他给柏兰说这个翻译的事情不能耽误，答应了老总的事必须做到。

　　严兵趴在写字台上睡着了，梦里糊里糊涂就要对准便池撒尿，突然间却被惊醒了。他上完厕所回到写字台前坐了下来，抬腕一看已是凌晨四点多了。他不知自己是什么时候睡着的，只觉着睡意消失了，头脑也很清醒。他决定继续翻译两个小时，把今天的时间先抢一些回来。

　　六点多时，柏兰醒了过来，看到严兵还在伏案翻译，便说："你啥时醒来的？我半夜上厕所时发现你睡着了，就没敢叫你！咋又干上了，不困吗？"

　　严兵回头对柏兰笑了笑，说："我睡醒一看四点多了，就想着今天事多，先翻译上几页，晚上就轻松一些。"

　　严兵给闫京打了电话，告诉他贝乐子老师到了西京的消息。闫京当天下午就在西京音乐学院门口的一家餐馆里与贝乐子、严兵见了面。闫京和严兵一样，都是沙中文艺宣传队的骨干队员，是贝乐子最信任的学生。闫京当时还担任过宣传队的队长，帮着贝老师跑前跑后管理着宣传队，很受贝老师的赏识。严兵当时在管乐队里吹小号，闫京学的是手风琴，两人当时的吹拉水平已练得相当不错了，都可以进行单独演奏。两个学生兴致勃勃地说起了当年贝乐子给管乐队队员们专门讲的南郭先生的故事，这个故事说的就是成语"滥竽充数"的由来。

　　那时贝乐子老师对学生们说："要想成为一个好的乐手，我们就必须勤奋学习，练就一身真本事，绝不能成为像南郭先生那样的人！"严兵和闫京对此记忆犹新。

贝乐子老师曾多次让严兵和闫京合奏《东风吹战鼓擂》等曲子给管乐队做单独演奏示范，目的就是让每一位管乐队队员精益求精，练出真功夫。

闫京与贝老师互诉一番思念之情后，闫京就提出到餐馆内坐一坐，由他请客，大家边吃边谈。严兵却说等黄智达下课，包间已订好了，黄智达一下课就来。于是三人便闲聊着等黄智达。那黄智达也是沙中文艺宣传队队员，后考上西京音乐学院，毕业后留校任教；他是个极具音乐天赋的人，爱好广泛，聪明过人。

黄智达兴致勃勃从校门出来，一身浅色休闲西服，留着与歌唱家胡松华一样的发型，显得格外精神。他看到餐馆门口的三人，挥着手，赶忙跑几步，上前与三人握手，说道："啊呀，真是不好意思，让你们久等了！咱进去聊吧，这家餐馆老板是我的好朋友王志高，自家人！"

严兵上午下课后回到家里就对贝乐子提出拜访一下黄智达的建议，严兵说通过智达多结识几位音乐学院的少壮派老师，早点儿把路铺好，将来小玮和小琪考音乐学院不至于临时抱佛脚！贝乐子认为言之有理，便早早到了聚餐点。

这天严兵约了闫京和陈畅来家吃饭，闫京在电话里说他和老总都馋猪肉翘板粉了，让严兵再烙上一些油饼子，熬上一锅绿豆汤，聚劲吃一顿！严兵说他俩这点儿念想容易满足，让他俩下午来。严兵这几日也正准备去找老总，《婚后硬汉》已全部译完，书稿他已校对了两遍，就等老总过目验收了。全书算下来一共二十九万三千多字，他仅用了两个月的时间！

老师吧唧着嘴大口吞咽着美食，评论说："啊呀，小毛家婆姨做饭手艺越来越高明了！猪肉片片切得薄格扇扇的，吃起来软格囔囔的，能把人香死！"

吃毕饭，老总主动问起严兵翻译的进展情况。严兵从客厅写字台上取来近一千页厚厚一摞译稿，对老总说："已经全部译完了，老总请过目。"

老总惊讶地看着严兵手里捧着的那一摞译稿，难以置信地问道："全部都译完了？就用了两个月时间？"

严兵笑了笑，说："确实译完了，不信你看看呀！"

老总拿起饭桌上放着的译稿，认真翻阅起来。过了好一会儿，老总抬起头，用赞赏的语气对严兵说："这是我所见过的最干净的稿件！你的文笔我是放心的，但出于责任，我还是得认真读一遍。快的话，两个月后见书，因为像这类畅销书，出版社抓得很紧，出版得越快，经济效益就越高！你就等着看铅字书吧！"

果然在两个月后的一天晚上，老总独自一人骑着自行车来找严兵。他手里提着一个足有二十斤重的大包，气喘吁吁地对着开门的严兵说："嘿，这家伙还真沉！"

严兵惊呼着老总的名字，问道："啊呀老总，你怎么来了？"说着急忙从老总手里接过东西，又问道："这是啥东西？这么沉？"

老总笑着说："打开看看就知道了！"

柏兰慌忙取来一把剪刀，帮着剪断密密麻麻的绑绳，又剥开包着的几层报纸，几十本彩色封面上印着"婚后硬汉"四个大字的书展现在严兵、柏兰面前。两人几乎同时惊呼："书出来了！"

老总说："给你拿了三十本，估计你也够用了。另外，稿费我也代替你领了，每千字按最高标准三元算，三十万字，一共九百元，你给写个收条就可以了。"

"你们俩慢慢享乐，我有事先回了。"老总说着拿了收条又笑嘻嘻地扔下一句话，"别忘了请我和老帅的客，就吃羊杂碎烙饼！"说完就告辞离去了。

严兵感动地对柏兰说："老总这人太实在了！打个电话让我去取嘛，还亲自骑着车摸黑送过来，真是让人过意不去！"

柏兰就表示理解地说："估计老总也是快下班时才拿到书，又去领了稿费，想着让咱们尽快见到书，一片苦心，重情义的人哪！"

他俩看着人生第一次出版的书和巨款，喜悦的心情难以言表……

严兵神情庄重地看了看手表，意味深长地说："现在是1988年8月26日晚上八点十六分——一个永远值得纪念的时刻！"

第三十四章

　　王明范是个实在人，他婆姨魏琳和他一样实在。王明范是绥州县五里湾人，为此严兵在感情上不自觉地就与他靠近了一步。绥州这个地方给严兵留下的印象非常好，感觉和他的家乡沙州一样亲切。

　　王明范两口子好交朋友，为人坦诚仗义，相处起来让人感到轻松愉快。严兵调入北方大学不久，两家人就成了你来我往无话不谈的好朋友。严兵有一次拉闲话时问起王明范，说："你们陕师大政教系的专业全称是什么？光听说学政教的、教政教的，就是不知道准确的名称是什么？"

　　王明范笑了笑，又续上一支烟，猛吸了一口，吐着烟雾解释说："就是简称嘛，全称应该是：思想政治教育。一般要开设十一门课程……"

　　王明范讲起来滔滔不绝，如数家珍，一口气讲完了全部课程。可见他对政教这个专业的熟知程度。他从陕师大调入北方大学以后在行政法系教政治学这门课，系主任武先生对他很器重。魏琳是随王明范一起调入的，调入后不久她就组织并承担起了该系新开设的逻辑学课程的教学工作。魏琳是个思维清晰、反应敏捷、做事果断的人。她的逻辑学课颇受学生们的欢迎。每逢她上课，教室内总是座无虚席，课堂上师生互动活跃。老师教得认真，方法灵活多样；学生学得上劲，课堂上积极主动。学生们普遍反映说，逻辑学是他们最爱学的课程之一。

　　严兵不久又认识了另外一位非常特殊的老师。

这天大清早，严兵提了水壶到水房供开水处打水，路过一个无人的走道时，突然听到低吟声，顿时警觉起来。严兵放慢脚步，猫步向前挪动，远远就看见一个面朝墙壁站着的男人，右手里拿着一本卷成筒状的杂志，摇头晃脑地嘴对着"书筒"低声哼哼着一首歌。从侧面看，他的面部表情丰富，左手随着表情的变化做出各种手势。严兵清楚地看到了那人微笑着的侧脸，有点儿像喜剧电影《满意不满意》中"得月楼"那位"笑脸相迎"顾客的青年服务员杨有生。严兵小心翼翼地从他身后溜了过去，庆幸没有被他觉察到。据说精神病人不可以轻易去惊动，受到惊吓发作起来是会伤人的！

严兵打上水换了一条路线回到家里。

他进屋一看柏兰已起床在卫生间洗漱，便语气神秘地对她说："我打水路上看见一个怪人，一个人拿着个'书筒筒'，嬉皮笑脸，摇头晃脑，面朝着墙站在一个背圪道道上唱歌哩！肯定是个神经病，要不就是精神上受了什么刺激了！"

柏兰脸上露出惊恐的表情，问道："他没把你怎的吧？"

严兵说："那倒没有！我只是感到奇怪！"

柏兰担心地说："唉，这学校里头咋还有精神病人哩，让人觉得不安全嘛！是不是穿得赖不几几脏兮兮的？"

严兵被她逗笑了，说："那倒没有，看上去还挺气派呢，干干净净的！"

魏琳和王明范请严兵、柏兰吃素臊子杂面抿节——陕北人喜爱吃的家常饭。魏琳把六种蔬菜——土豆、豆角、西红柿、豆腐、芹菜和茄子切成了丁丁，又切了葱和香菜等调味菜，加上香油、醋、芝麻盐、油泼辣子等调料，看上去很丰富诱人。他俩的独生女儿毛毛正在上小学三年级，和柏兰已经很熟悉了，两人在一起嘀嘀咕咕说着悄悄话，毛毛"阿姨、阿姨"地叫着柏兰，玩得很开心……毛毛是个开朗活泼可爱的小姑娘，在班上学习成绩一直名列前茅，学习上非常主动，从来不用爸妈操心，严兵两口子特别喜欢她。

吃饭间，严兵向王明范、魏琳打听他碰到的男人的情况。王明范判断说："哎，不用说，肯定是韩冬！那人一贯就这样，人挺有才气，看着与众不同，但是精神上都正常，只不过是人比较活跃。他爱打篮球，爱唱歌，陕师大中文系毕业,以前还当过兵,现在和我在同一个系里,教美学课的。韩冬的爱人叫李光丽,是咱陕北老乡,银州人,和我还沾点亲,现在在法律系当辅导员,教政治思想教育课。她人可聪明了,和学生相处得好,课也教得好,将来绝对有发展前途!"

韩冬是个典型的英俊男人,散发出一种耐人寻味的男性气息,是女性心目中的白马王子。他一米七五左右的身高,麦色的皮肤,国字脸,一双炯炯有神的大眼睛看上去清澈而深邃,说话时露出一口洁白整齐的牙齿。他的头发看上去有些卷曲,他戏称自己是"羊卷毛"。他是蒙古族人。据说他的父亲还给溥仪当过侍卫。可他父母在他年幼时便去世了,孤苦伶仃的他被他本家一位好心的奶奶收留在身边,基本上是靠吃百家饭长大的。

韩冬长到十五岁时已经是一个壮实英俊的小伙子了。他开始靠帮人干活养活已经年迈的奶奶,祖孙俩相依为命生活在草原上。日子过得虽苦,却也不乏欢声笑语,破旧的毡包里常常传出祖孙俩欢乐的歌声。

1967年,十八岁的韩冬报名入了伍,成了一名光荣的人民解放军战士。他的奶奶看着穿了一身军绿色新兵服的孙子直掉眼泪,万般虔诚地祈祷她的孙子从此能奔个好前程。几年军营生活的历练使他变得沉稳、坚毅,充满了阳刚之气。退伍后他被安置在位于陕西东部黄河西岸的渭南地区韩城县内的韩城矿务局工作。矿务局根据他的特长安排他在局政治处工作,专门负责文体方面的工作。在这里,他遇到了后来与他相守一生的女子。他与那女子相遇相爱,正是应了人们常说的"有缘千里来相会"。有道是:

色不迷人人自迷,情人眼里出西施。
有缘千里来相会,三笑徒然当一痴。

那女子名叫李光丽,是陕北银州人。中学毕业后,李光丽和众多青年学生一样下乡插队当了一名插队知青。在农村磨炼了几年后她被招工到了韩城矿务局,接着又被安排到局机关供应处担任秘书,负责联络和宣传工作。

李光丽身材高挑、端庄靓丽，尽显陕北银州姑娘之美。

李光丽平日里言语不多，心里却是极明白的，说话做事，处处显得稳重大方、温文尔雅。她从小爱好打篮球，从小学到中学一直是校队主力队员。到了矿务局，李光丽自然就成了局里女篮队的主力队员，韩冬也就有了与她接触的机会。

韩冬对待工作热情而认真，在政治处接手文体方面的工作不久，便把文体活动搞得有声有色，多次受到局领导的表扬。李光丽有次观看了韩冬作为主力队员参加的男篮比赛后，对韩冬说："你打篮球时上篮、远投、带球过人都挺有冲击力的，但是打法还是野路子，视野不够宽，传球不果断及时，错失了不少得分的良机！"

放在平日，韩冬对此批评早就不服并起身反驳了，而此时，面对心仪已久的李光丽，他不但不生气，反而满面笑容地说："啊呀！你说的都是内行话，我的缺点你一看就发现了，我以后真得注意改进哩！"

李光丽听他这样说心里就特别舒坦，觉得韩冬这人挺谦虚的，不由得对他增加了几分好感。两人的关系逐渐发展，由普通同事变成了无话不谈的朋友。1972年，好运同时降临在他俩身上：矿务局将两个宝贵的上大学名额分别给了这两个局机关里表现最优秀的年轻人。韩冬被推荐上了陕西师范大学中文系，而李光丽则被推荐上了西京体育学院运动训练系。两人满怀喜悦和对未来美好前途的憧憬，一起来到省会西京，开始了他们新的生活。

大学校园内的生活多姿多彩，到处充溢着青春的气息，学子们忙着学业的同时却又不失时机地活跃在各类学生社团的活动中。中文系是个大系，是个各种人才聚集的地方。中文系里原有的学生男生篮球队在各系学生篮球队中实力较强，除了体育系和数学系实力在他们队之上外，其他系篮球队都无法与他们队抗衡。中文系内两个年级都有自己的篮球队。韩冬一入学就报名加入了七二级新生男篮队并很快崭露头角。他和来自三原的插队知青曹刚场上配合默契，在系内举行的友谊比赛中，他们相互配合，连连得分。韩冬速度快、冲击力强，善于带球急停起跳，中距离投篮命中率很高；曹刚个子高，是个左撇子，善于远距离投篮，命中率在百分之四十左右。

几场球赛之后，韩冬和曹刚双双被选入中文系男篮队。韩冬兴奋地对曹刚说："是英雄总有用武之地！这回咱俩可以一展身手，在和各系比赛中再好好表现一把！"

曹刚人比较幽默，开玩笑说："是骡子是马球场上见高低！你老兄一定要表现出咱草原公骏马的风范！"

韩冬听着受用，就也捧他说："我是草原公骏马，你就是力大无比的秦川公牛！"

曹刚听着也乐了，说："和你相比我最多也就是头公驴，够不上公牛！"

韩冬不失时机地套他的话玩，装作不懂的样子请教曹刚道："哎，公驴好像还有个别称，叫什么来着？"

曹刚不假思索地脱口而出："哎，叫叫驴呀！这都不懂？！"

韩冬恍然大悟地惊呼道："啊呀！对呀，你就是咱三原县的曹叫驴呀，对不对？"

曹刚一听不乐意了，气恼地说："对个垂子！把人叫叫驴是骂人的话，你真是个瓜怂！"

中文系学生男篮增添了韩冬和曹刚两员猛将，连胜政教系和数学系两支学生男篮劲旅，接下来要和体育系学生男篮进行一场关键性的角逐。体育系学生男篮队教练是秦大伟老师，他曾在省男篮队打过组织后卫，退役后调入陕师大当了体育系篮球课教师。

这场比赛打得激烈，篮球场被学生们围得水泄不通，叫好声此起彼伏。上半场结束时比分是36：30，体育系男篮领先。

上半场还剩五分钟时，中文系队员韩冬右眼角被撞受伤出血，许多场外同学都关切地探头张望着场边休息的中文系队员。韩冬只是眼角旁被抓了一下，头上用白纱布裹了几圈，下半场正常上场。此举赢得同学们一片欢呼声，中文系几个女同学甚至感动得抹起了眼泪。韩冬体质好，下半场一上场就表现神勇，二杆子劲儿一下子就爆发了，快速带球连续过了两名对方队员，又在跃起上篮时与阻挡者撞了个满怀，双方重重倒在篮架下，球却是进了篮筐，又得了两分,场外欢呼声又起,比分36∶32。韩冬左胳膊肘又擦破皮出血,下场包扎。

简单包扎后,韩冬坚持还要上场,曹刚在教练身旁也急着替韩冬说话。韩冬抖擞精神,身上两处绑着白纱布,又十分耀眼地出现在场上,围观的同学们顿时欢腾起来,有人带头喊起了口号:"3号——3号,拼命三郎!3号——3号,拼命三郎!……"

韩冬听着热血沸腾,像个不怕死的勇士一般,在场上玩命冲杀起来。他带球冲到篮下,用一个时间差将球投进篮筐,场上比分48∶46,体育系队仅领先两分。体育系队教练秦大伟叫了暂停,嘱咐队员说:"重点防守3号,还要注意他中距离急停跳投这一招,他带球到了前场,两个人包夹他!"

距比赛结束还有9分钟,场上比分60∶57,韩冬前场跳投未中,对方打了一个反击得分。底线发球队员将球送到了曹刚手上,曹刚带球到了前场,将球传给左侧的韩冬,韩冬带球佯攻上篮,迅速将球高传给右侧底线角上的曹刚——此处正好是左撇子曹刚的投篮点,曹刚果断出手投篮,远投命中,比分变成了62∶60。场外支持中文系队的同学们高声欢叫着。中文系队员们信心大增,奋力追赶着比分。还剩一分钟,场上比分68∶66,中文系队发底线球,球又到了韩冬手中,韩冬用刚才的方式,又将球传给右侧底线角上的曹刚,曹刚犹豫了一下,又将球回传给了篮下准备抢篮板球的韩冬,韩冬不备,让对方队员抢断得手,一个长传到了体育系队的前场,对方队员三步上篮又得两分,70∶66。韩冬又拿到底线球,暗示曹刚投三分球,曹刚迅速到位后接到韩冬一个横传球,果断投了出去,球在空中画了一条弧线落向篮圈,在篮圈上晃了两下从线网内落下,70∶69,只差一分!还剩不到二十秒,教练秦大伟站在场边大声喝令:"快发球!前场接应!动作要快!"

体育系前场大个子队员接球后忙中出错,在无人防守状态下竟然没投进球!中文系抢得篮板球后快速反击,曹刚中距离投篮未中,此时比赛结束哨声吹响,体育系学生男篮队一分险胜中文系学生男篮队。

不久韩冬和曹刚入选陕西师范大学男篮校队,在秦大伟老师指导下开始接受正规的篮球训练。一个学期之后,陕师大学生男篮队报名参加了陕西省高校学生篮球比赛。此时的韩冬在秦大伟教练的悉心调教下，篮球技术有了全面的提高，已成为校队的主力后卫，"拼命三郎"也成为他打球的一种风格和标志。

韩冬这些天忙着准备参加学校举办的大型卡拉OK歌曲演唱晚会，全校师生自愿报名参加。韩冬已通过了政教系选拔，代表系里上台表演。他这人做啥事都有一股子认真做到最好的韧劲儿，功夫下得很足。近日他岳父岳母来西京看望女儿李光丽和外孙韩炜，他在家里练歌，岳父岳母就当起了评委。他岳母当过中学教师；岳父当过中学校长，后来还当过大医院的党委书记。韩冬参演的第一首歌是《小白杨》，他开始了家庭预演唱。只见他面朝着坐在沙发上的二老，脸上挂着满格当当的笑容（他岳母的话），眨巴眨巴一双闪烁着光彩的大眼睛，先自我介绍说："啊！亲爱的爸爸妈妈，你们好！金秋时节来到了，天空分外晴朗，白云也绽露着笑容。啊，高高的白杨树在哗哗地鼓掌；啊，风也在悄悄地把喜讯传送……"

岳母笑着打断他，操着一口陕北绥州口音建议道："唉，我看你快停当你那啊啊的感叹了吧！你那是唱歌咧还是朗诵咧？唱歌就跟着伴奏直接唱嘛，咯哇咯哇喊叫甚了？"

韩冬一听，显得有些尴尬，想找个台阶下，就客气地笑着问岳父："您说用不用咯哇咯哇先朗诵几句？"

岳父也开口说道："我看也没必要！"

韩冬不敢不从，就幽默地自己找了个台阶下，学着陕北话说道："这个一满简单嘛！你们说不咯哇咱就不咯哇嘛，怕（尿字没敢说出口，吞咽下去了）个甚了嘛！我只不过是觉介咯哇上几句更聚劲嘛……"

严兵直接和间接地了解了韩冬之后，对韩冬独特的风格和坦诚纯真的心性产生了极大的兴趣和好感，他觉得韩冬比他活得潇洒而通透！他俩后来成了最知心的朋友。

老校长牟臻退职之前办的最后一件公务就是给外语教研室下达了一个出国名额。他头天下午快下班时亲自给严兵交代了任务，要求第二天一早上班时将推荐人选以书面形式交到他手上。牟臻校长次日上午十点参加北京部里一名副部长来北方大学的一个重要会议，会上将宣布新任校长和牟臻校长被免职等决定。签批出国人员的名单将是牟校长退职前最后一次行使权力。

严兵来不及组织外语教研室全体教职工进行民主推荐，就将所有符合出国条件的讲师以上的教师，全部以书面形式呈交到牟校长手上。牟校长无奈地说："唉，你这是矛盾上交哪！如果你报一个人我就签字啦！现在这个人选只能交给下一任校长去决定啦！你这小伙子太谨慎啦！"

新任校长王牧上任后处理的第一件公务就是外语教研室有人挑起的"告状"一事。匿名信以集体的名义状告严兵"以权谋私"，要求学校主持公道。

王牧校长委派一名副校级领导组织外语教研室全体人员开会，意在平息"众怒"，还严兵一个"公道"。

这位领导在会上转达了王牧校长的意见，他说："受王校长之托，我转达他的提议并召开这个会议。他让我带上严兵同志上报的亲笔写的报告。一共十九名讲师，严兵同志确实也报上了他自己，但是按顺序他是第十九名，把自己写在了最后一名。事实就是这样，请大家有意见在明处提出来，最好不要捕风捉影制造矛盾，影响团结，影响正常教学工作。大家可以传阅一下这份严兵同志写的出国人员报告。至于这十九名同志中谁能出国，学校会做研究的，决定权在学校，你们教研室只有推荐权。"

严兵看在座的人面面相觑、悄然无语，便开口说："这次上报出国人员，牟校长头一天下午快下班时交代的任务，要求第二天一早上班时交给他咱教研室的推荐意见。由于时间来不及，我就把符合职称条件的十九名讲师以上的老师的名字全都写上并报了上去，当时牟校长还批评我的做法是'矛盾上交'。大家不了解情况，有意见也是可以理解的，是我的工作没有做好，我在这里向大家道歉！在此，我也要感谢学校领导对我工作的支持和对我本人的爱护。"

这年是1991年。

严兵和好友韩冬、王明范、魏琳几人都申报了副教授职称。严兵当时已经是学校职称评审委员会二十五名评委之一。评委中只有严兵一人没有高级职称职务,学校职改办和职称领导小组考虑到评委会中不可缺了外语学科,专门研究后,破例让严兵进入了职称评审委员会。

评审结果在全校张榜公布,张贴的大红纸上的副教授晋升一栏中,严兵、韩冬、王明范、魏琳四人的名字都在,大家都很兴奋,个个喜形于色。严兵却是喜上加喜,张榜的第二天,王牧校长打电话传唤严兵来他办公室,向严兵宣布说:"小严哪,这好事多磨哪!学校研究决定让你出国深造,你要珍惜这个机会哪!"

严兵激动地说:"感谢学校,感谢王校长对我的栽培!我一定好好学,回来报效学校!"

严兵怀着激动的心情,回到家里就迫不及待地将喜讯告诉了柏兰。柏兰高兴地调侃说:"嘿,这回又碰上狗屎运了!啊呀,我发现你这人运气还真不错,总是有贵人帮你!"

严兵得意扬扬、摇头晃脑地说:"常言说得好,'有福之人不用忙,无福之人跑断肠'。王校长对我真的好,有好事就想到了我,真是我的贵人,和李敬贤老师、贝乐子老师、刘专员一样,都是咱人生中的贵人,都和咱有缘哩。"

不几日,学校外事处通知严兵到北京参加出国人员一个月时间的培训。正巧这时贝乐子从沙州赶来,忙着准备到北京为他小儿子贝小琪考中国音乐学院的事活动。两人便商量好一起到北京去。

出国培训班地点确定在了北京语言大学。这一期接受培训的学员共有五十多人,来自全国各个行业。培训部将参加人员分成了两个小班,严兵刚一报到便被指定为一班班长,负责二十八个学员的生活和学习方面的所有事务。一班学员十六男十二女,来自北京市的有四男三女。其中有一位姓姜的学员是文化部选派的出国人员,在文化部高教司规划处任副处长,而中国音乐学院是文化部的直属院校之一。严兵看了本班姜副处长的简历后心中暗暗高兴,就想着贝老师运气真不错,碰上狗屎运了!严兵在宾馆找到了贝乐子,兴奋地对他说:

"贝老师，找着门了！真是踏破铁鞋无觅处，得来……"

严兵故意卖个关子，逗贝乐子，问道："得来什么来着，贝老师？"

贝乐子立刻接上说："得来全不费工夫。怎么啦？"

严兵笑了笑，说："事情就这么巧，这就是运气！"

严兵就把情况说了一遍。

贝乐子一听高兴得连连念叨："啊呀，老天保佑！啊呀，老天保佑！关键是你还是班长，容易和他说上话嘛！我正愁得找不上门路呢，这下有希望咧！按中国音乐学院的文化课分数要求，咱小琪差五六分呢！但是论专业课成绩，小琪在陕西省排第一，如果能多给陕西省一个招收名额，录取就没问题了。"

严兵对贝乐子说："我尽最大的努力先做姜副处长的工作吧，你等我的消息。"

事情往往就这么巧。这天吃过早饭，姜锋到宿舍来找严兵，说道："班长，我家有事想给您请个假。"

严兵见是姜副处长，心中一乐，客气地说："嘿嘿，是老姜哪！没问题，我的权限只有一天时间，您啥时能回来？"

姜锋心里暗暗佩服严兵两天时间就记住了学员的名字，对严兵说："噢，争取今晚赶回来吧。"

严兵关心地说："不用那么急，您明天上午回来就成。需要帮忙说一声，不要客气！"

姜锋心里一热，带着感激的神情对严兵说："谢谢班长！"

第二天上午点名后半个多小时，姜锋匆匆赶了回来，全班学员正在教室里认真观看录像教育片。严兵示意姜锋入座，没有说话。吃午饭时，严兵找个机会对姜锋说："老姜，上午点名我没点你的名字，但给你打钩了，放心！家里都好吧？"

姜锋感激地说："多谢关照！家里都安排好了。噢，对了班长，您在北京能用得着我的地方就说一声。"

严兵一听时机来了，就表示感谢地说："嗯，好的好的，先谢谢您了！"

第三十五章

贝乐子的儿子贝小琪子承父业,不负父母之望,考入了中国音乐界的最高学府——中国音乐学院!这个消息一时在沙州师范学校引起了轰动,就连家属院的女人们也私下纷纷议论。

一群拿着小板凳坐在城墙根底下大院子里乘凉的女人热烈地议论着。

戴眼镜的退休女人说:"听说贝老师的二儿子也考上大学了。一家两个儿子都上了大学,了不起呀!"

中年中学女教师说:"人家贝老师和高老师会教育娃娃,从小学起,一直抓得比较紧,文化课和专业基础知识都学得扎实。"

回来探亲的大学女教师说:"关键是上的中国音乐学院!'中国'两个字说明的是,它在国内音乐学院中享有最高的地位,相当于音乐界中的北京大学、清华大学。全国音乐学院有几十所哩,他的大儿子两年前就上了西京音乐学院,档次和二儿子上的中国音乐学院就差了一个级别。"

刚刚下了课放学回家的沙州中学语文老师李玉芳正好路过,听了她们的议论后引以为豪地插话说:"嘿嘿,你们不知道,贝小琪是新中国成立以来我们沙州中学首位考入中国音乐学院的学生,恐怕在全沙州地区也是唯一的一位!我给他教的是语文课,他的语文学习成绩一直名列前茅!"

其他几个女人就用敬佩的眼光看着她。

贝乐子和高彩云近些天来进进出出沙州师范学校家属院,脸上散发出的全是喜气的光芒，两人尽情享受着人们投来的敬慕目光。贝乐子不时还要满脸笑容客气地应酬着熟人们的祝贺。

"贝老师，祝贺你呀！"

贝乐子便应答道："谢谢，谢谢你！"

"贝老师，了不起哪！"

贝乐子应答道："没什么，没什么！谢谢你！"

"啊呀！贝老师，又考上一个，真厉害呀！"

贝乐子应答道："碰运气了，碰运气了！谢谢你！"

"贝老师，甚时候摆几桌子，庆祝一下嘛！不能悄悄地婆姨汉俩偷着乐吧？"

贝乐子应答道："嗯、嗯，请得吃，请得喝！"

严兵结束了北京的培训，出国前和柏兰一起回到沙州看望母亲。在家待了两天，两口子又去拜望贝乐子和高彩云。严兵和柏兰推开小院铁门，一眼就看见贝乐子正穿着一双雨鞋忙着浇菜园子。严兵暗示柏兰不要惊动了贝老师，两人蹑手蹑脚走进院内，靠近拿着水瓢弯腰浇地的贝老师，注视着他的举动。过了数秒，严兵才憋住嗓门用沙州话低声说："啊呀，今年这菜也长好了！"

贝老师没有听出是谁，以为是闲着来串门看菜地的左右邻居，便随口应道："嗯，是了，还可以。"

严兵又说："啊呀，能上肥了！"

贝老师头也不回地说："不缺肥，浇些水就行了。"

此时高老师外出买东西回来了。她见严兵和柏兰正站着和贝乐子拉话，惊喜地大声招呼说："啊呀，是你们两口子呀！老贝，快让他俩进家里头喝茶呀！"

贝乐子这才意识到来了客人，回身一看是严兵和柏兰，顿时惊得大叫起来："啊呀，啊呀，是你俩呀！甚时候进门的？刚才和我说话的人是你们呀！啊呀，你们看我这反应！没反应过来嘛！以为是邻居咧！"

严兵说："贝老师你浇地太专心了，顾不上看人了！"

柏兰笑着说:"嘿嘿,贝老师做什么事都一心一意,认真得很,从来都是这样的。"

几人说着话进了窑里。高老师沏好茶端上桌,严兵主动上前拿了茶壶往茶杯里斟茶水,柏兰给每人递上茶水,大家便闲聊起来。

高老师感激地看着严兵和柏兰,说道:"贝老师回来说,他正愁得没个抓挖处,严兵就有了办法了,要不然还真成问题了!严兵是我们小琪的福星哪!"

贝老师接上话说:"啊呀,当时我急得觉也睡不着,心想这下子悬了,有可能录不上了!没想到小琪这娃娃有福气,关键时候就有贵人帮忙了!"

严兵说:"文化部和教育部对这类情况也有先例,只是咱普通老百姓不知道。对落后地区,对革命老区,他们是有照顾政策的。这次我当培训班班长,碰巧有一个人是文化部的,还有一个女学员的爱人是教育部学生司的。运气到那儿了,小琪是个有福气的人哪。"

贝乐子关心地问起出国的事。严兵兴奋地告诉他们,说:"已经确定派我到丹麦留学,机票也买好了,下月初我到北京教育部领取机票后,就乘坐中国航班直达德国的法兰克福机场,然后转机飞往丹麦首都哥本哈根。"

柏兰得意地补充说:"严兵最近还有一件喜事,他刚刚被评上副教授了,现在是陕西省外语界最年轻的副教授之一了。"

贝乐子和高彩云高兴地大声直说"好!",贝乐子提议说:"咱今天好好弄几个菜,好好庆祝一下咱两家的喜事,也给严兵出国深造送行!啊呀,这好事连连,像做梦一样!"

柏兰突然叫了一声,大家惊诧道:"怎么啦?"

柏兰从挎包里掏出一本书递给贝乐子,兴奋地说:"这是严兵的第一本译著,刚刚出版的,送给你和高老师的,差点儿忘记了!"

贝乐子和高彩云争着翻看,封面上印着"婚后硬汉"四个大字,扉页下方写着:

　　　　恩师贝乐子、高彩云惠存
　　　　　　学生严兵
　　　　1993年7月于西京

贝乐子爱不释手地看着严兵的签名，自豪地说："啊呀，我要拿上书在咱学校四处转悠宣传哩，我的学生严兵出书咧！当了副教授咧！出国留学咧！"

严兵感动地望着情绪激动的贝老师，内心不禁感慨万千——学生的每一点进步都会让老师如此看重，如此激动，这是一种怎样的感情哪！严兵不由得热泪盈眶，几滴泪水洒落在了地面上……

闫京办起了文学杂志，属于内部文艺刊物，刊名叫作《黄土地》，直接取自陈凯歌执导的电影《黄土地》。闫京曾让严兵帮他翻译一下刊名，严兵当即就在纸上写了两个英文单词——Yellow Earth。《黄土地》是双月刊，组稿、定稿、印刷、内部发行等一整套工作程序全由主编闫京一手操办。实际上，闫京在办文学杂志这方面没有什么经验，许多事情连头绪都摸不清，全靠老同学陈畅出谋划策帮忙。

老总本人不光是表面上忙碌着为别人"作嫁衣裳"的文学编辑，他自己其实也是一位颇具文学创作实力的作家，他的十多部中短篇小说在当时许多文学刊物上发表，在读者群中反响强烈，产生了不小的影响。并且他在作家群中、同事群中威望很高，颇受大家敬重。只是老总生性低调，不爱张扬。他的确是一位与众不同的人物——思想深邃、富有哲理性，世界观独特而成熟，人生观朴素而上进；同时他又是一个非常重情义的人，是以朋友之乐而乐的一个人，是朋友群中最受信任、大家最喜爱的人。老总在陕西作家群中慧眼识珠，为初露文学才华的作者们架桥铺路而乐此不疲，更为他们之后的大作问世而尽心竭力，为他们的成功而津津乐道。

老师这天对前来闲聊的老总神秘兮兮地说："哎，老总，鄙人准备干一家伙大事，而且已经有了一些眉目！"

老总故意做出不屑的神情，漫不经心地说道："嗯，请问老帅想弄一家伙甚事？"

老师对老总慢条斯理、不以为意的态度有些不满，言语中就有了埋怨情绪，说："实不相瞒，我弄成的大事就是刊号已经批下来了，正准备和你商量后续哩。"

老总一听非常惊诧，便认真起来，问道："刊号批文在哪儿？拿出来让我看看！"

老帅拿出省新闻出版局的内刊号批文，对老总说道："不相信人嘛！这事哄你干什么？！"

老总一看来了精神，表扬老帅道："还真有点儿能耐！你上报时用的啥名字？"

老帅说："就直接借用了电影《黄土地》这个名。"

老总称赞道："嘿，这个名好啊！"

于是老总就义不容辞地成了《黄土地》内部文学刊物的顾问，开始为老帅出谋划策。闫京从此摇身一变，有了一个新的名号——黄土地杂志社社长、主编。

老总和老帅邀请了几位陕北好友在西京美术学院附近一家陕北菜馆聚餐，庆祝黄土地杂志社的建立。陕北菜馆中陕北特色菜应有尽有，做法也非常地道。老帅亲自点菜。首先点了陕北八大碗——烧肉、酥肉、肘子、羊肉、排骨、丸子、酥鸡、炖肉，外加一大盆羊杂碎。主食点了炸油糕、黄米馍馍、油馍馍、摊黄四样。酒水点了两瓶子延安大曲。

酒菜都上了桌，老帅客气地先让老总讲几句话作为开场白。老总摆摆手，让老帅讲。老帅看来早有准备，就再没客气，清了清嗓子开始了宴会上的客套讲话："噢——今天老朋友们都给面子，先谢一家伙！来的除了严兵两口子，咱都是从延安一路混出来的，能有今天不容易！其中酸甜苦辣，也只有咱们自己心里清楚。人生在世几十年，就这么回事情！能干多大个事情就干多大个事情，能混个甚样子就混个甚样子，咋个活法不是活！咱一个农村出来的穷小子，能有今天，已经很知足了……我在众人的帮助下，办了这个《黄土地》杂志，希望老朋友们多捧场，多写些稿子，多推荐些稿子，大家扶持着把这个杂志搞好！俗话说得好，'一个篱笆三个桩，一个好汉三个帮'嘛！以后我闫京就仰仗老朋友们了……"

接着老总站起身来说了几句捧场而又不失幽默的话："嘿嘿，这八大碗急忙还吃不成，馋得我都等不及了！老帅这条好汉的《黄土地》，把我算上一个'帮'和一个'桩'！众人拾柴火焰高，咱都吆喝着让这本杂志热起来、火起来！"

莫沉插话说："嘻，咱延安出来的这伙子人，自己帮自己嘛！我每期订五十本，送给我们杂志社里的同事和朋友们。另外，我给我们杂志上写一篇文章专门介绍宣传《黄土地》。"

刘兴伟开玩笑说："嘻，咱也不能白吃老师的八大碗，我争取免费在出版社征订书单上写上《黄土地》的名字。"

李敏侠也爽快地说："哎哟喂，多大点儿事嘛！我订一百本，全都送给各系，免费阅读！"

严兵不甘落后，说："我先订五十本，在校内再试着征订一些。"

闫京大喜，急忙招呼大家先吃："啊呀，天大大呀！把人感动得不行了，快快动筷子吃上一家伙压压惊！都端起酒杯，为友情、为健康、为快活而干杯！"

严兵此时豪情满怀，热血沸腾，心里暗暗地说："啊——老同学，老帅，为你的美好愿望干杯！为你的《黄土地》干杯！为你的豪情壮志，你的纯朴实诚、重情重义干杯！为我们的友情永存干杯！我要把最美好的祝福送给你！"

席间，莫沉时不时盯着严兵看，严兵似乎也觉着在哪里见过这个人。莫沉终于忍不住问严兵道："你是不是《半夜鸡叫》里的周扒皮？"

严兵突然也想了起来，反问他道："你是不是牛武电厂的那高个子'大师傅'？"

两人站起来热情握手。莫沉感叹道："真是山不转水转哪！"

严兵接上他的话，说道："水不转人转哪！有缘千里来相会！"

莫沉又接上话，幽默地开起了玩笑，说道："无缘对面不相识！转来转去，你'老人家'由一个憨脑学生娃娃转成了大教授！"

严兵哈哈一笑，也开玩笑说："转来转去，你'老先生'由一个大师傅转成了大主编！"

两人异口同声地说："士别三日当刮目相看！"

两人不禁开怀大笑起来。光看这你应我答的默契劲儿，两人应当会成为心有灵犀的好朋友。

闫京看着两人你一言我一语的热乎劲儿，便举起酒杯大声说道："有缘人哪，有缘人哪！来，大家都举起杯来，为当年的憨脑学生娃娃和大师傅的有缘重逢，干上一家伙！"

严兵心想，这老帅倒是变得越发灵动了，环境改变人哪！省曲协主席说不定啥时候就变成闫京了。

让人没想到的是，之后不久，老总突然有了要回北京的念头并且很快就有了具体日程。朋友圈里尚在传说议论着这件事，老总却已经在忙着打包行李准备动身了。其实老总回京的愿望由来已久，他只是一直在寻求合适的机会，如今这个机会终于到来了，他岂能不紧紧抓住？但是几乎没有朋友知道他在北京什么单位落脚，具体做哪一行当。可这正是老总一贯的风格——行动永远大于语言，大事面前总是低调行事。这或许是能成大事的人共同具有的特点吧！据说，后来北京一家实力很强、名气很大的出版社要他去担任总编兼副社长，而且催着他尽快上任主持工作。老总悄无声息地离开了他生活了二十多年的陕西，当年一个未经世事的十几岁的北京知青，回北京时已是饱经风霜的中年汉子。

严兵再次见到老总时已是一年多后他回国到了北京，老总直接把他从北京机场接到了北京一个胡同里的四合院里。那是一个颇具北京城特色的胡同和院子。院子里住着五六户人家，老总家住两间屋，是通着的那种套房。院里住户上厕所都得到胡同的公厕去。早上起来倒尿盆大家碰面都略显尴尬而礼貌地打招呼：

"倒呢您？"

"哎，您也倒？"

"嗯。"

"唉，您瞧这公厕夏天味儿真大！"

"唉，谁说不是呢！"

"您说这苍蝇满胡同乱飞，居委会也不想想法子！"

"唉，您说个正着，咱得反映一下。"

"嗐，没用！您说了也是白说！"

等做饭时，各家都在院子里自家屋前灶台上做饭：

"大妈，又炒大白菜哪？大白菜好！大白菜好！"

"好什么好呀！孙子一见就嚷嚷，又吃大白菜呀，同学都说他一脸菜色！唉，这不没办法嘛，油水又少，别说孩子不爱吃，一天两顿地吃，咱大人也都吃腻了，您说是不是？"

"倒也是，您说的都是实情，我儿子也老是说换个吃的、换个吃的！唉，没办法，可嘴上还得说大白菜好，不然就更不爱吃了，您说对不对？

严兵真真切切体验了一把北京胡同里普通老百姓的生活和老北京人的文明礼貌——对谁说话都要用一个"您"字！

1978年，伍修平考上了中国社会科学院法学研究所的硕士研究生，一晃十五年过去了，他早已在北京站稳了脚跟，过着半个北京人的生活。他们法学研究所在东城区沙滩北街15号，伍修平就住在法学研究所大院里的一间职工宿舍里。此时的伍修平在学术上已颇有建树，不光评上了法学副研究员，还是法学研究所主办的《法学译丛》学术期刊的执行副主编，整日收稿、审稿、定稿，办公桌上堆满了要处理的稿件，看上去一副忙得不亦乐乎的架势。

伍修平在北京火车站接上了准备出国的严兵，两人直接去了沙滩北街一家距法学研究所不远的宾馆住下了。严兵要了一间双人房，为的是和老同学、老班长好好叙叙旧。晚上严兵请他吃饭，就问他道："哎，老伍，你不是爱吃鱼吗？这儿哪家饭馆做鱼做得好？"

伍修平一听来了精神，不客气地说："嘿嘿，有一家鲜鱼馆，保证是活鱼现做，味道也好，就是贵点儿！"

严兵和老伍就散着步三拐四拐地找到那家店，坐定后就叫伙计拿两条二斤左右的活鱼来看。不一会儿，那伙计拎着个塑料筐来给他俩看。两人一看两条鱼儿活蹦乱跳，每条二斤左右的样子，就吩咐去红烧做好了拿来吃。不大一会儿工夫，红烧鱼上桌，严兵尝了一小块，老伍笑着问："您觉得怎么样？"

严兵故意惊叫一声："啊呀，果然味道鲜美！"

伍修平得意地说："嘿嘿，没骗您吧！"

严兵端起啤酒杯提议道："来，老同学，为咱们的重逢干杯！"

两人边吃边闲聊起来。

说着说着话题便转到了个人生活方面。严兵试探着问老伍："嘿嘿，没敢问你，怎么不见嫂夫人？"

伍修平听了，沉思片刻，露出无奈的笑容，长叹了一口气，说道："不瞒您老同学，我现在是一人吃饱全家不饿哪！无牵无挂，和出家和尚没啥两样！"

严兵一时无语，不知怎么安慰他好。

伍修平瞥了一眼邻桌的两个姑娘，又笑了笑，说："让您见笑了！我早已习惯这样的生活了，您不必想着怎么安慰我。我这人在个人感情方面就是这么个命，天命如此，不可违呀。青年时期醉生梦死地追求过爱，但是一厢情愿只能是折磨自己。后来命中又有一段姻缘，可也是南柯一梦，好景不长，很快就烟消云散了。现在我彻底死心了，完全释怀了，就这样安安静静地活着吧！"

严兵听他如此洒脱地说着，却分明看到了他眼眶内闪动着的泪水，不由得替他难过起来。严兵心想，看他表面上西装革履，进进出出研究所的威风模样，可有谁会想到他的个人感情生活却是如此空虚，内心是如此孤寂。又有谁挂念他，心疼他？他把自己痛苦的一面深深地埋在心底，从不轻易表露出来，生活中吞咽下的苦果，只能躲在静处一点点地消化。

严兵在出国前几日就这样与伍修平忘却一切地潇洒着，敞开心扉彻夜长谈，感悟人生，释放心怀。他们达成共识，想要修炼至"难得糊涂"之"糊涂"境地，绝非易事！"糊涂"之路漫漫，两人互相勉励，决意加倍用心，为早日迈入"糊涂"境界而不懈努力！

这日，严兵突然想起他的一个学生在北京大学法律系读研究生。北京大学他还从未去过，于是吃过早饭一路寻着公交站牌前往北京大学。他在校内打探到了法律系研究生女生宿舍的那栋楼，走进楼内找到了陈文婷的宿舍，轻轻地敲了敲门。开门的女生很有礼貌地问他找何人，严兵报上了姓名，那女生便说陈文婷一会儿就回来，接着客气地把他让进宿舍里。宿舍里有四张架子床，住着四个女生,下床是睡铺,上床放杂物。那个女生指着靠窗户左边的床请严兵坐下等候,其他两个女生也颇有礼貌地和严兵打了招呼。

严兵坐着和三个女生说话。听说严兵是陈文婷的英语老师,三个女生越发热情起来,东拉西扯地聊了个不停,称赞陈文婷英语基础在她们中最好,老师肯定教得也好。严兵就说陈文婷学英语用功而得法,四六级统考都是一次性通过,而且是85分以上的优秀成绩。不大一会儿,陈文婷回来了。她进门一看到严兵,先是愣了一下,随即便笑成一朵花般惊呼道:"呀!严老师,您怎么在这儿呢?"

严兵笑着说:"噢,来北大看看才女呀!看看久负盛名的北大呀!我两天后去丹麦留学,找个空当来看看你。"

陈文婷兴奋地和老师交谈起来,一个劲地问长问短,说起母校许多的老师。严兵尽他所知,一一回答了她所关心的问题。他告诉陈文婷他与社科院法学研究所《法学译丛》副主编伍修平研究员的同学关系,希望伍修平在以后能帮上她。陈文婷睁大眼睛听老师讲到伍修平和《法学译丛》这个名气很大的刊物,激动地说:"呀!伍修平老师还给我们主讲过国外法学研究动态的讲座呢!他有时就用英语讲,可有水平了呢!《法学译丛》上经常有我们系里老师翻译的文章,我们同学经常抢着借阅。我能认识伍老师吗?他那么大的一个学者!"

严兵看她一脸的崇拜表情,就笑着对她说:"嗯,当然可以了。如果你下午有空我就引见一下!"

当天下午陈文婷兴高采烈地跟着严兵去了法学研究所,面对面认识了她心目中的大学者伍修平。严兵向伍修平介绍了陈文婷,伍修平看着有些羞涩的陈文婷,面露欣赏的神情,对陈文婷说:"我认识你们法律系的系主任,还给你们系的研究生讲过课,你们系的研究生爱思考问题,也挺爱向我提问题,非常活跃。"

陈文婷目露喜色,对伍修平说:"嗯,是的伍老师。我也举过手想向您请教,但您没叫我。"

伍修平习惯性地转动着眼珠笑着说:"噢,提问的同学实在是太多了!下次让你提问题好了！你得争取往前排座位上坐，让我容易发现你噢！"

陈文婷略显娇气，柔声说道："那就一言为定，伍老师。"

严兵送走陈文婷后回到伍修平办公室，问伍修平道："怎么样老伍，北大的学生够聪明吧？"

伍修平感叹道："嘻，岂止聪明，太有灵气了！才貌双全的小姑娘，一看就是善解人意的那类女子，难得呀老同学！不知她家境如何？若想做点儿勤工俭学的活儿补贴生活用，我这儿倒有件活儿适合她做。"

严兵一听心里高兴起来，就对伍修平说："据我所知，她家境一般，能在课余时间做些与专业有关的事情倒也是一举两得的好事。我可以先打个电话问问她，你看怎么样？"

伍修平很欣赏严兵做事的爽快劲儿，便将《法学译丛》兼职校稿的活儿和千字一块钱的报酬和一期共二十万字左右的情况，向严兵说了一遍。

严兵随即便照着陈文婷留给他电话号码拨通了电话，就听电话那边像是宿管阿姨的声音在大声喊："203宿舍陈文婷，来接电话！203陈文婷——电话！"

不到一分钟，陈文婷气喘吁吁在话筒里说："喂，请问是哪位？"

严兵应声说："我是严兵，有件事想征求一下你的意见……"

陈文婷一口答应，说她喜欢做这个工作并表达了对老师的感谢。

伍修平在一旁听着高兴，提出请吃红烧鲜鱼以表谢意，严兵就与他一道去享用美味。伍修平是副高职称，当时月工资加上补贴不过两百多元，陈文婷接下这活，虽说是件苦差事，但对一个学生来说，可算是一笔丰厚的收入！严兵出国后，伍修平和陈文婷很快建立了互惠关系，伍修平对陈文婷的做事能力和人品更加欣赏。陈文婷后来从北大毕业后被分配到了全国人大机关工作，想必也是得到了伍修平的帮助。

严兵准备为第二天飞法兰克福买点东西，从沙滩北街住的那家宾馆出来时碰到了一位出国培训班的学员，名叫尚家仁，准备前往瑞典留学。他已经是第二次留学了，第一次在瑞典斯德哥尔摩大学获得了博士学位，这次是去做博士后研究。尚家仁是一位典型的学者，专门研究什么"热处理"，严兵也不太懂，在国际上也属于尖端研究领域的科研项目，在国内自然受到抬举。两人碰面后尚家仁热情邀请严兵去喝一杯，严兵盛情难却，便与他一道去了一家酒楼，点了酒菜闲聊起来。严兵问道："尚博士这次去瑞典能待几年？"

尚家仁不经意地笑了笑，喝了一大口啤酒，慢悠悠地说道："唉，这种博士后研究也就是我原来的导师出钱我帮着干活，他图名我图利的事，快则两年，慢则三年五年。许多人不懂，以为博士读完后再读一个最高的学位就叫作博士后，其实根本就不存在博士后这个学位，博士后是指博士学位获得之后所做的合作性科研工作。"

严兵也是第一次明确了博士后的概念，笑着对尚博士说："受教了，受教了！我原来也不清楚，您这一说就全明白了。"

两人很投机地聊至很晚方才互道后会有期，分道而去。

第三十六章

1993年秋。

9月的北京依然闷热。严兵乘坐着中国航班，经过十一个小时的飞行，飞机在德国的法兰克福国际机场安全着陆。严兵随转机的旅客们一道进入了机场的候机大厅，在这里他们将逗留一个半小时左右，然后换乘另一趟航班飞往丹麦。

在北京机场候机时，严兵认识了三位同机飞往丹麦的中国留学生。李姓那位是学医的，来自四川大学华西医院；王姓那位是学农的，来自中国农业大学；聂姓那位是学工的，来自华东上海工业大学。四人在德国法兰克福机场候机大厅又聚到了一起。几人想买些吃喝的东西，可候机大厅所有的小卖部只收美元和德国马克。其他三人都声称没带美元，严兵有些不信，但又不好意思独吃东西，便买了四份面包、牛奶、火腿肠，送给他们每人一份。几人吃了东西便坐着打盹儿，一个多小时后，广播上用英语和德语通知办理前往丹麦的转机手续，四人便去排队办理了手续。重新登机后，飞机飞离法兰克福。一小时三十五分后，飞机在丹麦首都哥本哈根国际机场安全着陆。取了行李进入机场休息大厅后，严兵给中国驻丹麦大使馆教育处负责人杨处长打了电话，杨处长接电话一个小时后亲自开了一辆商务面包车来接四人。四人在教育处租用的一栋两层小楼的地下室临时住了下来。

杨处长三十多岁年纪，是外交部从东北吉林大学抽调的干部，他原来的职务是吉林大学外事处副处长。他到中国驻丹麦大使馆工作已经三年了，一直负责留学生工作。杨处长人看上去很精明，对留学生总是一副公事公办、不冷不热的态度。喜欢看电影的人，初次见到他定然会马上联想到电影《甲午风云》里挂白旗想投降的"济远"号管带方伯谦，两人长得真是太像了！

安顿住下后，杨处长对四人说："咱教育处不开伙，留学生来这儿暂住都是伙食自理。外面不远处有超市，可以买成品回来吃，也可以买半成品回来在厨房自己做着吃。你们四人初来，需要换丹麦克朗的，我先给你们换一些临时用，休息一会儿你们就可以去逛一下超市了。"

严兵在英语书本上略知"超市"的概念，其他三人对此一无所知。按照杨处长的指点，四人出了门便向左拐，顺着马路向前走约十五分钟，就见到马路旁一家商店门上方挂着一个红色的大横牌，上面写着两个白色的英文单词——Super Market（超市）。

四人进入超市看到琳琅满目的各类食品，就像国内的农贸自由大市场一样，顾客随意四处转悠选择自己喜欢的东西，所不同的只是超市内不见卖货的人，也不可以随便品尝食物，选择好买的东西必须在出口处付了钱才可以使用。四人如同刘姥姥进了大观园，目不暇接地看着眼前的一切，不知道到哪里去找便宜又可口的食物。

严兵首先发现了面包陈列架，好几个架子上全是不同品牌的面包，可上面包装上印的全是丹麦语，四人急忙看着标价选择起来。严兵看到一种颜色较黑的面包，上面有一个大耳朵狗头的标志，看着性价比合适，就招呼三人说："哎，这种狗头牌的面包看着还不错，挺便宜的，我就买这种了！"

其他三人也觉得挺划算，于是都拿了几大包，又在出门处货架上各拿了几纸桶牛奶，在收银台前付了钱，高高兴兴一路说笑着回到教育处小楼的地下室。

严兵迫不及待地从印着狗头的塑料袋里拿出一块黑面包吃了一口，吧唧吧唧嘴，咂了下嘴，开口说："呀，咋有股子馊味儿？"

三人也都急着尝了尝，都表示面包有股馊味儿。学医的老李说："啊呀！不会是过期变质了吧？"

学农的老王说："不会吧？不应该呀！"

年轻一点儿的小聂说："那可还真说不准！要不咱别吃了，吃坏了肚子可划不着！"

几个人正议论着，杨处长手里拿着一块三明治从楼上下来，看到他们手里拿着从狗头标志的袋子里取出的面包，一下子就笑喷了，惊呼道："啊哟老天哪！快停，快停下别吃了！这是狗粮哪！上面写着呢，怎么不看呢？噢，对了，你们刚来还不认识丹麦文字。我告诉你们，这里的商品说明文字全是丹麦文字，这也是这个只有五百万人口小国的一大特点。爱国情怀，可以理解嘛！你们一定要用心学点儿丹麦语，这样可以大大增进和丹麦人的友谊。"

不几日，四人很快学会了在超市购买食物并且还学了几句像"您好""谢谢""非常感谢""是""不是""再见"等简单的丹麦语。

几人也开始了解丹麦这个国家的一些基本情况。

丹麦王国，简称丹麦。北欧五国之一，是一个君主立宪制国家，拥有两个自治领地，其一是法罗群岛，其二是格陵兰岛。北部隔北海和波罗的海与瑞典和挪威相望，南部与德国接壤。首都哥本哈根，也是丹麦的第一大城市。

丹麦是一个高度发达的资本主义国家，也是北约创始国和欧盟成员国之一。丹麦拥有极其完善的社会福利制度，经济高度发达，国民享受着极高的生活品质。

让严兵产生了很大兴趣的是，丹麦这样一个小国竟然有两首国歌！

日怪！为啥会有两首国歌？

严兵很好奇，决意先将这个问题研究一番。

《国王克里斯蒂安》作于1779年。这首歌被创作出来的时候，丹麦和挪威还被笼罩在一个强大王国的权力帐篷之下。因此，这首歌颂国王克里斯蒂安的国歌反映了丹麦祖先靠海为生的历史和骁勇善战的品格，具有年代感，也是让丹麦人回忆历史的国歌。

《有一处好地方》是一首深情的民歌，体现丹麦人热情和爱好和平的性格。歌中描述了丹麦国家的风土人情，爱好和平的人们生活多么美好。它与《国王克里斯蒂安》形成反差，是在丹麦失去挪威后，为响应人们渴望和平的愿望而创作的。

　　这两首国歌在不同的历史时期都发挥了应有的作用，而现在两者都存在，是因为丹麦内部有两个阵营。保守派热衷于《国王克里斯蒂安》这首歌，依旧喜欢历史遗留下来的歌。而另一部分人更喜欢《有一处好地方》的歌曲格调，他们爱好和平，安于现状。有项数据显示，丹麦的幸福指数居于世界前列。丹麦政府对于两首国歌这种情况也无从调节，于是便都保留下来，在不同的场合用不同的国歌。

　　严兵在北京时还和伍修平抱怨把他派到一个非英语国家留学，而伍修平当时却说："其实到丹麦挺好的。一是这个国家虽小，但却出了一位举世闻名的大文学家安徒生，你是学语言文学的，正好到安徒生的故乡切身体验一下那里的风土人情；二是丹麦是一个极为开放的国家，你可以去真正放松一下压抑的心情，体验一下自由的快乐。"

　　严兵听他这么一说倒也觉得很在理，心里反而憧憬起丹麦的生活来。

　　其实确定前往丹麦留学后，严兵就与刚刚从丹麦回国的老同学李阿强取得了联系。李阿强毕业后留在校外事处工作，之后被外交部抽调赴丹麦的中国大使馆工作，后来回国休息一段时间。严兵与李阿强联系时正值他回国休息阶段。

　　李阿强虽然是上海人，可他的举止言谈倒像是一个朴实无华的陕西汉子，全然不像人们印象中的那种追求时尚的上海人。李阿强初中毕业后就去了甘肃省一个偏远小山沟插队当了一名知青，他在那里吃尽了农村所有的苦，受尽了落后贫苦地区所有的罪。他的坚忍与吃苦耐劳、他的朴素与乐善好义为他赢得了好口碑，于是他获得了被招工的机会，在一个环境和农村同样艰苦的山沟沟煤矿当上了一名煤矿工人。之后，他的命运逐渐改变，他上了大学，留校工作，当上了副处长，娶了一位如花似玉的陕西姑娘，出了国，升了职！这也就应了那句话：吃得苦中苦，方为人上人。

　　从当初一个蓬头垢面的插队知青，到现在西装革履、风度翩翩的外交官，连李阿强自己也不禁感叹世事之变化，人世中苦尽甘来、仕途得意、佳人在怀，皆因一个"缘"字！

李阿强是怎么把他媳妇娶到手的无人知晓。他只通知亲朋好友他要结婚了，给大家发了请柬，人们就欢喜着参加了婚礼，喝了新娘新郎敬上的喜酒，又趁机近距离一睹新娘的美貌和笑容，心理上便获得满足，皆大欢喜。

新娘小杨生得一副美人样儿，看上去小巧玲珑、白白净净、落落大方、温柔雅致。家乡人和亲朋好友都不禁羡慕赞叹：这李阿强真是前世修来的福分！

严兵在丹麦皇家教育研究院语言研究所学习期间，认真研读了英文版的安徒生文学作品及文学评论家们对其的评论文章，对安徒生的不同时期的作品有了一个系统的了解和初步的研究。他唯一感到遗憾的是自己没能力拜读丹麦语的安徒生原作，真正去体味这位妙语连珠、妙笔生辉的文学巨匠的风采。这一遗憾让他始终难以释怀！

丹麦皇家教育研究院语言研究所最先与严兵联系的是一位女秘书，她叫韦利，是一位金发碧眼、二十五岁左右的姑娘。韦利一米七五左右的个头，皮肤白皙，微胖，双眼深邃，见人时热情爱笑，说话时声音温柔，是一个容易让人产生好感的丹麦女孩。韦利受严兵的导师艾米莉指派，专门到中国使馆教育处来接严兵到研究所去见导师。韦利见到严兵后第一句话就是："我面前的这位男士就是严兵先生吗？"

严兵立即领悟了她的幽默，便答道："我想您不会弄错的，因为严兵是唯一的。我认为应该伸出一只手以示礼节和友好，这样比较绅士，而且我也想知道怎么称呼您。"

韦利高兴地伸出右手与严兵轻轻握了握，说道："您好，严兵先生！我叫韦利，是艾米莉教授的秘书，是她让我来接您与她见面。这个时间您方便吗？"

严兵答道："很高兴认识您，韦利女士！这个时间很合适的。谢谢您来接我去见我的导师艾米莉教授！"

随后严兵和艾米莉教授进行了亲切友好的会谈。

艾米莉对严兵的学习研究计划很满意，特别是对严兵流利的英语表示赞赏，这也令她十分好奇，便提出疑问："噢，严兵先生，我想知道你的英语是在哪里学的？"

严兵有点儿得意地答道:"啊,尊敬的艾米莉教授,您一定是认为我的英语讲得还不错!其实现在的中国,从改革开放以来,人们非常重视英语学习,虽然不像丹麦人讲得那么好,英语还没上升到第二语言这样一个高度,但它作为一门外语,在中学和大学已经是必开课或必修课,学生们学英语是极其认真用心的。我的英语就是在国内学会的。另外,因为我是教英语的,所以我的听说读写能力就比一般人强一些。我这样说您能理解吧?"

艾米莉教授表示基本上可以理解,但还是提出了另外一些诸如听说环境的条件等问题。严兵则明确表示艾米莉教授所提出的疑问,也正是他要在丹麦学习研究的问题,希望艾米莉教授不吝赐教。

丹麦是一个全民讲英语的国家,无论男女老少,人人都会讲英语。可以说,英语已成为丹麦人的第二语言(当然,丹麦人讲德语的水平一点儿都不比讲英语差),在丹麦你可以用英语和任何一个丹麦人进行交流。在英语为非母语的国家中,丹麦人的英语水平可以称得上是世界一流水平。

丹麦人有着得天独厚的英语学习环境,周边的人都会讲英语,人们都是你的老师,都是你的陪练,学习起来要容易很多。并且在电视、影像资料中,几乎都配有英文字幕。供儿童娱乐的从英语国家进口的影像材料也都是英语原版,这就使得丹麦儿童自小就开始全面地接受地道的英语听说方面的教育。

丹麦人非常看重自己的传统文化。会讲丹麦语的外国人在这里是很吃香的!如果你想在周末打工,会讲丹麦语就比较容易找到活干。

严兵在丹麦待了两个月后,凭着自己的英语优势,很快就掌握了一些基本的丹麦语词汇;加上他勤向左邻右舍的丹麦人,已经粗略学会了丹麦语语音,凭借一本《英丹词典》便可以读出丹麦语单词了。于是,严兵无事时就摇头晃脑地大声念起《英丹常用语对照二百句》来。

与严兵同用一个厨房的非洲加纳人菲力克斯忍不住发笑,开玩笑说道:"嘿,严!天哪,你是在读丹麦语吗?我怎么听不懂你在说什么!"

严兵故作惊讶地问菲力克斯:"啊,怪事!是你的听力水平不行,还是我的朗读水平不行?"

菲力克斯不服气地说:"嘿,严!我告诉你,我在这里学习了三年丹麦语了!"

严兵心想正好请他当个义务语音老师,便客气而谦虚地说:"哎呀,真是有眼不识真人哪!以后还请老师多多指教!"

在菲力克斯的指导下,两个月后严兵已经可以用丹麦语进行简单交流了。

严兵找到了哥本哈根一家食品广告公司的广告投送站点,在那里认识了两个幽默风趣的丹麦小伙子,一个叫多姆,另一个叫艾力克。两人都只有二十三岁,都没有结婚。多姆和艾力克负责这个广告投送站点。他们每天的任务就是把各个区域的广告派送工作单分派到送广告的工人手上。每一份广告派送工作单上都清楚地写着取广告的地点、送达广告的区域、共有多少份广告和能拿到多少克朗的劳务报酬。

严兵第一次见到多姆和艾力克时就有一种似曾相识的感觉,而他俩也像认识这个从东方来的客人一样,显得格外热情。

这种奇异的感觉让严兵当即心里就冒出两个字:"日怪!"

严兵进了多姆和艾力克的办公室,第一句话便用丹麦语开玩笑问他俩:"请问这里的人讲丹麦语吗?"

多姆和艾力克愣了一下,随即便相视一笑,多姆应声说道:"当然了伙计,丹麦语总是让人感到温暖!"

艾力克立即补充说:"让人感到热乎乎的!"

严兵随声应和着说:"特别是在冬天!"

三人心领神会,哈哈大笑起来。三人互相做了自我介绍,算是认识了。

艾力克好奇地问严兵:"你从哪里学的丹麦语?"

严兵微笑着直截了当地告诉他说:"从《英丹常用语对照二百句》上学的。"

多姆又问:"是完全靠自学吗?发音问题怎么解决呢?"

严兵答道:"英语国际音标能帮助解决一部分问题,我在公寓里有幸认识了一位老师,是他帮助我学习丹麦语音。"

多姆笑着问:"那你现在能讲几门语言?"

严兵开玩笑说："能讲两门半吧。"

多姆和艾力克都笑起来，多姆问："两门还有一个半门，怎么讲？"

严兵认真地解释说："英语和中文算两门吧，丹麦语目前最多能算半门吧，任重道远哪！"

严兵不会用丹麦语讲任重道远，就随口讲了英语。于是三人就用英语交谈起来。多姆和艾力克对遥远的中国充满了好奇，似乎有很多问题想向严兵讨教，严兵也很乐意尽自己所知来满足他们的好奇心。严兵对多姆和艾力克说："来日方长。哪天我请你俩喝酒，就在我住的公寓，我给你们炒中国菜，咱们可以喝烈性酒，也可以喝啤酒。我们来他个一醉方休！"

两人一听可以品尝到严兵亲手做的中国菜，还可以喝烈酒，而且竟然可以尽兴喝到一醉方休，顿时兴奋起来，显得一副急不可待的样子，相互击掌，摇头摆胯扭动开来。

临别时，多姆为严兵选择了几条相对固定的送广告路线，基本上都是十六层的那种带电梯的公寓楼，用时短挣钱多。但是按照规定，留学生每周打工时间不得超过十四个小时，于是严兵便选择了周六周日两天时间打工。

艾力克有点儿担心一天七个小时去那么多栋公寓楼送广告的劳动强度太大，严兵却乐观而充满信心地对他俩说："Work is hard but money is good.（挣钱不怕苦。）Money talks.（有钱能使鬼推磨。）"

多姆也开玩笑说："Bread makes YanBing go.（面包能使严兵推磨。）"

严兵惊讶地问多姆："你懂得push and grind（推磨）？"

多姆笑了，说道："就是turn millstones（转动磨盘）嘛！"

严兵惊呼："哇！多姆，你真了不起！"

多姆说："是我上中学时我们的一个中文老师教给我们的一句中国谚语，叫Money makes the devil go（有钱能使鬼推磨），老师的妻子是丹麦人。"

严兵心想那位教中文的老兄真是太幸运了，不光找到了那么体面的一份工作，还娶了一个丹麦女子为妻。唉，人比人活不成哪！想到这里，严兵不由得想念在国内的妻子柏兰。

严兵还是把送广告这个工作想得太容易了些，很贪心地向多姆和艾力克要了十几栋公寓楼的投送区。他第一次到了指定的取广告地点时，看到那条街道的一条小巷拐角处堆积得像小山一样的广告，一下子就傻了眼，都不知如何下手了！也是他运气好，正当他看着那堆广告手足无措时，一个看样子四十多岁的中国女子推着一辆自行车从取广告地点经过。严兵立即想起来在教育研究院所居住的公寓见过她，便向她友好地挥了挥手。她停了下来，主动问起要不要帮忙。她对严兵说："你一定是刚来丹麦的吧？第一次送广告吧？"

严兵点头称是，也向她问道："你也是送广告吗？你叫什么名字？我怎么称呼你？"

她笑了笑，客气地说："我叫蒋丽娜，是从广西柳州科技大学来的，我已经在这里生活一年了，马上就准备回国了。我送广告有八个月时间了，这个活很累人的。你要的活太多了吧，是我的两倍还多，干到晚上恐怕也送不完！最费时的就是分拣广告，像你今天这么多广告，光分拣好也得五六个小时！"

严兵向蒋丽娜做了自我介绍，对她说："蒋老师，我叫严兵，咱们见过面的，只是还不认识。我也是试着出来打打工，没想到这么多广告，都无从下手了！幸亏碰到你，请给我指导一下吧！"

蒋老师笑了笑，说："其实也很简单，只需要把各种广告排放成一个圆圈，你坐在中间挨个拿一遍就能分拣好一份了。来，我做给你看！"

蒋丽娜查看了派送单上注明共有十六种广告，就从那堆放着的广告中挑取了十六捆围成一圈，又另外取了一捆当作板凳坐在上面，做起示范来。严兵看着她双手上下挥动着转了一圈，将十六种广告压一下做成一个对折，又放入脚下踩实，然后放在一边，对他说："这样就算是完成一份分拣了，等分拣好的这些比较多了，就抱到一个墙角放好，放得整齐一些，不要弄乱了。等全部分完了就可以放在送广告专用的挂袋里去送了。如果是公寓楼，你得先算一下这个单元需要多少份，然后抱着广告乘电梯上到顶层，从上往下投送。每家门上都有一个活动式的投送信件报纸的缝隙，就和邮筒上的那种一样，从那个地方塞进去就可以了，千万不要敲人家的门！有时候，当你把广告从缝隙处塞进一半时，会感到屋里有人猛地一下把广告抽了回去，你可能会误以为屋子的主人因为你的打扰而生气，其实是人家养的狗狗在帮主人取广告，所以不必介意，倒是要小心狗狗咬住广告猛往里抽时拉伤你的手。"

严兵一脸感激地听着蒋丽娜详细的讲解，就像学生在听老师讲课。待她停止了讲解，严兵对她开玩笑说："谢谢蒋老师的解说！你说的这一整套的程序都是宝贵经验，都很实用，会让我少走很多弯路，真的是非常感谢！课时费就不交了，如果你不嫌弃，吃一块我带的黄油蜂蜜三明治吧！"

蒋丽娜大方地接过严兵递给她的三明治，一边小口地吃着一边称赞说："嘿，你这自制的三明治还够香够甜的！"

严兵开玩笑说："嘿嘿，这也是有诀窍的，作为回报我就告诉你吧！"

蒋丽娜好奇地等着他说。

严兵故意卖关子，慢条斯理地说："四字真言。"

蒋丽娜忙问："哪四个字？"

严兵自己先忍不住笑了起来，憋着气，吐出四个字："糖多油多！"

蒋丽娜顿时笑喷了。

多姆和艾力克很快就成了严兵在丹麦最要好的朋友。

这天，严兵邀请两人到公寓里吃一顿他亲手做的中国家常饭。他准备了二十瓶丹麦啤酒和两瓶麦卡伦威士忌烈性酒，做了四道下酒菜——烤猪肉、粉条拌豆芽、西红柿炒鸡蛋、青椒木耳炒肉片，主食是猪肉白菜馅水饺，准备了一百多个。这顿饭严兵准备了一天半时间，与两人约好晚上六点左右过来吃饭。多姆和艾力克如约而至，多姆手里捧着一束鲜花，艾力克提着一篮水果，两人兴高采烈地从车里出来，径直上了二楼走到严兵的房间门外。

严兵热情地将两人迎进屋内，对着多姆说："伙计，这是准备献给女朋友的鲜花吗？"

艾力克抢着说："是送给一个叫作严兵的中国厨师的！"

严兵一看艾力克手里的水果篮，直喊："啊呀，太棒了！我正好缺水果，忘了买了！"

多姆说："我俩猜着你会喜欢水果哟！"

严兵关心地问道："都这个点了，你们一定饿了吧？"

多姆耸了耸肩，幽默地眨眨眼，说："哎呀，早就饥肠辘辘啦！"

艾力克也说："我这会儿能吃下一条烤猪腿！"

严兵连连道歉，笑着说："我保证五分钟内开吃！请稍等！"

严兵指着木地板上放着的啤酒和威士忌酒说："先喝啤酒还是先喝威士忌？"

多姆说："先喝威士忌吧。"艾力克表示同意。严兵便往三个玻璃杯里斟酒，每个杯子里都倒入了差不多三两酒。

紧接着严兵从厨房里端来一大盘烤猪肉，里面放有一小碟干辣子面和一小碟盐。三人狼吞虎咽大吃起来。严兵举杯提议一饮而尽，多姆和艾力克十分豪爽，也举起酒杯，三人碰杯一起喝干了。严兵又打开一瓶威士忌，将酒分成三等份，又将第一瓶剩余的均分在三个酒杯内，这时每杯有三两多酒了。严兵又从厨房端来一大盘粉条拌豆芽，艾力克先用叉子挑着吃了一大口，直呼好吃，急得多姆又用叉又用手只管往嘴里放，随即也大声叫好。严兵提议开始喝啤酒，两人表示赞同，于是三人共同举着啤酒瓶底朝天灌起来。三人往肚子里灌了几瓶啤酒，严兵又去厨房里做了一大盘西红柿炒鸡蛋，端上冒着热气的盘子对两人吆喝："伙计们，热菜来了！"

艾力克和多姆各拿一把勺子抢着吃。严兵心想这两个家伙真能吃，胃口都不错哪！再看看先上的烤猪肉和粉条拌豆芽两大盘菜，已吃了个精光。严兵赶紧又回到厨房，麻利地做好了青椒木耳炒肉片，急忙端过去让两人品尝。两人大叫辣得过瘾，严兵又陪着他俩灌了一瓶啤酒，征求他俩意见，问道："接下来吃什么呀，伙计们？"

多姆晃着脑袋说："嘿嘿，开胃菜吃过了，上正式菜吧！"

艾力克打了个饱嗝，表扬严兵说："菜的味道都相当不错，请继续上菜吧！"

严兵吃了一惊，不由得哄着劝他俩道："啊呀，光吃菜怎么能吃饱？我们开始吃中国水饺，怎么样？"

两人一听还有中国水饺吃，顿时乐得手舞足蹈起来，一齐喊道："严兵——上水饺！上水饺——严兵！严兵——水饺！水饺——严兵！"

严兵被他俩的憨态逗乐了，改用汉语冲着他俩喊："饭桶——大饭桶！"

两人一听严兵讲汉语也乐了，学着严兵说："Fantong! Fantong……"他俩以为严兵说"饭桶"是在称赞他们！

这顿饭一直吃到晚上十点多，三人都喝得酩酊大醉，横七竖八直接倒在木地板上睡了。

第三十七章

严兵又开始了每周两天的打工生活。哥本哈根的冬天和北京的冬天一样寒冷，但海岛上的寒风却要比北京的风冷得多。最让严兵难以忍受的就是分拣广告的这四五个小时。在这段时间内，那一股股一阵阵从海面上刮来的寒风吹得严兵浑身筛糠似的直打哆嗦。他手脚冰凉地坐在空无一人的巷口背墙处，一份又一份分拣着堆积如山的广告。他的动作几乎变得机械，他心里同时也在机械性地念诵着：吃得苦中苦，方为人上人……吃得苦中苦，方为人上人……下定决心，扛住寒冷！排除万难，把活干完……

严兵时而会想起安徒生描写的卖火柴的小女孩，特别是她那可怜的被冻得瑟瑟发抖的一双小手。他想自己此刻是不是也是一副可怜相？或许看上去更像卓别林扮演的那种饥寒交迫的贫民，样子滑稽！严兵自我嘲讽道："唉，我就是那个可怜的小丑——贪财的可怜虫！人穷志短哪！'不为五斗米折腰'就是个垂子话，咱可不玩清高的！咱穷学生信奉的是《国际歌》里的道理：从来就没有什么救世主，全靠我们自己！海外穷苦的留学的同胞们，咱也应该有自己的响亮口号呀：打工熬累，活得受罪！卖了苦力，换得纸币！"

咬紧牙关度过了这四五个小时的分拣时间，接下来的四个小时投送时间就如同从黑暗的旧社会进入了光明的新社会。严兵双手推着装满广告的自行车，心情舒畅地穿梭于一栋栋公寓楼之间。

几栋公寓楼跑下来，严兵身体内的血液开始运转得热了起来，他不觉就又变得心情愉悦开来，轻声哼唱起了最能表达他此时感受的一首歌："解放区的天是晴朗的天……"

严兵住的那栋皇家教育研究院公寓楼的不远处有一个大湖泊，湖岸四周平地上树林茂密，树林中小道旁星星点点布满了两层式公寓小楼。严兵有次晚饭后沿着湖边小道散步，走着走着听到一个苍老的女人声音，那人用丹麦语喊："嘿，请您帮帮忙好吗？"

严兵顺着喊声抬头一看，路旁一座两层小楼的二楼窗口上有一个丹麦老太太朝着他挥手。严兵走到楼下试着用英语问道："您需要我帮忙吗？"

老太太微笑着用英语说："是的。请您上楼来好吗？"

严兵答应着，便推开门顺着台阶向二楼走去。老太太给严兵让了座，端上一杯茶请他喝。老太太看上去八十多岁年纪，慈眉善目，佝偻着身子，笑眯眯地用英语说道："很抱歉占用您的时间！您能帮我扔一下我厨房里堆着的那五六袋子垃圾吗？我们这一片住着的老年人大都患有严重的风湿病，下不了楼。我今年八十九岁了，腿脚不方便，我一个人生活，很少出门。唉，活得太长了，活得有些困难哪！"

严兵同情地看着老太太湿润了的眼睛，一时不知怎么安慰她好。过了片刻，严兵小心地试着问她："那您的儿女呢？他们离您住的地方远吗？"

老太太布满皱褶的嘴唇微微颤动着，似乎有点儿为难地说道："噢，他们住的地方离我这里很远的，而且他们都很忙。我儿子原来在阿尔堡城一家公司当工程师，我的小女儿在兰讷斯市一所中学里当教师，现在他们都退休了。他们兄妹俩每年6月份在他们的儿女都休假时一起来看望我并带我去旅游，那是我每年都盼望的幸福时光，他们会带我出去游览很多地方……"

老太太说着这些美好的往事，双目流露出奇异的光彩，一动不动地站在窗口，凝视着远方。过了好一会儿，老太太转过身来，对严兵说："实在是对不起，浪费了您这么多时间陪我这个无聊的老太太说话，真是非常感谢！您是一个好人哪！上帝保佑您！"

严兵又关心地问起她的生活费用来源，老太太脸上出现满足的神情，笑着说:"我的退休金足够我用的,我还存了不少钱呢。我答应给我的重孙子买一辆小轿车,明年就把钱亲手交给他。我的重孙子在阿尔堡城的一所大学里读书,他说毕业后要在哥本哈根找一份工作,他答应要照顾我。"

老太太脸上洋溢着灿烂的笑容,充满了对未来美好的向往。

严兵双手拎了几袋子垃圾,向老太太说了几句祝福的话准备告辞时,老太太往他口袋里塞了两个十元的硬币,严兵推辞不掉便收下离去了。严兵处理了垃圾后,继续沿着湖边小道往前走。他没想到一路上竟然有十一二个类似老太太的老年人给他打招呼,都是请他帮忙做一件再简单不过的取垃圾的活!严兵在惊喜中屁颠屁颠地跑上跑下十几个来回,假意客气地拒绝着老人们塞到他手里的五克朗或十克朗,却又满足地感受着口袋里硬币重量的增加。最终他来到了一个僻静处,从口袋里掏出那些沉甸甸的硬币,数了数竟有八十五克朗!

严兵一时呆坐在路边长椅上,心想:我的天哪!这钱来得也太容易了吧!怎么这好事就落在我头上呢?可能是这个点儿正好是居住的老人们刚吃过饭站在窗口休闲瞭望的时间。对,一定是这样的!

严兵决定认真观察研究一下这事的规律。

果然不出他的所料,其他时间很少有老人站在窗口瞭望,大都在晚饭后这个点儿,这些老人一天积下的垃圾需要人帮忙扔到楼下垃圾箱里去。于是严兵周一至周五晚饭后便满怀期待地去湖边散步。他为这个打工活动起了个名叫"湖畔取金"。对偶然发现的这个"湖畔取金"的事情,严兵守口如瓶。

李阿强从丹麦的中国大使馆回国后,在母校外事处担任副处长。严兵出国前一直保持着和李阿强的联系。去丹麦留学前,李阿强向严兵说起过一位叫作金界仁的华裔丹麦人,五十多岁。金界仁的父亲曾经是国民党军队里的一个中将,随蒋介石逃到了台湾,后因国民党内部派系斗争激烈,他父亲受到排挤,甚至连性命都难保了,才投奔了早年就定居在丹麦经商的长兄。金界仁继承了大伯父的产业,在丹麦哥本哈根市经营着一家中国餐馆,餐馆生意兴旺,财源滚滚。

这天是星期一,天气晴朗。

严兵吃过早餐——照例是他的自制：黄油蜂蜜三明治，另加一个鸡蛋，一杯牛奶。窗外阳光明媚，他就想着出去走走。他突然想起了李阿强向他说起过的金界仁先生，到丹麦已近四个月了，还未去拜访过这位商界的华裔丹麦人。严兵决定趁着今天天气好去拜访一下他。收拾打扮一番，严兵西装革履出了门。他先去附近超市买了一束鲜花和一篮水果，按照李阿强留给他的地址和乘车路线，在一条街道上顺利找到了金界仁先生的中国餐馆。

金界仁夫妇正在厨房里忙着给几位丹麦客人做菜。严兵从餐厅玻璃窗口处看到了一男一女两个中年人，断定是金界仁和他的夫人，便没有走入厨房打扰，而是静坐在大厅里等待。一个服务生走上前来招呼他，斟上一杯热茶，递上一份菜单，微笑着请他点菜。严兵看着菜单问那服务生里面炒菜的大师傅可是金界仁先生，那服务生看了看严兵，微笑着改用汉语问道："您认识我父亲？"

严兵立即反应过来他是金界仁先生的公子，便客气地说："是一位朋友介绍我来的，我和金先生并不认识。您是他的儿子吧？"

严兵立刻意识到自己说了一句蠢话，灵机一动，又接着说："哈哈，还真是'打虎亲兄弟，上阵父子兵'哪！一定是生意兴隆，财源滚滚哪！哈哈哈！"

严兵暗自得意自己反应敏捷。

金公子客气地说："借您吉言！借您吉言！请稍后，我去给我父亲说一声。请问您贵姓？"

严兵说道："免贵姓严。"

不一会儿，金先生从厨房走了出来。他看上去显得比实际年龄要大一些，略胖，脸上的肉比较松弛，双颊有些下垂，一米七左右的个头，挺着一个不小的肚子，一看就是平日里爱喝啤酒的人。他的眼睛很小，目光却很犀利，一见面就给人一种精明的感觉。金先生礼貌地对严兵说道："失敬，失敬！您就是严先生？"

严兵上前一步，握住金先生伸出的手，微笑着说："我叫严兵。事先未约，冒昧打扰！是您的朋友李阿强介绍我来的，他要我代问您好！"

金先生一听李阿强的名字即刻激动起来:"啊呀,阿强哪!哎哟,阿强是我的好朋友哪,很要好的朋友哪!他好吗?身体好吗?"

严兵看他兴奋的样子,告诉他说:"李阿强是我大学时的同学,也是我的好朋友。他从这里回国后又回到学校工作了,现在是学校里外事处的副处长。他的身体很好!"

金先生高兴地说:"阿强高升了,应该恭喜他哟!真是太好啦!"

说着话就见金太太也走了出来,客气地与严兵握手问好。严兵从旁边桌子上拿起鲜花,双手捧着送给她,说了几句祝福的客套话。三人坐下说了一会儿话,严兵看他们店里忙,便起身告辞道:"很荣幸见到你们,很高兴看到你们店里的生意如此兴隆,今天就先告辞了,谢谢你们的热情招待!"

金先生急忙说道:"哎哟,不可以的,吃过饭再回去嘛!"

严兵便说是刚吃过饭不久就来这里的,一点儿都不觉得饿,不用客气的。

金先生就坚持让严兵等几分钟,转身回厨房为严兵炒了一个菜放在一个打包盒里,又在另一个打包盒里盛入一些米饭,接着把两个打包盒一起放入一个精致的纸袋内,拎出来递到严兵手上,叮嘱说:"带回去热一热吃,尝一尝我的手艺!"

严兵没再推辞,说完感谢的话就离开了。

6月的哥本哈根白昼特别长,早晨四点多太阳就露出了头,一直到晚上十点多天才黑下来。哥本哈根的丹麦人一年中的好日子到来了。休假的人和从各地过来游玩的人都喜欢选择这个时间尽情地放松,享受这一年中难得的时光。绿色的草地上三五成群的尽是人,年轻的小伙子们和姑娘们光着上身躺在草地上享受着阳光的沐浴。姑娘们裸露着乳房,毫无羞涩感,她们从小就习惯了和男孩子一样无拘无束,喜欢和男人们一样自由自在,喜欢展示自己优美的身姿。

严兵的隔壁邻居,他的非洲加纳朋友菲力克斯诡秘地微笑着对严兵说:"嘿,我的朋友,大好时光到来了,去户外开开眼界吧!不过我要好心告诫你,不可以靠近前去盯着姑娘们的私处看。除此之外,你可以尽情欣赏她们的身体，她们会非常享受你的欣赏目光的。这里的6至8月是一年中的黄金时光，祝你过得快活！"

严兵感激地看着他，不失幽默地说："好，我记住老兄的忠告了。要不要付给你咨询费呀？"

菲力克斯笑着说："是我自愿告诉你的，是免费的哟！"

严兵便说："那我晚上请你喝啤酒、吃烤肉，略表谢意。"

菲力克斯高兴地舞动双臂，扭动着屁股，眨着眼睛，开心地说："嘿嘿，你这个提议好极了！"

这段时间，语言研究所放假，严兵的导师艾米莉到挪威访亲会友旅游去了，于是严兵有了充足的游玩时间。

严兵按照菲力克斯的指点，骑着自行车，一路上观赏着马路两旁绿色草地上如同星星般点缀着的各种鲜花，一小时后来到"夏日沙滩"。这里除了哥本哈根当地人之外，还有不少来自丹麦其他城市的人和慕名而来的外国游客。次日，严兵去了安徒生博物馆——位于丹麦菲茵岛中部的奥登塞市区。博物馆围绕着安徒生的故居建立而成，这座小屋坐落在一条鹅卵石铺地的街巷里。博物馆共有陈列室十八间。这里临街的一幢幢古老式样的建筑，使人仿佛回到了19世纪安徒生生活的年代。

之后的一些日子，严兵又专程去了哥本哈根市中心东北部的长堤公园，里面有著名的小美人鱼雕像，那是丹麦雕刻家以安徒生童话《海的女儿》为蓝本铸造的，至今已有一百多年的历史，已成为哥本哈根的一个标志，每年都吸引着无数的游客。

严兵在海边游泳时认识了一位七十多岁的丹麦老头，他叫哈特，居住在市中心的一条街的公寓楼内。哈特看上去高大魁梧，一米八以上的个头。他的身体素质很好，严兵看着他从岸边浅水区一直游向深水区，从岸上都看不到他的身影了。哈特年轻时在军队里服过役，20世纪40年代初曾参加过抵抗德国入侵的战争，那时他还是一个入伍不久的毛头小伙子。哈特向严兵讲述起他的这段过往时，说道："嘿嘿，那是很久以前的事了，像是做梦一样。我那时连枪还没有玩熟，子弹都不知道是怎么打出的，手忙脚乱只管扣扳机，可能连一个德国士兵都没打中，哈哈，子弹就快打光了。接着，就接到了撤离的命令。"

哈特告诉严兵他现在独自一人生活，有足够的退休金，去年刚刚新换了一辆小轿车，他喜欢开着车四处去兜风，特别是去海边兜风。哈特和许多丹麦人一样，是个外冷内热的人。他给严兵讲起了他的个人感情生活，此时他的双眼流露出伤感的神色，目光忧伤地凝视着远方，喃喃地说道："唉，我总觉得她们还活着，就在远处海边的某个地方等着我，二十多年来她们娘俩一直在等着我，从来不愿意离我太远，可我就是无法靠近她们，触摸不到她们，只能远远地望着她们。"

严兵看他停了下来，便小心地问道："我想她们是您深爱着的妻子和女儿吧？"

哈特碧蓝色的眼睛转动了一下，看了严兵一眼，双眼含泪伤感地说："可她们不在了，永远地离我而去了。我知道她们舍不下我，她们的灵魂在等着我，我只有死去，才能见到她们，我们的灵魂才能相聚。"

严兵轻柔地拍了拍哈特抽动着的肩膀，低声问道："是突发了不幸事故吗？"

哈特欲言又止，痛苦地用双手蒙住脸，半晌才抬起头来，泪眼婆娑地说："她们母女俩在海边公路上开着敞篷车兜风，刹车失灵，迎面撞上一辆拉货的大卡车，当场就身亡了。那辆大卡车也因躲避不及从三米多高公路侧翻到海滩乱石中，司机也当场死了。我女儿安娜要是活着，今年应该三十九岁了，她妈妈利娃应该六十一岁了。我经常不由自主地开车到她们出事的那个地方去，一坐就是大半天……"

严兵的双眼噙着伤感的泪水，同情地看着这位七十多岁的丹麦老人，心里充满了无限的惆怅。哈特内心的痛苦将伴随着他的余生，他对妻子和女儿的思念之情时刻在折磨着他。严兵此时想起了国内的亲人，特别是他的爱妻柏兰。她这会儿在做什么，是不是也在想着他？他的妈妈和可爱的小妹妹小静，她们这会儿应该在吃晌午饭吧？他的老父亲应该浇过了自留地，正坐在院子里乘凉吃饭吧？老父亲总喜欢在上午太阳不晒时浇地。他的菜地打理得真好。还有他的兄弟们，他们一定都在为各自的前途和小家庭的日子忙碌着。严兵想到这些就越发想要回国了……

严兵回想起了5月全国政协主席访问北欧五国时，在丹麦接见留学生代表的座谈会上发表的一席讲话："……希望年轻的朋友们学成后回国报效祖国！我们国家正处在一个大力发展的时期，你们年轻人正处于展示自己才华的大好时期，要做为国效力的好儿郎……"

严兵等待许久的回国时间来临了，而真到了告别这个他已经建立起了感情的地方时，他却从心底生出一种难以言喻的恋恋不舍的感觉。他的好朋友——广告投放点的多姆和艾力克，给予他关照的金界仁夫妇，他的导师艾米莉女士，给予他很多帮助的非洲人菲力克斯，无不让他恋恋难舍，他在这里度过了他人生中一段美好而终生难忘的时光！

再见吧，亲爱的朋友们！再见吧，美丽富饶的丹麦王国！我要把最美好的祝福送给朋友们！

他的好朋友，他的忘年交，可亲可敬的哈特坚持着一定要亲自开车将他送到哥本哈根国际机场。他们在机场大厅里紧紧地拥抱在一起，久久不肯分开。哈特热泪盈眶，满怀深情地对严兵说："亲爱的中国朋友严兵，我们虽然相识时间不长，可我从内心里感谢你对我的理解和给予我心灵上的抚慰。我想这次离别就意味着我和你永别了，我没有机会再见到你了。我已经老了，或许什么时候就去和我的妻子、女儿相聚去了，她们在天堂等着我呢！"

严兵听着老人离别的话语，激动得泪流满面，哽咽着说："我最亲爱的朋友哈特，我们有缘相识是上帝赐予我们的恩泽。你一定要好好地活着，请相信，在你想念我的时候，我也一定在想念着你。我们的心灵是有感应的，是永远相通着的！"

第三十八章

告别了好朋友哈特,严兵坐在候机大厅里休息,心里还在想着哈特。他想哈特这会儿一定是在从机场往回开车的路途上,哈特也一定在想着他。这位纯朴憨厚的丹麦老先生,竟然如此重感情,让严兵感动得心里暖融融的——他要永远将哈特记在心里。

大约一小时后,严兵迷迷糊糊地听到了广播的声音和身边人们的响动,就起身去排队登机。他找到了自己的座位号,是中间一排靠右走道的第二个座位,便坐了下来。

空中飞行大约经过了十三个小时,飞机终于在北京国际机场安全落地。严兵几经折腾,拉着行李箱,在出口接机人群中惊喜地发现了专程来接他的陈畅。严兵大声呼叫起来:"老总——老总!"

老总也发现了走出来的严兵,迎上前去,两人激动地握手拥抱,抢着问候对方。随后两人出了大厅,乘坐着机场大巴,一路往市区驶去。两人在机场大巴送客点下了车,老总叫了一辆敞篷人力三轮车,将行李箱放在脚下,两人挤着坐在一起,叫那中年车夫朝天坛方向去。那蹬车汉子边卖力地蹬着三轮车边气喘吁吁地埋怨道:"哎哟,您这两人加一大行李箱真够沉的,挣这一趟卖力钱真不划算,怎么也得再加点儿钱,您二位说对不对?"

老总就笑着开玩笑说:"没问题,加两块钱!"

蹬车汉子喘着气说:"哥们儿太抠门儿了吧!你们用脑力挣大钱的人还在

乎十块八块的小钱哪！"

老总却说："嘿，十块八块还是小钱哪！您口气不小呀！哥们儿也是插队知青回城的吧？"

蹬车汉子惊奇地问："嘿嘿，您是怎么看出来的？我在云南插队十年，回北京十五年了。之前在街道上干零工，挣不了多少钱。这活累点儿，可挣钱多呀！"

说着话就到了老总家住的巷子里，在一个小院大门口停下车，蹬车汉子帮忙拎着行李箱进了院子，放在屋子门口。老总抢着付了钱，又多给了十块钱，蹬车老知青心满意足地离开了。老总招呼着严兵进屋休息，忙着将行李放置好，又去沏了一壶茶，然后便坐了下来陪着严兵拉起话来。

严兵在老总家待了一天后，想着去拜望老同学伍修平。老总叮嘱严兵晚上回来吃羊杂碎，他下班回来顺路在一家回民店买一些煮熟的羊肚、羊蹄、羊肝和羊肠，凉拌着下酒吃，再让他夫人烙几张拿手的烙油饼。严兵高兴地应承早点回来。

严兵想给伍修平一个惊喜，就在沙滩北街卖卤肉摊上买了一块猪头肉，让那卖肉老头切成碎块，浇上蒜汁装在一个塑料袋里，又买了两个煮得很烂的猪蹄和旁边烧饼店的几个烧饼，接着又在附近一个烟酒铺子里买了一瓶二锅头，兴致勃勃地朝法学研究所大院走去。看门大爷认出了他，热情地向他打招呼："来了您！没见伍先生出门，他这会儿在屋呢！"

严兵笑着学北京腔说："好嘞大爷，您辛苦！那我进去了！"

严兵敲了敲门，听屋里传出伍修平浑厚的声音："请进！"

严兵有意逗逗他："伍先生在家吗？"

伍修平道："我就是，请进来吧！"

严兵又说："打扰您了，伍先生！"

伍修平打开门来准备看是什么人如此啰唆，接着就惊呼："啊呀！你这个坏蛋！我说是谁故意闹呢！你这家伙啥时回来的？"

严兵微笑地注视着他，说了句："比原来瘦了！"

伍修平开玩笑说："缺吃的嘛，你拎的是啥好吃的东西？"

严兵把包放在桌子上，一边往出取东西一边高兴地说："嘿嘿，全是你爱吃的，还有二锅头，咱把这些干掉！"

伍修平见是猪头肉和大猪蹄，又是一声惊呼："啊呀！啊呀！亲爱的猪头肉，爷爷馋死你了，快让爷爷先亲一口！"说着就伸手抓了一大块猪头肉急忙塞进嘴里，还没咽下去，又抓一块，嘴边流着汁水，口齿不清地叫嚷着："这猪头肉真香，能把我香死！"

严兵一边拧开酒盖一边说："快拿个大点儿碗来，汁溢出来了。这猪头肉比我待遇高多了，看你那瓜怂样就像是光棍汉见到了漂亮的小寡妇！"

伍修平拿来一只碗，说："嘿嘿，小气鬼！猪头肉的醋你也吃哪！说出来不怕老同学你笑话，有两个月没见荤了，'小寡妇'更是有一年都没碰了。"

严兵惊讶地看着他，关心地问："怎么会这么惨？"

伍修平长叹了一口气，有些无奈地说："唉，一言难尽哪！今年6月老家连下大雨，上游堤坝决口了，受灾的人太多。我父母保住了性命，就去投奔我姐夫，谁料到姐夫家也遭水灾，姐姐还受伤住了院。我接到电报就赶紧给我姐夫汇钱，所有存款都汇出去了，还借了单位财务上两百块钱。现在我身上只有三块钱了，每天只能煮点儿挂面吃，混得惨吧？"

严兵同情地看着伍修平，说："现在你父母和你姐姐都啥情况哪？"

伍修平说："我姐出院在家休养，他们都还好。"

严兵和伍修平吃喝完毕，说了一会儿话，严兵便向他暂时告别了，走前还悄悄掏出五百块钱压在碗底。

老总和伍修平一起到北京火车站送别了严兵。

在西京火车站严兵见到了思念已久的柏兰，两人拉着手不肯松开，柏兰一脸幸福地笑着，一同来接站的两位朋友羡慕地看着小两口。学校车队的司机将行李放在商务面包车上，严兵和柏兰随同大家坐上车。严兵饶有兴致地一路观望着街景，不到一个小时就回到了学校。

两日后，好朋友韩冬和王明范牵头宴请严兵和柏兰，为严兵接风。韩冬和李光丽、王明范和魏琳、李进和史红，还有严兵和柏兰，四对夫妇欢聚在一起，共叙友情。柏兰这日更是容光焕发，如雨后阳光下绽放的一朵粉色玫瑰花，水灵水灵的格外迷人。韩冬忍不住开起来玩笑："啊，柏兰今天更美了！啊，就像一朵出水芙蓉！啊，这才是'出水芙蓉莲打坐，灵波秋雨醉红尘'。"

柏兰禁不住夸，红了脸，词不达意地说了句："今天下午刚刚洗了澡！"

她的话引得大家都笑了起来，她自己也显得有点儿不好意思地随着大家笑了起来。

王明范机敏地转移话题，用他特有的绥州话说道："我提议咱一起为严兵留洋归来干上一杯，咋得个？"

魏琳也站了起来，手举着酒杯说："我和我们家老王共同欢迎严兵留学归来！祝愿柏兰和严兵生活更加幸福，笑口常开！"

李光丽笑眯眯地站起来说："还有一个愿望一定要提一下，就是祝愿严兵早日评上正教授！也希望王明范、韩冬多努力，跟上严兵的步伐！"

李进也举起酒杯，热情地说道："我和史红祝愿严兵出国归来，在事业上有更大的发展，和柏兰的小日子过得更加幸福！我提议，为我们的愿望，为我们的友谊，再干一杯！"

严兵用感激的目光注视着在座的每一位好友，双手捧着酒杯站起来，充满激情地说："我此时此刻感到非常非常激动和幸福，有你们这样的好朋友，是我和柏兰最大的荣幸！祝愿大家事业发达，家庭生活幸福！来，请举起杯，为我们的友谊永存干杯！"

北方大学校长王牧教授正在吃晚饭，桌上一个铜盘子里搁着一只很大的冒着热气的猪肘子，还有一小碟盐、一把小刀、一瓶酒和两个很大的铜酒杯。严兵吃过晚饭后就到王校长家来拜访，见王校长正在吃饭，便表示歉意地说："不好意思，来早了，打扰您吃饭了！"

王校长热情地说："我这吃饭没个正点儿，迟了早了是常事。严兵你刚回来吧？怎么样，都好吧？你可是按时回国的，非常好！这样就主动了，我这些天还想着你回国的时间呢！"

严兵敏锐地听出了王校长话中有话，便问道："我给您添麻烦了吧？"

王校长哈哈一笑，递给严兵一杯酒，说道："来，小严，咱先干一杯，算是我欢迎你回来。"

严兵和他碰了一下杯，一饮而尽，笑着说："谢谢王校长！好酒！"

严兵喝得豪爽，王校长用欣赏的目光看了看他，说了一句："痛快！"接着又为严兵斟满一大杯酒。他家杯子实在，一杯酒足有八钱的量。

严兵看他喝酒兴致高，就主动端起酒杯对他说："王校长，我敬您一杯，感谢您对我的栽培！我回来了一定好好干，不辜负您和学校对我的期望！"

王校长一听越发高兴起来，拿起满满的一杯酒，和严兵碰了碰，两人都一口喝了下去。王校长放下酒杯，看着严兵说："这不，这些天院里别有用心的几个人拿你的事攻击我嘛！说我用人不当、看人走眼、任人唯亲，还说什么严兵早就从丹麦跑到英国去啦，根本就不打算回来啦！事实胜于雄辩，你按期归来就是对这些人最有力的回击！我是不是有理由高兴？应该不应该喝酒？咱爷儿俩今晚来个一醉方休，敢不敢？"

严兵发现王校长已有四五分醉意了，那瓶酒也快见底了，就将酒瓶底朝上把余下的酒倒在他酒杯内，开玩笑说："没酒了，怎么一醉方休？"

王校长睁大眼睛盯着那空酒瓶，用蒙古语大声喊叫起来："额和呢尔——额和呢尔！"

他妻子李娜在书房听到喊声，急忙走出来问道："怎么了，巴托？"

王校长说："去拿一瓶酒来！"

李娜温柔地说："哎呀，已经喝了一瓶啦！"

王校长用不容商量的语气说："我今天高兴，要和小严一醉方休！"

李娜示意严兵到厨房去，对严兵嘱咐说："王牧平日就五六两的酒量，能劝住他少喝就尽力劝住他。"

严兵让李娜老师放心，说他自己多喝，让王校长少喝。

严兵主动把盏，尽量自己多喝些。又劝王校长多吃一些肉，提醒他空腹容易醉酒。李娜老师又端来一壶热奶茶，严兵就不停地斟茶劝王校长喝。王校长趁着酒兴对严兵诚心诚意地说："'酒逢知己千杯少，话不投机半句多。'今晚这酒喝得痛快！看来你的酒量还不小，没看出来啊！"

严兵爽朗地一笑，对王校长说："我是在二十多年前插队当知青时练出来的，那时候喝不起好酒，就买一塑料桶散装酒，一口气喝一大碗，足有半斤多，那时连喝两碗不带倒的！"

王校长笑着问："'不带倒'是啥意思？"

严兵笑道："就是不可以躺倒，躺倒了不算好汉，会让人瞧不起的，所以要逞能就得硬撑住了！"

王校长哈哈大笑起来，说："这规则有点儿意思，培养硬汉子！"

喝完酒，严兵辞别了王校长和李娜老师，出门后跟跟跄跄扶着楼梯扶手和墙，下了楼。他一路头重脚轻、跌跌撞撞回到家里，顾不得柏兰的询问和埋怨，一头倒在床上睡了过去。次日上午九时许，严兵按约来到王校长办公室。王校长正一个人在办公桌前坐着吸烟，见严兵敲门进来，先招呼他坐在办公桌侧面的沙发上，笑眯眯地问道："感觉怎么样，醒过来难受吗？"

严兵笑着说："喝得尽兴，醒来后一切正常！好多年没这么喝过了。您真厉害！姜还是老的辣！"

王校长得意地说："嘿！没几十年功夫练不成这喝酒的本事，你看我这不照常上班嘛！头脑清楚，精力充沛，照样日理万机，还浑身有力！"

严兵忍住笑，觉得他有时候像个小孩一样喜欢显摆自己的强悍，就不失幽默地捧他说："真是让人佩服，普通人没法跟您比。想想那些大人物，他们都具有常人所没有的品质！"

王校长露出很满意的神情，继而面部表情变得认真起来，对严兵说："有件事先向你简单讲一下。学校准备进一步拓宽学科规模，建立一个新系，初步设想叫外语系，先设英语专业，上报主管部门批复后明年开始招生，你觉得怎么样？"

严兵听到王校长讲到设立外语系的打算，立刻激动地站了起来，对着王校长兴奋地说："啊呀！这真是太好了！王校长英明啊！我要把这个好消息告诉外语教研室的同事们，大家一定会非常高兴、激动！"

王校长笑着对严兵说："小严哪，你先起草一个设立英语专业的可行性报告，包括1995年开始招生的计划、现有师资情况和引进师资的计划等相关内容，学校再根据你的报告进行研究。在起草报告这个过程中，你有任何问题，直接和主管教学的陈文暄副校长商量，由他来拍板决定。"

严兵到陈副校长办公室，和他谈了起草报告的事。陈副校长热情地对严兵说："王校长给我讲了起草报告的事，你先按照你的思路草拟出一个初稿来，之后咱们再斟酌修改完善，争取向校长会议提交一个比较成熟的报告。"

严兵在一周后将《设立英语专业的可行性报告》初稿交到了陈副校长手上。严兵建议将专业名称确定为具有复合型英语人才培养模式的"法律英语专业"，新建的外语系就定为"法律外语系"。

王牧校长和陈文暄副校长完全赞同严兵的观点，认为他的想法非常符合目前人才市场用人的形势和用人单位选用人才的标准，而且他的复合型人才培养模式的思想是具备超前性的，眼光长远。充分利用北方大学特有的法学师资资源，将英语学科紧紧依附于法律学科，使英语学科"丰满而强壮"起来，实现人才市场"一人两用"的迫切需求，这是严兵经过认真考证后提出的一个操作性很强的英语人才培养新模式。对于法学方面的课程，严兵不敢有丝毫的马虎，经过充分的调查研究，他虚心请教了校内法学专业人士，充分听取了他们的意见，提出了具体的九门法学必修课及各门课所分配的课时。除此之外，严兵特别提出了三门选修课：一是汉语写作课；二是哲学课；三是逻辑课。法律外语系对复合型法律英语专业学生培养质量的要求是：英语专业达到国家规定的本科水平，必须通过国家四级专业英语统考，优秀生必须通过国家八级专业英语统考；法律方面要求达到专科水平，九门必修课必须全部及格，优秀生必须九门课考试成绩均在八十分以上。

1994年，北方大学法律外语系正式成立，严兵任系主任。从此北方大学有了六系一部及两个直属教研室的规模。

1995年，法律外语系按照既定计划，开始招生，法律英语专业首届在全国范围内招收了四十名学生。由外语教研室改建的法律外语系全体教职员工从此扬眉吐气，有了自己的专业和学生，成为六大系中的"一路诸侯"，地位发生了显著变化，令校内各部门刮目相看。

此外，严兵与系副主任范瑛商量后决定，由范瑛负责大学公共英语教学工作，他负责专业英语教学工作，另外对系内各部门及负责人做出调整。

此时，法律外语系全系教职员工已达五十九人，已有三名英语硕士研究生。大家情绪高涨，对未来充满了信心，对系领导班子充满了信任，全系呈现出一派积极向上的工作氛围。建系第二年，即1996年，有六名讲师晋升为副教授。严兵也是在这一年申报了英语正教授的评审并以高票通过了评审，实现了北方大学历史上外语正教授零的突破，从整体上提升了外语学科的学术地位。

王牧校长高兴地对严兵说："校评委会上第一轮第一次就几乎是全票通过哪，这在咱们学校职称评审工作中是史无前例第一次哪！学术成果丰厚，个人实力雄厚，令人振奋，后生可畏哪！缺了的那一票是你自己没投自己吧？哈哈，这也符合你小严的风格哪！四十刚出头就已经是正教授了，你在全省高校教师中也是凤毛麟角哪！"

严兵双目中充满了感激和敬仰之情，声音有些颤抖地望着王牧校长，道出了发自肺腑的感恩之情："王校长，您是我人生中最大的贵人和恩人！您成就了我的事业，给予了我无比的关爱！您的恩泽让我难以言表，无以为报！"

王牧校长也激动起来，目光炯炯地看着严兵，慈爱而深情地对他说："你是个干事业的人才，学术研究方面又出类拔萃，是我欣赏的人哪！咱俩算得上是忘年交，不讲回报！咱爷儿俩有缘哪……"

第三十九章

严文武拉着一辆架子车回到院子里,上面装满了锣鼓大镲小腰鼓等乐器和男女秧歌服装。服装还用写着每个人姓名的布条绑在一起,一卷一卷的,码得整整齐齐,看上去就像是个专业服装管理员弄的。严文武组织的这个老年秧歌队有三十多个人,队员都是秧歌爱好者,自娱自乐,锻炼身体,陶冶情操。

一直与他生活在一起的他的第三任老婆左丽英非常支持他的活动,逢人便显摆说:"我家老严就这么个爱好,就让他玩去,对身体好嘛,有个事情做人就有精神!"

小儿子严维存嫌老父亲这么大年纪抛头露面做这号事情不高雅,一脸不高兴地说:"哎呀爸爸,你能不能不要弄这秧歌队了?人家都笑话我了!"

严文武惊讶地看了小儿子一眼,问道:"笑话你甚了?"

严维存皱着眉头说:"人家说:严维存,你爸爸跟一群憨不溜叽的老婆老汉天天在院子里扭秧歌,像一群疯子一样,还挤眉弄眼,扭得可丑了,看着让人硌硬得不行!"

严文武一听就来了气,训斥道:"胡说八道!什么叫憨不溜叽的一群疯子?"

严维存以为他爸爸没听懂他的话,就向他爸爸耐心解释说:"人家的意思就是说:你们是一群脑子不正常的憨老婆憨老汉,和精神病人差不多!"

严文武大怒,厉声骂道:"放屁!浑蛋东西。"

严维存吓了一跳,缓缓神又不紧不慢地说:"又骂人哩!是人家提出的看法嘛，又不是我说的。你这个人就是听不进去不同的意见，动不动就恼羞成怒。除了这，还有什么本事？"

严文武愈发气恼得不行了，怒吼一声："滚！"

刚上初中的小儿子，说起话来一套一套的，严文武拿他也很无奈。只听严维存边走边大声念诵着自己编的一首顺口溜：

老干部修养差，不讲道理开口骂；
对人说的是马列，对己讲的是自由；
倚老卖老坏习惯，平起平坐人喜欢。

严文武听了一笑，心想：哼，臭小子！你喜欢了，老子不喜欢！

严兵调到西京后不久与柏兰一起回沙州看望母亲，发现母亲不知何时患上了严重的类风湿性关节炎，手指关节出现肿大变形症状。严兵与居住在沙州的两个兄弟坐在一起商量给母亲治病的事。沙州当地医院只确诊是类风湿，却没有好的治疗办法，更没有专门的医治条件。严兵和柏兰回到西京，多方打听咨询后，终于找到了一家私人中医诊所，专治类风湿。

严兵将母亲接到了西京。经过诊所曹清华大夫一段时间的治疗，母亲的关节疼痛得到缓解，情绪好了起来，吃饭睡觉都有了明显的改善，她便在北方大学校园里慢慢地转悠起来。她刚开始活动时，柏兰总是形影不离地陪着她；后来对校园各处熟悉了，而且还认识了几位陕北的家属老太太，便坚持不要柏兰跟着，自己一人按时按点出去闲逛闲聊。这天吃过早饭不久，柏兰问婆婆："妈，中午饭您想吃什么？我下课顺路在菜市场买些菜回来。"

婆婆喜眉笑眼地对柏兰说："买上些洋芋、红萝卜，噢，还有芹菜和豆腐干。中午蒸上些洋芋丸子，熬上一锅小米汤，再用青辣椒和醋凉调上些萝卜丝丝，要切得细细的才入味！"

柏兰一直变着花样顺着婆婆口味做饭给她吃。婆婆对柏兰这个儿媳很是满意，觉得饭菜很合她的口味，有时就在厨房里指导媳妇怎么做菜饭才好吃。

婆媳俩有时吃过饭闲下来还探讨交流做饭的事。这天上罢早上的两节课，柏兰从陕师大校门出来径直朝菜市场走去。在菜市场入口，看见一个人拉着一辆架子车在卖羊肉，一搭腔听出是涧水老乡，柏兰不由得就和他亲切地拉开话来："你好像是岔口那块地方的人？你这羊肉看着就美着咧，白是白，红是红！"

涧水中年汉子一口家乡话道："噢——我不是岔口上的，我是石咀驿镇王家堡的，和作家路遥是一个村里的！"卖羊肉中年汉子幽默地开起玩笑来。

柏兰被他逗得笑了起来，说："啊呀！那你们王家堡可是出名人的地方呀！"

"噢——他作他的家，我卖我的羊肉，社会分工不同嘛，说到底不都是为了弄口吃的嘛！噢——再能的人，活个七十八十，还不是活口吃食嘛，你说我说得有没有道理？"中年汉子说道。

柏兰觉得她这个老乡说得到位，一语道破"民以食为天"这亘古不变的道理。

柏兰要了一条羊前腿，拿回去给婆婆看。婆婆一看就称赞起柏兰来，说道："啊呀，你还是个买羊肉的行家嘛！这块肉可是好羊肉，白是白，红是红，还是前腿！把肉剔下来包饺子吃，骨什炖着吃，还能喝羊肉汤。"

柏兰口上应着，手上也立马动了起来，不到一顿饭工夫，就麻利地把肉和骨头拾掇停当了。婆婆看着剁成鸡蛋大小的羊骨头和切成绿豆大小的碎丁丁肉，就又表扬起媳妇来，用手指着盆里的羊骨头块块说："啊呀，真是剁得匀称，大小一个样样的，把这些一次都煮上吧！羊肉丁丁切得也细发，和食堂里的大师傅切得一样好！这些羊肉丁丁分开能吃三顿饺子，先冻在冰箱里头，慢慢吃。"

柏兰就照着婆婆的话去做，她从不和婆婆顶嘴，啥事都顺着婆婆的意思办。有时候下午没事柏兰还带着婆婆遛弯子——去菜市场逛一逛。婆婆看着菜摊问价钱，压低价问人家卖不卖，卖菜的人听她把价压得太离谱就不理睬她。柏兰知道婆婆问价压价只不过是消遣取乐，便由着她在菜摊之间问东问西乐一乐。晚上柏兰和严兵在一起说起这件好笑的事情时，严兵捂住要笑出声的嘴，对柏兰低声说："嘿嘿，你才发现呀？我从小学起就发现我妈这个特殊嗜好了，我小时候跟她在菜市场买菜，她要一家一家地问遍卖菜摊子。人家土豆卖一块钱十斤，她就偏偏要问一块钱二十斤卖不卖，问得人家都不再和她搭话了。我在她身旁都觉得丢人，可我劝她没用，后来也就习惯了。再后来我长大了，就理解了。"

柏兰沉思不语，静静躺着想心事，过了好一会儿，突然自言自语地说："婆婆这人很有意思。一个老干部，退休前是一个有几百名员工的大公司的经理，独当一面、说一不二的女强人，竟然在菜市场上为几角钱过来过去和人讨价还价，想想真是不可思议！现在她得了这个病，浑身疼，虽说有了好转，可这种慢性病还是会越来越严重，想想真是让人难受。"

严兵听柏兰这么一说，心里乱了起来，翻来覆去，一晚上没有睡踏实。

严兵和柏兰左劝右劝，但母亲坚持要回去，说："在这儿不就是光吃药嘛，吃药在哪里吃不一样？"而且坚决不让严兵陪她回去，说这样不但多花一个来回的飞机票钱还要搭上时间，就把她送到机场就行了。严兵和柏兰心里明白，母亲急着回沙州主要是想女儿小静了。女儿小静是她的心肝宝贝，长这么大从来没有离开过她这么久。小静刚上小学五年级，已经懂得爱护侍候妈妈了，一放学就回家守在妈妈身边，端茶送水贴心得很哩！几个哥哥嫂嫂也都喜爱这个小妹妹，小静也和他们很亲近。柏兰特别心疼小静，常在严兵面前念叨小静，说小静年纪那么小，守着两个老年父母，别家的像她那么大的孩子，都在三四十岁的父母面前撒娇，成天和朋友同学们玩耍呢，可小静却在陪伴侍候着六七十岁的老父老母！柏兰就时不时地想起小静，总是为她担忧。

严兵曾经和曹清华大夫多次请教探讨过母亲患病的起因，向她讨教除服药之外如何调养身体。曹大夫说这种病主要是受了风寒引起的，最怕极端的冷热交加的生活环境，热得出汗时凉风阴风最容易侵入身体使骨骼受寒，逐渐就会种下病根，而一旦种下了病根，治疗起来就困难了。

严兵心里挂念母亲，想着自己出国留学得一年之后才能回国见到母亲，便和正在给学生上课脱不开身的妻子柏兰商量好，独自一人乘长途公交车回到了沙州。严兵看到满头白发面容苍老的母亲时，心里不禁一阵阵酸楚，泪水在眼眶里打着转，哽咽着说："妈，我回来看看您！柏兰上课请不了假，就我一个人回来的。我要出国了，得一年以后才能回来。"

老母亲满心欢喜地端详着儿子，声音响亮地说："啊呀，总算是有了动静了。去年就说要出国了，这回真要动身了。出去好好向人家学，不要骄傲，学回来报答国家、报答学校！不晓得外国吃些什么，你能吃习惯吗？自己想办法做得吃，吃好些，身体要紧，不要凑合着吃。你不要担心我，人老了都一样，这病那病的，都是一个转转，生老病死，谁都一样，免不了。唉，人就是这样子，从小看到大，三岁看到老。你打小就爱为人操心，心太细了，也好也不好，对人家好，对自己不好。出国后常给柏兰写信，不要让她为你担心，柏兰是个能干的女人，心地善良，要好好待人家。"

严兵就不停地点头答应着，听着母亲反反复复叮咛絮叨。严兵关切地问起母亲吃药后的身体感觉和变化。母亲不愿让儿子过分担心，轻描淡写地告诉他说自己感觉还不错，吃了药疼痛就减轻了，现在就是走路腿有些疼，还有药吃多了胃里不舒服，其他方面都还可以。严兵仔细看了看母亲的胳膊和腿脚，发现关节处都有了变形的状况，心里就不由得犯起愁来。他不敢想象母亲所遭受的痛苦，他多么希望眼前发生的一切都只是一场梦。

严兵这天晚上坐在母亲的炕头，他看着躺在炕上的母亲，侧身躺着的母亲也看着儿子，母子俩就这样看着对方，许久没有出声，仿佛都不愿打扰对方似的。下午严兵已买好了次日清晨六点的长途公共汽车票，这一次离开母亲要一年的时间，他最牵挂最揪心的就是母亲的身体所承受的疼痛。

母亲似乎感觉到了儿子的心事，神情平静地开口安慰他说："吃了药就不那么疼了，关节变形那是谁也没办法的事，就顺其自然吧！你不要给自己增加心理负担！你这样，妈也不放心你……"

次日凌晨四点多，母亲就起来给严兵做了鸡蛋面条，严兵醒来后就吃了一碗，和母亲一起走出大门外。母亲手里拄着一根拐棍，催促他赶紧走不要误了发车时间。严兵松开了母亲的手，走了几步又回头看了看母亲。秋风中母亲的白发有些散乱，母亲用手拨开挡在眼前的头发，又挥手让严兵快走。严兵走了很远，转身看时，母亲还拄着拐棍在空旷的街上站着……

严兵上车坐在座位上，心情久久不能平静下来，眼前浮现着母亲在秋风中颤颤巍巍拄着拐棍站立的身影，心头又酸楚起来，他低下头双手捂着脸，任凭憋了许久的热泪夺眶而出……

他哀叹母亲的不幸遭遇，心底里呐喊着人世间的生离死别。他的心中充满着悲伤、憋屈和对人生的失望、对世事的无奈、对未来的迷茫。

一年后，严兵留学归国不久，便与柏兰一道急匆匆乘坐飞机回到了沙州，看望他们心中一直牵挂着的母亲。走到一年前那个清晨母亲站在秋风中送别他的地方，他的眼前又浮现出他们母子难分难舍的情形。他在家属院大门口站立了片刻，便和柏兰走进了院子。

母亲依旧在炕上躺着，叔叔在屋里忙着扫地，小静上学去了还没回家，一切看上去都那么平静祥和。叔叔看到严兵和柏兰来了，略微显出惊诧的神色，随即便笑眯眯地叫着严兵的小名，热情地说："小毛你们回来了！快快先放下东西歇歇，喝点茶水。你妈吃完药刚睡着，不要叫醒她，让她多睡会儿。"

柏兰就忙着上手帮着扫地、擦抹屋子各处灰尘，又去院子里的小厨房收拾整理东西，开始做饭。叔叔准备出门，给厨房里的柏兰嘱咐说："柏兰，就熬上些小米稀饭行了，不要做其他吃的了，刚进门，都先歇着。我到街上买上一盆子羊杂碎和几个烧饼，拿回来就能趁热吃。小静也快放学回来了。"

严兵看着酣睡中的母亲，注视着她安详的神色，心里踏实了许多。看面色，严兵觉得母亲比去年还要好一些，脸上不再那么苍白无血色，已经有点红润了，于是就从心里感激起叔叔来，感激他一直在尽心照料着母亲。去年老两口闹别扭，在两个地方各自住着，后来严兵的小弟严商小两口搬了出去，住单位家属房了，叔叔就搬到母亲家属院来专门照顾她，早晚在一起，能帮着做点儿简单家务活，吃饭则基本上是在街上买现成东西拿回家里吃，省了一日三餐做饭的麻烦。

母亲住的这个五金公司家属院距街上不足三十米。街上卖吃食的小铺一家挨一家，各类可口的饭菜应有尽有，很是方便。

不一会儿，小静放学回来了。进门看见柏兰，就惊叫着"三嫂"，上前拉着柏兰的手亲热地问长问短开来。姑嫂俩小声拉着话，可还是把母亲吵醒了。母亲从熟睡中慢慢睁开眼睛，看了柏兰一眼，愣了愣神，喊出声来："啊呀呀，这不是柏兰吗？啥时候回来的呀？小毛回来没有？"

母亲惊喜之中就要坐起身来，小静眼疾手快上前扶着母亲坐了起来。柏兰走到炕头前一只手拉住婆婆的手，另一只手理了理婆婆散乱的头发，温情地看着婆婆说："妈，我们都想您了！小毛刚留学回来，我俩一起回来的。"

小静急忙跑到厨房，对着正在调酸辣萝卜丝的严兵说："三哥，妈醒了，叫你呢！"

严兵回到屋里笑嘻嘻地对母亲说："妈，您醒了。刚才看您睡着了就等着您醒来呢！我们进门好一阵子了。"

坐在母亲身边的柏兰说："我王叔叔说您吃了药刚刚睡着，让您多睡一会儿。"

母亲看着精神头十足，容光焕发。她喜眉笑眼地说："小毛，这次留学回来歇心了吧？应该安心不往外跑了吧？都跟外国人学了些甚知识，给妈汇报一下！"

小毛就逗她开心说："唉，没啥好学的，尽学了些做洋饭的知识，明天就给你们露一手，叫作'tomato-juice noodles（西红柿汁浇面）'，味道相当不错！吃的时候要用两件工具：一个小勺子和一双筷子。"

母亲和叔叔、柏兰和小静都笑了起来。母亲笑着说："听名字还一长串串，做起来复杂不复杂？"

严兵说："就两样食材，一是西红柿，二是意大利面条。"

母亲就笑着问："啥叫个意大利面条？"

严兵看了看大家好奇的目光，解释说："就和咱街上用玉米面换的'钢丝面'（用玉米面在一种轧面机上轧出来的饸饹状面条）差不多，咱就用钢丝面代替意大利面！"

小静忍不住说："啊哟三哥，让你说得我现在就想吃了！"

严兵笑着对小妹妹说："忍着些，小静，明天让你吃个够！咱们今儿先吃洋点心，我专门从丹麦带回来的。"

柏兰听严兵一提醒，赶忙从提包里去取丹麦的特产曲奇饼干。只见她从包里拿出一个特别精致的彩色铁皮圆盒，打开盒子，拿出饼干分给大家吃。小静吃了一口就惊呼起来："啊哟，可好吃了！咋这么好吃！"

王叔叔尝了一口，眯着眼笑着说："嘿嘿，你不要说，人家丹麦这点儿东西做得还真涮正，又香又甜！"

老母亲也点头称赞说："啊呀，这洋饼饼味道就是和咱街上卖的'糖棋子'不一样！"

严兵和柏兰回到西京，正赶上学校在调整住房。严兵上完早上的第一、二节课后便去房产科打探分房情况。回到家中，他找到正在窄小的厨房里洗菜的柏兰，兴奋地对她说："哈哈，这回按条件咱可以分一个两室一厅一卫的户型！"

柏兰一听，高兴地说："啊呀！在我们师大好些资历浅的正教授也住两室一厅一卫的房子，许多年轻一些的副教授都还住着一室户呢！"

1994年回国后严兵就把精力放在了科研上。除了给英语专业的学生上课外，他作为一个新建系的系主任，行政事务方方面面都要亲力亲为，因此他的科研工作只能放在晚上。他的好朋友韩冬开玩笑说："啊呀，夜猫子哪！我半夜起来上厕所，从我家阳台上朝五十多米外的你家阳台上一看，啊呀，灯还亮着，还在挑灯夜战哪！"

严兵调侃说："唉，有啥办法，笨鸟先飞嘛！"

韩冬劝他道："还是得注意劳逸结合哪，长期这样身体受不了哪！以后下午跟我一起打篮球吧，适当活动一下身体。"

严兵口头上答应着韩冬的好意邀请，三天打鱼两天晒网去操场活动了几次，之后一忙就坚持不下去了。1996年，他的科研成果等已满足了申报教授的条件，于是就填表报了名。那年他顺利通过了评审，成为北方大学历史上第一位外语学科的正教授，也是本省最年轻的外语教授之一。次年他又被吸收进了本省高校职称评审委员会外语学科七人专家评审组，成为最年轻的专家评审组成员。那年严兵刚刚过了他不惑之年后的第二个生日。

严兵决定去延安探望年迈的父亲。

这些天他有两个晚上都梦见了父亲。梦中的父亲是那么苍老,像一个耄耋老人,弯腰驼背瘦骨嶙峋,仿佛一阵风就能把他吹倒似的。他上前叫了声'爸爸',父亲竟然认不出他。他对着父亲的耳朵喊:"爸,我是小毛呀!"父亲好像用力在记忆中寻找小毛这个名字,喃喃自语着"小毛……小毛……"

另外一次梦中的父亲却是满面红光一脸喜色,开着一辆老式帆布吉普车。严兵老远看见父亲在大院里正在擦洗车,就急忙跑到车跟前叫了一声"爸爸"。父亲被他叫得一愣,随即便笑了起来,开口说:"啊呀,叔叔你认错人了吧?你找谁呀?"

严兵顿时愣在那里,过了片刻才又问他:"您不是严文武吗?我是您的儿子小毛呀!"

父亲哈哈大笑着,喘着气用手指着严兵问:"你是小毛?那我是谁?咱俩的名字一样的吗?叔叔你一定是老糊涂咧!我是给严书记开车的,我叫小毛,不是你爸爸!你看错人咧,哎哟哟!"

……

严兵把自己的梦给柏兰讲了,柏兰笑得抱住肚子直喊叫,半晌才擦着眼角的泪珠珠说:"啊呀呀,笑死人了!真是太离奇了!一满乱套了嘛!"

严兵也感叹道:"唉,就是的,一满乱套了!幸亏只是个梦,梦里的事情什么都有可能!不过总是个啥预兆吧?是不是我爸爸想我了?我应该到延安去看看他。"

柏兰也赞成他去看望一下老父亲,顺便把他当了正处级干部和晋升了正教授的事告诉老父亲,让老人家也高兴高兴。柏兰说她这次就不去了,向系上请假多了不好意思再开口。

严兵向王牧校长请了一周的假,安排好了系里的工作,告别了妻子,踏上了他的探亲之路。

到了延安革命纪念馆后山底腰的一座大院子里,严兵看见父亲正坐在院子里择拣一堆从地里拔来的小白菜,像是要做饭。严兵上前叫了一声"爸爸",父亲抬头一看,见是小毛,有些惊讶地笑着说:"啊呀,小毛你怎悄悄地就来了，我一点儿思想准备都没有！柏兰没回来吗？"

严兵放下手里的提包，坐到父亲跟前的小凳子上，笑呵呵地说："小毛想他爸爸了，来看看，不行吗？"

老父亲被他说得哈哈笑了开来，说道："你小子，几十岁的人了，说话还像个娃娃！"

严兵嘿嘿一笑，又问："您和左老师身体都好吧？维生结婚以后常回来看您吗？维存高中毕业以后干什么工作？"

老父亲听到他的问题又哈哈笑了，说："三个问题让我一个一个说给你听。

"第一，我和左老师目前身体都还算好，小病都有，人老了谁也免不了。家务工作方面是：一、三、五她出去打麻将，我在家做家务工作；二、四、六我出去组织我的秧歌队，她在家做家务工作；菜地的工作由我一个人包干了。

"第二，维生两口子每周星期天都回来看我们。维生也娶了个好媳妇，他媳妇懂得孝顺老人，性格也温和，能把维生那个愣小子管住了，维生这娃娃有福气！现在他们两口子一起做点儿小生意，赚了不少钱，不用我们操心！逢年过节他们两口子更是拿好酒好烟来孝敬我。他媳妇一进门就忙前忙后，勤快得很！

"第三，维存现在在纪念馆里干保安工作，按时上下班，正在谈对象，是个小学老师，来过家里几回了，人各方面的条件都不错。维存就看上人家女子模样长得俊，不管其他方面的情况；我的意见是听娃娃们自己的。"

老父亲说起两个小儿子，神色就有些变化，好像回想着很久以前发生的事情，目光突然变得有点儿呆滞，望着远方喃喃自语道："我沾了这两个娃娃的福气，活到现在。当年快活不下去了，我给维生起这个名的意思就是维持住一口气，勉励自己活下去；后来有了维存，活下去的力量就越来越强了。维生小时候常问我他妈是谁，我后来告诉他实情后，他就记住了，他长大后赚了钱带上媳妇去山西找过他妈，现在还常联系。"

老父亲想起了他的第二个老婆当年被革委会强制押送回了山西老家时的悲凉情景……

老父亲又说："你二哥严农现在在一家汽车修理厂当修理工，工厂效益不好；他媳妇在一家照相馆工作，工资也不高。他们生了两个女娃娃，日子过得紧紧巴巴的。你二哥想换个工作，我这些天正在跑这件事。唉，人走茶凉，我贴上老脸，没人认了嘛！"

严兵在父亲家住了两日。这天上午，他帮着父亲给菜地浇了一遍水，父子俩坐在院子里喝茶歇息。严文武突然问儿子道："小毛，咱俩一起去一趟准格尔怎么样？"

严兵望着父亲充满期待的目光，欣然答应说："好啊！我还没见过爷爷呢！我还真想看望一下在草原的爷爷，看看大草原！"

严文武满意地笑了，问严兵说："那你知道你爷爷叫什么名字？"

严兵得意地说："当然知道！叫严耀祖，光宗耀祖嘛！那应该是你爷爷对我爷爷的厚望。那你爷爷叫什么名字你知道吗？"

严文武被问得张口结舌，顿时说不出话来。

严兵见状就转移话题说："爸爸，咱啥时候动身呢？"

严文武忙说："我看咱明天就出发吧。"

父子俩当晚就准备起来。严兵和父亲商量带些什么礼物送给爷爷和亲戚们。严文武说带点延安的小米吧，延安的小米具有特殊的革命意义。严兵会意地笑了，又提醒父亲一定要带上几瓶延安产的老酒。父子俩你一言我一语提醒着收拾好了两大提包东西，一直折腾到大半夜方才歇了。

次日一大早，告别了左老师，父子俩到城里长途客运站买了两张前往沙州县的车票，先在车站外面的羊杂碎铺子里每人吃了碗热气腾腾的羊杂碎和两个烧饼，然后坐上车一路奔沙州城而去。天近黄昏，长途汽车缓缓开进了沙州县汽车站，两人下了车，到售票处问好了次日一早前往内蒙古的车次，又到附近街上一家旅馆住了下来。严兵对父亲说："爸爸，咱到街上转着买点儿东西吃吧？坐了一天车，您累不累？要不我给您买回来吃？"

严文武知道严兵想去看望他妈妈，便说："小毛，爸爸还真是不想动弹了，你吃了回来时给我带上点儿就行了。"

严兵直接到了母亲住的家属院。叔叔去了大女儿家，母亲正在和妹妹小静说话，她见严兵推门进来就高兴得直喊："啊呀，小毛你怎回来啦？吃饭了没有？"小静也高兴得直叫"三哥"。

严兵谎称吃过饭，又编谎话说次日要去鄂尔多斯出公差，顺路来家里看看。母子三人就坐着拉起话来。严兵看到母亲精神状态挺好，心里坦然了许多。又问起小静准备参加中专考试的一些情况，鼓励她认真复习争取考上。母亲得知儿子当了系主任又晋升为正教授，心里高兴，就让小静到外面街上的食堂买几个炒菜回来，要喝酒庆祝一下，被严兵劝说住了，只拿出了存放的酒，三人干喝了两杯。

小静好奇地问严兵："三哥，教授是不是大学里头最高的职务？"

严兵笑了笑，对小静解释说："是最高的职称，不是职务，就好比优秀学生，指的是学习方面的；而系主任是职务，是行政管理方面的。二者是有区别的。"

母亲非常精明地对女儿说："你三哥在他那个法律外语系里两方面都是权威，明白了没？"

小静也学会了幽默，笑着说："听起来就让人害怕！就是解不下！"

三人又笑了。

母亲让严兵在家里住上一晚，严兵推辞说同事还在旅馆等着，明天一早就出发。于是他告别了母亲和妹妹，在街上一家尚未打烊的小饭馆买了两碗拼三鲜和两个油饼子吃了，又给父亲打包了一份，急忙往旅馆走去。

进门见父亲半躺着没有睡着，严兵喘着粗气叫他起来趁热吃那一小份拼三鲜。严文武用小勺先舀一点儿汤尝了，咧开嘴笑嘻嘻地看了看儿子说："嘿嘿，还热热的，味道也和我多少年前吃过的一样样香！嗯，好吃！"

严文武边吃边感叹着，像是在感叹沙州城拼三鲜的美味，又像是在感叹多年前自己在这座古城街上第一次品尝拼三鲜，时隔多年又在这里吃上了拼三鲜。或许他认为自己与拼三鲜的缘分一生只有两次，而与许晴的夫妻缘分却早已永远地结束了。年已古稀的严文武对许晴的怨恨早已烟消云散，可深深地埋藏在他心底的对她的那份感情，那份生了根的爱，却始终存在着。

第四十章

　　许晴这一整天都显得有些心神不宁，坐立不安。她有一种奇怪的感觉，觉得严文武离她很近。她甚至有两次不由自主地走出院门，站在院门外的街口上不由得向南张望。

　　小毛晚上突然出现在她眼前，她却敏感地嗅到了严文武的气味，强烈地产生了想见他一面的愿望。人们或许应该把思念也看作一种缘分吧！为啥偏偏在今天心里总是忐忑不安？她和严文武之间的心灵感应在他俩年轻时就一直是很准的。她的心底一直存在着一个强烈的愿望——在她的有生之年能够再见上严文武一面，她想在她离开这个世界前亲口向他道歉。

　　三十多年过去了，她在内心无数次为她当年失去理智所犯下的过错，所造成的对双方一生的伤害，以及对孩子们心理上造成的一辈子的负面影响而忏悔。她对严文武的爱始终没有变，而留在她心底的痛楚却是一种无以言状的愧疚。他那么一个才华横溢的人，那么高傲要强的人，最后却沦为一个小小的公社革委会副主任，变成了官场上的一个笑料，饱受着世人的嘲笑和鄙视。如果一切都没有发生，他三十刚出头就已经是副地师级干部了呀！而且当时省上领导很赏识他的才华，后来他当县委书记时的两名部下都当上了副省级干部，他本应该是一个青云直上、年轻有为的人呀！唉，回首往事，悔恨又有啥用，后悔药到哪里去寻呀……

　　几年前，严文武曾给草原上的父亲写过一封信，可一直没有回音，他猜想父亲一定是年纪大了忘记给他回信了。他对父亲始终隐瞒着他家庭的两次变故和他仕途上的一落千丈，他绝不能让一辈子都想着光宗耀祖的老父亲在已近白寿之年时再遭受刺激！儿子小毛是他的骄傲，也是去看望老父亲的一个最好的"礼物"，小毛继承了他和许晴身上的一切优点。他看着身边坐着的儿子，几次想开口和小毛商量他的想法，可始终未能张口说出来。

严兵似乎看出了父亲的心事，看到父亲欲言又止的样子，便主动冷静而温和地提出了自己的建议。他对父亲说："爸爸，咱到了鄂尔多斯先找个地方住下，商量一下见了爷爷该说些什么不该说些什么，车上人多，说起来不方便。"

严文武万万没想到儿子如此通情达理、通晓世事，就感动地拍拍儿子的手，一个劲点儿头说好，顿时就觉着一块压在心上的石头被儿子取了下来，长长地舒了一口气。

天黑时，客车抵达鄂尔多斯。

父子俩带着行李出了车站，往闹市区走去。在城区主街上的南口，严文武找到了那家老铺面，是他和许晴三十多年前住过的地方，铺面外面换成了美观大方的玻璃门窗，看上去干干净净，窗框上方依然横挂着一块黑漆木框招牌，上面写着"严氏皮革店"五个大字。严文武上前打听情况，一个穿着软羊皮西装上衣，系着一条浅蓝色领带的高个子年轻人迎上前来问道："请问老先生要办什么业务？"

严文武问道："你们的店掌柜严耀祖住在哪里？"

年轻人一听来客说找严董事长，顿时变得毕恭毕敬，一边请两人进入铺内客座上坐下，一边唤伙计沏茶侍候，又亲自敬上中华牌桶装香烟，替两人点着火，就陪坐在一旁等候客人发话。严兵就小声对父亲说："先让他们给咱安排个住处，今日歇一晚，明天再去见我爷爷。"

严文武点头同意儿子的建议，对那个管事的年轻人说："我们今天有些疲劳了，麻烦你给我们找个住处休息，明天再去见我父亲严耀祖。"

那管事人一听严文武亮出了身份，有些惊慌地急忙去安排。不大一会儿，那管事人回来说："住处就在后院的客房，晚饭一会儿送来。我叫王阳，是这儿的经理，你们叫我小王就行，有什么需要请随时吩咐。"

父子俩住进了豪华的客房，有个伙计专门侍候他们。两人好酒好菜边吃边商量好了见着严耀祖该说该做的细节，酒足饭饱后便各自上床睡了。一夜无事。次日吃了早餐，严文武吩咐小王经理给董事长严耀祖通报一下，就说他儿子严文武到了。小王就先和董事长秘书通了话，刘秘书接到电话后就去董事长办公室找贴身专职勤务员李师傅。那李师傅是专门挑选出来的厨师，五十岁刚出头，还兼任董事长的专职司机，是董事长最信任的人之一。

严文武做梦也没有想到九十八岁的老父亲能把阵势搞得这么大，俨然一副大老板的派头，心里不由得暗暗佩服。严兵心里也充满了好奇，急着想看一看爷爷到底是个什么气势！

李师傅在花园别墅后院的办公室兼卧室里见到了严耀祖，刚刚吃过饭的严耀祖正习惯性地踱着方步。他已养成了一天五餐和餐后百步走的习惯，而且每餐只吃五六分饱，晚餐这顿坚持只吃一些新鲜水煮菜，连菜汤一起喝完。他还有一个习惯就是每年到医院做四次全身体检，分别在春夏秋冬各季开始前做，之后便按照医生的建议调理身体。他的身体各项指标都正常，没有任何毛病，医生惊叹这位九十多岁的老人的健康状况就像个中年人。他目前唯一感到不好的是耳朵有点儿背，每天在做"憋气鼓耳"自疗，一天做三次，已初见成效。

他的公司全称是：内蒙古鄂尔多斯皮革制品贸易有限公司。公司下设三个厂，五十多个销售点分布在十几个省会城市内。严文武和严兵晚上住过的那个地方只是自治区内十几个销售铺面之一。他的资产到底有多少，恐怕只有他自己才知道。

严耀祖见李师傅进来，问他有啥事。李师傅谦恭地对他汇报说："董事长，您儿子严文武来了，还有您的孙子严兵。哦，是刘秘书打电话过来说的。"

严耀祖听了一惊，急着就问："为什么不早说？他们现在到了什么地方？"

李师傅忙解释说："刘秘书也是刚打电话告诉我的，说他们就在南街口铺子里等着见您。"

严耀祖的情绪表现出少见的激动，对李师傅吩咐说："李斌，你立即开我的车，把他们接到这儿来！"

严兵随着父亲走进了这座独具匠心的花园别墅。眼前这个庞大的建筑物，连同周边茂密的树木、假山、小溪、花坛等，足足有一个足球场那么大。严兵心想，爷爷算得上一个传奇人物了，阵势搞得像个大人物一样！而从另一种角度来看，这样一个人，却是心理上自卑的——越是怕人瞧不起的人，越是注重表面形式，其实质就是心虚、不够自信。他的爷爷是这种人吗？说实话，他对爷爷并没有什么感情，眼下的他只是对这个九十八岁高龄的老人充满了好奇。

出现在面前的人完全出乎严兵的想象，看上去不过七十岁左右的样子，比他父亲严文武还显得年轻精神！

严文武手牵着严兵就要跪下磕头，严耀祖却开口说："都是旧礼仪了，免了吧！你们都是革命队伍里的人，从心里头就不认这一套嘛！我料想你会带上小毛来一趟的，这也顺了我的心了。"

严耀祖说完就让李斌给两人看了座。严文武恭敬地开口说："大，您老看起来身体硬朗着呢！"

严兵也急忙奉承说："爷爷内心强大，养身有方！"

严耀祖笑了，称赞孙子说："还是我孙子小毛会说话！小毛，你过来坐到爷爷跟前，爷爷有话问你。"

严兵走过去坐在爷爷大办公桌侧面的凳子上笑眯眯地看着爷爷。严耀祖露出慈祥的笑容，向严兵问话："小毛今年有四十了吧？现在在哪里工作？"

严兵知道爷爷明知故问，但还是认真回答道："四十二岁了，在陕西省北方大学教书。"

严耀祖又问："大学里的教师也有级别了嘛，你现在是个甚级别？"

严兵故作惊诧地问爷爷："啊呀，爷爷还解下大学里的事情哪！不简单！我现在是正教授。"

爷爷露出满意的神情，笑着说："哈哈，小毛不简单，已经是最高一级了！行政上有没有担任职务？"

儿子严文武插话说："行政上是系主任，正县团级别！"

严耀祖看了一眼儿子，点点头微笑着评价说："嗯，那就是现在说的'双肩挑'人才，这种人才可金贵着哩！你媳妇现在做甚着了？她叫个甚来着？"

严兵觉得面前这九十八岁的爷爷思路清晰、反应敏捷，心里不由得生出一股敬佩之情。他带点儿开玩笑的语气对爷爷汇报说："回禀爷爷，您孙媳妇叫柏兰，在陕西师范大学当副教授。她托我向敬爱的爷爷问好，祝您'福如东海长流水，寿比南山不老松'！"

严耀祖一听，哈哈大笑起来，高兴地站起身来，拍了拍孙子的肩头，喜形于色地说道："啊呀呀，我孙媳妇也不简单哪，给咱严家添彩哪！女人家当个副的教授也很光荣了哪！文武，你说老子说得对不对？"

严文武赶忙就说："大，您说得好，说得对！"

严耀祖接着又问起儿子严文武的情况："文武，你给大说说你们的情况，给大汇报一下你退休了都做些甚事情。"

七十六岁的严文武便开始给九十八岁的他大编故事。严文武眼睛就飘忽不定起来，嘴角抖动着对他父亲说道："啊呀大呀，让我咋给您老说么，我们都好着咧！许晴和我都好，都退休了在家养老，五个儿都成家了，各过各的，都孝顺着呢。我替他们向您问好！"

严耀祖就笑了，说："小武子呀，你还是小时候的模样，见了大，和大说话的时候，就害怕了！现在你也是当爷爷的人了嘛！我儿不要怕大了，大也不训小武子咧！那你一天都做些甚事情？"

严文武胆大了些，说："唉，就种了几块块地的菜，有个事情做，身体也锻炼了！"

严耀祖就说："嗯，也好着了，比甚也不做强，人还是要活动哩！活着才能动，动着才能活得好嘛！你说大说得对不对？"

严文武说："大，您说得对！"

严兵也开玩笑跟着说："大和大的大都说得好！有哲理！"

三人正说着话，李斌进来恭恭敬敬地请示说："董事长，饭菜准备好了。"

严耀祖下令说："走，咱一家子人吃饭去！"

为招待远道而来的儿孙，严耀祖让李斌准备了六道菜，看上去十分实在。一盘葱段烧海参、一盘爆炒羊肚、一盘鱿鱼片炒百合青椒、一盆酱香羊棒骨、一盆清煮老母鸡、一盆红油羊杂碎，外加一铜壶浸在铜盆中的热烧酒。

严耀祖招呼着儿孙好好吃，自己则按照习惯每样菜只吃一两口，喝了两杯酒。

饭后，严耀祖嘱咐他们父子明日吃过早餐就来，一起到严文武母亲的坟上去烧纸。李斌就又开车将他们送回住处。

严文武内心充满着对父亲和已故母亲深深的愧疚，当日与严兵一起在街上买好了上坟的香火供品，回到住宿处后心情久久难以平静下来。他认为自己是一个不孝之子，愧对父母的养育之恩。母亲病故前都没能见上他这个独子最后一面，嘴里念叨着"小武子——小武子"，上气不接下气，就是咽不下最后一口气，就是闭不上眼睛。她心里头一直怀有一种儿子会突然出现在她面前的幻想，就那样一直撑到断了气，她的眼睛始终看着门口，就是不闭上。

后来父亲向他讲起母亲离世时的情形，他就受到了强烈的刺激，当场就哭得撕心裂肺、痛不欲生，几乎昏死过去。母亲下葬后，他在母亲那座墓塔前守孝四十九天，吃素四十九天，每天上香诵经烧纸，为亡母做超度，虔诚祈祷母亲安息。

严耀祖对自己和妻子的后事早就做好了安排。在他六十岁塔娜五十八岁那年，他就选好了一处山地草甸：山下有条河，西岸有茂密的树林，是一处风景如画的好地方。他在草甸高处一块平地上请工匠修筑了一座砖石混合结构的六角形墓塔，立了未刻字的墓碑，安放了石板供桌。

妻子塔娜1987年八十六岁时，一病不起离他而去。他把妻子葬在了塔下砖石箍筑的墓穴内，让工匠在墓碑上刻下了"亡妻塔娜之墓"和一行小字，刻写着"公元一九〇一辛丑年——公元一九八七丁卯年"字样，落款是"夫严耀祖携子严文武丁卯年立"。

次日，严文武和严兵将供品摆放在供桌上，上了香敬了酒，烧了黄纸和冥钞。

严文武跪倒在母亲墓前失声痛哭起来，严兵跪在父亲身后也哭出了声。严耀祖被李斌搀扶着起身，坐在侧旁随车带来的一只木凳上，老泪纵横，不能自已。只听见老人家声音颤抖着对老伴说："塔娜呀，我知道你一个人孤单呀，我也是孤单呀！我过两年就来陪你呀，咱俩又能在一搭了呀！咱们都不孤单了呀……"

严文武听着哭得愈发厉害，身体剧烈地抽搐着，面部表情看着有些狰狞可怕，气咽声丝，他脸上一阵红一阵白地变化着，眼看着快要憋死过去了。严兵爬上前去，扶住父亲，一只手在他背上拍打着，一个劲儿地喊："爸爸，爸爸！"严耀祖见状也急了起来，赶忙让李斌过去给儿子喂上点水。李斌扶住严文武，和严兵一块儿服侍着给严文武喂了几口水，严文武这才开始大口大口喘气，人慢慢平静了下来。

严文武病了。他昏睡了两天，医生给他打了两天点滴。又过了三天，他才起来开始慢慢活动。这几天，他在昏睡中多次梦见身穿色彩鲜艳的袍子的母亲，脸上露着灿烂的笑容，站在白色的蒙古包前向孩童时的他招手。他的额吉是草原上最美丽的女人！她的笑声，她的歌声仿佛就在眼前。他张开双臂大声喊着"额吉"，兴奋地朝着母亲跑去……

严兵陪着父亲又一次走进了爷爷的办公室。爷爷表情严肃，郑重其事地对父亲说："文武呀，你是七十多岁的人哩，以后自己要多注意身体呀！小毛这回也见上了，大心里头高兴着咧！咱这回见面可能就是最后一回了。大也撑不了几年了，再活上两年就一百岁哩！你能回来看大，说明你心里还有大，大心里头满意咧！大只给你安顿一件事：等大死了你回来一趟，把大和你妈合埋在一搭里。棺材我都准备好了，还有一个碑。到时候在碑上刻上你要表示的话，安放在咱们给你妈立的碑旁边，就算你尽孝哩！李斌是大最信得过的人，我的后事一切都由他帮着办。"

严文武听着他大的话就又流起了眼泪，严兵也落泪了。

严耀祖露出慈爱的神情又说道："咱父子、爷孙算是有缘呀，这辈子能活成一家人，不容易。下辈子见了面说不定谁也不认得谁哩！哈哈，还说不定小毛是爷爷我是孙子哩！"

严兵忙说："啊呀，那可不敢！还是您当爷爷吧！"

严耀祖说笑着就从抽屉里拿出了四个精致的红漆小木盒，对父子俩说："这是我和你妈的一点儿心意。两块纯金手表，你们父子一人一块；一对上了百年的玉手镯，每一只都价值百万以上，是你妈临终前给我交代的她的遗物，送给儿媳许晴和给她来上坟的孙子媳妇,你们收好了!"

严耀祖站起身来,打开木盒让两人看了,要父子俩接下金表和玉镯,父子俩就表示了感谢,顺从地收了下来。

严文武深情地望着看上去比他还精神的父亲,声音颤抖着说:"大呀,您老好好保重,我和小毛抽时间就回来看您呀!您交代的事,我都牢牢记下了……"

这天临近天黑时,父子俩从长途客车上下来,轻装朝街上走去。严兵说想吃拼三鲜,严文武说他也想吃,两人于是寻了一家馆子就进去坐了下来。严兵喝了口汤说味道不错,严文武也尝了一口,说:"沙州城的吃食就是讲究,不管走进哪一家馆子,都做得好!吃完饭,你回家看看你妈,把那个手镯给她带过去。我去那个地区招待所登记好先住下,给你在登记处留个条子写上房号。"

严兵有些为难地看了看父亲,说:"那我该咋给我妈说呢?"

严文武好像早就盘算好了这件事情,说道:"你就说路过延安时我叫你去看望一下爷爷,爷爷托你带给她的。就这么说!"

严兵心情复杂地望着父亲,放下筷子,鼓足勇气对他说:"爸爸,我觉得我妈不会相信我的话。上次我背着您去看我妈时,她好像就感觉到您也来了。你们夫妻一场,生了我们弟兄五个,您就见她一面吧!你们年纪都大了嘛,机会不多了呀,不要留下遗憾哪!"

严文武听儿子说出这话来,眼泪一下子就流了出来,一把抓住儿子的手,望着儿子说:"小毛呀,你让爸爸见了你妈说什么呀?爸爸对不起她呀!爸爸对不起儿子们呀!"

严兵也潸然泪下,极力控制住自己的情绪,劝父亲说:"爸爸,我把我妈带来吧,你们见上一面,说说话!"

严文武长叹了一口气,苍老的脸上挂着泪珠,望着儿子说:"小毛,你看着办吧。"

严兵见到了母亲,母亲早有了感应。严兵说出了实情,母亲激动不已,随他到了招待所。

分别了四十年后，当年误解了对方，悔恨了大半辈子，而今已是满头白发、面目苍老的两个老人，在儿子的撮合下见了此生最后一面。"你怎么老成这样了呀？"母亲刚说了一句就泣不成声了。父亲苍老憔悴的脸上流淌着泪水，望着满头白发拄着拐棍流着眼泪的母亲，强挤出一丝笑容，颤抖着声音说："你怎么也老成这样了？是我把你害成这样了呀！我有罪呀！"

母亲揩着眼泪，一字一顿地说："是我委屈了你，害了你一辈子，我对不起你呀！"

严兵一边擦着眼泪一边扶母亲坐下，给母亲和父亲倒了两杯水，就退了出去。

此时的严兵心里五味杂陈，他为自己能为两个老人做点儿事而获得了心理上的一点儿安慰，同时又为他们悲惨的人生而陷入了深深的惋惜之中。可作为儿子，除此以外他又能怎样呢？

或许两个老人在冰释前嫌之后，在解除了积压在心头的误会之后，精神上会好过一些，但是年轻时的一时赌气所付出的代价太沉重了，竟将一生的幸福毁于一旦！记得一次偶然的机会，那还是严兵刚中学毕业插队后回沙州城时，碰巧遇见了马玉玲阿姨，她就问长问短热情地拉着他去了她家，就和他拉家常说起了他的母亲许晴。

马玉玲阿姨从内心表示出对她最好的朋友许晴的遭遇的深深的同情，十分惋惜地说："唉，你妈不容易呀，活得太可怜了！一个女人家，二十九岁起就守着你们三个儿子，一个人硬撑着把你们养大成人。她给我说过，说她不愿意给娃娃们找一个后爸，不想再一次伤害娃娃们！你妈太要强了，不是一般女人，眼泪都咽到肚子里头了……"

马玉玲阿姨说着自己的眼圈先红了起来，她看了看眼眶里噙着泪水的严兵，又说道："你妈就是太爱你爸爸了，太重感情了，受不了你爸爸一点点感情上对不起她的事情，听到一点儿风言风语就失去了理智，硬逼着你爸爸离婚，最后就闹成了这个样子。唉，后悔的是她自己，受苦的也是她自己。唉，你说能怨谁？唉，我当时要是在她跟前也就劝住她了。"

马玉玲阿姨无奈地摇摇头，接着又说："唉，没办法！就是这么个命，缘分浅，长不了！你妈后来明白过来了，后悔了，可又有什么用？你爸爸被伤得寒了心了！你妈带着你们从圣林县调到沙州县时，我还专门到地区文工团劝过你爸爸，当时他被降职到文工团当了个副团长。他根本不考虑复婚的事，心硬得像块石头一样，让我转告你妈，让她死了这条心。"

马玉玲阿姨叹了口气，又接着说："唉，你爸爸后来命运也不好。接连几次降职处分，从一个年轻有为的副地师级干部降到农村公社革委会副主任。惨不惨？我还听人说你爸爸在降职处分问题上也倔强得很，扬言说，他不怕丢了官帽帽，大不了不当官，总不至于把他枪毙了吧！唉，让人一听就是在官场上也彻底心灰意冷了！"

严兵半懂不懂地硬着头皮听着她絮叨，心理上却是在抵触她对自己的父母说长说短。他岔开话题问起她和她丈夫的情况，马玉玲顿时眉飞色舞起来，笑嘻嘻地说："哎呀小毛，姨姨还没顾上给你说，你秦叔叔现在是咱沙州地区行署副专员啦！我在沙州县妇联当主任着哩。以后需要帮忙就来找姨姨。"

严兵和父亲一道回了延安，住了一宿，次日乘长途客车回到了西京。他向柏兰叙述了整个行程中的故事，柏兰笑着说可以写成一部中篇小说了，挺有意思的。严兵就说"那你写吧"，柏兰说："我可写不了，没你文采好，还是等你闲时写吧！"严兵将那只玉手镯拿给柏兰，柏兰拿着就爱不释手细细欣赏，又戴在腕上反复转动着看来看去，喜欢得不行，就说："怎么感谢爷爷奶奶呀？"严兵说这就是留个念想，常记着老人家就好。柏兰就把手镯放在心口上，口中念念有词："遥祝爷爷健康长寿，祝愿奶奶在极乐世界快活无忧！"

法律外语系已经招收了两届学生。法律英语专业教研室有七位任课教师，其中有三位具有英语硕士研究生学历，还有三位虽是本科学历，但英语功底扎实，也被选入专业教研室。专业教研室副主任由马勤担任。马勤从宁夏固原师专考取了西京外国语学院英语硕士研究生时，已经是副教授了，毕业后被严兵看中，直接连同另外两名优秀硕士研究生一并调到了北方大学。严兵通过王牧校长的帮助，与人事处长一起商议，一次性解决了三位研究生的爱人随同调入北方大学的问题，解决了他们的后顾之忧，让他们心情愉快地投入教学工作。专业教研室主任一正两副，马勤副教授后来接替严兵担任了主任，党盛政副教授和潘军任副主任，任课教师阵容强大，除三位硕士研究生外，还有系主任严兵、系副主任范瑛副教授、冯小婷，一年后又选入一名叫刘小颖的女研究生，可谓兵强马壮。严兵为了加强公共英语教学，特地把英语硕士樊伟国副教授调整到公共英语第二教研室担任主任，第一教研室主任则仍然由刘大为副教授担任。

为了加强行政事务管理，活跃系内气氛，营造一个团结向上、轻松愉快、积极进取的工作环境，严兵首先在校内选中了两位非常能干、德才兼备的行政管理人员。一位是好朋友王明范和魏琳推荐的冯丽丽，另一位是好朋友韩冬和李光丽推荐的郭艳艳。冯丽丽原来在行政法系担任办公室主任，郭艳艳原任老干处办公室秘书。严兵"挖"校内的这两个部门的"墙脚"没费多大功夫，七个人坐在一起吃了一顿饭就搞定了。

韩冬事后开玩笑大呼道："啊呀，狡猾呀严兵！堡垒从内部攻破哪！"

严兵得意地笑着，故意逗他说："这话好像是伟大的导师毛主席说的呀！"

韩冬惊呼："啊呀！见过没文化的人，没见过你这么没文化的人呀！是列宁同志列老师说的话好吗？"

冯丽丽和郭艳艳就积极主动地死缠硬磨，各自获得了本部门武主任和张处长的同意，顺利地调到了法律外语系。冯丽丽当上了法律外语系办公室主任，郭艳艳当上了教务办公室主任。冯丽丽调入北方大学之前是她家乡县文工团的秦腔演员，她四十岁刚出头，是个心直口快、性格开朗、心地善良、热心肠的人。她到任后不久就和大家熟悉起来，她的办公室里每天人来人往，是系里最热闹的地方。郭艳艳曾经是知青，调入北方大学后有机会出国留学，在英国边打工边学习待了几年。她在英国练就了英语听说能力，做教学管理工作得心应手。系里两年前通过"英国语言协会"介绍，聘用了一对英国夫妇，专门讲授英语阅读和听说两门课，郭艳艳就专门负责他们的教学安排和生活起居等一些事务性工作。

不久，人事处又给系里分来一位西京音乐学院毕业的漂亮活泼的女生。她叫吴娟娟，刚刚二十二岁，家在关中地区一个县城内。吴娟娟一眼看上去就是学艺术的女孩子，身上有一种特殊的气质。她到了系里就满腔热情地做起了学生辅导员工作。

法律外语系经常看到三个女性来来去去忙碌的身影，她们被大家戏称为"法外系三重叠"，即丽丽、艳艳、娟娟，简称"丽艳娟"。

严兵初步实现了自己的设想，他将亲手建立起来的法律外语系打造成了北方大学历史上第一个独具特色的、培养复合型人才的系，成为北方大学校园内一道亮丽的风景线。

在建系后各项工作的开展和推进过程中，严兵从内心感激系党总支三任总支书记程丽瑛、杨光和张国伟对他工作的支持。他特别感激张国伟对他个人政治上的关心。张国伟曾经诚心诚意对他说："严老师，我知道有一条规定：党员不可以加入民主党派组织，而民主党派人士可以加入中国共产党。您如果有这个愿望，我乐意介绍您加入党组织！"

严兵望着坐在他对面一脸正气、比他小十几岁的年轻党委书记（当时系改称为院，系总支改称院党委），内心生出了一股暖意，感激而幽默地说道："谢谢书记老弟对我的关心！我在上大学时就产生过强烈的入党愿望，不过我已加入了九三学社，就让我继续在外围为党服务吧！我也不想落下一个投机的名声，好像我在政治上还有什么野心！"

张国伟一脸真诚地对严兵说道："严老师，说句实在话，就您的学识、为人和个人素质，入了党会有更大的展示才华的空间，我还是请您再考虑一下我的意见。"

自严兵在北方大学工作以来，张国伟是第二个真心实意为他个人发展说这种话的人，他从此就把张国伟看作自己的好兄弟。

对严兵有着知遇之恩的王牧校长退休那年的一天晚上，严兵吃过晚饭，拎了两瓶好酒，准备与他再来一次一醉方休。李娜老师一边准备下酒菜，一边悄悄给严兵交代说："反正他就五六两的酒量，醉了我让他睡去，用不着非把两瓶酒都喝光了！"

王校长笑嘻嘻地从书房出来，对严兵说："嘿，一看就是好酒哪！好啊，今天就喝你的酒，咱俩打平伙，我出菜，一醉方休！谁也不能先撤，两瓶酒喝完罢休，再培养一次小严你的酒量。"

严兵了解王校长从来都是嘴上不认怂，因此每次喝酒就由着他"培养酒量"，从不争辩。

李娜老师端菜时拿了只装水的酒瓶，趁老伴不注意，换走了一瓶酒。严兵便轻松地陪着王校长只喝了三两多酒。王校长四两多酒下肚就开始乱了辈分，拍着严兵的肩膀语重心长地对他说："老弟哪，我马上就六十了，马上就'两退'了，该休息了！我有大把的时间实现我人生的一大愿望啦！我只告诉兄弟你一个人，我要静下心来写一部长篇小说，写我的阿布、我的额吉、我的额布格阿布（爷爷）和额布格额吉（奶奶），还有美丽的大草原，噢，我怎么忘记了我的额和呢尔呢？一定要写我和李娜传奇的爱情故事，我们相爱相守一生的缘分……"

严兵满怀深情地望着王校长，补充道："还要写上您的学生、您的好兄弟严兵！"

王校长乐得哈哈大笑，豪爽地说："对呀，我的阿哈度，你是我的好安达……"

这一晚两人喝到凌晨一点，直到喝得王校长酩酊大醉。

第四十一章

这天是9月的最后一天。

午时的阳光已经开始招人喜欢,照在人身上暖融融的,四处草地上除了早菊外还有许多夏季的花儿依然倔强地绽放着,展示着它们虽即将进入"老年"却依旧美丽的身姿。校园里几个穿着蓝大褂戴着草帽的园林工人正开着一辆小型洒水车,举着水枪向树木花草喷洒着水雾,空气中散发着一股清新凉爽的气息。严兵脚踩着湿润的地面向校门口走去。

看今天天气好,严兵不打算开他那辆心爱的白色三门版铃木维特拉吉普车去采购东西,他想步行着去军区服务社,锻炼一下身体。他那辆小越野车,是他的第二辆车,一年前在二手车市场买的,是校内玩车族——他的好朋友小贺给他提供的这辆二手车的信息。他一眼就喜欢上了这辆小巧却又不失雄性刚劲美的"白野马"。他立即买了下来,又花了不少钱"装修"了一番,使它成了校内乃至西京街头上的一个亮点。

明天是国庆节,也是他和柏兰结婚十九周年纪念日,他准备买一些他俩都爱吃的美食,庆祝一下这个特殊的日子。军区服务社是他经常光顾的地方。这里卤肉做得特别好,卤肉品种有猪头肉、猪蹄猪肝猪肠肠、猪肚猪心猪耳朵、牛肉牛筋牛肚子、鸡腿鸡脖鸡爪子等;主食有馒头花卷素包子、饸饹面条面皮子……啊呀,真是应有尽有!这里还有新鲜的水果、蔬菜、生肉专卖区,价格合理,而且质量有保证。

严兵手里拎着两大包塑料袋装的东西，刚进入校门，迎面就碰上了开着一辆红色桑塔纳小轿车的张明新。张明新一看严兵走来，忙将车靠边停好，下车和严兵说起话来。

张明新和北方大学教务处处长杨欣结婚后就住在了校内。严兵看着他精神焕发一脸喜色的模样，就知道了他小日子过得不错，挺为他感到高兴。他从延安富县牛武电厂的一名知青火头大师傅做起，凭着他在文学上的才华和已发表的文学作品的实力，一路打拼到省教育厅主办的《成人教育》杂志社副社长兼副主编的位置上，着实不容易、不简单！好朋友老总曾评价他这位从延安出来的老朋友时说："张明新是个特别实在的人，有时候实在得有点儿憨！饭点来我家，我让着他吃饭，嘿，闷着头连吃了两碗，也不管我们怎么吃，抬头递上吃空的碗说：'再来一碗，味儿还不错！'嘿嘿，就这么一个实在人！有次我看中了一台进口洗衣机，当时还差一百多块钱，他正好到我家里找我有事。他拿出身上的二十块钱，又专门骑上自行车去银行取了定期存的一百五十块钱给了我。那时工资低，一月三十几元钱，大家都穷哪！我说半年以后还给他；他说有了就还，没有了就算了，好朋友之间的钱谁花了还不是一样的。"

严兵递上一支烟，问张明新开车出去干什么。张明新说准备出去接玲玲，娃这会儿该放学了，然后打算到军区服务社买一只烧鸡，再买三斤猪肉包饺子吃，顺便到小寨百货大楼给玲玲挑选一个她喜欢的生日礼物——今天是玲玲的生日。玲玲刚上三年级，是杨欣和他结婚时带着的女儿。张明新和玲玲特别亲，玲玲也和他亲近得很，一口一个"爸爸"，叫得张明新心里暖暖的。严兵和柏兰也特别喜欢情商极高、活泼可爱的玲玲，后来就认玲玲做了干女儿。玲玲见面时"干爸、干妈"亲热地叫着，严兵和柏兰心里高兴得不行。

严兵和柏兰结婚十九年来，除了他出国留学的那段时光，几乎就没有分开过。他依然清楚地记得他俩相识相爱的过程，记得那年放寒假第一次回她老家涧水县林杰村路上发生在县城的事情。那天遇上县里的一个大集，他俩背着大包拎着小包出了汽车站走到街上时，正是集市一天中最热闹、最拥挤的时分。大卡车、马车、驴车、小推车，担货担的、背货筐的、挎篮子的，各色赶集的车马人群在街心主道上挤成了一疙瘩，谁也不让谁，谁都动不了，变成了一个很难解开的死结。两人被困在街心人群中整整两个小时后，方才艰难地从逐渐开始疏散的人流中挤了出来，浑身大汗疲惫不堪地走到了邮电局机关小院——她大舅在邮电局当局长。

她大舅白明瑞是个老革命，还是个十六七岁的年轻娃娃时就去了延安，加入了革命队伍，不久还入了党。他生性老实憨厚，仕途上没有多少进步，三十多年前和他一起在延安参加革命的战友们大都是正县级、副地师级干部了，不济的也是副县级领导了，可他在县邮电局局长的位置上一干就是三十年，如今已经五十六岁的他依然知足地在无权无钱的小局里忙碌着，从来没有说过一句有怨气的话。

柏兰的母亲白玉荣是白明瑞一母同胞的姐姐，姐弟俩感情特别好。白明瑞见到外甥女、外甥女婿来找他，非常热情，问长问短一番后就带着他俩去了离邮电局不远处的家里。柏兰的大舅妈是个慈眉善目、体态端庄的家庭妇女。老两口的两个儿子已成家分开单过；两个女儿长得十分俊气乖巧，尚未出嫁。

柏兰进门见到舅妈就亲热地喊着"妗子"问候了一番，她舅妈稀罕地看着柏兰，又从头到脚细细打量着严兵。严兵有些拘谨地随柏兰叫着"妗子"，舅妈就夸柏兰眼光好，找的好人样女婿，接着就端茶递水忙着去做饭了。

舅舅坐下和严兵拉起家常来。舅舅问："严兵你家里有几口人，你父母是做甚的？"

严兵如实告诉舅舅家里的情况，说："我父亲和我母亲生了我们弟兄五个。我父亲在延安，我母亲在沙州县。"

舅舅又问："咋你父母还不在一搭里？"

严兵不自然地笑了笑，说："他们在我上小学时就离婚了，现在各有各的家，我一直跟着我母亲。"

舅舅脸上露出同情的神色，感叹地说："唉，不容易呀！你父亲叫啥名字？"

严兵说："叫严文武。"

舅舅突然就不由自主叫出声来："啊呀，我说咋就看着你眼熟嘛，你是严文武的儿子！你妈叫许晴，对不对？"

严兵惊讶地看着舅舅，说："是了，我妈就叫许晴。我父母您都认识？"

舅舅哈哈笑了开来，高兴地说："认识，都认识！没想到和严老师成了亲戚！哎呀，说起来我还是你父亲严文武的学生哩！当年我们都在金边县工作，我在县政府办公室当干事，他是县委宣传部副部长，给抗大金边分校上过好几个月的课，人才口才都好，后来就找了许晴，大家都说是郎才女貌好般配的一对！唉，没想到他们还是分开了！唉，二十多年没见严老师了呀……"

次日，柏兰和严兵在冬日刺骨的寒风中，坐上了一辆舅舅招呼好的顺车，经过两个多小时的颠簸，终于回到了距县城八十多里山路的林杰村。

柏兰的父母、妹妹柏竹、弟弟柏真一家人，站在阳光照耀着的土窑院的大院门口，热情地迎接新女婿的到来。严兵背着大包拎着小包，刚爬上通往院子的小土坡，十二三岁的小舅子和十七八岁的小姨子就眼疾手快地跑上前来接东西。与女婿见过一面的丈母娘笑眯眯地打量着走到面前的女婿，嘴里说着："咋大包包小包包背上背的手上提的，熬成个甚了！快放下歇歇！"老丈人也笑着应和着。

小舅子柏真站到在炕沿上坐着的严兵面前，睁大着一对明亮而秀气的眼睛注视着陌生的二姐夫。小姨子柏竹端上一杯水，略显羞涩地眨动了一下那双会说话的美丽的大眼睛，声音柔柔地说："二姐夫喝水。"

严兵就对她说："柏竹，你们学校寒假放多长时间？"

柏竹微微一笑，用带着地方音的普通话说："就放一个月假，不到正月十五就开学咧！"

柏竹9月份刚考入本省商业学校，报考的学校还是严兵帮着选定的。之前她跟着二姐柏兰在绥州师范学校补习过，严兵招生时见过一面。只不过当时严兵还没和她二姐结婚，没想到五六个月后，留给她印象挺深的这个俊气文雅的男人竟然变成了她的二姐夫，她心里不由得羡慕起二姐来。

严兵看了看站在面前打量着自己的小舅子，他家的那只大黄狗也摇着尾巴和他一样打量着自己，就问道："柏真，你愿意不愿意到沙州县去念中学？"

柏真咧开嘴笑了，露出一口洁白的牙齿，干脆地说："愿意！"

严兵热情地说:"那你下学期开学就转学到沙州中学念书吧,咋样?"

柏真惊喜地问:"真的能行?"

严兵笑着逗他说:"骗你是你家大黄狗!我和你二姐早商量好了,过罢年咱就办转学的事情。"

临近过年的腊月二十六,大女儿柏香和女婿董升带着儿子董星也赶了回来,给农家小院里又增添了一份喜气。英俊潇洒的大女婿董升是西京外国语学院俄语系毕业的老牌大学生,他父母都是延安地区的老干部,而他自然而然就成了典型的干部子弟。虽然出身干部家庭,董升却非常朴实,从不在外张扬,很少有人知道他的真实家庭背景。

董升担任着延安地区物资技术经贸公司的副经理,与公司里上上下下的同事关系相处得十分融洽,威信很高。

董升大学毕业后便远离了纷争与喧嚣,独自一人回了润水县老家。他的老家在袁家沟,距林杰村有二十多里山路。他在老家静下心来读书学习,参加劳动,悠然自得地过起了田园生活。他喜欢家乡这一片净土,喜欢和纯朴的乡亲们在一起。他曾经为自己构想过一种诗情画意的生活——娶一个纯真、善良、美丽的农家女子做老婆,过上男耕女织的田园生活,从此与世无争!

他愿望中的第一步很快就实现了。他通过与亲戚们的交往,无意中遇到了林杰村美丽善良的少女柏香。他对天生丽质、纯朴无华的柏香一见钟情,心里认定她就是与他相伴一生的女人。而柏香对这个俊气的回乡大学生也充满了好感和期待。两人一拍即合,有情人终成眷属。

严兵和挑担很对脾气,两人谈古论今很合得来,虽说是初次见面,但没过几天就好得像是多年的老朋友一样。

这天董升起得早,一大家人都还在睡觉,他拿了一把扫帚开始扫院子。严兵听到响动急忙穿好衣服出去,也找了一把扫帚和他一起扫了起来。董升说:"我这人瞌睡少,习惯早起了,你多睡会儿嘛!"

严兵笑了笑,说:"其实我平时也不睡懒觉。当教师的一般早上都有课,我后来也习惯早起早睡,省得掌柜害气!"

大挑担听了就问二挑担:"谁是掌柜?"

二挑担卖关子逗大挑担,说:"你猜是谁?"

大挑担转动着眼珠子,说:"你们校长不至于像'周扒皮'一样吧?早起早下地,早睡省灯油!"

二挑担说:"校长才不管这号闲事呢!"

大挑担纳闷了,说:"那谁是掌柜?"

二挑担说:"你说还有谁了?"

大挑担故作惊讶,说:"难道是柏兰不成?"

二挑担也做惊诧状,说:"啊呀,你怎就猜出来了?!"

两挑担就心照不宣,会心一笑。

第四十二章

柏兰一早起来就忙着做早饭。严兵听到厨房里传出一阵响动，但他躺在床上不想动，就仔细欣赏起了厨房里的"交响音乐会"。

只听"啪"的声响，那是往锅里倒油拔那橡皮油盖的声音；接着听到"哗啦"一声，是蛋下锅了；然后又是"呲"的声响，那是翻面声；再下来是"叮叮当当"出锅装盘声。一会儿，又听到"哗——哗"的洗菜声；然后是"咔嚓——咔嚓"的切菜声；再然后，又听到"咚咚"剁什么硬菜的声音……

严兵早已习惯了这些响声，早就不再对此动气了——放在年轻时他会愤怒地喊："一大早就公鸡打鸣一样，星期天也不得安生！"而现在，他将噪音当作乐音听，那些乱七八糟交替发出的响声就是交响曲，而演奏者就是老伴柏兰……

人生一世几十年，时光不语而岁月却让人变得深刻——年轻时不懂，待懂了已不再年轻。人不过是尘世中的一粒尘埃，微不足道。或许人到老时才悟出：不是智者生存，也不是强者生存，而是适者生存。达尔文进化论的核心观点就是：物竞天择，适者生存。这其实就是告诫世人要客观地看待现实，切莫妄自尊大、目空一切。

小姨子柏竹从商业学校毕业后就进了省府大院。柏竹在省物价局从小科员做起，一路上升迁了六次——副科长、科长、副处长、处长、副局长、局长。柏竹她大在老家林杰村和他相好的老拜识们扬眉吐气地说："我家三女子比一个县长的官还要大，比二女婿的级别还要高！"

留着山羊胡子的拜识说："啊呀，听说咱县长还请她吃饭咧！"

柏竹大说："哈哈，地方上的官请省上回来的官吃饭，是抬举礼节嘛，应该哩！"

秃脑拜识说："嘿嘿，家富，你说地区专员大还是你家三女的官大？"

柏竹大说："哦，其实一样大，我大女婿说是一样大。"

戴石头墨镜的拜识说："嘻，省上来的局长牛气么！专员见了都点头哈腰哩！"

柏竹大听着刺耳，就说："唉，不要瞎说，那是人家领导干部讲礼貌！"

墨镜老汉笑了笑，说："不管咋说，这是个大好事，家富，咋个也得吃一顿表示一下吧？"

秃脑老汉来了精神，急忙附和说："对着咧嘛，咋也得来瓶西凤酒吧？"

山羊胡子老汉捋了一把灰白的胡子，笑眯眯地看着坐在身旁石台台上的家富，说："家富有的是银子，就在咱村里喜旺家小食堂里热闹一下！"

柏竹大就爽快地说："没问题嘛！不用你们说我也正想着这几天请你们几个老拜识吃一顿哩！咱现在就到喜旺家小食堂里，炒上几个菜，叫上两瓶三块钱一瓶的西凤酒。你们还不要说，我家二女婿严兵前天刚给我汇来五百块钱，汇钱单单边边上还写着'爸爸，吃好喝好，健康快活！'啊呀，这个二女婿可是找得好咧，又文明又大方！"

柏家富的小儿子柏真也当上了科级干部，住房也有了大的改善，分到了两室一厅的单元房。柏家富便带着老伴白玉荣到了省城，住在儿子家里。儿媳陈蓉一如既往地孝顺，一口一个"爸、妈"地叫，嘘寒问暖地体贴照顾着公公婆婆的生活起居，老两口自是欢喜得不行。柏真就喜形于色地对陈蓉说："蓉蓉你真好！我越来越爱你了！"

陈蓉眨巴着大眼睛，心里美得微笑着问他："嗯，是吗？嘴巴上爱还是心上爱？"

柏真深情地忽闪着一双俊眼，温柔地说："嘴上心上都爱哩，爱得劲大哩!"

陈蓉听着就乐得声音颤悠悠娇嗔嗔地说:"人家爱你就也爱咱爸咱妈呀!"

柏真心里美气得直乐,脸就笑成了花,说:"嘿嘿,这就叫爱屋及乌。"

孙子柏成放学一回家就守在爷爷奶奶身旁,学着老家话叫"尼呀——尼呀!"(奶奶)、"呀——呀"(爷爷),逗得两个老人一个劲儿咧嘴笑……

20世纪50年代出生的人,跨了世纪就成了年过半百的人。人活到此时就开始经历与亲人诀别的惨痛过程,这是谁也无法抗拒的自然规律。2000年至2005年,严兵的父母相继去世,接下来是岳父去世。严兵几年时间一下子老了许多,仿佛一夜间从中年人变成了一个身形佝偻的老者,原本就驼的背显得愈发凸起,看上去面色灰暗、目光呆滞,完全失去了往日的活力。

严兵经历了失去亲人的自我疗伤阶段后又逐渐恢复了元气。他将精力又放在了法律外语系学科建设上面。法律英语专业已培养出了六届学生,已走上工作岗位的毕业生大都受到了在职单位的好评,"一人两用"人才培养模式得到了社会的充分认可,严兵感到非常欣慰。留校任教的几位学生表现得非常优秀,无论是教学还是其他方面,都受到了大家的好评。严兵开始考虑培养自己的接班人。此时正逢北方大学进行大刀阔斧的"系改院"工作,将原有的六大系扩建为六个学院,学院内设分党委。严兵担任了北方大学外国语学院第一任院长,院党委书记由精明强干的原校学工部副部长张国政担任,副院长由马勤和刘大为担任。严兵特意让由他自己一手教出来又留校任教的桑继新担任了大学英语教学部的主任,对桑继新进行早期的培养锻炼;此外,又安排樊伟国担任英语系副主任的职务,主任一职则由马勤兼任。严兵召集院内主要领导和相关教学及管理人员开会,专门研究法律英语专业学生的"国家司法考试"有关问题,强调要想方设法加强学生对理论法学和应用法学的重视和学习,要尽最大努力让最好的法学教师来给本专业的学生授课,要最大程度地利用校内得天独厚的法学资源。严兵特别强调说:"我们法律英语专业的学生,通过国家司法考试,拿到了司法考试合格证书,就是如虎添翼,他们的就业和发展前途将会是一片光明!

"我们在座的各位的责任就是:创造学习条件并督促学生把理论法学和应用法学的课程学扎实,在毕业前拿到国家司法考试证书。我们必须营造一种外语学院小范围内的浓厚的刻苦学习的氛围,坚决杜绝目前校内厌学风气的侵入,让我们的学生真正懂得珍惜时间,积极向上!"

外国语学院党政领导、上上下下,在此大原则上达成了共识,大家齐心协力朝着一个目标努力工作着。

在此期间,外国语学院两位最具才华的青年教师分别考取了研究生,削弱了师资力量。党盛政副教授考取了上海外国语大学博士研究生,潘军副教授考取了本校法律硕士研究生。严兵虽然不舍,但从内心还是希望他们在学业和前途上有更加美好的发展。

党盛政博士毕业后回到西京,不久就做了西京外国语大学的副校长,可谓人尽其才!潘军后来又考取了哈佛大学的法学博士,毕业后回到了北方大学做了教授,提升了北方大学法学研究的学术地位。

与严兵共事多年的系办主任冯丽丽、教务办主任秘书郭艳艳、电教中心主任赵可等人先后退休,新上任的院办主任吴娟娟、教务秘书潘涛、电教中心主任马军等一茬年轻人补上了缺位。

原法律外语系副主任范瑛在建院之前就辞去了行政职务,一心教起了专业英语课来。她讲课得法而认真,对学生耐心而关怀备至,深受学生尊敬喜爱!

严兵从1990年起担任外语教研室主任,一直到1994年亲手建立了法律外语系并担任系主任,后来系改院当了院长,到了2012年,算起来做"双肩挑"教师已有二十二个年头了。这一年正是换届的一年,在正常情况下,五十七岁的严兵应该被聘任为下一届外国语学院院长,他可以一直任职到退休。而令各院各处领导们大为不解的是,新上任不久的北方大学党政主要领导口径一致地以种种理由推迟进行换届工作。后来大家才明白了其中缘故……

严兵与一批"七上"的院长、副院长、处长、副处长一道,被拖入"八下"的年龄,提前从院长行政职位上退了下来,结束了他在北方大学长达二十二年的教学管理工作。从此他便从"双肩挑"变成了"单肩挑"教师,一直干到退休。

这天上午，与严兵同一种情形被卸任的一位院长，在课间教师休息室坐着和严兵开玩笑说："我觉得除了当时被一脚踢下来有点儿疼外，后来一下子浑身就轻松了，心情也愉快了不少，好好再上几年课也就退出历史舞台了！老严，你怎么样？没'受伤'吧？"

严兵会心地一笑，也自嘲着说道："嘿嘿，受伤倒不至于，只是平日里挑得重，一时单肩挑有点儿失衡，再适应一段时间就好了。唉，咱这人一贯爱劳动，爱挑重担，就这享不了清福，受苦人的命！"

近日参加市上一个由市政府参事室召集的会议时，严兵遇到了同是大学教授又被聘为市政府参事的胡奉之。会期一天半，两人被安排在宾馆同一间房，便想着好好叙叙旧。胡奉之是个文雅风趣的人，比严兵小两岁，两人志趣很是相投，一直是很要好的朋友。胡奉之回宾馆半道上在一个小摊上买了包花生米，又在一家杂货铺买了一瓶五粮液酒，对严兵说："咱兄弟俩回去再喝点儿。"

严兵笑了笑，说："好啊，今天你请我！"

两人在宾馆房间里坐定，便闲聊了起来。胡奉之问："老严，你最近忙不忙？"

严兵给他和自己的大玻璃杯里添了点儿酒，看了他一眼，说："比原来轻松多了，我现在是无官一身轻哪！只给本科生上课，一周只有六节课，自在得很哪！"

胡奉之感到有些意外，便问道："怎么，不当院长啦？"

严兵淡淡地笑了笑，说："嘿嘿，这不被'七上八下'了嘛！"

胡奉之有些纳闷，就问："老严，你去年应该是五十七岁呀！我记得咱们两个学校是同一年处级干部换届聘用吧？我去年被续聘了我们西大的学院院长，继续再干四年，你们去年没弄聘用的事吗？"

严兵便说："哼，我们学校是特意放在今年换届聘用！"

胡奉之有些不理解，说道："那也应该从去年算起，否则不成了五年一聘了吗？这说得过去吗？"

严兵说："说不过去硬着头皮说嘛！"

胡奉之忍不住脱口骂道："厚颜无耻！"

胡奉之把手一挥，又缩回来握成一个拳头，在床头柜上砸了一拳，震得玻璃直响，恼怒地又说道："说起这些家伙就让人来气！各个学校都有这种人，组织上不知道是怎么看走眼了的！可能就是这种佽人的两面性表现能力很强，让人不容易看出他们的本质吧！"

两个大学教授就你一言我一语慷慨激昂地声讨着……

严兵被以超龄理由撸掉了院长乌纱帽之后，就有了许多玩车的时间。他有六个能玩在一起的车友：贺囚、王安、吴凯、姜维、韩小毛、张明新。于是一有空闲，几人就聚在一起，不是谈论卖车换车，就是约着开车出去游玩，好不逍遥自在！

张明新是严兵的老朋友了，自不必说；王安是学校车队的老司机，车技和修理水平都是一流的，为人又非常热情积极主动；本校贾晓丽的丈夫吴凯是省委老干处的处长，是个敢作敢为、人称"二杆子"的广东人；姜维是校内新闻学院的教授，白净清秀，儒雅温和；贺囚是小老弟，是校内的专职摄影师，人很机智，为人热情、诚实、豪放，从两个轮子的摩托车玩起，如今升级到四个轮子的越野车；韩小毛和张明新一样人高马大，同样也是校职工家属，停薪留职做高档服装生意，是位睿智而潇洒的服装店老板。职业和专业都不同的七个人为了一个共同的志趣玩到了一起。

贺囚近日发现了一辆很酷的小型越野吉普车，对迎面碰上刚卜课的严兵热情地说："严老师，我发现了一辆车，你肯定会喜欢！"

严兵双眼一亮，脸上顿时显现出惊喜的神色，急着问道："是啥车？在二手车市场吗？"

贺囚见严兵着急的样子就先笑了，故意不紧不慢吊他的胃口，说道："外观太好看了，雄性十足！叫'铃木维特拉'，是日本二战时期SUV车型，跑了不到十万公里，八年车龄，要价十一万，原价三十一万，车是白色的原漆。"

严兵听他这一描述更是急得不行，忙说："啊呀！那咱今天就去二手车市场看车吧！人家卖出去了不就没戏了吗？"

贺囚就胸有成竹地说："哎呀，看你性急的，听我说嘛！车主姓樊，就住在隔壁杨家村老干所家属院里。我留了他家的电话，现在就打电话，让他在家等咱们，咋样？"

严兵一听高兴了起来，心里充满了期待。

也是那辆白色的三门版铃木维特拉吉普与严兵有缘，贺囚帮着严兵与车主樊先生讨价还价之后，以九万元成交。这车到了严兵名下，他就忙着先"装修"了一番。之后，大家常见他把车停在院内一块空地上，左看看右看看，前看看后看看，站着看看蹲着看看，上下左右前后各个角度看了个遍！他对这辆车欣赏有加，爱不释手！

有一天，严兵开着他的维特拉去朱雀花卉市场时，在巷子入口处的大街西南角发现一辆和他的维特拉一模一样的车，就停在一家写着"SUV装修铺"的门前，严兵立即将车停在了那辆车后面，下车走进店铺里。装修铺老板是个穿着时尚的小伙子，叫刘伟，他本人就是个玩车族，人也特别豪爽。严兵进门时就发现刘伟那辆车上有个特别提神、造型酷毙了的行李架，心里就开始打那行李架的主意。

刘伟出门看了一圈严兵的车，得意地说："据我所知，铃木维特拉吉普西京只有三辆，还有一辆的车主姓王，在东郊住，也是一个玩车族的小伙子，但你这辆车况最好。这车确实不错，很少出故障，皮实得太着咧！开在路上比穿着时髦漂亮的女子回头率高多咧！"

严兵等他开完玩笑，试探着问："小刘，能把你那个行李架卖给我吗？虽说君子不夺人之美，可爱美之心人皆有之，我多付一些钱给你，行不行？"

刘伟忽闪着一双机灵的眼睛，说："我这也是后配的，从外地买来的，花了六千元买的哩！"

严兵便劝他说："你的门路广，再弄一个嘛，就把这个卖给我吧！咱交个朋友嘛。"

刘伟犹豫了片刻，说："那就六千五百元卖给你算了，我总得赚点儿吧！"

严兵心里一阵兴奋，马上说道："六千六百六十块吧，六六大顺嘛！图个吉利的数字！"

刘伟高兴地说："老哥是个爽快人！"

严兵又在刘伟推荐下另外加装了几个小东西，车看上去更是增色不少。严兵一共花了八千六百六十元，一路心满意足地开着爱车回到了学校，心里感觉爱车像一个刚化了妆的姑娘似的。

严兵第二日开着车去丈八路跳水馆游泳，后面紧随着一辆改装越野车，一直跟着他进了院子。见到严兵下了车，越野车车主惊讶地说："啊呀叔，我还以为你是个小伙子哩！"

2015年，严兵彻底退休了，他婉言谢绝了留任当学校教学专家督导组成员的邀请，一身轻松地过起了"人不管我，我不管人"逍遥自在的生活。

严兵兄弟七人已有五人退休在家过起了自由自在的日子。老六维生仍在做着他的小生意，大钱没有，小钱不断。老七维存还在纪念馆当保安，离过一次婚后就一直单身过着。兄弟七人就四处分开各自过活着：老大在沙州城，老二老六老七在延安，老三老五在西京，老四在安康。老三严兵与老五严商来往最多，兄弟俩感情不错，两家人互相招呼着常常聚在一起热闹地叙叙家常。严兵和柏兰又特别喜欢老五的独生子严超和儿媳妇欣芮，还有可爱聪明的独孙女宛益。

严兵和柏兰最心疼的就是小妹小静，小妹和妹夫勇钢也和三哥三嫂最为亲近。后来他俩的儿子通通从沙州中学毕业，考上了西京的一所大学，他们到西京来得就更勤了。

小静是沙州人民法院的一名法官，每次法院有公事要去西京，她就抢着争取出差的机会，就是想见见三哥三嫂、五哥五嫂和她的小姑子一家人，儿子通通是挂在心上的人，更不必说。柏兰和小静到了一起就有说不完的心里话，严兵常常连个插话的空空都找不上！

严兵在沙州城里老街上有两孔母亲单位上分的窑洞，是五弟严商和小妹小静两个人放弃购买权，特意让给他买下的。严兵想着自己退休后回到他少年和青年时期生活的沙州城,憧憬着每天给妹妹和妹夫买菜做饭的生活。他也想让小静享受体验一番下班就能吃上可口饭菜的生活。他觉得妹妹打小就伺候相当于爷爷奶奶年龄的父母,从来就和她的同龄人不一样,他从心里觉得小妹很可怜,老觉得应该弥补亏欠下她的东西。妹夫勇钢是个很重感情的人,对小妹很是体贴照顾,这让严兵心里宽慰了许多。

很多退休的人埋头写起了自传。严兵就想,现在的很多人连文学作品都没兴趣看了,谁还有兴趣看个人写的自传?那些倾注了全部感情写出自传的人,只不过是将一生喜怒哀乐之事絮叨一番,执意花钱印成书,至于谁会看他们的书,他们毫不在意,图的就是自得其乐。

严兵十多年前就产生过写一部小说的念头。现在正逢疫情防控时期,人们少了往来,反倒可以静下心来做这件事。于是,这年六十六岁的严兵便开始重新构思这部小说。从20世纪40年代末到21世纪20年代初,跨越了两个世纪七十个年头,包含两代人的故事,要反映出新中国成立后各个历史时期社会大背景下两代人的生活足迹。严兵决定以自身经历体悟为主线,着重描述他的父辈一代人和他这一代以"工农兵"大学生为主体的人们的努力奋斗的历程。

这个构思让严兵有了写一部长篇小说的信心,他觉得如果能写得精彩,就会有可读性,于是他便想着要倾注他的全部感情来创作这部小说!

妻子柏兰对他的这一想法大加赞赏和鼓励,兴奋地说:"我觉得你完全具备这个实力,一定能写好!以后家务活我尽量多做,你就一心一意地写你的小说,我做你的第一个读者!"

严兵望着柏兰,心里生出一阵阵感动之情,说道:"还是你了解我,也能理解我,支持鼓励我。要是能求得一个稳定和谐的写作环境,那就烧高香了!这书写成了,功劳有你的一半!我这辈子就写一部长篇小说,也算是完成了我的一桩心愿。人生在世几十年,说一说心里想说的话,也是一件痛快的事。所以我打算放开了写,撇开这顾忌那顾忌随着我的心写,绝不在乎别人怎么看,绝不照顾这个那个什么人的情绪!我就是这么想的。"

柏兰笑了笑,说:"你这人向来做事都不愿意委屈自己,又是那样一个敞亮的人,想怎写就怎写,写得真实是最好的!"

严兵结束了公家的一切事务后,潇洒地玩车游泳,和柏兰一起在城市和农村到处观光旅游着,快活地过了五年。接下来就在他六十六岁时开始写一本名为《尘世缘》的小说。

这一段时间,柏兰跳广场舞的几个要好的舞伴闲聊时向她说起了按摩养生的种种好处。

柏兰去了几次养生馆后,对严兵说:"咦,效果还不错哩!我的腰腿现在都不疼了!你要不要去试一试?"

柏兰的腰腿总感到不适,有时酸痛难忍,用了西药和中医膏贴后仍无明显改善。在养生馆做了按摩艾灸后竟然好了起来,于是她便坚持做了下去。

养生馆就在北方大学对面,过了天桥走下台阶就是。迎迎是店老板,是个看上去不到三十岁的年轻女子,一米六八左右,瘦瘦的,总体给人感觉是个白白净净、端庄淑雅却又不失精明能干的时尚女人。据店里员工讲,她们的老板李迎迎十四五岁时就随同几个老乡从延安老家来到了西京闯荡。后来,她到这家店里做杂工,吃得下苦,受得了累,老板娘就喜欢上了这个眼里有活、说话做事得体的小姑娘,后来就把她当亲妹子一样对待,十分地信任她。过了四五年,李迎迎结识了一个叫于虎子的心上人,是渭南白水县人,就在对面北方大学车队里开小车,于是两个有情人结了婚,在西京安了一个小家。不久,店主要回老家,就把店盘给了李迎迎。

李迎迎的店里有八个员工,都是二十岁左右年轻貌美的姑娘,按摩手法和中医脉络知识都是李迎迎一手指导和传授的,很受顾客的赞赏。这些姑娘的名字叫着也十分上口好听。那个最早从延安出来一直跟着李迎迎的姑娘叫凡凡,平日里主要是帮着李迎迎管理店里的财务,闲时也做一些按摩的活,是个又漂亮又能干的姑娘。

严兵也是时不时地腰疼腿疼,就在柏兰几番"煽动"下,跟着柏兰去做了几次舒筋活络按摩,之后腰腿疼痛有了缓解,就自觉自愿去做了。店里几个姑娘热情大方,"阿姨、叔叔"地叫着,不断贴心而认真地征求着手力轻重、手法是否适度的意见,让柏兰、严兵感受到了儿女般的温馨和体贴。

第四十三章

这天中午严兵和妻子去学校后面街上的徐记海鲜馆吃了一顿辣螃蟹,那是他俩都喜欢吃的一道菜。

他特意让妻子找出了前不久侄儿送他的洋酒。侄儿说是朋友送的,自己喝不惯洋酒。

严兵这年六十七岁,二月二十七日是他的生日。夫妻俩最近几年在生日这天都必定去徐记海鲜馆吃一顿,这已经形成了惯例。

六十岁退休前,严兵一周上两次课,都是开着自己的那辆二手吉普。他不愿意乘坐校车耽误时间,也不想听车上那些女教师叽叽喳喳的嬉闹声。

这天上罢两节英美概况课,他们学院的办公室主任小吴站在教室门外等他,说:"严老师,您手机关机了,我想您一下课应该就开车回家了,就来堵一下您!"

严兵问她何事这么急。

小吴说是有个表需要他在本周内填好并交回校人事处,说着就将表递给他。

严兵一看是有关办理退休手续的表,就随口说了句:"这下就彻底退出历史舞台了!"

柏兰听严兵讲到领了一份退休表的事情后,这几日一直观察着他情绪上的变化，小心翼翼地，尽量不和他发生口角。随着年龄的增长，柏兰的急性子已有了很大的改变，遇事也能沉得住气了。

"如果人家教务处再聘用你三年呢？"柏兰试探着问他。

"要退就退彻底，学校的事从此与我无关了！"他语气坚决地说。同时他注意到了妻子关切的目光，就又说道："有的教授接受续聘是为了多拿几个课时费；有的是一时接受不了退休的失落，好像被时代抛弃了，人没用了！我两种情况都不存在，落个清闲自在，有啥不好？！热爱教学工作，哼，都是冠冕堂皇的话，说出来连自己都不信！课我早就教得够够的了，就像厨师每天从早到晚做红烧肉，你说他馋不馋红烧肉？恐怕闻都闻得够够的了！"

柏兰被他的比喻逗得直笑，说："让你这么一说，我一点儿都不想吃红烧肉了！教课也是一样的，你说有几个教师上课有瘾了！"

严兵接上她的话说："其实，人不管我我也不管人是最好的。轻松自在，无拘无束，不用硬着头皮应付人，见了不喜欢的人就不用去理会，完全可以随着脾性来，再也不用怕得罪这个得罪那个，考虑这个影响那个影响的！"

柏兰见他心态调整得这么好，便完全消除了内心的所有顾虑。

退休后，严兵有了大把的时间，充分享受起了养花的乐趣。他最乐意去的地方就是朱雀花卉市场，每次逛二楼的各种花草盆景摊位，都会选几盆喜欢的带回家。不到半年时间，阳台上已被他摆放得满满当当，于是他就送朋友一些，腾出空当继续往回买。为了获得更大的养花空间，他开始认真研究喜阴类花草和盆景，专门从网上买了几本养花方面的书，不厌其烦地琢磨、试验起来。在此过程中他确实悟出了一些养花之道。他家里到处是花，简直变成了一个小花园。

他发明了一种苔藓保鲜的方法，可以让绿油油的苔藓在盆景表层上永久保持鲜绿的状态。他说市场上至今尚未出现这样的方法，他的发明可以申请专利。

花市上有个叫老郗的人，专卖小型盆景。他是属马的，长严兵一岁。老郗瘦高个儿，黑红脸膛，是一个标准的西北汉子，可他说话的口音却是标准的北京腔。他说自己在北京生活了近十六年，中学只念了两年就插队到了老家长安县韦曲镇（今长安区韦曲街道），后来招工进了一个军工鞋厂，对外号称自己是"作协"的，干了一些年因厂子不景气就办了停薪留职，干起了经营花卉的买卖。

老郗喜欢和严兵闲聊，认为严兵平易近人，没有大学教授的架子。

严兵则喜欢老郗的直爽和幽默，当然也欣赏他制作盆景的手艺。

老郗制作盆景基本上采取"就地取材，他为我用"的方法。老郗对此解释说："没必要到处跑着买那些批发材料，就在这个市场里面找我需要的材料，全能搞定！"

有一次老郗来了兴致，当即对严兵说："嗨，老严您看我是怎么做盆景买卖的，给您做个现场演示，让您开开眼。"

老郗领着严兵在市场转悠了一小圈，先是在一家专卖各种小花盆的摊位上讨价还价，十二块钱买了一个精美的陶瓷小盆；又去一家专卖小树苗的摊位上选了一棵可以修剪造型的小叶女贞树苗，要价五块，他只花了三块钱就到手了。

老郗教导严兵说："别傻乎乎的人家要多少就给多少，一般规律是要价的二分之一稍多点儿就能搞定。他要五块您给两块，他不卖，您给三块钱就一定卖给您了，懂不懂？"

严兵跟着老郗又回到摊位上。

老郗指着他货架上的几个成品小叶女贞盆景说："您看到我的标价了吧？最贵的那盆要五十元，可以二十五至三十元成交，成本十五元，可以净赚十至十五元。我平均每天可以卖出八到十个盆景，喜欢微型盆景的顾客很多呢！"

老郗说着就三下五除二，用一把锋利的专用剪刀将买回的那棵树苗修剪出了一个造型，又将根茎修剪了几下，用一截细铁丝将根部固定在花盆底部，培上了专用土，放入一小块造型别致的青石，浇上水，又用小喷壶把盆景从叶到盆喷洗一遍，一个漂亮的小叶女贞盆景便出现在眼前，让人爱不释手。整个制作过程不到半个小时。

严兵目光专注地欣赏着老郗的一举一动，赞叹他无师自通的美学素养和娴熟的制作手法，对"高手在民间"的说法有了更切身的体会。

严兵和老郗成了要好的朋友。每次到花市，严兵必到老郗摊位上坐一坐，抽支烟，闲聊一番。后来他得知老郗的父亲曾是军队里的一位大官，因犯了严重的错误，被直接开除军内党内一切职务，回到老家种地。老郗当时也从北京一所中学插队回到老家。

提到这段往事，老郗有些伤感地说："我的老父亲现在八十八岁了，重一些的农活早就不干了，自己种点儿菜什么的，卖一部分，剩下的自己吃。他身体还行，没什么大病，可看上去就是一个地道的农民。唉，人生如梦啊！"

老郗沉重的叹息声让严兵想起了自己的父亲。

那年冬天，他的六弟严维生从延安打来电话，告诉了他一个悲痛的消息。严维生在电话那头哽咽着说："三哥，爸爸去世了！你们快回来吧！"

严兵顿觉头晕目眩、天旋地转，一时愣在那里说不出话来。严维生在电话那边大声地哭喊着："三哥呀——三哥呀！你没事吧？！三哥呀，你要节哀保重呀三哥！"

严兵缓过来了一些，嘴唇抖得厉害，一字一顿地问："老六，为啥不早告诉我？爸爸他……他得的什么……什么病？！"

严维生哭着说："是今天前晌突然心梗去世的，当时正和几个朋友打麻将，站起身想去厕所，'啊呀'叫了一声，坐下就去世了！根本没有抢救的时间！"

严兵放下电话，泪流满面，想想没能见上父亲最后一面，想想父亲连医院都没来得及去，不给亲人们留一丁点儿尽孝的机会，便撒手而去……

一年前他刚刚送走了卧床十年的母亲，精神上的伤痛尚未平息，时常怀念母亲的音容笑貌，想起病痛对母亲的折磨。他有时梦见和母亲一起做着家务活，多半是他上小学和中学时的情形，那时的母亲身体多好啊……

严兵见到了通身冰凉的父亲。他的面容那么安详，仿佛在沉睡中做着什么梦。他们兄弟七人向父亲做了最后的告别，一起把父亲葬在了树木茂盛的山顶上。从此他们中同父同母的五兄弟变成了孤儿。他们七兄弟站在父亲的坟前，谁也不说一句话。他们第一次也是唯一一次聚齐在父亲过世的日子里，之后又各奔东西，从此再未聚在一起……

严兵回到学校，在院子里碰到了几十年前曾经与他父亲共事过的校党委书记张杰。张书记安慰他说："老书记也算是走得安详，九十一岁了，也是长寿老人了。你要节哀顺变，不要过于悲伤！"

严兵湿了眼眶，感动地说："谢谢您的关心！我现在成了孤儿了！"

张书记面目慈祥地说："不要难过，还有党，还有组织嘛！"

他理解一个长辈和领导的关怀之情，也理解朋友们对他痛失亲人的同情和安慰。他回到家里独自坐着，久久地坐着……他独自躺在床上，就那么毫无睡意地躺着……他感到了无比的孤苦，感到了人世间的无情与残酷——这个世界上没有了真正关心理解他的人……

他们兄弟七人那天早上从延安分手道别，老大严工看着老三严兵，一副欲言又止的样子。严兵注意到了长兄的神情，装作没看见，转身和四弟严学商量起了其他事情。他不愿意主动和严工多说一句话，他对严工的厌恶丝毫没有改变。

二哥严农清楚三弟见不得大哥，看到五弟严商正招呼着大哥大嫂坐单位小轿车回沙州去，便和他老婆走上前与他们道别。严兵和严学也走了过去，与神情木然的六弟和七弟一起，站在小轿车跟前摆了摆手，看着轿车启动向北驶去。

二哥严农执意要请严兵两口子和老四严学一道吃一顿延安最地道的羊杂碎和烧饼夹猪头肉，让老六和老七陪同。严兵看着天色尚早便爽快地答应了。

二哥请大家吃罢饭，坐在包间带着几分醉意，有些伤感地说："唉，咱爸命苦，咱兄弟们心里清楚。看得出来，他的苦全藏在心里头了，一辈子不得志，表面上刚强，看着乐观，退下来还成天忙忙乱乱的，又是种菜又是组织秧歌队，还爱打麻将，比上班还忙！"

严兵陪着二哥和四弟喝了两瓶白酒，他平日里不像二哥、四弟和六弟那般嗜酒，今日已是过量了，但头脑却还清楚，接上话头说："从小到大我和咱爸在一起就没有多长时间。很小的时候，我还在上小学一年级，咱爸妈就离婚了，那时不懂大人们的事，只是受不了同学们在背后指指点点，说咱爸是'陈世美'，觉得是在说咱爸的坏话，产生了自卑感，开始躲避同学。后来逐渐长大懂事了，可是心里的伤痛也变大了，影响了半辈子的感情，活得憋屈！"

老四严学喝多了酒，涨红着脸说："咱是娘不疼爹不爱，从小就是个流浪儿！自己摸爬滚打招工到了安康，像个孤儿一样活了下来。找了个不嫌弃咱的外地女子，自己闹腾得结了婚，对外还号称是县团级干部的儿子，其实连个农民的儿子都不如！所以咱死了活了都没人管，能活下来就不错了！"

严兵听着就同情起了四弟，说："老四一人在外真不容易，这些年你独闯江湖，也算刀枪不入练出来咧！咱爸为人刚强，离世都与众不同，从麻将桌上站起来又坐下人就没了，不给儿子们留一点点儿床前尽孝的机会！给咱留下的只有遗憾！"

老六严维生插上话说："咱爸之前就对我和严维存说过，他老了咋个死法绝不拖累七个儿子，不指望咱床前侍候他，最好是咔嚓一下就死了！"

严维生转头问身旁坐着的弟弟，说："维存，我说的对不对？"

严维存眨巴着眼肯定地说："对着咧，爸爸就是当面给咱俩说过这话！"

兄弟五人吃了羊杂碎喝了烧酒，追忆着他们共同的父亲，算是在讲孝道的老二严农的主持下，给老父亲开了一场别具一格的畅叙衷肠的"追悼会"。

严兵引着老婆带着严学回到西京，此后七兄弟再无人提起相聚的事。

一天上午。

严兵从手机上看到几个严学打来的未接电话，接着翻看到严学发给他的一条微信，他的手机通常都处于静音状态。严学在微信上说他的儿子在咸阳念大专，正在实习阶段，已经到西京的一个厂子里开始实习了，请三哥多关照。

严兵这年已经六十六岁，退休六年来除了做过两次心脏支架手术，身体尚无大碍，能吃，能睡，能正常活动。

严学这二十年的生活倒是变化挺大：原配妻子和他离了婚，女儿已经大学毕业进了一家国营航空公司；新任妻子给他生的儿子也已经十九岁，正在念大二。

严兵主动给侄儿严小龙拨了电话问候了一番，挂了电话就互加了微信，过了一天就给侄儿微信转了一些钱。他这个退休的叔父也只能在经济上表示了，侄儿跟他也谈不上有多少感情，恐怕感兴趣的也就是有实质意义的人民币了。他要是个老农民只怕是不会有亲戚们找上门的！而他对这一点却早已修炼到心平气和了。

西京的早春一如既往地充满着生机,大地上的生命纷纷苏醒,冒出的新芽像是为裸露的土地披上了一件绿色的新装。孩子们的新装要盼到年底的寒冬,而古老的大地同样也有盛装——那是上天的馈赠。

蜷缩在暖气房里避寒的老年人们也纷纷走出房门去享受春日的美好风光。

活力四射的年轻人们三五结群奔向野外——村落、树林、田野、大山深处的小桥流水、细雨蒙蒙中的古道人家……习吉的《古道人家》将此景描述得淋漓尽致:

> 古道依稀石径斜,路长无影有人家。
> 鸡啼篱下鹅梳羽,犬卧门前棚挂瓜。
> 戏鸟玩童山野跑,收衣浣女水边哗。
> 相龄健叟邀同饮,共话时明兴味佳。

天然的划界山脉——秦岭山脉,将中华大地一分为二,成为地理上的南北分界线。连绵的秦岭山脉就是一道天然屏障,冬天阻挡寒潮涌入南方,夏天又阻挡湿润海风吹入北方,秦岭自然也成为陕西省内关中平原与陕南地区的界山。

西京虽然处于关中平原,但其在秦岭和黄土高原之间,空气流动性较差,加之人口较多且密度大,热岛效应明显,是全国十大火炉之一。夏季,经济条件比较好的人们在最热阶段会离开西京市区,进入秦岭深处避暑或出游到其他省份的凉爽之地。

退休后人就归属离退休处管理,严兵自然得改称为离退休处的人,这种变化退休的人谁也避不开。

他极少到"新单位"去。

他很不适应和那里的老头老太太们在一起,和那些人在一起,让他心理上产生一种莫名其妙的失落感。有的早些年退休下来的人和他根本就是两代人,不少人都是八十多岁,有少数几个人甚至已经年过九十了。他认为在这个"新单位"里的人被统统叫作"老年人"有些勉强，甚至不合理，但他自己也想不出应该怎么划分。

离退休处的几位领导和几位干事对所有退下的人员都客客气气，一视同仁，不偏不倚，温和耐心。对他这个曾经的外国语学院院长、教授，几位正副处长更是显得多了几分敬意。

严兵抬头低头在院子里碰到他比较熟悉、退休前常打交道的人，总是微笑着礼貌地打个招呼，有时站着寒暄几句，开开玩笑。

他是个性情中人。

退休后他就一身轻松地恢复了本性，不再违心地对他所反感的人唯唯诺诺、强作欢颜地应付。他开始以随心所欲的态度面对周边的人——喜欢就是喜欢，不喜欢就装作没看见；实在避不开的，他便毫无表情地点点头。

他对好友韩冬说："啊，一身轻松，真痛快！"

韩冬理解他长期的压抑，笑着调侃说："得是有一种解放的感觉？"

严兵说："简直就像翻身农奴把歌唱一样爽快！"

韩冬学着陕北话感叹道："你这烂俅院长当得个甚？像个忍气吞声的受苦人！"

严兵长出了一口气，说："从此不当孙子当爷啦！"

退休的老教师中严兵最敬重五个人。

他是发自内心地喜欢这些人。他们都是他的长辈——是在做人做学问上给他注入"营养"的人。

老书记张杰是位德高望重、"一身正气，两袖清风"的领导干部。

在校内他被公认为最没有架子、最平易近人的领导；退下来到了离退休处，他就诙谐地操着陕北府谷话笑着对人说："啊呀，这种感觉好，相处起来不带功利心。大家都回到同一起跑线，比较真实，对我的态度都还不错，客客气气的，不反感我！说明我在职时还算个好官！"

人们依旧尊称他"张书记"，而他却说："啊呀，下台干部、下台干部，就叫我老张就行了！不要抬举我了，哈哈哈……"

张书记喜欢到离退休处去，常去看看报，和大家聊聊天。瘦高个子的他总是笑眯眯地弓着有些驼了的背，来来回回地在院子里走动。

也有不少退下来的领导干部极少到离退休处去。他们不愿意放下架子，更有个别的领导是想避开群众，害怕大家直白的"白眼"。

因此，有人总结这种现象说，在高校这个小社会里，退休后最能看出领导干部在群众中的威信。到了离退休处，老百姓真实的态度便显现出来，喜欢或反感，一目了然。

牟臻是严兵在北方大学最早接触的校领导，他当时是高校中为数不多身兼党委书记和校长两职的领导干部。

他是江苏无锡人，中国人民大学法律系毕业后先在西北大学法律系工作，后调入北方大学。

他一米七左右的个头，不胖不瘦，国字脸，走路腰身板直，说话声音洪亮。他讲话讲得好，公开场合讲话从来不拿稿子，且理论联系实际，具有很强的说服力和感召力。

他凭借着扎实的法律与政治哲学理论基础和天生的豪迈直爽敢于说话、敢于担当的人格魅力，很快就将停办十年的北方大学办得风生水起，人才济济，呈现出一派欣欣向荣的发展景象。

老领导这年已经九十三岁高龄，从背影上看身板就像个四十多岁的健壮汉子；正面看时，风采依旧，比实际年龄要年轻二十岁以上。

他耳不聋眼不花，说话气息充沛，思维反应敏捷。说他九十多岁，真是让人难以置信！

他的腰部腿部仍然有力，上下校门外的天桥台阶腰不疼，腿不酸，中途不带歇。

"嗨，上天桥台阶还是比以前速度慢了！"他对迎面碰上的严兵说道。

他经常独自到马路对面超市购物，手拎着一个塑料袋，满面红光，站着说："有现成的素馅和肉馅冷冻饺子，我各买了一袋，晚饭煮给女儿和外孙女吃。哎呀，在手机上看到，说冷冻饺子要在凉水锅里下，我今天就试一下。"

严兵一直佩服羡慕老领导的精气神，就想着找个时间向他讨教一下养生之道。

还有一位九十四岁的老教授，两年前还见他弓着腰在院子里走动，去年就见他坐上了轮椅，六十多岁的女儿推着他在院子放风。严兵有次上前问候他，他操着关中腔笑呵呵地说："没啥！腿不行咧，可不就得坐轮椅出来么，没办法的事！"

他姓马，是和牟臻一拨搞法律的，"文革"期间，被分到西京外国语学院当了干杂务的行政干部。严兵上学时就认识他了，而他竟然也记得严兵这个学生。

马老师退休三十多年后，七十多岁的儿子和六十多岁的女儿拖儿带女，和老父亲生活在一起，他的退休金是八九口人生活的主要支撑。

马老师腿脚还利落时曾对严兵感叹着说过："唉，没办法，我就是家里的支柱，啥时我不在了，家里娃们就可怜咧，咋往下活么！"

还有一位与牟臻同岁、搞哲学的教授，退休后还写了两本专著，是两年前去世的。他姓武，黑黑的皮肤，人偏瘦但精神特别好，每天下午都出来散步，见到严兵就用英语打招呼。用"活到老学到老"来形容这位可敬的老知识分子是最贴切不过了。他的最后两本专著书名的英译也是他和严兵探讨一番后共同确定的。

三十多年前，武教授当行政法系系主任时，就与严兵共过事。那时他们同是校职称评审委员会委员，严兵是二十五位评委中最年轻的。他当时给严兵的印象就是正直刚毅，敢于仗义执言发表不同见解，据理力争。

记得那年评委会上，有些人流露出对严兵好友韩冬的不公平议论，认为他政治上有过失行为，与评审文件中要求的"拥护党的各项政策，政治上可靠……"不符，应该慎重考虑。

严兵抢着发表了自己的意见，他担心这些议论会直接影响投票结果。

严兵义正词严、据理力争："我认为只要没有反党反政府、违法乱纪的行为，职称评审应该更多地强调学术性，关注个人学术研究方面的成果。我慎重提议评委会坚持维护学术尊严和纯洁！我坚信各位前辈的学术良知和对学术成果的鉴定水平！"

严兵话音刚落，武教授、杨文汉、杨永华等几位资深评委明确表示赞同严兵的观点和提议，这让严兵欣喜不已，心里一阵阵激动。

主持评审工作的几位校领导的看法与这个年轻的评委不谋而合，严兵说出了他们不便说的话。而严兵通过这件事也提升了他在评委会中说话的分量和影响力。

王牧年富力强，接替了校长的职务，和他搭班子的副书记张杰接替了校党委书记的职务。王校长刚直不阿，工作上雷厉风行，他最喜欢干实事的教师和干部。张书记有经验有智慧，性格柔和，做思想工作耐心而细致，善于解决各种矛盾。两个人一刚一柔，刚柔并济，风格不同却能团结一致，性格各异却能友好相处。

严兵在王校长上任后不久，获得了一个出国深造的机会，虽然时间不长，没能实现读博的愿望，可他还是认为收获不小，且如期回国后受到了重用。

王牧校长所做贡献之一便是将一个笼统的大法学细化为几个具体的研究方向，一个系一个明确的教学与科研任务，齐头并进，大力发展。在五个系的基础上，改建理论部为经济贸易系；新建了法律外语系、法制新闻系、公安系，对外号称"九系一部"——法律系、经济法系、行政法系、国际法系、劳改法系、经济贸易系、法律外语系、法制新闻系、公安系和体育部。

于是在招生简章中就有了"北方大学是一所以法律为主多学科发展的综合性大学"的说法。

严兵的法律外语系教职工人数最多，承担的教学课时最多。与其他几个系主任一起开会时，几个系主任就和严兵开起了玩笑："嘿，老严他们系'两个最多'不够全面，应该再加上一条——美女教师最多，把老汉整得神魂颠倒，见到弟兄们说个话都神情恍惚，心不在焉！"

严兵诙谐地说："啊呀，老兄们说的还不够全面，应该是把老汉迷得茶不思饭不想，面容憔悴，骨瘦如柴，夜不能寐，中了魔了！"

严兵说完，自己先哈哈大笑起来，好像在嘲讽别的什么人似的，顿时引得大家开怀大笑。

第四十四章

富有经验的法律系学生辅导员李光丽一眼就注意到了从远处走来的这个学生,看着他背着铺盖卷,拎着一个大粗麻布袋子走到接待新生的桌前。他很快发现了拉着的红布条幅,上面贴着"热烈欢迎新同学"七个大字。他很有礼貌地向李光丽鞠了一个躬,用显得生硬的普通话问道:"请问老师,新生是在这里报到吗?"

李光丽微笑着看着他,温和地说:"是在这里。你叫什么名字?"

"我叫绪仁,是从青海来的。"他说着就放下手中的大布袋子,又解下了背上的铺盖卷,从粗布上衣口袋里掏出一支钢笔,在李光丽指着的新生花名册上签上了自己的姓名。绪仁是法律系第一个签到的学生。

李光丽想着其他学生还没有来,就对绪仁说:"绪仁同学,我带你去宿舍吧,先收拾行李休息一下。"

绪仁热情地说:"老师,让我来帮你接待新生吧,我一点儿都不累!"

李光丽心里一热,顿时就对这位黑黑瘦瘦、善解人意的学生产生了好感,便说:"那好吧,就辛苦你了!我姓李,叫李光丽,是你们的辅导员,你称呼我李老师就可以了。"

绪仁高兴地说:"李老师,我也闲不住,有啥跑腿的事你直接给我下令!"

绪仁说着解开粗布袋子,从里面掏出一个有些泛黄的布包,麻利地打开后就见十几个个头很大、颜色发黑的面饼。他笑着对李光丽说:"这是我们那里的青稞面饼，专门做给出门的人路上当干粮。我妈把家里的面缸都快掏干了，给我炕了一堆饼子，就怕把我饿住了！李老师你尝一尝，可香了！"

绪仁说着就双手捧着一个大饼，恭恭敬敬递给李光丽。

李光丽不好拂了他的热情，有些好奇地看着手中这个圆圆厚厚、黑不溜秋的面饼，使足了劲掰下一小块，用牙吃力地咬了一口，就感到了一种特殊的香味。她看了看绪仁注视着她的双目，点点头称赞道："嗯，是挺香的，纯纯的面香味！就是硬了些，牙口不好的吃着费劲儿！"

绪仁高兴地笑着说："我妈年纪比你大咬着吃都不费劲儿！李老师你也可以用水泡着吃，里面撒点盐更好吃！你多带两个回家吃。"

李光丽随口问他："你们平常就吃这种青稞面吗？"

绪仁爽朗地笑了，说："嗯，年成好时就常能吃上青稞面，但也不敢放开了吃，菜吃得多一些。"

绪仁在报到时第一次见到了来自新疆的李娅芬，她是法律系第二个来报到的学生。

李娅芬是支援边疆干部的子女，生在新疆长在新疆，言谈举止和维吾尔族姑娘没啥两样，就连长相也颇有几分维吾尔族姑娘的特点，尤其那双忽闪忽闪会说话的大眼睛和高鼻梁尖鼻头的鼻子，再加上两条齐胸的大辫子，乍看上去俨然一个亭亭玉立、美艳绝伦的维吾尔族少女。

李光丽带着绪仁帮李娅芬拿着行李先到了女生宿舍，返回去又让绪仁把自己的行李安放在男生宿舍。没过多久就见绪仁和李娅芬分别都从宿舍又跑来帮忙。两个年少的学生站在一起显得有些不协调：一个矮小黑瘦土气，一个高挑清雅婉丽，那李娅芬看着比绪仁还高出小半个头。谁能想到两个差距如此之大的人日后竟有那样一段佳话……

四年后，绪仁以"双优"（优秀学生和优秀党员）留校任教，李娅芬和他一样也留校当了教师。

四年时间里，绪仁硬是"攻"下了李娅芬这座"堡垒"。留校后刚过一个学期，两人公开了他们即将成为伉俪的消息，将婚礼的请柬送到了亲朋好友手上，让许多同学惊诧不已！那些明里暗里爱过这朵"系花"的人纷纷表示不理

493

解，有人大呼："鲜花插在了牛屎堆上，绪仁他凭什么呀？！"

绪仁一脸满足的笑容，在婚礼上拉着李娅芬的小手说道："嘿嘿，我是笑到最后的人！我们要永远记住1984年6月6日这一天！"

改革开放进程中的中国令全世界瞩目。

中国司法建设必须跟上各个领域发展的步伐。法律上的空缺急需补充完善。

北方大学校刊《法律科学》在复校后重整旗鼓，从主编、副主编到编辑全部都是法学理论研究最优秀的专业人员，这就给校内教法律各门课程的教师提供了一个公开发表理论研究成果的平台。

本省内的几所知名文科类大学的校刊，同样欢迎法学研究文稿。法学研究成果多渠道公开发表的优势，让文科类其他学科的教师和研究人员羡慕不已。

绪仁在法学研究方面表现出了天赋。

他能连续不断地写出高质量的论文并被学术刊物采用发表，在学术领域崭露头角，让他的老师和同学们对他刮目相看。他在教学上也是佼佼者，他讲课深入浅出，课堂教学输出的信息量大，教学时精神状态饱满，有热情有耐心，善于启发学生，不时组织教学互动，成了最受学生欢迎的教师。他的学生到课率最高，几乎没有缺课的学生。

北方大学有个内部学刊《政法教育》，是专门聚焦校内各学科教学等方面动态的。主编是位颇具学者风范的姓张的瘦老太太。这位老太太思想十分活跃，从言谈举止就能看出是个性情中人。她谈论学术上的事敢于直言却又不乏幽默感，相处起来让人很愉快。

绪仁在《政法教育》上发表过两篇有关课堂教学理论与实践的文章，张老师对他的文章称赞有加。她评价绪仁说："不光是《政法教育》上的文章写得精彩，我还认真读过他在《法律科学》上发表的论文，确实有水平，是一个很有发展前途的年轻人！这种人搞学问，都有一个共同的特点——哲学和逻辑学知识基础比较扎实，当然，中文功底往往也非常好。他们看问题角度选得准，思维灵活，常常能多角度综合分析问题，能抓住实质，又善于寻找解决的途径。高人往往如此！"

张老师感叹地又说："唉，有几位善做学问的人选择了走仕途，可惜了！"

转而她又赞扬说："搞哲学研究的付杰老师就与众不同，他是没兴趣做官。他被赶着鸭子上架当了三天半党委副书记就坚决辞职了！他现在对哲学的深入研究，在全国都是重量级的！"

张老师转动着她智慧的眼睛，又说道："哲学研究也不乏后起之秀，柳田就是个不可多得的人才！"

严兵从外专调入后与张老师有过两次接触。

他从此就视她为指点迷津的人。

有一天那位埋头搞哲学研究的付先生破天荒找到严兵的门上，让严兵感到有些意外和不安。付先生是大学者，找自己做什么？严兵慌乱地沏茶敬烟，恭敬有加。

付先生态度温和，微笑着开口问道："《人文杂志》主编汪良你认识？"

严兵愣了一下，如实答道："认识。他原来在沙州报社当编辑、记者，后来听说调到了省社科院，再没见过面。哦，汪老师当《人文杂志》主编了？！"

付先生注意到了严兵的惊讶，又问："你给他翻译过一篇文章，题目叫《试评实践是检验真理的唯一标准》，是不是？"

严兵对此事记忆犹新，说："嗯，是有过这事，当时他准备调往省城，急着用，我花了两天两夜给他翻译的。"

付先生满意地笑了，说："是这样，我的一篇文章在《人文杂志》上发表了，又被选为国际哲学研讨会发言稿，要求有英文译稿。汪良老师向我推荐了你，我想请你给我翻译一下。"

严兵谦恭地说："您的大作，就怕给您翻译不好！"

付先生语气肯定地说："你完全具备翻译好的能力！一定得请你费心！"

严兵认真地说："那我先谢谢付老师的信任！一定尽力而为！"

在与柳田相识后，严兵就喜欢向这位小他四五岁的学者讨教一些难解之题。

柳田建议严兵多读一些语言哲学方面的书，比如维特根斯坦的《哲学研究》、塞尔的《言语行为：语言哲学论》，还有亚里士多德的《修辞学》和《诗学》等。

柳田是严兵见过的最能沉下心来读书做研究的青年人。他没有贪求权力的欲望，也不刻意追求名望，不为金钱所诱惑。他在功名利禄面前，那么坦然，那么不为所动，就像个不食人间烟火遁迹江湖的隐士。

严兵和他开玩笑："柳老弟平时除了看书好像没有什么其他爱好。"

柳田淡然一笑，说："还真说不出其他爱好来！"他神情自然地说着，像是在自嘲，又像是在解释："读书人多爱琴棋书画，可这些我都沾不上，烟酒歌舞也和我无缘。我是不是很无聊、没趣的一个人？"

严兵笑着回应他："我倒没觉着，人各有志不能勉强，你只是过于专心读书，对其他方面不感兴趣而已！"

柳田的科研成果可谓丰厚，堪称北方大学科研第一人、教学第一人——至少在严兵心目中是这样！

柳田也欣赏严兵做学问做人的风格："老兄风度翩翩，在省内外语界也是有影响的人物！"

严兵笑道："哈哈，我是空有其表！在做学问上咱俩没有可比性，养花玩车我倒是比你潇洒。"

柳田感叹道："老兄的生活质量比我高多了，有时很羡慕你，羡慕你活得真实随性！"

绪仁留校任教三年后评上了讲师，不久破格评上了副教授。又过了三年，他再次破格评上了教授，这年他刚满三十岁，成为校内最年轻的教授。别人混到这一步得十几年，他用了不到十年。他由教研室主任升为系副主任，是大家认为最有发展前途的学者。

然而绪仁的兴趣点开始转移……

与柳田不同的是，绪仁已不甘心整天坐冷板凳埋头做学问，他有了自己奋斗的目标。

他对各种评奖、各类荣誉显示出浓厚的兴趣，有人就议论说他逢奖必争，见荣誉就上，而且手段高明。

这日严兵接到绪仁的电话。绪仁话音中带着神秘的色彩："严兄，又要你扶持一把啦！今晚大会议室各系正副主任、所有教学职能部门负责人参加评选省级优秀教师候选人，只有两个名额，我也报名了。"

严兵自然明白他打电话的用意，一语双关地说："老弟你打电话给我是多此一举嘛！"

晚上八点，大会议室里已到齐了参加投票的人员，主持人王牧校长简短讲了推选要求和投票规则，就吩咐教务处工作人员发选票。严兵看到选票上几乎各系都推举了自己的人，外语系推举了一名副主任。

一轮投票后，按票数取前六名进入第二轮投票，不公布票数，只按姓氏笔画宣布人名，严兵注意听到了绪仁和柳田都在六人之内。第二轮投票后，取前四名进入第三轮投票。王牧校长宣布：法律系朱大为、绪仁，理论部柳田，经济法系强广四人进入第三轮投票。

大会议室内气氛显得有些紧张，法律系朱大为和绪仁之间必然会是二选一的结果，不可能让一个系的两个人都当选；强广教授既是系主任又是校内教学名师，此时看他表情自若，好像并不紧张；柳田是理论部的副主任，教学和科研都很突出，却历来低调，这次报名参评也是在老主任极力鼓励和督促下才勉强答应的，此时他手里拿着一本书，边看边等着发选票，一副事不关己的样子。

绪仁显得有点儿坐立不安，统计第二轮投票票数的间隙起身去了厕所，入座后转动着眼睛观察对面的人，似乎想通过他们的表情捕捉些什么。他心里希望他和朱大为同时当选，但他也明白在他俩中选出的极有可能是朱大为。

投票人大都在自己认定的人选后空格处迅速画上了两个钩，也有下笔慢或尚在犹豫的人，见收票人走近了还在用左手捂着选票打钩。

最终的统计结果送到了王牧校长手上，他认真看了看，清了清嗓子，面带微笑大声宣布道："柳田、朱大为两位同志当选！大家鼓掌祝贺！"

接着又大声嘱咐教务处处长："抓紧时间整理材料上报！"

还未等宣布散会，绪仁早已迅速站起身离开了大会议室。朱大为站着拱手向大家致谢。留着列宁发式的强广教授幽默地安慰大家："没事没事，别不好意思！都比本人强，这票不好投哇！就算各位兄弟忍痛割爱吧！"

大家被他逗得哄堂大笑，连刚点上一支烟的王牧校长也被笑呛了。

柳田半天没有缓过神来，他并不感到兴奋，反倒有些纳闷：怪哉！就这么轻松地当上了省级优秀教师候选人？

与绪仁的处心积虑相比，柳田的当选正好应了那句话：有心栽花花不开，无心插柳柳成荫。

绪仁有些失落，他把怨气压在心里。朱大为除了资格老一点儿，哪方面能胜过自己？！他已经是上届评选的校级教学名师了，还凑什么热闹要参评省级优秀教师，虚荣心真是太强了！小道消息说省上这次下达的名额是等额的，只需省专家组审定一下就批准了。这样一来朱大为和柳田就都可以戴上省级优秀教师的桂冠了！他对柳田也不服气，除了成果比他多，柳田的学科优势哪能和大法学这个主体学科相比？！

绪仁越想越气不平。

朱大为和严兵同岁，他也喜欢打篮球。韩冬是业余篮球"明星"，在陕师大名气很大，打球的人都服他。他有时带着朱大为和严兵到陕师大球场去"耍威风"，三对三轮番和人打半场。他们赶四点半就进入球场，一直打到七点半左右。一个夏天下来，三个人被晒得黑不溜秋的。

有时严兵在篮底没接住韩冬传给他的球，大声埋怨："啊呀！吊高一点儿嘛，又被断了！"他最擅长在篮下左边转身跳起投篮，十投九中！

"嗐，给你'喂'得太大了你又接不住！还难侍候得很！"老韩不接受严兵的埋怨，指教他说，"唉，防你的是大个，我只能从下传球，你得主动调整步子抢接球，不能站着不动等球啊！"

严兵固执地顶嘴说："啊呀，传高抛球嘛！太低估我的弹跳了！"

朱大为插话："嘿嘿，多倒几次手嘛，先传给我，我再回传给韩老师，然后寻找投球机会。"

老韩受不了朱大为的"指导"，有些不满地说："啊呀，好我的小朱哩，我怎能不懂多倒手呢？！你的位置不好嘛，防你的人死死缠着你呢！"

朱大为也表示出了不服气："老严篮下转身跳投确实准，但是不能光盯着他一个投篮点，我投三分也有篮呀！"

老韩听出了朱大为的不满，"指导"他说："打球要看时机，我传给你投三分，缠着你的人一干扰，你还有篮吗？！无人干扰下你投三分还是有篮的！"

朱大为不想争辩下去，喃喃自语道："打球也不光得有球技，还得头脑清楚……"

他们三人经常这样在球场上发生争端，有时候气性都还挺大，但这并不影响他们之间的友谊。

严兵与朱大为同为系主任，私人关系也很不错。朱大为是个沉稳大气又带有几分潇洒浪漫的人，为人诚实又讲义气，是严兵喜欢打交道的那类人。

可惜的是朱大为没多久就调去了南方沿海地区一所大学。他若是一直在北方大学，做副校长、校长都是迟早的事。

绪仁接替朱大为当上了系主任。

法律系是大系，绪仁不经意间常常显露出人强马壮、财大气粗的架势来，让严兵感到很不舒服。

在一次教学研讨会上，绪仁情绪激动地当众发了一通牢骚："我以为有的课程直接影响学生本专业课程的正常学习，甚至可以说是一种干扰！"

教务处处长杨欣不明白他的意思，插话问道："抱歉打断一下，你指的是哪些课程？"

绪仁显得有些不高兴，神情冷淡、语气生硬地说："我的话还没说完，正要说到具体课程，请杨大处长允许我先把话说完！"

杨欣脸红了一下又很快消退了。她依旧面带微笑，很大气地说："哈哈，是我太着急了，对不起！请绪主任接着说。"

绪仁依然带着不满的情绪，用指责的语气说："我首先要说的是外语课。把外语课确定为必修课，每周六节课，用两学年四个学期，这是列入教学计划的。但是，学生在校内考试的'指挥棒'下死记硬背花了那么多时间精力，到头来又有什么实用价值？他们毕业之后在工作中能用得上吗？！这是不是可以理解为一种'事倍功半''劳民伤财'？"

严兵实在是听不下去了，控制着窝在心里的一股火，尽量保持住风度，平心静气地开口表明了自己的观点："我想说三点。我们在座的每一个人都上过小学、中学，其中有的课程所学的知识也并非直接能用在我们从事的工作中，但是对我们的思维或多或少是有帮助的，比如物理知识、化学知识，甚至是小学的图画知识，说完全没用是片面的说法，这是其一。其二，学习这些课程的过程就是造就一个有文化、有素质的人才不可或缺的基本过程，不能仅从实用主义、功利主义的观点看问题。就好比交朋友，难道有用的交，没用的就不交？大学阶段，学生们学习一门外语是文化素质的提升，是有必要的。其三，教育部对此门课有明确规定。这个问题请杨欣处长讲吧。"

杨欣接上话就先称赞了严兵："严兵老师说得好！"

杨欣注意到了绪仁表情上的不屑，但她并未理会，继而又说道："教育部所颁布的大学英语教学大纲想必各系部负责人都认真看过，这是硬性规定，没有商量的余地。是否参加国家统一组织的四级英语考试，则由各院校自主决定。咱们学校既然将英语列入教学计划中的必修课，那就必须进行每一级的考试。外语系在教学方面的工作做得非常认真细致，学生的反应也很好，学习态度是积极的。我完全赞同严兵老师从人才素质高度上看待外语课的观点。"

柳田教授此时不紧不慢微笑着说："我很欣赏严兵教授目光远大的思想境界，我也赞同杨欣教授的观点，我个人的体会是'技多不压身，功到自然成'。青年学生在校时多学一门外语，对他们以后的发展只有益处，没有坏处。诗人陆游曾说：'书到用时方恨少，事非经过不知难。'他说的就是勤学多学的道理！我受邀参加国际哲学研讨会，来自世界各国的参会者大都可以用英语进行交流，我是少数几个基本不懂英语的人，非常尴尬。我想这种尴尬的场面不止我一人遇到过吧。"

法律系副主任高鹏和杨欣同是西南政法大学毕业的，他一直在用心听着每个发言人的讲话，此时听了柳田的一番感慨，黑瘦的脸上两只大眼睛像夜里暗处的猫眼，显得炯炯有神。他点上一支烟，贪婪地吸了一大口，吐出一团浓烟,一字一顿地说:"嘻,这种场面我就亲身经历过。我那年参加在重庆举行的国际研讨会,大会要求统一用英语作为会议交流语言,我的书面交流文章是找人翻译好的,文章又出乎意料地被会议确定为演讲发言稿之一。好家伙,这下可把我难住了!"

理论部副主任周智仁笑出声来,插话问:"那咋弄啊?"

高鹏四下看了看说:"在母校找了个外语系的女副教授,做我的同声翻译。我念我的中文稿,她念我的英语稿,听众戴上耳机只能听到英语的声音。唉,后悔当初没有下功夫学英语啊!"

周智仁伸手往后捋了一把稀落的头发,又调侃道:"嘿嘿,老兄还算运气好,找了个川妹子为你圆了场,总算没出丑嘛!"

高鹏咧开大嘴露着熏黄的牙得意地笑了:"哈哈,笨人有笨办法,傻人有傻福!"

高鹏是个直性子,为人坦诚义气。他和严兵年龄相仿,比绪仁大九岁,在法律系一直给绪仁当副手,负责教学管理工作。

严兵下午准备去操场活动一下,路过行政楼时碰到了邵伟。严兵听西大外语系主任邹武教授讲过他的外甥邵伟在北方大学法律系。邹武是西大外语系主任,他和严兵都是新任的省职称评审外语专家组成员,在省外语界名望很高。严兵主动向邵伟说:"嘻,没想到邹武教授是你舅舅!"

邵伟胖胖的脸上立马露出笑容,热情地说:"嗯,我听舅舅也说起过你,以后请严老师多多指教!"

严兵就说:"指教谈不上,有需要帮忙的地方不要客气!"

邵伟露出感激的神情,说:"还要多让严老师费心哩。"

严兵在不久前评选校级优秀教师会议上见到过邵伟的介绍材料,感觉是挺出众的一位青年副教授,就想着以后评教授时多给他使使劲。

第四十五章

老书记张杰这几日一直在考虑把罗小刚放在哪个部门更有利于他日后的发展。

罗小刚是他看重的人，他有心培养这个好苗苗。这天刚到办公室，他给自己沏了一杯上品好茶，那茶叶是罗小刚孝敬他的。他坐在转椅上，看着玻璃杯中一根根竖立起来的毛尖茶叶，突然想起了什么，伸手拿起内线电话筒，拨通了校团委的电话。

"喂，请问您找谁？"电话那端传来女孩清脆的声音。

张杰皱了一下眉头，用命令的口气说道："让罗小刚接电话！"

在嬉笑声中传来罗小刚的声音："请问您是哪位？"

张杰直接对他说："小刚你到我办公室来一下。"

罗小刚立即听出是张书记的声音，连声说："好好好，张书记，我马上就来。"

不大一会儿，张杰听到了轻轻的敲门声，他应声道："请进。"

罗小刚推门进来，表情似笑非笑，显得有些紧张地站在张杰面前，一双有些向外凸出的金鱼般的大眼睛盯着张杰，捕捉着对方的心思。

"坐吧小刚，呵呵，和你聊一聊。"张杰像平日一样和蔼可亲，脸上挂着笑容。

罗小刚松弛下来，忙拿起热水瓶给茶杯添满了热水，接着坐在斜对面靠墙的黑色双人皮沙发上，等待张书记发话。

张杰抿了一口茶，问："小刚你留校工作几年了？"

罗小刚赔着笑脸说："1984年毕业留校，到今年五年了。"

"干了两年辅导员工作，又到团委办公室当了主任，已经是正科级了嘛！"

罗小刚感激地说："是领导器重栽培我，感谢张书记！"

张杰很欣赏罗小刚这样懂得感恩的年轻人。他露出满意的笑容试探着问罗小刚："行政干部嘛，三年向前一小步，五年向前一大步，要不断进步嘛！"

张杰注意到了罗小刚表情上的变化，从眼神中看得出他的兴奋和期待，于是又说："党委办公室要新添一名副主任，我初步考虑把你安排到这个位置上去，先给你透个底，也想听听你个人的想法。"

罗小刚极力控制着不让自己失态，但心头一热还是止不住眼眶里充满了的激动的泪水。他声音颤抖着说："我个人坚决服从组织上的安排，绝不辜负领导对我的期望，永远听党的话，跟党走！"

张杰一听就乐了，不失幽默地说："啊呀，呵呵呵，这会儿又不要你宣誓，也不要你写保证书，只是正常程序的组织谈话嘛，不要这么紧张！"

接着他又有意向罗小刚透露说："这次提拔的还有和你同年留校的肖强，组织上准备把他从组织部科级干事提为统战部副部长，和你一样，都升成了副处级。"

张杰说完此话就想看看他的反应，从中进一步了解一下他的胸怀。

罗小刚没有揣摩出张书记此话的用意，无意中流露出了他的狭隘："肖强人很勤奋，人品也不错。但是下面人反映他不善于和人交流，思想比较保守，不敢承担责任。"

张杰有些意外地看着罗小刚借着别人的名义表达自己的看法，就对他有点儿失望地叹息道："噢，是这样呀！唉，我倒是了解得不够！看来对干部的考察任用还得慎重再慎重啊！那么你自己对肖强也这么看吗？"

罗小刚突然意识到自己失言了。他不想留给张书记"背后说人"的印象，于是急忙说："我的看法恰恰相反！搞组织部这样特殊工作的人，就应该严守组织纪律，严守秘密，不怕得罪人。肖强在这方面做得很好，连续几年被评为优秀党员干部呢！我要好好向他学习！"

张杰对罗小刚真有点儿"刮目相看"了，过去怎么没看出他还有这个"能耐"呢！张杰认为找他谈具体任职问题有些草率了，不应该急于向他承诺提任党委办公室副主任的事。张杰看了看这位踌躇满志、精神饱满的"好苗苗"，语重心长、一语双关地说："当然，安排你到党委办公室只是我个人暂时的一个想法，还要在党委会上讨论，所以这个事先不要对任何人讲！使用有能力、忠诚于党的人是基本原则；对个人品德修养的要求也不能有丝毫的放松。中央组织部要求干部'德才兼备'，是具有深远意义的。加强自身建设，把自己炼成一块好钢，是我们每一个干部自觉而长远的任务和目标。"

教务处办公室主任李强一直是王牧欣赏的人。王牧当教务处处长时，李强就鞍前马后跟着他跑腿，他认定李强是个有发展潜能的青年，是块干行政工作的好材料。而李强最突出的特点就是头脑反应敏捷，干事麻利，善于调和、解决矛盾。

借着这次干部调整的机会，王牧打算扶李强一把，想把他放在人事处副处长的位置上。

于是经过一系列干部考察程序后，党政一把手在党委人事工作会议上，各自慎重提出了自己的人：肖强拟任党委办公室副主任，罗小刚拟任统战部副部长，李强拟任人事处副处长。公示一周后如无异议，三位同志正式上任。

罗小刚并没有显露出他的失落，他有一些忐忑不安。他想的是三年或五年后升为正职时的情况：如果他原地转正，肖强也原地提任为党委办公室主任，那发展前途就大不一样了。他至今不明白张杰书记为何突然改变了主意，他隐隐感到了张书记对他的不信任，是那种不易察觉的、只有熟悉的人才能感觉到的不信任。这让他情不自禁地产生了一种"失宠"的落寞感。

罗小刚坐在他的桌前想心思，手里把玩着一支妻子徐丽丽刚送给他的"英雄"牌钢笔。他刚刚从隔壁他的顶头上司王志高的办公室回来。王志高是位副师级转业军人，主动要求转业回到家乡照顾老母亲，便被安排到这所地方大学内当了个处级干部。他已经五十多岁了，再干几年就彻底退休回长安县农村老家了。

王志高之前在某省军区政治部任办公室副主任、主任，他的妻子王兰英没有随军，坚持留在老家照顾四个老人，是个村里人交口称赞的好婆姨。

罗小刚的妻子徐丽丽是省军区参谋长徐达的女儿，是在军区大院里长大的，就自然而然地带了军人的气质。

徐参谋长是山东人，妻子刘玉荣是陕北绥州人，毕业于绥州师范学校，在西京一所中学教语文。他们有一儿一女，儿子徐正威退伍后在省民政厅当干事，娶了同在民政厅工作的刘兰为妻。

这日是星期六。

徐丽丽吃早饭时对罗小刚说："咱爸说下午让咱俩早点回去，今天晚上请我嫂子刘兰她爸妈吃饭，我哥我嫂子都回去，主要让你招呼客人哩。"

罗小刚一听就来了精神，笑眯眯地看着徐丽丽俊俏的眉眼说："咱爸还是欣赏我这个头脑灵活的女婿吧？大场面上还得我来招呼大人物，端茶倒水，进进出出，该说什么不该说什么，都是有讲究的哩！刘副省长是绥州人，咱妈和他同乡，你知道绥州人最爱吃羊杂碎和猪头肉夹馍，我也爱吃这些东西。我下午请假先去一趟回民街，把料备齐了和咱妈一起做羊杂碎；再在军区服务社买上些猪头肉和白吉馍。保证这顿饭刘副省长爱吃！"

徐丽丽一听就喜上眉梢，忽闪着俊眼眼说："哎哟哟，还是你想得周到，这下拍老丈人的马屁又拍对咧！"

亲家刘志明这顿饭吃得尽兴，连吃两碗漂着一层红红辣椒油花花的羊杂碎和一个猪头肉夹馍，接过罗小刚适时递上的温热湿毛巾，擦了一把头上的汗，脱口说了一句地道的家乡话："聚劲！"

徐参谋长满意地看了一眼女婿，只见罗小刚又殷勤地劝说道："刘副省长要不要再来一碗？"

刘志明面露欣赏的神色，对罗小刚说："小刚，给你说过了就叫刘叔叔嘛！在家里头嘛！老徐，你这七碟子八大碗一大桌子山珍海味，我就觉着这羊杂碎、肉夹馍最好吃，一下子找到了少年时候的感觉！小刚，你给我再盛上多半碗，多舀点辣子！"

徐正威这时进来问："爸，快吃完了没？"

两个爸都抬头望着他。

徐正威又说："司机打来电话问啥时过来接刘副省长。"

徐达对儿子说："正威你回电话讲一下不用来接，回头让我的车送亲家和你们一块回去。"

刘志明便也点头说了声好，又对亲家说："小刚这小伙子就是精干，在政府里干事也会有发展。我找个机会给陕北老乡张杰说说，让他好好培养。"

徐达便说："就有劳老刘你了。"

三年后罗小刚提任为统战部部长，肖强也提任为党委办公室主任。已是省长的刘志明这天让秘书打电话约请张杰到省政府来谈话。

张杰很高兴地接受了约请，前些天他参加省上一个会议见到刘省长，两人还说了几句话。于是张杰如约来到省政府见到了刘志明。

一番热情寒暄后，话入主题。张杰首先提到中央与地方高校共建事宜，主要是地方财政方面支持的问题。刘省长表示省政府会最大力度地给予支持，接着单刀直入地说道："老张哪，是否可以考虑把罗小刚调整到组织部？这样有利于下一步培养！"

张杰感到有些意外，刘省长竟然会专门为罗小刚的职务问题约他而来。他沉思片刻露出笑脸说："现任组织部部长今年年底就退休了。"

刘志明对此暗示表示满意，便说："好啊，那就照你的计划安排吧。"

罗小刚走马上任当了党委组织部部长，一副春风满面的模样，见人便热情地打着招呼。这天他正走着，突然听到背后女孩子向他问候的声音："罗部长好！"

他急忙转身看去，有点儿吃惊地叫出了声，脸上的笑容依然还挂着："啊呀丽丽，怎么是你？！"

徐丽丽俏皮地说："怎么不可以是我？你想是哪个姑娘呢？"

罗小刚忙掩饰说："啊呀，天地良心！《我的心里只有你》这首歌最能代表我的心！今晚我就再一次唱给你听，不知娘子意下如何？"

徐丽丽听了脸上就泛起了红，撒娇着说："说话算数？"

罗小刚语气坚定地说："绝不食言！"

窗外灯红酒绿，学术界真真假假，而柳田始终不为所动。他看着周围蠢蠢欲动的同龄人甚至感到了一丝可悲和可笑。他想起自己读过的王粲的诗句：

> 人生各有志，终不为此移。
> 同知埋身剧，心亦有所施。

人皆如此——向前看是梦想和目标，向后看是结果和修正。

柳田甘于寂寞，潜心研究着哲学这门"万学之学"，在过程中独享着无比的快乐。他的感悟让严兵听着有些云里雾里："其实我一点儿都不寂寞。我和我的同行们不间断地发生'对话'。他们有现代的，也有古代的；有同一时空的，也有跨越时空的。我可以点评古时哲人的观点，而他们却无法看到后来哲人们的智慧，这实在是一种古今哲学界的遗憾！"

绪仁有了一个新的目标。

他认为副校长罗奇极有可能成为下一任校长，而他在实现愿望的道路上最大的障碍就是罗奇。刚复校三年罗奇就从中国人民大学硕士研究生毕业回到了母校，还给绪仁这届学生教过一年多的课。按理说，绪仁和罗奇是师生关系。绪仁留校后还一直从事着和罗奇同一方向的科研与教学，他俩的关系原本应该是不错的。

绪仁留校后不久就在国内法学领域比较权威的学术期刊《法学研究》和《中国法学》上各发表了一篇论文，在校内引起了不小的轰动。因为在该校法学研究历史上尚未有人在权威期刊上同时发表两篇文章，绪仁成为第一人，可见其学术研究实力非同小可！他本人更是少年得志，显现出不可一世的面目。古词有曰：

> 我是清都山水郎，
> 　天教分付与疏狂。

他的轻狂引来了一些善意规劝甚至批评的人，这其中便有罗奇。绪仁觉得伤了面子，恼羞成怒，出言不逊。当他清醒冷静下来却为时已晚，言出如泼水，自然是收不回来的，后悔也无济于事。

罗奇是个典型的读书人，当了副校长，用他自己的话说："赶着鸭子上架——强人所难。我的志趣不在做官，我只想做做学问教教书！唉，这就叫'有心读书读不成，无意做官戴官帽'！"

光耀门楣的事儿这世上哪个男儿不喜欢？！罗奇自我安慰一番，内心深处还是享受做官的滋味的。

张杰是罗奇的师兄或者说前辈。王牧校长退休后，上级让张杰再干一届，和罗奇搭班子，于是人们看到罗奇敬重老书记，老书记尊重新任校长，两人真心实意地合作干工作。这种团结一致、和睦相处的党政关系是上级最期待看到的。

张杰这样有修养、正派、正规又懂行的书记，在会议上却是另一番情形："啊呀，罗校长请我也参加这个教学科研会议，呵呵，我就是来学习的，向大家学习，向罗校长学习。"

罗奇则会如此这般把握尺度："这次推荐省级科研项目立项人，事关学校科研工作的发展，一定要推选出真正有实力的同志来！所以请张书记来帮忙把把关，他是内行，又和省教工委、教育厅熟悉，还请张书记多多提出宝贵意见。"

绪仁对省级科研项目立项势在必得，但他的发言让张杰感到不快，也让罗奇有些尴尬。

绪仁听了罗校长的讲话后第一个发言，他语气中带着不满说："我觉得罗校长的说法是前矛后盾的！把年轻有潜力的同志推选出来是什么意思？只在一般学术刊物上发表过文章，连一篇核心期刊上的文章也没有，这能算是有潜力？所谓真正有实力是否也要有具体条件，是否应该明确体现实力的文章发表在什么级别的刊物上？如果鱼目混珠瞎报上去，我认为只会竹篮打水一场空！"

绪仁的话让所有参加会议的人感到吃惊，他的言辞如此激烈，会议室内顿时变得鸦雀无声，大家在寂静中等待罗校长会以什么样的态度来应对绪仁的狂妄和目空一切，也有人在等着看笑话。

张杰书记及时开口说话了，他一反常态，面部表情变得非常严肃，像是换了一个人，声音也失去了平日的柔和，厉声质问道："请问什么叫鱼目混珠，什么叫竹篮打水？难道人家的都是鱼目，只有你自己的是珍珠？难道大家都在拿个竹篮篮打水，就你拿个木桶桶看笑话？别的同志的文章也不至于滥竽充数吧？同志们一起努力是徒劳的吗？狂妄自大、目中无人，缺乏对母校的基本感情，这种思想、这种态度要不得！"

绪仁从来没有见过张书记发这么大的火，而且是在大庭广众之下直接针对自己的一时"失言"进行指责。他的脸红一阵白一阵，一副无地自容的窘态。他觉得此时此刻争辩或解释只能引起更大的反感，唯有道歉和自我批评是上策，可一时又拉不下面子。

他与罗奇校长对视了一下，从罗校长的目光中捕捉到了一种鼓励和期待。他是个极聪明的人，未等罗校长说话便站起身来，在众目睽睽之下，做出了一个九十度的深鞠躬，顿时又让众人一惊！绪仁然后恭恭敬敬向罗校长请求说："罗校长，我想说几句话。"

只见罗奇微笑着说："你请讲。"

绪仁一脸诚恳地说道："我首先向在座的各位表示深深的歉意！张书记一棒子打醒了我，让我突然意识到了我的狂妄自大是如此令人鄙视和厌恶！大家都了解我，我一个出身贫寒、从深山沟里出来上了大学的穷小子，是学校各级领导和老师们的悉心培养，才让我有了今天的发展。我不知道从什么时候开始变得骄傲自大、目空一切！我留校后走得太顺了，取得了一点儿成绩就忘乎所以了。从来没有人像张书记今天这样严厉批评过我，让我一个光做美梦的人一下子清醒了！谢谢书记对我的爱护！感谢罗校长不计较我的冒犯！欢迎同志们批评指正！"

张杰对绪仁的举动是认可的，年轻人有这样的态度已经是十分难得了。

张杰现在所看重的几个好苗苗中，肖强这小伙子最全面，人也最实在。他准备找肖强谈谈话。

肖强留校后先是当了学生辅导员，之后当过系团总支副书记、党办和组织部干事，又提任为党办副主任、主任。肖强给人的印象就是：做工作一步一个脚印，实实在在，从不张扬，从不刻意表现；他的言语不多，说话风格也如同他的长相和体格一样敦实厚重；他不善于说奉承的话，却又不古板。他对别人的好和感激别人对他的好，通常是用行动来表达的。

肖强如约来到张杰办公室。

张杰正在一个小笔记本上写着些什么。

肖强推门进来，问："张书记，您有什么指示？"

张杰抬起头看了一眼急匆匆走进他办公室的肖强，亲切地说："呵呵，也没有什么指示，就是想和你随便聊聊。"

肖强端正地坐在斜对面的皮沙发上，专注地看着张书记，等着他发问。

"我记得你和小刚同级，是1983年毕业留校的吧，到今年八年了吧？"

肖强立即意识到张书记和他要谈职务上的事情，就说："是的，到今年年底整八年了。"

张杰算了算，笑着问："哦，你今年三十二了吧？"

肖强笑了笑，说："嗯，三十二周岁了。"

张杰称赞他说："已经是正处级了，年轻有为呀！"

肖强谦虚地说："是组织上的信任和培养，我的工作做得还不够好！"

张杰语重心长地说："肖强啊，你和小刚都是我看重的年轻干部，将来都会是有作为的领导干部，要多学习，加强自身建设、个人修养，要展现出一种胸怀和气魄，要体现出一种大公无私和正气，这样才能让群众认可和拥护。特别是在个人利益方面，要有牺牲的精神，无私才能无畏，才能放开手脚开拓进取！这些话说起来容易做起来难，但我对你寄予厚望……"

肖强从内心不由得生出一股热乎乎的感激之情，这种感情在他的记忆里只有对自己的父母产生过……他的眼眶湿润了……

市场经济体制所产生的巨大能量，极大地激活了沉睡已久的工农业生产，蓬勃发展的中国经济令世界瞩目，厚积薄发的中国制造源源不断进入国际市场。中国正朝着既定目标全面快速发展，势不可当！

高等院校四平八稳的生存状态受到了冲击。

不进则退，求生存、求发展成为新一届领导班子首先要谋划的问题。扩大招生数量、扩建校园，具体资金的解决是重中之重、刻不容缓的事情。

张杰挺身而出，当众拍着胸脯讲："事关生存与发展，国家有扶持政策，银行有优惠政策，省上有补贴政策，借助这三大政策我们要迎着困难往前冲。第一步先大胆向银行贷款，第二步是扩大招生，这是资金来源的两个渠道；贷款用来征地和建设新校园，扩大招生的学费用来还银行贷款，省上的补贴一部分用来保证教学所需和教职工的生活。现在的关键问题是下决心贷款，胆子要大，速度要快！"

张杰的态度非常坚决，在重大问题的处理上，他强硬的一面立即显现在群众面前。人们感到奇怪的是，他平日讲话中习惯用的口头禅"啊"和"呵呵"，在这种场合中竟然消失得无影无踪！

罗奇眨巴着一双大而有神的眼睛，不时在笔记本上写着什么，还不时地点点头，看上去非常赞同张杰的主张。他俩算是师兄弟，搭班子后一直配合得不错。罗奇尊敬张杰，张杰支持罗奇的工作，于是省上就比较放心他俩。

张杰在他退休之前将罗小刚和肖强扶上了马又送了一程——罗小刚被任命为党委副书记，肖强被任命为纪检书记，两人均成了副厅级干部。

与此同时，教务处处长杨欣和法律系主任绪仁被提任为副校长，人事处处长李强也被提任为副校长，分管后勤工作。

五位新任领导在省委组织部干部处处长宣读了省委任命文件后分别表了态。

罗小刚第一个发言。他声音有些颤抖地大声讲道："尊敬的省委组织部王处长，尊敬的张书记、罗校长，敬爱的老师们，亲爱的同志们……"

此刻有人故意喊了一声："亲爱的丽丽！"张杰站起身来大声呵斥道："谁在那儿胡喊叫？太不严肃了！请你马上离开会场！"

怔在那里的罗小刚笑了笑恢复了镇定，又接着讲道："党和人民哺育了我，给了我智慧，给了我荣誉，赋予我使命！我要赤胆忠心为党为人民服务，做党信任、人民群众拥护的好干部！"

大家笑出声来，热烈地鼓掌，张书记也被罗小刚的"不太正常的措辞"逗得跟着大家一起笑……

罗小刚忽闪着大眼睛，湿了眼眶，在掌声中，他拱手原地转了一个圈，之后又向组织部王处长和张书记鞠了一个躬，脸上始终挂着笑……

有几人私下忍不住议论起来：

"像是受刺激咧！"

"唉，经不住事嘛！哪像个领导的样子！"

"哼，看那屁颠的奴才相！"

……

肖强看上去从容淡定。他只讲了几句话，却是句句精辟、深得人心："纪检工作，责任重大。我既受组织上委任，必将做到铁面无私。党的纪律在上，任何人违纪必须严肃查办，决不妥协！组织上的信任是我最大的荣光，我将不辱使命，力保一方清廉，为组织分忧！"

李强脸憋得像鸡冠一样红，只见他站起身来向领导和其他与会人员分别鞠了躬，宣誓般地举起右手大声喊道："为官一任，造福一方；当官不为民做主，不如回家卖红薯！学校的事，教职员工的事，就是我李强的家事！我将竭尽全力，绝不辜负大家的厚望！"

……

第四十六章

夏日来临。

春的花没见少多少，夏的花已争奇斗艳。花开处五彩缤纷，不时引来一群群发出嗡嗡声的蜜蜂和扇动着彩色翅膀的蝴蝶围绕着花蕊采蜜，这是它们一年中最享受的时光。

西京这地方的气候向来只有冬和夏，没有春和秋，于是人们把雪莱的诗句改口说成："冬天到了，夏天还会远吗？"这是人们留恋春天的美好，叹惜家乡西京的春光太过短暂——春热如夏！

6月的早晨还算凉爽，昨晚又下过小雨，地面还是潮湿的，被雨水洗得干干净净的枝叶上挂着晶莹剔透的水珠，空气中散发着一阵阵草木清香。

严兵早早起来简单吃了点儿妻子柏兰做好的饭，准备坐校车去新校区上早上一、二节的课。他的车是单号，今天限号。校车七点二十有一班，他匆匆忙忙向校车站点走去。

他在经过两栋楼时，注意到了在两楼之间的草坪旁如军人一般笔直站着的一位老者，从头到脚显得干净利落，就连稀疏的白发也朝后梳抿得一丝不乱。严兵走近他时立即认出了是刘放老先生，就停下脚步恭敬地问候老人家："刘老，您老人家一大早站在这儿干啥呢？"

耳聪目明的刘老声音洪亮，一字一顿地说："发挥余热，站岗放哨，严防小偷！"

身高一米七五左右的刘老面色红润，精神抖擞，身穿一身藏蓝色的毛料中山装，脚蹬一双擦得锃亮的三接头皮鞋，戴一副黑框眼镜，那镜片像酒瓶底一样厚；他斜挎着一个印有"红军不怕远征难"字样的老式帆布挎包，右手拿着一根不锈钢拐杖，俨然一副军人姿态。

严兵打趣道："刘老您这是全副武装啊！这拐杖您用得着吗？您身体这么硬朗！"

刘老口齿利落地说："用得着！吓贼、打贼、自卫，三大用处！"

严兵又逗他："那挎包里背着什么装备呀？"

刘老小孩般咧嘴笑了，故作神秘地说："嘿嘿，不是装备，是从教工食堂买的两个馍，还有一瓶水，一会儿饿了吃。"

刘老头脑清楚，提醒严兵说："小伙子，第二辆班车还有五分钟就开车咧，抓紧去吧！"

刘老2010年刚满八十岁。他独自一人生活了三十年。别人看他可怜，就想给他介绍个老伴搭伙过日子，却被他婉言谢绝了。他对介绍人心存感激地说："让你费心了，好意我心领了。我对这事早就心灰意冷了！一人过比两人过好，省心！我早就习惯寂寞了，其实也不觉得寂寞，反倒是自由自在，不受约束……"

他是从物质生活和精神生活的双重苦难中熬煎出来的人，对人生和世事已经看得比较清楚了，对任何事情都能泰然处之了。他和小他十一岁的老友郗继生交流人生心得时感叹地说："人生一世，草木一秋。"

老郗略作沉吟，接上说："月过十五光明少，人到中年万事休。"

刘放又晃着脑袋吟道："儿孙自有儿孙福，莫为儿孙作马牛。"

两人相视一笑。

老郗面带笑容说："唉，许多人只知此诗句，却不了解出处。"

刘放便说："这首诗出自清朝周希陶修订的《增广贤文》，在吴承恩的《西游记》中最早引用出现。这还是你讲给我的。"

老郗又笑了，说："嘿嘿，我在图书馆也没查到诗作者为何人，但绝不是周希陶！"

刘放一笑，说："唉，算咧！不做探究！"

他俩是兰大校友，"臭味相投"，三观一致，碰到一起便闲聊一通。

刘放1952年从兰州大学法律系毕业后被分配到远离家乡的西北大学法律系任教。三年后，他与刚刚留校任教的他的学生梅丽结了婚，那年他二十五岁，梅丽二十二岁。梅丽是大家公认的"校花"，在西北大学女同学中，她的美貌无与伦比。

梅丽是陕北绥州人，她的父亲是绥州的一名历史教师，母亲是距绥州仅四十里地的银州人，是语文教师，父母亲一直在同一所中学里教书。

梅丽的美貌深深吸引着才华出众的青年教师刘放。大二时，刚满二十岁的梅丽也暗恋上了刘放。在一次天赐良机——校学生会组织的师生联谊舞会上，刘放主动邀请梅丽跳舞。两人第一次肌肤接触，梅丽兴奋得满脸绯红；刘放握着梅丽那只绵软嫩白的小手，更是心潮澎湃，脸上洋溢着灿烂的笑容。

舞会散场时，礼堂外面一片漆黑，天又下起了细雨。刘放执意要送梅丽回宿舍，还脱下外衣给她披在肩上。两人一路快步走着，雨突然间就下得大了起来，风也刮了起来。风雨交加中，刘放拉着梅丽躲到学生食堂门檐下避雨。看着瑟瑟发抖的梅丽，刘放把自己的外衣穿在她身上，又用一只胳膊搂住她，她没有做出任何躲闪，乖顺得像一只小绵羊……

两人如愿以偿好上了。

他们的师生恋很快就传开了。系副主任王炎装出严肃的表情，提醒刘放："梅丽还是学生，不要太频繁找她，不能影响她的正常学习，更不能出事！"

刘放一个劲地点头称是，对王炎主任的宽容和理解心存感激。那时学生原则上不允许谈恋爱。

刘放让所有的青年男教师羡慕不已，其中自然也有嫉妒甚至仇视他的人。系里一个男同事酸溜溜地说："嗒，宁吃一口肉菜，不吃一碗素菜！"

又有人附和着开玩笑说："君子所见略同。宁吃一口白馍，不吃一个苞谷馍！"

还有更极端的声称："啊呀，能娶上梅丽这么美的女人，哪怕睡上一夜，让我第二天去死我都心甘情愿！"

两人的婚礼简单而隆重，气氛热烈，宾客盈门。闹闹腾腾一番后，刘放和梅丽喜悦中带着醉意和疲惫，被一群意犹未尽的年轻人推拥着送入洞房。接下来又是一通闹洞房，直闹得两人筋疲力尽众人方才尽兴而散。

好日子过了三年。

1958年，刘放被定为右派，下放到陕北一个边远县接受劳动改造。三年来梅丽和他一直没有生得一男半女，倒也无牵无挂。刘放临别前两周万念俱灰地对梅丽说："唉，我倒霉了是我的事，我自作自受！可我不忍心看着你跟我受罪，你还这么年轻，应该过好日子！我这一去遥遥无期，没个头，咱们离婚吧，从此你是自由的，这样我心里会好受些……"

两人抱头哭了一场，梅丽哭得泪人一样，躺在床上发高烧。一周后两人在民政局办了离婚手续。到了离别的那一天，梅丽送刘放上了长途汽车，两人挥泪告别。

那时道路不好走，刘放坐着一辆带帆布篷的大卡车，一路摇摇晃晃颠簸着走了四天才到了沙州县城。当日午时刚过，刘放背着行李在城内寻着了地委组织部，呈交了劳动改造通知等书面材料，组织部干部科的人很快找到了下达的劳改人员名册，态度客气地说："啊，你叫刘放对吧？我们早就安排好了，给你写好了介绍信，你到涧水县人事局去报到，他们会安排你具体劳动的地方。"

刘放接过了介绍信和五块钱路途补贴费，他的口袋里仅剩两块钱了，他感激地看了办事员一眼，道了声谢就离开了地委大院。

他背着行李在沙州城那条直线街上走走停停，在离长途客车站不远的一家饭馆坐了下来。斟酌一番后他要了一大碗拼三鲜和四个两面馍，打算留两个馍次日路上当干粮。这顿饭让他花了八毛四分钱，想到这儿他心里就疼了一下。

这沙州城的拼三鲜真是名不虚传，刘放吃了一碗后觉得意犹未尽，想着以后有钱了要来这里连吃三碗，必须吃尽兴才好。这晚他就宿在沙州长途客车站候车室里。

两天后，刘放在涧水县人事局拿到介绍信，次日早上在城街上问道时，又赶巧坐上了正好去林杰村的一驾驴拉车，半道上在乡政府办了手续，一路走到天见黑，终于到达了林杰村。他背上行李，硬塞给赶车老汉五毛钱和一包香烟，按照赶车老汉的指点就近走进了土坡上的一家院子。

院子的男主人叫柏家富，三十岁左右，看上去就是个敦实憨厚的庄稼汉。月光下，柏家富正在院子里收拾背回的一堆柴火。那院子很大，有五孔面朝南的土窑洞。

刘放上前开口打了个招呼："老乡你好！忙着呢？"

柏家富听到声音，站直身扭头看到了一张陌生的面孔，就操着难懂的当地口音问道："哦，你寻谁了？你是哪来的？"

刘放竟听懂了他的话，谦恭地说："我是从省城下放来的，天黑了不好找人！"

柏家富停下手里的活，对刘放说："噢，到窑里坐吧。"

刘放把行李放在门口，随他进了窑洞。

窑洞里光线有些昏暗，炕桌上点着一盏火焰不时跳跃着的煤油灯，炕桌旁一个女人盘腿坐着，看样子应该是这家的女主人。她好像就着灯光在缝补一件衣服，抬头看了一眼走进来的刘放，招呼了一声："来了，炕上坐！"

刘放适应了昏暗的光线后，看到了炕上并排睡着的三个孩子，他们似乎并没睡着，相互小声嘀咕着些什么。

柏家富倒了一碗开水递到刘放手上，说："噢，路上熬累了，先喝口水。"又对他婆姨说："孩他妈，来把火先烧上，给做口吃的！"说着他走到后窑墙根底从一口小黑瓷缸里舀了一点白面放入一个黑瓷面盆里，洗了洗手准备和面。

炕上坐着的女人就急忙说："让我做吧，我把衣裳补好了！你和人家拉话。"

刘放心里暖了一下。这家人并不嫌弃自己打扰他们，还让吃他们家的粮！

腾出身来，柏家富就从怀里掏出一个装着短杆烟锅的旱烟袋，点了一锅烟，和刘放拉起了话，说："下放干部也是不容易，我们这地方穷！"

刘放笑着说："我是下放劳动来的，是专门来改造思想的。"

柏家富表示理解地点了点头,说:"干部们常这么说哩。唉,有甚好改造的哩?!人家是甚个想法还能改变了?就好比我愿意咋想你能知道,能管住我咋想?"

刘放听着就开怀笑了起来,他认为这个朴实的农民大哥说出的话完全是符合逻辑的,是人们的一种正常的思维反应,由此他又想到"从灵魂深处改造思想"的说法。刘放开始从心里喜欢起面前这个农民大哥了,于是语气轻松地问他:"啊呀,还不知道大哥大嫂的姓名哩?"

柏家富显然识得一些字,很清楚地告诉他:"噢,我姓柏,是柏树的柏;我名叫家富,百家姓的家,富贵的富。她姓白,是白天的白;她名叫玉荣,玉石的玉,光荣的荣。你以后就叫我柏大哥吧!"

刘放高兴地叫了一声"柏大哥",柏家富立马回应了一声,又说:"以后有甚要相帮的事言传!那你叫个甚?"

刘放表示歉意地忙说:"啊呀,看我忘了给你说了。我叫刘放,文化的文字旁加一个立刀,放是解放的放。就叫我老刘吧!"

两人正拉得上劲,就见家富婆姨双手端着一老碗汤面送到刘放手上,笑呵呵地招呼说:"唉,没甚好菜,就放了些葱花花、麻油,趁热快吃!"

刘放看着扑鼻香的汤面就咽了一口口水,抬头又看了她一眼,说:"谢谢玉荣嫂子,我就不客气了!"

刘放迫不及待拿起碗沿上架着的筷子,低着头发出一阵哧溜溜的声响,眨眼间一大碗汤面灌热水壶一般下到他肚里。他抬起头有些不好意思地说:"啊呀,玉荣嫂子做的面味道可好了,可是吃好了!"

家富笑着问:"吃饱了没,老刘?好赖得吃饱!"

刘放把碗递给玉荣嫂子,说:"啊呀,你家这碗大,一碗顶两碗!"

说话间刘放又问家富:"柏大哥,你家三个小孩?"

家富得意地笑着说:"哈哈,是啊。"

刘放羡慕地说:"柏大哥好福气!活神仙!"

此时玉荣嫂子已在隔壁窑帮刘放收拾好了铺盖,对他说:"劳累了一天了,快歇息吧!"

刘放听她这么一说，顿觉困意袭来，便去睡了。

刘放躺在被窝里就想着自己运气好遇上了好人家，继而又感叹这世上还是好人多……这一夜他睡得很踏实。

次日柏大哥从地里侍弄庄稼回来，一块吃罢前晌饭，柏大哥就带着刘放寻到了村长柏福生。柏家富说："福生哥，夜黑里老刘就来哩，在我窑里睡了一夜，咋安排我就交给你咧。"

柏家富说罢向刘放打了个招呼就离去了。

福生手里拿着县上又转手经过乡上的介绍信，琢磨着乡政府签署的"请林杰村酌情安排劳动改造"意见的含义，随后就对刘放说："老刘你看这样行不行，林杰村中学灶上正缺一个帮灶工，平常可能还要干些清洁工作，你先在那儿干着，吃住都在学校里，也比较省心，你看咋得个？"

刘放没想到还有这样的好事，当下就连连点头，面露感激的神情说："能行能行！"

柏福生亲自领着刘放找到了校长屈玉海，说明了情况后，屈校长唤来管总务的柏家仁给刘放安排了个住的地方。

刘放的工作分为两个部分——学校食堂灶上每天两顿饭的泔水得喂猪；清扫食堂附近的院子和教师职工住处的院子。他住在靠近男厕所的一个一直用作仓库的旧窑里，里面有一盘大土炕，上面还堆放着一些锣鼓、大镲、秧歌服装等物件。

他觉得分派给他的活并不算太重，一天下来也不是很累。他和食堂灶上的大师傅们吃一样的饭菜。灶上的人对他很和气，没有人把他当坏人看。他逐渐和灶上的人熟悉了，人家就开玩笑问他："为甚把你叫成个右派分子？"

正吃着饭、白白的牙齿上还沾着绿菜叶的胖女人笑着插嘴说："你是右派分子，就是个坏分子？"

刘放故作认真地说："理论上讲，我就是个坏分子！我这种坏分子排在第五位——'地富反坏右'嘛，对不对？"

胖女人放下碗筷，好奇地又问："那你婆姨在省城了？"

其他人也关心这个问题，就等着看刘放怎么说。刘放就实事求是地说：

"我没有老婆，就我一个人。"

大家一听就做出了不同的反应，或表示同情，或表示遗憾，小声嘀咕着发出几声感叹……

沉默了一小会儿，胖女人憋不住，又问道："没结过婚？"

一个瘦女人见刘放不吱声，也跟着问："正谈着哩？"

瘦高个大师傅显得精明的样子，说："肯定是闹不到一搭里离婚咧，对不对？一看老刘的脸色就结过嘛！"

刘放看了一眼大师傅，说："唉，倒也不是闹不到一搭里！说实话，还是不想连累人家，怕跟上咱受罪哩！"

瘦女人逗他说："哎，要不在我们这里寻上个婆姨，孬好有个家嘛！"

刘放也反过来逗她，说："怕是没人愿意跟我，人家图个甚？"

胖女人接上话鼓励他说："那可不一定，说不准就有女子喜欢你这号样子的男人哩！"

刘放装出憨憨的样子说："啊呀，我是哪号样子的男人呀？"

胖女人还没把想说的话说出来，自己先笑得说不出话来。她释放完那股笑劲儿，又说道："你就是那号，哈哈……那号俊样样，又大又壮实，哈哈哈哈……又会哄女人那号男人嘛！"

胖女人还是憋不住笑，努着劲儿说完这番心里话，竟有些害羞得脸发红。

大师傅带着醋意问："那我是哪号男人？"

瘦女人嘿嘿一笑抢着说："你和老刘相比的话，你就是头驴，他就是头牛。"

胖女人捂着嘴笑着纠正她说："不对！哈哈哈哈，老刘像头骡子，柏大师傅像头叫驴！"

这日上午刘放喂过学校养的五头猪，清扫过了食堂前那一片学生们吃前晌饭时弄脏的院子，就坐在一个条凳上抽起了旱烟。

学校每月给他发三块钱生活费。这天刚去总务科领了钱，他就去供销社杂货铺买了一瓶白酒、一包点心、几条红头绳和带花的发卡，手里拎着去了柏家富家。上次空着手去的，吃了玉荣嫂子给他做的一碗面，柏大哥还送给他一个亲手做的铜旱烟锅。旱烟袋是玉荣嫂子用蓝布缝的，上面特意绣了一个五角星和三朵小红花，柏大哥还用一个布袋袋给他装了一大碗旱烟。这次他专门去表示一下感谢，拉拉话。

柏大哥家三个孩子已和他很熟了，见他走上坡来在院口露出头就直朝窑里的爸妈喊："刘大叔来了！刘大叔来了！"

柏家富在窑里炒辣子，大声招呼着喊："老刘快到那眼窑里坐，柏兰引叔叔进窑里！"

刘放熟门熟路，抱起柏拴进了隔壁窑里。不一会儿柏家富来和刘放拉话，见孩子们坐在炕上，一人手里拿着一块点心，玩发卡头绳，就高兴地客气说："啊呀，让你花钱哩，以后再不要乱花钱！"

刘放笑嘻嘻地说："刚发了钱，给你买了一瓶你爱喝的烧酒。"

柏家富眼亮了一下，兴奋地说："今黑里咱俩再弄个菜喝点儿，你嫂子在坡下菜地里摘菜去了，一会会儿就回来。后锅里熬好了一大锅稻黍饭，再炒些西红柿、青辣子、茄子、白菜，炒成个花花菜，酸酸辣辣，大人娃都爱吃。你就跟着我们一搭里吃，让你嫂子再烙上几张两面饼子。"

刘放知道这一道沟里头，像柏家富这样富裕的人家不多见。这主要是柏家富人勤快下得了苦，脑子好使，心眼眼活泛，再加上他人讲义气、诚实待人，常能做成一些赚钱的小生意，并且贤惠能干的玉荣嫂子更是持家的一把好手。村里人都知道他家的光景好，也都服他——同样的土地，同样是庄稼人，人家柏家富家的光景就是好……

转眼间冬去春来，柏人哥家又添一娃。刘放手提一篮鸡蛋、两斤红糖、两瓶烧酒、两把挂面，登门道贺。裹着小脚的玉荣她妈专门来到女婿门上侍候女儿坐月子。她见刘放拎着大包小包来到家门口，放开尖尖细细的嗓门，慌忙就喊女婿："家富——家富，来客哩！"

柏家富正在燎猪蹄，出门见是老刘，忙接过礼品。刘放隔着门先喊了一嗓子："玉荣嫂子我来看你咧！"就随着柏家富进了旁边的窑。

刘放拱拱手说:"向柏大哥道喜咧!又添一丁,人丁兴旺,家运昌盛!"

柏家富喜笑颜开,竟也文绉绉拱手回礼说:"同喜同喜!从此后我要一心一意抚养我这四个娃,种好地多打粮,多做些小买卖,挣下钱供他们念书哩!"

刘放逗他说:"女娃娃也供得念书咧?"

柏家富坚定地说:"我的娃们不分男女,都一样样供得念书!念到哪里供到哪里,只要娃们有能耐,就一直供到念大学!"

刘放被感动得潸然泪下,本想逗逗柏家富,不料自己反倒被柏家富说哭了……

柏家富虽是农人,却自小喜文,凡有机会便虚心向人学习,更是热衷于陕北说书等各类民间文化活动,从中受益匪浅,从而眼界开阔,与一般农人不同,也由此造就了他的娃们靠念书走出大山,成了气候,光耀门庭。

刘放虽然在林杰村中学食堂灶上干着杂活,但他并没有完全放弃读书学习。这所县立中学的教师中可谓藏龙卧虎、人才济济,有几位外地教师也因种种命运变化来到这个山沟中学。涧水县人都知道,真正教学质量好的中学不是城里的中学,而是深山沟里的林杰村中学。从历年中考、高考结果就能充分证明这一点!

林杰村中学的图书馆藏书种类和数量曾让初次进入馆内借书的刘放大为震撼!从在灶上干活起,他就将图书馆当成了一个宝库。他可以任意借用其中宝物,从中汲取营养。

刘放在无意中获得了一个展示才华的绝好机会,而他也不负平日所学,向人们证明了他的学识和讲课才能。

这日前晌饭间,教导主任王伟向校长屈玉海告急:有两名教师请了长假,已经停课两周了,还没有找到临时顶替的老师。刘放正从他俩身边经过,便站着听,然后大着胆子毛遂自荐说:"屈校长,不知是什么课,我可以临时顶替上,行不行?"

屈校长和王伟都愣在那里没反应过来。

刘放又说:"语数化史地我都能上,让我试试吧!"

刘放试讲后，屈校长放心地把课交给了他上，但是灶上的活还得干。有时候，刚刚喂完了猪那边上课铃就响了，他慌忙之中穿着脏兮兮的大围裙就跑进了教室，站在讲台上像个马戏团的小丑，引得学生们哄堂大笑……可他课讲得好，学生们已经被他的学识和口才征服了——不论是高中的语文作文课还是初二的历史、地理课，他堂堂课讲得精彩！

刘放成了学校里最忙的人，也成了校园里一道奇特的风景线。人们见他一会儿在喂猪，一会儿在上课，一会儿又在扫院子，忙得那叫个不亦乐乎……

刘放被林杰村中学正式聘请，当上了临时教师。屈校长承诺一年后将他转为在编教师。

第四十七章

和往日一样,老郜依旧凌晨五点左右就起身去了图书馆,开始他每天的工作。名义上他是图书管理员,但是他却兼顾着打水扫地等一些杂活。他已习惯了这些不属于他干的活,图书馆里其他职员对此也都习以为常了。老郜一直低调,除了馆长、副馆长外,他的学历是最高的,而他的职称至今仍是个馆员。他负责的是文史类图书资料借阅工作。他对所有图书资料了如指掌,可在数千册书中迅速找到借阅者所需。他把两次晋职的机会都坦然让给了比他年轻的馆员,他不在乎虚名。

打扫完几间办公室的卫生,给所有的热水瓶灌满了开水,接着又将他所管理的文史图书资料室地板和书架擦抹一遍,老郜便为自己沏了一杯茶,从黑提包里取出一个用手帕包着的冷馒头,悠然自得地坐在他的办公桌前吃起来。他桌子上搁着的那本《英语惯用法词典》封面已经磨得起毛了,桌上还放着一本他已摘抄了不少词条的笔记,上面工工整整写着的全是他认为从一般词典书籍中不易查到的解说。他觉得葛传椝这个人了不起,在国内除了钱锺书,没人可以和他比;钱歌川的《翻译的技巧》,也是一本了不起的好书。老郜现在对于把他"调整"到图书馆这个地方,打心眼里感到满意,这反倒方便他在工作之余毫无约束地翻阅所有吸引他的书。

早上八点上班,七点五十分左右,图书馆管理员们三三两两陆续来"坐班"。老郜也忙碌在借阅台和书架之间,准确无误地将每一本书送到借阅者手上或放到原处。中午饭时，老郗到教工食堂照例买一份最便宜的菜汤和三两米饭泡着吃，掉在桌上的每一粒米他都认真捡起来放入口中，他不在乎人们看他的眼神。老郗没有午休的习惯，下午上班前他习惯在操场向阳处或图书馆楼前台阶上坐着看书，顺便眯几分钟休息一下眼睛。下班后，老郗最后一个离开图书馆。他把垃圾全部清理好倒入室外垃圾桶后，代替门卫锁上大门，这才回家。

晚上这顿饭他自己做着吃，照例是煮一碗挂面，往锅里放几片菜叶，再放点儿油盐和辣子面。每顿他都吃得津津有味，心里感到很满足。他从不贪食，晚饭就三两挂面，从不超量。晚饭后，老郗习惯打扫屋内卫生或洗洗衣物，做这些活相当于散步锻炼。之后老郗就坐下来喝水看书，晚上九点准时上床睡觉。老郗在图书馆任职已有十二个年头了。日复一日就这样过来了，再过上一年他就该退休了。

老郗乍看上去是个不修边幅、不讲究穿戴、不拘小节的人。他独自生活，平时不主动与人交谈，特别不与女人交往，像个不食人间烟火的道士。他一米七八的个头，长得白白净净、瘦瘦高高，有点儿像大学者钱锺书的模样。他的父亲郗耀祖解放前在甘肃与山西一带做生意，三十刚出头就赚了很多钱，就开始在甘肃农村置买土地。郗耀祖精明过人、会算计，办起了赌场，一些急于发财的中农和富农染上了赌瘾，不得不变卖土地给他。许多人因此倾家荡产，甚至家破人亡。郗耀祖被穷人称为"假善人""毒蝎子"，在方圆百里被说成一个为富不仁的大地主、无恶不作的大坏蛋！

有道是：多行不义必自毙，善恶有报是天理！1941年解放区搞起了土改，郗耀祖被政府土改工作组领导下的农会组织揪了出来。贫苦农民们参加各种诉苦会，声泪俱下，纷纷揭发控诉郗耀祖这个大地主的种种恶行。郗耀祖被五花大绑，头戴高纸帽，胸挂大木牌，推上了公审大会的台子。郗耀祖浑身筛糠似的发着抖。他在前些日子就含着眼泪嘱咐刚刚为他产下一子的老婆王美凤说："美凤啊，我料定这回他们饶不过我了！我死后，你带上咱的继生到县城里那家'百物当铺'找郭掌柜，我给你拿一个字据你收好了，我在他那儿入伙了两百块大洋，你取上一百五十块，余下的就算送给他了。他要是个守信有良心的人，就会给你办的。你拿上钱就想办法回陕西长安县咱老家去吧，你一定要记住我的话，再苦再难也要把咱唯一的苗苗继生拉扯大！"

郗耀祖和老婆抱头痛哭了一场……

公审大会后，农会的人发了善心，派了两个人给王美凤帮忙把郗耀祖埋在了村南头一个乱石土岗子上。王美凤怀里抱着不足三个月的儿子郗继生去城里找到了"百物当铺"，拿出字据给郭掌柜看了。郭掌柜说："这个字据是假的，根本没有郗耀祖在我家当铺入伙的事！"随即就赶她出去，把字据撕得粉碎扔在火盆里。王美凤被伙计推出了当铺，哭喊着站在门口不肯离开。郭掌柜怕张扬，就让伙计塞给她一块大洋，又推又拉把她赶着离开了当铺。

短短的一个月时间，王美凤由一个享受惯了荣华富贵的地主婆，变成了无家可归、流浪街头的讨饭婆子。天已渐黑，她坐在一户人家院门口给孩子喂奶。她浑身发抖，又冷又饿，身子缩成一团，怀里的孩子像一只小猫，发出微弱的哭声。眼见着母子俩要冻死在这里……

王美凤从昏迷中醒了过来，她已退了烧，只觉得全身哪儿动着都酸疼酸疼的，儿子也不在身边。她惊慌地挣扎着想坐起来，声音沙哑着用力喊："有人吗？这里有人吗？"只见一个六十岁开外的老妇由外屋进来，疾走近炕头，摸了一下她的额头，眉开眼笑地说："哎呀呀，你总算是醒过来了呀！你可是整整睡了两天两夜呀！喂得喝米汤，嘴会动了，也会咽了，就是不会睁眼睛，还以为你是个瞎子哩！"

王美凤瞧着老妇一脸慈祥就想着遇上了好心人，便急忙问："婶婶，我的娃娃在哪儿？"老妇笑着说："你放宽心歇息着，我一会会儿给你抱过来。"随即又关切地问道："孩子呀，你这会儿想吃点儿什么，我给你做去。"王美凤有点儿不好意思地说："婶婶，我想吃一碗热汤面。"老妇忙说："我这就给你做去，一会会儿就好！"说着就笑嘻嘻掀开门帘出去了。王美凤回想起两天前的夜晚，心想自己命好遇上了好心人，这救命之恩可怎么报啊……她正想着，老妇胳膊抵着门帘，端了一碗汤面进来了，递到她手上热切地说："快快趁热吃了吧，你肚里欠食哩，没奶水咋喂娃娃呀！"王美凤看碗里还卧着两个荷包蛋，汤面上漂着葱油花花，咽了一口口水就迫不及待吃了起来。老妇坐在一旁就心疼地说："啊呀，造孽呀，真是遭了罪呀！"

王美凤哪敢给老妇说出实情，只说是来城里寻娘家一个亲戚，却打听到亲戚已回陕西老家了，她打算也回陕西老家去，天黑无处可去就饿昏了。老妇信了她的话，劝她留下养好身体再回老家。老妇的儿媳瑛子怀里抱着她儿子继生走进来给她看，那继生躺在瑛子怀里睡得正香，小脸红扑扑的。瑛子微笑着说："大妹子你放心好了，我给娃娃喂过奶了，我的奶水足，两个孩子都够吃。"王美凤见到儿子，悬着的心才彻底放下了。她接过孩子紧紧抱在怀里，泪眼婆娑，脸庞上露出对儿子无限的怜爱，声音颤抖着对好心的婆媳俩说："要不是你们救了我们娘儿俩，我们早就做鬼了！救命的大恩不知咋报啊！"说罢就放声痛哭起来。

半月过后，王美凤已养好了身子，盘算着辞别马木匠一家，带儿子回老家。马家婆婆不放心，就央求老伴马木匠和同样做木匠的儿子四处打探去陕西的顺道人。这日马木匠兴冲冲地回到家对他老伴说："啊呀，可是遇到顺道去陕西的好人咧！还是直接到陕西长安县的咧！"马婆婆就问是个什么人，可靠不可靠，怎么个走法……马木匠说："人家是陕西长安县政府里的一个官哩，带着太太回来看他娘老子哩。我前一个月刚刚给他家打过家具，给老主家一说人家就答应了。他家姓赵，回来时还带着一辆马车和两个随从，这女子运气好，回去时还可以坐马车哩！"

王美凤认马家婆婆做了干娘，临别时跪着给干娘磕了三个响头。那姓赵的叫赵树才，是长安县政府的主任秘书；他的太太姓李，是长安县当地一个富豪的女儿。王美凤抱着儿子与赵太太同坐在马车内，赵秘书则和两名随从骑着高头大马在前面开路。一行人马晓行夜宿，十分辛苦，半月后终于回到了长安县。赵太太是个知书达理、心地善良的女子。她刚刚嫁人尚未生育，一路照顾着王美凤母子俩，对继生这娃娃十分喜爱。或许是有缘分，每当赵太太将继生抱在怀里，这娃娃就忽闪着大眼睛冲着她笑，赵太太一颗心都要被融化了，对继生愈发喜欢，就抢着替王美凤抱孩子。

在长安县大兆村的县政府机关院内，赵秘书顺从他太太的意愿，收留了王美凤母子，让王美凤做了他家用人，而赵太太已离不开继生，索性就认继生做了干儿子。从此王美凤便在赵秘书家过起了一家人似的生活。赵太太出身豪门又是独生女，自小就被父母视为掌上明珠，家里有的是钱，赵秘书乐得一个轻松自在，对王美凤也是十分客气地相待。王美凤沾了儿子的光，原本无家可归的她就住在了衣食无忧的赵家。但是王美凤又是一个有自知之明的人，她小心翼翼地做着用人该做的活，用心伺候着赵秘书夫妇俩。

1949年，赵秘书依然留在政府机关做事，不同的是他的身份变成了县政府机关伙食科临时雇用的普通管理员，人们都称他为"老赵"。失去家庭资助的赵太太与王美凤一道在县政府干起了杂活。赵太太在食堂大灶上打杂，王美凤在大院里当清洁工。王美凤在外和其他人一样都称赵太太为李玉珍，在家里则依旧称她玉珍姐。他们四人依旧住在政府大院里，只是由原来的四间砖瓦房换成了大院西南角上的两间挨着的土墙草房。老赵起早贪黑地忙碌着，唯恐做事不周全引起别人的不满。他能谋到这个差事已经很不容易，心里很满足了，再苦再累都能承受，能像个正常人一样生存下去是他唯一的愿望。

继生被送进了县里的小学上学，每天蹦蹦跳跳往来于学校和政府大院之间。王美凤看着儿子一天天长大，常常想起丈夫的嘱咐——再苦再难也要把郜家这棵独苗抚养大。晚上她和儿子坐在油灯下各自做着事，儿子认真做着功课，她做着针线活陪着儿子。她充满慈爱地看着儿子俊俏的面孔，想着她不光要把儿子抚养大，还要让儿子念很多书，吃再多的苦也要供儿子念书……

老郜这天早上刚干完活，沏茶吃着冷馍，看着一期中国社科院语言研究所主办的《国外语言学》，不时用红笔在笔记本上写些什么。八点上班不久，图书馆负责收发邮件的小王喊着："老郜，有你的邮件！"老郜便去取了回来。牛皮大信封上印着"中国社会科学院语言研究所《国外语言学》编辑部"，老郜心里一阵惊喜，用剪刀剪开封口取出了两本样刊，打开一看，首篇文章便是他几月前寄出的长达万余字的一篇研究文章，署名用的是他的笔名"异仁"。老郜激动了一会儿就平静了下来，这是他的第十篇研究论文，从动笔到见刊用了差不多一年的时间。1983年他从外语教研室资料室调往校图书馆之前，还是站在讲台上的一名讲师，那时他已在北京大学、复旦大学等全国六所知名大学学报上发表了六篇外语语言研究论文；四十七岁那年他被"调整"到校图书馆，十二年来他在《国外语言学》《南京大学学报》等知名期刊上发表了四篇重量级学术论文。毫不夸张地说，老郗凭借其中任何三篇文章在全国任何一所大学里都可以评定为教授或研究员，而五十九岁的他至今只是具有中级职称的图书管理员。学校里无人知晓"异仁"是何许人也！老郗自己恐怕永远都不会公开他的笔名，人们无法知道他是怎么想的……

郗继生十八岁那年考入了兰州大学，在英文系学习英文。兰州大学当时在西北乃至全国算得上是一所叱咤风云的大学。兰州大学英国语言文学系成立于1947年，知名翻译学家水天同教授任系主任。老郗以英文系第一名的成绩大学毕业后被分配到长安县一所中学里教书。他教英文，也教数学、物理、语文等，一直教了十七年。这期间他和母亲王美凤、干娘李玉珍、干爹赵树才生活在一起。郗继生大学毕业三年后，"文革"开始，红卫兵揪斗赵树才，让他交代旧政府时期干过的伤天害理的大坏事。

赵树才苦思冥想，终于给自己编造出了两条罪状："王县长，不不不，是王培德，干过两件罪大恶极的坏事，我也有罪！"

红卫兵们振臂齐声先呼三遍口号：打倒反动县长王培德！

呼毕，年轻气盛的红卫兵吴司令操着地道的长安口音厉声问道："快交代，是哪两件坏事？！"

赵树才弓着腰，吞吞吐吐地说："这个……这个，第一件嘛……这个……"

吴司令不耐烦地打断他："快说！"

小将们振臂高呼三遍"快说！"

赵树才怕挨打，声音颤抖着结结巴巴说："一件是……男女作风问题，还有一件……是……是经济问题。"

吴司令来了兴趣："先说男女作风的事，咋回事？"

赵树才做出回忆状："唉，这个事说来话长。记得好像是1947年那年夏天，天热得很！我陪王培德到山里去避暑，另外还带了两个跑腿的。我们在一个山坡林子里看到一户人家，男人出去咧，就一个二十岁左右的女子在屋洗菜晒干菜哩。那女娃长得水灵！王培德一看就眼热咧，示意我带着两人望风，他就把那女娃那个啥咧。我们都听到女娃的喊叫声，后来离开时我悄悄给那女娃手里塞了两块银圆，让她不要声张……这是我为虎作伥做的第一件坏事。我有罪！"

吴司令听着来气，手指着赵树才大声骂道："你两个都是瞎㞗！王培德死尿子咧，可你跑不了，你是帮凶，必须惩罚你！把你斗倒斗臭！你现在交代第二件坏事！"

赵树才哈着腰又说："这第二件坏事就是中饱私囊，贪污腐化！他伙同财政局局长宋大奎私自篡改税收账目，贪污了五千大洋！我一直装作不知道！"

吴司令带头振臂高呼三遍口号：打倒瞎㞗帮凶赵树才！

1980年，许多大学已恢复了正常招生，"文革"期间被遣散的大学教职工又被召回到原校，同时大部分学校出现教师缺乏现象。郜继生经人推荐没费啥劲儿就调入了北方大学任教，政审材料上父亲一栏他填写了"已故"。学校的外语教研室负责英语和俄语两个语种的公共外语课教学工作。每个班一周只上两节外语课，外语教师每周少则六节课，多则八节课，都非常轻松，唯一的压力是学英语的学生要参加全国统一考试。

老郜一周上八节英语课，两个上午就上完了一周的课，其余的时间都是自由支配。他有十七年教中学英语的经验，因此教起课来得心应手，颇受学生欢迎。老郜开始用他大把的空余时间搞起了研究，而他平时去的最多的地方就是学校的图书馆。学校离家近，他几乎每周都回去一次。这天，他妈王美凤又对着他唠叨起来："唉，真是让人心焦哩！你说你都四十咧，自个儿咋就不急哩么！不能谈了一个吹咧十几年就不谈咧嘛！人家像我这年岁，孙子都上大学咧！你是独苗，我死了见了你爸向他咋交代？！"老郜就不耐烦地回他妈的话："你不要再提我爸咧，他是个啥样子我都不知道，我这一辈子不会结婚的，不要指望我传宗接代，你就当没生我这个儿子！"王美凤伤心地抽噎起来，独自坐在炕上回想着丈夫临死前嘱咐她的那些话……

老郝三十岁那年，在他妈和干妈干爸的催促下和同校同一教学组一个教俄语的女教师谈了一次"恋爱"。那女教师名叫郑小燕，1962年西京外国语学院俄语系毕业，比他还大一岁，人长得很丰满，白白净净，看上去十分性感。郑小燕这名字与她本人极不相符，她怎么看也不像只小燕子，倒像只鸵鸟！郑小燕谈过数个对象，都是谈一阵子就分手了。她三十岁从长安县另一所中学调入现在这所学校，不久就看中了一表人才的老郝。她非常主动地向老郝发起"进攻"，凭借她的经验很快就拿下了老郝。老郝在她面前常常显得手足无措，任凭她摆布。郑小燕与老郝相处不久就发现了他一个致命的"毛病"，就是太小气太抠门，根本舍不得给她花钱！有一天老郝终于向她摊了牌："老实告诉你，我必须养活我最亲的三个人，他们现在就靠我养活哩！"老郝向她说了实话，他亲娘、干妈和干爸都上了年纪，原来干临时工，现在不干了没有收入，因此他一人的工资要养活四个人，而且干妈还有慢性哮喘病，吃着药不能断，就这么个情况。于是郑小燕就被吓跑了！老郝从此再没有谈对象，又恢复了原来的生活，一身轻松。老郝认真而理智地思考了婚姻这个人生问题，认为从精神层面上看，他不需要有个女人陪着他，和女人进行感情交流、内心沟通太无聊，男人与女人之间除了短期的生理需要还有什么？油盐酱醋的家庭生活平淡无味，反倒多了不少麻烦！传宗接代更是无聊至极，造人于世间就是来受罪，是造孽！

老郝在图书馆上班空闲时间认真读起了两本"奇书"。其一为《我之人生观》，作者便是大名鼎鼎的"哈佛三杰"之一吴宓；其二为《厚黑学》，作者是名扬四海的李宗吾。李宗吾在其大作中，阐述脸皮要"厚而无形"，心要"黑而无色"，如此方能成为英雄豪杰，以刘邦、项羽、曹操、孙权、刘备、司马懿等人物为例，探讨论证厚薄与黑白如何影响成败得失。吴宓在其《我之人生观》一书中强调"职业与志业之别"，认为职业是一个人在社会中为他人或机关做事，获得薪俸或佣金，以为谋生糊口之计；志业则是一个人为自己做事，毫无报酬，"其事必为吾之所极乐为，能尽用吾之所长，他人为之未必及我。而所以为此者，则由一己坚决之志愿，百折不挠之热诚毅力。纵牺牲极巨，阻难至多，仍必为之无懈"。

上天垂怜他一介书生，让他不费吹灰之力获得图书馆这样一处两全其美之地——既赚得了养活亲妈、干妈、干爸的薪俸，又有万卷书可读，有大把时间展开研究来实现他的"志业"。于是在研究所有国内外语名刊名著、做了近二十万字研究笔记的基础上，他写出并发表了第一篇纯理论研究、挑战权威的万字论文，"异仁"在理论研究领域成为举足轻重的人物。他在学术刊物上发表文章从来不求数量，他的目标是在权威刊物发表文章，一刊只求发表一篇文章，只证明他有水平有能力在某刊物上发表文章。这是他的一个特殊追求或者说癖好。

老郗住在校门内靠马路的一幢旧楼的二层。马路上一天到晚汽车噪声不断，但这并不影响他读书学习和睡眠。他的心是平静的，外界的吵闹和浮躁对他并不构成影响。

他妈提醒说："继生啊，记得走时带上馍！"

他说："妈，我把馍放在包里了，落不下！"

他每周回家都要带馍回学校，他觉得他妈蒸的馍比学校的好吃，干妈晾晒的咸萝卜条比学校的肉菜还好吃。每月月初他领了工资就回家如数交给他妈，需要钱时再向他妈伸手要，这个习惯从他刚参加工作就养成了。他平时除了买点儿挂面和大米以及油盐酱醋辣子面之外，几乎没有用着钱的地方。他很满足国家给他的生活待遇，让他有能力养活他的三个年迈的亲人。

老郗三十九岁调入大学那年和与他同等资历的一批人一起被评上了讲师，之后八年间，复校时调回及调到本校的教师中除了他之外，全都先后评上了副教授职称。1983年他在课堂上讲了错话，被撤销了教师资格，在教研室当了五年资料员，因此也就错失了评副教授的机会。

有几名"思想进步"的学生联名写信给学校教务处和人事处，揭发郗继生在课堂上散布"反动言论"，校长当即责成教务处和人事处调查真相。全班同学一致证明，某年某月某日上午某时郗继生老师在某教室给某年级某班上英语课时，讲过反动言论。

大部分同学旗帜鲜明地附和说郗老师确实讲过这话。人事处和教务处有了确凿证据，向校长和校党委书记做了汇报。学校做出决定，认为郗继生同志不适宜继续留在教学岗位上，一致同意调离教学岗位，另行安排工作。教研室马主任主动提出将郗继生安排在教研室当资料员。

老郗心里不服，但很快就平静下来，一心一意做起了资料员这个轻松无比的差事。他有了更多的时间做他的"志业"。五年时间里他写出并发表了六篇重量级论文，但却因为资料员的身份而错过了评定副教授的时机。其实，他并不介意职称的高低、工资能涨多少，不刻意去追求名利的东西。他所看重的是学术水平的提高，追求一种学术研究的境界，生存上能温饱即可。而他的这种无欲与知足却正是著名作家、文学翻译家杨绛先生所阐述的无欲则刚、逍遥自在的人生境界！

复校时和老郗同年调入、已评为俄语副教授的教研室马主任关心地问他："老郗呀，我想知道你有没有图书资料管理方面的研究论文？今年马上又要开始申报评定职称咧，你先准备一下，到时候填个申报表吧！"

老郗淡然一笑，自嘲说："这方面我连个烟盒盒大的文章也没有！我只能报图书系列，科研是空白，报的资格也没有，谢谢马主任的关心！"

马主任叹了口气，说道："当时撤销你教师资格做得有些过了！"

老郗却说："还好，没有一棒子打死！当时要是把我开除公职咧，我一家四口还不得饿死？"

六十九岁的赵树才满头白发，正佝偻着背端了一个粗陶熬药罐准备给老伴煎中药，老伴李玉珍靠墙半躺在土炕上，一阵接一阵剧烈地咳嗽，粗重的喘息中带着嘶拉的声音。药是王美凤刚抓回来的，已经吃了好些服了病症还是不见轻。继生对他妈说："这中药来得慢，要坚持让我干妈吃，不能停！"干妈喘着气说："咱继生一个人挣钱养活咱三个人，还要给我这个'药罐罐'花钱买药，这拖累也太大咧！啥时候是个头啊！"王美凤在炕边上放着的面案上揉面，抬头对继生干妈说："唉，玉珍姐你不要心焦，咱听继生的话，不要心疼花钱，治病要紧！"继生也说："干妈你把心放宽，我这月刚领了工资，咱有钱哩，再买上两袋面。我还有一个好消息告诉你们，我今天上午收到了一个汇款单，是我写文章的稿费，能买好几袋面哩！另外还有两笔稿费没到，到时取出来都可以用来补贴咱家的生活！"三个老人听完都眉开眼笑夸他能干，说他们有福气享受不愁吃不愁穿这么好的日子。

老郗在校图书馆干了十二年，在校内人们的眼里他就是个碌碌无为的人，和后勤上打杂的扫院的没什么区别，从来没有人将大名鼎鼎的"异仁"与郗继生这个人联系在一起。他多年来发表的十篇学术论文都被学术界认定为权威性、典籍性的文献，收录在《新华文摘》目录中。2000年，老郗即将以馆员的身份退休。他依旧住在靠马路的那幢楼的一室户内；他的收入在中级职称中是校内最高的；他依然穿着洗得发白四个兜的蓝涤卡布上衣和黑灰色裤子，脚上还是一双布鞋；他的身体和容貌与十年前没什么区别，看上去像个五十岁刚出头的中年人，面色红润，双眼炯炯有神，背部板直；他第三次拒绝了给他调入两室户住房，准备退休后搬回去和他母亲住在一起，他不放心母亲独自一人生活在冷清清的两间土坯房里；他养活了干妈干爸三十多年，给他们送了终；现在他心里唯一装着的是辛苦了一辈子的老母亲，他必须在母亲身边服侍。

一年后，老郗回到他妈身边，对着白发苍苍的母亲说："妈呀，我这回回来就不走咧！你得给我手把手教一下咋蒸馍哩！"王美凤满心欢喜看着六十岁的儿，声音细细地说："咱继生娃心灵得啥一样，蒸个馍碎碎的个事！"

六十年前大地主郗耀祖的老婆王美凤和儿子郗继生相依为命，继续平静而幸福地生活着……

第四十八章

三年过去了。

刘放在林杰村中学教了两年学。他已经是一名在册正式编制教师,而且他还是大家公认的"台柱子"。更有趣的是,人们给他取了个绰号叫"万能教",意思是啥课他都敢教,而且只要上手教就教得不错。

帮灶、喂猪、打扫卫生已经成为他人生中的一段历史。

刘放一心一意教着他的课,他似乎已经忘记了自己从哪里来。他穿着当地农民爱穿的衣裳和鞋子,操着地道的当地口音,完全没有了省城人的风范。

刘放蜕变成了一个地道的乡下人。

他只有一点始终没有变,就是他仍然是单身。

柏家富对合作社、人民公社等一些现实生活中的变化都能做到应对自如。在这个深山沟里,"大锅饭"只是象征性地搞了几个月,农民们没有砸烂自家的锅死心塌地去吃大锅饭。粮食依然有部分在农民自己手里,完全交出口粮归公等于要了一家人的性命,聪明的林杰村人没有一户人家这么做。

三年困难时期林杰村没饿死过人。刘放也没有体验过报纸上所讲的那种极度饥饿,只是觉得国家确实遇到了严重的粮食缺乏问题。

林杰村人心齐,能做到团结一致解决村里的困难。大家齐心把地种好,多打粮、多分粮,外出做小买卖的小心谨慎,不往枪口上撞。村干部心齐,村里人心齐,林杰村就是这样一个与众不同的村子!

柏家富还有一个先见之明就是秘密储粮，以应荒年或不测。他家窑里有两个地窖，放了五瓷缸米和面，这个秘密只有他们婆姨汉俩知道。他婆姨玉荣一脸严肃反复叮咛他说："就怕你喝了酒给人家说出去了，你可是要牢牢记住不能说，喝醉了更要操心！"

柏家富就有些不耐烦地说："哎呀，你自己的男人你还不晓得？！我从来就是一个守口如瓶的人嘛！你把心宽宽放肚子里，谁也不会晓得！"

玉荣笑了，又细声细气地说："嗯，平时你不喝酒时，我还是放心你的。我心里觉得有了这些粮就踏实了，万一遇上个荒年也不怕哩。"

柏家富说："平时能省尽量省，省下就存起来，粮比钱金贵，遇上荒年有钱还买不上粮哩！"

玉荣说："就是，平时钱有用，遇上闹饥荒，那票子就是些烂纸片片！"

柏家富又说："人家都说家富家的玉荣最能行，会持家过日子，我听着心里头就可享福哩！"

玉荣乐得咧嘴直笑，又奉承柏家富说："还是你能干，闹腾劲儿大，心眼眼活泛！"

柏家富受到鼓励，当下就表态说："嗐，我有的就是一把子力气，多劳动多挣钱，把咱四个娃养大成人，让他们都好好念书，有出息了，给咱家争个荣光！"

玉荣又说："政府都关心咱农民，共产党实心实意想让咱农民过上好日月，只要不闹灾荒，咱的光景就会越来越好。"

刘放万万没有料想到他会收到这样一封让他激动不已的挂号信。信是老领导、老同事牟臻写给他的，牟臻说地址是他前妻梅丽提供的。

牟臻在信里直截了当地告诉刘放，他们一部分原西北大学法律系的教师调到了北方大学，已经组建起了北方大学法律系，他现在担任副校长兼法律系主任。现在正是用人之际，而组织上认为，刘放当时只是态度不明确，说了几句中立的话，不应该属于右派言论，现在做了纠正。他希望刘放尽快办理调回手续，调令由组织上下达到沙州地委。

刘放痛哭了一场。

三年前与梅丽离婚时他也是痛哭了一场。

刘放活了三十一岁就哭过这两场！

有道是：男儿有泪不轻弹，只是未到伤心处！

刘放提着半只羊和二斤瓶装白酒走进了他最亲近的人——柏大哥家的院子。他现在有钱了，按月拿着国家干部享有的工资，半只羊二斤烧酒花了他不到十二块钱。他要请柏大哥全家人美美地吃一顿炖羊肉，祝贺一下他的喜事，他想柏大哥和玉荣嫂子一定会和他一样高兴……

孩子们一眼就看见院子入口坡坡上进来的刘大叔，大声喊："大，我刘大叔来咧——刘大叔提的烧酒！"

柏拴活蹦乱跳抢上前就帮着拿酒瓶。

柏家富在窑里嘴里头直叫"老刘、老刘"，手上还端着一碗饭就慌忙出来迎。

刘放满脸笑容冲着他叫："不要吃了，不要吃了，快都把碗搁下，留着肚子吃炖羊肉！"

柏家富把饭碗搁在窗台上，接过半只羊，又掂了掂，笑着说："哈哈，当年的羊，好肉，有十四五斤，你买肉也成行家咧！全部都炖上？"

刘放说："啊呀，还是你能行，十四斤半，一家伙全炖上，平均每人二斤肉，咱美美地吃一顿！咱兄弟俩今儿往醉里喝！"

柏家富眨巴着眼猜想说："啊呀，有甚好事了吧？"

刘放卖关子，硬憋着不说："嘿嘿，一会儿喝酒吃肉时我要当着你和玉荣嫂子的面宣布！"

柏家富就在心里嘀咕着：不会是寻上可心的对象了吧？

玉荣嫂子从灶房出来，笑眯眯地说："哎哟，我猜想老刘肯定有大事要给咱说咧，肯定是好事情，要不闲着没事了买肉买酒这么喜气的做甚哩？"

不一会儿，满院子都散发着诱人的羊肉香味。几个孩子早就等不及了，被玉荣哄劝着坐在另一个窑里的炕桌旁，睁大眼睛看着妈妈给他们各自碗里分肉。柏家富和刘放盘腿面对面坐在主窑里炕桌旁，一盆冒着热气的羊肉搁在桌上，又放了三只碗三双筷子，三个铜酒盅里斟满了酒，肉香酒香交织在一起，像是在过什么重大的节日。

酒过三巡，一瓶烧酒已见底，连玉荣也让刘放劝着喝了好几杯酒。刘放又打开第二瓶酒，给柏大哥斟满一杯，又给玉荣嫂子斟满一杯，接着又满脸通红着自斟一杯举起说："来，咱三个再干一杯，我敬哥嫂，感谢你们对我的关爱！整整三年了，我已经习惯和你们在一搭里了，不管是苦是乐，我都是来找你们分享，我早就把你们当成我的亲人了！"

刘放说到这里已是热泪盈眶，满怀感激之情地望着柏大哥和玉荣嫂子。他平静了一下，尽力想控制住自己的情绪，可眼泪还是流了下来，滴在酒盅里，溅起了酒花。他任凭泪水不断涌出眼窝，流到鼻孔，流入嘴角。他咽下泪水，深情而恋恋不舍地看着同样流着眼泪的婆姨汉俩说："我可能要离开这里了。我今天刚刚收到一封信，领导要我回去继续工作，估计调令很快就下来了……"

柏家富听懂了他的话，也理解他此时的心情，眼含泪水强作笑颜说："啊呀，这是天大的好事呀！这几年你不就盼着有这么一天吗？兄弟，我和你嫂子为你高兴哩！"

玉荣抹了一把眼泪，也笑着说："唉，可是不容易呀！这下就好咧！"

柏家富拿起酒瓶给三个杯子里斟满酒，目光里显露着真诚的祝福和不舍，声音颤抖着说："我希望你有个好前程，以后有机会一定要回来看看我们……"

刘放回到省城后很快被安排到了北方大学法律系，他又当起了教师。梅丽仍在西北大学教书，她已嫁给了本校离了婚的副校长余晓光。她专门到北方大学看望过刘放一次，他俩像老朋友一样，谈得很开心。已是他人之妻的梅丽依旧是那么美，看上去还是那么年轻。

学养厚实、勤奋进取的刘放如鱼得水，不光是课上得好，更是在科研上成果突出，接连在国内有影响力的期刊上发表了数篇论文，引起了法学界的广泛关注。

此一时彼一时。只见穿着一套藏蓝色毛料中山装，脚下一双锃亮的黑色皮鞋，看上去不胖不瘦、皮肤白皙的一个高个子年轻人从教室里走出来，目不斜视，快步朝办公楼方向走去。谁能看得出他就是两年前从深山沟里返城的刘放？今年三十三岁的他，两个月前刚刚破格晋升为法律系最年轻的副教授。

副校长牟臻教授刚满三十八岁，说话办事老成持重，从外表看比实际年龄要大出许多。他那典型的国字脸上有着一双深邃的眼睛，阔阔的嘴巴，高高的鼻梁；他讲话时声音洪亮，抑扬顿挫，很受师生们欢迎。他后来成为北方大学历史上最优秀的双肩挑型党政一把手——没有之一！

刘放走进副校长牟臻办公室。

正在埋头写着什么的牟臻抬起头看着精神抖擞、比他高出半个头的刘放，脸上露出了笑容，欣赏地看着刘放一身笔挺的毛料中山装服，有些羡慕地说："刘放，你穿这身毛料中山装还真是精神，是成衣还是买料子做的？我也想做一身。"

刘放对大他五岁的顶头上司开玩笑说："嘿嘿，你要是喜欢我现在就脱下送给你，对老领导咱啥都舍得给，只要把小命留下就行！"

牟臻哈哈一笑，说："君子不夺人之美！再说你的尺寸我也没法穿呀！告诉我，毛料从哪儿买的？"

刘放豪爽地说："这你不用管了，过几天我拿着料子带你去裁缝铺量身定做，算我孝敬你的！你只告诉我要深灰色的还是藏蓝色的。"

牟臻高兴地说："我选深灰色的吧，料钱、工钱必须我自己出！"

刘放做出不高兴的样子，说："你我是啥感情、啥关系，分得那么清不是见外嘛！"

牟臻便说："好好好，不提钱的事。有一件事得提一提，我想请你担任法律系第一教研室主任，怎么样？"

刘放想了一想，认真地说："行，我干。"

牟臻伸出右手在刘放左胸打了一拳，高兴地说："嘿嘿，我料定你会接受的。"

从1963年到1966年，刘放的事业可谓顺风顺水，他从教研室主任的位置上被提任为法律系副主任，而且正准备申报破格晋升教授职称。

他仍是单身一人,没有任何人了解他心里是怎么想的,无人知晓他心中的择偶标准到底是什么。

他无情地拒绝了校内、系内几位人们公认的才貌双全的姑娘,他冷冰冰却不失礼貌的回绝令所有人迷惑不解!

他尽管从形式上给了梅丽自由,但他在心里从来就没有放下过她。他对梅丽的爱是刻骨铭心的,失去了她就等于吹灭了他爱情的灯火,无人可以重新点燃。深山沟里的三年生活,他曾无数次幻想着与梅丽重逢,重温旧情……当他回到省城见到梅丽,并从她口中得知她已嫁人时,他的心如同被一把剪刀一块块地剪碎丢弃在冰天雪地——那鲜红的血肉,令人触目惊心!

刘放在梅丽来看望他并告知他实情时,极力表现出了大度和友好,但他心里却在说:你依然是美艳无比的你,可你的心已经变质了!

刘放从那时起就暗自发誓:永不再见!

哀莫大于心死,悲莫过于无声。

刘放填写好了破格晋升教授的申报表,开始整理打包他的科研成果实物。他的成果可称得上丰厚——两部专著、两套主编教材,还有三十六篇公开发表的论文,其中在比较权威的期刊上发表的论文有十六篇。应该说,年仅三十六岁的刘放,此次破格升为教授,势在必得!

"文革"从北京开始,迅速席卷了全国各大城市。

所有大专院校无一幸免。

牟臻副校长被戴上了竖写着"反动学术权威"的高筒纸帽,被两个红卫兵扭押着在校园里游行。

刘放也被拉来陪同游行,紧跟在牟臻身后。

两个月后,刘放被宣布到甘肃省一个边远山区劳改农场接受改造——罪名是未改造好的反动右派分子。他被强行押上一辆中吉普车,同车前往的还有三名劳改犯、四名公安和一名司机。

刘放打听到牟臻被关在了一个干校牛棚里。他想再见牟臻一面,他想着这辈子与牟臻的缘分快到头了,以后就见不着了……他未能如愿,直到公安给他戴上手铐脚镣把他押上车时，他心里仍旧惦记着牟臻。

他们一行九人晓行夜宿。一路上四个公安紧绷着脸，除了吆喝着发出指令，没有一句多余的话，但他们并没有打骂劳改犯人。

几天后的一个早晨，吉普车从一个小县城招待所里驶出，在一个小加油站加满了油就朝深山里驶去。在荒无人烟的崎岖山路上跑了大半天，车子来到了一望无际没有人影的戈壁上，远处近处都可以看到动物的残骸。车子停了下来，一个公安下令："全体下车！解手吃干粮！"

刘放望着眼前的荒野戈壁滩，心里突然就冒出一个念头来：即便是从劳改农场里逃出来，恐怕也得死在这里……要不就死心塌地地接受劳改等待重新获得自由的一天。

直到大概午夜时分，吉普车鸣响喇叭进了一道车灯照亮的大铁门，在一排土坯房前空地上停了下来。有一间房内亮了灯，从里面走出了两名挎着长枪的公安干警。车上下去一名公安跟随一名干警进了屋，之后便下令将四名劳改犯押入一间屋内休息。刘放被解开了手铐，脚镣依旧戴着，他蜷缩在土炕上昏昏睡去。

次日起来，他们四人被交接了的干警安排坐上了一辆拖拉机，往劳改农场驶去。途经一座小镇，拖拉机在镇街上停下来，一名干警向街旁一个小铺子大声喊："玉灵嫂，玉灵嫂，拿十四个馍馍来！"

喊声刚落，就听见门"吱呀"一声响，走出一个头发散乱的年轻女人，开口问："馍都是凉的，要不要热一热？"

干警说："算了吧，忙着咧！"

那女人转身回去用旧笼布包了十四个馍馍递给车上的干警，又接过递给她的钱。

拖拉机大约又走了三个小时才到了农场。这农场里有一百五十六名犯人，有十二名持枪干警。老场长姓李，五十多岁，当地人，是一名转业回老家的营职军官。押车干警向迎上前来的老场长交接过手续后，几名干警一块儿去灶上吃饭，老场长便将刘放四人做了安顿。一百五十六名犯人被分成了一个大队三个小队，各小队又分成四个小组，这样做是为了管理上方便。他们新来的四名犯人被安排在三小队，三小队队长和四名干警与刘放等四名犯人见了面。各小队犯人们打交道最多的就是四名管制干警。

　　李场长叫李胆，曾经是一名战斗英雄。他家就在一百多里外的夹沟镇上，老伴常年患病在家，全靠儿媳玉灵照料。他的独生子李勇1965年在援越时牺牲了，年仅二十岁，从此十九岁的儿媳玉灵成了寡妇。

　　李勇是为救郭旦牺牲的。

　　郭旦平日爱捣蛋，从不安分，在部队上也是经常挨批评的人。但他身强力壮，战斗中勇猛无比，人称"拼命三郎"。郭旦入伍才三个月就立了一次三等功。

　　李勇敬佩郭旦打仗勇敢，郭旦大不咧咧豪气地说："嘿，越怕死越死得快！拼刺刀也有技巧，你从他侧面刺，动作要快要狠，谁胆怯谁死！"

　　在一次战斗中，郭旦活了下来，阵亡的李勇被追授为一等功战斗英雄称号。郭旦在医院接受手术时，医生说："腿根部受伤严重，两个睾丸恐怕也得摘除掉！"

　　郭旦躺在手术床上大喝："刀下留情！好歹留下一个蛋蛋行不行？！我不做太监！"

　　医生护士被他逗笑了，还是想尽办法满足了他的请求。

　　郭旦被授予"孤胆英雄"称号，荣立一等功。

　　郭旦对向他祝贺的战友们开玩笑说："这个'胆'字应该改一下！"

　　大家不明白他的意思，就问："郭大英雄你认为怎么改呢？"

　　郭旦便说："应该把'胆'字改成'蛋'字，这样才名副其实嘛，对不对？从今以后我就是'孤蛋英雄'，也可以说'独蛋英雄'，总而言之，我就剩下一颗蛋哩！"

　　郭旦带着李勇的骨灰，退伍回到夹沟镇。

　　郭旦怀里抱着李勇的骨灰盒跪在李胆夫妇面前放声大哭，磕了三个响头，认了干爹干娘。

　　郭旦在夹沟镇公社当了武装干事。

　　干爹干娘有意成全他和玉灵，但他却坚决不答应，他说不能害人，更不能害救命恩人的媳妇！

郭旦一辈子没娶老婆。

刘放开始了劳改农场的生活。

李胆对读书人向来很客气。刘放干活肯出死力，言语又极少，李胆很快就对他产生了好感。

三小队这天担水保苗抗旱。刘放到一里地远的河里担水，来回不停地跑，数他干得最欢。李胆作为场长兼大队长也亲自参加了劳动。他挑着一担水紧赶慢赶追上了刘放，和刘放闲聊起来："哎，刘放你家里还有什么人，咋从不见有你的信也不见你往出寄信？"

刘放客气地笑着说："嗐，我家没人了，朋友也避开了，我现在无牵无挂、轻松快活！"

李胆气喘吁吁跟着刘放的步伐，又问他："今年有三十几了？"

刘放喘着气说："过两月就三十七了。"

李胆自言自语说："嗯，年龄不小了……"

一月后，场里抓阄决定去镇上采石场劳动的犯人。

采石场是劳改农场的一个点，干的活又苦又重，犯人们都不愿意去，所以采取抓阄的办法。

刘放和另一个姓周的劳改犯前后伸手从纸箱里拿出一个小纸团，刘放展开纸团一看，上面写着"留"字，五十多岁的老周展开一看是"去"字。老周原来是个中学教师，有哮喘病，刘放当即就从老周手里夺过纸团和他做了交换。老周眼里涌出泪水，说："怎么谢你？"

刘放握着他的手说："同是天涯沦落人。我比你年轻，我去吧！"

采石场就在离镇街一里地外的一座石山脚下。

刘放开始了沉重而危险的劳动改造。

这里的每个犯人采石都是定量的。一般都是两人一组配合着干，一根钢钎，四把两大两小的铁钎，定量完成验收后就可以回镇街工棚里休息并且领到一份饭。

他的搭档是一个黑壮的中年人，名叫邹志杰，原是省城体育学院的田径教师，已经是副教授了。老邹比他大两岁，是个好相处的实在人。

两人配合默契，一天下来，将大块山石一点点儿合力砸碎至三到五厘米大小的石子，堆在一起，很快就通过了验收，回到镇街北头的工棚，各领到一份饭。

一碗汤菜和一个五两左右的玉米面馍，只能勉强吃个半饱。刘放就在汤菜里加两次白开水再放一些盐，先吃汤菜后吃馍，他将此吃法叫作"稀汤灌大肚"。

镇街上有五六家卖吃喝的小铺子，也有卖生熟牛羊肉的肉铺子，有钱就能买到吃的东西。每个劳改犯人每月定期可以领到两块钱的零花钱，用于购置牙膏、牙刷、毛巾等生活用品。

刘放无亲无故，没有人给他写信，更没人给他汇钱，他只有每月发的两块钱。有一天收工后他独自在街上逛游，走到玉灵家铺子前被烤包子香味所吸引，在口袋里摸了半天，就买了两个素馅包子吃了。他站在一旁看着那一锅翻滚的冒着热气漂着一层红油辣子的素烩菜，手在口袋里下意识地摸着，可就是拿不出钱来。

他眼光从那口锅移开，准备离开，就听玉灵说："大哥吃一碗热汤菜吧，可好吃哩！"

刘放看了一眼他面前这张微笑着的俊美的脸，竟语无伦次地说："嗯……可是，今儿……嗯，改天嗯……吃一碗吧！"

玉灵就咯咯笑了起来，说："大哥你先吃吧，钱可以赊下的。"

玉灵说着就给他盛了满满一碗放在桌上，忽闪着眼说："坐着吃吧大哥，再给你拿两个包子。"

刘放顺从地坐在桌旁吃了起来，心里就觉得暖暖的，感受到一种久违了的很遥远的女性散发出的亲情气味。

一周后刘放又来到玉灵铺子里，玉灵已记住他的名字，热情招呼说："刘放大哥你来了，坐下吃一碗吧！"

这次刘放带足了钱，要了一碗素烩菜和五个包子，心安理得地坐在桌旁大口吃了开来。

玉灵问他："刘放大哥，采石场的活很重吧？你们肯定吃不饱吧？"

刘放淡定地说："嗯，吃不饱也饿不死！"

玉灵就又好奇地问他："刘放大哥你担了什么罪名到这儿来的？"

刘放便直截了当告诉她说:"反动右派分子。"

玉灵不太懂,就说:"嗯,反动右派分子是个什么东西?"

刘放被她逗乐了,笑着说:"哈哈,反动右派分子不是个东西,是坏人!"

玉灵也笑了,又问:"嗯,那么不反动右派分子就是好人吧?"

刘放觉得她问得很可爱,求知欲很强,便耐心向她解释说:"右派分子就是坏人,加上'反动'两个字就是大坏人!"

玉灵忽闪着美丽的大眼睛,说:"刘放大哥你一看就不是坏人!你一定是受了冤屈的!"

刘放听到她这话差点当下就流出了眼泪,他情不自禁地抓住了玉灵的一只手,说:"从来没有人对我说过这样的话!"

玉灵并没有挣脱,反而用另一只手摸了一下他的前额,叹了一口气说:"唉,不知你心里头装了多大憋屈哩!"

刘放再也忍不住内心的激动,一头扎到她怀里,像个受了委屈的孩子放声痛哭……

刘放打那以后就再也离不开玉灵了,他认定从今往后玉灵就是他在世上最亲的人——比他小十七岁的玉灵成了他精神上的亲人!

玉灵心里的苦也只有她自己知道,也只能她独自承受。她暗地里流的眼泪能装满一茶缸。丈夫李勇两年前牺牲——去时一活人,归时一盒灰!她日日盼夜夜想的李勇哥再也见不到了!

郭旦常来看望她,他的命是李勇舍命换来的,她也听了公公婆婆的劝,愿意嫁给他,可郭旦不干,他说自己已经是"孤蛋"了,不想害了她!但郭旦这人义气,他早就认了李勇的父亲做干爹,也把她当亲妹子一样看待,他从心底里真心喜欢、爱护着她。

现在她的心里又多了一个人——高高大大很壮实俊气的一个男人,相处着就更让她心疼上了。他有时候像个孩子一样简单率真,哪里像个可以当她大叔的人!

两个爱着她的男人却又都娶不了她,她认命了,她和他们的缘分就是如此。

第四十九章

老场长万万没想到刘放会和自己的儿媳搞在一起。

他并不认为刘放是个作风不正派的人，相反倒是觉得刘放诚实可靠，是可以托付终身的人。但是刘放是服刑期的劳改犯人，这事传出去不好听，李胆决定到镇上去把这件事弄个清楚。

夹沟劳改农场对大部分劳改犯人给予了充分的人身自由，除了对有命案而未判死刑的犯人严加看守外，一般犯人和普通人一样行动自由，只要不寻衅滋事就行。放开让他们逃跑也没人愿意干，因为犯人们都知道，往出逃根本就过不了戈壁大沙漠，必死无疑！

曾经也有过往出逃的犯人，其中执意想越过戈壁沙漠的都死在了半路上，变成了一具白骨；也有中途后悔，奄奄一息返回来捡了一条命的。

每新来一批劳改犯，老场长都要训话，告诫他们不要做蠢事："这个，既来之则安之。不要抱有逃跑出去的幻想，就没有一个人能活着跑出去的，这都是有先例的！所以让你们跟平常人一样在这里生活，我不担心你们会逃跑！所以说，安心服刑，等待刑满，重新做人。"

老场长这天上午坐着拖拉机来到镇上。他先去采石场看望了一下犯人们，特意用心观察了刘放，而刘放也很坦然地和他说了几句问候的话。之后他便回到家里，见到了生病的妻子和儿媳玉灵。他看到老伴被玉灵侍奉得精神不错，浑身上下干干净净，喜眉笑脸直夸玉灵孝顺能干，他的心情一下子就好了起来，忘记了他是来干什么的了。

老场长在家住了几天，一天晚饭后和玉灵说起了刘放这个人，他老伴也在旁边炕上坐着听。玉灵红着脸有些羞愧地硬着头皮听公公讲这个事情的利害关系。公公说："唉，咱勇儿为国牺牲了，你心里难过，这我和你妈都知道，也心疼你哩！你要想改嫁也是情理中的事，谁也无话可说。可你要嫁给刘放，这事可得想好了，他可是正在服刑的劳改犯人，啥时能释放谁也说不准哩！"

玉灵泪流满面，哽咽着说："爸呀，你的话我都明白咧，我想对二老说的是，刘放是个好人，我看上他哩，我要等他刑满释放了堂堂正正娶我哩！等他多少年我都愿意，你们永远都是我的爸妈，我会服侍二老一辈子！"

老场长要的就是她这样的说法，就表明态度说："好娃儿呀，爸不反对你和刘放好，刘放是个实在人，能靠得上哩！"

坐着的婆婆也说："对着哩，刘放那后生也常来帮着玉灵侍候我，可忠厚哩！"

老场长又嘱咐玉灵说："刘放远近没有一个亲人，你多关心他，缝缝补补的多操心些……"

玉灵感动得哭出了声，她庆幸自己这辈子遇上了善解人意的好公公婆婆。

玉灵和刘放信守着诺言，维护着老场长的"面子"，在刘放服刑期间始终没有结婚，一直到了1976年刘放无罪释放。

刘放和玉灵在形式上虽然没有结婚，也始终没有行夫妻之事，但是他俩在精神上却早已经是心心相印、相濡以沫的恩爱夫妻了。

"文革"结束，拨乱反正。

刘放"无罪释放"，他可以返回原工作单位，恢复大学副教授的身份和待遇。但是刘放对大城市早就没有了任何一点儿留恋之情，他执意留在了买沟镇，他离不开玉灵，玉灵也离不开他。

刘放和玉灵举行了盛大的结婚仪式，请来了劳改农场、采石场和镇上所有能请来的人为他们祝福，共同见证他们终成眷属！

刘放激动万分，喜极而泣，对着麦克风大声吟诵："得成比目何辞死，只羡鸳鸯不羡仙。"

吟诵完他又感叹道:"我的名字叫刘放,我若不被'流放'到夹沟来受苦,怎能有缘与玉灵相识相爱?!我受苦受难九年,换来的是一个世界上最善良最美丽的女人,她就是我最爱的老婆玉灵!"小镇街上沸腾了,人们被刘放的肺腑之言深深打动了!

玉灵穿着美丽的礼服,眼眶中含着激动的泪水,她与刘放牵着手向所有来宾鞠躬致礼。台下的老场长夫妇、郭旦、劳改农场和采石场的人们,所有婚礼现场的人们群情激昂,齐声高喊着:"刘放——玉灵!刘放——玉灵!……"用呼喊声为他们送上最美好的祝福。

两人如胶似漆,酣畅淋漓地补偿着八年来欠下的债……

玉灵好奇地附着他的耳问:"刘放你说怪不怪?"

刘放舔了舔她的鼻尖,问:"什么怪不怪?"

玉灵舔了舔他的嘴唇说:"我怎么抱着你还特别想你?"

刘放又兴奋起来,色眯眯地说:"那咱就再来一回!"

玉灵笑着推了他一把,说:"我是说就这么一直抱着你,我心里还特别想你这个人呀,不是想做那个呀!"

……

刘放在夹沟镇中学当上了老师。

玉灵仍然守着她的小铺做着卖饭的小生意。

他们一心一意侍候着李胆老两口。

他们的生活日复一日,平静而快活……

刘放教语文、历史、地理、数学、物理,就连体育课他也能教,他又变成了二十多年前在陕北涧水县林杰村中学时的"万能教"。

曾经在采石场患难与共的邹志杰又和刘放工作到了一起。刚上课一周的刘放只听校长说让他代教体育课一个月,体育课老师做单杠示范时受伤了。没有料想到交接课时两人同时惊喜地高呼对方的名字:"老邹!""老刘!"

两人紧紧拥抱在一起,互诉衷肠,感慨人生何处不相逢!

小镇上一是劳改人员多,二是曾经的"右派分子"多。光是镇街上的各类做事的人中,十有四五,不是普通犯罪劳改人员就是"右派分子",他们都是选择留在小镇上继续生存下去的人。

老邹早已做好了在小镇上了此一生的心理准备。往事烟消云散，一杯谁共歌欢。

他当年也是因为年轻气盛、狂傲不羁、自命不凡，而落得一顶"右派分子"的帽子，被发配到最偏远落后的深山老沟里劳动改造。他感受到了众叛亲离的滋味，饱尝了世态炎凉、人心不古。

离开省城一个月前，他的妻子吴琴琴与他大吵一场，拂袖而去。之后一纸离婚协议放在他面前，她冷着脸逼他签字。他看着铁了心的妻子，就狠狠心签了字，这让他一颗已经冰凉的心更是雪上加霜。他痛不欲生，他彻夜难眠，心中悲愤难以名状，半夜拿了一根麻绳跑到空无一人的练功大厅，将绳一头系在吊环上一头套着脖子，不料被绳子刚勒紧的他挣扎了两下，那绳却不堪重负被他挣断，"扑通"一声人摔在地上——竟没死成！

吴琴琴是体院里有名的"冷美人"，从当学生到留校任教一直被大家背后这么叫着，这个绰号她自己也知道，只是乐在其中装作不知。她的父母都在省歌舞团工作，父亲是副团长兼乐队指挥，母亲是舞蹈教练。她在歌舞团大院里长大，自小就耳濡目染喜欢上了舞蹈，中学毕业后考上了体育学院，专门学习体操。她在校期间就以姣美的面容和婀娜的身段吸引着众多男同学的目光。她走在校园任何一处有男生的地方，总是获得注目礼的待遇。

留校任教的吴琴琴一年后出人意料地嫁给了教田径课的邹志杰，令所有迷恋她的人大为不解！邹志杰捡了大便宜，满足地对吴琴琴表态说："琴琴，我今后一定待你好，你要我怎么做我就怎么做，家里的事都听你的，家里的活我全包了。"

吴琴琴闪电般嫁给邹志杰是有原因的。

篮球系留校青年教师屈志强担任了篮球课教师。他一米九一的大高个，留校两年谈过几个对象，但心里一直惦记的是吴琴琴，而吴琴琴却看不上他盛气凌人的样子，对他的死缠烂打采取了最后的措施——马上嫁人。

吴琴琴主动跑到运动系单身宿舍，找着了一直追求她的邹志杰，直接冲着他问："哎，邹志杰，我愿意嫁给你！一周内结婚，办到办不到？"

邹志杰从一头雾水中反应过来,咧开大嘴傻笑着,急忙说:"办得到,办得到!啊呀,你要是急,明天就办婚礼,今天就先领证!"

天下掉下个林妹妹!邹志杰欣喜若狂。他对仙女般的吴琴琴百依百顺,对她的关心无微不至。她的父母对这个五大三粗、殷勤而会疼女儿又听话的女婿也十分满意。

1958年,邹志杰被发配至偏远的甘肃省夹沟劳改农场里接受改造。

他签了字和吴琴琴离了婚。

他接受不了双重打击,上吊想死又没死成。手里拿着挣断的草绳,在练功大厅里坐了一整夜,对"人生一世,草木一秋"进行了认真的思考。他感悟到了生命的短暂和生活的无奈。他痛定思痛,他要珍惜生命,不再轻言放弃。他决定临行前最后去看吴琴琴一眼,从此天涯海角,不再牵挂!

他去女教职工单身宿舍找到了吴琴琴的新居,他敲了敲门,里面传出吴琴琴轻柔的声音:"哪位呀?请进!"

他推开门一看,就见吴琴琴正和一个男人坐在小桌旁吃饭,桌子上摆满了饭菜,还有酒瓶酒杯。他有些意外,原本想好的几句话此刻完全说不出来,只说了一句"打扰了",便转身走了……

他没想到这么快吴琴琴就和屈志强在一起了,这女人翻脸比翻书还快!他顿时感到万念俱灰,只想尽快离开这座让他伤透了心的城市。

邹志杰和刘放坐在学校小操场边一棵柳树下,两人交流起了对漂亮女人德行的亲身感受。

"最狠不过女人心!"邹志杰愤愤地说。

刘放补充说:"嗯,尤其是漂亮女人的心!就像梅丽那样的,耐不住寂寞,遇到好点儿的男人一撩拨就没定力了!"

邹志杰补充说:"属于那种水性杨花的女人!"

刘放觉得不准确,纠正他说:"倒也没那么轻浮,只是对爱情不坚定,经不起考验!"

邹志杰深有体会地说:"那就不是真正的爱情,而是一种特定情形时的需要。像我原来的那位，要说漂亮吧，那没的说！可在我倒霉时，对我可真是毫不留情！"

刘放同情地看着老邹，问道："还是去找公子哥儿了吧？"

老邹脸上显现出失望和无奈，双目凝视着远方的天空，感叹地说："唉，从此天各一方，互不相干！我去看她最后一眼时，她正在和那公子哥儿喝酒吃饭！哀莫大于心死。这事我已经完全放下了，我从上吊绳挣断被摔在地上没死成那晚就完全想明白了。"

刘放对他自杀未遂的故事惊叹不已："啊呀！那条绳要是不断就没有你了！"

老邹有些庆幸地说："啥叫命不该绝？！那根麻绳我至今保留在身边，它是我的'救命之绳'，是有灵气的。它好像对我说，为吴琴琴这样的女人不值得送上一条命！"

刘放长长叹了一口气，说："我现在特别满足，我都四十八岁了，娶了玉灵这么好的女人，人生也算圆满了，从此就在这深山沟里过田园生活，此生足矣！"

老邹说："老刘，我心里也有了一个女人，只对你说，你不能说出去！"

刘放急忙就问是谁，老邹喜形于色地说："就咱这镇上公社的干部，你猜猜是谁？"

刘放想了想，突然叫出了声："啊呀，不会是女强人鲍玉凤吧？"

老邹得意地说："正是。"

刘放惊呼："啊呀，这块肥肉你也敢吃？快说你是怎么把她勾引到手的！"

老邹不满意他的措辞，说："啥叫勾引？是吸引好嘛！"

刘放笑喷了，戏谑地说："恬不知耻的老东西！你都五十了，拿啥吸引那么漂亮能干的女人，人家今年才多大，你都能当她爹了吧？"

老邹一本正经地说："实不相瞒，玉凤比咱家玉灵小两岁，你又比我小两岁，有意思吧？你读了这么多年书，不会不懂'爱情没有年龄界限'的意思吧？"

刘放感叹道："唉——天哪！这世上又有一朵鲜花要插在牛粪上了！"

鲍玉凤是1966年河谷县中学高中毕业回乡的知青，后在夹沟公社当上了革委会副主任，人们在镇上公社机关里经常见她风风火火地进进出出那忙得不亦乐乎的样子……

刘放表扬老邹说："你们这保密工作做得不错啊！我怎么一点儿都没觉察到？"

老邹似乎有点儿心事地说："她也是离过婚的。她的前夫是咱河谷县副食品公司的主任，他家是两代单传，说是玉凤不生育才提出离婚的。"

刘放便说："那你是不是也在乎这一点？"

老邹诚挚地说："唉，只能说是美中不足吧！但我向玉凤表明了，我们可以收养一个孩子。老刘你和咱家玉灵最好生一对双胞胎，送我一个，可不能太自私哟！"

刘放装出生气状："呸，什么'咱家玉灵'，是'我家玉灵'好嘛！"

老邹直呼："小气，小气！……"

一年后，玉灵十月怀胎产下一子，取名刘源，"源"与"远"字近音，与刘放的"放"的同音"方"字组成"远方"一词。刘放欣喜之际，来了灵感，即兴吟了一首北宋诗人李觏的《乡思》，诗曰：

人言落日是天涯，望极天涯不见家。

已恨碧山相阻隔，碧山还被暮云遮。

两年后，玉凤生下一女，取名邹妤。邹志杰年过半百得一宝贝女儿，欣喜若狂，对天高呼："老天爷开眼，老天爷开眼啊……"

刘放替老邹高兴，同时又生疑惑："啊呀老邹，咋弄的，不是说不能生育吗？"

老邹骄傲地说："嘿嘿，咱枪好子弹质量更好！"

两人订下儿女亲家之约，对二十年后的儿女之喜充满了美好的憧憬……

这夹沟镇中学自从有了一批曾被劳改的右派分子加入后，师资力量壮大了不少，很快便建立了高中部。三年后，刘放的两名学生高考张榜时名震河谷县乃至全地区，一名考取了清华大学，一名考取了北京大学，实现了河谷县高考历史上零的突破。老邹也不甘落后，他的一名弟子在第四届全运会上荣获少年组万米长跑金牌，另一名弟子获少年组百米短跑银牌。老邹名声大振，和刘放同时被评为省地县三级教育领域模范教师。

在河谷县教育局举行的表彰会上，已是副县长的鲍玉凤亲手为丈夫邹志杰戴上了大红花。老邹喜笑颜开，面对着鲍副县长悄声说："玉凤哎，老邹给你争气了吧？"

鲍玉凤悄悄说："好样的老邹，没辜负我对你的培养！"

玉灵抱着儿子刘源坐在台下，目不转睛地看着台上同样喜气洋洋的丈夫和他胸前的大红花，禁不住落下几滴喜悦的泪水。刘源急得直叫："妈妈，妈妈，你怎么哭了？为什么呀？"

玉灵破涕为笑，捂着儿子的小嘴说："别叫别叫！妈妈这是高兴的！快看爸爸！"

两个苦尽甘来的老友站在台上互致贺词。

一对受尽磨难的教师面对面喜极而泣。

两人紧紧拥抱在一起，感动着所有的人。同样曾是"右派分子"的河谷县教育局局长王志明发表了热情洋溢的讲话："河谷县的教育振兴靠的是像刘放、邹志杰这样的一批优秀教师；靠的是国家振兴教育的英明决策；靠的是知识分子忠诚的爱国之心和科学知识。正是他们在国家教育青黄不接的困难时期挺身而出，为我们的教育擎起一片天！"

老邹逗乐说："看来只有同呼吸共命运的局长才能表达出如此高水平、感人肺腑、催人泪下的慷慨陈词哪！"

刘放说："嘿嘿，这番话的水平不亚于北大校长！但我还是觉得咱家玉凤给咱戴红花更温暖！"

老邹大方地逗乐说："我也觉得咱家玉凤让人更有温暖感，父母官嘛，和母亲一样，你应该叫咱玉凤一声'妈'才够意思！"

刘放便也戏弄他说："嘿嘿，这还不是张口即成的事，你叫我就跟着叫！"

1980年，刘放和邹志杰落实政策同时回到原单位复职，半年后两人又同时办了停薪留职手续。他们又回到了夹沟镇中学继续教学，他们已经离不开那个他们生命中最重要的地方了。刘放做出深情的样子对老邹说："老邹，说句心里话，我已经习惯在咱玉凤县长的领导下开展工作了。唉，离不开了呀！"

老邹一点儿也不跟他急，平静地说："同感，同感！我也离不开咱玉灵蒸的包子了！"

刘放又用新学的一个英语单词感叹道："Greedy（贪心的）！"

老邹问："啥意思？"

刘放又说："人心不足蛇吞象！"

老邹心领神会，说："嘻，不就是吃着手里的还看着咱玉灵锅里的吗？"

刘放对天长叹一声："唉，孺子不可教也！"

天有不测风云，人有旦夕祸福。

刘放在一夜之间家破人亡。

他从学校回到家时，当即昏死在玉灵的铺面屋里。

玉灵和三岁的儿子刘源，还有她一直侍奉着的婆婆，三具已经冰凉的尸体躺在炕上，死因是煤气中毒。

三天后，刘放醒了过来，他似乎已经丧失了思维，目光呆滞、面色苍白、步履蹒跚。他被老邹搀扶着站在炕前，向亲人们做最后的告别时，他突然挣脱老邹，发疯一般向石炕沿撞去，顿时头破血流昏了过去。一番抢救后，他并无生命危险，又被搀回家里，眼睁睁看着亲人一个个入殓被盖上棺盖……

他站在坟前不肯离去，头上包着渗出血迹的白纱布。这一晚老邹、郭旦和老场长陪着他一起守在坟前。第二日老邹和郭旦找人在墓旁搭了一个棚子，刘放哪儿都不去，整整守了七七四十九天。

老邹和玉凤一直陪着他，劝慰他，试着说服他暂时换个环境。刘放答应百日之后他就回北方大学复职。

老邹不放心老友独自回去，就把他一路送回了北方大学。返回小镇的前一夜，一对患难兄弟坐在一起喝了半夜酒。刘放对老邹说："唉，人各有命，我这人命苦，不认命也不行，苦有苦的活法……庆幸的是这辈子交上了你这样的朋友，也是上辈子修来的福，咱兄弟俩有缘分啊……"

老邹感动地说："唉，谁说不是呢！咱俩就是一辈子的生死兄弟！你要坚强地活下去，你才刚过五十，苦中作乐也是一种活法。你啥时想我了就回小镇来，我等着你……"

刘放又走进了大学的课堂，一心一意教起了他的专业课。一年后他被评为教授，这年他五十二岁。他已经不在乎名和利的事了；他也不再考虑家庭的事了，他心里只装着玉灵一个女人；静下来的时候他会想玉灵和儿子，他相信她和儿子在天上能看到他，而他只能在夜晚看到他们；那两颗一大一小向他闪着光的星星就是他们母子俩；他有时一坐就是大半夜，他舍不得离开他俩……

刘放有时和郗继生在一起，他喜欢这位比他小十一岁的校友。老郗是一个非常善良、与世无争、执意一生不娶的独身主义者，他俩说话比较投机。刘放问他的名字"继生"怎么讲，他说就是"活下去"的意思，这个名字是他父亲在他刚出生不久时给他取的——父亲希望他长大成人，好好活下去……

刘放问他家里还有什么人，老郗说连他在内一共有四口人：他和他的母亲、他的干爸和干妈。他的工资每月领了交给他妈，他干妈患哮喘病一直吃中药，已经见效了。他的工资得养活四个人，不敢乱花一分钱。他不吃烟，不喝酒，不吃肉，早上吃一个他妈蒸的馍，中午买一份教工食堂五分钱的菜汤和三两米饭泡着吃，晚饭煮三两挂面，平均一天八两粮，比较省钱。老郗说毕了他家的事又笑着说："我悟出的道理就是，人不能吃得太好，吃得太好容易得病，寿命短！我体检啥病没有，大夫说我血管干净得像个碎娃一样！人吃那么多、那么好实在是没意思，还挑三拣四吃不满意。我吃每一口馍、一口面条、一口米饭，都香得太哩！"

老郗的话让刘放听着觉得纯朴而具有哲理，他觉得老郗这小老弟的活法值得他学习。

第五十章

老书记张杰最后一次亮相并主持会议。

他看上去依旧那么从容,脸上挂着微笑。他从事党务工作四十五年,现在要告别政治舞台,结束他的仕途。

省委组织部委派了工作组,带队的是一位副部长,叫徐德仁,曾和严兵的好友韩冬教授是陕师大中文系的同班同学。会前韩冬在大礼堂门前碰到了徐德仁,热情主动地上前打招呼,徐德仁冷冷地勉强伸出手,象征性地和他搭了一下手指,点了点头就和学校领导说话去了,把他晾在了一边。

韩冬热脸贴了个冷屁股,自讨了个没趣,心里就骂了句:小人得志,有个屁了不起!韩冬想着再遇到这小子时一定也要把自己文人教授的架子摆起来,懒得理睬他!韩冬后来对严兵说他还是徐德仁的入党介绍人之一,徐德仁是知青返乡后上的大学,当时是很老实憨厚一个人……

老书记向参加会议的副教授以上的教师、正科级以上的行政人员介绍了徐德仁等人,就让出位置交由组织部来人主持党委书记的换届工作。干部处处长肖芳站在台前对着话筒宣布:"现在有请徐副部长讲话,大家欢迎!"

掌声并不热烈,稀稀落落响了几下。

徐德仁迈着八字步走到讲话台前,从口袋里掏出一张纸平放在台面上,又拿出一副老花眼镜架在鼻梁上,接着端起茶杯喝了一口茶,这才抬头向台下扫视了一眼,神色威严,开口讲道:"省委组织部研究决定并经省委常委会通过,免去张杰同志北方大学党委书记一职,并经省委常委会通过,决定由彭国强同志担任北方大学新一届党委书记职务。

"省委希望，北方大学在彭国强同志和罗奇同志的带领下，党政班子团结一致，开创学校教学与科研工作的新局面，为培养适应时代发展的懂法律、懂经济、懂外语的'三懂'合格人才做出更大的贡献！

"张杰同志在任期间勇于担当、开创奋进、准确把握时代发展的脉搏和学校发展方向，团结班子成员齐心协力、全力支持各项改革工作、扩建校区扩大招生，有力地推动了教学与科研向前发展。他个人生活作风严谨，不谋私利，不搞特权，有着'一身正气，两袖清风'的高尚情操。省委对张杰同志的个人品德和工作成绩给予充分的肯定和高度的赞扬！"

徐德仁这番话句句说在了大家心上，掌声显然热烈了许多。之后，主持人肖芳宣布："现在有请张杰同志讲话。"

台下掌声热烈，经久不息……

老书记稳步走到讲台前，扶了一把话筒，又拱手对着仍然在热烈鼓掌的与会人员表示感谢，他的情绪显得有些激动。掌声依旧未停，反而更加热烈。老书记眼含热泪向大家深深鞠了一躬，嘴里念念有词说着什么……

大家似乎只在影视剧中见过这种场面，可此时此刻正在发生的情形却是真真切切的。省委组织部的来人被深深感动了。这是他们头一次在大学党委书记换届时遇到如此感人的场面。参加会议的人们也被感动了——真情流露和激情澎湃使他们不能自已！

大家的情绪终于平静下来，老书记从裤兜里拉扯出一块皱巴巴的手帕擦了一下眼睛，声音颤抖着激动地说："我谢谢大家！谢谢大家对我的厚爱！谢谢组织上对我的褒奖和肯定！

"其实我也没有徐部长说的那么好，就是做了一些一个党员干部应该做的工作，能力和水平有限，做得很不够。我受党培养多年，从一个农村少年到参加革命工作，从一个普通青年到加入中国共产党成为党员，从一个小学文化水平的国家干部到保送大学读书、学习、毕业，一路走来都离不开党的培养！我就是怀着一颗报恩的心做好我的工作，回报党对我的恩情。我经常反思我的工作，检查我的思想，问一问自己的良心：有没有做对不起党的事情，有没有做出对不起群众的事情，在工作中有没有偷懒或懈怠？

"我虽然到站退了下来，但是我会以一名普通党员的身份，继续关心学校的工作，随时提出我的意见和建议，尽到一名普通党员应尽的责任。我相信彭国强同志一定会比我做得更好，我衷心希望彭国强同志带领党委一班人，全力支持校长罗奇同志的工作，做好党委在学校发展过程中的领导工作……"

这是一个真正的共产党员的肺腑之言！

正所谓：白首不渝，碧血丹心。

严兵和韩冬坚持坐到了会议结束。两人一道走出会场，站在一棵树下刚闲聊了几句，就见张杰和彭国强陪同着徐德仁一行人从会场出来。徐德仁向送行的人挥动着手走向树下停放着的小轿车，准备上车时回头看见了树下站着的韩冬，便满脸笑容叫了一声"老韩"。韩冬故意装作未听见，不予理会。徐德仁提高嗓门又叫"韩冬——韩冬"，韩冬做出左顾右盼状，看到徐德仁的目光，就问："请问你在叫我吗？你还认识我韩冬吗？"

徐德仁走近韩冬，伸出一只手，韩冬故意照着他伸出的手用力击了一掌，痛得徐德仁直叫："啊呀呀，小气，小气，报复我呀！"

韩冬随即发泄道："你小子连老同学都不认了，还敢说我小气？！"

徐德仁左手揉着右手，连连道歉，满脸堆笑着说："刚刚那个场合不方便叙旧，认错认错！"

韩冬见他态度诚恳，气就消了不少，说："哼，你小子……这还差不多，真把自己当成个人物了！"

徐德仁寒暄两句走后，严兵感叹道："看来但凡仕途上混得个一官半职的人都有他的两面性，人前人后不时地变化，想想也不容易！"

韩冬深有感触地说："谁说不是呢！我就是受不了每天目睹这种可悲的'话剧'才下决心离开那条道的。"

严兵认同他的比喻，说："老兄你也确实不适合走仕途！刚才那位徐老兄混到了副厅级，换作你恐怕连处级也轮不到！"

韩冬点头称是，又说："有一点可以肯定，不出两年我这老同学必定到下面哪个地区当书记，有了政绩再进入省委常委班子，给个省委副书记的实职是完全有可能的！"

严兵也说："五十岁前有望做到副省级！"

新上任的校党委书记彭国强城府不浅，他并没有急于烧那三把火，而是将重点放在拉近干群关系上面。这日他来到法律外语系，坐在系办公室一边和系办主任冯丽丽、系教务办主任郭艳艳、系办副主任吴娟娟几位女士闲聊着，一边等着系主任严兵下课回来。

严兵是典型的"双肩挑"教授，从来将个人工作的重心放在教学上，面授课时在系里也是最多的。他认为行政工作只不过是他的"副业"，可有可无，他不在乎这个官职！无私便无畏，他是系主任中最敢讲真话也最敢当众提出批评意见的人，在群众中威信比较高。

冯丽丽等三位女士都是严兵费力从校内各部门挖来的，是他的有力助手，是他最信任的行政人员。彭国强从与这三位女士简短的闲谈中便感觉到了她们对严兵的尊重、佩服和忠心耿耿，感觉到了严兵在系里的绝对权威。

严兵最见不得人在他面前奴颜婢膝、低声下气的样儿。系里新来一个叫邵武的小伙子，是个脾性温和的胖子，和三位女士搭档，干些出力跑腿的杂务。他初到时，见着严兵就点头哈腰的，让严兵觉得别扭。严兵决定想办法让他的"气质"变一变……

这天严兵在系办接电话，邵武进来点头哈腰奉上一杯茶："严主任您喝茶。"

看到严兵边打电话边掏出一支烟，邵武眼疾手快打着打火机给点上，眼神不定地左右观察着，看上去像是做贼心虚一般。严兵放下电话，当着几个女士的面对他说："邵武，你让我想起了一个人。"

邵武转动着眼珠赔着笑脸问："是谁？"

严兵板着脸说："穆仁智！"

邵武有些紧张，一哆嗦，说："不认识！"

他话一出口就惹得屋里人捧腹大笑。邵武自己也笑了，但他不明白大家笑什么。

严兵又问他:"看过《白毛女》吗?"

邵武还是紧张,不知道严主任葫芦里卖的什么药,就说:"听说过,没见过人!"

大家又大笑起来。

严兵笑着提醒他说:"前一段时间还在咱院子里放过的黑白电影《白毛女》,你没看吗?"

邵武见严兵笑了就放松了一些,也笑着说:"这个电影我看过!"

严兵就问他:"电影里的黄世仁你知道是什么人?"

邵武清楚地回答说:"是恶霸地主!"

严兵问到了关键人物:"那么黄世仁的狗腿子叫什么呀?"

邵武对这人物比较有兴趣,就表演似的做出点头哈腰的样子,说:"就是哈巴狗一样跟在黄世仁身边的穆仁智呀!"

大家再次被他逗得大笑起来……

严兵问:"知道大家为啥笑你吗?"

邵武有点儿得意,笑着说:"笑我学得像嘛!"

严兵又问:"小邵,你觉得穆仁智形象好吗?"

邵武认真地说:"不好!"

严兵说:"可我感觉到你把我当成黄世仁了,让我很不舒服!咱以后不点头哈腰好吗?你现在就试着让我做一件事,用平等的语气说,不能点头哈腰,你试试看。"

邵武想了想,就板着脸,语气平和地说道:"啊——这个,严老师请你帮我把水杯递一下。"

严兵笑了,大家也都笑了。从此,邵武言行上的"气质"开始变了。

严兵将彭书记请到了自己的办公室,心中猜测书记亲自来访的用意。

邵武端了两杯茶水进来,客气而礼貌地说:"请喝茶。"放好茶杯,邵武转身掩上门出去了。

严兵微笑着敬上一支烟。彭书记掏出打火机向严兵示意了一下，自己点着了烟。彭书记属马，长严兵一岁，但已经是仕途上的"老江湖"了。

彭书记和严兵随意聊起了家常，他让严兵感受到了亲和力与志趣相投。严兵看出他并无专门的目的，只是礼节性的一般走动，便敞开心扉谈了起来。

彭书记试探性地征求严兵的意见，现任副校长中谁比较适合接任罗奇校长的职务。严兵坦诚地说道："这是一个两难的选择。"

彭书记问："此话怎么讲？"

严兵笑了笑，说："从敬业和实干精神以及全盘工作把控能力来看，杨欣副校长是一个理想的人选；而从个人学术水平和学历来看，绪仁似乎更合适，因为他有博士的头衔，对内对外都有着一个大学校长应有的学术地位和形象。但是绪仁似乎心思不在具体工作上，而是对他个人发展兴趣更大。从他做副校长这两年就可以看出他和杨欣的差距。"

严兵突然想起了晚上要召开全系教职工会议的事，对彭书记说了声"抱歉稍等一下"，就走到门口对着走廊喊："噢，'丽艳娟'，来一下！"

严兵转身回去刚坐下，三位女士同时出现在门口，面带微笑探着头问："严老师有什么指示？"

严兵嘱咐说："晚上开会，电教室布置会场的事都妥了吗？"

三位女士同声说："妥了。"

严兵说："好，知道了。"

彭书记面露惊诧的神色，问："'丽艳娟'是三个人的名字？"

严兵笑了笑，说："工作上图方便就把她们三人的名字最后一字串在了一起，省得一个一个叫，这样叫一声就都来了——不然就得喊冯丽丽、郭艳艳、吴娟娟！多麻烦！"

彭书记就笑了，说："哈哈哈，你这搞得有意思！"

彭书记走民主路线推荐校长人选。

罗奇校长六十岁退休，党委按照省委组织部意见，组织副处级以上行政干部和副教授以上教师，参加无记名投票推荐校长候选人。

推荐结果出来了，绪仁和杨欣为校长候选人，等待省教工委和省委组织部派工作组进校，组织有关人员谈话并进行正式民主推荐，民主推荐出的校长人选为一人，上报省委常委会通过后再由省委组织部正式出文并任命。

省委工作组进入学校，正教授、正处级干部被约谈。严兵身兼两职，是约谈的重点人员。

严兵坐在大会议室里抽烟，和一帮候谈人闲聊，等着叫他的名字。

终于轮到他了，工作人员喊："请严兵同志到小会议室！"

工作组负责人之一、省教工委刘书记站起身，热情地与严兵握了握手，客气地说："请坐，严教授！"

严兵在他对面沙发上坐了下来，他旁边坐着一位做笔录的工作人员。

刘书记说："啊……这个，了解一下绪仁同志两个方面的情况：一是他的品行和学术水平，二是他的管理能力。请不要有任何顾虑，实事求是地谈，时间尽量把握在三到五分钟。"

严兵点点头，摘下手表放在茶几上说："嗯，好，两分钟就够了，我也忙着要去上课呢！总的来说，他是个比较有才华的人，学术上坚持搞下去，可成大器！不过人各有志，选择走仕途就未必有精力搞学术了，鱼与熊掌不可兼得嘛！品行上应该说没有什么问题，没有让人感觉到有害人之心或听说过有谋利之事，应该说他还是有大气度，头脑灵活，应变力强，全局把控能力也是具备的，更重要的是他已获得了博士学位，这也是他脱颖而出的充分条件……"

严兵见刘书记听得很认真，便又说："他当系主任、当副校长期间就表现出了他的潜力和雄心。他是一个很上进很要强却又在大局面前能妥协的人，是一个谋事有准备、思维缜密的人，把一所学校交给他，不会出乱子，组织上也放心……"

严兵低头看了看茶几上的手表，笑了一下，客气地说："我说的不一定正确，也不够全面，仅供参考。时间已到，告辞了！"

严兵的一番言辞竟让阅人无数的刘书记心里暗暗赞叹：北方大学有这水平的人物，不可多得呀！不卑不亢、气质儒雅、风趣幽默、潇洒自如——刘书记用十六个字评价严兵留给他的印象。

副校长杨欣的气度和工作态度让彭国强大为赞赏。绪仁正式宣布为校长后，她的工作热情非但没有受到影响，反而更加努力地投入到教育部下达的繁重的大学本科教学评估工作之中，夜以继日地组织各学科开会写材料、各项指标论证、薄弱学科建设规划、重点学科硬件落实与补差、外语语言实验室建设费用申请……有时熬到半夜，索性就在办公室沙发上睡上几个小时。

副校长姬光仁是一位"空降"领导。

学校班子进行一番重新分工——这"一锅粥"也得分着吃，只有吃了才能说明是在做着实事而非混日子的领导！原本是副校长李强分管的计划生育办公室、卫生所和爱委会三个部门，现在匀出来交由姬光仁分管。会后姬光仁对李强表示感谢说："老李，谢谢啦！哪天请你喝酒！"

李强对班子成员重新分工本来就持不置可否的态度，便不冷不热地说："谢个啥？咱这庙是个小庙，僧多粥少，分着吃也正常，总不能饿死人嘛！你管三个部门我管三个部门，大家都有活干，还落个轻松！"

教务处处长柯伟是杨欣的得力干将。

柯伟以"教学能手"而闻名于校园。他课讲得好，把一部《法理学教程》早已吃透，烂熟于心，在课堂上更是如鱼得水，挥洒自如。

他讲课不用拿课本，更不用拿教案，手中只有一张三寸宽的纸卡片。选他课的学生最多，他在阶梯大教室讲的法理学选修课，学生们早早就去抢座位，就连教室内的过道上都站满了学生。学生爱听他讲课，他热爱讲课，课堂上教与学的气氛热烈，互动频频，呈现出一幅生动感人的教学画面。

柯伟原在法律系当教学副主任，给绪仁当副手，后经教务处处长杨欣多方努力，调整到教务处当了副处长。之后杨欣升任管教学的副校长，柯伟便当上了教务处处长。

他是个能力强且极具责任感的实干家，和杨欣很像。两人强强联手，学校各年级各专业教学呈现出一派井然有序的喜人景象。

严兵一直很欣赏杨欣的工作风格。

她总是直来直去，雷厉风行，工作效率高。她从不搞心计，坦诚待人，不卑不亢，让严兵觉得是个好打交道的领导。她对严兵起草的本科教学自评报告虽然比较满意，但觉得有些美中不足，于是直接提出了意见："还是有些欠缺，有改进的空间！"

严兵有些不解，直视着她问："什么欠缺？"

杨欣笑了笑说："电化教学工作这一块始终没有搞上去，你得用点儿心哪！"

严兵对此一直有怨气，便坦言说："嘻，我用心有啥用？建设费用一直不给批，巧媳妇怎么来着？"

杨欣笑着补充说："难为无米之炊呀！"

严兵也笑了，说："就是嘛！没经费怎么建语言实验室，没有语言实验室怎么开展电化教学，怎么改进？"

北方大学在姬光仁副校长"空降"后不到一年，又"空降"来了一名叫孙仁的副书记。孙仁给人第一印象就是，看到他那张大饼子脸，就会不由得联想到陕西关中地方美食锅盔馍。孙副书记上任后不久就得了个别称——"魁书记"，意思是不光面相霸气，说话也十分强势！

这日学校领导班子开会研究建校六十周年校庆有关事宜。书记彭国强首先讲道："这个六十周年也是个大庆，要花功夫做一个周密的工作计划。要成立一个校庆工作领导小组，下设办公室，这样便于安排具体事宜。还有，要考虑到——"

孙仁打断彭国强的话，插话说："这个太具体的事情就没必要在这个会上说咧，我的意见是先确定领导小组组长、副组长和成员。"

彭国强接上话说："我正要讲到这一点。还要考虑到各系部配合的问题——"

孙仁又打断说："各系部党政一把手肯定要进入领导小组嘛！还有校党办、校办的主任……"

彭国强终于忍耐不住了，脸色很不好看，语气严厉地说："孙仁同志，要懂得最起码的规矩嘛，让我把话先说完你再发表意见嘛！再说，我讲了意见后还要听听绪仁同志的意见，是不是？"

班子成员的目光集中在孙仁身上，大家都流露出对孙仁的不满。孙仁似乎并不惧众怒，也不在乎彭国强的指责，反而居高临下地自找台阶下："好咧，好咧，都是为了工作嘛！我也不计较你说我不懂规矩啥的，重要的是大家齐心协力把工作做好……"

严兵对彭国强这个人印象不错。他觉得彭国强的风格有点像老书记张杰，政治素养和个人文化修养都不错。从公开场合绪仁与彭国强的互动上看，校长和书记这一对搭档关系比较融洽。可以说绪仁这一任校长是幸运的，碰上了一个好书记。空降的孙仁若是党委一把手的话，绪仁的日子肯定不好过。

彭书记又向省教工委推荐了一名副校长人选，原来分管科研的副校长绪仁升任校长后，这个位置一直空着。他经过一段时间认真观察，认为四系主任徐浩教授从各方面衡量都符合提拔的条件。

徐浩去兰州大学读法律硕士前在北方大学读了四年哲学，之后又考取了武汉大学法学博士，四年后又回到北方大学任教，此时他的专业职称仅是讲师。他的科研成果是一本厚厚的正式出版的专著，还有学术期刊上公开发表的十几篇论文。

这天下午，徐浩在住宅楼下碰上了严兵，两人闲聊起了评定职称的事。徐浩叹了口气说："唉，严老帅，我现在也不知道应该咋办了！我可以正常申报副高职称，但我有些不甘心；按照我的科研成果，如果以正常五年任期副高申报正高也是符合晋升的，可我现在只能申报副高；将来即便申报破格正高也得三年以后，而且要在三年内达到现有的科研成果，确实不是容易的事！您是老评委，给我指点一下吧。"

徐浩是个内心强大、目光高远的青年学者。他讲课讲得好，口才堪称一流，思维缜密，说话条理清晰、逻辑性强、具有很强感染力，这与他本科读哲学专业奠定的良好基础密不可分。

严兵听徐浩讲了他详细的科研成果后,坦诚地向他建议说:"我认为你可以越过副教授职称,直接申报正教授职称!你有两个有利条件:一是你具有博士学位,校内目前的博士寥寥无几;二是学校正在筹建国际法系,正是用人之际,一个系没有几个正教授怎能支撑起一个学科?因此评委一定会考虑到这个问题并在投票时给予倾斜支持。还有就是学校正处在发展时期,求贤若渴,留住人须先留住心,对你也是有利的。当然,我也责无旁贷,尽量提前和评委们交流沟通,促成此事!徐浩,不要犹豫,听我的,坚决申报正高!"

徐浩听着就豁然开朗,眼眶里闪动着泪光说:"严老师,您就是我的指路明灯啊!"

严兵不失幽默地说:"嘻,是手电筒,煤油灯现在落后啦!"

两人紧紧握手,严兵鼓励他说:"一起加油……"

一年后,徐浩出任国际法系系主任。

他的名片上印着:北方大学徐浩——法学博士、教授、国际法系系主任。

几年后,省委组织部对北方大学推荐的副校长人选徐浩同志进行了严肃认真的考察后,派了一名干部处处长到北方大学处级干部会上做了任命宣布。绪仁对师出同门的师弟徐浩寄予厚望,希望他把学校科研工作抓实抓好。徐浩在数次大会上激情澎湃、慷慨陈词,向大家描绘出一幅美好的科研发展蓝图。

谨以此书献给
人世间与我有缘的人

尘世缘（下）

谢立新 著

陕西新华出版
太白文艺出版社·西安

第五十一章

柯伟到本省一所新成立的警官学院当了正厅级院长,绪仁尚在北方大学校长任期内,没有空缺的位置,只好先交流提拔使用。

三年后绪仁校长任期已到,也被以原级别交流任用,只是出了教育口,还在公检法系统内,被安排当了个副检察长;柯伟又调回北方大学,当了校长。

绪仁调到另一省任副检察长后不久,经省人大选举出任省检察院检察长。

绪仁实现了仕途上的一次飞跃。

柯伟执掌北方大学五年。

他接受任命时,教学管理上依然秩序井然,那是因为分管教学工作的副校长一直由杨欣担当着。让他感到棘手的是行政管理上的人浮于事和财务上的拮据。

新任党委书记谷苏与他同舟共济,多方筹集资金,整肃风纪。经过一系列开源节流、轮岗换岗的务实工作,一年多后,学校形势开始好转。

他与谷苏在同心同德的共同担当中建立了友谊,取得了相互间宝贵的信任。他敬佩谷苏的智慧和务实精神以及坦诚和勤奋。柯伟由衷地感到:遇上这样的党委书记是一种幸运!

严兵早上起来下楼时碰上了柯伟："哈哈老弟，又杀了一个回马枪。"

严兵和柯伟开起了玩笑。

柯伟笑着说："哪有老兄潇洒，逍遥自在！"

严兵一脸的满足，又说："那倒也是！人不管我，我不管人，没压力！不过你也快'修成正果'了，再坚持几年吧！"

柯伟爽朗地一笑，说："嘿嘿，任重道远不敢放松，鼓着劲儿往前走吧！"

柯伟一贯的风格就是这样，和杨欣一样，做的总是比说的好，这一点也是最容易让群众接受的。

……

刘放在1990年退了休，那一年他六十岁。

他依旧独自一人生活。2010年他已经八十岁了，身体没有一点儿毛病。他能吃能睡，衣食无忧，体检时大夫说他像五六十岁，心肝肺功能都很好，保养好的话再活二十年都是可能的……

他对六十九岁的好友郗继生说："唉，活那么长也没啥意思，今天是昨天的重复，明天又是今天的重复，没个指望没个念想，有啥活头？"

刚领了退休金的郗继生表示理解，却又说："嘿嘿，人心不足蛇吞象！国家按月保证发给咱退休金，咱啥事不干白吃饭还不满足？！俺妈今年九十一岁咧，还在院子里空地上种香菜拿街上卖哩，精神头大得太哩！"

刘放受到鼓舞，就来了兴致，说："老弟你说得没错，人活着就要活点儿精神，我也要好好活，活在当下嘛。你下次来再多给我拿些你妈蒸的馍，能行不？"

郗继生笑嘻嘻地说："俺妈说我蒸的馍和她蒸的一样好，出师咧！现在馍都是我蒸哩，下次来时我多带些给你吃。"

严兵这日开着自己的车去新校区上课，回到老校区时见刘放老先生依旧穿戴整齐，身体笔直地站在楼下，脚上一双皮鞋擦得锃亮，手持拐杖，依然斜挎着"红军不怕远征难"挎包，精神抖擞，一双眼警惕地观察着每一个过往的人。

严兵神情严肃地对刘老喊道："口令！"

刘放一个立正姿势，大声回答道："臭鱼！"

严兵又问："有什么情况没有？"

刘放向严兵行了一个正规的军礼，大声回答道："报告首长，一切正常！"

他们俩一老一少早就达成了默契，以军事化的方式玩游戏，玩得乐此不疲。

严兵对刘放老先生的故事充满着兴趣。

这日上午没课，严兵吃了早饭出门到刘老"站岗"的地方，陪着他闲聊。刘老说五十年前他曾因右派言论被下放到陕北涧水县林杰村公社林杰村大队，在村里待了差不多三年时间。那儿的人都特别纯朴善良，没把他当坏人对待，反倒照顾他，让他在村子里的中学干活，后来又让他教学……

严兵一想，五十年前自己才多大，就惊奇地插话问："啊呀刘老，那时您才二十多岁吧？我才五六岁呀！"

刘老笑了笑说："人最容易在年轻时犯错误，哈哈，没管住嘴的代价可不小，大半辈子都赔进去了！"

刘老眼中闪着光，回想起往事："那也是我最快活的三年农村生活。我刚去就结识了老实忠厚的柏大哥和他一家人，他们待我太好了，让我一个外乡人感受到了人世间好心人们的那种真情实意……"

严兵的直觉告诉自己，刘老所讲的柏大哥就是自己的岳父柏家富。他急于证实这件事，于是打断刘老的话问："那个柏大哥叫什么名字？他家有几个女儿？"

刘老惊讶地看着严兵，有些不明白他问这干什么，说道："他叫柏家富，他有三个女儿。怎么？你认识他吗？"

严兵情不自禁抓住刘老的手，激动地说："啊呀刘老，还有这么巧的事情？！太不可思议了吧？！你说的柏家富就是我岳父呀！"

刘老一听顿时也愣在那里，一时反应不过来。只听严兵激动地又说道："他的二女儿叫柏兰，就是我的爱人。他的大女儿叫柏香，三女儿叫柏竹，对不对？"

刘老似乎从让人难以置信的事实中回过神来，喃喃道："世上有这么巧的事，这么巧……柏大哥是有三个女儿呀！他是你的岳父？"

刘老突然抓住严兵的一只手,紧盯着严兵的眼睛问:"他现在是在你家吗?柏大哥在你家吗?"

严兵心里有些不忍地慢慢说道:"我岳父前几年就在老家去世了,我岳母现在住在她小儿子家里,就在城里北关。"

刘老脸上显出难过的表情,一时无语。过了一会儿他缓过了劲,关切地问:"玉荣老嫂子她身体好吗?她今年也八十多岁了!我要去看看她,不知她还能认出我来吗?"

处级以上所有干部集中在大会议室里。

校党委组织部部长尚长年主持处级以上干部述职动员大会。他强调了这项工作的重要性和注意事项,然后请党委书记张杰讲话。张杰书记面带微笑,语气却是严肃的。他不紧不慢地说:"呵呵,讲几点意见供大家参考。首先我要说明的是,这个'德能勤绩'是省委提出来的,在全省都要求按照这四个方面对处级以上干部进行考核。"接着他又说道:

"其次,我要强调'实事求是'的原则。既不要夸大其词,把自己夸得完美无缺;也不要过分谦虚,把自己贬得一无是处!

"我们要通过三种形式给每一位处级干部打分,'德能勤绩'四个方面一共是一百分,三种形式下来折合成一百分,最后得分记入个人档案,作为以后任用或提拔的重要参考。

"第一种形式就是在本部门述职会上打分,第二种形式是在处级干部述职会上打分,第三种形式是由校党政领导班子成员打分。

"通过个人四个方面的述职或者说自评,打分的标准分为三个级别,分别是:称职、基本称职、不称职。"

张杰书记最后强调:"考评干部的目的在于认真总结自己的工作;客观评价成绩与不足;提高认识,以利于把今后的工作做得更好。这项工作对于促进部门的工作和学校总体的工作,都将具有积极作用和长远的意义……"

2013年,在全院教职工大会上,校党委组织部部长尚长年代表党委宣布按照"七上八下"的干部聘用年龄原则,严兵同志已满五十八岁,不再担任院长职务，由另一位同志担任新一任院长……宣布之后，全场一片令人尴尬的沉默，严兵面无表情地站起身，默默退出了会场。

事实是，干部新一轮聘用工作正常时间是2012年，推后一年进行，严兵正好是"下"的年龄。让严兵生气的正是这"针对性"的聘任，可见有人为此煞费苦心——可气又可笑！

校内有的人见到严兵时的表情有些怪异，好像他犯了什么错误被免了院长职务似的。严兵很快便调整好了自己的心态，又坚持上了两年课，在六十岁那年彻底退了下来，结束了他三十八年的教学生涯。

韩冬长严兵六岁，也是校内最了解最理解他的朋友。韩冬开导他说："你的兴趣本来就不在当官上，要是想在仕途上发展，1996年你就是沙州地区行署副专员了，按照你的能力，五年晋一级，2006年你就应该是副省级了！更早一点的话，1980年你也有机会去圣林县当副县长，那年你才二十五岁，对不对？所以，不与这帮玩心眼儿的家伙打交道，不正是你所希望的吗？我劝老弟你不必生气！"

严兵却故意逗他，说："你说的对对的！1980年到2010年有三十年吧？一个副县长如果不犯错误正常干上三十年，政绩再怎么一般般，水平再不怎么样，十年晋升一级总是有可能的吧？"

韩冬语气肯定地笑着说："再不顶用的混混干部三十年也混到副地师级了！"

严兵坦言道："我从做系主任起，就是想着在北方大学干一番事业而并不是看中了这个小小的处级职务！二十多年的努力没白费，专业办得还不错，我严兵的名字也是可以写在北方大学校史上的吧！现在交到新任院长手上，希望这个英语专业越办越好！"

韩冬耐心地说："再不要操那闲心了，一人一种素质，三观不同做事就不同，顺其自然吧！"

严兵若有所思，喃喃自语道："嗯，那倒也是……"

他看着韩冬的眼睛接着说道："舍得是什么？不就是和人的吸收消化系统一样吗？要接受新食物不就得舍弃胃中没用的东西吗？"

韩冬赞成他的说法，说："嗯，这就是吐故纳新！"

严兵哈哈笑了起来，忍不住又说："我说的是人的上水道和下水道，也就是进食和排便；你说的是人的入气道和排气道。一个经胃顺肠道而弃，一个经肺顺气管而出，但道理是相同的。所以我要顺其自然舍弃过去，去过一种新的生活！"

韩冬开心地笑了，为老朋友的开通而高兴，感叹道："哎，难得糊涂嘛！"

严兵做出领悟状，说："是啊，男人不糊涂怎么往下活呀？郑老师身为男人最知男人，三百多年前就告诫咱男人要'男得糊涂'，不然就活不下去！咱男人在外打拼，在内忍让，如果不糊涂一点儿，争强好胜不累死也气死了！"

韩冬一阵哈哈大笑，说："啊呀，恐怕学生中第一次有人这么理解郑板桥的名言！对先生不敬啊！"

严兵又逗笑说："过日子嘛，德行是最重要的，有没有才华无所谓！"

韩冬完全赞同这种说法。

严兵说："'男子有德便是才'，意思是男人有了德行是最重要的，才华是次要的，和现在使用干部的'德才兼备'标准不同。"

韩冬对此有不同看法，说："其实历朝历代对做官的人都有德行的要求，比如对忠孝和做人的口碑，是非常看重的。"

与严兵探讨这类话题的人，除了韩冬以外，还有严兵另外一个非本校的朋友，他叫莫沉。

莫沉是他三十多年的朋友，和老帅、老总也是好友。后来老帅因病走了，老总去了美国，就剩莫沉和严兵俩了。好在莫沉住在北方大学，随时可以见面。

人到了老时更加珍惜友情。

当年生龙活虎的莫沉如今患上了糖尿病，日渐消瘦，严兵见了不知说什么好，心里总不是滋味……好在这位老兄生性乐观，照样好吃好喝，精神上依然强大。他老伴杨欣也忙于外面的事，成天两边跑，十分辛苦；她近日下了决心，干到年底坚决辞去外面的职务，安安静静与老伴过好相互依靠的日子，严兵听了就替莫沉高兴。

严兵任性，认准了做啥就非做不行，柏兰啥都随他宠他，像母亲宠儿子一样惯着他。严兵有时确实像儿子一样在她面前蛮横不讲理。严兵说人老了就成了弱势的人，凡事就要学会认怂，逞强就会吃亏吃苦。而调整心态的第一要务就是在心理上真正做到服老，心平气和地服老。既然是老年人了，一切就都按照老年人的自然规律来行事。

比如走路锻炼，快慢多少，都要因人而异，因个人体质年龄而异。年轻人练的是力量和速度，老年人练的目的是肌肉不至于过早过快萎缩松弛；年轻人走得过慢达不到锻炼的目的，老年人走得量大过快加速摩擦，会损伤关节部位，效果往往适得其反。

有的老年人患上了"运动狂躁症"，一天走上万步乃至几万步，有的人还是快步走！去年还看到他健步如跑，今年却看见他竟然坐上了轮椅！韩冬的妻子李光丽和王明范的妻子魏琳将运动量把握得恰到好处。李光丽是学体育的人，运动理论和实践都在行，魏琳与她一块走路锻炼自然不会偏离运动规律。她们俩一直坚持走路，每次都在五千步以上，身体状况保持得非常好，人显得有活力，精神上看着与同龄人差别很大。

韩一平建议妻子程丽多参加运动。

程丽说："啊呀，你说得轻巧，我哪有时间呀！"

韩一平说："家里的活我帮你做一些不就腾出时间了吗？以后我每天做一顿饭，咱女儿也抽空帮着做一做，你不就轻松了吗？"

程丽一听乐了起来，说："哎哟，还有这待遇，你这思想啥时候开始转变的呀？"

韩一平便不打自招："嘿嘿，人家毛娃就非常鼓励他爱人跳广场舞，他在家做不少家务活哩！"

程丽笑了起来，问："你叫小毛，还有叫毛娃的？哈哈，有意思！毛娃是谁呀？"

小毛就眨巴眨巴眼睛开玩笑说："嘿嘿，毛娃就是小毛他的哥哥大毛呀！"

程丽急了，逼问道："哎呀，快说！毛娃到底是谁？"

小毛坦白说："就是那个戴眼镜的外语教授嘛！"

程丽差点儿笑喷了，惊诧地说："啊呀！严兵的小名叫毛娃？！"

小毛也笑了，就向她讲了一个故事：

有个副省长，小名叫狗蛋，是三代单传的独生子，家在甘肃省深山沟里一个村子上。他爷爷他父亲含辛茹苦地把狗蛋当宝贝一样养大，供他念书；狗蛋硬是争气，大学毕业二十年后光耀门楣，当上了副省长。八十多岁的老父亲走出深山来到西京，几经周折才打听到省政府这个地方，站在远处张望着，不敢靠近，心里盼着儿子能从大门口走出来……

门口的战士向值班负责人报告了情况，说大门远处一个老大爷蹲在烈日下三个多小时了，担心发生意外。负责人派人把老汉扶到门房内，让他坐下喝水，又问他话："大爷您找人吗？"

老汉胆怯地看了看身边的几个人，听懂了问他的话，嘴唇颤抖着，操着浓重的地方口音说："寻我儿哩，当了大官哩！"

负责人听懂了他的话，就慢慢地又问："当了多大的官呀？"

老汉咧开厚厚的嘴唇笑了，眼睛突然就发出亮光，自豪地说："和县长一样大的官，但又说是副的，不是最大的。"

负责人继续问："您儿子叫个啥？"

老汉高兴地说："叫狗蛋，是我大和我给他起的名，我大说这个名好养活，皮实！"

负责人接着又问："您儿子大名叫什么？就是官名！"

老汉干脆地说："我们都姓郝，他叫郝狗蛋。"

负责人笑着又问他："您儿子没写信说他是什么官吗？"

老汉说："写过信，没有说，光说在省上做事哩。我们又写信问，他才说和县长差不多大……"

负责人和旁边几人议论起来："处级干部太多了，根本无法查，厅级干部还有可能查到，这老汉又说不清楚，他儿子也是糊涂蛋，给家人都不说清楚！"

其中一人突然提醒说："听说郝副省长就是甘肃人，不会是他吧？"

负责人紧张了一下，说："啊呀，郝副省长叫郝珣石，啊呀，弄错了可不好交代呀……"

小毛说到这儿停了下来，有意吊一吊程丽的胃口。程丽果然急着想知道结果怎么样，就催着问："那后来呢？"

小毛逗她说："那还用讲吗？后来自然是老子见到了儿子，儿子接见了老子。还能怎么样？要不然就是父子俩见了面抱头痛哭，老子大喜望望，心脏病犯了，命在旦夕，儿子痛不欲生跪在床前哭叫着……哭叫什么来着，程丽你想想，拍电视剧你最在行！"

程丽受到称赞马上有了积极性，即兴喊起了台词："爸爸呀，亲爱的爸爸呀，您老人家可不能死呀！儿子还没报答您的养育之恩哪，爸爸呀……"

小毛一听，乐不可支地说："啊呀天哪！你这台词能把观众笑晕了……"

小毛是严兵最要好的朋友，退休以后更是常在一起闲聊取乐。莫沉也喜欢小毛的性格，有时韩冬也参与进来，他们几个人天南海北闲聊当年风光之事，各吹各的牛皮，就图了个一时痛快，大家一笑了之。

莫沉懂车爱玩车，小毛说起车来更是眉飞色舞，头头是道。严兵和小毛都是汽车修理工出身；与莫沉一样，小毛还当过掌勺大师傅；而韩冬当年曾是边防部队的电影放映员，他骑着大白马挎着冲锋枪站在草原上的英俊威武形象，当年还出现在《解放军画报》的封面上！

校园家属住宅区内各种人混杂在一起，每天从早到晚进进出出、来来往往，给校园增添了无限的活力。"无论你以前是做什么的，官做得多大，生意做得多大，学问做得多大，"当过老干处处长的程丽深有感触地说，"到了家属院里大家都一样，到了离退休处大家都一样，把心态放端正最重要，这样才能与大家和谐相处……"

第五十二章

严兵和柏兰从搬进北方大学校园那一刻起就感受到了它敞亮温馨的环境和宽厚的人文气息。严兵不由得从心底发出一声感叹:"大学校果然气派不同!"

柏兰忽闪着大眼睛四处望了望,疑惑地问:"什么气派不同?"

严兵笑了笑,用了一个有趣的比喻说:"就好比大家闺秀和小家碧玉,气质不同!"

柏兰长舒了一口气,脸上露出灿烂的笑容,深有感触地说:"总算是调到了一个好学校,这下你可以安心教你的学了,英雄也有了用武之地!"

严兵面露感激的神情,说:"牟臻校长和王牧副校长对我有知遇之恩,我要好好教课报答他们!"

柏兰回想起在省外专时严兵发奋工作的情形,仍旧心存芥蒂,说:"你在外专上的课比谁都多。高级英语专业课几个人有能力上?教师进修班的那些和你同龄的学生,有几个人能镇得住?那学校还不是容不下你,排挤你吗?!"

严兵开导柏兰说:"咱们在那小小的专科学校也不过是过渡一下,只要进了西京,还不是'海阔凭鱼跃,天高任鸟飞'嘛!可咱不能忘了在最困难的时候是李敬贤老师收留了咱们,他是咱们的大恩人!"

严兵心存感激地又说:"要不是李老师从校长位置上退下来,我绝不调离外专!咱不能做那白眼狼的事!"

柏兰也赞同说："那是肯定的！听说李老师到翻译学院帮忙去了，做了顾问，还亲自上几节课。"

严兵叹了一口气，同情地说："他就歇不下来，四个儿子都得娶媳妇，都得买房子，他为儿子打工挣钱呢！唉，李老师就这受苦的命！"

李敬贤的大儿子李发三十岁，和李敬贤一样也是在二十九岁时才结婚；他媳妇二十六岁，是西京城北人，看上去端庄、老实、憨厚。

李发一米七六的身材，国字脸上一对浓眉大眼，看上去十分精神。李发的长相一点儿都不像他父亲，比较像他的母亲江英茹。江英茹见人就说大儿子长得像她的弟弟江英华。李发在恢复高考后的第二年考取了本省的纺织学院，毕业后就一直在本市一个国营纺织厂当技术员。

李发在厂里谈了四五个对象，眼瞧着就快三十岁了还没定下来，他妈就急了，忍不住埋怨儿子说："啊呀呀，走马灯一样换了一个又一个，今天引来一个女子，明天又引来一个女子，我像个老妈子一样侍候着吃喝，陪着把好话说上，到底看中哪一个了？见一个爱一个，成了花花公子了嘛！"

李敬贤坐在一旁沙发上抽烟看报，不紧不慢插话说："发发这点儿比我强，对女孩子有吸引力，嘿嘿，青出于蓝而胜于蓝，后来者居上！"

江英茹就对着儿子表扬老伴："这一方面就应该向你爸爸学习！当年我们班上那么多女同学，有些长得比我还漂亮，但是教英语的李老师一眼就瞄准了我，别的同学看也不看了，直接就把我俘虏了。结婚前顶多也就是拉一拉我的手，可是个规矩人哩！"

过了没多久，李发又带回家一个姑娘，叫张欣欣，比李发小四岁，刚满二十五周岁。这姑娘在雁塔区一所幼儿园当老师，是西京一所师范学校毕业的中专生，学幼儿教育的。

张欣欣一进他家门，屁股还没坐热就一头扎进厨房，阿姨长阿姨短声音柔柔地叫着，手脚麻利地做起臊子面来，主动而积极，完全没把自己当成客人。江英茹一下子就喜欢上了这姑娘，对她说："阿姨生了四个儿子，就爱个女儿，可偏偏就生不出女儿！就这命，没办法！"

张欣欣就柔声柔气、娇滴滴地说："阿姨您真好命，我妈就只生了我们三个女儿，常羡慕别人家有儿子哩。您要喜欢我，我就给您做女儿吧！"

江英茹顿时喜上眉梢，忙说："啊呀，欣欣你就给我当儿媳吧，这样我媳妇女儿都有了！我好福气呀！"

李敬贤这日去翻译学院上课刚回来，一进家门就在客厅沙发上坐了下来。他刚坐定，只见厨房走出来一个亭亭玉立、面容姣好的姑娘，端了一杯沏好的茶放在他面前的茶几上，落落大方地说："叔叔您喝茶。"

李敬贤就朝她笑着点点头，说了声好。李发从外面小卖部买了醋、酱油、辣椒酱回来，见状忙向他爸介绍说："爸，她就是张欣欣。"

李敬贤笑着对儿子说："我猜也是。"

李发笑着看了张欣欣一眼，张欣欣羞红了脸，回厨房去了。

张欣欣是李发他们厂办王主任介绍的。王主任是张欣欣她爸的老同学、老朋友，是看着张欣欣从小女孩长成大姑娘的。王主任看准了李发这小伙子，就有心促成这一对年轻人。李发对善解人意的张欣欣可以说是一见钟情，而张欣欣也是第一次与李发约会就认定了这个让她感到很放松很喜欢的小伙子，觉得李发是她一生可以依靠的男人。

严兵参加了李发与张欣欣的婚礼，他看着两个新人给对方戴上了结婚戒指，看着李发一脸的幸福，看着恩师和师母满面笑容地应答着儿媳改口的称呼，不由得一阵感慨，同时又从心底里为他们苦尽甘来而高兴。

第一次给人当公公的李敬贤咧开大嘴面带笑容地和老伴端坐在儿媳面前，在儿媳喊出"爸"的同时边大声答应着一个长长的"哎"，边将早已握在手中的一个厚厚的大红包递到儿媳手上……事后老朋友沙作宏打趣地问他听儿媳第一次叫爸时的感觉，他想了半天说："嘿嘿，还真难以言表！"

老沙逗他说："啥叫难以言表？"

李敬贤沉思了一下说："挺受用的感觉，又有点儿百感交集……"

老沙便吟出两句话来："苦到极处回甘，冰到极处回温……"

一年后，儿媳张欣欣生下一女，全家欢喜。

这日晚饭后，就见老沙推门走进来径直到了沙发前坐下，大声喊："英茹上茶！"

李敬贤从卫生间出来，冲着老沙嚷嚷起来："还真把我家当茶馆了，叫得那么亲热！"

老沙瞪了李敬贤一眼，说："哎，英茹在我们中文系干了那么多年资料员，我当系主任替你照顾她还少吗？我俩上下级关系吆喝她上点儿茶水你还吃醋哇！真是小肚鸡肠！"

老沙自顾自地点上一根烟，又故意用东北腔朝厨房喊："英茹，手脚麻利点儿，想把人渴死怎的？"喊过了冲李敬贤一笑，招呼客人似的说："老李你坐，喝点儿热茶，别客气！"

江英茹将茶盘放在茶几上，对老沙笑了笑，热情地问："晚饭吃啥好的了，渴成这样？"

老沙无奈地说："嘻，还能变啥花样？天天晚饭吃烙饼呗！今儿个的菜是猪肉片炒粉条，倒了半瓶子酱油！"

李敬贤哈哈大笑起来，江英茹也跟着笑。老沙声音很响地喝了一大口茶，直喊过瘾，又接着絮叨说："唉，这都是前些年我嘴上不干净不时地被关押，她给我送饭落下的毛病。我对她说烙饼太好吃了，她就每次送烙饼给我吃，后来就成现在这样了。我劝她别烙了，她固执地说不麻烦的，还是烙饼管用，又好吃又顶饿又能搁得住！"

老沙的老伴比他大六岁，两人从年轻时起就互称大嫂老弟。他老伴是他嫂子的姐姐，他大哥娶了妹妹赵萍，他娶了姐姐赵瑛；他管他嫂子叫二嫂，管他老婆叫大嫂；他大哥管弟媳妇叫大姐。

老沙两口子没有子女，夫妻俩相依为命，十分恩爱，几十年如一日从未红讨脸……

西京纺织厂曾经是西京人的骄傲，是来自西北各地区乃至全国各省年轻人的骄傲；他们曾经为自己是纺织厂的一员而感到荣耀自豪；他们居住在被誉为"小香港"的纺织城内，过着最时尚的生活……

然而，20世纪80年代至90年代，随着计划经济逐渐转入市场经济，以及改革开放的深入推进，国营大厂终究未能抵挡住外来私企的冲击，被合并、收购。

李发由国营纺织厂副厂长变成了私营纺织厂副厂长。他为老板打工，老板为董事长打工；老板就是他原来的顶头上司老厂长，老厂长和外企合作，将厂子卖给了外企，董事会里有了厂长的一席之地。李发受聘当了分管生产和技术的副厂长，待遇比之前高出好几倍，于是心甘情愿、不遗余力地为老板卖命。

他们搬进了厂里为副厂级以上领导专门装修一新的四室两厅两卫宽敞豪华的住宅里，过起了上层人的生活。张欣欣对李发更加崇拜，关心备至、体贴入微。

李发这日在厂里招待完客人，坐着专门给他配的小轿车回到家，一身酒气躺在沙发上，闭目养起神来。张欣欣听到响动，急忙从女儿婷婷房间来到客厅，见丈夫在沙发上躺着，便泡了一杯茶放到茶几上，坐下问道："今儿又招待客人了？头痛吗？"

李发拉住她的手笑了笑，说："没事，有点儿累，歇歇就好。"

说着他便坐起身来，从公文包里拿出一个大号牛皮纸公文袋放在妻子手上，温情地说："这是老板刚'赏'给我的五万块钱补贴金，你拿着零花吧，买几件你喜欢的衣服，我这些天没时间陪你逛商场。"

张欣欣满心欢喜地接过纸袋放在茶几上，又拉住他的手轻柔地抚摸着说："又给我零花钱，上月给的三万块钱我还没花呢！给你爸妈家换个大点儿的冰箱吧，原来那个太小了装不下多少东西。"

李发摸了摸她的脸，说："我叫秘书买好直接送家里就行了，不用你跑来跑去的。给你爸妈家也换一个吧，一块买，一下就办齐了。"

张欣欣笑着说："还是你想得周到！"

李发的管理才能受到厂长和董事会的赏识。他大刀阔斧地对车间生产管理制度进行改革，实行生产责任制、车间各小组任务包干制等，多劳多得，极大地调动了管理人员和工人们的生产积极性，产量、质量大幅度提升，工厂效益得到了改善，全厂呈现出一片欣欣向荣的景象。

老厂长光荣退休，李发接任厂长。

1997年香港回归，港商开始在内地大力投资。李发通过各方合作努力，招商引资获得成功。董事会达成共识，一致支持他在沿海地区开分厂。他在珠海买了地皮开始建厂，一年后厂房落成、设备到位，提前培训的技术工人到岗，新厂很快便投入了生产。次年，新厂与多家外商签约，优质的纺织产品远销欧美，产品以物美价廉赢得了市场，经济效益显著。

1999年，李发由董事会董事长提名，以全体董事的赞同票当选为副董事长并兼任西京纺织品制造有限责任公司总经理。

2001年，四十五岁的李发当选为亚洲纺织品研究会副会长，同时被聘为母校西京纺织学院客座教授、名誉院长……

女儿婷婷和爷爷奶奶最亲，正在省教育学院附近一所中学上高二的她放学就爱往爷爷奶奶家跑。李敬贤和老伴江英茹也最宠爱这个宝贝孙女，对她百依百顺，而李婷婷是个特别懂事的女孩，一闲下就抢着帮奶干活。她像极了她的妈妈，情商高，善解人意，总会为他人着想。江英茹评价说，在这方面，除了遗传因素，她妈妈张欣欣的言传身教也起到了重要的作用。李敬贤深有感触地对老伴说："婷婷这孩子从小就善解人意，情商高，她的人生注定是幸福的！"

李婷婷后来考取了西京纺织学院，本科读完又读了硕士研究生，之后又在英国读了纺织专业博士，并嫁给了一个华裔富商的儿子，最后女承父业回国接了李发的班。

第五十三章

　　李图和父亲李敬贤都实现了他们共同的愿望。

　　一家四个儿子就应该有个当兵的。像严兵家五个同父同母兄弟，加上同父异母的老六、老七，竟然没有一个当兵的，实属罕见！如果都像严兵家这样，兵营岂不空荡荡、有官无兵了吗？试问首长给谁下命令来保卫咱们的祖国，谁来保卫咱的家和妈！

　　李图很快就成了解放军炮兵学院篮球队的主力队员。

　　李图在场上是一员勇猛的战将。无论是带球突破上篮、篮下接球单手扣篮，还是中距离跳投，所有动作他都完成得轻松自如。他身高力大，眼疾手快，头脑清楚，是场上最受观众瞩目的明星。

　　他们学院的院长和政委都是篮球迷，重大比赛一场不落！他们院男篮队一直在当地省市男篮和大专院校男篮队中享有盛誉，是排在前三名的半专业队；如今又新添李图等几名战将，更是如虎添翼。一年一度的全省军队和地方篮球循环赛夺冠热门队伍中数他们这队呼声最高！

　　四年后李图在边疆某炮兵旅当上了中尉连长。他依然是全旅第一高，全旅官兵在营区操练场上集结时，他站在队伍中像一根电线杆似的显眼。

　　边疆的泉水清又纯，边疆的姑娘爱军人。

　　又四年后李图升为副营长，他被热情奔放而美丽的维吾尔族姑娘阿米娜火一般的爱恋俘虏了，做了她的丈夫。阿米娜身高一米七一，身姿曼妙，像一只漂亮的蝴蝶飞舞在高大威猛的李图身边；她的眼睛很迷人，她的辫子长又长，她的小嘴很性感，李图心里直痒痒。小伙子弯下腰才能吻到她那诱人的红唇，将她抱起来才能贴近她丰满的胸脯……李图这年二十六岁，新娘子阿米娜二十二岁。

阿米娜金丝雀般的声音通过话筒传到千里之外公公婆婆的耳朵里："亲爱的爸爸妈妈，我是你们的儿媳妇阿米娜！我爱你们！我爱李图！我想念你们……"

李敬贤和江英茹听着儿媳清脆而动情的声音，热泪盈眶，老两口争着和儿媳妇说话。

江英茹大声对着电话筒喊："我们也爱你阿米娜，祝福你们！"

李敬贤大着嗓门也喊着："祝你们新婚愉快，早生贵子！"

李敬贤盼孙心切，开口讨要孙子。

江英茹急忙劝阻说："不要乱说！"

李敬贤瞪着眼说："这咋就乱说了，这是做老'银'的心愿嘛！老大的媳妇、老二的媳妇生的都是丫头！希望阿米娜给咱生个孙子！"

江英茹就乐了，说："啊呀，这可真是的！她生的娃娃一定很可爱啊！能叫人心疼成什么样样啊！"

阿米娜十月怀胎生下一个美丽可爱的克孜恰克（小姑娘）。阿米娜坐完月子后满怀喜悦地给公公婆婆打电话："亲爱的爸爸妈妈，你们盼望的克孜恰克终于出生了，特别可爱！不过现在只能听听她哭的声音……"

电话筒里传来婴儿的尖锐哭声，老两口听着就乐了。电话那边阿米娜充满信心地说："爸爸妈妈听到了吗？声音很大吧，我把她的小屁股掐疼了！我向你们保证，明年再生一个小男孩！"

电话这头当了奶奶的江英茹一下子就急了，对着话筒直嚷嚷："啊呀阿米娜，可不敢掐娃娃的屁股蛋呀，把人心疼死了呀！"

李敬贤也心疼地嚷起来："哎哟哟，傻媳妇哟！把'银'心疼的，可不敢掐屁股上的肉肉哟！"

老两口又开始期望阿米娜来年再生一个孙子……

老沙这晚吃过烙饼后照例来老李家唠嗑。

老李见老沙坐下开始抽烟,按捺不住说:"娅娅也快生了,听英茹说她老是想吃酸的东西,英茹怀孕时就喜欢吃酸的东西!"

老沙忍不住扑哧一声笑了出来,直呛得自己连连大声咳嗽,老李急忙让他喝茶,缓过来后老沙这才又慢条斯理地说:"李强的媳妇这回准定是要那个什么的……"老沙说着吸了一口烟,又咳起来。

老李迫不及待想听老沙的高见,催促他说:"准定什么呀?"

老沙故意卖关子,说:"咱英茹有经验,酸儿辣女嘛。对不对,英茹?英茹你听到我说话了吗?"

江英茹听到老沙喊就忙从厨房走过来,笑着说:"我听到你们说话了,我怀四个儿时酸的辣的都爱吃,酸酸辣辣,汤汤水水,可能吃哩!"

四儿李强并不在乎媳妇娅娅生男生女。他关心的是这段时间没人给他的旅游大客车帮忙售票了。他承包旅游公司大客车几年来赚了不少钱,他已经和关娅娅商量着买了一套房子。他的丈母娘五十出头,身强力壮,向女婿提出暂时顶替女儿售票的工作。

李强把媳妇交给他妈照顾,媳妇又叮咛李强照顾好她妈,女婿便带着丈母娘开始在"西京—临潼—兵马俑"旅游线路上奔忙。

三天后,丈母娘贾小英突发奇想对女婿说:"哎,强强我给你说,咱不如自己组团,挣老外的钱!"

李强就笑了,说:"唉,这组团的事咱弄不成,没资格!"

丈母娘建议说:"让你二哥二嫂帮咱办一个资格嘛!"

李强说:"妈,咱这车就是专门服务国内散客的,弄不成!俺二哥没有权力弄这事!"

丈母娘就不再提这事,死心塌地地卖着她的票,用半通不通的关中普通话招呼着四方游客。

关娅娅她爸关建国是纺织厂子校的语文老师,她妈贾小英是下岗纺织女工。贾小英下岗后就一直闲在家里,一天只给丈夫做三顿饭,闲得无聊就往股票交易所跑,就想着炒点儿股票玩儿。贾小英最喜欢李强这个女婿了,她只有关娅娅这么一个女儿，把女婿一直当儿子一样对待；她了解李强的个性，为此她常常在倔强的女婿面前妥协。关娅娅也最听李强的话，她有时也在李强面前撒娇；李强虽然也惯着她，但在大的问题上从不让步。他会给她脸色看，也会出口训她。一年前李强就给她说好了："娅娅，咱都结婚几年了，也该有个娃咧。"

娅娅撒娇说："啊呀，再轻松玩两年嘛！我现在还不想生娃！"

李强就板起了脸，一言不发站起身走了。晚上从朋友们那儿喝酒回来，娅娅侍候他睡下，趴在他耳边说："强强，咱们造娃娃吧，我不再吃避孕药了！"

李强抱住她说："真是个懂事的好媳妇儿！咱们都使点儿劲儿，造个带把的……"

娅娅怀孕七个多月时，李强听从自己妈妈的话又征求了丈母娘的意见，让她一心一意在公婆家保胎待产，丈母娘就主动随女婿上车干起了售票的活。

老李心里一点儿底都没有。

他是真心希望孙子辈中有个男孩，把他们李家这一门子的根延续下去，把坟前的香火续下去……江英茹带着娅娅去了几家医院，无论怎么问胎儿性别，大夫就说都有可能。前大学校长、堂堂的教授很不满意大夫的"都有可能"，竟有失斯文地在老沙面前说："'都有可能''都有可能'，不就是不想说嘛！这不让'银'干着急嘛！"

老沙便劝慰他："唉，老李你这就不懂了！医生有人家的规定，所以大可不必生气伤了身体。我敢肯定李强媳妇即将生一男娃。名字叫什么呀？不急不急，生下后由我取名吧！"

老李爱听老沙的话，因为他认为老沙懂得人情世故，会理解人；更重要的是，老沙是智者，是知识分子中的佼佼者，是上通天文下晓地理，古今中外尽在胸中的全才！

老沙曾多次看到电视新闻后感慨地说："唉，世事无常啊！老兄你若一直在外交部任职，早就是副部级了！吴先生后来恢复了工作就一直在外交部任职，从副部长到正部长，也能在史册上留名了。"

老李无奈地笑了笑，淡淡地说："我是命途多舛，时运不济。天命如此，为之奈何？！吴兄是个大好人，德才兼备，国家栋梁！我在团中央时就与他共事，他很照顾我们这些小兄弟，平易近人不拿架子；20世纪50年代出访亚洲多国时我一直给他当翻译。"

老沙说："那时我在团中央办公厅当文秘，也有过不少接触他的机会，他爱和人开玩笑，是一个很幽默风趣的人！"

老李不禁又感叹起来："人就是在比较中生存，与当年的同学、同事比，或许就产生失落感、自卑感，又或许就有了优越感、幸存感；与那些衣食无保障的老人比，就感到自己是幸运的。"

老沙突然就伤感起来，低沉着声音说："我在许多朋友眼里就是个自得其乐的可怜虫！在一般人眼中，我不过是个自视清高的臭酸教授，自以为纯洁而不慕名利，不同流合污，其实仅仅是孤芳自赏而已！想想大半生与赵瑛相依为命，在这世上无儿无女，无牵无挂；到老了虽说靠了政府有吃有喝，可心里还是常常空落落的，到死也没个血脉至亲的人说说心里话……"

老李听了老朋友一番肺腑之言，对他深表同情："老弟你平日里强势的外表尽是给外人看的，内心却是苦的！苦中作乐，看明白了人生又能做到坦然自若、处变不惊，这才是高人！郑板桥的'难得糊涂'真正的含义你我都懂了——达到了真正的糊涂方为大彻大悟，那是至高的境界！"

老沙完全认同老李的知性理解，随即笑道："哈哈，高人高论！"

……

李强的媳妇生下一子，喜煞了李敬贤。

关娅娅听到助产士的报喜声："是个男孩，恭喜你！"

关娅娅累得满头大汗，虚弱地长出了一口气，自我安慰说："可算是给老李家接上种啦！"

产房外一片欢腾。李强眼含着泪，松了一口气。

老李拉住亲家母的手，一个劲儿摇晃着说："太感谢你了，你生了个好女儿！"

江英茹也和亲家公紧握着手，互相道喜。她眼瞅着老李失态地拉着亲家母的手不松开，就靠上前去夺过亲家母的手，一边说起祝贺的话来，一边又狠狠地瞪了老李一眼。老沙也赶来医院，进了妇产科的门就大声呼喊："啊呀英茹嫂子，'公喜'还是'母喜'？"

大家都被他的幽默逗乐了。老李一脸喜色，赶忙就说："是'公喜'！老沙呀，告诉你，我老李终于有孙子了！"

老沙看他满脸通红，就急忙劝道："淡定，淡定，小心血压升高！我已经给咱们孙子起好名了，就叫李光宗，小名交给咱英茹取吧！大家意下如何？"

老李一听就急了，忙说："哈哈，好你个喧宾夺主的老沙头，好像没我亲爷爷的份了！'光宗'两字是旧思想，就叫李宗吧！亲家看行不行？小名就让李宗她奶奶和外婆商量着取一个，如何？"

大家都表示赞同。贾小英就问江英茹："我觉得就叫宗宗好了，你说呢，嫂子？"

江英茹皱了皱眉头想了想，笑着说："稍微有点儿绕口。叫'小宗'吧，你觉得怎么样？"

贾小英见丈夫关建国直点头，就说："那就叫'小宗'吧！"

关娅娅自从生了儿子后在婆家的地位骤然上升。

公公和婆婆处处宠着这个儿媳妇，就引起了大儿媳妇和二儿媳妇的不满。星期六晚饭时分，三个儿子都带着孩子回到父母家小聚。

当了爷爷的李敬贤兴高采烈地抱着一岁的李宗坐在餐桌旁，亲自喂给孙子一些能吃的菜；当奶奶的也是喜形于色坐在小孙子旁边，百般地哄孙子开心。

老大、老二四平八稳地坐着吃菜喝酒。

大儿媳妇和二儿媳妇在厨房忙着炒菜上菜，四儿媳妇独自坐在沙发上翻看着电影画报，手里拿着一盒冰激凌在慢慢品味。四弟李强给大哥、二哥斟酒助兴，又给爸妈不停地夹菜。老大现在是纺织厂领导，老二是旅游局中层领导，又是名导游，他都不敢怠慢，得巴结好。

有了领导的派头的老大慢条斯理、漫不经心地对老二说："李奋你们两口子还在当导游吗？"

老二愣了一下，听着他哥的官腔不顺耳，便没好气地说："不当导游做什么？我干的就是导游的工作！咱这是体力活，不像你指手画脚动嘴皮子！"

老大喝下手里的一杯酒，看了一眼老二，不紧不慢地说："也不光是动嘴皮子，还得动脑子！现在搞改革开放，竞争太激烈，上万名工人要吃饭要养家，生存才是硬道理！早已不是计划经济时期的四平八稳、安逸慵懒了！"

李敬贤插话问老大："小发，你们厂工人的工资现在能按时发放吗？有奖金吗？"

老大笑了笑，说："吃大锅饭混日子领工资已经成为历史了。工人现在是竞聘上岗，多劳多得，按季度拿奖金，工厂效益好工人就获益多，工厂和工人的利益已经绑在一起了，大家都很卖力呢！"

老李高兴地说："这样好，这样好！早就该这样了！市场经济带动整个国民经济向前快速发展；国家经济发达了，国际交流畅通了，人民的生活水平就会不断提高。"

老二听着就也有些兴奋地说："爸，你不知道，现在来咱中国旅游的外国游客越来越多了，许多老外特别羡慕咱中国老百姓的生活哩！"

李敬贤就感慨地说："从人口大国发展成为经济强国需要几代人的共同努力奋斗啊！到了李宗长大时，咱中国一定会是世界经济强国之一！"

李强兴奋地问："爸，你说咱中国会超过美国、英国、日本和德国吗？"

老李站起身来，目光炯炯，抬起右臂向前一推，语气坚定地说："历史潮流不可阻挡！"

二儿媳王丽丽不失时机称赞说："啊呀，大家看哪，咱爸的姿势多像《列宁在1918》呀！"

儿子、儿媳们都开怀笑出声来，江英茹也笑着说："老沙说你爸最像讲解'马尾巴的功能'那个瘦高个教授！"

儿子、儿媳们一阵笑，都说太像了。

老李笑着对儿子、儿媳们说："你们沙叔最会贬我，形象不好的就是我，形象好的，比如《海鹰》中扮演张敏的王心刚在屏幕上一出现，就急着说：

'啊呀老李，你快看那张敏多像我呀！英俊威武的男人呀！'"

大家捧腹大笑起来，小孙女们也跟着笑。

一大家人正说笑着就听到电话铃响，李强赶忙到客厅去接，就听到对方说："李强，你让爸妈来听电话！"

李强就朝餐厅喊："爸妈，我三哥的长途电话！"

老两口急忙过来对着电话问："是小图吗？"

只听李图兴奋地在话筒里喊："爸妈，报告你们一个振奋人心的好消息，经过三个多小时的连续奋战，阿米娜同志给咱们老李家又生下一男一女两个小同志！报告完毕！"

李敬贤顿时喜晕了，被老伴扶着坐在沙发上，吃了救心丸半天才缓过神来，慢慢吞吞地说："把老子血压都冲高了，汇报工作像打机关枪一样！人丁兴旺，人丁兴旺呀！又一个孙子一个孙女，太好了！我要给又为老李家生下两个小同志的娜娜同志记一次二等功！"

又两年过去了，时值1993年盛夏。

李图已经升任中校副团长。炮兵旅全旅官兵正在进行实战演练，目的就是锻炼队伍，提升炮兵部队的实战能力。三个月后，李图破格晋升为上校团长，荣立一等功一次。李敬贤打电话给儿媳妇，问儿子李图的情况："怎么打他驻地营房电话没人接呢？我和你妈都挺着急，我们俩心里都没底，实战演练那可是真刀真枪啊！"

阿米娜在电话那边说："啊呀爸妈，我这几月也没和李图联系上，他们是全封闭演练！"

一周后李图和妻子阿米娜在营房家属区住宅里给他爸妈打长途电话："报告爸妈，炮兵旅一团上校团长李图同志和阿米娜同志以及三个小同志准备向您二老汇报情况，请指示！"

李敬贤说："稍息，请开始汇报吧！"

江英茹也说："儿子呀，不要客气，汇报吧！"

李图说："是，首长！我近几月受命指挥我们团进行军事演练，让爸妈操心了！我荣立了一等功，升任上校团长，我们全家一切都好！祝爸妈身体健康，生活愉快！汇报完毕！"

阿米娜夺过话筒，抢着说："爸妈啊，我可高兴啦！李图当了团长啦，待遇又提高了，我们搬进了三室两厅两卫的大房子，有专门的勤务员跑腿打杂，生活可方便了，孩子们每天都和我去营房家属区幼儿园，下班后一起回家，一切都很好。我们想念爸妈，你们来新疆玩吧！"

李敬贤对着电话筒大声喊道："阿米娜你给老李家生了孙子，你也是大功臣！我宣布你荣立家庭二等功！"

江英茹也大声喊道："祝贺你阿米娜！好孩子！"

老沙这日吃了晚饭便来老李家串门，说起了他近来的一个想法："哎，我告诉你一个好消息，只对你这个老朋友讲，你得我替我保密！"

老李知道他又故弄玄虚，便做出不在意的样子说："哦，不用告诉我了吧，我这人嘴不牢，万一泄密了可不得了！"

老沙的情绪顿时受到打击，便出口讽刺他说："太缺乏情趣了，文化修养太差！"

老李见他急了，就给了他个台阶下，说："我的激将法起作用了？请你讲吧，我一定守口如瓶！"

老沙说："这样，我这些天已大概想出了个小说轮廓，初步取名《尘世儒生》，写的就是你我这样的读书人；我打算写深入一些，从50年代写起，历经五十年风风雨雨，世事沧桑，人情冷暖，物是人非；看破了红尘却又尘缘未了，割舍不下，苟且偷生；又遇一同命相怜的老友，互诉衷肠；夫妻相依为命、相守到老、相濡以沫……我将此心迹写成一个长篇小说，你觉得怎么样？"

老李大叫一声："太好了！"

老沙吓了一跳，问："真心叫好？"

老李认真地说："肺腑之言！你若真写出来，我就把它译成英文，以汉英对照文本在香港出版，包在我身上，我的儿子绝对可以帮咱们做到！"

老沙顿时激动得满脸通红，大声问道："此话当真？"

老李坚定地说："绝无戏言！"

老沙当晚就做了一个很长很长的梦，一切细节都那么逼真，所有的对话都那么清楚……

两位七旬老人由此开始了他们独具匠心的文学创作。两人边写边改，边改边译，一年下来初稿完成，全书近四十万字；又经过半年时间，三易其稿，终于定稿了。

老李的儿子和儿媳们非常给力。大儿子李发负责中文电脑录入工作；二儿媳王丽丽动手在电脑上打出英文译稿；二儿子李奋在香港联系好了一家出版公司；三儿子李图寄来了十万元钱作为出版资金……

老沙激动得手舞足蹈，语无伦次地对着老李和江英茹说："啊呀呀，幸福来得太多太突然了吧！咱家的儿子、儿媳真是一个赛一个啊！英茹啊，你给咱生的儿子个个都是好样的！"

老李笑他说："你这人倒是从来不把自己当外人！中文系教授经常用词不当！"

江英茹附耳对丈夫说："不要跟他计较，无儿无女的就让他过个嘴瘾吧！"

……

老沙渐渐醒过来。一切竟是南柯一梦！他坐在床上连连叹息。

七十岁以后，老李听从了老沙和老伴的劝说，不再出去工作，一心待在家里享受起了天伦之乐。

1996年，严兵申报了教授，找李敬贤教授给他写推荐信。李老师语重心长地对他说："关键是科研成果要过硬！推荐信只是形式上的需要。你的成果不夸张地说，可以用来评三个教授！所以大可不必担心。我有你这样出色的学生，引以为傲哩！"

严兵羡慕李敬贤老师有沙作宏老师那样一位满腹经纶的知己好友，相互伴着谈天论地，说古论今；他也暗自庆幸自己有韩冬这样一位可以交心的朋友，这让他更加相信缘分——李老师和沙老师有缘，韩冬和他有缘，这茫茫尘世间人与人的缘分真是玄妙！

2015年，严兵退休。

严兵按照多年的习惯，星期六晚饭后又去看望李老师。

李老师和沙老师这个时间总是在一起的，他俩似乎永远有说不完的话，而且兴致始终不见减弱。这年李敬贤八十九岁，沙作宏八十八岁，他俩年年体检，身体都没有大的毛病，唯一共同的毛病就是吸烟引起的轻度肺炎，明显的症状就是咳嗽咳痰，两个"老顽固"就是坚决不戒烟！两人共同表示：生命不息，吸烟不止！

老沙向老李讲起了他做的那个梦，老李就替他续上了梦，想象着说："《尘世儒生》在香港出版后，很快就被抢购一空。出版公司惊喜之余立即着手加印二十万册，不到两月就在内地多个省市销售一空。《尘世儒生》描写了知识分子生存状态及爱国情怀、内地改革开放中老百姓的生活变化及观念转变、中国市场经济的巨大发展前景、中华民族崛起的巨大潜能。本书通过作者实事求是的理性描述和富于哲理性的分析，向世界展现了在中国共产党领导下的蓬勃发展的中国和意气风发的中国人民……"

老沙又补充说："你和我成了名人，到全省各大院校签名售书，被人请去做有关创作的讲座和学术报告，人们争相与咱俩合影留念，咱老兄弟俩老了老了还风光了一回……"

两位老教授假想着一个故事，任意去编，书却没有写出来。老沙说："我还是有心劲儿去写的，真写出来还是由你翻译成英文？"

老李语气依旧坚定，毫不含糊："一言为定，绝不食言！"

第五十四章

老沙是那种典型的貌似清高实则内心悲观敏感脆弱的人。

真正了解并能理解他的人似乎还没有出现过。他已经活过了八十八年，这个人还会出现吗？即使出现了，对他还有什么意义呢？！

论起来，老李是这个世上唯一比较能够懂得他的人，他们基本上可以说是无话不谈，但并不是所有的话都愿意谈。他和妻子赵瑛结婚五十多年，两人之间的语言和行为交流仅限于例行公事的范围之内，没有多余可说的、可做的。

赵瑛是个简单善良的女人，从老沙娶了她那一天起，她就开始以报恩的想法和他一起生活，尽心尽力地照顾他保护他，无怨无悔爱着他，愿意为他献出一切！

老沙是个内心世界极为丰富的人，但他的感情却无所依附，他的内心是孤独悲凉的。人们只看到他谈笑风生、儒雅睿智、幽默开朗的表面，而实际上他带有一种玩世不恭的心态，他把人世间看得过于明白，他对于日复一日的生存状态厌恶透顶却又留恋其中的酸甜苦辣；他太过精明敏感，太过要求精神生活质量，所以只能处于目前这样近乎魔怔的生活状态……

老沙对老李讲起一件已是见怪不怪的可笑之事：

教育厅"空降"来一个副书记。一年后要参加正高级职称评定，申报的是思想政治教育研究方向的教授。

老沙提出姑且称此君为"孔江"吧，免得一些麻烦。孔江既没有正式在课堂上给学生讲过一节思政课，又没有一项正式的科研成果。这可难煞了校人事处处长、临时兼任职称评审办公室主任的王某。于是王处长就去请示校职称评审委员会主任、校长胡某。胡某一想此事关乎评审条件的原则性，就去找兼任校职称领导小组组长的校党委书记贾某商量。

胡校长看着贾书记问："你说这事怎么办？"

贾书记镇定地反问："你说怎么办？"

胡校长强调说："原则问题嘛！"

贾书记转动着眼珠，笑着说："你想办法变通一下嘛……"

老李饶有兴趣地听着，见老沙点了一支烟抽了起来，又端起茶杯喝起茶来，顺手又拿起茶几上搁着的一张报纸看了起来，跷着的二郎腿还上下晃动着，好像什么事都没有了。老李就问："后来呢？"

老沙做出纳闷的表情反问："什么后来呢？"

老李指责他说："得健忘症了吧？你讲的那个孔江评教授的事嘛，讲了半截没下文了？"

老沙做出莫名其妙状，说："讲完了呀！你当过校长，这种事你不都清楚吗？！"

老李就笑着激他："瞎编乱造！自己也编不下去了吧？"

老沙立马表现出不服，不满地说："确有其事，这就是现今高校职称评审中的一种乱象！你听我往下讲。"

老沙又续上了故事……

胡校长授意人事处王处长说："你先让孔副书记把申报表填上，然后再看情况嘛！"

富有工作经验的王处长心领神会答应照办。

几日后王处长拿着孔副书记的申报表和用公文袋装着的科研成果，从他办公室出来，径直走到二楼校长办公室，来请示汇报。

正在办公桌前坐着批阅文件的胡校长抬起眼皮看了一眼王处长，问："什么情况？"

王处长靠近他办公桌，放下材料说："胡校长您看看吧。"

  胡校长翻开申报表看了起来。他看到科研成果一栏内填了九项成果，全部都是孔江在各种会议上的讲话文稿，他又看了面授课时一栏，填写的是折合总课时一百课时，授课形式为讲座。他就有些不明白，抬头问王处长："啥时候搞的讲座？"

  王处长不禁笑出声来，解释说："呵呵，就是把孔副书记八九次公开场合的讲话作为讲座来填了，就按思政上评职称面授最低要求填了一百课时。"

  胡校长又指示他说："这样吧，你请示一下省职改办，这类讲座文稿如果可以认定为思政系列的科研成果，那么材料报送到省职改办时，是否可以接受？"

  王处长又心领神会，答应立即去办。

  老沙又卖起关子，抽烟，喝茶，小憩片刻。

  老李不再催问他，只是讥讽说："这个例子还是少见！这种人就是'厚黑学'中所指的人，脸皮已经厚到家了！"

  老沙接上了另一支烟，愤然说道："他可以说是政工人员中典型的两面派、阴谋家！他不光以多数赞成票通过了校级评审，他的评审材料还顺利通过了省职改办高校评审材料组，硬是闯入了思政专家评审组。你猜最终评定结果怎么样？"

  老李惊愕之余，语气怀疑地问："他难道也能搞定专家组？"

  老沙鄙夷地说："哼，可不怎的！七人专家组，三比三，一票弃权；复议一次，四比二，通过！怎么样，厉害吧？！"

  老李的情绪有点儿失控了，大声怒斥："这简直就是文化堕落，斯文扫地，有失公平！难道就无人举报吗？"

  老沙同样气愤地说："倒是有不少人联名举报呢！可闹了一阵子就悄无声息了，所有举报都石沉大海……"

  老李骂道："一丘之貉！同流合污！"

  老沙不解气，又加两句："文化腐败！药石无医！"

  孔江仍旧大摇大摆出现在各种场合，而且显得非常自然，更加彬彬有礼，文雅地向大家点头招手致意，仿佛什么事也没有发生过似的。

半年后，孔江教授出任思政学科研究生导师组组长，又被吸收进高校职称评审委员会思政学科专家组。

老李向老沙提起一个人，他说是他的学生严兵曾给他讲过这个人的故事。老沙问老李这个人有什么特别之处，他说这个人是大学教师，苦心钻研学问，可是结局十分令人惋惜同情，与孔江一对比，让人产生一种强烈的反差感。

老沙听完故事也是面露钦佩神色，急着插话问："那你见到他没？"

老李说："我一直在找机会拜见他。严兵说十五年前郗先生退休后就回长安县农村老家去了，一直和他九十多岁的老母亲生活在一起，还说有人看见郗先生陪着他妈在长安菜市场上卖香菜呢！难以置信吧？严兵说郗先生退休时的职称还只是相当于讲师的普通馆员。你说卖菜是不是出于生活所迫？"

老沙叮嘱说："你去时一定记着带上我，我也很想见见这个人！"

老李笑着说："严兵已托人去打听郗先生的住处了，到时候让我儿子开车送咱俩去。"

两米多高、身体健硕的李图站在教育学院大院里就像一座铁塔，引来过往行人惊讶的目光。他带着妻子阿米娜和一儿两女回来看望久别的亲人们。他军服上的两杠四星表明他已是大校军衔。

二十四年前十八岁的他从这个大院里走出去，进入解放军炮兵学院，而今四十二岁的他以解放军某炮兵旅旅长的身份回到父母身边，给全家人带来了荣耀！

江英茹两手牵着李达、李侠一对双胞胎兄妹，左看看右看看，心里疼爱得不行，满脸通红激动地对大伙儿说："啊呀呀，你们看这两个孩子长得多好看！"老沙手里牵着李图的大女儿李芳，凑到江英茹跟前，兴奋地说："咱李芳长得像个电影明星，才十五岁就长到一米七三了，比我都高，看看咱孙女多优雅漂亮，气质多好！"

李芳一见到沙爷爷就喜欢上他了，紧跟在沙爷爷身后不离左右，这或许就是前世有缘。李芳对这个黑黑瘦瘦有学问的老头说："沙爷爷，我将来考大学就考你们这儿的大学，这样就可以经常见到您了！"

江英茹爽快地说："啊呀老沙，你看我们家李芳第一次见你就寸步不离，你俩可真是有缘哪！我跟老李和李图、阿米娜说说，把李芳过继给你当孙女吧，怎么样？"

老沙一听，心中一阵剧烈的疼痛，眼前发黑，双腿一软，顿时倒在地上昏了过去……

李芳趴在沙爷爷病床边睡得正香，一只手还握着沙爷爷的左手指头。她一直守着沙爷爷，谁劝都没用，就是固执地不愿意离开一步。沙爷爷醒着时她就陪他说话，逗他开心，喂他吃喝，照顾他；沙爷爷睡着时她也趴在床边睡。她爸妈过几天就回新疆去了，她和沙爷爷都舍不得离开对方。一周前沙爷爷病情稳定了，她在晚上没人时便跟他聊了起来："沙爷爷您必须老实回答我一个问题，不可以骗我！"

沙爷爷咧开嘴露着烟熏黄的牙笑了，像个顽皮的孩子勾着李芳的手指，说："我向李芳同学发誓，你问啥我答啥，绝无半句假话，不然我就是……就是什么随你定吧！"

李芳被逗笑了，说："呵呵，您倒是挺大方的。骗我，您就是什么呢？您帮我想一个又坏又不算骂人的东西！"

沙爷爷憋住笑，做出思考的样子，说："嗯，那个叫傻什么来着？"

李芳接上话说："呵呵，傻瓜呀，傻蛋呀，傻子呀，多了！"

沙爷爷一本正经地说："那就'傻爷'吧！骗你我是傻爷！行了吧？那你提问吧，我知无不言！"

李芳神情严肃而认真地问道："那天我奶奶提出把我过继给您当孙女时，您怎么突然反应那么强烈，差点儿就没命啦！您当时心里在想什么？"

老沙没有想到李芳这个细心聪明的小姑娘竟然会提出这么个问题！他竭力控制着内心的激动，真诚地对李芳说："我当时只有两种强烈的感受，过度的喜悦和悲伤——悲喜交加，受到强烈刺激而产生了心梗！喜悦的是从天而降的宝贝孙女李芳，悲伤的是自怜而产生的极度心酸！就像一盆热水和一盆凉水交替从我头上泼下！"

李芳激动万分，上前抱住沙爷爷说："沙爷爷您是爱我的对吗？我也是爱您的，您说对吗？我们是相爱的爷孙，对不对？"

爱是不需要理由的——缘定之事必然会发生。

老沙和李芳都实现了愿望。

他们在民政局正式办理了过继手续，李芳随沙爷爷姓。从此人们就晓得了，沙作宏和赵瑛有个孙女，她的名字叫沙芳。祖孙三人约好了四年后沙芳报考西京音乐学院……

李奋开了一辆面包车把弟弟李图一家人和送行的人一直送到站台上。

李敬贤和沙作宏都由老伴陪着站在开往乌鲁木齐方向的列车前交谈着，等待李图一家人检票上车。

沙芳松开沙爷爷和沙奶奶的手，走到看上去有些失落的亲爷爷跟前，拉着他的手撒娇问："爷爷呀，我是不是很没良心？我当了叛徒您生气了吧？可是我永远都是您和奶奶的亲孙女，我永远爱爷爷奶奶！"

李敬贤又一次在心里默默地想，这个孙女懂事，最会理解人！他为老沙感到高兴，也为自己能为老朋友做点儿事儿而感到慰藉。他开玩笑似的对沙芳说："嗯，是有点儿吃醋！不过沙爷爷是爷爷最好的朋友，只能忍痛割爱啦，是不是？我还有什么其他选择吗？你不是背叛了李家，你只是多了一个更爱你的爷爷！"

在一旁听着的老沙上前一步，紧紧握住老友的双手，颤抖着声音说："谢谢理解！谢谢老兄成全我！此生无憾了！此生无憾了……"

老李的孙子李宗毫不费力地考上了北京外国语大学，四年后从学校直接被选拔进入外交部当了一名北欧路线的信使，专门负责前往北欧五国递送外交邮袋、外交重要文件书信以及口头传送重要消息。

大孙女李婷婷回到西京帮助父亲打理公司业务，成为她父亲李发的得力助手。

二孙女李媛媛考取了北京外国语大学旅游系。毕业后和男朋友一起分配到北京外语外贸学院当了教师，几年后两人双双到英国留学。

三儿李图此时已是少将，所在部队驻扎在台湾海峡附近。

李图的大女儿沙芳考取了西京音乐学院，学院距离她沙爷爷和她爷爷居住的省教育学院不到两站路，她经常骑着自行车去看望四位老人。

李图的双胞胎儿女一起考取了西京外国语学院，毕业后准备留在西京工作，这也是他们的父亲李图和母亲阿米娜的共同愿望。

沙芳自从和沙爷爷在西京分别后，没有一天不思念远在西京的沙爷爷。爷孙俩一周一封信诉说思念之情，有时就打长途电话听听对方的声音。这样坚持了半年。到了初三第二学期开学前，沙芳坚决要求转学到西京，李图和阿米娜拗不过女儿，想尽一切办法将沙芳转学到了西京市育才中学，距省教育学院仅有四五百米的路程，而且两个学校在一条马路上，大门都是朝南开着的。

沙芳满心欢喜地在育才中学上了初三，吃住都在沙爷爷家里，赵瑛对沙芳照顾得无微不至。老沙的精神头一下子就振奋了起来，每天跟着江英茹去菜市场买各种好菜好肉回去让老伴做给沙芳吃，他就像返老还童一样，乐得屁颠儿屁颠儿的。

沙芳在沙爷爷家生活得特别开心，特别放松，比在她亲爷爷奶奶家里还自在。李敬贤就嘀咕起来："小白眼崽子！成天黏着老沙叫爷爷，比跟我亲多了！"

江英茹说："你心理上要放平和些，和老沙亲是好事嘛！老沙无儿无女多可怜！人老了精神上有个寄托，身体也会好很多。你看老沙最近气色多好，天天上午跟着我去买菜，呵呵，卖菜的人还以为他是我的老头呢！"

"那我可得小心了。弄不好赔了夫人又折兵呢！"

"你这就是小心眼儿！不要说气话嘛！"

严兵这日晚上来看望老师，带了半只羊、一些萝卜和红葱，说让师母给李老师包饺子、炖羊肉吃。李敬贤满面笑容，高兴地说："嘿嘿，陕北的羊肉一点儿也不膻，就是好吃！这红葱也只有陕北才有，味正！萝卜饺子是陕北沙州城人过节时吃的好东西。呵呵，这肉看着又肥又嫩！"

严兵也笑着对老师说："嗯，是好肉！我的一个学生在一个县上当县委副书记，下来办事，专门给我带了一只羊，我就分一半给老师送过来。还有一件事就是打听清楚了郗继生老师的具体地址，您看什么时间方便我就安排一下，咱去拜访他？"

李老师一听十分高兴却又有些担心地问："咱贸然打扰他不好吧？"

严兵早就想到这一点了，说："李老师您放心，我会安排好的！"

……

郗继生在长安县老政府大院角落处两间破旧土房里，陪着母亲和干爸干妈生活了很多年。后来政府不让住了就搬到了城关郊区一座破旧的土院里，他租下来认真修缮一番后就用来给他的三个亲人居住养老。院子里有三间土坯房，院子周边都是农民的菜地，他们院子内也有一块不小的空地。再后来他送走了干爸干妈，就跟那个农户续了租用合同，从他退休后就一直和他的老母亲住在这座土院里。

他妈是个闲不住的勤快人，对他说："哎哟继生，咱把院里种上些辣子、茄子、西红柿、豆角啥的，咱院里不就有水井嘛！"

郗继生听从他妈的话，动手在院子空地上整出五小块菜地，他妈边指导边帮忙，种上了几种蔬菜，还种了些花草，院子里看上去温馨而舒适。

郗继生和他妈商量着把水井改造成了一个抽压式水井，浇地就方便多了。他妈还到市场上买了一群小鸡娃放院里养，半年后就分出了蛋鸡和肉鸡。继生妈对年近七十的儿子说："继生娃呀，妈想把吃不完的鸡蛋拿到市场去卖，能行不？"

儿子说："能行么，怎不行？我陪着你就行咧么！"

他妈就乐了，说："咦，还是儿听话！"

儿说："嘿嘿，不听我妈的听谁的！"

他妈说："今儿就去，咋样？"

儿说："行么，碎碎个事么！"

于是年近七十的儿子拎着一篮子鸡蛋，九十多岁的老娘挎着一篮子香菜，娘儿俩组成了长安街上一幅独特而感人的画面。

这日郗继生一大早就起床开始收拾屋子和院子，他妈也忙着摘了一些新鲜蔬菜，说要送给三位教授尝尝鲜。儿子特意用心收拾了一番他的书房。别小看这个农家土院，里面可有一间装满各类文学和翻译名作以及多种工具书的书房。那四壁的书架全是用青砖和水泥筑成的，各类书籍把书架装得满满当当，真是书盈四壁，让人叹为观止！

郗继生一辈子省吃俭用攒的钱全在这个书房里了。他妈见他收拾书房，就提醒他说："继生娃，下个月领了退休金别忘了买你说的那个《辞海》增订本！"

儿子说："哎呀，你就是没有记性，昨天刚刚给你说过我已经订购咧么！"

他妈就抱歉地说："哎哟，妈可又给忘记咧！"

郗继生他妈也爱书。在她眼里儿子的书房就是一座五彩缤纷、装满宝藏的城堡，儿子看不够，她也看不够，虽然书里的字她不认识，书上说些啥她也不懂，但她就是爱看，每天都进去看。书架是她和儿子一起商量设计的，她还帮忙和过水泥沙子，搬过砖头哩！

郗继生对此习以为常，曾略带骄傲地向人说："我妈就没把自己当成个老年人，我做啥她都要掺和进来帮忙哩，劝说都没用，后来就不劝咧！你别看这一屋子那么多书，哪一层少了啥样子的书她一眼就看出来咧！她身体好，啥病也没有，能吃能睡，心里不搁事。"

严兵把车停放在村口一户人家院墙外角落处，领着李老师和沙老师顺着一条田间小道向郗继生家走去。穿过一片绿油油的田野，爬上一个长满柳树的小土坡，不远处就是郗继生家的土院子。一走进院子，就见到眼前一片绿色的蔬菜和盛开着的各种颜色的花，阳光下的土院子里充满了生机，不由得让人精神一振。老沙就感叹着喊叫了出来："啊呀！真是世外桃源哪！"

老李也禁不住赞美了一句："啊呀，就像一幅栩栩如生的田园人家油画！"

郗继生满面笑容迎上前来，热情地将三位来客请进院里，请客人先在石桌旁坐下小憩。只见继生他妈精神焕发，端着一个木盘走到石桌前，放下一个大铁壶和三只黑瓷茶碗，一边斟茶一边热情地说："你们可是请也请不来的稀客，我家很少来客人哩，我给你们熬了苞谷糁子，蒸了一锅馍，我再给你们炒几个院里种的新鲜蔬菜，炒一盘子自家鸡下的蛋，晌午饭就在我家吃，在咱农村换换口味，尝个鲜。"

老沙惊异地观察着眼前这位老太太，见她言谈举止大方得当，显得朴实而幽默，不由得肃然起敬，问道："大妈一看就是个爽快好客的人，身体康健硬朗，您今年高寿？"

老太太反应快，不乏幽默地逗乐说："不大，不大！我今年虚岁四十九。我儿继生今年二十七咧。"

三人被她逗得哈哈笑了起来。老沙明白老太太故意把数字反着说，就说："啊呀，就您这精神和脑子，怎都不像个九十四岁的老人哪！"

老太太妙语连珠，语言愈发幽默："人都说我不像个九十四岁的老婆子，说我显年轻，看样子最多也就是九十三岁，根本看不出来是九十四的人咧！"

三人大笑起来，没想到这老太太如此会逗人高兴。郗继生笑着说："我妈爱和人开玩笑，是个'人来疯'！"

老太太就打住话不说笑了，对儿子说："继生娃，我去灶房炒菜，你先和客人说话。"

老太太麻利地炒好了四盘菜，尖着嗓门儿喊儿子："继生娃，快来帮妈给客人上菜上馍！"

九个土鸡蛋炒了一大盘，吃起来味道和市场上的鸡蛋就是不一样！三盘青菜色美味鲜，苞谷糁子软绵浓稠；更让三人赞不绝口的是那又白又胖的馒头，吃着就感到一种纯纯的麦香味，他们每人连吃两个馒头，直呼好吃！老太太抢着说："馍是我儿蒸的，是我手把手教给他的！我继生娃心灵手巧，水平快赶上我咧！"

这一顿午饭直吃得三人心满意足，口齿留香，回味无穷。饭后郗继生请三人参观他的书房。一进书房，光那独特的书架，满目的名著和大部头的工具书就把三人镇住了。

老李惊叹之余大加赞赏说："这简直就是一个小型图书馆！"

老沙惊奇地说："关键是这个图书馆的书无重样的，可见种类之多！"

严兵敬佩地看着郗继生，说："这一定是您一生的积蓄和心血！"

郗继生笑得很灿烂，得意地说："我这人生活简单，要求低，花钱少，余下的钱都买书咧！我妈把卖香菜的钱都贴上让我买书哩，一心支持我做学问哩。我就一个心愿——在几个最权威的外语学术期刊上分别发表一篇万字以上的论文，退休前就已经实现了。我只想证明我的学问不是虚的，我获得的是心理上的满足，仅此而已。"

第五十五章

2019年的最后一周里，严兵忙着准备年货，处理一些杂七杂八的琐事。在沙州的小妹托人捎来处理好的一整只羊。打开大纸箱一看，是六大包又肥又嫩的肉和剁成小块的排骨。柏兰直夸小姑子会办事，细心精干。又提醒严兵抓紧时间抽空给李敬贤老师家送一些羊肉。

严兵带了三大包羊肉羊骨和早已备好的烟酒，自己开车来到了省教育学院内东北角的家属楼下。他双手拎着两个大礼包，敲开了李老师家的门。师母见是严兵，边开门让他进来边朝客厅喊："老李，严兵来了！"

严兵放下东西径直往客厅走，就见沙老师正坐着和李老师说话。

九十四岁的李老师和九十三岁的沙老师看上去依然硬朗，精气神都很足。沙老师的老伴前几年去世了，逢年过节老沙就和沙芳在老李家聚一聚。沙芳从音乐学院毕业后留校任教，后考取了中国音乐学院硕士研究生，毕业后惦念着沙爷爷不愿留在北京，于是又回母校任教。

老沙固执而严肃认真地对老李说："烟绝对不可以戒，一戒人就死了！前车之鉴，请君三思！"

老李付之一笑，说："我不怕死，死有何惧？"

老沙不同意老李的观点："啊呀，无情无义啊！你死了我还有什么活头！烟不能戒，人不能死！就这么定了！"

严兵听着就不禁笑出声来，插话说："哈哈哈，二位老师真是太有意思了！学生斗胆提点建议，烟暂时不要戒，等到一百岁时再考虑，但可以适当控制烟量，比如两天一包或三天一包，不知妥不妥？"

老沙表示可以妥协，说："严兵这个建议倒是比较人性化。我可以试试从一天两包减到两天三包，再慢慢减到一天一包。我同意试试看！老李一天一包可以考虑减到两天一包！"

老李欣然表示认可，说："哈哈，你们两人的意见都比较客观，我同意。不过我还得再征求一下江英茹的意见，她是想让我彻底把烟戒了哩！"

老沙也补充说："啊呀，你倒是提醒我了！我得征求一下沙芳这个小姑奶奶的意见，她可是向来就宠着我哩！自从赵瑛去世后，她就来照应我的生活，我也习惯了她管着我。她不主张我戒烟，她说都抽到九十多岁了还戒啥烟呀！怎么舒服怎么来，顺其自然！不过减量的事还是问问她比较妥。"

老李问严兵有啥"慰问品"，严兵恭敬地说："报告李老师、沙老师，有烟有酒有肥羊肉，专门准备过年包饺子吃！"

老李骄傲地说："学生中就数你最心疼孝敬我，几十年如一日这么待我！"

严兵便说："一日为师，终身为父！"

沙老师又发出了感慨："嗯，话虽如此说，可真能像严兵这样实诚孝敬老师的人少之又少！说句实话，儿子都未必能做到这样！"

老沙点上一支烟吸了两口，问严兵："严兵你都已经退休了，今年六十几了？"

老李接过话说："他过年就六十五了。"说完转头问严兵："我没记错吧，严兵？"

严兵有点儿感动，说："嗯，六十五了，也是老年人了！"

老李又嘱咐严兵说："你如果去给郏继生拜年，一定代我和沙老师向他母子俩问好！我对郏继生老师和他老母亲的印象太好了！很可敬可爱的人！"

论大学毕业的年代和辈分，李敬贤是当之无愧的德高望重的新中国第一代知识分子；第二代应当是20世纪60年代毕业的大学生，像严兵的老师邵奇这一批人；严兵那几届，以及恢复高考制度后考入大学的大学生，算是第三代。

邵奇对严兵的突然造访显得很高兴。

1977年严兵毕业时怀着失落的心情离开了母校。时隔近十年他又回到了西京，在省外语师专过渡了一年多后就调入了西京外国语学院马路对面的北方大学。邵奇瞪着圆圆的大花眼兴奋地问："你挺厉害嘛！怎么又'混'回来啦？"

严兵看到邵老师高兴的样子，就开玩笑说："报告邵老师，学生谈不上厉害，是连滚带爬混进西京的！"

邵奇表示理解人事调动的艰辛复杂，说道："说说你一路上连滚带爬的故事。"

严兵苦笑了一下，说："好啊，就当是交作业，给老师汇报一下。"

严兵神情显得有些凝重，不紧不慢讲起了经历过的事："我本来是打算'走西口'的。噢，就是往宁夏方向走，我已经事先去了一趟银川，在宁夏大学和宁夏民族学院都试讲过了，他们都认可我的讲课，我就选择了调入宁大外语系当老师。我离开银川时，口袋里装了两样东西，是我千里迢迢走西口的收获。"

严兵说到这里停下来，给邵老师递了一支烟点上火，自己也点了一支烟抽起来，一时沉默自怜起来……

过了一会儿，邵老师看他难受劲儿平复了一些，就试着问："是两样什么东西？"

严兵勉强笑了笑，说："他们那儿的人待人实诚，对我挺器重的。我留在外语系替一位生病住院的老师临时上了两周高级英语课，一共是二十四节课。临别前一天上午，系主任和校人事处处长接见了我，人事处处长递给我一份宁夏回族自治区人事厅的商调函，对我说：'严老师，欢迎你来宁大工作，商调函你回去让你们学校领导看一下，他们同意了你就办理好相关调动手续，尽快来宁大报到。住房也给你落实了，两室一厅，回头房产科的人先带你去看看。如果你们学校或教育局不同意放你走，你不要和他们过多纠缠，直接来宁大，我们可以为你重新建档。我们是少数民族地区，中央对我们宁夏是有特殊政策支持的，你大可放心！'

"外语系李主任热情真诚地对我说:'欢迎你加入我们的大家庭,期待你早日报到。严老师你这段时间给我们上高级英语课,可是解了我们的燃眉之急,帮了大忙啦。学生们可喜欢你讲的课啦,评价可高啦!这里是五十元钱的讲课费,不成敬意,请收下吧!'

"我们当地那时在外上一节课只有八毛钱,我那时月工资只有三十六元钱,因此那时五十元是一笔不少的钱!之后我就告别了外语系和人事处的两位领导,第二天就坐了长途公交车到了陕北定边县,第三天又坐了长途公交车回到了沙州。我满心欢喜地给我爱人讲了我初次'走西口'的整个过程和切身感受。她听后和我一样兴奋而充满了期待。我们开始商量办手续和租用长途大卡车搬家的事。

"办手续要经过两道关口,一道是学校人事处的调离手续,另一道是当地教育局的批准手续。我当时心里并不太担心他们给我们俩出难题,因为我有宁大人事处处长那句话——去了可以重新建档。

"学校和教育局的两道关口出乎意料地顺利通过。我和柏兰兴高采烈地在街上饭馆吃了一顿饭,还喝了酒,庆祝了一番。接下来我们就租了车,打包行李装好了车。一切就绪后,准备次日一早动身直奔宁夏银川。我们只向我的母亲告了别,不打算惊动任何人,就那样静悄悄地不辞而别。我妻子柏兰当时十分感慨地对我说:'严兵,你不觉得咱们此行有些悲壮吗?'

"我安慰她说:'咱只求问心无愧,心里坦然,外人是贬是褒,又能怎样?我对家乡尽了力,培养出四百多名弟子,也算是为咱们地区十二个县的英语教育师资方面奠定了基础,我心里很有成就感,这些年没有虚度光阴,留在脑子里的满满都是只争朝夕的劳作耕耘。这一切奋斗艰辛的历程,除了你,我不需要任何人的理解……'

"我和柏兰收拾好一切东西后,又进了一趟城,到街上邮政局给恩师李敬贤发了一份简短的电报:老师,西外人事冻结,我已决意走西口去宁大发展。师恩难忘,容当后报。学生严兵。"

严兵长吁一口气,眼中显现着感激的神色。邵奇问:"没走成?"

严兵从回忆中回过神来,说:"是李敬贤老师收留了我,他当时是外专的校长。于是我们在十字路口选择了朝南的方向。我在外专给咱省内中学英语教师进修班上了一年高级英语课,李老师到了退休的年龄,就对我说:'严兵啊,我卸任了校长职务落得一身轻,你不用再委曲求全待在这个小学校顾及对我的影响,也落得了一身轻!有道是:天高任鸟飞,海阔凭鱼跃。你现在可以靠你的本事选择另一所大学去发展,我也即将去丁先生创办的翻译学院当顾问啦,早就承诺了的事,现在该兑现了!'于是我就调到了北方大学。汇报完毕,邵老还有什么指示?"

邵奇笑着说:"还挺曲折复杂的,你的经历反映了你们这一批大学生的奋斗和生存状态、理想与现实、付出与收获,还有美好的爱情、学术上的追求,都可以写一本小说了!"

严兵一听顿时兴奋地叫出声来:"啊呀邵老师,你这话可是说到我心坎上了!我早就萌生过写一部小说的念头。不过我现在的人生阅历还不够丰富,看问题还比较肤浅。我想到退休之后静下心来时再开始实现我的这个夙愿!"

邵奇鼓励严兵说:"你一定行的,你有当作家的潜质!"

严兵关心地问起了邵奇老师的情况,他还记得十年前他在读书时邵奇老师讲给他的有关个人婚姻的事情。邵奇惊奇地说他记性好,是个有心人。

严兵小心翼翼地问:"师母后来还是那么要强吗?"

邵奇语气平淡地说:"她哪能守住寂寞,早就移情别恋了!当然我也有责任,感情上的事很难说清谁对谁错。我成全了她,就此分道扬镳,再无任何干系!"

邵奇继而又感慨道:"我发现一个大家庭里最难处理的关系有两种,一种是夫妻关系,另一种是婆媳关系。男女之间最美好的感情是恋爱时期,爱着恋着依依不舍,坐着睡着无时不想。这个阶段的交流互相都有节制,很少露出本来面目,隐藏得很深,直至领了那一张'通行证'进入合法的婚姻程序,相互慢慢地现出原形——狰狞的、丑陋的、粗俗的、自私的、无理的、野蛮的,一切让人厌恶的言语行为一览无遗展现给对方,吓人不吓人?失落不失落?此时后悔晚矣!而解除婚姻关系是唯一的出路或者说活路……所以,与其说我成全了她,倒不如说她解放了我,让我顺利地实现了'大逃亡'。"

邵奇还像十年前一样，对严兵这个学生加朋友十分信任，无话不谈。只见他突然面露喜色，两眼放光，说："我现在是自由之身了！嘿嘿，我今年四十四岁，你也知道我前年刚刚晋升了正教授，去年又搬进了新分给我的这套四室两厅两卫住房；一人住这么大的地方，是不是缺点什么？哈哈哈……"

严兵自然明白他缺什么，他装作糊涂故意说："好像是缺一个说话的东西，对不对，邵老师？"

邵奇责怪起严兵来，说："学语言的，说话一点儿都不严谨！啥叫'说话的东西'！"

严兵装作委屈，话里有话地说："不就是换一个大一些的会说话的东西，比如电视机吗？我哪儿说错了？学生愚钝，请'师座'明示！"

邵奇突然明白严兵是在故意逗他，便一本正经瞪着圆圆的眼睛，直截了当向严兵表明："哈哈，不是换一个大一点儿的电视机，是请一个女主人进来。你真笨！见过反应迟钝的学生，没见过像你这么反应迟钝的学生！"

严兵又逗他说："那就把师母请回来吧，您和师母准备复婚啦？那我先恭喜您和她破镜重圆啦！"

邵奇有点儿恼羞成怒了，发脾气说："呸！我和她复婚，她做梦去吧！亏你能说出这种话来！"

严兵意识到自己玩笑开过了火，急忙道歉说："老师息怒，学生口无遮拦，信口雌黄，冒犯了您！您大人大量，不要为了学生的无知不当的玩笑伤了身子骨，咱还要迎娶新娘子进门呢，只是不知道谁有福气做我的师娘呢？"

邵奇一听"新娘"两个字气就消了，转怒为喜说："没大没小的毛病啥时能改一改！不过我还真有个秘密想对你说，也想听听你的看法，你一定要替我保守秘密！"

严兵听了就来了兴趣，向他保证说："放心，谁说出去谁是叛徒！"

邵奇压低声音神秘地问："你说男人比女人大十四五岁是不是太大了点儿？"

严兵非常坚定地说："根本不算太大！按传统观念大个四五岁算正常，大十岁以上稍显大了点儿。她是谁呀？现在可以向我透露一下了吧？"

邵老师一脸的幸福，嘴巴张了张，咽下一口唾沫，说："她是我的研究生，本硕连读毕业后留校在研究生部工作，今年二十九岁。她叫孙小艳，是你们陕北绥州人。对了，她上过中师英语专业班，说她认识你。"

严兵迅速在记忆里搜寻孙小艳这个女学生的容貌。突然，一个俊俏姑娘的面容清晰地浮现在他脑海，他想起了这个绥州籍学生，她应该是沙师英语专业班第二届毕业生。他显得有点儿激动，对邵奇说："啊呀，我想起来孙小艳这个学生了，恭喜你找了我们沙师当年的'班花'！啊呀，这下你是双喜临门啊！"

邵奇不解地问："双喜临门？啥意思？"

严兵脸上带着得意的笑容说："哈哈，这就有意思了！她是我的学生，我是她的师父，对吧？你成了她的丈夫，按道理是不是就成了我的女婿？"

邵老师一听就急了，说："无稽之谈，没大没小，不能这么论辈分的！"

严兵见状，就妥协说："嘿嘿，这道理摆在那儿的，不论辈分也罢！再说让我叫她师娘也叫不出口啊！"

严兵这年三十二岁，十年后与邵奇老师再到一起时，严兵已是正教授、北方大学外国语学院院长、省高校职称评审专家组成员。邵奇和孙小艳夫妇的儿子正在上小学二年级，孙小艳也已经是副教授并且是研究生导师，是骨干教师。孙小艳对严兵说："严老师，我再过几年准备申请正教授，还望老师多多扶持！"

严兵客气而不乏幽默地说："这还用说，有老师的大面子搁在那儿嘛！孙小艳同学你也不必这么客气，咱都是一家人嘛！"

孙小艳得意地看了一眼坐在一旁摆着老师架子的邵奇，喜滋滋慢悠悠柔声说："您俩都是我的老师，我的进步离不开两位的关心培养，今后还得继续为我费心哩。"

邵奇是三代单传。自从孙小艳为邵家生了邵康后，她在邵家就排在了第三的位子上，全家人都敬着她。去年他们一家三口回老家时，邵奇九十六岁的奶奶露着豁豁牙细声细气地说："我们奇娃子是个孝顺娃，后娶的小艳娃也是孝顺娃，给我们邵家接上了种，咱又有了宝贝疙瘩康康娃，奶常高兴得睡觉都笑醒咧！"

邵奇他爸凑上前对着老太太的耳朵大声说："哎呀妈，咱家的娃哪个不孝顺？都孝顺得太着哩！"

老太太却责怪起儿子来，夹着嗓门埋汰说："你说个话喊啥？我又不聋，靠得这么近，一嘴臭气！"

老太太宠爱的孙子邵奇上前拉住奶奶的手，深情地说："奶呀，咱家老小都爱你呀，你是咱家的老宝贝呀！"

备受老太太宠爱的重孙子邵康满怀深情地说："太奶奶，康康给您磕头啦！祝愿太奶奶福如东海长流水，寿比南山不老松！"

老太太乐得咧着嘴直喊："快起来，我的康康娃，到太奶奶跟前来！啊呀，咱娃看着太让人心疼咧么！"

孙小艳和婆婆及奶奶相处得十分融洽，这让邵奇心里感到很是欣慰。

这日吃过后响饭，老中青三代邵家媳妇坐在院子里老榆树下拉起家常话。

奶奶想知道陕北绥州那地方的饮食习惯，脸上露出好奇的神情，试探着问孙媳妇："艳艳娃，奶问你，你们绥州那边的人成天都吃些啥？"

孙小艳笑了笑，说："我们那里粗粮多，大部分都是山地，种些高粱、谷子、玉米、豆子，麦子和大米很少。我们那儿后响要吃一顿稀饭，下饭菜是黄豆酱和腌莴苣，再烙些粗粮饼子，各家都差不多。"

婆婆语气和蔼地插话问："艳儿，你是城里娃，你知道你那儿农村人吃些啥？"

孙小艳说："都和城里差不多。我外婆家在乡下，吃的菜比城里要好，花样儿多。"

奶奶声音细细地又问："那前响那顿饭都吃些啥？"

孙小艳说："一般就是蒸两面馍和烩菜，再熬些小米稀饭。"

婆婆也再次插话问："你那儿人怎不吃大米、白面馍和面条呢？"

孙小艳失声笑了，说："哎呀妈呀，不是不吃，是吃不上呀！城里人逢年过节国库供应粮每人一到二斤白面大米，比如过年吃饺子的白面和吃大米肉烩菜的大米，就是专门供应的，农村人根本就吃不上，没那些东西也就不盘算吃了。"

老太太和儿媳妇、孙媳妇每逢聚一起就有说不完的家常话。祖孙三代邵家的媳妇融洽相处，带给邵家一派祥和的家庭氛围。

二十二年后的春节前夕，严兵拜望过李敬贤老师后，又来拜访邵奇老师。邵奇对严兵说："啊呀，你还记得我讲过的我的奶呀！真是个有心人！我今年都七十八咧，我奶十年前在我家老屋里寿终正寝，活了一百零八岁，是我们那个地方最长寿的老人。"

严兵一听心里就生出一股崇敬的情怀，羡慕老人家的高寿和善终。他不无感慨地对邵奇老师说："老人家真是个福寿双全的人哪！百岁老人，世间罕见呀！"

邵奇也感慨说："我奶的心态特别值得后人学习！她在八十岁时就说过：'我早就活够数咧！再多余活的都是老天爷赏给我的，老天爷说善有善报哩！'"

邵奇由此悟出的道理是：人要生性乐观刚强，善良自律；生活习惯好，不多吃不多睡，不懒惰不过劳；要多与人交流，不生闷气，为人豁达，与人为善。

严兵心生敬意地望着邵老师光秃秃的脑袋、圆圆的而且依旧有神的眼睛、肉嘟嘟的大鼻子，就觉得他可亲可爱，不由得称赞他说："您说得太对太好了！她老人家就是寿星中的楷模，我们都应该像她那样活，人生才精彩！"

严兵问起他儿子邵康的近况，邵奇一脸的自豪，兴奋地说："我终于要当爷爷了！"

严兵高兴而感叹地说："是呀！邵康都已经三十四岁了，确实不能再拖了！听说他在医学院准备申报正教授了？他出国读了博士回来才三年啊！是破格吧？2020年您家要双喜临门啦！如果刘娜生个男娃，那就是三喜临门！"

邵奇眯着眼笑，说："男娃女娃我都高兴，锦上添花的事也有可能吧。"

六十三岁的孙小艳看上去依然漂亮，从背影看上去像个身材苗条的姑娘。

她热衷于跳广场舞，是校内离退休处广场舞队的队长；她还参加了老年合唱团，是合唱团的领唱之一。孙小艳的退休生活丰富多彩，每天忙忙碌碌，人显得很精神，和老伴邵奇走在一起，不知道的人还以为他们是父女俩。

孙小艳这日晨练后跟着离退休处原来的干部杨莉一道去买菜。杨莉是个个性温柔、头脑清楚、看上去精神饱满而端庄的女人，和孙小艳很能谈得来。两人出了校门向右拐直接顺着马路往杨家村菜市场走去。杨莉对孙小艳说："我们家老李最爱吃鱼啦！哎哟，两天没吃到鱼就直嚷嚷饭菜没味道，没食欲，今天一定记得要买一条鱼！"

孙小艳笑了笑说："理解理解。你家老李是上海人，个人饮食习惯从小就养成了的。像我家老邵，一天必须要吃一顿面，不是油泼辣子裤带面就是臊子面，他说一天不吃面就觉着一天没吃饭似的，饥得慌！他是地道的陕西人，吃面是他的饮食习惯，也可以理解嘛！"

杨莉也笑了，说："这陕西人互相请吃饭，先是显摆要阔上了一桌子好菜，临了可又吃喝着每人要一碗几块钱的面，说不吃不尽兴，可搞笑啦！"

杨莉的老伴叫李阿强，原在校外事处当处长。他还是严兵的同班同学，而且两人关系一直不错，经常有往来。李阿强后来干了几年外事处处长就被借调到外交部，被派往北欧的中国大使馆工作，一直到快退休时才又回到学校。

孙小艳拎着一篮子新鲜蔬菜回到家里。她见严兵正和邵奇兴致勃勃地交谈着，就热情地打招呼问候他："啊呀，严老师您来看邵老师啦！好长时间不见您来啦！还带的烟酒，您太客气了呀！我还想着去给您拜个早年哩，我老家亲戚带来不少羊肉、年糕和红枣，正好您带一些回去过年吃。"

严兵客气地说："好好好！不要多拿，家里就我们俩，吃不动！"

邵奇点上一支烟抽了一口，说："现在市场东西丰富得很，要啥有啥，物资充足，种类繁多，物价又很稳定，老百姓的日子过得舒心安逸。现在人们家里大米白面随便放开吃，孙小艳说她老家农村现在都得买粮吃呢，退耕还林后农民都不种地了，拿着政府补偿的钱买白面大米吃，说明国家富裕了，追求环境优美的新农村面貌，要的就是山川秀美一片绿的自然生态效果——科学统筹规划，哪里产粮，哪里产肉，哪里产煤，哪里造林，各省不同地区各司其职、互相补充，良性运转，实现了科学规划、科学领导。"

孙小艳用崇拜的眼神看着老邵，情不自禁半开玩笑称赞老伴说："啊呀，邵教授的理论一套一套的，就像个大领导讲的话！"

严兵接过话，风趣地说："嘿嘿，孙小艳同学，你以为我们'师座'只会翻译别人的作品吗？"

孙小艳突然就对"师座"这个称谓产生了好奇，她问严兵道："呵呵呵，严老师我请教您，多少年来常听你们这一批老学生叫他'师座'，不知道他怎么就有了这么个外号？"

邵奇一听，禁不住笑了起来："哈哈哈，你让严兵讲给你听，还挺有意思哩！"

严兵也跟着笑，继而说道："呵呵，说来话长。记得那时邵老师的翻译课颇受学生欢迎，这课讲得好的人架子也就大一些，他多次在开讲前批评值日的同学：'你们看看这讲桌，看看这座椅，全都是粉笔灰，让老师怎么坐？老是提醒你们要把"师座"擦干净，就是不长记性！"师座"和你们的座位一样，记住"师座"也是座！'他把老师的座椅简称'师座'，而且反复强调要保持师座干净，同学们认为邵老师未免有些小题大做，但对他的批评又敢怒不敢言，于是就背后叫起他'师座'来。"

邵奇听着就接上话说："后来我知道了他们叫我'师座'，我就问学习干事严兵怎么回事。我记得当时严兵一脸诡异笑着给我解释说：'哦，邵老师您别介意！您说的"师座"是讲台上的那把老师座椅的简称，我们同学叫您"师座"是一种尊称，就像电影中"委座"呀，"军座"呀，"处座"呀一类的称呼，您是老师嘛，又没有官衔，就只能称呼您为"师座"啦！我保证绝对是褒义，没有丝毫贬义！'"

邵奇回忆说："我当时还是挺信任严兵的，他在我印象中是个诚实的好学生。于是'师座'这个称呼我就认可了。"

孙小艳听罢她老伴外号的来源，对老伴说："老邵你明白你的'雅称'的真正含义了吗？"

邵奇瞪着圆圆的眼睛，认真地说："我当然明白了。由戏称变为尊称，对不对,严兵?你说老实话!"

严兵被老师的大智若愚和大度宽厚感动了,敬佩地望着邵老师说:"师座,您的城府太深了!您永远都是我的师父!我永远都是您的门徒!"

邵奇看着眼前的两位学生悠然而严肃认真地说:"哎呀呀,本师座平生最不爱听你们这帮徒儿花言巧语的表白啦!还不如请我吃一顿臊子面实在!小艳,咱请严兵同学吃手工臊子面,你先把面和上让面醒着,让师座今儿亲自做臊子,露一小手……"

第五十六章

这几年严兵可谓顺风顺水。

学校的"烂尾楼"终于竣工了,严兵分到了一套四居室的新房,开始和妻子柏兰谋划装修的事。

韩冬知道严兵没有多少钱,想着装修一次不容易,手头钱多一点儿,对装修就会多一些想法。他希望老朋友把房子装好一些,于是这天上午去银行取出了他仅有的两万元存款,想给严兵一个惊喜。

韩冬进门就喊叫开来:"啊呀,准备装修新房呀!目前是校内最大的四室两厅两卫呀!鸟枪换大炮了呀!"

严兵被他逗乐了,也逗趣着说:"啊呀!真不愧是学中文的!啊呀!一进门就叽里哇啦!啊呀!感叹句连着发呀!"

韩冬坐在沙发上,双手握着一个牛皮纸信封,神情显得有些不太自然,像是紧张,又像是有什么话不好意思说。严兵感到他有点儿怪怪的,就试探着问:"老韩找我有事?有啥不好意思的嘛!"

老韩似乎是鼓起了勇气,说:"啊,我有两万块的存款,今上午取了,你装修用吧!钱不多,呵呵,多少是个心意嘛!"

严兵很是感动,说:"你这是倾尽所有啊!让我说啥好!老朋友这份心意太让我感动了!我先收下了,等宽裕了再还你……"

严兵的一个沙州师范学校英语专业班的学生,叫白向荣,毕业工作后停薪留职当起了包工头。不到十年白向荣就发了财，自己办起了建筑公司，有两个自己的建筑队。他也由一个中学的穷酸教师变成了腰缠万贯的私人公司大老板。

白向荣到西京办事，顺道看望了久别的严兵老师。他看到严老师正忙着装修房子，临别时便留下一张银行卡，趁严兵去卫生间的空当，写了密码，悄悄压在他带的礼包底下。严兵在白向荣走后发现了那张卡。次日他去银行插卡查看时吃了一惊，上面竟然有五十万元！他庆幸自己无意中记住了白向荣住的宾馆，当天下午就去了宾馆。白向荣没在，于是他坐在大厅等候白向荣回来。

白向荣看到严兵时也感到有点儿意外，随即便明白了怎么回事。他心里十分敬佩严老师丝毫不为金钱所动的人格，极力劝说道："啊呀，严老师，这是当学生的一份心意嘛！人常说一日为师，终身为父嘛！儿子给父亲放几个钱表示一下孝心你咋能不收哩？你要是不收就太看不起我这个学生了！我的心里会很难受哩！"

严兵看他一片真情，为了不拂他的一片心意，便对他说："向荣你看这样行不行？我也不能完全不顾你的深情厚谊，那就象征性地收一点儿钱，这样你也表达了你的情义。"

师生俩开始了"讨价还价"。

老师说："我收上两千块，咋样？"

学生说："二十万，可以吧？"

老师说："绝对不行，啥叫'象征性'？！"

学生说："那您说最低多少？"

老师说："你说个底数吧。"

学生一咬牙，说："那就两万吧，不能再少了！"

老师心一横，用陕北话说："就两万，你真是个倔脑子！"

几年后，白向荣十八岁的儿子白振祥参加高考。成绩下来后白向荣做主让儿子报了一所西京的建筑学院，他自然是想着将来子承父业。白振祥从小喜欢画画，原本是想报考美术学院的，拗不过父亲就屈从了。他的绘画才能在建筑设计方面同样派上了用场，还获得过几次大奖。白振祥心里装着"有志者事竟成"六个大字，建筑设计专业本科毕业后，他以优异成绩考取了西京美术学院的硕士研究生，实现了他的愿望。

严兵很喜欢白振祥。小伙子高大英俊、质朴向上、谦恭礼让，是一个很有才气的青年后生。严兵有两个中学同学在美院当教授。白振祥准备报考研究生时，严兵把他介绍给了自己的老同学——国画系的郭艺声教授，请郭教授给白振祥指点一下。后来白振祥做了郭艺声的弟子。三年后，郭艺声推荐白振祥留校任教，对这位得意门生十分器重。又一年后，白振祥娶了同在美院任教的恩师的爱女为妻，成了郭艺声的乘龙快婿。

严兵对白向荣感叹说："啊呀向荣，这世上的缘分还真有意思！咱俩有缘带来了我和你儿子的缘分，又引出了你儿子和我同学一家的缘分，这就是缘中缘啊！对不对？"

白向荣心存对老师的感激之情，深有感触地说："啊呀呀，严老师呀，谁说不是了！这缘分是老天爷定下的，谁也改变不了！你对我有恩，我有福气这辈子遇上你这么好的老师，啊呀呀，可是感觉到幸福了嘛……"

严兵一下子就感到白向荣这个人的经历特别有意思——过去吃个白面馍馍就觉得自己过年过节的人，一下子就成了腰缠万贯的富翁！这种变化和反差引起了严兵极大的兴趣，于是他向白向荣问起了发家致富的过程。白向荣用手捋了一把茂密的黑发，看着眼前这位他敬重的老师，若有所思地慢慢说道："啊呀，严老师呀，这话说起来就长了！

"我1981年从咱学校毕业到现在有近二十年了吧？如果一个人有四个二十年，我已经用了两个了，我在这第二个二十年经历的事情都可以写成一本有意思的小说咧！

"我回到乡里以后，我们公社的书记对我说：'哎，向荣你从中师毕业回来就在咱公社教书吧，也算是回到母校了嘛！你原来的语文老师李文强当校长着哩，你拿上介绍信找他报到去吧。'

"我在公社中学教了两年书，教过语文和英语两门课，两年时间就办了一件事，和我们学校的另一名语文老师结了婚。她叫丁爱芳，比我大三岁，是咱沙师语文专业毕业的学生。她1978年毕业后一直在学校里教学，谈过几个对象都没成，年龄一下子就闪大咧。她人长得漂亮，要求比较高，和我遇到一块就对上眼哩！我爸我妈听说她年龄偏大，开始有些不同意，我就说，女大三抱金砖了，我就要娶她做老婆！我爸我妈看我态度坚决，最后也就同意咧。

"我和爱芳结婚一年后就生下了一个儿，就是白振祥。我爸我妈和爱芳她爸她妈，四个老人家亲一个孙子，当宝贝疙瘩一样疼爱娇惯。我教了两年书后就不安心了，爱芳就也急起来，对我说：'啊呀，向荣啊，我看你火烧火燎的样子我心里头也堵得紧！不如你办上个停薪留职的手续跟上我二爸的包工队干吧？唉，就怕你吃不下那个苦！'

"我当时信誓旦旦地对爱芳说，吃苦我不怕，只要能挣大钱就行！

"我干了一段时间苦力活，后来她二爸丁胖子看我机灵就让我跑材料，我就干起了采购员的工作。三年后我完全弄明白了包工队这里头的行行道道。俗话说，饿死胆小的，撑死胆大的！我就有了自己干包工队的想法。

"她二爸丁胖子人厚道，又加上是亲戚，对我的想法并没有反对，他对我说，年轻人想干一番事业是好事，担点儿风险也没什么，人都是干事才慢慢成事的。

"我诚心诚意地给他说：'二爸以后你还得多多帮衬我哩。我遇上难处咧，少不了要麻烦二爸你哩！'

"她二爸爽快地应承说：'不怕的，有事你只管来找我！'

"于是我抓紧时间就拉起了一个大几十号人的包工队，凭关系先揽了一些小活干了起来。我逐渐领悟到人一生的命运是怎么回事——就是运气嘛！运气来了，你主动积极地抓住了，你就把事办成了，就这么简单！机会不来你就主动去找，要动起来，老坐着等机会来屁也不顶！我从来不信天上掉馅儿饼的事！"

白向荣说到这里，看到严老师听得很专注，停下来不说了，递上一支烟给严老师点上火，自己也抽起了一支，若有所思地看着茶几上的那盒软中华香烟……

严兵开口鼓励他说："向荣你说的这些都很好！你再给我说说，我很喜欢听你说你对世事的理解，我还真有些茅塞顿开的感觉哩！"

白向荣受到鼓舞，说："啊呀，那我可不敢在老师面前班门弄斧！我说的话很肤浅哩，不过都是我的真实感受！我认为人要活得有志气，穷和苦并不可怕，可怕的是没有骨气。有不少人就想着靠别人施舍，靠政府救济，不愿下苦，不敢去闯，甘愿受穷。我最看不起这号人哩！"

严兵听他这样说就问他："向荣，我问你一个问题。你说你的建筑公司如今办得这么大靠的是什么？是运气还是勤奋？"

白向荣由衷地说："是靠运气和实干巧干。运气主要是大背景下的政策好，没有这个保证，谁也干不成！"

严兵笑着说："我们都遇上改革开放这个大势！老百姓对生活有了盼头，日子一天比一天好，柴米油盐不发愁，精神生活也越来越丰富。"

白振祥和妻子郭蓉四年前到法国留学，在敦刻尔克美术学院油画系攻读博士学位。如今，二人双双获得了博士学位。他俩六岁的女儿白妮正在上小学预备班，能讲一口标准的法语，还常常纠正爸爸妈妈的发音。

夫妻俩计划回国探亲，带着女儿白妮一块回去看望四年未见面的双方父母。他们一家三口已入了法国籍并且小两口已留在敦刻尔克美术学院任教。

严兵接受了白向荣的两万元，原封不动将韩冬拿给他的那个牛皮纸信封送还到老朋友手上，调侃说："老韩，两万块还给你，我有钱了。再说穷有穷的装法，钱多未必就装修得好，我的原则是简单明快、雅致大方，不搞花里胡哨那一套，弄得俗里俗气像个刚进城的乡妹子！"

韩冬被严兵的形容逗笑了，问道："呵呵，你说说刚进城的乡妹子是个甚样子？"

严兵大着胆描述说："哈哈，不就是烫了卷发头，穿了高跟鞋，一身花花的连衣裙，脸是黝黑黝黑的，张开大嘴露出一口黄黄的牙，走路一摇一摆迈着大步，边吃东西边发出响亮的吧唧声。哈哈，是不是这样？"

老韩不顾斯文放声大笑起来："哈哈哈哈哈哈，啊呀笑死我了！你这描述得挺生动形象呀！啊呀，这形象进了你的新房子可俗到家了！"

严兵笑着说:"所以咱不能像许多人装修那样,把房子硬是给整俗了!钱花了不少,效果令人不敢恭维!我现在手上已有十万元了,我的一个发了财的学生硬是'赞助'了我两万元!够用了,就把钱先还给你,不够再来找你。"

严兵本来就不忍心用韩冬仅有的两万元存款,那是他多年省吃俭用攒下的以备急用的钱。

郗继生手里拎着一个蓝粗布小口袋,里面装着十四个他上午在家蒸的馍。他在刘放"站岗"的老地方寻了一遍,把附近几栋楼都看遍了,就是不见刘放的人影。他开始胡思乱想起来。他妈上午看着他蒸好馍还反复叮咛说:"啊呀,继生娃呀,多给老刘带些馍去,一天吃两个,一个礼拜吃十四个,对不对?"

郗继生大声说:"嗯,妈呀,我知道咧,你数数还数得清楚得很!不像个一百岁的老太太!"

老太太埋怨儿子说:"说个话那么大声干啥,我又不聋!"

老太太活得有心劲儿,一百岁了眼不花耳不聋,脑子清楚,还能帮着儿子干些简单的活。她心里放心不下独身了一辈子的儿子,常对郗继生说:"妈不能死,妈死了你一个人连个说话的人都没有,你咋活呀!妈啥病也没有,还能多活些年!"

老太太每天早早起来,手脚不停地打理着院子里种的菜、种的花和养的一群鸡,时不时提醒儿子说:"继生娃呀,能去集上卖菜和鸡蛋咧!"

严兵安顿刘放打上吊针后从校医务所往家里走,看见了郗继生在几栋楼前徘徊,就上前去问他:"郗老师您在找刘老师吧?"

郗继生一看是严兵,急着说:"小严呀,平日星期一上午老刘准准地在这儿'站岗'哩,今儿咋都寻不着人,我担心他出了个啥事情,把我急的!"

严兵忙说:"刘老师在医务所打点滴呢,昨晚吃剩饭坏肚子咧!我早上不见他'站岗',就去了他家一趟,见他躺在床上就送去医务所了,医生说问题不大。"

郗继生一听便匆匆去医务所了。

刘放见到郝继生立马变得嬉皮笑脸，说："我正担心你寻不着我会着急哩！"

郝继生观察着刘放的状态，说："碰着小严咧，就急忙过来咧！感觉怎么样，又胡凑合着吃坏肚子咧？以后可不敢乱吃！"

刘放笑了笑，毫不在乎地说："没事，以后注意不吃咧。"

随即他又神秘地左右看了看，伸手在胸口的口袋里摸了摸，便说："老郝，我给你一个人说说我写给自己的'悼词'。昨晚上写了一个通宵，总算是比较满意咧，我给你看一下。"

悼词全文如下：

> 常言道：人活七十古来稀！刘放今年九十有一，已是耄耋之年的老人了！他的身躯固然已衰败，但他的灵魂永远是强盛的！刘放说，人生酸甜苦辣冷暖孤寂是常态，不足为叹。他的一生是快乐的、无憾的，是欢喜地离开人世的。他一生爱过两个女人，一个弃他而去，一个和儿子一起惨遭不幸过早离世。他从此无妻无儿无女，只身孤影过了余生，倒也无牵无挂，看破了红尘，超然而逍遥，如痴而如梦，白日似人与人相处，夜晚似鬼与鬼相伴，阴阳界内漂泊不定。
>
> 刘放在人生舞台上扮演着悲剧的角色，也扮演着喜剧的角色，苦中有乐，乐中有苦，戏结束了，生命也结束了！人生大都如此，不足为奇！
>
> 回顾在人世间的九十余年，感恩之情难以言表却又溢满心间，无力自持，说出一二，以释情怀！
>
> 刘放几十年来谨言慎行，而今刘放想敞开心扉大声说一次话，大声呐喊出心中的所思所想！行将就木之人，何惧之有！
>
> 我是新中国成立初期毕业的大学生。我以报效祖国的思想勤奋工作，不敢有丝毫的松懈。
>
> 我两次受罚两次解放，磨平了我的棱角，耗尽了我的心气。四十六岁的我再次回到北方大学时，早已不是人们印象中的刘放了；

我脸上永远挂着讨好人的谦和笑容，将自己活成了北方大学内的隐形人；我名为教授，却还不如院子里打扫卫生的老汉们活得自如硬气！

　　我后半生最幸运的事情就是结识了郗继生。我们俩成了无话不谈的知心朋友。他给了我太多的理解和同情，给了我太多的快乐，还给我吃了很多世上最好吃的馍！

　　我死后，请郗继生为我念我写给我自己的悼词。我死而无憾了！

　　郗继生读完了这篇显得有些不羁却又真实感人的"悼词"，热泪盈眶地看着刘放，一时说不出话来。刘放打破沉默开口问："老郗你给我拿的馍呢？我这会儿感觉肚子舒服多了，想吃一个馍。"

　　老郗擦了一把眼泪，破涕为笑说道："老刘你不能死，我每周还要给你送馍呢！"

　　刘放坚强而满怀激情地说："不怕死的人急忙死不了，我和你妈都不能死，陪着你一起好好活！我要活到一百岁……"

　　白向荣和妻子丁爱芳在西京曲江新区买了两套房，从此就在西京定居下来。丁爱芳满足地对白向荣说："啊呀，这下子可是弄好了么！咱们婆姨汉两人总算是有了稳定的生活，不用东奔西跑流浪了！还是你有远见，一下子就买了这门对门的两套房，又装修得这么豪华，比宾馆还舒服，咱的儿和儿媳妇还有孙子，一回来就住在一起，多美气多方便呀！"

　　白向荣挤眉弄眼飘飘然说："哈哈，你也不看看是谁家老公办的事么！我真羡慕你哩！"

　　丁爱芳没反应过来，有些不明白他的意思，眨巴着眼温情地问："你羡慕我甚了？"

　　白向荣挑明了话自我显摆说："啊呀，羡慕你找了这么聚劲的老汉嘛！要人样有人样，要本事有本事！"

　　丁爱芳心里喜滋滋的，嘴上却调侃："呵呵呵，看把你能的！不过话说回来，嫁汉嫁汉穿衣吃饭，我的命好才找上你这么有能力的老汉，向荣你说我说得对不对？"

丁爱芳做女人做得好，做得很成功！

她把比她小三岁的丈夫"调教"得服服帖帖，白向荣心甘情愿一切听从老婆的调遣。在白向荣眼里，爱芳是最有魅力的女人，二十多年来他始终都是这种感觉，对他来说不存在喜新厌旧，因为他从来没有喜欢上其他女人，他的爱芳永远都是美丽的！

第五十七章

沙州师范学校英语专业班学生毕业后大都当了中学英语教师，改行搞行政的人寥寥无几。白向荣算是弃教从商的成功人士，在学生中并不多见。还有一位弃教从政的学生，最后官至正县团级，此人值得一提。

郭州生是沙师英语专业班第一届毕业生。他是个品学兼优的学生，一直担任着班长的职务，同学们很拥护他，他在班上很有号召力。严兵作为任教老师和副班主任，和他接触比较多，对他的印象很好。这个班的班主任由校长贡文光亲自兼任，可见学校领导当时对英语专业班的重视。

郭州生从外表看敦实憨厚，脸上总是挂着笑容，给人以一种稳重而值得信任的感觉。他的言语并不多，头脑却十分聪明，是那种心中有数的人。他说得少做得多，能拿得住事，对班主任贡文光言听计从，让贡文光省了不少心，因此深得这位校长级班主任的赏识。

他还主动当起了贡校长的家庭勤务员，星期天就在贡校长居住的小院里帮着干杂活，进进出出忙得不亦乐乎。他对两位班主任并没有表现出厚此薄彼，而是面面俱到。他自己掏钱买了一个大铁皮水壶，每天到食堂吃饭时就顺便提一壶开水送到严老师宿舍。

严兵一开始很是不安，对他说："州生啊，你用不着每天专门给我打开水，贡校长年龄大又是长辈，你给他帮忙干活就行了，不用怕我有什么看法！"

郭州生憨笑着说："啊呀，严老师您太见外了！一日为师，终身为父嘛！

儿子给老子做点儿活是分内的事嘛！"

严兵被他逗乐了，说："哈哈，你这么说我可担当不起！我只不过比你大两岁，可不敢儿子老子地乱说！咱们是同龄人！"

郭州生固执地说："啊呀，严老师您这么说我也不同意。怎么说老师也是长辈，对不对？您今后就把我当成个儿看待，让我给您跑腿，保证随叫随到！"

严兵耐心地劝说道："州生呀，你看看我左邻右舍都是老师，让人家看见了影响不好，我一个年轻人让另一个年轻人给我打水、服务，不成体统！"

郭州生不以为然，反过来劝严兵说："啊呀严老师，您也太多心了，过于谨慎了吧？您就放宽心让学生为您跑腿服务吧！"

严兵看到他湿了眼眶动了真情，心里一感动，便默许了……此后州生打水就自然而然成了常态。

有一天下午郭州生送水时顺便向严兵汇报说："咱班里女生提出一些意见，严老师您知道不知道？"

严兵问："州生，她们提了些哪方面的意见？"

郭州生看了看严老师的表情，吞吞吐吐地如实说："提了些语音课学习遇到的困难和出现的问题。"

严兵笑了笑，鼓励郭州生不必顾忌什么："你只管说，具体有哪些困难，哪些问题。"

郭州生说："主要困难就是语音不好学，怕是学不会了，学不好了！她们说自己连普通话也说不了，洋文能说得了？有畏难情绪哩！问题主要就是好多女生口腔器官出现了小毛病，有的饭也吃不成了，直喊叫喉咙疼，咽不下东西。"

对于专业学习上出现困难的学生，严兵利用晚自习时间给他专门进行了讲解，将汉语拼音和英语语音中相同或相近的音素与字母进行了对比分析，对英语中比较特殊的音素进行了进一步指导，逐步解决了同学们学习上的困难，消除了大家的畏难情绪。班主任贡校长则从思想工作入手，与部分女同学座谈，关心解决她们的问题，语重心长地勉励她们克服困难，继续努力，过好语音这一关，切不可半途而废……有的女生面对父辈一样的贡校长撒娇诉苦说："哎呀贡校长，你是不知道我的痛苦有多大。背地里我一个人坐在墙角号了好几回了，哎哟，心里憋屈得没个说处嘛！"

贡校长理解地点着头，嘴里同情地说着安慰的话："啊呀可不是嘛，有苦说不出来嘛，可怜的娃娃……"

有的女生声音嘶哑着就哭诉开了："啊呀呀，贡校长呀，呜呜呜——你是没受过这种罪，呜呜，吃不成饭，连口水也喝不下去，三天都没尿一泡尿，火气大得满嘴都是泡，可是难活了！"

贡校长看着嘴唇上起泡的女生，心疼得直喊叫："啊呀呀，看看成了什么样子了！受了大罪了嘛！不能练了，歇着吧！"

唱歌唱得好，练语音最上劲儿的圣林县来的学生王巧英情况也比较严重，有气无力地诉苦说："贡校长哟，啊呀呀，看看我原来一个活蹦乱跳的猴女女，唉，现在变成甚模样了！眉脸肿得像个人饼子，见不得人了，只能戴个人口罩包起来！"

贡校长忍俊不禁，笑着说："呵呵呵，你这个俊女女让口罩包起眉脸一满看不出个丑俊了！严老师也是盼你们成才心切，让你们练得猛了些，急了些，也是一片苦心嘛！我回头也劝劝严老师放慢一些节奏，欲速则不达嘛！"

另外一个家在沙州的干部子女杜丽丽抢着说："啊呀贡校长，你是没领教过严老师鼓动我们苦练语音的本事！在课堂上，今天讲一个爱因斯坦的故事，明天讲一个陈景润的故事，总之是充分让我们行动起来，比学赶帮超。半夜鸡叫一样，同学们一个比一个起得早，四五点钟就起床喊叫起来了……"

贡文光所做的思想工作让严兵很不愉快。他有些敢怒不敢言，窝着一肚子火发不出去。这天早上走进教室他就沉着脸只冷冷交代了几句，让学生自己练习语音朗读，自己站在讲桌前默默地看起书来。

同学们都看出了严老师的情绪不正常，平日里活跃的课堂气氛让严兵一张板着的脸压得死气沉沉。上完两节相当于自习的课，严兵没说课后作业的事就冷着脸离开了教室。他一走出教室，全班同学就炸了锅似的，纷纷议论开来……

几个平时爱说话的男同学有一个抢着说:"肯定是受了贡校长的批评咧,要不怎板着眉脸么不高兴呢!"

"说不定就是女生们乱提意见让严老师晓得了,贡校长又批评了严老师。"又一个男生补充说。

"啊呀,不知道女生们乱说什么了,严老师要求苦练语音有甚错了?"另一个男同学愤愤不平地说。

严兵一脸的怒气,坐在贡校长办公室沙发上自顾自抽着烟,一言不发等着办公桌前坐着的贡校长开口说话。

贡校长放下正在翻阅的一份文件,抬头看了看闷着头抽烟的严兵,有些歉意地说:"哎呀严兵,你有些误会我了,当然我那天转达同学们的意见也太直接了些,让你错理解了同学们的本意,这是我的问题,我的方法不当,我向你道歉!不过,我希望你不要把这种情绪带到课堂上去,影响正常教学!"

严兵抬头看着贡校长,话中带刺大胆直言道:"呵呵,校长大人的道歉我可不敢当!不过你能有这种认错的态度倒也难得,在你们当领导的人中很少有屈身认错的人。由此看来你本质上是个好领导,只是处理问题的方法上有待改进提高!你说我说得对不对?"

贡文光一听哈哈大笑起来,有些惊奇地注视着眼前这个年轻下属,开玩笑说:"啊哟哟严兵哪,没看出来呀,你还有这水平!像是地委书记找我谈话批评我哩!你这几句话的措辞和语气让我刮目相看哪!你真不愧是学语言的人哩!"

严兵的怨气并没有消除,又对贡校长提出了意见:"做学生的思想工作没有错,可你把座谈会开成了诉苦会,好像是回到了万恶的旧社会,我倒变成了周扒皮,费尽心思折磨学生,弄得他们对我苦大仇深,你这不是帮倒忙是什么?!"

贡校长耐着性子听完严兵有些"放肆"的牢骚,不失气度地解释说:"呵呵,我倒是很佩服你鼓励同学的水平哩!实际效果比起周扒皮的半夜鸡叫来,可以说更胜一筹!青年学生娃娃们哪能经得住你讲的那些科学家伟大精神的鼓舞激励,个个争先恐后,凌晨三四点钟就有起床练习语音的同学,人家其他班的学生纷纷议论说外语班的学生是一群疯子,学习起来都不要命了,吵得人没法睡觉!"

严兵不以为意地问:"那您是说我的做法是错误的?"

贡校长认真地说:"怎能说是错误的呢?是方法上有待探讨,要引导同学们劳逸结合,更加合理地支配时间,用更加科学的方法进行学习。"

严兵陷入了沉思……

郭州生对自己的前途有他的打算。

"吃得苦中苦,方为人上人",这是他当乡村小学教师的老父亲从小就灌输给他的思想。鲁迅先生也说过:"横眉冷对千夫指,俯首甘为孺子牛。"郭州生对此的理解是:要能够吃得了亏、吃得下苦;要不惧旁人指责,能够低声下气讨人喜欢。先当孙子再做爷本就是社会规律!人的命运掌握在自己手里,就看你怎么个做法!他从入学起就坚定不移地"装孙子",现在已初见成效——关键人物贡校长和严老师已表现出对他的信任和喜欢。他的目标是先留校任教,然后再图进一步发展。他还有一个愿望,就是找一个心仪的女同学做老婆。

郭州生近日心里一直有些忐忑不安。他很后悔把女生们学习中的问题汇报给了严老师,又多此一举汇报给了贡校长,结果弄巧成拙,搞得严老师大为光火,见到他时一反常态,态度不冷不热。他想对严老师解释这件事,可又不知如何开口,于是便在严老师面前小心翼翼地察言观色,寻找机会。

班上文体委员高爱英和郭州生是来自同一个县的老乡,平日里因为班务工作两人接触不少。高爱英的父亲是县文教局局长,母亲是县妇联主任;她家庭出身优越,人长得又漂亮,性格也活泼开朗,能歌善舞,非常活跃,班里同学都很喜欢她;郭州生一直变着法地接近她,可始终摸不透她究竟对自己有没有想法,而他自己也不敢贸然主动向她表明内心的爱慕之情。

其实,高爱英最能理解郭州生表现出的谦恭;她认为一个年轻人能做到这一点很不容易,这足以说明他是个有肚量的人;她甚至对他产生了同情和爱怜;她的情商比同龄女孩子显然要高出许多,她总是愿意站在对方的角度设身处地考虑问题，看待问题从不偏激。

高爱英主动向郭州生问起了他有什么需要她帮忙的事，这让郭州生出乎意料，同时受宠若惊不知说什么好。高爱英直截了当问他："哎，郭班长，我看你这几天心神不宁，心不在焉，有什么为难的事说出来咱一起商量解决！"

郭州生心里一阵温暖，脑子里乱了方寸，语无伦次地说："啊呀高爱英同学，首先代表我自己，不不不，我是说我自己心里感激你关心我哩！我没甚心事，你不必操心，不要担心，呵呵，我慢慢就解决好了，没什么大不了的事！"

在高爱英追问下，郭州生向她坦白了自己内心在严老师问题上的不安和焦虑；他们俩第一次打开了心扉，畅所欲言交流了思想，互相表露了毕业后何去何从的一些想法……

高爱英含情脉脉地对郭州生说："州生，以后有甚事咱们一起商量，不要窝在心里头不说，行不行？"

郭州生兴奋地盯着高爱英俊俏的脸庞，鸡啄米似的一个劲儿点头，心中激动之情全然显在脸上，眼里的爱慕像两团火，直把高爱英撩拨得满脸通红，浑身发热，不能自已……

俘获了高爱英芳心的郭州生像是换了一个人，精神饱满，情绪高涨，似乎从一个乞丐一夜之间变成了万元户，打了鸡血般蹦蹦跳跳事无巨细忙活着班里的工作。

严兵脸上带着笑容，恢复了往日的激情和幽默，在课堂上和学生们展开了热烈的教学互动。这天离下课还剩五分钟时，他心血来潮给同学们唱了一首英文版的《国际歌》，赢得了全班同学经久不息的掌声。大家围着严老师，请求严老师教唱这首英文歌。严兵说歌词有一定的难度，但是下功夫还是可以学会的。他答应利用晚自习时间先教同学们学会朗读《国际歌》的英文歌词。

贡校长惊奇地看着全班同学照着那张大白纸上抄写的《国际歌》英文歌词反复大声朗读，心里不由得感慨起来：到底还是年轻人哪！朝气蓬勃，活力四射！严兵这个与学生同龄的年轻人，的确是个难得的人才啊！

晚自习后，班长郭州生和文体委员高爱英围上前来兴奋地问严兵："严老师，咱学习朗读歌词都两个星期了，是不是可以学唱了？"

严兵看着抢先问话的高爱英，抬起右臂向前一挥，充满激情地说："水到渠成！功夫不负有心人！明晚开始学唱！"

郭州生不失时机地称赞严老师："啊呀！严老师这个挥手式子可硬了，像电影《列宁在1918》中的列宁！"

严兵一脸笑容，表现出受用的样子，说："呵呵，这话我爱听！"

1978年6月19日下午，贡校长召集班委会全体成员开会，专门讨论研究建党五十七周年全校歌咏比赛准备节目的事情。

贡校长对大家说："这是献给党的生日贺礼，也是咱们学校首届英语专业班一次难得的公开展示风采的机会，因此大家必须充分重视这次比赛，首先把歌选好。高爱英你作为新当选的副班长兼文体委员，排练的任务就交给你了，我和严老师全力以赴做好后勤工作。"

高爱英满怀信心，激动地说："请贡校长和严老师放心，我一定全力以赴，保证把节目排练好！其实会前我和州生，哎呀不不不，是郭班长，我们俩已经初步议了一下，就准备两首歌：一首是必唱歌曲《没有共产党就没有新中国》，第二首自选歌曲咱就唱英文《国际歌》，既符合大主题又能体现咱的专业特色。"

贡校长眼睛一亮，立即表示赞成："这个提议好，我还真没想到这一点！"

严兵随即也兴奋地说："这个提议说到我心里头咧！啊呀，我突然又有了一个大胆奇妙的想法，如果实现了，将是这次比赛最震撼人心、最大的亮点，会被写进校史的，具有史诗般的纪念意义！"

高爱英迫不及待地问："严老师，是什么奇思妙想，你快说呀！急死人咧！"

贡校长也笑着说："严老师你就不要卖关子了，快说给大家听听！"

严兵的态度瞬间变得慎重而严肃，说话语气像是在地下党小组会议上提出重大决议一般："同志们，这是最后的斗争，让我们团结起来向明天，英特纳雄耐尔一定会实现！同志们，我们的重量级人物是不是应该亲自投身到比赛中去?"

大家虽然不解其用意,但都附和着说应该。严兵就又启发大家说:"那么亲自指挥唱英文版《国际歌》的人物应该是在座的哪一位?"

大家突然醒悟,高爱英和郭州生随着严兵异口同声地说:"贡校长!"

于是贡校长和高爱英分别担任了两首歌的指挥,高爱英成了贡校长的教练。与此同时,高爱英还有预见性地私下对严兵建议说:"严老师,我估计这回贡校长亲自上台指挥一定会引爆比赛现场,咱们得准备两个表演性的保留节目。我建议你准备一下《松花江上》这首歌,到时候我帮你化装打扮成青年学者模样,你的气质和唱功肯定会轰动全场!另外,我也准备一首《谁不说俺家乡好》,伴奏我找音美班一个拉手风琴的同学准备一下就好了。"

严兵欣然接受了高爱英的建议,并且两人商定暂时对贡校长保密,到时给他一个惊喜。严兵和郭州生、高爱英三人共同认为,这次全校性的歌咏比赛,音美专业班不参与比赛,只进行汇报表演,其余十个班中就数英语专业班实力最强,夺得比赛第一名的可能性也最大。郭州生充满期待地说:"啊呀严老师,这回咱们班要是得了第一名,我请您和高爱英到街上最好的饭馆吃一顿沙州城最有名气的拼三鲜和羊肉包子,怎么样?"

高爱英马上就表示赞同说:"啊呀州生,我最爱吃拼三鲜了!一言为定,不能反悔!"

郭州生大方地说:"没问题!放开肚子吃,管饱,管够!"

严兵笑着开玩笑,幽默地说:"哈哈,请也应该是我请你们,你们现在还没挣上钱嘛!等你们挣上钱了再合伙请我。这样吧,州生既然开口承诺了,就以州生的名义请,州生请吃我掏钱,就这么定了!哈哈,关于这个问题么,就不再上会讨论了!"

郭州生这天下午吃过后晌饭打了一壶水拎着走出水房,无意间又看见了刚走进校门的那个中年妇女。他加快步伐赶在那妇女之前见到了严兵,大口大口地喘着气说:"严老师不好了,有'敌情'!"

严兵愣了一下,问:"乱说甚!什么'敌情'?"

郭州生忙改口说:"噢,是有紧急情况!那个老婆姨又找您了!快躲一躲吧！"

严兵慌了神，急忙锁住门跑上坡，在音美专业班小院里躲了起来。郭州生也忙着去给班里男同学安顿了一遍，让他们口径一致，老婆姨来问严老师在哪里时就说不知道。

和往常一样，沈佩仙一看严兵宿舍门上吊把锁子，就又气喘吁吁上坡到学生宿舍去寻问："哎，见你们严老师没有？"

张忠实宿舍的男同学都七嘴八舌挤眉弄眼着说："没看见——不晓得——没见过——不知道！"

沈佩仙用怀疑的眼光在他们脸上扫了一遍，嘴上冒出了一句话："年轻轻不学好，哼！"

沈佩仙又走到隔壁宿舍问："哎，你们严老师在哪里？"

王华宿舍里五个男生齐声说："不晓得就是不知道，不知道就是不晓得！"

沈佩仙生气了，一边嘟囔着"学生们不懂事没教养"，一边迈开两条粗短的腿，一脸不屑地转身就走。

侯玉栋带领全宿舍四个弟兄在宿舍门口站成一排，见老婆姨走过来，侯玉栋逗她说："严老师外出访问去了，您向后转请回吧！"

四个弟兄齐声说："请回吧——不再见！请回吧——不再见！"

沈佩仙恼羞成怒，一张肉肉的发面饼子似的脸气得变了形，出言讽刺说："严兵是你们的亲老子亲大哩！"

沈佩仙骂骂咧咧转过身，左右摆动着两团肉疙瘩离去了……

严兵当年在运输公司当修理工，刚刚十八岁就有不少热心人给他介绍对象，让他感到滑稽可笑而又尴尬的是，好些慕名而来、打扮得跟花蝴蝶似的沙州城姑娘，竟然直接找到修理车间来"看货"，他的师父师兄师弟们每逢这时都逗笑吆喝起来："哎——'看货'的女子又来了一个，毛娃快出来接客啦，毛娃哎——接客啦！"

严兵有时也配合他们，从车底下的地沟里爬出来，浑身油渍，满脸是灰，主动吆喝起来:"哎——刚出锅的油炸黑馍馍毛娃来咧,便宜咧,贱卖咧,看上拿走!贱卖咧,油油的黑毛娃!"

沈佩仙是剧院卖票的老人手,从十七岁起就在剧院售票室工作,这项毫无技术含量的工作她已经干了三十年了。她和副食品门市部当副主任的丈夫老付生养了两个女儿:大女儿付丽萍大学毕业,在县妇联工作,人很老实本分,还没有对象;二女儿付丽瑛高中毕业被特招到县广播站当广播员。两个女儿都没有成家,沈佩仙急着把大女儿付丽萍先嫁出去,她瞄准了沙师的英语教师严兵,已经和严兵会了两次面,大女儿的照片她也让严兵看过了。

沈佩仙手举着女儿付丽萍的照片伸到书桌对面坐着的严兵脸前,一边晃着一边推销大女儿:"小严,你看看,你仔细看看我的女子付丽萍,哎哟哟,眉眉眼眼,长得比我还俊!"

严兵原本闭着眼,听她这么一说,就不禁睁开眼好奇地仔细看了看照片上的付丽萍——啊,确确实实是她妈的翻版,发面饼子似的大圆脸,细小有神的眼睛,肉嘟嘟的蒜头鼻子和肉嘟嘟的厚嘴唇,同样留着剪发头……

严兵憋不住露出了笑容。

沈阿姨也得意地露出了笑容,问:"怎么样,长得俊吧?"

严兵收起笑一本正经地说:"沈阿姨,可是我看到的只是头像,身材怎么样我就不知道了!"

沈阿姨对严兵提出的问题表示完全理解,她认为女儿丰满的身材也同样会得到严兵的欣赏。她喜笑颜开地对严兵说:"哎哟哟,是我考虑得不周全,下次我来时带一张她的全身照给你看,然后你们年轻人自己约会谈去。哎哟哟,她本人比照片更好看哩,见了面你就知道了!咱说好了,下个星期的这个时间我再来……"

于是又有了他和沈阿姨的第二次约谈。

沈佩仙为大女儿亲自出面做媒,真可谓煞费苦心!而严兵与沈佩仙约见只是出于礼貌,不忍心拂了一位长辈的面子,其实他心里根本没有产生过做这个俗不可耐女人的女婿的一丁点儿想法!与他有缘的女子柏兰或许此时正在另一个地方等着他,而付丽萍只不过是他感情路上的一段小小的插曲罢了。

可怜天下父母心。严兵想起自己的母亲不遗余力在城里四处奔忙着给大儿子找对象的情形，就更加理解了沈佩仙的所作所为。普天之下没有不护犊子的父母，无一例外，这一定是天性或者说本能，没有其他解释！

沈佩仙如约而至，兴致勃勃地拿出一张两个女儿的全身像合照来，举到严兵眼前说："哎哟哟，快看看，我的两个女子一起在县广播站院子里照的相，高些的是二女子，低些的就是你看上的丽萍！"

严兵一看，心跳突然加快。他不顾沈阿姨在耳边喋喋不休地夸着大女儿丽萍，眼睛却只是端详着高挑俊俏的二女儿丽瑛。他心里不由得感叹起奇妙而不可思议的遗传因素来——这个二女儿没有一丁点儿她母亲的痕迹！种瓜竟能种出牡丹花，这是怎么回事？

严兵半开玩笑地对沈阿姨说："啊呀，沈阿姨您还藏着这么俊的一个女儿啊！不应该呀，您太自私了！就算是做生意推销货也得让人选一选挑一挑嘛，对不对？我反悔了，我相中您二女儿咧，您爱嫁不嫁，我非她不娶！"

沈佩仙顿时蒙了，半晌才回过神来，她完全失态了，气急败坏地说："哎哟哟，你这个没良心的陈世美！你还没把人娶进门就变心咧！你让我大女儿丽萍怎么办？"

严兵一脸无辜地说："啊呀，您总不能让我把两个女女都娶了吧？即便我愿意，可是违反《婚姻法》呀！"

沈佩仙完全被严兵激怒了："哎哟哟，哎哟哟，你这松小子把我气得不行咧！气得我心口疼！你就没有一点点诚意嘛！我不想跟你说了……"

严兵心想：你最好再不要来缠我！

学生们私下里议论严老师被一个老婆姨纠缠上的事情，都知道了老婆姨亲自给女儿做媒，就想把女儿嫁给严老师，严老师不情愿却又拉不下面子。同学们自然是站在严老师一边，严老师不情愿他们自然也不情愿，他们相当于自家人。后来老婆姨只要找上门，同学们就帮忙打掩护，不让严老师再遭罪受折磨。

女同学杨爱芳家就在沙州城里头，她最崇拜爱戴严老师，她为此打抱不平说:"哎呀,就那个付丽萍嘛,我认得她,长得又矮又胖,大饼脸,细眯眯眼,厚片片嘴唇,招风风耳,憨唎唎的,可丑了!根本配不上咱们严老师!她妈沈佩仙也不是个灵醒人,也不看看自己的女子是个什么模样,癞蛤蟆还想吃天鹅肉哩!"

严兵终于摆脱了沈佩仙,可他心里总觉得有些对不住沈阿姨,甚至有些同情沈阿姨。她为自己的女儿操心有什么错?她伤害了他严兵什么?她和许许多多母亲一样,儿女的终身大事,对她而言就是天大的事!谈不上高雅与庸俗,得当与不得当,有修养与没修养,儿女幸福了她就幸福了,儿女满意快活了她就满意快活了。严兵后来终于理解了接受了沈佩仙的"俗不可耐"——他的思想有了进步,他的情商由此又得到了提升。

郭州生如愿以偿留在了沙师,做的主要是班主任的工作,并不给学生讲课,只是帮助任课教师做些课后辅导的工作。他和高爱英结了婚,实现了他爱情事业双丰收的愿望。高爱英被分配到了沙师隔壁的沙中当了英语教师,后来和严兵的妻子柏兰成了同事。一年后,郭州生弃教从政,当上了校团委副书记,开始踏上仕途。两年后,郭州生以沙师团委书记的身份调入沙州地区团委任副书记。四年后,郭州生迎来了他仕途上的发展高峰,调到一个县当了县委副书记、县政府第一副县长,这年他才二十七岁。

从沙师毕业七年后,三十岁的郭州生已是沙州地区最年轻的县委书记,年轻有为,前程似锦,好不得意!之后若是有人扶持,再凭借个人的行政能力,郭州生的政治前途一定是不可估量!而他所缺乏的正是这一点,不能不说是人生的一大缺憾。

柏兰和严兵回陕北探亲,正值郭州生在柏兰老家润水县当县委副书记时期。柏兰的小姨父崔智荣在县委办公室当主任。柏兰和严兵一回到县城就立即去县医院看望正在住院的老父亲柏家富。小姨父崔智荣碰巧也在医院里看望大挑担,此时接到郭州生副书记打给他的电话。

郭州生在电话那端问:"老崔你在哪里?晚上的会议人都通知到了吧?"

崔主任对着话筒恭敬地说:"都通知到了,郭书记。我现在在医院里看望我的一个亲戚,正好他女婿严兵和女儿柏兰从省上回来,我先招呼一下。"

就听电话那边声音很大，崔主任点头答应着，脸上流露出意外的神色。他放下电话，有点儿兴奋地对严兵说："我们郭书记说他马上来医院看望你们，让我转告一下。"

严兵问："小姨父，他是不是叫郭州生？"

崔主任不习惯直呼其名，说："是的，是郭书记。"

严兵感到有些好笑，地方上的官员等级观念和规矩意识竟如此强。他又故意试探着问："小姨父，郭州生到你们县上几年了？"

崔主任坚持一个称呼，坚定不移地不动摇不改口，说："郭书记到我们县上两年多了。"

严兵和柏兰对视着笑了起来。崔主任不明就里，露出莫名其妙的神情也跟着一起笑……

郭州生一脸虔诚，毕恭毕敬地出现在严兵面前，紧紧握住老师的双手，激动地说："啊呀，不知严老师驾到，有失远迎！"

严兵注视着他有些湿润的眼睛，感动却又不失幽默地说："郭书记还像学生时代一样精神抖擞，还是那么客气！你现在可是一个县的父母官，日理万机还抽出空来看我，这份情我领了，谢谢郭书记！"

郭州生一听，忙谦恭地说："啊呀严老师，可是不敢叫我郭书记！我在您面前永远是个学生，这么叫就生分了，我心里不安呀！"

严兵被他的谦恭影响，便放松调侃起来，对站在一旁的小姨父崔智荣说："就叫他州生，崔主任你说能行不？"

小姨父转动眼睛，观察着郭书记的表情，心里踏实后便说："一满能行咧，郭书记和你是师生关系嘛！就像我的儿在县司法局当局长，我叫我的儿总不能叫崔局长吧？对不对，郭书记？"

郭州生听了崔主任有点儿不恰当的比喻，脸上看着有些不自在，语气勉强笑着说："是了，是了嘛！叫州生最合适，一日为师，终身为父嘛！"

郭州生随即吩咐崔主任叫来了县医院院长尚明华，让他给严老师的岳父调换了个单间病房，又让崔主任安排好严老师和师母柏兰的食宿，约好了宴请的时间，之后便客气地向老师和师母告辞，离开了医院。

小姨父送走郭州生回到病房，对严兵和柏兰感叹地说："啊呀呀，今儿是让我长见识了，你的学生郭书记对你真是没说的！"

严兵笑着说："嘿嘿，师生感情好，没办法！"

柏兰的老父亲是高血压，在家里和几个相好的老朋友打平伙，喝了过量白酒出现酒精中毒症状，人晕在炕上吓着了柏兰母亲，叫人送到县医院。经过治疗，医生说他输液并服用降压药后身体各项指标已经正常，开些药便可以出院回家了。严兵用了郭州生安排的专车将老岳父送回乡下老家，第二天便与柏兰坐着专车回到沙州城。

小姨父崔智荣向严兵悄悄透露了一个"内部消息"，说郭书记很快就要调离他们县，据说是升任石城县委书记。这石城县虽说是个小县，但却是现任地委副书记、行署专员刘国强的家乡，郭州生由此接触到刘专员的机会自然就多了，个人发展前途也就多了一条路子。此外，他还听说现任地委书记郝仁德即将调往延州地区任地委书记，刘国强很有可能接任沙州地区地委书记。

第五十八章

韩冬说他与共和国同年生,更令人称奇的是,竟然是同月同日。于是每年的10月1日全国人民都庆祝共和国的成立,载歌载舞,张灯结彩,举国上下到处都是一派喜气洋洋的景象时,韩冬就更是沉浸在节日、生日的双倍喜庆气氛中。

韩冬生来爱唱歌,这可能与他从小生活在草原有关。他的歌声婉转圆润,像清澈的流水一样动听,充满着激情,富有感染力。2019年北方大学庆祝新中国成立七十周年文艺晚会上,身着蒙古族服饰的韩冬,以一首声情并茂极富感染力的《小白杨》赢得了全场观众雷鸣般的掌声、欢呼声。之后,他又连唱带舞演唱了一曲《美丽的草原我的家》,硬是将观众的情绪再次带向了高潮。人们被他悠扬动听的歌声、优美雄壮的舞姿及真挚的感情深深打动,掌声、欢呼声经久不息。由于观众不断要求韩冬再来一首,韩冬再次走到台前,手捧洁白的哈达,激动地向观众致谢,随即自行报幕道:"感谢大家的厚爱!下面请欣赏男声演唱《赞歌》,演唱者韩冬……"

韩冬就是这样一个单纯而富有激情的人。

柳田和严兵是韩冬校内的挚友,三人经常聚在一起,谈古论今,畅所欲言,各抒己见。柳田开玩笑说:"韩兄昨晚又一次出尽了风头,轰动了全场!"

严兵接上话说:"魅力四射,哪像个七十岁的老汉!"

韩冬幽默而得意地说:"啊呀,看上去也就六十九,哪里像个七十岁的老汉！"

三人说笑着又随意聊起校内的一些事情。严兵心情舒畅，笑着说道："那孙仁下台以后躲着不愿见人，偶尔见他出来也是顺着墙根走，没人愿意搭理他，孤家寡人一个！"

韩冬颇有同感地说："那厮人素质太差！我就纳了闷了，教工委和省委组织部怎么选这么差的一个人到咱学校当书记？咱学校自从不再直属司法部管，归省上管后就越来越烂了，真快成垃圾桶了！"

柳田有些不解地说："没那么严重吧？我跟他是咱校哲学专业同班同学。在我印象中，孙仁是挺聪明朴实的一个人，脑子灵活，和系上老师、领导关系都不错。后来他就到了教育厅，一干十几年，当上了处级干部。再后来就来咱校当了副书记、书记，在位时见到我这个老同学也总是客客气气不拿架子。他怎就给你们两位老兄的印象这么差？"

严兵讥讽说："空降干部，得意猖狂的厮样让人不顺眼！"

韩冬也说："有一次开一个教师节的座谈会。我在会上指出，党委是管干部的，真应该好好反思一下，有些所谓的优秀处级干部是什么德行？吃喝嫖赌也能当优秀？他一听我的发言，竟然恼羞成怒打断我的话，严厉地批评我说：'韩冬同志你要对自己的话负责任！你还是个教授！就凭你信口雌黄攻击党委评出的优秀干部，我认为你就不配当教授给学生上课！'

"我当时一怒之下奋起反击说：'孙仁我告诉你，我当教授凭的是我的学术水平，不是靠拍马屁、阿谀奉承往上爬！我配不配当教授教学生不是你孙仁说了算，是学生和学校管理教学的领导说了算！你以为你可以一手遮天吗？我倒是看你不够格当这个党委副书记！'

"孙仁一听气得脸煞白，一时下不了台，不再说话。主持会议的杨欣副校长赶忙说话打圆场。她是个正直而敢于直言的人，却又能做到顾全大局，她当时就说：'咱们这个座谈会有点儿火药味儿了嘛！呵呵，能直言真实的看法是一件好事，但还是要冷静下来，注意一下措辞嘛！畅所欲言还是应该倡导的，否则都不愿说话了，工作还怎么开展？我们工作中的缺点甚至是错误，不怕同志们批评，有错必纠嘛，是不是？'"

柳田听韩冬这么一说就理解孙仁为何不得人心了。

严兵气愤地说："这种人往往站在法律和政策的边缘，却从不逾越界线；他们随心所欲地做着坏事丑事，可人们又抓不住他们违法违规的证据。这种人比明目张胆杀人放火的坏人还要可憎！"

韩冬咬牙切齿地说："政治流氓，无耻小人，阴险毒辣！"

柳田笑了笑，说："有人这样评价这种政治上投机的人——你跟他讲道理，他跟你耍流氓；你跟他讲法治，他跟你说政治；你跟他讲文化，他跟你称老子！他急了没招了，就给你装孙子！"

又说道："学校像是一个小社会，校园里三五成群聚在一起能谈得拢的退休人员都是志趣相投的人。他们到人生中的另一个新的平台上，没有了任何多余的顾忌，喜欢就是喜欢，不愿意接近就避而远之，甚至正面无视自己不喜欢的人。他们见到孙仁，连打个招呼做做样子都不愿意了。人要活到这个份儿上会是一种什么心情？活着还有什么意思？牟臻和王牧两位前任校长，还有前任党委书记张杰，就活得坦然自在，与其他退休人员一起谈笑风生，称兄道弟，毫无心理隔阂，因为什么？就因为他们具备了光芒四射的人格魅力！人们喜欢这样的领导，任期内就让人喜欢，退下来干干净净让人更喜欢！相比之下，那些心怀鬼胎、装腔作势、假话连篇、虚伪狡诈、表里不一的人，活得却是沉重而枯燥无味，仿佛置身于困境，惶惶不可终日。试想想，如此心境，退休的日子岂能好过！"

柳田若有所思的样子，静静地坐在那里半晌不说一句话。他平日就是这样，话不多爱思考，一旦开口往往语出惊人，这或许与他长期学习研究哲学有关。

绪仁做了六年北方大学的校长后被安排到省检察院当了个副检察长，行政级别仍然是正厅级。不到两年他又调去南方一个大省的检察院当了副职，不过在副字前面被冠以了"常务"两个字。于是一年后，北方大学校园里流传着一条消息：绪仁刚刚被任命为该省的检察院检察长，成了名副其实的副部级干部！

俗话说：命由天定，运由后生。

出身是自己无法决定的，但是未来掌握在自己手中。绪仁天赋异禀，上中学时他就显现出了与众不同的才能和志向，凭借勤奋和非凡的毅力，硬是从青海省一个贫困山区的小村落闯入了古都西京的北方大学。他如鱼得水、如饥似渴地沉浸在知识的海洋里，不断地用知识武装丰富自己，让自己尽快地强壮起来。四年后他如愿以偿留校任教，任教四年后破格晋升为副教授，两年后又破格晋升为正教授，这年他仅有二十八岁，成了北方大学历史上最年轻的教授。之后他开始将全部精力和心思放在了仕途的发展上，他从教研室主任做起，一路升为系副主任、主任、副校长，一直做到校长的位置，这年他年仅四十岁，就成了北方大学历史上最年轻的校长。他四十六岁那年调入了省检察院，开辟了另一条攀登更高官位的道路……

杨欣与绪仁同一年被提拔为副校长。

绪仁负责抓科研工作，杨欣从教务处处长升为副校长后依旧干教学管理工作。她是个脚踏实地干工作的人，看不出有什么野心，兢兢业业忙着教学上的事。她当了副校长后，更是无暇顾及家里的事，生活上大大小小的事一股脑儿全部扔给了她丈夫张大伟打理，自己当起了名副其实的甩手掌柜。女儿杨玲虽然不是张大伟亲生，但心地善良的张大伟从内心同情三岁就丧父的玲玲，将她视如己出，百般呵护，两人的感情比亲父女还亲……

张大伟非常理解支持杨欣的工作，家里的事儿从来都是大包大揽，戏称自己是"家庭妇男"，每天下班后乐此不疲地忙活着给母女俩做可口的饭菜，而杨欣则心存感激地享受着张大伟的悉心照顾。

严兵和杨欣住同一栋家属楼，而严兵与张大伟两人通过老帅和老总的关系早就认识了的。其实张大伟早在延安富县牛武电厂时就见过严兵，两个人还曾同台表演过文艺节目呢！那是在西京外国语学院教学基地"窑洞大学"的英语系1977届学生和牛武电厂的职工联欢晚会上的一次相遇，但那时两人并不相识，只是对彼此有了印象。之后第二次、第三次见面，从相遇到相识，最后成为好朋友。

星期天早晨，严兵去水房打开水，出门下楼，到了院子里就看见前面一壮汉背影，手里也拎着一个大铁壶。他喊了一声"老莫"，转身回头看的人果然是张大伟，他向前紧走了几步，问老莫："老帅晚上没闹腾？"

老莫苦笑了一下，无奈地说："哎呀呀，好个鬼子子哩！给我的凉席上吐得到处都是，一早起来骑上车子就跑咧，说是约好一个人在他编辑部办公室见面。唉，总不能让人家杨欣打扫乱摊摊吧，我把凉席洗了晾出去了，再打壶热水准备给她娘俩做上午饭。"

严兵笑着说："你家杨欣倒是好耐心，昨天从下午一直侍候到晚上。老帅喝酒不住气地缠着大家喝，把我、柏兰、老总还有杨欣都差不多喝得半醉了，幸亏还有你撑着给不停地炒菜上菜咧，要不然老帅喊叫起来劝也劝不住！"

老莫表示理解地笑着说："哈哈，都是从延安打拼出来的弟兄，谁还不了解谁是个甚脾性！都来我家为我和杨欣新组成的家庭表示庆贺，都高兴着咧，我怎么也不能扫了大家的兴，放开闹腾一回，心里就安咧！老帅只管喊上菜上菜，我最后一看只剩几颗土豆疙瘩咧，就炒土豆丝往上端了，哈哈哈，糊弄人哩！"

严兵面露敬佩的神色，说："你们延安来的这些文艺干将真是厉害，个个都是精英！"

老莫谦虚地说："人家路遥才是精英、大作家。"

严兵说："路遥的《人生》拍成电影上映后，反响大得很！现在路遥在做甚咧，你知道不？"

老莫说："听老总说路遥正在赶着写一个长篇，行踪飘忽不定，一会儿说在沙州了，一会儿又说在延安了；说是路遥白天躲在什么角落里睡大觉，黑夜又起来趁安静写起了东西；老总说他都很长时间没见着路遥了。"

严兵接着又说："老帅其实是一个很朴实的人，就是喝起酒来没节制，你多担待，在杨欣面前多说几句好话，把你们家闹腾得乱哄哄的，请她不要计较！"

老莫嘿嘿一笑，说："看你说的，好像你是老帅的家长一样！我们也是多年的朋友哩！我在延安时没少在老帅家里蹭饭吃，他老婆做饭做得好，人也随和，好相处，和老帅是同班同学又是同乡。杨欣人也是很大气的，根本不会计较这些小事，反倒是挺欣赏我这些文学界的朋友。"

严兵认真地说："我和老帅的交情可以说比亲兄弟还亲！上中学那会儿，我有一毛钱也要买个饼子和他一人一半分着吃；遇上有人欺负他，我豁出命也要冲上去相帮，是可以为对方两肋插刀的生死之交！"

老莫听着就有些感动，说："那我就明白你为甚处处护着他了。人生难得一知己呀！"

严兵觉得和老莫说话能说到心里头，他这人是个愿意倾听朋友说心里话且会理解人的人，于是打回水到了楼下便问他："吃了早饭你有什么事没有？"

老莫不知其意，反问道："你有什么事？"

严兵笑了笑，说："没事出来说说话嘛，窝在家里有甚意思！"

老莫高兴地说："行了行了，八点半我在楼下等你。"

严兵也说："不见不散。"

老莫和严兵坐在校园里一个静处随意聊了起来。严兵有些好奇地问他："我看到玲玲一口一个爸爸地叫你，叫得那么亲，和亲生的没有什么两样，这感情是怎么培养出来的？我真佩服你的能耐！"

老莫得意却又动情地说："不是我有能耐，是真情实意打动了她。别看她只有六岁，情商可高着呢！她能看懂大人的内心，又能迎合大人的心情，对她妈对我都是那样。她那么小就能做到委屈自己去理解大人，这让我很心疼她。我很同情她自三岁起就没了父亲，很可怜这个懂事的孩子，我真是把她当亲女儿养了，我要给她当一个好爸爸！我要想办法让她变得自信起来，和正常家庭的孩子一样受到宠爱，会撒娇会任性，活泼可爱！"

严兵第一次感受到一个男人身上散发出的浓浓的父爱，他被老莫纯朴的表达深深地感动了……谁说只有母爱是最无私、最伟大的？这世上就存在着与母爱相媲美的父爱，就像老莫心中对女儿无私的爱！严兵不由得在心底里产生了一股强烈的崇敬之情——人间挚爱让人世间充盈着纯美质朴的情和义，让生活变得无比美好，阳光明媚，温情暖暖，大爱无疆！愿好人一生平安、幸福！愿玲玲与她爸爸张大伟的缘分、情义一生一世，天长地久……

在省城再一次与闫京相聚相处让严兵心里感到十分高兴，他们又续上了过去的友谊，谈论人生，展望未来，期待着他们兄弟两在各自的事业上有一番大的作为。

时值盛夏。

西京城里酷热难耐。

这日上午十点，老总和严兵不约而同来到老帅的主编办公室。老帅下身穿西服短裤，上身却是光着膀子挺着大肚子，看上去十分滑稽可笑。老总和严兵在大门口碰到了一起，两人直喊碰得巧，就一起将自行车推进院子里的办公楼下放好，相跟着上了二楼找老帅。老总故意边推门边骂骂咧咧："大热天老帅关上门搞甚鬼名堂咧？"

就见老帅正蹲在地上用一个电炉子熬什么东西，手里拿把不锈钢勺子在锅里不停地搅动着。见是老总和严兵，他咧开大嘴露出一口黄牙喜眉笑眼地叫喊："啊呀，喊甚咧！这里可是个文明的地方！"

老总不理睬他的咋呼，学着老帅的腔调戏谑说："龟孙子又偷着做甚好吃的咧？这会儿可把他爷爷饿坏咧！"

老帅得意扬扬地说："来得早不如来得巧，正好熬了一锅子绿豆汤一起喝，泄泄火。你们俩坐着歇歇，我下楼给咱弄些东西拿回来吃！下面案板街上小吃多得很，一会会儿就回来。"

老帅说着站起身从椅背上抓起短袖衫披在身上就急匆匆出去了。不到半个小时，就见他满头大汗拎着两个塑料袋进了门，嘴里喊着："啊呀，天烘得厉害，能把人热死！啊呀，可是弄了些老总和毛师爱吃的东西！"

老总急不可耐冲上去，打开塑料袋，用手抓了一大块猪头肉扔在嘴里，含糊道："啊呀呀，老天爷呀！老帅这厮弄这东西能把洒家香出人命咧！"

老帅得意地说："弄了三斤半猪头肉，十二个烧饼，两头子蒜，放开肚皮尽管吃，完了再喝上些绿豆汤，比喝啤酒舒服！"

严兵有缘见过路遥一面，是老总为他争取来的机会。那是他第一次也是最后一次见到这位大作家。

老总对路遥说:"出去走走,活动一下,调节调节生活和心情,不要老是待在作协大院里,再说你的大作《平凡的世界》也出版了,应该放松一下了!"

路遥问:"到哪里去?"

老总笑着说:"有一个地方你肯定感兴趣!北方大学有我一个好朋友叫严兵,两口子都是沙州人;他婆姨还是你们涧水人,叫柏兰,是陕师大外语教师。两口子人可好了,让她做一顿陕北饭,咱都去吃,怎么样?"

路遥一听动心了,试探着问:"不认识啊,一去就吃饭?"

老总说:"他两口子可是好客咧,向我打听过你好几回咧,你要是能去人家高兴还来不及哩!"

路遥又问:"不知道他婆姨会不会做黄米面摊黄,我在沙州城朋友家吃过,实在是好吃哩!"

老总高兴地说:"我问一下,咱明儿就悄悄坐出租车去,咋样?"

路遥爽快地答应了。

严兵两口子听老总说路遥要到他们家做客的消息后高兴地一个劲儿感谢老总,就急忙问老总路遥平常最爱吃什么饭菜。老总说起摊黄,问严兵会不会做。

柏兰插话说:"我从小就会做,这可是我的拿手饭哩!我们家就有摊黄鏊子哩,黄米也有现成的,磨成面也容易!今晚上就把面发上,明上午摊。严兵负责做羊杂碎大烩菜。"

严兵说:"我明儿上午先到回民街上买些羊杂碎回来,白菜粉条油炸土豆条条豆腐片片,来他个一锅烩,就是你说的路遥爱吃的民工饭,保准让你们满意!"

老总一听,两片厚嘴唇乐得合不拢,喜滋滋地说:"啊呀天大大呀,这下我就一满放心咧!这简直就是招待大领导的阵势嘛!"

严兵也幽默地说:"路途遥远,来一回不容易,弄就弄成个阵势!大领导咱还不稀罕咧!咱认识人家可人家不认识咱呀!路遥的《人生》拍成电影后我和柏兰在沙州就看了,可感人咧!没想到明儿就能面对面见到名作家咧,还是有缘分哩!"

次日下午两点多,老总领着一个留着长发,戴了一副大片子墨镜,身着卡其色短风衣、藏蓝色西裤，脚蹬三接头皮鞋，风度翩翩的中年汉子站在了严兵家门口。严兵听到敲门声，慌忙去开门，就见老总身旁站着的没有什么表情的路遥。严兵满面笑容客气地将两人让进客厅坐下，又朝厨房里摊黄鏊子跟前守着的柏兰喊："柏兰，老总和路老师来咧！"

路遥摘下墨镜和严兵亲切握手，又伸出手对着刚走进客厅在围裙上擦着双手的柏兰说："你好柏兰，润水老乡！握个手就算认识你们两口子咧，咱都是沙州老乡哩！"

柏兰脸上绽放出略带羞涩的美丽微笑，握住路遥的手激动地说："啊呀路老师，这下终于见着大作家真人咧！好像做梦一样！"

路遥面带微笑平和地说："呵呵，作家也是平常人嘛！这不就和老总到你家来蹭饭吃咧！给你们添麻烦咧！"

柏兰红着脸说："一点儿也不麻烦，请也请不来哩！还是老总的面子大！"

严兵也忙说："路老师能忙中偷闲光临寒舍，真是蓬荜生辉，不胜荣幸！"

老总站在一旁只是笑着不说话，任由宾主寒暄。一番客套后，柏兰先送来热茶，就见严兵拿起茶几上放着的中华烟，抽出一支双手递到路遥跟前，又擦着火柴替他点上，开口说："听老总说路老师的烟瘾大，一天得抽两盒烟；你只管抽，我们家不怕烟味，柏兰最喜欢闻烟味，已经上瘾咧！"

路遥一听就乐得哈哈大笑开来，老总也忍俊不禁。路遥就说："啊呀，这种情况我还是头一次听说，太有意思，太难得了！老严你的运气怎就这么好，我怎就没这运气哩！我在家想抽烟得跑到窗台跟前，把烟往外吐，要不就跑到外面抽，人家娘儿俩都闻不得烟味！我一天得两包半到三包烟，而且只抽'红塔山'这一个牌子，挣几个钱都买烟抽咧！"

路遥对严兵两口子精心准备的这顿陕北特色饭赞不绝口，一口气吃了六个摊黄、两大碗烩菜。这顿饭一直持续到天见黑了才结束。路遥由衷地对老总说："这两口子人很实诚朴素，我喜欢他们！以后得空了就到他们家来吃饭拉话。下次来一定要提醒我带一套《平凡的世界》送给他们！"

第五十九章

别时，路遥从公文提包里拿出一条红塔山放在茶几上，对严兵两口子说："空着手来吃饭不好意思，顺手带了一条烟表示一下。老乡的饭太好吃了，下一回还来吃，你们可不要怕麻烦！"

柏兰忙说："什么时候来都欢迎哩！不用预先打招呼，想来就来，想吃甚随时做。不知道路老师还想吃甚哩？过两天和老总一起来吃。"

路遥想了想，对严兵两口子说："下回想吃荞面饸饹，羊肉臊子的。"

严兵忙说："这个太容易咧，有好荞面好羊肉哩！前两天我兄弟严商刚从沙州拿下来的新荞面和嫩山羊肉。今儿星期四，咱干脆就约在后天下午咋样？"

严兵说话间柏兰递上一个蓝布提包，严兵接过手对路遥说："路老师，给你备了三条子软中华，让你换换口味，够你抽半个月，不成敬意！"

路遥笑着开玩笑说："这我还赚了。这个礼物我收了，可是下不为例！"

老总在一旁插话提议说："下一回吃荞面饸饹把老莫也叫上，老帅最近不在西京，说是到延安给他老婆办理调动手续去咧，要不然叫上他就红火咧！"

路遥说："老帅人倒是个红火热闹的人，就是太贪酒咧，把不住自己，容易闹出笑话来，他酒量其实不太大！老莫是个实在人，好长时间没见他了，听谁说起过，好像是调到省教育厅办的一个叫《成人教育》杂志的编辑部咧？"

老总说："对着咧，调了快一年咧，他婆姨就在北方大学里当教务处处长着哩,刚结婚不久。老严你说请不请他?"

严兵笑着说:"朋友来得越多越好!我和老莫也是好朋友,老帅更不用说咧,中学时就是最要好的兄弟咧!等他从延安回来,我做东,请各位朋友到美院旁边的'荞麦园'聚一回,那儿的陕北饭菜做得挺地道的。路老师你说行不行?"

路遥语气肯定地说:"呵呵,能行,怎不能行!严兵你是个热心人,到时我争取来凑个热闹!"

老总高兴地说:"老路能赏光,这个宴请就有吸引力、号召力咧!老严你牵头,到时我帮你吆喝!干脆能带婆姨的都带上,这伙人中北京知青不少哩!"

严兵说:"我也正有此意,这下就更有意思咧,更红火热闹咧……"

老总说《平凡的世界》荣获了中国第三届茅盾文学奖,路遥正忙着准备去领奖哩,特意嘱咐他给严兵两口子说一下表示谢意和歉意,说以后再找机会相聚。于是那个星期六下午老总、老莫就和严兵、柏兰边吃着羊肉臊子荞面饸饹边聊着路遥与茅盾文学奖的事情,大家都显得很兴奋,都为路遥获得这一奖项而高兴骄傲。老莫说:"我在延安时就认识路遥了,但打交道不多,他给我的印象是人比较深沉,不那么爱说话,好像总是在思考着什么问题。他人勤奋,总是在不停地写,后来就写出了一个中篇《人生》,一炮走红;再后来不要命地写了百万字的长篇小说《平凡的世界》,这不一家伙就摘取了大奖!大手笔作品,不简单!咱陕北作家路遥,还有柳青,都让人佩服!是咱陕北人的骄傲!"

严兵好奇地请教老总:"你说茅盾文学奖有奖金没有?"

老总很明确地告诉严兵说:"奖金五万元,奖章一枚,奖证一个,就这三样东西。"

严兵惊呼:"啊呀我的天,五万块钱哪!我一个月一百块钱挂个零的工资,一年一千二百块钱,五万块钱相当于我四十年的工资!啊呀,不吃不喝一辈子才能挣这么多钱哪!"

老总看着严兵惊讶羡慕的神情,接着又说:"嘿嘿,这还没算上他的稿费和版权费呢,对咱来说都是天文数字啊!"

严兵说:"啊呀,这下子路老师红塔山放开抽不成问题咧,对不对,老莫?不像咱俩,抽一半盒红塔山算是奢侈哩!"

老莫自嘲说:"咱也就比院子里打扫卫生倒垃圾的老汉强一豆腐,人家抽九分钱一盒的'羊群',咱抽一毛五分钱的'公字',也就高出六分钱的生活水平,还能怎样?从路遥的作品中不难看出他自我奋斗的思想和自强不息的精神,可能从小学或中学时期他就产生了出人头地的强烈愿望,许多出身贫苦后来成了大事的人都有过和路遥同样的经历。"

老总就称赞老莫说得好,说得实在,开玩笑调侃说:"啊哟老莫啊,好长时间没听你说过这么有见识有水平的话咧,老兄你也奋斗一部长篇小说吧!你不是也一直没停过创作吗?"

老莫嘿嘿一笑,显得有些惭愧,顿了顿继而自贬说:"嗐,咱这人你老总还不了解是块甚材料!装饭的袋子穿衣的架子,属于眼高手低级别的'坐家',坐在家里头只会发呆,能写出甚有水平的故事?写出来点儿玩意自己都不想多看一眼!坐上一天也就能写出那么几行行字,咱天生就不是作家的料!"

老总和严兵被他的幽默逗乐了,手里端着的饸饹碗和筷子都动不了了。严兵笑劲儿过了,说:"啊呀老莫,你这几行行字还让人吃不吃饭咧?"

老莫眨巴着眼,认真地说:"等我把碗底底这几口面扒拉完,再盛一碗热乎的,哈哈,咱写个不行吃个行!"

他们三人说起路遥的成功与勤奋,说路遥写作起来连朋友也不见"不认",躲在无人知晓的地方独自一人思考,忧国忧民,夜半三更伏案笔耕,身心疲惫。老总感慨地说:"路遥是一个思想深邃、社会责任感使命感十分强烈而有良知的作家;他最理解平凡的人们、平凡的生活、平凡的人生,最能体会最底层普通老百姓的疾苦,最同情无权无势老百姓的无奈和痛苦的挣扎;他用笔为老百姓呐喊,用笔赞美纯朴的品质、美好的爱情、坚定的信念、苦中作乐的生活态度、顽强奋斗的意志和勇气;他的小说给读者一种鼓励、一种觉醒、一种感动、一种力量!路遥这人活得沉重,没几个作家像他那般挑了一副二百斤重的'责任和使命'的担子往前行走！"

严兵十分欣赏老总对路遥的评价，认为老总是真正了解路遥，真心宣扬路遥人格魅力和其作品精神影响力的唯一文学知音和文学编辑。老总自己也是一位创作了不少作品的作家，除了路遥是他主编的《文学家》的得力作者外，陈忠实、贾平凹都是他经常约稿的作者朋友。在陕西文学领域，老总被朋友们看作是伯乐式的一个非常实诚的人，是朋友们尊敬信任的师长式的人。他是北京人，却像是一条线，硬是把陕西本土的文学热爱者串到了一起；这个北京汉子在此十多年，发掘人才，培养新人，推动了西京文学的发展。严兵在20世纪80年代末出版的两本译著都是在老总的鼓励支持下完成的。

老帅主编的《黄土地》有了几位名作家的稿件"捧场"，名气一下子就大了。稿件在老帅的床板一样大的办公桌两边堆得满满当当，肥胖的主编大人的前半身挤在办公桌中间的空隙内，挥汗如雨地挑拣着稿件。他们编辑部连主编在内一共三个人，两男一女；另一男编辑老赵五十多岁，近日请假回家割麦子去了，女编辑小袁回家生娃去了；主编光杆司令一人忙得一肚子怨气没处撒，一边粗略地翻阅着手头上稿件的篇头篇尾，一边嘴里骂着脏话："真是张士贵的马，正用上咧都拉稀咧！一个也顶不上事！能把他爷爷忙死！"

这日正好又是星期天，老总前一天就在电话里约好了严兵在老帅的编辑部见面。上午九点两人遇到一起，严兵在巷口买好的一颗足有二十斤的大西瓜在后座上放着，两人各推一辆自行车朝院内楼下走去。锁好了车，老总和严兵一前一后上了二楼，站在老帅办公室门口，就听见老帅嘴里不干不净大声在骂着什么人。老总轻轻将门推开一道缝，只见老帅赤着上身，肩上却挂着两条西服裤背带，样子十分可笑，就让严兵不要出声悄悄往里看。严兵看了一眼，怀抱着西瓜强忍着笑躲在一边，只听老总大喝一声"做甚咧？"一脚踹开门闯了进去。老帅着实被吓了一大跳，愣着神看着土匪一样闯进来的老总，一时竟说不出话来。

老总和严兵看到老帅面色苍白，都意识到玩笑开得大了点儿。老总见状忙说:"没事吧老帅?"

老帅缓过神来,神情极为严肃地说:"啊呀天哪,弄出人命怎么办?你这个后生太过分了吧!猛个子鬼叫一样,谁能受得了?把我吓死咧,再好的朋友也得顶命咧!你听听我的心,还突突突跳咧!"

老总连忙说:"嘻,动静弄得猛了点儿,向你道歉啊老帅!没发现你这么不经吓!"

严兵也忙逗笑说:"好赖咱也是著名《黄土地》杂志主编,著名文人,怎能开口说出那么不文明不雅致的话哩?"

老帅翻了一个白眼儿,不服气地说:"我说甚咧就不文明不雅致咧?咱都是学语言出身的,怎么说才算是文明雅致啊!"

老总思考了片刻,认真地说:"口头语和书面语还是有区别的。大众已接受而且已使用习惯了的就沿用下去了,不可能再变了,但是各地方言不同,各有各的叫法。"

老帅觉得老总假正经没趣,不再争辩什么,转而说:"啊呀,民以食为天,该喂肚皮咧!让我下楼跑一趟给咱弟兄们弄点儿吃的,你们稍等一会儿!"

老帅说着就拿了一个盆子匆匆出去了。

不大一会儿工夫,就见老帅走了进来,右胳膊弯上套挂着一个塑料袋,两手端着一盆不知什么吃的,笑嘻嘻地把盆子放在茶几上说:"哈哈,可是弄了些好东西,一盆子猪肉炸酱、三斤手工擀好的白面条子,弟兄们放开往饱咥!电炉子上把水先烧上,开了就下面条,我这儿醋、酱油、蒜、油泼辣子面一应俱全。"

老帅做饭是一把好手,手脚甚是麻利,不一会儿就煮好面条捞在一个凉水盆里,直招呼老总、严兵自己盛面条放炸酱调醋调辣子吃蒜瓣儿,俨然一副家庭妇男的架势。老总一惊一乍直喊香,不到五分钟一碗炸酱面已下肚,还故意学老帅吃饭的样子,嘴里一边发出很响亮的吧唧声,一边又说道:"啊呀呀天大大呀,可是把他爷爷香死咧!再来一老碗,吃就一家伙吃饱!"

严兵也说炸酱和面条做得地道有味,又称赞老帅说:"嘿嘿,老帅这单身汉小日子过得还真是有滋有味,甚都弄得齐齐全全,生活能力强!"

老帅吧唧着嘴只顾吃，三两下扒拉干净碗底的面，这才说："必须的！咱这号人出门在外，自己不心疼自己谁心疼！我把这楼底下巷道道卖小吃的摊摊都吃遍咧，平常一个人下楼买着一吃就完事咧，偶尔自己做着吃一回，有时候睡觉前饿得不行咧，就在电炉子上煮点儿吃的。"

老总在北京那家出版社干得顺风顺水，担任总编兼副社长。严兵这年也时来运转，先是在激烈竞争中顺利评上了副教授，接着又获得了一个出国深造的绝好机会，于是又马不停蹄地开始做出国前的各种准备工作。在北京，严兵和陈畅约见了一面。陈畅就是老总，人们一直习惯叫他老总，把他的真名差不多都忘了。通报了姓名后，一位操着京腔穿着制服的漂亮姑娘将他领到会客室，端上一杯茶，彬彬有礼地说："您在这儿请稍候，我先去给您约一下。"

严兵便坐着耐心等陈畅。

不到半个小时，陈畅西装革履，面部表情略显严肃地站在严兵面前，伸出一只手说："老严您好！让您久等了！"

严兵立即感觉到了一种从未有过的生疏和距离。他本能地站起身来握了一下陈畅的手，礼貌地回应说："陈总您好！"

陈畅顿了顿，问："来出差还是路过？找我有事？"

严兵敏感地认为自己打扰了往日亲近的朋友老总，于是知趣地准备告退了，便含糊其词地说："呵呵，正好路过你们社，看到了挂着的牌子，就冒昧约见打扰一下。呵呵，人见着了，看您挺忙的，我就告辞了，谢谢百忙之中见我一面！"

老总显然听出了话中之意，正想说点儿什么，正好秘书来叫他，有事汇报，便对严兵匆匆扔下一句"回头再联系"的话，就转身离去了。

严兵带着有些失落的心情走出了大楼，在大门口停下，又回头看了一眼出版社的牌子，转过身就顺道去寻地铁标牌。坐在地铁上他不禁又胡思乱想起来——此一时彼一时，人是随着环境变化的，而且这会儿老总正在上班，他的身份也不允许他表露出过多的情绪，还是应该理解他，没必要多心……

老帅的情绪显得很低落。老总离开西京回北京后，他一下子就觉得失去了主心骨，在一些重要事情的决断上信心不足，有时甚至束手无策。失去了几位名作家供稿的《黄土地》杂志开始显现出败落的迹象；原想两年后由内部发行试办刊转为公开发行的正式刊物，现在看来根本无法实现了。老帅叹了一口气，又斟满一杯酒一口灌下肚。他有些不理解老总做出离开西京的决定，老总在北京已没有任何亲人了，干吗非要回去？

严兵从国外回来让老帅的心情着实畅快了一阵子，毕竟是无话不说的多年好朋友，心中的烦恼就尽情地一股脑儿倾诉着。严兵耐心地听着他絮叨，不时地皱起眉头，盯着他两片厚嘴唇没节制地开开合合，两排洁过的黄牙泛着光泽。老帅见严兵只听不语，就停下絮叨，问："啊呀毛师，你出国到那个'担麦子'的国家深造了一回，造得越深沉了嘛！怎么一句话也不说？光我喋喋不休了！"

严兵笑着逗他说："你公鸡打鸣一样叫个不停，我能寻上个空空找上个缝缝插上半句话咧？我到你这儿来就像个泔水罐罐一样！你尽管倒你的泔水，我接上就行了嘛！不过我还是要劝你多往远了看，困难是暂时的，对不对？毛主席教导我们说：'牢骚太盛防肠断，风物长宜放眼量。'人要学会淡泊名利，困扰和烦恼自然就会少很多。老帅你说是不是这么个道理？"

老帅自顾着喝下一杯酒，带着玩世不恭的语气说："酒是好酒，话是好话，毛主席老人家的教导更是英明伟大！道理归道理，现实是现实，我是树倒猢狲散，墙倒众人推。唉，人心不古，世态炎凉啊！我屁股后头还三天两头有人来要欠下人家的广告费咧，烦心得厉害哩！"

严兵关切地问他："一共欠了多少钱？你把人家的钱做了甚咧？还给人家就行了嘛！"

老帅发愁地说："还个屁咧，早让我花光咧！光凭我一个月一百来块钱的工资根本还不上！毛师你刚出国回来，肯定赚下钱咧，要不给我先借上一万块钱，"

严兵爽快地说："我看能行咧，我过两天备好给你送来。"

老帅有些激动地问："真的给我借咧？"

严兵认真地说："这还有假？自己的兄弟有难处咧，我又有这个能力拿得出来，钱不过是身外之物嘛！"

老帅就开心地笑了，端起斟满酒的杯子说："来，毛师，为咱兄弟俩的真情实意干杯！"

说完两人一饮而尽。老帅转动着狡猾的眼珠观察着严兵的神色，又说："哈哈，毛师我和你耍笑咧，怎能用你的辛苦钱咧！我有钱还他们的广告费咧，钱我存着没动过，故意拖一拖再还！把你也再考验一下，看看是不是你也是只要一提借钱，就六亲不认吓得跑咧！"

严兵半真半假骂了起来："嘻，你这号侲人，连我也信不过咧，活该你受可怜吧！咱们俩少年时代就立过誓，有福同享，有难同当，不是亲兄弟胜似亲兄弟，今生今世不离不弃，誓不变心！你敢把誓言也忘咧？！"

老帅一听慌忙喊冤道："啊呀呀，老天爷在上，我就是把自己的名字忘咧也不敢忘咧咱兄弟俩立下的誓言呀！"

严兵满意地说："这还差不多！所以咱俩不存在谁考验谁的问题，有了难处直接说，没有不帮的道理！"

两人异口同声喊："这是个原则问题！"

他们几十年相处，早已达成了默契。

老帅问起了老总在北京的情况。严兵有点儿惊诧地看着他说："怎么，你俩没联系吗？"

老帅有点儿自责地说："去年他打过电话也写过一封信，今年就没有消息了。我给他打过一次电话，没人接。"

严兵明显地感到这两位老同学之间有了隔阂，至于因何引起，他想自己也不便多问。他又关切地问起老帅下一步的打算，对《黄土地》有何具体的想法。

老帅叹了一口气，悲观地说："《黄土地》，多好的名字啊！可惜它就要断送在我闯京手上咧！我是无力回天哪！"

严兵问："不办《黄土地》了，你准备干甚呀？"

老帅乐观起来，说他准备去做省曲艺家协会主席，韩起祥老先生原来是省曲协主席，他在延安时就给韩老当秘书，韩老在延安创办了延安地区曲艺馆并担任馆长。韩老和他论起来还沾个亲哩，他母亲是横山人，也姓韩，韩起祥是他外爷的叔伯弟弟哩，所以韩起祥也算是他闫京的小外爷哩。

严兵有些不相信似的看着他，问他："呵呵，从来没听你说过还有这么一档子事儿哩！怕是又编故事骗我了吧？你这真真假假地搅和在一起，让人信还是不信？"

老帅又叫屈："啊呀天大大呀，骗驴骗狗也不能骗你毛师呀！这回骗你我就是小狗狗！"

严兵笑着说："不行！这个发誓太可爱咧，骗人还小狗狗哩！"

老帅自己也觉得不够狠，于是咬牙切齿地又说："骗你是乌龟蛋！"

严兵笑道："哈哈，笑死人不抵命！王八蛋就王八蛋嘛还乌龟蛋，男子汉敢作敢当，还羞羞答答的，像个婆姨！"

老帅正儿八经地说："真的毛师。我接替了韩老当省曲协主席，我有一种使命感，我必须把韩老的说书艺术系统地整理出来，正式出版一本书。另外，我自己也准备写一本书，把我对曲艺方方面面的认识体会写出来。这两件事就够我忙乎三五年的咧，我已经下定决心咧，一往无前，不可阻挡！"

严兵露出十分敬佩的目光，说："我坚决支持你，谁动摇一点点儿谁就是懦夫！我期待着早日看到你的大作，到时我请你喝西凤酒，吃猪头肉，专门为你庆祝，够意思吧？"

第六十章

那年严兵还在县运司当修理工。

从农民变成工人,是许多年轻人梦寐以求的事。虽然依旧干体力活,可是性质发生了变化——前者挣的是工分,后者挣的是工资。工分与工资听上去一字之差,可是农民在很大程度上靠老天爷的恩泽活着,而工人靠的是政府财政上发的工资生活,旱涝保收。

严兵端上了铁饭碗不再为吃饭操心,按说应该心满意足从此开始享受工人阶级的生活了,可严兵心里怎么也撂不下让他牵挂的两件事情。每到夜晚独自睡在公司宿舍炕上,他不由得会想起仍然留在柳湾大队里受苦的阶级弟兄榆生和三凹。而最让他心里感到内疚的是武玉玉。她那双纯净美丽充满哀怨和深情的眼睛勾魂似的,让他久久不能入睡。他要是当时下狠心把回城指标让出来给榆生,玉玉现在就应该是他的婆姨了。唉,人怎么活不是一辈子,像玉玉那么好的女子在这世上到哪儿找去?严兵心想,玉玉现在一定也在想着他!唉,玉玉呀,我就是个负心汉啊!这辈子虽然我们有缘无分,但我要把你装在心里一辈子!

他这个年仅十七岁的学徒工,每天只是闷着头拼命干活。他从来就是个干活不惜力的人,可现在却惜语如金,一天也没有几句话。师傅们逗他说话,他也不言语,只是礼貌地一笑,这让公司里的人很好奇。

严兵的母亲前些天到公司来找过他一次,他当时看着母亲疲惫的样子,心里很不好受。母亲太可怜了，一个女人家独自抚养了他们兄弟十几年，经历了多少苦难啊！有谁理解她心里的苦，她受过的难？

后来他上大学时母亲再婚了。严兵的继父是个实在人，也是个老资格的干部，在一个单位当领导。之前他有过三个老婆都去世了，留下了四个女儿，他很希望有一个儿子能续上王家的香火。他期盼着生养过五个儿子的这第四任老婆也能给他生个儿子。

继父和母亲从不勉强对方的孩子们称呼他们爸爸妈妈，于是四个女儿都称呼继母为姨姨，五个儿子都称呼继父为叔叔。他们一大家人说不上有多亲，但见了面都客客气气和睦相处着。母亲带着的老大严工、老三严兵、老五严商，都已长大成人。严工招工去了陕南的一个钢厂，严兵在沙州县运输公司当修理工，严商还在农村插队；继父的四个女儿王清、王宁、王慧、王妤，有三个已嫁为人妻，她们都有一份不错的工作。

严兵被推荐上了大学。大二时有一天他接到母亲的一封信，说他有了一个小妹妹，取名王娴，小名叫小静，放假回来就可以见到她了。他听了很高兴，为母亲高兴，她终于有了一个女儿。小静是个漂亮的小姑娘，聪明伶俐，爱说爱笑，母亲视她为掌上明珠，对她宠爱有加。继父认了命，失望地说他命中无儿，怨不得任何人。老两口就守着小女儿一心一意过着平静的生活，直到小静考学到了省城西京，暂时与父母分开了几年。年过半百的继父后来调到沙州地区法院工作，当了一个中层领导。

小静考上了省城的一所中专学校。按照她的智力和勤奋，考个大学本科原本不是困难的事，可她的学习环境限制了她的学习潜能。她每天面对着两个五六十岁的老人，特别是母亲患上了类风湿病，行动不便，提前退休在家养息，她义不容辞地承担起了家务活。小静是个懂事的孩子，小小年纪就懂得疼爱孝敬父母，但也因此影响了学业。她并不怨天尤人，心甘情愿地上了中专。

严兵和柏兰都很疼爱小静，小静周末也喜欢到三哥家改善伙食。姑嫂两人到了一起似乎有说不完的话，小静有心里话总是迫不及待地想讲给嫂子听，而柏兰也总是耐心热情地倾听小姑子的喜怒哀乐。小静说起她的同学时，言语间尽是友爱情谊，看得出他们相处得不错。她有时也不赞成个别同学的想法和做法，对哥嫂说："我们班上有个同学叫叶玉婷，穷家薄业供她上学，可她还讲吃讲穿，一给家里写信就是张口要钱，不是看上这件衣裳了就是看上那双鞋了！她爸妈都是贫困山区的农民，有个哥哥还是个残疾人。她爸妈到集市上卖粮卖鸡蛋换来的钱还不够她买一双鞋。她怎么忍心花这种钱咧！"

严兵试探着问她那同学怎么花钱："呵呵，叶玉婷同学怎么个讲吃法？"

小静露出不屑的神色，语气轻蔑地说："我们学生食堂灶上吃的都是份饭，她常常嫌饭不好吃，就一个人跑到街上饭馆子里头买吃的，还常常买零食吃，成天花生瓜子不离嘴，水果也是尽买时令的吃，什么贵吃什么，好像她是大干部家的子女一样！"

柏兰端上一碗炸酱面让小静自己调醋和辣子、葱先吃，插话说："这种女娃娃，将来也出息不到哪里去！不像咱小静，爸妈每月给的生活费和零花钱，除了伙食钱，一满舍不得花。我上个月塞给她手里的五十块零花钱还原封不动装在口袋里。"

严兵听了就对小静说："唉，小静你也没必要这么节省，咱们家的经济条件还不错的嘛！该花的你只管花嘛！"

小静有滋有味地吃着面条，抬头看了一眼三哥，笑了笑说："不是舍不得花，没个花的地方嘛。什么东西也不缺，我又不爱吃零食，平时也就买些学习用具和日用品，其他方面不用花钱的。"

柏兰提出吃过饭去小寨百货商场逛一逛，看有合适的衣服给小静添几件，问严兵去不去。

严兵高兴地说："你俩逛去吧，我逛商场没耐心，我夜后晌刚领的五百块钱的课时费，你们拿上把它消费掉，爱买什么就买什么！"

小静急忙说："不要给我买衣裳了，我有穿的衣裳了！我陪三嫂逛商场，给我三嫂买点儿东西吧。"

柏兰带着小静逛遍了小寨的商场和自由市场。两人跑累了便在一家小吃摊铺上先要了两碗肉臊子岐山面。小静津津有味地吃了一碗后眨巴着眼睛看她三嫂，柏兰会意地笑了笑，说："啊呀，这家的岐山面味道真不错，我还想吃一碗，你呢小静？"

小静就笑着说："我也正有此意。"

吃罢岐山面，姑嫂俩又在市场里转了一大圈，买了绿豆、苞谷糁子、挂面和辣子面乱七八糟一堆东西，大包小包拎着走出市场坐上了公交车，在北方大学校门口不远处下了车，兴致勃勃回到家里。

姑嫂俩回到家就换上了同样的很洋气的花格格上衣给严兵看。柏兰笑眯眯地看着严兵说："看看我和小静穿上像不像姐妹俩？"

严兵开玩笑说："咱小静穿上这件衣裳真好看！不过你俩站到一起像母女俩，不像姐妹俩！"

小静忙打圆场说："就像姐妹俩，人家售货员都说我俩是亲姐妹哩！三哥眼力不行，看我三嫂穿上多洋气，多年轻漂亮！"

柏兰就笑了，说："还是咱家小静说话有水平！"

小静却又有些不安地说："啊呀，我一个学生娃娃穿这么高档的衣裳不太合适吧？"

柏兰就建议："要不你就下课后穿，或者星期六、星期天穿。"

小静高兴地说："还是三嫂想得周到！"

严兵有次和柏兰、小静在家包饺子，闲聊时问起了小静毕业后的打算，小静不假思索、态度坚决地说："我早就想好了，哪儿也不去，就回老家侍候两个老人，我在他们身边你们也放心！"

严兵和柏兰听着很感动，觉得小静比他俩有担当。其实小静心里很清楚，虽然大哥和五哥在沙州城里，但他们有自己的工作和小日子忙活，不可能守在父母身边。四个姐姐三个已有自己的家庭和孩子，而且四姐也快要嫁人了，因此她必须主动挑起这副担子来。

小静大姐王清在县银行工作，已有一儿一女；丈夫是空军的一名飞行员，是云南大理白族人，叫彭家志。他人长得高大英武，姐妹们和同事、朋友、亲戚们都羡慕王清找了个好对象，王清也是心满意足，觉得一辈子有了靠山。大姐夫转业被安排在沙州县银行工作，一步到位，解决了后顾之忧。王清满意地对丈夫说:"二娃子,这下可是弄应志(方言,妥当)咧,不用再调过来调过去瞎跑杠咧!沙州地区人事局就认你们空军政治部的介绍信!"

彭家志刚刚被任命为县银行的副行长,相当于副科级干部。他在部队上已经是中校军衔了,相当于副县级,到地方上算是连降了两级。

彭副行长语气平淡地自嘲说:"嘿嘿,应志倒是应志了,代价也不小哩!我一个副团级待遇变成了副营级待遇,工资少了多少哩!好在还给了一个官官做!最大的好处是每天晚上咱能睡在一起,从此不用牛郎织女两天地咧!"

王清哈哈一笑,说:"你这牛郎倒是驾着飞机跑天上去咧,我这织女反而在凡间织布盼着你下来哩!二娃子你真会想象!"

彭副行长严肃起来,板着脸说:"王清同志,请你说话注意点儿影响!这儿是副行长办公室,不要开口闭口'二娃子'乱叫,让人听见了一满不应志嘛!"

王清被他逗得大笑起来,彭副行长却依旧绷着脸说:"哼,笑得浪声浪气,在领导面前拨厉(方言,实在)不正经!"

王清笑得愈发厉害,浑身颤抖着,手指着彭家志说不出话来。

只听彭副行长妙语连珠又说道:"哼,笑得像一朵绽放的芙蓉花,拨撩得领导还能不能安心地工作咧?像你这么漂亮的女人哪个后生能扛得住?咱们还不如快快点拾掇,早点儿下班回家吧!"

王清无法抵挡丈夫抛出的一波又一波笑料,索性捂着嘴逃出了他的办公室……她很佩服彭家志的语言天赋,他已经把沙州方言完全融会贯通了,就连声调他都能学得惟妙惟肖。他真是一个语言天才!他的幽默更是显示出了一个男人的魅力,显示出了他丰厚的文化内涵。他不去当相声演员真是可惜了!他在航空兵学院读书时就显露出了他在语言方面的天赋,当时教他语文课的方伟教授特别欣赏他,曾建议他去考北京大学中文系的研究生,认为他必成大器。

他对王清讲起过去上学时的理想和抱负。他说他的理想就是当一名飞行员,飞上蓝天,海阔天空自由翱翔。他高中毕业后如愿考上了陆军航空兵学院,毕业后就实现了飞向蓝天的梦想。他没有选择报考北大的中文系研究生,他认为他的理想并不是做一名学者，语言只不过是他的一个爱好，就像一个人爱好唱歌、爱好跳舞一样。他上学时还写过相声段子，和另一名同学在全校晚会上表演时曾引起轰动。

彭家志再一次郑重地告诫王清不可以在单位叫他的小名，即使只有他俩时也不可以。王清答应绝不叫，只在家里叫，说着就大声喊叫："二娃子，你先给浩平、浩娅洗脸洗脚，我到厨房去去就来！"

儿子浩平四岁，女儿浩娅不足两岁，是一对活泼可爱的小宝贝。儿子传承了父亲的语言才能，能说会道。只听浩平随着他妈妈大声喊："二娃子，给我洗脸洗脚，听见没有？"

浩娅也学她哥哥，奶声奶气地尖着嗓子喊："娃——娃！"

丈夫苦笑着一脸无奈地侍候小宝贝，对反身回来的妻子说："你看看，这就是你的言传身教，成何体统！"

王清却是乐呵呵地对儿子说："再喊一声二娃子！"

浩平就鼓足劲地喊："二——娃——子！二——娃——子！"

浩娅也不甘落后地喊："娃——娃！"

每天下班从幼儿园接回宝贝后，一家人到了晚上总要闹腾一阵子，闹尽兴了才去睡觉。

有道是有苗不愁长。转眼间浩平、浩娅已分别上了初一和小学五年级，而他俩的小姨小静正在念初中三年级。小静一到放学就招呼上同校的外甥浩平，一块去找在同一条路上小学的外甥女浩娅一起回家。浩平、浩娅就"小姨、小姨"亲热地叫着，他们三个同龄不同辈的少年每天就说说笑笑、亲密无间地相处着。

小静成长的年代，正是市场经济大潮涌起的时代，小静的大姐夫在市场经济的大潮中看到了商机，背着妻子王清试验性地运作了一回。他和在内蒙古鄂尔多斯工作的一个战友合伙，在当地牧民手上低价收购了两千斤粗羊毛，每斤四块钱，在沙州通过朋友的关系转手卖给了县毛织厂，每斤以十一块的价格结算，除去人情费每斤净赚六块钱，两千斤纯利润一万二千元，他俩各得六千元,这在20世纪80年代是一个令人惊奇的天文数字!彭家志当时每月的工资也不过是六十多元,"万元户"是当时富豪的代名词。尝到甜头的彭家志开始谋划成立一家私人贸易公司。

当时国家的政策正大力支持鼓励个体经营,其意图就是搞活市场。彭家志征求妻子的意见:"我想成立一个合股的贸易公司,你觉得怎么样?"

王清早就看出丈夫的心思了,也很清楚丈夫的才能,于是十分明确地说:"我完全赞成你的想法,家里的钱除了生活费外,完全由你支配使用,不够了咱再想办法借上一些。"

彭家志望着妻子,语气中带着浓浓的感激之情说:"我就知道你会支持我的,你总是这么信任我!不过,你就不怕我把钱全赔进去了?"

王清坚定地说:"全赔进去我也不怕,大不了从头再来。男人就要有股子敢干事的劲儿,我就喜欢你这样的有男子气概的人!"

彭家志开玩笑说:"我要是弄砸了,一夜又回到解放前,变成了穷光蛋,怎么办?"

王清毫不犹豫地说:"你就是变成了个要饭的,我也会引上娃娃跟着你去要饭!"

彭家志更感动了,禁不住大声喊出来:"这才是真爱呀!老天爷呀,我彭家志怎就这么好的福气,娶了你这样同心同德的好婆姨!"

王清的情绪也激动起来,大声说:"二娃子,我和你的感觉一样样的,嫁给你这么应志的男人,是我这辈子的福气!"

小静的二姐叫王宁,二姐夫叫胡启明。胡启明是沙州城人,老辈上从京城迁居到沙州城,成了沙州城的一门大户。据说胡家祖上在京城做过大官,胡启明爷爷的爷爷在清朝末年当过户部仓场侍郎,相当于现在国家粮食和物资储备局的副部级局长。那胡家老太爷到了晚年,不愿为官也不愿再居住在京城,于是辞去官职带领全家老少迁回祖籍沙州城。

到了胡启明爷爷这一辈,他家已没有什么势力,胡家子孙又不善经营,几个商铺早已被变卖一空,只落得一座四合院,一家三辈十几口人仅靠一个豆腐作坊勉强维持生计。胡启明兄弟三人均为沙州中学的学生，大哥帮助父亲经营豆腐坊，二哥帮人经营一个杂货铺，只有老三胡启明考上了大学，读了几年财经专业。胡启明在地区银行谋取了一份工作并深得行长赏识，没几年便当上了科长，之后凭着他的聪明才智和勤奋努力晋升到了副行长的职位，他本人很珍惜这个来之不易的官位。

他婆姨王宁这日下班回家后对他说："哎启明，我给你说件事，你看能不能考虑一下。我觉着这事能做。"

胡启明向来宠爱漂亮而灵动、温柔而又崇拜他的妻子。见她这么说就笑眯眯地盯着她问："宁宁，你先说说是什么事情，咱们再商量嘛。"

王宁坐在他身边，温情地拉着他的手慢慢说："哦，是这么回事。我姐姐今儿后晌专门到我单位找我，给我说大姐夫想和你合作注册成立一家贸易公司，先听听你的想法，然后再来和你详细面谈。"

胡启明一听便明白了挑担的用意。他笑着温和地对妻子说："这个大姐夫也真是见外了，一家人么还客气什么，直接来家里说嘛，都可以好商好量，是不是？我明天上班后打电话约他们到咱家吃饭，行不行，宁宁？"

王宁一听喜上眉梢，抱住丈夫就在他脸蛋上啵的一声狠狠亲了一口，嗲声嗲气地说："我明天一早在单位先露个面，然后就到菜市场给咱采购去。刚好明儿是星期六，把大姐一家四口都请过来，你和大姐夫喝点儿酒好好聊，我和大姐包羊肉饺子。"

第二天，彭家志左手拎着两瓶扎在一块的西凤酒，右手拎着装有两条红塔山香烟的小提包，满面春风地和妻儿进了挑担家的门。胡启明热情地接过他手里的礼品，一脸笑地调侃说："大姐夫是无事不登三宝殿哪！"

彭家志笑着回应说："哎，求人难哪！不过这是两全其美的好事，就看老弟愿不愿意干！"

胡启明给彭家志斟满茶又递上一支中华牌香烟，划根火柴替他点上，说："发财的事谁还会嫌弃咧？大姐夫深谋远虑，这公司肯定靠谱着！我投资多少钱才算入股咧？"

彭家志用心审视着胡启明，半信半疑地问："启明你真的愿意和我合伙搞这个公司？这可是有风险的，我把丑话说在前头！"

胡启明坚定地说："我何尝不知道经商的风险？不入虎穴，焉得虎子！我对大姐夫是有信心的，只是不知道还有什么合适的人一起干？"

彭家志坦率地说："还有我的一个战友，叫汪国志，在鄂尔多斯市政府工作，人很能干很可靠！就咱三个合伙人。公司注册和启动资金大约一万元，我拿出四千元，你和汪国志各拿出三千元，我持有百分之四十的股份，你们俩各持有百分之三十的股份，你看怎么样？"

胡启明爽快地说："没问题，三千块我还是能拿得出来的！公司的名称你想好了没有？"

彭家志一副胸有成竹的神情，笑嘻嘻地说："嘿嘿，早就想好了一个名称，就叫'志明贸易有限责任公司'，你看怎么样？"

胡启明低头琢磨了片刻，一拍大腿赞成道："这个名称一满应志着了，把咱们三个人的名字都包含进去咧！就这么定了吧！你当总经理，我和汪国志当副总经理。"

彭家志伸出一只手，郑重地对胡启明说："祝贺你荣任'志明贸易有限责任公司'副总经理！胡副总经理，谢谢你的支持！"

胡启明赶忙握住彭家志的手，表现出激动的样子，说："还请彭总多多指教，多多关照！"两人握着手，哈哈大笑起来。

一个月后，沙州城南门口内街西头一家门面房门口挂上了一块醒目而气派的大木牌，竖写着"志明贸易有限责任公司"十个大字。彭家志和汪国志如法炮制在内蒙古这块"风水宝地"做了公司成立后的第一单大生意，以最低的价格谈成了收购粗羊毛，每斤收购价压到了三元钱，一共收购了六千斤粗羊毛。这晚汪国志在鄂尔多斯宾馆里招待老战友彭家志，庆祝他们顺利收购了羊毛。一瓶酒下肚，彭家志带着七分醉意说："老汪，咱俩真是有缘哪！在部队上时咱俩就是搭档，我是中队长你是副中队长，我是中校你是少校，对不对？咱俩最对脾气，无话不说，对不对？现在虽然到了地方上，可咱兄弟俩还在一起弄事，一起发财！这就叫什么来着？你说叫什么来着？"

汪国志半醉着翻了翻眼想了想说："兄弟不分你我，有钱一起享用！对着不，老彭？"

彭家志哈哈大笑，指着他说："还是那么没文化！这叫'有福同享，有难同当'！知道了没？"

汪国志点了点头，说："知道了中队长！一起收羊毛，一起喝酒吃肉！"

两人睡到大天亮。吃了晌午饭后，两人商量起了分红利的事情。彭家志说："这回算下来能赚三万六千块钱。一人一万两千块钱，我回去卖给毛织厂后，钱到手了就给你汇过来。有了这笔钱，你可以考虑在这儿开一家分公司咧，咱逐步把公司搞强搞大，咱一人拿出五千块钱先注册成立分公司，咱三人把本钱拿回家就行咧，再把贷款五千块还了，余下的就用作公司的运转资金，行不行？"

汪国志兴奋地说："我全力支持筹建分公司，把三千块本钱拿回家给老婆就能有个交代了，她就怕咱的投资打了水漂哩！我全按中队长的指示办！"

彭家志回到沙州迫不及待向他婆姨汇报了顺利购得了六千斤羊毛的喜讯，还对她描绘了进一步发展壮大公司的规划。王清听了喜得合不拢嘴，问他要不要请妹夫一家人到家里聚一下。彭家志豪气地说："呵呵，清清，咱不用那么辛苦地自己动手，我给咱在城里最有名的沙州美食府订上一桌饭，又气派又省力，你看怎得个？"

王清忙说："哎呀家志，还是你想得周到，又会心疼人。这回咱妹子和妹夫肯定高兴哩！"

彭家志称赞胡启明有眼光有胆识："哈哈，要不是启明给我贷款了五千块钱，这回也收购不了六千斤羊毛，所以这一单生意他也是功不可没！"

胡启明没想到公司的第一单生意自己就收获了一万二千元的红利，除去了三千元的投资，他净赚了九千块钱，这让他对大姐夫更是刮目相看，佩服得五体投地。席间，他先是听到大姐夫说如期还上五千元贷款，心里就觉得没有了后顾之忧；当听到大姐夫说每人获利一万二千元，心里就为之一振，禁不住露出激动的神情；接着听到大姐夫说到如何分配使用这笔钱的计划时，他频频点头表示赞同……挑担俩窃窃私语，互相不时地举杯敬酒；姐妹俩也是心照不宣，各自欣赏着能干又会挣钱的丈夫，脸上都笑成了一朵花。这顿饭两挑担喝得那叫个酒逢知己酣畅淋漓，东倒西歪地被各自的婆姨搀扶着回了家。

过了没多久，正当彭家志和胡启明踌躇满志地谋划着下一单更大的生意时，彭家志的顶头上司——县银行行长找他谈话说："县纪委接到群众举报信，说你身为国家干部私自成立公司，倒买倒卖羊毛，中饱私囊，违反政府对干部不允许经商的规定，有损政府形象。我劝你尽快停止一切经营活动，不然后果自负！"

彭家志找到了胡启明，和他一起商量下一步该怎么办。胡启明看清了形势，表明了自己的态度："要么退出经商，要么辞去公职，二选一，没有其他选择！"

第六十一章

时值1991年夏季。

严兵和柏兰趁着暑假回到沙州探望母亲。妹妹小静说："妈就爱吃羊杂碎，一天一碗，还就爱吃大姐夫家的。我天天放学了都去铺子里拿羊杂碎，从来不掏钱！大姐夫做的羊杂碎味道可好了，生意红火得很，吃的人都要排队了！"

严兵笑着问小静："大姐夫不是县银行副行长吗？怎么又做起羊杂碎生意了？"

小静说："早就辞职不干了，现在专门卖羊杂碎。城里人就认他'老彭家羊杂碎'，味道在几十家卖羊杂碎摊子里头数得上第一。不信你去吃一碗，不骗你！"

严兵感到很好奇，觉得一个南方人把沙州人爱吃的羊杂碎做到这么有名气，有些不可思议。于是这天上午他独自一人在街上由北往南随意溜达，在钟楼底下街西面看到了"老彭家羊杂碎"招牌，铺里铺外的长条凳上坐满了吃客，还有一部分人正站着等待腾出空位来。严兵不动声色也跟着站在那里排队，观察着忙里忙外招呼客人的四个人。他很快就辨认出了灶头上一口大铁锅旁挥汗如雨的那个高个子师傅就是彭家志。他看上去比原来发福了不少，一张黑红脸膛，完全没有了往日的副行长风采。

一个中年瘦脸男人从内院拎来一桶烧开了的羊汤和一桶切成三寸左右长

短的熟粉条，又转身回去拎来一桶六七成熟的洋芋丝丝。待汤翻滚时，老彭将粉条倒入锅内，五分钟后又将洋芋丝丝倒入锅内，随即放入少量切好的羊杂碎（羊肝、羊肠、羊头、羊肚），又放入两大勺羊油泼的辣子面、一大碗炸焦炸黄炸脆的洋芋条条、一大把切得碎碎的葱和香菜，还有一碗像是羊奶一样的白色液体。只见老彭用一大铁马勺将大铁锅内调制好的羊杂碎麻利地舀在三个铁桶内，一旁的一个胖后生拎着——放在一个大木案上，用一短把子铁勺一勺一碗分放在案上，另一个中年妇女一碗一碗地送到吃客手上，然后老彭开始调制新的一锅羊杂碎。

严兵目睹了老彭做羊杂碎的全过程。轮到他坐下后不一会儿，那个大眼睛厚嘴唇的中年婆姨就给他递上来一碗热乎乎漂着一层辣子红油花花的羊杂碎和一双筷子，嘴上冒了一句："一碗不够言传！"

严兵先嘴贴着碗沿抿了一小口汤。啊呀，果然又鲜又美，回味无穷！再品那碗内几样东西，竟然越吃越香……这老彭怎么弄的？确实能让人吃过就忘不了，让人一吃就上瘾，而且想过瘾只能吃"老彭家羊杂碎"！

四年前，彭家志被眼红他的人检举违规非法经商。他一怒之下索性辞去了公职，轻装上阵一心一意搞成了几桩大单生意。手头上有了五十万的彭家志硬是没能按捺住一夜变成百万富翁的强烈欲望，走了一条最直接最简单也最有风险的途径——炒股。

他的美梦没能成真，反倒落了个一贫如洗。同样被他拉下水赔得很惨的胡启明绝望地站在省城朱雀大厦楼顶上，带着醉意问夜空的月亮和星星："老天哪！为甚会输得这么惨？！我这是什么命呀？！不如死了算了！"

坐在旁边楼板上的彭家志一屁股爬起来抱住胡启明的后腰说："啊呀启明，可不敢往绝路上想！钱是什么东西？身外之物呀！没了还可以挣！命没了就彻底完了！你输了三十万，我输了个精光，五十万的家底子全部打了水漂咧！可我还没有想到死！我如今明白了，炒股全凭运气，根本就没规律！咱俩炒股没运气，这回是我把你拉下水咧，对不起老弟你呀！咱们得把这个事想开了，一切从头再来！鼓动我来省城炒股的战友王占元这次不也栽了吗？他一下子赔了八十万,过去他自称是'常胜将军'哩,这不也马失前蹄了吗?所以说,炒股和赌博一样,就是投机,只能说是咱的运气没到,谁也不能怨谁!"

胡启明从楼顶边沿上转过身来,痛心疾首地说:"我并不怨你,老彭,我只是觉得对不起王宁对我的信任和期盼。她那么善良,那么会理解人,她又要替我难过咧!你说得对,留得青山在,不怕没柴烧!咱俩挑担如时(方言,现在)已经绑到一搭咧,你好我也好,你辞职不当干部了,我也成了一般科员了,咱俩是一对倒霉蛋!唉,等着转运吧!"

穷光蛋彭家志从省城回到沙州城后,从前街到后街,从城北到城南,整整转悠了一个礼拜。这一天吃了后晌饭溜达到胡启明家,坐了一阵子站起身就要走,胡启明就问他:"老彭你有甚事言传嘛,让我猜甚谜谜了嘛!"

彭家志就又坐了下来,吞吞吐吐着说:"想跟你借点儿钱,不知你方便不?"

胡启明急忙问:"要多少钱,何时用哩?"

彭家志说:"得一万块钱,八九千也行,越快越好!"

胡启明小心翼翼地问:"用钱做甚哩,方便透露一些吗?"

彭家志想了想,笑着说:"暂时保密!"

胡启明不再问他,只说:"明天前晌我送到你家里去,一万五千块够了吧?"

彭家志忙说:"就一万块吧,够用了。"

彭家志下了决心,从风险小、投资小的卖羊杂碎重新做起。

铺面他也选好了,是钟楼底下的一家门面房。那门面房原来是一家面馆,店主急用钱就决定转让了,里面还有个小院和两间房。

彭家志从省城回来后就当着王清的面痛哭了一场,王清不知道该怎么安慰他,只是陪着他默默地流泪。他们家里确实没有任何存款了,真正是"一夜回到解放前";好在她还有一份工作,不然一家四口人真要出门讨饭了。

彭家志没有一蹶不振、怨天尤人。

他在城内街道上溜达着吃遍了所有卖羊杂碎的摊摊,认为城南老李爷摊子上的羊杂碎最有味道,一周内他在老李爷摊子上吃了六七回,细心观察老李爷如何做羊杂碎。他发现老李爷的秘诀就在汤里头,至于汤里头放入了什么东西，他不得而知。他知道问也是白问，人家老李爷凭什么告诉他！有道是功夫不负有心人，这天他坐在老李爷摊子上的小板凳上吃了一碗羊杂碎后，突然就生出了一个想法，心里一阵激动。他趁老李爷没发现，把老李爷羊杂碎汤桶底的渣渣抓了一把放在一个塑料袋内，站起身就往家里跑。他气喘吁吁回到家对王清说："你不是有个女同学在县中医院当药剂师吗？"

王清曾不经意说有一个中学时的同学，叫张亚兰，毕业后就跟着她父亲学中医了。彭家志看着王清的情绪似乎比前几天好了一些，心里高兴起来，便又说："我有点儿东西想让张亚兰辨认一下是什么药材，你看能不能请她帮个忙？"

王清说："这个简单，我写个条子你拿上直接去找她，她一定会帮忙的！"

张亚兰很热情地接待了彭家志。她仔细看了看那点儿碎渣子，很有把握地对彭家志说："老彭，这里头有些东西是药材。"

彭家志对张亚兰表示了真诚的谢意，拿着张亚兰辨认出的药材清单，便离开了中医院。此时他对如何调制出独特而美味的羊杂碎汤，心中已有了明确的想法。

沙州城人爱吃羊杂碎爱到什么程度？最有资格回答这个问题的老沙州城人胡启明当着他们两家人的面调侃说："这么说吧！一天不喝一碗羊杂碎心慌慌，吃什么东西都不香！馆子里吃的再好再贵，都顶不上一碗翻滚的羊杂碎！"

胡启明一百个、一千个赞成和支持彭家志卖羊杂碎，此时却摇头晃脑、故作戏谑说："啊呀大姐夫，你一个南方生瓜蛋胆量不小，敢在做羊杂碎强手如林的沙州城里头露一手，实在是精神可嘉！就怕你做出来的汤水没人吃！"

彭家志在大家的戏谑声中用沙州话回敬胡启明说："看你枣核核脑憨佁相，能害哈甚叫好汤水咧？你大姐夫我鼓捣出来的羊杂碎怕你半夜起来都想偷得吃咧！不是我吹牛咧，这城里有几十家羊杂碎摊摊，以后我彭爷的'老彭家羊杂碎'如果是第二名气大，没有谁再敢说他是第一名气大！不信你睁着你那两颗玻璃圪蛋蛋瓷球球眼珠子看着，到时候看你还敢不敢再没大没小臊呱敲打大姐夫！"

两家人都被"彭爷"地道的沙州话逗得捧腹大笑起来。

严兵看着彭家志忙得不亦乐乎的样子,有滋有味地吃了两碗羊杂碎,又用携带的铝锅买了六碗端上就默默地离开了。他不想打扰老彭做生意,他和老彭本来就不熟,因此他觉得没必要那么主动地去和这个姐夫套近乎。三年后小静考学到了西京。之前他刚从国外回来到沙州探望母亲时,就听小静说她大姐夫和二姐夫的公司这几年发了大财,公司有了上千万的资产;大姐夫已经是沙州县有名的民营企业家了,住上了小洋楼,开上了小汽车,还穿上了西装打上了领带,就和电视剧里大老板的派头一样样的,可威风了!严兵听了很为老彭高兴,他很敬佩老彭的拿得起放得下,觉得老彭的确是个与众不同有才能的男子汉。做男人就应当像老彭这样勤奋而有担当!

小静的三姐和四姐是另一个女人所生。

三姐叫王慧,是个聋哑人。她小时候得过一次大病后就失聪了,之后不久又基本上失去了语言能力。到了上学的年龄,她被送到延安聋哑学校去念书,一直念到初中毕业。王慧是个十分聪明的姑娘,心灵手巧,再加上她长得漂亮,性格温顺,因此深得老师和同学们的喜欢。除了学文化,她还学会了绘画和刺绣,老师认为她的悟性很高,而且记忆力极强,于是用心培养她动手的能力。她的刺绣作品深得美术老师们的赞赏,她仿照西京美术学院刘文西教授"陕北婆姨"系列画像的刺绣作品被学校展览馆选中挂在展室内,刘文西教授有次到他们学校授课偶然看到后大加称赞,还专门和她谈过一次话。

1976年开门办学时,到延安市机械厂学工的严兵还专门去聋哑学校见了王慧一面。这个纯朴善良的妹妹对他非常热情,就像是在异国他乡见到久别的亲人一样,让严兵不由得产生了深深的怜悯之情。

严兵和她交流起来不是十分困难,她已经比较熟练地掌握了唇语,而且她自己也能发音,可以生硬地说出一些话来,比较复杂的话语她就用笔写在一个随身带着的小本上。在短短的一个月学工时间内,她往机械厂跑了三次,都是从老远的学校走过来的。有两次她还带着咸菜炒肉给她这个哥哥吃,让严兵非常感动。严兵和同学们结束了学工,当日上午正准备坐着学校的大轿车返回富县牛武公社的"窑洞大学",王慧匆匆从学校赶来送他,踮着脚将手里拎着的苹果从车窗递给他，眼眶里闪烁着泪花……同学们都被眼前这个纯朴善良美丽的少女深深打动了，都用同情的目光注视着他们兄妹俩。他们没说几句话，车就启动了，缓缓驶离机械厂，王慧不停地摆动着手，瘦小的身影逐渐消失在严兵的视野中……

王慧和刘和平曾经是志同道合的同学，他俩一起回到沙州打拼，不分昼夜地飞针走线，不辞辛苦地走街串巷。他俩互相勉励着，一直往前行，不顾投来的白眼；他们从不自卑，他们不信命，不信什么救世主，信的是自我奋斗。老师们的教导他们牢记在心：要在现实的社会生活中经受住磨炼，一切全靠你们自己！

毕业典礼上，他俩坐在台下聆听即将退休的校长爷爷董文水连说带比画的致辞："……学校培养了你们，你们在这里，在这个温暖的大家庭里学习生活了近十年时间，由一个少年儿童成长为现在的青年；你们拥有了文化知识，掌握了一定的生存技能，即将进入社会，靠你们自己去谋生存谋发展。你们的校长爷爷和老师爸爸、老师妈妈们祝福你们的同时，也放心不下你们啊！十年来我们朝夕相处，我们用三千多个日夜陪伴着你们长大，你们就是我们的亲生儿女呀！"

校长爷爷说到动情之处，眼睛湿润了，抹下老花镜，从口袋里摸出一块刺绣着字的小手帕擦了擦眼睛，比画着说："唉，我收到了一百多块小手帕，都是你们送给我的礼物，上面有你们刺绣的祝福语、美丽的图案和名字。我要保存好这些手帕，只用它们擦眼泪，不用它们擦汗水和鼻涕……我要想念你们了就拿出来看上一看，看看哪一块手帕是哪个同学送的，我就会想起你们在校时的样子来……谁是怎么个性格，怎么个情况，有什么特点，都在我脑子里头存着咧，想甚时候放出来就放出来，就像放映电影一样活生生的！"

功夫不负有心人。有志者事竟成。他俩将这两句格言刺绣成两幅作品，装在考究的玻璃木框里，挂在租住的房内墙壁上。那是他俩的座右铭，是他俩人生奋斗的行动指南。王慧和刘和平共同创作的精美刺绣作品《周总理在延安》《青年毛泽东在安源》《陕北婆姨》《锦绣山河》等，很快在沙州城和各县有了名气。预订他俩作品的单子越来越多，两人成了沙州城里的名人，忙得不亦乐乎。

他们的两幅作品《周总理在延安》和《画家刘文西》被沙州地区文化馆推荐参加了省民间艺术家协会举办的"民间艺术精品评选",分别获得了二等奖和三等奖,随后不久两人就成为该协会的会员。

沙州人喜爱这一对夫妇充满生活气息的刺绣作品,胜过了那些所谓名人的字画。王慧和刘和平在沙州有了立足之地,他们更加勤奋地工作着,他们对生活对艺术创作充满了信心,他们感悟到了"功夫不负有心人""有志者事竟成"这两句格言的真正含义!

王慧六岁时就没了妈,四妹那年四岁,她俩是一母所生,因此她们姐俩走得最近,感情也最深。四妹大名叫王妤,小名叫小妤。小静的爸爸当时每天要工作,无力同时照顾两个孩子,于是就把王慧留在了身边,将刚满四岁的小女儿王妤托付给了在农村的妹妹抚养。姐妹俩离别时哭得泪人一样,姑父狠下心抱着妤妤就走,当时妤妤死命地哭喊着三姐的情形让王慧终生难忘。

姑姑对妤妤疼爱有加,视如己出。

姑姑有两个儿子,老大十三岁,老二十二岁;老大叫王连,老二叫王排。

姑父的大名叫王狗子,起名时姑父他爸坚定地认为狗子福大命大,必须叫狗子,之后狗子果真就引路一样又引出了二狗子和三狗子。

第六十二章

自从王妤被父亲寄养到她姑姑家以后,她一直受到姑父姑姑和两个哥哥的照顾爱护。她把姑姑当成了亲妈,把王连、王排当成了亲哥哥。王连、王排是村里的小霸王,两人长得高大威猛,一块玩的小伙伴们都怕他们,也服他们,平时见了王妤也是一个个俯首帖耳巴结的样子。王妤到了八岁时就被姑姑送去上小学。他们乡上的小学和中学都在乡政府所在地,小学念六年,初中、高中各念三年。她每天跟着两个哥哥要走二里路去学校,前晌饭他们三人随身带着在学校吃,后晌三人又一起回到家里,吃过饭就趴在书桌上一起做功课。两年后,王连和王排高中毕业,哥俩一起报名参军,成了光荣的人民解放军战士。

正在念小学二年级的王妤,扎着两条小辫拉着姑姑的手给哥哥送行。王连、王排胸前戴着大红花,喜气洋洋地站在他们的父母还有小妹妹面前,耐住性子聆听着父母一遍又一遍的嘱咐。来乡上接新兵的县武装部李干事和乡武装股王股长催促送别儿子的父母亲戚们,王股长开玩笑说:"还有五分钟就都上车出发咧,抓紧时间拣重要的话说,不要光是哭鼻子,要高兴要笑脸相送嘛!"

王狗子不放心地一再说:"可不敢意气用事和人家打架,部队上可不是村里头,有纪律咧,明白了没有?"

王改英摸摸王连的脸,又摸摸王排的脸,临到分别了,哪一个也舍不得放开走,不放心地说:"你爸说得对着咧,平常有妈和你爸护着你们咧,到了部队可不能由着性性来,可不敢天是老大你是老二把谁也不放在眼里!明白了没有?!"

爷爷感冒发高烧在炕上躺着,没来乡政府送行。还剩两分钟时,三狗子赶着驴拉车带着爷爷到了。爷爷驼着背一手拉住一个孙子,笑嘻嘻地开玩笑说:"爷爷后悔咧,不同意王连、王排当兵咧!咱就复员退伍回家吧!"

小妤学她爷爷说:"就退伍回家吧!"

爷爷又说:"回家给你们两个人娶婆姨!"

小妤又指着两个哥哥重复爷爷的话。

王连、王排两个一米八五虎势势胖乎乎的大小伙子始终不说一句话,不落一滴泪,只是用心地听着,深情地看看这个看看那个。

武装部李干事发出指令:"全体新兵都有,听我的命令——立即上车!"

王连、王排敬了一个礼,迅速爬上军用大卡车,再也没有回一下头……

小妤在两个哥哥去当兵之后,在姑姑家又待了四年,一直到小学毕业她才回到了城里。她开始在沙州中学念初中,吃住都在学校里。她时常想念她的姑姑,常写信给姑姑倾诉她的思念之情。她在姑姑身边待了十年,早已把姑姑当成了亲妈。放寒暑假时,她就迫不及待回到姑姑身边,那是她感到最幸福的时间。她也和在聋哑学校念书的三姐王慧一直保持着书信联系。三姐说再过四年她就从聋哑学校毕业了,至于去哪里工作,一切都还是个未知数。小妤希望三姐毕业后回到沙州工作,这样她们姐妹俩就又能在一起了。

两年后小妤初中毕业,她听从父亲的安排,到沙州县制革厂当了一名学徒工。她吃住都在厂里。她的学徒工工资每月十九块六毛钱,每月刚一领到工资,她先去汇给姑姑五块钱,再给父亲买一条烟;隔两三个月,她还会给三姐汇五块钱。她觉得多少是个心意,她目前也只有这点儿能力。

又一年后,学徒期满时,王妤和师兄李国元结了婚,她这年刚刚十九岁,李国元二十二岁。三姐和三姐夫特意为她制作了一幅精美的刺绣作品以表示他们深深的祝福,上面绣着八个字:情深意长,白头偕老。还给他们小两口送了一个六百块钱的大红包!这在当年相当于一个科级干部一年的工资!

王妤十分激动地对王慧说:"啊呀三姐,你们送的礼金太重了呀!你和三姐夫挣点儿钱也不容易啊！"

王慧比画着说："我们是娘家人嘛，是陪嫁的钱不是普通的礼金，姐姐是你的亲人哪！"

王妤情不自禁地抱住王慧哭，王慧也陪着她哭。王慧嘱咐妹妹要好好生活，好好爱妹夫李国元，说看得出李国元是个靠得住的实在人。

小静并不留恋大城市的生活，毕业后就义无反顾地回到了父母身边。在她五哥严商的多方活动下，她如愿以偿被安排到了地区法院工作。小静告别在省城大学里教书的三哥三嫂时说了一番话，让他们非常感动，她说："人家像我这么大年龄的女娃娃，父母都是四十刚出头的中年人，我的父母都已经是六十出头的老年人了，而且母亲身体有病行动不便。我没有选择的条件，是生活选择我，不是我选择生活，这就是我的命运，我面对的就是这样的现实。我要回去照顾两位老人，去担起我的责任，没有人能代替我，这一点我看得很清楚！"

小静说这番话时显得那么平静，仿佛早已把这些事情看清了，想好了。她安慰哥嫂说："我在老人身边你们大可放心，你们就安心工作，不要为我担心！有什么情况我会随时联系你们！"

严兵和柏兰都心疼这个年纪和他们女儿一样的小妹妹。柏兰说："小静，回去以后和你五哥五嫂还有大哥大嫂商量一下，雇上一个保姆专门侍候两个老人，这是长久之计。你有了工作以后还要天天上班，是不是？雇人的费用由三个儿子分摊，如果保证不了就由我们一家出。这个事情你主动一些，不行你就直接雇人，我们按月把钱寄给你。"

严兵也说："小静你跟你五哥好好商量一下这个事，还有你工作安排的事，都得你五哥出面想办法。你五哥现在是地区电力局副局长，门路宽，人缘好，对老人又孝顺，凡事多商量！有了用钱处你只管给我们说！"

小静过起了三点一线的生活——法院、菜市场、家里。她想尽量减轻哥嫂们的经济负担，她想一个人先试着干一段时间。可她终究还是支撑不住了，每天忙得头昏目眩，走路都开始摇摇晃晃了。严商的一个同事兼好友提醒他说：

"严局长，我几次碰上小静，见她走路都快睡着咧，脚底下都踏不稳，太疲劳了吧？可不敢出点儿什么事呀！"

严商果断地请了一个保姆。

小静从心底里感激五哥对她的理解和关心。五哥费尽心思给她安排了一份好工作，不忍心让她太辛苦，这一切让她感到很暖心，觉着自己很幸运。

有一天，五哥对她说："小静，你年龄也不小咧，能谈对象咧。有一个后生叫焦刚，是我同事的儿子，也在电力局工作。小伙子各方面都很优秀，年龄和你也合适，我的意思是你们见个面，先认识一下，都有意思了就交个朋友往下相处，怎么样？"

小静羞红了脸，点头答应说："我听五哥的安排。"

有道是：百年修得同船渡，千年修得共枕眠。

小静和焦刚一见钟情，甚至有一种相见恨晚的感觉。焦刚不仅长得英俊文雅，更有两个特点令小静爱慕有加。其一就是他的长相与众不同，看上去既像汉族人又像维吾尔族人；其二便是他外冷内热，大方稳重，为人处世灵活得当。小静的妈妈见过未来女婿一面后，就凭着她的人生经验评价说："焦刚这小伙子是个有头脑干大事的人。"

焦刚还在吃奶时就被送到了二妈家寄养，因为当时他的父亲还在西藏部队上服役，母亲也随军陪着丈夫生活；生下焦刚后二人害怕在高原地区缺氧养不活，就狠着心送回了陕西涧水老家，托兄弟和弟媳抚养。他爸嘱咐他二爸专门为他买了一只奶羊，可二爸家三个孩子年纪都小，抢着喝羊奶，几乎没有焦刚的份儿，焦刚饿得面黄肌瘦，眼看着就养不活了！

同样生活在二妈家的爷爷拿红薯喂给焦刚吃，才不至于让他饿死……在省城工作的大女儿和女婿诚心诚意请老父亲到他们家生活，老父亲只提出一个条件，就是必须带上可怜的孙子焦刚。姑父姑姑满口答应了下来，于是爷孙俩就在西京姑姑家安心住了下来。

小静问起焦刚小时候的事情时，焦刚心理上的阴影一直无法抹去——记忆中大都是"悲惨世界"。焦刚回忆说他最美好的童年生活是在姑姑家，那几年他心灵上、物质生活上都是愉快满足的，姑姑、姑父待他像亲生儿子一样，无微不至地关心照顾他和爷爷。姑父和姑姑在单位、在亲戚朋友中的口碑都是那么好。他们的人品好，人特别善良！

焦刚看着小静关切的双眼，说道："我爸从部队复转回到了县上，被安排到了县电力局工作，我又从姑姑家回到父母身边。我和我的父母很陌生，不管他们对我多好，可我就是不亲他们，从心里就亲不起来，好像他们是后娘后老子一样！再后来我就有了一个妹妹，他们特别亲焦妤，我也很爱焦妤这个小妹妹。几年后我爸调到了地区电力局工作，我们一家四口人都到了沙州城里，在城里又安了家。我长到十二三岁时变得十分叛逆，在一群半大小子中称王称霸。我到处惹是生非，我爸逮住我把我往死里打，我不哭不告饶，只是咬牙切齿喊：'现在我打不过你，等几年我饶不了你！趁你能行，干脆把我打死了！'

"一次，我被打得昏死了过去，我的那帮子弟兄躲在一旁敢怒不敢动，后来把我偷着架走藏在一个地方，送吃送喝，我才活了下来。从此我不回家，和我爸结下了仇！"

小静惊讶得张大嘴巴，说："天哪，看不出来你小时候那么硬气！"

焦刚有些不好意思地感慨说："呵呵，我现在回想起来那时候的所作所为都觉得不可思议！"

小静又问："那你现在还恨你爸爸吗？"

焦刚笑了笑，羞愧地说："早就不恨了！就是觉得对不起他！我给他惹了那么多麻烦，让他丢人现眼，操了那么多的心……"

严兵和严商都很关心小妹和妹夫焦刚在事业上的发展，严商更是在他们个人发展过程中给予他们力所能及的帮助。他俩也是不负哥哥的期望，在单位里表现得都很出色。小静由一名普通法官做到了一个庭的副庭长，在单位上连年都被评为优秀干部，在"沙州好人"群众性推选中，以高票数被选为"沙州好人"，成了沙州地区和省法院系统的名人。焦刚也在电力局里不断进步，成了局里重要的科级领导干部。夫妻二人在事业上比翼双飞，在生活上、感情上互相关心，恩爱有加。这让严兵和柏兰感到十分欣慰。

严兵忽然有一天像是大梦初醒一般对着柏兰感慨万千地说："啊呀，咱们没觉着就变成退休人员咧，小静的儿子今年都参加高考了呀！咋感觉就像做梦一样，真正是人生如梦啊！"

柏兰笑道："你以为自己还年轻咧？你今年已经六十七岁咧，已经是别人眼里的老汉咧！感慨啥呢，不服老不行咧！"

严兵笑着说："哈哈，想想也是啊！咱结婚时你家小弟柏真还在上小学，现在他的儿子柏成都娶了媳妇了，咱能不老？再过几个月柏真都要当爷爷了，不是吗？吓人不吓人？！"

柏兰又笑着说："呵呵，自然规律，有啥可怕的？不就是人老了嘛！啥都顺其自然吧！"

严兵不再言语，陷入了沉思……他有缘与柏兰一大家子人相遇相知，与他们打了四十多年的交道，结下了深厚的情谊；他想着要用文字把这些往事记录下来，想着这样也不枉与柏家人相处一场……

第六十三章

严兵对林杰村的了解多来自柏兰。

柏兰时不时地说起她的家乡和她年少时的许多往事，看得出她对生她养她的这块土地的深厚感情——谁不说自己的家乡好，苦也好乐也罢，总是值得怀念的。人到了老年，更是念旧，年轻人不理解，他们的兴趣在于新鲜的、未知的、往前望的人生。

严兵羡慕柏兰少年时期充满着爱的家庭生活，叹惜自己不堪回首的童年和少年时代。他深沉地爱着柏兰，同时也爱她的娘家人。老丈人在他心目中是一个充满人生智慧却又"深藏不露"的农民伯伯。他其实更喜欢称呼老丈人为"大"，随着妻子叫。他们三个挑担对老丈人各有各的称谓。大女婿沾点儿亲，叫"大姑父"；二女婿后来也完全入乡随俗了，就叫"大"；三女婿按照他们当地的习惯，叫"叔叔"。

严兵头一回到老丈人门上是1979年过大年的时候。三个女婿排一行齐齐站在地上，面对着炕上坐着的笑眯眯的二老，一个接一个说起了拜年的祝福。大女婿董升摇头缓缓道："衷心祝愿大姑父、大姑福如东海长流水，寿比南山不老松！新春快乐，万事如意！"

二女婿严兵右手成拳左手抱住，作了一个揖，简单说了五个字："大、妈，过年好！"

三女婿白仁智笑嘻嘻地祝道："礼炮齐鸣喜庆来，雪花梅花并蒂开。祝福叔叔婶子身体健康，生活愉快，节日吉祥，幸福无量！"

炕角落里盘腿坐着三个女儿，还有她们的小弟弟和大女子的儿子。

大女子柏香崇拜地望着自己的男人，那目光里面满满地含着爱。

二女子柏兰显得有些矜持，她对自己的这个沙州城里长大的"沙州后生"的言谈举止充满着自信。

三女子柏竹脸上毫不掩饰露出欣赏的神情，显然是被当医生的丈夫的文采所打动。

老两口眯着眼，张着嘴，乐得满眉脸的笑。丈母娘自顾自地口中念念有词，不知在说些什么。老丈人很有气派地开口说："啊呀，你们三位都是一肚子知识，满脑子文化的大学生！你们的拜年'表演'我们都明白咧！我们都可是满意咧！我代表你们岳母白玉荣同志感谢你们咧！今黑里咱一大家子人就炒菜喝烧酒包饺子，来个一醉方休，哪个女婿也不能认怂！我的讲话完咧！"

地上站着的三个女婿和炕上坐着的女人娃娃们满满一窑人，一齐为"领导"讲话热烈鼓掌……

柏家富坚信"万般皆下品，唯有读书高"的道理，含辛茹苦地供着几个孩子念书。他语重心长、充满着期望对儿女们说："只要你们爱学，念到哪里我供你们到哪里！我就是再苦再难也要把你们供出来！"

他的儿女们个个靠发奋念书走出了林杰村，闯出了一番事业，有了自己的美好人生，也给了老父亲莫大的安慰。

柏家富老汉喜欢三个女婿，三个女婿也都敬重老丈人。老丈人发自内心表达了他对三个女婿的满意之情，说话间眼中闪烁着光彩："我们有福气，我们的三个女子也有福气！三个女婿个个能行，都是大学生，都是公家的人，端的都是旱涝保收的铁饭碗，按月月领钱咧。我的三个女婿各有所长，对我们这个家里各有各的功劳。大女婿在我们最困难的年景，连年闹饥荒时期，给我们一袋子又一袋子送来了麦子、高粱、玉米，都是救命的粮食！烧的炭一整车往我们家里拉！比个儿还顶事！那年我腿上害上了血管瘤病，冒出来一堆肉疙瘩，看着怕人得厉害咧！我说要到新疆寻我家老二家才和老四家仁去，让他们想办法找医生给我治好，我盘算他们不会不管我。我大女婿董升劝我说：'大姑父，咱就在延安治吧，这儿也有好大夫咧，能治好了！'我坚持要到新疆去，我说快二十年没见我的两个兄弟咧，我也想和他们见上一面。大女婿拗不过我，给我买了一张火车票，把我送上车，又给了我一百块钱；我大女子柏香给我烙了十几张两面饼子随身带着路上吃，就怕路上把我饿着咧！从延安坐上火车走了一天一夜；在西京住了一天，从西京坐上到乌鲁木齐的火车，走了差不多一个礼拜才到了地方；他们接到电报派人来火车站接上了我，我就住在了老二家里头。"

柏家富老汉又点上一锅旱烟，眨巴眨巴眼，看着炕上坐着的三个同村老汉又接上话说："啊呀，我见了家才心里可是高兴得厉害咧！近二十年没见，他一满变成个大胖子咧，一看就是个当大官的模样样，穿戴说话架势也像个领导干部，我心想我们柏家也有了当官的人咧，也有了势咧！"

"我问他：'噢家才，你当了个甚官？给大哥说一说！'"

"他给我笑了一下，说：'我现在担任自治区农牧厅副厅长，分管粮食和畜牧计划生产工作。都是为人民服务。'"

"我问他副厅长有没有副县长大，他说：'副厅长相当于咱老家沙州地区副专员，比正县长高一级。'"

"我一听害怕得浑身抖了一下。啊呀，天大大呀！比正县长的官还大呀！我又问他：'啊呀家才呀，你这么大个官一个月能挣多少银洋？'"

"家才满不在乎随口说：'我们按照行政级别发工资。我是行政十二级，月工资172.5元。'"

"我一听，好家伙！他一个月挣的银洋比我的大学生女婿三个月工资加起来都多咧！我就问他：'家才呀，你的婆姨和娃娃们都有工作哩，都挣银洋着哩，你挣这么多银洋能花得完？！'"

"家才好像怕我跟他要钱一样，对我说：'大哥你不晓得，这地方生活也挺费钱哩！我的工资一个月赶不上一个月使用哩！钱都娃娃妈管着咧，娃娃们光回家吃饭也不交伙食钱！'"

家富老汉叹了一口气，显得有点儿失望的样子又对几个老朋友说："唉，人一当官就变咧！我又不是到你新疆家里寻吃要饭来咧，就怕我赖下要钱不走咧！我一想就打算早些回家咧，就对家才说：'我的腿病你看能动手术治不，不能治我这一两天就回呀！'"

炕上坐着的几个朋友都露出关切的目光看着他。家富的婆姨此时插话说："唉，把家才逼到没法子咧才把他引到医院给动手术！手术做了还没完全好就让他出院咧，打发他一个人就回来咧。唉，说不成！"

柏家富叹口气说："家才也是良心上过不去！不管怎么说把我的腿病给治好咧么！家才给我买了张火车票，又给我五十块钱，我看见灶房案板上搁着一盘子馍馍，心想给我包上些馍馍让我车上吃，我当时肚子就饥得厉害，可到最后他也没给我馍馍！"

一个老汉插话说："家富，你那兄弟不讲良心！"

第二个老汉接上话说："家富，你弟就是个害不哈人情的人！"

第三个老汉总结性地说："为富不仁！无情无义！"

玉荣语出惊人，说："为官不仁义，对亲哥哥都不亲，能亲平民老百姓？！能为人民服务？！尽在嘴上喊叫哩嘛！"

柏家富又长长叹了一口气，说："人心隔肚皮呀！自个儿是个什么出身一点点都不记得咧！"

家富老汉话题一转，顿时兴奋起来："我从新疆回到西京，又从西京回到延安，我一下子就舒坦了！"

几个老汉似乎听懂了他的言外之意，七嘴八舌议论起来：

"啊呀，在家千日好，出门一日难嘛！"

"对着咧，好在外不如歹在家嘛！"

"唉，还是停在家里头好！"

"家富你回到延安就停在女子女婿家里了吧？"

"哈哈，受了憋屈，丈人见女婿两眼泪汪汪，哭了一鼻子没有？"

柏家富只是和气地笑着听几个朋友议论，过了一会儿才又喜眉笑眼地说："我到了延安女婿家，我女婿董升立马出去到市场买了五斤前腿子肥羊肉，当天黑里就炖了一大锅羊肉，我们一起吃肉喝烧酒，我女子柏香又给我揪了一大碗白面片子，啊呀，那一顿可是吃美气咧！"

柏家富揉了揉眼皮，看了看身旁老友们羡慕的表情，得意地说："我女婿董升人实诚，我在延安停了两个月才回到家。啊呀，那延安街上市场里头红火得很，卖甚的都有咧。我女婿看我每天吃了前晌饭要出门串市场，就问：'大姑父，把钱带身上不要忘咧，我再给你些钱，你想吃甚就买得吃，不要舍不得花钱！'

"我就爱吃市场里头卖的羊杂碎，味道好，上头漂一层辣子油，红通通、热乎乎，可是好吃咧！卖羊杂碎那老汉是绥州人，年龄和我差不多，爱和人拉话，说挣下钱想再箍两眼新石窑，给小儿子娶媳妇咧。他小女子长得像我家柏竹，就在他身跟前相帮着卖羊杂碎，叫喊说：'唉，我爸爸重男轻女老封建，挣下钱就光想着给我哥哥娶媳妇哩！'"

严兵对柏兰的父亲有了更多的接触和了解。老丈人则对他显得多了一些客气，或许是认为他是个教师，或许感觉到他这个沙州城人与绥州、银州、子洲等南六县人有什么不同，总之，让严兵感到一种生疏的客套。严兵虽说有过当知青的经历，按说对农民并不缺乏了解，可是他认为老丈人和大多数农民有着很大的不同。首先让严兵内心感到敬佩的就是他的"高瞻远瞩"，或者说他那种让人感到精明的"深谋远虑"！

他不光是领悟了"万般皆下品，唯有读书高"的道理，更是不遗余力、含辛茹苦地把几个儿女都送进学堂去读书。他对村里的知心朋友——几个和他同龄的老汉说："我多受些苦多弄些钱供娃娃们念书，能换来他们一辈子的好前程，我再苦再难也不怕，这和咱种地一样的道理，能受得下苦就有好收成！"

柏家富和其他老汉不同，他不是死守着那几亩地，他的挣钱门路比较多。他的精明也充分表现在做小买卖方面。他对朋友说："能挣钱的地方多咧，就看你会挣不会挣！县上一个局长一个月挣五六十块钱，我做小买卖一天下来能挣三块钱，有时能挣五块钱哩！"

他还举例证明他所说的话的真实性：

"我在川口集上买了一只羊，三十九斤；在集上不远处找了个地方杀了以后，连肉带骨差不多有三十斤，杂碎什么的留下家里人吃，羊皮晾干能卖三块钱；带骨肉在集上一斤卖六毛钱，我卖了后挣得十八块钱。我买这只羊时出了十六块钱，你们算一算我挣了多少钱？"

他的朋友瞪大眼睛惊奇地说："啊呀家富，你太能咧！就前晌这一会会儿工夫你就挣了五块钱呀！"

家富得意地说："碰上好机会咧就来得容易！当然也不是每次集上都有挣大钱的机会，挣个三毛五毛也是常有的事，心里也高兴着咧。上回初五集上，我转悠着看了一圈没情况，就圪蹴在卖果子的一个老汉摊摊跟前和他拉话。那个老汉给我说他家里有棵果树，果子都熟咧，急忙卖不出去。"

"我问他说，整个盘下来多少钱？"

"他说实心要咧就跟他到家里看一下，离这集上不远。"

"老汉姓郝，我就叫他老郝。到了他家院子不远处的崖畔畔上，看见有六棵果树和十几棵枣树，我们就走到树跟前商量价钱。老郝说一棵果树至少有一百来斤果子，一斤果子集上卖一毛五分，粗算下来得十来块钱。我对他说，就十块钱吧，我盘上两棵，给他二十块钱。

"老郝说再添上五块钱把两棵都盘下！我说再添两块钱我就盘咧，多少得让我挣些嘛！老郝也爽快，就搞成咧。老郝和他婆姨帮忙给我摘果子，弄了一早上。我拉了一车果子，到了集上，按一斤一毛二分卖给了两个二道贩子。哈哈，这叫有钱大家挣，还都省事！我一棵树算下来挣了三块多钱！"

他的朋友说："啊呀，这钱挣是挣了，可挣得也不容易！"

家富笑着说："哈哈，劳累麻烦咱都不害怕，受苦人嘛，能挣下钱甚苦都受下咧！我两棵果树挣咧差不多七块钱咧！"

严兵第一次和老丈人喝酒。老丈人想照顾一下这个文人女婿，对他说："我的酒量比你大，不要学我一口一杯子地喝，你支不住！你喝半杯子就行咧！"

二女婿严兵笑了笑不言语，每次碰杯敬酒却都是一口一满杯，一副不认输的架势。

老丈人在心里笑了一笑，面露些许惊讶却又争强好胜的自信神情，一副等着女婿认怂的架势。

一瓶酒见底。

严兵将最后一滴酒斟入老丈人杯内，观察着他的脸色小心问道："大，可以了吧？咱一人五两咧！"

老丈人脸红、眼红、脖子红着说："甚叫可以咧？咱俩才喝了一瓶，我平常跟四个朋友都喝两瓶哩！"

严兵认为老丈人已经有七八分醉意了。他犹豫着要不要再开一瓶，或者就选择认怂。他装作舌头大了，含糊着问："请问这位老同志，咱俩刚才一共碰了多少杯？"

老丈人狡猾地笑了，说："你问多少杯是甚意思？"

严兵温和地说："看大这会儿脑子精明着不。"

老丈人有点儿纳闷，问："精明咋个，不精明又咋个？"

严兵说："精明着了咱就再开一瓶接上喝，不精明咱就打住不喝了！"

老丈人喜形于色，说："就这种瓷杯杯，一瓶子一斤装的白酒能倒三十杯。咱刚才碰了十五下，刚好三十杯，你信不信？"

严兵没想到老丈人"酒道"如此之深，这一招竟然直接撞到了枪口上，心里不服，说："我不信！"

于是就见老丈人站起身来，想去拿水，严兵急忙劝住他，拿起地下放的水壶往空酒瓶里灌满了水，又拿了一个小盆子，一齐放在炕桌上，说："大，你看好咧，数着数！"

于是严兵一杯一杯倒，老丈人一杯一杯数，瓶底底朝天倒尽最后一滴水，不多不少正好是三十杯！

老丈人得意地咧开大嘴笑，说："咋得个？我精明着不？我没喝醉吧？！"

严兵无话可说，一边认输一边问："大，现在怎弄？"

老丈人坚定地说："啊呀，你输咧！再开一瓶继续前进！"

老丈人和女婿这场酒喝得酩酊大醉，不省人事……

家富老汉见到他的朋友们便夸耀说："哈哈，这个二女婿'眼镜先生'和我对脾气，酒量也不相上下，都是一斤的酒量……"

严兵在学校分得了一套新建的住宅，是一个有两孔大窑的独立小院，院子足有六十平方米大，可以用来种蔬菜。

有了属于自己的小院，严兵便有了邀请岳父岳母来居住的底气。他让柏兰写了一封信，表达了欢迎二老来的心意。

沙州地区师范学校的家属院就建在了沙州城东城墙外的墙根底下，距墙体仅有三十米左右。

沙师家属院这块宝贵的地皮是贡校长费尽心思批下来的，可真是给全校教职工谋了个大福利，大家对贡校长都心存感激。沙师家属院各家独门独户小院，在当时算是沙州城最好的住房了，县团级干部都住不上这么好的独院。

老丈人背了一大袋子土特产进了女婿女儿家的小院。他先环视了一番小院，还颇有兴趣认真看了院里的土地，就朝窑里喊："柏兰，严兵，人咧？"

严兵正在专心备课，柏兰在后窑厨房里洗菜准备做后响饭。严兵听到院子里的喊叫声，忙站起身开门去看，就见老丈人戴了个白瓜皮帽，背了个大布袋子，站在窑门外喊，于是慌忙招呼说："啊呀，是大呀！你怎来咧？"

老丈人装作生气的样子说："怎来咧？让你们请来咧！还怎来咧？！"

严兵忙朝窑里喊柏兰，一边帮着老丈人卸下背上的大口袋。柏兰出来一看是她大，喜眉笑眼直喊"大"，忙把她大让进窑里，女婿递上了一杯茶，问道："大，你今儿从哪里起身？"

老丈人说："我和你妈从家里起身，到了城里就兵分两路，你妈向南去延安你姐家，我向北来你们家。"

严兵问："为甚不一起来沙州？"

柏兰在一旁对严兵说："让大先喝口茶，慢慢问嘛！"

老丈人也说："紧着问话咧，连个喝水的空空也没有嘛！"

严兵不好意思地笑了笑，忙给老丈人添上茶水，看着他咕噜咕噜大口地喝水。

柏兰知道严兵担心老两口闹别扭各走各的路，于是才急于探个究竟。老丈人这时喝足了水开口说："你大姐家也搬进新楼房咧，让我们到她家住些日子。我和你妈商量好了，两家都住上一阵子，过两个月我再到你姐家，你妈再到你们家里来，这样公平合理，两个地方也都串过咧！"

柏兰和严兵一听都松了一口气。

严兵和柏兰结婚时丈母娘代表娘家人专程到沙州来过一次，老丈人这是第一次到他们家来。严兵热情地向老丈人介绍起沙州城的风情来，特别是城街上各类传统的风味小吃。他知道老丈人好这一口吃的东西。

女婿向老丈人隆重推荐了几种必吃的小吃："不品尝一下拼三鲜就等于没来过沙州城！因此我建议明天前晌就到街上逛着吃去，就找老铺面食堂进去吃，三毛五分钱一碗那一种拼三鲜最正宗，肉多汤浓，实在是好吃哩！从南门进城后的第一座楼叫文昌阁，楼北不远处的西面街上有个敞开的小铺子专门卖各种各样的卤肉——猪头肉、猪耳朵、猪蹄子、猪肝、猪心、猪肠，还有粉皮拌黑豆芽，味道都相当好！那个小肉铺子还有两个特点：一是摊摊上卖肉的是个秃脑胖老汉；二是紧靠着摊摊南边边上有一溜子石台台，能坐六七个人，几乎每天都坐着五个城里的老汉在那儿拉话，有时就买得喝酒吃猪头肉。一般是一个老汉吃肉喝酒，其他四个老汉看着他吃，可有意思咧！大，你明儿就串得吃肉喝酒去，我把钱给你准备好！"

老丈人很认真地听着严兵的讲解描述，似乎对这个"吃点"产生了兴趣。他问严兵："就怕我的口音人家几个老汉不明白！人家是城里人，我是乡里人，怕是瞧不上和我拉话哩！"

严兵忙鼓励他说："大，你讲话容易让人懂，比较接近普通话，一听就是常出门见过世面的人。再说沙州城人比较文明讲礼貌，你不用担心什么！"

老丈人就说："明白了！我明儿就出去串一串，看一看。"

老丈人很快就融入了五个老汉的小群体。

五个城里的"老油皮"也开始喜欢上了这个精明而有趣的"外路挠子"。

老丈人说沙州城人确实比较文明，做甚事都比较讲究一个"拴正"。就连卖卤肉的老李爷也把卤肉摊摊拾掇得拴拴正正、应应志志。沙州城人开口闭口爱说"拴正"。

他就问柏兰："小兰，你说'拴正'到底是个甚意思？"

柏兰想了想，说："就是好的意思嘛，哪两个字我也不知道！你问你的沙州女婿吧！"

柏兰叫严兵的小名，喊叫他来："哎，毛娃你来给大说一下'拴正'咋个解释？"

严兵过来笑着说："这是个沙州城人用的口头语，具体怎么写我也不晓得，意思就是'到位'或者'精致、精干'。"

老丈人就说："那个卖卤肉的李爷做的卤肉拴正。我说得对不对？"

严兵说："啊呀大，你一满是活学活用沙州话么！说得对对的，一听就是沙州话！"

老丈人得意地笑了，又造了一个句子："我的二女婿拴正！"

严兵哈哈一笑，说："谢谢大的表扬！说成'我的二女婿是个拴正人'更好一些。一般不说'你拴正''我拴正'，说'是个拴正人'。"

第六十四章

老丈人对严兵说沙州城是个过日月的好地方，人文明，吃喝好。严兵就得意地问："大，你说绥州好还是沙州好？"

老丈人说："各有各的特点哩。绥州是个交通要道，四通八达，各色人各种物资来来往往，红火热闹；人都见多识广、精明能干、敢作敢为。咱地区除了沙州县就数上绥州县气派大哩！"

严兵又问："大，你说论吃喝方面，绥州好还是沙州好？"

老丈人说："可以说各有所长哩。绥州和银州还有子洲三个县茶饭上讲究差不多，基本上是一个做法。绥州羊杂碎、油旋最有名，还有黑粉、猪头肉、烧鸡、对咧，还有大烩菜；银州就是驴板肠碗饦儿；子洲也就是枣馃馅和雪花月饼做得好！不过子洲有一个叫王明万的人，名气可大咧，咱沙州地区各个县都知道这个人咧，不过尽是些名声不好的事情！"

严兵听一个子洲的朋友讲讨王明万的故事，当地人诵讨埤汰贬低王明万这样一个戏剧式而又真实存在的人，来提高子洲这样一个小县的知名度。王明万就像是一张反面人物的名片，被到处散发着来提醒人们子洲县的存在。严兵就是这样来理解这个故事的，他理解同情王明万和那里生存着的人们……

严兵对老丈人说："王明万也是一个牌子嘛，和枣馃馅、雪花月饼一样，都是一个县的牌子。大，你说对不对？"

老丈人说："对着哩！就像说银州的貂蝉和绥州的吕布一样，还有咱们县的石板和瓦窑堡的炭，都编成了顺口溜，到处流传咧！"

老丈人始终认为沙州城的拼三鲜和食堂里讲究的炒菜都应该是"官饭"，太正规咧！就连端碟子端碗的服务员都穿戴得和政府里的工作人员一样正规，说话行动文明礼貌，坐着吃饭让人感到憋屈。

严兵被老丈人的切身感受逗乐了，幽默地说："啊呀大呀，你没有听人说我们沙州城里人是'干板'吗？"

老丈人有些不好意思地笑了笑，说："嘿嘿，早就听说咧，还说沙州城里人尽是些'逛嘴油'！"

严兵解释说："大，干板实际上说的是光嘴上说得好听的那种人，和逛嘴油的意思差不多。沙州城里的逛嘴油是个别人，这种人哪里都有，不光是沙州城里有，只不过沙州城里人话说得更好听，有些人更会说空话罢咧！"

丈母娘从延安城大女婿家来到了沙州城二女婿家。老两口互相交流着分别后的情况，轮番说起大女婿和二女婿的这般好那般好，好似有说不完的话。

丈母娘转达大女儿和大女婿带给她老伴的话："哦，差些忘了给你说咧！柏香和董升让我给你捎话，叫你到延安他们家再住上一阵子，我换到小兰这里住。"

老丈人不想和老伴再次分居两地，找理由说："延安我又不是没去过！他们就是想让我看一下新搬的大房子嘛，有甚好看的哩！我就稀罕小兰这院子，进进出出好走，还能种些菜，两眼窑两盘炕，住着也宽敞。哦，这街上卖的吃喝也好着咧，哪天我引你瞧一瞧，可是比咱们县城大得多咧！"

丈母娘善解人意，对老伴说："那你就不去延安咧，哪里停不是停？甚时咱俩再一起去延安吧！"

这话正中了老丈人的意，笑眯眯地对老伴说："咱就在这里停着，女子女婿都愿意咱停在他们家里，可是想让咱多停些时分哩！"

严兵实心实意待岳父岳母。上午刚下课，他就一路直奔街上的一家肉铺。肉铺割肉的李师傅是严兵中学同学的父亲，严兵还算熟悉，便赔着笑脸对李师傅说:"李师,给我割上三斤肥些的猪肉,家里头来客人咧。"

李师傅见是严兵,就客气地说:"没问题,拣最肥的给你割一块!"

老丈人见肉后睁大眼睛惊叹道:"啊呀!这肉有三指半厚的膘,可是块好肉咧!这么肥的猪肉你在市场上咋碰上的?"

严兵见老丈人喜欢,就有些得意地说:"大,我给你说,这肉是街上肉铺里割的,肉铺里掌刀的师傅认得我哩!"

老丈人理解地点点头,说:"噢,要不咋能买来这么肥的好肉!你这门路就是宽广,连卖肉的都认得哩!"

严兵如实对老岳父说:"大,那个割肉的师傅是我同学他爸爸,要不割不来这么肥的肉,尽给割些瘦皮皮肉!"

老丈人喜气洋洋地说:"我给咱今后晌就炖上,今黑里吃猪肉炖粉条、烙饼子。"

吃了前晌饭后有人捎话说学校门房有严兵的东西,严兵就又去了学校的门房。

门房老赵说:"县运司的一个叫耿师的司机扛上来两袋子粮,说是巷道窄车上不来,硬扛上来的,好像是一袋米一袋面。啊呀,严老师和司机们打得好交道!"

严兵前几天在街上碰着了耿师,就提起了买点儿细粮的事,没想到几天工夫耿师就直接把粮送到门上了,严兵心里涌上一阵感激之情。

他从老赵那儿借了一根绳子,将两袋粮背在后背上,顺着两道坡往城外家属院走去。

半道上严兵碰上了同路去家属院的语文教师何志刚。何老师问:"严老师在西京捎了两袋子细粮?"

严兵喘着气说:"让你看出来咧!"

何老师羡慕地说:"呵呵,如时细粮缺,没门路买不上!"

严兵说:"家里来了老丈人丈母娘,想办法弄了点儿细粮让老人们吃。"

何老师称赞说:"严老师是个孝顺女婿嘛!"

严兵开玩笑说:"咱沙州城女婿也不能光是逛嘴油嘛,得拿出好东西来证明嘛，对不对何爷？"

严兵说着就告辞了，进了家属院的一条巷道。

正在小院里坐着抽旱烟锅的老丈人，见严兵背着东西进了院门，忙上前扶着他背上的粮往下解绳子，窑里的柏兰和丈母娘听见响动也走出门来看。老丈人瞪大眼睛问严兵："啊呀毛娃，这两大道坡你把一百斤粮就背上来咧？路上没歇上一歇？"

严兵满脸是汗，笑着说："嘻，没办法歇嘛！一鼓作气就背回来咧！"

老丈人由衷地赞赏道："没看出来你还一把子好气力！"

严兵擦了一把汗，说："呵呵，原来常劳动咧，受苦人，农村、工厂都干过。"

老丈人表示欣赏地又说："男人家，能受得下苦，也要会享福，和我一样！"

丈母娘在一旁说："嗯，你大受苦可是能行哩，地种得好粮打得多，心眼眼活泛会挣钱。"

严兵和老丈人相视一笑。

三女子柏竹两年前考入了省商业学校，小儿子柏真这年也考上了中专，在省气象学校念上了书。柏家富的最大心愿就是供几个娃娃念书，念出来就能吃上公家这碗饭。如今大女儿和二女儿家庭工作都成就咧，供三女子和小儿子念书经济上的保障就由两个女儿承担了起来，柏家富心里一下子就感到轻松了。

柏竹是个福大命大的女子。

凡是人生中有大成就的人一般都经过大磨难。柏竹考上了省城学校以及她之后的梦幻般的美好人生，都证明了那句话：大难不死，必有后福！

她经历过两次差一点点儿就丢了性命的大难。高中毕业那年，她没有其他任何选择，只能回到村里生产队参加劳动。柏竹长得漂亮，身体瘦弱，可她生性要强，拒绝队里分派活时的照顾，和七个身体强壮的男女青年一起干起了掏土修路的重体力活。只见她和几个男青年站在一座小土山脚下，挥动着手里的镢头不停地刨着黄土，几辆小推车来来回回将土送到一百米开外的土路上，四五个中年农民用土和石块修筑一段村里通往城里被大雨冲塌了的大路。

这活他们十几个人已经干了两天了。那小土山脚下已被他们挖进去了半个窑洞深的一个大口子。柏竹和两个男青年卖力地掏着土，脸上身上尽是黄土，汗水湿了又干，干了又湿，衣服上隐现出几团结碱的白色痕迹。

领头干活的二小队副队长柏狗剩当众表扬柏竹说："啊呀，我家富大叔的三女子柏竹和二女子小兰一样，可是下得苦咧，和后生们一样干这掏土的重活咧，能行得很哩！"

这天，柏竹和那两个后生顶着烈日挥汗如雨地挖了一上午土。中午时分，那两个后生去不远处蹲在地上歇息喝水，招呼柏竹也过来喝水，柏竹应声说她不渴，一会儿再喝。不多时，两个后生喝了水又对柏竹说："柏竹，天烘得厉害，歇一歇再干！"

柏竹应声说："就来咧！"

柏竹话音刚落，突然就听轰隆一声闷响，土山瞬间塌下来一大堆土，柏竹顿时不见了身影。两后生听见声响，一看柏竹被土埋了，吓得直喊柏竹，疯了似的跑到土堆跟前拼命用双手刨了起来。两人挣命刨着土，见柏竹露出头，一摸还有气，背上急忙就往村卫生所跑……村卫生所的卫生员急忙检查，庆幸地说："啊呀怕人咧，幸亏你们动作快，不一会会儿就把人刨出来咧，晚一会儿就没命哩！"

两个后生和随后跑来的副队长柏狗剩等一群人，听了卫生员的话后都松了一口气，七嘴八舌议论着柏竹这女子命大。

柏竹在村里小学当起了民办教师。

柏家富安顿说："啊呀，想一想怕人哩！柏竹你以后可是不敢再逞强咧！咱女娃娃家做甚事不要往头里抢！念书不一样，往前头里念能有出息，就像你二姐，念在前里就上大学咧，念出来就成了公家的人咧！"

柏竹就嘴上应承说："噢，大，当民办教师没危险咧，你和我妈就不用操心咧！"

她妈玉荣也就放心地说："这下子不用操心咧！把娃娃们哄好就能行咧，前晌饭、后晌饭回家里吃，黑里在家里头睡，我和你爸都放心哩！"

柏竹的小弟弟柏真念小学六年级，和三姐柏竹上学、放学相跟着走。柏真这天放学回家路上问柏竹："三姐，你说二姐今年大学毕业会在哪里工作？"

柏竹说："我也不晓得二姐会在哪里，人家把她分配在哪里就在哪里，又不由她自己！"

柏真又问："三姐你准备考大学不？"

柏竹想了想说："唉，现在也说不来，到时候再说吧。"

柏真试探着问三姐："三姐你说我能不能在延安大姐那里念初中？咱这里教学水平低，我也学不好！你能不能写信问一下大姐和大姐夫，看他们让我在延安念书不？"

柏竹哈哈一笑，摸了一把柏真的脑袋，逗笑说："人小鬼大，你咋不问咱爸咱妈？"

柏真为难地说："我怕爸和妈舍不得让我走，不敢开口！"

柏竹看到柏真已经开始会为自己的前途打算了，已经有了想走出乡村的念头，不由得也就盘算起了她自己的出路。在村里教小学，当个民办教师，这只不过是暂时的事情，考大学是一条光明大道。但是凭她现在的基础，她能考上大学吗？一年考不上，两年考不上，那接下来的情形就可想而知了——给男人传宗接代生养娃娃，一辈子做个家庭妇女，和她妈一样将希望寄托在儿女身上……她还能怎样？

柏竹绝不甘心命运的摆布！

她鼓起勇气给姐夫、姐姐写了一封信，信中只是述说了柏真的心愿，客气地探问他们的意见，也表露了她希望弟弟能在延安念初中。

柏兰以工农兵学员的身份从陕西师范大学外语系英语专业毕业，由沙州地区教育局分配在绥州师范学校工作。绥州距她的家乡涧水县坐长途客车仅有两个小时的路程。她到了绥州师范学校不久就把柏竹接到了身边，设法让柏竹上了高考补习班。柏真此时已如愿以偿在延安上了初中，吃住都在大姐家里。柏竹心里不踏实，没有报考大学，和她二姐柏兰商量后报考了中专，希望能考上省上的某一所中专学校。

严兵与柏兰有缘，也就与柏竹有了缘分。中专考试后不久便到了录取阶段，热恋中的柏兰对严兵说："我妹妹成绩挺不错的，我希望她能被录取到省上的中专学校，你和地区招生办的人熟悉，看看能帮上忙不？要不然她就很可能只有上咱地区的几个中专学校了，什么卫校呀，农校呀，师范学校呀，林校呀，都不是我妹理想的学校！"

严兵认真地听柏兰讲了她的心愿，便一口答应全力以赴促成此事。柏竹被省商业学校录取，学校的校址就在西京城内。柏竹和柏兰对此都十分满意。或许这就是世人所说的前世修来的缘分吧！严兵也由此给未来的小姨子留下了一个好印象——这个姐夫挺听姐姐的话的！

六年后，严兵到了省外语师专时，柏竹已在省政府大院内的省物价局两层小办公楼内坐上了一把属于她的椅子。她珍惜来之不易的职位，谦恭而努力，好学而敬业。她与同事们和睦相处，加上她从不张扬的低调性格，赢得了省物价局上上下下的好印象。之后，她所储备的好人缘在关键的时候派上了用处，她被提任为行政事业收费处的副处长。机会是留给有准备的人，这是实打实的一句话！

二十五岁的女副处长在省城里也很少见。柏竹愈加发奋努力，废寝忘食地工作，以此来回报知遇之恩。三年后，她被任命为行政事业收费处处长。

严兵很敬佩小姨子，称赞说："啊呀，真是巾帼不让须眉啊！你这么出色让人家男同事们咋混咧！"

柏竹哈哈一笑，说："我这是赶着鸭子上架咧！矬子里头拣高的，矮子里头选将军——将就着用嘛！"

严兵提醒柏竹说："啊呀，这话可是不敢当着同事的面说，伤人家的自尊心哩！"

柏竹忙说："不说不说，也就在你跟前说说！"

柏竹年少时大难不死换来的是仕途上的顺风顺水。时光如梭，不觉五年又过，柏竹迎来了又一次升迁机会。就在她刚刚过了三十三岁生日之际，她的上司找她谈了话，紧接着便是一番例行程序的考察。

这日阳光明媚，春雨后的大地到处充满了生机，远处近处一片蓝的天和绿的地。人们换上了春装，走出了家门，享受着春光。

省委组织部一行人来到省物价局，当众正式宣布：经省委组织部研究决定，任命柏竹同志为省物价局副局长。

柏竹不久便享受上了副局长的住房待遇，住进了三室两厅明亮的大房子。柏家富兴奋地对老伴说："啊呀呀，这下可是闹好咧，又升官又换房，我家三女子比个男人还能行。我早就说咧么，'万般皆下品，唯有读书高'！现在再看，我当年要娃娃们念书有远见吧？！"

玉荣揉了揉眼睛，激动而得意地说："你的眼光好，看世事可是准哩！哎，就像年轻时你娶媳妇，你的眼力就好，一眼就把我瞧上咧！"

柏家富眯起眼享受着老伴的表扬，回了一句："我觉得你的眼力也准着咧，可是觉得你好福气咧，咋就一眼看出我是个好后生，会有出息！"

玉荣不禁失笑着说："你这是夸我咧还是夸你自己咧？"

柏家富笑着说："都夸咧，咱婆姨汉两个人都是能干的人，村里人不都说咱俩是郎才女貌嘛！"

玉荣笑得流出了眼泪，说："现在老眉老眼咧还郎才女貌哩，不怕人家笑话！"

柏家富就说："啊呀，看你说的！我现在看你还是觉着俊着呢，吸人着咧！"

玉荣就羞红了脸，忙说："啊呀，快不敢这么说，咱们都六十多岁的人咧，让娃娃们听着笑咱哩。"

柏竹请来了大姐二姐两家人和正在上学的弟弟柏真到她的新房来"暖房"。她的那位刚从延安医院调到西京的丈夫白仁智忙前忙后紧着招呼客人。白仁智与柏竹是青梅竹马，后来成为一对恩爱夫妻。白仁智老家离林杰村只有几里地，他念中学时就和柏竹是同学，在林杰村中学从初一一直念到高中毕业，顺利考上了西京医学院，毕业后就与柏竹结了婚，之后便是两地分居，一个在西京，一个在延安。后来他们有了一个漂亮且聪明伶俐的儿子，大名叫白石，小名叫石头。石头一直由柏竹一人带在身边抚养，其中的辛劳让柏竹难以忘怀。白仁智在校时就是高才生，加上他英俊儒雅，身边不乏主动追求的女生，可白仁智心中只有柏竹，根本不为任何女同学的表白而动心，这让柏竹愈发地加深了对他的情意。

柏家富瞧着三个女婿，目光中尽是知足和骄傲。老两口目前就安心住在三女儿家，帮着做饭和接送外孙石头上学放学。

一大家人聚在柏竹两口子的新居，席间三个女婿频频热情地向老丈人和丈母娘敬酒。时任延安配件公司副总经理的大女婿董升，手里端着一杯酒站起身幽默风趣地说："我祝大姑父和大姑心情好，身体好，吃得香，睡得好，笑口常开，天天有酒有肉，顿顿生猛海鲜！来，咱三个把这杯酒喝了！"

老两口一脸喜色，端起酒杯喝了。

时任北方大学外语教研室主任，刚刚评上了副教授、住上了两室一厅房子的二女婿严兵，双手捧着一杯酒真诚地祝福全家人："先敬大和妈顺心顺意，身体健康！二敬大姐大姐夫工作顺利，家庭幸福！三敬柏竹仁智喜迁新居，柏竹仕途顺意，再升一级！再祝两个娃娃好好学习，天天向上！祝咱们全家人和和美美、生活幸福、万事如意！来，咱全家人都端起酒杯，一起喝了！"

全家人脸上都挂着笑容喝了酒。

三女婿白仁智笑眯眯地端着酒杯说："大姐夫二姐夫说得好！叔叔婶子你们好！欢迎你们二老来我们这里和我们生活！我能成为你们的三女婿，感到非常荣幸和自豪；柏竹经常向我讲起含辛茹苦培养她念书的父母亲，我非常感动。现在柏竹当上了省物价局的副局长，这全是叔叔婶子的功劳，我们要永远牢记父母的养育恩情，要好好孝敬你们，好好侍候你们，听党的话，听父母的话，努力工作努力挣钱，把家里的生活搞好，把石头抚养成人……"

三女婿双手捧着那杯酒，提议道："大家举起酒杯，来他个一杯而醉！"

大家一起喝了后，柏真不解地问："三姐夫，甚叫个'一杯而醉'？没听说过！"

大姐夫抢先解释道："哈哈，真真你不晓得，你三姐夫就不会喝酒，一杯酒就把自己喝醉咧，不信你等着看！"

大家一齐朝三女婿看，他果然已经面红耳赤，傻傻地对大家笑却已说不出话来。柏竹急忙倒了一杯醋递到丈夫手上，说："唉，从来不耍二杆子的人今儿耍了一回！唉，他就不能喝酒，皮肤过敏哩！"

严兵感叹说："仁智心太诚咧！就想把大家招待好！"

柏竹就扶着丈夫去了里屋。

大姐夫想着招呼老丈人喝尽兴，便对严兵说："来，毛娃，咱和我大姑父接着喝，来他个不醉不休！"

严兵逞能，对老岳父和大挑担说："换成大杯子来，喝起来过瘾！"

老岳父来了精神，响应二女婿说："哈哈，干脆换成碗喝！小兰把炖羊肉捞在盆子里端上来，我们大碗喝酒大块子吃肉！"

丈母娘瞪了她老伴一眼，说："二杆子劲儿又上来咧！"

小儿子柏真兴致勃勃地说："让我来给你们倒酒！"

柏家富和两个女婿一个儿子摆开阵势尽兴吃喝起来。

柏竹家里传出猜拳的声音："大姑父好呀，六六六呀，五魁首呀，大输了呀，快喝起呀！"四人一直闹腾到天黑方休。

严兵每逢和柏兰的一家人聚在一起，心情总是愉悦的，他喜欢他们家互敬互爱、温馨祥和的气氛，喜欢他们家里的每一个人。

严兵打心眼儿里敬佩不显山不露水、低调行事而终成大器的女中豪杰柏竹。他曾认真分析过她的成功之道，认为她具备三个要素：其一为自律性强，其二为内心强大，其三为善于学习。还有一个成大器者的共同特点，就是具有强烈的野心或者说进取心。有了野心就有了动力，野心越大动力就越强。严兵对他悟出的这个道理坚信不疑。

柏竹忽闪着一双大眼睛盯着严兵看，仿佛第一次见到这个人似的，惊诧地半开玩笑说："咦，严教授你甚时候研究起我来咧？咦，我的妈呀，你比我自己都了解我自己呀！你说的这个'三要素加一'就像是一个公式，咋想出来的？你不搞行政真有些可惜咧！"

严兵没理会柏竹的玩笑，认真地问她："你说实话，你是不是遇到高人指点迷津咧？不会是你自己悟出来这个仕途之道吧？"

柏竹淡然一笑，语气显得轻松而随意，说道："呵呵，哪有什么高人指点，一切顺其自然，并没有费什么心机刻意追求！就是'无心插柳'，什么来着？"

严兵忙说："柳成荫嘛！"

柏竹笑了，说："呵呵，就是这样！"

又过了五个年头，时值1998年初春，柏竹再一次升迁，由省物价局副局长升任该局正局长，这一年她仅有三十八岁。柏竹刚入职时的部门领导，现任副局长的老赵推门进来，谦恭地说："柏局，真心地祝贺你呀！你这是人尽其才，咱们局的局长非你莫属哇！"

柏竹能理解赵副局长的失落感和无奈，客气地说："谢谢你老赵！老赵你是我的老领导老前辈，咱们共事十多年，我是几斤几两大家都知道，只不过我的年龄和任职年限刚好符合提任条件，这不就赶着鸭子上架了，对不对？有什么办法？"

赵副局长爽朗地笑了，坦诚而礼貌地说："柏局还是这么客气！我会站好最后一班岗，该干啥还会认真去干，全力支持你的工作，这你放心！人都有退的一天，退前这两年我也不会混日子。"

老赵本想借祝贺的机会向柏竹请个假，他想按着医生的建议尽快把手术做了。他的胃上查出了一个肿瘤，有拳头那么大，医生说早做早确定，希望是良性的。他话到了嘴边，可还是犹豫着没开口，他不想造成不必要的误会。他回家后想来想去，觉得不如主动辞去副局长职务，让年轻人早点上台。于是他当晚便写好了退休申请，第二天一上班便直接交给了柏竹。

柏竹惊讶地看着老赵，问道："老赵，你这是啥意思？"

老赵一本正经地说："柏局你自己看吧，我的申请里写得很清楚了！"

老赵说完便转身走出了局长办公室。

柏竹一脸茫然地看着老赵的背影，随即低下头认真看起了老赵的申请。

柏真这日带着女朋友来到二姐柏兰家。

严兵和柏兰满脸笑容热情招待着未来的弟媳妇。严兵抢着开玩笑说："就这么定了吧！这么俊的姑娘上哪儿找去？！"

柏兰忙说："还没问名呢！"

柏真忙说："她叫陈蓉，耳东陈，蓉是草字头底下一个容易的容。"

陈蓉主动开口甜甜地叫："二姐好！二姐夫好！"

严兵看她羞涩拘谨的样子，便有意活跃气氛说："呀，陈蓉说话听起来像个幼儿园的小朋友！请问儿歌《小白兔白又白》你会朗诵吗？我想你一定会的，而且朗诵起来一定很好听！"

柏真立刻响应并鼓励她说："哈哈，陈蓉你就给我们朗诵一下吧！"

陈蓉倒也没扭捏，站在桌边细声细气、绘声绘色朗诵起来："小白兔，白又白，两只耳朵竖起来，爱吃萝卜爱吃菜，蹦蹦跳跳真可爱……"

她那奶声奶气的娃娃音逗得几个人哈哈大笑。

第六十五章

柏真已长成了一个高高大大的帅气小伙子。

这年他从省气象学校毕业，品学兼优的他被学校选中留了校。陈蓉是他的同学，被分配回到新疆库尔勒工作。

做同学两年时间，他俩已经深深地爱上了对方。柏真英俊沉稳，陈蓉漂亮活泼，两人看上去非常般配，真可谓天生一对，地造一双。同学们都羡慕他俩，他们自己也特别满意。

平日里爱说爱笑、能歌善舞、活泼快乐的小天鹅，近日却一反常态，显得忧心忡忡，变得无精打采的。

陈蓉看着身旁低头沉思的柏真问："哎呀柏真，说句话么，咋办呀么？"

柏真一脸愁容，慢吞吞地说："唉，有啥办法！不行你先回库尔勒吧！"

陈蓉不吭声，眼圈红了，接着就抽泣起来。柏真拉住她的手，安慰说："哎，不要哭嘛，这不还在想办法嘛！要不，要不咱去找我三姐，让她拿个主意？"

陈蓉马上精神一振，眼角还挂着泪珠，问："你不是说不想给三姐添麻烦吗？"

只见柏真露出了笑脸，像是下了决心似的，说："我说的是不到万不得已的情况下，不给三姐出难题，这不现在咱没办法咧嘛！"

柏真鼓足勇气直接把电话打到了省物价局局长办公室。只听电话那端传来一个女人的清脆声音:"喂,是哪位?"

柏真语气亲切地说:"是我呀三姐,我是真真。"

就听那边三姐说:"哎呀,正想着给你打电话哩。大姐大姐夫还有爸和妈明天来西京,爸和妈先住在我家,明天下午你和陈蓉到我家来,丑媳妇还没见公婆哩,拜见一下未来的公公婆婆!你是不是也找我办事咧?那就明天见面再说吧!"

柏真挂了电话,陈蓉问三姐说啥了,柏真捂着嘴笑说:"让咱们明儿到她家去,我爸妈明儿从延安来,还有我大姐和大姐夫也都一起来,还说了一句表扬你的话,哈哈,说得一满不对嘛!"

陈蓉追问说了什么,柏真说:"三姐说你这个俊媳妇总得见公婆咧!"

陈蓉听完心里喜滋滋的,对柏真说:"那我得好好打扮一下!我还真有些紧张哩,一下子见那么多婆家的人!"

柏真忍不住笑出声来:"哈哈,还没过门咧,你就说见婆家的人,不怕人家笑话!哈哈,不过也就是迟早的事!"

次日下午,柏家女儿女婿儿子还有未过门的儿媳妇都聚在三女儿柏竹家里。柏家富喜气洋洋地说:"啊呀,延安住了一段,这下又来西京柏竹家咧,这新房子好停,停着宽敞,比柏兰家新房还要宽敞!这回咱家又要添人口咧,柏真成了公家的人咧,还寻下了对象,叫个甚来着,真真?"

未等柏真开口,陈蓉就主动上前一步,柔声柔气地说:"叔叔,我叫陈蓉,比柏真小一岁,今年十八岁了。"

柏家富又问:"你家在新疆哪里咧?"

陈蓉说:"在库尔勒咧,叔叔。"

柏家富想进一步了解情况,问:"你爸爸是做甚的,陈蓉?"

陈蓉很高兴柏家富记住了她的名字,细声细气地答话说:"叔叔,我爸爸是大卡车司机,我妈妈是运输公司里的工人,我有一个姐姐一个妹妹,他们四个人都在新疆,我姐姐马上就要结婚了。"

柏家富问:"那你爸爸今年多大年龄咧?"

陈蓉笑了笑,轻声轻气地说:"哦,叔叔,我爸爸今年四十一岁了,我妈妈三十九岁了。"

柏家富一听就乐了,笑着说:"哈哈,我这个亲家年轻,比我整整小了二十岁!"

已私下会过柏真和陈蓉一面的柏兰插话说:"我看陈蓉是个好女子,人长得漂亮性情又好,关键是柏真和她感情这么好,这个媳妇今儿就相中了定下来吧!你们意见怎么样?"

大姐和三姐都直点头表示赞同,只听未来婆婆开口表态说:"呵呵呵,我今儿头一面见陈蓉这个女子,就觉得可亲哩,就觉着和我的女子一个样样的亲!一看就性情好会疼人,心善对人好,我没有意见!"

柏家富提出一点他的顾虑:"啊呀,甚都好着咧,就有一个问题我心里头不踏实!"

柏家富的神色明显地表露出他的犹豫和担心,他忍不住还是说出了口:"陈蓉毕业咧,要回新疆工作,真真留在学校工作,这个事情咋弄?"

大家一时都不作声,不知该怎么说。在厨房和丈夫白仁智一起忙活的柏竹听到她爸的话,笑眯眯地走出来,自信而得意地说:"哈哈,这个后顾之忧已经被我解除了!"

大家都一愣,等着柏竹往下说。

柏竹又说道:"我已把陈蓉的工作单位落实在西京咧,过几天就把她的人事档案转到工作单位去,你们都放心吧!现在可以商量办婚事咧!"

柏真惊喜地大叫一声,上前抱住三姐就在她脸上亲了起来,柏竹急得直叫:"啊呀,亲错人咧!陈蓉快来挡一挡呀!"

人家都哄笑起来,玉荣也笑着说:"有了媳妇忘了娘!从来就没亲过我!"

陈蓉也是惊喜不已,情不自禁上前拉住三姐的手,急切地想知道是什么工作:"三姐呀,怎么感谢你呀!让我干什么工作呀?"

柏竹看着未来的弟媳妇,认真地对她说:"和我一样,做物价工作。市物价局刚好需要几名学财会的人,你在气象学校也学过财会,我就把你的名字和学历等报了上去,人家就说可以试用半年时间。你的运气不错,碰上了个好机会,你得好好表现,争取转正哟!用不着说感谢的话!"

大姐柏香提议："我看就这么定了吧！接下来确定一个具体的结婚日期，查一下皇历选定了日子就举行婚礼。结婚照在大照相馆照好放大挂在婚房里，给陈蓉买的礼品赶紧买好，要买的衣服在大商场去挑选买好，这一切事情咱们马上做一个日程表……"

大家都同意柏香的提议，三个姐姐分头给小弟做起结婚的准备来。陈蓉也满心欢喜地做起了准备，给远在千里之外的父母和姐姐妹妹写了信，希望他们能来参加自己的婚礼。不久，她的妹妹陈荷代表娘家千里迢迢来到西京，给姐姐送上全家人的祝福，还给亲家和柏真带了许多礼物，给陈蓉准备了特殊嫁妆和一个大红包。

陈蓉抱住妹妹陈荷久久不肯放开，两行眼泪顺着下巴流到了妹妹肩头，陈荷同样流出了激动而喜悦的泪水，姐妹俩一时都说不出话来，只是静静地享受着久别重逢的幸福。

柏真眨动着一双俊眼注视着他唯一的小姨子。她和陈蓉一样样的美，并且更多了一些维吾尔族女子的特质，像歌中的美丽姑娘一样：

……
你的眼睛明又亮呀
好像那秋波一模样
……
你的脸儿红又圆呀
好像那苹果到秋天
……

陈荷附耳说："姐，爸妈让我带给你们最美好的祝福，还说让你们早生贵子，让你和姐夫结完婚抽时间回娘家一趟；婷婷姐说她祝你们新婚美满快乐；我也祝你和姐夫天天快乐，永远在一起。我还要给你当伴娘哩，这是大姐嘱咐我的。"

姐妹俩窃窃私语一番后，陈荷就寸步不离地跟着姐姐，像个贴身丫鬟一样服侍着姐姐。这日晚上姐妹俩睡在一张床上，陈蓉心生怜爱地对妹妹说："你只比我小两岁，过两年你也该结婚了，你现在有心上人了没有？"

陈荷拉住姐姐的一只手，有些害羞地说："我才十六岁，还不想谈恋爱呢！也没碰上我喜欢的人。再说我还在念高二呢，等我高中毕业后看看能不能考上大学或中专，到时再说吧。"

柏真和陈蓉的婚礼办得隆重而简朴。

举行婚礼的地点就选定在气象学校家属区的小操场上。

气象学校的教职员工收到请柬后都按时聚集在小操场上，人人脸上流露出祝福的笑容，三五成群地议论着，等待婚礼正式开始。

柏真的父母分别在新郎新娘搀扶下从婚房走了出来，又在柏真的三个姐姐和姐夫们的陪伴下缓缓走向小操场。两位老人满面笑容，向着来宾们频频点头致礼，接着就在前排安放好的椅子上坐了下来。

在欢快的乐曲声中，主持婚礼的司仪大声宣布婚礼正式开始。司仪轻松而幽默、庄严而隆重地向大家介绍完新郎新娘后，先请新娘工作单位领导讲话，又请新郎工作单位领导讲话，再请新郎家长和新娘家人分别站在婚礼台前讲话。

柏家富老两口坚持让大女婿董升代表他们讲话，对董升说："你是个文化人，大场面上比我们会说话，我在大场面上说不出话来！"

董升看上去兴奋却又略显紧张。

他步态稳健、神情自若地走到台上，满怀深情地说："我首先代表我的老岳父老岳母和我们全家人欢迎并感谢各位来宾光临柏真和陈蓉的婚礼，在此我向大家鞠躬致谢！

"我们要感谢气象学校对柏真和陈蓉的辛勤培养，感谢气象学校领导对柏真的栽培和重用！让我们共同见证这一对青年喜结连理，衷心祝愿他们恩恩爱爱、白头偕老，一生一世永不分离！

"我还要说的是，我和柏真虽说是姐夫小舅子关系，但我是看着他长大的，我与他感情非常深，我这个老姐夫今天亲眼看着他娶了陈蓉这么好的媳妇，我心里感到比自己娶媳妇还高兴。

"最后，我衷心祝愿柏真、陈蓉新婚快乐，早生贵子！衷心祝愿各位来宾阖家幸福、万事如意！"

所有来宾报以热烈的掌声，都觉着这位大女婿说得恰到好处、简洁明快，一看就是个单位上的领导。司仪接着又请出娘家人代表陈荷讲话。陈荷在学校里就是校广播室的广播员，平日里能歌善舞，十分活跃，经常主持班里和学校歌舞晚会，早已练出了胆量。此时只听司仪宣布："现在有请新娘的家人，来自新疆的美丽姑娘陈荷小姐讲话，大家鼓掌欢迎！"

人们的眼光齐刷刷地对准了陈荷。陈蓉对陈荷小声说："小妹别紧张，就照着稿子念！"

只见陈荷落落大方地走到麦克风跟前，彬彬有礼地先向台下来宾鞠了一个躬，又向司仪点头致意，这才热情而稳重地开口讲道："西京的晚秋一片金黄，西京的人们热情而奔放。这是一个收获的季节，是人们享受欢乐的美好时光！我的姐姐陈蓉收获了爱情，嫁给了才貌双全的青年柏真。我为他们高兴，为有情人终成眷属而放声歌唱！我代表我们全家人给我最亲爱的姐姐姐夫送上最美好的祝福，衷心祝愿姐姐姐夫新婚快乐，恩爱一生，白头偕老！最后我借一首诗来表达我们所有亲朋好友对姐姐姐夫的祝福：

瑶池琼阶莲并蒂，金屋玉树梅两朵。
交杯对饮琼浆液，倾心合欢蝶恋花。
天造地设姻缘定，三生有幸佳偶成。
两情相悦两心依，一心一意一生情。

"祝姐姐姐夫恩爱百年！"

陈荷这个小姑娘的美貌、才华和真情打动了所有的人，人们报以热烈的掌声。她的表现给人们留下了美好而难忘的印象。

婚后不久，柏真陪同陈蓉和陈荷去了新疆库尔勒。岳父岳母和他们的大女儿大女婿四个人早已等待着二女婿二女儿的到来。岳母看着风尘仆仆、面带憨厚笑容、帅气高大的柏真和久未见面的二女儿，顿时流下了眼泪。陈蓉忙上前抱住妈妈,泪水不禁夺眶而出。柏真大方地叫着妈,喊着爸,又叫了姐姐和姐夫。两个女婿热情握手问候,两个女儿亲热地拥抱在一起,陈荷也主动凑上前去抱住两个姐姐,一家人其乐融融聚在了一起。

大姐陈婷长得像南方人,身材修长,面容清秀端庄。她爸陈正平说随他的长相了,说他们老家江苏姑娘多是这样的容貌。陈婷初中毕业就不想再念书了,招工进了她爸妈工作的那个汽车运输公司当了一名学徒工,两年后又跟上她爸的大货车跑长途运输,学了两年后考了驾照独自一人开一辆大货车,成了当地的一道风景线。陈婷拒绝了众多追求她的青年,唯独看中了一个小伙子,名叫刘琦,是公司里的医生。刘琦是乌鲁木齐医学院毕业生,刚分配到公司一年多时间。两个人一见钟情。陈婷找他看过几次病,就悄悄好上了。刘琦长得比较文静,白白净净,高挑个儿,话语不多,但和陈婷一起时话就多了起来。他比陈婷大四岁,今年二十四岁。刘琦大学时谈过一个对象,毕业与他分手后就再无音讯了。刘琦怨其寡情,从此不信海誓山盟,只信命运缘分。

自从遇到陈婷,刘琦倾心于其风韵而无法自拔;陈婷同样对他一见倾心,于是有缘男女终成眷属。陈正平和妻子马家凤对大女儿找的这个女婿十分满意,说找到了才貌双全的女婿,还赚了一个免费看病的家庭医生。

柏真拜过了岳父岳母,准备返回陕西。

陈蓉依依不舍向一家人告别,对爸妈说:"妈呀爸呀,你们要多保重身体呀!女儿不孝,不能守在身边侍候你们,就让姐姐和姐夫还有妹妹替我尽孝心了,我们会时时想着你们的!"

马家凤对女儿陈蓉说:"蓉蓉你放心回去吧!照顾好柏真。他是个靠得住的男人,凡事多听他的话,不能任性光顾着玩!"

陈正平对柏真说:"咱俩对脾气,我喜欢你这个女婿!唉,可惜咱们离得远了一点儿!还请你多担待蓉蓉,她从小被我们惯坏了,比较任性爱玩耍,不要跟她太计较。男人家肚量放大些!"

姐姐陈婷也对陈蓉说:"男人都好面子,凡事你千万不能逞能,特别是在外人跟前,不能让人觉得他怕老婆!你懂我的意思了吧?"

陈荷逗陈蓉说:"早早给爸妈生个外孙吧,最好一次性生上两个,送给爸妈一个，我们当个大玩具玩！"

陈蓉也开玩笑说："生娃娃的事还用舍近求远让我费劲儿哩？大姐多生几个让爸妈玩吧！"

柏真和陈蓉一路风尘又回到了西京。

住在柏竹家里的柏家富高兴地看着亲家带给他的新疆特产——莫合旱烟，迫不及待地装了一锅就品尝起来，然后就直喊劲儿大，接着又评价说有股子清香味道哩。

陈蓉拿出一顶花帽和一条披肩，分别送给了公公婆婆，还有送给大姐二姐三姐家的不同礼物。大姐柏香从小就爱美，好打扮，看到五颜六色的披肩，急忙挑了一条对着镜子欣赏起来。二姐柏兰和三姐柏竹看着大姐披上那花花绿绿的披肩别有一番风味，就都挑了一条也披在肩上。陈蓉见状直喊"还有我呢"，娇媚地笑着也披上一条站在三个姐姐中间。三个姐夫和小舅子扶着两个老人站在人群中央，大家围着老人载歌载舞。陈蓉此时展示起了她的特长，引得大家都兴奋地跟着她学跳起了维吾尔族舞蹈，一家人闹腾得不亦乐乎。

第六十六章

　　老莫和杨欣都十分珍惜他们来之不易的姻缘，小心翼翼地呵护着这个家庭。他们努力试着将对方的缺点淡化，甚至试图将缺点当作优点来看待。他们两个人都只有一个女儿，老莫离婚后他的女儿张莉随母亲回了北京，杨欣的女儿杨玲自从父亲在美国留学时车祸去世后，就跟着母亲生活。

　　四岁的玲玲古灵精怪、与众不同。

　　这晚她走到餐桌旁，眼睛一眨一眨地看爸爸津津有味地吃着那一盘刚调上蒜汁的猪头肉。不知老莫是无意还是故意，嘴巴不时地发出带着肉香味的吧唧声。玲玲终于经不住诱惑开口说："爸爸，我也要吃！"

　　老莫咧开嘴笑着，用筷子扒拉着挑了一片瘦肉喂到玲玲嘴里，温柔地说："来，爸爸给你拿一双筷子，咱们一起慢慢吃。"

　　玲玲也学爸爸端着一个小酒杯，不时地和她爸爸碰一下杯，嘴里也故意发出吧唧声，说道："来，爸爸干杯！"

　　父女俩就这么在友好亲热的气氛中喝着吃着，完全忘记了卧室桌子旁还有一人正辛苦地伏案批改着作业。不一会儿就见杨欣改毕作业拉开门从卧室走出来，看到女儿和丈夫亲密的样子，一股暖流涌上心头。她忙上前几步走到女儿身边，逗乐说："嘿，你俩偷着吃，也不叫我，没良心！"

　　玲玲急忙挑出一片肉递到妈妈面前，说："妈妈吃肉！"

　　老莫忙站起身，让妻子坐好，去取了一双筷子一个酒杯，又返回厨房切了剩下的那块肉，放在一只碗里调上汁，接着回到桌旁将碗里的肉添到盘子里，这才笑眯眯地说："嘿嘿，都给你留着哩，我馋得不行先吃了一些。"

杨欣温情地看着丈夫，用筷子挑了一片肥肉喂到他嘴里，说："你吃肥的，我和玲玲吃瘦的。哦，忘记告诉你了，我主编的教材出版了，今天分得了两千块的稿费，一会儿我拿给你，补贴伙食用。"

老莫高兴地说："嘿嘿，我是咱家的伙食科科长兼厨师、幼儿园阿姨、家庭妇男，一身兼四职，还不算丈夫和父亲两职。"

玲玲机灵地插话说："一共是六职！"

老莫和杨欣都哈哈大笑起来。

二十多年光阴弹指一挥间。

老莫从教育厅主办的《成人教育》杂志社副社长兼主编的职位上退了休。杨欣从北方大学副校长的职位上退下后，又去了一所民办大学帮忙，当了分管教学的副校长，干了几年后就彻底辞去所有职务，一心一意在家里做起了家庭主妇。

好朋友柏兰和她开玩笑说："你常年操心公事，忙外面的事已经习惯了，一下子回到家里心慌得不行吧？"

杨欣坦言说道："还真的是，待在家里就好像住在宾馆里，不知道做什么好，觉得日子过着慢得很，无聊得很！"

柏兰羡慕地说："你家玲玲今年过年回来不？她现在博士学位拿到了，婚姻大事也解决了，又留在香港工作，啥事都不用你操心，你可真是命好！"

杨欣脸上露出骄傲的神色，说道："玲玲自立好学，学习上从来不用我操心。她在北京读本科、硕士，后来到香港读博士，生活上完全自理，只要钱给她就可以了，啥要求也没有！"

严兵碰上老莫闲聊起杨玲时，老莫也是引以为傲，话就多了起来："人家学习上从来就没表现出吃力和烦躁，人家就好像在品尝各种美食，一副享受其中的样子,让她的一些学习差的同学觉得不可思议！玲玲这孩子学习上像她妈，聪明劲儿像我，嘿嘿，谁家的像谁，没办法！"

他看着严兵一副羡慕的样子，继而又说："呵呵，这就叫一分耕耘一分收获，言传身教的结果。她从四岁起吃我做的饭，吃了十五年考上了北京中医药大学，在大学里就开始吃人家做的饭咧！唉，这就应了那句话：女大不中留啊！远走高飞，现在想见一面都难哪！"

严兵感慨说："唉，儿女自有儿女福，莫为儿女做马牛！我就没有这种牵挂，少了感情上的负担。"

老莫在院子里闲溜达，见严兵从车库出来匆匆忙忙正往家属楼走，便上前开玩笑说："拎得甚好吃的东西，见人吓得直跑咧！咋了，怕人抢着吃咧？"

严兵抬头见是老莫，停下对他笑着说："哈哈，你这家伙好口福！我刚从东关榆兰酒店取了一大包我弟弟捎来的带骨羊肉，里面有四小包哩，正好分给你一些。天热搁不住，现在还比较新鲜，拿回去就炖上，和杨欣、玲玲一起吃。"

老莫顿时喜眉笑脸，说："啊呀天大大，我这两天正馋着咧！赶得早不如赶得巧，又让我给逮住咧！"

严兵忙从大蛇皮袋子里取出一包带骨肉，大约有四斤多，又说："剩下的三包我回去放在冰箱冷藏起来，打个电话让老帅明前晌来吃炖羊肉烙饼子！你也来，一起聚一下，热闹些！"

老莫欣然地说："哈哈，我也正想见一下这家伙！"

老帅的《黄土地》杂志由于种种原因，办不下去了。听说主要还是缺少办刊经费，当然也有经营不当方面的一些问题。老帅在"拯救"杂志期间自己掏腰包出了几万块钱，但最终还是停刊了。老帅沉沦了一段时间，慢慢缓过劲儿后，又回到省曲协。

不久之后，老帅利用他"外爷"韩起祥的名气和地位，和北京等地曲艺界一些名演员拉上了关系，在延安主办了一场盛大的商演，拉了不少赞助，获益颇丰。他从中看到了商机，于是连续在延安、沙州、绥州、圣林等地举办了数场大型文艺演出，名利双收。

老帅又续上了往日的商务宴请。

三日一小宴,五日一大宴。老帅风光地忙碌着各式各样的应酬,天南地北地与各色人物互相吹捧着,烂醉如泥地酣睡在各地宾馆的大床上。

严兵好不容易拨通了老帅办公室的电话,接电话的正是本人:"哈哈,我一听声音就是毛娃,老朋友有什么盼咐?"

严兵兴致勃勃地向老朋友发出了邀请:"啊呀,哈哈,可是弄了些好羊肉咧,明儿上午你来吃炖羊肉烙白面饼子,放开管饱吃,十斤多羊骨肉咧,一家伙全炖上。咱再喝上点儿烧酒,有一瓶山西杏花村酒给你留着哩!噢,对了,老莫明天也来!"

只听电话那端老帅哈哈一笑,大声说:"毛娃老弟的美意我心领咧,明天恐怕我来不了,和几位朋友约好了,有事要谈,对不起了,你们几个人聚吧!"

严兵一听来了气,用不容商量的口气说:"你必须来,你的狗屁约谈推后!"说完就挂了电话。

次日上午老帅来到严兵家,刚坐定就见老莫推开门进来,寒暄一番。柏兰端上茶来,说了几句客套话便忙去了。

严兵见面就挖苦起了老帅:"现在牛皮哄哄的,请都请不动咧!"

老帅直道歉,说:"这不还是来了嘛!确实最近忙得很!"

老莫开玩笑讥讽说:"小公牛哭小母牛咧——牛死咧!"

老帅似笑非笑地看着老同学,财大气粗地问严兵:"毛娃你现在还亲自给学生上课着咧?"

严兵有点儿纳闷看了他一眼,说:"哦,我不上课还能干个甚?不上课谁给我发工资咧?让我喝凉水去?"

老帅忙解释说:"我的意思是你是系主任,是日理万机的领导嘛,还用亲自上课咧?"

严兵认真地说:"系主任首先是教师,都是有教学任务的,就是当校长的教授也是有教学任务的。"

老帅故意刺激严兵,摇晃着脑袋喝下一杯酒,喊了一声"好酒",又说:

"呵呵，当个教授能挣几个钱？混个系主任空操心又不给你多挣一分钱！还不如都辞了跟老哥混去，有酒有肉逍遥自在，神仙一般的日子！毛娃，咋样？你好好盘算盘算！"

严兵叹了口气，说："唉，人比人，活不成！我哪有你洒脱，光想着放开了往好了活，今朝有酒今朝醉！再说咧，一人一个能耐，你能做的事我做不成，我能做的事你也做不成！人生在世，各有各的活法，各有各的选择，对不对？"

老帅指着严兵笑话说："啊呀，这后生一满是一个榆木疙瘩！"

十年后的2005年。

老帅越来越发福，体重已二百三十多斤。

他穿着麻袋一样宽大的吊带西裤，只见他高高隆起的肚子上那一条细细长长的红色领带仿佛搁在凸出的台面上，脖子又太粗，看上去十分滑稽可笑。

老帅的公司叫作"四海文化传播公司"，他的名片上印着：闫京，中华文化传播使者、教授、总经理。

常言道：世事盛衰兴替，好坏轮照。人生在世，往往三十年河东，三十年河西，就如那黄河之流自然改道，非人力可为。

老帅到了花甲之年似乎耗尽了一生的运气。他已坐吃山空，仅凭工资度日。往日的辉煌已成为美好的回忆，而此时的他目光呆滞、步履蹒跚，一副老态龙钟的模样，让人难以想象十多年前二百多斤神采奕奕的大胖子闫京总经理，和眼前不足一百斤形如槁木的人竟是同一个人！

他患上了严重的糖尿病。他显得很失望，对治疗失去了信心。他对所有前去探望他的亲朋好友都表现出一种少见的冷淡。

严兵劝他配合医生好好治疗。他绝望地看着老朋友，心灰意冷地说："医生尿也不顶，光知道收钱咧，没钱早就找借口把我撑出门咧！我现在就这样活一天算一天，说不定哪天一下就死咧，咱老朋友也就缘分尽咧！"

严兵伤心地流出了眼泪，看着床上躺着的老帅，哽咽着说："老帅你不要这么悲观，现在医学这么发达，一定能治好你的病，你要撑住！你要撑着过了这个关口，咱们都活到八十岁以后再死！"

老帅仰天长叹一口气，似乎用尽全身力气大声说："唉，老天爷呀！阎王叫我三更死，谁能留我到五更……"

韩冬有自己独特的"活法"。

可以不夸张地说，他是个内心超级强大的人。从退休那年起，他就平心静气地给自己安排好了以后的日子该怎么过。他对严兵和柳田说："言行上表现得卑贱的那些人，主要是缺乏基本的自尊心；言行上表现出虚伪的那种人，缺乏最起码的诚实；言行上恶毒的人，缺乏的就是善良。我就讨厌这三种人，尽量避开少打交道！"

柳田接上话说："韩兄说得好，我非常认同。气度决定着命运的格局，包容与拥有成正比。凡事看得开，拿得起，放得下，学会隐忍克制，少了攀比，才会随缘自适。"

严兵也有感而言道："人生一切所得并非算来的，而是善来的；不是求来的，而是修来的。"

韩冬感悟说："人生一世，活得就是个心境；苦也一天，乐也一天，全在自己调理。退休了等于重新活起，要活出一种自得其乐的状态。我现在是'一点两线'的生活模式，家是基本点，出了家门有两条线路，一条是市场，一条是球场，要么买菜，要么打球。哈哈，这'一点两线'的生活我'一不小心'已经过了十二个年头了！篮球场上我依然是'生猛海鲜'，不服那帮年轻人。啊呀，谁相信我已经是个七十二岁的胖老汉咧？！人老气势不倒！"

严兵开玩笑逗他："啊呀，我去球场看过你打球，还能做出三大步上篮的动作，还能急停跳投，就是跳得比原来低了！"

韩冬哈哈一笑，自嘲说："现在弹跳力确实不行了，跳起来只有火柴盒盒那么高，刚能离开地面，呵呵，人胖往下坠呢！"

老莫如今常开车到朱雀路上的室内运动馆里打乒乓球。他自小就喜爱乒乓球，从小学到初中一直是校队队员，基本功相当扎实，他说他还没把北方大学校园里会打乒乓球的几个教职工放在眼里哩！

老莫退休后就一心一意认真地给杨欣做起了一日三餐。杨欣从副校长职务上退下后，受聘当上了一所颇有名气的民办大学的副校长。她是闲不下来的人，当然，她的宝贝女儿在香港买房也急需用钱。老莫诙谐地说："呵呵，你早出晚归，一年辛辛苦苦给人家打工挣下的钱，在香港恐怕也就能买两平方米的地方，杯水车薪呀！"

杨欣不以为然地说："呵呵，总比没有强吧？咋说也是咱当父母的一片心意吧？再说闲着也是闲着，出去干点儿事心里也踏实。还要谢谢你在家里变着花样给我做好吃的，这钱是咱俩共同劳动挣给女儿的！"

老帅死了。

他最终还是没能熬过那道坎。他只活了六十岁就撒手人寰，撇下亲朋好友，独自驾鹤西去了。严兵哭了一鼻子，他很伤心过早地失去这个四十多年的老朋友。他通过手机微信把老帅去世的消息告诉了远在美国的老总。老总打电话过来，语气震惊而沉痛，不相信似的反复问："啊呀！老帅走了？！是真的？！就这么走了，他才刚刚六十岁呀！老帅就这么走了？！唉，再见不着了！老帅就这么早早走了……"

第六十七章

初中毕业时，榆旺写了一份申请，要求到离沙州城十几里路而且交通方便的城郊刘官寨公社三岔湾大队插队，理由是照顾六十多岁身患疾病孤身一人在家的老父亲。他的申请被批准了，因为他的情况符合被照顾的政策。于是榆旺和严兵便一南一北分别去了两个地方，直到十年后严兵大学毕业回到沙州城，榆旺也从铁路系统几经周折调回沙州城，他们才得以再次相逢……严兵面对着已有几分沧桑模样的榆旺感叹说："啊呀榆旺，你如今怎就变得像个中年人咧？！怎就这么显得老气呀？！"

榆旺也叹了一口气，笑着说："唉，你毛娃也不是我记忆中的形象咧，老气横秋像个老夫子！"

八年后，三十二岁的严兵调往省城，他和榆旺又分隔两地，从此很少见面。

王榆生和徐三凹自从严兵回城后，死心塌地又劳动了两年。到了1974年，王榆生被推荐上了南京铁道医学院；次年，徐三凹也被招工进了沙州地区汽车运输公司。巧的是，严兵在1974年也被推荐上了大学，在本省的西京外国语学院英语系开始学习英语。

王榆生兴高采烈地上了南京铁道医学院。

迎新晚会上，王榆生代表医学系七四级二班新生，演唱了电影《红日》插曲《谁不说俺家乡好》，赢得了经久不息的掌声。他那声情并茂的男高音，加上英俊的面容和健壮的身姿，征服了在场所有的女同学，就连男同学也在羡慕嫉妒中情不自禁大声叫好。他在同学们热情的欢呼声和掌声中，又演唱了一首《北京颂歌》，他的歌声高亢嘹亮，气势磅礴，令人振奋，全场同学和老师都站起来为他鼓掌叫好。王榆生一夜成名，大家都记住了他的大名。

　　1997年严兵回陕北沙州城小住几日，在街道上偶遇王榆生，两人惊喜得竟然都落了泪。榆生激动兴奋之余问道："严兵你这家伙这二十多年在哪里，在干些什么呀？把老朋友老同学都忘记了吧？我可是时常想起你哩，想起咱们在柳湾插队时的生活，你我还有三凹，饿得不行就烧了一锅滚水，里面放点盐一人一大碗喝了'哄'肚皮咧！你还记得不记得？"

　　严兵紧握着榆生的手不松开，一边拉着他走进街道近处一家小饭馆，一边对他说："这咋能忘得了！一辈子都忘不了的事情！咱们喝了滚水就唱起《白毛女》中杨白劳唱的'十里风雪一片白……'，对不对？一首接着一首不停地唱，唱得咱们三个人泪流满面！北草地上滴水成冰，北风刮得人刀割一样疼，咱们没粮吃了，只能喝碗盐滚水，在知青土坯房里挤在土炕上相依为命，是不是？这怎能忘得了！"

　　榆生听着眼眶又湿润起来，情绪激动地说："那段生活是我记忆中最苦的生活，也是最宝贵的人生阅历！"

　　严兵赞同说："我和你有一样的感受。知青生活让我们懂得了什么是受苦，什么是享福；让我们学会了应对困难，学会了吃苦和忍耐！"

　　榆生说："确实如此！我能有今天，全靠吃苦和忍耐，是吃苦忍耐成就了我！"

　　严兵突然心里生出一个想法，提议说："咱们遇到一起不容易，咱去找一下徐三凹，看他有没有时间，咱们在招待所登记上一间房，住上两天，好好叙叙旧。唉，这辈子恐怕再也没有这机会了！"

　　榆生立即高兴地答应说："啊呀，我也正想着这事哩！咱想到一起咧！现在你我各回各家打个招呼，然后十五分钟后咱在钟楼底下碰面，咱俩相跟上到地运司找三凹去。"

　　榆生和严兵在地运司客运部顺利找到了徐三凹。三人兴奋地抢着说话，东拉一句西扯一句问候着分别二十多年后的情况。三凹情绪最是高涨，拉着两人一边往单位的食堂跑，一边说道："今儿一定要你们两个老朋友尝一尝我们食堂的饭菜！我敢说咱沙州城里头最好吃的饭菜就在我们公司的食堂里，厨子也是沙州城里最好的厨子。哈哈，咱们三个今儿好好咥一顿！"

三人说着话，步行了不到十五分钟，就见眼前一座带有青砖花格围墙的小院子，入口上方凹处横写着"食堂"两个醒目的红漆大字，院子看上去宽敞整洁，清静雅致，有八九间房，像个高级疗养所。

榆生惊叹道："啊呀，三凹，你们地运司连食堂都这么讲究，到底是有钱单位，就是不一般！"

严兵也感到了地运司的财大气粗，开玩笑说："哈哈，确实是'二般'气派，像个土财主的豪宅！也像小说中描写的大地主的二房小宅院，哈哈！"

三凹得意地对着他的老朋友热情地说："嘿嘿，不光是地方好，马上让你们见识一下这儿的吃喝！"

三凹说着就将两人让进了一间用餐客房，里面有一张大餐桌和十把椅子，还设有卫生间，靠墙处放着一个三人大沙发，旁边立着一个挂衣架，墙上挂着字画。

三凹按了一下门口墙上的电铃，立刻就见一个年轻漂亮的女服务员走了进来，笑眯眯地问："三位先生，欢迎来用餐！"

接着那女服务员递上三份菜单请他们点菜。三凹说："我先点一个清炖羊肉，榆生点一个，严兵点一个，让先上三道菜咱吃着，然后想吃什么再点什么，这样现上现吃热热乎乎，好吃！"

榆生说："来三小碗拼三鲜！"

严兵说："来个青椒爆炒羊肚！"

三凹补充说："来瓶沙州大曲！差点忘了喝烧酒咧！"

榆生开口问道："三凹，咱们分开有多少年咧？"

三凹一边给榆生和严兵斟上酒，招呼着吃喝，一边想着说："呵呵，算起来有二十四五年咧！先是严兵招工走的，两年后你被推荐上了南京铁道医学院，再后来我也回城进了地运司当上了客运车跟车学徒，一直到如今，从年轻娃娃变成了如时的三个中年人，对不对榆生？"

严兵插话说："啊呀，三凹你忘了咱们两个1976年还见了一面！当时我还没从大学毕业，你还在当学徒，我还在你宿舍住了几个晚上哩！"

三凹想起了这件事，急忙就说："哎哟，哈哈，我想起来咧！你放寒假，家里头住不下找到我门上，咱们拉了几个晚上话哩！"

榆生接上话说："我明白了，你见不得你大哥严工，躲清静躲到三凹这儿咧，对不对？严工现在还是那副俶样？"

严兵无奈地笑了笑，说："还是榆生了解我！我当时就像个无家可归的流浪汉，在三凹这儿混吃混住，硬着头皮在家过了个年，大年初五我就搭了个顺车回学校了。我在沙州的家里有个继父，还有个严工那种人；我在延安我亲爸的家里有个后妈，我去了我爸也左右为难；我没个去处，学校里虽然春节人都回家过年咧，可好在还有个住处，学校灶还开着，好坏还有口吃的。咱当过知青的人都不怕受苦，寒暑假学校里搞基建，学校附近有工地，我就去找活干挣点儿钱，也是打发寂寞的一种办法。"

榆生深表同情地说："唉，严兵你也真是个苦命的人！我爸爸认识你爸爸严文武。说你爸爸是个才貌双全的人，工作上很有能力，是个年轻有为的干部，要不是因为家庭问题没处理好影响了大好前途，早就是地师级领导干部咧，说他原来的两个下级后来到省上都当上副省级领导咧！"

严兵叹了口气，悲观地说："一人一个造化，世事弄人哪！父母关系处理不好，影响子女们一生的发展，不光是物质上的和事业上的，更可悲的是精神上的！家庭破裂直接摧残着孩子们的心理健康，我自小就有了自卑的心理，内心十分封闭，就是想在极限的劳动中冲淡内心的压抑感。我恨我自己生在这样一个家庭，我甚至跳过红石峡水库。"

榆生急着问："没死成？"

三凹也问："被人救下咧？"

严兵感叹说："唉，命不该绝，没死成！年少时不怕死却偏偏死不了，年老的人怕死咯噔一下就死咧！"

"几个后生中有两个人注意到了我异常的举动，他们从远处走到我站

的石台台跟前，一个瘦高个问我说：'哎，你这个后生想做甚咧？可不敢想不开！'

"我反感他们多管闲事，没好气地说：'想做甚就做甚，你管不了！'

"瘦高个说：'你是沙中初一的学生吧，是不是和王榆生同学咧？你往裤腿子里头装满石头想干什么咧？为甚要寻死咧！'"

榆生猜想着严兵说的那个瘦高个，脸上露出欣慰的神情，长叹了一口气，说："哎呀，一定是马印子，他在沙中念高二。他爸爸就是沙州县县长马科西，和我爸爸是好朋友。他成了你的救命恩人咧！"

三凹说："啊呀，这个恩情可是大咧，要不早就没有你严兵咧！"

严兵感激地说："我欠他一条命的大恩！可是我当时并不这样想，还怨他多管闲事哩！后来长大了，心理上的压抑也逐渐减轻了；回想起那次没死成，心里头才觉得他对我的这份救命之恩的分量实在是太重咧！我都不知道如何报答呢！"

榆生感叹道："唉，过去咱在一起时，只是觉得你郁郁寡欢，没想到你还有这么一档子事哩！再就是看你不要命地下苦劳动的样子，好像有人强迫你干活一样，好像你跟农活有仇一样，玩命地干活！说实话我当时并不理解你，以为你就是想表现自己！"

三凹也说："呵呵，我当时开始心里也认为你想表现，后来就不那么想了，觉得你这人太能吃苦了，是个实实在在的好人！"

榆生突然大喝一声："来！两位兄弟，为相逢干杯，为严兵没死成干杯，为三凹事业有成干杯！"

三凹吆喝着服务员上菜，问严兵和榆生："咱这儿的菜怎么样？"

榆生说："确实做得与众不同，味道一流！"

严兵逗笑说："好菜好饭都到了地运司咧，不公平呀！"

榆生调侃说："讲甚公平咧？现在有钱才是硬道理，有钱走遍天下，没钱寸步难行！"

严兵有所感悟地说："时代不同咧，观念也不同咧。如时人都讲金钱，讲实惠，讲眼前利益，情和义都看淡咧！一个社会没有了信仰就如同只是一碗油,没有任何其他东西,是一种什么味道?"

三凹说:"虽说油是好东西,可是光有油也没办法吃嘛!"

严兵颇有兴趣地问榆生:"你是怎么把人家大教授的女儿追到手的,给我和三凹讲一讲你们的爱情故事,怎么样?"

三凹同样想知道榆生怎么找了个南方姑娘当了他的老婆,好奇地问:"啊呀,找了南京的女人,和咱们陕北的女人肯定不一样吧?生活习惯也不一样,能过到一起咧?"

榆生说起他老婆两眼直放光,满怀激情地说:"呵呵,她叫罗莉,是医学院罗恒教授的独生女儿,比我小一岁;她的母亲,我岳母,叫吴雅芬,也是医学院教授,又是医学院附属医院妇产科的主任医师,是南京妇产科的权威。我和罗莉的爱情和婚姻可以说是有情人终成眷属,说来话长!待我慢慢说来……"

第六十八章

榆生说他相信人的缘分，也相信人的命运，要不他怎就有了上大学的机会，怎就还非得去南京上铁道医学院？就因为他和罗莉有夫妻缘分！榆生对此坚信不疑！

对于只有初中文化基础来自农村的工农兵学员王榆生来说，学医确实是困难重重，他们班上百分之九十的同学都是念过高中的工农兵学员。

班上的同学一开始就对他这个憨厚的陕北娃产生了好感，他给他们留下了一个初步的好印象。迎新晚会上他带点儿憨劲儿和愣劲儿，声情并茂地用男高音演唱，征服了所有的人，大家还以为他是从文艺团体推荐上了大学的工农兵学员，因为他的演唱实在是太精彩了，太能打动人心了！

大哥大姐们都愿意在学习上帮助他，就连比他年龄小的罗莉和其他几个女生也都十分主动地帮助他。他深知自己底子薄，文化基础差，于是就谦恭而感激地接受着大家的辅导指教。

王榆生最初为自己设定的目标是毕业后回沙州当个医生，最差也到公社卫生院当一名大夫，不至于回到柳湾大队当个赤脚医生。即便回柳湾他也不在乎，反正已吃上了公家这碗饭，生活有了保障，这比什么都强。他甚至想到了，回到柳湾大队索性就在柳湾大队挑上个女子当婆姨，这样的农村女人能安心和他过日子，一天两顿饭给他做得吃上，把他侍候得好好的，再给他生上两个娃娃，最好是一儿一女。啊呀，这种田园生活简朴而富有诗情画意，远离纷杂吵闹、尔虞我诈的城市生活，简直就是神仙过的日子……

啊呀，严兵这家伙也有好运气，听说也从工厂推荐上了大学，他要是没良心不娶玉玉，我回去就把玉玉娶了，玉玉肯定也能看上我了！啊呀，就怕到时候玉玉已经嫁人了，那就没办法咧，不就竹篮打水一场空了吗？……

王榆生对未来美好的田园生活充满了憧憬，他此时尚未有更多的奢望，他很满足自己已经踏入了"公家"的大门。

罗莉对这个雄壮朴实、英姿勃勃的陕北后生产生了好感，而王榆生对罗莉端庄美丽的外表却只是惊叹与暗自欣赏。他觉得罗莉像极了电影《五朵金花》中副社长金花的扮演者杨丽坤，而杨丽坤简直就是他的梦中情人。

罗莉一米七的修长姣美的身姿，白皙的皮肤和一双会说话的大眼睛，活泼灵动的性格，又加上她笑时的两个小酒窝，常常令他这个陕北娃神魂颠倒、浮想联翩。他在罗莉面前常有一种自惭形秽的感觉，就像是一颗晶莹剔透的珍珠和一颗粗糙暗淡的沙砾放在一起的那种感觉。而罗莉偏偏就欣赏健壮威猛的男子，就像她的父亲罗恒那样的男人，她对那些矫揉造作的奶油书生往往不屑一顾。

这日上午在食堂打饭时罗莉和王榆生碰到一起，罗莉问他："哎，王榆生你报名参加摔跤比赛吗？"

王榆生听她问感到纳闷，反问道："你们南方也有摔跤比赛吗？"

罗莉爽朗地笑了笑，说："哈哈，好像就你们北方人会摔跤一样！我们南京城里摔跤能手可不少呢！咱学校里大三的学生中有一个叫王强的南京人，在咱学校连续两年都是冠军，可厉害呢！听说他家祖辈上都是南京城里的摔跤把式呢！"

王榆生一听来了兴趣，顿时有了一种跃跃欲试的冲动，就说："呵呵，那我倒想会他一会！"

罗莉表示赞同地说："嘿嘿，重在参与，不在胜负成败，对不对？"

王榆生感到罗莉小瞧了自己，长吁了一口气，礼貌地克制住心中的不服劲儿，说："嗯，那倒也是，是骡子是马，还说不来咧！我要是报名了，比赛前吃上几斤牛肉，估计就能拿下王强；我比不上我师弟严兵，但是让我服气的人还真不多！"

罗莉觉得王榆生口气未免大了些，但还是鼓励他说："牛肉没问题，我负责给你买。"

由校团委学生会组织的一年一度的摔跤比赛拉开了帷幕。

经过院、系、年级三轮初赛后，王榆生不负罗莉和同学们的期望，脱颖而出，进入了半决赛。他的对手是一个叫彭伟的四川籍大二小伙子，去年比赛拿了第三名，今年的目标是进入决赛，和王强一决雌雄！他似乎并没把王榆生放在眼里，初赛时他见过王榆生的比赛情形，但是他和王榆生没交过手，他认为王榆生爆发力还可以，但在技巧上还欠火候，他有把握拿下王榆生。

罗莉比王榆生还要紧张，半决赛前一天晚上，她从家里又拿来一斤熟牛肉，在男生宿舍门外唤出王榆生，对他说："哎哟，紧张死我了，明天是关键一战，拿下彭伟你就进入决赛了，至少拿个亚军。可'小四川'这个对手滑得很，听说今年志在必得第二名，不好对付啊！"

王榆生满怀信心，安慰她说："别理他咋咋呼呼那一套！我已经明白他的套路了，我看过他的摔法，消耗体力法和快速进攻法是他的拿手戏，我有办法对付他。你放心，看我明天怎么收拾他……"

校内大操场的足球场中央，里三层外三层围满了观战的学生。上午是王榆生对决彭伟，下午是王强对决鲁威；去年的亚军就是鲁威，败在了王强手下。鲁威是一个山东大汉，属于力量型的，他也是大三的学生。

王榆生赛前一小时吃下了罗莉送给他的一斤熟牛肉。此时见他露出一身健壮的肌肉疙瘩，精神抖擞地站在场边等待主裁判发令。

只见场上身着裁判服的主裁判发出第一次指令："半决赛现在开始，王榆生、彭伟双方入场亮相，五分钟后进行三局两胜比赛！"

罗莉站在观众群中第二排，神情紧张地注视着王榆生，双手捏成了拳头在给他暗暗鼓劲儿。只见王榆生先是舒展双臂，左右摆动了一下脑袋，双腿下蹲，又突然急步向前高高跃起踢了一个响亮飞腿，立即获得一阵喝彩声，紧接着又见他甩胳膊抬腿跳跃，好似蒙古式摔跤入场的样子，非常可爱，惹得观众捧腹大笑；那彭伟在场子另一边也做着"川式"表演，像是在演练一套武术招式。

主裁判发出第二次指令："比赛开始，第一回合对决！"

罗莉刚刚放松的心情顿时又紧张起来。

双方进入场子中间。彭伟蹦蹦跳跳踮着小碎步靠近王榆生，等着王榆生向他进攻发力；王榆生在原地踮着脚，以静观而待其变，保存体力。彭伟见状大步向前，冷不丁一跃逼近王榆生，伸出鹰爪似的左手眨眼间抓住了王榆生右肩，那五指十分有力地抠住皮肉，王榆生顾不得刺痛，迅速一个下蹲摆脱对手，左手早已伸入彭伟裆内，大喝一声"起"，将彭伟高托过头顶，又用双臂举着对方身体原地转了三圈，发力喝声"去"，便将彭伟重重抛在三米开外空地上。围观人群大声叫好。彭伟没有立即站起身，原地坐在那里低着头，显然王榆生发力不小，这一扔把他摔得不轻。裁判上前低下头询问彭伟几句，就见彭伟站起身来和王榆生站在了一起，主裁判大声宣布："第一回合，王榆生取胜！"

人们注意到了王榆生右肩渗出鲜红的血渍。

罗莉屏住气一直看到"小四川"被扔在地上，她大声欢呼着挤到前排，待裁判宣布结果后立即不顾一切地跑到赛场边的王榆生跟前，不由分说扳住他的右肩查看起来。她跑到裁判跟前质问抓破出血算不算犯规，裁判说只要不是故意就不可以判为犯规。罗莉愤愤不平地看着王榆生肩上的五个"血坑"，对榆生说狠狠地摔那"小四川"，再给他点儿颜色看看！

裁判发出第二回合开始的指令。

王榆生依旧以蒙古式摔跤蹦跳摇晃的样子入场，精神亢奋，像个擂台上的武士。

彭伟一上场便是一副摩拳擦掌、怒气冲冲的样子，好像恨不得立即就置对手于死地。王榆生看出了他急于取胜，心想这人心态不好，还是小心别让他再伤了自己为妙，于是仍然采取以静制动的战术，站在场子中央踮脚迎战。

彭伟双眼冒火，一脸杀气，一脚踢来差点儿踢中王榆生的下巴，王榆生一惊退了一步。不料彭伟紧逼上来又是一个大力扫堂腿，王榆生早有防备，跃起身躲过。王榆生脚刚落地，彭伟抬腿又向他腰部狠狠踢来。就在彭伟一腿踢来单腿立地的一瞬间，王榆生大喝一声"倒"，拼尽全力的大力扫堂腿击中了彭伟单立着的那条腿，只听嘭的一声闷响，彭伟啊呀一声，应声倒地，缩成一团动弹不得。王榆生此刻也是一脸怒气，看得出他是真被彭伟的三踢激怒了！

罗莉大声叫好，她是先怒后喜。

裁判上前向彭伟问话，彭伟勉强还能说出话来，脸色煞白，满脸冷汗，嘴唇抖动着痛苦地说："我的左腿……断了，我……我……我站不起来，我输了……"

裁判拉着王榆生的胳膊走到彭伟跟前，握住王榆生的手腕高高举起，大声宣布："王榆生连胜两个回合！"

又见主裁判走上场来，大声宣布："半决赛王榆生对决彭伟，王榆生取胜！"

罗莉和班级的同学们欢呼着胜利，拥着王榆生离开了赛场……王榆生有些歉意地对罗莉说："唉，要不是彭伟那一脚向我头部踢来，我也不会使那么大的力，也不至于让他站不起来！他向腰以上踢已经是犯规了，可裁判没判，我当时就生气了，所以也就没把握住自己的力道！"

罗莉安慰王榆生："你也不必自责，其实大家都看出彭伟第二回合一上来时的张狂了，观众都希望你能取胜呢！"

……

下午的另一场半决赛如期举行。

去年在决赛中，王强三局两胜赢了鲁威，可也是险胜。那鲁威心中不服，今年要与王强再决高下。王强认为去年的第二回合自己轻敌了，让鲁威扳回了一局，今年绝不给他任何机会，在半决赛中两个回合一定要拿下鲁威，让他出局！

王榆生在罗莉的陪同下前来观战，心想着再认真看看王强的招数，想想在决赛中如何对付他。罗莉则认为王榆生已经达到甚至超出了预期的目标，最次也是亚军；她认为王榆生肯定不是王强的对手，明天上午的决赛能亮个相已经很威风了,让王强摔个2∶0的可能性很大,于是罗莉提前对王榆生做起了心理疏导工作:"哎,王榆生,咱也就是看看而已,学习一下王强和鲁威的长处,王强肯定会赢。明天决赛你能亮相已经为咱们班咱们系争光了,胜负也就没必要看太重了,你说是不是?胜败乃兵家常事,你说对不对?我认为男子汉就应该是拿得起也放得下!"

王榆生听着罗莉的好心劝导,心里却是越发不服起来,可他不想拂了她的好意,就耐着性子听她絮叨。他客气地附和说:"嗯,是了,亮个相,不要争强好胜,要能放得下!"

说着就见主裁判上场宣布:"半决赛第二场现在开始,由王强对决鲁威,有请双方入场亮相,五分钟后进行三局两胜比赛!"

只见王强身着摔跤服,脚蹬一双软底摔跤鞋,露着发达的肌肉疙瘩,面带自信的微笑,精神抖擞地步入场内,拱手行个礼,随即一个原地空翻,紧接着又高高跃起做了一个二踢脚,落地后又是两个扫堂腿,威风凛凛。

这边毫不示弱的山东汉子鲁威,高大雄壮,虎虎生威。上来先是躬身唱个喏,随后耍了一套行云流水、柔中带刚的醉拳,直看得众人眼花缭乱、目不暇接,引来一阵叫好声。这鲁威此番做足了功课,誓与王强决一雌雄!

王榆生在群里看着场上耍醉拳的鲁威,心中暗自称赞:这家伙武术功底了得,一招一式绝非一日之功,定是自小练起的!罗莉在一旁问他:"你觉得鲁威怎么样?"

王榆生若有所思地说:"不好对付,他俩胜负难说!"

主裁判发出第二次指令:"比赛开始,第一回合对决!"

王强和鲁威双方入场站在中央。

鲁威做出一个半蹲式动作,两眼紧盯着王强,等他来攻。王强见状,不慌不忙上前靠近两步,围着鲁威猫着腰转动起来,寻机抓住他。鲁威随着王强原地移动着方向,并不主动去迎王强。只见王强突然一个箭步飞跃上前,做出抓胸的动作,鲁威向后一缩,脚下先是被王强扫堂腿踢中,啪的一声响,脚腕被他踢得生疼,咧嘴哼了一声,马步蹲得却是扎实,竟然纹丝不动,只是悄悄抬起左腿向前移出半步。王强没有察觉,紧接着又是一个大力扫堂腿向鲁威踢来，鲁威不退反进，巧妙抬起左腿躲过，踏下左腿飞起右腿，以迅雷不及掩耳之势一脚大力扫堂腿踢中王强左腿肚。王强猝不及防，嘭的一声响，应声倒在地上，双手抱住左腿肚痛得龇牙咧嘴直哼哼。

场外观众顿时发出一阵叫好声。王榆生也禁不住跟着喊好，觉得鲁威抓住时机使的扫堂腿来得妙，给王强了一个下马威！

王强不失风度，从地上爬起来，踮着左脚主动站到场中央，显得有点儿尴尬地向观众拱拱手，随着裁判的宣布举起右手勉强微笑着；鲁威面无表情，待裁判宣布他第一回合取胜后，默默地又回到了场边。

五分钟后裁判发出第二回合开始的指令。

王强左腿打了绷带跛着脚，依然自信，面带微笑向观众拱手致礼。鲁威表情严肃，一副不可冒犯的样子。

王强选择了原地不动，踮着脚等鲁威来攻。鲁威直接靠近王强，一把抓住王强左肩上的衣服，低头伸臂试图入裆举起王强。王强见机乘势用左胳膊紧紧夹住了鲁威的头，右腿顺势伸入裆内勾住他的右腿向上一挑，全身重量向左压去。扑通一声，鲁威被压倒在地，王强扳回一局，双方战平。

鲁威似乎感到输得莫名其妙，摇摇头，满脸通红地站在裁判身边；王强微笑着向观众拱拱手，依然是一副大将风度。

第三回合开始。

鲁威趁王强不备和腿脚不灵，冲上来就从背后抱住了他的脖子。王强急忙一跺脚踩疼了鲁威，趁他一松劲儿，从他胳膊缝隙内迅速向后插入两只前臂，反而用双手交叉紧紧搂住了他的脑袋，使劲向下一沉，紧紧搂着他的脑袋弓着腰用尽全力向前一拨，只听扑通一声响，一个后背式便将鲁威摔了个仰面朝天。场外掌声叫好声热烈！主裁判上来牵着王强的手高高举起，宣布："半决赛王强取胜！"

王强跛着一条腿微笑着向他的支持者们挥手致意，观众都向他投以敬佩的目光。王榆生情不自禁从心底冒出四个字：英雄本色！

罗莉看着王榆生问："有何想法？"

王榆生诚恳地说："我欣赏王强的气质，王者风范！"

罗莉笑了笑，又问："明日决赛，有何想法？"

王榆生轻松地说："切磋技艺而已，不图虚名！"

三凹说："后来就好上了，拉拉手亲亲口，没心思做其他事，茶也不思饭也不想，对不对？"

榆生做出惊讶状，说："啊呀老天爷呀！三凹你怎猜得这么准，难道你是我肚子里头的蛔虫？太神了吧！"

三凹得意地说："嘿嘿，鬼话连篇，也就骗骗罗莉这种单纯的女娃娃！后来骗到手了吧？算你小子有本事有福气！"

严兵问："罗莉没跟你一起回来？引见一下，让我和三凹看看甚模样嘛！"

榆生自豪地说："呵呵，长得是没一点儿问题，沙州城街上也找不出来像罗莉那么俊的女人！她跟我一起回来的，住了几天先回南京咧。我给你们俩看看她的一张照片，就在我钱包里放着咧。"

说着他就掏出钱包，取出一张彩色照片，就见一个亭亭玉立站在一幢二层小洋楼花坛边的貌美女子，模样长得像极了电影《快乐的单身汉》中丁玉洁的扮演者龚雪。

三凹大叫一声："天哪，活不成了！"

就见他往椅背后一仰，做昏死状。

严兵忙也凑趣垂下头，悲凉地喊道："啊呀上帝啊，我也不活咧！"

榆生乐得哈哈大笑，笑骂道："两个一辈子没见过俊女人的老色鬼！荷尔蒙暴涨，憋死了一对老色鬼！罪过呀罪过！"

三凹"苏醒"过来，呼吸急促地说："榆生同志，不用叫救护车啦，让我……让我死也做一回风流鬼吧！"

严兵也气喘吁吁忙说："风流鬼三凹同志，咱俩相跟上！让老色鬼榆生一个人好活去吧！"

他们三个人在二十多年前当知青时一闲下来就这么闹着玩，如今见了面依然爱闹，已养成了习惯，可谓本性难移！

王榆生显得意犹未尽似的，接着又讲起了他的美好爱情故事："……我虽然看上了罗莉，而且我感到罗莉也看上了我，可是咱一个陕北土包子后生咋能配上人家南京大城市姑娘？再说她父母这一关肯定也过不了！这么一细盘算，我就有些心灰意冷，开始故意疏远罗莉。"

榆生看了看认真听他讲故事的严兵和三凹，又接着说："我们班上重新选班干部，罗莉被选成了学习干事，我被选成了文体干事，我们俩的来往又多了起来。罗莉有一天开玩笑似的，开口问我：'哎，王榆生你最近怎么了，总是躲着我？是不是你家"童养媳"给你写信了，警告你不要和女生来往？'

"我矢口否认对她说：'呵呵，没有的事，我哪会有娃娃亲对象呢！我也没有躲着你呀！我为啥要躲着你呢，你多心了，罗莉同学！'

"罗莉一听，显得很高兴的样子对我说：'嗯嗯，但愿如此！既然是这样，明天是星期天，我领你逛一逛南京城吧，请你品尝一下我们南京城里的小吃。怎么样王榆生同学，赏不赏脸？'

"我一听正中下怀，有点儿受宠若惊地向她讨好说：'啊呀，谢谢你抬举我，罗莉同学！你买的清真牛肉太好吃咧，我现在想起还流口水咧！'

"罗莉笑着提议说：'明天咱先去狮子桥美食街逛一下，就在鼓楼区湖南路上，是南京城最繁华的美食一条街之一，怎么样？'

"我高兴地对她说：'行啊行啊！全听你的安排！'

"第二日我们坐公共汽车到了狮子桥。罗莉带着我走进了人来人往、十分热闹的美食街。这条美食街十分有特色，街口有一块巨大的牌坊，两旁是反映旧时民俗的青铜雕像；街上有许多长椅子，方便游人歇息。这街上可谓藏龙卧虎，有许多名小吃，如回味鸭血粉丝汤、京城葫芦王、尹氏百年鸡汁汤包等，可谓物美价廉，令人回味无穷！"

王榆生说罗莉执意让他品尝鸭血粉丝汤和鸡汁汤包，罗莉对他说这两样小吃必须品尝一下，否则就白来一趟小吃街了。榆生说他走到一家卖卤肉的小铺子前就停下不走了，说要吃卤肥肠还有猪头肉。罗莉说他和她爷爷爸爸一样，他俩最喜欢的下酒菜就是这两样卤肉，不如买上两斤带上，下午去她家做客。

榆生看了看三凹和严兵，接上说："我一听她要带我去见她父母和爷爷，我就主动说我来买卤肉，再买两瓶酒，不能空着手上门嘛！罗莉说：'好呀，

可说好了,你买礼品我付钱,好不好?'

"我正好囊中羞涩,就对她说:'好啊,那就让你破费了,真是不好意思!'

"我挑着买了两斤卤肥肠和猪头肉,又买了两瓶罗莉推荐的'六朝春'白酒,之后我们就在一个铺子里吃了两碗鸭血粉丝汤和两笼鸡汁汤包。

"罗莉一家人对我这个'不速之客'表示出了极大的热情,几人争着向我问长问短。罗莉的妈妈吴雅芬阿姨打量了我一番后显然从外观上认可了我,嘘寒问暖地关心我习不习惯南京的饮食呀气候呀语言呀……罗莉指着卤肉纸包和白酒对三人说:'爸、妈、爷爷,他叫王榆生,是陕北沙州城人,我们是同班同学。这是王榆生带给你们的礼物!'

"我忙从沙发上站起身恭敬地说:'不成敬意,冒昧打扰了!听罗莉说爷爷和叔叔喜欢喝酒吃卤肉。'

"罗莉她爸气质儒雅,热情地说:'你客气了小王同学,欢迎你来做客!'

"她爷爷看上去像个古书连环画上的白胡子教书先生,也热情地说:'呵呵,我有好多年没见过陕北老区的人了!我对延安那地方记忆犹新哪!'

"罗莉曾经给我讲过她爷爷罗一夫是清华大学外文系的学生,和钱锺书是同一年级的,后来去英国留学弃文学了医,回国后去了延安,培养了不少学生。

"爷爷说起陕北就勾起了他对旧时学生的记忆,他试着问我:'哈哈,有一个沙州籍的学生叫郝狗娃,他家就是沙州城的,我吃过他从老家带的炒面,和面粉一样,水一拌就能吃,很好吃的。'

"我对他说:'我们沙州城有个大夫姓郝,是个中医,七十岁左右,看病看得好,名气大,叫个郝仁义,人长得又高又胖,是不是改了名字咧?'

"爷爷说:'哈哈,那时就有一个叫郝狗娃的,是个瘦高个,说不定就是他,年龄也应该有七十岁了。你回到沙州帮我打听一下,把我的名字给他讲一讲就清楚了。'

"我满口答应说写信让我爸爸帮我问一下就知道了,罗莉的爷爷一听显得很期待的样子,看得出他是个很念旧的老人。罗莉的爸爸罗恒人很幽默,对我

说：'我父亲常说起延安的往事，说起当年在延安抗日军政大学时听过毛主席讲话，可是引以为豪呢！'

"爷爷说：'当时开大会，我们都在大操场上席地而坐，主持会议的罗瑞卿副校长故意神秘地透露说今天来讲课的先生可是位大大的人物哪！后来林彪校长就陪同毛主席走进了我们的视线，所有的学员都起立热烈鼓掌，大家都非常兴奋。我也是第一次面对面听毛主席讲话！他的嗓门很大，不用麦克风都可以，他的湖南话我们也能听懂；他是一个很善于鼓舞人心的领导人，讲话很幽默风趣……那是一个火红的年代，虽然艰苦，但人们的精神状态好，一心一意工作学习劳动，团结一致，要把日本侵略者消灭掉，赶出中国去……'

"罗莉的爷爷提起延安似乎有说不完的话，那精气神像个年轻人！

"后来我就成了罗莉家的常客，她家的人都已经接受了我这个陕北娃做罗家的未来女婿，我也在她家不把自己当外人了，什么活都干；我在课堂上是罗恒老师的学生，到了他家就成了未来的女婿……

"毕业后，我和罗莉都留校当了老师，我俩水到渠成结了婚。哈哈，有情人终成眷属，缘定的事谁也改变不了！"

三凹替榆生高兴，说着粗话表达情义："嘿嘿，终于抱住人家女女睡到一搭咧，看把你能的，把住些劲儿，小心把你腰闪咧！"

严兵也说起了笑话："常言道好菜费饭好，婆姨费汉！就怕榆生把不住自己，把人家女女弄日塌咧，也把自己弄趴下咧！"

榆生逗能说："皇帝不急太监急，你们两个操这号心有甚用哩？！不知道我身体好吗？"

三凹细心，又问起罗莉的爷爷交代给榆生打听的那件事，说："榆生，那个郝狗娃是不是改名叫郝仁义咧？你当时给罗莉的爷爷打听清楚咧吗？"

榆生笑着说："哈哈，还是三凹细心！我当时就给我爸爸写信要他帮忙打听，我爸爸回信说，郝狗娃就是沙州名医郝仁义。他当面问郝仁义认识不认识延安时期的罗一夫医生，郝大夫一听罗一夫这个名字，当下就泪汪汪哭开了，说自己找恩师罗一夫找得太辛苦咧，以为这辈子再也见不上咧！"

后来罗爷爷和郝仁义取得了联系。郝仁义专程去了一趟南京，带了一小袋炒面请老师再尝一尝几十年前的味道。爷爷说还是那么香，感情也还是那么淳厚，心灵也还是那么美，都没变！唯一变了的是他们都随着岁月的流逝衰老了……

第六十九章

时值1975年冬季,王梁子公社这片区域一场罕见的大雪后。

鹅毛大雪下一下停一停,整整下了一天一夜,一望无际的大地几乎全是一种颜色,肉眼细看能看见的一些缀着黑红绿蓝灰等色彩会移动的小点点是人和其他动物。

窝在土坯房炕上的柳湾大队书记解吉格和大队长强旦,手里各持一个旱烟锅,吞云吐雾。解吉格的婆姨艾琴正在炕灶前火口上炖一锅酸白菜土豆烩菜,后锅里正蒸着一锅玉米面和高粱面的两面馍,灶台上两个锅冒出的蒸汽充满了整个屋子,雾气缭绕,人都看不清人了!解吉格对着站着忙活的婆姨说:"哎,琴琴你把羊油渣渣放上些,再把那块冻豆腐也烩进去,做香些让强旦就在这儿一起吃,我们两个的话还没拉完哩。"

艾琴应承说:"哎,听见咧,晓得咧,做香些!"

解吉格故意对着强旦大声说:"我们琴琴可是个好婆姨咧!又懂事又听话,性子还温顺!"

艾琴就喜滋滋地补充说:"还有一条是人长得俊格丹丹、水格灵灵、白格生生,对不对解书记?"

解吉格高兴地说:"对,对!就是水格灵灵有点儿用得不当!大姑娘才说水格灵灵咧么!"

吃罢饭,解吉格提议说:"强旦,我看咱们两个大队一把手先统一一下思想，要动员所有干部群众搞好今冬的农田基本建设工作。咱先召集小队长以上的干部，包括会计和妇女干部在内，开一次动员大会，然后把具体工作落实到位，分工负责保质保量按进度完成任务。"

两天后，一年一度的冬季农田建设大会战在柳湾大队轰轰烈烈拉开了帷幕。

全大队三个小队的壮劳力全部出动，在白雪皑皑的农田里开始翻地；老弱妇女则留在家里负责做饭。冰天雪地的北草地上，农民们为了来年多打一些粮而不顾严寒辛勤地劳动着。

王梁子公社从各大队抽调部分壮劳力参加水利工程建设，修建一条贯穿三个大队的水渠。这项工程已经进行了两年，今冬再努力一下就可以竣工了。

徐三凹报名参加了公社修水渠的劳动。

自从王榆生也走了以后，一小队就剩下了他一个知青。每到夜晚，他一个人独自住在那间破旧的土坯房里，切实感受到了冬夜的孤寂难熬，常常不由自主地一个人暗暗落泪。他感叹人生命运多舛，活着不易。算起来他到柳湾已经四年了，严兵和榆生招工的招工，上大学的上大学，都成了公家的人，只有他还留在这沙窝窝里，像个没人管的孤儿一样。他有时甚至产生过自杀的念头，他盘算着，就这么熬着，活个什么劲儿，还不如死了算了；他妈最多也就哭上一鼻子，就当没生他这个儿；他爸才不会伤心哩，他爸从他小时候记事起就见不得他，他也不明白为什么……

解书记是个好人，他常到知青院子来看看他，问长问短地和他拉拉话。他心里头就觉得暖暖的，就觉得这世上还有人关心他。解书记有次问他看不看得上回乡知青格桑。格桑是三小队队长格力的妹子，初中毕业就回乡劳动了，这年也已经十七岁了。格桑是蒙古族人，长得也不错，个子高高的，很壮实。

解书记开玩笑逗他说："哎，三凹我给你说，人家格力说咧，他妹子格桑对知青三凹有好感，想探一探三凹的想法，如果有这方面的想法，就让你们两个相处相处。我觉得这是个好事，格桑那女子我了解，可是个好女子咧，有文化、爱劳动，长得水格灵灵的，像个剥了皮皮的水萝卜一样，能配得上你徐三凹哩！"

三凹犹豫着问解吉格："唉，解书记，你的好心我明白了，那我和她结婚了还能回城吗？我这一辈子在咱柳湾窝着不走咧？"

解书记咧开大嘴笑了，开导他说："嘿嘿，你这憨脑小子，该到你有机会招工回城你照样回城嘛！谁家规定知青娶婆姨就不能回城咧？二十几岁的大后生不娶婆姨怎能行咧？憋出个毛病怎么办咧？犯了男女错误怎么办咧？"

三凹就直点头，答应说："嗯，解书记，行！那就先相处相处！"

解书记咧开嘴笑了，满意地说："嘿嘿，我就想你三凹不是个死脑筋嘛！回头我就给格力说一声，让他给他妹子说一下你的意思！"

这天后晌吃了饭，三凹蹲在门口洗衣裳，远远望见一个女子向他住的土院子走来，走近一看，正是格桑。格桑手里拎个小筐，满面笑容向三凹打招呼："三凹哥，忙甚着咧？"

三凹笑脸相迎，说："没事，不忙，就洗两件衣裳。"

格桑放下手中的筐子，逗笑说："客人来咧也不拿个凳凳让人坐？"

三凹赶忙站起身进屋拿出一个小板凳放门口让她坐，笑眯眯地打量着她问："呵呵，格桑妹子，什么风把你吹来的？"

格桑大方地说："哈哈，还用风吹，我自己飘过来的！"

说着就见她从小筐里拿出一瓶子酥油，对三凹说："三凹哥，我哥让我给你拿了一瓶子酥油，说让你吃。天冷，吃了补养身体。我嫂子说知青就剩下三凹一个人咧，日子过得恓惶的，给你拿了刚蒸好的几个馍馍，让你蘸上酥油吃。"

三凹看着格桑红扑扑的脸蛋，感动地说："啊呀，酥油可是个金贵东西，坐月子婆姨才能吃上哩，给我吃糟蹋咧，你拿回去吧！馍馍我留下咧，谢谢嫂子和格力哥！"

格桑忙说："三凹哥，看你说的，拿来的东西怎好再拿回去么？你就留下吃去吧！衣裳让我来给你洗吧。不知道你的被褥要不要拆洗一下？今儿天好，干脆让我给你拆洗一下，赶天黑就缝好能铺盖咧。行不行，三凹哥？"

三凹心里就觉得热乎乎的，感动得有些语无伦次地说："嘿嘿，不怕你笑话，我插队四年咧，只拆洗过一回被褥。有你给我缝，我今儿就拆洗一下吧，不过你不要笑话我的被褥脏！"

格桑听他一说就笑了起来，说："看你说的，男人家的被褥哪个不脏？我不笑话你，你不要不好意思！"

三凹的被褥用生碱水和肥皂洗了三遍，洗出的都是黑乎乎呛鼻的脏水，直接就把格桑这个大姑娘洗哭了。三凹一脸羞愧地看着她，像是一个犯了错的孩子。格桑擦了一把眼泪，强作笑颜说："三凹哥，你也真是够能凑合的咧，天天黑夜睡在里头能睡着咧？不说那气味难闻，光身上痒得能受得了咧？"

三凹尴尬地说："嘿嘿，习惯咧，也没觉得甚。啊呀，说好咧不笑话我嘛！"

格桑故作轻松、强作笑颜说："唉，三凹哥你真是个憨后生。我不是笑话你，我是心疼你，替你难过哩！"

三凹苦笑着，像是一个看破世事的老人，淡然地说："呵呵，我不需要谁来同情我可怜我。我生来就命贱，从来没有过好运气，好事和我就没缘法，生就生在穷家薄业的人家！"

格桑敏感地觉察到了他内心深处那一点儿仅存的自尊，小心翼翼地说："哎呀，三凹哥，我倒也不是同情你，我是实心实意想关心你哩！你们家是个什么情况，你能给我说说吗？就当给朋友说说心里话，诉诉苦，行不行？"

三凹看着一脸真诚的格桑，心里就不由得有些感动，就有了一种倾诉的欲望。格桑提议说："三凹哥，这个被褥单子还得煮一煮，要不那缝缝里的虱子、虮子除不掉。"

三凹连忙又取了一个洋瓷脸盆，让格桑放进去洗好的被褥单子，点燃炕灶，直接将脸盆放在灶口上煮了起来，对格桑说："现在没事咧，我给你讲讲我们家的事情吧！唉，说起来也是一肚子苦水哩，我还从来没给人说过我们家那一摊子事哩！"

格桑就表示同情地说："唉，心里的苦水倒一倒也好，说出来心里就松宽些，你也是相信我才愿意给我说嘛！"

三凹长这么大，还从来没有近距离和女子相处过，看着格桑俊俏的脸庞和充满活力的少女身姿，不由得一阵阵兴奋。他提议把格桑带来的馍馍在后锅热一热，再倒一些酥油放碗里也热一热，一起先吃了后晌饭。

格桑显得很高兴，开玩笑说："嗯嗯，就算我给你拆洗被褥你犒劳我咧！"

三凹又说："等天黑了我再拌上一锅疙瘩汤让你尝一尝，我做的高粱玉米面疙瘩汤可好吃咧！土豆丁丁、白菜块块，再放点儿黑面酱，还有醋和干辣子面，保准你爱吃！"

格桑脸上露出期待的神情，对他说："好呀三凹哥，我缝被子，你做疙瘩汤犒劳我！"

三凹回忆起了少年时的往事："我们家是沙州城的老户。我爸弟兄两个人，我爸是老二，我从小就叫他二爸。

"我大爸叫徐文强，我二爸叫徐文光。我大爸在当兵头一年就入了党，立过两次功，负过两次伤。第二次比较重，把一条腿炸断了，连生育能力也丧失了，后来就复员回沙州城了。

"政府当时就发了点儿复员金，他就在城里头做了点儿小买卖，开了一个杂货铺自谋生路。他装了一条假腿把子，走路一高一低，天天到铺子里忙活，街上人就给他起了个外号叫'徐瘸瘸'。

"因为他缺了一条腿又失去了生育能力，他就比较自卑，一直到三十五岁都没娶婆姨。我爷爷后来给他寻了个寡妇，带着一儿一女。他刚开始还不情愿，说找了这个女人他还得养活三个人咧，还不如一个人过，没意思，不想找婆姨咧！后来那个寡妇主动到他铺子上帮忙，说不要工钱，帮他做饭，一天给上她几个杂粮馍馍就行咧。那个寡妇名叫刘月娥，三十刚出头，人长得水格灵灵的，像个大姑娘一样，根本看不出是有两个娃娃的女人。刘月娥人勤快、做事麻利，我大爸就同意每天付给她六个杂粮馍馍。刘月娥每天到了后晌给我大爸做好了饭，就往菜市场跑，捡一些烂菜叶子，挑一些能吃的给两个娃娃煮得吃，娘们三个一人再吃上一个杂粮馍馍。

"再后来，我大爸就主动提出和刘月娥一起过日子。我大爸说月娥的女子才六岁，可懂事咧，见了他就叫徐爹爹，明白大人的眉高眼低咧！给她两块水果糖，捏在手里舍不得吃，说要拿回家给她弟弟吃。我大爸心疼她又给她两块叫她吃，她就死活也不要咧。你说这么懂事的娃娃谁不心疼？"

三凹说着看了格桑一眼，见格桑听得很用心，两只俊眼眼不时地忽闪忽闪眨动着盯住他看，就又接着往下讲：

"我大爸把我大妈娶进了门，我爷爷我二爸二妈都喜得不行，都替我大爸高兴。那年是1968年，我正在念小学六年级，刚刚十四岁。我大妈的女子叫郭燕燕，儿子叫郭鹏飞。郭燕燕到了八岁，我大爸就让她上了沙州县城关一完小；郭鹏飞在托儿所上托管。两个娃娃都看着我大爸亲，改口把我大爸也叫大爸，把我二爸也叫二爸。人心换人心，馍馍换点心，对不对？我大爸也算是有儿有女有福气的人，对两个娃娃像亲生的一样。

"唉，我二爸那个人提不成，提起来就让我心酸咧！从我小时候懂事时就把我的心伤咧！1953年他在铜川崔家沟煤矿因多次旷工和偷盗行为被开除回家。回到沙州后一年我爷爷给他寻了个媳妇，就是我妈，她也是沙州城老户人家。结婚才八个月我妈就生下了我，我二爸不认我，不承认我是他的儿。我二妈哭得死去活来央求我二爸和我爷爷，说当牛做马愿意侍候一家人，不要把她打发出门，出了门没脸见人咧，死路一条！我爷爷发了善心，对我二爸说：'唉，事到如今，还有甚办法咧么？！家丑不可外扬么！你就认命了吧，把娘们两个都认哈。这个事情就咱们三个人知道，千万不能再让第四个人知道咧！'

"我二妈跪在地上给我爷爷磕了三个响头，又给我二爸磕了一个响头，泪流满面地说：'爸呀，文光呀，我对不住你们徐家呀！我亏欠徐家的，我一辈子当牛做马好好服侍徐家的人……'我从此在我爷爷和我二爸眼里就是个'私娃子'，我也随我二爸姓了徐，又按照算命先生的说法给我起了个名字叫三凹。后来还灵验咧，我二妈果然又'挖'出了三个娃娃，给徐家生下两女一男，我二妈就开始在徐家硬气起来咧！"

三凹讲到此，深深地叹了一口气，看看格桑同情的目光，又说："在徐家六个娃娃中，我是最没有地位的，连我大爸家的郭燕燕和郭鹏飞都不如！我二爸根本不认我，从小就对我吆五喝六的，不把我当个人看待。他常常当着众人的面骂我狗日的，骂我杂毛小子，指使我干这干那，稍微不对，不是骂就是打。有一次他让我一个人搬炭，大的炭一块有一百来斤重，可那时我才十三岁，才刚念小学五年级。我把小些的炭一块一块抱回里院摆放好，剩下三块百十斤重的炭搬不动，我回到房子里对我二爸说：'啊呀二爸，剩下三块太重咧，我搬不动呀！'

"我二爸一听就气冲冲地破口大骂：'杂毛小子，光知道吃，你的脑子是猪脑子，脑袋让驴蹄子踢咧？你不会捣碎些再往回拿？驴日的东西！'

"我就顶了一嘴：'啊呀二爸，咱们家那个捣炭斧子那么一点点，能把那么大的炭块子捣开咧？我是没那个本事！'

"我二爸一听火冒三丈，拿起擀面杖就朝我脊背上打，打得我号哇哭叫满院子都能听见咧！我爷爷刚进院门听见我的号声，急忙跑过来对着我二爸喊：'啊呀文光，憨脑小子，咋敢这么打哩？心也太毒了吧，往死打咧！不是你养的也孬好是条命么！'

"我二妈买菜刚进门，听见我号，看见我爷爷正训我二爸，就哭叫着赶忙上来把我拉开，冲着我二爸喊：'娃娃犯多大罪咧，你往死打哩？打牲口也不能这么打么！啊哟哟，天大大呀，脊背上都打出血咧呀！徐文光你不是人养的！你就是个牲口！'

"我二妈从来不敢这么厉害地骂我二爸，这是我记忆中第一次听见她骂我二爸。我后来就问我二妈，我的亲爸是谁，我说我现在知道我二爸为甚见不得我咧！我二妈死不承认，说我就是我二爸亲生的儿。我说我不信，我信我爷爷失口说出的话！

"我从此不理我二爸，尽量躲开他。碰在一搭时，我要么就不说话，要么就想办法离他远些。我二爸问我：'三凹，你跟老子记仇咧？！老子好赖把你养了十来年，如时你长大咧，不认你大咧？！'

"我就说：'我敢不认你咧，是你不认我！哪个当老子的捉住儿往死打咧？'

"我二爸就找理由说：'唉，二爸那次是在气头上哩么，出手重了些，二爸我脾气一贯就不好嘛！你不要记二爸的仇。'

"我就只说了一句话：'你是我二爸，我吃你的喝你的穿你的，我不敢记你的仇！'"

格桑脸上挂着泪珠珠，勉强笑了笑，关心地问："那后来呢？你二爸后来还打你吗？"

三凹淡定地说："我二爸就是人们说的那种狗改不了吃屎的人！我觉得他一直瞧不起我二妈，也就一直没把我放在眼里。我后来认定了我不是他亲生的，我的亲老子是谁只有我二妈她自己晓得哩！我就是个爸不亲娘不爱的私娃子，活在世上就是多余的……

"后来我二妈接二连三生下两个女子一个儿，就更顾不上管我咧。我上小学、上中学，在班上从来都是穿得最寒酸的学生，都是大人们穿旧了的衣裳改一改让我穿，有的旧衣裳干脆改也不改就撂给我穿，穿在我身上憨咧咧像个小丑。班上的男生女生都笑话我，说我像电影《三毛流浪记》里头的三毛。"

格桑听着就笑出了声，说她也看过《三毛流浪记》电影，可逗笑哩，三毛可怜又好笑，让人看着可同情哩。

三凹看着格桑心里就突然生出一个念头：一辈子能娶上这么好一个女子，在农村生活一辈子也好着哩，回到城里头又能怎么样？没钱没势穷家薄业的，还不如农村哩！三凹心里想着就不禁看着格桑更亲近了。

天已渐黑，三凹对格桑说："格桑妹子，我给你拌疙瘩汤吃吧，一会会儿就做好咧，你等着吃，吃完再缝被子。"

格桑就高兴地往回收晾干的被褥单子。

不大工夫，三凹就手脚麻利地做好了一铁锅两面掺在一起的疙瘩汤，里面放了葱、白菜叶子和土豆丁丁，又放入了一点儿面酱，调料有醋和辣子面，看上去就香喷喷的，很诱人。三凹把格桑让到炕上坐好，舀了满满一碗，双手递给格桑，温情地说："来，格桑妹子，请尝尝三凹哥的手艺！"

格桑满脸笑容，接过碗抿了一小口，惊讶地说："啊呀，菜疙瘩汤也能做得这么有味道！三凹哥你真了不起！"

一碗热乎乎的疙瘩汤吃得格桑满头大汗，嘴里却还说着："三凹哥，我还想吃一碗咧！可好吃哩！"

三凹喜得脸上放光，急忙说："格桑妹子你等着我给你舀，把调料给你调碗里，好好地吃美气！"

743

格桑脱了上衣，接过碗又有滋有味吃了起来。三凹看着格桑那细细的腰和高高凸起的胸，不由自主就有些心猿意马起来，满脸通红。

格桑便问他："三凹哥你怎么啦？眉脸通红得像课堂上答不上问题的学生。"

三凹慌忙说："没什么，热的！"

格桑敏感地觉察到了三凹心里头在想什么，便大方地逗他说："三凹哥你谈过对象没有？"

三凹老实地说："从来没有！"

格桑笑着说："那你从来就没看上哪个女女？"

三凹不敢跟格桑火辣辣的目光对视，心慌意乱、语无伦次地信口说："呵呵，从来就和女女……就不和女女……呵呵，没和女女说过话！人家女女谁会看上我？"

格桑有些好奇而更加大胆地试着与这个同龄异性小伙子探讨一下男女之事。她盯着三凹问："三凹哥，我问你想不想女人？"

三凹顿时脸红得不行了，慌乱地说："不想！真的没想过！"

格桑说："我不信！除非你有什么毛病，不是个真男人！"

三凹一听急着说："我什么毛病也没有，都好着哩！"

格桑见他急了，便笑着又说："嘻，三凹哥，我就是和你逗笑哩，不要往心里搁……"

三凹是个老实人。那天夜里一直到缝完被褥，他对格桑没有做出任何出格的举动，把她完好无损地送回家里。

柳湾大队由一小队队长李三娃带队，领着三十多个壮劳力去参加王梁子公社修渠大会战。徐三凹和格桑都报名参加了修渠队。

王梁子公社积极响应毛主席"水利是农业的命脉""农业学大寨"的指示和号召，大兴水利工程建设，连续三年投入大量人力物力，进行热火朝天的秋冬修水渠工作，县水利局专门派出三名技术干部支援王梁子公社。谢家圪大队这一段工程由柳湾、什拉滩、王则湾和谢家圪四个大队负责修筑。徐三凹在这里认识了谢家圪大队女知青张爱侠。当时在王梁子公社有一支名噪一时的榆溪

河畔女石匠队,张爱侠就是这支女石匠队的副队长。有一首歌专门歌颂女石匠们,歌词是:

> 榆溪河畔女石匠
> 不爱红装爱武装
> 一颗红心永向党
> 钢钎铁锤手中握
> 定把山乡变模样
> 不怕苦来不怕累
> 愿将青春献给党

又有男知青编词调侃女知青石匠:

> 榆溪河畔女石匠
> 又苦又累又肮脏
> 皮糙肉厚没人看
> 寻不下个好老汉
> 男不男来女不女
> 没人愿娶当婆姨

女石匠中就有人用粗话骂:"谁稀罕你们烂怂男人咧!"

与张爱侠有缘的徐三凹偏偏就爱上了这个知青女石匠。三凹后来每当回忆起偶遇张爱侠的情形就得意地说:"嘿嘿,就有这点儿福气哩,福气到了挡也挡不住!我一眼就看上她咧,她也看上我咧,一拍即合!这不是缘法是什么?!憨人有憨福了!"

一天,李三娃指派三凹和另外两名队员去领石料。三个人拉着架子车到了石料场,石料场里堆满了备好的石块,都是女石匠们一块一块凿出来修筑水渠用的。

张爱侠是临时管理石料场的派料员。三凹一见张爱侠就觉得眼熟,好像在城里头见过这个女子,而且见过不止一回。张爱侠长得俊不说还长个笑脸蛋,不笑也给人笑着的感觉。并且她笑得很吸引人,让人不由自主想多看她两眼。三凹一下子就喜欢上了她,开口问:"哎,女子,我们来拉石料,怎个领石料法?"

张爱侠一看到三凹也有一种异样的感觉,也觉得在哪里见过这个看上去憨厚的后生,就故作不满地说:"哎什么了!我的名字又不叫个女子,又不是没名字!"

三凹就问:"那你叫个什么,说一下嘛!"

张爱侠就笑了,问:"你先说你叫个什么,是哪个大队的,你们领队的人叫个什么?"

三凹就说:"嘿,你这儿讲究还不少!我叫徐三凹,是柳湾大队的,我们领队的叫李三娃。"

张爱侠就又说:"让我查一查,嗯,对着咧,柳湾大队李三娃。我叫张爱侠,是派料员,现在就让你们装车,装完车登记一下多少块石料,再写上你的名字就行咧。"

二柱子和三狗两个人边装车边数数,装满车二柱子对坐着抽烟的三凹说:"三凹哥,装好咧!一共是一百二十块。"

三凹就去张爱侠工棚里桌子上放的登记本上签了单,对张爱侠故意捣蛋开玩笑说:"哎,女子,不用按手印了吧?!"

张爱侠知道他在开玩笑,逗他说:"要按脚印咧!记住我叫张爱侠,我不叫个女子;你也不叫个小子,叫徐三凹。明白了咧没有?"

三凹边往外走边在身后扔下一句话:"没明白!"

格桑干起活来不比小伙子差多少,只见她不停地挥动着铁锨,把深坑内的土扬到坑外,脚下的坑越来越深,越来越大。三娃的婆姨秀秀提着两暖壶熬好的放了盐的砖茶,大声吆喝着:"来来来,都来喝点儿热茶,歇一歇再干!"三娃跟着招呼大伙喝茶休息,见徐三凹三人拉着石料回来,就冲着他们喊:

"哎，三凹快来喝点儿茶，都歇一歇！"

秀秀对着一群后生喊："今后晌吃大烩菜，里面有豆腐羊油渣渣，一人两个四两的馍馍，还有高粱稀饭管饱喝。"

格桑中学时的一个男同学到柳湾大队住的地方来找她。那个男同学叫郝志刚，是个回乡知青。他有个叔父在县上当领导，把他从什拉滩大队民办教师转成了正式教师，又调到了王梁子公社中学当了教导处副主任。郝志刚人长得高大强壮，面相一般，但也不算丑，一直暗恋着格桑但没开口表明过；格桑早有感觉，对他不反感但也不主动接近他。后来，格桑听二柱子说过三凹和张爱侠的事，她不怨三凹，三凹看上女知青是三凹的自由，而且知青们回城也是迟早的事，她在心里默默地祝福三凹哥，为他找到一个他爱的好女人而发自内心地高兴。

格桑有些自卑地对三凹开诚布公地说："三凹哥，你也用不着躲闪着我去石料场找张爱侠！我算是你的什么人？我们两个人有什么关系？我就是个农村女子，根本就配不上你们城里人！我们农村女子有农村女子的活法，心里头就不指望攀高枝枝！我祝你幸福，祝你早日回城！"

格桑大方地和郝志刚交往起来。

郝志刚邀请格桑到公社中学他宿舍里去开小灶，格桑惊叹郝志刚这个五大三粗的男人做饭的手艺，高兴得直叫喊："啊呀，你能把洋芋丝丝切得这么细，炒出来这么好吃，一般的白菜经你的手炒出来也能变成一道好菜！啊呀志刚，你不当大师傅真是可惜了！"

郝志刚喜滋滋地说："呵呵，格桑，如果你不嫌弃，我愿意一辈子给你当大师傅，专门给你炒菜，侍候你吃喝！"

格桑畅快地表示："嗯，我觉得我有福气咧……"

这晚三凹坐在石料场工棚里张爱侠临时支起的小木床上，握着她的小手温情而恋恋不舍地说："爱侠，我明儿就回柳湾呀，你有什么话给我说咧？"

张爱侠一把抱住三凹的腰，在他脸上一阵乱亲，喃喃道："啊呀呀，三凹哥哥哎，你是我的亲，你是我的爱，你是我最爱吃的酸白菜！一天不见你我黑夜没法睡，两天不见你我吃甚都没有味！啊呀呀三凹哥哥呀，我实在是舍不下你呀！"

三凹激动不已，就想把爱侠安慰一家伙。爱侠却是坚定地不越过底线："三凹哥哥，忍一忍！万一弄下个娃娃影响咱俩回城哩，俗话说小不忍则乱大谋，对不对？"

三凹无奈地感叹世事的不公。

第七十章

三凹做梦也没想到他能被分配在地区运输公司，而且去了直接学开车。

短短的两个月时间内，喜事接二连三降临在无钱无权无势的穷小子徐三凹身上，他像做梦一样，完全被搞蒙了！

三凹眯着眼欣赏着对面坐着的张爱侠，看着她有滋有味地吃着羊杂碎，无比满足地享受着眼前的一切，便对着她感慨万分地说："啊呀爱侠！你说这接连不断的好事来得也太聚劲了吧？好事都让咱们给遇上咧，让人觉得实在是难以相信！"

张爱侠认真地看着三凹，说："哎，三凹我给你说正经事，现在你回城了，我也回城了。你进了运输公司，我进了制革厂。咱们都好好工作，听师父的话，听领导的话，好好学，等学徒期满了成了正式工，咱们就结婚。你看我这么盘算行不行？"

三凹看着张爱侠俊俏的眉脸就又跑神了。爱侠一看三凹那心不在焉的神态便明白了，逗他说："三凹我刚才说什么你听下了没有？这会儿又胡盘算甚了？"

三凹脸又红了起来，对张爱侠提议说："嘿嘿，明儿是星期天，我们不出车，今夜到我宿舍里去吧？"

张爱侠面露喜色，说："呵呵，我就爱吃你们灶上的拼三鲜，比街上饭馆子里做得好，炒菜也都好吃。"

三凹显得有些迫不及待："啊呀，离天黑还早着哩！这真是，欢娱嫌夜短，寂寞恨更长！"

张爱侠笑着说："哈哈，三凹你还感叹上咧，我发现你现在越来越爱公鸡脖子上吊铃铛，什么来着？"

三凹马上接上下一句："冒充大牲口了！"

他又笑着说："越是没文化的人越爱咬文嚼字。就像咱城里的那些上了点儿年纪的老户人家的人，张口闭口文言文的俅样子，其实甚也不是，有的连小学也没念完，还就怕人家笑话说他没文化！"

张爱侠调侃说："包括你二爸你大爸？"

三凹毫无顾忌地说："还包括我爷爷，无一例外！而且还是那种满嘴仁义道德其实是一肚子男盗女娼的恶心人！"

张爱侠有些同情地看着三凹，说："三凹，你看你回城这么长时间咧，也没见你回过几次家。"

三凹淡漠地说："嗯，一共回去过两次，主要是看看我二妈。我二爸说我可以自己养活自己了就不用回家吃饭咧！我爷爷也说，当学徒也挣钱着哩，自己能有吃有住管了自己就行了！我二妈要做荷包蛋给我吃，我没吃就走了。从此尽量少回家，就当没有家。"

三年后。

三凹和师父承包了一辆大客车，专跑绥州和定边—靖边路线。三凹经过三年跟车学习已成为一名正式的大客车驾驶员，他的驾驶技术在年轻一拨客车驾驶员中被公认是最好的。

年轻精干的大客车驾驶员三凹身穿一件黑亮的软羊皮夹克，脚蹬一双锃亮的牛皮鞋，手上戴着一双黑色皮手套，肩上扛了一袋黄米，左手拎了一个帆布提包，里面装着半只肥羊，正兴致勃勃地朝张爱侠家走去。

张爱侠家离他家不远，就在县医院对面街上的一个街门院子里。三凹进了院门就叫喊："姨姨，爱侠在家不？"

南房里传出女人尖细的声音："哎哟，一听就是我们三凹来咧！爱侠上街上换豆腐咧，一会会儿就回来。哎哟，三凹哟，看看又是扛的又是提的，快快放下歇一歇，又买些什么东西呀？不要乱花钱嘛，爱侠说要攒钱买房子哩么！哎三凹，看你一脑门的汗，快让我拧把热手巾给你擦擦汗。"

爱侠妈说着转身回屋去取手巾，三凹就坐在一个老石墩子上抽起烟来。三凹刚吸了两口烟就见爱侠妈从屋里出来，手里拿着一块白毛巾递到三凹手上，温柔地说："快擦擦，快擦擦！我给你泡茶，你先歇着，你叔叔也快下班回来咧，我一会会儿就给咱们做饭。"

沙州城女人一般到了四十多岁，儿女们成家立业后，就被人们习惯地按其丈夫的姓氏称为"×家奶奶"。

三凹虽说还没有正式和张爱侠办喜事，可李玉琴却已从心里认定了这个女婿，早就把三凹当女婿使唤了，在家里叫得亲，在门外逢人夸得勤，街坊邻居都熟知张家奶奶的二女婿徐三凹。

三凹有自己的老主意。

这几年他跟车跑长途时，和师父合伙做了些贩羊毛羊皮生意，后来出师了单独跑车也一直在做着生意。几年下来他手头上已经存下了三万多块钱！在20世纪七八十年代人们月工资普遍只有三四十块钱时，那可是一笔惊人的巨款。

做家具的木料他已经备足了，匠人也说好了，近期就准备开始打家具。他还有一个大计划，就是买一个小院，而且必须是独门独院，院子里就住他和张爱侠一户人家！这个独院费了他不少心思，最近总算有了眉目，就等原主家交房了。

这个小院在距离南门口大约有二百米的街西边，大门一进去就是一个大概三十平方米见方的小院子，一共有四间房，两间南房，两间北房，东南角有一个旱厕，南面是一堵两米高的青砖墙，地面铺着的是年代久远的青砖。

三凹花了一万两千块买下了这个院子，不算贵，但与当时一千块就可以买一孔窑来比较，算是高价了。三凹图的就是生活上方便，还有就是他对老街的感情。

三凹准备再花三四千块钱对四间房进行装修，包括门窗、旱厕和厨房水道改造。三凹拿到钥匙，便将泥瓦匠和木匠一道请来，一起商定各自的工序和工料。三凹做这一切完全是保密的，他要给张爱侠一个大大的惊喜，他一定要风风光光把她娶进这个新院子，他一定要对得起真情实意爱他的这个女人！

四个月后，小院里所有的工程全部完工。

三凹看着眼前的一切，感觉像是做梦一样。他感慨世事的变化，人生的无常，穷小子徐三凹竟然也能拥有属于自己的一院地方！

他早已从心里和他爷爷以及他二爸划清了界限，他和徐家人没有任何关系！他只有一个亲人，那就是他的二妈，生他疼他的亲妈！他给他二妈专门留了一间北房，待到她六七十岁老了时就把她接进门，为她养老送终。

张爱侠和三凹相跟着第一次走进这个属于两人的院子，她完全彻底地被院子里的一切美好惊呆了！张爱侠泪流满面——激动和感动的心情让她不能控制自己。三凹充满爱意和得意地对他心爱的女人说："没错，爱侠，这个院子是咱们自己的，你就是女主人，就是将来的'徐家奶奶'！"

张爱侠尽情地淌着眼泪，三凹心里却是获得了无比的满足。张爱侠破涕为笑说："啊呀三凹，我离人家叫我'徐家奶奶'还有二十年吧！你给咱们挣下这份家业可是不容易呀！你吃了多少苦，受了多少罪，操了多少心呀！"

三凹舒心地笑着说："为了你，一切都值得！"

张爱侠抱住他，温情地说："三凹你真是个好男人，是那种有情有义有能力的'三好'男人！你的保密工作都比得上'地下党'了！"

三凹温柔地亲了她一口，感慨地说："这偷偷摸摸搞家庭建设的滋味也不好受啊！"

徐三凹和张爱侠的婚礼在南门口二旅社对面的大食堂里隆重举行。亲朋好友受邀出席了他们两位新人的婚礼，亲眼见证并祝福他们有情人终成眷属，相亲相爱白头偕老！

新郎徐三凹在婚礼上心情激动，感慨万千，当众讲了一番意味深长、感人肺腑的话："我在农村插队四年，最大的收获就是认识了张爱侠！我们俩应了那个说法，叫一见钟情！我找到了能陪伴我一生的伴侣和心心相印的知己！人一辈子最大的福分不过如此！我万分诚心地感拜老天爷赐予我的福分！

"我是一个苦命的人，但我又是一个有福的人。我遇上了张爱侠和待我像亲儿一样的岳父岳母。我的人生从此有了光明，有了更多的温暖和爱。

"我和张爱侠衷心地感谢亲朋好友赏光，来为我们送上美好的祝福！我们也同样衷心地祝愿在座的每一位来宾生活幸福美满、身体健康、万事如意！再次感谢大家……"

严兵从西京外国语学院毕业后回到了沙州城，被分配在沙州师范学校当了一名教师。

这天他在街上闲逛，偶然遇上久别的徐三凹。严兵见他满面春风一脸的自信，便向他开起了玩笑："三凹，看起来小日子过得不错呀！如时是大客车司机徐师，方向盘一转，给个县长也不换呀！徐爷最近跑哪条线路？"

三凹淡淡一笑，说起话来比以前老到了许多，反问起严兵："听说你在沙师教上书咧，如时你是教书育人的大知识分子，我和你比不成，粗人一个！"

严兵逗笑说："哈哈，徐三凹，我当个穷酸教书匠还没酸咧，你说话倒酸起来咧！如时你是今非昔比的徐爷咧！"

"公鸡脖子上吊颗铃——冒充大牲口了！"忽然两人齐声道。

严兵笑得很开心，说："哈哈，这就对了嘛！不论你的地位有多大变化，不必装腔作势让人小看你，原来怎样现在就怎样最好！这样才亲近。要不就互相离得远远的不交往咧，对不对？"

三凹动情地说："哈哈，我发现你还是原来的严兵，本性没改！"

严兵明知故问，"和张爱侠结婚了吧？你们'奶奶'对你亲吧？"

三凹故意夸张说："哎哟哟，我们奶奶对我比亲儿还好！可是亲咧！我和我婆姨每个星期六都要到我们奶奶家里去，有事没事都要去，习惯咧。严兵，你要是没什么大事到我家串串，看看我的小院。赏不赏面子？"

严兵高兴地说："哈哈，甚叫个赏不赏面子？还赏里子哩！马上就走，前面带路！"

十分钟不到，两人就走到了三凹家的街门前。三凹指着青砖墙体朱红大门对严兵说:"记住是南大街二十六号,徐三凹家,以后路过进来喝杯茶拉拉话!"

严兵认真看了看门框上头的红牌牌,说:"记住咧!"

三凹叩了两下门环,里面娇娇的声音由远至近传来:"来咧三凹子,三凹子——三狗子——三狗蛋!"

门被拉开,露出一张俊俏的笑脸。看到三凹身边的严兵,妇人顿时羞得满脸通红,低下头把三凹、严兵让进门去,回手又关上大门,转身去沏茶。三凹笑着说:"呵呵,我俩戏耍惯咧,我们爱侠不好意思咧!哎,爱侠你过来,我给你介绍一下。"

张爱侠端了茶壶过来,低头给茶杯斟上茶水,抬头看了严兵一眼,说:"你喝茶。"

三凹忙说:"爱侠,他就是我常向你说起的严兵。都是老知青了,戏耍两句还弄得像个小媳妇一样,有甚不好意思!"

张爱侠站在三凹身边,朝严兵笑了笑,说:"常开玩笑咧,让你笑话咧!"

严兵忙说:"啊呀,不笑话!我希望我将来的老婆当人面直接叫我'毛娃''毛狗子''毛狗格蛋蛋'!我就'哎,哎'地答应着。不过我要给她安顿,只能在朋友们面前和家里头叫,可不能在我同事和学生面前叫!"

张爱侠一听便释然了许多,感觉到严兵这人会说话,善解人意,不由得多了几分好感。她接着对三凹说:"你们老朋友多时不见,难得遇在一搭里,我出去买点儿菜,买点儿卤肉,你们喝点儿酒,好好拉话!"

张爱侠说着便拎了个包出门去了。

说起卤肉,严兵就想起了小时候的事情,对三凹说:"啊呀三凹,咱沙州街上卖卤肉最有名的一家就是文昌阁楼底下李爷的卤肉摊摊!"

三凹忙说:"我也觉得李爷家的卤肉味道最好!我记得小时候我二爸有钱没钱常爱往李爷摊子那儿溜达,和几个老街皮坐那儿穷咯叨。一到了吃后响饭,我二妈就打发我到李爷那儿喊我二爸回家吃饭。我二妈那时给徐家又生了三个娃娃,说话比先前硬气多咧:'三凹,叫你二爸回来吃饭!一到后响就往那个卤肉摊摊上跑,就爱和那几个死老汉坐一搭,光看不吃,不嫌丢人!'"

三凹怪声怪气学他二妈的语气说话，自己先把自己逗笑了。

严兵也被三凹逗笑了，说："嘿嘿，我小时候，十二三岁吧，常提个小筐筐到南门口市场巷子里买土豆，路过李爷卤肉摊摊就停下来看那五个坐着的老汉要笑，可脱笑人哩。一个老汉豪气地喝酒吃肉，其他四个老汉就一递一句开始议论那肉和酒的味道。每人问一句那个正在吃喝的老汉，好像只有那样才能体验到肉和酒的味道。啊呀，想起来可是生动咧！这就是老沙州城的一个缩影！我当时身上只要有一毛钱，就买得吃李爷大盆子里的黑豆芽拌粉皮。啊呀，当时觉得咋就那么好吃！"

三凹笑着说："一会儿爱侠回来就让你'温习'一下李爷的卤肉，还有黑豆芽拌粉皮的味道！"

正说着就听见院子里有响动，只见张爱侠推门进来，笑嘻嘻地说："啊呀，小李爷和他爸老李爷一样会做生意，东西做得好，嘴上也会说，说得我买了好几样吃的，等我放盘子里给你们端上来！"

转眼工夫，张爱侠就在桌上摆放好了五盘子卤肉，有猪蹄、猪耳朵、猪肠、猪肝，还有一大盘子猪头肉。未等三凹开口，爱侠又端了一小盆黑豆芽拌粉皮上了桌，开口说："全是李爷家的，在那儿就切好了的。你们兄弟俩先吃喝着，我还买了些烧饼，夹猪头肉吃。我再熬上一锅绿豆小米稀饭。"

严兵看着一桌子卤肉，叫喊着说："啊呀呀，三凹哟！可是圆了我小时候的梦咧！这幸福来得也太突然咧！"

三凹大气地调侃说："啊呀呀，毛娃呀，吃就吃聚劲么！可怜咱小时候吃不起呀！现在咱弟兄俩放开吃呀！来，把酒给老弟倒满，干杯！"

两人喝着烧酒，满口流油地大口吃肉。喝到六七分醉时，张爱侠给他俩每人夹了一个猪头肉夹饼，劝着两人吃了，又端来绿豆小米稀饭和一小盘老咸菜让两人吃，说："吃上些主食，想喝酒再慢慢喝，胃里头不难受。严兵你今黑就在我们家睡，想拉话慢慢拉。"

三凹不想回卧室去睡，对严兵说："我今黑就跟你睡一盘炕上，咱们好好拉上半夜话！"

严兵抖擞精神，说："太好咧！我还有一肚子话想和你说哩，今晚一吐为快!"

三凹和严兵半躺在北房铺着羊毛地毯的炕上,身体完全放松地面对面侧身半躺靠在铺盖卷上,中间隔了一张矮炕桌,放着张爱侠为他们备好的茶水、酒、烟三样东西。严兵第一次接触三凹的婆姨,她给他的感觉是美好的。他十分羡慕三凹,也为三凹有此福缘而高兴。

严兵正在梦着白胡子师父纯阳子讲的自己与白莲仙姑的凡尘姻缘,就听见三凹在叫他:"哎,严兵,睡着了吗?"

严兵被他一叫睡意全无,坐起身喝了几口冷茶,笑着说:"呵呵,似睡非睡,似梦非梦,胡思乱想一通!我想到厕所去尿一泡,你把厕所都给拾掇得那么方便,可是花了大功夫咧!够时髦的,还用的是抽水马桶,城里平房院里没几家能弄得这么好!"

三凹得意地说:"这个上下水道改造的事情我还真是下了一番功夫!其实也就是多花点儿钱的事嘛!我请相关的人吃了一顿饭,给每人送了两袋子细粮、两条子中华烟、两瓶子酒,就一切都开了方便之门,厨房和厕所上下水问题一次性全搞定咧!"

严兵蓦然一笑,说:"嘿,互惠互利嘛!这种交易有根哩,断不了!"

严兵和三凹拉开了话。三凹有些不解地问:"我说严兵你为甚不留在省城教书,怎又跑回来咧?"

严兵一听这话心里就痛了一下,无奈地说:"唉,身不由己呀!"

三凹敏感地说:"怎么,大学里头也搞关系咧?"

严兵冷笑一声,愤愤不平地说:"天下乌鸦一般黑!"

三凹感到有些可惜,说:"唉,你这个人吃亏就吃在任性上咧!常言说,人在屋檐下,不得不低头。这件事你可是没弄好,转了一个圈圈又回到沙州来咧!在沙州师范学校能有什么发展?还不如在县运输公司哩!"

严兵一脸愁容地说:"我也后悔去念大学咧,现在只能先凑合着混吧。可最近我们校长鼓动我搞中学英语教师培训,给各县培养中学英语教师。我不想弄这个事情。他是利用我,想给自己脸上贴金哩!"

三凹说:"不想干就不干,他还能强迫你不成?你还是想办法调回县运输公司，开大卡车，干你的老本行。像我一样，弄个院子娶个俊婆姨，比什么都强！绝对不能让人'抓了壮丁，当了炮灰'！"

三凹看着严兵若有所思的样子，便换了个话题，问道："哎，你那个让你'万分讨厌'的大哥如时怎么样咧？你们不是弟兄五个人嘛，现在都在哪里咧？"

严兵哈哈一笑，说："五湖四海，各有各的活法……"

第七十一章

冬日的沙州老城街道上看着冷冷清清，一片萧条景象。天空灰暗无光，北风飕飕地刮着，树顶光秃秃的枝条发出唰啦唰啦的呻吟声，空旷的街道上人影寥寥。

北大街尽头东坡上的一条北巷子里走出来一个人，出了巷口便向右拐朝不远处一家杂货铺走去。那缩在内间避风的铺主赵爷走到柜台前热情地招呼他："老严爷，今儿天冷还出来咧，想要点什么？"

老严爷驼着背站在柜台外的台阶上，睁大两只被沙尘眯了的眼睛，盯着对面货架上的酒和烟，浑浊的眼神中仿佛释放出一种仇视和冷漠。铺主赵爷脸上挂着耐心的笑容，又问："还是沙州老白干，两盒宝成？再来点儿什么？"

老严爷神情呆滞，懒洋洋地说："再来一瓶老陈醋。"

赵爷将东西放入一个塑料袋中，对老严爷说："一共二十块钱。"

老严爷从裤口袋里掏出一张揉得皱巴巴的五十元钱扔在柜台上。赵爷依旧笑着说："找你三十块钱。东西拿好！"

老严爷是这东坡上的老住户，已经是古稀之年的老人了。一生碌碌无为混日子的他，现在靠退休金生活，政府每月发给他四千二百块；按照他五十年前每月四十二块钱工资算起来，他的工资半个世纪涨了一百倍！

与他同龄的邻居老张爷是街道清洁工，退休后主动要求继续扫大街，至今仍然干着力所能及的活。老张爷的退休工资比较低，只有老严爷的一半。老张爷和他的一个儿相依为命，一起过日子。他的儿是个只有一条腿一只胳膊的残疾人，五十一岁了，一辈子没结过婚，还患有哮喘病，已经完全失去了劳动能力。

老张爷似乎非常满足现在的生活。他每天都是精神饱满地推着一辆架子车，上面搁着一大一小两把扫帚、一个带长把的铁皮簸箕、一把锃亮的铁锨。他是个乐观且勤快的老头，能吃能喝能睡，身体壮实，看上去像个六十岁左右的人，和老严爷站在一起就像是两辈人！

杂货铺老赵爷私下对老张爷说："唉，老严爷那人性情不好，见人都恨得像欠他钱一样，你人善，少和他这种人打交道！"

老张爷笑呵呵地说："唉，都是住一起的邻居，抬头不见低头见，总不能不理吧？再说我也没觉得老严爷有什么坏心！"

老赵爷就说："反正他这人让人觉得不敞亮！"

老张爷乐观地说："唉，人来这世上就是活人哩么，咱就是个扫大街的嘛！"

老赵爷同情地说："唉，你也真不容易，七十来岁的人咧，唉，还要养活一个儿哩！"

老张爷叹了口气，说："如时我还能动咧，多挣的给我儿攒点儿钱存起来，哪一天我死咧，我的儿也不会饿死嘛！我算了一下，一个月一百块钱他就能活，一年一千二百块钱，算上三十年得三万六千块钱！我现在攒下快两万块钱咧！"

老张爷充满信心地说："就我现在的身体，再干个三五年都没问题！如时国家粮库不缺粮，花上五十块钱在市场买多半袋子白面，够一个人吃一个月。现在我的儿五十一岁，虽说缺胳膊少腿是个残废，可是自个儿还能凑合吃上饭咧，要是活到七八十岁，自己弄不了，可怎活呀？！我如时一想起这件事情，心里就烦得不行！"

老赵爷就好心劝慰他说："唉，老张爷你也过于操心咧！你还能管了你儿一辈子咧？唉，车到山前自有路，到时候找个人家搭个伙，把饭钱给人家一交，好赖一天能吃上两碗饭哩，还能把他饿死不成？唉，人活到老到死，都缺不了那口吃的,一辈子尽忙那口吃的东西咧。你说活得有什么意思咧么?"

老张爷不以为然地说:"唉,话是这么说咧,可是祖辈上传下来生儿育女接种种的事情,就连那些野狗野猫野鸟鸟都传宗接代咧!要不然这世上的生灵不就越来越少绝种种哩么?你说是不是这么个道理?"

老张爷不等老赵爷开口又说:"我是没做亏心事,也算是对得起张家先人祖宗咧,好赖生了一个儿。我的儿接不上种种,那是他的命不好,我也没办法,天生就那么个命,怨不上我!咱们这普通老百姓命贱,能活得有吃有穿有住,啊呀,都是老天爷保佑哩!我如时每一天活到早起醒来,就先感谢老天爷的恩情,又让我活了一天!我每活一天就好好扫大街,不偷懒,把街上的道道扫得干干净净,让人们走着舒坦看着顺眼。我觉得我这一辈子可是活好咧,活得像个人!"

老赵爷就称赞他说:"呵呵,老张爷你活得有精神,人精神旺,和老严爷站一起,你像个五十大几的人,老严爷像个七十大几的人,可是明显咧!"

老张爷得意地说:"啊呀,人生下来就要'活动'哩么,要不怎就不说'死动'!我就爱劳动,一天不劳动浑身不对劲儿!一天劳动下来吃得香睡得香……"

与老张爷形成鲜明对比的老严爷,近一年多来越来越感觉到了身体多处出现了毛病。他觉得首先出现的大问题就是胃口有了明显的变化。过去他一顿能吃三个二两的馍馍、一碗半烩菜,吃干拌面条能吃两碗;而现在他不觉得有饥饿感,饭量减了差不多有一半,吃饭也没有过去那么香了。他去看了沙州城里的老中医尚世雄。尚大夫操着圣林县口音说:"嗯,这个人老咧胃功能就减弱咧么,这个是自然规律。所以你这个不是病,不用吃药,最好是多劳动多活动。老年人越是懒得活动,就越是不爱活动,最后就是动不了了么,就死得快么!嗯,我这是话丑理不丑。一看你这体形就知道你是逮住东西没命里吃的那类人,贪吃而不知饥饱,嗯,吃到身体里垃圾堆积起来,产生了毒素。"

老严爷越听越生气,又不好和这位名老中医争辩什么,站起身连句道谢的客气话也没说,就悻悻离开了。他走出"尚氏中医馆",心里就骂了开来:什么他妈的老中医!说些甚没用的大道理!老子吃不下东西,你让老子少吃多动！吃不下东西有力气动咧？狗屁医生，胡说八道！

老严爷虽说心里不服尚大夫的劝告，却又不由得有了心理负担，吃不下睡不着，身体越来越消瘦，整日神思恍惚，脾气越来越暴躁，动辄开口骂老婆孩子，稍不如意就摔盆子砸碗，神经高度敏感，比先前更加仇视任何比他强的人。

邻居中他看着比较顺眼的就数扫大街的老张爷了，因为他觉得老张爷是个生活条件还不如他的人，家里还养着一个有残疾的儿。他有时也看不惯老张爷穷乐呵的样子，认为老张爷憨溜不叽没脑子。

他退休前在一个街道办事处当一个以工代干的小职员，基本上是坐办公室，因为他出了机关门根本就不会办事，办一件很简单的小事，他都会办砸了。这已经是数次被证明了的不争的事实。于是办事处邓主任果断地做出决定，让严工同志坐办公室里接接电话，收发信件，抄抄写写，干些杂务，基本上就把他当成个吃闲饭的人养起来。他这一混就是四十年，直到十一年前"光荣退休"。

比他小二十岁的办事处吕主任在欢送会上手捧着讲话稿念道："……严工同志热爱本职工作。在我们街道办事处工作四十年来，兢兢业业，一丝不苟；团结同志，勇挑重担，吃苦在先，享乐在后，充分表现出了大公无私的高尚品格和无私奉献的可贵精神！希望'耳背之年'的严工同志，哦，对不起，希望耳顺之年的严工同志退休之后，继续发挥余热，为党分忧，为国解难，全心全意为人民服务，像雷锋同志那样，做一颗永不生锈的螺丝钉。"

吕主任刚念完讲话稿，会议室四下坐着的人就窃窃私语起来。

人家心知肚明，办事处所有人，包括请来的各居委会来捧场的代表，谁不知道"严胖子"是街道办事处第一大混混？人们用鄙夷的眼光看着台上坐着的严工，都希望尽快打发走这个寄生虫。

严工"不远千米"从沙州城前街"告老还乡"一路步行顺利回到后街家里，想想四十多年来在工作岗位上所经历的风风雨雨，不禁感慨万千。他泪眼婆娑、情绪激动地对在小学当教师的妻子张敏说："唉，一辈子辛辛苦苦、忙忙碌碌不容易呀！一个男人家每天风雨无阻，得从前街跑到后街，跑一天两天并不难，难的是跑了四十多年！为街道居民服务，全心全意坐办公室毫不动摇，不为名不为利，就是牢记毛主席的教导：全心全意为人民服务！这是一种什么精神？"

张敏做出十分感动的神情，动情地说："这是国际主义精神，这是共产主义精神！"

严工对她的评价很不满意，擦了一把眼泪，批评妻子说："唉，屁也不懂，和我们办事处吕主任一样没水平！只会说些套话，说出来连自己都不相信！一听就是敷衍人的话，没用心！"

张敏性格好，有耐心，就问他："那你说说是什么精神？"

悄悄进了门的女儿严小娅在前屋听了父母的对话，此时走进里屋开玩笑说："这是一种'混混精神'嘛！"

严工和张敏都忍不住笑了起来。严工语重心长地说："还是我的女子了解我，知父莫若女！敢说真心话就是一个坦诚可敬的人，做人这一点最可贵！现在的社会谁不混日子？只不过是混的形式不同而已。我是明目张胆地混，因为我没有野心，但是我真实啊！我只是感叹人生苦短，世态炎凉，世风日下，人心不古，能真心相处的人越来越少，看着让人心烦的人越来越多，唯利是图的人更是比比皆是。"

女儿小娅不满地问："我说爸爸，你说左邻右舍哪个人你看着顺眼，哪个人让你愿意打交道哩？"

严工笑道："扫大街的老张我觉得就比较顺眼。"

小娅表示赞同："呵呵，我也觉得张叔人好，他人可乐观呢！"

张敏就说："这人的幸福快乐不在贫富上！"

小娅附和说："也不在地位高低上！"

严工说了句颇有哲理的话："快乐的人一定是不贪婪的！"

张敏有些惊疑地看着自己的丈夫，仿佛第一次见到这个人似的。她突然意识到眼前这个跟她一起生活了近三十五年的人有了一个巨大的变化——那是一种沉睡中的觉醒，是迷茫中的醒悟，是人性失而复得的惊喜！啊，天啊！老天爷开眼哪！她的人生中也有这样的好运吗？她从严工的一句话中捕捉到了一个信号：几十年来极其贪婪而自私的严工开始有了变化，她希望进一步证实她的这一发现，她热切地期盼他有更多的表现来证明她并非一厢情愿，这个改变并非一个美梦……

小人物严工认为清洁工老张爷活得憨溜不叽，却又欣赏他的简朴快活的生存模式，感叹他老子卖苦力养活残疾儿子的悲惨命运。严工自以为看清楚了老张爷的人生。

同样，在世人眼中的小人物老张爷后来坚定地认为，严工是个不明事理、贪婪自私的"混世魔王"。老张爷对杂货铺赵爷说："唉，哪个女人给老严爷当老婆就有的罪受咧！人情世故也不懂，光想自个儿咧么，家里头懒得连担水也让婆姨女子去担咧；从来不见做一顿饭，坐在家就等着吃现成饭哩；从来不知道心疼婆姨，还三天两头听见又是骂婆姨又是骂女子。唉，这号男人也能叫个男人？！"

赵爷说："老严爷的婆姨还是三完小教导主任哩。唉，怎和这号男人计较咧么？"

老张爷气愤地说："怎计较咧？讲又不讲道理，打又打不过！只能是不言传，忍受嘛！有一回我实在是看不过眼，就走进他们家劝说了几句。你猜他说什么？不识好歹喊叫着连我一起骂：'与你老张爷甚相干咧！我们家的事你管尿着咧！你算个老几！'我一听扭头就走。好一段时间我见了他都不说话。"

张敏依旧每天学校、市场、家里三点一线忙碌着，一天两顿饭做好了端给严工吃。她所寄予退休后的严工能有所改变的希望，也仅仅是她的一厢情愿而已。她有时实在受不了严工的辱骂，便躲在女儿严小娅家里诉诉苦。女儿曾劝她离婚，她却泪流满面痛心地说："唉，丢不起这个人啊！几十年就这么过来咧，尽量忍着吧！或许年龄再大些会安分一些。"

小娅恨恨地说："我爸爸是狗改不了吃屎的那种男人！我专门咨询过心理医生，医生说极有可能是精神分裂症，与年少时生存环境有关，可能受过什么刺激，最好到医院去对症进行治疗。"

六十岁的严工在经验丰富、善于"指点迷津"、四十多岁的心理医生面前，像个听话的孩子。没聊多久，他就完全信任起了医生，认为眼前这个人是他所遇见过的最能理解他内心、最善解人意的人。于是在这位被称为"洪老师"的心理医生的温情疏导下，严工彻底打开了心扉，把心里最想说的话毫无保留地向洪老师倾诉起来：

"……记得我小时候非常快活，我爸爸妈妈都很宠爱我，什么都顺着我，要什么就给我什么。到了上幼儿园时，他们就把我送进了县委大院里的专门帮助上班的干部们照看娃娃的一个托儿所。

"我在那个托儿所里待了五年，从两岁待到了七岁。阿姨们对我很好，对我的两个弟弟也很好，因为我爸爸是县委副书记。我在托儿所里调皮捣蛋，太不服管，阿姨们就给我爸爸告状，我爸妈就在家里训斥我、吓唬我。他们要是心狠一些，把我打上一顿，或许就能让我收敛一些，在外不至于无法无天。于是我从心里就不怕他们，在外更加狂妄，干了不少坏事。我带着优越感上了小学，为所欲为，目中无人，骂老师打同学，给我爸妈带来很多麻烦和苦恼。

"我上小学二年级时，我父母离婚了，我爸爸调离了圣林县到了沙州县，在沙州地区文工团当了个副团长。我心里头的优越感一下子就消失了，感觉地位一落千丈，在学校里还被同学们指指点点瞧不起！我受到了很大的打击，开始恨我父母，恨所有的人……我经常在家里看到我妈以泪洗面，痛不欲生，我的内心受到了更大的刺激，对外的行为更加叛逆，更仇视社会和所有的人。

"我和母亲及两个弟弟在圣林又待了五年，在我上初一时随我母亲到了沙州县。我们母子四人在沙州这个陌生的地方相依为命，开始了新的生活，而我们兄弟五人又欣喜若狂地见到了面。老二严农和老四严学住在地区文工团职工宿舍里，我和严兵、严商住沙州县委家属院。我们其实应该是'二返'沙州城，我和严农出生在定边县，严兵出生在沙州县，严学和严商出生在圣林县。

"我们家有个保姆叫刘梅梅，一直和我们在一起生活，帮着我妈妈做家务，照看我们。她是个很善良的农村妇女，丈夫死了就到城里找营生干养活自己，省下钱还往婆家寄，跟着我妈不离身，说是放心不下我妈妈，我妈妈也舍不得让她回老家。梅梅阿姨可是迁就我哟，我给她惹了很多的麻烦，她对我始终像母亲一样亲，可我总是气她骂她甚至动手打她。我心里一直觉得有些对不起梅梅阿姨，至今常常会想起她……

"或许离开的时间太久了，我到文工团去见我爸爸时，竟然张不开口喊一声爸爸；老三严兵也不叫爸爸，只是流着眼泪望着我爸爸，一个劲地抹眼泪。我爸爸眼睛里也含着眼泪，勉强笑着拿了块毛巾给严兵擦眼泪。他问我和严兵的学习情况，我到了他跟前就觉得心里头不恨他了，反而感到很温暖。

"严农和严学两个弟弟兴奋地招呼着我和严兵，一口一个爸爸地叫着，建议留下我们一起吃饭，好像是把我们看成了客人，把爸爸当成了他们俩的爸爸似的……

"饭后，严农和严学征得了爸爸的同意，随我们一起去见妈妈。我妈妈见到五年未见面的两个儿子，上前搂抱住叫着他们的乳名，悲喜交加，眼泪像断了线的珠子一样往下直流。严农和严学在妈妈怀里流着委屈的眼泪，却也开不了口喊'妈妈'两个字。梅梅阿姨也是泪流满面。妈妈和我们五个儿一时间在屋里哭成了一团，谁也不劝谁，任凭着泪水不停地往外涌……

"那天晚上我们兄弟五人和妈妈睡在了一盘炕上。梅梅阿姨用心地给我们做了一顿沙州城里人最爱吃的拼三鲜，只有十一岁的三弟严兵自告奋勇帮梅梅阿姨涮了一大盆子片粉。第二天送严农和严学回文工团时，妈妈给他们每人买了一大包沙州糖棋子，嘱咐他们周末就来家里吃饭。

"妈妈好像一夜之间下定了决心，要尽快结束孩子们这种'有娘没老子，有老子没娘'的单亲家庭生活——她要和我爸爸严文武复婚！

"她很快就和她的闺密马玉玲阿姨商定，由马玉玲阿姨先出面去找我爸爸，探一探他的'想法'，妈妈说她愿意当面向严文武道歉，表明她当时逼他在离婚申请书上签字是个错误，是一时冲动犯下的过错，希望他能看在五个儿子的分上原谅自己！

"我爸爸毫无商量余地的态度令马玉玲阿姨吃惊。他语气坚决地说：'我对许晴的感情已经烟消云散了，我早就对她心如死灰了！五年前她是怎么逼我的？我没死是我命不该绝！请你转告许晴同志，让她死了这条心吧！'

"我妈妈情绪低落地对马玉玲阿姨说：'唉，这其实也是我意料之中的

事，我当年确实是把他的心伤透了！他恨我无情啊！而事实是，他是被冤枉的，为此还丢掉了他的大好前途！'

"后来传说我爸爸看上了文工团一个女演员，叫李云丽，我妈妈心里很气愤，我也很气愤。我还偷偷找了一回李云丽，骂她不要脸，我还当面叫她姐姐来羞辱她。后来就听说我爸爸犯了错误被调到绥州县城关镇当了个镇长；又听说他找了个镇机关上打杂的女人，还生了一个儿；再后来听说离婚了，又和一个小学女教师结了婚，又生下一个儿；之后又犯了什么错误，被发配到下面的青石砭公社当了个革委会副主任……唉，我爸爸的故事都可以写成一本小说咧！"

说到这里，说话"颇有文采"的严工看了看正在做记录的洪老师，有些纳闷地问道："洪老师，你还需要我继续往下讲吗？你又不是记者，写下来有什么用？"

洪老师笑了笑，说："写下来慢慢分析你心理的原因，我想通过和你的交谈，尽量排解你的郁闷。"

严工信任而感激地看着洪老师，说："那我就接着往下说。我觉得我父亲是个运气很差的人。他的运气差已经影响了我们几个儿子的生活和前途。当年在圣林涪山中心县委，他当第一副书记兼涪山县县长时，他的两位部下在他被贬到绥州当公社革命委员会副主任时，一个已经当上了沙州地委副书记，一个当上了副专员，人家在一步一步往上升，他是走一个单位被降一级，再降就没级别了，只能种地当农民咧！

"有一次回家吃饭，我发脾气把一锅子我妈刚做好的臊子汤面端起来摔在地上，我妈和梅梅阿姨吓得直哭。严兵头一天刚从农村回家送一些分的粮给家里吃，看到我摔锅就从里屋冲出来，抓住我就重重打了我两拳头，我的鼻子流出了血，他一把又扯住我的领口，把我扯到外面院子炭堆上拳打脚踢，把我打得昏死过去。最可恨的是里院外院的邻居都围着看热闹，还叫喊着：'打得好！打得好！'好像他妈的严兵在毒打美帝和国民党反动派！严兵那俅小子打了我就跑了，我住院一个多月才缓过来。俅小子严兵和我就像有深仇大恨一样，就像不是一个娘养的一样！

"我后来就住在了办事处单人宿舍里,吃饭也在灶上吃或者在街上买着吃,很少回家去,就怕碰上严兵这怂小子咧!后来听说严兵从农村回城咧,在县运输公司当修理工,后来又当了司机开大车,再后来又上了大学;过了几年又听说他大学毕业回到城里头,被分配在沙州师范学校当了英语教师。我老婆就是他的学生,我们家老五的老婆也当过他的学生。他教英语还教出了名气,沙州地区十二个县的中学英语教师中,大部分都是他的学生;说起严兵,沙州教育界没人不知道他,怂小子名气大着咧,能得很哩!"

说到这里,洪老师打断严工的话,笑着插话说:"哈哈,你说起严老师,他也是我的英语老师哩!我那时在县体育场对面的图书阅览馆听过他讲课,能坐一百多人的大阅览室里挤了近二百人,都兴致勃勃地跟着他大声地朗读英语。他手里举着一个喇叭筒,站在椅子上,脖子上围着一条长长的灰色围巾,留着很长的头发,一副儒雅的学者风度,像电影中情绪激昂的学生领袖,又像是领导群众游行的地下党员。噢,对了,我们学生背后都叫他孙道临,后来就干脆叫起他孙老师!他的长相和气质太像孙道临咧!严老师给我们留下了很深的印象!他现在在哪里?想不到你是他的大哥,他的家庭竟然如此不一般,他真是一个有着不平凡经历的人!"

严工显得有些尴尬地说:"听说他如时在省城一所大学里当教授,我们有很多年没见面了。他回来也不愿意见我。我母亲去世后,他回来只和我五弟、小妹他们联系,我已经和他没什么来往了。他们三家人一块聚时也悄悄邀请我老婆和我女儿,但都是避开我;我也识时务,不认就不认吧,有什么了不起!

"……我后来到了二十六岁时,经人介绍认识了张敏。她听介绍人说我是沙州师范学校英语教师严兵的大哥,就有了兴趣,很快就答应了和我见面,而且互相都有好感,不久我们就结婚了。婚后一年,我们有了女儿小娅。再往后的生活中,她对我越来越挑剔,嫌我懒嫌我脏,嫌我不求上进没出息,动不动就拿话刺激我,说:'啊呀呀,真是龙生九子,各有不同。你看看人家严老师,这个差距也太大了吧!你看你哪一点点顶得上严老师咧么?要文凭没文凭,要人品没人品!没本事倒也罢了,关键是还没一点点儿上进心!'还说街道办事处的人提起我,都把脑袋摇得像个拨浪鼓一样,嘲笑我是憨溜不叽的'严肉脑',就是个撑衣的架子,囊饭的袋子,屁事都干不了的大混混!人称'沙州城第一混'!

"我生气咧就跟她吵,把她骂恼咧她就往她同事家里跑,后来小娅结婚咧就往小娅家里跑,不给我做饭。我就在街上买得吃上一碗羊杂碎两个干饼子,后来她气消咧就回家咧。我就臊呱她:'有本事你不要回来,和你女子一起过嘛!你以为我离开你还活不了了么?!'

"她说我是死猪不怕滚水浇,她咬牙切齿地说:'人活一张脸,树活一张皮。唉,你不要脸活在世上还不如一条狗!'

"我气得手直抖,随手拿起一只碗就朝她砸过去,把她腿就砸伤了;她自己跑到街上诊所包扎好后一瘸一拐又走了回来,拐着一条腿照样做饭,照样去学校上课,好像什么事也没有发生一样。她其实是怕小娅担心她,就没往小娅家跑,对外也说是不小心摔伤了。"

……

洪老师听完他说的,温和而认真地说:"呵呵,老严哪,你这不算是精神疾病,只不过是心理负担过重而产生的一些浮躁。一是心理上尽量要保持'凡事想得开',心胸要慢慢地变大一些;二是可以适当吃一点败火气的牛黄解毒丸,调理一段时间就会好起来。希望你坚持到我这里来一段时间。"

严工为有缘结识洪老师这么善解人意的医生而高兴,他觉得洪老师说得句句在理,这才叫有真才实学的好医生嘛!不像那个咋咋呼呼的尚世雄老中医,光会吓唬病人,还不如他的女子尚改兰大夫会看病!

第七十二章

起起落落为人生,

喜忧参半是生活。

风风雨雨知阴晴,

半醉半醒品甘苦。

严农小严工两岁,排行老二。这年他已退休九个年头了。这天晚上坐在炕上抽烟,他突然对着正在灯下给外孙女缝棉袄的老伴喊:"啊呀天哪,我过了年就七十咧!"

老伴吓得手一抖,手指被针扎了一下,针眼处顿时就出现一个红点。她瞪了他一眼,生气地说:"一惊一乍抽得甚风?!七十咋咧?又不是死咧!"

他听着就来气了,毫不留情地说:"你这怂老婆,一辈子生瓜圪蛋不会说人话!"

老伴见他生气了,语气立马变得柔和了,讨好地说:"哎,你身体好,又没甚病,院里的老婆们见了我常问说:'你家老汉咋保养得那么好,看面相像个五十来岁的人!'我就说我家老严心宽胃口又好,能吃能睡不爱操心,就显年轻嘛。"

严农一听就又被她哄得高兴起来,说:"嘿嘿,你这话说得还像句人话嘛!人常说人活七十古来稀,我都没觉得就已经七十岁咧,这日子过得也太快咧！"

老伴就感叹着说："可不是嘛，咱大外孙女都上小学五年级咧，外孙子都上小学三年级咧，不觉得就都长大咧么！"

他老伴叫肖晓丽，今年六十八岁，退休前在延安宝塔山下延河照相馆工作，是一名摄影师。她的父母都是革命老干部，原来都在市委工作。她父亲曾经是延安市委机关党委副书记，和严农的父亲严文武共事过，严文武当时是机关党委书记，她母亲是市政府民政局的副局长。她父亲已去世，她母亲还健在，这年已经九十一岁了。她还有一个弟弟也已经退休，之前在延安市一所中学里当过教师。

严农和肖晓丽生有两个女儿。大女儿叫严宁宁，二女儿叫严静静。大女儿严宁宁卫校毕业后一直在延安市医院外科当护士，前几年升职为护士长；大女婿大学毕业后在市委办公室工作，现在已经是办公室主任，听说要调到组织部当部长。二女儿严静静从延安大学中文系毕业后被分配到延安革命纪念馆工作，现在担任办公室主任；女婿是延安市宝塔区副区长。

严农当年从铜川矿务局一个山沟沟里的煤矿调到延安市以后，先是在一个汽车修理厂当修理工，干了几年，觉得厂里经济效益不好，而且干的活又累又脏，就想着调动工作。他父亲当时在延安革命纪念馆当副馆长，就对他说："老子现在无权无势，能有什么办法给你调动个好单位？"

儿子就说："好赖你在市委还当了几年机关党委书记，认识的人多，找一找关系嘛！"

老子说："唉，人走茶凉，现在谁还认我咧？"

儿子说："你没有去找，怎知道人家不认你？"

老子说："让我贴上老脸低声下气去求人，我不想去！"

儿子说："唉，是你脸面重要还是我的工作和前途重要？"

老子说："你这么大的人了不懂个事吗？我去找关系不是自取其辱吗？！"

父子俩不欢而散。

严农不甘心，又给远在沙州城里的母亲写了一封信，叙述了他心中的郁闷和对人生命运的愤愤不平，失望与苦恼溢于言表。严兵和柏兰两口子这日正好回家看望身患类风湿病的母亲。两人进门就见母亲坐在炕上，手里握着一封展开的信件，满脸的愁容和茫然。严兵见状就小心翼翼地问："妈，谁写来的信？"

母亲低声说："唉，是你二哥的信。"

严兵又问："信上说什么事了，让我看看？"

母亲抬了抬手，严兵忙接过信，坐在炕沿上看了起来。严兵看着信眉头越皱越紧，一口气看完信，叹了一声说："唉，光知道诉苦了，快三十岁的人咧，有事自己想办法解决嘛！现在又不是吃不上喝不上，又不是没工作不挣钱，工作单位不好，慢慢找机会调整嘛。妈你不要太操心，我二哥又不是个娃娃哩！"

母亲苦笑了一声，说："呵呵，妈现在年纪大了，身体也不好，心里搁不住事，爱急躁。你二哥死呀，活呀，悲观呀，失望呀，心情不好，不给我当妈的说，能给谁说咧？唉，给我说又能怎样咧么，我有能力给他换个好工作咧？他原来在煤矿挖煤有危险，现在到了汽车修理厂累些脏些，可是至少没危险嘛，这才干了几年就受不下苦咧！你二哥从小就是这个样子，男娃娃家没个担当！"

柏兰一直静静地坐在婆婆身边，此时她灵机一动说："哎呀，我突然想起我大姐夫的工作单位咧，他现在是延安地区技术协作公司副经理，我写封信问问他，看他有没有办法把二哥调到他们公司。"

母亲一听，高兴地说："啊呀，好么！快写信试着问一下！"

半个月后，严兵的大挑担董升回复说，他们公司需要懂汽车配件的工作人员，可以让严农进去先干着试试。严兵和柏兰十分惊喜，立即回家告诉了母亲。母亲一听就喜形于色，说："啊呀，这下可弄好咧！人家董经理可是给面子哩，帮了这么大一个忙，怎么感谢人家哩么？"

严兵给二哥写了一封信，让他拿上信直接去找董升副经理。严农见信后万分激动，对肖晓丽说："啊呀天哪！世上只有妈妈好，兄弟情谊忘不了！我一定好好干，绝不能给董经理丢人！"

肖晓丽也替他高兴。高兴之余又有些担忧地说："原来刚调到汽修厂时不也高兴得跳腾，不也说过要好好干，绝不给咱爸爸丢人么？唉，我就害怕你干上一段时间又说这儿不行那儿不对，又不想干咧！"

肖晓丽说了这话就后悔了，怕严农又和她吵起来。

严农满怀信心地说："这回不会咧，看在我妈为我的工作这么费心的分上，看在董经理是我兄弟挑担的分上，我也不能给我妈和我兄弟丢人！我到了公司后，听董经理的话，他叫我干甚就干甚，绝不讲价钱，干一行爱一行，听党的话，听公司领导的话。"

肖晓丽认识严农时二十三岁，严农二十四岁。由于两人的父亲是同事关系，经介绍人赵爱琴阿姨一牵线，两个年轻人很快就无话不谈，成了一对形影不离的恋人。严农当时刚从铜川的一个山沟沟小煤矿调入延安市的一个汽车修理厂，心里十分满足，对肖晓丽说："我现在一下子就有了安全感咧！原来在那个土沟沟里，过着人不人鬼不鬼的日子。唉，你是不知道呀，今儿还活生生的一块下苦的弟兄，明儿就变成了硬邦邦的一个死人咧，换一身新工装，放在薄木板钉成的木箱箱里，抬到后山上挖个坑坑就埋咧！这种事三天两头就发生咧，人的命不值钱么！那煤矿的头头和工头根本不把死人的事情当回事么！井下的安全措施根本没有保障，塌方的事故几乎天天发生。

"许多矿工都是从农村招工来的，光是看挣得钱多，新招来的矿工就都抢着下井哩，要钱不要命！我的一个徒弟叫王狗子，到矿上满打满算才三个月就因为塌方砸死咧，死的前一天刚到镇子上邮电所给家里寄了五百块钱，那就是卖命钱么！矿上每死一个人给死者家属一笔抚恤金，工龄一年给一千元抚恤金，不满一年按一年发放。

"我每次下井都提心吊胆，晚上睡觉净做噩梦，常常想不定哪天我也就客死他乡埋在后山里了。我多次给我父亲写信，恳求我父亲救我一命，把我调回延安，要不然我迟早会死在井下。我父亲动了怜悯之心，终于放下架子去四处活动，费了不少周折救了我这条'狗命'。"

肖晓丽眼里噙着泪，动容地看着严农。她十分同情地问："唉，你为什么作践自己说你的命是条狗命呀？我听着就心里头酸酸的！"

严农淡然一笑，说："我的命贱，没人把我的死活放在心上。我十七岁那年在绥州县农村当知青时被招工到了铜川煤矿，我父亲当时从一个副地师级干部，连降四级被贬到一个公社当革委会副主任，他自身难保，根本顾不上管我们的前途。我临走时，他给我五块钱，对我说：'去了单位上好好干，自己能养活自己就独立了，比什么都强！'我的继母左丽英在旁边瞟扫了我一眼，在饭点都没说一句留我吃饭的话。他们都恨不得我马上滚蛋！我在城里住了一天，第三天就坐上了一辆大卡车往铜川走；我就像个孤儿一样，没有一个人送送我……过了两年，我四弟严学也被招工，去了安康铁路上当了筑路工，他那年才刚满十六岁。我三弟严兵算是混得好的。他当了两年知青就回城咧，在沙州县运输公司当了修理工，后来考了驾照开上了大卡车，再后来又被推荐上了大学。"

肖晓丽插话问："那你们家老五呢？他后来做甚咧？"

严农自豪地说："嘿嘿，老五严商相当能干！他也插过队。"

肖晓丽又问："那你大哥呢？"

严农一听脸上就表现出了不屑一顾的神情，没好气地说："我家老大严工说白咧，就是个'吃老人'分子，甚都靠我妈咧！娶个婆姨都全靠我妈给他四处寻咧，要不就只能打光棍咧！"

严农看了看肖晓丽不解的表情，又说："他也只能混得吃一碗大锅饭，要是靠劳动，他早就拿个破碗碗四处流浪行乞要饭咧！唉，你是不知道，他这人懒得要命哩！"

肖晓丽好奇地问："他怎会是这样咧？一般家里老大应该撑起半个家呀！"

严农冷笑了一声，说："都是从小惯下的毛病，大人把娃娃惯坏咧，再要改就难咧，惯娃娃其实就是害娃娃，害一辈子！"

肖晓丽笑着问："你妈你爸不惯你？"

严农显出一副不满的神态说："我爸妈对五个儿子的态度是，亲大的爱小的，最不上心的是二小子！他们最见不得我，好像我不是他们亲生的一样，我也不明白为什么；我生下来就给我寻了个奶妈，我就被寄养在奶妈家，连我妈的奶都没吃几天，就被抱走咧！我大哥两岁咧还吃着应该是我吃的奶哩！"

严农说着就又看了她一眼，接着又感叹起来："唉，我长到两岁只会叫我奶妈'娘'，回到我亲妈身边却不会叫'妈'，也叫她娘，怎么纠正都没用，就叫娘。我妈就生气咧，从那会儿起就不亲我咧，后来我被送进托儿所，我和阿姨亲，见了我妈不亲，她来接我回家我哭着不想回家，就想和阿姨们在一起。我奶奶每次想我咧到托儿所来看我，我哭得死去活来不让她走，我妈知道后就骂我'贱骨石'！"

严农笑了笑又说："后来，在城关镇机关灶上帮灶的我姨姨何云香生了我六弟严维生，我们家的生活水平越来越差咧。因为我姨姨得了一种肺结核病，没命地咳嗽，所以就不在灶上干活咧，还不停地吃药，我们一家五口人就全靠我爸爸那点儿工资生活咧！

"这人呀，各有各的命，各有各的运。这句话是个悄然而至的江湖郎中说的。那郎中气质清雅，一身似僧非僧似道非道打扮。他对我姨姨说：'你遇上了我是你运气好，你这病我能给你治好哩！我给你一个方子，你照着方子抓药吃，三个月后药停病除，把药方到时交还我，切记不可泄露。我要到内蒙古去，三个月原路回来，咱俩还有一面之缘。'

"这江湖郎中果然厉害。我姨姨服药一月后病症见轻，服药两月后已基本不喘不咳，服药三个月后病症完全消除了，和正常人毫无区别。我爸爸和我姨姨感恩戴德等着要见那郎中，重金致谢他的救治恩德。我爸爸感慨万千地说：'传统中医博大精深，造福人类，功德无量哪！我若有来生，一定要做一名郎中！'

"那郎中如期返回，如约而至。收回药方，拒收诊金，只提出两碗小米的回报。我爸爸惊叹不已，对他说：'先生是奇人哪！看你不过四十出头，竟有如此高深医术，令我佩服不已哪！'

"那郎中哈哈一笑，说：'那你可把我瞧小哩，我今年已七十有二哩。'

"我爸爸瞪大眼睛端详着眼前的老先生，心生敬意，谦恭地说：'有眼不识泰山哪，有眼不识泰山哪！'

"老郎中淡然一笑，将小米装入肩上老布褡裢中，转身离去。

"这件事是我亲眼所见，可就好像是做梦一样。"

严农顿了顿,接着说道:

"我1969年十五岁时初中毕业。

"我爸爸和我姨姨何云香离了婚,她扔下儿子严维生一个人回山西老家去了。她是被迫无奈离婚走的,我爸爸为此受到了致命的打击,差一点儿就挺不过去咧。我爸爸为了我们兄弟三个人有个家,经人介绍,又寻了绥州县城关东门塔小学教师左丽英当了他的第三个老婆。

"我左丽英姨姨知书达礼,人很温和。她给我和严学都上过课。我爸爸说我'脑硬',他怎么调教我都没用,我就是不叫妈,甚至连姨姨也不叫,只叫她'左老师';严学嘴甜,还是和叫何云香一样,直接开口叫妈。严维生才两岁,很快就适应了,把后娘当成了亲娘。

"两年后左老师生下了我七弟严维存,我初中毕业插队到河沟公社当了一名知青。左老师的老家就在离我插队那个公社五里地远近的另一个公社。

"我被生产队安排住在一个孤身老汉的土院里。土院在背靠一座土山的一个黄土坡上面,里面有三孔朝南的破窑洞,门窗都腐朽了,风一吹吱吱扭扭乱响。老汉住边窑,我住中窑,另一孔靠东的窑里放着杂物。

"老汉姓白,六十五岁,一辈子打光棍。对面土坡上有队里分给他的几分土地,自种自收,勉强生存着。

"白老汉对我这个城里来的后生表现出了欢迎,忙里忙外帮着收拾好了窑洞,还给我做得吃了几顿饭,之后便开始教我怎么种地……"

严农讲的这个故事太长,肖晓丽就建议说:"啊呀,你说得我都饿咧!咱先找个地方吃饭吧,吃了饭坐下慢慢说。听你说这些事就像看小说一样,我挺感动的,你说话又有文采,都可以写成一本书咧!"

两人在延河大桥附近一个小吃铺里坐下吃了羊肉揪面片,之后又回到肖晓丽工作的延河照相馆。严农在肖晓丽的请求下又续上了他的故事:

"……我和白老汉相依为命,一起生活了两年。他陪着我度过了艰难的农村生活,我们俩建立了深厚的感情,可最终我还是扔下他孤零零一人奔我自己的前程去咧!

"我接到大队的通知到了公社,拿上公社的介绍信到了城里县知青办,见到了铜川煤矿来招工的人。我和十几个被招工的青年一起接受了体检，矿上的人让我们三天后在城里招待所门前集中出发到铜川去。

"我先到青石砭公社革委会见了我爸爸一面，他很高兴我被招工，临走时给了我五块钱。第二天我在公社供销社买了一瓶酒和一斤点心，又买了一斤羊肉，回到生产队。我和白老汉一起包着吃了一顿饺子，喝了酒，拉话拉到半夜。第三天一早白老汉给我做了一碗面，对我说：'严农，出格好好节干，奔个好前程！咱俩有缘分一起过咧两年，以后再就见不上面咧！'

"我放声哭了一鼻子，白老汉也哭咧。我说：'老白爷，我有空咧就回来看你，你自己要多多保重！这两年你为我操了不少心，我不会忘了你！'

"我到了山沟沟里的煤矿就开始下井挖煤，一个月能挣二百多块钱，是我爸爸三四个月的工资。我领了第一个月的工资后，就先给白老汉寄了十块钱，连信一块装在信封里寄给他的。我们矿工听起来挣得钱多，可挣的都是卖命钱，说不定哪天就死在井下咧！我们大多数矿工都很悲观，活一天算一天，出了井面上就是喝酒消愁，喝醉了就呼呼大睡，把死活交给了阎王爷！

"我三弟严兵写信问我的工作情况，我尽量往好里说，不想让他为我担惊受怕。那年他上大学二年级时，我休探亲假到学校看望过他一回。我随身背了一个印有'红军不怕远征难'的草绿色挎包，里面装了五百块一元面值的现金，严兵一看就震惊了，他问我说：'啊呀，二哥你怎有这么多钱呀？我还从来没见过这么多钱哪！'

"我得意地对他说：'带来就是为了花的，你想吃甚咱就买甚，看上什么衣裳就给你买什么衣裳！'"

严兵多年后也曾回忆起那次相聚的事，他对柏兰说："我不想花二哥攒下的钱，我对他说：'二哥你请我吃一顿岐山肉臊子汤面吧！味道可好咧，我放开吃能吃五碗！不用给我买其他东西咧！'二哥就和我一起去了小寨，我一口气吃了五碗面一个肉夹馍，二哥吃了三碗面，又硬是坚持给我买了一身五十多块钱的深色涤卡中山装。"……

严农接着说："我命大，在煤矿挖了五年煤竟然没死掉，活着调到了延安市里，我爸爸又找关系把我安排在一家汽车修理厂，我又开始学修理汽车。"

肖晓丽笑着说:"再后来你就又调到现在的地区技术协作公司,对不对?"

严农也笑了,说:"对着咧,再后来咱俩就认识结婚咧!"

严农和肖晓丽有缘遇到一起,两个年轻人你情我愿,不久便结成了百年之好。一年后,他们有了大女儿宁宁,三年后又生了二女儿静静。大女儿生得乖巧伶俐,是人见人爱的漂亮小姑娘,严农对她宠爱有加的同时又感到了一份当父亲的责任。静静的出生更是让他们夫妻欣喜不已。她就像是一个真人版的卡通娃娃,忽闪着一双美丽的大眼睛,微微翘着的小鼻子,樱桃一样的小嘴巴,就连头发也与众不同,生下时便是棕色鬈发。静静如同是一件从天而降的宝贝,严农走亲访友总是抱着她,满面笑容享受着人们的惊叹和赞美。

静静长到三岁时,愈发显示出了她的灵气,爱唱歌爱跳舞,像是一个小天使,深得幼儿园阿姨们和小伙伴们的喜爱,经常被带着去给来访延安的外国元首和贵宾们表演节目。严农无比欣慰地感叹说:"怪咧!咱两个咋就养下这么个'混血'娃娃哩么?"

他婆姨喜得合不上嘴,骄傲地说:"呵呵,无心插柳柳成荫么!可遇不可求么!咱命好么,没办法!"

严农若有所思地说:"我听白老汉说过,人的福禄都是有定数的,人这一辈子来到这世上,都是带着过去的福禄和福报来的,一辈子能吃能用的东西都是前世的福报,福报用尽咧人也就命终咧……白老汉说这话是他的爷爷留给他爸爸的,他的爸爸又留给了他。白老汉说人要学会惜福和积福,要行善积德,人才得以长久,子孙才有善报。我当时想,他一个没文化的老农民,他能知道个甚咧!还不是听他爸爸胡传说哩么!后来慢慢地我就开始理解上辈人传下来的这些道理咧……"

肖晓丽打断他的话,问:"你再没有和白老汉联系过吗?他现在怎么样了?"

严农没言传,低下头好像在想着什么。过了一会儿,他看上去有些难过,慢吞吞地点上了一支烟,开口说:"唉,我离开煤矿前一年,给他寄过二十块钱,汇款单被退了回来,上面附有邮电局一个纸条,上面写着'查无此人'四个字,我当时就想他已经不在人世咧……我难过了几天,再后来就把他忘记咧!"

肖晓丽伤感地说:"感情再深也经不住时间的消磨,即便是我们的父母不在了,也就是痛苦那么一阵子!"

严农悲观地说:"我在我父母心里从来就没有分量,我当年要是死在井下,他们怕是会滴几滴泪,然后很快就把我这个儿忘咧!"

严农说着就抬起头,满怀深情地看着肖晓丽的眼睛,发自内心地说:"我有后福哩,咱俩有缘,是我上辈子修来的福,让我后半辈子享福哩!"

肖晓丽感动地说:"我也是个有福的人,这一辈子嫁了个好男人……"

第七十三章

严学四十三岁这年，母亲在沙州去世了。电报是五弟和三哥发给他的。电报上写着六个字：母亲病逝速回。

二十七年来他在铁路段上第一次接收到家里的电报，而电报内容竟然是报丧！他顿时觉得一阵头晕目眩，一屁股坐在地上昏了过去，在场的工友们急忙将他送往医院……

他从医院出来，请了假，独自一人回家奔丧。

天阴沉沉的，看着要下雨。他赶上了一列前往铜川的客车，刚寻了一个座位坐下，外面就下起了雨。雨越下越大，列车冒雨前行，他的眼泪也在不停地往出流。他心里一直想着没能见上母亲最后一面，胸口像是堵了一块石头，沉甸甸地让他喘不过气来……

他们兄弟五人是一母同胞。父母感情破裂让他们从小就天各一方。老大老三老五随母亲生活，他和二哥随父亲生活。他和二哥见了母亲不会开口叫妈，叫不出口，因为太生疏了。

但有一点他们弟兄五人却是出奇得一致，那就是在背地里间接地称呼爸妈，他们竟然不约而同地说"爸"和"妈"，或者是"咱爸"和"咱妈"。在旁观者看来，这种情形不也是人世间的一种悲剧，一种难以言表的苦涩？！

在严学的记忆中，他似乎从来没有过和母亲近距离的亲切交流，他甚至怀疑自己有没有吮吸过母亲的奶水！他只知道他生下时就被交到一户姓乔的城关居民手上，那家的女人用自己的奶水喂养他。他后来一直叫那女人娘。他和奶哥一起长大，奶哥吃羊奶，他吃奶娘的奶，奶娘对他比对亲儿还要亲！他的亲妈生下他后把奶喂给比他大两岁的三哥吃，他后来长大一些开始懂事时，认为三哥是个不要脸的人，抢自己亲弟弟的奶吃，不讲良心！

　　他一直在奶娘家生活。到了上幼儿园时，他依然常常往奶娘家跑。

　　有一天，一个司机叔叔进门拉着他和二哥就往外走，把他俩交给了等在大门口的爸爸。之后他们就坐着大卡车从圣林县到了沙州县城。他爸爸调到了沙州地区文工团当副团长，他和二哥住在文工团大院里的一间房子里。他上了幼儿园，二哥上了小学。爸爸雇了一个保姆给他们做饭，他们开始过上了有老子没娘的生活。他常常背着人哭，在漆黑的夜里睡在炕上悄声地哭，想他奶娘、奶大、奶哥，想着哭着就睡着了……

　　有时候他也会想起他的亲妈，他想：我是她生的，二哥也是她生的，为什么她不亲我和二哥，我和二哥究竟犯过什么错？

　　有一次他问二哥："二哥，你说爸爸是不是比妈亲咱们？"

　　二哥想了想就肯定地说："爸爸亲咱们两个人，妈亲其他三个人，要不爸爸为什么要咱们两个和他一起生活？"

　　他对二哥悄悄说："给咱们做饭的姨姨问我想不想妈，问我还记得不记得妈。"

　　二哥就问："那你怎说的？"

　　他看着二哥瞪着眼睛，就老老实实说："我说我不想我妈，我想我奶娘、奶大咧！姨姨说可怜没娘疼的娃娃呀！"

　　二哥警告他说："再不要和外人说这种话！小心爸爸知道了打你呀！"

　　他问二哥："那人家问我想不想咱妈，我怎说？"

　　二哥果断地说："你就说不知道！"

　　他手上有一张他爸爸当县委书记、县长时的半身照片，是他从他爸爸的相簿里夹着的洗相纸袋袋里抽出了一张悄悄藏在身上的。照片下面白边边上还有些钢印压字：1956年摄于圣林。

他当了工人后在修路段上还给工友们看过,他说他爸爸是县委书记、县长,工友们都羡慕他,说他爸爸那么年轻英俊,还当了那么大的官!后来他结婚后还给冯明明看过。

一母同胞弟兄五个人,再一次聚在一起时是在母亲的葬礼上。严学最后一个赶回家里,其他四个兄弟已在沙州城母亲居住的单位家属院里等着他回来。

他跪在母亲遗体前放声痛哭,其他四个弟兄还有他们唯一的小妹都跪在两旁哭着。他长跪不起,额头上磕头时磕出了血,血在不断地往外渗,和泪水混在一起往下流。他三嫂柏兰和小妹小静寻了一块纱布,替他上了药后包扎起来。继父心脏不舒服躺在里屋炕上昏睡着,几个女儿和儿媳不时地进里屋照料着老人。继父的侄儿王拴子一直忙前忙后帮着料理丧事,老五严商的相好同事、弟兄们都在屋外院子里等待着召唤。

开追悼会时,大院里站满了亲朋好友,足有一百多人。严商执笔写好了悼词,又代表五个弟兄和小妹,哭泣着念完,在场的众人无不动容落泪。

严学给母亲送了终,告别了亲友,又独自一人返回单位。此时的他孤零零一个人在路途上,看上去形单影只,好不凄凉!从此沙州没有了让他牵挂的人,他的奶娘、奶大也在前几年去世了,他在这个世上只有一个老父亲,而老父亲对他始终保持着一种不即不离的关系。在这个世上已没有任何人真正心疼他,关心他的死活!他突然想到一个极其符合他的生存状态的成语:行尸走肉!

严学也有过美好的爱情。

少午时的初恋他永远不会忘记——想忘也忘不了的那好看的面孔,那羞涩的微笑……他那时在念小学五年级,他和她同一学校同一年级,又同住在一个院子里。她有一个很好听的名字——小婉。

小婉家是绥州城里的老户居民。她爸爸叫刘智,是绥州县肉联厂的副厂长;她妈妈叫刘慧芳,是个脾性温和而能干的家庭妇女。小婉有两个姐姐、两个弟弟。

十三岁的严学只能说是暗恋着小婉,剃头挑子一头热而已!小婉每叫他一声"四毛",每对他微笑一次,都会让他回味许久,他就会认为小婉肯定对他"有意思"。

严学从小婉去了兰州军区战友文工团之后就再也没见过她,但他心里却是一直装着她。按照他一厢情愿的话说,他和小婉就是"情深缘浅,有缘无分"!

他盼望自己也能被哪个工厂"收留",能早日挣上钱。

1974年,严学被陕西安康铁路局招收当上了一名筑路工。他和沙州地区绥州县的几十名知青一起,怀着喜悦的心情奔赴安康,开始新的生活。

他在途经省城西京停留一个晚上时,向领队请了假,去西京外国语学院看望十年未见的三哥严兵。他见到了一身学生打扮,戴着眼镜文质彬彬的三哥。三哥为他被招工十分高兴,请他在小寨市场吃了岐山肉臊子面和肉夹馍,又买了一些点心和水果一直将他送回火车站附近的招待所,两人依依惜别。

他们五兄弟间,他自小和三哥最亲。他们聚少离多,分开时他最想念的人就是三哥。他记忆中只有儿时与三哥的往事,之后便模糊不清了。三哥小时候总是护着他,有好吃的总是留给他;只要手里有一毛钱,三哥就带着他去街上买糖吃;邻居小孩欺负他,三哥就站出来保护他,替他出气。

严学在工段上认识的第一个姑娘叫冯明明。他第一次听她讲四川话时觉得很有意思,像是唱歌一样很好听。一起干活的工友们议论说,冯明明不光说话像唱歌,人长得也水灵灵的,对人客气,还好说话。冯明明是段上的工具管理员,刚刚十六岁,是从四川万源县招工来的。

冯明明也注意到了长着一双多情的大眼睛,操一口陕北话的严学。他时不时地找借口来工具房换领"用坏"的工具。冯明明就开玩笑说:"小严师傅,你这十字镐好好的嘛,不用换的哟!"

严学找理由说:"镐头松了,不好用,给我换一把吧!"

冯明明就另取了一把给他。之后他三天两头去换工具,就是想和冯明明说几句话,冯明明心里其实也想见他,于是他们很快就变得随意、亲近了起来。

周末严学请她去附近镇子上看电影,看完后一起买了鱼和猪肉,买了一些调料和新鲜蔬菜，他在冯明明宿舍里大显身手。冯明明和同宿舍另外两个女工对他的厨艺赞不绝口。冯明明睁着美丽的大眼睛，问他："哎哟，没想到你做菜这么好吃！啥子时候学会这本事的哟？"

严学开玩笑说："哈哈，我这是无师自通，是自学成才。我最大的爱好就是做饭！一人一个爱好嘛，学会做饭自己不受饿！"

冯明明逗他说："就是，哪个姑娘找了你就有口福哩！"

宿舍另外两个姑娘都附和着开玩笑说："就是，明明有福哩！"

严学忙说："那我是求之不得！"

一年多后，严学陪着冯明明去了四川万源县她家，见到了她的父母和姐弟。严学本来就勤快，此时不表现更待何时？他使出了浑身解数，先是给每个人送上礼品，然后便手脚不闲地劈柴挑水，买菜做饭，一口一个叔叔阿姨姐姐弟弟亲热地叫着，哄得全家人很快就喜欢上了他。

严学不久便水到渠成、顺理成章地娶了冯明明。冯明明的亲朋好友都为她找了个如意郎君而高兴，并送上美好的祝福。婚后的严学更是加倍地宠爱着冯明明，包揽了一切家务活，尽量满足她的所有需求，小两口恩恩爱爱地过着普通工人安稳而知足的小日子。

严学和冯明明结婚一年后有了一个女儿，小两口如获至宝。严学对女儿喜欢得不行，一回到家就抢着抱在怀里，爱不释手地观赏他们的"产品"。冯明明感到美中不足地说："啊呀，要是生成个男娃儿就锦上添花哩哟！"

严学与她看法不同，满足地说："哈哈，我还是欢喜女娃儿，我们老严家从来就不缺男娃儿！女娃儿是爸妈的小棉袄，长大咧会心疼人哩么！"

冯明明让严学给女儿起个名，严学拿着一本《新华字典》，手边备好了一个笔记本一支笔，翻着字典，又看又记，琢磨了大半夜，次日早晨说："啊呀明明，我研究了半夜字典，最后在笔记本上写的那个字是美丽的'丽'字，咱就给娃儿取名叫严丽吧，小名就叫丽丽，你看怎么样？"

冯明明听他如此一说心里欢喜，立即表明态度："就按照你说的定了吧！"

小两口便意见一致为女儿取了名，在外称其严丽，家里叫丽丽。

丽丽长到三岁时便显现出她非凡的天资，不光长得漂亮，而且聪明无比，唐诗宋词教一遍就读得朗朗上口，读上三五遍竟能牢记在心，常常让两口子惊喜得合不拢嘴！

天资聪慧的严丽在幼儿园里更是鹤立鸡群，唱歌跳舞一学就会，且又善解人意，既不自傲又能和所有小朋友友善相处，大家对她无不喜欢，她俨然成了幼儿园里的小明星。

严学对着他的娇妻不由得感叹道："啊呀，我和你都是普通工人，咋就生出这么个小精灵？不知道这娃儿咋就这么聪明！"

冯明明无比骄傲地说："幼儿园的阿姨们说，她们幼儿园里还从来没有过这么既漂亮又聪明伶俐的孩子！她们还说，更难能可贵的是，严丽这娃儿还善解人意！"

严学在严丽四岁时与冯明明一起回陕北探亲。他们一家三口在沙州见到了母亲和继父以及小妹妹，见到了三哥三嫂和大哥大嫂，见到了五弟和弟媳妇，一大家人欢聚在一起。母亲对这个初次见面的儿媳非常喜欢，对聪明的小孙女丽丽更是怜爱无比，搂在怀里不放手，问长问短。丽丽甜甜地叫着奶奶哄老太太高兴，三两下就把她奶奶"俘虏"了。

他们一家人又去了圣林，看望奶娘一家。

在圣林县汽车站下了车，冯明明问严学："哎哟四毛哟，我随你叫娘和大，丽丽叫他们啥子呀？叫奶奶爷爷吗？"

严学想了一想，笑着说："就按照圣林人的叫法，叫我娘'诺元'，叫我大'呀呀'。"

冯明明笑了起来，问："好奇怪！怎个写法？"

严学信口说："乡音俚语，只有口头上传下来的叫法，没有文字，让丽丽记住就行咧！"

丽丽在一旁练习开来："诺元，呀呀……诺元，呀呀……"

严学听着亲切，直表扬丽丽学得像，三人一路步行来到奶娘家大门口。严学刚刚站在大门口就大声呼喊起来："娘，幺儿子回来咧！大大，幺儿子回来咧！"

严丽也凑热闹大声喊:"诺元,呀呀,丽丽回来咧!"

呼喊声中就见两间房门里走出来五个人。奶娘奶大口里大声应着,激动得直喊幺儿子,奶哥奶嫂和他们儿子也都喊着幺儿子,一起兴奋地迎接幺儿子一家人,小院里顿时热闹起来……

严学一家三口在圣林奶娘家住了半个月,奶娘奶大奶哥奶嫂诚心实意地招待他们,让冯明明切身感受到了人间真情。她真正开始理解严学对奶娘一家人的深厚感情。

第七十四章

那年休假探亲时，严学带着妻子和女儿从圣林来到延安。

住在延安革命纪念馆后山腰一个大独院的严文武见到四儿子严学，还有从未谋面的四儿媳和孙女丽丽。他站在院子里，感到有些意外，有些不知所措地看着突然而至的儿子一家人，直到听见严学喊了一声爸爸，这才反应过来。

他急忙放下手里拎着的菜筐，脸上露出笑容，热情地说："啊呀，是四毛回来咧，刚到吗？快快放下东西歇一歇，我去给你们泡茶。"

严学注意观察了一下老态龙钟但精神不错的父亲，笑着向他介绍说："爸爸，不急泡茶，我给你介绍一下你的儿媳和孙女。"

严学指着冯明明和丽丽说："你儿媳叫冯明明，是四川人；你孙女叫丽丽。"

冯明明露出笑容主动叫了一声爸爸。丽丽抬起头看了看爷爷，拘谨地叫了一声爷爷，她没有表现出往日的活泼劲儿。

严文武嘴上应答着儿媳和孙女，急忙朝窑里喊六儿严维生和七儿严维存的小名。几人正说着话，就见左丽英从学校回来了。

严学正和严维生严维存两个弟弟亲热地说话，抬头见到继母进了院子，四目相对时，竟不知怎么称呼她。倒是左丽英主动问候起严学一家三口来："啊呀，是四毛回来咧。啊呀，这是你媳妇吧？啊呀，这是你女子吧？啊呀，长得可是亲亲咧么！叫个甚呀？"

严学忙介绍了一番，一家人就拉着话，吃了一顿饭。饭后严学提出要去二哥严农家看看，老父亲说住一晚上明天上午吃过饭再去吧。严学听从了父亲的话留宿了一晚，父子俩坐着拉了一会儿话便各自歇息了。

严学心里最想见的人就是二哥，因为二哥和他是"同甘苦共患难"的亲兄弟。算起来他们分别已经七年了，他有许多心里话要对二哥说。要说感情，他说不上对父亲有多深的感情，他到延安来看望父亲就是例行公事，让冯明明认一下公公，丽丽认一下爷爷，算是了结了他的一桩心事，仅此而已。

严学疲惫地躺在窑洞里的炕上，却是久久难以入睡。他想着住上一晚，明日就告辞父亲去二哥家，在二哥家住一晚，然后就打道回府，直接坐火车回安康。

严农见到严学，愣了愣神，接着就拉住四弟的手咯哇一声放开嗓门哭喊起来："啊呀四毛，没想到是你呀！啊呀四毛，二哥想你呀！你怎突然就回来咧呀？俅小子也不给二哥写封信……啊呀呀——呜呜呜，呜呜呜——啊呀呀，二哥想你呀……"

严学被二哥的真情所感动，也哇哇地哭了起来："二哥呀，我也想你呀，啊呀二哥呀——二哥呀，可怜咱兄弟俩呀，想见一面见不上呀！呜呜——二哥呀，苦命人呀……"

两个大男人像婆姨女子一样哭喊着互诉衷肠，让在场的二嫂和弟媳都忍不住抽泣哽咽起来。二嫂拧了一条热毛巾递给冯明明擦眼泪，冯明明擦了擦泪又给跟着哭的女儿丽丽擦了一把泪，接着搂过二嫂身边的女儿静静给她擦了擦小脸上的泪珠……

兄弟两家人哭了一阵，互相安慰着坐下问候一番，二嫂和冯明明就亲热地相跟着上菜市场割肉买菜去了。

严农红着眼圈问："去纪念馆家属院咧？"

严学又擦了一把泪，说："都见了，爸爸看着老多了，一满是个老汉汉咧！"

严农叹了一口气，说："唉，操心多，心里头有苦说不出来。地委郝书记说省上让他当行署专员，他硬是不干，非要到没权没钱的纪念馆去当个副馆长，不晓得图个什么咧！才五十出头的人么，要是我的话，就东山再起，就为争气！"

严学倒是理解老父亲，说："唉，心灰意冷，没心劲儿咧么！"

严农说着就有了怨气："咱当儿的光跟着受累咧，甚光也没沾上！"

严学也感叹说："沾甚光咧？不想这种沾光的事，全靠我们自己！既然来到这世上活一回，怎活不是活，好活一辈子，歹活也是一辈子，各有各的活法，对不对二哥？"

严农看破世事似的，感叹着说："唉，四毛呀，二哥给你说句心里话，人的命天注定，不认命不行，咱兄弟就生在这样一个家庭，不要指望大富大贵。你在外地不容易，全靠自己咧，家里人谁也帮不上你！你自己多保重，交上几个讲义气的朋友，相帮着把日子过好。"

严学听着二哥的贴心话，眼泪又断线珠珠似的往下流，心痛地望着二哥说："嗯嗯，我明白咧，在外靠朋友嘛，二哥。我在养路段上有几个知心拜把子兄弟咧，都是为兄弟能两肋插刀的讲义气人，他们婆姨和明明关系也特别好，亲姐妹一样，遇上事都出手相帮哩。"

严农说着就又提到了母亲和一母所生的其他三个兄弟，说："我能到如今这个地区技术协作公司，全凭了老三帮忙！他和我们的副经理董升是挑担关系，要不我怎能进了这么好的单位！"

严学对大他两岁的三哥也比较佩服："我三哥那人挺看重情义的！他从大学毕业后在沙州师范当了个教师，还不如在运输公司当司机哩，白白上了三年学。"

严农说："毛娃从小就志向高，做甚事都有毅力，人也聪明，听说又准备考什么研究生咧，结果没考成。他肯定不会甘心待在沙州一辈子，迟早还会想办法到省城去发展，他给我写信时说过他在等待机会。"

两个人正说着话，就见明明和二嫂从市场上回来了，手里大包小包拎着不少东西。二嫂兴致勃勃地说："啊呀，今儿可是碰上了一块好羊肉，肥肥的正好包饺子。先炒上两个菜，你们弟兄俩喝点儿酒，我和明明给咱包饺子吃。"

冯明明笑嘻嘻地夸二嫂："嘿嘿，二嫂可会和人家搞价钱哩！人家要一块，她说五毛，最后七毛钱就买下咧！给丽丽买了一件红袄袄，要价十五块钱，给了八块钱就买下咧，我就又按八块钱给静静买了一件，二嫂死活不让我掏钱！"

这顿饭兄弟两人都说是几年来最开心尽兴的一顿饭。

严农坚定不移地认为严兵是运气好而成就了事业；严学也认为三哥运气好碰上了工农兵推荐上大学的机会，否则也就和二哥一样，和他一样，一辈子当个工人。

严农语气肯定地对严学说："咱们五个兄弟都生在一样的家庭里，一样的父母，一样的遗传基因，命是一样样的么！就是运气不一样，结果就不一样咧！"

严学却又心平气和、实事求是地补充说："唉，话是这么说咧，可说实在话咧，三哥在咱兄弟五个里最能吃苦，而且不是那种油嘴滑舌的人。人常说，吃得苦中苦，方为人上人。二哥你说我说得对不对？"

严农哈哈一笑，故意想逗一逗严学，说："啊呀四毛，你现在不简单哩么，说起大道理一套又一套的！好好在单位上干，争取当上个模范，再混上个班组长什么的，前途无量！"

严学调侃说："我有个屁前途咧！我就想着多下苦多加班多挣几个钱，让明明和丽丽娘们俩过得好一些，再没有其他那些没用的想法……"

严农挽留严学多住几日，严学说："天下没有不散的筵席，咱兄弟俩能见上一面，我已经很满足了，从此各自珍重好好活！"

严农叹惜道："唉，又要各奔东西咧，何时再能相见哪！"

严学强作笑颜："随时欢迎二哥二嫂到安康做客！"

严学回到安康家中整理行李时发现二哥塞在他包里的一百块钱，还夹着一张让他看后热泪盈眶的字条："二哥的一点儿心意。常来信。"

同样，严农在严学走后，在枕头下发现严学留给他的三百块钱，也夹了一张字条写着："二哥二嫂：来时没带什么礼物，算是给二嫂的见面礼吧！多保重！"

夫妻俩感慨万千，说四毛是个有情有义的好兄弟。严农含着眼泪说："四毛虽然工资比我高，三百块也是他半年的工资呀！"

第七十五章

虎年即将过去。

前天柏兰哄着严兵一起逛了一趟杨家村菜市场，顺便在入口处一小摊上挑选了一副春联，上联是"红梅赠虎岁"，下联是"彩烛耀兔年"，横批是"满门生辉"。

两人在市场口买了春联进入市场，看着卖鲜面条那铺子的玻璃橱柜面上放着的馒头不错，严兵顺手拿了一包，问价是两块钱。柏兰说一包才四个再拿一包吧，严兵听她吩咐又取一包，让那卖面条的女人取个大点儿塑料袋装在一起。柏兰微信扫码付了钱，两人又往市场深处走去。

柏兰问："咱家香油没有了吧？"

严兵说："没有了。"

柏兰在一旁现榨现卖的香油铺子板面上摆放的两种油中，挑了一小瓶白芝麻的，放入严兵拎着的放馒头的袋内，两人又往前逛。

看到走道右侧那家卖豆制品铺子门口摆放的绿豆芽，严兵说买一斤回去调凉菜吃，柏兰付钱买了一斤，递到严兵手上拎着，又往前走。

两人看到左侧那一排搭架板的散摊上一家堆着的绿油油小菠菜，就又买了一斤，严兵挂在手指上，二人转身准备打道回府。

柏兰一边提醒着严兵留心脚下的坑坑洼洼，一边引导式地对他说："天好时出来走动走动，老是坐在家里写作对身体损伤大。你看咱楼下牟臻老院长，九十五岁的人了，身板硬朗得像个六十岁的人，人家经常出来在附近遛弯呢，可会保养自己哩。"

看严兵闷着头只顾往前走一声不吭，她又絮叨说："你经常足不出户，缺乏活动，现在走路脚都蹭着地皮走，六十八岁的人还不如人家九十五岁的人利落！"

严兵听着就忍不住回了一句："哪有你说的那么夸张！我是显得老气一点点，但是看上去最多也就是六十九岁的样子！咱这人稳重，不习惯走路大步流星。"

柏兰又被他的幽默风趣逗乐了，便不再唠叨他，换了个话题，语气有些沉重地说："听说崔叔叔头一天晚上还在电话里和老朋友大声说笑咧，第二天早上就叫不醒咧，刚刚过了九十岁一天时间！"

严兵显得有些难过却又羡慕地说："这就叫寿终正寝，梦中魂销。一生做了不知多少好事善事才换得这样的走法！他这种人灵魂必上西天极乐世界，死的只是肉体而已。"

柏兰感叹道："崔叔叔四十刚出头就官至副省级，也算得上人生辉煌咧！"

严兵心存敬仰地说："他做到高官是实至名归，不是所谓的有官运，全凭实绩和人品，是个清官好官！"

他抬头看了看蓝天上高悬的太阳，若有所思地说："唉，这一代人都老了，他们是共和国培养的第一代干部，在政治舞台上各显身手，都是对国家做出贡献的人，从台子上到台子下六七十年，人世间的缘分就此结束了。"

柏兰说："当年他和你爸爸一起在圣林涪山中心县委共事时也就二十岁左右吧？"

严兵说："他和牛大奎都是从金边县调到圣林县的，他们在金边县时就是上下级关系。后来我爸爸当了圣林涪山两县中心县委第一副书记兼涪山县县长，他当时是圣林县团委书记，牛大奎是县委办公室副主任。"

严兵感叹着说："唉，一晃七十年过去了，我爸爸当年才二十六七岁，崔叔叔刚刚二十岁，牛叔叔还不到二十岁，都是一群年轻人哪。"

严兵说着就又感叹起来："唉，人生如梦。如今我都变成老年人了！咱的父辈从政坛上走下来，咱从讲台上走下来，都退了下来，都被历史淘汰了！"

柏兰淡定地说："历史使命完成了，大人物小人物都是一个模式，顺其自然、随遇而安吧！"

严兵一副坦然的样子说："呵呵，失落感人人都有，只是适应过程有长有短罢了；角色转换过程中各有各的想法，对人生的领悟各有不同；心理不同生活态度自然不同，有人专门研究退休人员的心理状态，我认真读过后得出七个方面的领会：

"一是角色转换——人生的舞台，人世间的舞台，本来就如行云流水一样变化着，新旧更替是自然规律，他唱罢了你登场，长江后浪推前浪，无论你愿意与否，无论你能力大小，到了一定的时候，都得到台下老老实实当观众。

"二是心态淡然——心态淡然胸怀就宽广，承受力就强大，就更懂得生活更会生活；生命本来就是一件十分平常的事情，来也自然去也自然，老也正常病也正常，因此人就该快乐地活，潇洒地走，坦然面对死亡。

"三是知足常乐——幸福其实就是一种主观的感受。纷繁的社会事物，相同的人生际遇，却可以折射出不同的人生感受；同样面对金色晚霞，有人叹惜一天已逝，有人赞美风景犹存；若有阳光般的人生态度，则看花花有情，看树树可爱，看山山含笑，看水水怡人。一个人的心态很重要，得之是我幸，不得是我命，顺其自然不必强求。人说，布衣得暖胜衣锦，粗茶淡饭亦清甜。无病无痛便是福，温饱无灾便是福，平平安安便是福。

"四是难得糊涂……"

严兵说着就停了下来，卖起关子说："且听下回分解吧！"

柏兰正听得来劲儿，直叫："接着说呀！吊什么胃口呀！"

严兵耍起了大牌拿起了架子，说："说得口干舌燥，来杯茶润润嗓子再说吧！"

柏兰急忙去沏了一杯茶端来，严兵抿了一口茶，点上一支烟，这才四平八稳地问："讲到哪儿啦？"

柏兰忙说："第四条难得糊涂了。"

严兵于是接上又说:"四是难得糊涂——人们常常感叹说聪明难,而由聪明变糊涂则更难。糊涂是人生的大智慧。孔子悟出了糊涂,取名中庸;老子悟出了糊涂,取名无为;庄子悟出了糊涂,取名逍遥。可以说难得糊涂是一种境界。清醒是一种能力,而糊涂是一种高度。

"五是享受生活——享受,意味着珍惜;享受,意味着热爱;享受,意味着奋斗;享受,关键是心乐;享受,要走进大自然,亲近大自然。

"六是张弛有度——'度'在哲学范畴内是指事物保持自己性质的量的界限。在这个限度内,量的变化不会引起质变;超过这个限度,事物的性质就会发生变化。人生的各个方面的表现,同样是一个'度'的掌控问题。

"古人云:大饥不大食,大渴不大饮。多精神为福,少嗜欲为贵。节食以去病,寡欲以延年。又云:久视伤血,久卧伤气,久坐伤肉,久立伤骨,久行伤筋。还有:暴喜伤阳,暴恐伤肝,穷思伤脾,忧极伤心。一言以蔽之,凡事要有'度',走极端是人生大忌。

"七是活得简单——活得简单,就是欲望简单,不盲从不跟风……"

柏兰耐着性子一直倾听,由聚精会神被他的话所吸引到心不在焉感到厌烦,脸上却始终露出认真聆听的表情……她暗自思忖,他的话变得越来越多,他在年轻时少言寡语,退休前话也不是太多呀!看来人变老还真是从话多唠叨开始的……不过,回味一下,他的有些话还是很有道理的,她佩服他一套又一套的理论,看来他确实是花了功夫读了不少"杂书",而且把要紧的知识都装在脑子里了……

严兵夸夸其谈,自我感觉良好。毕了,笑着问她:"怎么样,受益匪浅吧?可惜这么丰富的内容只有你一个听众,有点儿浪费资源!"

柏兰发自内心地称赞他说:"你讲得头头是道,行云流水,层次分明,前后呼应,听着让人觉得茅塞顿开,难怪学生爱听你讲课哩!"

严兵就愈发得意地说:"我讲课就一支粉笔一张小卡片,从来不念讲义,所要讲的内容早已烂熟于心,就像身经百战的将军用兵一样,运筹帷幄。"

柏兰捂嘴笑道:"每次见你去上课还是胳膊弯里头夹着课本的呀!"

严兵笑道:"课本还是要带的,但我从不照本宣科。现在我又有了这么多的心得体会，只可惜退休后没有了可以宣讲的地方！"

未等柏兰开口他又叹惜道："唉，我倒是羡慕那些学中医的老先生，七老八十还被请去坐堂问诊，要不就自己开个小诊所；可我总不能租一间房子教私塾吧？"

柏兰忙插话逗他说："人家几所学校聘请你去代课，还有高薪聘用你的私立学校，是你自己不愿去！"

严兵不屑地讥讽说："哼，说起来让人来气！他们要我上的课尽是些我不爱讲的基础课程，我想讲的课他们又不让我上，只是强调课酬给得高，认钱不认人！"

柏兰听着不顺耳，埋怨说："哎呀，别把话说得那么难听！人家外语师专李校长退休后不也在私立学校上过课吗？他的身份地位没你高吗？"

严兵表示理解地说："李老师那是不得不为五斗米折腰，现实生活所迫！他那四个儿子要吃要穿，要娶媳妇儿，要买房子，他是不得已出去卖苦力，为儿子打工呢！"

柏兰见他说起李敬贤老师，就不由得同情地说："嗯，真是的，李老师真是不容易。他老伴江老师也不容易，自从嫁给李老师起就跟着受罪，拉扯四个儿子长大，吃了多少苦呀！到了西京还是操不完的心，还要帮着儿子们成家。"

严兵感慨地说："唉，人的命天注定！和他同样是20世纪50年代初北大西语系毕业的学生，人家宋易文老师过的是什么品质的生活，人家当院长当得多风光潇洒！人家宋老师后来还当上了省政协副主席，享受副省级待遇。"

夫妻俩你一言我一语议论起了李敬贤，继而又议论起了严兵当年当工农兵学员期间的宋老师，严兵不无感慨地说："这不知不觉四十五年就过去了。当年刚上大学时我才十九岁，毕业时刚刚二十二岁，李老师和宋老师也不过四十来岁，都多年轻啊！我今年都六十八岁咧，退休都已经八年咧，想想人这一辈子过得真是快啊！"

严兵一副胸怀大志的模样，又说道："人过留名，雁过留声。说的就是人一辈子应给后人留下点儿东西。咱能留的东西无非就是文字，把人生的经历写一部小说，就叫《尘世缘》，后人见书就会想到书的作者是何许人也；一看作者简介，噢，原来是个英语教师，还写了这样一部百万字的长篇小说，而且还写得这么引人入胜，拿起就放不下手，真是了不起……"

严兵心里自然明白，创作这样一部长篇小说是需要实力的，仅凭热情和冲动是不够的。他自认为不是心血来潮，他在十多年前就萌生了写一部长篇小说的念头。他现在认为自己已经具备了两个主要条件，一是有了大把的完全由自己支配的时间，二是有着六十多年对人生的切身体悟。他所要描述的时代背景和所要刻画的人物都是他所熟悉的——一是仕途上以他父亲为原型的那一代人的人生轨迹，二是以他的老师李敬贤为代表的大学里教书的一代知识分子和以自己为代表的一代工农兵大学生的奋斗史以及他们的平凡生活。所有的人物都是那般鲜活地储存在他脑子里，随时都可以听他召唤，跃然纸上……

这日清晨，严兵坐在桌前独自发呆。

他通常四点钟左右就起床坐在餐厅桌旁开始写作了。他想到了这部长篇小说的结尾，想到了写完这部长篇小说后的短篇创作，想到了短篇创作想要刻画的几个十分有趣的人物……

他近日刚刚读了莫言的《晚熟的人》，他认为自己就是一个晚熟的喜欢上了写小说的人。他写小说的动机完全是记录他对人生的体悟，没有任何名利杂念，而正是这一点他或许与大多数作家不同。他认为许多作家是冲着名和利去写作的，因此难免去迎合读者，去讨好市场，写一些违心的东西；他当然也认为作家们各有所好，写什么是他们的自由，无可厚非。

因为没有了名利思想，他便没有了这样或那样的束缚，随心而洒脱地抒发真实的情怀，酣畅淋漓地表达他对人世间的感悟……

因为没有了名利思想，他便脱离了文学创作这样或那样的讲究，完全以自己的风格以笔为马，一路飞驰……

这部作品，他写了三年……

几天前，他还在楼下院子里碰上从马路对面超市购物回来的老院长。只见他老人家双手拎着两个大塑料购物袋，跨着大步迎面走来。严兵面带笑容上前主动向老院长问候:"老院长又去购物啦?我来帮您拿吧,看着够沉的。"

老院长忙说:"不用不用,现在拎这点儿东西还不吃力!不过上下天桥台阶时,开始感到腿有点儿发软了,不如去年了呀!"

他便鼓励老院长说:"我六十多岁爬那台阶,特别是下台阶时,双腿都发抖呢!"

老院长似乎立即便有了自信,声音洪亮地说:"我的腿倒是不抖,就是有点儿软,不知是不是缺钙引起的,应该补点儿钙了。"

他不由得发自内心羡慕地说:"啊呀,看您这体质哪像个九十多岁的人,不知道的人还以为您六七十岁哩!"

老院长面露自信的神色,高兴地看着严兵,像个受到表扬的小孩似的逗能说:"哈哈,谢谢你的鼓励,我有信心活到一百岁!"

严兵由衷地祝福他说:"您一定会是咱院子里的第一位百岁寿星!"

第七十六章

早春的太阳依然让人感到温暖，地面上杂草丛生，晶亮的水珠在初升的太阳下闪烁着。驱车往南一路走，来到子午大道宽阔的大马路旁田地里，俯首细看树下一丛丛野草内冒出许多新生的嫩叶，夹杂在冬后发灰发黄的老叶里，憋着劲儿迎向阳光，伸展它们的身体，在微风中摇摆着展现生命的延续；抬头又见树枝上生出一串串嫩芽，淡淡的绿，探出婴儿般好奇的小脑袋，看着陌生的一切……

再往南，顺着平坦的大道驱车驶至山根底下，就见土坡上的农田和远处隐约可见的农舍。

严兵突发奇想，这千姿百态的植物一定是没有思维的，它们只有直接的感觉，吸收阳光雨露的滋润，在风雨中历练成长。而动物一定是具备思维能力的，只是不像人类进化后这样发达罢了；有的动物或许还具有记忆力，但肯定无法与人相比，它们凭借视觉记忆物体的形象，也凭借听觉分辨记忆中的物体。

他养了一只取名为"淘淘"的宠物鹦鹉，它认得男主人和女主人，并能分辨出声音来。他们给淘淘取名时就确立了和它的祖孙关系，他们在它面前自称爷爷奶奶，而它也将他们俩看作它的同类，因为它从未见过它的同类；它非常依赖爷和奶，只要放出笼子就紧随着它爷或它奶，不在它视线范围内时就颠着两条腿四处寻找；它和他们像亲祖孙一样亲，他们也像亲爷亲奶一样宠爱着它。

　　淘淘比较笨，口拙，只会鸟语，学不会人语，但这并不影响他们与它的交流；它的叫声他们能听懂，它也懂他们对它说话的意思，连语气轻重都能听明白。淘淘生性乖巧善解人意，活泼爱动但不捣乱，特别黏人却有眼色，受了委屈也从不记仇。

　　他写作时，它就站在他的左手腕上；先是试探性地从手腕上走到手上，来来回回地走，观察他的反应；他对它说就在腕上站着吧，不停地走影响爷爷写作！它听了，看着他鸣叫，好像在说：你写你的，我走我的，怎么就不可以？他看着它的眼睛认真地说"不可以的，这样影响思维"，它便果真静了下来，站着摆动着小脑袋注视着他的右手在纸上左右移动，只是偶尔叫一两声找存在感。

　　久而久之习惯变成了自然，淘淘常常在他创作时陪他写一会儿字，让他感到和它在一起是一件很惬意的事；偶尔忘记把它放出笼子时，它便会不停地鸣叫。有时叫声听上去很生气，他就手拿着笔，大声喊叫着支使柏兰去南房把笼子打开，让淘淘来陪他。

　　每逢这种情形，淘淘便一摇一摆迈着碎步从南房急匆匆走到餐桌跟前，又熟练地顺着绑椅垫的一根吊着的带子攀爬到他身上，接着又轻车熟路转移到他手腕上，站定后，就冲着他的脸大发脾气，拉长声音大着嗓门鸣叫，那生气的样子十分可爱；此时他便好言安慰一番，直到它消了气。

　　《尘世缘》写了三年，淘淘陪了他三年。柏兰是他创作的第一见证者，淘淘是第二见证者，他说淘淘带给他许多创作灵感……

　　韩小毛六十岁后就一直做品牌服装网商了，原来挺大的一个服装店也转租出去了，所以现在他不用外出跑生意，待在家里就把一切都搞定了。只见他高兴地说："现在大家都'阳'过了，谁也不用担心别人会传染给自己了，人们又到处走动起来，购物热情高得很，一下子就全想开了，舍得大把地往外掏腰包了！过去我网店上的高档品牌服装，一个月也就售出一两件，嘿嘿，现在每周平均售出三五件，生意好得不得了！"

韩冬忙问："啊呀韩总，有没有意大利纯毛料西装？"

韩小毛急忙说："有呀，绝对正品意大利西装，百分之九十的纯羊毛料，各个尺码齐全，五种颜色，一套三千五百元，你要的话我给你打八五折，款式和颜色我发到你手机上；首付百分之十后，大约十天到货，然后再付余款。"

韩小毛是朋友们信任而且喜欢的颇具绅士风度的儒商。他人高马大、气质不凡、幽默风趣，穿上西装时，就是一个现成的不用打广告的时装模特。

韩冬看了一眼平日衣着讲究的严兵，问："老严，怎么样？咱俩一人买一套？"

严兵半开玩笑却又认真地说："哈哈，政府每月按期给咱退休人员发银子，我屁事不干每月坐享八千多银子，咱一定要讲良心穿体面点儿给政府增光。我买两套不同颜色的换着穿，哈哈，不就是一个月的退休金么！"

张大伟受到了感染，咬着牙说："咱哥们儿也豁出去了，来一套浅色的大号！"

韩冬不愿在气势上输给严兵，狠了狠心，举起右手拍卖似的伸出两个手指，说道："我和老严一样，也要两套！啊，人老了架势不能倒，绝不能输在气势上！老严，我再送你两条领带共领风骚。我有三十多条高档领带哩，送朋友戴出来让它们大放异彩吧！"

张大伟急了眼，嫉妒地说："嘿嘿，朋友还分三等两样！我也要一条领带！见过小气的朋友，没见过韩教授这样小气的朋友！"

韩冬脸面上有点儿过不去，忙自找台阶下，满脸堆笑说："啊呀，哈哈哈，见过气度小的人，就没见过老张这么'麻雀肚肠'的人！哪能少了你老张的！要几条拿几条，我老汉豁出去咧！"

韩小毛眉开眼笑地称赞说："哈哈，这样就对咧么，这样的生活态度就摆端正了嘛！"

柳田看他们三人都要买，也不想显得自己小气舍不得花钱，便也对韩小毛说："韩总，给我也算上一套，我也该换一套新西装咧，人凭衣裳马凭鞍嘛！另不知韩冬兄可否给咱也备上一条领带？"

韩冬马上应诺说："啊呀，当然可以啦！我老汉的领带生意也是水涨船高哪！小毛老弟，恭喜发财呀……"

严兵信誓旦旦向柏兰许诺说："一个老婆给老公做几顿饭并不难，难的是做三年而毫无怨言！试问这是一种什么精神？这是一种'成夫之美，助夫成才'的贤妻精神，是爱夫至上的崇高精神！我无以为报，除了嘴皮子上的感激之外，我也有具体的实惠想法。"

柏兰看他诚恳的样子就心里一热却又客气淡定不失幽默地说："不知这位老公葫芦里卖的什么药？花言巧语，一定是又有什么事有求于我！"

严兵见她反应淡然，便认真地说："这次绝无虚言，一定陪你游遍祖国大好河山，遇庙烧香，见佛磕头，美景美食，绝不错过！"

柏兰笑得一脸的灿烂，说："哈哈哈，啊呀，这可是你自己说的！"

严兵语气诚恳而不容置疑地说："君子一言，八马难追！绝不食言！"

柏兰一听忙纠正说："哈哈，是驷马难追，好吗？还成天舞文弄墨呢！"

严兵笑着说："呵呵，表示一下我的诚意。不知夫人想去些什么地方，说来听听？"

柏兰两眼放出光芒，满怀憧憬地说："人们都说'食在四川，味在成都'，我想咱先去成都逛一逛，把正宗的川味享受一下，不知老公意下如何？"

严兵立马表示赞同，像个会议主持人一样说："不再专门讨论了，就这么定了，第一站就成都了，坐高铁直达成都！"

柏兰居高临下拍板说："好，吃住行都由你全权负责，准备执行吧！"

严兵近日一直铆着劲儿做最后的冲刺。

《尘世缘》下部已经写了四十章，厚厚的一摞手稿整整齐齐放在桌子上，他刚刚又逐一数了一遍，一共是十章，连同正在写的一章和最后一章应该是十二章；前三十章的原稿已经由他的学生周庆博帮忙在电脑上录入好并且他已校改了一遍，他打算抓紧时间写完这最后两章，再把这十二章交由小周同学一并在电脑上录入。

他坐在桌边看着自己的劳动果实，心里充满了一种难以名状的情愫——苦涩、感动、辛酸、释然、期盼、迷茫，一时缠绕在一起，令他不禁潸然泪下……

他一个字一个字写了三年，一千余个日日夜夜；用过的笔芯塞满了一个不锈钢水杯，那是他百万字长篇的见证。他不知道倾注了他全部感情的毕生唯一的这部长篇小说的命运会怎么样，读者的感受会怎么样，但他尽心了，他的心愿完成了，剩下的一切都只能是顺其自然了。

他对柏兰的感激之情无以言表。她诚心诚意给予他最大最有力的鼓励并寄予最殷切的期望。她的理解和支持是他坚持完成这部长篇的动力源泉，是她的无私的爱成就了他！

他所能做的就是完全放松地陪她去四处游玩，绝不吝惜时间和金钱！他发现他欠她的太多了，他明显地感到了"背债"的压力，他必须抱着感恩的态度去"还债"……

柏兰睡到早上六点左右起床，见严兵坐在餐桌旁正伏案写作，便像往日一样径自走入厨房忙活起来。她趁着严兵起身沏咖啡的空当和他搭上了腔："哈哈，你好像就认准了餐桌这地方写作，怪怪的！"

严兵哑然一笑，说："嘿嘿，说起来也真是怪，我还就坐在这里才有灵感，才能写出来，换个地方脑子里头就木了，空空的没东西咧，不晓得咋回事！"

第七十七章

人生在世不过百年。

人活七十古来稀。旧时世人活至第六个本命年七十二岁时就多已活成了拄杖而行的古稀老人。杜甫诗曰：酒债寻常行处有，人生七十古来稀。

想想再过四个春节就活满了六个本命年，他不由得长叹一口气。夜深人静，他独自一人静静坐着，往事一幕幕映入脑海中……

次日清晨醒来，他躺在床上发了一会儿呆，突然脑子里灵机一动，就出现了一个奇妙却又可行的主意，便起身下床穿好衣服，蹑手蹑脚从卧室走到厨房餐厅桌旁，拿起笔将他的突发奇想做了个大概的备忘。

六轮本命年事，依序写下来，倒也是件好玩又有意义的事！这第一轮本命年自然应该是一岁至十二岁，共十二年；十二岁这年便是本命之年，民间俗称这一年为"槛儿年"。他在第一行挥笔写下了十个大字作为这轮年事记叙的标题：生不由己，初尝人间甘苦。

那应该是新中国成立后的第六个年头。

他想象着写道：时逢阴历的二月初六，阳历是2月27日。凌晨时分，这孩子出生了。

接生婆和另外两个女人手忙脚乱一阵子忙活。把婴儿取出抱在怀里时，那胖胖的接生婆喜眉笑脸大着嗓门忙对产妇报喜说："啊呀，恭喜恭喜，是个白白胖胖的大小子！"

保姆梅梅忙着拿了一脸盆新换的温水放在炕上，拧了一条毛巾给满头大汗的许晴擦脸、胳膊和手，之后又将她的腿脚擦了一遍。接生婆和她的帮手接过梅梅阿姨递给她们的钱和一大包礼品，便欢喜着离开了。

待许晴歇息了一阵子，精神缓过来些时，梅梅阿姨这才又扶起她，在她身后靠着炕墙的地方放了一床叠好的被子，又垫上两个枕头，小心翼翼地扶着她的腰和头，让她靠在上面；梅梅下炕去灶房舀了一小碗小米粥，端着转身回来上了炕，坐在她身边，一勺一勺喂着她喝起来，一边又慢声细语地安慰她说："晴姐你先喝上一碗米汤，我炖好了一只老母鸡，过一会儿再喝上一碗鸡汤。"

许晴低头看了看身边睡着的胖乎乎的儿子，一脸幸福而满足地说："嗯，又给他老严家添了一个种种，还等着他回来给娃娃起个名字哩，俫人成天忙着当官哩！"

梅梅忙又安慰她说："大哥忙公家的事咧，由事不由人么！他一定也心急咧，忙完就回来咧！"

严文武兴冲冲地从地委机关回到家，进门就满心欢喜地爬上炕，亲了许晴一口，又抱起儿子看，一脸喜气地说："今儿是双喜临门哪！喜得贵子，喜获升职！"

许晴柔声柔气地问："定了吗？"

严文武踌躇满志地说："哈哈，刚刚地委常委会研究通过的，决定由我担任圣林涪山中心县委第一副书记兼任涪山县县长。"

许晴抖擞起精神，睁大眼睛，看着得意而年轻俊朗的丈夫，一脸笑容开玩笑说："啊呀，你又碰上狗屎运咧！你才二十六岁呀，就已经是正具团级了呀！应该恭喜你升官呀！噢，对了，你给咱娃娃起个名字吧，大名你起，小名还是由我起。"

严文武不假思索地说："就叫严兵吧。"

许晴说："小名就叫小毛吧，或者在家里叫毛娃也行咧……"

小毛在圣林县长到六岁时，他的父母亲离了婚，这件事在他幼小的心灵里埋下了阴影，这个阴影伴随着他，折磨着他走过了一生……

他十二岁这年上小学四年级，每天除了上课就是忙着干家务活，此时他已经算得上是一个干家务活无所不能的小小"家庭妇男"了，而他所做这一切的唯一动机就是想尽量减轻妈妈的生活负担。弟弟还太小，而大哥在他眼中是一个不齿于人的魔鬼；他别无选择，从八岁起他就跟着妈妈干各种家务活，一直干到他十六岁初中毕业。

母亲问他："不念高中了？你才不满十六岁就去插队吗？"

他的态度非常坚决，一定要去插队。梅梅阿姨几年前回家照顾病重的母亲，回来后她自己又患上了严重的关节炎，几乎走不了路；妈妈坚决不让她离开，硬是让沙州城的老中医把她的病治好了。家里有梅梅阿姨陪伴照顾母亲，他可以放心地去插队了。

他人生中第一个"本命年轮"充满了无奈和悲凉，从他六岁懵懂记事起一直到他十二岁的少年期间，家庭的变故无情地折磨着他年幼的心灵，他没有同龄孩子本该有的无忧无虑，他变得沉默寡言……

他不懂父母之间究竟发生了什么事情，他们为什么要离婚！他同情母亲的不幸遭遇，常常为母亲的伤心落泪而偷偷独自落泪。他从那时起，心里就憎恨起了父亲，认为父亲不是一个善良的人；也是从那时起，父亲原本美好的形象就在他心里渐行渐远了。

他十四岁时念完了小学，十六岁初中毕业时，义无反顾地决定到农村去插队落户，报名选择了沙州县最靠近内蒙古草原的王梁子公社柳湾大队。他要去过他想象中的浪迹天涯、自由放松的生活。

他在柳湾大队结识了许多纯朴善良的好心人，他在那里度过了他人生中最美好而难以忘怀的日子。他差一点儿就在那里娶妻生子，一辈子在那里生活了。他有缘遇到了他心目中天使一般纯洁美丽善良的玉玉姑娘，而正是有了玉玉那样的村里人，让他倍感农村生活的简单质朴、宁静美好。

他拼命地干活，以此来排解多年来内心积压的郁闷。他劳动起来不惜力，玩命一样地挥动着镢头、铁锹，就像跟土地有仇似的，常常让村里的农人们看得目瞪口呆，赞叹不已。他的双手很快就磨出了血泡，血淋淋的，看着瘆人，可他仍在猛干，他疼得咬牙切齿还在疯狂地挥动着双臂，就像个劳改农场里判了死缓的犯人似的,拼着命地劳动表现。

大队党支部书记解吉格用十分夸张的语气赞叹说:"啊呀呀,比个挣十分工的壮实后生还聚劲么!可是有一把子好力气,比头骡子还劲大,哪像个城里头来的娃娃?!"

他因劳动表现出色,很快就被招工回了城,在县运输公司当了一名学徒工。不久,他在那里又开始学驾驶,成为公司里最年轻的大卡车司机。他和玉玉有缘却无分,回城后他常常会不由自主地想起玉玉,眼前浮现出玉玉那双深情而满怀哀怨的眼睛;他对玉玉的感情和内疚始终难以释怀……他的心里从此已装不下其他任何一个姑娘,直到柏兰出现……在此之前的生活里,他的爱情之门始终是关闭着的。

十九岁这年他有缘进入大学读书。

严兵在大学毕业后,在他事业上最困惑之时,有幸遇到了他人生中第一个伯乐贡文光校长。这位长者慧眼识珠,认为他是个难得的人才,"重用"他为当时急缺英语师资的沙州地区培养出了四百多名中学英语教师,既成就了他的事业,同时又解决了紧缺教师的燃眉之急,可谓一举两得。八年的教学实践锻炼对初入教育界的严兵弥足珍贵,为他日后的发展打下了坚实的基础。

严兵在他的事业上遇到的第二个伯乐就是他的恩师李敬贤。恩师不光在他迷茫在人生十字路口时收留了他,还给他提供了教学舞台,让他有了展示才华,大显身手的机会。没有恩师的栽培,就没有他日后的功成名就。

他三十二岁时,遇到了事业上的第三个伯乐王牧校长。这位蒙古族长者和他的恩师同样毕业于名校北京大学,同样气宇轩昂,与众不同。王牧在校内众多青年才俊中,很快发现了教学成绩出众且谈吐不凡、气质雅致的外语教师严兵;在一次教学表彰座谈会上,这个年轻人得体而颇有见识的发言给他留下了很好的印象。

他在严兵发言时打断问道:"请问你所讲的'百金之赏,千金之力'是何用意?"

严兵不失幽默地说:"是褒奖之意,请王校长不必介意!"

严兵见他的话引来一阵笑声,便又调侃说:"请不要误会,弟兄们绝无嫌弃赏金少了点儿的意思！学校能够做到赏罚分明已经很不错了，这不光是奖励多少银子的问题，更是一种激励机制，有利于激发教学热情，提高教学质量。"

两年后严兵众望所归出任外语教研室主任；四年后，严兵出任新成立的法律外语系主任；又过了几年后，外国语学院成立，严兵出任第一任院长，直至他五十八岁那年按照"七上八下"干部聘用原则卸任。

他从三十四岁起担任行政职务，连续干了二十四年，创造了北方大学行政任职时间最长的纪录。他在北方大学还创造了让他引以为豪的另外两项历史纪录，一是创建了法律外语系并开始招收法律英语专业学生，二是在他四十一岁时被评为北方大学历史上第一个外语正教授。后来他还担任过省外语职称评审专家组成员、专家组组长。

回首他不惑之年的人生得意，严兵常常不由得感叹人生在世"岁月缱绻，葳蕤生香"的美好与展望……应该说，1988年至1998年是他人生最辉煌的十年。

严兵此时静心想：一个人走到了"对"的地方，遇到了"对"的"老板"，方能人尽其才展现出他的才智……只能说，我与北方大学的缘分不浅，不然怎么会在此身心愉悦、心有所归地一待就是三十五年呢！

台上台下，知足方可享乐。

严兵自认为对名和利已能做到淡然处之，安之若素。他的兴趣始终在于志业而非仕途上。他从心底里瞧不起校内那些刻意追逐名利的教授，看着他们在名利面前的种种贪婪拙劣表现，像投机取巧的小丑一样，就觉得可悲可笑，而他却是始终心悦诚服地遵从老子的道法自然。

他在北方大学任职期间，只获得过一次省部级模范教师奖，而且还是在他并未主动参评，学校不愿浪费指标的情形下把他补报上去的。他在退休前一直是最低一级的四级教授，因为他的获奖硬性条件不够，不能评定为三级教授，他从来就不看重这奖那奖的申报评定，而他也丝毫没有努力满足条件要求，去争取三级教授的级别。

不少人在攀比中表现出浮躁苦闷、情绪低落，因为他们不知足，评上了三级还在想着二级；而严兵却是逍遥快乐的，因为他没有名利的烦恼。

在仕途上他有过很好的机会，但他放弃了。四十一岁那年，有位他无意中结识而一见如故的沙州地委书记看中了他，想向省上推荐他担任行署副专员。那老兄语重心长地对他说："你是民主党派人士，只能担任副职；你干上五六年，干出了政绩，完全有可能去省上当个副省级官员，人生价值就实现了嘛！"

而他却不假思索当即就婉言谢绝了："谢谢你的抬举！人各有志，我的志趣不在官场，而且我的性格也不适合官场！"

他回想起还有一次走上仕途的机会，但最终也被他放弃了。当时他才二十三岁，刚刚从大学毕业一年多时间。

当时的沙州地委书记崔国斌和行署专员牛大奎都是严兵父亲严文武60年代初的老同事；严文武时任圣林涪山两县中心县委第一副书记，兼任涪山县县长；崔国斌时任圣林县团委书记，牛大奎时任县委办公室副主任。他们三人既是上下级关系，又是好朋友。

崔国斌得知老上级严文武的儿子严兵刚大学毕业不久回到沙州教学，而当时正值培养有大学学历的年轻干部时期，崔书记便有意培养严兵，打电话给沙州地区师范学校办公室，传话让严兵到地委来见他。严兵怀着忐忑不安的心情走进崔书记的办公室。

崔书记开口就直截了当说明了他的本意，并问："怎么样年轻人，你有什么不同的想法？"

严兵一听崔书记的意图就放松了下来，随即便问："不知崔书记给我安排个什么职务？不会是让我到圣林县当个教育局局长吧？"

崔书记哈哈一笑，说："那就把你大材小用咧！我个人的意见是让你到圣林县当个副县长，先锻炼上几年再说。"

严兵吃了一惊，心想他才二十三岁，就算是行政任命，恐怕群众也会不服气吧。于是他便礼貌地推辞说："首先感谢崔书记的信任和培养，感谢您的一片良苦用心！不是我不识抬举，是我太年轻，而且我没那才能；我本人的志向也在于教书，相比之下，在学校工作更能发挥我的作用。我就在学校继续干好本职工作吧！"

崔书记听他一番表白后，看上去似乎有些惊讶，却又表现出理解和赞许。他语气温和而真诚地说："年轻人，有自己的主见和抱负，甘愿做一名普通的教师，不为名利地位所动，不简单哪！就凭你这个境界，我没看错人，你去做行政工作，也是个有培养前途的好苗苗！我不强求你，但我还是希望你回去后再考虑考虑……"

一位在仕途上发展得很不错的朋友惋惜地连连感叹说："啊呀严兵，这样的好机会人生能遇上几回呀？你真是错失良机呀！按照行政职务提升的惯例，你二十三岁是副县级，三十一岁就正常升到正县级咧，三十九岁就升到副地师级咧。如果政绩好，三十五岁就有可能干到副地师级这个位子上咧，四十一岁完全有可能就是正地师级咧！哈哈，你想想，四十五六岁是不是就到了副省级的位子上咧？你再想一想，一个省的副省级干部有几个？一个省的教授又有多少？人生价值绝对不一样啊！"

严兵的心还是被震动了，他承认这是无法比拟的一个巨大的差距，副省级的风光的确具有难以抵抗的诱惑力！现在再想起这件事，假如让他再回到当时，让他重新选择一次，他会选择仕途吗？

第五个十二年，他回顾总结起来，可以用十二个字来描述：得之坦然，失之淡然，顺其自然。

又有四句诗也正是他退休后的真实状态：

闲来无事不从容，睡觉东窗日已红。
万物静观皆自得，四时佳兴与人同。

倾心竭力，抒发人生感悟。

十年前，他萌生写一部长篇小说念头时，就想好了一个书名。后来反复斟酌，动笔时方才定下《尘世缘》这一书名。原来构想的也仅是大学里的书生们的故事，而十多年后，想法就又多了，可能是人生阅历又多了些之故吧！

二十岁、四十岁、六十岁、八十岁，各个时段看人生，那感悟却是各不相同的。严兵六十五岁时动笔创作这个长篇，他颇有感触地对柏兰说："孔子说人到了六十岁，就应该进入了'耳顺之年'，凡事都能正确对待，看淡了名利而不会觉得什么事情不顺眼、不顺耳、不顺心。我认为现在写一写人生感悟，应该会更加理智客观，更加平实质朴，写出的东西更具亲和力。"

他近来不时地会情不自禁地想起他的父母，想起李敬贤老师，想起他和柏兰的许多往事，想起他人生六十多年的轨迹……

他认为他的父母都算得上是性情中人，随性而为；他们的智商都算得上是中上乘，而他们的情商却都存在着比较大的缺陷，自私而缺乏理智，在他们对待家庭问题上就充分证明了这一点。

他们为什么会如此随性而为？严兵直到现在自己已是老年人时才认真地提出这个问题，或许是因为这是一个他心里一辈子都没解开的结，一个一辈子都在困扰着他的问题。

他最终从道家理念出发，认真而客观地给他的父母为什么离婚找了一个解释：天性所致！

严兵对此悲恸地感慨：

父母因为自私而不念儿子们的"活路"，留下一个无形而巨大的"苦瓜"，让五个儿子吃了一辈子！

他认为恩师李敬贤最能代表共和国第一代知识分子——那是一位近乎完美的人中俊杰！他的人格魅力，他的深厚学养，他的节气风骨，他的忠贞不渝，他的纯真质朴，无不令他崇拜敬仰。《尘世儒生》原本是以他为生活中的真实人物素材，写一代知识分子；现在看来只能是在将来另写一个中篇了……

有些人仕途上风生水起，青年时发迹，中年时得意，知天命之年青紫被体，身居高位。严兵心里暗自思忖，他们凭靠的是德才还是运气？严兵的父亲严文武的老部下崔国斌和牛大奎，五十岁刚出头，一位是省人大常委会副主任，另一位是省纪检委书记，都是副省级的高官。他们为啥能一路凯歌，人生得意？严兵为此感到困惑，叹息父亲时运不济——他的父亲临近退休时仅是延安革命纪念馆享有县团级待遇的一名副馆长！

严兵自以为是地给他父亲下的定义是：

性格决定命运！

严文武从来就是个容易满足、随遇而安的人。

他谢绝了老朋友推荐他出任延安行署专员的好意，心甘情愿地选择了一个后半生逍遥自在养老的地方；他无心做官，心安理得地过着他所追求的生活。他在他居住的半山腰上的三孔窑洞旁亲手开垦了一大片土地，煞费心思、不辞辛劳地种出了各种蔬菜。他每周挑着新鲜蔬菜，乐呵呵地送到大灶房，同警卫战士们分享他的劳动成果。

严文武他人活得硬气，一辈子很少开口求人帮忙。他对二儿严农不客气地批评说："老子算是在人跟前丢人现眼了！也就仅此一回，绝无可能再让老子低声下气去求人！"

严农低着头不敢多言传，像犯了罪一样。他怕死在挖煤井下，他工作的矿上几乎过几天就有从井下抬上来的死人——他求父亲把他调到延安，救他一命；父亲四处屈身为儿找关系，就为"救儿一命"。父亲做"官"一辈子，给儿子们只办过这一件事。

顺其自然，活出逍遥自在。

严兵和柏兰年近古稀。这日吃着早饭，四目相对，严兵突然心血来潮，恳切地提出日后生活的一个主张。只见他认真地对柏兰说："我有一个想法，不知你怎么看。"

柏兰不知其意，看他认真的样子，便也用心问道："不知道你想说什么呀？说来听听！"

严兵坦言道："你我都快七十岁咧，风风雨雨相伴了四十四年。我想以后的生活将进入人生的倒计时，咱俩在相依为命的日子里应该确定一个原则，我们一起努力，照着这个原则去做，一定会活得更加舒心快乐！"

柏兰听着，脸上露出灿烂的笑容，温柔地说："你说吧，我听着！"

严兵随即道出八个字："不急不躁，顺其自然。"

柏兰听后便开始认真琢磨领会这八个字的含义，片刻后猜测说："我觉得'不急不躁'中含有批评的意味呀！"

严兵笑了，调侃说："呵呵，你可真是一如既往的聪明又敏感！批评针对我和你两个人，我们一起克服急和躁吧……"

柏兰表示赞同，立马说："呵呵，那就一言为定！咱俩克服了都有的急躁毛病，自然就心平气和了！人上了年纪，怕的就是急躁生气！"

严兵这些日子里总是不自觉地想到未来他和柏兰的生活。倘若依照纯阳子师父所言，他与柏兰尚有十余年相依相伴的时光。他每每想起往日柏兰跟着他奔波受苦的情形，他的心里便五味杂陈，内疚之感难以释怀……

他用了整整三年的时间，晨兢夕厉，时刻不敢懈怠，将全副心思用于创作《尘世缘》；柏兰心甘情愿伺候了他三年，成就了他的夙愿。

他要更加珍惜往后的日子，他要好好地报答她的恩情，和她过好每一天……

严兵写完了最后一个字，长长地松了一口气，不由得暗自思忖：

父母结缘生了他；他与《尘世缘》有缘，写出了它；那些手持《尘世缘》的读者，必定是前世今生与他有缘的人……

后　记

　　心依然有所思，话尚未说完。随心而作，顺其自然，我一鼓作气，一吐为快地写出了《尘世缘》。人依旧是那些尘世中人，事还是他们在人世间经历的事，活生生地、历历在目地在我眼前浮现游动着，仿佛在不甘心地提醒着我他们的存在……让他们就此烟消云散，于心不忍，毕竟我与他们有缘；将他们付诸笔端，他们就永远存在着，永远与活着的人们相伴……

　　我又拿起了笔，像是一个负债的人，天经地义地开始还债。妻子一如既往地一日三餐伺候我吃喝，不辞辛劳地代替我取快递，取信件，应酬亲戚朋友们的各种"打扰"；她在无奈中学会了"撒谎"，对上门的客人说一句："对不起，他不在家。"她为我省去了很多事，我却把不安和内疚留给了她。

　　虽然写得辛苦，但我心里却是充实的，精神上始终是饱满而快活的。我因为少了那些功利的想法，写起来自然不违心道而随心所欲，心无旁骛而独享其中。

　　写作的过程也是我不断学习充实各种知识的过程。许多我感到含糊的知识，在翻阅典籍后得以明了；许多我困惑不解的道理，在苦思冥想后茅塞顿开。我在写作过程中悲喜交加，内心始终随着人物的酸甜苦辣波动着，他们欢喜我欢喜，他们悲伤我悲伤。有时我禁不住为他们悲惨的境遇，为人生的苦难无奈而感伤落泪……

　　我曾对我的妻子白小兰说过：我只写这一本小说，这是我最后一部长篇小说！她非常赞成我的想法，她认为我能顺利写完这样一部长篇小说已经是很了不起了，她很敬佩我的毅力，也很担心我的身体，特别是我的视力，因为我患心脑血管病后只剩下"半只眼"的视力了。

我对她承诺我一定会做到劳逸结合，累了就休息，尽量每天下楼去活动一会儿，晚上绝不熬夜！我态度诚恳地对着脸上挂着泪珠的她做出保证……

我拿得起放得下，该吃吃得香，该睡睡得实，她开始放心了，一如既往地一日三餐伺候着我，祈盼着我顺利写完。她是手稿的第一读者。每一章刚写完，她就迫不及待读了起来，总是发自内心地讲给我她的读后感，多是赞美鼓励的话；她说每个人物在我笔下都个性鲜明、栩栩如生；她说我理解刻画人物细腻，文字简洁明快！

我也用美好的言辞回敬她。我调侃说："啊呀，见过聪明又善解人意的女人，就没见过比你还善解人意的女人！我上辈子究竟做了什么好事，这辈子就遇上了你！"她露出受用的表情，不失幽默地说："呵呵，咱俩彼此彼此吧！心有灵犀呀！"

校园里几位最能谈得来的朋友——幽默风趣的张莫沉、风度翩翩的韩玉珠、儒雅睿智的刘进田、雍容华贵的韩定平。我们五人每逢在操场旁遇到一起，七嘴八舌、天南地北，嬉闹调侃，常常谝得乐而忘返！

过去我们都在职时，多在周末偶遇，打电话吆喝着都来操场边凑热闹，通常都不扫兴，放下手头的活，屁颠着都来。六十岁一过，时间充足自由了，下午便时不时地遇在一起，一谝就是几个小时，从没感到谁烦谁！臭味相投，人以群分，没办法！

好朋友贵在说真话，不来虚的；说的不对，也不计较。当然朋友间少不了争辩，脸红瞪眼发火，但不真骂，总体上正能量的话多，牢骚抱怨的话少；活了大几十年，气量都大了，凡事都看得开，都愿意去理解。我们得出的一个共识就是：退下来后，每月能旱涝保收拿到政府发给的八九千块钱，坐享其成，而且市场上物品应有尽有，钱花着挺舒心。大家都庆幸赶上了好时代，国泰民安，一生所幸，乃生中华！

《尘世缘》写完了，我的愿望实现了。此时此刻，我的感触良多。人生在世几十年，总得给后人留下个"响动"，那便是世人翻动我这部小说时的声响，这是我最祈盼的事情。想想我最初一页一页翻动着读《平凡的世界》时的心情。我被书中人物的命运所吸引，只知道是路遥写的，只想知道书中人物后来发生的事情，而并没有过多地在意书的作者。1987年我初读路遥这部小说时，我还太年轻，三十岁刚出头，不像后来那样开始关注小说的作者，而不仅仅是读一读他们的作品。初读贾平凹的《废都》《浮躁》时，也没有太在意作者，只是凭直觉认为这个同龄人挺有才的，连着写了几本小说，而且胆大敢写，文笔也相当好。当我读到《白鹿原》时，我却是被真正地深深吸引并且震撼到了——厚重的关中农村本土历史的揭示，灵与肉抗争的呐喊，困狮般低沉的怒吼，无不展示出厚重的民族精神与灵魂的寻根足迹……作者陈忠实先生那脸上刀刻一般的皱纹和深邃透亮的双目永久地储存在了我的心里。

《白鹿原》在我心目中，是现代文学史上一个闪亮的坐标，陈忠实先生的形象是一座雕刻在世人心中的文学丰碑，人们永远怀念他，《白鹿原》在人世间的文学宝库中永放光芒！

我在激情澎湃中写下了《尘世缘》最后一个标点符号，但是我并未觉得自己已江郎才尽，我的文思没有丝毫减弱，仍然有许多的构想，那是以后的事了，但是长篇小说我决意不写了，古稀之年的人，应该懂得量力而行了。

衷心感谢太白文艺出版社接受了我的书稿。党靖社长对此书给予了充分的重视，感激之情难以言表。

衷心感谢我们外国语学院的研究生周庆博为书稿所做的电脑文字录入工作！一百多万字，四易其稿，工作量之大，可想而知！可她却是不厌其烦，认真细心地校改每一个句子、标点符号和每一章的版面格式，令我很受感动。她的研究生导师刘红岭老师给予了她和我热情的帮助和真诚的支持，在此表示衷心的谢意！

我在院子里的四位"谝闲传"朋友张莫沉、韩玉珠、刘进田、韩定平，给我提出过许多宝贵的意见，三年多来一直勉励着我坚持把书写出来；他们的美好祝愿和兄弟般的深情厚谊，始终激励着我，感动着我，是我完成写作精神上的宝贵动力！在此，我要对他们说一句发自肺腑的话：感谢兄弟们的厚爱！

最后我要表达谢意的人是我的妻子白小兰。一千多个日日夜夜，我辛苦着，她操心着；我终于写完了，她终于放松了。

我要说的是：谢谢你！是你帮我成就了我的愿望！《尘世缘》是我们共同的结晶，也是我们今生夫妻缘最好的见证。

癸卯年二月初四